中华创世神话研究工程

系列丛书

上海市社会科学界联合会 组织编写

中华创世神话选注·神的起源卷（上）

本书编辑组 选编 王宪昭 王京 评注

COMMENTARIES ON SELECTED CHINESE CREATION MYTHS

VOL. II THE ORIGIN OF GODS

上海人民出版社

国家出版基金项目
NATIONAL PUBLICATION FOUNDATION

编写说明

由上海市社会科学界联合会组织实施的中华创世神话学术研究工程是“开天辟地——中华创世神话”文艺创作与文化传播工程的重要组成部分，是弘扬中华优秀传统文化的一项基础性工作，是打造上海文化品牌的一项重要内容。

自 2017 年以来，在中共上海市委宣传部的指导下，在上海市哲学社会科学规划办公室的支持下，上海市社会科学界联合会积极联系国内相关领域的专家学者深入开展专题研究，在上海市哲学社会科学规划课题的研究基础上，集中研究力量和学术资源，推出了中华创世神话研究工程系列丛书。

本丛书旨在通过整理编纂各民族中华创世神话资料，研究和梳理中华创世神话脉络和体系，讲好中华创世神话故事，探索中华文明之源，弘扬中华民族精神，为中华文化培根固源，为中华民族塑魂铸魂，为今后学术研究、文艺创作提供参考。

本丛书的编纂得到上海社会科学院、上海交通大学、华东师范大学、上海大学、上海政法学院等单位学者的鼎力支持，也得中国社会科学院、北京师范大学、华中师范大学等单位专家的大力帮助。

上海市社会科学界联合会

2020 年 12 月

神的起源卷

目　录

1.0.2 生育产生神

1.0.3 变化产生神

1.0.4 与一般性神的产生有关的其他神话

1.1 天地神、自然神的起源

1.1.1 天地神的产生

1.1.2 日月星辰神的产生

1.1.3 风雨雷电神的产生

1.1.4 山水湖泊神的产生

1.5 神性人物的产生

1.5.1 神仙(仙人、动物仙)的产生

1.5.2 民间信仰中人物的产生

1.5 神性人物的产生

1.5.1 神仙(仙人、动物仙)的产生

1.5.2 民间信仰中人物的产生

说　明

中华民族在漫长的文明进程中创造出许多优秀的神话。创世神话不仅是众多神话类型的主体，而且内容丰富、形式多样，往往蕴含着一种积极向上、奋发有为、敢于创新的民族精神。受上海市社会科学界联合会委托编写的《中华创世神话选注》，既任务艰巨，又意义重大。

一、编写意义

神话是人类不可多得的文化遗产。中华民族历史悠久，各民族在生产、生活中积淀了丰富多彩的神话。这些神话在历史的长河中历经时间的冲刷而代代口耳相传，不仅是先人集体智慧的结晶，而且许多作品都体现出充满正能量的家国情怀和探索精神。关注这些神话，有利于我们在面向未来时不忘本来，有助于我们继承和发扬优秀文化传统。

在以往对中国神话的鉴赏和研究中，有些人认为中华民族没有完整的神话，甚至认为中国的神话支离破碎，没有形成像希腊等西方国家那样的神话体系。显然这个结论是不符合实际的。中国作为一个多民族的大家庭，有史以来，各民族在生产生活的文化交流和相互影响中，形成了内容和结构相对完整的神话；有的被作为民族的根谱，有的被当作是生活的教科书，有的支撑着民俗，有的充当着中华民族共同体的历史依据，等等。我们在已出版的大量神话作品的基础上，选取创世神话中的一系列优秀作品编成本书，力求有助于全面展现中华民族的优秀传统文化。

二、概念界定

关于神话的定义，无论是史前文明时代的神话创作者，还是后世乃至当今神话的传承者和研究者，都很难作出准确的界定。这主要因为神话是一个内容庞杂且包含文学、历史、哲学、人类学、民俗学等多学科的知识综合体。就一般性描述而言，神话是叙述神或者神性人物有关事迹或者行为的文化产品，其本质是“人话”。在“神话”研究中又有广义和狭义之分，狭义神话主要指的是人类史前文明时代创造的作品；而广义的神话，既包括史前文明时代创造的作品，也包括后世加工、改造或者创造的作品。

关于创世神话的界定，秉持一种开放和包容的态度非常有益。本书认为，该类神话不仅包括开天辟地、万物产生之类内容的神话，同时也应包含人类起源、自然现象起源、动植物起源、文化起源等与创造世界、改造世界有关的神话。其核心问题是探索并解释客观世界与文化精神。即从广义上讲，它应该包括人类活动关涉创新、创造的方方面面，无论是开天辟地、创造日月之类的恢宏创造，还是建立秩序、生产发明之类的文化创新，若在叙述中运用了神话思维，都应该属于创世神话的范畴。

三、选编原则

创世神话作品的选择，在注重思想性的基础上，综合考察其艺术性、代表性与全面性。尽量照顾到不同地区、不同民族、不同类型的创世神话，也兼顾散体神话、韵体神话和散韵结合体神话等不同样式，力求展现出神话创作与传承的真实样态。在选择神话作品时，主要从公开出版物中选择，对于已出版的同类神话作品则以质量上乘为选用标准。

在本书的整体结构方面，努力体现创新性、体系性与开放性，使读者使用本书时，能通过相关信息提示便捷地查询到所需要的内容。

需要说明的是，目前已出版的各类神话作品数以万计，未选入本书的一些神话篇目并不说明质量不高，而是由于篇幅限制或编辑者局限所致。

四、基本内容

本书将创世神话划分为综合型创世、神的起源、世界万物起源、人类起源、动植物起源、自然现象与自然秩序起源等 6 大类型。

本书共选录各类创世神话 3000 余篇。除尽可能呈现每篇神话文本的原来面貌之外，在每篇神话文本之后还增添了相应的阅读提示、基本母题等信息，并对原文本出版信息作出必要的补充和规范，以便使用者能够据此对每篇神话文本的出处、流传情况、叙事主题、文化内涵、关键情节、基本母题等有所把握。

五、编排体例

创世神话作品的编排按类型分册出版，每一个大类单独排序，分三级类型编排。每篇作品统一体例。不同作品的内在关联性，可通过本书标注的“附注”“阅读提示”“基本母题”等项目得到实现，力求能够较好展现中华民族创世神话的体系。

就创世神话编排中的分类而言，其是否科学合理，有时与“神话”的概念有关。神话中的“神话人物”，既包括神，也包括神性人物，甚至其他参与创世的人、动植物、自然物等。由于神话属于民间集体创作，时空复杂，人们对“神”也会有不同的判断和解释；如有的地区可能神、鬼不分，有的民族可能把神、祖先、文化英雄、有本事的人混杂在一起，还有的根本分不清神话与现实的区别，等等。所以，本书在文本的类型编排过程中尽可能依据神话研究中的有关神的分类惯例，同时也会照顾到某些个性化案例或类型间的交叉现象。

六、其他说明

本书对原神话文本中存在的编排疏漏、明显字词错误等作了必要的校正。对原文本一些明显的增减或修改，则在相应文本后的“附注”中作出说明。对某些大型神话作品的节选，本书增拟了新的题目。如同一个文本在多种出版物中出现，本书只选取一个相对具有代表性的文本，并对其他相同或相近文本的情况在“附注”作出说明。

在编撰过程中涉及大量神话作品，书中已标明这些神话作品的讲述者、采录者、出版者的信息，在此对他们付出的辛勤劳动致以衷心感谢!

本书作为中华民族优秀传统文化智库建设的积极尝试，编撰过程中涉及神话数量巨大，一些具体细节难以作出详细考证，出现的疏漏之处恳请读者提出批评，本书将在现有条件下积极作出认真修改和完善。

编者

2019 年 6 月

凡 例

为方便读者和神话研究者更好使用本书，编制《凡例》如下。

一、类型呈现

本书将创世神话之中的综合型创世、神的起源、世界万物起源、人类起源、动植物起源、自然现象与自然秩序起源等6个大类做了系统性划分与梳理。各类分册每个大类之下再分出若干下一级子类，并以这些类型名称标注各类开篇部分。

每篇文本的具体类型，参见该文本最后所附的“文本编码”。见本《凡例》第三项第3条。

二、原文辑录

正文包括神话作品题目、流传民族、作品文本。

1. 本书每篇神话均使用原出版物标题。某些节选或摘录的作品无题目时，本书在所增拟的标题前加“＊”表示。如：

＊女娲补天造人，表示“女娲补天造人”为本书新拟的题目。

2. 神话文本流传的民族，用民族名称加括号的形式标注在标题之下。原则上遵循原出版物的民族标注。若原文没有明确标注，则以讲述人的民族属别或神话内容为判断依据，将新加的民族属别以页下注的形式标注出来。

3. 神话的正文内容部分，原则上尊重原文表述，仅对明显错误或疏漏作出必要修改。

4. 原文的附记、说明等。以“【原文附记】”予以相应标注。

5. 原文信息。在每篇作品之后保留原文标注的讲述人、采集人、流传地等信息。

此外，叙述同一个神话人物的若干神话，往往会因为讲述人或采集整理者的不同而出现不同的表述，为尊重原文和研究需要，本书不再统一处理。

三、本书评注

本书对每一篇作品均作出评注，这也是创世神话体系建构的重要内容。评注包括“作品信息”与“附注”两种类型。

1. 作品信息

每篇文本的作品信息包括讲述者、采录整理、采集时间、流传地区、文本来源、阅读提示、基本母题等 7 项内容，放在每篇神话文本最后，统一予以标注。

(1)【讲述者】。该项注明原出版物中所标注的讲述人。如原文表述为“某某唱”或“某某演唱”则保留原文表述。如果原文无“讲述者”，则用“（无考）”表示。

讲述者基本信息以“（）”的形式放在讲述人姓名之后，原则上按照民族、性别、年龄、职业、文化程度及其他相关信息顺次排列，其中：

① 民族。指原文中标注的讲述者民族身份，汉族不再特别注明。

② 年龄。原文中标注具体岁数的，若能查到对应的纪年时间，则改为纪年表述，否则保留原文表述。

③ 职业。主要指农民、工人、教师、干部或民间艺人等具体身份。

④ 文化程度。一般采用原书中的表述，如小学、初中、私塾、大学等；原书中标注为“文盲”的，一律改为“不识字”；原书中标注为“识字”的，保留原文表述。

⑤ 原书中没有注明上述信息的，该项空缺。

(2)【采录整理】。该项包括文本采录者、整理者、翻译者等基本信息。采用“某某采录”“某某整理”“某某翻译”的基本表述格式；采录整理人若有基本信息介绍，参考“【讲述者】”相关表述。

(3)【采集时间】。

(4)【流传地区】。原书中有确定表述的，采用“省（市、自治区）· 市（地区）· 县（市、区）· 乡（镇、街道）· 村”的格式表述，原文行政区域表述不完整或当今有名称变化时，本书做出相应增补或补充说明，增补内容用加“（）”的形式标注。例如，“黑龙江省 · 黑河地区（黑河市）· 孙吴县 ·（沿江满族达斡尔族乡）· 四季屯（四季屯村）”中的“（黑河市）”“（沿江满族达斡尔族乡）”“（四季屯村）”为本书所增加。

（5）【文本来源】。选录文本的出处，主要标识出原文本出版物的编辑者、出版物名称、出版社所在地、出版时间、所选文本在该出版物中的页码等，以便使用者查找原文。

（6）【阅读提示】。该项为评注者围绕该文本的主题、意义、特点或与其他同类神话的比较等所做的提示。

（7）【基本母题】。每篇神话文本均提取若干母题，这些母题可以作为关键词，也可以作为神话分析研究或多类型神话关联的线索。

2. 附注

神话文本的“附注”是评注者对该文本有关问题作出的解释和说明，放在原文本之后。主要是与本篇文本有关的说明文字，如所选录神话文本的其他版本情况、与文本有关的古文献及文本传承情况等等。

3. 文本编码

为便于读者的阅读、检索与数据建设，编者在每篇文本之后均标注了该文本在书中的编码。编码包括“该文本的全书序列代码”“创世神话类型代码”“该文本在类型中的代码”3 项信息。如：

《女娲创世》“ZCSW0048-021-001”

“0048”，表示《女娲创世》在全书所收神话中的排序是“48”。

“021”，第一位数字“0”，表示《女娲创世》属于第一大类“0 综合型创世”；第二位数字“2”，表示该神话属于第一大类的第二层级类型中的第 2 个类型，即“0.2 神的创世”；第三位数字“1”，表示该神话属于第一大类的第三层级类型中的第 1 个类型，即“0.2.1 单一神的创世”。

“001”，表示《女娲创世》在“021”类型中的排序是“001”。

《中华创世神话选注》基本类型表

序号	代码与名称描述
1	0. 综合型创世
2	1. 神的起源
3	2. 世界万物起源
4	3. 人类起源
5	4. 动植物起源
6	5. 自然现象与自然秩序起源
7	6. 社会现象与社会秩序起源
8	7. 文化起源与创造发明
9	8. 婚姻爱情与生产生活习俗起源
10	9. 其他创世神话

《中华创世神话选注》基本类型分类简表

第一层级类型	第二层级类型	第三层级类型
0. 综合型创世	0.1 盘古创世	0.1.0 盘古创世
	0.2 神的创世	0.2.1 单一神的创世
		0.2.2 双神创世
		0.2.3 众神创世
	0.3 祖先创世	0.3.1 女祖先创世
		0.3.2 男祖先创世
		0.3.3 男女祖先共同创世
	0.4 神性人物创世	0.4.1 文化英雄创世
		0.4.2 巨人创世
		0.4.3 其他神或神性人物创世
	0.5 人创世	0.5.0 人创世
	0.6 动植物创世及其他特定物创世	0.6.1 动植物创世
		0.6.2 无生命物创世
		0.6.3 其他特定物创世
	0.7 其他类型的综合型创世	0.7.1 一般性综合创世
		0.7.2 世界自然形成
		0.7.3 世界在自然变化中产生

（续表）

第一层级类型	第二层级类型	第三层级类型
1. 神的起源	1.0 一般性神的产生	1.0.0 众神的产生
		1.0.1 神自然存在或来源于某处
		1.0.2 生育产生神
		1.0.3 变化产生神
		1.0.4 与一般性神的产生有关的其他神话
	1.1 天地神、自然神的起源	1.1.1 天地神的产生
		1.1.2 日月星辰神的产生
		1.1.3 风雨雷电神的产生
		1.1.4 山水湖泊神的产生
		1.1.5 与天地神、自然神有关的其他神话
	1.2 行业、职能神起源	1.2.1 管理神的产生
		1.2.2 保护神的产生
		1.2.3 行业神的产生
		1.2.4 与行业、职能有关的其他神的产生
	1.3 动植物、无生命物神起源	1.3.1 动物神的产生
		1.3.2 植物神的产生
		1.3.3 无生命物神的产生
	1.4 文化祖先与文化英雄的产生	1.4.1 女文化祖先的产生
		1.4.2 男文化祖先的产生
		1.4.3 男女文化祖先的产生
		1.4.4 文化英雄（三皇五帝）的产生
		1.4.5 其他祖先或文化英雄神话
	1.5 神性人物的产生	1.5.1 神仙（仙人、动物仙）的产生
		1.5.2 民间信仰中人物的产生
		1.5.3 巨人、怪人、大力士的产生
		1.5.4 妖魔鬼怪的产生
	1.6 与神的产生有关的其他神话	1.6.1 文献中的神话人物
		1.6.2 灵魂的产生
		1.6.3 其他神或神性人物的产生
2. 世界万物起源	2.0 综合性万物起源	2.0.1 综合性世界万物起源
		2.0.2 造出世界万物
		2.0.3 生出世界万物
		2.0.4 变化出世界万物
		2.0.5 其他产生情况

（续表）

第一层级类型	第二层级类型	第三层级类型
2. 世界万物起源	2.1 天地起源	2.1.1 天地的产生
		2.1.2 天地的修整
		2.1.3 天地的分开（支天）
		2.1.4 补天
		2.1.5 天地的特征
		2.1.6 地形地貌的产生
	2.2 三界起源	2.2.1 三界
		2.2.2 天梯、通天路
	2.3 日月星辰起源	2.3.1 日月星的产生
		2.3.2 日和月的产生
		2.3.3 星星的产生
		2.3.4 其他相关神话
	2.4 山川河流起源	2.4.1 山川河流的产生
		2.4.2 山（山峰、山丘等）的产生
		2.4.3 特定的山（岩石）的产生
		2.4.4 江河湖泊等水体的产生
		2.4.5 特定江河等的产生
		2.4.6 沟壑的产生
		2.4.7 其他相关神话
	2.5 其他特定物的产生	2.5.1 生命的产生
		2.5.2 金属等的产生
3. 人类起源	3.1 人的一般性产生	3.1.1 人的综合性产生与自然存在
		3.1.2 人源于特定地方
	3.2 造人	3.2.1 神造人
		3.2.2 神性人物造人
		3.2.3 女娲造人
		3.2.4 人造人
		3.2.5 其他人物造人
	3.3 生育产生人	3.3.1 神与神性人物生人
		3.3.2 动物生人
		3.3.3 植物生人
		3.3.4 无生命物生人
		3.3.5 其他生人神话

（续表）

第一层级类型	第二层级类型	第三层级类型
3. 人类起源	3.4 变化产生人	3.4.1 动物变人
		3.4.2 植物变人
		3.4.3 其他变人神话
	3.5 婚配产生人	3.5.1 神或神性人物的婚姻生人
		3.5.2 人与神、人与神性人物婚生人
		3.5.3 人与动植物婚生人
		3.5.4 人的血缘婚生人
		3.5.5 感生人
		3.5.6 其他婚生人神话
	3.6 人类再生	3.6.1 洪水后人类再生
		3.6.2 天塌地陷后人类再生
		3.6.3 其他人类再生神话
	3.7 与人的产生有关的其他神话	3.7.1 人的性别的产生
		3.7.2 人的体征的产生
		3.7.3 人的寿命与死亡
		3.7.4 其他相关神话
4. 动植物起源	4.0 一般性动植物起源神话	4.0.1 一般性动植物的产生
		4.0.2 一般性动植物特征的产生
	4.1 哺乳动物的产生	4.1.1 一般动物或多种哺乳动物同时产生
		4.1.2 常见哺乳动物的产生
		4.1.3 一般哺乳动物的产生
	4.2 鸟类与水中动物的产生	4.2.1 一般性鸟或鸟类的产生
		4.2.2 常见鸟的产生
		4.2.3 一般鸟类的产生
		4.2.4 水中动物的产生
	4.3 昆虫、两栖与爬行动物等的产生	4.3.1 昆虫的产生
		4.3.2 蛇的产生
		4.3.3 龟的产生
		4.3.4 其他相关动物的产生
	4.4 神话动物的产生	4.4.1 龙的产生
		4.4.2 其他神话动物的产生

（续表）

第一层级类型	第二层级类型	第三层级类型
4. 动植物起源	4.5　花草树木、果蔬	4.5.1　树木的产生
		4.5.2　花草的产生
		4.5.3　水果蔬菜的产生
		4.5.4　其他与花草树木等有关的神话
	4.6　粮食作物的产生	4.6.1　多种种子同时产生
		4.6.2　五谷的产生
		4.6.3　稻种、麦子、豆类等的产生
		4.6.4　其他作物的产生
	4.7　与动植物有关的其他神话	4.7.0　动植物的秩序与管理
5. 自然现象与自然秩序起源	5.1　与日月星有关的自然现象	5.1.0　日月星辰的运行
		5.1.1　与日月有关的自然现象
		5.1.2　与太阳相关现象
		5.1.3　与月亮相关现象
		5.1.4　日食月食等
		5.1.5　其他与明星产生有关的神话
	5.2　与天气有关的自然现象	5.2.1　风雨的产生
		5.2.2　雷电的产生
		5.2.3　云霞霓虹的产生
		5.2.4　雪霜雾露等的产生
		5.2.5　其他相关神话
	5.3　自然秩序起源神话	5.3.1　时间秩序的产生
		5.3.2　空间秩序的产生
		5.3.3　抽象的秩序的产生
		5.3.4　其他与自然秩序有关的神话
	5.4　自然灾难	5.4.1　地震的产生
		5.4.2　洪水的产生
		5.4.3　天塌地陷的产生
		5.4.4　其他自然灾害的产生
	5.5　其他与自然有关的神话	5.5.1　山川河流等的管理
		5.5.2　治水

1.0　一般性神的产生

- ◆ 1.0.0　众神的产生
- ◆ 1.0.1　神自然存在或来于某处
- ◆ 1.0.2　生育产生神
- ◆ 1.0.3　变化产生神
- ◆ 1.0.4　与一般性神的产生有关的其他神话

1.0.0 众神的产生

傣族——西双版纳的神谱

（傣族）

神谱，就是反映一个民族的信仰。当然有其强烈的地方性，因此，这里辑的只是限于西双版纳之水傣，即平常讲的“傣那”。

先让我试列一张系统表，是否能反映出来：

- 英叭
  - 水神——巴阿嫩
  - 太阳神——披乍贺
    - 帕阿敌
    - 尖塔惟
    - 昂敢腊　　射日之神惟鲁塔
    - 普塔
    - 怕萨、苏哈、梢星
  - 定天地大神——掌月朗宛
  - 捧麻加——第二代天神
  - 玛哈捧—捧腊哈（第三代）
    - 捧双拿——双百神三、四百神
    - 无心神——圆身神
    - 多眠、多舌、多耳、多眼之神
  - —加都罗（巡天之神）——帝娃达—贡曼神
    - 古里曼、古丽玛——人类——桑木底
  - 叭英
    - 五个社灭百
      - 塔先古戛
      - 纳玛戛纳哥
    - 古德玛
      - 八沙戛
      - 玛德古
      - 歹灭雅里阿
    - 风神——叭纹纳
    - 补天之神
      - 布桑戛西
      - 雅桑戛赛

这是个很复杂的系列表，如果不加以解释，就无解。具体关系如下：

（1）这是一张两种宗教交错在一起的系列，两个宗教就是原始宗教和小乘佛教。

（2）英叭。是原始宗教的最高天神，意思是气浪和光波聚合而成的、开创天地之神。但是，他造好天地之后，就退下来，把最高天神的职位让给了他用污垢捏出的大神玛哈捧。

（3）第二代天神是捧麻加。按理应由他接替英叭的最高天神职位。可是，英叭捏造这个天神的目的，是为了侍奉他，因此，他是个性情温顺而勤快的神王。

（4）叭英。从西双版纳所有神话看，这个天神是佛教的代表，不仅所有神佛都归他管理，就是派到人间的佛的代表，也是由他决定的，如由佛祖之魂转化投到人间的召朗玛，就是他指派的。但是，他又是杂在英叭创造的天上，"管理天空下层的天神"。"传说是住了十六层天的达娃丁沙层"，他的官职"低于玛哈捧"。按十六层天，达娃丁沙为第二层天，与英叭同住一层。

叭英实际上成为西双版纳傣族最高信仰崇拜的偶像，因为他们都信奉小乘佛教。但同时在具体的宗教生活中，小乘佛教不仅承认原始宗教的鬼神，而且共同祭祀鬼神。

（5）帝娃达。这是一个神佛的叛逆之神。他的意义甚至超过希腊的普罗米修斯。

他被佛教"诬蔑为'鄙者的菩萨'"，却又被原始宗教判为"不守规矩，违反天规"，是被处罚到人间的有罪之神。然而，却是一个真正的开创人间世界的大神。

这个神是由负责巡视和看守天和地的四个加都罗神，"用神石上的污，揉拢在一起"，共同捏出来的一个天神。因为他是"石污垢"捏成的神，"所以心坚硬如石，他的胆子大，什么也不怕"。

从这个神的形象说，也是所有天神中刻画得最生动、最有个性的一个。有一天，四个加都罗神叫他到达娃丁沙去侍候英叭天神，临走时，四个天神吩咐他，要老老实实做事，千万不要冒犯天规。这位调皮的天神不仅在宫殿里到处乱飞乱窜，而且趁英叭不在，竟擅自去坐"神王宝台"，来朝拜的天神认为他就是英叭，朝他朝拜，他竟哈哈大笑，而且仍然不离开宝座。直到英叭回来，问他是什么人，竟敢坐在他的“宝座”上，因为他没见过英叭，反而嘲笑最高天神：

> 看你这老神，
> 体肥头又笨……
> 我住在天顶层……
> 我管天上所有的神……

这样，当然就触怒了英叭大神。于是，把他撵下人世间。最后，变成一座大石山，与月朗宛象神“并排而立”。这个顽皮的灵魂，竟一点儿不在乎，又变成一条“绿蛇”去挑逗两个贡曼神去了。

原来，那时只有神的世界，虽然十六层天的下面有十六层地，却没有人。英叭使用他的神力，在大地上造了一座果园（有点像“伊甸园”）。又造了两个“有生命语言，却无智慧又不会思考”的污垢人，他们就是贡曼。英叭就叫他们看守这个果园。这两个贡曼不仅不会思考，而且不分男女，既没有性欲，也没有任何欲望。就是这个帝娃达，化成一条绿蛇，爬到果园去问两个贡曼：“你们饿了吃什么？”两个贡曼告诉他，吃草、吃生果，就是有一样不能吃，那就是园里的芒果。帝娃达说：“那是英叭骗你，最好吃的是芒果。”

无疑，这是大胆的背叛。两个贡曼不相信，帝娃达当场爬到芒果树上，吃了一颗神芒果，他不仅没有死，而且果然蜕了一层皮，变成一条会发光亮的黄颜色的蛇。两个贡曼相信了，绿蛇用尾巴卷下一个神芒果给他们，他们吃了。味道香又甜，又再吃了一个。

原来，这芒果是人的生命之果。两个贡曼吃了之后，两兄弟立刻蜕了一层皮，变成了一对美男子。绿蛇又说：“还有一种果子，比芒果还要好吃。”两兄弟问是什么果，绿蛇就去咬了两颗果给他们兄弟。他们吃了，立刻产生了变化，两人同时长出了生殖器，弟弟的胸前长出了乳房。两兄弟变成了一男一女。这时，帝娃达宣布：

从今起，
你俩会屙屎，
你俩会撒尿，
你俩已变成人……

你们兄妹俩，
就结为夫妻，
繁衍后代人，
生儿又育女。

他们就成了一对恩爱夫妻，成了人世间最早的人类，不久便生下了古丽玛和古里曼两兄妹。也不知为什么，佛祖来到西双版纳之后，他又专门与佛祖古德玛作对。据说，他又成了“傣族祖先们崇拜的神之一”。

（6）布桑戛西与雅桑戛赛。根据西双版纳傣族创世神话《巴塔麻嘎捧尚罗》的记载，他们是补天补地的男神和女神。只在他们补完天地之后，才转向破仙葫芦来到人间，重新开创人间，重新“造地造万物”。傣族中世纪诗人、理论家祐巴勐著的诗歌理论《论傣族诗歌》中有一节专门写到这两位天神，小标题写的是“破仙葫芦进人间，开创世道人类”。讲的是英叭看见他开创的地球被一只“诺列领”（滴水鸟）在啄，他怕水鸟主宰大地，才用污垢捏了两个人，一男一女，他们就是布桑戛西与雅桑戛赛，英叭又交给他们一个金葫芦，“到地球上去，在那里开创世道人类”。

实际上也是造万物，但是，那是两个时代。后面讲的是开天辟地的时代；前面（即创世史诗）讲的则是洪水之后，地球“只有薄薄的三层，像一片残页，漂浮在水面”。

史诗讲到最早的人类古里玛和古丽曼（诗论叫古玛列）是贡曼夫妻神生下的，而“诗论”则是布桑戛西和雅桑戛赛用泥捏出来的。并且结成夫妻，生下六个孩子，开始繁衍人类。“史诗”则说他们不久就失散在森林里，人类是贡曼夫妻用泥捏出三十对泥巴人繁衍的。

（7）帕雅桑木底。史诗《巴塔麻嘎捧尚罗》中把帕雅桑木底描写得很详细，说人类大兴旺之后，出现了“大斗殴”的混乱时期。为了抢粮食，人们“一见面就吵，不是打就是骂，像无王的蜂群”。天神玛哈捧就在天神中选了一个叫嘎古纳的美男子下凡投胎，“做人类首领、当人类的王”。他就是后来傣族原始宗教的创始人帕雅桑木底。

按傣语，“帕雅”是首领的意思，“桑木底”是推选、商讨的意思。很清楚是部落联盟向国家过渡时期军事民主制的首领，他的功绩是建立了一套完整的祖先崇拜的宗教系统，从而由原始公社向农村公社转化。

还是让我先画一张表，说明其发展过程和它们之间的相互关系吧：

- 谷神奶奶——五谷神
- 麻哈戛栽
  - 管林
  - 管水之神
  - 管地
- 沙罗反、盘巴、盘滴、叭桑木底
  - 叭满（白勒）风火之神
    - 披滴
    - 披纹
    - 披冒
    - 披蓬、披哈
  - 造季节的披亚莫地拉
    - 家神
      - 寨神勐神　寨心鬼
      - 地基鬼
      - 火塘鬼
      - 祖先柱
      - 楼梯鬼
    - 拔哈毫——瘟神妹妹女 / 雅甘嫡朱
      - 西达麻塔
      - 拉达柯玛
      - 达娟口、达念利葛、鬼节水洗——冉运麻棒
      - 达玲戈
      - 塔布丹
    - 冉运麻棒鬼节水洗 / 鬼尚和
      - 鬼栽文不
      - 鬼特佛、婆披、口披——古德玛
      - 鬼野

(8) 沙罗反。是傣族第一个发明狩猎之神，叫猎神王。他死之后，一分为二，变成猎神盘巴和水神盘滴，可见渔猎已开始。

(9) 叭桑木底。据说是发明农耕、定居、竹楼，创造寨神、勐神的大神，傣语“蛇曼蛇勐”就是保护寨子和地方的神。蛇，是保护外壳，好像鸡蛋壳和里面的衣。显然是指他的神。勐神和寨神都是指建立勐（部落联盟）和建立寨子的英雄或祖先的灵魂。家神是指直属祖先，竹楼上火塘对面的主柱，外人不能碰，据说它就是这家祖先的象征（一说就是叭桑木底之魂）。这些神，每年都要祭祀。

(10) 小乘佛教传入之后，据说叭桑木底、谷魂奶奶都曾与神佛祖经过一番斗争，后来又合二而一。每个村寨都有佛寺，管理佛寺和管理寨神勐神的人往往是同一人，祭祀寨神勐神和炽佛、祭神、过关门、开门节虽各自分开举行，但全寨的百姓和神职人员都参加。因此，也很难区分出两种神教的性质。

以上是据我个人的理解辑成的，一定有不准确之处，错漏难免，希望得到读者的指正。

【讲 述 者】 （无考）
【采录整理】 王松整理
【采集时间】 （无考）
【流传地区】 （云南省）
【文本来源】 姚宝瑄主编：《中国各民族神话》（哈尼族、傣族），太原：书海出版社 2014 年版，第 228—234 页。
【阅读提示】 通过这张说明性的神谱介绍，有助于人们了解诸神的起源。
【基本母题】 天神；自然神；神佛；祖先神；植物神；管理神

【本文编码】 《傣族——西双版纳的神谱》：ZCSW0266-100-001

神的诞生

（哈尼族）

在远古远古的时候，世上一样也没有，上面没有天，下面没有地，到处是白茫茫的雾露。这些雾露像牛打滚一样翻过来滚过去，一下也不停，不知翻滚过多少年代，慢慢地在下面变出一片望不见边的大海。这个时候，上面的雾露像一口黑锅罩在平平的大海上。

这个时候，在大海里活着一条大的金鱼，名叫“密乌艾西艾玛”①，这就是生下万事万物的金鱼娘。

金鱼娘是世间最大的了，它的身子有九千九百九十九拿②长，七十七个缅花戚里③宽，它在大海里晃动着，度过了数不清的年月。它每过一百年就把身子翻一回，翻过七十七回身子，就睡醒过来。它的右鳍一扇，把上面的雾露扫干净，露出蓝汪汪的天，它的左鳍一扇，把下面的雾露扫干净，露出黄生生的地。天有了地有了，只是这个天地不是给人在的，天是天神的在处，地是地神的在处，人在的天地还没有。

又不知过了多少年代，金鱼娘来把大神生养，它把巨大的鱼鳞张开，一片鱼鳞透出万道金光。它的鱼鳞一抖，从脖子那里抖出两个大神，就是太阳神约罗和月亮神约白。它的鱼鳞又一抖，从背脊那里抖出两个大神，这就是天神俄玛和地神密玛。它的鱼鳞又一抖，从细腰那里抖出来两个大神，这就是人神，男的叫烟蝶，女的叫蝶玛。这个大神出来以后，就飞到天上和地上去了。

金鱼娘的尾巴里又出来一个大神，名叫密嵯嵯玛，她是力气最大的一个神了。她望见大神们一对一对地出去了，心里很不服气。她想：“你们爱走就走吧，我要独自一个留在大水里，我要独霸这一方。哼，你们在天上的，

---

① 密乌艾西艾玛：哈尼语，地下最大的金鱼娘。

② 拿：读作 pái，双手向左右伸平的距离为一拿。

③ 缅花戚里：哈尼语，一眼所看的最大极限。

天天在我头上闹，在地上的，天天在我边上闹，不要以为你们能当万能的神王，你们这些神啊，瞧瞧你们的在处吧，天和地只占世间三分里的一分，三分里的两分还是大水，还是我管，万能的神王还是我当!”

密嵯嵯玛骑上鱼背，伸出巨手来搬动鱼尾，鱼尾搬动一下，天就摇一下，地就晃一下，她搬动得快就摇晃得快，搬动得慢就摇晃得慢，她就这样来和天上地上的神捣乱。我们今天说“地动了地动了”①，就是她在搬鱼尾巴啦。

密嵯嵯玛的衣裳很长很长，拖在地上望不见头，她又用两只手“哗啦哗啦”地抖衣裳，抖得天昏地暗，日月无光。她用鼻子吹出的气，把最大的石头都抬得走，用嘴巴吹出的气，把大树连根拔起来甩到天上，屁股里排出的气更大，大山都掀得倒，她身上有洞的地方都会吹出气来，这就是世上的大风。

天神俄玛来到天上以后，住在三层高天的烟罗神殿里，她生下了至高无上的神王阿匹梅烟，阿匹梅烟又生下第二代神王烟沙，烟沙又生下第三代神王沙拉。大神烟沙又生下了风神、雨神、雷神、土神、籽种神、水神、田神、地神、水沟神、金银铜铁锡神……这些大大小小的神，天上地下的神就多起来了。

【附注】

《神的诞生》原名《烟本霍本》，哈尼语意为“神的古今”。

【讲 述 者】 朱小和

【采录整理】 史军超、卢朝贵翻译整理

【采集时间】 (无考)

【流传地区】 云南省·红河哈尼族彝族自治州·元阳县、红河县、金平苗族瑶族傣族自治县

---

① 地动：方言，即“地震”。

【文本来源】 中华民族故事大系编委会编：《中华民族故事大系》第 6 卷（哈尼族、哈萨克族、傣族），上海：上海文艺出版社 1995 年版，第 5—10 页。有删节。

【阅读提示】 这则神话与哈尼族稻作文化实践相关。首先设置了一个世界大水的背景，在这个背景下诞生了祖先鱼“密乌艾西艾玛”。在祖先鱼诞生的基础上，生出不同职能的数代神王，神王又生出风神、雨神、雷神、土神、籽种神、水神、田神、地神、水沟神等自然神。这些神诞生后，天地万物才一步步创造出来，由此表达出神的谱系和神造万物的神话思维。

【基本母题】 世界大水；最早产生的生命；鱼是最早的祖先；诸神的产生；太阳神的产生；月亮神的产生；人神的产生；神的辈次；万能神；神的居所

【本文编码】 《神的诞生》：ZCSW0267-100-002

神和人的家谱

（哈尼族）

我们哈尼琶[①]家家有家谱，这是从最老的先祖那里一代一代传下来的。老人说：“没有家谱的人家不是哈尼人家，不会背家谱的人不是哈尼人。”这是最合适的话了。一家哈尼人搬迁到九座大山的背后，搬迁到九条大江汇合的水尾，也要把家谱背着走，天下的哈尼就是靠着家谱认兄弟姐妹，来攀亲结戚。[②]

人有家谱，神也有家谱，让我来说说神和人家谱的古今。

---

① 哈尼琶：哈尼语，意为哈尼人。

② 哈尼族风俗，同姓不开亲，青年男女谈情说爱时要先报姓氏家族，否则将犯忌。

传说在三层高天上，有一座哀牢山一样高大雄伟的宫殿，宫殿的石脚是用玉石做的，大柱子是用金银打成的，宫殿四周砌着厚厚的围墙，像包头盘着头顶那样围绕着宫殿，这座宫殿就是大神们居住的烟罗神殿。

在烟罗神殿的中央，放着一把金椅，上面坐着最高最大的天神俄玛，她是生下一切神和人的阿妈，天上地下的万事万物也是她生出来的。

天神俄玛在金椅子上坐了不知多少年多少月，有一天她说："我孤单单地一个人坐着，好是好，只是没有味道，要有多多的人来和我说说笑笑才好。"她站起来，准备生下多多的儿孙。

先生什么儿孙好呢？俄玛天神想，还是先生"规矩"和"礼节"好，没有"规矩"和"礼节"，生下来的儿孙像雀鸟一样叫，像野兽一样闹，烟罗神殿都会被闹翻掉。这样，天神俄玛就生下了两个姑娘，一个叫玛白，一个叫烟姒。这两个姑娘老实清秀好瞧，她们就是"规矩"和"礼节"姑娘，世上的所有古规古礼，都是她们定下来的。她们站在烟罗神殿的金门坎上，传出了最好的古规古礼，这样，生下来的天神、地神、人神和万事万物都不会错乱了。

最高最大的天神俄玛又生下来一位高能的姑娘，名字叫"阿匹梅烟"。阿匹梅烟是万能的女神，是万神的大王，这是第一代神王。她出生以后，天神俄玛对她说："亲亲的姑娘，我把最大的本事教给你，去，你去把神的家谱传出来。"

阿匹梅烟听了俄玛的话，就开了天神家谱的头，她生下大神烟沙，这是世上第一个男神，她封他做第二代神王。从此大神烟沙的名声像打雷一样响，像天地一样大。我们今天赌咒发誓，要说："大神烟沙作证，我说出这句话，就像江水淌到江尾一样回不来，我说出做不出，就让烟沙大神来罚我！"

烟沙大神又传出新的家谱，他生下第二代男神沙拉，阿匹梅烟给了他烟沙一样大的本事，封他做第三代神王。

烟沙大神又生下了九位大神，他们的名字一个也不能忘记，造天造地的时候，出力最多的就是他们啦！他们是哪几个？就是风神米沙、雨神即比、雷神阿惹、土神达俄、籽种神姐玛、水神阿波、田神得威、地神朱鲁、水沟神阿扎。

生啦，大神烟沙老实能生，又一口气生下了五个儿子，个个都生得高高大大，威风凛凛。

阿匹梅烟实在喜欢这五个孙子，就拿最硬最亮的岩石给他们做骨头。她站在烟罗神殿的中央，指着头一个孙子说："大孙子啊，你要做哪样神？"大孙子说："我要做最亮的金子神。"阿匹梅烟拿出金闪闪的盔给孙子，封他做了金子神。金子神把那有权有势的头盔戴好，欢欢喜喜地走出神殿，去掌管世上的金子。

阿匹梅烟又问第二个孙子："然谷①，你爱做哪样神？"第二个孙子说："我要做银子神。"阿匹梅烟又拿出白闪闪的银盔戴在他头上，封他："去吧，我让你掌管世上的银子！"

她又指着第三个孙子说："三孙子啊，你是哪样神？你是黑铁神，给你戴上高高的铁盘，给你掌管黑铁的命！"

她又指着剩下的两个孙子，给他们戴上铜盔和锡盔，封他们做铜神和锡神。

阿匹梅烟封过这五个神，世上就有了鲜花一样好的金银铁铜锡，天地也才造得像金银铁铜锡一样闪光发亮。

站在烟罗神殿的中央，阿匹梅烟又封出十二位尊神，他们也是她的孙子，专管不守规矩的天神。十二个神的名号都叫"乌摩"，意思是"管神的神"，他们有男神有女神，但是不管是男是女，都叫"阿玛"②。

十二个乌摩都身穿白衣头戴白帽，这是阿匹梅烟对他们的夸奖，她用湖水做他们的心，所以乌摩办事最公平。

十二个乌摩里面，最大的是管天的乌摩，她是乌摩里的大王，是他们的

---

① 然谷：哈尼语，小娃之意。

② 阿玛：对女性的尊称，比"阿匹"矮一辈；另指某人之妻，如"扎纳阿玛"，即"扎纳的妻子"。此处为前指。

阿姐。第二个是管地的二姐，她的裤脚拖在地上，走起来唰唰响，她走过的地方地就平。第三个是三姐乌摩，专门管理庄稼，她生着千万只手，每只拿着一股金线，把谷穗、苞谷、荞颗绑上秆秆。第四个乌摩是最要紧的，专门管人，阿匹梅烟找不着能人，只好自己来当。她把人头好好地保管着，不让刀砍斧劈，所以她又有个好听的名字，叫做“管人的阿匹梅烟”。第五个乌摩是管理万匹牲口的摩米扎里，她把牛马的毛细心地收藏好，一根也不让它丢掉。第六个乌摩是管理太阳的搓鲁约策。太阳神约罗脾气不好，动不动就生下一窝一窝的姑娘儿子，搓鲁约策管着多多的太阳，不让它们一窝一伙地出门，要出门就一个一个地出，不然庄稼要被晒死，河水要被晒干，大地要被晒得像蜂蜡一样化掉。第七个是男乌摩俄多麦节，他管着银子一样的月亮，月亮也爱生一窝一窝的小儿，俄多麦节领着它们，像老母鸡领着小鸡一样，不让它们一窝蜂地出去打仗，只让它们一个一个地出去。第八个乌摩是短耳朵的那斗阿娄，他专门管理甑子。甑子神的脾气最古怪，不是把饭蒸得夹生就是把饭蒸烂，那斗阿娄天天斥责甑子神：“要蒸嘛就好好地蒸，再一半生一半熟，就把你砍成柴丢进灶窝洞烧掉!”甑子神就不敢闹了。第九个是管灶火的蝶里艾斯，他管着灶火神，不让他冒火星烧房子。第十个是松玛阿策，专管山神、树神，不让山塌树枯。第十一个是麦期麦所，专管河水不会冲人家庄稼。第十二个是最漂亮的厄戚戚奴，她是一位白白亮亮的姑娘，管着万道山泉千个水潭。她的笑声老实脆，一双眼睛老实亮，你望她一眼，她也会望你一眼。

天神的家谱一代一代朝下排，多得说也说不完啦。下面接着讲人的家谱。

最高最大的天神俄玛是所有天神的祖宗，也是人的祖宗，是她来到世上，生下人神玛窝①，开了哈尼族家谱的头。

天神俄玛来到空空的世上，生下了第二代人神玛窝，这是世上的头一个男人。玛窝的时代太远太古了，记性最好的人也记不清他是什么样子，只记

① 哈尼族家谱的前面几代并非实指，而是对人、神、动物不分的朦胧时代的记录。此处由俄玛生下人神之说与《神的古今》中鱼生人神烟蝶之说相舛。

得他走路不用脚，是用背走路，他和阿妈俄玛大小是一样，好像双胞胎。玛窝生下来以后，看看世上空荡荡的不好在，就生下第三代人神窝觉，然后回到天上去了。第三代先祖窝觉不像玛窝，他不嫌弃宽宽平平的大地，欢欢喜喜地在这里生养后代，所以，他的名字叫“窝觉”①。

先祖窝觉生下的后代名叫觉涅②，这是一个身上长满长毛的怪物，头不是人头是鬼头，脸不是人脸是鬼脸，所以名字叫“觉涅”。他不会说话，只会睁大两只眼睛东张西望，他也不是单单的一个，是一窝一窝地挤在一处。

觉涅先祖又生下了后代，这就是有名的涅直③。涅直先祖也是一窝一窝地过日子，只是涅直中有了头领。觉涅、涅直都是鬼，只是涅直有了鬼王，他们的身子像雾露一样轻，手脚像云彩一样软，风轻轻地一吹，就在天上飘过来荡过去，雨轻轻地一下，他们就在半空中摇晃，这些先祖自在是老实自在了，只是活着也像死的一样。第六代先祖叫直乌，他们比涅直好多了，会活会动了，所以他们又叫“活起来的祖先”。

第七代先祖名叫乌突，他们比直乌们又好了一截，不单会动，还会够着地蹲起一小点来了。胆子大的还会“突”地站起身子来，可惜不等站稳，又“咚”地跪在地上，他们一个个坐在地上发愣，不明白站不起来的道理。他们走路是半蹲的，两只手掌拄在两边。

第八代先祖叫做阿培④突玛。这代祖先比乌突们能干，站也会站，走也会走，命实在大，传说他们生过九回，死过九遍，可惜他们脑子不开窍，什么事也不会想，一样活计也干不成。

这里还要把说漏的事情讲一讲。自从天神俄玛下到人间，生下的一代代人神都能回到天上，人世和天上是通着的，祖先们爱在人世就下来住，不爱在就到三层高天上去玩，有时候呢，一天要上上下下七八回。他们是怎样上

① 窝觉：哈尼族世系家谱取父子连名制（有时不绝对，如俄玛为女性亦在系中），窝觉以父名“窝”为姓，本名“觉”意为天神而愿意留居人世。

② 觉捏：哈尼语，鬼之意。

③ 涅直：哈尼语，鬼的头领，鬼王，直鬼。

④ 阿培：祖先。

天去的？原来俄玛天神怕儿孙们认不得天上的路，砍来九山的茅草，搓成粗粗的索子，又用茅草索做成楼梯，要上天，就收上去，要下地就放下来，祖先们像山上的老猴，顺着天梯去去来来，着实热闹好玩。

第八代先祖突玛是个不动脑筋的懒人，世上的千百样事情样样要上天去问，一天上去几十回，事情还是问不清。起头天神们还肯帮忙，有事情只消上去叫一声，个个都爱来，前面站着七千个大神，后面蹲着八千个大神，事情有天大也不愁，事情有地大也不怕。但是天天问样样问，去去来来天神烦得不得了，不爱帮忙了。阿培突玛说："亲亲的弟兄，不要嫌烦，你们还是下去一下，头疼，我背你们下去，脚疼，我抱你们下去，不要不去啊！"众神说："下是不下去了。有事我们对你说说，你自己干去吧。"阿培突玛说："问是会问呢，只是记不得。"众神商量了一下，说："你记不得是因为你头太多，砍一下就好了。"原来突玛生着十个头，大神们砍掉九个，还留一个垛在突玛肩膀上："好啦好啦，一个头记事，不会忘记啦！"阿培突玛当真比从前会记事多了。天神们怕人还来找麻烦，想个主意，抬起斧子砍断了天梯，从此人再也上不去天了。

阿培突玛生下了第九代先祖玛约①，玛约有了住房，凡是有洞的地方，就是她们的歇处，天阴下雨她们会进洞躲雨，野狗来撵，她们会进洞躲藏。

玛约又生下第十代先祖约涅，约涅又生下第十一代先祖涅本②。

这两代先祖和前面的先祖不同，约涅这一代比以前的聪明一点了，只是脑子还是塞死的，涅本就开窍了；约涅的耳朵是聋的，涅本就听见了；约涅的身子是堵着的，涅本就通了，这就是她叫"本"的道理。涅本先祖听也会听，想也会想，只是她们还是一窝挤着过日子，吃错阿妈奶头的事情也很平常。阿妈是哪个认不清，阿爸是哪个更认不得。

涅本先祖生下了第十二代先祖诗米乌③，阿妈是哪个，诗米乌会认了，

---

① 玛约：居住在洞里的女性祖先。

② 涅本：灵活通达的鬼。本，开放状，引申为开通、聪明。

③ 诗米乌：天神名，有的地区译作苏咪乌、苏密哦等。

奶头也不会吃错了。

从诗米乌数上去，足足有十一代先祖，这是人、神、鬼不分的家谱，后辈的哈尼要记清楚，这里面有天神地神，天鬼地鬼，当然也有人。自从诗米乌先祖生出来，人就归人，鬼就归鬼，神就归神，一个不再跟一个混杂了。

诗米乌后面，是第十三代先祖乌突里[①]。这辈先祖不是一窝一团地在，是一双一对地在。对这一代先祖，古歌里是这样唱的：

听啊，哈尼先祖的后代儿孙，
你们要用两个并一个的记心，
记住先祖乌突里，
他们走路是一双一双地走，
睡觉是一对一对地睡，
银打的钥匙放进金打的锁里，
男女相交再不会认错。
阿爸会认吗?
阿爸会认了。
阿妈会认吗?
阿妈会认了。
阿妈肚子大起来，
也会伸出双手把小娃接到世上来了！
听啊，先祖的儿孙，
后世的歌手，
你们要把远古的烟嘎[②]记好：
乌突里前面的先辈，
生小娃不会用手去接，

① 乌突里：哈尼语意即钥匙放进锁里，喻性交。
② 烟嘎：故事，古今。

你们的小娃生在哪里？
——生在薄薄的蛋壳里。
阿妈抱过十天蛋，
蛋里才会爬出小娃，
阿妈抱过的蛋是双黄蛋，
里面爬出儿子和姑娘。

跟着先祖乌突里，又生出三辈祖先，一辈叫突里佐，一辈叫佐梅烟，一辈叫梅烟恰。这三辈人是只记女人不记男人的先祖，佐梅烟是男人的名字，意思是“女人梅烟[①]的男人”，梅烟恰是“老实会生会养的先祖”。

这三辈人就是哈尼十四、十五、十六代祖先。

高能的先祖梅烟恰生着天地一样广大的肚子，她不单是人的先祖，还是三种野物的先祖，人和野物就是从她分起的啦。她生下了四个妹妹，大姐是人祖恰乞形，二姐是所有会跑的野物的祖先优哈，三姐是所有会爬的野物的祖先优本，四姐是所有会飞的野物的祖先优贝。这里单讲恰乞形先祖的古今。

恰乞形以后的先祖排出了长长的名字，他们就是：乞形里、里波贝、波贝乌、乌合然、合然搓、搓摩于、摩于直。

摩于直又生出两个高能的姑娘，一个是赫赫有名的直塔婆[②]，一个是无所不能的直学吾。这两个姑娘把家谱分作两支，直塔婆一支的事以后慢慢再讲，现在把我们直学吾这一支的家谱排一排：直学吾、吾涂匹、匹玛得、玛得达、达佐苏、苏摩作、摩作期（摩作娘）、期米排、排乌苏、乌苏独、独策（独威）、策米、米哈、哈苏（苏厄）、苏科、科波、波自、自俄、俄牛（到了“俄牛”这一代就知道姓卢[③]了）、牛白、白合、合依、依达、达戈、戈波、波直、直云、云搓、搓墨、墨惹、惹匹、匹差、差侧、侧嘎、嘎墨、

① 此处的“梅烟”并非前面的天神阿匹梅烟。
② 塔婆：意为多子的先祖，神话传说中多有提及，是一著名神话人物。
③ 姓卢：此指汉姓卢，后代哈尼族多以汉、哈姓名并用。

墨依、依差、差可、可直、直墨、墨洛、洛惹、惹罗、罗鹫、鹫墨。①

亲亲的弟兄，这就是我们的家谱啦！

【讲 述 者】 卢朝贵

【采录整理】 史军超搜集整理

【采集时间】 （无考）

【流传地区】 云南省·红河哈尼族彝族自治州·元阳县、红河县、金平苗族瑶族傣族自治县

【文本来源】 姚宝瑄主编：《中国各民族神话》（哈尼族、傣族），太原：书海出版社2014年版，第38—48页。

【阅读提示】 这篇神话将人的谱系追溯到神的谱系，是很多民族神话中特别是创世神话中经常使用的叙事规则。神话反映出人类由神灵崇拜到人的自觉的认知过程。但祖先崇拜并没有在人们的生活中消失。神话最后关于父子连名制家谱的表述，也从某种程度上证明了神话的生活化与神圣性。

【基本母题】 神住天上；庄严的神殿；女天神的子女；天神的产生；地神的产生；万能神；金属神；神的谱系；人的祖先

【本文编码】 《神和人的家谱》：ZCSW0268-100-003

阿布凯赫赫和她的徒弟

（满族）

阿布凯赫赫是老三星裂生的第一个大徒弟，她创造了天、地、人，创造了万物，是整个宇宙的始母神。

① 哈尼族支系繁多，家谱世系变化亦大，但大同小异，此是讲述者家谱。

她在老三星那里学了二十七个天年，学了许多法术，成为第一代天神，被称为天母神。

老三星教完她法术，又带她走了二十七个神洞。这二十七个神洞里头画着以后历代的历史图画，她从中看到了老三星是怎样创造了宇宙，也看到了老三星怎样裂生出她们五个师兄弟，还看到了以后社会发展的情景。老三星嘱咐她说："你需要到外边走一走，在大洪水以后留下几位上劫①的神，你要去寻找他们，让他们帮助你们几个师兄弟来建造天地和万物。"

阿布凯赫赫奉老三星的命令，周游天下，一直走到东方的东海岸。眼前是一片壮阔的大海，在海的岸边有一座小山。再一细瞅，在小山的山根旁长着一棵大柳树，这棵树青枝绿叶的。她感到很奇怪，因为洪劫早已把宇宙的一切都冲刷干净，惟独在这里还生长着这么一棵树。她赶紧走到大柳树的跟前一看，每一片树叶上都有一粒像珍珠似的东西在晃悠。她更纳闷：别的生物都死了，这棵树却活着，还这么枝叶茂盛？正要上前看个究竟，突然从这棵大树的树洞里蹿出来一个很大的东西，是个活物，而且浑身长满刺。她也认不出这是什么东西。这怪物一看到阿布凯赫赫就吱呀怪叫地叫了一阵子，然后站在一旁盯着这棵大柳树。阿布凯赫赫要是到树跟前，它就使出力气往出喷气，使她无法近前。

阿布凯赫赫没有办法，回去把所见的一切如实对老三星说了。老三星说："我给你一个竹笼子，里边放着一朵黄花，到那之后，你把这个笼子放在那儿，那个动物看到笼子和黄花就认你了。"

按照老三星的吩咐，阿布凯赫赫带着竹笼子来到东海岸的那棵柳树跟前，那个动物果然又奔她来了。她赶紧把竹笼放下。那个动物到跟前一闻那朵花真的就明白了，它来到阿布凯赫赫面前点了点头，也没说话。阿布凯赫赫就问它："哎，你是谁呀？"那个动物回答："我是上一劫的天兽，名叫僧

---

① 劫：萨满教认为，宇宙的一个起始至结束为一个大劫，一个大劫有三个中劫，一个中劫有九个小劫，一个小劫是天国的八十一万天年。

格[1]，我在这棵大柳树下躲过了洪劫，一直活到现在。”阿布凯赫赫说：“那你知道这棵大柳树是怎么回事吗?”僧格恩都哩说：“这个我不明白，你去问问柳树吧，它也会说话。”阿布凯赫赫走到柳树跟前。僧格恩都哩冲着这棵大树嚎叫了三声，这树还真说话了。大柳树说：“来的是不是第一代天神?”

阿布凯赫赫回答说：“我是阿布凯赫赫，你是什么时候生的?你能不能告诉我，你是怎么来的?”柳树没有直接回答，却问道：“阿布凯赫赫，洪水退了没有?”阿布凯赫赫说：“退了，有些地方已经露出地面了。”大柳树说：“你不是问我从哪里来的吗?实不相瞒，我是上劫的柳树。那时我们树是会走的，看哪里不好可以自己挪动地方。大洪水来的时候，我们这些树被冲得七零八落，那些同伴也不知都冲到什么地方去了，只剩下我和大师兄[2]海兰妈妈[3]。在洪水来的时候，海兰妈妈就对我说：‘咱们的师傅已经到第六层天走了，他已经把天上的一切神灵都附在你身上了。’”接着，大柳树又对阿布凯赫赫说：“你看，我身上这些树叶上的珍珠似的东西就是上劫后的灵魂。”

大柳树又接着说：“多亏了我的小徒弟僧格恩都哩与我相依一同躲过了这一劫。可以说是我仰仗小徒弟的灵气保住了生命，同时我又用自己的生气保护着它能生存下来。正好你来了，你有没有什么法术让我恢复原来的样子?”阿布凯赫赫说：“好吧，我能让你恢复原样。”

说着，阿布凯赫赫退出一百多步，对着柳树推了三掌。把大柳树推倒后，又朝着柳树连着吹了三口法气。柳树一打滚变成了个女人。这女人的两个大乳房比一般女性大几十倍。柳树很高兴，对阿布凯赫赫说：“对，我在上劫就是这个模样的，感谢你让我复兴，现在就让我拜你为师吧!”说着就赶忙跪下给阿布凯赫赫磕头。阿布凯赫赫说：“好，那我就收你为第一个徒弟吧!”这时，大柳树又把僧格恩都哩叫过来，让他认阿布凯赫赫为师爷。

---

① 僧格：刺猬。

② 大师兄：那时男女间的性别只在形体上有差别，在性能和观念上没有区别，所以对女性也称师兄师弟，而不称师姐师妹。

③ 海兰妈妈：榆树神。海兰，榆树；妈妈，尊称，类似汉族对有身份有地位的女性的尊称“奶奶”。

师徒三个人坐在山顶上唠了起来。阿布凯赫赫说:“现在天宫什么也没有了,我还想继续找,看能不能找到和你们一样的上劫保留下来的生灵。”大柳树说:“那行,我跟你走,我能找到我师兄海兰哥。”

师徒三个边走边唠,阿布凯赫赫问大柳树:“你叫什么名字啊?”大柳树说:“这么多年我早已忘了自己叫什么名字了,我现在还没有名字呢。”阿布凯赫赫说:“这样吧,你就叫佛哩佛托赫,简单说就是佛托。[①]”柳树重复了三遍“佛哩佛”说:“我记住了。”又问阿布凯赫赫:“那我身上这些灵魂怎么办呢?”阿布凯赫赫说:“有办法,我师傅在天宫建起两座山,一座是灵魂山,一座是乌春山。你可以把身上带的这些灵魂都放到灵魂山上。灵魂山有洞,叫灵洞,你把这些灵魂放到最上面的灵洞里,安排好后咱们再去周游天下。”佛托妈妈说:“我的两个乳房是为给这些灵魂喂食而长的,这些灵魂如果不喝我的奶他们就活不了。”僧格恩都哩说:“不要紧,你把乳房交给我吧,到时候我给他们喂奶,顺便看守着灵魂山不受外来破坏。”

这样,佛托妈妈就把自己的两个乳房交给僧格恩都哩。僧格恩都哩从此便替师傅佛托妈妈看守着灵魂山。

阿布凯赫赫领着佛托妈妈继续寻找上劫的遗存生物。师徒俩走到一条河边,只见河水从西往东缓缓流去。河旁边有一个小土坡,土坡上长有一棵干枯的榆树。那棵榆树比现在人们见到的粗多了,得二十多个人才能搂过来。走到树前,佛托妈妈就站住了,她对阿布凯赫赫说:“师傅,我师兄就在这棵大榆树里呢!我招呼招呼,看能不能叫醒她。”

说着,她就折了一根干榆树枝,照着榆树连磕三下,磕得榆树嗡嗡作响。接着大声喊:“海兰哥!海兰哥!海兰哥!”连叫了三声,就听到树洞子里头有回声,就像有人答应似的。佛托妈妈高兴地说:“哎呀,这正是我师兄的声音,我要把这棵树劈开,只要能劈开树就可以把我师兄救出来。师傅,你能帮我吗?”阿布凯赫赫说:“这个容易。别说是棵树呀,就是一座山我也能把它劈开的。”说着,阿布凯赫赫运足了气力,照着这棵榆树拍了三

---

① 佛托:柳树。

掌。只见这棵树随之便裂开一个缝，师徒两个进到树干里。

进去一看。果然有一个人躺在那里，身上已经长了一身榆树叶。佛托妈妈一看就哭了："师兄呀，你怎么还睡呀，你能不能醒来啊?"可是，无论她怎么叫她的师兄也不醒，急得她对阿布凯赫赫说："师傅，怎么办呢？我怎么这么叫她她也不醒啊?"阿布凯赫赫说："咱们得赶快去灵魂山，取一葫芦你的乳汁，浇到你师兄身上，她就能醒。"

阿布凯赫赫和佛托妈妈师徒两个急匆匆回到灵魂山，灌了一葫芦乳汁又回到大榆树旁。师徒两个把乳汁往佛托妈妈师兄身上一浇，不一会儿，树叶动弹了；再一会儿，躺着的那个人一下子起来了。佛托妈妈赶忙把她身上的树叶都扫掉，正是佛托妈妈的师兄海兰妈妈。海兰妈妈抬头一看是自己的师弟，大哭起来："师弟啊，没想到咱们还能见面啊。洪劫来临时，我就钻到这棵老榆树里，那时老榆树还活着，要不是这棵大榆树，恐怕我早就死了。"

佛托妈妈看到师兄手里还拿着一个兜子，就问师兄："你手里这个兜子装的是什么?"海兰妈妈说："这里装的是上劫所有的树种，我一直带着。"佛托妈妈说："哎哟，那太好了。"海兰妈妈说："咱们把这些树籽撒到地上就能长出大树。"佛托妈妈想了想说："那得多长时间才能长成大树啊?"师兄说："没关系，只要用你的乳汁浇灌，这些树就能长得快。"这时，佛托妈妈才想起把师兄介绍给阿布凯赫赫。于是拉着海兰妈妈对阿布凯赫赫说："师傅，这就是我的师兄海兰。"回过头来又对海兰妈妈说："这是咱们的再生师傅，赶紧磕头吧。"海兰妈妈这才知道是阿布凯赫赫救了她，于是也随着佛托认阿布凯赫赫为师。

阿布凯赫赫就是这样收了第二个徒弟海兰妈妈。

海兰妈妈拎着手里的树籽口袋，跟着师傅、师弟三个边走边到处撒树籽，她在前面撒，佛托妈妈就在后面用她的乳汁浇。你说怪不，不大一会儿，就见这些树苗都长起来了；又不大一会儿，就见这些树苗又都长大了。这些树长大后还能自己到处走。海兰妈妈对阿布凯赫赫说："我们这些上劫的树都会走，咱们撒下的都是上劫留下的树种，当然也会走的。"

正在说着，海兰妈妈看到有一种松树走得最快，大伙儿还都躲着它。这是怎么回事？海兰妈妈于是大喝一声：“你停下！”这一喊，就把这种树都留下了。原来其他树种都去找地方落脚生根，可这种松树很懒，不愿去找地方，它是看哪种树占的地方好，就喷出一种毒气把那种树烧死，然后自己占领人家的地盘。海兰妈妈一看十分生气，对松树说：“看来你是本性难改啊？上劫我就要把你制住，还没来得及就遭到洪劫。你不要再在这里祸害其他树木了，上北方最寒冷的地方去吧。从这以后，只许你夏天穿衣服，冬天就不要穿衣服了，在那里好好冻一冻，改改你的臭毛病吧。”从此，这种松树冬天再也长不出叶子，就变成了冬天落叶的光秃秃的落叶松。

佛托妈妈自从找到了海兰妈妈后，就总惦记着放在灵魂山的那些自己身上的灵魂，也不知那些灵魂修炼得怎么样了，她就想回去看看。阿布凯赫赫看出了她的心思，就对她说：“你回灵魂山去看看吧，把灵魂山好好修建起来，将来地上有人类的时候，灵魂会越来越多，灵魂山上的灵魂洞恐怕容纳不下。”

就这样，佛托妈妈告别了师傅阿布凯赫赫，回到灵魂山去了。

阿布凯赫赫领着海兰妈妈继续寻找洪劫遗存的生灵。走着走着，来到一个平原地带。这时的大地都已长满了各种树，已经不是当初那种荒凉景色了。这天师徒两个来到一个大土包上，只见这个大土包长满了七色毛。这些七色毛的枝干是红色的，毛是七种颜色的，迎风一吹，非常好看，看得阿布凯赫赫站在这里也不愿离开了。

海兰妈妈就问旁边的一棵榆树：“这里是什么地方？”榆树回答说：“这里叫安车骨①。”海兰妈妈问：“这里为什么长七彩神草呢？”榆树说：“这个我说不明白。那个土包里有一位入睡的神，也不知道她是什么时候在这里入睡的。只要让她醒过来，也就知道七彩神草是怎么回事了。但是我去看了几次，她总是不动弹。”海兰妈妈说：“那你带我去看看吧。”榆树就领着海兰妈妈她们来到土包旁。到土包上阿布凯赫赫用慧眼一看，只见里面真的躺着一个人，像睡觉似的，旁边还蹲着一只鹰。人像是在睡觉，鹰在那里张开翅

① 安车骨：古地名，在今黑龙江省五常一带。

膀保护着这个人。

于是阿布凯赫赫运用法力打开了这个土包。土包打开之后，这只鹰从土包里直奔阿布凯赫赫飞去，要叼阿布凯赫赫的眼睛，阿布凯赫赫毫不惊慌，用神功制服了大鹰，厉声问道："你是谁？为什么躲在土包里？"神鹰回答："我是上劫的神鹰，在这里保护我的师傅。你是干什么的？"阿布凯赫赫就把洪劫发生以来的事情经过详细地对神鹰讲了。神鹰听后，掉了些眼泪问："那我那些同伴都已经没了吧？"阿布凯赫赫说："有，他们的魂都在灵魂山上呢。"

阿布凯赫赫又用法力把躺着的那个人治活了。那个人号啕大哭，阿布凯赫赫就问："你哭什么？"她说："我们师徒一共是十八个，怎么就剩我一个了呢？"阿布凯赫赫："你先坐下安静一下，我慢慢告诉你。"于是阿布凯赫赫把洪劫以来的情况详细对他说了一遍，这个人才明白原来时间已经过去几千个天年了。于是就问阿布凯赫赫："你老是谁？是不是也是洪劫留下的？"阿布凯赫赫说："不是，我是老三星裂生出来的。"她一听裂生很明白，说："裂生在洪劫很早以前有，可我不是，我是制造出来的。"这话阿布凯赫赫倒不懂了，就问他："什么叫制造？怎么制造？"她说："我们那时候不叫神，叫安托，我们那时的安托，看到什么会做什么，而且不管活的死的都能做出来。"阿布凯赫赫问："那你会制造吗？"那个人回答："会，可是我只带出来有翅膀会飞的灵魂，所以我只能制造会飞的，别的我不会做。"阿布凯赫赫一听又很惊奇，问什么是带翅膀的？那个人就如此这般地给阿布凯赫赫讲了一遍。然后海兰妈妈对那个人说："这是我师傅，叫阿布凯赫赫。我也是洪劫留下来的，现在的事什么也不懂，就得靠师傅指点。你要想生存，也得认我的师傅为师傅，她会帮助你。"听了这话，这个人当时就给阿布凯赫赫跪下了，说："我叫安托，这是我以前的名字，今天也拜你为师，请你老指点我修炼。"阿布凯赫赫说："可以。来，我先给你起个名，你就叫安车骨吧。"这样，安托有了自己新的名字——安车骨。她很高兴，又一次跪下给师傅磕头。

过了一会儿，安车骨从腰里拿出一个四方小盒，安车骨冲着盒子高喊了儿声，然后用手划拉了三遍，盒里的灵魂就活了。阿布凯赫赫低头一看，地上长出了七彩神草和树枝。安车骨就用这树枝和七彩神草做出一个个飞鸟。没几天工夫，宇宙间飞满了各类飞禽，而且飞禽的个儿越来越大。这些飞禽个儿大，飞得不高，翅膀一扇，能把大山给扇得飞沙走石。从那开始，天空便有了飞禽。安车骨妈妈从此成了阿布凯赫赫收的第三个弟子。

接下来，阿布凯赫赫带着海兰妈妈继续上路了。师徒两个来到一条大河边，这条大河比过去见到的所有河都宽。师徒两个就想着河水里也许有洪劫留下的神灵，于是师徒俩便走到大河里。

他们顺着河水往下走，走出没多远，就看见前面水中有个大石头，这块大石头十分奇怪，有鼻子、有眼睛、有嘴，就跟后来人的形状一模一样。在这个石头的嘴上还趴着一个水獭，水獭不时地往石头嘴里吹着气。水獭抬头一看阿布凯赫赫来了，突然跳起来扑到阿布凯赫赫怀里，并向阿布凯赫赫问道："现在是什么时候？洪水是不是退下去了？"阿布凯赫赫一听，知道这又是洪劫遗留下的生灵，就对水獭说："水獭呀，你还不知道呢，洪水已经退下去了。巴纳姆恩都哩已经造出了大地，你可以从水里出来了。"水獭回答："不行，我不能走，我师傅还在石头里呢，我要把他救出来。现在我也没有力量打开石头，你要是能够打开石头，能把我师傅救出来，我就请我师傅拜你为师。"阿布凯赫赫说："那容易。"说完，她运足力量就照着石头人击了三掌。只听"咔吧"一声，石头人裂开了。一看，里面躺着的是一位老太太。阿布凯赫赫对水獭说："你运足气力往你师傅嘴里送气，我再用神功把她救活。"

这样水獭和阿布凯赫赫互相配合，不大一会儿，这位老太太就苏醒过来了。她睁眼一看，自己的徒弟和两个不认识的人站在面前。老太太赶忙起来，深深地请安："两位神灵，你们是从哪里来？现在是什么时候了？"阿布凯赫赫把情况一说，老太太明白了，原来自己已经过了一劫，是在徒弟的保护下才活下来的。

阿布凯赫赫又问她："既然你是上劫的神，那么你叫什么名字？"老太太说："这么长时间睡在这石头里，我什么都忘了。至于名字叫什么，有什么法力，我也全没记忆了。”阿布凯赫赫说：“那么我给你起个名字吧。既然是水獭保护你免遭灾难得以存活，水獭对你有恩，那你就叫海伦[①]吧。”老太太点点头挺高兴地说：“好，我就叫海伦。”接着海伦妈妈对阿布凯赫赫说：“我在江河湖海还有很多徒子徒孙，我去把它们也都召集起来。”说完，海伦妈妈就一头钻到江水中去了。

不大一会儿，就见江水中涌出了许许多多的鱼，有大有小，各种各样。只听海伦妈妈对这些鱼发出一种特别的声音，这种声音别人听不懂，鱼类却能听懂。听到这种声音，这些鱼就都齐刷刷地游走了。海伦妈妈从水中钻出来问阿布凯赫赫：“既然你给我起了名字，能不能再传授给我一些法术呢?”阿布凯赫赫说：“好吧，我可以激活你从前的神性，让你恢复原来的神功。另外再教你一些法术，让你保佑江河湖泊中的生灵。”

海伦妈妈一听挺高兴，赶忙来到阿布凯赫赫跟前，要学法术。阿布凯赫赫让海伦妈妈闭上眼睛，运用自己先天的神力，照海伦妈妈的脑瓜连拍三掌。海伦妈妈的神性一下子恢复过来，回忆起了丢失的神功。后来，阿布凯赫赫又教给她许多新的神功，所以海伦妈妈比其他神能耐都大些。

海伦妈妈一看阿布凯赫赫果然神法无边，就说：“既然这样，我就拜你为师吧。”说着便跪下磕头。

这是阿布凯赫赫收的第四个弟子。

一天，海伦妈妈对阿布凯赫赫说：“师傅，我有个师兄叫突忽烈[②]，她现在在海里呢。”阿布凯赫赫说：“那你能不能领着我们去看看?”海伦说：“行，我这就领你们去。”这样，海伦妈妈就领着阿布凯赫赫、海兰妈妈奔东海岸去了。

来到东海岸，海伦妈妈冲着大海连喊几声，海水便分开了，让出一条通路，师徒三个沿着这条通路走进了大海。

走进大海，阿布凯赫赫就看到了一个石洞，这石洞玲珑剔透，像透明的

---

① 海伦：水獭。

② 突忽烈：鲸鱼、乌龟。

房子似的。阿布凯赫赫师徒三人走了进去，里面坐着个老太太。这老太太一看海伦妈妈来了，顿时放声大哭，边哭边数叨："师弟呀，这一场灾难可把咱们害苦了，你是怎么活到现在的呢？"

海伦妈妈便把自己生还的经过向师兄一一诉说。然后，她把自己的师傅阿布凯赫赫介绍给突忽烈妈妈："这位就是我新拜的师傅阿布凯赫赫。"

突忽烈妈妈很瞧不起阿布凯赫赫，便问："请问你是哪里的神呢？"阿布凯赫赫说："我是掌管现在的天上地下一切的神灵。"突忽烈妈妈一听吓了一跳："你跟我师傅一样啊，我师傅在上劫也是掌管天宫的。真是缘分啊，这样我也拜你为师吧，你就是我新的师傅了。"

突忽烈妈妈拜完师后对阿布凯赫赫说："师傅，我手下有五支队伍，它们还都活着。这五支队伍都是水里生的。一支是鲸鱼，这支队伍其大无比，谁也惹不起。还有一支是两栖动物乌龟，它既能在岸上爬，也能在水里游。"说完，突忽烈就把她的几支队伍调来让阿布凯赫赫看。

不大一会儿，就来了一大群鲸鱼。阿布凯赫赫一看，那个鲸鱼真大呀，嘴要张开简直能吞进大象，乌龟的个儿也其大无比。阿布凯赫赫对突忽烈说："你就镇守在大海里吧。等我领你上天去认了路，以后咱们好能通消息。"突忽烈妈妈说："恐怕我不能跟你去，因为一上岸我就不会走路，还是让我永远呆在海里吧，海里的事我可以管。"阿布凯赫赫说："不要紧，我可以教给你能够上岸的法术。"于是阿布凯赫赫就教给她在岸上怎样呼吸，怎样走路。等突忽烈学会了，阿布凯赫赫就说："等我回天上时把你们都带去，我在天上开条天河，那样，你们就可以在天河里呆着了。"突忽烈高兴地答应了。

就这样，阿布凯赫赫收下了第五个徒弟。

时间长了，海伦妈妈开始想念大江，这天她就对阿布凯赫赫说："师傅我也回到大江去吧，有什么事你可以招呼我。"阿布凯赫赫说："行，你还回江里呆着吧，上天时我再叫你。"海伦妈妈说："我不愿意上天，愿意永远呆在大江里。等将来有了人类，我可以帮助地上的人们解决难题。"

就这样，海伦妈妈也回到了大江中。

阿布凯赫赫领着海兰妈妈又走了。他们来到一座大山前，这山很高。他们来到山半腰一看，山腰里还有个小山包，这小山包上像盖了一张什么皮似的，而且这皮还直动弹。

阿布凯赫赫刚要走上前仔细看看，只见这个皮样的东西底下"噌"一下蹿出一只猛虎奔阿布凯赫赫而来。

阿布凯赫赫一看，这只猛虎和天虎不一样，有两个犄角，浑身雪白透明，太阳一照闪闪发光，两只眼睛冒着青光。阿布凯赫赫知道这不是一般的动物。

海兰妈妈明白，知道这是上劫的动物，就拦住老虎用那种语言同老虎对话，唠了半天。海兰妈妈告诉阿布凯赫赫："这只虎从前不叫虎，它是在这里保护一位入睡的上劫的神灵的，这个山包就是那位入睡神灵的位置。"说完，海兰妈妈又对老虎说了些什么，老虎这才知道，阿布凯赫赫是一位天神，便对阿布凯赫赫肃然起敬，趴在那里不动弹了。

阿布凯赫赫到小山包上一看，山包下有一个洞，正是老虎趴着的那个地方。海兰妈妈冲着洞说了一些什么话，就见从洞里冒出一股青烟。一转身，原来是一位身着白色衣裳的白发苍苍的老太太走出洞来。

这位老太太认识海兰妈妈，一出洞便同海兰妈妈唠了起来。两人唠了会儿，海兰妈妈便向她介绍了阿布凯赫赫。这位白衣老太太当即跪下给阿布凯赫赫磕头。阿布凯赫赫问海兰妈妈："她叫什么名字?"海兰妈妈说："上劫的时候，名字都很长一串，也不好记，你另外给起个名吧。"阿布凯赫赫一寻思，老虎是白的，老太太穿的衣裳也是白的，就叫赛音[①]吧。

赛音妈妈拜谢之后，说："我还有十个石罐子，是上劫动物的灵魂，我也带到这劫来了。"

阿布凯赫赫就这样收了第六个弟子赛音妈妈。

接下来，阿布凯赫赫又收了四个徒弟：萨哈连妈妈、粟末[②]妈妈、漠里罕[③]妈妈、完达哈[④]妈妈，这样，前后加起来，她总共收了十个徒弟。

---

① 赛音：白色女子。

② 粟末：部落名称，在今松花江一带。

③ 漠里罕：部落名称。

④ 完达哈：本为满语常用的语尾词，此处为部落名称。

收了这十个弟子后，阿布凯赫赫便领着海兰妈妈到第三层天老三星那里去了。

阿布凯赫赫在天宫执掌了三个小劫后就让位给男性天神阿布凯恩都哩，自己带着二百女神随老三星到第二层天去了。阿布凯恩都哩执掌了二十四个小劫直到现在。

【附注】

《阿布凯赫赫和她的徒弟》，原题目是《阿布凯赫赫创造天地人》，本书根据实际内容改为此题目。

【讲 述 者】 傅英仁

【采录整理】 张爱云整理

【采集时间】 （无考）

【流传地区】 黑龙江省・牡丹江市・宁安县及长白山地区

【文本来源】 陶阳、钟秀编：《中国神话》（上册），北京：商务出版社 2008 年版，第 140—154 页。原文有删节。

【阅读提示】 阿布凯赫赫，又译为“阿布卡赫赫”，满族创世神话中兼有创世女神、始母神、第一代天神、天母神等多重身份或称谓的神。在《天宫大战》等神话中都有关于阿布凯赫赫的叙事。通过神话中神的发现与命名，我们可以看出，满族一些早期神灵的产生与萨满信仰和动植物崇拜存在密切关系。

【基本母题】 裂生神；第一代天神；始母神；法术的获得；树生神；榆树神；柳树神；神的能力；水獭神；海龟神

【本文编码】 《阿布凯赫赫和她的徒弟》：ZCSW0269-100-004

天宫神魔大战

（满族）

佛托妈妈知道了地下国的消息后，赶到那里一看，恶鬼的鬼魂一个也没了。她赶紧跑到阿布凯赫赫那里，着急地说："师傅，可了不得了，那些恶鬼都被耶路哩收去了！"

阿布凯赫赫听了这话，赶紧运用自己的慧眼一看，只见耶路哩带着四个魔头正在那里操练恶鬼。当即吓得魂飞魄散，痛心疾首地说："我没听老三星的话，心慈手软，没想到惹下了这样的滔天大祸，我再也没脸见老三星了。"说完，她就要自尽以谢罪。

佛托妈妈连忙劝她说："师傅，你千万不要这样自寻短见，事情已经这样了，我们还是先想解决的办法才是，我先到老三星那里去通报一下吧。"

阿布凯赫赫此时也是无计可施，就同意了佛托妈妈的主张。佛托妈妈把一切安排好，直奔老三星那里去了。

老三星一看佛托妈妈来了，就知道发生了什么事情。佛托妈妈把事情说了一遍。老三星说："这是天上该有的一场大劫，躲是躲不过去的，你赶紧回去，保住灵魂山。"

一场天宫大劫就此开始了，在这以后，女天神让位给男天神。不过这是后话了。

这时，耶路哩的兵马已经准备停当，形成五魔、五鬼、五妖规模的队伍。

五魔自不必说，即指耶路哩和四个扫帚星来的小魔；而五鬼则是他们从恶鬼区选上来的恶鬼；至于五妖，是耶路哩从各地召集来的妖精，其中有山妖、水妖、火妖、土妖、树妖。这些妖精没经历过形成人身的过程，直接由精灵变成了妖魔，所以，更是只知与人为害，臭味相投，耶路哩很容易地就把这些妖精召集到身边，这时，他感觉到夺取天宫的时机已经到了。于是三魔王就点上香，祷告着请他师傅扫帚星主凡可沙给他们打开地下国的封口。扫帚星主凡可沙听说他们一切都准备好了，心里当然高兴，派人告诉这些妖魔："你们准备好，半夜时分，我就会给你们打开一条通路。"

耶路哩得到凡可沙星主的回话，非常高兴，带领众魔将鬼兵做好了一切准备。果然到了半夜子时，几声闷雷响过，震得天上都颤抖。紧接着，北边出现了一丝亮光，耶路哩高兴极了，就对四个小魔说："看，凡可沙星主给咱们打开出路了，大显身手的时候到了。"一声呼哨，这伙妖魔鬼怪就冲出了地下国。

他们这一冲不要紧，满世界真的是一派鬼哭狼嚎。前面是五鬼，后面是五妖，接着是五魔，这群恶鬼恶魔一路杀到天宫门前。阿布凯赫赫得到消息，大吃一惊。这时身边的女神建议她用天葫芦把这些妖魔收进来消灭掉，阿布凯赫赫这时对耶路哩竟然还存一丝侥幸，说："万万使不得，咱们先礼后兵，我去和他讲讲道理。也许会使师弟回心转意，如果他能把这些魔鬼赶回地下国，还可以重新修行，以成正果。"可她哪里知道，耶路哩已经完完全全地变成妖魔，死心塌地地与天神为敌了。女神们也都劝她："天母啊，你不能总是这么善心，你这么善待他们，对妖魔鬼怪有好处，对天宫可不利啊！"阿布凯赫赫说："不管怎么样，咱们也要用善心、好心去感化恶意，这样会把恶人改造过来的。"

于是，阿布凯赫赫带领着一些女神和天兵来到天宫外，列出阵势，叫出耶路哩要与他对话。

耶路哩应声走出队伍，却是一言不发。只见他圆睁怪眼，二目射出魔火，直扑向阿布凯赫赫，差点把阿布凯赫赫射倒。阿布凯赫赫一看不好，耶路哩的魔气和妖气已经压住了自己的神气，没办法与之交锋，只好暂且退回天宫。

初战得胜，耶路哩更是得意忘形，正要一举攻进天宫，却被四方大神拦在天宫外，这四方大神神力无边。耶路哩知道自己的力量还不足以与之对抗，只好暂且收兵回到地下国。

四方神又叫四方面大神，其实是四只神鹰。在老三星座前有一个金翅大鹏，满语称为爱新昂邦呆米。这个爱新昂邦呆米虽说是鸟类，但它的道行不浅，它裂生出三十六个大鹏。这三十六个大鹏中的四位就是四方神。四方神分为：东方大神，亦称东方呆米；西方大神，亦称西方呆米；南方大神，亦称南方呆米；北方大神，亦称北方呆米。都由阿布凯赫赫统领。

这四只神鹰把守着天宫东、南、西、北四个方位。他们的神功非常大，始终监视着天宫四方，不让一切邪魔进入天宫。一经发现邪魔入侵，便立即通知把守四方的动物（野兽）出击。四方神不用亲自去和妖魔交战，只要他的眼睛射向妖魔，无论什么样的妖魔都会化为灰烬，保护着天宫平安无事。

这四位神亦是满族的保护神。有的人误认为四方大神是天上的一切神祇、一切神灵，这是不对的。四方大神能同时附体六十四位大萨满，也可以把自己的灵魂分成三十六份，同时附在多位萨满身上。请这四位神时，有一个统一的咒语，默默地念上三遍。需要摆上七星桌，在七星桌上设四个香灶，插四灶香，摆在东、南、西、北四个方向。是哪个方向来的妖魔，哪个方向的神灵就会附体。

这四只神鹰紧紧地把守着天宫的东、西、南、北四方，耶路哩是无计可施。他为了消灭这四只神鹰，想尽了一切办法，把所有魔法都用了一遍也无济于事。耶路哩伤透了脑筋，整天和那些妖魔们聚在一起想主意，最后终于想出了一条毒计。

再说这四只神鹰日夜牢牢地守护着天宫四方，安然无恙。这天，南方神鹰正在四下巡视，就见从空中来了四个金甲神，说是来宣布阿布凯赫赫的旨意的。南门神鹰一听赶紧迎了出来。这四位金甲神就说："是不是把那三方面的神鹰也请来一同听取旨意?"南门神鹰立即把东、西、北三方的神鹰也都召集来了。

四方大神到齐后，金甲神就宣布阿布凯赫赫的圣旨。说是由于他们对人间有功，要论功行赏，但是由于他们是鸟类，不能立即转成神。天宫西北部有一个大红门，说谁先抢进门去谁就能先转化成人，然后立刻就会变成神体。四位神一听，心里十分高兴，修炼多年，就盼着能早日成仙成神，功德圆满啊。

四位神问金甲神："那我们怎么才能找到大红门呢?"金甲神说大红门就在西北方，要亲自带他们去。还说先进大红门的才能得到最大的神力。要他们千万记住，大红门后是仙境，进了大红门后不要乱说乱动。四位大神满口答应，于是，四位金甲神就领着四只神鹰往西北方走了。

走到天宫的西北方，果然远处山上红光闪闪。走到门跟前，金甲神说："你们都想早日成神，我们也豁出来为你们担待一些不是，你们就一起进吧。千万千万要注意，进到大红门里头，不要东张西望，不管看到什么东西或闻到什么味道，都不要说话。"

四只神鹰求之不得。四位金甲神便把他们领到大红门门口，催促道："你们赶快往里钻吧。"这时，大红门应声打开了，门内果然如同仙境一般美丽。看到这一情景，四只神鹰啥也不顾了，拼着命往里钻。钻进去走了一会儿，他们就觉得身子一下子变小了，刚才看到的仙境一下子从眼前消失，而且闻到一种刺鼻的血腥味。

"这是怎么回事呢?"四只神鹰感觉不对，想要出去，但已经来不及了。这时就听天上一阵哈哈狂笑："这回你们这四只笨鹰是永远也回不到天上去了，你们四个就粘在一块儿到人间托生去吧。"他们这才知道，什么论功行赏，什么成神成仙，这都是一个圈套。他们放声大喊："阿布凯赫赫快救救我们吧！老三星，快来救救我们吧!"可是，已经是叫天天不应，呼地地不灵了。他们喊着喊着，就觉得自己在越来越缩小。最后话也说不清，手也举不动了，四只神鹰粘到了一起怎么也分不开了。四只神鹰就这样被坠入到凡间。

阿布凯赫赫初战不利，虽然有四方神暂且把守住了天宫，但还不敢大意，又召集来五百个妈妈神和一千多个女天兵，随时准备对付耶路哩的攻击。阿布凯赫赫特别看不起男人，认为男人是最没能耐的，只能干出力的活或粗活，还是女神有能耐。这样，男神在阿布凯赫赫时期没有担任主要角色，只有阿布凯巴图除外。她认为天下的神都是好神，即使有的神有些毛病，也一定会改过。正因为这个，最后她才上了耶路哩的大当。

阿布凯赫赫把一切都安排好了，还是有些心绪不宁，总感到好像有什么事要发生，弄得她非常烦躁。思来想去，突然想到把守四方天门的四只神鹰会不会出什么事？想到这里，她毫不怠慢，急匆匆地赶到那里一看，果然四只神鹰一个也没有了，四门大开，无人看守。她立即派出各路神祇四下寻找，最后查实，他们四个一起往西北方的那座山的方向去了，再也没回来。阿布凯赫赫一下子明白坏事了。她知道那座山是投胎山，在天上犯了天规的神，都要送到这座山让他到凡间投胎去。四只神鹰进到那里，必然是有去无回。无奈之下，她只好一方面向老三星报告，另一方面暂且派纳丹岱辉和纳尔浑先初两个神将带着天兵看守四门。

再说耶路哩还有五妖，是由五个动物变成的妖怪。动物成妖身上的魔性要小一些，一般不伤害人，所以说他们并没有真正和耶路哩走到一起。五妖自从和耶路哩闯天宫回来之后，觉得天上比任何地方都好。再说和耶路哩这么闹下去也没有什么正果，就私下合计，说不如偷偷地躲到天上去，天宫的任何地方都比地下国强百倍，何况把守天宫的四位大神已经坠入凡尘了，也好混进去。商议已定，就趁耶路哩不注意的时候，跑出了地下国。

五妖跑到天宫北门，这里由九条大蟒把守着，还有纳丹岱辉和纳尔浑先初在巡视，五妖一看只有两个天神，心想我们五个怎么也能打过你们两个。于是一拥而上，纳丹岱辉用手一推，就把他们推回去了。他们又往前上，又被推了回去。连推了三次，五妖不敢上了，但他们不死心，对着纳丹岱辉喷妖气。这妖气一喷，腥臭难闻。一般的凡人沾到身上就烂，可是纳尔浑先初不是凡人，他对五妖说："你们不就是喷妖气吗？我倒要让你们自己先尝尝妖气的滋味。"

纳尔浑先初用手中的蒲扇一扇，就把五个妖怪扇得像风车一样转了起来，转得他们头晕眼花。但这五妖妖气不改，刚停下来，又向上冲，连冲三次，都被扇子扇了回去。依着纳丹岱辉的想法就此干脆把他们制死得了，纳尔浑先初说："不行，天宫里是一片净土，不能在这里杀生。"于是纳丹岱辉顺手折了五枝柳条，弯成五个柳圈，往五妖身上一扔，把其中的两个套得死死的，另外三个却逃了出去。

套住的这两妖，一个叫拉拉古先初，一个叫呼拉拉贝子。被套住以后两妖想挣脱出去，可是越动柳圈套得越紧，实在没办法，两妖开始求饶了："二位大神，饶恕我们俩吧，我们再也不兴妖作怪了。"两位大神商议之后，纳丹岱辉收拉拉古先初为徒，纳尔浑先初收呼拉拉贝子为徒。

因祸得福，这两个妖精倒终成正果。所以，满族人在举行闭灯祭时，也祭这两位由妖而变的神。拉拉古先初是女性神，呼拉拉贝子是男性神，他们会保佑满族人的牲畜、家禽的安全，防止妖魔鬼怪祸害。闭灯时，在供桌底下放一盘糕点是专门供奉他们的，直到现在一直流传着。

再说逃跑的那三个妖怪也没回地下国，他们跑到地上国，在地上国生儿育女，繁衍后代。由于这三妖在地上国的存在，人间才有毒蛇猛兽、蝗虫水怪等生物。这三妖是呼拉拉岱浑、拉拉古岱哈、玛虎贝色。前两个在人世间繁衍了一些有毒的动物，而后一个专门吃死孩子。在民间，孩子一哭，大人就会说："别哭了，玛虎来了。"指的就是这个妖怪。

五妖逃走之后，耶路哩仍不甘心，就把五鬼头召集来了，同他们一商量，决定重新训练鬼兵，要再次进攻天宫。

就这样，耶路哩发起了对天宫的第二次进攻。这次他派五个鬼头打头阵，一进北天门便喷魔火，无论什么人或物，碰到魔火都会化成灰烬。但阿布凯赫赫早有准备，她把大火星留下的水葫芦拿出来，魔火没等烧起来就被浇灭了。耶路哩一看魔火无济于事，就把凡可沙星主给他的魔袋拿出来，打算把天宫诸神统统装进去。这一着果然奏效，的确有些道行小的天神被魔袋收了进去。阿布凯赫赫一看不好，急忙命令三百女神施放天箭。号令一下，天箭像雨一般射向那些妖魔，这些妖魔哪里抵抗得住，再一次败下阵来，逃回地下国。

此时的耶路哩已经是一筹莫展，只好让三魔王向扫帚星主凡可沙汇报，请求援助。扫帚星主凡可沙勃然大怒："我就不相信那个阿布凯赫赫有什么能耐，我一定要把天宫夺到手，让耶路哩当天神。"说罢就施起魔法，霎时间，天昏地暗，本是温暖如春的天宫也忽然间冷得不得了，天上的大神也扛不住了。从天宫的东、西、南、北四个方向涌上来重重的冰山，阿布凯赫赫连同三百名女神首当其冲，被冰山压到了大地上，另外二百名女神被及时赶来的老三星救到第三层天去了。所幸在被冰山压住的瞬间阿布凯赫赫一看不好，把老三星给她的神衣神帽拿了出来。神衣神帽越变越大，将阿布凯赫赫和那三百女神保护起来。由于阿布凯赫赫在耶路哩攻来之前就有所防范，让女神们撕下一块衣裳的里襟，男神剪下一片长袍，盖住了灵魂山，才使得冰川袭来之时，灵魂山没受侵害，保护了这里所有的灵魂。

这时冰越来越厚，大地上成了一片冰川，天宫也变成一片冰海，天上和人间遭遇了一场劫难，整个世界成了冰川世界。

耶路哩把阿布凯赫赫及三百女神压到冰山下后，高兴极了，领着这些魔王和鬼兵占领了天宫，整个天宫顿时成了魔鬼的世界，再没有往日的鸟语花香，到处是一派腥臭之气。

这就是天上的第一场劫难。

要说这些冰山可不是普通的冰山，它是扫帚星的魔头从扫帚星中搬来的，这个冰和寻常的冰不一样，非常坚硬，而且逐天逐年地长，所以这个冰山是一天比一天高，冰也一天比一天多。再加上凡可沙大魔王又将自己的法力作用于冰山上，很难破开。

但是耶路哩也多少还有些不放心，因为他知道阿布凯巴图在老三星那里，不知什么时候回来，如果阿布凯巴图回来，也许还有许多麻烦。他就委派手下的四个魔王率领人马巡视天宫，严加防备，以为这样就可以万无一失了。于是开始"即位"分封，自封为"天魔"。另外封扫帚星来的四个魔头为大魔王阿布凯昂邦额真（管天的）。

再说这天老三星命人把阿布凯巴图找来，这时的阿布凯巴图已经是九头六臂的金甲大天神了。老三星对他说："你赶快回到第一层天吧，你师兄已经被耶路哩压在扫帚星的冰山底下了，你得赶快去救她，不然，一百八十天后她就分解了。"

阿布凯巴图一听这个消息，当时就哭了，他说："我马上回去，豁出命也要把我大师兄救出来。"

老三星接着说："这只是你回去的第一件事。第二件事是消灭耶路哩，把天宫重新夺回来。我给你四个火葫芦，这四个火葫芦是用来破冰山的，除了火葫芦别的东西什么也破不了冰山。"

阿布凯巴图心急如焚，匆匆辞别老三星. 带着千余天兵天将回到第一层天。

他解救师兄心切，到了第一层天，他什么也不顾就直奔冰山而去。老远一看，那冰山是上顶天下拄地，冷气嗖嗖，魔气袭人。那些天兵天将们谁也无法靠近，只有阿布凯巴图和另外两个神可以接近。一个是五克倍恩都哩，他是穿山甲神，有一身的铠甲，能够忍受魔冰的侵蚀；另一个是僧格恩都哩，他是上一个大劫留下的刺猬神，不怕火，也不怕魔冰。阿布凯巴图带着他们两个到冰山附近去看了一遍，还是无从下手。

这时，只听空中有人说话："阿布凯巴图，你要注意！"阿布凯巴图一听是老三星，赶忙跪下了："师傅，有什么指示？"老三星说："你让五克倍恩都哩和僧格恩都哩每人拿着一个火葫芦钻到冰山里面交给阿布凯赫赫，让她从里往外攻，你拿着另两个从外往里攻，就能够把阿布凯赫赫和那三百女神救出来。"阿布凯巴图一听，赶紧回头对五克倍恩都哩和僧格恩都哩说："你们二位就得多劳了，进到冰山里把这两个火葫芦交给她。告诉她五天之后正当午时，里外一齐攻，就可以打破这冰山。"五克倍恩都哩和僧格恩都哩说领命，分别显露出自己的原形——穿山甲和刺猬，开始往冰山里钻去。

可是刚刚钻进去一半，就累得不能动了。僧格恩都哩说："咱们歇歇吧。"他俩刚歇息下来，就觉得四周的冰紧紧地往身上箍，越箍越冷，箍得他们两个动也不敢动，挪也不敢挪，五克倍恩都哩就问僧格恩都哩："你的年龄比我高，你看没看出来这是怎么回事呢？"僧格恩都哩说："在上一劫天外有一个凡可沙星，老百姓称为扫帚星，这个星专门制造比钢还硬的冰，看起来现在这冰倒有几分像是扫帚星上的冰。难道说是耶路哩手下有扫帚星的人？"

僧格恩都哩的话倒让五克倍恩都哩恍然大悟，他说："一定是这样了。咱们赶紧把火葫芦打开点，不然也恐怕性命难保。"说完，两个人就把火葫芦撬开一些，从火葫芦口冒出一些火苗，才算保住了两人的性命。命虽然是保住了，但却被困在冰层中，进也进不去，出又出不来。

冰山外面阿布凯巴图专等两个人，左等没回来，右等也没回来，他睁开慧眼往冰山里一看，吓坏了：五克倍恩都哩和僧格恩都哩也被封在了冰山里面。

在这时，耶路哩领着四个魔王来了，双方当即展开大战。一连打了三天三夜，才把这些魔头打退。可是，仅仅是把他们打退，还没有彻底消灭他们。

大家正在那里想着破敌之策，这时，耶路哩手下的大魔王过来对阿布凯巴图他们说："你们哪位是天兵元帅?"阿布凯巴图挺身而出："我就是天兵元帅，你要干什么?"三魔王说："我们是扫帚星手下的四大魔王，不再参与你们天国的事了，想回到扫帚星去。可外气层被你的师傅用金刚灵气封住了，你能不能把我们送出去。"

听了这话，阿布凯巴图不怒反笑："你想得太简单了，你在天上作恶多端，杀害了那么多的神，还用冰山封住了天母，想回去就能回去吗?除非你把冰山移走，救出天母，否则休想。"

三魔王一看达不到目的，便把魔气喷向阿布凯巴图。但这种魔气对阿布凯巴图不起作用，阿布凯巴图用仙气一吹，就把魔气吹散了。但魔气仍护着三魔王，天兵无法靠前。就在双方僵持之时，从天神队伍里走出一人，却是呼拉拉贝子。阿布凯巴图问他："你出来干什么?"呼拉拉贝子说："启禀元帅，我能够制服这个魔王。"阿布凯巴图还不相信：这些天兵天将都无法近身，怎么能够制服他?呼拉拉贝子说："你有所不知，我本是五妖之一，不怕他的腥臭之气，我大吼三声，就会把他喝倒，但这样在场的各位神仙也招架不住。我想把他引出去震昏他，然后交给你们，你们愿意怎么惩治就怎么惩治。"

说完，呼拉拉贝子来到三魔王面前："你的本事倒不小，不过你敢跟我交手吗?"

三魔王并没有把他放在眼里，不屑地说："跟你交手，你不过是我手下的五妖之一，跟你交手算什么能耐，你赶快退后，不然我就取你的性命。"

呼拉拉贝子说："这样吧，咱们俩到天边去战它一百个回合，我要输了就跟着你走，你要输了就听我的，你敢不敢去?"

不可一世的三魔王哪里受得了这个，大吼一声："行!"两个人就向天边走去。

论本事呼拉拉贝子同三魔王根本没法比，所以，三魔王也就没把他放在眼里。他轻敌了。

到了地方，呼拉拉贝子说："咱们比吧！"三魔王说："怎么个比法？"呼拉拉贝子说："我咬你三口吧，你要能扛住，我就投降你。"三魔王说："行，别说三口，三十口我也挺得住。"

呼拉拉贝子把嘴大张，使出全身力量大吼三声，这一吼震得天地颤动，三魔王当时就震昏了。得手之后，呼拉拉贝子赶紧跑回来对阿布凯巴图说："你们赶紧抓他去吧，他已被我震昏了，一个时辰之内缓不过来。"

阿布凯巴图还是将信将疑，就领着佛托妈妈和超哈斋爷等神赶到那里。一看三魔王真的昏了过去，众神当场就想把他分解了。阿布凯巴图说："天上不许杀生，就把他压在灵魂山下听候老三星处置吧。"于是，众神把三魔王拖了回来，佛托妈妈用手一指，灵魂山就出了一个洞，把三魔王封在了洞里。

耶路哩找不到三魔王，心里正在着急呢。阿布凯巴图就走出阵前，高声叫道："耶路哩，你的三魔王已经被我们捉住了，你们想保住性命，就赶紧把阿布凯赫赫等人放出来，不然，要你和三魔王一样。"

耶路哩一听急眼了，命令手下的另外三个魔王："给我上，抓住阿布凯巴图！"三个魔王和耶路哩一哄而上直奔阿布凯巴图。天兵天将一看，就要冲上前助阵，阿布凯巴图说："不用，让他们上吧，我自有办法。"

阿布凯巴图等耶路哩和三个魔王冲上来之后，六只手臂一挥动，六道金光直奔敌人而去，四个魔头想要靠近也靠不上，干打转没办法。

阿布凯巴图乐了，神臂一挥说："你们回去吧！"这四个魔头就像风车似的退回去了，再想往前冲也冲不动了。阿布凯巴图又说道："大魔王、二魔王、四魔王听着，你们本是从凡可沙星座来的，不该在天宫胡作非为，我如果不是出于好生之德，非把你们消灭掉不可。"

耶路哩和三个魔头还不服气，说："这么办吧，咱们比武，如果我们输了，你想怎么制就怎么制我们；如果我们赢了，你把天宫让给我们，我们还给你一个元帅宝座。”

阿布凯巴图一听乐了：“天神的宝座不是你赢我输的问题，那是老三星委派的。要坐阿布凯的宝座，怕你想坐也坐不成。”耶路哩说：“既然这样，咱们就比武吧。”阿布凯巴图说：“你说怎么比吧？”

耶路哩心里想，在老三星那里一起学的法术，我从凡可沙星主那里又学了十二道魔法，跟你阿布凯巴图比试不在话下。耶路哩把自己看高了，他不知道阿布凯巴图在老三星那里学到了其他人不知道的法术，其中就包括十分厉害的“十视法”。阿布凯巴图说：“这样吧，咱们在天宫里施展不开，到天边去比试吧。”耶路哩说：“行。”于是，他们一起来到天边。

耶路哩跟三个魔王合计：要用搬山法搬座山来，把他们压的压、砸的砸，这样他们就没办法了。四个魔头就用魔法把地上国的大山搬到天上来了，一座大山直奔阿布凯巴图和天兵天将压了下去。阿布凯巴图和五百男神一看一座山直奔他们而来，不知怎么回事。这时，只听大力神敖钦大神哈哈一笑说：“这算什么，你看我的！”眼瞅着整座大山就要铺天盖地而落的时候，敖钦大神用手一推，就把山推得粉碎，落到地上国。耶路哩一看不好，又搬来第二座大山，敖钦大神用脚一踢，又把第二座山踢了回去。耶路哩他们连搬三座山，都被敖钦大神挡了回去。在往回踢第三座山时，敖钦大神留下一半，准备用这一半砸死耶路哩和那三个魔头，却被阿布凯巴图接住了。他对敖钦大神说：“只许他不仁，不许咱不义，你把他砸死在天上犯天戒。这样吧，你给我留下一块石头，地上国的石头比天上的石头重，给我留一块我有用。”

敖钦大神不敢违命，就从这座山上掰下一块石头扔给阿布凯巴图，然后，一脚把这半座山踢到地上国去了。

阿布凯巴图捡起这块石头往外一扔，扔到大魔头的脚下，一下子把他的脚趾头砸掉了两个，疼得他哇呀怪叫，败下阵去。结果这块一摔两半的石头变成两株浑身带刺的矮棵树，叫荆棘，土名叫刺棵子。这种带铁刺的刺棵子后来到处繁殖，天上地上都有，一直到现在也没绝迹。这种树的刺扎人很厉害，就是牲口也不敢靠近。

一看大魔王败下阵来，二魔王还不服气，他对耶路哩说：“我能够喷邪火，把这些天兵天将烧死。”耶路哩说：“你能行吗?”二魔王说：“能行，能行，这一招是我师傅教给我的，就是大罗神仙也会化成灰烬。”耶路哩说：“你既然有这么大能耐，那就出兵吧。”

二魔头走出阵来，对阿布凯巴图说：“你要是有能耐就站那里别动，我对你喷三口气，你要能站住脚我就算输。”阿布凯巴图说：“别说三口，就是三十口也没事。我知道你的鬼点子，你那套对我不好使。”

“好吧，你站着等着。”二魔头说完冲着阿布凯巴图一张口喷出六股火苗。要说一般的天神倒真怕这种邪火，但阿布凯巴图已经变成九头六臂的金身，不但不害怕，他还用第二个脑袋喷出真水把邪火扑灭。二魔头接二连三地喷邪火，阿布凯巴图都给扑灭了。这样持续了好长时间，阿布凯巴图不耐烦了：“我给你脸你不要脸，别说我心狠。”他用力喷出一口真水，直奔二魔王而去，把二魔王的尾巴削去一半。二魔王吓得赶紧退下去，捂着半截尾巴号啕大哭。耶路哩不解地问：“受了这一点伤你哭什么?”二魔王说：“你不知道啊，没了尾巴，就再也回不去扫帚星，凡可沙星主看到没有尾巴的就会一口吃掉。”

耶路哩说：“那也不要紧，你就先别回去，在这里养伤吧。”

他们的对话让阿布凯巴图听到了，他冷笑一声说：“不要害怕，只要你改邪归正，我还可以把你的尾巴接上，但是有一个条件，就是再不允许你扰乱天宫。”说完，阿布凯巴图就把二魔王的半截尾巴装在了皮口袋里。

大魔王一看急了，又从队伍里走了出来说：“我愿意和你再比试比试。”阿布凯巴图说：“你还有什么本事说吧，我可以奉陪。”大魔王说：“你可以用你的神力把我装到石头罐子里，我可以不费吹灰之力就从石头罐子里出来。然后我再把你装在我的石头罐里，你要能出来也行，算你赢。”阿布凯巴图知道大魔王会“金蝉脱壳”法，就回答说：“我不会和你比试这样低级的法术，这样吧，我手下有个将领叫朱烟朱吞，让他和你比试吧。”

朱烟朱吞听了应声答道：“谨遵元帅旨意，我来和你比试。”

大魔王说：“你把罐子拿出来，我可以先钻。”朱烟朱吞说：“我不用石罐子，我手里有一个用天丝织成的网兜，你能够从网兜里出来就行。”

大魔王想：这更好了，网兜上净是眼，我用缩身法就会脱身，于是回答说：“好吧。”说完，毫不犹豫地钻进了网兜里。他哪知道，这网兜可非一般网兜可比，它是神物，要是装上魔鬼，越动弹越紧。这时大魔王才知道后悔了，对朱烟朱吞告饶说：“我认输了，你放开我吧。”朱烟朱吞说：“放开你？那不行，你跟你三师弟一同去吧。”说完就把网兜交给阿布凯巴图，阿布凯巴图让佛托妈妈把他同样送到灵魂山去了。

大魔头和三魔头都被送到了灵魂山，二魔头又断了尾巴，这样一来，耶路哩手下只剩一个四魔头和几个小魔鬼，势力锐减。这时耶路哩是进退两难，想要脱逃吧，又怕阿布凯巴图追上来。这时天兵天将就对阿布凯巴图说：“趁这机会咱赶紧把耶路哩和二魔王、四魔王抓来算了，一下子消灭他们。”

阿布凯巴图说：“消灭他们倒容易，但是必须把他们的魔法都制服了，让他再也没有能力反天了，然后咱们再制服他，不用别人动手，我一个人就行。”

阿布凯巴图又问耶路哩：“你还有什么招？说吧！”耶路哩说：“我能改头换面，让你分不出我是谁。”阿布凯巴图说：“怎么个改头换面法？”耶路哩说：“我把我的脑袋割下来，扔到空中，我再割下一个小魔鬼的脑袋换上，让你分不出来。可有一样得先说明白，先小人后君子。我的脑袋割下来之后，你不能使邪招把我的脑袋弄走，让我变不回来，那样不算你赢。何况我的腔子里还有一个头，还能长出一个。”阿布凯巴图说：“你放心吧，就是你的腔子里再长不出头来，我也不会做那种不仁义的事。”

耶路哩刚要拿出刀来割自己的头，又想起了什么，停下手来问阿布凯巴图：“我要割下头来后你却不割了怎么办？”阿布凯巴图笑笑说：“看来你是不相信我，这样吧，我先割，等我的脑袋割下来后你再割。”耶路哩听了心想，这样更好了，这样我还可以省了一刀之苦，你要是先把脑袋割下来了，我不割你也不知道。他这也是不知道阿布凯巴图到底有多大的道行。想到这儿，耶路哩就说：“那好，就这样吧，请师兄先割吧。”阿布凯巴图说：

"好。"说着拿起宝剑"咔嚓"一声真的把自己脑袋割了下来，用左手提着，给耶路哩看。同时割下的脑袋还在说话："耶路哩，你怎么不动手呢?"耶路哩吓坏了，心里想这割下的脑袋怎么还能说话呢？没办法，只好咬着牙把刀拎了起来。他知道脑袋割下来是什么滋味，可是在阿布凯巴图的催促下，也咬着牙把自己的脑袋割了下来。两个脑袋同时扔到天上。

阿布凯巴图手下有五只神雕，这时五只神雕同时飞起来了，其中两只保护着阿布凯巴图的脑袋，不让任何人侵犯。另两只神雕叼住了耶路哩脑袋上的两只耳朵，要扔到大海里去。这时阿布凯巴图的脑袋说话了："不行，我已经跟他说好，不许伤害他。"听到阿布凯巴图的吩咐，神雕就张开嘴把脑袋扔下来了，往耶路哩的脖子上一安，结果安偏了。而阿布凯巴图的脑袋却自然地回到脖子上。

耶路哩还是不服气，又想出第二个比试办法，他说："咱们用刀把自己大卸八块，你敢比吗?"阿布凯巴图说："行，别说八块，八十块也行，不过还有一样，还要自己卸，自己往石罐子里装，不用别人。"耶路哩说："那怎么能装呢？没有脑袋也看不见。"阿布凯巴图说："你最后剩一只胳膊时，这只胳膊拿着最后一件，然后自己装回去。另外，你愿意摆就摆上，不摆上乱扔也行。"耶路哩说："那不行，怎么卸的就得怎么摆好。"阿布凯巴图说："行，就按你说的办，咱原来是什么样就摆什么样，完整地摆好，不许少一件。"耶路哩说："那当然。"

两人商量完后，耶路哩说："你先卸，我看着，你卸多少件我就卸多少件。"阿布凯巴图说："行。"

这时，耶路哩把四魔王叫到跟前说："来，咱俩看着。"

阿布凯巴图把佛托妈妈叫来："你也在旁边监视着，看我们俩是不是都真的卸下来了。"

石罐子摆好后，开始动手了。先是阿布凯巴图从上到下一件一件地卸了十六件摆上了，盖上罐子后，佛托妈妈对耶路哩说："该你的了。"

耶路哩一看阿布凯巴图卸了十六件，他也不能少啊。他就磨磨蹭蹭地在那里从脑袋开始往下卸，卸来卸去，卸到第九件时，他就受不了了，疼痛难忍。他咬着牙把左手卸下来，想要用右手把左手放到石罐子里，右手也回不去了。耶路哩的脑袋说话了，他对四魔王说："你把我右手摆好。"佛托妈妈说："那不行，你得自己摆。"耶路哩说："原谅我一次，我的右手真的回不去了。""回不去用嘴叼。""我用嘴叼也不行呀。""那也不要紧，我可以帮你。"说着，佛托妈妈就把耶路哩的脑袋拿出来，对着他的右胳膊说："你咬着。"没办法，耶路哩用嘴咬着右胳膊叼到石罐子里盖上了。

一个时辰后，两个人自我组装完毕从石罐子里出来了。耶路哩由于右手是用嘴叼进去的，小拇指被咬掉一个。

阿布凯巴图问耶路哩："怎么样？你是不是完整地出来了？"耶路哩低头看看自己的手，无奈地说了句："我输了。"但尽管嘴上这样说，心里还是不认输，还要接着比试。阿布凯巴图并不在乎，看他还有什么招，就说："行，你说还怎么比吧？"耶路哩说："咱们坐在火堆上，看谁坐的时间长。"阿布凯巴图说："没关系，只要你划出道来，我一概奉陪。"

于是点起了两个火堆，每个火堆上都架了一块青石板，青石板下是熊熊烈火。耶路哩说："师兄，你先上去吧。"阿布凯巴图并不迟疑，一个箭步跳上去，盘腿坐在石板上，稳如泰山。耶路哩也不示弱，跳上火堆，坐到石板上。

熊熊烈火中两个人就这样坐着，快到两个时辰了，耶路哩就有些坐不住了，在那里一个劲儿地动弹。阿布凯巴图说："唉，不能动，动了就算输。"耶路哩咬着牙挺了两个多时辰，实在挺不住了，一个箭步跳了下去，对阿布凯巴图说："师兄，你也跳下来吧，我实在不行了。"阿布凯巴图说："怎么样？你还不认输吗？还有什么招数没用出来？"这才引出了耶路哩的最后一招——推冰大战。

其实说起来，制服耶路哩对阿布凯巴图来说并不是问题。但是他现在担心的是压在冰山下的阿布凯赫赫和三百女神以及五克倍恩都哩和僧格恩都哩。因为就他现在的法术还难以破解冰山，把压在冰山下的人都搭救出来。

这天，阿布凯巴图把敖钦大神找来说："师弟呀，我有一件困难事解决不了。"敖钦大神知道他的心事，就说："我也为难，这冰山怎么推也推不动，不但推不动，还天天长，日日增，怎么办呢?”阿布凯巴图说：“这样吧，你上第三层天找老三星请示请示，看老三星有没有什么办法。”于是，敖钦大神就带着几个徒弟奔向第三层天找老三星去了。

到了第三层天，他们也无心观赏这里的景象，直接来到老三星的住处。见到老三星，敖钦大神就跪倒在地，把阿布凯巴图与耶路哩对战的情形以及目前为难的事对老三星说了一遍。老三星说：“你们不知道，前些时候，我已经把天宫用金刚灵气罩住了，扫帚星已经不可能再施魔术了。你回去对阿布凯巴图说，一定要把凡可沙星派来的四个魔王送回去，不要太伤害扫帚星，因为得罪了它们对以后不好。把耶路哩压在冰山下可以，但那四个魔王必须送回扫帚星去。至于怎么送，我去第一层天指挥这件事。怎么制服耶路哩，你和阿布凯巴图商量着办吧。”

敖钦大神十分高兴地回到第一层天，把老三星嘱托的话一五一十地对阿布凯巴图讲了，阿布凯巴图立即摆好阵势，找耶路哩算账。耶路哩伤还没好，本想不出来了，一听阿布凯巴图叫阵来了，没办法，只好领着两个魔王出来了，壮着胆子对阿布凯巴图说：“你说怎么打，我是不认输的。”

阿布凯巴图说：“这样吧，我也不动手和你比了，叫我手下的超哈斋爷和你那两个魔王对阵，他们要是打败超哈斋爷我就认输。”耶路哩心想：你一个超哈斋爷也就是副元帅，二魔王虽然有伤在身，但四魔王还有很强的实力，他一个人想打败我这两个魔王是不可能的。就答应下来：“行，让你的超哈斋爷和我那两个魔王对阵。”就这样，他们定好第二天开战，各自收兵。

回去后，阿布凯巴图对超哈斋爷说：“明天打仗你只许败，不许胜，我自有办法。”超哈斋爷说：“我从来没打过败仗，怎么能打败仗呢?”阿布凯巴图说：“这件事你听我的，如果你打败了我给你记功，打胜了我给你记过。”

超哈斋爷虽然不高兴，但也只好答应下来。第二天，两边摆好阵势，身穿银盔银甲的超哈斋爷出阵了，他手持战刀，上前叫阵，那两个魔王果然都出来了。战了没有三四个回合，超哈斋爷回过头喊：“我打不过你们了，我得跑。”这两个魔王自以为得计，哪里肯放，在后边穷追不舍。追到一个山包时，阿布凯巴图带着三百兵马在那等着呢。两个魔王一看吓得就要往回跑，没想到天兵天将早已把后路堵住了，无奈转回头来勉强与阿布凯巴图他们交手。阿布凯巴图用手一指，搬来一座大山，推着两个魔王往前走。两个魔王站不住脚，一直被大山推到了灵魂山，灵魂山裂开一个口子，把两个魔王压在底下。

阿布凯巴图把四个魔王都扣到山里了，回过头来找耶路哩，但耶路哩看事不好，早已逃得不知去向了。

这时就见南边天上彩云翻滚，定神一看，是老三星来了！

老三星来到天宫，只见天宫十分萧条，破烂不堪，洞也不像洞，天也不像天，阴沉沉、灰暗暗的。老三星叹了一口气，对阿布凯巴图说："耶路哩在我裂生他的时候就想毁掉他，可是你大师兄阿布凯赫赫一再求情，还把自己的道行让给他一部分，这样才保住他的生命。算了，这也是劫数，不提了。至于打开冰山救你的师兄容易，你不用犯愁，眼前紧要的是得先把耶路哩抓住。"

阿布凯巴图这时又放开慧眼去看，可啥也看不出来，只是觉得有的地方混混浊浊，可也不知道这混浊的地方是怎么回事。老三星说："你封住的地下国已经不起作用了，扫帚星的大魔王凡可沙星主又给他开了一个后洞，现在他是躲藏在后洞里边。这个后洞一般的神仙是看不见的。你等着，我把他拘来制住他。"说完，老三星就盘腿坐在地上闭起了眼睛。

老三星坐下后，头顶上立刻出现三道金光，这金光把天宫照得通亮。这时就看到地下国有一个地方黑乎乎的，不一会儿，老三星头上的三道金光就奔地下国那个黑乎乎的地方去了。顷刻间，只听"轰隆"一声巨响，耶路哩就被从地下国的黑洞里揪了出来。耶路哩本以为自己躲藏在那个黑洞里就万无一失了，没想到一下子被揪了出来。他睁眼一看是老三星，吓得魂不附体，跪在那里哆哆嗦嗦地也不敢说话了，只是一个劲儿地磕头。同时对阿布凯巴图说："二师兄救救我，二师兄救救我。"

老三星说："这回谁也救不了你了，你已经犯了天条十大罪，罪不能赦。我给你说说你的十大罪状：一是你背信弃义，陷害天母。你大师兄对你是仁至义尽，你却把她压在冰山底下；二是你毁灭天宫。天宫是阿布凯赫赫费很大力量建造起来的，却被你一手毁坏；三是你伤害生灵，把地上国的生灵害死无数；四是谋反夺天，你想当天神，残害阿布凯赫赫。天神是那么容易当的吗？阿布凯赫赫修炼了那么多劫才成正果，你刚裂生出来就想当天神，野心太大；五是你勾结外星魔鬼祸害天宫，扰乱人间；六是你勾结妖魔陷害天神，八百天神被你害得死的死，伤的伤；七是你欺师灭祖；八是不守神道，偷学魔法；九是玩弄欺骗、撒谎伎俩；十是陷害生灵，罪大恶极。这十大罪状触犯一个都不能赦，何况你已触犯了十条。”

老三星这一宣布，把耶路哩吓得是一身冷汗，跪在那里一个劲地磕头。老三星并不多说，拿出安达葫芦，只见一道金光就把耶路哩收了进去。

老三星又对阿布凯巴图说：“我们已经在天宫的外层布了三层金刚灵气，扫帚星是进不来了。至于阿布凯赫赫和三百女神以及五克倍恩都哩、僧格恩都哩，我们现在去把他们救出来，然后再把耶路哩压到冰山下。”

阿布凯巴图听了这话当然高兴，但还是有点不放心，他怕老三星进去万一有什么闪失。于是就对老三星说：“师傅，还是我去吧，你们在外面施法术，我钻进去救他们。”老三星乐了：“阿布凯巴图，你是不是不放心我们啊！你放心，我们三个破这个冰山不费吹灰之力。但在进冰山之前我给你说件事，你可能总在想，为什么我们不早些把耶路哩除掉，让他闯了这么大的祸才动手。”阿布凯巴图就跪下了：“我确实有这个想法，我认为应该早些把他除掉，那样的话天宫也不会遭这样的大难。”老三星叹了一口气，说：“我何尝不是这样想呢？主要原因有几个：一是阿布凯赫赫该有这一劫，必须得经过这一过程才能让她的想法得以改变，不然很难改变她的想法。二是阿布凯赫赫造的天宫也已经过时了，天宫已经到了该重造的时候了。三是扫帚星派来四个魔王，我要消灭他们虽然很容易，可是那样会种下扫帚星对天宫的深仇大恨，就会使咱们的天上国、地上国甚至地下国都不得安宁。所以，只有时机成熟了才能惩治耶路哩，也免除了后患。”

老三星这么一说，阿布凯巴图才恍然大悟，重新跪下给师傅磕头：“师傅的先见之明，真非我们所能想到的啊！”

老三星说："你们走远点儿，我们进去。"说完，老三星又把安达葫芦交给阿布凯巴图："你拿好葫芦，别让耶路哩逃出去。"话音未落，只见老三星分别化成一道银光、一道黄光和一道红光，钻到了冰山里。

那三道光线射进冰山以后，已经没了老三星的踪影，只见冰山上雾气蒙蒙，什么也看不见了。大概有一个时辰的工夫，就见冰山打开很大一个缺口，不一会儿，僧格恩都哩出来了，再一会儿，五克倍恩都哩也出来了，他俩都紧紧地抱着一个火葫芦，正是他们每人手中的这个火葫芦的保护，才使他俩幸免于难。又过一会儿，阿布凯赫赫和三百女神也都被救了出来。可是这些人都是昏昏沉沉的不省人事了。老三星用三道灵气加上阿布凯巴图的佛法神力和几百天神的共同神力，才渐渐地把阿布凯赫赫他们抢救过来。

阿布凯赫赫醒过来一看，老三星、阿布凯巴图都在场，再一看天宫已经是乱七八糟不成体统，不觉十分难过，深感自己没管好天宫，没管好耶路哩，才造成这么大的祸害，使得十万八千年的工夫毁于一旦。她屈膝跪在老三星面前，一是谢恩，二是请罪，眼泪也流了下来。阿布凯巴图赶紧走过来劝她："大师兄，你不要悲伤，咱们再重建天宫。"阿布凯赫赫说："师弟呀，现在我已经没有脸面再做天母了，我学艺不高，智慧不深，愿跟三位师傅永远苦修，你就代替我掌管天宫吧。"说完，已是泪流满面。老三星打个唉声说："你有这个想法倒也难得，你跟我到第二层天去吧，第二层天快建完了，你带着三百女神到第二层天去。一方面在那里继续建第二层天，另一方面你再进一步加强修炼。"

老三星对阿布凯巴图说："你把安达葫芦给我，我把耶路哩压到冰山下去。另外，你再到灵魂山把那四个魔头取出来交给我。"

阿布凯巴图把安达葫芦交给老三星后，老三星把耶路哩压到了冰山下。然后，老三星又领着阿布凯巴图带着四个魔头闯出金刚灵气，将四个魔头放了出来，对他们说："快回你们扫帚星去吧，以后不要乱闯我们天界！"

一切安排妥当后，阿布凯赫赫拜别师弟阿布凯巴图和天上诸神，带着身边的三百女神跟老三星到第二层天去了。老三星带领阿布凯赫赫和三百女神离开以后，阿布凯巴图接任阿布凯赫赫掌管天宫，改称阿布凯恩都哩。天宫从此由女性神天母掌管变为由男性神天神掌管，这是天宫历史的一个大变动。

接掌天宫后，阿布凯恩都哩胸怀大志，面对天宫百废待兴的状况开始治理。首先他看那座冰山在天宫太碍事，就对敖钦大神说：“你把它推到地上国不碍事的地方去，让耶路哩和这座冰山永远在那儿呆着吧!”敖钦大神于是运起神力把那座冰山推到地上国北海北最寒冷的地方。从此以后，耶路哩手下的一些小魔因为没了头儿，也兴不起什么风浪了，一个个流散到人间偷偷地躲藏了起来，但一有机会还会干些邪魔外道的事。

接下来他就开始全面考虑天宫的建设，他意识到，有很多事情需要改变，尤其是建筑更要改变，天上众神的职务也应该重新安排。根据这些现状，他决定巡访群神，察看一下天宫四边到底是怎样的情况。于是，他从天宫的东天、西天、南天、北天巡访了一遍，又在地上国的人间巡访了三年。最后，把自己的三个头分别留在了南天、西天、东天，北天由他自己直接坐镇，监管着北海北冰山下的耶路哩。

阿布凯恩都哩手下有一个大神叫布星妈妈，布星妈妈有一只鹿皮口袋，口袋里装着些小星星。这些小星星一出，鹿皮口袋就会越来越大，变成一个小的天地。布星妈妈奉阿布凯恩都哩的命令，从东往西撒去，撒得满天星斗。阿布凯恩都哩又委派了东斗四星、西斗五星、南斗六星、北斗七星四个方位的星主。另外，委任金翅大鹏把守西北半边天，叫做金翅大鹏星，这是人间萨满归天后的去处，他们的灵魂归到金翅大鹏的心里，在那里修炼功法，到一定时候再托生到人间避邪驱妖。

那些在人间养伤的神，有愿意回天的回到了天上，不愿意回天的成了地上国的神，像河神、海神、湖神、山神、土地神、治病神，等等。阿布凯恩都哩把在地上养好伤的神都做了安排，同时又把超哈斋爷送到地上的长白山当了白山主，调兵遣将镇压着邪魔外道。

天上还设了天宫八部：日、月、雷、电、雨、雪、冰、雹，分配了四十八个巡天大神，一个方向有十二位。

经过神魔大战和天宫重建，天宫彻底改变了过去的模样。天上再也不叫

“洞”、“寨”了，都改成了殿、宫、阁。过去使用的旧名词“大寨”、“小寨”也都废弃不用了。从那以后，满族和北方的其他民族都把地上的神分配到各个哈拉供奉着，所以，各户都有他自己的神名（老佛爷名）。老佛爷名据估计不下一千位。这就形成了满族的大神和满族的家神。

【讲 述 者】 傅英仁

【采录整理】 张爱云

【采集时间】 （无考）

【流传地区】 黑龙江省·（牡丹江市）·宁古塔（宁安县）及长白山等地区

【文本来源】 陶阳、钟秀编：《中国神话》（上册），北京：商务印书馆2008年版，第155—180页。原文标注选自《满族萨满神话》。

【阅读提示】 这则神话中的阿布卡赫赫既是一位威名远扬的萨满女神，也是一位至高无上的天神，她在诸多满族神话、传说中已逐步演化为满族先民不同历史文化时期的始祖母或女首领，后世涌现的诸多萨满女神也都与其有千丝万缕的联系。

【基本母题】 佛托妈妈；老三星；阿布凯赫赫；妖魔；神的争斗；神的关押；法术；白山主；神的分工

【本文编码】 《天宫神魔大战》：ZCSW0270-100-005

神的产生

（纳西族）

最初上面出响声，下面出气息，声气相变化，出一点白露。那一点白露，滴在美令达吉神海之中央；那滴白露做变化，变成一只金黄色巨蛙。金黄巨蛙哪，一年朝向东方住，生下五个白色蛋；一年朝向南方住，生下五个绿色蛋；一年朝向西方住，生下五个黑色蛋；一年朝向北方住，生下五个黄色蛋；一年朝向天地中央住，生下五个花色蛋。蛋生有五年，虽有生蛋者，却无抱蛋人。抱蛋乃是天之“余金余丽”来抱孵，五个白蛋来变化，孵出一窝白“仁”神和白角之“趣”神，住到东方螺白高山悬岩中去了。五个绿蛋来变化，孵出一窝绿“仁”神和绿角之“趣”神，住到南方玉绿高山悬岩中去了。五个黑蛋来变化，孵出一窝黑“仁”神和黑角之“趣”神，住到西方珠黑高山悬岩中去了。五个黄蛋来变化，孵出一窝黄“仁”神和黄角之“趣”神，住到北方金黄高山悬岩中去了。五个花蛋来变化，孵出一窝花“仁”神和花角之“趣”神，住到中央花斑高山悬岩中去了。此后，逐渐繁衍出千千万万的“仁”和“趣竺，住到所有名山大川中去了。

【讲 述 者】 和开祥

【采录整理】 和志武调查整理

【采集时间】 （无考）

【流传地区】 云南省·丽江（丽江市·玉龙纳西族自治县）·鲁甸地区（鲁甸乡）

【文本来源】 吕大吉、何耀华总主编：《中国各民族原始宗教资料集成》（纳西族卷、羌族卷、独龙族卷、傈僳族卷、怒族卷），北京：中国社会科学出版社2000年版，第112页。原文本标注原文题目为《祭“仁”神经》，选自和开祥讲、和志武调查整理《丽江鲁甸地区祭生育神（“仁”）仪式》（1989）。

【阅读提示】 这则神话虽然最直接的叙述是卵生神，但生神的母体则源于变化产生，更增加了神的产生的神秘性。

【基本母题】 世界变化；蛙的产生；卵生神；众神的产生；神的居所

【本文编码】 《神的产生》：ZCSW0271-100-006

造二十四位男女大神

（瑶族·布努）

咿咃——
母亲造了天，
她应该很喜欢，
亲娘造了地，
她理当有笑颜。
母亲造了太阳，
她应自豪了，
亲娘造了月亮，
她该满足了。
啊嗬，央腊——
布九呀！

咿咃——
母亲却不是这样的心思，
亲娘却不是这样的情感。
洛陀总是天天愁闷，
洛西总是夜夜忧烦。
大地只有她一人，
凡间就是她一个。
千辛万苦无人体谅，
形影孤单有谁相怜？
我造太阳了，
太阳有云陪；
我造月亮了，
月亮有星伴。
我造太阳，
太阳应给我做伴；
我造月亮，
月亮应跟我身边。
不呵，我怎能这样就了，
不呵，我怎么这般就完。
我造太阳又造云彩去陪，
我造月亮又造众星相伴。
我不让它孤单，
它给我发光；
我不叫它孤寒，
它给我明亮。
要造一切才起头，
要造万物刚开端。
我能造天地，
我会造月日。
我不是独身人，
我不是孤单女。
先辈是勒防赊，
先祖是勒防风①。
同伴靠它们帮造出，

① 勒防赊，勒防风：即风，实际是风之魂。

同伙靠它们帮养起。
依它们造未来，
靠它们繁子孙。
我寂寞我应有小孩，
我孤独我理当生子。
有小孩才能替我开创一切，
有儿子才能代我繁衍人类，
洛陀想到这里，
洛西自个欢喜。
她又念风，
她又思气。
她腾云到天门口，
她驾雾抵天门旁。
在天门口挡风，
在天门旁遮气。
挡风身受孕，
遮气体怀胎。
受孕转回程，
怀胎返家来。
身往地而降，
脸朝着元些，
转身离天宇，
一跃穿云层。
花带随风飘，
衣裙随雾摆。
轻轻落地面，
慢慢抵家园。
家园是元些，
卧床是雅些。
住在家园好久，
睡在床上很长。
肚子膨胀，
胎儿饱满。
生下十二个女仔，
养了十二个女孩。
十二个女仔是妈的同伴，
十二个女孩是娘的后代。
十二个女孩是十二位女神，
十二个女神有十二个神名。
第一个花也伢①，
第二个花宜伢②。
第三花三伢③，
第四花发练④。
第五喂伢昂⑤，
六妹喂伢背⑥。

① 花：即“姑娘”，“也”即“一”，“伢”即“位”。花也份，即第一个女孩。
② 宜：即“二”。
③ 三：即“三”。
④ 发练：满婴，专门接生婴孩的意思。
⑤ 抚养孩儿的女人。“喂”即“女人”。
⑥ 制孩儿衣物的女人。

七妹喂伢轻[1]，
八妹喂刹东[2]。
九姐喂偿旧[3]，
十妹花炯伢[4]，
十一花依伢[5]。
十二花玉伢[6]。
女仔个个都乖，
女孩人人有才。
她们象十二朵鲜花，
她们是十二位天女。
鲜花陪母亲在元些，
天女随亲娘在雅些。
啊嗬，央腊——
布九呀！

咿吔——
有仔虽高兴，
有女虽欢欣。
洛陀喜中带忧烦，
洛西欢罢生愁闷。
风要和气配，
雄要与雌合。
花要有绿叶，
地要有山河。
我升天挡风才受孕，
我驾云遮气才怀胎。
好不容易有这帮女孩，
好不容易养这群女仔。
十二个姑娘十二朵鲜花，
有女没男使妈高兴不起来。
十二个女孩乖是乖，
可惜她们难以生存。
十二个女仔好是好，
可惜她们要绝后代。
我还要创造世界，
我还要创造未来。
我必须再繁衍男童，
我必须再养育男孩。
啊嗬，央腊，
布九呀！

咿吔——
洛陀又飞上天门去挡风，
洛西又驾云登天去遮气。
挡风受了孕。

① 轻：病患，即病患缠身的女人。
② 刹东：接婴儿的意思。
③ 第九位女人。
④ 第十位姑娘。
⑤ 第十一位姑娘。
⑥ 第十二位姑娘。

遮气来怀胎。
格鲁花不知开过多少年，
古罗花不知开过多少载。
又生下十二个男童，
又分娩十二个男孩。
十二个男童个个饱满，
十二个男孩人人健壮。
眉似九重云里月，
眼似天星伴月光。
密在元些高兴，
密在雅些欢欣。
高兴得哭起来，
激动得舞起来。
赶快给孩子安名，
赶快替孩儿取姓。
第一个叫阿亨阿独[①]，
第二个叫波防密龙[②]。
第三个叫炯公洛班[③]，
第四个叫雅友雅耶[④]。
第五个叫阿波阿难[⑤]。
第六个叫怀波松[⑥]，
第七个叫格防则依[⑦]，
第八个叫勒则勒郎[⑧]，
第九个叫邮友郁夺[⑨]，
第十个叫桑勒也。
第十一位桑勒宜，
满儿叫做桑勒山。[⑩]
啊嗬，央腊——
布九呀！

咿吔——
十二个男童娘疼爱，
十二个男孩妈称乖。
从小洛陀关照他们，

---

① “阿”：词头，“亨”和“独”汉语直译是“合”的意思。这里专指“制山”的“制”或“造”。

② 防密龙：“波”，汉语借词，是浪水的意思。“防”，凡死物均为防。密龙瑶话叫“母龙”。全意为兴波造浪的毋龙。此人是专造江河海湖的，故此得名，而这名字带有雌性。

③ 公：工匠的意思，洛班，实指汉族传说中的鲁班。

④ “雅”：词头，带“专长”之意。“友”“耶”均为“飘翔”，该神因能飞过天空而得名。

⑤ “阿”：均为词头。“坡”是汉语“劈”的借音词，即“破”或“劈”的意思。“难”是瑶语“诺”的变音，即雨的意思，也就是造雨之神。

⑥ 怀波松：即“专门报信”和“来回奔波”的意思。

⑦ 格防：死物为“防”和“格防”，“则衣”即神衣，今指用纸剪成而挂在山边的纸神衣。这里是指造飞禽走兽的兽神。

⑧ “勒”：均为词头，“则”、“郎”是庄稼和粮食的意思。此为造五谷之神。

⑨ 邮友郁夺：意为取名，“夺”是汉语“族”的意思。

⑩ “桑”是“年”之意，“勒也”“勒宜”“勒山”均借汉语，即头年、二年、三年。第一次为头年射太阳而败，第二年射太阳取胜。三年后满神去寻两位兄长归来。这是以时间和事件来取名。

自幼洛西养育他们。
十二个男孩上无衣，
十二个男孩下没裤。
睡地没被子，
床上无蚊帐。
热天到了花脚蚊飞来，
孩子被叮得身痒皮肿，
冷天到了寒气袭来，
孩子被冻得全身发红。
亲娘一见心就疼，
妈妈一看就发愁。
用什么给他们披身？
拿什么让他们遮体？
寒风冻刺骨，
冷气袭人心。
无衣孩儿会犯病，
没穿孩儿难成人。
洛陀越想越难过，
洛西越想越伤心。
她慢慢抬头，
突然见金蛛在空间拉线结网，
她渐渐昂首，
忽然见银蛛在空隙吐丝张罗。
金蛛张罗捕飞虫，
银蛛结网捉蚊子。
密洛陀高兴了，
密洛西欢喜了。
母亲有主意了，
亲娘有办法了。
她叫来了金蛛，
她请来了银蛛。
金蛛帮着吐丝纺纱，
银蛛帮着拉线织布。
白天不停纺，
夜晚不停织。
纺纱一捆捆，
捆捆丝纱闪金彩；
织绸一匹匹，
匹匹绸缎象玉带。
洛陀实在高兴，
洛西实在欢心。
我真感谢金蛛，
我永不忘银蛛。
将来造了人类，
不许伤害你们。
如今布努还记着密的嘱告，
现在布努还尊重娘的叮咛。
见了金蛛不准伤害，
碰着银蛛必须敬重。
啊嘀，央腊——
布九呀！

咿吔——
洛陀高兴把布剪，
洛西高兴把布裁。
剪了十二条，

裁了十二块。
做了十二床蚊帐，
做了十二床铺盖。
缝了十二件上衣，
缝了十二件裤子。
缝上慈母一片心意，
缝上亲娘一腔深情。
娘叫来十二个女孩，
姐姐给十二个弟弟洗脸；
妈叫来十二个女仔，
姐姐替十二个弟弟擦身。
弟弟脸干净得象刚剥壳的鸡蛋，
弟弟身干净得象刚雕琢的白玉。
洛陀高兴地给他们盖上被子，
洛西欢喜地给他们撑起蚊帐。
慈母为孩儿精心地打扮，
亲娘为孩儿穿上新衣裳。
有的缝成对襟衣，
有的缝成开边衫，
有的衣服镶花纹，
有的丝裙绣花边。
十二个男孩头回穿新衣，
个个象山羊见草蹦得欢。
十二个女孩头次穿新裙，
人人象蝴蝶遇花舞翩跹。
啊嗬，央腊——
布九呀！
咿吔——
有了衣服穿，
有了温床睡。
有了蚊帐遮，
有了被子盖。
婴儿岁数小，
孩子正幼龄，
他们床上学翻身，
他们地上学爬动。
常从床上跌下，
常在地上打滚。
娘有事要常常出门，
姐干活要天天下地。
怎能丢下小孩，
怎能留下小弟？
出门要背起，
下地要带去。
抱去不方便，
留下不放心。
娘想了办法，
密想了主意。
又请来金蜘蛛，
又邀来银蜘蛛，
拜它们做外家，
认它们做外婆。
金蛛高兴纺纱，
银蛛欢喜织布。
纺纱一捆捆，

织布一匹匹。
把布拿来量，
量布拿来裁。
缝了十二床格洛[1]，
做了十二床背带。
背面绣花图，
带子绣花边。
一床比一床紧牢，
一番比一番美观。
外婆高高兴兴，
蜘蛛欢欢喜喜。
大家带上背带，
送到外孙这里。
洛陀更是高兴，
洛西更是欢喜。
大家说起背带话，
大家唱起背带歌[2]。
从此背带有了，
洛陀不再操心。
妈有事出去，
娘有事出门。
叫来一群姐姐，
背着一群弟弟。
弟依在姐的背上，
背带绷得牢靠。
姐姐背起弟弟，
强过双手来抱。
弟弟不再哭，
伏在姐背笑。
从此便有背带故事，
从此产生背带歌谣。
啊嗬，央腊——
布九呀！

咿吔——
毛竹笋遇雨长得快，
十二个男孩成了十二个后生，
格鲁花逢春开得美，
十二个后生多英俊。
女变大姑娘，
男长成大人。
成人不爱受娘管束，
长大不太顺妈心意。
姐姐背着密洛陀，
弟弟瞒着密洛西。
三三两两离开元些，
四五成群溜出雅些。
她们外出去找配偶，
他们走到远处游方。

① 布努话：背带。

② 布努瑶生孙满月，外婆要送背带来，举行送背带仪式。仪式上唱背带歌。背带歌是《密洛陀》分支二之一。这也是布努瑶对蜘蛛不能伤害的又一个原因。

去了好多年，
走了好多载。
踏遍天涯海角，
走完大地南北。
没见过一位汉子，
未遇上一位姑娘。
到处没人烟，
到处很荒凉。
只好重返元些，
只好转回雅些。
妈在家夜夜挂念，
娘在屋天天盼望。
见女孩返回她高兴，
见男仔归来她放心。
她对姐姐们说，
她对弟弟们讲：
“你们瞒着离开我，
你们不同我商量。
我还没造人类到凡间，
天下哪有男子汉；
我还没造人类来世上，
大地哪里有姑娘。
十二个姐姐是十二位美女，
十二个弟弟是十二条好汉。
要玩你们就在元些，
想要你们就在雅些。
不要随随便便远走，
不要轻易离开亲娘。
娘造天那么广，
妈造地那么宽。
凡间要有万物，
大地要有犬类。
百事刚刚开始，
万物还未造成。
道路还很遥远，
途中还有坎坷。
我上天去挡风，
我走了多少年；
我腾空去遮气，
我走了多少载。
孕育你们我脸黄肌瘦，
哺养你们我劳累艰辛。
你们好容易才长大，
你们好容易才成人。
树老了就要枯干，
花老了就要凋零。
草老了就要变黄，
人老了就没力量。
如今我已然年迈，
现在我眼看体衰。
你们长大就要飞走，
你们想要把娘丢开。
千件事我靠谁去搞好，
万件事我靠谁去办成？
你们姐妹要和我在一起，
你们兄弟不能随便散开。

要创造世界先造万物，
造了万物再造人类。
造人类靠谁？
娘是靠你们。
要唱歌你们在一起，
要玩耍你们做一堆。
姐姐就和弟弟成偶，
弟弟就和姐姐婚配。
助妈繁衍后代，
帮娘创造人类。”
啊嘀，央腊——
布九呀！

咿吔——
十二位姐姐心思不定，
十二位弟弟心神不安——
“娘您怎么这样乱说，
妈您怎样这般乱讲？
我们是兄弟，
我们是姐妹。
姐弟不得谈情，
兄妹哪能婚配？
后人要拿我们取笑，
后世要把我们怪罪！”
啊嘀，央腊——
布九呀！

咿吔——
洛陀讲她们不听，
洛西劝他们不从。
姐弟不相亲相爱，
又怎能繁衍后代？
妈妈苦思良久，
办法这才想出：
“我的男女孩儿乖，
你们结亲繁后代。
女的到那边山烧火，
男的在这边山起烟。
两山火烟飘到一起，
两山火烟拢成一团。
你们就结亲，
你们就相爱。
两山火烟各飞散，
两处火烟自飘开。
你们不亲娘不讲，
你们不婚妈不怪。”
啊嘀，央腊——
布九呀！

咿吔——
十二位女神这山烧堆柴，
十二位男神那山燃堆火。①

① 相传他们是半人半神，故唱词中有时以神相称。

两山火冒烟，
两山烟喷火。
浓烟汇成了一团，
浓烟拢成了一堆。
洛陀叫他们相亲，
洛西叫他们相爱。
姐姐们仍不答应，
弟弟们仍不听从。
洛陀又是苦恼，
洛西又再烦闷，
怎样才使她们听话？
怎么才叫他们遵从？
啊嗬，央腊——
布九呀！

咿吔——
密又想了办法，
密又有了主意。
她对大伙说，
她对大家讲：
“烟火拢合还不愿，
你们就抬石磨来。①
男的扛着上边磨盘，
女的扛起下边磨片。
男的站在这边山头，
女的站在那边山巅。
石磨往下滚，
磨子朝下翻。
两边石磨滚下来，
上下相合就结亲。”
啊嗬，央腊——
布九呀！

咿吔——
女的扛起上边磨盘，
男的扛着下边磨片。
女的在这山滚，
男的在那山翻。
两边石磨滚下来，
上下两片合成对。
密叫他们结亲，
密叫他们婚配。
女仍不从，
男仍不听。
洛陀闷闷不乐，
洛西心神不宁。
怎么硬不听话，
怎么更不顺从？

① 物未造，哪来的石磨呢？史诗的形成是复杂的。下文还有一些逻辑不甚合理，情节前后矛盾之处，如世间尚未有粮食，却用糯米酿酒……有待于学者进一步研究。

啊嗬，央腊——
布九呀！

咿吔——
密又另想办法，
密又再找主意。
她对女儿说，
她对男儿讲：
“烟汇一起，
磨合成双。
你们仍不愿意，
你们还不婚配。
就再尝试一次，
就再验证一回。
女的拿上簸箕，
男的拿起筛子。
女的在这山头，
男的到那山顶。
把簸箕往下甩，
把筛子住下扔。
簸箕把筛子装，
筛子把簸箕笼。
你们就得结对，
你们就得成亲。”
啊嗬，央腊——
布九呀！

咿吔——
十二位女神扛簸箕，
十二位男神拿筛子，
女的爬上这山头，
男的登上那山顶。
把簸箕往山下甩，
把筛子朝山下扔，
簸箕和筛子叠在一块，
筛子又把簸箕罩笼。
男仍不把女爱，
姐仍不跟弟亲。
洛陀没有办法，
洛西万般无奈。
忧虑又加忧虑，
苦恼更加苦恼。
难道又让宇宙恢复混沌？
难道又给大地还原死寂？
已造的天要叫它常蓝，
已造的地要叫它常绿。
事业必须后继有人，
布努不能断子绝孙。
定要让他们成亲，
定要使他们相爱。
得靠他们繁衍后代，
得靠他们创造将来。
啊嗬，央腊——
布九呀！

【讲 述 者】 桑布郎等传，蒙凤标（83 岁）、罗仁祥（73 岁）等唱

【采录整理】 蓝怀昌、蓝书京、蒙通顺搜集翻译整理

【采集时间】 1962—1988 年

【流传地区】 广西壮族自治区·（河池市）·都安（都安瑶族自治县）、巴马（巴马瑶族自治县）、南丹县，（百色市）·田东县、平果县等地

【文本来源】 《密洛陀》，北京：中国民间文艺出版社 1988 年版，第 19—40 页。本文选自原诗第二章“造二十四位男女大神”。

【阅读提示】 这则神话叙述女始祖密洛陀感风生神，有意刻画了众神产生的神圣性，而叙事中所描写的最早产生的是女神，也符合人类史前文明中先产生母系氏族，后出现父系社会的史实。

【基本母题】 造天地；造日月；造神的原因；感风受孕；神的名称；男神的产生；神的抚养；劝婚；婚前难题；姐弟成婚

【本文编码】 《造二十四位男女大神》：ZCSW0272-100-007

神系根源

（彝族）

日神尼伍布，月神能买物，是诸神父母，降凡于三福，临大地四方，在娄几热赫，立起铜铁柱，以后起变化，柱根变蓝色，柱枝变红色，变在高山头顶天，柱脚立在大地，高山和深谷，就这样产生。

日后有一天，日神尼伍布，是赤柯家祖先，男人来掌权，向人间施令，握天下权柄，配妣祖批耐，女人守基业，如雾罩大地。

派生鲁德德，派生朵德德，鲁德德称君，朵德德称王，如日月天地，男人轮掌权，向人间施令，似东方红日，女人守基业，不远走高飞，如雾罩大地。

……三双六条绳，寻其结头处，系在铜柱上，拴在铁柱上，慢慢起变

化，长绳变蟒精，变成白蟒神。

人们要祭神，祭蟒要杀牲，白蟒精很多，牺牲却很少，仆人周围地，牲血染红土。还有山间黑龙神，要用玉水来祭它，遍地黑龙精，玉水很难找，祭龙要杀牲，牲血淌成河，血水变玉河。

蟒精尼举举，居于山林中，龙精能蓬蓬，盘在深谷里，蟒与龙二精，生在天宫里，游荡于地上……万物从根起，行事要寻根，天星变地神，管世间万物。

【讲 述 者】 （无考）

【采录整理】 罗正清翻译，黄建明摘录，赫章县民委提供

【采集时间】 （无考）

【流传地区】 贵州省·毕节市·赫章县

【文本来源】 吕大吉、何耀华总主编：《中国各民族原始宗教资料集成》（彝族卷、白族卷、基诺族卷），北京：中国社会科学出版社1996年版，第279—280页。

【阅读提示】 很多民族的创世神话都会讲到神的谱系，特别是创世神话史诗在建构神的谱系时尤为用心。这也是口头叙事相对发达民族的文化传统。有不少彝族支系把这些讲述神的谱系的神话史诗当作“根谱”，一直延续到父子连名制的家谱。如果记不住神的谱系就是一个不靠谱的人。选择的这段“神系根源”，虽然文字不多，但谱系说得非常清楚。从太阳神、月亮神这对诸神的父母，讲到男女祖先神的来历，再介绍蟒精尼举举、龙精能蓬蓬的产生，井井有条，没有废话。同时，我们通过翻译的文本还会发现，这种朗朗上口的韵文诗体，对人们记忆神的来历和谱系是大有帮助的。

【基本母题】 太阳神；月亮神；神的父母；山谷的产生；男祖先神；女祖先神；蟒神；龙精；神的祭祀；地神的产生

【本文编码】 《神系根源》：ZCSW0273-100-008

1.0.1 神自然存在或来源于某处

丁神庙

（汉族）

在大同以西，口泉以南的墙框堡村西北，坐落着五间庙堂。庙堂分正殿三间，穿廓两间。庙内彩画绘图遍布顶面和四壁。正殿的端位上漆画着宏伟的巨图和两条神龙，两侧分别油画着含有各种说法的穿着各种神装异服的天神五彩图一百余幅。其间又是雕梁画栋，风格各异。这就是大同西端有名的“丁神庙”。

提起“丁神”，不免引起人们的惊奇，《封神演义》中，姜子牙曾封有几百个大小神仙，却从未看见封有什么“丁神”牌位。那么，为什么又出了个“丁神庙”呢？这里有一段优美的民间传说。

相传，很早很早以前，在墙框堡村东很远的一个“康土疙瘩”上，躺着一个看上去已筋疲力尽、奄奄一息像就要死去的老人。这时，从地里走过来一个叫作“栓老大”（1983 年，采录者到此采风时，一个同名人仍然健在，当时大约八九十岁，可当地人都说他就是传说中的“栓老大”，很可能是栓老大的后代）的老农，看到老人这个模样，很是可怜，问他：“您准备到哪里去?”老人回答：“云游四海。”栓老大弄不清也顾不上什么“云游四海”了，赶忙将他背起往村里走去。走了不远的路，年轻力壮的栓老大就累得背不动他了。没法子，诚实的栓老大想想，只好将这个来历不明的人放在草地上，跑着回村里去给他借驴。毛驴牵来后，栓老大将这个神秘人驮在驴上继续朝前走。走啊，走啊，好不容易才将神秘病人驮回村里。奇怪的是，这头膘肥体壮的毛驴也瘫倒了，再也没有起来。

栓老大哪里还顾得上毛驴，救人最要紧了。他先把病人安放在就近的一座“龙神庙”内，交给庙内的赵老道人照料，然后又赶快到村内找人给他寻医看病。

村里人拿着上好的草药，美味的食品，前去龙神庙内看望这位病人。出奇的是，当人们都走进庙门后，只见这位神秘病人变成了一个白胡须的慈善老道人了。他双目紧闭，双手合掌，双腿紧盘，端坐在龙神庙前的梵台之上。他的一侧以同样的姿势坐着本村的赵老道。奇怪的是，这位神秘道人紧盘双腿坐着还不时地空起空坐空落。空起最高时能达二尺，空坐最长，时间能有半天，落下来又无任何变化和响动。并且，还不时地从他身上传来句句缓慢却不张嘴的说话声。面前的惊人场面使前来看望和送东西的人都目瞪口呆。不知道是谁先“扑通”一声跪在地上，其余的人也都不约而同地向面前的圣人开始跪拜……

原来，这个老道人凡名叫作丁亮，说是玉皇大帝派他到人间来驱邪除恶的。他刚和七峰山上玉龙洞内立地成佛的货郎神互通姓名，今天一早便奉天命来墙框堡一带为凡人祈福。走到康疙瘩时，需要打坐闭目修行一番，却被栓老大当作垂危的病人驮了回来。

这位叫作丁亮的神人，几天来从不吃热饭熟食，每天只吃七颗红枣、四块柿饼即可。除了打坐以外，空余时间就是给人看病。他看病，一不用药，二不施诊，只给病人一颗红枣或一块柿饼即可病愈。就这样，自丁神来到墙框堡以后，村内外很少有太大的灾难出现过。人们即使得上点轻微的小病，丁神也会利用神功毫不费力地祛除掉。

有一年，墙框堡河滩内发了一场特大洪水，眼看着就要将全村吞淹。沿河滩上墙框堡周围各村的村民们都忙着逃奔洪水。就在天灾快要到来的关键时刻，只见这位丁神站立于“龙神庙”之上，身材变得足有一丈多高。他身穿天神赐给的擒龙玉衣，全身上下发着刺眼的金光，右手提着一根赤白闪光的银花棒。他举手向西一指，立刻出现一层层茂密的森林，将水堵向北端的河湾。接着，他又向东、南、北方向一指，各方分别都由原来的河水变成成片的密林。由于丁神的救助，墙框堡及其周围的其他村落才得以保住。尤其是墙框堡村落，从此便开始坐落在大片密林的保护之中。为了感激丁亮老神人的大恩大德，墙框堡村内及周围的大小户人家，都自动捐献大量的钱财，为他盖起了五间庙堂，起名为“丁神庙”。

自从丁神正式落座于庙内后，村里的人更加敬奉丁神。每天到了晚上，丁神庙的周围如白昼一般，大片河滩仿佛集市一样，来自四面八方的百姓都前来赶庙会。当时，村子里的一个穷书生写了这样一副不规则的对联：“丁神下凡人间来，驱除灾祸度平安。”

奇怪的是，一天清晨，丁神突然不见了。人们哭喊着四处寻找，仍然不见踪影。只是听到来自东南西北各方起早出地的老农讲，都发现丁神朝前方走去的背影。据本村龙神庙内的赵老道人说，丁神又遵从天帝的旨令到四方行使新的神责去了。

丁神离开了，但在丁神庙前，却给当地的村民留下一棵古老的柳树和几百块圆形的“羊油石头”铺成的小块地面。传说，这棵柳树长年不断地从顶枝处滴落着点点黑红色的能治愈百病的“神汤”，继续发挥着丁神的余力；而铺在地面的“羊油石头”却成为本村几百年来信奉神庙和驱恶从善的信物了。

丁神离开后的第五年秋天，突然有一个年轻后生给本村送来了一份唐朝李淳风撰的《推背图》（六十种图像，以卦分系之）的切文（旧时汉语标音的一种方法）。声称自己是丁神派来的。本村的赵老道接收了这份切文。从此以后，再没有听到过关于丁神的消息。

多少年过去了，丁神的奇异神力没有再出现过，“丁神庙”也变得破烂不堪了，丁神庙前的大柳树只剩下一根粗大的枯木，“羊油石头”早已不见了。可是，直到今天，这里的部分人仍然期待着丁神的再一次出现，对丁神充满着向往。特别是这则优美的传说，仍然在当地广泛地流传着。

【讲 述 者】 杜如岗

【采录整理】 张新平

【采集时间】 （无考）

【流传地区】 山西省·大同市

【文本来源】 郭万金主编：《山西民间故事大系》（晋北卷），北京：商务印书馆 2017 年版，第 708—710 页。

【阅读提示】 这则神话把一个“丁神庙”的来龙去脉交代得很清楚，并且用现实生活中的事件实证神的存在，虽然迷信色彩浓郁，但作为民间茶后谈资，还是有些诱惑力的。

【基本母题】 特定的庙；封神；变形；神人的食物；洪水；神助人

【本文编码】 《丁神庙》：ZCSW0274-101-001

白纳查的传说

（鄂温克族）

很久以前，有一个酋长率领全部落的人去围猎，他们把二三百里的大山围住了。那时，太阳快要落了，酋长决定当日停止缩小围圈，叫人们原地住下来。第二天早晨，继续缩小围圈。晚间，酋长叫大家估计究竟围住了多少野兽，哪类野兽有多少？猎人们谁也不敢估计。最后，一位老人说：已经围住了很多野兽，鹿有多少多少只，狍子有多少多少只，狼有多少多少只。第二天围猎结束后，酋长亲自领着几个人去数了所打的野兽，结果和那个老人说的完全一样。

酋长又要把老头请来问。可刚刚还坐在树下的老头已不见了。酋长更加奇怪了，派人四下寻找都没找到。酋长和大家都认为这老头是山神，是一切野兽的主人，就在那棵大树上绘了一个老人像，将所获的野兽肉祭了那棵树。从此以后，猎人们相信山上有神，就是白纳查。

【讲 述 者】 （无考）

【采录整理】 马名超、崔焱编写

【采集时间】 （无考）

【流传地区】 （无考）

【文本来源】《中国各民族宗教与神话大词典》编审委员会编：《中国各民族宗教与神话大词典》，北京：学苑出版社 1990 年版，第 136—137 页。

【阅读提示】这则神话关于山神的神出鬼没正好与人们认为的神自然存在与虚无缥缈的特征相吻合。

【基本母题】山神的体征；山神主宰野兽；神像；祭山神

【本文编码】《白纳查的传说》：ZCSW0275-101-002

地之母

（哈萨克族）

据说，这个世界原本是暗无天日的，被黑暗笼罩着。随着时间的流逝，有一天，一种声音传进了上帝的耳朵："啊，创造我的上帝啊！难道我永远被黑暗笼罩着吗？难道不让我肚子里的无数的优秀后代出生吗？我是个母亲啊，请您听一听我这个可怜的母亲的苦衷吧！"然后，上帝就听到了一个嚎啕大哭的声音。

当上帝得知这个嚎啕大哭的声音是大地之母的声音后，上帝大发慈悲，跟大地之母说："那么，你有什么请求呢？"

"我需要光，没有光，我是无法生存下去的呀！"大地之母回答。

"我接受你的请求，快睁开你的眼睛吧！我已给了你足够的光。"上帝微笑着说。

大地之母抖擞了身子一看，蔚蓝的天空中果然出现了一个很大很大的太阳。太阳的强烈光芒立刻把大地灼射得火辣辣的。

平平的大地被晒裂开了，很多地方的花草树木都被活活晒死了。口干舌燥的大地之母无法忍受，不停地叫着苦。

不敢再向上帝请求什么的大地之母，只能哀嚎着。她的所有部位都已忍受不了酷晒的煎熬，就像聚集了无数热量的火球就要喷发了。这时，看到大地忍受着的这份苦，她的同伴们再也忍耐不住了，纷纷请求上帝救救大地。

“我已经接受过了大地的一个请求，以后就看你们怎样对待她和怎样帮助她了，除了这些我再没有别的办法了。”上帝说。

最先听到上帝话的离大地很远的星星们都哭了。它们说：“大地呀，我们把身上所有的湿度都给你！你千万别死，我们心甘情愿为你死！”

它们的眼泪经过一千年后才靠近大地，它们的怒气变成层层乌云，把天与地之间的全部空间都给笼罩住了，降下的雨变成了洪水。天下洪水泛滥，干枯的地面又遭到了洪灾。看到大地又遭了灾，她的同伴们吹了吹大地，它们这一吹带来了旋风，卷走了地上的云和雾。

最后云消雾散，晴朗的天空中只剩下一片灿烂的阳光。被照耀着的大地从此欣欣向荣，长出了各种各样的花草树木，出现了很多山脉、平原、清泉、江河、辽阔的海洋，各种飞鸟和满山奔跑的动物。

享受到阳光的乐趣的大地，最终与自己好不容易盼来的亮光相逢，把肚子里的这个大千世界的后代带到了地面上。经历了若干年之后才形成今天这种状态的大地之母，一直细心培育着自己的后代。

【讲 述 者】 马丽亚·库别克（哈萨克族，女，80岁，新源县阿热勒托别乡牧民）

【采录整理】 木合买提拜·巴依吉格托夫采录整理，杨凌、古丽珊·托呼拜译

【采集时间】 1990年采录于新源县阿热勒托别乡

【流传地区】 新疆维吾尔自治区·（伊犁哈萨克自治州）·新源县·阿热勒托别乡

【文本来源】 中国民间文学集成全国编辑委员会编：《中国民间故事集成》（新疆卷），北京：中国ISBN中心2008年版，第8—9页。

【阅读提示】 这则神话将创世与万物的产生归结为原来已经存在的诸神，体现出神创世的观念。

【基本母题】 原来的世界黑暗；上帝；大地之母；太阳的产生；旱灾；云的产生；洪水；万物的产生

【本文编码】 《地之母》：ZCSW0276-101-003

宝木勒的传说

（蒙古族）

据说古时候额齐格·腾格里的一个女儿从天上下来，与凡界的一个年轻、善良的男子成了亲，几年后生了一女一男。由于她离开天上的时间太久，天上来了使者召她回去。腾格里的这个女儿无可奈何，只好将丈夫弃于凡界，带着儿子和女儿回到天界。

所有腾格里之首领汗·霍尔穆兹达听到腾格里们议论说："汗·腾格里的女儿到了凡界，并携子而来。"这个仙女正是汗·腾格里与王母娘娘所生，而不是其他腾格里的女儿。

一天早晨，众大臣将此事启奏于汗·霍尔穆兹达，汗·霍尔穆兹达追问道："真有此事吗？"众腾格里道："臣等焉敢欺骗汗王。"汗·霍尔穆兹达当即传来王母娘娘，王母娘娘被逼问得无言以答，只好承认确有此事。霍尔穆兹达大为恼火，下令传来审判大臣，不管父女怎样争辩，最终还是判决处死两个孩子。霍尔穆兹达下令："掷向最高、最硬的山顶！"于是，杀手攫取两个孩子，打开南天门：

从两根宝柱之间，
从朵朵彩云之上，
朝着飘浮的山岩，
掷下两个孩子。

从两根苦难柱之间，
从黑花的乌云之上，
在扁形岩石的尖儿上，
将两个孩子摔得粉碎。

从此，这里成了非常干旱的地方：

人畜患瘟疫和伤寒，
牛羊长疥疮，
庄稼歉收，
疾病蔓延。

牲畜衰弱，
粮食断绝，
苦难后遗，
黎民遭殃。

于是，大家联合起来，请来了萨满的祖师郝宝格台阿爸。

郝宝格台阿爸仔细观察之后说：“哎！你们这里降下了腾格里。”

“这尊腾格里现在在哪里?”

“它在铎勒垛喜山中，是两个孩子的灵魂进入山中的野牛的身体里。”

郝宝格台阿爸又对领头的人说：“如果不祭奉这尊腾格里的话，疾病永远不会消除。必须备好整羊，我请它赴整羊宴。”

不一会儿，两头野牛从山中出来了，大家用四轮大车驮着这两头野牛，拉到山腰，用石头筑起丘墓。郝宝格台阿爸说：“放在这里不行，必须请到家中，供奉它的画像。”

用圣洁的貂皮制作，

用珍珠镶嵌眼睛，
用貂皮作眉毛，
用金银纸装饰前后，
用五彩闪缎作身体。

所谓“宝木勒”，意为降下来的腾格里，故称为“宝木勒腾格里”。

【讲 述 者】 拉干巴雅尔

【采录整理】 苏鲁格翻译

【采集时间】 （无考）

【流传地区】 内蒙古自治区·哲里木盟（通辽市）·达尔罕旗（科尔沁左翼中旗）

【文本来源】 吕大吉、何耀华总主编：《中国各民族原始宗教资料集成》（鄂伦春族、鄂温克族、赫哲族、达斡尔族、锡伯族、满族、蒙古族、藏族），北京：中国社会科学出版社1999年版，第657—658页。

【阅读提示】 神话叙事中的神虽然能升天下凡，其实际行为往往都是人间诸事的写照。

【基本母题】 人与天女婚；人上天；王母娘娘；惩罚；干旱的产生；祭神的来历；神下凡

【本文编码】 《宝木勒的传说》：ZCSW0277-101-004

1.0.2 生育产生神

九隆神[①]

（白族）

相传白族的始祖是一个妇人。

远古时候，在哀牢山下，有一个哀牢国[②]。名虽称为国，可那时天地初分，人迹罕见，那里只住着一个女子，名字叫沙壹[③]。她有时到河边捕鱼，有时上山采集野果。据说她会鸟语，识龙音。那时没有船只，她下河是把一节大木头用藤条拴在树干上，放进水里，骑在木头上捞鱼。有一天藤条断了，木头漂走了，她掉进水里，正想拼命游出来，忽然见下游有一段黄木头逆水漂来，她立即抓住木头骑上去。那木头在她胯下一起一伏地浮动着，不用手划，就把她驮到岸边。从此以后，她每次骑着黄木头捕鱼，回回都捞到很多的鱼。她非常高兴，把黄木头用藤条拴在岸边，当作她的打鱼船。那段黄木头也成了她唯一的伙伴，白天一起打鱼，晚上有时还恍惚觉得有男人与她同穴共枕。

过了一个月，她隐隐地感到怀了身孕。又过了八九个月，腹中一阵疼痛，竟一个接一个地生下了十个皮口袋[④]。她看着十个皮口袋，吓得晕倒了。当她醒来时，见那些皮口袋还在，不知道自己应该咋个整。好在她识得鸟音兽语，就使劲朝外呼喊。喊了一阵，来了一条母狗，进来替她把一个个皮口袋舐开。真奇怪，母狗舐开一个皮口袋，里面就钻出一个活蹦乱跳的小婴

---

① 九隆神：这个神话是白族先民的最古老的神话之一，其产生可追溯至西汉以前，现仍流传较广。在彝族中也有此神话。

② 哀牢国：在今云南省保山市。

③ 沙壹：《后汉书》卷一一六《西南夷列传》云：“哀牢夷者，其先有妇人名沙壹，居于哀牢山。”口头传说作“沙壶”《华阳国志》亦作“沙壶”。

④ 十个皮袋：在白族关于人类起源的神话中，有产下皮口袋之说。

孩。十个小婴孩出来后，都争着向她的怀里摸，她一个个地抱起婴孩，挨个给他们喂奶。这时，一条黄龙唰唰地爬了进来，对沙壹说："我的人儿呀！你生孩子受了惊了，我来帮帮你！"沙壹说："你那样子真怕人，你能变人吗？"黄龙说："不瞒你说，我是澜沧江的黄龙。这十个孩子，就是我俩的儿子。你生下他们，难为你啦，让我把他们带去抚养吧！"九个儿子听龙说话，全吓跑出去了，只有最小的那个正在沙壹怀里吃着奶，没有跑。黄龙说："你放他下来让他坐着，让我舔舔他。"黄龙一面用舌头舔着小儿子，一面同沙壹说话。沙壹说："给小儿子取个名字吧。"黄龙说："小子背我而坐，就叫他'九隆'吧。"沙壹很高兴地说："'九'是背的意思，'隆'是陪坐的意思。这名字很好，就叫他九隆吧。"黄龙又说："他们是龙子，要在他们身上刻上龙纹作为记号。"沙壹说："身子是肉长的，要刻花纹，孩子受得了吗？"黄龙说："只要用骨针在背上腿上轻轻地刺，抹上黑泥，再把泥洗去，就成龙纹了，也不会伤着孩子们。你放心，让我去弄好了。"这样，黄龙给十个儿子的身上都刻了龙纹①，再给他们穿上树皮做的衣服，后襟很长像一条龙尾。

过了十四年，十个儿子都长大成人了。事有凑巧，这时哀牢山下有一对名叫奴波息的夫妻生了十个女儿。于是，沙壹的十个儿子便娶了奴波息的十个女儿做妻子。十兄弟成亲后，哀牢山的人便多起来了，需要有个头来管理事情。九隆虽然年纪小，但他聪明能干，就被众兄长和人们推举为王。

一天，哀牢山上来了一位白发老翁，对沙壹说："你的小儿子九隆，有做国王的福分，可惜金齿这地方有王无位，洱海地方是龙盘虎踞的立国之地，可惜那里又是有位天王，你们就迁移到苍山洱海之间去罢！"沙壹去找黄龙商量，黄龙也很赞成。于是沙壹就带着九隆兄弟和他们的妻子到了苍山洱海之间定居下来。果然这里的昆明部族和一些氏族正在挑选国王，他们就拥戴九隆为白王。九隆当了国王，又分置了许多部落酋长。以后，九隆等十

---

① 龙纹：古代，白族有用针刺为龙形或其他纹饰的习俗，现已不盛行。

对兄弟姊妹配成的夫妻生儿育女，繁衍成了“洱河恋”的董、杨、赵、李、段、何、施、洪、严、尹十大姓。从此，白族都称自己是九隆的后裔。

【附注】

南朝范晔《后汉书·西南夷传》记载：哀牢夷者，其先有妇人名沙壹，居于哀牢山，尝捕鱼水中，触沈木若有感，因怀妊。十月，产子男十人。后沈木化为龙，出水上。沙壹忽闻龙语曰：“若为我生子，今悉何在?”九子见龙惊走，独小子不能去，背龙而坐，龙因舐之。其母鸟语，谓背为九，谓坐为隆，因名子九隆。及后长大，诸兄以九隆能为父所舐而黠，遂共推以为王。后哀牢山下有一夫一妇，复生十女子。九隆弟兄皆娶以为妻，后渐滋长。种人皆刻画其身，象龙文，衣皆著尾。

晋代常璩《华阳国志》、《风俗通义》等也有类似记载。

【讲 述 者】 杨惠（白族）

【采录整理】 杨宪典（白族）采录

【采集时间】 1981 年采录于大理州

【流传地区】 云南省·大理州（大理白族自治州）

【文本来源】 中国民间文学集成全国编辑委员会编：《中国民间故事集成》（云南卷），北京：中国 ISBN 中心 2003 年版，第 235—236 页。

【阅读提示】 这则神话的目的是解释族源，通过感生以及与龙的血缘关系，表达出民族起源的神圣性。

【基本母题】 女始祖；姓氏的产生；感生神；生怪胎；命名；龙图腾；族外婚；王的产生

【本文编码】 《九隆神》：ZCSW0278-102-001

烟本霍本[①]

（哈尼族）

一、神的诞生

在远古远古的时候，世上一样也没有，上面没有天，下面没有地，到处是白茫茫的雾露。这些雾露像牛打滚一样翻过来滚过去，一下也不停，不知翻滚过多少年代，慢慢的在下面变出一片望不见边的大海。这个时候，上面的雾露像一口黑锅罩在平平的大海上。

这个时候，在大海里活着一条大的金鱼，名叫“密乌艾西艾玛”[②]，这就是生下万事万物的金鱼娘。

金鱼娘是世向最大的了，它的身子有九千九百九十九拿[③]长，七十七个缅花戚里[④]宽，它在大海里晃动着，度过了数不清的年月。它每过一百年就把身子翻一回，翻过七十七回身子，就睡醒过来。它的右鳍一扇，把上面的雾露扫干净，露出蓝汪汪的天，它的左鳍一扇，把下面的雾露扫干净，露出黄生生的地。天有了地有了，只是这个天地不是给人在的，天是天神的在处，地是地神的在处，人在的天地还没有。

又不知过了多少年代，金鱼娘来把大神生养，它把巨大的鱼鳞张开，一片鱼鳞透出万道金光。它的鱼鳞一抖，从脖子那里抖出两个大神，就是太阳神约罗和月亮神约白。它的鱼鳞又一抖，从背脊那里抖出两个大神，这就是天神俄玛和地神密玛。它的鱼鳞又一抖，从细腰那里抖出来两个大神，这就是人神，男的叫烟蝶，女的叫蝶玛。这个大神出来以后，就飞到天上和地上去了。

金鱼娘的尾巴里又出来一个大神，名叫密嵯嵯玛，她是力气最大的一个

① 烟本霍本：哈尼语，神的古今。

② 密乌艾西艾玛：哈尼语，地下最大的金鱼娘。

③ 拿：读作 pái，双手向左右伸平的距离为一拿。

④ 缅花戚里：哈尼语，一眼所看的最大极限。

神了。她望见大神们一对一对地出去了，心里很不服气。她想："你们爱走就走吧，我要独自一个留在大水里，我要独霸这一方。哼，你们在天上的，天天在我头上闹，在地上的，天天在我边上闹，不要以为你们能当万能的神王，你们这些神啊，瞧瞧你们的在处吧，天和地只占世间三分里的一分，三分里的两分还是大水，还是我管，万能的神王还是我当！"

密嵯嵯玛骑上鱼背，伸出巨手来搬动鱼尾，鱼尾搬动一下，天就摇一下，地就晃一下，她搬动得快就摇晃得快，搬动得慢就摇晃得慢，她就这样来和天上地上的神捣乱。我们今天说"地动了地动了"①，就是她在搬鱼尾巴啦。

密嵯嵯玛的衣裳很长很长，拖在地上望不见头，她又用两只手"哗啦哗啦"地抖衣裳，抖得天昏地暗，日月无光。她用鼻子吹出的气，把最大的石头都抬得走，用嘴巴吹出的气，把大树连根拔起来甩到天上，屁股里排出的气更大，大山都掀得倒，她身上有洞的地方都会吹出气来，这就是世上的大风。

天神俄玛来到天上以后，住在三层高天的烟罗神殿里，她生下了至高无上的神王阿匹梅烟，阿匹梅烟又生下第二代神王烟沙，烟沙又生下第三代神王沙拉。大神烟沙又生下了风神、雨神、雷神、土神、籽种神、水神、田神、地神、水沟神、金银铜铁锡神……这些大大小小的神，天上地下的神就多起来了。

二、造天造地

那个时候，金鱼娘扇出来的天，叫奔梭哈海，金鱼娘扇出来的地，叫罗梭梭海，这是天神地神在的地方，中间空出来的这层，叫作涅嵯嵯海，这里一样也没有，天神到地神那里去串玩，要经过涅嵯嵯海，地神到天神家里做客，也要经过涅嵯嵯海，这里被大神们的脚巴掌踩出七十七条通天通地的大路小路。

---

① 地动：指地震，以下文字也是对地震的形容。

但是中间的涅嵯嵯海一样活物也没有，一样死物也没有，没有天，没有地，没有太阳，没有月亮，老实不好在。天神地神们走来说："嗯，这样好的地方不要给它空着，也要给它有天有地，有太阳月亮，有好吃好在的东西。"他们决定来造天造地了。

造天造地的话是阿匹梅烟说出来的，她抬手召来战神扎略阿则，叫他召集天上地下的神，战神扎略阿则就拔出召神的牛角号吹起来：

哒哒呜——
哒哒呜——
话的大门打开了，
阿匹梅烟说话了！
高天的神不要动了，
地下的神不要走了，
所有的神来集合，
造天造地的时候到了！

听见扎略阿则的号声，烟罗神殿动起来了，神殿里走出一窝一窝的神：日神、月神、风神、雨神……都出来了，地下的龙宫也像打摆子一样动了：龙王欧罗、水神阿波、地神密玛……都出来了，大神们的队伍黑压压地望不见头，大家都来造天造地了。

大神们先来造天，造天用什么料呢？用金子银子。用金银做什么呢？用金银做天架，因为金银不会被蚂蚁啃，被蛀虫蛀。

三层高天的大神叫齐了，他们来造天架，大神里手艺最巧的工匠有两个，一个是罗德，一个是埃依，他们领着大神们造。

造天架还要金扎绳银扎绳，大神烟沙砍来九捆金竹银竹，破出九捆金蔑银蔑，又派两窝银燕样的飞神，扇着翅膀来绑绳，把天架绑得像生成的一样牢。

造天还要绿石头，不然造出的天不会蓝汪汪的好看，大神们赶紧扛着金撬杆，去撬来大块大块的绿石头。最大的神王领着天边来的三伙神，像老鹰一样飞来飞去，个个背着背篓运石料造天，他们的手艺非常好，留下了筛子一样的天眼，这就是满天的星星。他们还挖出两条银河，东边一条，西边一条，东边一条是留给雨水过的路，西边是留给露水过的路。他们又留下了四道天门，这是天神进出的路口。

造天的时候，还造出三个最能干的人，一个是头人，一个是贝玛[①]，一个是工匠，头人叫查所德门，贝玛叫罗赫阿波，工匠是天神摩米的姑娘。

造好天又来造地，造地请来了罗梭梭海的大神：龙宫的龙神、地下的蛇王。

造地要下地脚，地脚下在十条大江汇集的江尾、下在十条大水汇集的水尾，这个地方就是涅嵯嵯海的边上，就是在人眼望得见的那边，在天的那边和地的那边，在天和地接头的那里。

来造地的地神王有三个，一个是密则，一个是达拉，一个是阿尼，他们领来了龙王和蛇王的工匠。三层高天的工匠罗德和埃依也来了，大神们扛来一个最大的风箱，拉出七十七股狂风，拉出百种颜色的浓烟，他们不拉风箱，地上不会有气，人也不会呼吸，万物也不会呼吸，春天来到的时候，万木不会发芽，野兽不会出门。

大神们又背来了金子、银子、黄铜、黑铁，化成红水来造地柱，打出的地柱，到十条大江汇集的江尾和十条大水汇集的水尾，就变成了最牢的地柱。

大神们又来造地梁，地梁用龙王头上的金珠和蛇王下巴上的银珠打成。

打成的地柱支在哪里？支在金鱼娘的身上。头一根，支在它的头上，不让它抬头，第二根，支在它的尾巴上，不让它摇尾巴，第三根第四根，支在它的两边鳍上，不给它划水，这样地就稳了。

金珠银珠打成的地梁上在哪里？上在地柱上面，地梁上上去，地壳一天也不会倒。

---

① 贝玛：亦称摩批，原始宗教祭司，传统文化的保存者。

地壳用什么造？用黄土黑土来造，大神们又背着背箩，从土神密嵯媳妇的九个大仓里背来好土造地，抬土的时候，蚂蚁也来抬了，土狗也来抬了，蚯蚓也来抬了，草鞋虫也来抬了。

造地还留下了多多的地眼，给地气走路，人吸不着地气，三天就死了，草木庄稼吸不着地气，一早上就死了。

大神们起先不会造地，一个问一个："是不是要造得象天一样平呀?"蜂子听见了，赶紧来说："不是不是，造地要造得像蜂饼一样才好，要有高有低，有高山河坝，有老崖平地，有凹塘深箐，这些一样不能少!"大神们明白了这个道理，就扛来金犁金耙，来犁地耙地。

拉犁拉耙的是哪个？大神们先拉出老虎来试试，老虎说："不行呵，我的皮是滑的，不会扛犁耙。"又拉出兔子来试试，兔子说："我的耳朵长，不能拉犁拉耙。"龙也试过，蛇也试过，冠子最大的公鸡也试过，都拉不动犁和耙，最后拉出长角宽身子的牛，它会犁会耙，所以造地就选在属牛的日子。

三个地神王架起牛，把地犁耙得高高低低的，犁下去的沟沟，变成峡谷和老箐，翻过来的土堡，变成高山和矮山，耙平的地方变成坝子，耙凹的地方变成水塘和龙潭。

地造好了，这是哪个的功劳呢？是三个地神王的功劳，是九个天神的功劳，是三条牛的功劳啊。

【附注】

异名文本《神的古今》，见中国民间文学集成全国编辑委员会编《中国民间故事集成》（云南卷），北京：中国 ISBN 中心 2003 年版，第 19—21 页。该文本标注采录于元阳县，内容完全相同。

【讲 述 者】 朱小和

【采录整理】 史军超、卢朝贵翻译整理

【采集时间】 （无考）

【流传地区】 云南省·（红河哈尼族彝族自治州）·元阳县、金平（金平苗族瑶族傣族自治县）、红河（红河县）

【文本来源】 中华民族故事大系编委会编：《中华民族故事大系》第 6 卷（哈尼族、哈萨克族、傣族），上海：上海文艺出版社 1995 年版，第 5—10 页。

【阅读提示】 这则神话表现出明显的鱼图腾与鱼崇拜。

【基本母题】 最早没有天地；金鱼生天地；金鱼生万物；鱼生神；人神；地震的产生；造天地

【本文编码】 《烟本霍本》：ZCSW0279-102-002

牛生的神童成为土主

（彝族·撒尼）

相传，很久很久以前，天上的呗耄神骑着一条母牛下凡来视察人间。母牛在祭天山的深箐里生下了一条小牛犊，有一个老乩嫫（女祭师）发现了便把它牵回去喂养。晚上，只听见牛厩里有婴儿的哭声，她便点起一支松明子悄悄地摸过去看，哟！差点把她乐坏了，原来干草堆里蠕动着一个胖乎乎的娃娃，两只手不停地抓来抓去，看那样子是想爬出来呢！

小牛犊不见了，却换来了一个结结实实的小娃子。老乩嫫喜得合不拢嘴，她白天喂饭夜晚喂水，好不容易将他抚养到七八岁。这孩子长得奇特：双手过膝，两耳垂肩，人们都喊他神童。夏天，他不怕烈日暴晒，在山梁子上赤足行走，却快步如飞，能捉住飞跑着的麂子和岩羊；冬天，他不畏风雨和严寒，到山野中采集野果填肚充饥。

当时的撒尼人没有文字，过着刻木结绳的日子。你借了我一升谷子，我借了你的二升小麦，日子久了，谁也说不清。为了这件事，使人们经常发生争吵，村民们为了防止骗账赖账的事情发生，就用点豆计数的办法。今天你借去我家一升高粱，我就在小罐子里放上一粒蚕豆；明天他借了我家一升荞子，我又在土罐里放进一粒腰子豆。我们老古辈就用这个办法来计数。可是日子久了，麻烦事就出来丁，蚕豆被老鼠吃了很多，这笔糊涂账就谁也算不清了。村寨长老想了许多办法，最后都无法解决这一个难题。

神童长到六岁了，老乩嫫给他取了个名字叫阿呗。乩嫫是个勤劳贤能的妇女，她白天替各村寨的彝人看病驱邪，晚上还得给人家洗衣服做针线，从清早忙到半夜。赚得的钱除了买柴米油盐外，还要抽捐纳税，家庭生活的重担压得她喘不过气来，日子越发难过了。实在没有办法，只得将阿呗送到土司家去放牛羊。

第二天，阿呗就到土司家去上工了。主人牵了一头大牯牛和十只羊子交给他，叫他到村子对面的石堂山上放牧，不要走失了牲口。

神童阿呗牵了牛赶着羊群来到石堂山。只见山头上长满了松树，有几十棵古老的飞松结满了松果，只要轻轻一摇，松子便纷纷扬扬落下来。因此有许多的鸟儿都纷纷飞到这里觅食。

不几天，阿呗把牛放熟了，牛羊都非常听他的话。牛吃饱了，睡在草地上反刍，阿呗便独自一人来到丛林中，观赏红嘴白头的小鸟在树枝上鸣叫的情景，有时候还能掏着一窝小白头翁呢。

有一天，神童阿呗发现两只野箐鸡在松树底下走来走去地觅食飞松籽，便轻轻地绕道过去，想活捉一只看养着玩。当他蹑手蹑脚地接近大松树时，却被一种奇怪的景象怔住了。原来沙地上印满了箐鸡的脚迹印，野箐鸡相时鸣叫几声，便又散开来走上一圈，叫几声，又走上几步……

阿呗看了一会，心里想，古人说："近山知鸟语，近水知鱼性。"难道从这些鸟语兽迹之中不可以创造出罗罗族的文字吗？这该多有趣呀！

从此以后，神童阿呗便有意识地观察鸟兽的足迹和它们鸣叫的声音。他常常躲在树丛中，偷偷地窥视林中鸟儿的一举一动。他将箐鸡走在沙地上的足迹配合它的鸣叫声，创制了"奔"、"衣"、"早"、"各"、"都"等彝文字母；又根据白头翁的足迹和声音创制了"阿"、"登"、"素"、"勒"、"爪"等彝文字母。他每天来到松树林中，用心地看，用心地画，一遍、二遍……天天如此。

第一天开始画的时候，七歪八扭，好像笔不听手的使唤，该曲的不曲，该弯的不弯，画出来一点也不像。阿呗不免有些难过，晚上在床上翻腾：难道文字这种东西不该是放牛娃创制的吗？

有志者事竟成。第二天，他又来到山林，一遍接一遍地画，画了一个月的光景，阿呗画的图形文字有进步了，形态有点像样了。此后，他每天都坚持到山林中画字，画完之后，呆呆地看着图形，晚上睡觉也苦苦地想着字形。几个月过后，阿呗画出来的文字跟先前大不一样了。罗罗文雏形创制出来了。

有一年，据说太上老君来西南地区云游。他从青城山出发，第二天来到滇西的鸡足山，第三天便到了撒尼人的老爷山。他来这里寻找一种叫绿素匹的草本植物，据说是炼丹中不可或缺的原料。

一天清晨，神童阿呗赶着牛羊来到山腰。抬头一看，只见一块山石上坐着一位老人，胡子眉毛全白了，脸皮皱得像一枚干枣子一样，两只眼睛半眯着，好像在那里打盹。

"老爷爷，你好！是不是走累了，到我家息息脚吧。"阿呗很有礼貌地问道。

老君慢慢地睁开眼睛，上下打量着小伙子。

"孩子，你多大年纪了？叫什么名字？"老君问。

"今年十六岁了，人家叫我神童阿呗……"

"哦！……"老君沉思片刻，便仔细地观察起来。他发现这个阿呗与众不同，浑身有一股灵气。他放牛时，牛很听他的话，如果牛走远了，只要阿呗提高嗓子喝一声："牛！牛！……"牛就会乖乖地回转来。

太上老君收阿呗做自己的徒弟，阿呗自然十分高兴。第二天拜别了乩嫫，跟着老君走了。太上老君是天上"太清宫"的神仙，他隐显莫测，变化无穷；时常降临尘世间，云游天下普度世人。

老君有五个弟子，分别从不同的地方招来，他们各有各的本事，神童阿呗是老君最小的一个徒弟。据说在周朝昭王的时代，老君骑着青牛过函谷关，到西域去度化众生。关令尹喜知道了，便立在城头等候，老君来到关前，他便苦苦哀求，请收为弟子。老君便带着他西渡流沙，隐德修行。尹喜是老君的大徒弟，老君送他一卷《道德五千文》济世。

后来，又到西南地区云游峨眉山、鸡足山，都分别收了弟子，并为他们授课。

相传，在河南鹿邑县有一座“太清宫”，这里古代为楚国苦县地，是太上老君成神以前居住的地方。老君就在这里教授他的五个弟子。五个弟子性格不同，唯数小徒弟阿呗聪慧过人，对老君讲述的经文他能举一反三。一年之后，便能通晓道德真经；三年之后，各种经忏、天文地理、河图洛书无不知晓。因而深得老君宠爱，常在众人面前夸奖他。阿呗却因此而遭到师兄们的嫉妒，他们时常到老君面前讲阿呗的坏话，太上老君当初不信，但讲的次数多了，他也就疑惑起来了。

大徒弟尹喜便派阿呗去给老君放牛。白天，阿呗赶着青牛上山放牧，晚上他才能参加听老君的传授，因此道教正宗的经典，如三洞、四辅、十二部之类，他没有听得多少；但却学会了若干神符、玉诀、灵图、谱录、威仪、赞颂、章表之类的法事。因此他后来只能用符灵、禁咒、祈祷之法为民间祛邪除恶、消灾弥难；用赶山鞭镇邪诛妖，用符水替人治病。

师满学成，几个汉族师兄都成了道教符录各派的开山祖师；因此，太上老君专门把《请神经》传给他，定为道教别支，让他回到撒尼人地区布教。

弟子们纷纷走了，只有神童阿呗尚留在老君的身边。他十分过意不去，深悔自己过去听信谗言，把最忠诚的徒弟给亏待了。他决心用实际行动来弥补自己的过失。

太上老君取出自己的赶山鞭，郑重地交给阿呗说：“徒弟呀！这是镇山的法宝，就传给你吧！”说完，又从青牛的脖子上解下铜铃铛，叮嘱道：“做道场法事的时候，你摇响铃铛，神仙便会降临坛场。经文才念得清，法事才会顺利……”

说完，老君便骑着青牛，拍掌坐跃而去，慢慢升向空中，天空中笙箫齐奏，仙乐齐鸣，渐渐地消失了。

神童阿呗回到滇池地区彝族撒尼人中，招徒传戒，奉太上老君为教主，人们称他的教为“太上教”。他念经时身上披着青于栗树叶子缝制的毡毯，头戴细篾片编制的尖顶篾笠，完全是一副牧童的打扮；念经时一手持书本，一手执铜铃，这就是老君坐骑脖子上的铃子。

阿呗的“赶山鞭”是一个神物，专门用于驱鬼役神。传说，在滇池边上有一座石头山，彝语叫“黑基谋布”，这里不长草也不长树，土也很少，只有峋峋的怪石布满山野。撒尼人终日为此而发愁，埋怨咋会有这个鬼地方。阿呗看在眼里，想在心里。到了晚上，他便取出老君授给的铁鞭，站在西山顶上念动“真言”和“密诀”，右手不断地挥动铁鞭，把这座石山像驱赶牛羊一般，慢慢地赶进大板桥的深山之中，自此以后，人们称他的铁鞭为“赶山鞭”。

传说，有一年夏天，滇池地区瘟疫流行。凡是得这种病的人，全身变绿发黑，过不了三五天就会呜呼哀哉。有的部落一村一村地死光，有的氏族死了一半还多，人们处在水深火热之中。

神童阿呗此时已经当上了撒尼人的祭师，人们尊称他为“呗耄”。他披上法衣，戴上笠帽，一路走一路诵经文，到各村视察灾情。

他走进黑荞寨，看见路边躺着许多的死尸；他沿着小路一家一户地探望，看见大人们有的躺在床上，有的倒在门边。因为瘟毒攻心，七孔都在流血，全身发黑，脸颊溃烂，那样子非常吓人。

阿呗祭师用朱砂画了无数的镇宅符，叫人们张贴在自家大门上。晚上，他在村中央设了一个坛，供上神灵牌位和香烛纸马，口中念念有词。忽然，只见他刷的一声拔出镇妖宝剑，在空中划了一个圆圈，只见一个九尾狐狸精从一棵大树上慢慢地滑了下来，伏在地上连连叩头。阿呗大怒，举剑直向狐狸精刺去，原来这场瘟疫就是它干的坏事。九尾狐吓得毛骨悚然，慌忙拜伏于地，苦苦地哀求道：“法师开恩，望剑下留情，容小女奏知一二，虽死无恨。小女虽为狐精，却已经在西华山修炼五百多年，能化作人形……若能获救，就将一心一意辅佐法师，降妖捉鬼，以成大业。”

阿呗收住宝剑，问它为什么要在滇池地区撒布瘟疫种子，残害人民。它回答道：

“只因为滇池地区有的氏族良心太坏，初一不烧香，十五不磕头，道理也不讲，爹娘也不养，对祖宗也不献饭，辜负了天神的一片好心。因此天神决心要惩罚这一代人，就派瘟将下凡来撒瘟药。他来到半路之上就睡着了，是我将他装瘟药的葫芦偷走的。我在跳越一条山河时，把葫芦盖子打翻了，瘟药便纷纷扬扬地撒落下来。于是忠奸不辨、善恶不分地毒害了许多勤劳的百姓……”

阿呗法师又问道：“你害人不浅，还花言巧语地哄我。你要改邪归正，立功赎罪，否则难于容你！”

九尾狐狸精胸有成竹地说道：“从今以后，小女决不在人间作乱。决心放弃修仙成道之念，拜法师为师傅；助你名扬天下，威镇四海……”

阿呗法师听了心中暗喜，想道：“这狐狸精说的倒也不错，不如暂且先将它留下试试看罢。”便挥笔画一张符，贴在狐精的脊背上；又对着它喷了一口法水，顷刻间，妖气散尽，狐精变成了呗耄的护法神。自此以后，它便身穿宫袍，头戴花冠，坐在金马村北面的山坡小庙中，食一方烟火，管此方吉凶。人们都叫她“金花仙子”，专门靠符咒消灾治病。据说，凶恶之徒经过它的小庙时，它便变成一个怪魔，青面獠牙、龇牙咧嘴，坐在屋梁之上狞笑，吓得这些坏蛋筛糠似的不敢作声；若是行善之人进庙烧香，她便幻化为一个农家姑娘的模样儿，倾听人们的祷祝。从此，金花仙姑庙的香火日盛，前来求神问卜、求符治病的人似车水马龙、络绎不绝。

相传有一年，在阿底村、塘梨坡一带的农村中，有魍魉鬼为害。附近森林中栖息着一只老蝙蝠，年老变成精怪，时常在半夜时分悄悄地飞入居家屋内，吸食婴儿的脑髓，以补炼自己的身体。据说，蝙蝠精飞到小儿头上，便用嘴挨着他的囟门，不断地吸食婴儿的精血，直到自己的肚皮吃的胀鼓鼓为止。婴儿睡醒之后，便顿觉头晕眼花、浑身无力、魂不守舍，因而哭叫不止；天长日久，便不思饮食，面黄肌瘦，不出三个月便一命呜呼了。不少民家因此断子绝孙，无有后代，因而哭得死去活来。

阿呗祭师知道这个情况之后，便登台作法，用道术道法禁之，使其不敢为害。故而农村中相对太平了一阵子。但当法师走后，精怪又来作祟为魅了，法师乃到黑松林中作法，将此精怪召而戒之。自此以后，蝙蝠精再也不敢吮吸人血、残害生灵了。

在西冲中、黑马者一带的山区，村民们依山而居，山石险峻，树林深密。在这一带据说古时曾有木石之精为怪，有一种彝语称为“黑素哑”的鬼魅能祸害人畜。这种妖怪身长一尺，蛇身人头，长着一支独脚，浑身密布细毛。当主人家用十分丰厚的祭品祭它时，它便能使主人家粮食满仓；如果稍有怠慢或祭祀不周时，便让你家倾家荡产。

在老邪洞村就发生过好几起这样的怪事。村民们盖好新房，正准备搬迁之时，大梁忽然“咔嚓”一声折断，还压伤了许多来贺新房的人。据说这是“独脚鬼”干的事，轻则叫你家宅不宁，时时闹鬼；重则屋毁人亡，因而闹得人心惶惶不可终日。

独脚鬼“黑素哑”还能施行各种“魇昧述”。在人家刚盖好的房子二梁上钉上一颗锈蚀了的铁钉和一截小刀，并诅咒：“二梁正中一把刀，儿孙纷纷往外逃，有妻无夫常不乐，守寡独孤不相饶!”自此以后，这间房子里常常会听到鬼哭狼嚎的声响；屋里男子死亡，孤儿寡妇难于居住，故而纷纷搬迁……

对于这种厌魅之物，阿呗祭师也束手无策。他只得向先师讨教了。他来到老爷山石洞中斋戒七日，一天夜里端坐在诵经台上精心修炼。到了夜半时分，他便念动真言……

忽然，上端出现一个五柳长须、黄白面皮的老人，项有八景圆光，手执五明宝扇，正向他信步走来。阿呗匐伏礼拜。

太上真人送给他一本“丹书秘文”，临行前特别关照说：“此经总经流三五步罡，你往后日诵秘文，按法遵修千日，便可外集三万六千神祇。故而摄伏精邪，佐国护民，驱邪诛妖，皆得自然。世代子孙，皆得绍吾之位……”阿呗依法修行，果然能隐遁出没、来去无踪，法力大大地增强了。

自此以后，凡是房子修好之后，无缘无故地夜间出鬼，吓得人不敢安睡的村寨，只要礼请阿呗法师，只要经他用“安龙奠土”的法术禳解之后，一切害人的秘法，就再也没有效力了。

因此以后撒尼族的人们都遵称他为阿呗“大法师”，请他专门替撒尼人做驱邪逐疫的法事，以求村寨清吉。他老了以后，就尊称他为“呗耄”大法师，意思是会念经的老人。他死了以后，撒尼人在石塘山给他盖庙立像，称他为“福德正神西波土主”。每年五月二十六日为土主庙会，数十个村子的撒尼人都来这里祭祀他。今日的呗摩，更是把他当作开山祖师。每逢作道场法事时，都要供他的神像，并礼请他降临坛场，监督法事仪式是否符合于规范。

我们阿拉乡的撒尼人祭“单方西波土主”，有每年一次的例行祭，有十二年一次的大祭。前者规模较小，各村派人公祭，祭期一个上午就完了。后者由同一地域的各村联合公祭，祭期三天。

祭祀前十天就要选出“主祭呗耄”，选举庙会会长。会长的标准，第一年龄较大，有威信，懂世故；第二要上有父母，下有儿孙者。

还要选一头白牯牛，让土主老爷骑着巡游村寨。这条牛选择的标准有许多讲究：头大肩宽，四膀有旋，还要耳鼻角蹄无一伤损。当一头未役使过的小牯牛被挑选用作祭牛之后，它就脱离了农事耕作，并配有专人饲养，必须将它喂得膘肥体壮，故而草料要比一般耕牛的饲养来说也就格外丰富得多。这种牛的价值也就远远超过同样大小的耕牛，只要看着合适，虽出重价亦在所不惜。

祭祀的当天，由庙会会长将牛洗刷干净，在天亮以前就得将牛牵到土主庙前的空地。待主祭呗耄到来，太阳刚刚出山，呗耄二人手执铜铃而来。主祭呗耄要念经将牛交给土主老爷，经文从洪水潮天到建村立寨，从土主出生到封神的全过程都要念到……最后开念“密咒神诀”，其文略云：

“本境土主、福德正神！你是万能之神，你是呗耄之神。驱鬼祛病，祓除不祥，村落平安，子孙繁衍。你能消除水旱灾害，你使人间风调雨顺，作物丰稔，六畜兴旺……我们全部落各氏族的长老，带着儿孙后代隆重地祭祀你。请你骑着白牛巡视村寨，驱赶疫鬼，阴佑我境本土，四时八节清吉平安……”

诵咒毕，猛叫一声“跪下!”连推带搡将白牯牛按跪在地。如果此时公牛乖乖地跪下，那就表示土主已经来领牲口了；若牛不跪或者刚跪下便立刻爬将起来，则表示土主不满意。遇到此事则要将牛再拉到河中刷洗一次，经呗耄打醋炭祓除秽气后，第二次开念经文，依上述程序再重复一遍。

土主庙里有两个神像。一个是泥塑金身，穿着宫衣，两手持书卷和印头；另一个是木雕的行游像。

念完《请神经》和《祖师经》，将土主木雕像放在白牛身上行游各村。由庙会长老牵牛前行，两个呗耄振铃前导，再由童子二人扶持神像。神像后面是仪仗队，敲大锣开黄伞，作细乐，吹唢呐，敲锣打鼓，整队而去。每到一个村寨，便在寨中祭坛前停下，让全村男女老幼参拜。此时，男人们杀猪宰羊，妇女们背着小孩端着供品前来献祭。此刻，锣鼓喧天，白牛绕神坛而走，孩儿们尾随其后放炮。呗耄和女巫为村民举行各式各样的祈祷仪式：有求育得子的仪式；有延长寿命的仪式；有带来好收成的仪式；有为亡人祈祷的仪式；还有避开灾祸招来好运的仪式……

晚上，人们纷纷涌向土主神坛前，家家户户献上最好的东西；姑娘们盛装歌舞，热闹极了。第二天，另一个村寨的村民们，一清早便抬着祭礼来迎接土主老爷。吃过早饭，人们请土主爷上轿起程，向其他的村庄巡游。村民们吹着唢呐，耍着狮子，迎来送去，要热闹一个月的日子，才将土主神送回自己的神庙之中。因此，土主神也十分光顾这里的人民，处处时时为人们着想，恩施一方，使这里人畜安康，五谷丰登。

【讲 述 者】 张琼（1890—1971 年，云南彝族萨眯撒尼支宗教祭司）

【采录整理】 张福（张琼之嫡长孙）记录

【采集时间】 （无考）

【流传地区】 云南省·昆明市·（阿拉彝族乡）·尾依初村

【文本来源】 吕大吉、何耀华总主编：《中国各民族原始宗教资料集成》（彝族卷、白族卷、基诺族卷），北京：中国社会科学出版社 1996 年版，第 76—82 页。原文本标注原文题目是《撒尼人的土主崇拜》。

【阅读提示】 这则神话有意强调土主的不凡来历与神童身份，目的是为了证明这个神产生的合法性。

【基本母题】 土主的产生；神下凡；牛生人；取名；文字的产生；学艺；太上老君；祭师的产生

【本文编码】 《牛生的神童成为土主》：ZCSW0280-102-003

1.0.3 变化产生神

苍老爷成神

（汉族）

付庄乡正东边的沧浪渊[①]有一座大庙，大庙正殿的大厅里塑着一尊神像。他，就是苍老爷。每年的三月三庙会，百姓手捧香烛供果，到苍老爷庙去磕头烧香。老头们请苍老爷保佑这一带风调雨顺，平安无事；老嬷嬷们请苍老爷保佑她一家人财两旺，不生病灾；小伙子求他给配个好媳妇；大姑娘让他给找个好婆家，各有所求。从白到黑，人来人往，许愿还愿，香火很旺。

苍老爷的家在苍宅，名字叫小苍。三岁时，他的父母死了，他成了孤儿，只好跟着姥娘住到了沧浪渊。长到八九岁时，还是傻乎乎的，平时也不爱说话。显得有点神神乎乎[②]的小苍长到十六七岁时，姥娘托人给他说了个媳妇。丈人家在崔家庄，是个有名的财主。丈人不是为了找女婿，那是想让小苍给他干活。小苍来到丈人家后，自然也就成了长工。

有一天，丈人把小苍叫到跟前说："你今天到东坡十八亩地去锄锄高粱苗子。"小苍二话没说，扛起锄头就上了东坡。到地头把锄头一搁，找了个树底就睡上觉了。醒来一看，天已过午，地还没锄，回家怕丈人打骂，他就抡起锄头，七拉八擦一阵子，十八亩一会锄完了。四边地角，一角一棵，中间一棵，一共留了五棵苗子。小苍锄头一扛回家了。回到家里，丈人问："一上午锄了多少地？"小苍说："全锄完了。"丈人心想：你就是再能干，一天不过锄一亩地，怎么锄这么快？我要去看个明白。到地头一看，老丈人差点气了个半死，十八亩地只留五棵苗，再改种别的庄稼，季节已过。心想：回家跟他算账！

---

① 沧浪渊：位于山亭区付庄乡王湾村，在枣庄市老城区北面约12公里处。付庄，过去也作"傅庄"。

② 神神乎乎：言行和常人差别大。

到家里，丈人咬牙切齿，又打又骂，揍了小苍一顿，才算出了点气。小苍说："你是不是嫌我留的苗子稠?"丈人没好气地说："稠!"小苍说："稠?那我再锄去就是。"他扛起锄头，到了地里把角上的四棵苗又锄掉了。

丈人就更恼了，心想：这十八亩地反正没有苗子，你想怎么锄就怎么锄吧，也就没叫他回来。打这以后，丈人就更不喜欢小苍了，见面不打就骂。就这样，小苍又在丈人家过了三四个月。

转眼，秋天到了，小苍对丈人说："那块十八亩的高粱熟了，咱去收家来吧!"丈人一听，气不打一处来，恶狠狠地说："你春上毁了我十八亩的苗子，我没叫你赔，你还要我，地里没有苗子，到哪里去收粮食?"小苍说："你跟我到地里看看，真没有，我赔你的高粱。"丈人一听，半信半疑，就跟着小苍上了坡了。

到了地头一看，丈人真是又惊又喜，拍着腚哈哈大笑。这一棵高粱生有千枝万杈，顶天立地，把十八亩地遮盖得严严实实。高粱穗子肩靠肩，膀靠膀，风一刮，晃晃悠悠，跟一片红云一样，结的高粱真是老鼻子了[①]。丈人一看这情形，喜得哈哈的，对小苍说："恁姐夫，我看这棵高粱也不好砍，咱就在地里安上场[②]，往下打吧!"小苍说："好吧。"老头子跑到家里，慌慌忙忙喊来了长工，就地安上场，准备打粮食。

小苍不慌不忙地爬上高粱树，用竿子只打了一下，高粱就哗哗地往下淌，足有三千六百担，平地也有二尺多深，埋到丈人的膝盖上。老头子高兴得在树下喊道："恁姐夫，你再使劲多打几下。"小苍一听，心想：我叫你这个贪财的老家伙，有粮食也不能吃。一使劲，刷刷又连打了几下，树底下的高粱堆得小山一样高，最后把老头子活活给埋了。

小苍才想下树，忽听空中有人说道："苍老爷慢走！我乃受玉帝差遣，特来接你回天宫。"小苍一看，是一条大乌龙在自己面前说话。乌龙又说："请你骑到我背上。"小苍一跨腿，坐了上去，一溜黑影不见了。

---

① 老鼻子了：很多很多。

② 安上场：安场，将地轧平的过程。

【讲 述 者】 郭祥礼（47 岁，山亭区徐庄乡柳泉村，农民，高小）

【采录整理】 姜殿生

【采集时间】 1987 年 4 月 7 日采录于山亭区徐庄乡柳泉村

【流传地区】 山东省·（枣庄市）·山亭区·徐庄乡·柳泉村

【文本来源】 中国民间文艺家协会组织编写，罗杨总主编，胡太星、沙朝佩本卷主编：《中国民间故事丛书》（山东·枣庄·山亭卷），北京：知识产权出版社 2016 年版，第 40—42 页。

【阅读提示】 这则神话叙述的是一个孤儿成为众人仰望的神，虽然有点乌龙，但老百姓造神往往更注重心理方面的慰藉。

【基本母题】 苍老爷；三月三庙会；特定神的职能；祈愿；孤儿变成神；乌龙

【本文编码】 《苍老爷成神》：ZCSW0281-103-001

黑暗混沌

（汉族）

玄黄过后出混沌，
依然黑暗少光明，
天地相连无人分，
混沌九九八十一劫难。
混沌之后盘古生。

混沌本是一头颅，
无鼻无窍甚是神，
多少玄妙里头存。
歌师记得清不清？
恭请歌师讲分明。

诗曰：混沌无有天和地，
古祖灵山出世起，
寒阳洞里参禅机。
乾坤混沌几万秋，
度下开天劈地斧。
昆仑山上讲根由，
乾坤黑暗黑无边，
传下徒弟混沌仙。

混沌未分有一山，
天心地胆在中间。
盘古老祖他在先，
活了一万八千年，
那时洪水才泡天。

讲起混沌有根基，
我有一句来问你：
洪水泡天有根源，
叫声歌师听我谈，
洪水泡天有几番？
自从洪水泡天地，
混沌黑暗谁在先？
清水泡天有几番？
从头至尾讲根源，
那时才算得你为先。

自从洪水泡了天，
玄黄老祖他在前，
洪水泡天有三番，
三五老祖他在先，
清水泡天出古祖，
才有古祖在灵山。
清水泡天有几番？
清浊相连无有天。
我把天地谈一谈，
乾坤暗暗如鸡蛋，
千层万层包得严，
谁人知得着根源？

密密匝匝几千层，
三五相交看不清，
听我一一说混沌。
混沌山上十八祖，
青龙岭上昆仑山，
昆仑山上起青烟，
三千七百神仙洞，
八百洞中降真仙，
听我一一说根源。

玄黄死后留头颅，
天地灵气里头存，
预示天地未成形，
后来转变为混沌。
无鼻无眼心里明，
如似一个鸡蛋形。
划天老祖来彩画，
取出神笔画图形。
五气六气画眉毛，
八字峨眉两边分。
七孔八窍安停当，
睁开双目看分明。
凿开混沌开七窍，
才有三光与三才。

混沌头破似天开，

化一老祖有气概。
混沌老祖初出世，
无有天地五行势，
一气三化将人置。
站住仔细四下观，
举目抬头看一看，
四方都是黑暗暗，
清浊二气上下连，
无有人影在世间。

混沌一气降世起，
生在青梅山前地。
青梅山上把道传，
聚拢三百六十员，
寒阳洞里讲神仙。
都是天地变化成，
乾坤黑暗得自然。

混沌辞别洞府去，
太荒山前走一程，
只见乌云沉沉黑，
不知南北与西东。
混沌便把旗来绕，
现出太荒一座山。
转身住在太荒地，
不觉又是五百春。
只见太荒金石现，
石斧铁锤现原身，
赐与盘古把天分。

玄黄头颅化混沌，
混沌里面盘古生。
盘古生在头颅内，
头颅好似天地形。
盘古随着头颅长，
又有神祖画成形。
混沌转化成盘古，
实为三度转化身。

北方壬癸化水星，
东方甲乙化木星，
西方庚辛化金星，
南方丙丁化火星，
四方星辰来助阵，
要助盘古现威能，
北方水星化海池，
东方木星化斧柄，
西方金星化石斧，
南方火星霹雳震，
中央戊己是昆仑，
脚踏太荒一山林。
盘古来在山顶上，
一斧劈开混元石，
清气浮而九霄去，
重浊落在地下沉，
天高地厚才形成。

老祖老母神两个，
一个红精黑暗祖，
一个黑精红暗母。
洪水之时金石化，
黑水之时成神祖，
收下三百六十子，
都是先天化童顽。
老祖老母来讲道，
要将顽童都从善，
都成正果知天然。

洞房门前一石兽，
像虎像狮像狻猊。
非象非狮不一般，
一对眼睛红光闪，
龇着獠牙吐舌端。
一日顽童来玩耍，
见了石兽眼流血，
越流越多甚惨然。

老祖一见事不好，
石兽流血为哪般？
老祖老母来观看，
原是洪水要泡天。
洪水要淹昆仑山。
吩咐子弟快躲避，
最后剩下三个半，
哪三个，哪半个？
要请歌师找答案。
老祖老母未淹死，
半个弟子是混元。
弟子慌忙去避难，
有的藏在深洞内，
有的忙往石缝钻，
有的爬在高树上，
有的长翅飞上天，
有一个葫芦连藤长，
忽然喳开忙开口，
快到口里躲难星。
有的连忙往里钻，
化为鱼龙把水翻。
有一个弟子叫混元，
混元弟子不一般，
日后混元有造化。
清水之时有一缘，
连忙来把混元叫，
来到石兽腿中间，
石兽腿后有一孔，
此是昆仑一地眼。
你今躲在地眼内，
扯莵茅草来盖严。
还有弟子无处躲，
昆仑山中地方宽，
山中有山山上山，
无数洞府神祖占。
有一洞府神奇异，

各样景致看不完。

提起混元一老祖，
躲在地眼三千年。
这时他把头来探，
洪水未退泪几点。
望了四次仍未退，
四滴眼泪滴下边。
化成四个水爬虫，
万丈长来千丈宽，
又出浪子不一般。
四个浪子无比怪，
浮在水上像大船。
四个浪子四下分，
摇摇摆摆水上玩。

四个浪子四个怪，
又吞日月又吞天。
第四浪子它最好，
常常回来见混元。
混元问它哪里去?
浪子回答水上玩。

水上看见什么景?
一蓬荷叶大又圆，
一蓬荷叶有九匹，
一匹荷叶一重天，
荷叶上面有一景，
露水珠儿亮闪闪。
滚来滚去有灵性，
放出五色祥云团。

混元听了多有趣，
天地之根已出现。
荷叶在天分九重，
露珠像似雨露般。
荷花已谢莲籽落，
莲籽将来化神仙。
正是浪子口中渴，
七颗甘露一口吞。
喝了七颗甘露水，
一朵莲花还未谢。
一个莲蓬结籽生，
荷叶失了甘露水，
枯了荷叶和花心。

荷叶老祖一苦莲，
混元忙把浪子问:
见了荷叶你怎办?
浪子回答我吃了，
吃了荷叶往回转。
荷叶好吃水好喝，
撑得肚皮圆又圆。
混元一听心大怒，
来把浪子撕两段。
只分两段不打紧，

露出荷叶屎一团。
人间万物包在内，
一团混沌分清难。
屎团一堆见风长，
陡然长起山一座，
名字就叫青龙山，
后头慢慢说根源。

金鼓一停我接住，
提起昊天一段古，
歌师听我从头数。
无有乾坤无有天，
只有古祖他在先，
自从洪水泡了天，
渺渺茫茫无自然，
山中十万八千年，
才出昊天老神仙。
讲起古祖来出世，
提起昊天老祖母，
一无父来二无母，
你看怪古不怪古？

黑黑暗暗，混混沌沌，
渺渺冥冥，昊天此时生，
只有昊天圣母生得恶，
头上长出一对角，
打败黑龙平洪波。

洪水泡了天和地，
提起灵山虚妙洞，
昊天圣母一段情，
圣母原是金石长，
清水三番成人形。
石人得道称圣母，
名唤昊天是她身。
圣母坐在虚妙洞，
要到灵山走一程。

站在灵山四下望，
洪水滔滔怕煞人，
两条长龙在争斗，
二龙相斗气腾腾。
只见空中黑云现，
黄龙当时逞威武，
抓得黑龙血淋淋。
黑龙当时来聚会，
弟兄五个显威能，
黄龙一时败了阵，
直奔灵山洞府门。

圣母观了多一会，
定天珠在手中存，
抛在空中雷电闪，
黑龙一见忙败阵。
便把黑龙来打败，
七窍流血逃性命。

漫天黑云不见形，
往西边走不见了，
这时洪水稍平静。
黄龙落在灵山上，
感念圣母有恩人。
生下三个龙蛋子，
三个龙蛋放光明。
圣母一见心欢喜，
将蛋吞在腹中存。
吃了三个龙蛋子，
腹中有孕在其身。
怀孕不觉三十载，
正月初七降下生，
一胎生下人三个，
圣母一见甚欢心。

长子取名为定光，
次子后土是他身，
第三取名为婆娑，
虚妙洞中生长成，
三个儿子已长成，
不觉已过五百春。

圣母便把孩儿叫，
灵山景致多得很。
一座石岩高万丈，
朵朵梅花在中间，
三十六匹叶子长。

有座仙山生得妙，
更比群山高远了。
此山名字叫虚妙，
虚妙山上长仙草，
色分七彩好奇妙。
树高只有三尺三，
时时都把毫光现，
结颗宝珠似仙丹。

李子开花白又鲜，
根深叶青自先天。
后世自有神仙出，
上古神来下古仙。
杏树开花碗口大，
杏子黄了四时鲜。
杏仁里面有一物，
洪水之后出世间。
桃树花儿红艳艳，
花开不谢三千年。
三千年后结桃子，
桃核里头藏众仙。
后来王母蟠桃会，
自有核仁落人间。

一蔸青草正扬花，
花开花落一瞬间。
此草名叫天仙草，
后叫稻米五谷先。

一万八千春过后，
传与农夫好种田。
此事虽是后来事，
说与孩儿记心间。

母子来到丹桂树，
看见树下红光现，
圣母一见高声问：
你是什么妖魔怪？
烧死丹桂为哪般？
忽然两人来跪拜，
一男一女忙开言：
“一男一女人两个，
又叫与子贞天贤。
原在荷花池内住，
金水相生结仙缘。
只因三番洪水后，
俱在灵山躲难星，
桂花树下藏其身。”
圣母听了此言语，
笑在眉头喜在心，
“原是太阳与太阴，
后来日月就是你，
一阴一阳照乾坤。”

二人听罢忙点头，
辞别圣母不见形。
一男回到太阳洞，
一女又归太阴门。
都在咸池深海内，
并蒂莲花海上存。
有一根古在后头，
浪荡吃了遭难星。

母子游到菊花殿，
各种菊花开得鲜。
面对一个雪花洞，
雪花纷纷顿觉寒。
将来以花来分月。
一十二月结花缘。

梅树开花报春早，
桃李开花正春天。
稻花一开谷结穗，
菊花一开霜雪连。
此是灵山四季景，
传在后世在人间。
忽听树上嘤嘤叫，
原是黄鸟万万千。
黄鸟一叫报时辰，
黄鸟报时有根源。
黄鸟一叫天就明，
黄鸟二叫太阳升，
黄鸟三叫正午时，
黄鸟再叫天黄昏。

母子观罢灵山景，
要回天山洞府门，
定光看得正高兴，
要到灵山顶上行。
定光来到山顶上，
洪水滔滔怕煞人。
黑雾腾腾空中旋，
忽听空中喊一声。
叫声定光你且听，
太虚洞中多热闹，
请到太虚走一程。

定光跟着黄龙走。
太虚殿中看分明，
只见宫殿多齐备，
亭台楼阁色色新。
定光来到太虚殿，
紫云腾腾放光明。
黄龙跪下称老祖。
定光圣祖你且听，
可恨黑龙来作乱。
又翻洪水水连天，
他与吾龙来作对，
灵山顶上躲灾星。
太虚洞中九天外，
不遭洪水救众生，
敬请圣祖发号令。
五条黑龙多厉害，
兄弟五个本事能，
大哥手执开山斧，
二哥口内吐红云，
三弟能把山搬走，
四弟搅得海翻腾。
只有五弟手段狠，
天地日月一口吞。

五条黑龙有来因，
它是上古洪荒生。
当日石龙一老母，
住在洞内闷沉沉。
下到昆仑来游玩，
洪水之中起黑云，
黑云遮住老母身，
老母当时肚子疼，
产下一个龙蛋子，
龙蛋炸开两边分。

蛋里跳出五黑龙，
五条黑龙吐黑水，
一股黑水淹昆仑。
如果收了黑龙精，
天下洪水得太平。
定光听得这言语，
怒目圆睁冒火星。
忙招鹰龙来领命，
来到昆仑高山顶。

说起鹰龙大得很，
千片羽毛万丈长，
遮天盖地本事能。
原是天上大鹏鸟，
一声吼叫如雷鸣。
两道目光如闪电，
爪如铁钩万般能。
名叫鹰龙无敌手，
专为定光听号令。

当时鹰龙听吩咐，
黑龙抓到爪中心。
便把龙头来拿下，
便在定光面前呈。
当时洪水来平定，
黑龙散去不见影。
黄龙当时把恩谢，
连忙献出宝和珍。
献上化云珠一颗，
化为九天一朵云，
落定尘埃天地清。
黄龙最后为天师，
掌管龙神它为尊。

昊天圣母知此事，
便叫次子幽冥听。
你把黑龙来收付，
九泉地狱去安身。
叫他托起五方地，
地高水退得安宁。

圣母又把幽冥叫，
你到幽都走一程，
赐你斩关剑一口，
分开五关到幽都。
幽冥来到幽都地，
此为地府十八层。

五条黑龙阴魂在，
见了幽冥怒气生。
今日要把仇来报，
为何斩我五性命？
说罢现出五龙爪，
要抓幽冥一仇人。
幽冥取出翻天印，
五龙吓得战兢兢。
幽冥一见传下令，
封为幽都守门人。
又赐夜明珠五颗，
照得幽都地狱城。

幽都城里冤魂多，
都因洪水丧性命。
上古神仙水中死，
许多龙蛇也丧生。
大大小小三千万，

聚在幽都等超生。
幽冥做了幽都主，
主管幽都一座城。
来把冤魂一一问，
打发阳世来托生。
掌管五关并六部，
又管阴阳二界门。
又赐夜明珠五颗，
照见幽都放光明。

昆仑山上鸿青洞，
鸿青洞中一段情。
白妃娘娘洞中坐，
她的出生怪得很。
远古太荒洪水起，
一番洪水那时生，
一块白石化人体，
白化老母出世根。
原在昆仑山上生，
一块白石大又圆，
黑暗之中放光明。

久而久之石头炸，
一道红光如彩霞，
变出一个女娇娃，
后名白妃就是她。
长子名字叫洪儒，
次子取名是洪浩。
只有三子他最小，
取名就叫小洪钧。
谈起三子根基深，
元始上古宝石珍。
金水相生得精气，
三番洪水有了灵。

昆仑山中三口井，
原是地眼品字形。
一井黑水苦又腥，
一井红水如血汁，
一井清水如甘霖。
原是三番红水留，
灵气聚到三口井。
白妃喝了三井水，
借得白妃腹长成。
九九三精附一体，
白妃娘娘来育生。

不觉三子都长大，
各到各处显威灵。
一日洪钧把山上，
玉虚洞中走一程。
一见定光洞中坐，
见了洪钧来相迎。
两个在此来相会，
原是上古缘分定。

以后再把根古论，
多少根古讲不清。
玄黄老祖生青气，
浪荡出世吞了天。
黑龙黄龙两相战，
三番红水天地淹，
昊天圣母战洪水，
洪钧称为第一仙。

金龟吐石生昆仑，
九天老祖降凡间，
洪末、末叶与荷叶，
定光、玉虚与幽冥。
神仙之中第一贤，
九斩昆仑三妖龙，
混沌出在洪荒间。
盘古出世分天地，
更比玄黄高得远。
有人知得这根源，
能在歌场称上仙。

【原文注释】

《黑暗混沌》标题为整理者所加。资料来源：一是1983年编辑《神农架民间歌谣集》时，发现松柏镇敬老院院长张忠臣有《黑暗传》抄本。张忠臣抄本为李鹤亭抄录于1964年，李系有名的火居道士和私塾先生。张的底本因残缺不全，李在抄写时加进武当祖师的内容。李有《黑暗传》全传，“文革”时交出被烧毁。类似张忠臣抄本在林区发现十一余种，最早是阳日镇钱家湾村贯邦修的清代抄本，一书均分两大部分：《黑暗大盘头》和《黑暗纲鉴》，为神农架一带最为流行的抄本。二是1993年在林区宋洛乡梨子坪村村民陈相玉处，他口述浪荡子吃荷叶一段。陈系篾工，不识字，他于1954年在房县西蒿坪八寨给一老火居道人做篾时，听他唱的。采录时已记不全了，时年陈60余岁。三是1984年在新华乡黄成彦处得到的“玄黄”、“昊天”两个清代抄本，收入《神农架〈黑暗传〉资料汇编》。1995年委托唐运青，40余岁，林区宋洛乡莲花村人，高小文化，其父唐文灿，有《黑暗传》失于“文革”中，其子唐运红、唐运青、唐运华均为著名歌手。唐运青于1985年移居兴山县平水乡石鹅岭村，唐还提供不少资料。作为口头记录，只采用部分资料。

【附注】

相同内容，又见神农文化研究会主办的《神农文荟》1992 创刊号。该文本注释说，1984 年 6 月，胡崇峻搜集《黑暗传》版本，到了神农架朝阳乡水果园村。他听说村民唐文灿是位老歌手，就主动登门拜访。唐文灿年过花甲，岁月的风霜染白了他的须发，吹皱了他的脸膛。当他听说《黑暗传》上了书，胡崇峻还要继续搜集，准备出一本完整的《黑暗传》时，激动得嘴唇有些颤抖，半天才说："我儿子义清给我抄录了一些，前些年怕惹祸，埋在地下。"他拿了一把挖锄，来到菜园边上的一棵树边。那树已有一人多高杯口粗细，他先挖掉这棵树，树下二尺多深的黄土里盖着一块青石板，揭开石板，下面是一个罐子。他从罐子里掏出一个塑料包，打开裹着一层又一层的塑料皮，一本抄录的《黑暗传》重见天日了。崇峻深有感触地发出浩叹：真是名副其实的挖掘啊！孙志龙感慨地说："《黑暗传》早点出来就好了，也教训教训年轻人。《黑暗传》上的神仙，都是为民除害，造福天下。"

【讲 述 者】 （无考）

【采录整理】 胡崇峻整理

【采集时间】 1984 年 6 月

【流传地区】 湖北省・神农架林区

【文本来源】 胡崇峻搜集：《黑暗传》，武汉：长江文艺出版社 2002 年版，第 69—97 页。本文选自《黑暗传》第二章"黑暗混沌"。

【阅读提示】 这则神话无论是神灵，还是万物，都充满化生的神奇。

【基本母题】 天地相连；世界劫难；混沌；盘古的产生；洪水；化生万物；龙的争斗；人的产生

【本文编码】 《黑暗混沌》：ZCSW0282-103-002

黑虎潭

（汉族）

开栅村北有一条沟，口朝东，尾剪北，沟深五里，由西向东延伸而出。因为常常能听到虎喊的声音，人们称它为“虎喊沟”。

虎喊沟里有一个潭，潭里的水常是黑乎乎的，人们又把这个潭叫作“黑虎潭”。

相传，此山是武财神赵公明的金库。黑虎隐居潭底，为武财神赵公明看守开山的金钥匙。一旦有事，黑虎就喊起来，虎喊神威，人人害怕，个个不安。一天，来了个大汉，身着紧身黑衣，腰挎镳铲七星宝剑，说是能制服黑虎，便一个猛子栽进潭里，与黑虎搏斗起来，搅得黑水翻滚，声震天宇。隔了一个多时辰，人们见水面上有摊血迹，知是大汉被黑虎吞没了。其实，这个大汉是来取山里的宝的，结果宝没取成，自己反丢了性命。又有一天，村里人在兴隆庄打井，打到三米处发现一只石虎，人们想把它取出，但怎么也取不出来。这时一位年轻人过来，不问青红皂白，把石虎捣成碎块，在沟中垒了起来。说来也怪，垒起的石堰越长越高，成了一个大坝。从此，人们再也听不到虎喊声，黑虎潭的黑水也变成了清水。清水流进庄稼地，变成银子、元宝。人们说：“这个年轻人征服黑虎后，得到了宝库的钥匙，把武财神的银子、元宝施舍给我们。”这个年轻人是谁？谁也说不出个子丑寅卯，大家都认为他不是人，是神。

【讲 述 者】 张余生

【采录整理】 张之蕊

【采集时间】 （无考）

【流传地区】 山西省·（吕梁市）·文水县

【文本来源】 郭万金主编：《山西民间故事大系》（晋西卷），北京：商务印书馆2017年版，第659页。

【阅读提示】 这则神话表明，谁本事大，能做有利于民众的事，也无须问他的身份出处，都可以被尊为神。

【基本母题】 自然物的命名；武财神；神的宝物；盗宝；变形；人变成神

【本文编码】 《黑虎潭》：ZCSW0283-103-003

九龙圣母（1）

（汉族）

九龙圣母原籍陕西牛母垣。远古时期牛母垣有一个尚未出嫁的大姑娘，生得聪明伶俐，相貌出众，但就是头上不长头发，因此她从小不梳头。在她十八岁那年，哥哥娶过媳妇，她和嫂子的关系处得很好。有一天，姑娘趁父母不在家，向嫂子来借梳子和镜子，说她要梳头用。这时嫂子心想：“你没有头发，梳什么头。”虽说心里这样想，嘴上却不好意思问，就把梳子、镜子借给了她。姑娘拿上借来的东西，回到自己家开始梳头。这时多心的嫂子偷偷撕破窗孔往里瞧，只见姑娘将头上的秃头套脱下，露出满头金丝，照着镜子慢慢梳头。当天嫂子将此事告诉了婆母。母亲大吃一惊，认为自己养了一个妖怪，担心大祸临头，心里惴惴不安，又将此事告诉了丈夫。丈夫听后喜出望外，向她解释道：“妇道人家，你不懂，如果真按你说的那样，咱女儿可就有来头了，不久就能修成神道。从此你们一定要留心观察她的言谈举止，不要让她独自出走。”以后全家人就对她暗地里进行监视。神女知晓后，想了个万全之策。一天早上，她求母亲给她单另做了捞米饭，可是她只吃了一口就全部喷了出来，全家人一看神女喷出的每一粒米饭都变成了明亮的珍珠，争先去捡。神女趁机不辞而别。可是警惕的嫂子却紧追不放，直奔黄河而去，神女像走平道一样过了黄河，嫂子却不知如何是好。这时神女告诉她将手帕铺在水面，方可走着过来。嫂子照此做了，果然顺利过了河。就在这时，听见河对面有人叫喊，神女一看是父亲和本家的一只纯白狗，白狗凫水过了河，父亲则被隔在了河那边。神女呼喊：“爹你不要过来了。”父亲只好返回河湾，后被封为神爷，至今有河湾庙，留作纪念。再说神女、嫂子和白狗。他们过了河，沿路一直走到冬连山（现韦家湾）。休息时顺便把鞋里的土倒了出来，堆成了山疙瘩，后人把它命名为仙女疙瘩。原准备在此立庙，但因为此地能看见娘家村，就一直往南去，走至殿山还能望见娘家村，可又舍不得这块风水宝地，就背靠陕西，倒土做庙院，连人带狗都封了神位，坐在正殿。神女和嫂子做了催生娘娘和送生娘娘，分立东西两侧。

【讲 述 者】 韦炳审

【采录整理】 张秀珍采录

【采集时间】 （无考）

【流传地区】 山西省・（吕梁市）・石楼县

【文本来源】 郭万金主编：《山西民间故事大系》（晋西卷），北京：商务印书馆 2017 年版，第 421 页。

【阅读提示】 这则神话所说的小妮子修道成神并带领家人踏进神道，只是代表了一些人的美好理想和愿望，民间许多神的来历大多如此，表现出很亲民的说教传统。

【基本母题】 九龙圣母；女神的体征；修道成神；变形；封神

【本文编码】 《九龙圣母（1）》：ZCSW0284-103-004

九龙圣母（2）

（汉族）

很久以前，在关帝山的大森林里有个二十多户人家的小村庄叫杨坡。这个村有个美丽的姑娘叫福香，福香姑娘名字好听，人却命苦，自幼失去父母，在哥嫂家生活。哥哥是小商人，常在外面，嫂嫂是个好吃懒做的坏女人，每天什么也不做就是想吃好的，一切家务和田里活儿都让福香去做。

福香天一亮就起床干活儿，一直忙到晚，还要受嫂子的训骂，不让她吃饭。

六月的一天，天气十分闷热，福香的嫂子想吃好的，可是福香在家她不能吃，就寻来一大堆烂旧衣裳让福香去河边洗，洗不完不让回家吃饭。

福香在河边洗呀、洗呀，洗得头晕手发软，肚子饿得咕咕乱叫，还是洗不完，不由得串串泪珠滚了下来。她哭呀、哭呀，只哭得两眼红肿，天昏地暗，日月无光。忽然，在那清澈的河水里漂下一颗又红又大的鲜桃。福香高兴地把那颗鲜桃捞起来就往嘴里放。桃子滑溜异常，刚刚到嘴边，一下子就滑到肚子里去了。真奇怪，福香自从吃了那颗鲜桃以后，肚子一天比一天大了起来。一天，福香的哥哥回来了，福香的嫂子就说："看你的那好妹子，肚子就像圆鼓似的，每天勾引野汉子。"福香的哥哥一气之下便把福香赶出家门。

福香是个弱小女子，举目无亲，怎么办呢？她想来想去，独自一个人走进深山，找了一个洞就住下了，每天靠山上的野果、野菜生活。

一天，福香忽然肚子痛得要命，慢慢就不省人事了。当她醒来的时候，忽见九条小龙在地面上摇来晃去很是可爱。她觉得奇怪，心想哪里来的小龙，又觉得自己的精神猛增，摸摸肚子更是奇怪，怎么大肚子忽然小了呢？

一天，两个猎人在这森林里打猎，听见洞里发出窸窸窣窣的声响，好奇地钻进洞里一看，顿时惊呆了：只见九条龙张牙舞爪地爬动，正中坐着一个圣母娘娘，面露慈祥。两个猎人看了一会儿便醒悟过来，立即跪在地上叩了三个响头，说道："小人们不知圣母娘娘在此，得罪了圣母娘娘，请别怪罪。"说完赶紧转身往山下跑。从这以后，人们全知道山上住着一个圣母娘娘。

又一年，接连几个月没有下雨，眼看满地庄稼就要旱死了，人们就要到外地谋生去了。有个人突然说："咱们村端武山上不是有个圣母娘娘吗？咱们上山求求去？"人们一听都说试一试，于是全村人敲着锣鼓、扛着猪头上山去求雨。结果真灵，一求便下起了倾盆大雨。

后来人们为了纪念圣母娘娘，就在此山修建了九龙圣母娘娘庙，现在还有庙的痕迹。娘娘即是九龙圣母。

【讲 述 者】 张建生

【采录整理】 安传卿采录

【采集时间】 （无考）

【流传地区】 山西省·（吕梁市）·交口县

【文本来源】 郭万金主编：《山西民间故事大系》（晋西卷），北京：商务印书馆 2017 年版，第 419—420 页。

【阅读提示】 这则神话叙述圣母娘娘能够给人带来雨水，表达出人们对改造自然的心理依托，同时也很含蓄地表达出人能变成神的民间信仰。

【基本母题】 家庭矛盾；感生；人生龙；神的产生；祭神祈雨；九龙圣母

【本文编码】 《九龙圣母（2）》：ZCSW0285-103-005

毛公神

（汉族）

很久以前，有年正遇灾荒，庄稼颗粒不收，农民实在没有办法，只好借财主的粮食。第二年正赶上风调雨顺，农民们辛勤耕作，眼看着绿油油的庄稼丰收在望，人们脸上的愁容退去许多。

可这丰年的兆头却使财主犯了愁，他担心秋后穷人有了粮食，一旦还清他的债，就不会有人白白给他干活儿。于是想出一条毒计！要所有欠债的农民必须在七天之内还清所欠的粮食，要是还不了，就要用青苗田抵债，结果农民们辛辛苦苦开垦养种的庄稼地大部分被财主霸占了去。财主得意地坐在太师椅上，一手托着烟锅，一手捋着嘴边的小胡子，心里打着如意算盘："这些穷鬼们又叫我握到手心里了，到时候他们没存粮食吃还得来求我，我要叫他们白天黑夜地给我干活儿，割庄稼、打场、磨面、盖房……”

农民中有个长着长胡子的老头儿，勤劳善良，劳苦了一辈子，到老还是孤身一人。他很乐意帮助别人，人们尊敬地称他为毛公公。只有他开的一块地在离村很远的山洼里，没有被地主夺去，他看到穷人们的土地都被地主霸占，就起早贪黑地在自己的地里培植庄稼，他给山药地除了二十回草，上了五百担粪。结果，山药蔓子都长得像胳膊那样粗，跟小树一样。

秋天到了，财主坐在家中非常得意地等着农民来求他，可一直到地里的庄稼都快熟了，也没一个人来。原来，毛公公把农民弟兄们叫到他的地里，对大家说：“这块地里的山药是大家的，你们随便挖吧！”穷人们正为没有吃的着急，听毛公公这么一说便挖开了山药。却见这地里的山药蛋个个都有碗口那么大，还像山里的石头一样多，好几天也挖不完，大家都说这是神仙种的。穷人们高兴地拾了一筐又一筐，拉了一车又一车，把山药蛋做成各种各样的食物，家家都有了饱饭吃。

财主地里的庄稼熟透了，可没有一个农民来给他干活儿，他家里的人又从不劳动。眼看一阵风过去落一层，一阵雨过后倒一片，成群的野鸟满地乱飞，财主还生怕农民偷了他的庄稼，每天到地里看着。可又过了一些时候，庄稼穗都变成空空的了，粮食都不知哪里去了，财主又气又急，找来穷人查问是谁偷了他的粮食，毛公公和农民走过来，一个农民神秘地对财主说：“现在地上出了个毛公神，他见到谁家的存粮多，就神不知鬼不觉地把粮食拿走了，要是见到谁家没粮食吃，又悄悄地给送来。毛公神从水道眼就能进进出出。他的口袋只有旱烟袋那么大，但想装多少都装得下。”又一年过去了，财主家的粮仓里的粮食果然又少了许多，财主对毛公神又怕又恨，从那以后他再也不敢囤积粮食了。

后来，毛公公去世，人们就把他敬为“毛公神”，从那以后，“毛公神”的故事就在老百姓中间流传开了。

【讲 述 者】　（无考）

【采录整理】　白纯儒

【采集时间】（无考）

【流传地区】山西省·大同市

【文本来源】郭万金主编：《山西民间故事大系》（晋北卷），北京：商务印书馆2017年版，第400—401页。

【阅读提示】这则叙事用严格的标准衡量算不上神话，但是又有神的活动，在老百姓看来，列入神话也是可以接受的。

【基本母题】灾荒；人变成神；善恶之争；斗智；毛公神的来历

【本文编码】《毛公神》：ZCSW0286-103-006

灶神与地神

（汉族）

张三郎与丁香女原来是夫妻，张三郎本是个穷命，丁香女是个富贵命。一天张三郎上街，遇到一个化缘和尚，帮张三郎算算命，骗他说："你妻子的命丑得很，是糠稗命，三斗三升糠稗籽，放到楼上老鼠也要吃。你的命好，是个珍珠命，三斗三升珍珠，放到柜里稳笃笃。"其实骨子里，化缘和尚是反过来说的，试试他的心。哪晓得张三郎听了和尚的话，回家和他娘一说，一张休书把丁香女休了。本来张三郎娶了丁香女为妻，家财也跟着兴旺，街上店里还在为他绣状元袍。他把妻子休了，人家把状元袍拆了，告诉他："本来这状元袍是绣给三郎穿的，可是三郎嫌妻命丑，只好拆散状元袍。"

丁香女被休出门，跑到后头马房里哭着问："你们哪一匹马愿跟我走，就点点头吧。"一匹跛脚驴子点点头，她就骑了这匹跛脚驴子跑啰。骑了一天来到环同寨，天要夜了，没地方歇脚，寨上有个老太婆一人在家，丁香女就向老太借个宿。老太是穷人家，她看看丁香女很齐整就说："小姐，我这个家里你怎么住得来?""唉！不问了，我住得来的。"丁香女就在老太家借宿住下来了。

丁香女住在老太处，老太和她谈谈家常问问身世原因，看她很可怜，就说："我有个候（儿子）打柴去了，你若愿意，就蹲（住）下来吧，跟了我家候！"丁香女想想，没有地方去，就嫁给了老太的儿子。

老太的儿子，靠打柴糊口养活母亲，也是个老实人，第二天又去打柴。往日子打柴不困难，一天打个一担柴没问题。这一天上山，山上一色的砖头卵石，刀口斫得金晃晃，柴没有打到，刀刃倒斫卷了，回到家心里闷闷不乐。

丁香女看到男人闷闷不乐，就轻声巧语问他为何打不到柴。他告诉她，过去山上长满了柴草，今天山上都是砖头卵石，刀口斫卷了，也没有打到柴。丁香女说："你可曾捡个砖头卵石回来我看看？""我倒捡了一个在这里。"丁香女一看，哪里是砖头石块，是亮晶晶的金块。丁香女是珍珠命，她一出张家，八拔缸金银财宝统统跟了她出来了。

张三郎休了丁香女，那个化缘和尚又变了个裁衣匠，来帮他做衣衫，做了个布衫有三个衣袖。"你帮我做三个衣袖做啥？"三郎问他。裁衣匠对他说："明朝你穷了，买米省得拿米袋，用这只袖子注注米。"其实骨子里是说他以后穷得米都买不起。哪晓得，三郎休妻后，今三明四，家里真的就穷得没饭吃。三郎和他娘只得讨饭度日。一讨讨到丁香家，丁香女认出是张三郎，到灶间亲手烧碗鲫鱼脑子汤送给三郎吃。三郎平素最爱吃这鲫鱼脑子汤，他一吃汤，就醒悟了，实在不好意思见人，赶忙躲到灶间里，往灶锅膛里一爬，人身子烧掉了，只剩下一只脚露在灶膛外，人家看见他爬进了灶膛，连忙去拉，连扒紧抓，就只扒出一只脚来。人家就做了烧灶扒灰的东西，叫个"扒灰榔头"。

三郎的娘，也不好意思见人，就躲躲缩缩，越躲越缩，人就慢慢缩到地上钻进了泥下，变成了个地神菩萨。

【讲 述 者】 张祖英

【采录整理】 潘兆金

【采集时间】 1994年12月采录于正场镇

【流传地区】 江苏省·(南通市·通州区)·正场镇

【文本来源】 中国民间文艺家协会组织编写，罗杨总主编，沈志冲本卷主编:《中国民间故事丛书》(江苏·南通·通州卷)，北京：知识产权出版社2016年版，第95—96页。

【阅读提示】 从这则神话看，神不一定很伟大，一些庸俗之人也可以变成特定的神。

【基本母题】 命运；改嫁；人变成神；灶神的产生；地神菩萨的产生

【本文编码】 《灶神与地神》：ZCSW0287-103-007

崇拜大黑岩的来历

(白族)

有这样一个传说，很久以前，这里是无人居住的深山大箐。有两个放羊的弟兄因迷路来到这里，见这里水草丰茂，干脆就在大黑岩下宿营放牧。

有一天，他们的羊群遭到豹子的袭击，四散逃走，到傍晚时才找回一些，但还不到半数。不料天黑以后，其它丢失的羊子都陆续回到了营地。当晚，他俩都做了一个相同的梦，梦见一位穿着绿袍红褂的人向他们走来，亲切地对他们说，他就是大黑岩，是他保护了羊群。还说，以后有什么事要他帮忙，只要对大黑岩讲三遍，就能得到帮助。后来他们果真随时得到大黑岩的帮助，于是把家里的人都迁来这里定居，以后从别处也迁来了一些人。大家在大黑岩的保佑下，日子过得不错，于是就把大黑岩奉为本主，称为黑岩景帝。

两兄弟相继去世后，村民们盖起了本主庙，在庙里塑了黑岩景帝的像。还把两兄弟奉为本境山神，也塑了他俩的像，与黑岩景帝供在一起。

【讲 述 者】 (无考)

【采录整理】 张文调查整理

【采集时间】 （无考）

【流传地区】 云南省·（大理白族自治州）·剑川县·象图乡

【文本来源】 吕大吉、何耀华总主编：《中国各民族原始宗教资料集成》（彝族卷、白族卷、基诺族卷），北京：中国社会科学出版社1996年版，第559页。原文本标注选自张文调查整理《剑川象图以黑石岩为本主》（1985）。

【阅读提示】 特定物变成本主，具有特定物崇拜的性质；而人成为山神，也有一些英雄崇拜的意味。

【基本母题】 保护神；相同的梦；迁徙；本主的产生；人成为山神

【本文编码】 《崇拜大黑岩的来历》：ZCSW0288-103-008

段赤城被尊为本主神

（白族）

在西洱河畔的羊皮村，有个放羊的小伙子，名叫段赤城。有一天，他赶着羊群经过马耳峰山垭时，有几只羊突然飞进山垭里去了。他十分惊奇，便追着去看，忽然闻到一股腥臭气，又感到有一种吸力，就赶快退了回来。回到村子里，他把这事告诉大家，可大家都不相信。有的说："一定是他招呼不好，把羊丢失了，才瞎编出这种话来的。"段赤城也同他们分辨不清。第二天傍晚，他再不敢领羊群从山垭口经过，却牵了一只狗到那里，让狗到山垭口吃东西。一会儿，那只狗竟四脚朝天地掉进山垭里去了。他想，人们常来这里成仙，莫不是也像羊和狗一样飞进山垭里去了？难道狗和羊也会成仙吗？况且成仙为什么不往天上去，却往山里跑？这一定不是好事情。于是，他又回去把所见所想告诉大家。

第三天傍晚，段赤城又去山垭里躲着看。有几个好事的人，也悄悄尾随着他。到了山垭口，一阵阴风吹来，有一个人打了个冷颤，站立不稳，骨碌碌滚了几滚，差点儿掉进山下去。段赤城见了，赶忙上去拉。把他拉到小山坡后面，又一同躲在山坡后面偷看，这才发现有一条大蟒蛇正张开血盆大口，在那里吸食着一只山羊。他们吓得不敢多看，跑回村里去告诉了大家。

从此，人们纷纷议论着，山里原来有一条大蟒蛇作怪。以前那些白白送死的老人的子女都伤心极了，还没有“成仙”去的老人们，过去还埋怨自己修持不够，与仙无缘分，现在才庆幸自己没有落入蛇口。可是，谁又能把这条蟒蛇除掉呢？大家焦急地商量着。后来，大家终于想出了一个办法，用几只活羊，在羊角上绑几把刀，再拿几张羊皮裹着石灰，准备给蟒蛇吞下，让刀刺死它，让石灰腌死它。段赤城听说乡亲们要杀蟒蛇，就向乡亲们表示：“除了乡亲们的办法之外，我愿意双手拿刀，身绑利刃，去和蟒蛇拼个你死我活。万一它把我吸到肚里，我手里有刀，身上有刀，刀口有毒，也可以杀死它。”大家都拍手称好，许多人还说：“我们都来帮你，用石头弓箭和蟒蛇拼斗。”

过了几天，一切都准备好了。附近村子里的人都置酒相送，像往常送战士出征一样。段赤城装束停当，手拿双刀，身绑利刃，蓝布包头，脚穿草鞋，辞别众乡亲，大步向马耳峰走去。众乡亲也各执武器，准备迎战。黄昏时分，人们把活羊和羊皮包送到了山垭口。一会儿，山风吹起来了，一股恶腥味迎面扑来。蟒蛇闻到了羊味，便一口吞下了那些活羊和羊皮包，刀刃刺着蟒蛇的肚子，石灰腌着蟒蛇的肠子。它疼痛难忍，忽地跃起，摇动着巨大的身躯向洱海冲去。霎时之间，洱海黑浪滚滚，沿海的田园房舍好像快要被淹没的样子。这时，只见段赤城站在一块大礁石上，高声叫道：“乡亲们！永别了。”说着，他腾空而起，纵身跳入洱海。洱海的浪涛更大了，恰似一匹发狂的怪兽，怒吼着，冲击着，直到东方的天空中露出了鱼肚子色，海水才渐渐地平静了下来。

天大亮了，人们从四面八方涌来。在西洱河岸边，躺着一条比水桶还粗、头生鸡冠红毛、遍身粗鳞、长约五丈的大蟒蛇，口流黑血，一动也不动。大家壮着胆子把它剥开，发现段赤城也牺牲了。

乡亲们怀着一种又悲痛又喜悦的心情，盛殓了为民舍身除害的勇士段赤城，还举行了隆重庄严的葬仪，把他葬在羊皮村后马耳峰下的小山岗上，并立他为本主。

【附注】

相同文本《段赤城被尊为本主神》，又见吕大吉、何耀华总主编：《中国各民族原始宗教资料集成》（彝族卷、白族卷、基诺族卷），北京：中国社会科学出版社 1996 年版，第 575—576 页。

【讲 述 者】 （无考）
【采录整理】 大理市文化局
【采集时间】 （无考）
【流传地区】 云南省·（大理白族自治州）·大理市·喜洲区（喜洲镇）·河矣城村等地
【文本来源】 大理市文化局编：《白族本主神话》，北京：中国民间文艺出版社 1988 年版，第 12—14 页。原文本标注选自大理市文化局编《段赤城斩蟒——喜洲区河矣城等村本主》。
【阅读提示】 著名的历史人物或为百姓献身的英雄被尊为本主，体现出造神的一般性规律。
【基本母题】 本主；人成为神；真相；英雄斩蛇；纪念英雄

【本文编码】 《段赤城被尊为本主神》：ZCSW0289-103-009

金蜂本主的来历

（白族）

“金蜂天子”，即为团结、关坪两乡境内各白族村寨共同崇奉的本主。

关于本主来源的传说是：有一年本地的土司带兵随朝廷去打仗，在江边捡到一张画了很多兵马的图画，他就把这张画带在身边。从此后每遇战斗总会有“千军万马”冲来帮助他，使他打了许多胜仗，立了许多战功。他打完仗回家，走到西库姆山[①]，就把这张画放到一棵松树的树洞中。土司回到家就病倒了，夜里常常做噩梦，梦见许多兵将围着责骂他：“我们跟你出生入死地到处打仗，如今你回家享福却把我们丢在山上受冻挨饿。”他醒后怎么也想不起把什么人丢在山上不管，最后才想到可能就是那张丢在山上的图画。他带了一些人到西库姆山去找画，等找到了那棵藏画的松树时，那张画已变成了一个巨大的马蜂窝。成千上万的马蜂把他团团围住，他明白了，原来帮助打仗的千军万马就是这些马蜂。土司把这窝马蜂接回家，供在堂屋上。过了几个月马蜂又托梦给他，说：“在这里天天吃苦荞粑粑我们受不了，我们要到下面的坝子里去吃白米。”土司就把这窝马蜂送到山下胜备江畔的坝子中，建盖了房子，把马蜂窝供在庙内奉为本主，尊称为“金蜂天子”。

【讲 述 者】（无考）
【采录整理】谢道辛调查整理
【采集时间】（无考）
【流传地区】云南省·（大理白族自治州）·云龙县·团结乡、关坪乡两乡境内各白族村
【文本来源】吕大吉、何耀华总主编：《中国各民族原始宗教资料集成》（彝族卷、白族卷、基诺族卷），北京：中国社会科学出版社1996年版，第563页。原文本标注选自谢道辛调查整理《云龙白族尊山石蜂为本主》（1988）。
【阅读提示】当一些动物有了神奇的传说时，被尊为神也就成为自然之事了。
【基本母题】争战；梦示；寻找；土司；动物本主

【本文编码】《金蜂本主的来历》：ZCSW0290-103-010

① 西库姆山：位于团结乡境内。

人成为本主

（白族）

凤仪下庄村本主名段仁，尊称为“东方行雨权势天将仁慈化被圣德明景帝”。在本主庙中，塑有本主像，旁边塑有本主父亲的像。

相传本主段仁，原籍大理“扎奴枯”（白语）人，是小黄龙的儿子，父亲在“杜日谋”（白语）做官。段仁十五六岁时，一天家里来客，父亲杀鸡款待。在宴席上，段仁用筷子夹了鸡头去吃，父亲很生气，打了他一筷子头，骂道：“我们白族的规矩，鸡头是敬老人的，你这个娃娃怎么不懂礼。”段仁年幼气盛，在客人面前挨了父亲的打骂，心里很不高兴，一气之下便离家出走，独自从洱海西岸跑到洱海南岸的下庄居住。下庄虽在洱海边，看着滔滔洱海水却用不上，农田常遭干旱。段仁与村民想方设法提水灌田，使旱年仍得温饱。百姓十分敬佩他的聪明才智，死后尊奉他为本主。建本主庙时，洱海里漂来一根香樟木和一片二尺长一尺宽的大板瓦，瓦上刻着本主的衔：“敕封东方行雨权势天将仁慈化被圣德明景帝”。村民根据本主的旨意面东背西盖起了本主庙，用浮樟雕刻本主像，把漂瓦镶在大殿墙上。雕像早毁，改塑泥像，漂瓦一直保存到60年代，在“文革”中毁掉。本主因吃鸡头挨父亲的打，因此，他恨鸡，鸡跑到本主庙就会死，祭本主也忌鸡，只用鸭子祭。

农历九月九日为本主诞辰，有专门祭祀本主的祝文。全文如下：

维大中华人民共和国公元××××年岁次××月
建××祭日××庆诞弟子×××及合村×姓人等
谨以香烛、果品、牲醴不腆之仪，敢昭告于世。

敕封本主东方行雨权势天将仁慈化被圣德明景帝位前而祝曰：

维神，位居天将，职列仪曹。当三三而降诞，值九九而次隆，贵凭青瓦以显仁慈，借香樟而昭圣德。三千浪里，洪恩早锡。于东方五百年间，厚泽文深。于北睑功参造化，德合阴阳。有感皆通，无求不应。兹当圣诞良辰，敬陈菊酒，特申庆祝，仰共昭格。右以合坛文武之神，配伏维尚。

【讲 述 者】（无考）
【采录整理】邹汝为
【采集时间】（无考）
【流传地区】云南省·（昆明市）·（寻甸县）·凤仪乡（凤合镇）·下庄村
【文本来源】吕大吉、何耀华总主编：《中国各民族原始宗教资料集成》（彝族卷、白族卷、基诺族卷），北京：中国社会科学出版社1996年版，第564—565页。原文本标注选自《凤仪下庄村以水神龙王之子为本主》（1988）。
【阅读提示】白族的本主神话中，好像各种各样的人都能成为本主，其中把造福一方的人尊为本主的情况居多。
【基本母题】特定村寨的本主；龙子；本主的产生；禁忌的产生；祭本主

【本文编码】《人成为本主》：ZCSW0291-103-011

段赤城

（白族）

从前，大理民间有这样一个说法："好好修持，老来到苍山成仙去！"老年妇人往往活到七八十岁，便把家里的事安顿好，然后向乡里亲邻一一辞别，洗过澡，换上新衣，戴上金玉首饰，带着木鱼、银磬、跪垫，相约结伴，高高兴兴地到苍山马耳峰山脚去虔诚祈祷、诵经。念呀，念呀，直到太阳落了山，夜幕降临，晚风呼呼地吹起来，就是飞升成仙的时候到了。只见诵经的老奶奶一个接一个向西飞去。没有飞去的，只怪自己修持不够，回来又再苦修持诗，过了一段时间又去。就这样，不时有人去成仙。日子久了，人们也习以为常了。

羊皮村有个放羊的小伙子，名叫段赤城。一天，他赶着羊群经过马耳峰山丫时，有几只羊突然飞进山丫里去了。赤城十分惊奇，便追去看，忽然闻到一股腥臭的气味，又感到有一种吸力，他赶快退了回来。回到村子里，他把这事告诉大家。可是大家都不相信。有的说："一定是他照顾不好，把羊丢失了，才瞎编出这种话来的。"段赤城也同他们分辩不清。第二天傍晚，段赤城不敢再领羊群从山丫口经过。但他却牵了一只狗到那里，让狗到山丫处吃东西。一会儿，那只狗四脚朝天地掉进山丫去了。这时，他开始想：人们常到这里成仙去，莫不是也像羊和狗一样飞进山丫去了呢？难道狗和羊也会成仙吗？况且成仙为什么不往天上去，却往山里跑？这一定不是好事情。于是他又回来把所见所想告诉大家。

第三天傍晚，段赤城去探看山丫里的动静。有两个好事的人，也悄悄尾着他。到了山丫口，一会儿，一阵阴风吹来，有一个打了个冷战，站立不稳，骨碌碌滚了几滚，差点儿掉进山丫里去。段赤城见了，忙上去拉，才把他拉到小山坡后面。三个人在山坡后面偷看，才发现有一条大蟒蛇张开血盆大口在那里吸食着一只山羊。三人吓得不敢看，跑回村里来告诉了大家。

从此，人们纷纷议论着，山里原来是这条大蟒作怪。过去自己的老人白白地死去的人家，伤心极了；还没有"成仙"去的老人们，过去还说自己成仙无份，现在却庆幸自己没有落入蛇口。可是，谁又能把这条蟒蛇制服呢？大家焦急地商量着。这时，赤城挺身而出，说道："我愿意去杀死这条恶蟒。"大家说："你有什么本事呀？"赤城说："只要大家支持我，我手拿利刀，身绑刺刃，让恶蟒把我吸到跟前，我便杀死它！万一它把我吸到肚子里，我手里有刀，身上有刀，刀口有毒，也可以杀死它！"大家都拍手称好，许多人都说："我们一定在外面助着你，用石头弓箭和大蟒拼斗。"

过了几天，一切都准备好了。这天，远近村子里的人都置酒相邀，像往常送自己的兵士出征一样。段赤城装束停当，手拿双刀，身绑利刃，蓝布包头，脚穿草鞋，辞别众乡邻。许多人也各执武器准备迎战。到了黄昏时候，天空飘着淡淡的瓦块云，苍山顶上现出一道道晚霞，洱海的一端露出一钩新月，段赤城向山丫走去，一时阴风四起，一股恶腥味扑来。赤城一跃而起，就像驾云一般跳进山丫去了。霎时间，在月光下，只见山里涌出一条庞大的怪物，在山坡上翻滚，一棵棵小松树被连根拔起，大树也枝叶齐落。人们后退着，呼吼着，一时像把天都要震塌一般。三更时分，眼见怪物动弹不得了，人们拿着灯笼火把、刀矛剑戟，一齐上去，一看大吃一惊！原来是一条长满粗鳞、头生鸡冠红毛，水桶粗、几丈长的大蟒蛇，口里流出黑血，死了。大家壮着胆把它剖开，段赤城已经牺牲了！在蟒蛇腹里还取出金银玉器首饰几箩筐。

天亮了，人人都怀着一种又悲痛又喜悦的心情，盛殓了舍身除害的勇士段赤城。在山坝里举行了庄严的葬仪，把段赤城葬在羊皮村后马耳峰下的小岗上，立他为本主。

之后，大家把蟒腹里取出的金银首饰作为用费，把蟒蛇烧化，用它的骨灰拌在砖泥里，烧出砖来，在赤城的墓前建了一座十六级宝塔，取名为“蛇骨塔”，作为对段赤城的永久纪念。据说，这是唐朝年间的事了，一千多年来，蛇骨塔一直屹立在苍山洱海之间。

【讲 述 者】（无考）

【采录整理】丁炳森整理

【采集时间】（无考）

【流传地区】（云南省）

【文本来源】姚宝瑄主编：《中国各民族神话》（白族、拉祜族、景颇族），太原：书海出版社2014年版，第143—146页。原文标注本故事由傅光宇选自《白族民间故事》。

【阅读提示】通过与《段赤城被尊为本主神》（ZCSW0289-103-009）比较可以发现，不同的文本整理者往往是相互参考而成的。

【基本母题】山中成仙；修炼；人成为神；真相；英雄斩蛇；纪念英雄

【本文编码】《段赤城》：ZCSW0292-103-012

英叭由来

（傣族）

数亿亿年前，宇宙间一切俱无，于无边无际之太空中，充满翻腾之气体，以及烟雾与狂风。翻腾，滚动，约经万亿年，乃渐靠拢，凝成一团，终成一个三种气体组合之大圆球，即今日之地球。剩余之气体、烟雾与大风仍翻腾滚动，又历长期之变化，乃渐为人形，不食不饮，即后来之天神。阅其为气体、烟雾与狂风变成之神，故名英叭（英叭，傣语即“气体之王”），是神遂为天地一切神之始祖，后被尊为“英叭召”。

【讲 述 者】（无考）

【采录整理】袁珂据谷德明编《中国少数民族神话选》中的《地球和“英叭”的由来》改写。

【采集时间】（无考）

【流传地区】（无考）

【文本来源】袁珂：《中国神话大词典》，北京：华夏出版社 2015 年版，第 502 页。

【阅读提示】这则神话叙述气化生神，看似无中生有，也多多少少有点朴素的唯物观。

【基本母题】最早的世界是气；地球的产生；化生天神；特定神的产生；神的祖先

【本文编码】《英叭由来》：ZCSW0293-103-013

竹王夜郎

（仡佬族）

古时候，人们不愿居住在高山上，都到平地来聚居。就这样，不知过了多少年，平地上人丁兴旺，高山上树木成荫。由于平地上人丁不断增多，慢慢就互相争夺起来。夜郎对这种贪图安逸的情形非常不满，就带着家人和族众，离开平地，落户深山。用勤劳的双手，在深山建起了家园。

后来高山上五谷丰登、六畜兴旺，这又引起平地人的贪心。他们常常去抢劫高山人的粮食牲畜，不过每次都遭到高山人的反击，大吃败仗。但高山人并不因此而放松警惕，因为平地人并不因为吃了败仗善罢甘休，而且掠夺的次数反而愈来愈多，搞得高山人鸡犬不宁。

平地人由于屡攻屡败，他们对高山人的领袖夜郎，恨之入骨，发誓要杀掉他。甚至带信给高山人，说什么如果不把夜郎交出来，定要叫高山人吃不下饭，睡不好觉。

夜郎收到平地人送来的威胁信之后，心里微微一动，就对族众说："你们快快回信，就说夜郎死了。"接着，自己就躲进楠竹洞里，不再露面。

平地人收到高山人的回信，不相信夜郎已死，就派人来察看。那人爬了九十九重坡，翻了九十九座岭，过了九十九道河，察看了九十九个寨。果然，都不见夜郎的踪影，只在一个岩洞中看见停放着夜郎的棺材。于是，平地人就认为夜郎真的死了，便大胆地来攻打高山人。

夜郎暗暗出来指挥高山人作战，一次又一次地把平地人打得落花流水。从此平地人服输了。他们觉得高山人确实个个能征善战，简直人人都是夜郎。于是，再也不敢来高山掠夺了。

夜郎在楠竹园里，精心培植竹子，使所有竹子都硬直心空，四季常绿。可是，有一年天降竹瘟。将死的竹子，用它毕生的精华，开放出洁白的鲜花。一时间竹林里一片雪白，银光闪闪。

人们见竹子开花，非常高兴。夜郎知道，竹子开花就要死掉。他叫大家不必悲伤，快把竹子砍来，编篼织席，也好让它最后再为人世出一份力。

从此以后，竹子每隔百年开一次花，开了花就死去。人们在没有竹颠的搪颠竹①里，经常可以看到夜郎。

---

① 搪颠竹：指长不出竹颠的竹子。

仡家人为了感谢夜郎对竹子的苦心照料，就尊他为竹王。

【附注】

西汉司马迁《史记·西南夷列传》中有“滇王与汉使者言曰：‘汉孰与我大?’及夜郎侯亦然。以道不通，故各以为一州主，不知汉广大。”的记载。《后汉书》记载：“有竹王者兴于遁水，有一女子浣于水溪，有三节大竹流入女子足，推之不肯去。闻有儿声，取持归，破之，得一男儿。长养有才武，遂雄长夷狄，以竹为氏。”

【讲 述 者】 （无考）
【采录整理】 简学尧搜集整理
【采集时间】 （无考）
【流传地区】 贵州省·（遵义市）·道真（道真仡佬族苗族自治县）
【文本来源】 中华民族故事大系编委会编：《中华民族故事大系》第 13 卷（仡佬族、锡伯族、阿昌族），上海：上海文艺出版社 1995 年版，第 28—29 页。
【阅读提示】 仡佬族为了感谢夜郎对竹子的苦心照料尊他为竹王，带有竹神崇拜的意味。
【基本母题】 迁徙原因；人的争斗；战术；竹子开花；竹图腾崇拜；竹王

【本文编码】 《竹王夜郎》：ZCSW0294-103-014

三界公爷

（毛南族）

昔有人名三界，九岁母死，贫而无依，为人牧牛以谋生。三界性喜牛，视之如宝，爱之若子，牛亦驯服听命。牛至峒场，三界以牛鞭划地域，自上山砍柴，牛皆不出其界。一日驱牛至百草峒，牛食草甚欢。三界划好牧区，自上山砍柴。行及山顶，至一通天峒口，见峒口银光闪耀，有八仙人正双双弈棋。三界入而观之，顿忘樵采事，直至日落西山。仙人弈毕，分食仙桃，亦与三界一分，封之为九仙，并邀三界同还仙山。三界虽随仙人行，然一路惦记牛群，心神不安。仙人见三界凡念未消，乃令其重返人间。

三界归至百草峒，见牛群已繁滋无数，头头膘肥体壮。三界细审之，见群牛争食莎树叶与竹叶草，此二物唯百草峒最丰美，因知牛群繁滋致肥之由。遂驱牛返村，除如数还主人外，己留数头，余皆分与村中无数穷人。三界从百草峒采回莎树种与竹叶草籽，遍撒毛南山乡，从此毛南地区峒峒皆成好牛场。不数年，菜牛成群，遍及各山寨。为防虎狼，三界复以木石砌成牛栏，改为槽养。槽养经七八月，老牛转嫩，瘦牛转肥，毛色闪光，肉味更美。三界槽养法传播于众，人皆学之，毛南山乡遂成“菜牛之乡”。毛南人追念其功，尊之为三界公爷，每年庙节，村寨之民俱屠菜牛以祀之。

【讲 述 者】（无考）

【采录整理】袁珂据毛星主编《中国少数民族文学》（中册）中的《三界公爷养菜牛》改写。

【采集时间】（无考）

【流传地区】（无考）

【文本来源】袁珂：《中国神话大词典》，北京：华夏出版社 2015 年版，第 570 页。

【阅读提示】三界公爷是毛南族普遍崇拜的一位保护神，同时又是一位药神和牛神，本领高强。这则神话关于一个放牛的孤儿因遇到仙人就能成为神的叙事，会激发出很多人幻想成神成仙的梦。

【基本母题】孤儿；仙人；仙山；饲养方法；人变成神

【本文编码】《三界公爷》：ZCSW0295-103-015

吉雅其（1）

（蒙古族）

相传，从前有个牧马人——吉雅其老人。他人已老，精力衰竭，眼看就要死去。但他舍不得离开马群和牛羊，总是喘息着不肯瞑目。他请求主人给他穿上放马衣，挎上套马杆，骑上黄骠马，背靠着额尔敦宝木贝山，面向着阿拉坦宝木贝山埋葬。主人刚刚答应，他就死去了。没过多久，主人的马群在夜里成群地丢失，接着马群中又发生了瘟疫。于是，主人来到埋葬吉雅其的额尔敦宝木贝、阿拉坦宝木贝山，给吉雅其上供祭祀，并请求他夜晚不要再出来劳累，人们要把他的像画下来，供奉在家里，使他能够每天看到家园、马群和牛羊。从此，人们再也见不到深夜游荡的吉雅其了。后来，吉雅其的妻子去世后，孩子们又开始生病。人们知道这是她在想念孩子们，于是又供起她的像，孩子们的病便都好了。就这样，人们把吉雅其当做牲畜保护神来供奉，把他的妻子当做儿童保护神来供奉。

【讲 述 者】 （无考）

【采录整理】 清格勒编写

【采集时间】 （无考）

【流传地区】 （无考）

【文本来源】 《中国各民族宗教与神话大词典》编审委员会编：《中国各民族宗教与神话大词典》，北京：学苑出版社 1990 年版，第 456 页。

【阅读提示】 这则神话可以与《吉雅其（2）》（ZCSW0297-103-017）比较分析。

【基本母题】 遗嘱；瘟疫的产生；亡灵作祟；祭神的作用；神像；人死后成神；牲畜保护神；儿童保护神

【本文编码】 《吉雅其（1）》：ZCSW0296-103-016

吉雅其（2）

（蒙古族）

吉雅其为一深知马性、勤劳而热情之牧马老人，久病在床，临死犹不忍与马群别。诺颜亲来探视（诺颜者，即蒙语部落酋长、官人之意。）听其遗言。老人曰："我死后，衣我以平时牧马所着衣，以套马杆悬我肘，置于黄骠马上，送至西南山，使我背靠额尔敦宝木贝山，眼望阿拉坦木贝山，静卧长眠。"诺颜允其所求，老人双目遂阖。数月后，诺颜马群起瘟疫，并发现夜夜有人驱马群入深山去。诺颜知盖为吉雅其之亡灵未得安息，乃亲入山中，对之祷告，允画其像于牛皮上供奉之，令其能见亲爱之马群。自兹之后，事遂得平。未久，吉雅其之老妻复死，乡里婴儿孺子皆病。妇女忙绘吉雅其老妻像于雪白新毡上奉祀之，婴儿孺子之病皆愈。自是之后，人皆以吉雅其夫妇为牲畜之保护神及儿童之保护神，世代悬挂其遗像供奉。其后有布匹，遂将二人之像从牛皮及毡上请下，移绘白布上。

【讲 述 者】（无考）

【采录整理】袁珂据齐木道吉等编《蒙古族文学简史》中的有关内容改写

【采集时间】（无考）

【流传地区】（无考）

【文本来源】袁珂：《中国神话大词典》，北京：华夏出版社 2015 年版，第 398 页。

【阅读提示】一对老夫妻变成人们生活中重要的两个保护神，诠释了人们的心理寄托方面的需求。

【基本母题】人变成神；瘟疫的产生；亡灵作祟；祭神的作用；牲畜保护神；儿童保护神

【本文编码】《吉雅其（2）》：ZCSW0297-103-017

1.0.4 与一般性神的产生有关的其他神话

仓颉奶奶

（汉族）

传说，仓颉造字废寝忘食一生辛苦，却连一个妻子也没讨上，但，在他的庙后殿楼中，为何又塑着一位品貌端正的仓颉奶奶呢？

传说在盛夏的一天，吴村村里的数名姑娘在田间挖菜，骄阳当空，酷热难当，于是就躲进庙内乘凉。其中一名少女名叫玉秀，独自望着仓颉塑像出神，想仓颉立下这么大的功劳，为人类做下这么大的贡献，现在却这样凄凉孤单，无人陪伴，不禁深表痛惜。此时有的姑娘提议说，用菜篮子往仓颉头上套，谁套中谁为仓颉妻子。结果半天无一人投中。最后玉秀一投，正套中仓颉脖子。大家一阵嬉笑，齐称玉秀为仓颉奶奶。

大家欢笑一阵就回家了。事后也都忘了，谁知玉秀回家后一病不起，终日昏昏沉沉，百医无效。父母问起发病原因，玉秀就把庙中戏言说了一遍。父母好言解劝，仍请医生治疗，但终没治好，玉秀就死了。全村人就筹措钱款在大殿后盖了座楼阁，为玉秀塑了金身，并敲锣打鼓张灯结彩，让玉秀与仓颉成亲，葬于庙东仓颉陵。

玉秀怀念这一方百姓，凡是缺吃少用的人家，只要在前一天夜里祷告一番，把筐放到庙院中井内，第二天清晨提出，筐内就应有尽有了。特别是婚丧嫁娶需用的碗、碟之类，器具精巧，令人爱不释手。时间久了，取多还少，慢慢的仓颉奶奶就不借给他们了。

【附注】

古文献中关于仓颉的记载很多，如战国荀况的《荀子·解蔽》中记载："好书者众矣，而仓颉独传者壹也。"东汉许慎的《说文解字序》中记载：

“仓颉之初作书，盖依类象形，故谓之文；其后形声相益，即谓之字。”

【讲 述 者】 任占（汉族，男，65岁，大专毕业，南乐县文化馆长）
【采录整理】 魏发军（大专毕业，干部）
【采集时间】 1989年9月采录于南乐县城
【流传地区】 河南省·（濮阳市）·南乐县
【文本来源】 张振犁编著：《中原神话通鉴》（第二卷），郑州：河南大学出版社2017年版，第665—671页。
【阅读提示】 这则神话通过对痴情女子死后成神的描述，褒扬了一诺千金的好品质。
【基本母题】 仓颉造字；选妻；婚誓；阴阳婚；人与神性人物婚；人死后成神

【本文编码】 《仓颉奶奶》：ZCSW0298-104-001

黄帝战蚩尤

（汉族）

一、初战蚩尤

蚩尤是九黎族的首领。他手下有八十一个弟兄，长得人面兽身，头上两只角，腿脚像牛蹄，耳鬓如剑戟。他们吃沙子、吃石头面，打起仗来，一上阵就用角抵，凶猛得很。他们到处侵犯，杀烧掠抢，许多部落深受其害，叫苦连天，纷纷逃亡到黄帝部落里，向黄帝诉苦，请求除害。

黄帝下决心要为民除害。他让两个大将连明彻夜赶制兵器，挑出百十个精壮男子，每人给骏马一匹，长矛一支，弓弩一把，起早睡晚，加紧操练。

正当黄帝抓紧备战的时候，蚩尤的兵侵略来了。黄帝的兵将摆开阵势，准备迎战。蚩尤的弟兄们吼叫着，排成一排，用两只角抵着冲了过来。

两军交锋，蚩尤兄弟们十分勇猛，黄帝的士兵被逼得只有招架之功，没有还手之力。又战了几个回合，黄帝的士兵节节败退，情况十分紧急。黄帝突然想起老黄龙给他香囊时交待的："如遇危急需要求助，就抽一支香，放在具茨山顶上点着。我闻到香味，便知道你有了急事。"黄帝命令常伯取香点燃，放在具茨山顶，只见一股青烟升起，直入云端。不多会儿，只听见风声呼呼、雷声隆隆，半空中，一只带翅膀的飞龙穿云破雾，火速飞来。黄帝一看是应龙来到，精神大振，向前冲去。应龙即刻从口中吐出一条水柱，朝着蚩尤的兵士喷去，只喷得他们摇摇晃晃，步步后退。蚩尤一看情况紧急，忙从怀中摸出一个竹筒，朝空中连吹了三口气，不一会儿，雷电交加，风伯雨师从空中赶来。风伯用剑一指，顿时狂风大作，把应龙喷的水又刮了回来，刮到黄帝的阵里。黄帝的士兵冷不防被水喷住，纷纷后退，蚩尤的士兵趁机又冲了过来。正在危险之时，只见应龙双翅一展，尾巴一摆，口朝下直喷起来。那水柱就像一条小河，不一会儿聚成了一个大水潭，拦住了蚩尤的来路。雨师挥剑一指，只见乌云翻滚，大雨汇集成一条江河，照着水潭冲了过来，不一会儿，冲破了应龙的水阵，蚩尤的士兵趁势又冲了过来。

黄帝令常伯放出驯养的熊、罴、貔、貅、貙、虎，只见这些猛兽，吼叫着向着蚩尤的军阵飞速冲了过去。蚩尤命他的兵士全用角抵。双方都不示弱，战了十几个回合，仍不分胜负。蚩尤又命他的兵士掏出短剑，准备暗刺。黄帝一看，忙发号令，收回野兽，蚩尤又趁势攻了上来。黄帝忙命士兵集中弹丸，摆开阵势再战，应龙再次喷水配合。双方又混战了一阵儿，只打得天歪地斜，日月星辰移位。

黄帝趁混乱之时，选了个时机，使尽平生力气，连发几颗铜弹丸，照着蚩尤头上砸去。蚩尤听见"嗖"的一声，把头一摆，只听"叭"一声，左角被打掉一个豁子。他只觉得头晕了一下，定了定神，大吼一声，让风伯雨师又作起怪来。他也趁机喷吐浓雾，一会儿，搅得天昏地暗，混混沌沌。

黄帝的士兵被迷雾遮眼，晕头转向，辨不清方向。蚩尤的士兵又是一阵冲杀。在这危急关头，只见应龙腾空而起，也朝半空中喷了口雾气，立刻出现一道彩霞，只见天女魃站在云头，飘飘而来。应龙向她诉说了蚩尤作怪的经过，天女魃不慌不忙，从袖筒里取出一个小宝扇，只轻轻扇了几下，雾气便慢慢散去。

黄帝与蚩尤久战不胜，又衡量了一下力量，眼下战胜蚩尤还困难，趁大雾散去，决定迅速收兵。

蚩尤虽占了优势，也觉得筋疲力尽，再加上头有点疼，也决定撤兵。他想，往次出来，无论抢什么东西，总是顺手而得，今天偏遇黄帝对抗，只顾厮杀，也顾不上抢东西了。仔细想想，不能空手，趁黄帝收兵之时，又把靠边的猪羊抢了，得到东西，拔腿就跑。

受过蚩尤侵害的部落，听说黄帝带兵抵抗蚩尤，有的来庆贺，有的来支援。黄帝当众挥刀砍断一棵大树，向众人发誓，不灭蚩尤，誓不罢休！

二、大战涿鹿

在涿鹿原野，黄帝和蚩尤摆开了阵势，要在这里决一死战。

黄帝左有风后，右有常伯，后有力牧。风后管着指南车，常伯操纵夔牛鼓，力牧驾驶记里鼓车。大军分队编伍，整整齐齐。六种野兽经过训练也带去了，随在后面。队伍浩浩荡荡，十分威武。

蚩尤把八十一个弟兄分为九组，每组九人，又分别带领着成队的士兵，阵容威武，来势凶猛。

一开始，蚩尤的八十一个弟兄，横成一排，凭着铁头铜额，犀利的双角，猛冲过来。黄帝不慌不忙，打开笼子，让熊、罴、貔、貅、貙、虎一齐冲了出去。蚩尤的弟兄们一看，根本不在乎。谁知这六种野兽经过训练，前扑后跳，互相配合，逼得蚩尤的士兵飞空走险，跳上翻下，缠搅了好长时间。这六种野兽毕竟不是蚩尤的对手，渐渐败下阵来。

黄帝这才令常伯击夔牛鼓。常伯一声号令，几十个鼓槌一齐擂下去，轰轰隆隆如巨雷，惊天动地，蚩尤的士兵被震得心惊胆战，头晕耳聋。蚩尤定了定神，又施妖术，喷起浓雾。刹那间，灰蒙蒙雾腾腾，啥也看不清了。蚩尤洋洋得意，他的士兵趁势向前冲去。他没料到风后操纵指南车，带领士兵，拨开云雾，径直冲了上来。蚩尤一看，再施妖术，刮起阴风，顿时飞沙走石，遮天盖地。这时黄帝头顶出现五色祥云，形成各式各样美丽花朵，金枝玉叶，十分好看。只见女魃站在云头，用扇子一拍，沙石纷纷落地。黄帝这才看出女魃又来助战了。蚩尤一看此术被破，忙施出最后一招，摆起迷魂阵来。黄帝忙掏出玄女给的飞刀，说："飞!"只见那飞刀，如火龙一般向蚩尤的阵里飞去。这时，风后也摆开阵势，常伯再擂夔牛鼓，又命把野兽放出，集中全部兵力，趁蚩尤兵士慌乱，一下子冲了过去，冲破了蚩尤的迷魂阵。蚩尤看见飞刀在自己弟兄头上，一刀一个，躲闪不及，这才觉得招架不住了，仓皇逃跑。黄帝在后面紧追，直追到黎山之中，风后亲自杀了蚩尤。蚩尤的士兵一看蚩尤被杀，把手中武器丢在黎山之中。因为这些器械都有士兵的血，后来就化成了枫树林。

黄帝奖惩严明，在战场上立功的人都给予嘉奖。因风后勇立战功，亲自刺杀蚩尤，黄帝封他为天老，位置仅次于自己，并且把具茨山改名为"风后岭"封给风后。

【附注】

古文献中有不少关于黄帝战蚩尤的记载，如《列子・黄帝》篇记载："黄帝与炎帝战于阪泉之野，帅熊、罴、狼、豹、貙、虎为前驱，雕、鹖、鹰、鸢为旗帜。"《山海经・大荒北经》记载："有系昆之山者，有共工之台，射者不敢北向。有人衣青衣，名曰黄帝女魃。蚩尤作兵伐黄帝，黄帝乃令应龙攻之冀州之野。应龙畜水。蚩尤请风伯雨师，纵大风雨。黄帝乃下天女曰魃，雨止，遂杀蚩尤。"　张守节在《史记正义》引《龙鱼图》记载："黄帝摄政，有蚩尤兄弟八十一人，并兽身人语，铜头铁额，食沙石子，造立兵仗刀戟大弩，威震天下，诛杀无道，不慈仁。万民欲令黄帝行天子事。黄帝以仁义不能禁止蚩尤，乃仰天而叹。天遣玄女下授黄帝兵信神符，制伏蚩尤。帝因使之主兵，以制八方。蚩尤没后，天下复扰乱。黄帝遂画蚩尤形象以威天下。天下咸谓蚩尤不死，八方万邦皆为弭服"。《太平御览》卷一五引《黄帝玄女战法》记载："黄帝与蚩尤九战九不胜，黄帝归于太山，三日三夜，雾冥。有一妇人，人首鸟形，黄帝稽首再拜，伏不敢起。妇人曰：‘吾玄女也，子欲何问？’帝曰：‘小子欲万战万胜。’遂得战法焉。”等等。

本文异名文本《大战涿鹿》，可参见陶阳、钟秀编《中国神话》（中册），北京：商务印书馆2008年版，第785—786页，该文只选择了本神话的后半部分。文字完全相同。

【讲 述 者】 蔡英生

【采录整理】 蔡柏顺搜集

【采集时间】 （无考）

【流传地区】 （无考）

【文本来源】 姚宝瑄主编：《中国各民族神话》（汉族），太原：书海出版社2014年版，第412—415页。原文标注标题系选定者所拟，傅光宇选自《民间文学》1991年第8期。

【阅读提示】 因某人有功而封神，表现出重赏之下必有勇夫的思维。

【基本母题】 黄帝；蚩尤；黄帝战蚩尤；动物图腾；战术；法术；化生植物；天老；封地

【本文编码】 《黄帝战蚩尤》：ZCSW0299-104-002

九龙圣母

（汉族）

唐县万里村有座九龙圣母庙，并且流传着一个美好的传说。

以前，村里一位黄花姑娘突然发现自己的肚子里有些异常感觉，又不好意思对外人说，只好憋在心里。

肚子一天比一天大起来了，无可奈何，只好将这件事告诉了父母。经医生诊断，是怀了身孕。姑娘一听，气得昏倒在地上，口里不住地喊着冤枉呀冤枉。事实总归是事实，要说一个女人没跟男人发生关系，平白无故就怀了孕，别说是外人不相信，就连她的亲生父母也不相信这是真的。

在封建社会里，一位黄花姑娘怀了身孕，可算得上是天大的丑事。姑娘几次想寻短见，一死百了。可是，又一思念，如果这样不明不白地死了，假的也就变成真的了。她相信苍天有眼，不会冤枉好人；事情总会水落石出的。而父母却钻进了死牛角，认为自己生养了这么个不争气的女儿，再也没有脸面活在这个世界上了。思来想去最后提出“你死我活，你活我死”的两个条件任女儿挑选。只见女儿双手作揖跪倒在地说：“父母的心意女儿明白。恕女儿不孝，你们多多保重身体，我一定要活下去，事情终究会有弄明白的一天。”说罢，站起身头也没回地走出了家门。

从此，她成了沿街乞讨的叫花子，不知经过了多少村庄，拜过了多少门户，最后来到了大茂山，在一个山洞里安了家。

一天，她感到肚子剧痛，一会儿痛得昏迷过去，苏醒后，发现身边有生灵在动，又迷迷糊糊地看见一位白发苍苍的老妇起身慢慢走出洞口，消失在深山里。她感觉到眼前的一切事情都是苍天安排的。当她又一看身边的生灵，吓得一声惊叫：不是一个两个而是好多个。心想：这莫非就是人们常说的葡萄胎？不管是福还是祸，一定要好好喂养他们，他们毕竟是自己身上掉下来的肉啊！

生灵越长越没个人样儿，像是长蛇，一共九条，后来又各自长出四只脚来。这莫非是人们传说的龙？

这时，她突然想起了去年的六月十三，是否跟那碗雨水有关呢？

那天夜里，她独自一人在屋里睡得正香，突然被一声巨雷惊醒，她感觉嗓子又干又渴，浑身上下像被火烤似的难受，可是屋里没有水，外边黑灯瞎火的又下着大雨，这怎么办呢？此时又一道电闪从她眼前掠过。她“扑哧”一声苦笑：傻瓜！难道守着雨水还要落个干死不成？于是，她拿起茶碗，从屋檐下接了碗雨水一饮而尽。真是立竿见影，浑身觉得无比的舒服。

这时她认定这九条龙是苍天的安排，天命不可违，所以她早起晚归，四处讨要，精心喂养。龙一天比一天大，食量一天比一天多，只靠讨要填不满肚子了，就上山采摘野果充饥，时间一长，野果便成了他们唯一的食物。

时光飞逝，九龙长成，谁也不依靠母亲照顾了。一天夜里她又被一声巨雷惊醒，伸手一摸，儿女们都不见了，她急忙跑出山洞去寻找，隐隐约约地听见半空中在说："娘啊，娘啊！我们舍不得离开您呀！"她恍然大悟，知道儿女们归天了，但割舍不下儿女情长，成天漫山遍野地哭喊着："孩子们回来吧，娘想你们！"

一天，她遇到一个砍柴的小伙子，把事情的来龙去脉告诉了他。青年人被她坚强不屈的精神所感动，便把她的苦难经历传给四方百姓。

当人们听了小伙子的讲述之后，都认为他是碰上了神仙。既然山洞里出生了九条龙，一定跟水有关系。是龙就能下雨，所以到了干旱缺水之年，人们纷纷到山洞烧香求雨，很灵验。后来人们便把山洞称为"九龙洞"。这个女子是九条龙的生身之母，便被尊称为"九龙圣母"。

后来，消息传到万里村，家里人赶忙进山寻找。可是到了山洞里什么都看不见。刚转身朝外走时，听见有人在说："出家人再也不能回娘家了。为了报答父老乡亲们的大恩大德，别的忙帮不了，若赶上大旱之年可来找我。"说完，就再也听不到任何声音了。

有一年，特别干旱，人们想起九龙圣母是万里人的老闺女，想托娘家人说情。当万里人进到二道关口时，见一位老妇人正提笔练字，见到娘家人，抱歉地说："今年确实没雨，要不就把这半瓶墨水拿回去吧！"果然，下了场黑雨。

后来，她给娘家人讨梦，说愿意回家了。为此，人们在她的故乡万里村南建了座"九龙圣母庙"。

【讲 述 者】 胡文书（55 岁，唐县万里村农民）
【采录整理】 赵中山（64 岁，唐县北大洋村农民）
【采集时间】 2006 年 6 月采录于唐县万里村
【流传地区】 河北省·（保定市）·唐县·万里村
【文本来源】 中国民间文艺家协会组织编写，罗杨总主编，韩海山本卷主编：《中国民间故事丛书》（河北·保定·唐县卷），北京：知识产权出版社 2016 年版，第 37—39 页。

【阅读提示】　本来一个说不清道不明的怀孕事件，竟用几个神话母题建构了神秘的面纱，有没有九龙不好说，但九龙圣母庙却出现了人们的面前。

【基本母题】　九龙圣母；感生；处女怀孕；人生龙；祈雨

【本文编码】　《九龙圣母》：ZCSW0300-104-003

土地奶奶是何人所封

（汉族）

民间传说，土地奶奶是姜子牙所封。

一天，姜子牙在河边钓鱼，见老伴把饭菜送来，便放下钓鱼竿，在河边吃饭。老伴拿起钓鱼竿，无意中发现钓鱼钩是直的，像根钢针，心想：老头子怎么傻了，无钩怎能钓住鱼？于是窝了个钩。因姜子牙吃着饭，钓竿闲着，老伴无事，出于好奇，想试试自窝的钓钩，拿起钓竿，钓起鱼来。不一会儿就钓上来两条大鱼，高兴地喊着，让姜子牙来看。姜子牙走近一看，大吃一惊："你怎么把龙子龙孙钓上来了？这还了得！"老伴也吓呆了。他又仔细看看钓钩，不是原来的样子了，问老伴："这钓钩是你窝的？""是的，无钩怎能钓住鱼？""唉，坏了，我钓鱼，向来是愿者上钩。这下，你惹大祸了。"

再说老龙王，得知其子孙被姜子牙的老伴所钓，暴跳如雷，即令部下将她生劈活抓。姜子牙见狂风大作，乌云翻滚，大雨将至，知道是龙王发怒，祸在眼前，焦急地喊老伴："快跑，快跑，快往红门庙院里跑……"老伴急急忙忙直奔庙院而去。这时，大雨倾盆，青龙、火龙压着云头吱吱怒叫，她刚跑进庙院小屋就被雷劈龙抓了。

姜子牙成了神上之神，他封神后，想到了老伴，她是无意中惹此大祸，对她产生了几分同情之心，便封她为土地奶奶了。民间至今流传着这样一句歇后语：姜子牙钓鱼——愿者上钩。

【讲 述 者】 渠亮（54 岁，农民，初中）
【采录整理】 邓贞兰
【采集时间】 1987 年 2 月 6 日采录于丰县凤城剧团宿舍
【流传地区】 江苏省·（徐州市）·丰县·凤城（凤城街道）
【文本来源】 中国民间文艺家协会组织编写，罗杨总主编，殷召义、邓贞兰、孙兴龙本卷主编：《中国民间故事丛书》（江苏·徐州·丰县卷），北京：知识产权出版社 2016 年版，第 14—15 页。
【阅读提示】 封神也是神的产生的一种方式。这则神话把文献作品的神话人物作为封神者，可见文学与现实生活存在一个模糊地带。
【基本母题】 土地奶奶；姜子牙封神；龙子龙孙；龙王；复仇

【本文编码】 《土地奶奶是何人所封》：ZCSW0301-104-004

禹封巨灵神

（汉族）

盘古开天辟地后，开辟出来的大地，样子就如一只大盘，四沿高凸，中间低凹，天上落下的雨水，全都积盛在中间，一点也泄流不出去。这样，人就常年累月泡浸在水里，这日子怎么过得下去！

后来，大地上出了个很能干的人，叫大禹，带着大家齐心合力治水，又采石又搬土，把地上的水分隔成条条块块，使无边无际的汪洋大水成了江河湖泊。这样，人们总算不要日日夜夜泡在水里，可以在堤岸上过日子了。可是，天不断的落雨，江河湖泊的水就不断地上涨，大家就得不停地抬石搬土加高堤岸，三日三，九日九，堤岸太高了，就会倒堤坍岸，日子还是没法安耽[①]。

这时，有个大汉出主意，说只有把大地四沿高凸的“边”打开缺口，把盛积的水泄流出去，才是根本的治水法子。主意是好，可是谁能打通这么坚硬厚实的大地沿边呢？那个大汉说，他身强力大个子壮实，只有让他来试试。当然，他现在的力量还不行，要养三年，三年里，他闭目张嘴困觉，叫大家把每天吃的喝的就倒进他那张开的嘴中，说罢，大汉就卧倒睡去了。

一晃三年，三年里，大家不停地给大汉添吃加喝，第一年，由日进十斗增到日进百斗；第二年，由日进百斗增到日进千斗；第三年，由日进千斗增到日进万斗。到了第三年，这卧躺着的大汉身子长了又长，长得几乎和大地的长短不差上下了。这时，大汉醒了，他感到浑身是劲，一个翻身，举起巨掌，用力一劈，把坚硬厚实的地沿劈开了个大缺口，随后又抬起大脚，奋力一蹬，把坚硬厚实的地沿又蹬开了个大缺口，盘一样的大地有了两个大缺口，积水就哗哗向缺口涌泄出去。没多时节，汪洋大海般的积水就退落了老多老多，大地上的人真快活呀，都高叫欢笑起来，这大汉因为一掌一脚已耗尽了他全部精力，也倒了下去，永远起不来了。

大家为了纪念这个大汉，就把他用巨掌劈开地沿泄出的那股水流叫“掌江”，把他用大脚蹬开地沿泄出去的那股水流叫“皇河”，因为他是大家推出但呒没登位的皇帝呀！后来，年代一久，叫白了，就叫成“长江”和“黄河”。

后来，大禹就仿学这大汉的法子，带领大家把地沿打通成许多大小缺口，使大地间的积水都能畅通流出去。从此，世人才消除了长年累月受洪水泡浸的苦日子。

因为治水有功，大禹被大家推上当了皇帝，称为“大禹王”。大禹王又尊封那位大汉为“巨灵皇帝”，也就是“巨灵神”。

【讲 述 者】 吴玉生（男，70 岁，丽水市城关镇居民，初小）

---

① 安耽：安稳，太平。

【采录整理】 唐宗龙（男，45 岁，丽水市文化馆，干部）
【采集时间】 1981 年 5 月采录于丽水市城关镇
【流传地区】 浙江省 • 丽水市 •（莲都区）• 城关镇
【文本来源】 中国民间文学集成全国编辑委员会编：《中国民间故事集成》（浙江卷），北京：中国 ISBN 中心 1997 年版，第 64—65 页。
【阅读提示】 这则神话叙述大禹封献身治水的大汉为“巨灵神”，可谓实至名归。
【基本母题】 盘古开天辟地；地最早的形状；大禹治水；江河湖泊的产生；巨灵神；江河的命名；王的产生

【本文编码】 《禹封巨灵神》：ZCSW0302-104-005

河头龙王的家系

（白族）

洱源牛街附近有座白头山，山边有个大岩洞，洞里有条大蟒蛇。岩洞靠近大路，每次赶集的人路过这里，都被大蟒吸进洞里吃掉。为此，官府出了一张布告说，“若有人制服大蟒，赏以千金”。

牛街西边有个地方叫三锅石，在这里住着一个老倌，他有九个儿子，九个姑娘，家里穷，养不起这么多人，人家就劝他去杀蟒，好取得这笔重赏。这老倌平时也有意想替老百姓除害，于是满口答应了。

一天，这老倌身上扎满了锋利的小刀，用包头帕子蒙了嘴脸，只露出一双眼睛，然后，蹲在崖洞旁边等待，大蟒嗅到生人气味，就把老倌吸进肚子里。老倌在蟒肚里使劲打滚，不一会，大蟒被刺死了。当地几个农夫立即剖开大蟒的肚子，老倌从里面跳出来，并未受伤。

当地人都说老倌有功，为他建造房子，雕梁画栋的很好看。将要完工的时候，老倌表示不喜欢梨元而喜欢河头这地方。不一会，忽然来了一阵狂风，把梨元所有新盖的房子，统统都吹到了河头；木匠也被吹了过去，就在那里继续修盖房子。于是，这老倌就定居在那里了。

后来，他和他的子女都死了。人们就尊他为河头龙王，把这房子改作河头龙王庙，塑了很多神像。老龙王（即老倌）夫妇的塑像居中，他们儿女的塑像居两旁。他家大老爷封在官营做龙王，二老爷封在大庄做龙王，三老爷封在河头附近做龙王。

四老爷封在大果村当本主，这是个毒辣的家伙。给他做会那天，当地老百姓必须猪头三只，诚心祭他，天才放晴。不然，这一天就一定会遭到一场恶风暴雨。谁冒犯了他，他让谁家鸡犬不宁。

五老爷封在哨平附近关上当龙王，也是这里的本主。这家伙更加毒辣，他经常弄得人们祸事重重，还散布瘟疫，让人生病。这样，当地人们就不得不常常拿猪头雄鸡到他面前磕头了。

六老爷封在河头地区的一个山上当龙王。七老爷封在哪里不清楚。八老爷封在两地，一地在五充（河曲龙王管地附近），是小甸本主；另一地在鸡登，他有一群羊，他还找了一个放羊人帮他放羊。九老爷是汉登的本主，脾气很好，不找老百姓的麻烦。

河头龙王的大姑娘，封在八老爷的附近作龙女，当地人称她“皇姑老太”。皇姑老太心肠好，肯帮助人。当地若有婚姻大事，需要碗筷杯盘等物，只要写一个条子贴在庙前的一棵大树上。第二天，这些东西便在庙门前，由你借，用完后，须如数归还。但后来却有些人贪小便宜，借了不还，她很生气，就不再借东西给当地人了。据说，她借出的大瓷盘，正中刻了一条大金鱼，很美丽，现在还有人偷偷地保存着。

河头龙王还有一个姑娘。巡检司下山口的黑龙大王曾向她求亲，这姑娘不愿意，结果嫁给云南驿龙王。云南驿地方很穷，庄稼不好，当然做这地方的龙王也很穷。每年正月二十三与七月二十三日，河头老龙王做会，这姑娘就回家做客，向老龙王哭诉自己的穷苦。每当这天，总是恶风暴雨，就是这个缘故。后来，老龙王可怜她，就多分给她一股水。这股水可以灌溉她领辖的所有土地。从此，云南驿地方五谷丰登，人们为了感激她，所以她庙子里的香火经久不绝。洱源人每路过云南驿的时候，都要给她磕头。倘若衣服破烂了，只要你把它放在庙里，第二天去取，就补得好好的了。倘若你缺少旅费，只要你如实地写一张条子，焚化在香炉里，第二天，你就可以在香火炉里扒出一些银子。

河头龙王还有一个姑娘嫁给邓川漏邑村龙王，以前洱源人过邓川漏邑村，倘若遇见祭龙王，当地人就一定要待洱源人吃饭，特别客气。因为龙王娘娘是洱镇人的缘故。

【讲 述 者】 杨卓生

【采录整理】 张文勋，郑谦

【采集时间】 （无考）

【流传地区】 云南省・（大理白族自治州）・洱源（洱源县）

【文本来源】 中华民族故事大系编委会编：《中华民族故事大系》第5卷（瑶族、白族、土家族），上海：上海文艺出版社1995年版，第453—455页。

【阅读提示】 这则神话似乎阐释了“一人得道，鸡犬升天”的道理。

【基本母题】 食人的蟒蛇；英雄除害；建房；人成为龙王；祭神的来历；龙女；狂风暴雨的产生

【本文编码】 《河头龙王的家系》：ZCSW0303-104-006

保牧乐

（蒙古族）

郝布拉特自天庭返人间时，既窃天帝之坐骑，复至积雪之白头山，杀天帝之牛而食之。天帝知其事，遣天使往逮之。郝布拉特谓天使曰：“我窃天帝坐骑，乃我正欲直达天庭、尊奉上天之志；我杀食天帝神牛，亦正欲用其皮骨造佛像以供奉也。”天使见其言之有理，乃赦而不究。郝布拉特乃以牛皮割为皮条，约一指宽，以此缠于牛骨之上，分赠四邻百姓，告之曰：“此保牧乐神也。如诚心供奉，可保四季无灾，平安吉祥，家家殷实，六畜兴旺。”保牧乐者，蒙语即“自天降下”之意。郝布拉特先供奉之。自兹保牧乐遂成天帝之化身，蒙古人奉以为最古之尊神，绘之于牛角上，供奉于每家每户之门旁。

【讲 述 者】 （无考）
【采录整理】 袁珂据《中国少数民族神话选》中的《保牧乐》改写。
【采集时间】 （无考）
【流传地区】 （无考）
【文本来源】 袁珂：《中国神话大词典》，北京：华夏出版社 2015 年版，第 401 页。
【阅读提示】 这则神话既有原始信仰，也有佛教的影响，归根到底是为了让神保佑六畜兴旺。
【基本母题】 天帝的坐骑；神牛；天使；造神；畜牧神的产生；神从天降；神的化身

【本文编码】 《保牧乐》：ZCSW0304-104-007

嘎瓦格布

（怒族）

相传，远古时，有两兄妹一天上山拾菌干，越走越远，最后来到一座很高的大山上。这时，洪水涌来，淹没大地。洪水过后；人类尽绝，只剩他们两兄妹和一对蛇存活在这座大山上，这座大山就是“嘎瓦格布”。兄妹俩想打死蛇。蛇说：打死我们，你们也活不了。洪水退后，兄妹居于山洞，两人分睡。第一天，两人中间隔柴垛，第二天隔刀（刀刃向上），第三天隔一碗水。可每次天亮，兄妹俩却都睡到了一块，隔物依然如故，丝毫未动。经此，兄妹俩便结为夫妻，生养了九对儿女，结成九对夫妻，分住九条江。其中一对儿女住在怒江，繁衍成为怒族。后来，那传人种的兄妹俩成了神，住在嘎瓦格布神山上。

【讲 述 者】（无考）

【采录整理】邓启耀、攸延春编写

【采集时间】（无考）

【流传地区】云南省·（怒江傈僳族自治州）·贡山（贡山独龙族怒族自治县）

【文本来源】《中国各民族宗教与神话大词典》编审委员会编：《中国各民族宗教与神话大词典》，北京：学苑出版社 1990 年版，第 515 页。

【阅读提示】这则神话的核心内容是说洪水后再生人类的一对兄妹就是人类的祖先神。这种情况在许多洪水神话中都有反映。

【基本母题】洪水；诡异的现象；兄妹婚；婚生人；民族的产生；人成为神

【本文编码】《嘎瓦格布》：ZCSW0305-104-008

1.1 天地神、自然神的起源

1.1.1 天地神的产生

老天爷的来历

（汉族）

传说，很早很早以前，天上还没有老天爷呢，可是，为什么后来却有一个姓张叫天社的玉皇大帝呢？

原来的天和地是连在一块儿的，传说盘古开天地，才有了今天天和地的样子来。可是，有了天、地，谁来当老天爷管天管地呢？那个时候，天上已有了一班大臣，其中有太白金星了，太上老君了，如来佛了，等等。他们商量怎样找这样的一个人来，于是，就推举太白金星下凡来到人间找“老天爷”。

一天，太白金星来到一处地方，听说村里有一户姓张叫天社的大户人家，他不但是个富豪而且脾气也很豪爽，对人讲义气，不拘小节。太白金星打听到这家的住址后，就摇身变为一个要饭的老头，要饭到这家门前。这家掌柜正想出门，听到门口有要饭的讨乞，出门一看，是一个年约七旬的老头在要饭，就吩咐家人，把这个老人请到客厅里好好款待。

谁知，这个要饭的老头，吃过了把盘子、碗、碟摔个稀巴碎，人们想他老了，神经古怪也是常有的。一顿、两顿、三顿……顿顿这样，伙计们气了，就去告诉主人，主人也不计较，由他那样。伙计们都气不过，商量要教训教训他，把他赶走。不想这老头浑身生满了脓疮，这事便罢。自从他生了脓疮，别人都不去接近他，唯独主人格外殷勤，又是请医、抓药，又是煎药，照料他就像对待自己的亲老人家一样。老人疮好后，又住了几个月，约摸前后共住了有年把时间，不但饭钱没出一文，而且每天又是好酒好饭招待。太白金星想，这个人肚量大，心肠好，会治家，定能管理好天地。

一天，太白金星想到约定回天庭的时间也到了，就问主人君看天下何处景致最好？主人说：“西湖最美。”“那何不趁此去游玩游玩？”随后，就把他每日摔碎的碗碟拼成一只小船。奇怪，这船竟跟真的一样，他们两个乘上船直离地面向天庭驶去。这时，太白金星才亮明身份，要他上天去做玉皇大帝呢。

【讲 述 者】 张华昌（汉族，男，55 岁，西峡县回车乡黑虎庙村农民，不识字）

【采录整理】 谢起超（汉族，男，40 岁，高中毕业，西峡县文化馆干部）

【采集时间】 1986 年 5 月采录于西峡县回车乡黑虎庙村

【流传地区】 河南省·（南阳市）·西峡县·回车乡·黑虎庙村

【文本来源】 张振犁编著：《中原神话通鉴》（第四卷），郑州：河南大学出版社 2017 年版，第 1254—1255 页。

【阅读提示】 像人变成老天爷这种母题，有效消解了玉皇大帝的严肃性，这样的生活化倾向很符合老百姓的口味。

【基本母题】 玉皇大帝的产生；人变成神；太白金星；变形；人升天

【本文编码】 《老天爷的来历》：ZCSW0306-111-001

土地老爷韩文公的来历

（汉族）

相传，土地老爷叫韩文公。八仙之一的韩湘子上天成神后，常常思念叔叔韩文公和婶子，一心要他们上天步入仙界。于是返回人间故乡，见了叔叔和婶子，表达了一番思念心情。亲人团聚，都很高兴，拉起家常。韩文公夫妻问起天宫情况，韩湘子告诉他们：“天宫是神仙住的地方，殿堂楼阁，华丽无比，远比人间好，真是极乐世界，特请您一起上天成神。”夫妻俩心领侄子的一片真情实意，但他们谁也不愿去，因为他们爱恋人间，爱恋家乡。

韩文公爱种庄稼、爱土地；妻子爱纺纱织布，自己所爱其乐无穷。韩湘子无奈劝道："您先到天宫看一看，不愿留在那里也行，我再送您回来。"韩文公勉强答应了，但妻子说什么也不离开家。

韩文公随侄子到了天宫，他看得眼花缭乱，生活舒适极了，心中高兴。几日后，他思念家乡，心里念念不忘他亲手种的庄稼、园里的菜，不与土地打交道就像得了心病，日不能食，夜不能眠，对侄子说："天宫虽好也不如我在家种地好，我爱的就是土地，非走不可。"韩湘子怎么也挽留不住，叹道："土地、土地，就是离不开土地，你就当土地老爷吧。"韩文公笑道："那好。"韩湘子是神仙，说话算数，韩文公就成了土地老爷。

【附注】

关于特定人物变成土地神的文献很多。如东晋干宝的《搜神记》卷五中记载，广陵人蒋子文因追贼而死，东吴孙权掌权后，蒋子文显灵于道说："我当为此土地神，以福尔下民。"

【讲 述 者】 刘韩氏（女，76岁，农民，高小）

【采录整理】 邓贞兰采录

【采集时间】 1987年5月14日采录于丰城

【流传地区】 江苏省·徐州市·丰县·丰城（疑为凤城街道）

【文本来源】 中国民间文艺家协会组织编写，罗杨总主编，殷召义、邓贞兰、孙兴龙本卷主编：《中国民间故事丛书》（江苏·徐州·丰县卷），北京：知识产权出版社2016年版，第13—14页。

【阅读提示】 韩文公有如此热心的侄子带他升天还不领情，表明很多人的土地情节是何等严重。

【基本母题】 土地爷；土地奶奶；仙上天成神；仙界；神仙的居所；神仙金口玉言

【本文编码】 《土地老爷韩文公的来历》：ZCSW0307-111-002

土地爷、土地奶的来历

（汉族）

过去，土地庙遍布城乡，几乎是村村都有，差不多有井的地方都有一座小土地庙。土地庙一般都很小，高不过丈，几尺见方，庙内都塑有土地爷和土地奶。为什么土地爷会有土地奶常年做伴，我小时听母亲讲过他们的来历。土地爷就是先前当过刑部、兵部、吏部侍郎等大官的那个韩愈（文公），他推崇儒家思想，反对佛老，因谏迎佛骨触怒皇帝，皇帝要把他处死，经人营救，被贬到潮州做官。离开京城长安去潮州路上经过邓州，还留下有诗篇。韩文公的侄儿韩湘子得道早，成为八仙之一。他多次劝叔父修仙成道，还用法术点化韩愈。他对韩愈讲了很多未来之事，后都应验了，韩文公终于答应修行。后来，老天爷让他在天上做大官。韩湘子问他叔父说："在天上美不美?"韩文公说："好是好，就是不能和你婶子在一起。"此话让老天爷知道了，一怒之下，贬韩文公下凡当个小小的土地神，但允许他和妻子天天在一起。所以不管大小土地庙，里边都有土地爷和土地奶的塑像，老两口终日相伴，共享人间香火。

【讲 述 者】 （无考）

【采录整理】 周基（76 岁）

【采集时间】 2006 年 3 月

【流传地区】 河南省・南阳市・邓州市

【文本来源】 中国民间文艺家协会组织编写，罗杨总主编，闫俊玲、王正豪、陈秀贤本卷主编：《中国民间故事丛书》（河南・南阳・邓州卷），北京：知识产权出版社 2016 年版，第 30 页。

【阅读提示】 历史上的名人通过点化就能变成天地神，并且夫妻一起变成神，很有意思。

【基本母题】 土地爷；土地奶奶；人变成神；法术；点化；被贬下凡

【本文编码】 《土地爷、土地奶的来历》：ZCSW0308-111-003

土地爷和土地奶奶

（汉族）

原先，在田关乡有个土地庙，土地爷非常显灵，人们也很信任他，进香的人们源源不断，进香的男女也络绎不绝。

一天，有个种姜的人，由于地湿，想让太阳出来晒晒姜。许愿说："若能让太阳出来，我用两味香表来还愿。"

种姜的刚走，又来了一个插秧的人。插秧的人烧完香，叩了个头说："土地爷，您老若能让天下雨，保我插秧，情愿在两月内香表不断。"

插秧的刚许完愿，站起身欲走，又来了一个种梨的人，种梨的人点着香，跪下叩头说："土地爷，天晴天阴都无妨，千万不能刮风，您若允了我这个愿，愿在此庙前唱上三天大戏。"

种梨的人走后，又来一个撑船的，撑船的点上香，烧着表，叩完头，跪着说道："土地爷，您看今日想启程，可一点风都没有，您若能让刮点风叫我顺利往返，我赚钱回来后，半月大戏，三天跑马会。"

土地爷听了四人的许愿，确实心满意足，可惜一个要雨，一个要晴，一个不让刮风，一个偏要有风。

土地爷为这大伤脑筋，闷闷不乐。这天，土地爷到家后唉声叹气，心神不定。这时土地奶奶发现了土地爷的心思，土地奶奶上前问道："老爷为何闷闷不语？为了啥事？"土地爷听了，不高兴地说："妇道人家，管不了这等闲事。"土地奶奶耐心地说："什么事你尽管言明，看我能否帮你！"土地爷不耐烦地说："给你说了也无用。"土地奶奶说："你说了让我听听，常言道：夫有千斤担，妇挑三百斤嘛！"土地爷听土地奶奶这样一说，就只好把四个人的愿，前前后后说给了土地奶奶。土地奶奶一听笑着说："这有何难？你还不想给我说？"土地爷一听忙问："夫人有何妙计？快快说来听听。"土地奶奶一笑说："白天天晴他晒姜，夜里下雨他插秧；有风刮到河凹里，不进梨园有何妨？"土地爷一听，连连叫道："妙计，妙计！"

几个月过去了，果然来还愿的连绵不断，香烟缭绕，梆磬有鸣，骡马成群，热闹非凡。自此，土地爷更加显灵了。

【讲 述 者】 宋光荣（汉族，男，60 岁，初小毕业，西峡县五里桥乡宋沟村农民）

【采录整理】 刘银芳（汉族，男，24 岁，高中毕业，西峡县五里桥乡封店村农民）采录，谢起超（汉族，男，40 岁，高中毕业，西峡县文化馆干部）采录整理

【采集时间】 1986 年 5 月采录于西峡县五里桥乡宋沟村

【流传地区】 河南省·（南阳市）·西峡县·五里桥乡·宋沟村

【文本来源】 张振犁编著：《中原神话通鉴》（第四卷），郑州：河南大学出版社 2017 年版，第 1252—1254 页。

【阅读提示】 土地庙很多，但关于土地庙中土地神的来历却往往大有不同；神的数量很多，像土地奶奶那样聪明的很少。

【基本母题】 土地爷；土地奶奶；人变成神；许愿；聪明的神

【本文编码】 《土地爷和土地奶奶》：ZCSW0309-111-004

玉皇大帝的传说①

（汉族）

在很早很早以前，天地之间只有“三皇”——天皇、地皇、人皇，没有玉皇大帝。玉皇大帝是怎样产生的呢？

那时，天上的风姨、雨妹没有人管辖、支配，乱兴风雨，忽旱忽涝，弄得人间的百姓不能生活。“三皇”由于忙于世上人间的事，没有时间去管束

① 原文本编者按：本文的是非观、“好人”观是错误的。为了表现所谓的“实在”，杀掉自己的妻女，这是残忍和犯罪！作为一个传说，权留之。

她们，所以她们更加猖狂。因此，“三皇”决定找一个掌管天上所有事情的天帝，去管束她们。什么样的人能做天帝呢？

天皇说：“天帝得是个很聪明、有智慧的人。”

地皇说：“还得是一个不贪财、不贪色的人。”

人皇说：“还得是个能忍气、乐助人、为民着想的人才行。”

天皇、地皇听了问道：“能为民着想就行了，为什么是能忍气呢？”

人皇说：“如果他不能忍气，人间的人有说咸道淡的，他一撒手不干了，或者大发雷霆，报复众生，我们不是白费劲了吗？”

天皇、地皇听了都说：“对！对！那我们就按这几条寻找吧。”说完，他们装扮成一般行人的模样，开始寻访。

他们寻啊，访啊，不知寻访了多少天，聪明智慧兼备、不贪财贪色的人很多，就是没能找着能忍气的。一天，他们到一个沙窝地带，找到一个老者问道：“老人家，你们这里有最能忍气的人吗？”

老者一听，以为他们也是来打听“气布袋”张玉皇的趣闻的呢，就说：“有一个叫张玉皇的娶妻王氏，老两口到现在还没盼来一个儿子，只有九个女儿。就因为他能忍气，我们就给他起了个外号叫‘气布袋’。瞧，那就是他的家。”

老者指着张玉皇的家，告诉他们：“这个人不管自己吃多大亏，从不和别人计较，总是忍让。不光这样，他还是个热心肠，不管谁家有难处，只要他知道，不管你求不求他，他都尽力帮忙。你们说能忍气的人，我们这里也就算他啦。你们打听他干什么？”

“噢，没事，没事！我们对奇人很有兴趣，打听打听，说说笑话。”“三皇”怕老者问出破绽，连忙告辞走了。

天皇、地皇、人皇离开老者以后，商量了一会，认为这个人合格，不过得试一试才行。于是他们就让地皇施法术，变了一辆小推车，上边放着两个粪篓，里边装着十颗人头。地皇掌着推车，天皇、人皇用绳子拉车。在张玉皇的门前过的时候，故意叫车子陷在沙泥里，还装着怎么也拉不上来的样子。他们三人故意大声地吵闹，我怨你不使劲儿，你怨他不使劲儿。这时，张玉皇从家里走出来，问道："你们吵吵什么呢？"

三皇见张玉皇出来了，都装作很委屈的样子，向张玉皇诉说，好像张玉皇是清官大老爷似的。张玉皇听了他们的诉说，就说："这有什么，不就是车子陷到泥里去了吗？来，我帮忙，把它拉上来不就得了吗？你们何必伤和气呢？"说着，就要动手。三皇连忙阻拦说："哎，你先别动手，听我们说明白：你帮我们推车，我们先谢谢你，不过得先和你讲清楚，我们这车里装的不是一般的东西，所以推车时要特别加小心，千万不要把车弄倒了，如果把车里的东西弄没了，我们可担当不起。"

张玉皇见他们三人这样说，就说："什么了不起的东西，你们这样害怕？再贵重的东西也得把车拉上来，总不能站在这里吵吧？来吧，我小心点就是了。"说着就动手。

三皇见张玉皇这么实在，就互相递了个眼色，拉起车来。

张玉皇谨慎地推车，三皇故意乱拉，天皇向东，地皇向北，人皇向南。就这样，弄来弄去，把车弄翻了，篓里装的十颗人头骨碌骨碌落在地上，一会就没有了。三皇一见十颗人头没了，故意上前扯住张玉皇，哭丧着脸说："你可要了我们的命喽！我们让你小心点，可你你看怎么办吧？我们不是赖着你，可我们该怎么交差啊？你赔我们吧！"

三皇一阵喊叫，把个张玉皇弄得目瞪口呆，他万万没想到车里装的是人头，而且掉在地上就没有了，这可怎么办？虽然这不能怨我，可我不推，也不能怨到我头上啊！唉，事已至此，我还能说什么呢？赔人家人头就是了，我还有什么可说的呢？张玉皇垂头丧气地说："好吧，你们在这里等一等，我回家去想想办法。"

张玉皇闷闷不乐地回到家，唉声叹气。他妻子王氏见他反常的样子，就问："你怎么啦？是不是又遇见什么难事啦？"

张玉皇说："唉，别提了，我遇到了一件麻烦事，刚才我好心好意地去帮三个推车的忙，可没想到我帮了倒忙，把人家的车推翻了，车上的东西掉在地上就不见了。这不，人家让我赔东西呢！"

王氏一听，责怪他说："还不快点想办法还人家，还愣着干什么？"

张玉皇瞅了瞅屋，小声地说："你说掉在地上的东西是什么？告诉你，那是人头！"

"啊?!"王氏一听吓得魂不附体，好半天才说出话来，"天哪，这可怎么办?"

"怎么也得赔人家人头啊！"张玉皇无可奈何地说。"我看没别的办法了，只有委屈你们娘十个一下了。"说完他就拿了一把刀，哗哗地磨了起来。

王氏听了张玉皇这一番话，又见他磨刀，心里就明白了。这时，王氏的心也冷静了下来。自从王氏嫁给张玉皇以后，王氏也没受多大委屈，只是跟着张玉皇受人家的气。这些年来，她跟着张玉皇学会了忍气，忍受着张玉皇带来的冤枉，现在，她倒觉得心静了许多。唉，这样也好，省得为女儿们的婚事操心。再说，张玉皇从来都没有为女儿们打算过婚事。王氏思前想后，呆呆地看着张玉皇磨刀。张玉皇磨好了刀，就对王氏说："你去把我们的九个女儿叫来，要她们一个一个地进来。来的时候，给她们蒙上眼睛，就说爹爹叫她们有事。"

王氏呆呆地听着张玉皇的吩咐，先把大女儿叫进来，给她蒙上眼睛，女儿还没明白过来，就被爹爹把头砍了下来。接着，二女儿、三女儿……一会儿的工夫，就把九个女儿的头都砍了下来。还缺一个人头，张玉皇直愣愣地看着妻子王氏。王氏明白他的意思，把眼一闭，牙一咬，喊了声："罢了！我们娘十个先走一步了，现在我成全你了。"张玉皇悲痛难忍，抱着王氏大哭起来。杀了女儿，还要杀这个贤惠的妻子，这怎能不使张玉皇伤心啊！

正在他们哭的时候，忽然响起了敲门声，他们忙停止哭声。只听门外说："我们等不了啦，快把人头还给我们！"张玉皇这才把心一横，砍了王氏的头。他提着十个人头走了出来，递给三皇。转身要走，被天皇一把拉住："别走啊，你帮忙帮到底，帮我们推走吧！"

张玉皇惊慌地说："这回要再没了人头，我可赔不起了。"

"好了，好了，别说了，我们不用你赔！"

张玉皇这才答应。他刚推起车，车就向天上飞了起来。他觉得忽忽悠悠的，不知不觉地来到了一座美丽的宫殿前。三皇止住了步，拉着张玉皇的手，走进这座美丽的宫殿。张玉皇听到宫殿里传出一串欢笑声，啊，是女儿们的声音！他高兴地挣开三皇的手，向传来笑声的地方跑去。他跑到一座宫殿门外，门虚掩着，他急忙推门进去。啊?！他惊呆了，以为自己活见鬼，明明是自己亲手杀的王氏和女儿，现在却活着站在自己的面前。她们都穿着华丽的衣服。见张玉皇来了，女儿们这个叫爹，那个喊父，围前拥后，好不热闹。张玉皇推开女儿们，走到王氏面前说："你们真的活着？不是我在做梦吧?"

"不是做梦!"三皇站在他的身后大声说，"你们这不是真的在一起吗！怎么还不相信?"

王氏接着说："是啊，我们被你杀死以后，就被人领到这儿来了，说是让我们在这里等你。"

"等我?"张玉皇不解地问。

三皇笑吟吟地说："对！我们请你来是让你做天上的帝王。"

"让我做帝王？我怎么能行呢?"张玉皇疑惑地问。

"是让你当帝王。我们访了很长时间，才访到你这个肚量大的人。"

"你们怎见得我是个肚量大的人?"

"这还用说吗？还人头这样的大事你都做了，何况别的事呢！可见你是肚量大了。"说着，大家笑了起来。

就这样，张玉皇当上了天帝，也就是现在的老天爷。因为他的名字叫张玉皇，所以人们称他"玉皇大帝"。王氏称王母娘娘，他们的九个女儿，就是九天仙女。

【原文注释】

本神话还流传于山东省泰安市宁阳县。

【附注】

本神话中说的"三皇"，在古代神话中并没有统一的说法。普通指天皇、地皇、人皇，也有说是指燧人、伏羲、神农或其他一些人物的情况。

【讲 述 者】 赵连才

【采录整理】 赵凤芹记录整理

【采集时间】 1984年2月采录于沈阳市苏家屯区红菱堡镇宋大台村

【流传地区】 辽宁省·沈阳市·苏家屯区·红菱堡镇·宋大台村

【文本来源】 姚宝瑄主编:《中国各民族神话》(汉族),太原:书海出版社2014年版,第339—344页。

【阅读提示】 玉皇大帝这个貌似地位很高的天上之皇,原来也有一个很世俗的经历。

【基本母题】 三皇;天皇;地皇;人皇;人变成神;玉皇大帝的来历

【本文编码】 《玉皇大帝的传说》:ZCSW0310-111-005

本主大黑天神

（白族）

“大黑天神”是白石乡顺荡、松水，长新乡箐干坪、表村等地共同信奉的本主。此外，豆寺、佛坡等九个自然村也信奉。

传说古时候，有一地区，因玉皇大帝听信谗言：“下界的老百姓，不遵皇旨，任意糟蹋五谷，宰杀牲畜。”玉皇大帝听了大怒，于是下了一道圣旨，派一位三头六臂的神将，令他身带毒药，去下毒惩罚违犯天条的老百姓。这位神将依令下凡。到了凡间，便深入调查访问。访得此地老百姓原来十分贫困，家家都吃糠咽菜，人人鹄面鸠形，才知此地因遭受天灾而民不聊生。心想：“人民既食不果腹，何来践踏五谷，宰杀耕牛之理。”及至再深入问讯，则云：“此谗言也。”于是心中犹豫起来，遵旨吗？下民无辜；不遵吗？难回天庭复命，便毅然将毒药服下以自表心迹。服下后，五脏六腑顿时火烧火燎，痛苦难当。乃跃入海中，把海水也烧干了三尺，后全身发黑，死于海中。老百姓为了感谢其救命之恩，给他立庙塑像，永享香火。

玉皇大帝闻此消息后，自悔不已。为表彰他为民捐躯的精神，乃敕封他为“北方天王”。因他死时全身黝黑，所以后人塑画他时，照原样塑成三头六臂，并把他染成靛蓝色，称他为“威灵有感大黑天神”。加上玉皇大帝的敕封，全名为“本境福主北方天王威灵有感大黑天神”。

【讲 述 者】 （无考）
【采录整理】 赵列彰采录
【采集时间】 2004 年 9 月 12 日采录于云龙长新
【流传地区】 云南省·（大理白族自治州）·云龙（云龙县）·长新（长新乡）
【文本来源】 中国民间文艺家协会组织编写，罗杨总主编，李勇本卷主编：《中国民间故事丛书》（云南·大理·云龙卷），北京：知识产权出版社 2016 年版，第 42—43 页。
【阅读提示】 大黑天神在白族群众中有广泛流传。本神话的亮点在于为民捐躯的神将被玉皇大帝敕封为“本境福主北方天王威灵有感大黑天神”。
【基本母题】 大黑天神；玉皇大帝；谗言；神将；敕封神名

【本文编码】 《本主大黑天神》：ZCSW0311-111-006

大黑天神（1）

（白族）

剑川狮河村分上河、下河两个寨子。本主大黑天神，传说原是玉皇大帝身边的侍者。

三月初三，玉帝临朝时，值日星君接二连三来报：好几位大仙不来上朝，经查已私逃人间。玉帝坐在龙椅上，气得吹胡子瞪眼睛，心想：凡间有何稀奇，惹得真人、大仙摆着天福不享，偏动凡心？难道玉液琼浆、蟠桃仙果比不上人间粗茶淡饭么？今天我倒要看看凡间有何美景、乐趣！于是来到南天门外，吩咐云神拨开云头，观看人间。

呵呀呀，这一看，可把玉皇大帝惊呆了。原来他看到的正是狮河地方的春景。只见桃红柳绿，春燕飞舞，豆麦扬花，小秧正绿。下河村前，剑湖像面明镜；上河村后，松青柏翠，山泉潺潺。田野正闹春耕：白衣绿袖红坎肩的白家女子，像一群喜鹊，边薅绿秧，边唱着动听的白族调。白家汉子赶着耕牛，翻田犁地，悠然自乐。小船儿漂在湖上，渔歌阵阵；牧童光着身子，嬉笑戏水……这一幅生气勃勃的春景图，天宫里怎能找得到呵！

玉皇大帝越看越忌妒，他不能容忍人间胜过天宫。回到宫里，叫瘟癀昊天大帝送来一瓶瘟药，派身边侍者把它撒到人间去，让人间人亡畜死，树枯水干！

侍者不仅长得俊秀，心地也十分善良。他不愿做这种伤天害理的事，无奈玉帝下了圣旨，只得违心地带着瘟药下凡来。他驾云来到狮河上空，正值夜半三更，万物都在沉睡，人们做着甜蜜的梦，大地静悄悄的，只有风儿吹送着花香。呵，多么安谧、美妙的人间呀！侍者打开瘟药瓶，心里左右为难。撒下去吧，他不忍心把这么美好的人间毁了；不撒吧，违了玉帝圣旨，定被送上断头台，或者永远打入天牢。怎么办？怎么办？忽然，雄鸡一声高叫，东方发白了，勤劳的白家人下地了，笑语喧哗，牛鸣马叫……这生命的声音牵动着侍者的心，他更不忍心把瘟药撒下去。到底怎么办呢？他决计牺牲自己，拯救万方生灵，便把瘟药全喝到自己肚里去了。

人间免除了一场大难，可是侍者喝了瘟药，俊秀的脸膛被烧得黑乎乎的，像个马蜂窝，刹时浑身发肿流脓，双脚软飘飘的，再也驾不住云头，跌落到上河村的后山上。

太上老君把这事托梦给狮河人，上河村的百姓十分感动，把侍者奉为本主，在他跌落的地方盖了本主庙，让他享受人间香火。因为不知他的名字，就尊他为“大黑天神”。

【讲 述 者】 阿唐波

【采录整理】 陆家瑞整理

【采集时间】 （无考）

【流传地区】 云南省

【文本来源】 陶阳、钟秀编：《中国神话》（中册），北京：商务印书馆 2008 年版，第 761—762 页。原文本标注选自李子贤编《云南少数民族神话选》。

【阅读提示】 为了拯救他人而死的人被奉为天神，寄托了人们的美好愿望。

【基本母题】 本主；大黑天神；玉皇大帝的侍从；善神；太上老君；托梦

【本文编码】 《大黑天神（1）》：ZCSW0312-111-007

大黑天神（2）

（白族）

玉皇大帝听了耳目神的谎报，以为大理白族百姓很坏，便命天神到凡间散布瘟疫符章，要让生灵死去一半。

天神奉旨驾云而下，来到湾桥，看见有个妇人，身背七十多岁的老婆婆，后面跟着六七岁的一个小孩。天神问道："婆婆可以走路，为何不背小孩?"妇人回道："孝敬婆婆，本为人子之道；小孩可以走路，并无妨害。"

天神才知玉帝错怪了凡人。要是符章一散布出去，很多人就会冤枉而死。心想不如我一人帮人间消灾，就把玉帝交给的瘟疫符章吞吃了。霎时，他全脸发黑，昏倒在路旁。天下的蛇都纷纷赶来救治，用嘴去吸取瘟毒，把天神身上吸出许多洞洞，但始终没有吸完，从此，蛇的嘴巴里就有了毒汁。

天神死了，湾桥的人为他建祠塑像，奉为本主，因为他脸黑，就称他为"大黑天神"。

【原文附记】

大黑天神：大黑天神原是印度佛教的护法神，称为伽蓝，很多佛寺里都有他的塑像。白族说他“在寺为伽蓝，在庙为本主”。据考证，“大黑天神”一词，出自释典。《仁王护国般若波罗蜜多经》下卷云：“摩何伽罗大黑天神。”唐释良贲疏之曰：“盲摩何者，此翻曰大；盲伽罗者，此曰黑天也。上句梵语，下句唐言。”从而可知，“摩何伽罗大黑天神”者，乃是双举梵文对音和汉文意的，印度梵文 MaNa K Lae 的对音即“摩何伽罗”，其意译为汉文则是“大黑天神”。

【讲 述 者】 黑明星
【采录整理】 马泽斌记录
【采集时间】 （无考）
【流传地区】 云南省·（大理白族自治州）·大理市
【文本来源】 姚宝瑄主编：《中国各民族神话》（白族、拉祜族、景颇族），太原：书海出版社 2014 年版，第 142—143 页。原文本标注傅光宇选自李缵绪主编《白族神话传说集成》，中国民间文艺出版社 1986 年版。
【阅读提示】 该文本可以与《大黑天神（1）》（ZCSW0312-111-007）对照阅读，进一步感知大黑天神脸黑心不黑的好品质。
【基本母题】 玉皇大帝；瘟疫的产生；天神下凡；蛇毒的来历；神的名称的来历

【本文编码】 《大黑天神（2）》：ZCSW0313-111-008

天神之战（1）

（蒙古族）

那时候[①]，在天界北部的一角有一个叫做策根·策布德格腾格里的天，

① 那时候：原文注释为“太古”。

还没有哪一个腾格里神去统治它。如果能再有一尊腾格里神来统治这方天，天上的腾格里神就达到百尊，就能够维持永远的和平了。可是，最高神只创造了九十九尊腾格里神，这就种下了今后的大祸之根。

且说，这时居住在东方的最高神帖尔昆·察干的长子汗·霍尔穆斯塔·腾格里和居住在北方的阿泰·乌兰腾格里两位神开始争夺对这块没有主人的策根·策布德格腾格里的统治权了。

汗·霍尔穆斯塔神认为，策根·策布德格天靠近东方，因此理应归入自己的领地。

而阿泰·乌兰神则认为，策根·策布德格天靠近北方，因此也主张将其归入自己支配下，而且一点也不谦让。

没有谦让就没有和平，于是就要发生争执——这就是天上的神自己示范给后世人类看的丑陋行为的事实。互不相让的两位神来到策根·策布德格天，为了决出雌雄，约好了获胜者要统治这里的领地。两位神的约定是：从今天开始做决战的准备，到第三天开战。

双方各自率部投入战斗。

先到的一方布置好阵形等对方军队的到来。

阿泰·乌兰神为了在战争中先发制人，直接做好战斗准备，率领部下数万大军出征，战车的声音震动整个天界，雷电交加，其气势可谓排山倒海，雄伟壮观。

可是，对方的汗·霍尔穆斯塔神认为，战争应该以谋取胜，就命令部下说："我回来之前你们决不能出阵。阿泰·乌兰的军队经本住一打就会崩溃的，我得到婶母家去打听有没有好的谋略。"于是就到居住在西方的婶母约里达·米里延·库如莫·图地神家去了。

因为好长时间没有到婶母家做客了，汗·霍尔穆斯塔神喝了婶母赏给的酒，不知不觉中多喝了几杯，结果酩酊大醉，昏睡在那里，战争的事情就忘得一干二净了。一天，两天，三天，四天，五天，六天，都在梦幻中度过了。而在这期间，汗·霍尔穆斯塔神的部下从很远就听到了阿泰·乌兰神的军队出征的排山倒海的声音，焦虑不安地等待着自己的首领回来。可是因为有“在我回来之前决不能出战”的严格命令，只能一天一天地翘首盼望。可是到了约定的第三天，汗·霍尔穆斯塔神仍然没有回来。

阿泰·乌兰神的一方出兵到策根·策布德格天严阵以待，到了约定的日子，也不见对方的一兵一马出阵。

“可能是汗·霍尔穆斯塔见我军威猛气势害怕战斗，自己食言了吧?”于是当天就完全占领了策根·策布德格天归为己有，高唱凯歌回去了。

“太遗憾了！我们的主神还没有回来，策根·策布德格天就被阿泰·乌兰所占领了！可即使那样，我们的主神会怎么想呢?”

汗·霍尔穆斯塔神的部下们唉声叹气的时候，汗·霍尔穆斯塔神的幼子，以勇猛出众的格斯尔·博格多挺身而出。当时他只是四岁的幼童，他亲眼目睹因父亲的晚归，策根·策布德格天被阿泰·乌兰神所占领的情景，感到万分遗恨，就说道：“我来代替父亲打败阿泰·乌兰神，让他们知道我们东方天神的威力，并且要洗清父亲的耻辱。”

于是就穿上父亲的衣服，系上父亲的腰带，手持父亲的长矛，骑上骏马，高喊：“你们等着看我击败不堪一击的阿泰·乌兰这个奴隶!”说罢就犹如一道风疾驰而去。

“啊！格斯尔·博格多出征了!”

在汗·霍尔穆斯塔神的部下里，虽然有人对幼小的格斯尔·博格多的出征感到不安，想阻止他，但也有人早就知道他的英勇无敌，就相信格斯尔·博格多一定能够打败阿泰·乌兰神。如果不及时跟上就会惹格斯尔·博格多发怒。于是汗·霍尔穆斯塔的数十万部下跟在格斯尔·博格多后面出征了。其气势又是震天动地、排山倒海。

这时候，得到胜利的阿泰·乌兰神来到策根·策布德格天的中央，正在举行庆祝宴会，突然听到大军追来的声音，说道：“一定是汗·霍尔穆斯塔神追来了，我们一击打退他们吧!”就命令部下进行战斗。可是，这时候阿泰·乌兰神的部下都已经醉倒在宴席上，而且格斯尔·博格多的追击又是那么紧，来不及应战了。于是他们惊慌失措，乱成一片，一番狼狈景象。

格斯尔·博格多说：“不能失去这个机会!”就率先闯入阿泰·乌兰神的

阵营里，挥枪杀敌追到阿泰・乌兰神面前，说道：

“我是汗・霍尔穆斯塔的幼子格斯尔・博格多。我是替父亲与你作战的，请来吧!”

阿泰・乌兰神听格斯尔・博格多的话，回答道：“原来是汗・霍尔穆斯塔的幼子呵。和你这样的小孩子交战，是我阿泰・乌兰的耻辱，但是比起在约定的日子里没有出来作战的懦弱的汗・霍尔穆斯塔还是强多了，来吧！让我一枪刺死你，把你打落到下凡世界去!”

于是就举起长矛刺杀进来。

“跟四岁的孩子交战，可耻!”

“如果让我发言，不许你们说阿泰・乌兰神的坏话!”

长矛一闪，雷电将黑云劈开，长矛一刺，雷声将天空震荡。这么一回合，双方兵马乱成一团，但谁也不敢靠近格斯尔・博格多和阿泰・乌兰神。

这时，只听“咳”的一声，格斯尔・博格多的快枪突然刺进阿泰・乌兰神的右腹，阿泰・乌兰神“啊”的惨叫了一声。而这时格斯尔・博格多已经用枪尖把他高高地挑在半空中，然后狠狠地打落到下界去了。接着格斯尔・博格多把阿泰・乌兰的军队打得粉碎，全部打落到下凡世界，并且最后征服了阿泰・乌兰腾格里。

当格斯尔・博格多凯旋，回到汗・霍尔穆斯塔腾格里的时候，格斯尔・博格多的父亲，汗・霍尔穆斯塔神刚刚从醉酒中醒过来，开始想起了与阿泰・乌兰神决战之事，于是急急忙忙地从约里达・米里延・库如莫・图地赶回到自己府上来，于是知道了事情全部经过，惭愧不已。

天上的最高神帖尔昆・察干为这次在和平天界发生的战争苦恼不已，而更让人头疼的是被格斯尔・博格多打落下界的阿泰・乌兰神转到了地上世界，就变成凶恶的魔王，其部下变作蟒古思。于是出现了可怕的魔鬼，开始伤害起过着和平幸福的游牧生活的玛拉特人来了。

从此，地上世界出现了病魔，开始袭击和缠绕并加害玛拉特人。从此，温柔和平静生活中出现了凶猛的禽兽和毒虫。而冰雪和寒冷则听说又是魔王的手足蟒古思所带到人间来的。

玛拉特们在这凶暴残忍的魔王及其蟒古思的暴威面前，束手无策，恐惧万分。从前，一年四季都开花结果的草木，由于魔鬼带来的冰雪、寒冷的加害，已经有一半不能开花结果了。

由于病魔的横行，民族的人口一天天地减少了。而且，魔鬼们把冲突、战争、掠夺、残杀等罪恶的种子播撒到玛拉特人中间。

就这样，从前曾经是和平乐园的地上世界——玛拉特人的家乡，如今已充满了恐惧和不安，被卷进混乱和战争之中。玛拉特人民恐惧又悲伤地向苍天祈求道：

“无论如何你们要派一位勇猛的天神来镇压魔王一族，治理蟒古思，拯救这个世界吧!”

玛拉特人哭泣哀祷的凄惨叫声传到了帖尔昆·察干神的耳朵里。

于是天神派格斯尔·博格多下凡到地界镇压魔王，铲除蟒古思，治理了人类生活于其中的地上世界。

【附注】

该文本为陈岗龙译自［日本］中田千亩编《蒙古神话》，东京郁文社昭和十六年（1941 年）出版。

【讲 述 者】 （无考）
【采录整理】 陈岗龙翻译
【采集时间】 （无考）
【流传地区】 （无考）
【文本来源】 满都呼主编：《中国阿尔泰语系诸民族神话故事》，北京：民族出版社 1997 年版，第 150—154 页。
【阅读提示】 人有好坏，神也有善恶。只有善神才会站在人类命运的一方。
【基本母题】 最高神；造神；天神的数量；不同方位的天神；神的争斗；战术；神变成妖魔

【本文编码】 《天神之战（1）》：ZCSW0314-111-009

天神之战（2）

（蒙古族）

相传，太古时候，世间一片混沌，后来从混沌中生出明暗清浊，不久，属于“阳”的清轻之物上浮成为天，而属于“阴”的浊重之物下凝成为地。而后，天上以“多伦·敖敦腾格里”即“七星天”为中心形成了九十九天神。最高神为“帖尔昆察干”，东方四十四天神，西方五十五天神。天神降下草木和生物，以整固土壤，还按自己的模样做人放到世界上。那时世上一片和平景象。可是，在北天一隅还有位天神叫策根·策布德克，当时其上无主。于是东方天神之主阿歹·乌兰和西方天神之主汗·呼尔穆斯塔之间展开了鏖战，争夺对策根·策布德克腾格里的统治权。战争开始阿歹·乌兰一时得势，但是汗·呼尔穆斯塔的儿子出战，打败了阿歹，将其驱逐到下界去了。阿歹到下界后作歹，于是世界上盗贼蜂起，和平便一去不复返了。

【讲 述 者】（无考）

【采录整理】斯钦巴图编写

【采集时间】（无考）

【流传地区】（无考）

【文本来源】《中国各民族宗教与神话大词典》编审委员会编：《中国各民族宗教与神话大词典》，北京：学苑出版社 1990 年版，第 454 页。

【阅读提示】这是描绘蒙古萨满教（即博教）西方五十五天神和东方四十四天神鏖战的古老神话，实际上反映了从原始氏族社会转向阶级社会时期蒙古氏族奴隶主之间进行的掠夺土地和属民的战争，也涉及天地形成以及神的特征的表述。

【基本母题】世界混沌；天地的产生；七星天；天神的数量；神下凡；秩序的破坏

【本文编码】《天神之战（2）》：ZCSW0315-111-010

更资天神

（彝族）

一、蒲依生更资[①]

更资天神住在石姆岩哈的三重天[②]上，他是天地万物的缔造者和主宰者。更资的母亲名叫蒲依[③]。

蒲依不是人，也不是神；她不是植物，也不是动物。

蒲依本来是一股气。在太古的时候，天地还没开辟前，头上没有天没有星云雷雨；脚下没有地，没有生灵草木。宇宙间清浊二气搅缠在一起，天地像锅底一样，黑漆漆的，不透一丝光亮。蒲依便在浊气里形成，在清气里出生，然后自由自在地飘荡在清浊气里。浊气是她的食物，清气是她的饮用水。她在浊云上睡觉，在清云里玩耍。这样过了九千九百九十年，气蒲依变成了云蒲依，有了云的形象。

这云蒲依长着螃蟹的脚，但她的脚是红云；蒲依长着鱼的鳞，但她的鳞是黑云；蒲依长着牛头马面，但她的面是白云；蒲依长着穿山甲的尾，但她的尾是花云；蒲依长着猪身子，但她的身子是浓云。

第九千九百九十九年的头三年，云蒲依忽然感到心烦起来，喝清气不能解她的渴，吃浊气不能饱她的肚，在浊云上睡不着觉，在清云上没兴趣玩耍。因为定不下心来，她只好到处去乱走，走着走着，便走到车云木吾嘎托的碑基木来了。碑基木有一棵玛支玛珂神树[④]，她的树干是一股扭结在一起的浊气，伸长在清气里，并在清气里分股岔开，变成繁密的树枝。她的树叶是浊云，她的嫩叶是清云。这棵树会唱风的歌，会唱水的歌。见了云蒲依，

① 更资：彝族各方言支系神话中，掌握天地万物的最高神王。又译为“策耿纪”“恩梯古资”“陈根子”“根兹天神”等。

② 三重天：彝族认为，宇宙间共有人、鬼、神三界。石姆岩哈是神界。

③ 蒲依：有一则神话说，天地万物都是蒲依生出来的。

④ 这里的树，应当“树神”解。后文的牛羊猪马亦如此。故事原意中，这里的树是抽象的，并不代表实体。

她就唱道："蒲依飘过来，蒲依荡过来，是不是找伙伴，我就是伙伴，是不是找朋友，我就是朋友。"

蒲依听了，就朝玛支玛珂神树飘过去，先挂在她的树枝上玩了三天，又绕着树干飘了三天，在最后三天里，云蒲依觉得没有兴趣玩，她失望极了，于是不满地唱道："玛支玛珂树，树梢光秃秃，树枝干巴巴，树干光溜溜，只能做我影子的伴，不能做我心中的伴。我不想和你做伴，我不和你玩。"唱完就要飘走。玛支玛珂树急了，伸出树枝抓住蒲依的裙裾，接着唱道："蒲依不要飘，蒲依不要荡，你若是找心伴，我给你心伴，我做你心伴，蒲依莫飘走，把脸转回来。"

蒲依想走飘不走，想荡荡不开，于是回过头来问："玛支玛珂树，你别骗人好不好，你别哄人好不好，你在我的身外，我在你的身外，你怎么做我的心伴，你如何做我的心伴?"

玛支玛珂神树唱道："你看我的枝干多粗壮，我要在上面开出三朵花，一朵是金灿灿的金花，一朵是银汪汪的银花，一朵是红艳艳的鸡冠花。只要你把三朵花采食了，我就到了你的心里，我就成了你的心伴，你荡到地北，我尾你到地北，我到了你心里，时时陪伴你，永远不分离。"

玛支玛珂神树说完，放开了蒲依的裙裾，把自己的枝干抖了三抖，抖得天摇地动，云团被撕裂，大气被搅乱。接着她又扭了扭树腰，扭得天地气云炸雷般"轰轰"直响。接着红光一闪，鸡冠花开出来了；金光一闪，金花开出来了；银光一亮，银花也开了出来。三朵花一开到树上，神树四周的云团变成了五光十色的锦衣，气流变成了千万条闪动腾舞的彩虹。蒲依的心醉醉的，就像喝了酒，蒲依的眼迷迷离离，就像在做梦。于是她便把金花、银花和鸡冠花摘食了。

蒲依刚把仙花吞下，玛支玛珂神树就消失不见了。蒲依很着急，大声喊起来："玛支玛珂神树，你到哪里去啦?"玛支玛珂神树在她的肚子里答道："我在你的心里呢，我正在作你的心伴呢!"

蒲依一听，有点害怕，心慌起来了。她说："你到了我心里，真能做我的心伴吗?"

玛支玛珂神树在她心里答道："你如果想听歌，我就给你唱歌；你如果想说话，我就跟你说话；你如果想飞翔，我就帮你飞翔。"

蒲依正想叫玛支玛珂唱歌，可是心里忽然像着了火，嗓子被烧得辣燥燥的。蒲依吓得哭了起来。她说："啊呀不得了，心里烫烫的，脖子干干的，我想要去喝水，我想去喝水。玛支玛珂，你救救我的命，告诉我水在何处?"

玛支玛珂神树在蒲依的肚子里唱着答道："蒲依莫着急，蒲依莫心慌。展开你的翅，向西一直飘；启动你的身，向西一直荡。西方尼尔夺有一股神水，三天泛红波，三天泛绿波，三天泛黑波。你喝干神水，口渴自然消。"蒲依听了后，急忙腾身飘着，一直向西赶去。尼尔夺的神水，看着像泉水，实际不是水，它是一股气，在空中流来流去。蒲依张开大嘴，把神水全部喝干了。喝了尼尔夺神水后，蒲依的心润润的，喉头甜甜的，心神果然宁静了。于是她又开始在浊气与清气之间荡来荡去地玩耍，和心里的玛支玛珂唱唱说说，日子过得非常快乐。

这样的日子过了三年，蒲依又开始不满足起来了。于是她拍着心口向玛支玛珂神树说："宇宙空荡荡，像个黑窟窿，我心虽有伴，但身却无伴，飞时不见影，玩时没对象，形单影孤独，无依又无靠，你还是出来，出来做伴吧。"

玛支玛珂听了，唱道："我一进你心，不能出来了，如果你要玩伴，我把你的心割一半，加上我的心一半，给你造个玩伴，让他出来跟你玩。"蒲依答应了。她忽然感到一阵撕心裂肝的剧疼，昏天黑地地挣扎了半天，等剧疼稍为减轻后，她生气地问："玛支玛珂神树，你是吃我的心呢，还是咬我的心？你再不住手，我就要死了。"玛支玛珂答道："我是在割你的心，我是在撕你的心，我要用你的心做你的伴。现在你蹲在浊云上，把尾巴翘一翘，我把你的伴丢出来。"蒲依依言蹲在浊云上，把尾巴翘了一翘，忽然有什么东西，从她的肚子里掉了出来，落在浊云上，哇呀哇呀地哭叫开了。蒲依吓了一大跳，把那东西拖起来一看，是个人模人样的小男孩。他长得胖乎乎的嫩嫩的，张着嘴巴在蒲依的胸前乱拱，把蒲依拱得心痒痒的，神荡荡的，喜爱得头发昏。小男孩拱呀拱，什么也没拱到，便踢脚伸手，张开嘴哇呀哇呀哭起来。蒲依无论如何也哄不住，急得跟着哭起来。她问玛支玛珂："我的心为什么哭，我怎么才能哄住他？"玛支玛珂在她心里答道："你把胸前的衣裳打开，我让你的血流到胸口上。你的心肝吃了你的血，才会不哭不闹变快乐。"蒲依依言把胸衣打开，胸前便鼓呀鼓的，鼓起了一对乳房。小男孩吃了蒲依的奶，才安安静静地睡着了。

从此以后，蒲依心里有了伴，身外也有了伴，这个伴是她的心，不会离她而去。她快乐极了，一天到晚抱着孩子，逗他哭，逗他笑，给他吃奶，哄他睡觉。并给他取了个名字叫"更"①。慢慢地，小孩长大了，长成一个淘气可爱的大男孩。蒲依出门的时候，他拉着蒲依的衣角跟着跑，蒲依休息时，他就欢蹦乱跳在一边玩。掌管天地，万物主宰神更资，就这样出生，长大了。

二、神仙出世

更和蒲依妈妈一起，东飘西荡，玩了很久，慢慢地就感到日子过得乏味，不能满足了。有一天，他对母亲说："蒲依妈妈，宇宙间为什么除了气和云，什么也没有？我厌烦得很，我要新玩物。"蒲依听了，忙问肚里的玛支玛珂："玛支玛珂，我的心说厌烦气和云，要找新玩物，你说怎么办？"玛支玛珂说："我也没办法，不过你可以抽一股浊气上来，立在清气里，做成我当时的模样，让你的心去爬着玩吧。"蒲依听了，便去抽浊气。她先抽起两股浊气来，做成两棵杉树，然后问儿子："够了还是不够？"儿子摇摇头。蒲依又抽出两股浊气，做成两棵松树，又问儿子："这下够了吗？"儿子点点头，一天到晚就在四棵树上爬上爬下地玩。

更就这样快快乐乐地玩了很久。后来有一天，更正爬在树干上唱歌，忽然听见两棵杉树和两棵松树里，传出婴儿哇呀哇呀的哭叫声。更越听越奇怪，连忙跑去对蒲依说："妈妈呀妈妈，真是奇怪了。四棵树干，都学着我的声音在哭呢。"蒲依跟着儿子跑去一听，可不是嘛，四棵树干里婴儿的哭

① 更：是更资天神的本名。因为他是天地万物至高无上的主宰者，所以别人称呼他时，便加上一个"资"音，资意为"主宰者"或"掌管者"。"恩梯古资"就是"居住上界主宰万物的神更"之意。

声，就和更小时的哭声一模一样。于是蒲依用手去撕树干，刚撕开一个口，就跳出两个只有甑子高的小人来，一个是男的，一个是女的。这样，四棵树各跳出两个小人，一共是四男四女。为了便于记认，蒲依便给他们一人取了一个名字。从第一棵杉树里跳出来的男孩叫儒热古达，女孩叫儒木力力；第二棵杉树里跳出来的男孩叫既书布，女孩叫术嫫却却；从第一棵松树里跳出来的男孩叫书热尔达，女孩叫书木吉吉；从第二棵松树里跳出来的男孩叫司热底尼，女孩叫妮木布布。这四对兄妹可不像更要食母乳才长大。他们是见风长，转眼就变成了四对高大健美的人。更很喜欢他们，便对他们说："我给你们做伴，你们和我玩耍，我们在一起生活，可以吗?"

四对兄妹说："我们很想和你玩耍，很想要你做伴，但你是气生的神，我们是树生的仙，仙只能做神的属民，不能做神的朋友，只能听神的使唤，不能做神的玩伴。"

更很失望地说："我真不明白，为什么会这样。"四兄妹便又告诉他说："因为你的父亲是玛支玛珂，他是先天的浊气精，你的魂是尼尔夺神水，那是先天的清气精，你的母亲呢，又是浊气和清气的精，所以你将是天地万物的主宰；而我们的母亲杉和松是你母亲抓起来的后天的浊气；我们的母亲是因为你在树上玩耍，才生我们的，所以我们不能和你平起平坐。"

更听明白后，就说："既然是这样，那我吩咐你们和我玩。"四兄妹只得和更一起玩。可他们对更唯唯诺诺，不能平起平坐，这样更玩得很别扭，一点也痛快不起来，于是只好把四个男的封为四神，把四个女的封为四仙，把他们派去掌管宇宙八方。

打发走四神四仙后，更便缠着蒲依要个和自己一样的玩伴。蒲依没办法，只得拍着胸口对心里的玛支玛珂神树说："你把你的心和我的心再割一点下来，给更做个伙伴吧。"玛支玛珂神树说："心是不能再割了，我割一半肝试试瞧。"接着蒲依昏天黑地地痛了一会儿，肚子里又掉出来一个人模人样的小男孩，蒲依给他取了个名字叫"阿尔"①，又开始哺养他，更也一天到

① 阿尔：蒲依三兄妹的名字，音节按次序排列，后者均比前者多一个音，似有以音节多少区别和确定之意。

晚兴高采烈地背着他玩。但不幸的是，这个名叫“阿尔”的小男孩，只能在浊气上行走，不能升到清气中去，而且无论怎么长也长不高，个头总是只有更的一半高。这时的更，已经成长为一个魁梧英俊的男子汉，个头就像大山，四肢如同杉树，捏一把浊气，可以把浊气捏成铁，揉一把白云，可以把白云揉成铜。他喜欢像一条黄鳝一样，在浊气和清气里自由自在地钻来钻去，阿尔做不了他的伴，无法陪着他玩耍，这使他很失望，于是给阿尔起了个“德布[①]阿尔”的名字，从此成了“德布阿尔”。后来，更封德布阿尔为神匠，让他掌管浊气层，天地开辟出来后，德布阿尔便成为主宰人间的地神，被称为“米色[②]德布阿尔”。更因为找不到伙伴，感到很孤独，一天到晚尽唱些叫人伤感的歌。蒲依一听见儿子的哀歌，心里就会一阵一阵地绞痛。她实在忍受不住了，便拍着胸脯，向心里的玛支玛珂神树说：“玛支玛珂啊，我的心肝这么孤单悲苦，我们再想办法给他找个玩伴吧。”玛支玛珂为难地答道：“我不知道给他找个什么样的玩伴才适合，你还是先问问你的心肝吧。”于是蒲依就问儿子说：“我的更啊，你希望有一个什么样的伙伴呢？”更想了又想，告诉母亲说：“一棵杉树里能跳出一男一女两个伙伴来，妈妈你不能也给我生一个像杉树仙女那样的人吗？”蒲依听了，说：“等我问一问你父亲。”于是她拍拍心口，问玛支玛珂神树：“你能不能再割一块心肝，做一个女孩出来给更做伴？”玛支玛珂神树说：“心也不能割了肝也不能割了，我割一块肺来试试吧。”接着蒲依又一阵昏天黑地的剧痛，这次她翘了翘尾巴，果真便从肚子里掉出来个女孩。这女孩名叫吾司木。因为她长大后喜欢穿红艳艳的衣裙，飘在天上，像一团黄灿灿彩荧荧的云团，所以人们都叫她底诗底妮吾司木[③]。娇憨淘气的吾司木出生了，更有了最开心的玩伴；聪明美丽的吾司木长大了，更有了上天入地的好伙伴。蒲依既宠爱更又宠爱吾司木；而更却只宠爱吾司木一人，所以吾司木成了更的影子，只喜欢和更在一起，

---

① 德布：意即又矮又胖的小人。

② 米色：即地神，哀牢山一带又叫土主。

③ 底诗底妮吾司木：红云黄云天仙女。

一步也不愿离开他。更太强大了。更飞在空中时，吾司木便吊在他手上，骑在他脖子上玩耍，躺在他背上睡觉；更休息时，吾司木可以在他身上爬来爬去翻上滚下地玩耍。和更在一起，吾司木犹如有了依靠的藤子，可以长到天上去了。蒲依见自己的心肝常常忘记了她，又高兴又悲哀，于是住到德布阿尔家去了。吾司木和更隔一段时间去看她一次，其他时间都在浊气和清气里游玩。

三、天宫的诞生

更和吾司木在清气和浊气里自由自在地游玩了很久，早先时还兴高采烈的，又新奇又陶醉。但慢慢地她一天到晚嘟着嘴，想逗她笑她却哭，问她要什么她又说不清，可把更急得眼睛瞪成杯子大，好久不敢说话。正好这时德布阿尔要在浊气里盖一座华丽的宫殿，打算来请更去为他捏浊气造铁，捏清气造铜。德布阿尔这人，虽没有上天入地的本事，而且身瘦力弱，但却非常聪明，是个很有发明创造本事的匠人。他已经掌握了铸铁的技术，而且叫蒲依抽浊气为树，为他生下个妻子，一下子儿孙满堂，日子过得很惬意。更和吾司木应邀去帮他捏铁捏铜，过了九九八十一天，阿尔的宫殿盖成了，黄闪闪的铜顶，黑亮亮的墙，又庄严又豪华。吾司木越看越爱，于是噘起小嘴对更说："我也要一座宫殿，得比二哥的堂皇，还要盖在清气顶上，进门要能做主人，出门要能观宇宙，还把妈妈接来，做我们的伙伴。"

更二话没说，便飞到清气顶上，选好了地盘，可是妹妹却不要用铜做顶、铁做墙的宫殿，这把更给难住了。他敲了三次自己的高额头，又学母亲拍着胸口打主意，但无论如何也想不出比铜和铁光灿的材料。于是他问眼眨眼眨地躲在他的胳肢窝里数腋毛的吾司木："你要的宫殿，到底像什么？"吾司木脸上笑眯眯，大眼亮闪闪，比手划脚地说："我要的宫殿吗？墙壁黄灿灿，房顶银汪汪，进门一个天，出门一个天。"更实在没有办法，只好去问蒲依："妈妈呀妈妈，妹妹要一座墙壁黄灿灿，房顶银汪汪的宫殿，我该用什么材料做？"蒲依说："等我问问你父亲。"接着她便拍着胸脯问玛支玛珂，玛支玛珂也说不清，蒲依只好说："去问问老二，看他有没有办法。"更依言去找阿尔，黑脸膛的矮个子阿尔，正在大汗淋淋地抽浊气造树。更问他说："二弟阿尔，你是个聪明的匠人，你知不知道，比铁还光亮的是什么，比铜还光灿的是哪样，它们该用什么来制造？"德布阿尔想了想，说："比铁还亮的东西，应该是银了；比铜还光灿的东西，应该是金了。浊气只能捏出铁，清气只能捏出铜。你把清气和浊气掺在一起捏捏看，看能捏出什么来。"更觉得这办法应该试一试，于是先抓了三把浊气，合着一把清气捏，果然捏出了亮闪闪的银子，接着他又抓了三把清气，合着一把浊气捏，捏出了金灿灿的金子。金银捏成了，更便用银去盖房顶，用金去做墙壁，造出了一座大院套小院，高房套矮房，共有九千九百九十九个院子的宫殿。这宫殿都是金灿灿的墙，亮汪汪的顶，辉煌的光撒出去，房左的云白了，房右的云红了，房前的云黄了，房后的云紫了。房上房下，清气化为千万道彩虹，群起群落地绕着宫殿飞舞。吾司木高兴极了，原先嘟成鸭子嘴的两唇，这会儿变成一朵娇艳的红花，白牙齿欢欢地往外跑，甜舌头嫩嫩的直探头，她嘻嘻呵呵地笑着，嘤嘤咛咛地唱着，像只花蝴蝶，骑在更的脖子上，要更驮着她满院子奔跑，还把这座宫殿取名叫"石姆岩哈"①。这样跑了九天，她的嘴又嘟起来了，眉头又皱起来了，话没有了，歌也听不见了。更一看妹妹的样子，心里真是难过极了。他问道："妹妹，你还要什么？哥哥给你去找。"吾司木说："宫殿这么大，就只有我兄妹，又清冷又孤独，这宫殿应该热闹一些才好。"更听了心想："找来些伙伴，宫殿虽热闹了，妹妹不就把我忘了吗？"他想了又想，因为不敢违拗妹妹的心愿，便去抓浊气捏动物，捏出了牛羊猪马，捏出了飞禽走兽，然后朝它们吹一口气，这些动物都活了，欢蹦乱跳叫起来。动物们虽有鼻子有眼，也能说话唱歌，但必须四脚落地，而且浑身长毛，没有人的灵性。只能凑热闹，不会成为人的知心朋友。更很满意，便把动物们全赶进天宫里去，天宫顿时热闹了起来。吾司木高兴极了，小嘴窝窝又开成了花，甜唇嫩舌地唱着笑着，一天到晚要更驮着她，赶起动物们进进出出地在天空游荡。后来有一天，吾司木看见了天宫四周的彩云，就对更说："哥

---

① 石姆岩哈：意即至高无上的宫殿。

哥，我要穿彩裙，就像云霞一样的彩裙。”更便把天宫四周的彩云撕下几幅，做成了一套鲜艳夺目的褶裙，给吾司木穿在身上。从此，吾司木飞到哪里，哪里便一片金黄，吾司木站在哪里，哪里就亮堂。

接着，兄妹俩把母亲蒲依接到石姆岩哈来，让她掌管更兄妹的宫殿和野兽。蒲依接管了石姆岩哈后，便把动物分成两等，一等是蠢笨糊涂的动物，它们被命名为牛马猪羊鸡鸭鹅，专供更和吾司木宰食和骑用；一等是精灵聪明的动物，它们被命名为虎兔龙蛇獐熊豹等等，担任天宫里的差使奴仆。以虎为领头的是不长角的肉食群，它们负责天宫的警卫和防务；以野猪为领头的是不长角的果根食群，它们负责耕种天宫的五谷杂粮；以老熊为领头的是其他草食动物，它们负责其他杂务；以凤凰为领头的是色彩最艳丽的鸟群，它们负责护理吾司木的起居饮食；以大雁为领头的是善于远飞的鸟群，它们是更的随从和护卫；以乌鸦为领头的是其他鸟类，在宫殿里听蒲依使唤。至高无上的天宫石姆岩哈，从此有规有矩，秩序井然，成为一个热闹繁华，但又异常庄严神圣的地方。更、吾司木和蒲依，出门一大群，进门一大帮，显得无比的高贵和气派。动物们把更叫更资，把吾司木叫木色嫫；把蒲依叫资洛果。更资开天辟地，缔造万物，主宰万物的时代，就从这时开始了。

【附注】

同名文本《更资天神》，见姚宝瑄主编《中国各民族神话》（羌族、彝族），太原：书海出版社 2014 年版，第 173—184 页。该文本标注由曲阿普选自云南省楚雄州文教局和云南省楚雄州民委会 1979 年编《楚雄民间文学资料》。内容相同。

【讲 述 者】 曲木阿石（彝族）

【采录整理】 罗有能采录

【采集时间】 （无考）

【流传地区】 云南省·（楚雄彝族自治州）·永仁县

【文本来源】 中国民间文学集成全国编辑委员会编：《中国民间故事集成》

（云南卷），北京：中国 ISBN 中心 2003 年版，第 3—9 页。

【阅读提示】 关于天神的神奇出生和天神的社会关系的描述，没有一定的想象力和思考力，是创造不出来的。

【基本母题】 特定天神的来历；天神的母亲；神的特殊出生；神的兄妹；造天宫；天神开天辟地，天神造万物

【本文编码】 《更资天神》：ZCSW0316-111-011

1.1.2 日月星辰神的产生

太阳神

（汉族）

东南海外，天帝封太阳女神羲和为羲和之国女王。羲和为天神帝俊之妻，她生了十个太阳儿子。羲和之国有汤谷，汤谷之水很热，因为每日羲和妈妈为十个太阳儿子洗澡，将水洗成发烫的水。

在汤谷上，有棵高万丈的扶桑神树，树上结的果子，摘吃一个便长生不死。

羲和的十个太阳儿子，九个居下枝，一个居上枝。由羲和妈妈每天分配一个儿子轮班，由日出的东方，驾着龙马金车在辽阔的天空向西运行。

原来十个太阳儿子，由羲和妈妈主持轮流值班，秩序井然，天下太平。忽然十个太阳儿子烦躁起来，觉得生活呆板，商议好一齐上到扶桑树顶，在天空打闹游玩。十日并出，天下热得难熬，烧焦禾苗，枯死草木，人民无食，死亡无数，又加森林和大海的异禽猛兽纷纷出来作恶，吞食人畜，民不聊生。当时尧为人帝，即呼吁天帝帝俊制止十日作乱。帝俊乃召神箭手羿与妻嫦娥到大地治乱，并赐羿金弓银箭，去射杀害人的禽兽，整治十个儿子，吓吓他们，叫他们守规矩。

羿与嫦娥来到人间，嫦娥劝羿要给天神留面子，只叫太阳儿子受伤，不令其致死。可是羿听了尧要严惩的意见，又见人民跪在地上求羿救命，羿很愤怒，便张弓搭箭射日。羿的箭袋有十支箭，尧令人悄悄从羿的箭袋抽出一支箭，尧有意留一个太阳，让他普照大地，抚育人民。就这样留下了一个太阳。九个儿子死了，帝俊心中不悦。羿明明有功，却被贬到人间。羿成了一个悲剧人物，一连遇难，后被他没良心的学生逄蒙杀死。羿虽不幸，但自古以来，人民都赞美他的英雄气概，从未忘记他射日的功劳。

自从只剩一个太阳，这个太阳懒散起来，不是在汤谷洗澡玩耍，就是在扶桑树上睡觉。天神帝俊就派太阳神炎帝带上玉鸡和“若木”神鞭，去调教太阳儿子。

炎帝到了汤谷，太阳还在扶桑树上睡觉，炎帝喝道：“赶快起来！履行你的天职。太阳的职责是伟大光荣的，全世界的人民都盼望着享受你的光明与温暖，你必须振奋起来履行你神圣的职务。”

炎帝将天神帝俊给的玉鸡，放在扶桑树上，玉鸡一叫，天下的公鸡就随之都鸣叫起来。这时便预示天快明了，太阳神就该准备好龙马金车，出发远行了。

老太阳神炎帝为年轻的太阳神驾起九龙悬车，催促他沿着老路西行。

年轻的太阳神觉醒了：九个兄弟都死了，我应当肩起抚育世界万物的神圣职责。他想到这里，便跳上金色的悬车，抖擞起精神上路西行了。你看那太阳神，气宇轩昂，叱咤风云，驾着龙马金车在天空奔驰。你看那年轻的太阳神，多么威武雄壮，他穿的那青云衣服，在清风中飘飞，他穿的那白霓裙裳，在彩虹中荡漾。那龙马张开翅膀飞翔，那金车的轮子发出雷鸣般的轰响，那车上的云旗，迎风飘扬。

鲜红的太阳升起来了，大地苏醒了，树上的鸟儿在唱歌，世界上的人民正在举行迎神敬神的礼节，摆上各种供品，迎接太阳，欢呼太阳。不分种族，不分肤色，有的下跪磕头，有的边舞边唱。

那些额上雕花的文身妇女，那些嚼槟榔染黑了牙齿的男人，那些草原上的骑手，那些高山上的猎人，那些手持镰刀和肩扛锄头的农民，那些织布和赶毡子的农妇，那些跳大神的萨满，那些摇转经的喇嘛，那些女巫男觋，那些鼓乐手和吹芦笛的人，都在祈祷太阳神赐福。

听吧！整个世界都在歌唱：

神圣的太阳呵，
你光芒万丈，你灿烂辉煌，
请你永远光临大地，赐给我们幸福吉祥。

太阳神呵！没有你，谁给我们光明和温暖？
没有你，谁给我们幸福和吉祥？
神圣的太阳呵！没有你，
世界上的一切是非善恶都难以分辨；
没有你，整个世界都会陷入地狱般的黑暗。
太阳神呵，我们祝福你永远光芒万丈，永远灿烂辉煌！

太阳神看到人民的真诚，听到百姓的心声，斗志昂扬，扬鞭催马，让金车飞向前方。太阳神心想：我若怠慢，怎对得起世人的供品和诚心？天神在上，妈妈在上，我将永远忠于职守，让世人永远欢乐安康。于是太阳神操起弓箭，射杀了那为害的天狼。为庆祝胜利举起北斗当杯，畅饮那桂花酒浆。于是太阳神在茫茫的黑夜又奔回东方，准备明天的航程。太阳神就是这样无休止地奔忙……

【附注】

《山海经·大荒南经》记载："东南海之外，甘水之间，有羲和之国。有女子名曰羲和，方日浴于甘渊。羲和者，帝俊之妻，生十日。"

《淮南子·天文训》记载："日出于旸谷，浴于咸池，拂于扶桑，是谓晨明；登于扶桑，爰始将行，是谓朏明；至于曲阿，是谓旦明；至于曾泉，是谓蚤食；至于桑野，是谓晏食；至于衡阳，是谓隅中；至于昆吾，是谓正中；至于鸟次，是谓小还；至于悲谷，是谓晡时；至于女纪，是谓大还；至于渊虞，是谓高舂；至于连石，是谓下舂；至于悲泉，爰止其女，爰息其马，是谓县车；至于虞渊，是谓黄昏；至于蒙谷，是谓定昏。日入于虞渊之汜，曙于蒙谷之浦，行九州七舍，有五亿万七千三百九里。"

汉代郭宪撰《洞冥记》（卷四）记载："东北有地日之草，西南有春生之鱼"，"三足乌数下地食此草。羲和欲驭，以手揜乌目，不听下也，长其食此草。盖鸟兽食此草，美闷不能动矣。"

【讲 述 者】 （无考）

【采录整理】 陶阳根据《山海经》、《淮南子》、《楚辞》重述

【采集时间】 （无考）

【流传地区】 （无考）

【文本来源】 陶阳、钟秀编：《中国神话》（中册），北京：商务印书馆 2008 年版，第 718—720 页。

【阅读提示】 这则神话中的太阳神羲和在许多古文献中却可以看到他的影子。

【基本母题】 太阳神；天帝封神；扶桑神树；太阳的儿子；羿射日；太阳的运行

【本文编码】 《太阳神》：ZCSW0317-112-001

太阳神本主

（白族）

很久以前，苍山沧浪峰下的阁洞塝[①]村子里，住着夫妻俩。每天，红彤彤的太阳一出，丈夫阿光就扛着锄头，下田干活，妻子忙着在家织布，两人勤勤俭俭，日子过得很好。

有一天，人们忽然听见几声狼嗥犬吠，刮来一阵狂风。阿光抬头一看，见一只牛一样大，又像狼又像狗的怪物，一口咬住了太阳，顿时天上黑云滚滚，刚升起的太阳一下就不见了！从此，到处又黑又冷，树木枯死了，庄稼不长了，所有的蛇精虎怪都趁黑窜出来作恶，人们的日子过不下去了。

太阳到哪儿去了呢？人们去祷告本主，也没有用。阿光看到大家都在黑

① 阁洞塝：村名，在大理苍山沧浪峰下，今属大理市喜洲区。

天黑地里过日子，心里难过极了，决心去找太阳。他和妻子商量，妻子也说："这关系着大家的生死大事，你就去吧，家里你不用挂心。"

阿光急着要找到太阳，一出门就连天没夜地翻山越岭。有一天，他走累了，睡倒在一棵树下，梦见一个白胡子老人对他说："你要找太阳吗？太阳正在受难哩！只有找到你们的老祖炎帝①，才有办法救出太阳。但炎帝住在东方一座高山上的金殿里，你要走一绺头发那样多的日子才到达！"说着，拿出一条发辫交给他，"你走一天，抽去一根头发，抽完头发就到了。怕吃苦，就赶紧折转回去。"阿光说："我死也不怕，我是下决心去找回太阳，救我们整个坝子里的人呀！"白胡子老人感动了，又取出一个丸子给他，说："你吃下这丸子，就不会饿了。快去吧！"阿光醒来，手里果然有一绺头发、一颗丸子。他赶忙吞下了丸子，对天磕了九个头，说道："多谢神仙搭救！"

阿光走啊走，一路上的艰难困苦，真是说不完。到他抽完最后一根头发那天，就到了一座高山下面，抬头一看，高高的山峰顶上，有座闪闪放光的金殿，与白胡子老人说的一样。他便冒着危险，攀藤附葛，攀上去又跌下来，跌下来又攀上去，终于来到了山顶的金殿里。见到了炎帝，他诉说了太阳被怪狼吞吃和他寻找太阳的经过。炎帝说："原来是这样一回事，你先回去，我就来了！"说着就叫一条没有角的飞龙，把阿光驮回家中。

隔了几天。人们看见天空中出现了一团光团，中间有一位英武的天神，身穿青色的上衣、白色的长裙，左手拿着一条发光的神枝，右手挽着一张巨大的弯弓，弓弦上插着一支锐利无比的长箭。驾着用六条没有角的龙拉着的一架悬车。他追上了那只咬着太阳的天狼。一箭射去，把天狼射跑了。又用那根好像长鞭的神枝，四处驱除乌云。黑压压的云雾被驱散了，蓝天上重新又出现了光芒四射的太阳。

从那以后，苍山沧浪峰上就没有云雾了，人们年年得到丰收，个个安居

① 老祖炎帝：传说炎帝是黄帝的同母异父兄弟，在原始时代属于两大族人。又说白族同其他少数民族是炎帝的子孙，汉族是黄帝的后裔，中华民族大家庭的各族，同属炎黄子孙。

乐业。传说这就是太阳神炎帝显圣以后带来的幸福，因此，本地人盖了一座本主庙，奉太阳神为本主。阿光死后，村人又在本主旁边立了他的塑像，也把他封为本主。

【原文附记】

关于太阳神的神话徐嘉瑞在《大理古代文化史稿》中说："希腊神话中的阿普禄神，为太阳的象征，而以阿普禄为牧羊人，云为羊。在大理的太阳神话当中，也有相同的神话。云沧乡洞塝村本主庙本主，能驱除云雾，村人云：'沧浪峰多云雾，禾稼往往不能成熟，赖此村本主——日神——驱除云雾，方得丰收。'"这篇神话，虽只指沧浪峰阁洞塝一村的本主，实则是整个苍洱地区代表性的神话。

【讲 述 者】 杨惠口述

【采录整理】 杨宪典记录

【采集时间】 （无考）

【流传地区】 云南省·大理州（大理白族自治州）

【文本来源】 陶阳、钟秀编：《中国神话》（中册），北京：商务印书馆2008年版，第699—701页。原文标注选自李缵绪主编《白族神话传说集成》。

【阅读提示】 把太阳神尊为本主，源于对太阳神的崇拜，太阳神本主作为村寨保护神可以一夫当关万夫莫开。本文所叙述的老祖炎帝，表明白族与中华民族的共同体意识。

【基本母题】 老祖炎帝；射日；射日帮助者；太阳神；天狼；本主

【本文编码】 《太阳神本主》：ZCSW0318-112-002

欧伦神的传说

（鄂伦春族）

从前有夫妇二人，住在兴安岭腹地的森林里，那个男的老是虐待女的，所以远远近近的人，都管他叫“恶鬼”。

后来，那个女的被打得忍无可忍了，就骑着马，带着狗，逃走了。路过欧伦[1]的时候，她想拿点儿吃的，就登着梯子上去了。不料那“恶鬼”追来了，他疯狂地吼叫着，向她扑来。她想，这回叫他抓住了，肯定要被他打死，与其叫他打死，还不如自己跳下梯子摔死。想罢，她一狠心就往下跳了。可是，说也奇怪，她跳下去不但没有往下掉，反而连欧伦、猎马、猎狗，都随着她飘了起来，一块儿升上了天空。

那个男的一看急了，以为欧伦是个妖怪，就连连向飞到天空的欧伦射箭，结果只射歪了欧伦的一根柱子。相传天上原来没有北斗星，欧伦飞上去以后，才出现了北斗七星。北斗的四个角，就是欧伦的四根柱子，其余三颗，就是欧伦的梯子。四个角中有一个歪着，就是被“恶鬼”射歪的那根柱子。

从那以后，鄂伦春人就把北斗星叫做“欧伦布日坎”，即欧伦神。这位同欧伦一起升天的女人，后来也就成了保护仓库的女神，受到鄂伦春人的祭祀。

【附注】

同名文本《欧伦神的传说》，又见陶阳、钟秀编《中国神话》（上册），北京：商务印书馆2008年版，第246—247页。文字完全相同。

【讲 述 者】 旃诛枚

【采录整理】 （无考）

【采集时间】 （无考）

【流传地区】 内蒙古自治区·呼伦贝尔市·鄂伦春族自治旗

---

① 欧伦：鄂伦春语，库房。

【文本来源】 姚宝瑄主编：《中国各民族神话》（达斡尔族、鄂伦春族、鄂温克族、蒙古族），太原：书海出版社 2014 年版，第 31 页。

【阅读提示】 这则神话解释的北斗星神的产生，既有现实生活基础，也有丰富的想象力。

【基本母题】 夫妻矛盾；男女不平等；妻子逃离丈夫；北斗星的产生；仓库女神；人变成神

【本文编码】 《欧伦神的传说》：ZCSW0319-112-003

月亮的神话

（赫哲族）

相传，古时有一受虐待的媳妇，称伯雅木齐格。每日赤脚担水，受尽婆母欺凌。某月明之夜，伯雅木齐格担水中对空哭诉，忽由月亮里伸出一束柳枝，她肩担桦皮桶，攀扶直上月宫，因得救助而成月神。

【讲 述 者】 （无考）

【采录整理】 马名超、崔焱、东辉编写

【采集时间】 （无考）

【流传地区】 东北三江一带

【文本来源】 《中国各民族宗教与神话大词典》编审委员会编：《中国各民族宗教与神话大词典》，北京：学苑出版社 1990 年版，第 311 页。

【阅读提示】 这则神话说的受虐待的媳妇变成月神，可谓不幸中的万幸，但这种情况可能只会存在于神话中。

【基本母题】 婆媳关系；人上天；月宫；人成为月神

【本文编码】 《月亮的神话》：ZCSW0320-112-004

1.1.3 风雨雷电神的产生

雨神李定国

（白族）

李定国，清初农民起义军张献忠大将，张死，李率部转入云南大理。李军纪严肃，于民秋毫无犯，惩贪官，减赋税，供给耕牛种子，禁止凌压妇女，民皆感其德。某年天旱，五月犹未插秧，众祈雨于龙王庙，久未有应。李怒，上表责龙王，令其速降甘霖，否则定毁其庙，代天惩罚。龙王惊魂交并，以未得玉皇大帝雷部云符雨牌，不能行雨。因托梦于李，嘱其掘开花甸水潭及十八溪水道，则大理三百六十村俱得灌溉矣。李率军民掘之，果除旱情。玉帝怒龙王助李，乃囚之东海，另遣母猪龙司雨。母猪龙到任，不但未降滴雨，反拱断苍山十八溪水脉，使泥如龙从山间冲下，冲毁田地房屋，冲成大小泥坝，大理复遭酷旱。时李已故，闻母猪龙作乱，其神执剑来追，母猪龙惊逃，至车邑村，终毙李将军剑下。李除民患，遂代行龙王职权，及时行云布雨，搭救众生。民感其德，奉以为雨神及车邑村本主。

【讲 述 者】 （无考）

【采录整理】 袁珂据《白族民间故事》中的《雨神李定国》改写

【采集时间】 （无考）

【流传地区】 （无考）

【文本来源】 袁珂：《中国神话大词典》，北京：华夏出版社 2015 年版，第 480 页。

【阅读提示】 这则神话所描述的现实人物看到雨神不能行其职时怒而代之，痛快！

【基本母题】 祈雨；龙王庙；龙王；水脉；泥石流；人变成雨神

【本文编码】 《雨神李定国》：ZCSW0321-113-001

孩童为什么怕雷电

（高山族）

从前，在马大鞍[①]社的一户人家，有父亲、母亲、儿子三个人。有一天，父亲和儿子一块去打猎，从大清早出去，到黄昏还没有回来。母亲想念丈夫和儿子，就在家里默默地求神保佑。

一直到了深夜，母亲才看到儿子回来。母亲高兴地拉着儿子的手说："噢，我的孩子，你可回来了，你爸爸到哪儿去了，这么晚还没有回来？"儿子一边抹泪，一边说："原先我和阿爸一起走，过山坡时，我迷了路，两个人就分开了。我找不到爸爸，只好自己摸黑走回来。"其实，是儿子偷懒不打猎，私自跑回家来的。母亲一听，脸色大变，恶声地斥骂他："你这不孝的儿子，把父亲丢在山里不管。你看不到爸爸的身影，为什么不喊他的名字？"儿子害怕地回答："不，妈妈，我已经大声疾呼了，没有回音啊！"

母亲听后，焦急极了，急忙到灶头点燃了松明，飞快地跑到深山里去找丈夫。一直找到天蒙蒙亮，才在一个幽静的山谷里遇到丈夫，丈夫听了她说儿子已私自偷跑回家，并且说了一通胡话，非常气愤，大声地喊骂着，使山头都震得不停地颤抖起来。

在空谷回响之间，父亲突然升天化成了雷神。妻子站在一旁看呆了，她手执一闪一闪发亮的松明，也随着丈夫的身后，升天化成了电婆。那孩童再也见不到自己的父母了。每逢天上雷鸣电闪，他就惊恐不已，晓得这是天上父母在训斥他。

从那时候起，孩童都害怕雷电，就是这个缘故。

【讲 述 者】 （无考）

【采录整理】 （无考）

【采集时间】 （无考）

---

① 马大鞍：阿美斯人的一个社名。

【流传地区】（无考）

【文本来源】中华民族故事大系编委会编：《中华民族故事大系》第8卷（畲族、高山族、拉祜族），上海：上海文艺出版社1995年版，第419—420页。

【阅读提示】这则神话把雷鸣闪电解释为一对夫妻变成的雷神雷婆训斥孩子，有点生活中狼父虎妈的写照。

【基本母题】三口之家；祈求神佑；寻找；人变成雷神；人变成雷婆；雷鸣电闪的来历

【本文编码】《孩童为什么怕雷电》：ZCSW0322-113-002

雷公鸡娘变

（畲族）

上古时节，有只赖孵鸡娘，带着一窠刚孵出的鸡崽，到野外寻食。日昼后，忽然天落大雨，鸡崽来不及逃，全被淋死了。

眼看一大班崽女淋死，赖孵鸡娘癫了，“咯咯咯”，“咯咯咯”，乱叫乱嚷，撑开翅刀[①]，不管高低，懵飞懵啄[②]，小孩儿的眼睛统统被它啄得伤的伤、盲的盲。

凡间的人，捉牢这发癫的鸡娘，要天王治罪。那时节，玉皇大帝统管天下，马上提审这只鸡娘。坐落一审，这鸡娘癫得更厉害，大骂断种的天，偷着落雨，害得它一窝崽女丧命，还骂玉帝是糊涂王，不如让它鸡娘来掌管天下。玉皇大帝哪里会肯？不肯，赖孵鸡娘索性乱飞乱啄，啄得各位天神东逃西窜，鸡娘的脚爪还扯牢玉帝的龙衣不放，慌得王母娘娘连忙讲和，叫玉皇

---

① 翅刀：翅膀。

② 懵飞懵啄：乱飞乱啄。

大帝把它留在天廷，当一位管雨的天神。玉帝听王母娘娘一讲，也就依了，叫鸡娘在落雨之前，先告诉天下百姓，免得日后百姓再遭难。不过，玉帝忖：这样的赖孵鸡娘，也能称天神吗？只怕凡间不服，做事不灵，就改叫它“九天都雷公”。

赖孵鸡娘当上雷公，名头就大了。年年二、三月到九月，天若落雨，就“咯隆隆，咯隆隆”叫得统天下响，人们就晓得要落雨了。那为什么十月后就没雷声呢？原因是鸡娘都是二三月开始赖孵，十月后不孵。这只赖孵鸡娘也一样，当了雷公，还要赖孵。它一想起淋死的崽女，就发疯癫，在天廷东闯西飞，闹得天宫没法安生。王母娘娘看它脾气孬，搬来一爿大石磨，用红绸绳缚牢鸡足，打个死结，永古解不开了。这样，雷公就本分多了，一到二、三月赖孵发癫，鸡足上红绸绳一抖，就闪出电光，鸡娘只好拖着石磨转。直到如今，一落雷雨，闪电之后就听到“咯隆隆”的拖磨声。

过去，好多寺庙都有雷公的塑像，样子就像鸡娘。

【讲 述 者】 雷西可（畲族，男，59岁，文成县中樟乡农民，不识字）

【采录整理】 雷德宽（畲族，男，41岁，文成县铁合金厂工人，初中），王嘉棣（男，46岁，文成县文化馆干部，大专）

【采集时间】 1987年12月22日采录于文成县中樟乡乌田村

【流传地区】 浙江省·（温州市）·文成县·中樟乡·乌田村

【文本来源】 中国民间文学集成全国编辑委员会编：《中国民间故事集成》（浙江卷），北京：中国ISBN中心1997年版，第36页。

【阅读提示】 这则关于雷公来历的解释，看似八竿子打不着，但讲述人苦心经营和自圆其说，又显得很有智慧。高人在民间啊。

【基本母题】 复仇；审判；人间的管理者；闹天宫；动物变成神；雷公的产生；雷电的产生

【本文编码】 《雷公鸡娘变》：ZCSW0323-113-003

雨神龙踏恣

（彝族）

彩虹，彝话叫“微莫申衣”。据说，彩虹不单会降雨，有时候还会来到人的梦中告诉人事情，教人驱邪除病。在哀牢山区的彝家寨子里，处处流传着彩虹的故事。

很早很早以前，在哀牢山的一个小寨子里，有个名叫龙踏恣的彝族小伙子，他生下地就死了阿嫫，三岁又死了爹，是寨子里的人东家喂口水、西家喂口饭养大的。龙踏恣住的小寨子，地方偏僻，又很缺水，翻过年后，家家的煮米水都要到几十里外的山沟里挑，栽田种地的水就更困难啦。大家的日子过得苦巴巴的。龙踏恣从小手脚勤快，又肯帮人做事情，寨子里老老小小都喜欢他。龙踏恣长到十八岁的时候，身子就像头小牯子牛一样结实，做活认不得累。到了天干季节，他瞧见寨子里哪位无儿无女的阿波阿奶没水吃，就把水挑来送进门去。雨水落地前，他总是天不亮就起床，一个人扛着锄头去清理沟道，沟道修通了，他又进山去砍回直标标的杉老树，晚上，在火塘边挖成渡水槽。雨水来了，他就把水先渡进别人的田里去，等到全寨子人的田水泡白了，他看到哪家人手少，栽不下秧，地里下不了种，他又去帮忙。等到大家栽完秧、下了种，他才来料理自己的田地。

一天，尼多出来巡查人间，拨开云雾一看，不觉大吃一惊：由于只顾料理天上的事，半年多忘了在人间降雨。看看哀牢山，林木枯黄，洞里听不到水响，河底起了灰沙，田土干裂得像乌龟壳。他心里一阵难过。无意间，尼多见着一个小伙子从很远很远的洞底挑着一担水，穿过刺棵，爬上崖子，下了弯弯坡，走进寨子，东一瓢、西一瓢分给老人和小娃娃喝。这个小伙子就是龙踏恣。尼多看了，很受感动，于是，降落地上，摇身一变，变成个蓬头垢面、衣裳丁丁吊吊、满身脓疮的老阿波，睡在龙踏恣的家门口。龙踏恣把一挑用汗滴换来的山泉水分了后，桶底上还留下薄薄的一小层水，准备拿回家里去自己解渴。尼多见龙踏恣走到门口，一边呻吟，一边说：“好心的小伙子，我又病又渴，请你给我点儿水吃吃，救救我这条老命！”龙踏恣见老阿波干渴的样子，马上放下水桶，用小木瓢接好，从桶里倒了点儿水喂进老人嘴里，见老人身上背着个葫芦，又把它取下来，小心翼翼地提起桶来往葫芦里倒水。龙踏恣低头倒水的时候，尼多呆呆地望着小伙子，在想：这个小伙子心肠好，又爱惜水。自己事头杂，管得了天上，忘记地上，今年就在人间造了罪。如果让眼前的小伙子来管雨，一定会管得好。他想好主意，决定让龙踏恣上天去管雨水。就在龙踏恣倒完水的时候，从身边传来一阵笑声，他转过身子抬头循笑声望去，躺在自家门口那个蓬头垢面的老人不见了，站在自己眼前的是一位童颜鹤发、精神抖擞的仙翁，仙翁喊着小伙子的名字直说道："龙踏恣，我是尼多啊！我太忙啦，今年只顾照管天上，忘了降雨，让人间遭了大旱。你爱水，良心又好，我要请你上天帮我降雨，你咯愿意去?"龙踏恣想，上天去就不能跟从小把自己养大成人的乡亲们在一处啦，很舍不得，但转念一想，上天去管下雨，能使地上风调雨顺，不单自己的寨子好，整个哀牢山就不愁水吃，不愁水来栽种田，大家的日子都会好过啦。想到这些，龙踏恣一口答应尼多，愿意离开山寨。于是，尼多招招手，一朵云彩飘到了他们的脚跟前，他俩走上云彩，慢慢升到天宫去了。路上，尼多把葫芦交在龙踏恣手里，对他说："小伙子，现在你就是雨神啦。今后，你要每天到人间转一转，看见寨子里没有水吃，你就从葫芦里倒一滴下去；看见山坡上的包谷、高粱、荞子地缺水啦，你就倒两滴下去；看见梯田干啦，你就倒三滴下去；栽秧的时候寨子里的人和牛羊要吃的水比平日多，田里要泡水栽秧，到了那个季节，你就往寨子里倒三滴，田里倒七滴，不能倒错啦，倒错啦百姓要遭殃喃。"龙踏恣死死记住尼多的话，适时下雨。从此，哀牢山区村村寨寨五谷丰登，山山岭岭叶绿花香，百姓不愁吃、不愁喝。

龙踏恣离开人间的第二天，山寨里的人知道他一夜没归家，天见亮就分头去找。大家跑遍了每一丘田、每一坡地，都没有见到他的一个脚印；跑遍了每一条沟、每一座岭，也没有找到他的一个影子。可这一年，雨水调匀，哀牢山区村村寨寨的包谷、高粱、荞子、杂豆比往年收得都要多。大家的日子好过，就更想念这位好心的小伙子了。秋收后的一天晚上，龙踏恣背着葫芦，来到寨子里阿波阿奶的床前，对老人们说："阿波！阿奶！我离开你们啦，可我没有死，是尼多喊我到天上管雨水喃。以后，如果我不下雨，到了晚上，你们就在寨子头上烧一堆火，我就知道是天干，地上干得快要火啦，我一定降雨给你们；如果降的雨水多啦，早上起来，你们就挂一条柳枝在自家大门头上，我就知道是雨水下多啦，我就不下啦。”至今，哀牢山区的彝族同胞还保留着这个风俗。

非可这个天上的恶神，看到哀牢山区风调雨顺，彝家的日子一年比一年好过，他嫉恨啦。有一年栽种时候，龙踏恣正要按照尼多的旨意降雨，他急急忙忙跑来对龙踏恣说：“龙踏恣，尼多叫你赶快降雨啦。不过，今年的降雨要倒过来，寨子里降七滴，田地里降三滴。”说完，他站在一旁催龙踏恣马上降雨。龙踏恣轻信了非可的话，在他的催促下照他说的降雨了。等雨水落完后，龙踏恣拨开云雾一瞧，可不得了啦，大雨冲倒了寨子的墙壁，毁坏了彝家祖祖辈辈留下来的财产，哀牢山区的老老小小都在哭天喊地，又瞧瞧田地，禾苗还在干着喃。龙踏恣越看越气，越想越急，但非可早已无影无踪啦。他怪自己轻信非可的话，怪自己长着个脑袋不好好想想，给乡亲带来了灾难。再说，尼多也会怪罪自己的。怪去怪来，他还是怪自己，于是，抽出挎在腰间的长刀，一刀就把自己的头砍掉了。霎时，天上电闪雷鸣，田地和山林下了一场雨水，雨过天晴后，天上出现了一道弯弯的彩虹，一头落在田地里，一头挂在山林上。据说，从那以后，天上就有了彩虹，是龙踏恣喷出来的血变成的。龙踏恣虽然砍掉了头，但因为他是仙家，还是活着，还照管降雨。这以后，龙踏恣降雨更小心了。他每天一早就出门，仔细查看地上，哪里该降雨，哪里不该降，降雨该降几滴，算准想好才做，每天都到擦黑才回去。在龙踏恣的照管下，人间处处风调雨顺，哀牢山上的彝家人又过上不愁吃喝的日子啦。

非可这个作恶鬼，他骗了龙踏恣，坑害了龙踏恣后，高兴了一久。见哀牢山五谷丰收、牛羊满山、人丁兴旺，村村寨寨又唱又跳，他的肚子里就像有一坨硬糍粑一样不好过，又打害人的主意啦。他要再去骗龙踏恣是做不到啦，就打出了个害人的主意来。主意打出来后，他望着哀牢山上又笑又唱又跳的彝家人，咬着牙齿说：“你们笑，我看你们还笑得几天！你们唱，我看你们还唱得几回！你们跳，我看你们还跳得几场！我要叫你们断子绝孙，家家哭哭喊喊。”于是，在黑更半夜，趁人睡觉的时候，非可跑遍了哀牢山的彝寨子，对着熟睡的每个娃娃的嘴都吹了一口气后悄悄地溜走了。第二天，家家的娃娃都头疼发热，不吃也睁不开眼睛啦。大人看到昨天还吃得跳得的娃娃，一夜之间病倒在床上起不来，阿嫫哭，阿爹气，大人都无心忙活计了，可谁也无办法。龙踏恣知道后，赶忙跑到老人们的梦里来。老人们见到一个没有头、满身血迹的人来到身边，很是害怕。龙踏恣轻言慢语说：“阿波，阿奶，我是龙踏恣啊，你们不要害怕。”老人们听说和自己谈话的是大家日日夜夜想着的龙踏恣，也就不害怕了。龙踏恣把自己砍头的经过告诉老人后接着说：“阿波阿奶，你们的孙孙得病，是非可造的孽。昨天夜里，是他对着娃娃的嘴吹了气，好好的娃娃才病起来喃。你们不要急，非可吹一口气，娃娃只会病三天，三天过后他不来吹气，娃娃就会好起来啦。非可这个作恶鬼，他骗了我以后，一直不敢见我的面，他最害怕我啦。天亮后，你们只要照着彩虹的颜色，染出七色线来，戴在娃娃手臂上，男的戴在左手，女的戴在右手，他就不敢再来吹气啦。因为非可见娃娃手上的七色线，就像见着我，他就不敢挨近娃娃啦。三天以后，你们的孙孙又吃得跳得动得啦。等到火把节那天，你们把娃娃手臂上的七色线剪下来烧掉，娃娃就平安啦。因为非可怕火，到了火把节那天晚上，村村寨寨烧起火把，他看见到处着火，以为是他做的害人事被人知道了，大家要来烧死他，就吓得躲起来啦。”最后，龙踏恣伤心地说：“阿波阿奶，我天天都能见你们，就是你们见不着我。可我天天都出来转呀，早上的朝霞，晚上的晚霞，是我血染的衣裳。你们见到了，也就像见着我啦。”说完，龙踏恣依依不舍地飘去了。

老人们听完龙踏恣的话，拿眼睛瞧着他飞，一直瞧到见不着的时候，都从梦中哭醒了。天亮后，老人们把梦说给全家人听，家家都染七彩线戴在娃娃手臂上。真灵喃，娃娃的病全好啦。大人又去忙栽秧种地。到了火把节那天晚上，大家都照着龙踏恣说的去做，把娃娃手上的彩虹线剪下来放在火把上烧掉。

哀牢山区的彝族同胞永远忘不掉给大家带来好年月，又为乡亲们除病驱邪的雨神龙踏恣。据说，龙踏恣托梦来是在五月初一，所以，每年的这一天，哀牢山区的彝族同胞家家都染彩虹线戴在娃娃手臂上，有的寨子，连大人也戴，代代相传，年年如此，直到今天。

【讲 述 者】 丁文昌

【采录整理】 李永祥（彝族，30岁，教授）、陈振中（45岁，干部）记录

【采集时间】 1985年采录于建兴乡错纳甲村

【流传地区】 云南省·玉溪市·新平县（新平彝族傣族自治县）哀牢山主峰周围彝族村寨

【文本来源】 中国民间文艺家协会组织编写，罗杨总主编，李春宏本卷主编：《中国民间故事丛书》（云南·玉溪·新平卷），北京：知识产权出版社2015年版，第6—10页。

【阅读提示】 这则神话不仅解释了雨神降雨的前因后果，也顺便解释了与之相关的一些民间习俗。

【基本母题】 彩虹的产生；孤儿；干旱；奉旨降雨；人变成雨神；恶神；洪水的原因；辟邪；服饰习俗的来历

【本文编码】 《雨神龙踏恣》：ZCSW0324-113-004

1.1.4 山水湖泊神的产生

碧霞元君

（汉族）

山顶有碧霞祠，供奉泰山之主神碧霞元君。传云，碧霞元君者，石敢当之女。石敢当住泰山东南徂徕山下，为人正直而穷困。家有三女，长女、二女已出嫁，碧霞元君为其第三女，常助父母砍柴卖之山阳集上。一日砍柴遇暴风雨，避入一山洞中，洞有老妪方烤火于柴堆旁，三姑娘求借宿，老妪允之。自是与老妪熟，常助其生活之需。如此者数年。

一日老妪谓三姑娘曰："汝非凡人，乃天上仙女，福大命大造化大。徂徕山容汝不了，汝住徂徕山，已将其地压落三尺。"今徂徕山顶平，无主峰，传云即三姑娘之所压也。老妪复语之曰："汝自此西北行，约五十里，其地有大山曰泰山，今尚无主之者，汝可去主其地。汝先至半山觅一大松树，即于树下掘深三尺，可得一木鱼，搁置在旁，更掘深三尺，脱汝绣花鞋一只埋其处，上复埋木鱼，以土掩之，事便毕矣。他日有神仙集会，选泰山主，汝便可据此以言。"三姑娘乃至泰山，如老妪所教行之。至日，各路神仙俱来泰山集会，三姑娘亦往豫于众中。其时天下名山俱有山主，唯泰山独无，按常规先至者为主，玉皇问众仙："若等谁最先至，有何凭据?"柴王曰："我于大松树下埋有一念经木鱼，不信请验之。"众方欲往验，三姑娘出而言曰："我比柴王更先至。"玉皇曰："有何凭据?"三姑娘曰："木鱼下尚埋有我之绣花鞋。"众往掘之，果然，照理先至者之物应在下也。玉皇于是封三姑娘为碧霞元君，主泰山。柴王不得封，忿而将泰山顶上松悉拔去，捆为两捆，挑之下山。至南天门，思既拔其树，复挑下山，担压非轻，未免多事。乃卸担于地，以腿蹬前捆于前山，即今对松山之一片松林，长势正旺；复以脚踢后捆于今之后山坞，亦长出绿油油一片松林。山顶由是光秃无松。三姑娘常思家落泪，因有小树曰“哭泣树”者点缀其间，云即三姑娘泪之所化。先前老妪乃观音菩萨也。三姑娘受封为碧霞元君后，观音菩萨仍常来看顾之。泰山顶上多彩云，云即观音菩萨设之以为三姑娘遮阴者也。

【附注】

碧霞元君是道教人物名称，全称为“东岳泰山天仙玉女碧霞元君”，道经称为“天仙玉女碧霞护世弘济真人”“天仙玉女保生真人宏德碧霞元君”。主要职责是坐镇泰山，故又称“泰山圣母碧霞元君”，泰山一带又称“泰山娘娘”、“泰山老奶奶”、“泰山老母”等。关于泰山碧霞元君有不同文献记载。如顾炎武《日知录》卷二十五中介绍，泰山顶碧霞元君，为宋真宗所封，世人多以为泰山之女，后之文人知其说之不经，多撰为黄帝遣玉女之事以附会之。

【讲 述 者】（无考）

【采录整理】袁珂据《中国地方风物传说选》（二）中的《碧霞元君》改写

【采集时间】（无考）

【流传地区】（无考）

【文本来源】袁珂：《中国神话大词典》，北京：华夏出版社2015年版，第394页。

【阅读提示】民女成为泰山主神既是道教中一个美丽的传说，也与佛教有些许联系。

【基本母题】泰山神；碧霞元君；石敢当；点化成神；观音菩萨

【本文编码】《碧霞元君》：ZCSW0325-114-001

洛神宓妃

（汉族）

传说很古很古的时候，洛河岸边住着个名叫宓妃的姑娘，她是伏羲的女儿。宓妃不但聪明美丽，而且会打猎，能捕鱼，还会唱歌、跳舞，洛河岸边的人们都很喜欢她。

宓妃长到十七岁的时候，出脱得光彩照人，仪态万方。她上山打猎的时候，兔呀，鹿啦，看到她就不走啦。她下河捕鱼的时候，鱼儿成群结队往她的网里游。她一展笑容，盛开的鲜花都羞得低下了头，她一开口唱歌，连林中百灵鸟都噤了声。在洛河岸边，所有的姑娘都愿和她搭伴，所有的小伙儿都想和她说话。无论她走到哪里，哪里便充满了欢乐。

当时，洛河里有个龙头人身的怪物，也被宓妃的美丽弄得神魂颠倒，它常常无端地把河水弄得泛滥成灾，淹没岸边的庄稼，冲倒居民的住房，使无数人流离失所，它说：只要宓妃答应嫁给它做妻子，洛河的水患就会停止，人们便可以安居乐业。

美丽的宓妃怎么能嫁给贪婪成性的怪物呢？人们宁可忍受水患，也不愿让宓妃听到河怪说的话。于是，洛河怪物更加恼羞成怒，一次又一次制造更大的水患。洛河怪物的意图宓妃终于知道了。她想了三天三夜，最后决心牺牲自己，拯救两岸的百姓。她把这个想法一说，两岸的群众悲痛极了，可是又有什么办法呢？

当年六月二十三日，宓妃要走了，她把乌黑的头发梳了一遍又一遍，梳了七七四十九遍，河两岸便突起了七七四十九里堤岸，她把美丽的衣裳换了一遍又一遍，换了七七四十九遍，堤岸上便长出七七四十九里柳树。最后，她告别了来送行的乡亲，走进了洛河之中，从此成了洛水之神。

洛河的怪物满意了，洛河的水患平息了。

两岸的人民为了纪念宓妃，在岸边盖起了庙宇，塑了她美丽的形象，一年四季奉祀，把她称为洛河娘娘。回郭镇一带，每年六月二十三有个古庙会，据说是为纪念宓妃而起办的。

【讲 述 者】 孙宪周

【采录整理】 石栏

【采集时间】 （无考）

【流传地区】 河南省·（郑州市）·巩义市

【文本来源】 张振犁编著：《中原神话通鉴》（第一卷），郑州：河南大学出版社 2017 年版，第 251—253 页。

【阅读提示】 宓妃为了平复水患而自我牺牲嫁给水中怪物而成为洛水之神，精神可嘉，值得纪念。

【基本母题】 伏羲的子女；怪物；逼婚；人成为神；水神；庙会的来历

【本文编码】 《洛神宓妃》：ZCSW0326-114-002

水母娘娘

（汉族）

相传古时候，汾阳县城西北的黑龙泉附近有个小村庄。庄上住着一位聪明伶俐的姑娘，不幸双亲早亡，家境十分贫寒，不得已当了富家的使唤丫头。每日里除起早贪黑打扫、做饭、拾柴、生火、洗涮、看小孩儿外，还得去黑龙泉担三趟水，真是与人为奴，苦不堪言。

有一天，她从黑龙泉往回担水，途中碰见一位白胡子老头儿，向她求口水喝。喝了几口，老头儿对她说："来，我送给你根芦草，你回去就把它插在水瓮里，甚时想要水，往上一提，水就有了。"

这姑娘谢过老人后，回来把芦草往水瓮里试了一试，果然水瓮里便涨满了水，从此她就再也不用去担水了。谁知好景不长，一次，主家婆见她把芦草插在了水缸里，便恶狠狠地一边骂着，一边从水缸里把芦草取出来扔掉："你把这灰家什弄进水瓮里，连水也都弄脏啦！"话还没说完，水哗哗地从瓮中涨满，直往外涌，霎时，水竟淹没了屋子。

姑娘一见此情着了慌，一时急中生智，顺手取来案板盖在水瓮上，转身坐了上去。可是水越来越大，一阵阵淹没了全村……后来水总算退了，人们发现原来放水瓮的地方出现了一口清泉，泉上开着一朵莲花，莲花上就坐着那个姑娘，只是已经成了一尊塑像。人们把这泉叫作黑龙泉，塑像称作水母娘娘。一遇到天旱，村村舍舍都到黑龙泉里取水、祈雨，就是求这位水母娘娘的。

【讲 述 者】 靳贺氏
【采录整理】 武英采录
【采集时间】 （无考）
【流传地区】 山西省·（吕梁市）·汾阳市
【文本来源】 郭万全主编：《山西民间故事大系》（晋西卷），北京：商务印书馆2017年版，第422页。
【阅读提示】 穷苦的小姑娘成为水母娘娘的经历，充满辛酸。
【基本母题】 泉的产生；人变成神；宝物；坐化；水母娘娘；祈雨

【本文编码】 《水母娘娘》：ZCSW0327-114-003

昔脱解王神话

（朝鲜族）

据说，古时有个叫龙城国（龙城国在倭东北一千里处）的国家，国王含达婆即位后，久无子，常祈天求子。七年后王后终于有孕，莫说国王有多高兴了。

十月怀胎，一朝分娩，谁知王后生下的竟是一个卵，君臣大惊。

含达婆召集众臣商讨对策。

有人曰："人而生卵，古今未有，殆非吉祥。"

于是国王做出决定：做个大柜，里面放大卵、七种宝物及奴婢，载在船上送入大海，任其漂泊。

这时，不知从何方飞来一条赤龙护着载柜之船。这只船首先到驾洛国海边，其国首露王与臣民击鼓而迎，意欲留之。而船未停，调头驶向鸡林国东侧的阿珍浦。

阿珍浦旁有个叫阿珍义先的老妪，每日以捕鱼为生。这天她望着海说道："此海中原无石岩，何因鹊集而鸣？"

老妪划船至鹊鸣处一看，原来鹊群正站在一个长二十尺、宽十三尺的大柜子上。于是她拽船到岸上，小心翼翼地打开了柜子，发现柜子里正坐着一个英俊男孩、一些奴婢与七种宝物。

过了七天之后，柜中男孩开口说话，老妪这才知道他的来历。又因以其解柜脱卵而生，老妪便为他取名为脱解。

一日脱解带两个奴隶，登上吐含山，做石冢，为寻找自己未来居住地而察看了七天七夜，终于发现了风水极好之宝地。

谁知瓠公已住此地。于是脱解使诡计，在瓠公宅附近暗埋砺灰，随后找瓠公说这是祖先留给自己的房屋。为此，他们俩争执不休，最后闹到官府。脱解说：我们祖祖辈辈是以打铁为生的，不信就掘地看看。后掘地果然找出砺灰。

瓠公无奈，只好把自己的家让给了脱解。

当时在位的南解王，早就听说脱解才智非凡，于是把大公主嫁给他，让他做驸马。

儒利王死后脱解登上了王位。因昔日强取他人家而得昔姓。

一说，因鹊开柜，故去鸟字，取昔姓；解柜脱卵而生，故名脱解。其在位二十三年崩。后有神诏："勿埋我骨。"其骷髅周长为三尺二寸，身长为九尺七寸，可谓天下无敌力士之骨。当时人们把他的骨捣碎后，做塑像放入宫内。后来又出现他的神灵，告诉臣民把自己的尸骨安放于东岳。于是他的臣民不仅照他说的去做，而且把脱解视为东岳神来供奉。

【原文附记】

昔脱解王神话，文献记载不多，所记载又有一些不同之处。据《三国史记》记载，脱解是由柜中脱卵而出，并由一老妪当作儿子来供养。但《三国遗事》则无老妪供养脱解的情节，脱解开柜七天已经从吐含山察看自己未来居住之地。显然，这两个文献所依事实，虽来自同一故事中，但其具体情节是有些区别的。①

【讲 述 者】 （无考）

【采录整理】 金永奎改写

【采集时间】 （无考）

【流传地区】 （无考）

【文本来源】 姚宝瑄主编：《中国各民族神话》（满族、赫哲族、朝鲜族），太原：书海出版社2014年版，第166—168页。原载于由杨知勇选自《中国各民族宗教与神话大词典》

【阅读提示】 朝鲜族神话中有不少卵生母题，文本中的“东岳神”可能与汉文化影响有关。

【基本母题】 祈子；生怪胎；弃婴；卵生人；取名；国王的产生；东岳神

【本文编码】 《昔脱解王神话》：ZCSW0328-114-004

山神资车

（哈尼族）

资车，是仰资的儿子，排行老七。他力大无比，聪明过人，很小就成了父亲仰资的得力助手。

---

① 这段文字是原文的正文，本书将其作为附记处理。本书编者。

有一年，仰资管辖的腊萨地方谷子长得老实好，人们非常高兴，唱着动听的山歌，跳着欢乐的牛皮鼓舞，喜迎丰收的到来。仰资看到百姓安居乐业，心里说不出的高兴。就在这个时候，刮来一阵大风，滚滚乌云遮住了太阳，地上变得锅底一样黑，人们待在家里不敢出门。风停了，乌云散了，红通通的太阳出来了，人们到田里一看，所有的谷子都空秕啦。百姓哭得死去活来。仰资看到这一悲惨景象，心里有说不出的难过。谷子是怎个秕掉的呢？他问了许多人，但人们都说不知道，他气得眼睛像炭火一样红，坐卧不安，饭难下肚。

资车看着父亲气成那个样子，心里很不好受，便安慰父亲说："阿爸，事情已经成了这个样子，再愁也没有用，你还是想开些吧。至于谷子空秕的原因，我再想办法查清楚。"说完，资车披上一件蓑衣，带上一把锯镰刀到山上去了。他跑遍了每一个田坝，走遍了每一座山梁，田坝里见到的全是空秕的谷子，山上遇到的尽是饿得哭叫的雀鸟。除此以外，什么也没有看到，什么原因也没查出来。当他走到阿波雷山时，累得睁不开眼睛，他便躺在一座悬岩顶上睡着了。不知过了多少时辰，他突然被一阵脚步声惊醒了。他睁开眼睛一看，天黑尽了，只见星光下有个黑影向他走来。走近了，他便问："你是哪个？"

"我是守山鬼。"那黑影说。

"你骗我，我看不像。"资车粗声粗气地说。

"不信？你摸摸瞧嘛。"资车伸手摸了摸，那鬼满背长着长长的硬毛，就像披着一件蓑衣一样。他又摸摸鬼的牙齿，那牙齿又细又尖又快，就像锯镰刀一样。便说："哦，原来是自家人。"

"我也摸摸你瞧瞧。"那鬼说着就伸过手来。资车转过蓑衣的背给它摸，那鬼摸过背又说："我摸摸你的牙齿。"资车很快把锯镰刀放到嘴边。那鬼摸完便高兴地说："是自家老表啰。"

"你来这里整哪样？"资车问。

"前不久，我们大王带着我们收吃仰资地方的谷子，听说仰资有个名叫资车的儿子很厉害，我们大王怕他来报复，派我来巡夜。"那鬼告诉资车说。

“资车确实有些厉害，他谁都不怕，只怕我们大王和我。你们以后可得小心点。”资车说。

“是啰，我一听到资车这个名字，吓得毛都会呲起来。”那鬼颤抖着说。

“有我在，你不用怕，有什么事，你就告诉我一声，我一定给你们帮忙。”资车装着很诚心地样子说。

“多谢大哥。”那鬼说着又问：“那你是属于哪个大王管，住在哪个地方?”

“我们的大王就是阿姆山，我在孟只山，以后有事你就到孟只山来找我。”资车一本正经地对那鬼说。

那鬼听了，连连点头道谢，告别资车到其他地方巡夜去了。资车急忙赶回家来，把查到的情况和自己对付鬼的打算告诉了父亲。仰资一听，非常高兴，就叫资车按计去办。

转眼又到了夏天，这一年的谷子长得比以往任何一年都好，可是百姓担心再遭受去年一样的空秕，弄得人心惶惶，很是不安。资车不出声不出气，每晚都带上一把锯镰刀和一根黄泡刺棒，到孟只山上的一棵大树下守着候着。

“哦乌——嗬嗬嗬。”一天深夜，天空滚起一片黑云，从远处传来了一阵阴惨惨的鬼叫声。资车听出来了，那是阿波雷山上遇着的那个鬼的声气，他便朝鬼叫的方向应了一声：“哦乌——噜噜噜。”

声音刚落，那鬼上气不接下气地来到了资车的面前：“大哥，我总算找到你啦，我们大王说，今晚上要收掉腊萨地方所有的谷子。他要我来跟你说一声，请你帮个忙，堵住前面这个垭口，不让资车过来。”

“好，只是不知你们大王什么时候动手。”“我们堵好了我一喊，他就带着弟兄们先到这里，然后就分头到各处收谷子。”

资车将那鬼带到垭口后，就说：“那你就快喊吧。”

“哦乌——啊——”那鬼立即伸长脖子喊叫了一声。声音刚落，资车连忙死死抓住那鬼，挥起黄泡刺棒，狠狠往那鬼头上打了过去，那鬼没来得及哼一声，就被打碎了脑壳，躺在地上不动了。资车又用锯镰刀割掉了鬼的四肢。从此，鬼非常害怕黄泡刺棒和锯镰刀。因此，哈尼人背着小孩出门时，总要带上一把锯镰刀，并摘一芽黄泡刺树芽戴在小孩头上，这样，魔鬼就不敢近身了。这一习俗一直沿袭到今天。

资车刚把那鬼打死，没多久，随着一阵大风，阿波雷山鬼王带着几百个鬼来到了资车面前。资车一见，一手拿着锯镰刀，一手拿着黄泡刺棒，直朝阿波雷山鬼王杀过去。阿波雷山鬼王立即将两个小鬼推到前面挡住。只听“嘭嘭”两声响，两个小鬼立即被资车打成一堆烂肉。阿波雷山鬼王一看，吓得“啊”地惊叫一声，立即退到一旁厉声问道：“你是哪个?”

“我就是要杀你的资车!”

“啊?!”阿波雷山鬼王一听，吓得掉头就跑，他一边跑一边喊：“资车来啰，快逃命吧。”

群鬼一听，吓得喊爹叫娘，忙抱着头逃命。资车紧紧追杀，一刀一个，一棒一伙，杀死了数不清的鬼。可是没杀死阿波雷山鬼王，资车心不甘，拼命追赶，一直追到阿波雷山，撬掉了鬼王的老窝。阿波雷山鬼王没有了老窝，带着剩下的小鬼东逃西躲，四处逃命，不敢来收谷子吃了。这一年，腊萨地方的谷子获得了丰收。当百姓知道这是资车出为赶鬼，保护了谷子后，人们便纷纷杀鸡杀猪，并带上喷香的糯米饭和闷锅酒，送到孟只山上慰劳资车，感谢他保住了众乡亲的谷子。

仰资的八个儿子，七个都讨了媳妇，生儿育女安了家，只有资车还没来得及讨媳妇。一天，仰资把儿子资车叫到面前说：“孩子，你的七个弟兄都讨了媳妇安了家，你也应该讨媳妇了，你要哪个姑娘尽管说，百姓们都愿把姑娘嫁给你。”

资车却说：“我还没有抓住阿波雷山鬼王，天天要到山上给百姓赶鬼守谷子，讨媳妇以后再说吧。”后来，资车干脆搬到孟只山上住起来了。这样一来，阿波雷山鬼王再也不敢到仰资管辖的腊萨地方来收谷子吃了，百姓的谷子年年丰收，日子一天比一天好过起来。可是好吃好在的人们却把资车忘记啦，再也没有人想起送酒送肉送饭给他吃了。日子一久，资车饿得没了力气。这事被阿波雷山鬼王知道了，又不时偷偷带着一群鬼来收百姓的谷子，资车去赶他，因肚饿无力，追赶不上，一部分百姓的谷子又被阿波雷山鬼王吃掉了。谷子空秕了，人们这时才想起资车，便到孟只山上求资车赶鬼。资车有气无力地靠在大树上说："我饿得没有了力气，追不上鬼，谷子被鬼收吃了，让百姓吃了亏，对不起大家啰。"

人们听资车这么一说，都怪自己过上了好日子，忘了大恩人，懊悔地流下了眼泪。从此，人们每年都要杀一次猪和鸡，蒸上白生生的糯米饭，酿出香香的闷锅酒，送到山上给资车吃。资车和凡人有所不同，他一年能吃饱一顿饭、喝足一次酒就够了。他吃了百姓送的酒肉和饭以后，很快又有了力气，又不停地赶鬼，使谷子年年获得丰收，百姓的日子一年比一年好过起来。慈祥的天神么咪知道资车为百姓做好事，便派了一个最俏的仙女给他做老婆，并把他请去当阿波雷山的山神。资车带着美丽的仙女住到阿波雷山上去了，后来他们生了一个儿子叫车梭。从此，哈尼人把阿波雷山又叫做车梭。因此，人间没有了资车的后代子孙，他的后代子孙都成了山神，和资车一样，每年都不停地赶鬼，为腊萨地方的百姓守谷子。因此，直到现在，腊萨一带的哈尼人，每年都要杀猪杀鸡，举行一次祭山活动来纪念山神资车。

【讲 述 者】（无考）

【采录整理】白祖博、黄世荣搜集整理

【采集时间】（无考）

【流传地区】（无考）

【文本来源】姚宝瑄主编：《中国各民族神话》（哈尼族、傣族），太原：书海出版社 2014 年版，第 110—115 页。

【阅读提示】这个不怕鬼的故事与东晋干宝《搜神记》中的《宋定伯捉鬼》有点类似，但这则神话中的资车为了治鬼竟把娶媳妇的事抛在脑后，境界更高。

【基本母题】风灾；山鬼；鬼王；不怕鬼；斗鬼方法；奖励仙妻；人成为山神

【本文编码】《山神资车》：ZCSW0329-114-005

米　斯

（傈僳族）

傈僳语音译，意即“山神”。据传，山神与人原为两兄弟，山神无父母，寄食在人的家里。但人对山神另眼看待，山神气愤，与人分了家，到野外掌管野兽。后来，山神让人到野外猎取飞禽走兽，并告诉人无论在家里杀鸡宰牛或在野外猎到飞禽走兽，都得先祭供他，否则他要作祟使人生病。在傈僳族古老的宗教意识中，山神被视为主宰万物的神灵。

【附注】

这则可以看作是《山神》（ZCSW0331-114-007）的异文，不过理论性强了一点。

【讲 述 者】（无考）
【采录整理】李四明整理
【采集时间】（无考）
【流传地区】（云南省）
【文本来源】姚宝瑄主编：《中国各民族神话》（水族、布朗族、独龙族、基诺族、傈僳族），太原：书海出版社2014年版，第196页。
【阅读提示】从这则神话可以看出，山神也有两面性。
【基本母题】神与人是兄弟；山神；山神管野兽；祭山神；山神主宰万物

【本文编码】《米斯》：ZCSW0330-114-006

山　神

（傈僳族）

相传古昔有两兄弟，兄名阿底，弟名阿甲买，统管大地一切动物。其后兄欲留山上，不愿还家，弟兄只得分住。于是将所有动物平分。弟分得牛、羊、猪、鸡、狗等，兄分得虎、豹、狼、鹿、麂子、岩羊等。方分配时，兄忽化为山神，尚未分之动物皆随兄而去。兄乃语弟曰："吾所分得者较汝为多，今后汝可入山杀我所分者食之。"自此之后，人乃入山狩猎。因山上动物俱属兄，为求多得，故猎时必先祭其兄。

【讲 述 者】（无考）

【采录整理】袁珂据毛星主编《中国少数民族文学》（下册）中的《山神》改写

【采集时间】（无考）

【流传地区】（无考）

【文本来源】袁珂：《中国神话大词典》，北京：华夏出版社2015年版，第511—512页。

【阅读提示】同是兄弟，却由于分家搞得人神两隔，还要弟弟狩猎时向哥哥祭祀，这其中有没有人间贵贱的写照，还真不好说。

【基本母题】两兄弟；动物的管理；兄弟分家；人变成山神；狩猎祭山神

【本文编码】《山神》：ZCSW0331-114-007

山神岩桑

（傈僳族）

在老古时代，若偌山上住着一个尼帕[①]，他有一双能看透山山水水的眼睛。这双眼睛一刻也不会眨，瞄着天神和万物。天神要想干什么坏事，又怕尼帕看到；不干坏事，他们就不能过顺心日子。天神恨死了尼帕。

① 尼帕：巫师。

天神决心要除掉尼帕。

天神王派老虎去若偌山，叫老虎把尼帕吃掉。老虎还没走近尼帕，尼帕早已看透了它的死心烂肝，举着大石斧头，只等老虎走近身，就一斧头劈死它。这可把老虎吓坏了，它抖淋打颤地告饶："尼帕，你别劈我，我是来为你出力效劳的。"尼帕也不点破，给老虎鼻孔中穿上鼻圈，念过咒语，老虎就再也不知道回天上的路了。只得乖乖地在尼帕身边，为尼帕开荒、耙土、驮脚做苦活。

天神王失算了，又只得派蛟龙去若偌山，害死尼帕，蛟龙还没飞近尼帕，又让尼帕看透了它的黑心黑肝。

他端弓搭箭，瞄准蛟龙，只待蛟龙再靠近点就射死它。这可把蛟龙吓坏了，吓得它瘫在地上不停地告饶："尼帕，你别放箭，我是来为你出力效劳的。"尼帕也不说什么，给蛟龙的腮上拴上绳子，念过咒语，蛟龙就再也晓不得回天上的路了。只得乖乖留在尼帕身边，为尼帕浇田灌地、浇花种树做苦活。

天神仍不死心，又分别派了老熊、豹子、獐、麂、兔、鹿、野鸡、斑鸠、大雁、蛇、蝴蝶、蜜蜂、蜘蛛、乌龟、鱼、虾……去到若偌山害尼帕。尼帕用法术把这些东西全治服了。天神王没法，只得派自己的女儿——木餐哥[①]去杀害尼帕。木餐哥是个很有本事的女神，她有一张神弓和一兜神箭，加上她有一手好箭法，所以，她能打败天地间的一切对手。她来到若偌山的上空，看见尼帕正领着自己的子孙唱着《得涂木瓜》[②]、赶着老虎牵着蛟龙开辟田地。她正要开弓放箭，尼帕和他的子孙们却停止了唱歌、种田地，围到一棵大树下去了，不知尼帕他们要干什么，便用云彩把自己遮住，想看看后再杀死尼帕。

那时地上的人类，不管男人女人，都有两个大乳房。尼帕在树下歇息时，他叫儿孙们摘来好些树叶子，圈成叶杯，把自己乳房里的奶水挤进叶杯

① 木餐哥：太阳。

② 《得涂木瓜》：傈僳人劳动时唱的一首民歌。

中，让儿孙们尽量喝饮。还叫儿孙们拱了几杯，送给老虎、蛟龙喝。尼帕自己却舍不得喝奶水，顺手拔一些地上的草草充饥。喝过奶水的儿孙、老虎和蛟龙，一转眼就又长大了许多，可尼帕呢，却变得又瘦又小了。木餐哥看了，才晓得尼帕是个好人。她不忍心杀害尼帕。

天神王怕木餐哥独一人拼不过尼帕，当木餐哥前脚一离开天上，他脚跟脚地也来到了若偌山。他躲在木餐哥后边偷看尼帕。这时，他见木餐哥不杀尼帕，火不住往头顶冒。他趁木餐哥不注意，把她端着的神弓上的暗梢一按。“当!”的一声，木餐哥原先安在神弓上的神箭，飞到了若偌山上，把尼帕射死了。

尼帕死后，他的儿孙就把他埋在他死的地方。木餐哥感到对不住尼帕，就天天背着天神王，跑到尼帕坟头上来痛哭。她怕人们看清她的嘴脸，她一出天门，就舞着金剑，金光闪闪，刺得人类和万物睁不开眼睛。传说，以前天上的太阳是照不见人间的，自从木餐哥到若偌山来哭坟后，大地上才有了太阳。有时阴天看不见太阳，是木餐哥让天神王关着出不来的原故。有时天上下雨，是木餐哥被关住，来不到人间，急得哭出来的伤心泪。

自从尼帕死后，木餐哥天天都来他坟上哭。她的眼泪水浇到尼帕心上，这颗心变成了一棵岩桑树。岩桑树从坟头上长出，越长越高，越长越茂盛。密密麻麻的枝桠、树叶把天都遮住了。后来，岩桑树把天地隔开了。天神王要到地上来害人类，也没有通路了。

尼帕的子孙们忘不了尼帕的好处，遇到什么难处，都要来到岩桑树下向尼帕哭诉。说来也够怪哩，不管人们向岩桑树哭诉什么，就会有树叶从树枝上落下来，落进哭诉人的手里，并会讲话，为哭诉人排忧解难。天长日久，人们就用桑叶来问吉凶祸福，每次都有求必应。据说，傈僳人占卜用的草卦、树叶卦，就是从这时传下来的。

尼帕活着时，处处为儿孙着想，死后仍为儿孙做好事、解忧排难，人们便尊他为山神①。逢年过节，或家中办喜事、生娃娃，都要杀猪宰羊，到山

---

① 傈僳族的山神，是创世神、始神、各种神灵化身的综合神。一村只有一个山神。

神——岩桑树前去隆重祭祀，向尼帕敬献儿孙的一片诚心。

【附注】

异名文本《巫师与天神王之战》，见姚宝瑄主编：《中国各民族神话》（水族、布朗族、独龙族、基诺族、傈僳族），太原：书海出版社 2014 年版，第 202—205 页。该文本标注本故事由王四代选自《鹤庆民间故事集成》。

【讲 述 者】 唐三妹（傈僳族，女）
【采录整理】 县集成办公室采录
【采集时间】 （无考）
【流传地区】 云南省·（大理白族自治州）·鹤庆县
【文本来源】 中国民间文学集成全国编辑委员会编：《中国民间故事集成》（云南卷），北京：中国 ISBN 中心 2003 年版，第 364—367 页。
【阅读提示】 这里说的有本事的巫师被尊为山神，可知傈僳族很看重山神。
【基本母题】 巫师的神眼；天神；虎耕田；人神之争；蛟龙；巫师的法术；男人的乳房；变形；绝地天通；占卜的产生；巫师成为山神

【本文编码】 《山神岩桑》：ZCSW0332-114-008

西伦妈妈

（满族）

满族的猞猁神，后演变成白温泉女神。神话中西伦妈妈为了拯救苦难的部落，化为人形，被推为首领。为降伏火龙，寻找水源，她收养虎神的儿子诺温、鹏神的儿子阿哩。诺温和阿哩在与恶龙的争战中身亡，西伦妈妈寻找二子，被长白山的一股股热气熏倒，死在石崖下。她死后仍日夜想念部落和诺温、阿哩兄弟俩，心仍然是热的，她死的地方涌出了温泉，她成了温泉女神。阿哩、诺温虽然死了，却杀死了火龙，开出了松阿哩乌拉（松花江）和诺温江（嫩江）。松花江中游的满族马、富等姓氏敬奉西伦妈妈。

【讲 述 者】（无考）
【采录整理】富育光、孟慧英、王宏刚整理
【采集时间】（无考）
【流传地区】（无考）
【文本来源】姚宝瑄主编：《中国各民族神话》（满族、赫哲族、朝鲜族），太原：书海出版社 2014 年版，第 86 页。
【阅读提示】一种动物神能变成另一种性质的泉神，说明人们心中的神的身份不一定都是板上钉钉的事。
【基本母题】猞猁神；温泉女神；神的化身；善神；虎神；神的抚养；火龙

【本文编码】《西伦妈妈》：ZCSW0333-114-009

依达搬山

（仫佬族）

很早很早以前，仫佬山乡到处是高高的山，深深的谷，人们生活在云雾缭绕的群山之上，耕种着碗一块瓢一块的石缝地。出门就得爬山过坳，东西都是肩挑背驮。人们走在高山险路上，手足并用，在悬崖绝壁上一步一步地攀登。爬呀！爬呀！多少年，多少代，苦难的仫佬人就是这样一步一滴汗，一步一滴泪，一步一个凄楚的脚印，一步步走向苦难和死亡。

在一座很高很高的山头上，居住着单家独户的母子俩。阿妈已是白发苍苍，儿子是个聪明精悍的伙商①，名叫依达。依达从小就给对面山寨的寨佬

① 伙商：仫佬话，青年人，依伙商，好后生。

打工，天天爬山过坳放牧牛群。依达自幼吃尽了穷乡僻壤的苦楚，石山把他的脚磨得像铁板，荆棘把他的手炼得像钢柱。他每天放牧牛群，总是站在高高的山峰上，点数着连绵不断的群山。天哪，这山比天上的星星还要多，比海边的沙子还要密，怎么也数不清。可是，他向苍天发誓，不管这山有多高多密，有朝一日，他一定要把群山搬走，造出一块块平川来，让祖祖辈辈受苦受难的仫佬人下山耕田种地，过上好日子。

一天，依达赶着牛群，翻过九十九座山，穿过九十九条谷，不知不觉来到了一个九十九丈高的山头。这里是一块平展展的高山地，有清清的泉水，绿绿的野草，红彤彤的山花，中央还有一棵大格树。一进到平地，牛群全活跃起来了，它们四处散开，美美地啃着青草，饮着清泉。依达心想：这莫不是仙境？可是连一个人影也没有，没法打听，他便坐在榕树下沉思起来。想着想着，不禁唱起自己编的仫佬歌来：

山里的仫佬人呵，
像小草一样可怜。
石山重重压在身，
云雾层层遮住眼。
群山何日能搬掉，
愁云哪时才驱散？
天公救救仫佬人呵！
搬走石山造平川。

歌声在群山中震荡。这时，迎面走来一个银须满面的格佬，他手执拐棍，笑眯眯地一步步走过来。依达连忙止了歌声，上前行了个礼，正要开口，格佬却说：“伙商，不用讲了，你的事我全懂。你要搬山，是吗?”依达很惊讶，连声说：“是，是的!”接着说：“这数不尽的群山，望不到顶的山峰，走不完的山路，压得我们仫佬人祖祖辈辈抬不起头，挺不起腰，吃不饱肚子。有朝一日我要把它们统统搬掉!”格佬哈哈大笑说：“小伙商，要搬掉这些山，难得很哩！我劝你还是死了这条心吧！”依达坚定地说：“山高高不过双手，石硬硬不过决心。纵有千难万险，我也要立志把它搬走！”格佬连忙夸赞：“依伙商，依伙商！”接着对依达说：“你真的要搬山，我倒有个办法。”“什么办法。你老快说！”格佬说：“在很远很远的地方有一棵木棉树，你只要把它砍来做扁担，就可以挑走所有的山！”依达一听，高兴得跳了起来：“真的？木棉树在哪里？”格佬说：“我给一条黄狗为你带路，它会把你带到有木棉树的地方。小伙商，你有胆量去吗？”“格佬，请您放心，就是上刀山、下火海，我也敢去！”格佬笑着说：“好，有志气，不过这件事千万不要让别人知道。”依达应声“是”，一下子格佬就不见了，只见一条黄狗站在他面前，不停地摇着尾巴。依达抚摸着它的头，亲切地说：“黄狗，请你现在就领我走吧！快快找到那木棉树，我要挑山啊！”

黄狗汪汪地叫了两声，便向前奔跑起来。依达紧紧跟着黄狗朝前走。一路上，披荆斩棘，翻山越岭，日夜不停，走呀走呀，他爬过了九九八十一座高山，翻过九九八十一个峻岭，穿过九九八十一条深谷，攀登九九八十一道悬崖，送走了九九八十一个昼夜。一天，他翻过一座最大最高的石山。在高高的山峰上，云雾缭绕，挺立着一棵高大的木棉树。那树恰似生长在云雾之中。依达心里喊道：“天呵，这真是一棵宝树！”他用尽最后的力气，向那长着木棉树的山峰攀登。爬呀爬呀，终于爬上了顶峰。依达连一口气也没歇，便取下随身带着的柴刀，砍起树来。砍呀砍呀，突然间，一阵狂风吹过，木棉树倒下了，随着一道闪光，变成了一条金光闪闪的扁担。依达愣了一下，立刻抱起扁担，高兴极了。这时黄狗已跪倒在他的跟前，不停地摇着尾巴，不时用头指着背上，示意要依达骑着它。依达明白了，当他一骑上狗背，黄狗便一跃腾上天空，往回路飞去了。

回到家里，老阿妈把儿子紧紧搂在怀里，抚摸着他的头，看了很久很久。儿子变得又黑又瘦。她对儿子说：“依儿啊，你到哪里去了呀？怎么变成这般模样，你是阿妈心头一块肉，是阿妈掌上一颗珠，千万不要再离开阿妈远去！”

依达安慰着阿妈：“阿妈呀，我去的是个美丽的地方，那里有牛吃不完的青草，喝不尽的山泉，还有开不败的山花……”

没等依达说完，阿妈就抢着说：“依儿，你不要骗我啦！世间哪有这样好的地方?”

“阿妈！有！真的有呀!”

“真的有，那明天你带我去看看!”

依达说：“阿妈，那是在很远的地方，你老人家走不到呀!”

“很远很远的地方?”

“是的，阿妈，打明天起我要把牛群赶到那里去。你每天把稀饭装在竹筒里，挂在黄狗的颈子上，它会送去给我的。”

老阿妈一听，连忙说：“不行，不行。依儿呀，你怎么能忍心丢开阿妈到很远很远的地方去啊!”

依达安慰说：“阿妈，为了乡亲们往后都能过好日子，儿子还是要远去。等到山花盛开的日子，我会回来看望你的。”

不管依达怎么说，阿妈总是听不进耳，动不了心，缠着儿子，不让他远去。她劝儿子说：“依儿呀，路上有凶狠的豺狼，山中有恶毒的魔鬼，它们随时都会害死你，阿妈就你这根独苗，千万不要去!”

依达坚定地说：“不怕，不怕，豺狼魔鬼我全不怕。为了苦难的仫佬人过上好日子，刀山火海我也去!”说完就大步流星地走了。可怜的阿妈追上去，大声呼喊着：“依儿！依儿！你不能去……”喊声在群山中回荡，但震不动依达那搬山的决心。

从这一天起，依达便用那木棉扁担，挑山搬山。他戳通一个个山头，挑走一对对山峰。他从白天挑到黑夜，从春夏挑到秋冬，黄狗每天按时给他送饭。挑呀挑呀，不知挑了多少山头，也不知挑了多少日子，山地挑出平坝地，汗水流成了溪河，脚板踩出了大路……

自从依达走了以后，阿妈无时无刻不在盼望着儿子早日回来。她每天都到前面的山头上盼呀望呀，可是总不见儿子归来。她多么想去找他，只是不知道他在什么地方。老阿妈朝思暮想，一天，她终于想出了个办法。她到竹林里砍下一蔸最大最大的竹子，做了一个最大最大的竹筒，装上最白最细的石灰，然后在筒底打了个眼子，把竹筒挂在黄狗身上。第二天黄狗送饭去了，竹筒里的石灰沿路撒成了一条白线，老阿妈就跟着白线朝前走。

今天，是依达要挑走的最后两座山了。他先戳通了一个山头，正要串起另一个山头时，阿妈赶来了。她见儿子要挑山，吓得全身发抖扯住扁担，大声惊叫："儿呀，你发疯了，这山怎么挑得动？快放下，赶快放下，当心大山把你压死！"老阿妈的话音未落，只见一道闪光，扁担断了，"轰隆"一声，地动山摇，依达和黄狗不见了，阿妈吓得变成了一块石头。

从此，重山叠嶂的仫佬山乡有了平坝地，山里的仫佬人纷纷搬下山来，沿着山坝两边建起村村寨寨，安下了家。

人们为了纪念依达搬山功劳，在那最后没有挑走的穿山下起了个庙，立他为山神，逢年过节，家家户户都要祭拜他，表示对他的崇敬。

【讲 述 者】 潘代球

【采录整理】 潘琦搜集整理

【采集时间】 （无考）

【流传地区】 广西壮族自治区·（河池市）·罗城县（罗城仫佬族自治县）·东门乡（东门镇）一带

【文本来源】 姚宝瑄主编：《中国各民族神话》（仫佬族、壮族、京族），太原：书海出版社2014年版，第36—41页。原文标注选自包玉堂等编《仫佬族民间故事选》，上海文艺出版社1988年版，由陈平选定。

【阅读提示】 用人成为神的观念表达对英雄的赞美，不失为一种好方法。

【基本母题】 艰难的生活；母子俩；天公；担山的扁担；寻找；变形；人成为山神

【本文编码】 《依达搬山》：ZCSW0334-114-010

崖神[1]传说四则

（怒族）

一、石门关崖神的传说

很早以前，险恶的石门关崖壁上有一窝野蜂，人们为了获取蜂蜜，架设了绳梯。可是绳梯吊上去后，许多非常勇敢的小伙子都望而生畏，不敢攀登。这时有一个伶俐聪明的姑娘，自告奋勇地攀了上去。当她爬到崖顶，用火把熏走了群蜂，取到了蜂蜜时，羞愧得无地自容的小伙子们顿起歹念，挥刀砍断了绳梯，姑娘从崖顶掉了下来。但她并没有马上摔到山谷底，而是飘在半空中又遁入崖壁中，从此，她变成了石门关的崖神，经常吼叫着要抓获那些负心而又绝情的男子。

二、崖神“吉娜木忍”由来

在吉木登一带，有个叫“吉娜”的怒族妇女，丈夫外出打猎不归，她携带两个儿子和一个女儿在路口长久地急切等候，始终不见丈夫归来。这位痴情的妇女和她的孩子都变为崖神，她们的化身即当地大路旁边一大三小的崖石群。吉娜和她的孩子变成崖神后，专司降雨，当地群众只要看到“吉娜木忍”崖顶上笼罩着云雾，就知道一定会下雨。

三、闪当“仙女洞”传说之一

有个叫阿茸的怒族姑娘，曾经受蜘蛛拉丝的启示，发明了过江的溜索，深受当地各族人民的爱戴。后来她被一个有势力的凶恶的头人逼婚，阿茸不从，遂躲到溶洞里，头人放火烧了崖洞，阿茸被烧死（一说因受冻挨饿而死），后来变成了女崖神，受到当地人民的崇拜和祭祀。

---

① 崖神，是怒族地区十分突出的自然崇拜现象。这种崇拜在一些地区有明显的人格化倾向。所以怒族地区崖神的传说特别多。

四、闪当“仙女洞”传说之二

有一位被当地群众称为“格觉姆”的汉族姑娘，聪明能干又漂亮。她从内地流落到吉木登，和当地的一个怒族小伙子相爱，但在成婚前却被闪当洞里的一条蟒蛇掳进洞中，格觉姆从此变成了该洞的洞主和崖神。每年农历三月十五日，月光恰好透过怒江对岸的雪山丫口，射在“仙女洞”的洞口。当地群众说，这是仙女洞的崖神格觉姆正在同她的情郎相会。怒族的“鲜花节”便定在这天。

【讲 述 者】（无考）

【采录整理】何叔涛调查整理

【采集时间】（无考）

【流传地区】云南省·（怒江傈僳族自治州）·贡山县（贡山独龙族怒族自治县）

【文本来源】吕大吉、何耀华总主编：《中国各民族原始宗教资料集成》（纳西族卷、羌族卷、独龙族卷、傈僳族卷、怒族卷），北京：中国社会科学出版社2000年版，第904—905页。原文本标注选自何叔涛调查整理《崖神传说四则》（1988）。

【阅读提示】怒族的崖神很多，职能很大，可能与怒族的生活生产环境有关。

【基本母题】崖神；人变成神；化身；崖神管雨；人到特定地方成为神；人死后变成神；神的约会；溜索桥

【本文编码】《崖神传说四则》：ZCSW0335-114-011

阿窝坑火收妖精

（羌族）

从前，有个人叫阿窝坑火，他力气很大，常到山上打猎。他打到了獐、麂、兔、鹿、野猪、老熊，就剥了皮，在棚子内把肉熏干，十天半月背一背回来供妈。

有一次，一座庙子里来了一个妖精，去烧香敬神的人一进去就被杀了，弄得寨民人心惶惶。寨子里就派人去请他下山收妖精。阿窝坑火说，你们要请我收妖必须打两把铜锤，准备两扇猪膘和两坨猪油饼子，我某天某时就下来。

到了那天，阿窝坑火下来，他在头上顶一坨猪油饼子，屁股上夹一坨猪油饼子，猪膘捆在身子的前后，铜锤别在腰杆上。到了庙里，妖精说："阿窝坑火，你先吃我呢还是我先吃你?"阿窝坑火说："随便你吧！你先吃我，或我先吃你，都依你啊!"他一说完，妖精就向他头上一抓，把猪油饼抓去塞进嘴里头，二把又向他心口一抓，把猪膘抓进嘴里头，只顾去吃。阿窝坑火趁势几铜锤打去，把妖精打死在那里。阿窝坑火就这样顺顺当当的把妖精收了。后来他当了山神菩萨。我们羌族敬的山神，就是阿窝坑火。

【讲 述 者】 何天云

【采录整理】 蓝寿清、刘仁孝搜集

【采集时间】 （无考）

【流传地区】 四川省·（阿坝藏族羌族自治州）·（汶川）汶川县

【文本来源】 中华民族故事大系编委会编：《中华民族故事大系》第11卷（达斡尔族、仫佬族、羌族），上海：上海文艺出版社1995年版，第692页。

【阅读提示】 人因为降妖而成为神，是说得过去的一种解释。

【基本母题】 妖精害人；降妖工具；人成为神；山神菩萨

【本文编码】 《阿窝炕火收妖精》：ZCSW0336-114-012

山神传位

（羌族）

从前，有两个徒弟，跟着师父上山做索子。

一天，师父叫两个徒弟去看索子，说：“头根索子上不管套到啥子，都要背回来，不要解索子，连杆杆一起拿回来，放不得的啊!”

两个徒弟去了。走到头根索子那儿一看，索子上套了个小脚女人，那个小脚女人看到他们，就哀求说：“两位大哥！我不留心走错了路，被索子套住了，帮忙把我放了嘛!”

大徒弟不放，小徒弟看到是小脚女人，就说：“解了算啰!”大徒弟说：“不能解，师父说过了，套到啥子背啥子，还是把她背回去吧!”

小徒弟不耐烦地说：“哎呀，你这个人嘛，她自己能走，背起不像话。是别的啥子东西倒没关系，她是个女人嘛，不如把她放了吧。”

两人争了一阵，大徒弟见小脚女人又在闹、又在哭，心就软了，两人就给她解了索子，把她放走了。他俩把小脚女人一放，师父就晓得了，连连说：“拐了[①]，拐了!”说着就向山上跑去，跑到半路上，看到两个徒弟被一只老虎撵得扑爬跟斗的。原来，那只虎是被套住的那个小脚女人变的。师父气呼呼地说，“叫你们套到啥子就背啥子回来，不能解索子，你们不听我的话嘛，该背时！等它把你俩吃了。”师父怄是怄，还是想法子救徒弟。他走到他们后头，叫他们赶紧往回跑，还叫他们一路跑一路烧火，烧满七堆火就翻一个跟斗。两个徒弟照办了，这里一堆，那里一堆，边走边烧，烧满了七堆火，两人就翻了一个跟斗，各变成一棵标标致致的桦树，立在路边上。

老虎找不到徒弟，就去撵师父，和师父打做一团。师父打不赢老虎，就跑下来，七堆火跑过了，师父就翻了一个跟斗，变成了一个疙蔸，全身都变了，只有耳朵没法变。

老虎从后面追来，每到一堆火，就要围着火堆转七圈，七堆火要转七七

---

① 拐了：坏了。

四十九圈，这样就不容易撵上师父了。老虎走了好久，才走过七堆火，一看一个人都不见了，它肚子也饿了，什么东西都没有吃成，看见一个树疙蔸上有朵耳子（木耳），就摘来吃了，然后转身上山了。

师父见老虎走后，又翻了一个跟斗，现了原形，只是少了一只耳朵。他对徒弟说："走，回去了。"两个徒弟各翻了一个跟斗，也现了原形，跟师父回去了。

一回家，师父就舀了一碗水，供在山神前，对他女人交待说："不要动这碗水，硬是动不得啊！"说完，就带着两个徒弟，到一间里屋子里传法术去了。

过了一阵子，山神变成一个老汉来到房子后面喊："大嫂，请你搌[①]一下这碗水嘛，难为你，请你搌一下。"老汉使劲地喊搌碗，师父的女人想：这碗水，搌一下也没得啥子关系嘛，就把碗搌动了一点儿。那碗刚搌一下，马上从海面上现出了房脊。原来，师父念过咒语，把那碗水放在这里，山神住的地方就变成了一片汪洋大海，把房子淹盖住了。那碗水一搌，就现出了房脊，幸好没把碗端开，一端开，房子就全部现出来了。这下子，山神看到了房脊，就跳到房脊上，又跳又叫。师父晓得拐了，跑出来骂他婆娘，又赶忙把那碗神水放回原处。神水一放回原处，房脊又淹到海里了，山神没法，只好走了。

师父就又给两个徒弟传授法术，共传了七天七夜，才把法术传授完，师父就对两个徒弟说：

"教你们了七天七夜，你们学到了我的法术，我们眼下就要分手了，不分手也不行。那天，你们套到的那个小脚女人，后来变成老虎，就是山神变化的。他到处在找我，要我去接他的位子，去当山神，我不想去。但现在不去不行了，他到处在找我的下落。"

分手后，师父就去当了山神，两个徒弟还是做索子，他们很尊敬师父，每次做索子都要去敬师父。

---

① 搌：移动、换个地方。

【讲 述 者】 王贵生

【采录整理】 昂旺斯丹珍搜集

【采集时间】 （无考）

【流传地区】 四川省・（阿坝藏族羌族自治州）・理县

【文本来源】 中华民族故事大系编委会编：《中华民族故事大系》第11卷（达斡尔族、仫佬族、羌族），上海：上海文艺出版社1995年版，第696—698页。

【阅读提示】 山神的传位，预示着一个新山神的产生。

【基本母题】 师徒；禁忌；变形；法术的传授；人成为山神

【本文编码】 《山神传位》：ZCSW0337-114-013

神奇的女山神

（藏族）

一

迪庆藏族自治州中甸县纳格拉乡的山神叫巴丹拉姆，老人们说，她是世间最好出名的女山神。传说很早很早以前，她从拉萨来到纳格拉乡，她的阿妈也叫巴丹拉姆，是拉萨山神中享有很高地位的一个。她有三个女儿，其中最小的女儿性格泼辣，好胜心强，遇事从不甘示弱，她与母亲的性格很相似，母亲就把自己的名字赠送给她，愿她在异地外寨不给她丢脸。

巴丹拉姆身穿藏青色裙子，头戴猞猁皮帽，骑一匹三脚骡子经常巡游在纳格拉的村村寨寨，除恶扶弱，庇护着这里的人畜、山川。

好多年前的一天，从远方异乡来了一伙土匪，他们见纳格拉无能人，依仗势力强大，先按户头摊派草料、肉食酥油。人们如数凑足送给了土匪，他们见这里无人敢反对，胆子变得更大，并动了邪念，公开抢劫了姆鲁河畔的村寨。

等土匪吆着牲畜、驮上抢来的财产离开村寨，遭难的人们才三三两两从山林里陆续回家，眼看家里值钱的东西都被盗走，有的捶胸自责，有的向天诅咒，怨声叹气乱成一片。

正当此时，巴丹拉姆的女友岑玛急忙赶来说："巴丹拉姆山神正前往阻敌，她要我转告大家，村上有胆量的男人都集结起来，备好刀枪往前追，要想取胜，先在敌人身上见血。"男人们听到岑玛的话，明白她的来意，争先恐后赶来。

他们急忙赶路，来到阳爱龙峡谷，只见土匪们的骑马像是被什么阻拦，乱蹄嘶叫，往返冲撞，寸步不前，岑玛指着地下的脚印悄声提醒："你们细心听听，看谁在前面挡住了那些土匪?"男人们往四处张望，不见巴丹拉姆的身影，地下却真的布满了三脚骡的脚印，再竖耳细听："叮叮当当"的铃声四处回响。岑玛对身边的几个男人说："你们看，匪首的辫子被巴丹拉姆揪住了，谁是好汉快出刀。"男人们一看：匪首面如土色，正狂叫挣扎。为首的一个男人明白巴丹拉姆真的助威来了，他的胆更壮了，突然霹雳一声："看匪首。"一火枪射倒了匪首。其他的男人猛扑上去，砍的砍，擢的擢，只眨眼功夫把匪首剁成一堆碎尸骨，匪群见势不妙，吓得魂不附体，本想逃命的，可骑马总是往后退缩，无奈，只好乖乖下马缴枪认罪求饶。

此事过后，那些欺软怕恶，专靠抢劫谋生的土匪强盗，再也不敢惹怒纳格拉人了，更不敢仗势欺弱抢劫。至今，每逢路经纳格拉巴丹拉姆神山前，畏惧七分，立即下马脱帽，烧香叩头，表示敬畏！

二

在中甸县翁水河畔有一块巨石，人们称它妩都。提起妩都，老人们都说：这个风趣的故事发生在哪个时代已说不清楚。这块巨石是岗拉山神从遥远的异寨移到这里来的。那么岗拉山神的妩都咋会从异寨移来的呢?

原来，岗拉山神和翁水山神是很好的朋友，都为人间做过有益的事。在一次抵抗外来匪徒抢劫的战争中，他俩生死相依，共同奋战，立过战功。死后就成了两寨的山神。这两个山神依然像生前一样，经常往来，每逢节日盛会，互相设宴款待。

山神巴丹拉姆不仅长相美丽，还是一个多情的女神。她经常到格姆仙洞去游玩，路经班拉、岗拉两山神的住地都要问个好。

岗拉山神见巴丹拉姆如此漂亮，又如此多情、风流，一心想占有她。每次巴丹拉姆经过这里他总是邀请她在这里玩几天，并千方百计地寻欢作乐，还借口到纳格赤土仙洞游玩，经常到巴丹拉姆处过夜。一回生、二回熟，久而久之他俩眉来眼去，心心相连，互相产生了爱情，不知不觉混在一起，闹出很多风韵趣闻。

有一次，巴丹拉姆从格姆仙洞转回，已是很晚了，她经不住翁水山神的真情挽留，在这里过夜。此事很快传到岗拉山神的耳里，怒火烧心，举起妩都狠命击来，恰恰打在翁水山神的脚下。翁水山神也不示弱，以牙还牙，绷紧弓弦，一箭射去，击中了岗拉山神的左眼。

巴丹拉姆得知此事是她引来的风波，她很生气，再不愿去理睬这两个山神，每年到格姆仙洞，她总是领着一群女伴，绕道往返，再不愿去打扰那两个山神。直到今天一道红岩从纳格拉连到格姆仙洞，那是巴丹拉姆往返的路。

【讲 述 者】 青都几（藏族），仓巴阿寺岑克（藏族），归曲（藏族）

【采录整理】 泽權娃·应巴采录

【采集时间】 （无考）

【流传地区】 云南省·（迪庆藏族自治州）·中甸县（香格里拉县）

【文本来源】 中国民间文学集成全国编辑委员会编：《中国民间故事集成》（云南卷），北京：中国 ISBN 中心 2003 年版，第 384—385 页。

【阅读提示】 这则神话说女山神巴丹拉姆从拉萨来到纳格拉乡，可能与当地对外来神的接受有关。

【基本母题】 特定的山神；女山神；神的迁徙；山神的朋友；神之间的矛盾

【本文编码】 《神奇的女山神》：ZCSW0338-114-014

1.1.5 与天地神、自然神有关的其他神话

碧霞元君占泰山[①]

（汉族）

从前，各路神仙云游天下，寻找名山胜地，占个地方，好领受人间香火。

老佛爷驾着云头，来到泰山，看见山势雄伟，风景绝佳，心中大喜，就想占这山，又怕日后空口无凭，就在泰山绝顶上，埋下一只木鱼做标记。

那时节，碧霞元君也驾着祥云来到泰山，一看呢，山清水秀，满山松柏，也爱上了泰山，就想在绝顶埋只绣鞋，作为占山的标记。哪知刚挖下三尺，挖出了个木鱼子。她认识这是老佛爷埋下的占山标记。碧霞元君急中生智，耍了个手腕，她就把木鱼子搁在一边，又挖了三尺，把自己的绣鞋埋在下边，然后又用土石把木鱼埋在上面，就去游泰山了。

老佛爷见碧霞元君爱恋此山，不想离去，就对她说："这山我可早占下了。"

碧霞元君回答道："告诉你，这泰山是归我所有了，倒是老兄你不能在此久留。"

老佛爷和碧霞元君为了争占泰山，吵起来了。

这一天，可巧玉皇大帝召集天下各路神仙到泰山集会，说天下各个名山都有了山主，泰山还没有，看看谁坐泰山合适。各路神仙纷纷表示，还是按老规矩，谁到泰山来得早，谁就是当然的泰山神。玉皇大帝问道："到底谁到泰山来得早啊？"

这时，老佛爷站出来了，说："我来得最早，我应当当泰山主。"

---

① 这篇故事是根据张广平同志的讲述，参考了其他同志的口述整理的。

玉皇大帝问："你来泰山早，可有什么凭据？"

老佛爷说："我在绝顶上埋了木鱼子做记号，不信可去看看。"众神仙一听有凭据，看看去吧！正在这时，碧霞元君也走了出来，说："我来得最早！"

玉皇大帝问道："你来得最早，有什么凭据呢？"

"我在绝顶上埋了一只绣花鞋做记号。"

玉皇大帝一听，有了分歧了，各有各的理，那就去看看再说吧！

玉皇大帝与众神仙一起来到绝顶。老佛爷就蹲下挖木鱼子，挖下三尺，拿出个木鱼，理直气壮地说："众神请看，这就是我占山的凭证！"

碧霞元君说："等一等！请你再往下扒扒看！"

老佛爷往下一扒，扒出一只绣鞋。

碧霞元君说："众神请看！这就是我占山的凭证。谁的标记在底下，自然就是谁来得最早了。"

众神仙判断，先埋的绣鞋，后埋的木鱼子，这样，山主自然应该由碧霞元君当了，就封她为泰山神。

老佛爷明知上当，但也有口难辩，气忿忿地说："我要晒死你这个黄毛丫头！"

老佛爷一气之下，就把泰山顶上的松柏树拔了个干干净净，他用一个挑子，一头一捆，挑着往下走，走到南天门，怪累得慌，自己寻思寻思："这事办得有点傻气了，我挑它干什么呢？就把挑子放下来，叫它滚到山下去算了！"他就用脚把前边一捆蹬到前山坡上，就是现在对松山长得挺拔秀丽的一片松；后边的一捆蹬到后石坞，那里也长了一片苍劲奇绝的松树。

老佛爷赌气又拔了两棵白果树，到了山后的歪头山上的佛爷寺住下。至今佛爷寺的山石上，还留下两个老佛爷的脚印，东边的一个叫"东佛脚印"，西边的一个叫"西佛脚印"。这两个脚印至今还有。当年老佛爷从山顶上带去的两棵白果树，现在已长成了几抱粗的大树。

唯独泰山顶上至今没有松柏树。

碧霞元君晒得慌，很苦闷，常哭泣落泪，她的眼泪变成的一些小树，叫"哭泪树"。

碧霞元君埋绣鞋的时候，傲徕峰看得清清楚楚，有些不平，就狠长猛长：你占泰山了，我非压过你不可！

碧霞元君看事不妙，抬起右脚朝傲徕山顶蹬去。那傲徕山峰哪里招架得住，只听得一声震天巨响，倒塌在南山麓。现在如果从泰山西南麓看傲徕峰，半山腰里有一片片的白石头，就像山峰刚坍塌了一样子。

【附注】

关于碧霞元君的产生，参见《碧霞元君》（ZCSW0325-114-001）。

【讲 述 者】 张广平

【采录整理】 陶阳、吴绵、徐纪民整理

【采集时间】 （无考）

【流传地区】 （山东省·泰安市）

【文本来源】 陶阳、钟秀编：《中国神话》（中册），北京：商务印书馆2008年版，第744—746页。原文标注选自陶阳编《泰山民间故事大观》。

【阅读提示】 这则神话中的碧霞元君与老佛爷争占泰山，从一个侧面解释了泰山为什么道教兴盛的原因。

【基本母题】 神仙云游；碧霞元君；神的竞技；玉皇大帝；评理；特定植物的产生

【本文编码】 《碧霞元君占泰山》：ZCSW0339-115-001

雷神与闪电

（汉族）

早年只有雷响，没有闪电的。为伲现今响雷前会有闪电呢？

相传很久以前，南雁荡山脚下有一户人家，只婆媳两个人过日子。婆婆岁数大，又多病；儿子被官府抓去打仗，有了音讯。家里有人种田，密密饿肚饿半死。新妇孝顺，有吃的就让婆婆先吃饱，自个背着婆婆噎糠吞菜。后来，糠菜吃完了，新妇饿急了，看到路边棕榈树上结了许多棕榈子，就摘一些来煮了尝尝。这棕榈子怎能吃呢？她把它倒在屋檐下水沟边，不料这一下闯了大祸。棕榈子像饭粒，雷神恰好经过这里，以为新妇把好端端的饭粒倒在地上，心里火起："这贱人如此糟蹋粮食，留她无用！"一锤砸去，新妇一下子就被打死了。

雷声响过，婆婆躺床上没看到新妇归来，起床出屋寻。看到新妇头朝下扑在水沟边，四肢已冰冷铁硬。婆婆先是一惊，接着呼天喊地，哭得死去活来。一帮邻舍赶来相劝。大家想起新妇平时和气，孝敬上辈，偏偏落得这个下场，个个人统哭起来，大骂皇天无眼，打死好人。一时间，怨气冲天，惊动在半天巡行的太白金星。太白金星降落云头，察访明白，回宫把雷神鲁莽行事、打死新妇一案启奏玉皇大帝。玉皇大帝听后大怒，传旨把雷神绑到南天门斩首。一帮天将发一声喊，立刻把雷神绑了。这时，太白金星又对玉皇大帝讲："吾皇万岁！念雷神生性耿直，妖魔鬼怪都怕他。他难免有差错，倒不如免他一死，戴罪立功，把那冤死的新妇封为闪电，让她在雷神前照看明白，雷神打人时就万无一失。"玉皇大帝觉得这话有理，就依所奏，雷神免死，今后再不得伤害无辜。即宣那位冤死的新妇上天，封她做闪电。她的白裙旋一圈，天地就一片光亮，绣花针掉在路上也能看灵清。

从那以后，在响雷以前，总有一道闪电划过。雷神再也不会误杀无辜了。

【讲 述 者】 佚名

【采录整理】 陈永然

【采集时间】 （无考）

【流传地区】 浙江省・温州市・平阳县

【文本来源】 中国民间文艺家协会组织编写，罗杨总主编，李炜、张君本卷主编：《中国民间故事丛书》（浙江·温州·平阳卷），北京：知识产权出版社 2016 年版，第 122—123 页。

【阅读提示】 这则神话中说的雷神知错则改，人粗心不糙，是个好汉。

【基本母题】 雷电相伴；失误；玉皇大帝；断案；求情；闪电的产生

【本文编码】 《雷神与闪电》：ZCSW0340-115-002

泗州大神

（汉族）

雨神原为天上泗州大圣。他是玉皇大帝的亲外甥，在天庭掌管水源的。

有一次，太白金星向玉皇大帝报告，讲人间很不爱惜粮食，糟蹋得厉害。玉帝听后大怒，立即传旨：给人间断水三年，以示惩罚。下令泗州大圣把天上所有水闸关了，要关得严严实实，不渗出半滴水，若有谁违抗，有几个斩首几个。断水还未半年，人间所有的田地统统裂开，颗粒无收。人也渴死了许多，人丁少了。

泗州大圣从南天门看到人间这样悲惨，顾不得舅父的禁令，决定救一救天下百姓。半夜，泗州大圣手拿铁棒，偷偷撬开水闸，用一块石头垫在下面，这一来天水长流到人间，万民欢叫起来，田地上庄稼也都活转了。

一年后，玉帝吩咐太白金星到南天门看看人间到底旱成什么样子。太白金星看后回报玉帝讲："人间安然如常，麦香稻壮，全有伲影响。"玉帝听后很奇怪，就亲自到南天门察看，真是如此。这一下，玉帝气得龙须竖起，全身发抖。查明是泗州大圣偷水供应人间，玉帝就令天将捉拿泗州大圣。不料泗州大圣早把生死放在脑后，一点也勿慌。

玉帝讲："好一个泗州大圣，舅父待你不错，你胆敢违反天条，私自撬开水闸，该当何罪！"

泗州大圣双手一抱，讲："舅父，我有话讲。人间不爱惜粮食的总是少数人，这帮人本来手脚不动，专门剥削别人，应当受惩罚。世间多数人辛辛苦苦用汗水换一点粮食，哪会糟蹋?”

玉帝想想他讲得有理，只是命令是自己下的，收回面上无光，就讲：“人间事我自会公正处理，不用你管。你触犯天规，罪当杀头。来人哪，把他推出斩了!”

泗州大圣平日间为人不错，一帮天将都跪下替他求情。玉帝想想也是，自己的亲外甥嘛，有人求，落得做个人情。就讲：“免你死罪，活罪难逃。”令天将把泗州大圣打落凡间。临走，泗州大圣又要求玉帝不要断了人间的水源，玉帝答应了。

以后，泗州大圣就在凡间做百姓了。他死后，玉帝降旨封他为“雨神”。为纪念他，大家就在各地的宫庙里塑了他的金身，一到天旱无雨季节，大家就烧香求“雨神”降雨。据讲，这“雨神”还很灵验，有求必应。

【讲 述 者】 李守信

【采录整理】 黄平

【采集时间】 （无考）

【流传地区】 浙江省·温州市·平阳县

【文本来源】 中国民间文艺家协会组织编写，罗杨总主编，李炜、张君本卷主编：《中国民间故事丛书》（浙江·温州·平阳卷），北京：知识产权出版社2016年版，第95—96页。

【阅读提示】 这则神话中一心为百姓着想的泗州大圣大义为重，与舅父玉皇大帝的行为相比，更显出他的“神性”。

【基本母题】 雨神；玉皇大帝的亲属；太白金星；旱灾；违反天条；惩罚；祈雨

【本文编码】 《泗州大神》：ZCSW0341-115-003

露水王

（仫佬族）

很久以前，一个凡人得罪了上天。上天命令龙王三十年不给人间降雨。于是，地上的禾苗干枯了，山上的草木枯萎了，大河小河都干得底朝天，山里的野兽趁机出来扰乱安宁。寨民们都到寨门前跪求上天饶恕。

可是，这一切都不起作用。有些人干死在找水的路上，白骨在烈日下发出白光，令人不敢睁开眼睛走路。真是十里无人烟，百里无鸡鸣啊！

这事给天上斗牛宫里的露水王知道了。一日，他就变作一个凡人偷偷地来到人间，隐居在一个叫龙洞岩的寨子里，化名为勒利。传说他身高九尺，两耳垂肩，浓眉大眼，力大如牛，声若洪钟，但性情却很善良。每天夜晚他施展法术吸起地下的水，使地上的草木得到水分，使干枯的树木复活，使枯井里重新有了水；白天，他走遍荒山野岭，寻找怪兽，和它们搏斗，把它们杀死。几年后，这里又恢复了生气，男耕女织，五谷丰登，人丁兴旺。人们推举勒利当寨王，管理方圆几百里的村寨，还编了许多山歌来赞美他。其中有一首是这样唱的：

天生一个露水王，
功高德厚本领强。
为民除害施法雨，
救助万民出火坑。

三十年后，上天派一个神灵来人间查看，神灵回去后告诉上天：“天下凡民不但没有干死，而且还活得非常快活。”上天听了非常生气，查了一下神灵册，知道斗牛宫里的露水王下凡去了，便立即派雷神到凡间捉拿露水王回天上问罪。

就在那天晚上露水王给一个叫勒娜的女人托了个梦：“我已经被上天捉走了，明天午饭时你拿一个装有新毛巾的木盆放在龙洞岩的山旁，那时你会听到晴空响起一个炸雷；你再看盆里时，那毛巾上有七七四十九滴鲜血，那就是我的精魂啊！那时我已经被上天杀死了。你把那个木盆里带血的毛巾移放到龙洞岩山下的石缝里，你将会看到一件使你惊奇的东西。”

第二天，勒娜照办了。当午饭时分，万里晴空突然响起了一个惊天动地的炸雷，当她看盆里时，那毛巾上果真有七七四十九滴鲜血。勒娜把那带血的毛巾放在山岩旁的石缝里，那石缝里立即流出了一股清泉。勒娜马上跑回寨子里，喊来了所有的人。

当人们来到山岩旁时，那个木盆已经变成了一个石盆，盆里盛满了水。勒娜把事情的经过告诉了人们，大家不禁抱头痛哭起来。一个寨主把邻寨的人也召集了起来，杀了四百九十头猪和四百九十头牛，为露水王办了七七四十九天大道场，祭祀他的英灵。

从那以后，人们便把那山泉叫露水泉。

【讲 述 者】 （无考）

【采录整理】 王远轩，覃小克

【采集时间】 （无考）

【流传地区】 广西壮族自治区·（河池市）·罗城县（罗城仫佬族自治县）

【文本来源】 中华民族故事大系编委会编：《中华民族故事大系》第11卷（达斡尔族、仫佬族、羌族），上海：上海文艺出版社1995年版，第286—287页。

【阅读提示】 这则神话叙述的不计个人安危一心为百姓的露水王，英灵永在，虽死犹生。

【基本母题】 旱灾；龙王管雨；找水；露水王；神的变形；托梦；祭神

【本文编码】 《露水王》：ZCSW0342-115-004

欧吾太基和欧吾太密

（羌族）

欧吾太基[1]是在群山中最高，终年积雪的神山；欧吾太基山神是山神之中年龄最大的神灵，他的本事出众，武艺超群，威信赫赫，是山神的首领。

欧吾太基雪山坐落在黑水河的西岸，面西背东，高耸入云。银光闪耀的雪峰是他的桂冠。在晴朗的夏日黄昏，西藏布达拉宫的经楼上，可以看到欧吾太基雪山像背篼那么大的尖顶。从前，有一位青年猎手，爬上了欧吾太基的雪峰，返回的时候在山上屙了把屎，得罪了山神爷。他迷了路，走一圈，又回到了屙屎的地方，不论他朝哪个方向走，仍然要回到原地。于是他忙向山神爷欧吾太基赔礼道歉说："山神爷欧吾太基，后生年幼无知，得罪你了，一定悔改，请你恕罪。"说完摘下帽子，把冻得像冰块的屎包起，才下得山来。

雪峰下有许多海子，明亮、闪光，这是欧吾太基头上的珍珠，是他的镇山法宝，山上的熊、獐、鹿、兔，是他的兵将，个个骁勇善战。

欧吾太基山神和峨眉山神、董乌里[2]山神、安米日马寝[3]山神四位是好朋友，每年轮流做东，欢宴三日。同时举行摔跤、赛马、比武，常常闹得天昏地暗。他们若在董乌里山聚会，松潘县必然要打雪弹子；若在欧吾太基聚会，黑水定有山洪暴发。

欧吾太基雪山与他的妻子欧吾太密雪山紧紧相连。欧吾太密山神是一位善良贤淑的女神，最能体察神界忧怨，人间疾苦。四山神聚会带来神山不安，人间灾荒，欧吾太密感到非常痛心。

一次，欧吾太基从朋友家聚会回来，看见欧吾太密满面泪水，悲愤忧伤，便问妻子什么缘故。欧吾太密说："我们受禄于人间烟火，不可让众人

---

① 欧吾太基：山名，在黑水河畔，与欧吾太密山一起被羌人奉为神山，并称两山为夫妻。

② 董乌里：山名，在四川松潘县境内。

③ 安米日马寝：山名，在四川阿坝县境内。

失望，应为社稷生灵分忧，应为人间百姓造福。你为众山神之首，应作出榜样。”

欧吾太基觉得妻子说得有道理，连忙赔不是，并劝说众山神改过。自此，欧吾太基山下，黑水河畔，风调雨顺，庄稼丰收，六畜成群，人们生活幸福。

【讲 述 者】 木尖墓

【采录整理】 江国荣搜集

【采集时间】 （无考）

【流传地区】 四川省·（阿坝藏族羌族自治州）·黑水（黑水县）

【文本来源】 中华民族故事大系编委会编：《中华民族故事大系》第11卷（达斡尔族、仫佬族、羌族），上海：上海文艺出版社1995年版，第702—703页。

【阅读提示】 这则神话说明了家有贤妻的重要性。

【基本母题】 神山；山神的首领；冒犯神灵；神的宝物；神的兵将；神的朋友；山洪

【本文编码】 《欧吾太基和欧吾太密》：ZCSW0343-115-005

阿尼玛卿大山神

（藏族）

阿尼玛卿雪山坐落在青海省果洛藏族自治州玛沁县，汉语称为大积石山。藏族古代文献中，把阿尼玛卿雪山神作为大山神，称为“玛卿本拉”。“玛”是古代藏族部落名，“卿”为大，“本拉”乃大山之意。关于阿尼玛卿大山神，藏族有许多神话传说，但由于时代变迁，人的宗教信仰不同，传说也各异。藏族古代民间传说认为，他原是吐蕃王国最早的九天座王之一，布岱贡嘉八个儿子之一，是藏族历代先祖祭祀之九大山神之一。他住在青藏高原东北部，主司这里人们的生死福祸，统辖高原东北的所有山神和妖魔鬼怪，保护着人们的安全。他是这里最早最大的山神，所以被尊称为“玛嘉”，即玛氏王，也是藏人的祖神、战神和保护神。据传，阿尼玛卿山神头戴红缨帽，身披银甲，乘玉龙白马，右手持矛，左手掌旗，腰悬宝剑，佩弓挂箭，日夜巡视虚空和人间，行云布雨，施放雷电，或降吉祥，或降灾祸，奖惩人神，监视敌人。夜间会集神鬼，差遣任务。阿尼玛卿大山神有三百六十位眷属，其中有九位后妃和九子九女，另有一千五百位神将和侍从，分别居住在上、中、下三重由金、玉、宝石建成的宫殿中。虎狼豺熊为其看家，野牛、岩羊、鹿麝为其家畜。此外，阿尼玛卿山神之四面八方均有不同之神所镇守的堡寨，连营数十里，旌旗蔽天，刀剑如林。当地居民都能一一指出这些神的名称。还有许多冰川、冰洞和泉池，被认为是大山神的宝库和惩罚神鬼之监狱。藏传佛教认为，阿尼玛卿山神已接受佛教戒律，潜心修习，不复视人间俗事，已得佛家十地之位，每逢猴年才按临本山一次。

【讲 述 者】 贡乔泽登

【采录整理】 （无考）

【采集时间】 （无考）

【流传地区】 （无考）

【文本来源】 姚宝瑄主编：《中国各民族神话》（门巴族、珞巴族、怒族、藏族），太原：书海出版社 2014 年版，第 96—97 页。

【阅读提示】 这则神话叙事中引经据典，有点不太符合神话讲述的惯例。说山神接受佛教戒律也反映出佛教对原始神灵观念的影响。

【基本母题】 山神；祭山神；山神的职能；山神的亲属；山神的居所

【本文编码】 《阿尼玛卿大山神》：ZCSW0344-115-006

1.2 行业、职能神起源

◆ 1.2.1 管理神的产生

◆ 1.2.2 保护神的产生

◆ 1.2.3 行业神的产生

◆ 1.2.4 与行业、职能有关的其他神的产生

1.2.1 管理神的产生

阏伯管火

（汉族）

古时候，人不会用火，都吃生食。有时候，不定咋着山里起了火，烧死一些飞禽走兽，烧熟一些野果子，人们捡起来一尝，觉着比生东西好吃，就捉些畜生，摘些野果子，放火里烧烧吃。可那时候人不会自己取火，光靠天火，哪儿起了火，就弄些火种保存着不叫灭。

有一次，帝喾王见这儿的人都吃生食，就问大家："咋不吃火烧的熟食啊？熟食好吃呀！"大家说："俺这儿没火呀！"帝喾王说："就不会到外地找火种吗？"有人说："找来过。可柴草供不上，水还淹，火种存不住。"帝喾王听了叹口气，心想：谁能引来火种，想法儿不叫灭就好了。

想来想去，想到了自己的儿子阏伯。帝喾王就把阏伯封到这地方，专门在这儿管火，封号叫"商"。

阏伯很聪明，为了管好火，想了很多办法。火不是怕水淹吗？他领着大家修个大土丘，派人到外地去找火种，把找来的火种放在土丘上。为了防雨淋，他领着大家在火种上面搭个很高的大棚子。这样，火种就能保住了。烧的木柴供不上，咋办哩？阏伯就叫人弄些当地的瓜果、毛皮啥子的，到外地去换木柴。因为他们是商地方的人，人家都称这些人叫"商人"。

保住了火种，这儿的人再也不吃生食了。大家到外地去换木柴，也开了眼界。后来不光换木柴，只要是用得着当地又没有的东西，都换。阏伯把商这地方管理得好，大家过上了好日子，都很崇敬他。

阏伯死后，人们把他埋在保存火种的土丘上，你一把土，他一把土，大家年年给阏伯添坟[1]，坟越来越大。因为阏伯的封号是"商"，大家就把

---

① 添坟：为悼念死者，往坟上添土，使坟不被风化掉。

这个土丘称为“商丘”。时候长了，“商丘”就成了这儿的地名，一直到现在。

后来，人们又在这大土丘上盖个庙，塑上阏伯的像，尊称他为“火神爷”；又把阴历正月初七定为火神节，每年这一天起大会。所以这个大土丘又叫“火神台”，也叫“阏伯台”。台子有好几丈高，就在商丘县城西南，离城有三里地。

【附注】

春秋时期左丘明的《左传·昭公元年》中记载：“昔高辛氏有二子：伯曰阏伯，季曰实沈，居于旷林，不相能也，日寻干戈，以相征讨。后帝不臧，迁阏伯于商丘，主辰，商人是因，故辰为商星；迁实沈于大夏，主参，唐人是因，以服事夏商。”

【讲 述 者】 郭久理（男，52 岁，商丘县文化馆干部，初中）

【采录整理】 刘秀森（男，40 岁，商丘县文化馆干部，大专）采录

【采集时间】 1983 年 3 月采录于商丘县文化馆

【流传地区】 河南省·（商丘市）·商丘县（1997 年撤销，大部分划入睢阳区，部分划入梁园区）

【文本来源】 中国民间文学集成全国编辑委员会编：《中国民间故事集成》（河南卷），北京：中国 ISBN 中心 2001 年版，第 42—43 页。

【阅读提示】 人们尊管火的人为火神，在造神方法上是顺理成章的。

【基本母题】 以前人生食；火种；帝喾；火的管理；封号；地名的来历；人成为神；火神；特定节日的产生

【本文编码】 《阏伯管火》：ZCSW0345-121-001

射日奔月

（汉族）

尧是高辛王最小的一个儿子，后来却继承他做了国君。

当尧在位的时候，曾有十个太阳，一齐出现在天空，把禾苗晒焦了，把草木晒死了，老百姓都饿着肚子，没有东西吃。加上还有种种恶禽猛兽，如猰貐、凿齿、九婴、大风、封豨、修蛇等从火焰似的森林或沸汤般的江湖里跑出来趁火打劫，为害人民，使本来生活不下去的人民，更加生活不下去。

仁爱的尧，除了忧愁烦恼地每天向上帝呼吁祷告以外，简直没有其他办法。

十个太阳，都是东方天帝帝俊的儿子。帝俊有两个妻子一个叫常羲，替他生了十二个月亮女儿；另一个叫羲和，替他生了十个太阳儿子。

十个太阳儿子，都住在东方海外的汤谷。这地方的水，滚热如汤，所以叫做汤谷。汤谷附近有一棵大桑树，生长在海水的中央，名叫“扶桑”。扶桑有几千丈长，一千多围粗，十个太阳就住在这树上。他们轮流出去值班，一个太阳回来了，另一个太阳才开始出去，所以太阳虽然有十个，经常和人们见面的，却只有一个。

太阳出来，他的妈妈羲和就替他驾了车子，由六条蛟龙拉着，飞快地在天空中驰行。每天的行程，都有严格规定的路线和程序。十个太阳儿子，便由妈妈这么伴送着，轮流出去值班。

可是不知道怎么一来，孩子们却忽然不愿意遵守这个规定，竟暗中商量好，“轰”的一声，一齐飞跑出来，谁也不再去坐那由妈妈驾驶的乏味的车子，而是欢喜地跳着、蹦着，四散在广阔无垠的天空中。习惯一经养成，就天天结伴出来玩耍，再也不想分开。自然，十个太阳齐照的大地，是多么光明灿烂啊。也许他们心里还想，光明灿烂的大地在向他们表示欢迎，哪知道大地上的一切生物，都怨恨他们到了极点。

做爹妈的帝俊和羲和，对于顽皮成性的孩子们的恶作剧，虽然也想加以管束，无奈他们都具有大的神力，全然不理睬双亲的忠告，一时竟拿他们没有办法。

十个太阳见爹妈拿他们没办法，就胡闹得更加起劲了。可是代表人民愿望的尧的祷告，又天天上达天廷。帝俊身为上帝，对这种呼吁，绝不能充耳不闻；加上他实在也讨厌孩子们的胡闹了，就决心派一个擅长射箭、名叫"羿"的天神到下方去，诛除那些为害人民的恶禽猛兽，捎带着也把他的坏孩子们吓一吓。

羿领了帝俊的旨命，便带着他的妻子嫦娥，辞别天廷。临行时候，帝俊赐给羿一张红色的弓，一口袋白色的箭。这华贵的神弓和神箭，都是天上稀有、世间所无的宝贵武器，刚好配得上像羿这样一个高明卓绝的射手。

羿于是带着他的妻子，降到下方，在闷热难当的茅草屋里，见到了为旱灾而愁苦的尧。尧一知道羿就是天帝派遣下凡为民除害的天神，不禁大喜过望，烦恼和忧愁顿时消散得干干净净。

远远近近的人们，听说天神羿下了凡间，都赶到王城所在的地方来，聚集在广场上，大声地呐喊和欢呼，要求羿替他们诛除祸害。

最为人痛恨的，当然就是一齐出现在天空中的这十个太阳。起初，羿原也想虚张声势，吓吓他们，叫他们不敢再调皮就算了的。哪知道这些骄纵惯了的少爷，见羿在下面调弓弄弦、作势要射的样子，竟连理也不理，只在肚子里冷笑。这一来却真的惹恼了羿。正直的羿心想："哪怕你是天帝的儿子，既然你们决心和人民为敌，我就敢于收拾你们！"

于是他就真个慢慢地走到广场中央，搭上箭，拉满弓，对准天空中的一个太阳，嗖地一箭射上去。起初没有影响，隔了顷刻，只见天空中一团火球无声地爆裂了，流火乱飞，纷纷的金色羽毛四散，"訇"的一声落在地面上的，是一团红亮亮的东西。人们跑近前去一看，原来是一只极大的金黄色的三足乌鸦，想来就是太阳精魂的化身了。再一看天上，太阳果然已经只剩下九个，空气也似乎凉爽了些，人们不由得齐声喝彩。

祸事既然闯定了，羿索性一不做二不休，便又连忙拈弓搭箭，向着天空中东一个西一个战栗而正想逃跑的太阳射去。一支支的箭像疾鸟般地从弓弦上发出，只听得嗖嗖嗖的箭声，只看见天空中一团团火球无声地爆裂，满天是流火，数不清的金色羽毛四散在空中。三足乌鸦一只只地坠落下来，人们的欢呼声音响彻了大地，羿正射得欢畅而高兴。

站在土坛上看射箭的尧，忽然想起太阳对人也有大功，是不能全射下来的，急命人暗中从羿的箭袋里抽出了一支箭。羿以为十支箭都射完了，就停下来，因此天空中的太阳终于还剩下一个。可怜这顽皮的孩子已经吓得脸色发白，地面上的人们都吵嚷着冷起来了。

然后，羿又去诛除种种为害人民的恶禽猛兽。他先在中原地带把形状像貙而有着老虎爪子的怪兽猰貐诛杀了，又去南方的畴华之野杀那口吐一齿如凿、约五六尺长、号称“凿齿”的人形兽躯的怪物。二害既除，又去北方的凶水之上杀九婴；九婴是一个生着九个脑袋、能喷水也能吐火的水火之怪。回转来经过东方的青丘之泽，羿又用带绳的箭射杀了一只名叫“大风”的鸷鸟。然后又去洞庭湖把一条巨蟒斩为数段。最后回到中原，在桑林地方又把一头有着长牙、利爪、力气赛过牛的大野猪即所谓“封狶”的生擒活捉住。

羿为人民除了七桩大害，天下人民都感念羿的功德，到处都传扬着他的颂歌。羿觉得自己总算没有辜负天帝的委命，便把在桑林擒获的那只大野猪宰杀了，将肉剁得细细的，蒸成肉膏，用盘子盛好，恭恭敬敬地亲自端到天廷去，奉献给做天帝的帝俊。他满以为天帝定会嘉许他一番，哪知道帝俊竟满脸不高兴地向他说：

“你对人们虽然有功劳，可是你却射死了我的儿子，一见这野猪肉，我就伤心，见了你我也是这样。好吧，从此以后，你和你的妻子就住在下方，不必再到天上来了。”

羿的一团高兴，登时化为乌有。他回到家里，就把他的伤心和委屈向着他的妻子嫦娥倾诉。不料他的妻子嫦娥虽是天上的女神，却未免心胸有些狭窄，听了羿的倾诉，不但不同情他，反而哭哭啼啼，和他吵闹。说自己原本是天上的女神，如今受了连累，上不了天，都是羿妄逞英雄，杀死天帝儿子的过错。

嫦娥还说：“做了人是会死的，死了以后，就得到地下的幽都去，和那些黑色的鬼魂住在一起，过愁惨暗淡的生活，这是多可怕呀！”

“是呀，”羿闷闷地回答说，“我也不想到幽都去，可是，那又有什么法子好想呢？”

嫦娥于是告诉羿，听说在昆仑山，住着一个神人，名叫西王母，她那里藏有不死药，人吃了就可以长生不死。

“对呀，”羿高兴地说，“西王母藏有不死药，怎么我先前竟一点也没有想到呢？——好，我马上就去向西王母求不死药。”

于是羿准备了一点简单的行装，带了一些干粮，背上弓箭，骑上白马，在第二天早晨，当太阳初升的时候，便向昆仑山进发了。

昆仑山，是西方的一座神山，黄帝住在这里，西王母也住在这里。它的下面，环绕着弱水的深渊，一片鸟毛掉在上面，也会沉落，更不要说乘船载人了。它的外面，又被一座炎火的大山包围着，大火昼夜不息，无论什么东西一碰见它就会燃烧。

靠了射日除害的剩余的神力和不屈的意志，羿居然通过了水火的包围，攀登上了昆仑山顶，见到了好几丈长的大稻子和九首人面虎身的守门的开明兽。这个地方的高度，据说有一万一千多里，要不是羿，谁也休想来到此地。

羿把来意向西王母说明之后，西王母非常同情羿的不幸遭遇，就慷慨地给了他一包足够两个人吃的不死药，并且告诉他说：

“这药，是从不死树上采下的不死果炼制成的。不死树三千年开一次花，六千年结一次果。果子很少，我的全部剩下的药物都在这里了。如果一个人吃了这么多药，就还有升天成神的希望。你拿回去好好保藏着，不要弄丢了。”

“谢谢您，”羿说，“我一定记住您的话。”又经过千山万水的跋涉，羿终于带着不死药，高高兴兴地回到家里。他一回家，就把不死药交给妻子保管着，准备择一个节日，大家同吃。他并不想再上天，因为天上的情形并不比人间好，只要不到地狱去，他就意满心足了。

可是他的妻子嫦娥却不和他一般设想。她想她原是天上的女神，如今上不了天，全是受了丈夫的连累，照理他该还她一个女神才是。灵药既然除了长生更有使人升天成神的妙用，那么即使自私一点，吃下丈夫的一份，也不算怎么亏负他……

想来想去，她就打定主意，不再等待什么节日，趁羿不在家的一个晚上，把那包药取出来，一齐吞下肚子去。

奇事果然在这时候发生了，嫦娥渐渐觉得她的身子轻飘飘的。脚和地面脱离开来，终于不由自主地飘出了窗口。

外面是夜晚的蓝天，灰白的郊野，天上有一轮圆圆的皓月，被一些金色的小星围绕着。

嫦娥一直飘升上去……

但是到哪里去呢？她思考着：假如到天府，定会被天上的众神耻笑，说她是背弃丈夫的妻子。看来只有暂时到月宫里去躲藏一下的好。主意决定，她就一直奔向月宫去。

她到了月宫里。月宫里出奇的冷清。却是她先前一点也没有预料到的。这里除了一只蟾蜍、一只白兔和一株桂树而外，什么也没有。直到许多年以后，才又添了一个“学仙有过”、罚到月宫里来砍桂树的吴刚。吴刚砍桂，桂树和他闹别扭，创口随砍随合，再也砍它不倒。

这景象很使她灰心失望。但是既然已经来了，只有住下再说。

可是愈住下去，愈是觉得寂寞不惯。她开始想起家庭的乐趣，丈夫的好处。假如自己宽宏大量一点，不这么心眼窄小，两人分吃了不死药，大家都永生在世上，岂不胜过一个人冷冷清清地在月宫里做神仙吗？

她懊悔，她想仍旧回到下方去，向丈夫承认自己的错失，请他原谅。但是药已经吃下肚去，这种愿望便只能是空想，从此她就只好永远住在月宫里，再也下不来了。

那天晚上，羿从外面回来，发觉他的妻不见了，桌子上却放着不死之药的空包，羿明白了这是怎么一回事，愤怒、失望、悲哀，好像一条条毒蛇，绞缠着他的心灵。

他闭紧了嘴唇，怔怔地望着窗外，在这星月交辉的天空，他的妻子已经离开了他，单独寻找她幸福的乐园去了……

羿惟一借以消愁解闷的方法，只好是背弓挟箭，骑了骏马，到原野上去驱驰，或是到山林里去打猎。呼呼地拂过耳畔的天风，也许会吹散他的忧愁；和野兽搏斗时候的兴奋，也许会消除他的痛苦。

陪伴他去打猎的，有一个他在下方招收的学生，名叫逄蒙。逄蒙，是山间的一个猎手，是一个灵敏而又勇敢的人，羿一向很喜欢他，曾经尽心竭力教他射箭。

后来逄蒙的箭几乎射得和羿一样好了，天下都很闻名，凡是人们提到箭射得好的，都把羿和逄蒙两人相提并论。

羿很喜欢他有这样一个本领高强的学生，但是气量狭小的逄蒙却不大喜欢有这么一个本领比他还高强的老师。

据说有一回，羿曾和逄蒙比赛过一次射箭。恰好天空中一行雁飞了过来，羿叫逄蒙先射。逄蒙连发三箭，为头的三只雁应着弦声坠落下来，一看，刚好三支箭都射中雁的头部。这时，受惊的雁已经四散乱飞，羿也随意向它们射了三箭，也有三只雁应弦坠地，三支箭也都射中雁的头部。这样，逄蒙才知道老师的本领实在比他高强，不是他轻易赶得上的。

因此，逄蒙对于羿总是感觉着非常嫉恨，暗害羿的念头时常在他的胸中盘绕。但是一则羿向来待他好，良心似乎不许可；二则实在也找不着下手的机会，这愿望就埋藏着没有实现。

现在可是好了，羿因为受了家庭事变的刺激，脾气变得暴躁易怒，动不动就要骂人，逄蒙也被责骂过好几回。良心的藩篱很容易被羞辱冲破，加之有一回羿在气恼之下忽然宣称，他要单独出去打猎，逄蒙就利用这机会，暗中准备好，实现谋害老师的计划。

傍晚，羿打猎回来，快到家的时候，只见对面树林边上有人的影子闪了一闪，接着，就有一支箭向他飞来。羿眼明手快，连忙拈弓搭箭，在跑着的马上，一箭射去。只听得铮的一声，箭尖正触着箭尖，在空中发出几点火花，两支箭便向上挤成一个“人”字，然后翻身落在地上。第一箭刚刚相触，双方立刻又来了第二箭，同样相触在半空中。一连射了九箭，羿的箭都用尽了，这时他才看清楚逄蒙得意地站在他的对面，还有一支箭搭在弦上，正对准着他的咽喉。

来不及让羿略作防备，对方的箭早已经像流星般地，嗖的一声径向羿的咽喉飞过来。也许是瞄准差一点，却正中羿的嘴。一个斤斗，羿带箭掉下马去，马也就站住了。

逢蒙见羿从马上落下，以为老师这下子是准死无疑了，便慢慢地踱过来，微笑着去看他的死脸；刚在定睛看时，只见羿忽然张开眼睛，直坐起来。

“你真是白跟我学了这么久，”羿吐出箭，笑着说，“难道连我的‘啮镞法’都不知道么？这怎么行，还得好好地练习啊！”

“饶恕我……”逢蒙丢了弓，扑地跪伏在地上，抱住羿的腿，半哭泣半号叫地哀告说。

“去吧，以后别再这么下作了。”羿鄙夷地挥了挥手，便跨上马，径自走了。

羿虽然被逢蒙暗算过一次，但是一者他为人素来仁爱宽大，二者也自恃有过人的技艺和勇武，所以并没有把这事放在心上，以后出去打猎，还是随身带着逢蒙一道。

从此以后，逢蒙在羿的面前，愈加表现得老实恭顺，使羿对于他的改过向善，深信不疑。

但是他却暗中用桃木削成一根大棍子，随时携带在身边，说是既可以用来打野兽，又可以用来挑猎物。羿见桃木棍使用起来方便，也很欢喜，丝毫没有其他疑心。

一天，羿站在树林边仰天射雁，已经射落了一只，正举起弓箭来要射第二只，哈着腰在他身旁收拾猎物的逢蒙忽然直起身来，抓起树旁的桃木大棍，对准羿的头顶，狠狠地就是这么一棍。

当羿察觉，回过身来，要给这恶徒以打击的时候，事实上已经来不及了，桃木大棍就像泰山压顶似的，一棍正中羿的后脑。

鲜红的血液不断地从羿的耳朵边流下来，羿两手无力地垂下，手里的弓和箭扔落在地面上。他略回过头来，用他虽然已经昏迷却仍然是那么愤恨而又轻蔑的眼光看了逢蒙一眼，然后，像一座山样的，颓然地倒了下来……

他死了，他平静而无声地死去了。他一生连遭不幸，又死得这么冤枉，真是太叫人痛心了。据说人们为了纪念他，奉他做了宗布神。宗布神的职司是统辖天下万鬼，教邪恶的鬼不敢害人，有点像上古时候的神荼、郁垒和后世民间传说的钟馗。他生前为民除害，死后还继续做他的工作，也可算是志望得遂了。

【附注】

原文本中的羿的徒弟写作“逄蒙”，本书据古文献记载，改为“逢蒙”。《荀子・正论》篇载：“羿、逢蒙者，天下之善射者也。”

【讲 述 者】（无考）
【采录整理】袁珂重述
【采集时间】（无考）
【流传地区】（无考）
【文本来源】陶阳、钟秀编：《中国神话》（上册），北京：商务印书馆2008年版，第279—288页。该文本标注选自袁珂著《神异篇》。
【阅读提示】这是一篇天马行空式的神话，最后才点出一个特定的神——宗布神的产生，绕的圈子有点大了。宗布神统辖天下万鬼，来头不小。
【基本母题】神的起源；东方天帝；日月的数量；羿射日；比赛；嫦娥；管神的神；神荼；郁垒

【本文编码】《射日奔月》：ZCSW0346-121-002

玉皇大帝的来历

（汉族）

从前，息县城东关外有座天爷庙，庙里有个神仙叫玉皇大帝，俗称老天爷。说起玉皇大帝的来历，这里有段故事。

相传，古时候，有个“光严妙乐国”，国王名字叫净德时王，年过半百尚未得子，心里非常着急，曾多次祈求太上老君赐个儿子，好继承他的王位。

一天，皇后果然见到太上老君抱一婴儿来到皇宫，说是给她送子来了。皇后随即禀告国王，国王立刻前来拜谢，并设宴款待太上老君。可是，太上老君见了他们的酒席，转身拂袖而去。皇后以为酒席不丰盛，惹怒了太上老君，急忙上前追赶赔礼道歉。因她走得太慌张，被门槛绊倒在地，“唧哇”一声惊醒了，原来是一场梦。可她一摸肚子，真的怀孕了。国王一听夫人有孕，一时乐得哈哈大笑，说这真是天助我也！于是，马上设宴，庆贺皇后怀孕，也借此感谢太上老君给他送子之恩。

第二年正月初九，皇后生下一子，国王和皇后视如掌上明珠。国王每天朝政回来，总要亲一亲儿子，喜盼儿子快长大好继承王位。不料，这个王子长大以后，竟舍弃王位，不愿做皇帝，把皇室的所有财产一散而尽，自己却到山中学道修真去了。后来，他得道成仙，被太上老君选入天庭，当上了玉皇大帝，总管三界的一切祸福。因为玉皇大帝是农历正月初九生，所以，人间每到这一天都敬奉老天爷，说是正月初九是老天爷过生。

【附注】

“玉皇大帝”是一个复杂的神话人物，他既是一个道教神，也可以是一个一般意义上的民间神灵。如，作为道教神话传说中的天地的主宰时，有“昊天金阙无上至尊自然妙有弥罗至真玉皇上帝”“太上开天执符御历含真体道昊天玉皇上帝”“玉皇大天尊”“高上玉皇”“高天上圣大慈仁者玉皇大天尊玄穹高上帝”“玉皇赦罪天尊”“玄穹高上帝”等称谓，民间也称之为“天公”“玉帝”“老天爷”等。

【讲 述 者】 涂玉生（男，63 岁，农民）

【采录整理】 戴金瑛

【采集时间】 1984 年

【流传地区】 河南省·（信阳市）·息县

【文本来源】 张振犁编著：《中原神话通鉴》（第四卷），郑州：河南大学出版社 2017 年版，第 1241—1242 页。

【阅读提示】 在不同的神话中，玉皇大帝是一个性格多元的管理神，其来历也是众说纷纭。

【基本母题】 天爷庙；玉皇大帝；太上老君；修炼成仙；玉皇大帝的生日

【本文编码】 《玉皇大帝的来历》：ZCSW0347-121-003

灶神的传说

（汉族）

在很久很久以前，有一户富贵人家，家有三个女儿，都生得苗条秀丽。

可是在老两口心里有一块心病，三个女儿一天天长大了，都到了成家立业的年纪。老两口只想招进一个女婿，因为怕招多了，对父母不孝，但不知道留哪一个女儿，为此很是苦恼。他们又不对女儿们说，一直在想着一个两全其美的办法。

终于，他们想出一个妙计，首先问一下三个女儿以后要做什么，需要家业多少。如果三个女儿都要留在我们身边，那我们就只能暂时一个也不要，分给她们各一份家业，让她们自己去生活，免得以后她们争夺家中更多的财产。

第二天，父母叫来三个女儿，对三个女儿提出事先想出的妙计。

大女儿说："我需要家里的一份田地，要老老实实地做一个庄稼人。"

二女儿说："我要留在父母身边，好好孝顺父母。"

三女儿说："我要家里的那条水牛，我要骑着它去找我的如意郎君。"

父母问三女儿怎么个找法，三女儿说："我骑着水牛走，不指挥它，只要它进去的那家就是我的郎君家，不管那家有多富，有多穷，我都要用自己的双手同郎君共同创造自己的幸福。”

第二天一大早，三女儿骑着牛上路了。

可是走了一天又一天，过了一村又一寨，牛总是不进门。

又走了半月有余，终于在一个偏僻的小山村里，水牛走进了一户极贫困的农民家。

姑娘刚从牛背上下来，就见屋里走出一位老大妈。

老大妈拉着姑娘的手说：“姑娘，你走错门了吧？”因为姑娘是富贵人家的，穿戴就不同一般人，所以大妈才这样问她。

姑娘笑眯眯地对大妈说：“我没有走错，我不但没有走错，还要做你的孝顺媳妇。”

姑娘这么一说，老大妈真的对自己的耳朵怀疑起来，就对姑娘说：“我们穷得有早饭没晚饭，我们家就连住房也没有一间像样一点儿的，怎能收你做儿媳？何况我儿子是个只能上山打柴卖的老实人。”

老人家劝到后来，就听姑娘说：“大娘就让我在你家住上一晚吧。”

午饭后，姑娘悄悄地到镇上去了，去做什么？是去找珠宝店。她要用父母给的一部分宝石先换回一些粮食和肉食，今后的生活再慢慢着想。

她心想，既然父母对我这样，我就要用自己的双手去创造未来，因为父亲说过幸福不是别人送的，而是要靠自己的双手。

她在大街上找来找去，走进一家珠宝店，她从身上摸出两颗宝石，对掌柜的说：“我用这两颗宝石换一些粮食和肉。”

掌柜的接过宝石细细一看——这是两颗价值连城的宝石！掌柜的一时做不了主，就找来老板。

老板一看二话不说就派十名手下的人，又派十人挑肉送姑娘回家。

回到家中，老大妈跪下对姑娘说：“你是天上掉下的大好人，我们母子俩怎么能要你这么多东西。”

姑娘忙把大妈拉起，然后进了灶房，她要做一顿美餐给他们母子俩吃。

太阳快落山的时候儿子挑着柴回家了，一进门就有一股扑鼻的香味。他感到有点儿不对劲，赶紧进屋一看，家中堆了那么多的东西，就问娘。娘把今天所发生的事一五一十地对儿子说了一遍，说完便从灶房中叫出姑娘。

儿子对姑娘说："真对不住，我们家怎么能要你这么多东西?"

姑娘说："没有关系，我只用了父亲给的两颗宝石。以后让我俩共同劳动，走出宽宽的生活道路。"

儿子问道："我看看你是用什么宝石换的?"姑娘从身上拿出剩下的几颗给他看。

儿子看罢惊叹道："用这样的东西就能换回那么多粮食和肉？这种东西我去打柴的地方多着呢！不信明天我俩去看看。"

到了第二天，未等太阳出山，他俩就上山了，只见整座山都是亮晶晶的。他俩每人拿了宝石就回家了。有了宝石，又有两人勤快的劳动，家里的日子越过越好。

到了第二年秋天，老大妈要求他俩完婚。他俩同意在腊月二十四完婚。他俩要让所有的父老乡亲都参加他们的婚礼。到了喜庆那天，来他们家做客的人络绎不绝。

等拜堂后，大门外来了一群要饭的老人，个个面黄肌瘦。他俩看到后，连忙叫人请进要饭的老人，让他们也吃上一顿美餐。

饭后，大多数要饭的走了，可有一对老人就是不走，说他们受尽了要饭的悲苦滋味，要在这里住上几天再走。

小两口非常可怜这两位老人，就把他俩让进了灶房中。

当姑娘派人给两位老人洗脸、洗脚时，老人你看看我，我看看你。为什么这样呢？刚进屋时没工夫去看主人和家中摆设，一心想好好吃一顿，到现在仔细一看这位新娘，怎么好像自家的三女儿?

老人家忙问新娘叫什么名字，是哪儿的。新娘说我是哪儿哪儿的，并说，我们家有三个女儿，还把自己怎样到了这里，怎样发家致富的事讲了一遍。

新娘还说，等新婚一过，我和丈夫就要去看看一年未见的父母。新娘的话还未讲完，那个要饭的老大妈就气死在灶房里，那位老爹也接着就靠在他家墙上，上气不接下气地对新娘说：

"我们对不住你，我们的好女儿。我们是你的父母，哎呀!"说着把一个脏巴巴的小布包从怀中摸出来递给新娘，也就死了。

最后新娘看了这包东西，确信两位老人是她的父母。

因为她父母是死在灶房中的，就请了一位画家把这一真实的图像画了下来，挂在灶房中央。

以后，每到农历腊月二十四晚上，她都要给自己的父母烧香、敬供上一些春节准备的食品。

这就是“灶神”的由来。现在，每到腊月二十四晚上，还有不少人给“灶神”烧香、敬献食品。

【附注】

灶神又称“灶王爷”“灶君”“灶君司命”“灶神星君”“九天东厨司命主”等，在民间神灵中地位不高，知名度却不低。晋代葛洪的《抱朴子·微旨》中说：“月晦之夜，灶神亦上天白人罪状。大者夺纪。纪者，三百日也。小者夺算。算者，一百日也。”北宋李昉、李穆、徐铉等撰的《太平御览》卷一八六引《淮南万毕术》云：“灶神晦日归天，白人罪。”郑玄注《礼记·祭法》也记载灶神“居人间，司察小过，作谴告者也”。

【讲 述 者】　熊宗仁

【采录整理】　和江全记录

【采集时间】　2005 年 12 月采录于永胜永北镇

【流传地区】　云南省·丽江（丽江市）·永胜（永胜县）·永北镇

【文本来源】　中国民间文艺家协会组织编写，罗杨总主编，沙蠡本卷主编：《中国民间故事丛书》（云南·丽江·永胜卷），北京：知识产权出版社 2016 年版，第 62—64 页。

【阅读提示】　这则神话解释造神的来历又是一说。

【基本母题】　招婿；宝石；人变成神；造神的产生；腊月二十四祭灶神

【本文编码】　《灶神的传说》：ZCSW0348-121-004

灶王爷（1）

（汉族）

1949年前，好些村的村口都有座小庙，内塑一位持剑怒目的黑脸将军，人称“五道老爷”；在每家的锅台上都有个小神龛，神龛上有副对联“上天言好事，回宫降吉祥”，横批“一家之主”，牌位上写“灶君老爷之神位”。五道与灶君都是神，为何一个守村口、一个守锅台呢？

相传，五道与灶君原是酒肉桌上的朋友、赌博场上的伙伴，五道有妻室，灶君打光棍儿。有一次他俩赌博，五道将所有的家财都输给灶君。为了赢回家财，五道便把妻子作为赌注和灶君来赌，结果又输了。自古道：“赌博场上无父子。”不要看他俩是朋友，但灶君还是把五道的妻子带回他家，做了自己的老婆。

“毁人买卖霸人地，杀人之父夺人妻。”这是世人最难容忍之事。五道将妻子输给灶君后，心里甚为恼火，想把灶君置于死地，夺回妻子，就拿了一把三尺宝剑坐在村口，等灶君出来将他杀死。灶君知道此事后，终日躲在家中，蹲于锅台上，闭门不出。他们死后成了“神”，人们便在村口修了“五道庙”，锅台上设了“灶君堂”。

【讲 述 者】 穆光昌

【采录整理】 穆照谦采录

【采集时间】 （无考）

【流传地区】 山西省·（吕梁市）·文水县

【文本来源】 郭万金主编：《山西民间故事大系》（晋西卷），北京：商务印书馆2017年版，第991页。

【阅读提示】 凶狠者和窝囊废都能成为神，可见民间传说中很多神产生的门槛并不高。

【基本母题】 五道老爷；灶君老爷；神位；神的朋友；赌妻；人死后成神

【本文编码】 《灶王爷（1）》：ZCSW0349-121-005

灶王爷（2）

（汉族）

勿晓得哪一个朝代，皇帝派了个近身大臣到阿拉宁绍平原当州官。这个大臣在京城享乐惯了，勿愿意来。皇帝对其讲：“这个州土地肥沃，侬去比在我手下还要享福，那里百姓会每日请侬吃喝。”

这个大臣到了宁绍平原，居然贴出告示，要当地百姓家家户户请其吃上等酒席，开头其一个人吃，后来把老婆、下司连狗都带去吃。

州官整整吃了一年，吃得又白又胖，吃得老百姓叫苦连天。特别是穷人家，自家还吃勿饱，咋管得起州官的一日酒席？有的把女儿卖掉给州官办酒席吃，有的办勿起酒席被州官抄家灭门。老百姓都咬牙含泪地讲：“州官勿是阿拉的父母官，其是吃人肉、喝人血、啃人骨头来的！”

这话传来传去，传到一个偏僻的村庄，传到张大巴掌耳朵里去了。张家夫妻两人，老婆纺纱织布，丈夫种地斫柴。张大巴掌生得膀宽腰粗，气力特别大，因此人家讴其张大巴掌。其气力大得一只手拔树好比拔葱，巴掌一挥能把高墙打塌。其把州官的事情打听清爽以后，就杀了一只猪，加上作料，放在大锅里煮，讴其老婆烧火炖肉，自己去寻州官。

见到州官，张大巴掌讲：“州官大人，侬看我的长相，像有本事的人吗？”

“呀！侬这么出奇的巨人，我还头一回看见呢！侬本事一定勿小。”

“对，我能上天抓凤，入海擒龙。听说州官大人喜欢吃好东西，我特地为侬擒了龙凤，炖了大锅龙凤肉，请州官大人到阿拉屋里去吃！”

这咋能勿去？州官一听，立刻带着老婆、下司和狗就跟着张大巴掌去了。一进张大巴掌门口，州官一帮人张大鼻孔吸气，一边讴：“介香啊！介香啊！”连狗也直伸长舌头，真正馋煞了。走进一看，龙凤肉还呒没煮熟，州官发怒了，想训张大巴掌。这辰光，张大巴掌讴其老婆让在旁边，把门一关，袖头子一卷，指着州官讲：“这回侬算跑勿掉啦！侬把老百姓害得好苦啊！这回让侬尝尝我巴掌的厉害！”张大巴掌撩起巴掌就要打，老婆忙拦住讲：“侬莫把其尸骨都打碎了，就打在灶旁的墙上吧！生前爱吃老百姓，死后就叫其永远在灶边，瞪眼看着老百姓吃东西吧！”张大巴掌撩起巴掌，只用了一点点劲，听得“叭”的一声，把州官一帮人统统打在墙上。

大家纷纷跑来看，拍手称快。有人提议，州官一帮人生前到家家户户吃，索性请画匠画下来，贴在每家灶头旁边，叫他们瞪眼看着家家户户吃好东西吧！大家听了交关赞成，就这么办了。

这事情给皇帝晓得了，交关生气，又勿敢找张大巴掌问罪，生怕自己也被打在墙上，就写了告示贴出去。告示咋讲的呢？“州官两口子生前是皇帝的‘御膳厨子’，侍候皇帝有功；死后封为灶王爷、灶王奶奶，家家户户都要把灶王像贴在灶间，以示敬重。”

【讲 述 者】 包新日（女，退休工人）

【采录整理】 王卫（42岁），陈露泉

【采集时间】 （无考）

【流传地区】 浙江省·宁波市·江东区

【文本来源】 中国民间文艺家协会组织编写，罗杨总主编，王昱本卷主编：《中国民间故事丛书》（浙江·宁波·江东卷），北京：知识产权出版社2015年版，第62—63页。

【阅读提示】 这则神话重新演绎了灶王神的来历，有别于民众一般性传统认知，带有明显的地方特色。

【基本母题】 腐败的贪官；人成为神；灶王爷；灶王奶奶；灶王像

【本文编码】 《灶王爷（2）》：ZCSW0350-121-006

张灶王

（汉族）

古时有盘古山，山上有庙，庙有老道主持之。山下村中有张姓兄弟，兄为泥工，弟为画匠。泥工善盘锅台，所盘锅台易烧而省柴，家家锅台俱为其所盘，以此著名，人称“张灶王”。画匠善塑泥神，又善作年画。每年上山塑神，老道辄抄所藏万年历之当年历头予之。画匠持归，印数百张予其兄，嘱于走村串乡盘锅台时售予各家。张灶王人缘极佳，所至之处，谈家务，话桑麻，取东家之长，补西家之短，人皆乐其平易和善，善使家庭和睦，故所到之家，辄以其所喜食之火烧饼飨之。

张灶王年至八十，于腊月二十三日寿终于家。灶王死后，人皆思之。其尤甚者则弟画匠也。盖兄在世时，柴米油盐，家庭琐务，兄皆主之，无烦弟念。灶王去世，画匠即为一家之主，米盐琐务，子媳争端，纷至沓来。画匠苦之，乃设一计，欲借兄之威灵以理家乱。遂于腊月二十三兄忌日，展纸濡毫，绘年历，图兄及已故之嫂像于其上，又图二龙抬历头，下又图十二意子为十二才官。图就，悬于厨房后墙，呼子及媳等均起，指图示之曰：“吾昨梦汝伯以正直为神，玉帝封为灶王，令掌岁时家政。凡不按历头耕田，抛撒米面，好吃懒做，搅家不贤者，均当于每年腊月二十三日上天禀明玉帝，大年初一返回，各设惩治之法以治之。”家人闻之皆惧，齐跪而叩头求饶。

画匠乃搬来供桌，置其兄喜食之火烧、嫂所喜食之糠果于其上，代子及媳向兄求情，曰：“兄乎！亲不亲，一家人，幸勿怪罪晚辈，今后侄等皆知为善矣。兄当上天言好事，下界保平安，好话多说，坏话勿提，自兹以后，兄为一家之主矣。”翌日，诸媳传其事于外，乡人素念张灶王，皆来求其画像，以为一家之主。画匠应接不暇，乃将所绘灶王神像刻以为板，印发多张。众人敬请灶王至其家，贴于厨后壁上，虔谨祀之。从此男耕女织，尊老爱幼，和睦度日。此即灶王神及腊月二十三日祭灶之来历。

【讲 述 者】（无考）

【采录整理】袁珂据《河南民间故事丛书》（五）“节日的传说”中的《祭灶》改写。

【采集时间】（无考）

【流传地区】河南省

【文本来源】 袁珂：《中国神话大词典》，北京：华夏出版社2015年版，第381—382页。

【阅读提示】 民间叙事充满奇思妙想，为了解释灶王的来历，编出一个叫“张灶王”的人，似乎验证了偶然中的必然。

【基本母题】 盘古山；工匠；腊月二十三；玉帝封神；灶王的产生；祭灶王

【本文编码】 《张灶王》：ZCSW0351-121-007

猎神杜朝选

（白族）

大理周城是白族地区最大的村子，居住着近千户白族。周城白族崇拜的本主是为民除害的英雄杜朝选，并把它尊为猎神。在本主庙里供奉着杜朝选的木雕神像。每年正月十四至十六日为本主节，全村白族要举行隆重的仪式祭祀本主，将本主神像用轿子抬着游村，同时举行其他活动以娱神。周城白族崇奉杜朝选为本主神，民间有这样的神话：

古时候，周城村有两个姑娘，一天，她们上云弄峰去砍柴。天太热了，口又渴，路过蝴蝶泉的时候，她们就到龙潭边去喝水，坐在合欢树下歇凉。忽然来了一个陌生少年，邀她们到家中喝茶。她们拒绝了，那少年却死死纠缠。她们害怕起来，就转身往回跑。她们跑得快，那少年也追得快；她们跑得慢，那少年也追得慢。跑着跑着，突然一阵旋风，把两个姑娘卷进后山上的山洞里去了。

原来，周城出了一条大蟒，吃了许多牛羊，乡亲们非常害怕。现在两个姑娘又被妖怪摄去，大家更加惊慌了。他们说：“哪一个能杀掉这条大蟒，我们要重重地酬谢他！”

有一个叫杜朝选的猎人，平时在云弄峰和沧浪峰一带打猎，打死过许多毒蛇猛兽。有一次，他从海东坐船回来，上岸后又拿着弩弓，背着长箭，到霞移溪的山箐中去找野物。这时正是春天，山峰上虽还有积雪，但溪边开满了山花。他看见溪边的一块大石上，有个姑娘在洗衣服。那姑娘低着头，泪珠一滴一滴地落在水里。他继续往山上走去，到山腰忽然看见一条黑色金花的大蟒，直向他游来，就像一股黑水迅速流淌过来一样；等快要到他面前了，他取箭射了过去，正射中了蟒的头部。蟒把大尾巴一卷，打断了许多大树，急急向草丛中奔逃而去，一会儿就不见了。杜朝选走下山来，那大石上的姑娘也不见了。他回到周城，老人们都来诉苦说："近来出了一条蟒蛇，吃了许多牛羊，还把两个姑娘也摄去了。"这时他才明白，今天看见的那个姑娘，就是其中的一个。

第二天，他拿了弩弓，挂上宝剑，又向霞移溪走去。在那里又看见那姑娘在大石上洗衣服，那衣服上血迹斑斑。杜朝选近前一看，认得是邻居的姑娘，便问道："你怎么会到这里来？衣服上怎么有血呀？"

姑娘哭着说："是大蟒把我姐妹两个摄来的。昨天大蟒被人射了一箭，在床上哼着，要我来洗血衣。"

杜朝选又问："你为何不逃走呢？"姑娘说："大蟒在洞外用尾巴画了一条线，只要我们一出线，它就知道，逃不了呀。"

"你妹妹在哪里？"

"她在洞中伺候大蟒。"

"那么你来引路，我进去把它杀了，救你们姐妹回家。"

姑娘说："杜大哥救我们姐妹的性命，我们万分感谢。那大蟒三天一小睡，七天一大睡，现在正是它小睡的时候，只是那蟒十分凶恶，近不得身，你得多加小心。"

杜朝选拔出宝剑，随姑娘进到洞内，仔细一看，并不见什么大蟒，只见一个穿黑衣的少年，躺在床上睡着了。另外还有个姑娘，坐在一边哭泣。杜朝选知道这少年就是大蟒的化身，举起宝剑就要刺去。哪知蟒蛇在小睡时，眼睡心不睡，它知道有生人进洞，早已惊醒了。蟒蛇一见杜朝选，就变成一条黑蟒，张口向杜朝选冲去。杜朝选用力一刺，宝剑刺入大蟒的肚子。大蟒盘起身子，把杜朝选一道一道地箍了起来。越箍越紧。杜朝选浑身的筋肉都紧张起来，像弓背和弓弦一样，紧紧地绷着。他就用宝剑朝大蟒肚子乱戳乱搅。大蟒痛得张开了大口，要来吞他。他又把宝剑乱插一气，蟒头就缩回去了。忽然嚓的一声，宝剑折断在蟒腹中，杜朝选手里只剩下剑柄。他一看不好，就用尽全身力气，将两条臂膀一挣，蟒就断成了四五截，像一堆破布一样滑落在地上。杜朝选浑身是血，满脸是汗，定了一会儿神，回头找两个姑娘却都不见了，他很奇怪，难道逃走了吗？仔细一看，两个姑娘都吓昏了，倒在地上，他把她们叫醒，扶出洞外。这时大蟒的鲜血从洞中流出去，已经把洞口的石头都染红了。

杜朝选就送她们回家。经过蝴蝶泉时，两个姑娘不肯走了。她们坐在一棵大树下，唱起了曲子。曲子里唱出了感谢杜朝选救命之恩，又吐露了爱慕之情。

后来，这两姐妹都嫁给了杜朝选。

周城的乡亲，为了纪念杜朝选，在他死后，便把他奉为猎神，还在本主庙内塑了他的像：背着弩弓，插着长箭，拿着折断了的宝剑手柄。人们还把霞移溪中的大石叫做娘娘洗衣石。洞口的石头，每到下雨的时候，现出了红色，传说那就是蟒血染的。

【附注】

（1）同名文本《猎神杜朝选》，见中华民族故事大系编委会编《中华民族故事大系》第5卷（瑶族、白族、土家族），上海：上海文艺出版社1995年版，第479—461页。该文本标注搜集整理者为徐嘉瑞，并在附记中介绍关于杜朝选的传说流传甚广，异文较多，讲法大同小异。此篇仅是其中之一。

（2）同名文本《猎神杜朝选》，见吕大吉、何耀华总主编《中国各民族原始宗教资料集成》（彝族卷、白族卷、基诺族卷），北京：中国社会科学出版社1996年版，第577—578页。

【讲 述 者】 （无考）

【采录整理】 （无考）

【采集时间】 （无考）

【流传地区】 云南省·（大理白族自治州）·（大理市·喜洲镇）·周城村

【文本来源】 《白族神话传说集成》，北京：中国民间文艺出版社1986年版，第178—180页。

【阅读提示】 救人英雄成为猎神既有内在的关联性，又体现出人们的英雄崇拜情结。

【基本母题】 本主；英雄除害；神像；英雄斩蟒；猎神的产生；人成为神

【本文编码】 《猎神杜朝选》：ZCSW0352-121-008

成造本歌

（朝鲜族）

古代有个上帝为了修复行将倾圮的天下宫，派出差使来到地下宫堂晃山平原，把黄羽阳氏抓去当民夫。黄羽阳氏与其妻分手时，妻子千叮万嘱，提醒他一路上别与陌生人交谈。但黄羽阳氏骑着毛驴来到沼津国时，受沼津郎之骗，与沼津郎换穿衣服。沼津郎得知他的妻子姿色出众，便心怀歹念去找她。沼津郎站在院子里，再三叫她打开门来，她给以闭门羹。沼津郎气急败坏，破门而入。她临危不惧，想出一个良策，打发走沼津郎，并写下血书藏在屋柱砖下，而后在荒郊野外挖一个洞，在洞内躲藏三年之久，受尽千辛万苦。黄羽阳氏在天下宫工地被沉重的劳役折磨得苦不堪苦，一天晚上做了一个怪梦，得知妻子遭难，便赶紧做完活计，匆匆赶回故乡。到家一看，屋宇已被毁坏，屋基上荒草萋萋，只剩下了屋柱砖。他悲愤至极，忍不住望着苍天号啕大哭。后来，他在太白山的乌鸦“暗示”下，找出妻子藏匿在屋柱砖下的血书，赶忙爬到井边的老松树下，用法术给妻子托了一梦。其妻在梦中醒来，迎晨曦顶着水罐去井边汲水，见水面有丈夫的倒影，发现了丈夫，他俩叙罢离情，施用法术变为青鸟和红鸟，把沼津郎囚禁在石洞之中，解了心中之根，日子越过越美。最后，黄羽阳氏成了家家户户祀奉的成造神，其妻也成了土主神，即地神。

【讲 述 者】（无考）

【采录整理】金东勋编写

【采集时间】（无考）

【流传地区】（无考）

【文本来源】《中国各民族宗教与神话大词典》编审委员会编：《中国各民族宗教与神话大词典》，北京：学苑出版社 1990 年版，第 66 页。

【阅读提示】这是一则朝鲜族巫俗神歌的改写，神话中用托梦作为叙事延续的手段，显示出创制的艺术性。通过解释“家宅神”成造的由来，较好地塑造了黄羽阳氏维护正义、嫉恶如仇的性格和他的妻子聪明贤惠、忠贞不渝的典型形象。

【基本母题】上帝；托梦；暗示；法术；变形；人成为神；制造神；地神

【本文编码】《成造本歌》：ZCSW0353-121-009

老先与荷发

（黎族）

远古有两兄弟，兄名老当，弟名老定，兄弟妻皆怀孕，三年未生子。妯娌寻方问药，亦无结果，一日，有白发老人来，谓当于门前种南瓜，南瓜开花结果，子即生矣。兄弟如言行之，南瓜牵藤甚长，终不开花。兄弟忙搭瓜架，至藤长万丈时，始开花一朵。弟兄轮流守之，恐为他物所伤。花开至百日，始结一果。结果之日，兄弟之妻皆生子。兄妻生男，取名老先，弟妻生女，取名荷发。为谢老人之恩，弟兄为南瓜浇水施肥益勤，更百日后，南瓜长如屋大。

时天降大雨，十年未止，大水淹没大地，幸兄弟事先于南瓜上挖成一洞，以老先、荷发兄妹入瓜中，更以牛、马、猪、狗、猫、鸡等动物入之。鼠乘混乱，亦潜其中。兄弟恐水漫入瓜腹，乃以蜂蜡密封洞口。今南瓜皮呈黄蜡色且光滑者，以此也。其后大水淹没兄弟家园，大地所有动物俱为之冲走，大南瓜亦随水漂流，至五指山上。瓜腹中之老先与荷发兄妹，及所有牛、马、猪、鸡等物，均全凭食瓜肉长大生存。十年后，大雨停，洪水退归大海。大南瓜则悬于五指山顶。

老先、荷发既长大，欲观外间天地之状，而无洞可出。请马挖洞，马以角撞之，角断而洞未通。又请牛挖，牛以牙啮，上牙悉落，洞仍不通。又请猪挖，猪以尖嘴捅，嘴为之短且平，洞闭如故。后乃请鼠，鼠以尖牙掘而通之。故今唯鼠牙尖，而马无角，牛无上牙，猪嘴短且平也。瓜洞通后，公鸡先出洞，见大地为日所照，一片光明，便“喔喔”而啼，向人报晓。老先、荷发闻鸡啼，遂骑马牵牛赶猪呼猫喊狗出洞，定居于五指山上。以住山顶，距日近，天热，兄妹遂于山上掘五井，日日汲水沐浴，泼下之水，遂成五河。

兄妹以椰叶、椰树盖大屋，以山多蚂蟥，老先取沉香木做层床，荷发编草席覆于上，兄卧下层，妹卧上层。曰久，南风吹兄之阳气入妹腹，妹遂有孕，腹渐高。事闻于天神，天神奏知天帝，天帝命雷公下凡查之。雷公见二人同睡一屋，荷发又腹大，以为必系奸情，违犯天规，欲以雷电劈而死之。幸地神说情，以为海南岛无人烟，须兄妹传人种，雷公始恕之。然竟以雷电劈开巨石，劈倒大树，诫世人曰：“后若更有兄妹通婚者，当惩同此石此树!”故从此兄妹分房，夜间兄不得入妹房，乃成定规，代代相沿也。

荷发孕三年，生一肉包，乃以麻布裹之，置神案上，凡七昼夜，启而视之，见肉包已有生机。老先遂以刀分之作三份。荷发以大块棉布裹第一份肉团，置木板上，使之顺南渡江漂流而下，十月后，俱成汉人，故汉人以棉布为衣也。荷发又以四小块棉布裹第二份肉团，置山葵叶上，使之顺万泉河漂流而下，十月后俱成苗人，故今苗妇之裙为四块布条做成也。荷发裹第三份肉团时，棉布用完，乃用麻布，置椰叶上，使之顺昌化江漂流而下，十月后俱成黎人，故黎族妇女自古及今俱以麻布为衣裙也。九十九年后，老先与荷发俱老迈，兄妹既完成繁育海南岛黎、汉、苗三族人种之责，便在月落日出之时，为地神招入地府，做土地公与土地婆，专理海南岛人间万事。

【讲 述 者】（无考）

【采录整理】袁珂据谷德明编《中国少数民族神话选》中的《南瓜的故事》改写

【采集时间】（无考）

【流传地区】（无考）

【文本来源】袁珂：《中国神话大词典》，北京：华夏出版社2015年版，第508—509页。

【阅读提示】这则神话为证明洪水后姑表血缘兄妹婚，不惜采用各种道德掩饰解释这种现象的合法性。

【基本母题】洪水；洪水逃生者；感气怀孕；雷公；惩罚失误；婚俗的产生；民族的产生；土地公；土地婆

【本文编码】《老先与荷发》：ZCSW0354-121-010

土地公与土地婆

（黎族）

盘古开天造人世，
人类分排男与女。
老当老定两兄弟，
南瓜开花育男女。
天灾地祸毁万类，

南瓜肚内存后裔。
老先荷发造人纪，
传下三族创天地。

这是一个很古老的故事。传说远古的时候，有两兄弟，哥哥叫老当，弟弟叫老定。说来也怪，两兄弟的妻子都怀孕三年了，但还没把小孩生下来，急得他们到处寻方问药，也没结果。

有一天，来了一位白发银须的老人，对老当和老定两兄弟说："要生下孩子也不难，只要在门前种一棵南瓜，等南瓜开花结果了，孩子就生下来了。"

老当和老定照老人的话，在门前种了一棵南瓜苗，天天浇水施肥，盼望着南瓜苗快快长大，早日开花结果。可是那棵南瓜苗长了很长很长的瓜藤子，就是不开花。老当和老定天天忙着做瓜架，一直到南瓜藤长到一万丈长时，才开了一朵南瓜花。兄弟俩喜出望外，日夜轮流看护，生怕有别的东西来损伤南瓜花。南瓜花开到百日以后，开始结果了。就在南瓜花结果的那天，老当和老定的妻子都安然无恙地把孩子生了下来。哥哥生的是男孩，取名叫老先；弟弟生的是女孩，取名叫荷发。

老当和老定为了感谢老人的恩情，更加辛勤地为南瓜浇水施肥。一百日后，南瓜结得像一座房子那么大了。这时，天上开始下大雨，一下就下了十年，大水淹没了整个大地。幸亏老当和老定事先把南瓜挖了一个洞，把老先和荷发兄妹俩放进南瓜肚里，还把牛、马、猪、狗、猫、鸡等动物也一起赶进去。老鼠看见没有人赶它，趁着混乱，也偷偷地溜了进去。

老当和老定怕大水冲进南瓜肚内，就用蜂蜡密封了南瓜洞口，所以现在的南瓜皮呈黄蜡色，而且很光滑。

后来，大水淹没了老当和老定的家园，大地上的所有动物都被大水冲走了，大南瓜也随波逐浪，一直漂流到五指山上。

住在南瓜肚里的老先和荷发兄妹俩，靠吃南瓜肉长大，牛、马、猪、狗、猫、鸡和老鼠，也靠吃南瓜肉生存下来。

十年后，大雨停了。大水慢慢退向大海，大南瓜却被挂在五指山峰顶上。南瓜肚里的老先和荷发长大之后，都想知道外界的天地是个什么样子，但没有洞口可以走出去。他们请马去挖洞。马用两只角去撞南瓜壳，可是把两只角都撞掉了，洞还没有挖通。兄妹俩又请牛去挖洞。牛看见马把角撞掉了，不敢再用角去撞，只用牙齿去咬，结果把上牙都咬掉了，洞还是没有挖通。兄妹俩又请猪去挖洞。猪看见马和牛用角和牙都挖不通洞，只好用尖嘴去捅洞，结果把尖嘴捅平了，洞还是没有挖通。最后，兄妹俩便请老鼠去挖洞。老鼠用锋利的两颗门牙去挖，结果把南瓜壳给挖通了。因此，后来，马便没有角，牛便没有上牙，猪的嘴巴是又平又短的了。

南瓜洞打通后，老先和荷发叫公鸡先出去，公鸡一走出南瓜洞，看见大地被太阳照得一片光明，就高兴地拍着翅膀，"喔喔"地大声叫起来，它向南瓜报晓，说世间天地是个好地方。

老先和荷发听见公鸡报晓，知道外界平安无事，他们俩便骑着马、牵着牛、赶着猪、叫狗喊猫地走出洞口。走出南瓜洞之后，老先和荷发定居在海南岛的五指山上。因住在山顶上离太阳很近，天气很热，兄妹俩就在五指山上挖了五口水井，天天打水洗澡，泼出来的水便变成了五条河。兄妹俩用椰叶和椰树盖起一座大房子，因山上的蚂蟥多，老先用沉香木做了两层格床，荷发手巧编织了两张草席，老先睡在下层，荷发睡在上层。日子长了，南风把老先的阳气吹进了睡在上层格床荷发的身体内，没有多长时间，荷发就怀了孕，肚子一天天地大起来。

荷发怀孕的事传到天神耳里，天神以为是兄妹通奸，就派乌鸦向天帝报案。天帝听了很生气，立即派雷公下凡来查看。雷公到了人间，看见荷发挺着大肚子，又听说她们兄妹同睡一间房，不由大怒，说他们乱了天规，要用雷电劈死他们。这时，幸好有个地神出来说情，说海南岛大地没有人烟，要靠老先和荷发做人种，雷公这才算饶了他们。但他为了禁止后人再兄妹通婚，就用雷电劈开石头，劈倒大树，警诫人们说："人间兄妹若再有通婚之事，就用雷电惩处。"从此，兄妹分房睡觉，夜间兄长不得进入妹妹房间，便成为规矩，一代一代地传了下来。

荷发怀孕三年才分娩，生下一团肉包。荷发用一块麻布把肉包包起来，放在神案桌前，经过七天七夜，打开布包层，看到那团肉包有了生机。老先用刀子把肉包分为三份，荷发用一大块棉布包起第一团肉团，放在木板上，把它顺着南渡江漂流下去。十个月后，第一块肉团就变成了汉人，所以汉族从祖先起就用棉布做衣服。

荷发又用剩下的四小块棉布包起第二块肉团，放在山葵叶上，把它顺着万泉河漂流下去。也是十个月后，第二块肉团就变成了苗人，所以今天苗族妇女的裙子是用四块布条做成的。

荷发在包第三块肉团时，因为棉布用完了，就用麻布包起来，放在椰子叶上，把它顺着昌化江漂流下去。也是十个月后，第三块肉团就变成了黎人，所以黎族的妇女自古以来就用麻布做衣裙。

光阴过了九十九年，老先和荷发已是白发苍苍的老人了。兄妹俩完成了繁育海南岛黎、苗、汉三个民族后，就在月落日出的时辰，被地神招进地府，派为土地公和土地婆，专管海南岛上的人间世事。

【附注】

异名文本《老先与荷发》（ZCSW0354-121-010），内容大同小异。

【讲 述 者】（无考）

【采录整理】王国全

【采集时间】（无考）

【流传地区】海南省五指山区

【文本来源】姚宝瑄主编：《中国各民族神话》（高山族、黎族、畲族），太原：书海出版社2014年版，第55—57页。原文本标注选自广东民族学院中文系编《黎族民间故事选》，上海文艺出版社1983年版。

【阅读提示】这则神话所说的土地公和土地婆成为专管海南岛上的人间世事地方神，至今在一些地方的民俗中还有痕迹。

【基本母题】 盘古开天；盘古造人；性别的产生；洪水；洪水逃生者；感气怀孕；雷公；婚俗的产生；民族的产生；土地公；土地婆

【本文编码】 《土地公与土地婆》：ZCSW0355-121-011

十二个兄弟争天下

（苗族）

远古的时候，在太阳出来的地方，在东海之滨，有一个大山，叫宋山，宋山之上有一片枫木林。枫木砍倒了，从树干上生下一只妹榜，妹榜就是人类的母亲。同时，又从树心里生下一只妹留，妹留就是一只蝴蝶。这就是苗族的始祖：蝴蝶妈妈。

蝴蝶妈妈不久生下了十二个各种颜色的蛋，其中有白蛋、有黄蛋、有花蛋、有黑蛋、有灰蛋、有红蛋、有蓝蛋……

蛋是生下来了，可是，蝴蝶妈妈不会孵蛋，就像海龟不会孵蛋，请沙石去孵一样；就像绿头鸭生下蛋，请母鸡去孵一样，蝴蝶妈妈生下的这十二种颜色的蛋，又叫谁去孵呢？乌龟虽然游在水潭，却安家在河沙坝，所以，沙石才愿意给它孵子孙；母鸡呢，因为鸡和鸭是一同迁徙的，到了过河的时候，母鸡不会游水，是鸭子背着鸡过了河的，所以，母鸡愿意给绿头鸭孵子孙。蝴蝶妈妈这十二个蛋，又请谁去孵呢？

在水边，有一种叫鹡鸰的鸟，是一种善良的鸟。有一天，它正在水边寻觅小虫，蝴蝶妈妈的十二个蛋，就请鹡鸰来孵吧。可是，鹡鸰和蝴蝶好比两条河，各在一边流，不同一个爹，又不同一个妈，它为什么要给蝴蝶孵子孙？不料，鹡鸰却答应了，因为当初有个叫香两的神婆婆砍倒枫树的时候，树心生的蝴蝶，树梢却变成了鹡鸰。树梢常常迎风摆动，所以鹡鸰的长尾巴至今还不断地翘动，它们是一棵树的同胞啊！

鹡鸰孵呀孵的，怎么也孵不热。沙石孵乌龟蛋，孵久了，蛋就暖了；黄鸡孵鸭蛋，不久就孵热了。不久就生出了小龟，不久就生下了小鸭。小龟在满河坝地爬，小鸭很快就会下河去叼吃鱼虾。可是，鹡鸰孵蝴蝶妈妈的蛋，就是孵不暖，就是孵不热。不暖不热，蛋就不会变、不会生。是呀，现在母鸡孵蛋，都是妈妈给它砌窝，妹妹给它铺草，母鸡才肯孵。古时候呢？远古时候，有人为鹡鸰砌窝、铺草吗？

那时候有个巨人神，他的名字叫府方，府方来给鹡鸰砌窝；又有个巨兽，它的名字叫修纽，修纽来为鹡鸰铺草，鹡鸰才愿意孵。砌窝砌在哪里呢？府方最先给它砌在天边，太远了，鹡鸰不愿去天边孵。府方只好把窝砌在它家里，屋里暖和了，鹡鸰高兴了，才肯来给蝴蝶妈妈孵。

却不料，鹡鸰孵呀孵，孵了一个春，又孵了一个冬，孵了六个冬，孵了六个春，整整孵了六年，什么也没有孵出来。鹡鸰又恼又气，它气鼓鼓的，展开翅膀，噗噗噗飞走了，去找虫子吃了。好心肠的府方十分着急，他大声地喊鹡鸰道：

快快转回头，
不要远飞翔。
你要找水喝，
你要找虫吃。
一天送三只，
三天送九双。

鹡鸰这才安了心，又飞回来孵蛋。又孵了三个冬，又孵了三个春，整整孵了九个年头，还是没有孵出来。鹡鸰的羽毛脱落了，鹡鸰的翅膀也快断了，鹡鸰的尾巴脱光了，鹡鸰的头发变白了，脱光了，鹡鸰心里害怕了，拍拍翅膀又飞走了。好心肠的修纽，给鹡鸰缝衣裳，给鹡鸰添翅膀。鹡鸰欢喜了，又回来孵蝴蝶蛋。

又孵了三个冬，又孵了三个春，整整孵了十二个年头，还是没有孵出来。鹡鸰气鼓鼓的，又飞到半空中了。这时，蛋里发出了声音：

妈妈不要走，
妈妈不要飞。
多抱一天生，
多孵一夜出。
丢了一天坏，
丢了一夜寡。
死我一个人，
死了不要紧。
大家都要死，
死绝一江咯。

好心的鹡鸰心软了，又回来孵，又回来抱。府方拿起蛋来看，府方拿起蛋来照，蛋里黑黝黝的，却在轻轻地扭动，看样子真的就要生了，真的就要出了。鹡鸰十分高兴，看看，这个蛋蹬那个蛋，那个蛋拉这个蛋，白蛋蹬黄蛋，黄蛋醒了，白蛋拉黄蛋，黄蛋起来了；黄蛋又蹬花蛋，花蛋被蹬醒了，黄蛋拉花蛋，花蛋也起来了；花蛋又蹬黑蛋，黑蛋被蹬醒了，花蛋拉黑蛋起来了；黑蛋又蹬灰蛋，灰蛋被蹬醒了，黑蛋又拉灰蛋，灰蛋也起来了；灰蛋踢红蛋，红蛋被踢醒了，灰蛋拉红蛋，红蛋起来了；红蛋踢蓝蛋，蓝蛋被踢醒了，红蛋拉蓝蛋，蓝蛋起来了……

一个个蛋都出来了，十二个蛋都生了，白蛋生下雷公，黄蛋生下人类的始祖姜央，花蛋生下一只老虎，黑蛋生下一头水牛，灰蛋生下一头大象，红蛋生下一条蜈蚣，蓝蛋生下一条老蛇……

姜央各兄弟，
个个都出世。
几盆水来洗，
几块布来包。

白鸡在蛋里，就是白的，姜央在蛋里，就是很聪明的，还没出世，还在蛋里的时候，他就会说话了。如今出了世，由他来教兄弟学走路，由他来教大家穿衣裳。

这样站才稳，
这样穿才好。

姜央来一点一点地指点。其实，他们十二个，一个个生下来就会走，刚刚一落地，个个都会爬，一天一个样，没好久，就长得又高又大。

麻雀生多了，
争窝要打架。
弟兄长大了，
争权闹分家。

俗话说的，九个男人才一把刀，虽然是一把青铜刀，我要你不肯，你要我也要，大家争起来，就没完没了；九个女子架纺车，虽说是一架纺花车，你纺她也要纺，你摇她也要摇，大家争起来，你骂我叫，闹得一家乱哄哄。正是：

鸟多闹山林，
人多争管家。

姜央十二兄弟，个个都想当大哥，人人争作大，大哥管大家，大家管天下。你当我不依，我当你又不服气。

雷公逞威风，
姜央搞心计。

姜央说："要想当大哥，就要靠本事，谁有真本事，谁就当大哥，谁就管天下。"

大家同意了，都问："咋显本领?"姜央说："在那天边边，有一道桥，名叫南哈桥，桥长十一孔，桥宽十一庹。哪个踩得响，哪个踩得动，就算他的本领大，就叫他来当大哥，就由他来管天下。"

龙想当大哥，龙想管天下，它同意了，心想它最重，还愁桥不动？只见它把尾巴一甩，就冲上桥去，到了桥上，它用力地蹬，它用力地踩！那南哈桥，一声不吭，一声不响，连颤都不颤一下，它只好灰溜溜退下来了。

雷公当然也想当大哥，当然也想管天下。他说他最重，手脚又灵巧，只一个筋斗，就翻上了桥，一上桥，又是吼，又是拼命地摇。可是，南哈桥，静悄悄，一声不吭，一声不叫，更不摇，更不动，雷公也只好灰溜溜退下来。

姜央最聪明，他想出个好主意，悄悄跑进竹林里，捉来一只喀喀雀，把它放在袖子里，然后笑眯眯地，不慌不忙走上南哈桥。走一步，捏一下袖子里的喀喀雀，那鸟雀就发出"喀喀喀"的叫声。姜央就大声说：

"你们看见了吧，你们听见了吧，我踩桥，桥就响，我踏桥，桥就动！我的本事最大，我的本领最强，该我当大哥，该我管天下。"

姜央当大哥，
大家都不服，
人人要斗法，
个个要比武。

雷公一个筋斗，跳到半空中，挥起他的鼓槌，东舞西劈，顿时，把天空搞得乱哄哄，电光闪闪，雷声隆隆，就像击鼓般轰轰响，紧接着又是风，又是雨。最后，雷公跳下来，大声夸口道："本事我最大，本领我最高。"

水龙当然不服气，只见它把尾巴一翘，忽溜溜冲下山去，舞着头上的角，顿时就把一面大坡撬下一大角，接着又忽溜溜冲上山，向弟兄们夸口道："本事我最大，本领我最高。"

姜央不说话，他自己悄悄跑回家去，拿了一把柴刀，又拿了一把镰刀，然后，上山去砍回来九挑柴，又割回九挑草。回来之后，他把九挑柴撒开了，摆在房屋的四周，又把九挑草铺在柴的外面，把房子的四周都围了个水泄不通。然后，对他的弟兄们说：

"你们都在屋里，看我的本事吧！"

十一个兄弟都不知道姜央要干什么，全都乖乖地待在家里。姜央走出屋，他在草上点起了火，接着又扇起了风。顿时，黑乌乌的火烟直朝房里冲，熊熊的火焰，直朝屋里喷。那十一个兄弟被黑烟熏得眼睛也睁不开，四面都看不清，不知发生了什么事情；那烈火不断吐出火焰，红红的火焰直朝他们扑来。这个心着急那个心发慌，你喊姜央，我喊姜央，他也喊姜央，个个都承认：

本事你最大，
本领你最强。
我们比不赢，
我们认输了。
哪里有路跑，
快对我们说。

姜央一听，就哈哈大笑，然后才开口给他们指出各自的出路：

雷公驾烟雾，
快飞上天空。
龙王顺水沟，
冲进大海中。
老虎跑高山，
蛇儿钻岩洞。

雷公再也顾不得别人了，便猛地冲出房子，腾空而去。可是，天空里黑蒙蒙，也不知往哪里去。幸好，好心的月亮，给他打了灯笼，为雷公照了路。水龙也顾不得别人，立刻就往水沟溜走了，一溜就溜进了大海，大海也黑蒙蒙，不知往哪里去，幸好，好心的团鱼打了个灯笼给水龙照路。老虎更是慌慌张张，四脚一蹬，冲出火海，奔向了高山。山里也四处黑蒙蒙，好心的萤火虫，打着灯笼来给它照路……雷公冲得太匆忙了，竟忘记了拿他的鼓槌，土地爷爷见他可怜，才送给他一根鼓槌。雷公有了鼓槌，他把鼓槌扬，一下子天空中才闪闪亮，再一敲，便使整个天空和大地，都轰隆隆响。水龙也溜得太匆忙了，它竟忘了带它的元宝，是团鱼见它可怜，才送给它元宝。水龙有了元宝，海里才亮堂堂。老虎也跑得太匆忙了，竟忘记带走它的风箱。野猫见它可怜，才送给它风箱。老虎有了风箱，它振声一吼，满山都被震动。

兄弟十二个，各走各的路，一个走一方，一个走一处。雷公在天上，管雨管雷电；水龙在大海，管鱼又管虾；老虎坐高山，坐在山上称霸王。

姜央得地方，
姜央喜洋洋。
开田又开土，
做活忙又忙。

【附注】

本文由苗地根据《枫木歌》《十二个蛋》等资料综合改写。

【讲 述 者】（无考）
【采录整理】（无考）
【采集时间】（无考）
【流传地区】贵州省、云南省苗族地区
【文本来源】姚宝瑄主编：《中国各民族神话》（布依族、仡佬族、苗族），太原：书海出版社 2014 年版，第 137—145 页。

【阅读提示】 这则神话叙述的内容不仅涉及古老图腾，也反映出人类文明进程中的族群分化与社会分工。

【基本母题】 树生人；人类的母亲；蝴蝶图腾；卵生动物；人与动物同源；祖先的产生；兄弟之争

【本文编码】 《十二个兄弟争天下》：ZCSW0356-121-012

火塘神的来历

（纳西族）

火塘神称为“佐”，相传是十个无父无母的兄弟姐妹（孤儿），在某一年的腊月三十，大儿子说，让我们插两棵松树祭天神，他们就插了两棵有三个枝杈的松树。过一会，小儿子出去，看到这两棵树上盘着两条龙，大儿子就出去在松树下插了一根香，供了一杯水酒，两条龙转过头来把身子对着他们，没有离开之意。于是十兄弟姐妹都出来，大儿子大女儿各骑在两条龙的最前面，其余依次骑上龙，两条龙驮着他们上天去了，他们成了神灵。天神叫他们专司人间火塘，每月初一下凡，察看各家火塘及火塘周围的情况，并把所见所闻记在火塘周围，二十四日上天禀告天神。因此，纳西族有每月二十四日前清扫火塘及清除火塘周围门板梁柱上的灰尘的风俗，意思是清除掉火塘神兄弟姐妹所记下的东西，使他们不能禀告给天神。

“升火”礼毕，主人家用肉、酒、饭等献祭火塘神，设宴招待来做客的亲戚，亲戚也送一些礼物，一般是一挂腊肉、一罐酒、一升米，当天，熟悉民歌的人还唱《新火塘升火歌》。

【讲 述 者】 和崇义（50 岁）

【采录整理】 杨福泉调查整理

【采集时间】（无考）

【流传地区】云南省・丽江县（丽江市）・塔城（塔城乡）・依陇（依陇村）、巴甸村

【文本来源】吕大吉、何耀华总主编：《中国各民族原始宗教资料集成》（纳西族卷、羌族卷、独龙族卷、傈僳族卷、怒族卷），北京：中国社会科学出版社2000年版，第297页。原文标注摘自《丽江地区新火塘升火仪式》1989年版。

【阅读提示】天神所封的专司人间火塘的火塘神，很像其他一些民族的灶神。

【基本母题】火塘神；孤儿；祭天神；乘龙上天；天神的耳目

【本文编码】《火塘神的来历》：ZCSW0357-121-013

猎神的由来传说（1）

（怒族）

有个青年猎人独自在山上狩猎，他设下的绊扣，明明两次都扣住了麂子和羚羊，可是当他去取时，麂子和羚羊却都神秘地消失了。第三次他又扣住一只獐子，才发现原来是个美丽的少女放走了他的猎物。他勇敢地追上去，并和这位神秘的姑娘结为夫妇，住在深山狩猎度日。猎人发现妻子捕获野兽的本领非常神奇，甚至能用麻秆刺中麂子和野猪。他终于明白了妻子就是山上的猎神。猎神和猎人共同生活了三年，当他们的儿子两岁时，她便永远离开了猎人父子。临行对猎人说："每年夏天，我都会到高黎贡山的矿泉水边来看望你们的，并经常给你们送些野兽来。"

猎人失去了妻子，但狩猎却得到猎神的暗中帮忙，常常满载而归。每年夏天，他总要带着儿子到高黎贡山的矿泉边，然而却怎么也见不到妻子，只有一群群美丽动人的羚羊来饮水，其中有一只特别漂亮和温顺，总是主动地

走过来和他们亲昵。在羚羊群的足迹中，每次都深深地留下一串猎人所熟悉的猎神的脚印。

【附注】

本文原名《猎神的由来传说之二》，标注根据怒江州文化局编《深山夜话——怒江各民族民间故事选》中“猎神”一文，重新整理。

【讲 述 者】 （无考）
【采录整理】 （无考）
【采集时间】 （无考）
【流传地区】 云南省·怒江傈僳族自治州
【文本来源】 吕大吉、何耀华总主编：《中国各民族原始宗教资料集成》（纳西族卷、羌族卷、独龙族卷、傈僳族卷、怒族卷），北京：中国社会科学出版社2000年版，第909页。
【阅读提示】 这则神话仿佛说，女神也应该有爱情，这种爱情不存在人与神的界限。
【基本母题】 征兆；人与神婚；女猎神；人与神婚生人；神的原形

【本文编码】 《猎神的由来传说（1）》：ZCSW0358-121-014

猎神的由来传说（2）

（怒族）

祭猎神的来由是：相传古时候有个年轻漂亮的女孩子，因被野兽牵住了灵魂，一次突然要离开她的兄弟姊妹到深山老林中去。很多人都拉着她，不要她去，她说：“我一定要离开你们到大山上去，那里有许多的野兽，我要为你们管理野兽，这些野兽将来都是属于你们的。”她到深山老林里去后，就作了兽神。猎人到山上打猎，她便告诉他们哪里有可以猎取的野兽，哪里有老野兽不要打，猎人听了她的话每次都有很大的收获。从此，猎人打着了野兽就祭猎神。

【附注】

相同文本，见吕大吉、何耀华总主编《中国各民族原始宗教资料集成》（纳西族卷、羌族卷、独龙族卷、傈僳族卷、怒族卷），北京：中国社会科学出版社 2000 年版，第 908—909 页。

【讲 述 者】（无考）
【采录整理】（无考）
【采集时间】（无考）
【流传地区】（无考）
【文本来源】张云卿：《怒族文艺简况》，民族文化工作指导委员会办公室编印《1958 年少数民族文艺调查资料汇编》（下册），1962 年编印，第 634 页。
【阅读提示】这则神话解释说女子因为被野兽牵住了灵魂而成为猎神，因为她重生态，很细心，知道哪里有老野兽不要打。
【基本母题】摄魂；人变成神；女猎神；狩猎禁忌；祭猎神

【本文编码】《猎神的由来传说（2）》：ZCSW0359-121-015

天雷五兄弟

（畲族）

地上有雷公
地上有舅公

相传，很古很古的时候，世上有一个很大的圆石蛋。有一天，忽然一声轰隆巨响，那巨石冒起一阵青烟，从石蛋里生出五个兄弟，人们称他们为雷公，也叫五雷，或者叫午雷。

五雷很快长大成人，要做事了，五兄弟便做了分工：大雷管天，叫天雷；二雷管地，叫地雷；三雷管水，叫水雷；四雷管火，叫火雷；五雷管神，叫神雷。他们各管各的，兄弟之间却又互相合作。

这五兄弟的长相很是难看，都是龙的头，人的身子，虎的爪子。不过，他们的心地都很善良。瞧他们左手拿天凿，右手拿天鼓，一双突出的大眼睛，叫人很害怕，但他们都能看清人世间的好人、坏人、恶人、负心人和不孝子孙。是好人，平安无事，受雷神的保护；是坏人，雷公就举起天鼓，敲起天凿，轰隆隆一声巨响，吓得坏人心胆俱裂，雷光一闪，照得坏人眼花缭乱、头晕目眩。坏人被雷公凿骨捣髓，毫不留情。雷公只要伸出一双虎爪，坏人便会受到惩罚。

【讲 述 者】 （无考）

【采录整理】 蓝国运记录

【采集时间】 （无考）

【流传地区】 （无考）

【文本来源】 姚宝瑄主编：《中国各民族神话》（高山族、黎族、畲族），太原：书海出版社2014年版，第85—86页。

【阅读提示】 这则神话叙述的雷公五兄弟管理职能的分工协作和惩恶扬善，反映出神话创作与社会生活的自觉结合。

【基本母题】 世界卵；卵生雷公；雷公五兄弟；神的分工；雷神的体征；雷神的职能

【本文编码】 《天雷五兄弟》：ZCSW0360-121-016

密洛陀神谱

（瑶族）

密洛陀造天造地的时候，有一批男神和女神做她的助手。这些辅助她的男女神，造好天地、万物之后，她都论功行赏，封他（她）们为各种神，管理着各种事业。

一

山神阿亨阿独：密洛陀造天造地时，令阿亨阿独去造山。她对阿亨阿独说："阿亨阿独，你是个男神，你就去造山吧！要造出高山把大风挡住，要造出峻岭把大风拦住。"

阿亨阿独遵照密洛陀的命令，赶到洛立堞防，用手捏泥块土团，堆成千山万岭。然后，他喝令石山土岭各奔东西，寻找各自的位置。那些石山土岭便忙着各奔前程。可是，走到一半，它们走累了，全都躺下来不再动弹了。阿亨阿独一时没了办法，只好用扁担把一座一座山挑到各自位置。可是，有些石山太重，挑到一半，扁担突然断了，他只好用木撬来撬。

因为又挑又撬，所以现在桂西的山才出现了岩洞和白崖。岩洞是阿亨阿独挑山的痕迹；白崖是阿亨阿独撬山的痕迹。

密洛陀为了不忘他造山的功劳，便封他为山神。

二

水神波防密龙：在阿亨阿独造好山之后，水淌不出去，密洛陀就令波防密龙去开辟江河，凿通河道。波防密龙立刻离开了洛立堞防，越过千山万岭，边走边开河道。他先用脚拇指犁过地面，造出深沟河床；他的大脚踩过的地方，就变成湖泊和水塘；遇着山岭，脚拇指犁不动，就用双脚掰开，使地裂开缝缝，这样一来，便形成了山洞溪流，出现了地下暗河；他有时又用木撬把群山凿通，形成一条条又长又宽的山里河流；遇到水一时流不出去的时候，他又用耳朵舀水，用鼻子汲水。波防密龙就是有这种本领，所以，他终于凿通了河道，开辟了江河。他回到洛立堞防之后，密洛陀论功行赏，就封他为管理水的水神。

三

匠神洛班炯公：河道造好之后，密洛陀见山河堵隔了世界，大地没有道路，她便令洛班炯公去铺路架桥。洛班炯公奉命立刻离开了洛立堞防，开始铺路架桥。乱石碰脚他踢开，小丘挡道他扒掉。算得上是披荆斩棘，填洼埋坑，便造出一条条道路。他又用手提起千斤大石，劈开大石，立桥墩、竖双腿、架桥梁、展双臂，一日砌桥万座。他后来又为人类造房屋。密洛陀论功行赏，封他为匠神。他就是鲁班。

四

林神雅友雅耶：雅友雅耶见山水道路都造好了，就是光秃秃的，很是难看，便不等密洛陀下令，主动向密洛陀请求去造林。密洛陀大喜，立刻同意了。雅友雅耶便骑着他的神马，飞往碟线原规，请求造草木女神帮助，买来了树种、竹秧。他又腾云驾雾，飞到各地去播种造林。密洛陀便封他做林神，管理大地上的林木。

五

雷神阿坡阿难：阿坡阿难受密洛陀之命，背着神鼓神锣，升上天空去敲鼓打锣，聚云而雨，养育万物。后来，又为密洛陀诱杀虎精，密洛陀就封他为雷神。

六

报信之神怀波松：怀波松奉密洛陀之命，每天去千山万水间察看树苗竹秧生长情况，然后向密洛陀报信，十分辛苦，密洛陀便封他为报信之神。

七

兽神格防则依：各种东西都造好了，密洛陀见山林里静悄悄的，没有什么生气，便令格防则依造出百兽，放进山林里去。格防则依便用泥土捏成泥团，放在缸里，密封十二个日夜后，揭开一看，只见缸里吵吵嚷嚷，有的长出四只脚，有的长出了翅膀，吼吼叫叫、叽叽喳喳。格防则依把它们放上天空，撒进山林，它们便变成了鸟兽；有些既不会飞，也没有脚，只是蹦蹦跳跳，格防则依便把它们放进水里变成了鱼虾。从此，世间才有了千禽万兽，十分热闹，万类竞生。密洛陀封格防则依为兽神。

八

土地之神勒则勒郎：勒则勒郎奉密洛陀之命，去为未来的人类造良田、种庄稼。勒则勒郎吃饱了一顿米饭，就去开荒。他一口气干了十二年，开出了一片片良田，又把密洛陀给他的苞谷种子播下地，那种子竟长出六种作物：上头长的是谷子，中间长的是苞谷，根根长出芋薯，叶子成了烟叶，秆秆都是甘蔗，苞谷丝成了烟丝，一年四季收不完。勒则勒郎只好规定六种作物不能在一起生，也不能在一个时间长。从此，各种作物才分开，各按节令生长。密洛陀便封勒则勒郎为土地之神。

九

书神邮友郁夺：邮友郁夺奉密洛陀之命，去给万物取名字，却把邮友郁夺难住了。他只好去找汉族的书家尚则依郎帮忙。在尚则依郎的指导下，邮友郁夺一天走了一万两千里路，给一万两千种物体取了名。从此，万物有了名字，才能分出种类。密洛陀便封他为书神。

十

桑勒耶兄弟的功绩：桑勒耶和他的弟弟桑勒宜两个神做了许多好事，例如：密洛陀十二个女神中最小的满妹坠下崖子摔死了，是他们兄弟俩将她抬到月亮里去埋葬的。又如，那时有十二个太阳和十二个月亮，把大地晒得干旱异常，万物都无法生存了，密洛陀命兄弟俩去设法解决。兄弟俩便制了毒箭，奔赴天宫去，射下了十一个太阳和十一个月亮，又为了避免剩下的一个太阳和一个月亮“再婚”，再生出太阳和月亮，两兄弟硬是坚持守天庭，把他们分隔为日夜出来。再如，他们兄弟回到人间之后，又奉命制造裸蜂，却不幸他们自己变成了裸蜂。因此，密洛陀没有封他们为神。但瑶家为纪念兄弟俩的功绩，在过祝著节祭密洛陀时，同时也祭他们兄弟俩。

十一

猎神桑勒山：在桑勒耶和桑勒宜两位英雄到天庭射日月的时候，一时没有了消息，密洛陀便派了桑勒山上天去寻找。但是十二层天门关得紧紧的，他便用十二支箭射开了十二层天门；又射出一箭，射穿了十二根金柱。后来，他与桑勒耶对射箭镞，两镞相碰而不伤人，表现出高超的技艺。后来，他又遵从密洛陀之命，射死了饿虎、饿狼和变幻莫测的兽妖。密洛陀便封他为猎神。

十二

格样赊样：雅友雅耶骑神马去造林时，神马不力，密洛陀便令格样赊样去为神马制作神翅和神尾，从而使神马生龙活虎，力气无比。后来，又给匠神洛班造锯造斧。按他的功绩，应封为冶炼神，却没有被列入十二男神之列。

密洛陀创造了十二个创世男神（其中桑勒耶和桑勒宜为两神），又创造了十二个创世女神。中间有些创世神既不归入创世男神，也不归入创世女神，如育种女神碟线原规就是一例。又如“禽王”山鹰，密洛陀要造人类时，她先派聋猪、长尾鸟和乌鸦去寻找繁衍人类的地方，都失败了，后来派山鹰去。山鹰找到了格鲁苏，认为适合于造人类，但却被阿亨阿独占据了。阿亨阿独这时已叛离了密洛陀，反而把山鹰抓起来关了十二年的山牢。十二年后，山鹰逃出山牢，回去报告了密洛陀。密洛陀十分生气，就赐给山鹰铁嘴和铁爪，令它去擒拿阿亨阿独。山鹰终于抓着阿亨阿独，把他也关了十二年，后来他认了罪。密洛陀为了表彰山鹰的功绩，封它为禽王，而没有归入创世男、女各十二神之列，大概是因为没有血缘关系的缘故吧。

密洛陀创造了十二个创世女神，都是以“姊妹”相呼：大姐花也伢，是为男神们外出创世时负责早起做饭，在密洛陀造人时，去采花粉做蜂蜡、造人缸，负责育人。二姐花宜伢，协助大姐烧火做饭，积极采花粉。花三伢的主要职责是为大姐、二姐准备柴火，造人时，负责捏蜂蜡为人形。四姐花发练，协助三姐到野外将柴火挑回家，造人中充当接生婆。五姐喂伢昂为二姐舀水做饭，负责喂奶。六姐喂牙背，负责挑水，给小孩穿着打扮。七姐喂伢轻负责看管鸡羊和庄稼，是保护神。八姐喂刹东负责养猪、找猪食，被封为猪神。九姐喂偿旧，上山采药、熬药，给十二个男孩和十二个女孩冲洗和服用，被封为药神。其余三位女神花炯伢和花依伢、花玉伢都被密洛陀命令去造虫类，采集万种树叶埋进土坑，十二个日夜之后，便造出了蛇、蚯蚓、蜈蚣、毛虫、蛀虫、马蜂、黄蜂、蚂蚱、苍蝇……花玉伢因采叶摔死了，传说，后来就变为蜜蜂和岩蜂，却仍然被封为第十二个创世女神。

这就是密洛陀的十二个创世女神。

【附注】

本文对原文本的序号标注形式做了修订。有关内容参见《密洛陀（2）》（ZCSW0146-031-008）。

【讲 述 者】（无考）

【采录整理】蓝田根据农学冠等撰写的《瑶族神话传说中的人物》编写

【采集时间】（无考）

【流传地区】（无考）

【文本来源】姚宝瑄主编：《中国各民族神话》（土家族、毛南族、侗族、瑶族），太原：书海出版社2014年版，第146—151页。原文标注选定者王松。

【阅读提示】这则神话叙述各种管理神是女始祖密洛陀封出来的，与人类文明进程中的社会分工存在某种契合。

【基本母题】 管理神的产生；山神的产生；水神的产生；林神的产生；雷神的产生；报信之神；兽神；土地之神；书神；猎神；冶炼神

【本文编码】 《密洛陀神谱》：ZCSW0361-121-017

甘 歌

(壮族)

甘歌是布碌陀的儿子，他依照布碌陀的吩咐到山上去造火。用千年樟树搓万年榕树，搓了三天三夜，搓出了火种。他叫萤火虫帮拿火种，叫蝴蝶跟在后面摇扇子，把火种带回家来。那时，人和野兽住在一起，大家第一次见到火，十分好奇，你争我夺。公鸡啄了一口，白净的脸变红了；黄狗咬吃一口，红红的舌头变黑了；贪婪的猴子吃了一口还不满足，又抓了一把去垫坐，于是，它脸红了，屁股也红了。眼看火种快被抢光，甘歌急忙拾起仅剩下的一点火种，拿到屋檐下去收藏，引起一场大火灾，甘歌被烧死了。后人为纪念这位造火的祖先，奉他为火神。

【讲 述 者】 (无考)
【采录整理】 覃承勤整理
【采集时间】 (无考)
【流传地区】 (无考)
【文本来源】 姚宝瑄主编：《中国各民族神话》(仫佬族、壮族、京族)，太原：书海出版社 2014 年版，第 158 页。
【阅读提示】 造火者舍身大火而成为火神，理所当然。
【基本母题】 布洛陀；火的产生；火种；动物特征的产生；火神的产生

【本文编码】 《甘歌》：ZCSW0362-121-018

1.2.2 保护神的产生

妈祖娘娘

（汉族）

妈祖是福建人。妈祖同娘、爹、兄弟五个人，从福建搬到阿拉象山东门，以讨海为生。

每日，爹、兄弟出了海，妈祖在屋里扫扫地，看看天，到船埠头瞭瞭；同人家柯鱼人家的女子一样，每日每夜盼望家里出海柯鱼的人平安回来。

一日早上，天气很好，妈祖在扫地，扫扫、瞭瞭，瞭瞭、扫扫。突然，她僵直地站立，一动勿动，牙齿紧咬，两只手臂伸开，拳头捏得铁牢。妈祖娘从灶间走出看见了，连忙叫：“囡，囡，咋啦？咋啦？”娘这一叫，妈祖惊醒了，讲：“啊呀！姆妈，姆妈，勿对了。”娘问：“为啥勿对？”妈祖讲：“我刚才做个梦，梦见爹跟兄弟的船翻掉了。”娘讲：“天介好，还会翻船？”妈祖讲：“姆妈，你勿晓得，这叫‘现浪’，勿管天气好勿好。”娘讲：“你刚才做啥？”妈祖讲：“刚才是用嘴巴衔牢阿爹，一只手各提挈着一个兄弟，你一叫，我嘴巴一开，爹被‘现浪’卷走淹死了。”

夜里，妈祖的两个兄弟摇着船、哭着回来了。两兄弟讲：“海里突发巨浪，阿爹倒落海，淹死了。”事情一传开，都讲妈祖是神。后来，象山东门人为她造了一座庙，叫天妃宫。庙里塑了一个菩萨，就是妈祖，又叫妈祖娘娘。每年三月三，东门人总要到天妃宫拜妈祖娘娘，祈求妈祖娘娘保佑打鱼人太平无事。

【讲 述 者】 陈冬英（34岁，职工，初中）

【采录整理】 朱永林记录

【采集时间】 1988年采录于东门渔村

【流传地区】 浙江省·宁波市·象山县·（石浦镇）·东门渔村

【文本来源】 中国民间文艺家协会组织编写，罗杨总主编，郑辉本卷主编：《中国民间故事丛书》（浙江·宁波·象山卷），北京：知识产权出版社2015年版，第38—39页。

【阅读提示】 妈祖娘娘又称“天后”，作为航海保护神在沿海地区流传很广，她有平民到神女的经历，更显示出这个神的平民化特征。

【基本母题】 妈祖；人成为神；天妃；妈祖娘娘；渔业保护神

【本文编码】 《妈祖娘娘》：ZCSW0363-122-001

门神（1）

（汉族）

很早的时候，黄河边儿有座度朔山，山上有一片野桃林，桃林里住着弟兄俩，哥哥叫神荼，弟弟叫郁垒。弟兄俩的力气大哩很，连那狮子、老虎、豹子都听他们使唤。

弟兄俩的心眼儿好，又勤劳，成天在桃林里浇水、施肥、整枝、逮虫。那桃子年年都结得又多、又大、又甜。特别是中间那棵大桃树，几个人搭手都搂不住。上边结的桃子据说是仙桃，人吃了能延年益寿，长生不老。

这度朔山西南有座野牛岭，岭上住着野王子，手下有一帮子人马。这野王子心狠手毒。又有一把笨力气，常常领着人祸害乡里。四乡人们恨死了他，可也没有法儿。

野王子听说度朔山上有仙桃，就领着人马来抢占桃园。神荼弟兄俩人少，不好打呀！弟兄俩就唤来好多狮子、老虎、豹子，把野王子的人马冲得七零八落，逃走了。

野王子不死心哪！他想了几天几夜，想出来一个孬点子。一天夜里，他带了好些人，都扮成鬼怪的样子，摸到桃林里，想把弟兄俩吓走。谁知道神茶弟兄俩身正不怕影子斜，不怕鬼。哥哥在前边抓，弟弟在后边捆，都把野王子和他带的那些人逮住喂了虎豹。

这事儿传开以后，人们都说神荼、郁垒弟兄俩能降鬼捉鬼，说那桃枝儿也能避邪，家家都用桃木做俩板儿，上面刻上弟兄俩的名字，挂在门口，以示驱灾避邪，保家平安之意。后来有了纸，人们又把弟兄俩的相貌画在纸上，贴在大门上，这就是门神的由来。

【附注】

关于神荼、郁垒，古文献中多有记载。如东汉王充《论衡·订鬼》篇引《山海经》云："沧海之中，有度朔之山，上有大桃木，其屈蟠三千里，其枝间东北曰鬼门，万鬼所出入也。上有二神人，一曰神荼，一曰郁垒，主阅领万鬼。恶害之鬼，执以苇索，而以食虎。于是黄帝乃作礼，以时驱之。立大桃人，门户画神荼、郁垒与虎，悬苇索以御凶魅。"

【讲 述 者】 赵光华（汉族，男，53 岁，县志办干部，高中毕业）

【采录整理】 徐东（汉族，男，37 岁，文化馆干部，高中毕业）

【采集时间】 1980 年 2 月采录于社旗县文化馆

【流传地区】 河南省·（南阳市）·社旗县

【文本来源】 张振犁编著：《中原神话通鉴》（第二卷），郑州：河南大学出版社 2017 年版，第 647—649 页。

【阅读提示】 这则神话可以与《门神的传说》（ZCSW0366-122-004）对照研读。

【基本母题】 两兄弟；神荼；郁垒；降鬼捉鬼；门神的来历；人成为神；贴门神

【本文编码】 《门神（1）》：ZCSW0364-122-002

门神（2）

（汉族）

一到过年，大家小户都贴门神，说是不让邪气进门。门神是两张画，一张画的是秦琼手拿双锏，一张画的是尉迟恭手持双鞭。为嘛叫他俩当门神呢？

据说唐朝贞观年间，当朝皇帝是李世民。有一回，有一条龙行错了雨，玉皇大帝派李世民的宰相魏徵去斩这条龙。这条龙知道了，就夜来托梦哀求李世民救它。李世民看它怪可怜，就答应了。

说着说着，斩龙的期限到了。就在那天，李世民有意召魏徵进宫陪他喝酒下棋。下了大半天棋，魏徵说他有点困，就趴桌上睡着了。李世民心想：你睡吧，睡到晚上就不能去杀龙了。过了一会儿，魏徵醒了，说他杀了一条龙，李世民不信。到了晚上，那条龙的亡魂来找李世民算账了，吓得李世民一夜没睡着。

天一亮，李世民就召魏徵来商量，怎么对付那条龙的亡魂。魏徵说："派两个武将在门口站岗就行了！"李世民就派正副元帅秦琼和尉迟恭给他把门。真灵，当天晚上那条龙的亡魂就没敢进门。龙魂不敢来了，可这两员大将就太辛苦了，反不能天天夜来站那合！后来，有人就想了一个法，找一个顶管①的画匠，把秦琼和尉迟恭的像画下来，贴在门上。一到晚上，那条龙的亡魂还是不敢进来。

从那以后，家家户户贴门神，避邪气，一直传到现在。

【讲 述 者】 霍振乾（62岁，台儿庄区泥沟镇霍庄村，农民，初小）

【采录整理】 李迪星（16岁，台儿庄区泥沟镇霍庄村人，学生，初中）采录

【采集时间】 1987年1月15日采录于台儿庄区泥沟镇霍庄村

【流传地区】 山东省·（枣庄市）·台儿庄区·泥沟镇·霍庄村

① 顶管：技艺最高超。

【文本来源】 中国民间文艺家协会组织编写，罗杨总主编，徐安伟、李楠本卷主编：《中国民间故事丛书》（山东·枣庄·台儿庄卷），北京：知识产权出版社2016年版，第115—116页。

【阅读提示】 用为李世民守大门的正副元帅秦琼和尉迟恭的画像做门神，显示出民间智慧。

【基本母题】 贴门神；门神的职能；门神秦琼；门神尉迟恭；龙降雨；失误；托梦；亡魂复仇

【本文编码】 《门神（2）》：ZCSW0365-122-003

门神的传说

（汉族）

每年过春节，家家门上都要贴上两张门神画。你可知道贴门神画的来历？

传说在远古时候，黄帝打败了蚩尤，在有熊国（今河南新郑）做了天子，成为中央大帝。他为了使天下太平、百姓安居乐业，经常带领大臣们四方巡访，了解民情，为百姓除灾解难。有一年，他带领后土到东海巡游，来到丸山海滨处，正在听渔民讲述海上风情，突然从海中跳出一只白色怪物。这怪物人面蛙身，长有尾巴，前两肢略短，后两腿稍长，爪上有蹼，浑身雪白，闪闪发亮。这时渔民们惊呼起来："白泽兽！白泽兽！"黄帝问渔民这是何等怪物。渔民说："这就是传说的白泽兽。老辈人说这种兽是神兽，常年生活在海里，白天在海底周游，夜晚爬上岸来，到山川树林访查，哪里发生了什么事情，哪里出了什么东西，哪里住着什么神，哪里住着什么鬼怪，它都一清二楚。"渔民还说："听说白泽神兽几百年才出来一次。白泽神兽出海必是贵人驾到。"黄帝和后土等感到奇怪，就向那白泽神兽走去。白泽神兽一跳一蹦地来到黄帝面前，点了三下头，然后竟说起人话来："小神闻知天子驾到，出海迎接来迟，望天子恕罪。”黄帝高兴地说：“免礼，免礼！我听说你知道天地间人神鬼怪的事情，是真的吗?”白泽兽说：“小神略知。”黄帝说你可说与我听。白泽神兽说：“这东泰山深谷密林中有魑魅魍魉，丸山之中有山精水怪，这梁山上有人魂神魄，这雷泽之中有神兽……”那白泽神兽一气讲了一万一千五百二十种怪物。黄帝听了心中又是喜又是惭愧，喜的是白泽神兽竟然告诉他这么多人神鬼怪的名字和事情；惭愧的是自己作为天子还没这海中神兽知道得多。于是他就令后土将白泽神兽说的这些人神精怪都一一画下来，并在画像上加上注释，以昭示天下百姓，教他们都知道哪里有什么鬼怪，注意免遭祸害。黄帝叫后土画记这些鬼怪之后，又问白泽神兽：“是否有什么神或人能将这些鬼怪管起来，不再危害百姓?”白泽神兽说：“有，你可让神荼、郁垒二人监管，天下方可太平。”黄帝问：“不知这神荼、郁垒现在何处?”白泽神兽说：“他们弟兄二人，就居住在东海桃都山上。”白泽神兽说完，扭头跳回海去。黄帝和后土一再道谢。

再说，黄帝、后土晓行夜宿，一路风尘来到这桃都山下，抬头一看，只见山势险峻，峰入云端，树林茂密，郁郁葱葱。他们顺着山间小道绕来拐去，约走了两个时辰才登上桃都山顶峰，只见这山峰之上长有一棵奇大无比的桃树。这桃树树干盘曲，枝叶茂盛，覆盖方园三千里。树冠之上站着一只金鸡。这时，正当天明，金鸡看见东方露出一束亮光，就张开翅膀伸长脖子鸣啼起来。金鸡一叫，只见天上的神仙，地上的鬼怪急急慌忙，纷纷来到桃都山这棵大桃树下。这桃树西边的枝叶间有个门，是世间神仙出入门户，门前站着一个汉子，这汉子头如柳斗，鬓发倒竖，怒目圆睁，口若血盆，个子又高又大，手持一把木剑，站在门口，监视各路神仙进入门户。他发现哪个邪仙恶神在人间做了坏事，就用木剑将他的头砍下来，扔到山谷喂毒龙。在桃树的东北角的枝叶间也有个门，是阴间鬼怪出没的门户，门前也站着一个汉子。这汉子个子又粗又矮，也是头如柳斗，鬓毛倒竖，怒目圆睁，口若血盆，手里拿着一根苇绳，一手牵着一只猛虎，专门监视鬼怪，发现哪个鬼怪在人间做了恶事，不容分说，就用苇绳将他们捆起来，扔给那只猛虎吃掉。那些神仙鬼怪都战战兢兢地接受这两个汉子的检查。黄帝看罢对后土说：

“咱们有熊国能有这二人，就再也不用发愁天下不太平了!”后土说：“是啊，何不将二位请到有熊国中令其掌管天上人间神鬼事情?”黄帝说：“正合我意!”黄帝和后土等神鬼都进了神鬼门，就走上前去。二位汉子见了黄帝立即跪下，齐声禀告说：“小神神荼、郁垒未能远迎，请天子恕罪!”黄帝说：“快快请起!”神荼、郁垒站起。黄帝说：“听说二位神人很有本事。我想请你们到有熊国都，专管天上人间的神鬼事，为百姓除害，不知肯否?”神荼、郁垒说：“小神受玉帝派遣，专门供天子驱使!”黄帝和后土很是高兴，就带领神荼、郁垒回到有熊国都。

黄帝回到国都之后，根据白泽神兽讲述的天地人间神鬼情况，亲自写了祝文，奉劝天地人间鬼神多行善事，积阴德，为百姓造福除灾；还奉劝那些恶神厉鬼，停止作恶害民，否则将受到严厉惩处。同时，封后土为神鬼国国王，封神荼、郁垒为神鬼大吏，监视和统领天上人间神仙、鬼怪。神荼、郁垒忠于职守，尽心尽力，如查到恶神厉鬼，不是将他们砍头喂虎，就是把他们打下十八层地狱，受尽折磨。从此那些作恶的神鬼再也不敢胡作非为了。但是，天上人间神鬼众多，有时难免会照看不过来，有些小神、厉鬼趁神荼、郁垒不注意，伪装一副慈善面孔，偷偷摸摸去干坏事。

黄帝就叫人们在大门口雕刻两个桃木像，一个是神荼，放在门右边，一个是郁垒，竖在门左边。或者干脆在门上画上神荼、郁垒画像。那些恶神厉鬼，一见就吓得屁滚尿流，远远地躲开了。有熊国的老百姓，见这样也有效，就家家仿做起来，在每年腊月二十八就摆出木塑像或贴门神画以求来年的吉利平安。

【讲 述 者】 （无考）

【采录整理】 王金岭

【采集时间】 （无考）

【流传地区】 河南省·（郑州市）·新郑市

【文本来源】 张振犁编著：《中原神话通鉴》（第二卷），郑州：河南大学出版社2017年版，第645—647页。

【阅读提示】《门神的传说》以解释门神的产生作为目的，把神荼、郁垒与黄帝的治理天下结合起来，并重点描写了黄帝、后土为拯救民间疾苦不辞辛劳请门神守国护家的情节，特别是关于门神形象的描述，显示出整理者的艺术加工，虽然有些脱离民间口头讲述的原貌，但对我们进一步理解门神的形象与性格，还是有一定帮助的。

【基本母题】黄帝战蚩尤；黄帝是中央神；黄帝访民情；山精；水怪；雷泽神兽；后土；神荼、郁垒；门神的来历；贴门神

【本文编码】《门神的传说》：ZCSW0366-122-004

门神的来历

（汉族）

从前有个卜卦先生，没魂的灵验，人称鬼谷先生。

一天，鬼谷先生在泾河附近算卦。泾河一带天气干旱，渔夫捕不到鱼。有个渔夫和鬼谷先生很有交情，就请鬼谷先生帮他算算哪里有鱼捕。每次鬼谷先生指点的地方，都能捕到很多鱼虾。河里的鱼虾都是龙王的百姓，天长日久，泾河的龙王就生气了。他摇身一变，变成了个书生，到大街上去，请鬼谷先生算算命。

龙王的意思是要将鬼谷先生一军，他问鬼谷先生："先生，你可懂明朝是天晴还是天阴？是下雨还是起风？"鬼谷先生掐指一算说："明朝是阴天，要下雨。城里是下三寸三分，城外要下三尺三寸。"泾河龙王感到好笑，这一带的雨水是我管的，你怎么能算得到呢。便说："你如果算得不准呢？"鬼谷先生说："如果算错了，你把我的招牌扯碎了，从此不蹲在泾河一带算卦。"龙王一听也就走了。

第二天，龙王正要行雨的时候，忽然天上玉皇大帝来了圣旨：命令泾河

一带行雨，城里下三寸三分，城外下三尺三寸。龙王一想：啊哟，这不正好应了鬼谷先生的卦啦。我是与他打了赌的，不能输，不过玉皇大帝的圣旨也是不好违抗的，我还是来个移花接木，城里下三尺三寸，城外下三寸三分。下过了雨，他就跑到城里，找到鬼谷先生，上去就把他的招牌一把扯了下来，说他算得不灵。鬼谷先生说："噢，你还来砸我的招牌哩，你当我不晓得你，你是泾河老龙，你违犯了天条。明天是端阳佳节，午时三刻在天上斩龙台上要杀你的龙头。"

泾河龙王一听，晓得不好了，吓得往地上一跪："你要想法子救救我。"鬼谷先生说："你求我没有用，明天派来杀你的人，乃是唐王李世民手下的一个丞相，叫魏徵。你还是求求唐王李世民，说不定他能救你一命。"

听了这话，龙王也就走了。夜里，龙王托了一个梦给唐太宗李世民，求李世民救救他，当时李世民就答应了。第二天正好是端午节，一早，李世民把魏徵丞相请进了宫。早朝以后，李世民就留魏徵下棋，近午时三刻的时候，魏徵丞相忽然伏案睡着了。李世民想：丞相为国家大事操劳，这么辛苦，就让他睡吧。没有唤醒他。

哪晓得，过了午时三刻，魏丞相醒过来了。他一站起身子，说："啊，我梦斩泾河龙王。"唐太宗不相信，魏丞相说："万岁如果不信，你看午朝门外，天上有朵乌云，上头有个龙头马上就落。"唐太宗跑到外头一看，果然有个龙头落下来了。

泾河龙王被杀头以后，怨恨唐王李世民没有救他一命。天天夜里到宫廷里头扰乱，吵得唐王夜里睡都睡不成。当时朝中有两个大将，一个叫秦叔宝，一个叫尉迟恭。他俩为了护卫李世民，就一个把守前门，一个把守后门。夜里，果然没有什么动静。第二天夜里，还是这样把守，也蛮太平的，泾河龙王不敢前来扰乱了。不过，时间一长，这两个大将就吃不消了。军师徐茂公出了个主意，把两个将军的面容画成像，贴到门上。结果，每天宫里同样都很太平。秦叔宝和尉迟恭死后，就被唐王封为门神。后来，老百姓家也贴起了门神，用来辟邪。

【讲 述 者】 邵锦禄

【采录整理】 丁永强采录

【采集时间】 1978 年 6 月采录于石港文化站

【流传地区】 江苏省 · 南通市 · 通州区 · 石港（石港镇）

【文本来源】 中国民间文艺家协会组织编写，罗杨总主编，沈志冲本卷主编：《中国民间故事丛书》（江苏 · 南通 · 通州卷），北京：知识产权出版社 2016 年版，第 93—94 页。

【阅读提示】 这则神话可以与《门神（2）》（ZCSW0365-122-003）《门神爷的来历》（ZCSW0368-122-006）对比研读。

【基本母题】 占卜者；龙王的从属；龙变形；打赌；玉皇大帝的圣旨；斩龙；托梦；门神秦叔宝；门神尉迟恭

【本文编码】 《门神的来历》：ZCSW0367-122-005

门神爷的来历

（汉族）

传说，有一天早上，小白龙闲着没事变成了个人，从天上来到下界转悠，看见了一个老头在种瓜。这老头种瓜也挺特殊：瓜子不是埋到土里，而是用土坷垃压上。

小白龙挺纳闷，就问老头：“人家种瓜都把籽埋到地里，你这个种法，到驴年马月也长不出瓜苗来呀！”

老头很有把握地说：“三天之内，必有牛毛细雨。雨下三天三宿，把土坷垃洇透了，瓜苗不就出来了吗！”

小白龙说：“老头儿，你怎么知道有雨呢？”

老头儿说：“不信，你瞅哇，三天之内准有雨，要不咱俩就打赌。”

小白龙说：“打赌就打赌。”

小白龙回到了天上，玉皇大帝让他在老头种瓜的地方，下上三天三宿牛毛细雨。小白龙心想："真要下的话，我不就输了，我偏不这么办。"于是他下令下三天三宿瓢泼大雨，结果把老头的瓜芽都给拍回去了。

到了第四天，小白龙又来到人间，见老头儿正在往外剜瓜籽呢。他很得意："你输了吧，这回可就费事了！"

"我费点事儿倒不要紧，可有的人脑袋保不住了。不信，你对着太阳照照，看你的影儿还有脑袋吗？"

小白龙一照，影子里真的没了脑袋。这下他明白了：老头儿必不是凡人。于是，他跪下求老头救命。老头儿说："小白龙，你这是自找罪受，我救不了你，要想得救，你就去求李世民吧。"小白龙问为什么只有李世民才能救他呢。老头儿回答："斩你的是他手下的大将尉迟恭，监斩的是魏徵。"小白龙又问："你是何人？"老头说："吾乃太白金星。"小白龙听了，非常懊悔。

小白龙一回到天上，马上被玉皇拿了。因他赌气下错了雨，淹了七州七县的黎民百姓。玉皇降下旨来：午时三刻，推出南天门斩首。

晚上，李世民梦见小白龙求他救命，问明经过，便答应不让魏徵、尉迟恭白天离开他。第二天，早朝已毕，李世民便留下二人饮酒，直喝得俩人酩酊大醉，李世民这才放了心。他心想：人都醉倒了，还怎么能去斩小白龙呢？

魏徵和尉迟恭足足睡了有一个时辰，醒了便嚷："好累呀，好累！"李世民赶紧问："两位爱卿酒醉安睡何累之有？"二人回道："陛下，你哪知道，梦中我们上天去了一趟，把小白龙给斩了。"李世民心想："这回可坏了，到底还是没拦住。"

小白龙被斩以后，每天都到皇宫来折腾，怨李世民说话不算数。对此，李世民非常恐惧，昼夜不安，茶饭不思，日渐消瘦。魏徵、尉迟恭知道以后，便来把门，结果皇宫安静如初。后来魏徵、尉迟恭二人死了。李世民便令人将他们二人的画像贴在门口，红脸的是魏徵，黑脸的是尉迟恭。这就是后来的"门神爷"。

【讲 述 者】 安玲

【采录整理】 梁国民（高碑店市白沟镇中学，教师）记录

【采集时间】 1986 年

【流传地区】 河北省·保定市·高碑店市

【文本来源】 中国民间文艺家协会组织编写，罗杨总主编，贺志仁本卷主编：《中国民间故事丛书》（河北·保定·高碑店卷），北京：知识产权出版社 2016 年版，第 5—6 页。

【阅读提示】 民间编神话故事往往把神话人物与历史人物绞合在一起，显得很有学问，老百姓又容易认同，但说来传去，可能把张三变成李四，李四说成马五。根据这则神话中小白龙的结局，建议生活中还是别随意打赌为好。

【基本母题】 门神爷的来历；白龙；打赌；太白金星；玉皇大帝；门神魏徵；门神尉迟恭

【本文编码】 《门神爷的来历》：ZCSW0368-122-006

莫尔登·额托姑的来历

（达斡尔族）

达斡尔人大都供“霍烈热·巴日肯”，可有一部分英尔登莫昆的人不供它，却供“莫尔登·额托姑”。据说原因是这样：

很早以前，莫尔登氏族的一个祖母，生了七个男孩，待孩子们长大了，她突然失踪了。过了好多年，兄弟七个人的子孙繁衍不少，而且早已各自成家，单独生活了。后来，村里忽然出现一位老太婆，在七个人家之间挨家串门。有的子孙认出了她，毕恭毕敬地请她吃“拉勒”。有的子孙没有认出她是谁，因而没有理睬她。从那时起，这位老太婆就对那些没有理睬她的人家作祟，因而被奉为祖神，叫做“莫尔登·额托姑”。面对给她吃“拉勒”的

那些人家，她就没作祟，因而他们也没有奉她为祖神，可他们却另外供“震烈热·巴日肯”，求他当保护神。

【讲 述 者】 奇克热
【采录整理】 萨音塔娜整理
【采集时间】 （无考）
【流传地区】 （无考）
【文本来源】 满都呼主编：《中国阿尔泰语系诸民族神话故事》，北京：民族出版社 1997 年版，第 184 页。原文标注由巴图宝音摘自《达斡尔民间故事选》，呼和浩特：内蒙古人民出版社 1987 年版。
【阅读提示】 不同的人可能供奉的神灵不同，古来如此。
【基本母题】 祖母；祖先归来；祖灵作祟；祖神；保护神的产生

【本文编码】 《莫尔登·额托姑的来历》：ZCSW0369-122-007

波孙藤
（傣族）

传说，波孙藤原是居住在深山老林里的老人，每天都挑着野菜、野果、槟榔、绿叶，到勐海坝子来换盐巴、衣服物品。他挑来的野菜野果、槟榔很好吃，人们很喜欢，个个都拿东西去跟他交换。这消息传到勐海首领召海的耳朵里，最初他不相信，亲口尝过之后，觉得果然很好吃，认为波孙藤是最善于采集野菜的人，便把他收留在自己家里，叫他专门采集野菜。不久，波孙藤不愿住在召海家，提出要在山边建立一个新寨子，种植蔬菜、槟榔、绿叶，召海答应了，在坝子边的山脚下划了一片地给他，波孙藤便在那里盖了一间房子，开垦荒地，种植蔬菜。后来，又搬来一些跟波孙藤学种菜的人。

从此，傣族先民便学会了种菜，野菜渐渐变成了家菜。波孙藤死后，人们很怀念他，将他的灵魂立为寨神，每年祭祀一次。

【讲 述 者】 （无考）
【采录整理】 （无考）
【采集时间】 （无考）
【流传地区】 （无考）
【文本来源】 姚宝瑄主编：《中国各民族神话》（哈尼族、傣族），太原：书海出版社2014年版，第375页。原文标注本故事由陈平选自魏庆征主编《中国各民族宗教与神话大词典》，学苑出版社1990年版。
【阅读提示】 这则神话叙述人们把一位发明种植蔬菜的老人尊为寨神，反映出神灵崇拜以及神话叙事中神灵来源的多元性。
【基本母题】 市场交易；采集；建寨；种植蔬菜；人死后灵魂成为神；寨神

【本文编码】 《波孙藤》：ZCSW0370-122-008

龙女神

（傣族）

传说澜沧江的九龙滩（又名金色碧）居住着九条龙。一天，白龙王的女儿走出江面，在岸边玩耍。岸边绿树成荫，鸟语花香，龙女越玩兴趣越浓，不觉顺着一条弯曲的小路，走到小勐养坝子。在寨子边，她遇到一个傣族小伙子岩冒养，两人一见钟情，结成夫妻，龙女成了勐养的傣族媳妇后，为勐养傣族百姓做了许多好事，使勐养风调雨顺，村村寨寨的稻田都长势很好。勐养人要到景洪坝子，只要站在澜沧江边大喊一声：“我是勐养人，请龙姑娘帮助渡江。”澜沧江上便出现一座桥，勐养人便可以从桥上走过去。不久，景洪的首领要盖房子，派人到澜沧江头砍木料，但木料运到九龙滩上游时，全落到江底去了。景洪首领派了许多人去捞都捞不上来，这时，有人告诉景洪首领，勐养的岩冒养的老婆是龙女，若请他来，肯定能把木料捞起来，果然，请来岩冒养后，只用了半天时间，就把沉在江底的木料捞了起来，景洪首领很高兴，准备设宴招待岩冒养。谁知，这时有人出了个坏主意，他对景洪首领说："首领呀，这岩冒养的本领比你大几千倍，要是他想做景洪首领，你斗不过他，不如乘他现在没有防备，一刀将他杀掉。"景洪首领果然把岩冒养一刀杀死了，正要分娩的龙女听说丈夫惨遭杀害，连夜回龙宫向父亲白龙王诉说，白龙王大怒，派出许多虾兵蟹将连夜搬来许多石头，堵住澜沧江。顷刻间，滚滚的江水往后倒流，平坦的景洪坝变成了汪洋大海，所有的村寨和稻田都被淹没了。景洪首领和他的百姓只得逃到山顶，靠摘树叶、野果度日。后来，有个老人对景洪首领说："都怪你错杀了岩冒养，触怒了龙女，才招来这样大的灾难，要想活命，只有去向龙女叩头认罪。"景洪王醒悟了，带着几个人去向龙女求情。龙女心地善良，不忍心让所有的景洪百姓被淹死、饿死，便把澜沧江的堵口打开，让洪水退去。景洪人感谢龙女的恩情，立她为勐神，年年到澜沧江边祭祀。

【讲 述 者】（无考）

【采录整理】（无考）

【采集时间】（无考）

【流传地区】（云南省・西双版纳傣族自治州）

【文本来源】姚宝瑄主编：《中国各民族神话》（哈尼族、傣族），太原：书海出版社 2014 年版，第 334—335 页。原文标注由陈平选自西双版纳傣族自治州民族事务委员会编《傣族文学简史》，云南民族出版社 1988 年版。

【阅读提示】这则神话赞颂的龙女善良而且爱憎分明，最后被立为勐神，也说明神话叙事中神灵来源的对象是非常丰富的。

【基本母题】 龙的数量；龙女；人与龙女婚；龙女助人；报复；洪水；龙女成为寨神

【本文编码】《龙女神》：ZCSW0371-122-009

帕雅哈度

（傣族）

帕雅哈度是个勐混坝子青年，原名叫岩哈度。他身材矮小，容貌丑陋，是个瘸子，但却武艺高强，聪明能干，智力超群。勐混坝周围的一些勐的首领，眼红于勐混坝子土地肥沃，水源丰富，纷纷前来争夺。有一年，来了众多的入侵者，勐混的首领很着急，百姓也很惊慌，因为勐混的人少，抵挡不住前来强占土地的人马，怕被抢光杀绝。正当人们绝望的时候，岩哈度站出来说：“让我去试试看，也许我能战胜他们。”大伙不相信他，都劝他别去找死。岩哈度不怕死，他说他有把握战胜敌人。勐混首领同意他去，嘱咐他敌人狡猾，要小心对待。岩哈度不带弓箭刀矛或其他武器，只带着他的拐杖来到阵地上，他大吼一声，叫敌人头目出来比武。入侵者见他是瘸子，哈哈大笑道：“勐混人是不是给吓昏了，怎么会派你这个瘸子来应战?”岩哈度不慌不忙地回答：“我们勐混人强马壮，对付你们这些侵略者，只要我一个跛子就足够了。不信，你敢跟我比一比吗?”入侵者头目不示弱，便在路边与岩哈度比武。路边有块大青石，入侵者头目用大刀砍进一半去，岩哈度用他的拐杖，轰的一声打下去，大青石碎了粉尘。入侵者头目吓得目瞪口呆。岩哈度对他说：“你的本领连我都不如，怎能跟我们强壮勇敢的人打仗呢？还是回到你们自己的坝子去吧。人应该和平相处，不应该互相争斗厮杀。”入侵者头目自知斗不过岩哈度，自己理亏，便退兵回去了。

勐混人选举他当了首领，尊称为帕雅哈度，他死后，成了勐混的勐神。

【讲 述 者】 （无考）

【采录整理】 陈平改写

【采集时间】 （无考）

【流传地区】 （无考）

【文本来源】 姚宝瑄主编：《中国各民族神话》（哈尼族、傣族），太原：书海出版社2014年版，第384—385页。原文标注由陈平改写，选自魏庆征主编《中国各民族宗教与神话大词典》，学苑出版社1990年版。

【阅读提示】 有勇有谋的人被推举为首领，并且死后被尊为神，有利于提升群体的战斗力。

【基本母题】 人不可貌相；人的争斗；比武；斗智斗勇；首领的产生

【本文编码】 《帕雅哈度》：ZCSW0372-122-010

帕雅亚

（傣族）

帕雅亚是景洪地区氏族部落的首领，以勇敢善战著称。那时，部落战争频繁，景洪地区经常受到周围其他氏族部落的侵犯。为了保卫自己的氏族部落，帕雅亚每天都要率青年巡逻村寨。有一年，从澜沧江上游迁来一个强大的部落，靠人多势众，想强占景洪的土地。帕雅亚跟另外一个叫景悍的首领率领人马守住澜沧江渡口，与入侵者进行了六个月的血战。入侵者无法渡江，只好在对岸扎营，待机再战。等了许久，又攻打了几次，仍然未能占领渡口，过不了江。此时，他们推说粮食吃完了，再战就要饿死，佯装撤退。景悍首领不知是计，信以为真，便率领大多数人马回寨种田，只留下少数人和帕雅亚守卫澜沧江渡口。入侵者见对方中计，立刻乘机强攻渡口。帕雅亚奋力抵抗，终因寡不敌众，被入侵的部落活捉。他们要他投降，并说只要将景洪的土地分给他们一半，就不杀他。帕雅亚宁死不允。入侵者决定处死他，可是他们用九把刀杀，用九堆火烧，将他捆在大石头上放在澜沧江里淹了九天九夜，都没有把他害死。波摩说："帕雅亚的命根是在他的心窝和掌心，戳不烂他的心窝和掌心，他的生命就永远不会死。"于是，入侵的氏族削了一千根竹签，插在他的心窝和手掌心上，终于把帕雅亚戳死了。死后，他的灵魂还继续保卫着澜沧江渡口和他的村寨。入侵者的竹筏一划到江心，便被他掀起波浪推翻。所以，景洪人把他的灵魂立为勐神。

【讲 述 者】 （无考）

【采录整理】 （无考）

【采集时间】 （无考）

【流传地区】 （无考）

【文本来源】 姚宝瑄主编：《中国各民族神话》（哈尼族、傣族），太原：书海出版社 2014 年版，第 383—384 页。原文标注由陈平选自魏庆征主编《中国各民族宗教与神话大词典》，学苑出版社 1990 年版。

【阅读提示】 英雄死后灵魂成为特定地方的保护神，表达出人们的一种理想，也是对英勇献身者的最好纪念。

【基本母题】 首领；部落战争；英雄罹难；灵魂不死；人变成神

【本文编码】 《帕雅亚》：ZCSW0373-122-011

桑木底故事系列

（傣族）

远古，傣族的祖先处在求生存的极端艰难时刻，为了抵挡洪水的袭击、大火的燃烧、猛兽的残害和防止社会上人和人之间的厮杀，祖先们和睦相处，团结一致共同与大自然斗争。桑木底就生长在这个时代，据传，他是傣族古代英公，傣族农耕生产的创始人，被氏族公神推选为首领，在率领氏族成员定居农耕、盖房建寨、完善傣族原始宗教等方面，都有显著的功绩。下面分别叙述：

一、寻找新的食物

在桑木底时代，人口越来越多，食物减少，为了争夺食物，互相殴斗越来越严重；而且氏族分散，没有统一的首领率领人们去寻找新的食物。这时，年轻的桑木底发现一颗雀鸟叼啄来的谷子在山谷里发芽了，他便把这颗谷种保护培养起来，发现其果实可以充饥，便继续寻找野生谷种人工种植，傣族农耕生产由此开始。农耕生产不能像狩猎那样到处游荡，必须有固定居住的地方。他说，分散是死路，游猎饿死人。蜂子集中有蜂窝，针织鸟虽小也有自己的巢，风来不怕吹，雨来不怕淋，人要像蜂子酿蜜，学小鸟生蛋，子孙才能兴旺。他便到处去找人来集中在一起，宣传“盖房建寨，定居种瓜”的好处。

二、向鼠王找谷种

古时候，人们靠采摘野菜野果为生。桑木底长大后，见野菜野果越来越少，便决心要找一种能长期养活人的食物。一天，有位住在山上的老人告诉他：天底下确实有一种长期养活人的食物，名叫“麻波提赛栽”（养人心之果），但只有勐神才知道这种东西在什么地方。桑木底去问勐神，并请他帮助找到这种东西。勐神告诉他：这种养人心的果实是谷种，只有鼠王居住的地方才有，而鼠王住地离人居住的地方较远，很难找到。

桑木底请求勐神一定要帮他找到谷种，勐神同意了，立即变成一只大鹏鸟，叫桑木底骑在它身上，便带着他飞到鼠国。桑木底刚从大鹏鸟身上跳下来，便被千万只老鼠团团围住。这些老鼠比人还高大，从没见过人，以为桑木底是个怪物，要来伤害它们，所以围过来要把他咬死。桑木底懂得法术，有神的智慧，他用定身法战胜了鼠群，并向鼠王说明来意，要求鼠王给一颗谷种。鼠王见桑木底武艺高强，不想与他再战，便取出一颗谷种送给他。

勐神变的大鹏鸟已经飞回去了。桑木底得到谷种后，只得走路回家。他走了十二年，先后经过鼠、麒麟、虎、兔、龙、蛇、马、羊、猴、鸡、狗、象等十二种动物居住的地方，才回到人类定居的地方，种下谷种。从此，人类学会了种植谷物。因桑木底回来时经过十二种动物居住的地方，这十二种动物便成为傣族的十二属相。

三、凤凰的启示

远古时候，傣家人住在大树上和山洞里。后来，有一个叫帕雅桑木底的人发明了盖房子的方法，从此以后，傣家人才开始住上房子。

帕雅桑木底是一个爱动脑筋的傣族汉子。有一回天下大雨，他看见一片片簸箕般大小的大麻芋叶挡住了雨点，雨水没有直接落在地上。于是，他打算用树叶搭个遮阳避雨的棚子来住。他用树枝在平地上搭起一个屋架，用树叶和茅草盖起一间平顶草房，高高兴兴地搬出山洞，住进亲手盖起的第一间房子。

过了不久，天降暴雨，帕雅桑木底的平顶草房起初还能挡住风雨，后来竟哗啦哗啦地漏起雨来，漏得他无法安身。雨过天晴，草棚上还积着不少雨水，天上雨停了，屋里的水还滴个不停。帕雅桑木底见这间房子不能避雨，又重新住到原先居住的山洞里。

一次，帕雅桑木底带着一条狗到山上打猎。在山上又遇上一阵大雨，躲在大树底下的帕雅桑木底，看见他的狗撑着前腿，大屁股坐在枯树地上，昂着头，尾巴拖在地下，毛茸茸的狗身子变成一个锥形。淋在狗身上的雨水顺狗毛流到地上。雨不停地下，但狗胸前的那片土地却是干的。帕雅桑木底看着雨中的狗，又想起盖房子的事，他想如果把房顶盖成一个陡坡，让雨水从房顶顺着茅草和树叶往下流，那房子就不会漏雨了。于是，他砍来两棵高树杈，两棵矮树杈，仿照狗淋雨时的姿势，用四根树杈盖成一间前面高、后面低的窝铺，并取名为“杜玛些”，即狗头窝铺之意。

帕雅桑木底又从山洞里搬了出来，住进杜玛些。不久，天又接连下了好几场雨，落在屋顶上的雨水，顺屋顶流到地上，屋里不漏雨了，但是风一吹，风雨还是从前边飘进屋里。流在屋子周围的雨水也慢慢向屋里浸透，雨下久了，屋里就难找到一块干地。帕雅桑木底觉得这种杜玛些仍然不理想，他决定重盖一种比杜玛些更好的住房。帕雅桑木底天天割茅草、砍树枝，接连盖了好几间住房，却一直没有盖出一间更好的住房来。但他没灰心，仍然不停地坚持盖房。天上的神帕雅英见他不断地盖房，很受感动，便变成一只美丽的凤凰飞到人间。那时恰好下着大雨，凤凰在雨丝中飞了片刻，便落在帕雅桑木底的面前，对他说："你看看我的翅膀吧，你看它能不能遮风挡雨。"凤凰说罢，立定两只长脚，又把双翅微微向两边伸开，形成一个"介"字的姿势。

帕雅桑木底听到凤凰会说话，知道它绝不是一只普通的凤凰，他连忙合掌对凤凰拜了拜，认真地观察着凤凰的模样。那些落在凤凰身上的雨水，有的从翅膀上流下，有的从尾巴和颈毛上流下，帕雅桑木底看着凤凰的模样，慢慢地想出了一种新的房子式样，这种房子要建在高脚柱上，使住房与地面分开；屋脊像凤凰展翅，前后左右的房檐都向下垂。

帕雅桑木底又砍来许多树木，锯成许多高矮不等的柱子；又割来茅草，编成凤羽似的草排。然后回想着凤凰站在地上的姿势，盖出了一种既能遮风挡雨，又能防止地上潮湿的住房来。这种住房分为上下两屋，下层着地，柱脚高六尺；上层住人，楼室比柱脚高五尺，这就是傣家人别具一格的杆栏式高脚竹楼。因为这种竹楼是在雨中凤凰的启示下盖成的，所以帕雅桑木底给它取名为"轰恨"——傣语原意为凤凰起飞。傣语早先称房子为轰恨，后省称恨。

轰恨问世以后，傣家人纷纷来学习盖房。帕雅桑木底教大家备料，编草排，把盖房的方法教给傣家人。自那以后，高脚竹楼一间接一间地盖起来，傣家人也渐渐从山洞里搬出来住进了竹楼。

傣家人住进竹楼之后，一直没忘记这位建房的始祖，为了纪念他的功绩，傣家人把"轰恨"改为"帕雅桑木底"。

四、男柱女柱

傣族竹楼里有两根主要的柱子，名叫男柱女柱，是傣族原始宗教中房神的象征物。男女柱的来历有两种说法：

一说桑木底在建盖第一幢竹楼时，是按照他和妻子的形态设计的柱子：一棵凸出来，象征男性；一棵凹下去，象征女性，男柱女柱结合在一起，房子才牢靠，因而傣族有祭男柱女柱之俗。

另说，桑木底在建盖第一幢竹楼时，虽从森林里砍来足够的木料，但在盖房时，总是缺少两根柱子，没有办法，只好在寨边另砍了两棵树，谁知，这两棵树是一对蛇夫妻的家，桑木底挖树就毁了蛇夫妻的家园。蛇夫妻为了报复，便悄悄地盘绕在这两根柱子上，吓得人们都不敢进新房。桑木底祭祀了柱子，希望把蛇夫妻赶走，但不管人们念了多少祭词，献了多少祭品，都赶不走蛇夫妻。后来请了会唱歌的人来唱歌，蛇夫妻慌忙逃走了，故傣族在祭了男女柱后，还要唱贺新房歌。

五、建　寨

盖好房子，宣布建寨的那天，桑木底领着人们用红石头栽在寨子中央，周围插上木桩木柱，立为“寨心”，表示这是人类的“定心柱”。接着在寨子旁的大森林中央，在一棵大树下搭起长方形的木架子，用奇形怪状的石头和树根支在上面，称它们为风火神、女鬼、地基鬼和管理林、木、地的鬼官，并宣布“寨神勐神”的诞生。接着就宣布寨神勐神的规矩：无论是人、鬼或野兽，若不服从“寨神勐神”的管理，就会遭到各种灾难，以至死亡。“寨神勐神”所在的森林，称“寨神勐神”林地，规定每年建寨的这天，全寨都要祭祀“寨神勐神”。接着桑木底划分地盘，分山水，开始了男狩猎、女种植和饲养的分工，傣族先民从此定居。

【讲 述 者】 （无考）

【采录整理】 陈平根据《中国各民族宗教与神话大辞典》及《傣族民间故

事选》改写

【采集时间】 （无考）

【流传地区】 （无考）

【文本来源】 姚宝瑄主编：《中国各民族神话》（哈尼族、傣族），太原：书海出版社2014年版，第340—345页。

【阅读提示】 这则神话通过对寨神勐神的叙述，反映出人类早期的社会生产生活。

【基本母题】 灾难；农耕的产生；首领的产生；定居的来历；建房；命名；文化发明；社会分工

【本文编码】 《桑木底故事系列》：ZCSW0374-122-012

沙 罗

（傣族）

远古的一天，天空下着雪，野菜埋在雪里。野果子吃完了，先民们正挨饿时，有个叫沙罗的聪明小伙子不忍心看见大家饿死，单独一个人走出山洞去寻找食物。他没找到野果野菜，却见一群野狗在追一只麂子，并且在山谷里追着了麂子，把它吃了。沙罗得到启示，便开始用藤子绊路，把野兽撵到有藤子的地方，捉住麂子、马鹿，抬回山洞，老少一起吃。从此傣族先民进入一个崭新的时代——以狩猎为主的时期，傣语叫“盘巴”时代。

在沙罗率领下，人们分群分伙追捕野兽，哪里有野兽，就往哪里走。傣族先民开始向南迁徙。

若干年后，沙罗老了，走不动了。这时，野兽越来越少。有时一天才猎到一只野猫，三天才绊倒一只马鹿，不够吃，大家相互争抢，跑得快的，撕下鹿脚就跑，年老体弱的和小孩连骨头都抢不到，人们病的病，死的死。见此情景，沙罗气坏了。有一天，他把人们召集起来，宣布道：“听着，鱼儿有头，蜂子有王，从今天起，我就是你们的头儿，你们要叫我为‘盘’。活着，我就是你们的‘盘’，死后，我就是你们的神。”

从这一天起，他便担负起做“头”的责任，不管打得麃子还是马鹿，由他分配给大家，从头到脚，从肠到肚，从心到肺，从皮到骨，都平均地分；老的、小的、男的、女的，有吃大家一起吃，要饿大家一起饿。他说：“有苦大家受，有乐大家享，子孙才会兴旺。”

大家觉得他公平，都拥护他。

沙罗死时对大家说：“我活着，你们拿最好的里肉给我吃，我死后还有我的灵魂在。告诉你们吧，魂就是鬼，鬼就是神，你们还要送肉给我的魂。我会帮助你们拴住马鹿，我会给你们撵出麃子，我会给你们驱散灾难。不管什么人打得麃子、马鹿，捉得野猪，就是捉住松鼠，也要分给大家吃，用里肉祭神鬼。”

沙罗死了，人人哭，个个叫，都说他的好处，祈求他要像活着一样帮助大家猎得更多的野兽，帮助大家的日子过得更好。大家就尊立他为猎神，出猎的时候、回来的时候，都要祭他，祈求他的保护。

【讲 述 者】 （无考）

【采录整理】 岩峰、王松搜集整理

【采集时间】 （无考）

【流传地区】 （无考）

【文本来源】 姚宝瑄主编：《中国各民族神话》（哈尼族、傣族），太原：书海出版社 2014 年版，第 376—377 页。

【阅读提示】 人们尊有权威的首领为保护神猎神，既有权力崇拜的意味，也有心理依托方面的需求。

【基本母题】 寻找食物；采集；狩猎；迁徙；分配猎物；人成为神；猎神

【本文编码】 《沙罗》：ZCSW0375-122-013

“奥伦”神的传说

（鄂伦春族）

相传，很久以前，有夫妇俩。丈夫虐待妻子，妻子无奈，便骑着马、带着狗逃走了。路过“奥伦”（设于野外木架上的仓房）时，上去拿一点吃的。正在这时，丈夫追来。她想，与其让他抓住打死，不如跳下去摔死。于是，纵身一跳。可是，她没往下掉，反而连“奥伦”也随着飘起来，马和狗也跟着升入天空。这时，她的丈夫急了，张弓朝“奥伦”射出一箭，打中了“奥伦”的一根柱子。相传，北斗七星的四个角就是“奥伦”的四根柱子，其余三个是“奥伦”的梯子。四角中歪了的一角，即是被箭射中的。据说，从此以后，鄂伦春人便把北斗七星称作“奥伦博如坎”，并将这个升天的妇女奉为主管仓房的女神。

【附注】

相关内容，可参见《欧伦神的传说》（ZCSW0319-112-003）

【讲 述 者】（无考）

【采录整理】马名超、崔焱编写

【采集时间】（无考）

【流传地区】（无考）

【文本来源】《中国各民族宗教与神话大词典》编审委员会编：《中国各民族宗教与神话大词典》，北京：学苑出版社 1990 年版，第 131—132 页。

【阅读提示】这则神话以对现实生活的理解，对北斗七星和仓库女神的产生作出看似有理的解释。

【基本母题】夫妻关系；自杀；北斗七星；人上天；仓房女神

【本文编码】《“奥伦”神的传说》：ZCSW0376-122-014

三仙女额胡娘娘

（鄂伦春族）

自古以来，天上的三仙女额胡是掌管人间疾病的女神。可是当年鄂伦春人并不知道。

相传兴安岭上有兄妹二人，靠打猎为生，他俩都练得一身好箭术，还有一匹极通人性的神马，所以打猎总是满载而归。

不料有一天，哥哥出猎的时候，被一头受伤的雄鹿用角顶死了，神马驮着哥哥的尸体回来。妹妹一看，立刻哭得死去活来。神马告诉妹妹："若要救活你哥哥的性命，你必须穿上你哥哥的衣服，到山顶上天宫的仙女们洗澡的天池旁去，偷取三仙女腾云飞天的仙物儿。"

妹妹立刻按照神马的吩咐，来到山顶天池旁，她认准了三仙女的东西，把它藏了起来。别的仙女都飞走了，只有三仙女没法回天宫，急得到处乱找。妹妹一步跳到三仙女面前说："姑娘，你的东西在我这里，你的赤身裸体也让我看见了，除非你嫁给我，否则我不还给你。"

三仙女前思后想没有办法，只好答应了。妹妹按照神马的嘱咐，把三仙女的足迹、手印都按在桦树皮上作为凭证，才放了三仙女。三仙女立刻腾空回天宫去了。妹妹也随即骑上神马赶到天宫，见了三仙女的父母，她掏出了桦树皮婚约凭证，说明了经过。仙女父母无话可说，只好答应下来，不过他们要新郎做成三件事情之后方可成亲：一要把门槛踩断；二要在三十步之外用箭把鸡蛋射碎；三要在百步之外用箭把针鼻打断。妹妹本来就是好猎手，一天不知要走多少路，瞄准多少次，射出多少箭。这三件事情，妹妹不费多少力气就办到了。于是她领着三仙女回到了人间。快到家了，她让三仙女在门外等候。自己进屋后连忙把衣服脱下，给她死去的哥哥穿上。

三仙女等了好半天，不见有人出来，就想进去。恰在这时，看见出来的是一位姑娘，忙问："你是谁？"

姑娘抹着眼泪说："我是你妹妹，嫂嫂！我哥哥刚回到屋里就死了。"

三仙女赶紧进屋，果然看见丈夫倒在血泊里。她二话没说，立刻从怀里取出仙丹，给丈夫灌了下去。哥哥很快就活了过来。小两口当夜就成了亲，带着妹妹过上了好日子。

三仙女能治病，猎人能死而复活的消息传开了。鄂伦春人有病，都来找她。天长日久，三仙女额胡就成了保佑鄂伦春人祛病强身的女神。

【讲 述 者】 （无考）

【采集时间】 （无考）

【流传地区】 内蒙古自治区

【文本来源】 中华民族故事大系编委会编：《中华民族故事大系》第15卷（德昂族、保安族、裕固族、京族、塔塔尔族、独龙族、鄂伦春族），上海：上海文艺出版社1995年版，第716—717页。

【阅读提示】 这则神话中记述的一旦男子看到女子的裸体就要与之成婚，大概是一种早期民俗。

【基本母题】 三仙女；掌管人间疾病的女神；兄妹俩；神马；婚姻的产生；婚约凭证；婚前难题；起死回生药

【本文编码】 《三仙女额胡娘娘》：ZCSW0377-122-015

牲畜保护神、猎犬神和百鸟之神

（柯尔克孜族）

传说牛神桑戈爸爸、马神康巴尔阿塔、骆驼神奥依索勒阿塔、羊神乔尔潘阿塔都是古时饲养这些牲畜的第一人。

猎犬神库玛依克是鹫鹰的后代。一次，鹫鹰在荒无人烟的山坳里生下了一只状如拳头大小的小狗。猎人发现以后就把这只小狗放在地窖里，整整用了七天七夜，眼睛一眨不眨地精心喂养它，它就是神犬库玛依克。库玛依克成为猎人的好助手。它凶猛、矫健，所有的野兽都不是它的对手。

百鸟之神库达依克的翅膀有五十庹长，飞起来无比矫健、神勇，谁触犯它，谁就要受到惩罚。

【讲 述 者】 （无考）
【采录整理】 张彦平编译
【采集时间】 （无考）
【流传地区】 （无考）
【文本来源】 满都呼主编：《中国阿尔泰语系诸民族神话故事》，北京：民族出版社1997年版，第85页。
【阅读提示】 这则神话利用生产生活中人或物的关联性生发出特定职能的神，是一种便于人们接受的思维逻辑。
【基本母题】 牛神；马神；骆驼神；羊神；饲养牲畜；猎犬神；百鸟之神

【本文编码】 《牲畜保护神、猎犬神和百鸟之神》：ZCSW0378-122-016

突忽烈玛发

（满族）

传说突忽烈玛发原是东海上伦部落的小伙子，因生下来时身上长鳞片和鸭爪，族人怪异，要害死他，他躲在水里，深夜回家吃饭。他十六岁时，父母双亡，只身在海里游逛。部落山崩、水淹、大旱时，突忽烈一一解救，可是族人却错怪是他作祟，仍要砸死他。后来，耶鲁里率一群恶火龙侵扰部落，突忽烈周游东、南、西、北四海，历尽艰难，找到北海神主土伦布，带回千年松木桶、万年北海冰、镇妖弓、穿妖箭等宝物，打败了耶鲁里，又率海龟治山治水。族人悔不该将恩人当仇人，将其敬为神。以后，人们打鱼赶海遇风浪时，总有突忽烈相救，他成了女真人的海上保护神。满族牛特鲁氏、郭合乐氏以及一些巴拉窝集人行船、打鱼、家祭时要祭祀这位海神。

【讲 述 者】（无考）

【采录整理】富育光、孟慧英、王宏刚整理

【采集时间】（无考）

【流传地区】（无考）

【文本来源】姚宝瑄主编：《中国各民族神话》（满族、赫哲族、朝鲜族），太原：书海出版社2014年版，第89页。

【阅读提示】能成为一位受人尊重的海上保护神，必有忍者神龟之气度。

【基本母题】怪人；避祸；灾难的拯救者；恩将仇报；北海神；海上保护神；祭神

【本文编码】《突忽烈玛发》：ZCSW0379-122-017

社 王

（毛南族）

社王父亲早死，有一天，他母亲赶圩回到半路，突然感到肚里怀了孕。社王刚生下来，嘴上就有三撇胡子，爷爷奶奶说他是妖怪，外公外婆也说养不成人。母亲把他丢在路边，牛羊给他喂奶；把他丢在森林里，老虎给他喂奶；丢在水塘里，水牛喝水把他吞下肚里。牛跑到山上，山主杀牛破肚见有一人仔，额上有“王”字痣，不敢杀害，丢于山上，凤凰展翅给他垫着睡。天上玉皇得知，收到天宫抚养，长大后封为社王，派到毛南山乡保护村寨。“还愿”法事请他入筵，请他做中间人，向主人家证明诸神已领到祭品，向诸神证明主人家已还了愿，请了债，从此，两边无债无欠，大家平平安安过日子。

社王到人间后，叫三元帮他择吉盖房子，三元择来择去，一年三百六十天，天天都有一点不吉利之处，没有个完好的日子，因此，社王的房子迟迟盖不成，只好住在村头的大石头下面。他来到毛南山乡，一不吃民间的灶头饭，二不进人间烟火房，在六圩街买了一顶草帽戴在头上，就四处奔波，为民斩妖除邪。毛南山乡三百六十个村寨，他每天都要查看一遍，哪里有人遭灾他就搭救，到哪个地方天黑了，就在那个村寨头的大石头下面过夜。后来每个村寨便在村头树下大石板上砌起社王庙，庙里塑一个戴草帽的石人，端正坐在正中，即为社王神像。

【附注】

这则神话的弃婴母题与汉文献中的许多记载一致，可能不是巧合，而是汉文化的影响。如汉代司马迁《史记·周本纪》中记载："周后稷，名弃，其母有邰氏女，曰姜原，姜原为帝喾元妃。姜原出野，见巨人迹，心忻然说，欲践之。践之而身动，如孕者。居期而生子，以为不祥，弃之隘巷，马牛过者，皆辟不践。徙置之林中，适会山林多人。迁之，而弃渠中冰上，飞鸟以其翼覆荐之。姜原以为神，遂收养长之。初欲弃之，因名曰弃。"

【讲 述 者】（无考）
【采录整理】（无考）
【采集时间】（无考）
【流传地区】（无考）
【文本来源】姚宝瑄主编：《中国各民族神话》（土家族、毛南族、侗族、瑶族），太原：书海出版社2014年版，第67—68页。原文标注本文选自《中国各民族宗教与神话大词典》，学苑出版社1990年版。选定者陈平。
【阅读提示】在这则神话中好像能看到"天命玄鸟，降而生商"的影子。
【基本母题】感生；生怪胎；弃婴；神人的成长；社神的产生

【本文编码】《社王》：ZCSW0380-122-018

太师六官

（毛南族）

不知哪朝哪代，莫一大王①的小老弟莫六，因为父亲去世，家乡大旱，从壮家村寨来到毛南山乡。他孤零零一人住在卡旦村后面的石庄山顶上，以砍柴打猎为生。毛南乡亲见了，帮他盖了房子，还经常送些玉米、南瓜给他。莫六又捉到一匹野马，把它训练成战马当作坐骑；捕获一帮野狗，把它们训练成猎狗帮他打猎；还在屋后边种了一株梅藕树②。这株树一天天长大，莫六的苦日子总算渐渐安定下来。

有一年，国家遇难，外国兵马侵犯中国，京城都被围困了。皇帝急得颁发诏书，张贴檄文，征召勇士，解救危难。毛南六圩③也贴了一张招贤榜。那天莫六刚好挑柴火到街上卖，买了点盐巴没有纸包，随手把墙上那张招贤榜撕了下来。正在包盐时，旁边的人告诉他："这是皇帝的告示，今早刚刚贴的，要招人到京城去打仗。谁撕了这张纸，就算愿意应征去打仗了！"莫六不认得字，不知道这是征召勇士的告示，既然已经撕了下来，就爽快答应说："去就去，怕什么？"

---

① 莫一大王：是北部壮族地区敬奉的一位神灵。关于他的传说普遍流传在河池、南丹、宜山、柳城等壮族地区。传说他是河池人。一年皇帝征缴人皮。莫一带几十名壮丁到京城应征。他用辣椒煮稀粥让大家喝饱，光膀子站在太阳下，个个晒得汗水横流，溅湿了皇帝龙袍。皇帝以为人皮漏水就不要了。莫一借口为皇帝驱赶牛虻，狠狠打了他一巴掌，皇帝还以为莫一对他非常忠心，便封为第十三大臣。莫一当了大巨，用泥巴捏了个神马，夜夜飞回家乡。时间久了，妻子怀孕，母亲盘问，媳妇才讲出真情。母亲要媳妇留下一只朝靴作凭证。莫一为了找朝靴，三次把太阳按回山去，后来用泥制靴赶回京城。皇帝见太阳三起三落，用照妖镜照见一个大臣用泥制靴，就命令众大臣穿着靴从水中走过。莫一走过水，化掉了泥靴，露出了赤脚。皇帝下令捉莫一，莫一便飞马回壮乡去了。皇帝的兵马追到河池。莫一赶山阻挡皇帝的兵马，又剪茅草作兵马进行抵抗，但都因为漏宝未成。莫一被杀，人头飞上高空，大骂皇帝。皇帝的兵马退走，莫一的头飞回颈脖，问母亲人死能不能复生。母亲讲不能重活，莫一的头又跌了下来。他交代妻子把头放进坛子，四十九天后再打开。母亲却在四十八天打开坛子，坛里飞出蜂群，扑向皇帝。但因时间不够，翅膀不够硬，飞到宫门就飞不动了，所以没有把皇帝叮死。至今壮族地区还可以见到树上蜂巢像人头的"人头蜂"，传说是莫一大王的头变的。

② 梅藕树：毛南语，木质坚硬的高山松。

③ 六圩：在环江县下南乡下南圩。

第二天，官府派差人前来催他动身。他二话没说，腰佩一把宝剑，拎了一个小口袋，袋里装上两斤芝麻、一斤黄豆，跟着官差上路了。那官差见他装束简单，又没有兵马跟随，只带一小口袋干粮，暗暗吃惊：这种人怎能当将官？哪能解救京城？但又不敢问他。当晚到了州府，州官大人问莫六："莫勇士，兵马在哪里？"莫六说："随后就到。"还叫州官大人吩咐全城百姓煮大锅饭等着呢！

但到了半夜三更，一个兵马也未到，州官急得冷汗都冒出来了，又问莫六："这时候都没见一个兵马，明早怎能进京去攻打敌人？明天京城不解围，就要陷落在敌人手里了。"

"莫急嘛，时辰到，兵马自然到。"莫六不慌不忙，叫州官大人放心，"你只管垫高枕头好好睡一夜，明早看我打胜仗。今夜我到京城附近察看一下敌人的阵势，明天好冲杀。"州官哪里睡得着，一夜眼睛都不眨。

天刚蒙蒙亮，忽听三声炮响，喊声大作。州官急到外面一看，只见京城附近烟尘滚滚，千兵万马左右冲杀，莫六骑着马在指挥作战，马后还跟着一帮凶猛的猎狗。只有一袋烟工夫，就见外国兵将死的死，逃的逃，一败涂地。过一会，杀声渐渐停下来，千军万马忽然间不见了。莫六仍旧背着那把宝剑，手拎芝麻、黄豆口袋，回到州府驻地。"有劳莫勇士！"州官亲自出门迎接，问他："刚才哪来那么多的兵马，冲杀得好勇猛！可现在怎么连一个都不见了？"莫六答道："在城外扎营呢。"原来他曾经异人传授，会使法术。

当晚，州官一面大摆宴席庆贺，一面写奏章给皇帝，呈报莫六的战功。第二天早上接到圣旨，宣召莫六入朝，皇帝要当面嘉封他。莫六领了旨意，整装出发，州官亲自陪送。莫六出了府门，抖开芝麻、黄豆口袋，边走边撒，一直撒到十里长亭。州官更加惊奇地问道："勇士为何沿途撒下芝麻、黄豆？"莫六说："自有妙用。"快到了京城大门时，只见莫六挥手一喊："起来！"州官回头一看：喔唷！刚才一路撒的芝麻、黄豆，忽然间变成浩浩荡荡的大军——一粒芝麻一个兵，一颗黄豆一个官，好不威风！

州官疑心地问："昨天莫勇士击退外国兵马，用的就是这个法术吧！""就是这个。"莫六点点头。州官一听，惊出一身冷汗。

其实，皇上已经知道莫六使用法术，调动神兵，击败了外国兵马。皇帝想：既然他可用法术，击败外国军队，岂不能攻破孤家京城？他越想越可怕：这个异人一旦兴兵作乱，整个江山岂不送在他手里！于是，想借召见嘉封的机会，结果他的性命。不想莫六也料到这一着，进京时布好神兵，只看动静行事。州官见势不妙，暗里给皇帝通风报信。皇帝听了，手脚打颤，哪里还敢下手。只好亲自出殿下阶迎接，亲口御封莫六为“匡佑京朝太师六官”。大摆三天宴席，文武百官陪莫六喝酒，然后派出兵将，陪送莫六回到毛南山乡。

太师六官回到毛南地方以后，驻扎在高高的石庄山上，统管阴阳大事，保佑地方安宁。山顶上莫六早先种的那棵梅藕树，已长成五六丈高的大树了，树叶浓密遮天，远远望去，像把大罗伞。在这大树底下，莫六造了一张大石八仙桌，摆酒席款待毛南乡亲。莫六天天跑马练武，在半山腰跑出了一条论丈宽，一里多长的跑马道。

不久，太师六官便成了神仙。他一直坐镇在石庄山上，世世代代保佑着毛南地方的安宁。平时，他跑马练功，游山打猎；若有强盗侵犯毛南，就派遣神兵抵御。传说有一次，一帮强盗攻进毛南地方抢劫，一百多人冲进了高川村。高川村只有三十多个青壮年，他们想到有太师六官的保佑，个个胆大如虎，一手举着旗子，一手拿着长矛，拉开阵势，把一百多个强盗包围起来，逼着强盗缴械投降。说也奇怪，这帮强盗却看到四面八方有千兵万马包围着他们，个个胆战心惊。强盗头子见势不妙，只好下令缴械投降了。等到他们全部缴了械，被捆绑在一堆后，刚才的千兵万马已经无影无踪，眼前只有三十多个毛南人了。

【讲 述 者】 谭昌周公，谭桂花公
【采录整理】 汪骏记录，袁凤辰整理
【采集时间】 （无考）
【流传地区】 广西壮族自治区·（河池市）·环江（环江毛南族自治县）
【文本来源】 中华民族故事大系编委会编：《中华民族故事大系》第 12 卷

（布朗族、撒拉族、毛南族），上海：上海文艺出版社 1995 年版，第 497—501 页。

【阅读提示】 莫一大王的事迹在壮族神话传说中有不少记述。这则神话把主人公看作是莫一大王的小老弟，反映出民族间的密切关系。

【基本母题】 莫一大王；法术；撒豆成兵；自私的皇帝；阴阳的管理；人成为神；地方保护神

【本文编码】 《太师六官》：ZCSW0381-122-019

灶王的故事

（毛南族）

记不清在哪个朝代了，皇上派了一个大臣到毛南地方当州官。这个大臣在京城里享惯了荣华富贵，很不愿去。皇上对他说，“那里土地肥沃，样样都很好，你去了以后，可以这样办……”大臣领了皇上的密旨，就马不停蹄上任去了。

到任以后，他贴出一张布告，说：“我上任第三天起，每家要轮流请我吃一天上等酒席，如果哪家不请就犯王法，抄家灭门！”这个地方有许多人家，吃一轮可以吃上好多年，这就是皇上面授州官的密旨。于是，从上任的第三天起，他就挨家挨户地吃喝起来。最初他一个人去吃，后来他把自己的老婆，手下的差官，连家里的猫和狗，都一起带去吃了。

州官整整吃了半年多，吃得又肥又胖，像一头大菜牛一样。老百姓被他吃得叫苦连天。特别是穷苦人家，自己都吃不饱，哪里办得起侍候州官的上等酒席呢？很多人为了给州官办酒席，都弄得倾家荡产，卖儿卖女。有的实在办不起，被州官抄家灭门了，弄得老百姓人心惶惶。大家都埋怨：“这个州官是吃人肉，喝人血的魔鬼！”

有个姓宋的农民，生得身高膀宽，腰粗腿壮，力能拔树，两手又宽又厚，巴掌一挥，能把墙壁打得七崩八倒。因此，乡亲都叫他做“宋大巴掌”。他和妻子一个种田打柴，一个纺纱织布，日子过得蛮好。他见到州官如此吃人不吐骨头，决定提前请州官吃酒。

一天，他打得一头野猪，刮毛破肚，放进锅里，加上沙姜、八角各种配料，交代老婆在家看火，他自己跑去请州官。他对州官说：“州官大人你看我这相貌，是不是有本领的人呢？”州官说：“呀！像你这样一个巨人，有生以来，我还是第一次见到哩！你的本事一定不小。”宋大巴掌说：“州官大人说得对，我能上天抓凤，入海擒龙。听说大人最爱吃好东西，我昨天捕得一对龙凤，炖了一锅。现在虽然还没有轮到我请你，因为这是难得的美味，我想单请州官大人前往赏光。以后轮到我家时，所有人员全部都再来。”州官听了，满肚欢喜，丢开椅子，跟宋大巴掌就走。

一进宋家门口，州官闻到香味，口水流下三尺，大声喊起来：“好香啊！好香啊!”宋大巴掌的老婆还在灶门烧火，说：“龙凤肉还没有熟，请大人耐心等一时。”州官等了一下，就问：“熟了没有？”等了一下又问：“熟了没有？”宋大巴掌夫妻总是答他：“请大人耐心等一时。”肉香一阵阵飘进鼻子，州官馋得忍不住了，走进厨房指着宋大巴掌骂道：“你这混蛋！为什么还没有煮熟就请我来!”宋大巴掌把门关起，不慌不忙地卷起袖子指着州官的眼睛骂道：“你这瘟官把老百姓吃得好苦啊！这回让你尝尝我的巴掌!”扬起巴掌要打。他的妻子忙说：“把他打在灶旁墙壁上，瞪眼看我们煮好东西吃吧!”州官吓得跪下哀求，宋大巴掌像鹞鹰抓鸡仔一样，左手提住他的颈脖，右手“啪”的一下把州官打贴在灶旁墙壁上了。

众乡亲知道了，纷纷跑来看，个个拍手叫好。有人说：“我们请个画师照他的像画下来，贴在各家各户的灶旁，让他瞪着眼睛看看我们煮好东西吃吧!”大家齐声赞成，就这样做了。

这件事后来传到皇上耳朵里，皇上非常生气，但又不敢找宋大巴掌问罪，怕也被打在墙上。怎么办呢？他下了一道圣旨，说州官是皇上的御膳厨师，侍奉皇上有功，追封他为灶王爷，家家户户都要把他的画像贴在灶旁墙上，流芳千古。

可是在老百姓的心中，他是遗臭万年的！

【附注】

本文与异名文本《灶王爷（2）》（ZCSW0350-121-006）相比，有许多相似之处，不知何种原因。

【讲 述 者】 谭履宜

【采录整理】 谭金田记录整理

【采集时间】 （无考）

【流传地区】 广西壮族自治区·（河池市）·环江（环江毛南族自治县）

【文本来源】 中华民族故事大系编委会编：《中华民族故事大系》第12卷（布朗族、撒拉族、毛南族），上海：上海文艺出版社1995年版，第534—536页。

【阅读提示】 这则神话好像证明了民间所说的一个道理：光脚的不怕穿鞋的。

【基本母题】 腐败的贪官；大力士；人成为神；皇帝封神；灶王爷；灶王像

【本文编码】 《灶王的故事》：ZCSW0382-122-020

保牧乐（1）

（蒙古族）

郝布拉特从天庭回来的时候，偷了天帝的坐骑，又来到积雪的白头山上把天帝的牛杀掉，吃了它的肉。上天知道郝布拉特偷了他的马和牛，就派遣天使前来捉拿。郝布拉特对天使说："我偷了天帝的坐骑，正是我直达天庭，尊奉上天的标志啊！我杀吃了天帝的牛，也是为了用牛皮和牛骨蔽成佛像供奉。"前来捉拿他的天使听了他的话，说道："如果你真要拿牛皮和牛骨做成佛像，那就赦免你的罪过吧！”说罢，就返回天上去了。

郝布拉特把牛皮割成了一指宽的皮条，又用皮条把牛骨缠好，然后把它分给了人间的百姓，并对他们说：“这是保牧乐神。如果诚心供奉，就会一年四季无病无灾，平安吉祥，家家殷实，五畜兴旺。”这样，郝布拉特自己就先供起了保牧乐。从此以后，保牧乐成为天帝的化身，蒙古人把它奉为最古老的尊神，画在牛角上面，供奉在每家每户的门旁。

【讲 述 者】（无考）

【采录整理】色道尔吉翻译

【采集时间】（无考）

【流传地区】（无考）

【文本来源】满都呼主编：《中国阿尔泰语系诸民族神话故事》，北京：民族出版社1997年版，第164—165页。原文本标注选自色道尔吉、梁一孺、赵永铣编译评注的《蒙古族历代文学作品选》，内蒙古人民出版社1982年版。

【阅读提示】这则神话可以与《保牧乐（2）》（ZCSW0384-122-022）对照阅读，发现神话传承中的变化情况。

【基本母题】天庭；偷窃；供佛；天使；造神；保牧乐神；天帝的化身

【本文编码】《保牧乐（1）》：ZCSW0383-122-021

保牧乐（2）

（蒙古族）

保牧乐是蒙古族人民供奉的另一个牲畜保护神。他是个独身的牧羊老人，名叫保如乐岱。家里供着吉雅其。他有十万只紫绵羊，一匹生着红色翅膀的黑马和他父亲生前骑过的一匹老黑马。一天，老人发现一只羊生了一只雪白的牝羊羔，就把它装进了羊羔囊，挂在树枝上，准备以此祭天。然后，他赶着羊群饮水去了。

老头走远以后，树上落着的两只大乌鸦展翅飞来，用它们那赤铜嘴剜吃了白羊羔的两只眼睛。老头回来后，发现羊羔受伤不能祭天[①]，一气之下，便举起赶羊鞭，策马去追那两只大乌鸦，一直追到高空把它们抓住，各打了一百鞭，打烂了它们的脊梁，又拔掉了铜嘴，安上了羊角嘴，这才把它们放走。回来后用那只受了伤的羊羔祭了吉雅其。

再说，那两只大乌鸦并非凡鸟，而是汗霍尔木斯塔（玉皇大帝）为着了解人间琐事而派下来的信使。从前，人间没有见过这类恶鸟。两只乌鸦被打以后，飞到天上，立即向汗霍尔木斯塔控告了保如乐岱老人和他那两匹能飞的快马。汗霍尔木斯塔一听大怒，便派了两只狼下来，叫它们去吃掉老人的飞马。当狼还没有来到之前，吉雅其托梦给保如乐岱，对他报告了事情的原委。老人得梦之后，将马备好拴在屋里，又给老黑马带上绊子放在门前，专等狼的到来。不久，狼来到了保如乐岱的家，吃了那匹老马以后，回头就往天上逃走。这时老人骑马追到空中，又把两只狼抓住，各打了一百鞭子，打烂了它们的脊梁，拔掉它们的钢牙而换上骨牙，然后把它们放走了。狼逃到天上以后，又对汗霍尔木斯塔告状，汗霍尔木斯塔更加生气。于是向阎王传下指令，要他速派两名鬼怪前去了解老人的身世。阎王得令之后，派了两个犯罪的纸鬼回到人间。这时老人又得了吉雅其的指示，立即把门、窗关严，在窗户下放好一碗水后，就蒙头大睡了。在梦中老人忽然听见有人呼救，醒来一看，才发现纸鬼掉进碗里，全身湿透不能动弹。老人骂鬼是来犯的“有门不走钻窗户的鬼”，然后就把它们撵走了。纸鬼回到天上又告诉汗霍尔木斯塔，汗霍尔木斯塔愈加生气，就派黑龙去打死老人的马。老人得了吉雅其的梦示以后，备马上了房子东北的山岭，手握猎棍，专等黑龙前来袭击。不久黑龙真的乘着黑云到来了。当它刚刚往下冲击时，老人跃马腾空飞避，飞到了西边的一座大山岭上，黑龙只打断了三指长的黑马尾，半个山头却被击

---

① 蒙古族旧时祭天必须用无伤牲畜。

碎。接着它追赶老人到西山上去，又击碎半个山头三寸黑马尾。老人躲过两次攻击之后，转身降到深谷的底层。这时，黑龙紧追不舍，更加迅疾袭来。老人见它一而再、再而三地攻击，气得握紧了铁棍，待它下到谷底时，就忽然策马腾起，照准黑龙打了一棍。这一棍打下去，打断了黑龙的尾巴，摔脱了它的大腿关节，最后再也不能起来，就悄悄地躲到谷底里去了。

老人安然无恙地回到家里睡下，吉雅其又给他托梦说：明天正当午时，汗霍尔木斯塔要亲自下来问罪。到时应见机行事，找话答对。

派去黑龙的汗霍尔木斯塔见黑龙没有回来，便知凶多吉少。因此，决定当天正午亲自下凡审问保如乐岱。保如乐岱得了梦示，准备好九张石桌，专候汗霍尔木斯塔下凡。午时，汗霍尔木斯塔真的从天而降，落到正中一张石桌上。老人赶紧跑迎问安。汗霍尔木斯塔问保如乐岱："你为什么毒打我派来的信使，打烂了脊梁，又拔掉它们的青铜嘴？"老人回答："我有十万只紫绵羊，没有一只白羊，那天生了一只雪白的牝羊羔，我乐得拿它祭你。你派下乌鸦来是为着了解人间琐事，不是叫它们来啄伤我祭天的羊羔吧？所以我各打了它们一百鞭子，打烂了脊梁，拔掉了青铜嘴，按上了羊角嘴了。"

汗霍尔木斯塔一听说得有理，就说道："对，你做得对！"于是叫来那两只大乌鸦："我派你们下来，是叫你们了解人间琐事向我报告，不是叫你们伤害人家的羊羔的。可是你们回去却诬告别人，是何居心？今后我再不要你们做信使，也不许你们再上天。"汗霍尔木斯塔喝退了大乌鸦。从此，人间有了这种叫声难听的鸟，因为它们没有了青铜嘴，又被保如乐岱打得心惊胆战，所以再不敢叼牲畜的眼睛了。

汗霍尔木斯塔又问："你为什么打我派下来的两只狼一百鞭子，打烂了它们的脊梁，又拔掉它们的钢牙，安上了骨头牙？"老人回答："你派狼来，是叫它们吃我的飞马，而不是叫它们吃我带绊子的老黑马吧？所以我打了它们一百鞭子，打烂了脊梁，拔掉了钢牙，给安上了骨头牙！"

汗霍尔木斯塔一听说得也有道理，就说："对，你做得对！"说罢就叫来那两只狼，训斥道："我派你们下来，是叫你们吃有红翅膀的黑马，你们为什么吃了腿上带绊子的老黑马？你们吃错了马还诬告人！今后不许再吃带绊子的马，你们也不用想再上天了!”于是喝退了狼。从此，人间才有了这种恶狼。因为它们被汗霍尔木斯塔训斥过，又被保如乐岱打怕了，所以不敢再吃带绊子的马了。

汗霍尔木斯塔又接着问：“你为什么把我叫阎王派来的纸鬼泡湿?”老人回答：“阎王派它们来调查我的身世，可没叫它们钻我的窗户缝吧? 有门不走钻窗缝，这只有饿鬼才这样，哪是什么天使? 所以我才骂它们是贼。它们被泡湿，是自己找的，这和我没有关系。”

汗霍尔木斯塔听了觉得也有道理，就说：“对，你做得对。”说罢又叫来那两个纸鬼，训斥道：“我派你们来是为着了解保如乐岱的身世，你们为什么有门不走钻窗缝，自己掉进水里还诬告人? 今后不许你们回地府，永远做个流浪鬼。”于是又喝退纸鬼。从此，人间才有了流浪鬼作恶，保如乐岱的一碗水吓得它们再也不敢钻窗缝。蒙古人在病人头前放水的习惯，就从那时开始，流浪鬼一看见水，就逃之夭夭了。

汗霍尔木斯塔接着问最后一件事：“你为什么打我派来的那条黑龙，打断了尾巴，打落在山谷，跌得它大腿脱了臼?”老人又回答：“你派它来是要它击死我的马，不是叫它几次三番地剪掉我的马尾巴吧? 所以我打了它一棍子打断了它的尾巴，它又自己摔下来，摔坏了大腿。这和我没有关系。”

汗霍尔木斯塔想了想，觉得说得也有道理，就说：“对，你做得对。”说完打发保如乐岱去黑龙那里，给它安好了腿，然后给黑龙降旨说：“你虽然没有完成我叫你做的事情，但已经成了残废，没有功劳，也有苦劳，今后不再派你做任何事情，你就自由自在地遨游三界吧!”秃尾巴黑龙听罢也就走了。从此，有了秃尾巴黑龙①的传说。据说夏天下的骤雨是黑龙干的，可是它被保如乐岱打的吓破了胆。所以蒙古人一见夏天落冰雹，就从门窗里往外扔棍棒刀枪，为的是把逞凶的秃尾巴黑龙吓走。

最后，汗霍尔木斯塔回到桌上，对保如乐岱说道：“保如乐岱，你做得

---

① 这个秃尾巴黑龙的传说和汉族的秃尾巴老李（也是秃尾巴黑龙），尾巴是他父亲砍断的传说相近。

都对，从此你做我的‘护路格’[①] ——保牧乐，我们来保护人间的牲畜。不管僧俗什么人，只要他供奉你，求你保护，你就保护他们的牲畜吧!”说完就归天去了。

从此，保如乐岱这个勤劳的老牧羊人，变成了替天保护人间牲畜的“保牧乐”，蒙古人也开始供起它来了。

【附注】

同名文本《保牧乐》，参见《保牧乐》（ZCSW0304-104-007）。

【讲 述 者】 乌力吉（内蒙古哲里木盟科左中旗摇里木都公社西塔林爱里的老人）

【采录整理】 阿奇记录整理

【采集时间】 1957 年秋季

【流传地区】 内蒙古自治区·哲里木盟（今通辽市）·科左中旗（科尔沁左翼中旗）·摇里木都公社（腰林毛都镇）

【文本来源】 谷德明编：《中国少数民族神话》，北京：中国民间文艺出版社 1987 年版，第 44—49 页。

【阅读提示】 这是一篇解释牲畜保护神保牧乐来历的神话。语言较平实，结构很简单，情节也不复杂。该神话叙事吸引人的地方，主要是保如乐岱与玉皇大帝的信使、爪牙斗智斗勇的过程，而取胜的法宝则是得到自己供奉的吉雅其神的梦示与指点。这种情况说明，在游牧民族的神话中有时不管天神地神，还是玉皇大帝，只有管用的才是最厉害的神。所以这篇神话中的牲畜保护神吉雅其就是一个无所不知无所不能的神。最后，玉皇大帝被保如乐岱的智勇所折服，也把他封为替天保护人间牲畜的“保牧乐”神。神话的字里行间多多少少还带有一

---

① “护路格”：代步者，坐骑，犁。

些英雄崇拜的意味。

【基本母题】 牲畜保护神；玉皇大帝；神的使者；阎王；鬼怪；托梦；动物特征的来历；冰雹的来历；玉皇大帝封神

【本文编码】 《保牧乐（2）》：ZCSW0384-122-022

吉雅其

（蒙古族）

吉雅其是蒙古人供奉过的牲畜保护神之一。传说里的吉雅其是一个勤劳、热爱马群的牧马人，而他的妻子又是一个热爱儿童的老婆婆，两口子一生没有子女。

吉雅其一生牧放着诺颜的马群，他的妻子看管村里所有的孩子，使他们的母亲能好好地劳动。而孩子们一见老婆婆就跟上她，忘掉自己的母亲了。

据说，有一次诺颜的一个少年牧马人丢了一群马，怎么也找不到。于是吉雅其老人便告诉诺颜的儿子说："马群在西南方四十里处的阿拉坦本贝山里。"照吉雅其的话找去，果然找回了马群。以后不久，吉雅其老了，病倒了。虽然如此，他仍然舍不得与自己心爱的马群死别，因而久久地不能咽气。当诺颜来看他，并问他有什么遗言时，他说出了自己的要求："我死后，把我平时放马穿的衣服给穿上，在我的背上挂上我用的那把套马杆，之后，把我放在那匹黄骠马上，送我到西南山，让我背靠额尔敦本贝山，眼望阿拉坦本贝山。"诺颜一一答应了，吉雅其也就合上了眼。

吉雅其死后，几个月，诺颜的马群夜夜被人赶到那西南山里去。之后，马群里又发生了疫病，马匹开始死亡。为此，诺颜到吉雅其那里去，请求吉雅其道："你不要在夜间出来活动，一来避免你劳累；二来不致惊吓村里的娃娃。你还是隐蔽起来的好，我将你的像供在家里，这样你可以成天看你生前心爱的马群，安静地度过日月。"诺颜说完回去的第二天，就把吉雅其的像画在牛皮上供起来。此后，马群不再闹病死亡了，也无人赶走了，马群更加繁殖兴旺，吉雅其的尸体也不见了。

此后没过几个月，吉雅其的妻子也死了。她死后不久，村里的娃娃们开始闹起病来，母亲们知道孩子们是在想念死去的老婆婆，便把那死去的老婆婆的像画在雪白的新毡子上供了起来，这样，孩子们的病也果然都好了。

从此，吉雅其这个勤劳的牧马人，被人们当成牲畜保护神来供奉，他的妻子则成为孩子们的保护神被人祭奠。

据说，后来因为有了布，人们又将他们并列画在一块白布上去了。

【附注】

（1）同名文本《吉雅其》，参见《吉雅其（1）》（ZCSW0296-103-016）。

（2）同名文本，参见《吉雅其（2）》（ZCSW0297-103-017）。

【讲 述 者】 乌力吉（内蒙古哲里木盟科左中旗摇里木都公社西塔林爱里的老人）

【采录整理】 阿奇记录整理

【采集时间】 1957 年秋季

【流传地区】 内蒙古自治区・哲里木盟（今通辽市）・科左中旗（科尔沁左翼中旗）・摇里木都公社（腰林毛都镇）

【文本来源】 谷德明编：《中国少数民族神话》，北京：中国民间文艺出版社 1987 年版，第 42—44 页。

【阅读提示】 神也是人，神话也是“人话”。牧马人老夫妻生而勤劳善良，死也成神相伴。

【基本母题】 牲畜保护神；遗嘱；瘟疫的产生；亡灵作祟；祭神的作用；神像；人死后成神；牲畜保护神

【本文编码】 《吉雅其》：ZCSW0385-122-023

吉雅其的传说

（蒙古族）

北方蒙古部落有个名叫沙如拉的巴颜，他有个奴隶叫吉雅其，一辈子给他家放牛牧马：

在太阳刚刚露脸的时候，
他把牛马赶到撒满露珠的草滩；
在星星刚刚眨眼的时候，
他把牛马平安赶回牧场。
他放牧的牛马像星星一样多，
他放牧的牛羊像罕山一样壮。

很多年过去了，吉雅其年迈体衰，得了重病，临死的时候，他还惦念着他放牧的畜群，喘息着不肯闭上眼，让人找来巴颜，请求说："我死后，给我穿上放牧时的衣服，挎上放牧时的套马杆，埋葬在我放牧的高山顶上，让我死后也能看见我放牧的畜群吧！"巴颜点头答应了他，吉雅其马上闭上了眼睛。

可是，吉雅其死后，巴颜根本没按照他请求的办，早把自己的许诺忘到背后去了。没过多久，人们就发现：

每当星星闪烁的时候，
吉雅其的身影就在草原游荡，
骑着黄骠马，
挎着套马杆，
把他放牧过的马群，
赶进以往去的深山。

每当阳光升起之前，
吉雅其的身影又在草原出现，
骑着黄骠马，
挎着套马杆，
把他放牧过的马群，
赶回以往的草滩。

从此，马群再不像过去那样肥壮，开始闹病的闹病，死亡的死亡，可怕的瘟疫发生了。巴颜着了慌，急忙请博来禳灾。博告诉巴颜说，这是死去的吉雅其在闹鬼，巴颜忙问："那怎么办呢?"博说："给他做个神像，供奉起来就会好的。"于是，博叫人请来心灵手巧、美丽纯洁、没有婚配的少女，用绸帛做成了衣身，用珍珠和龙棠做眼睛，制成了吉雅其的神像，并把它挂在毡房里，像上挂着装满五谷的皮囊，献上"书色"、乳酪供品，虔诚地祭奠起来：

在巍巍的高山上，
神明的吉雅其老人，
放心不下你的马群吗?
夜夜都要降临。

龙棠做眼睛，
绢帛塑金身，
供在包内朝南方啊，
看到家园总该放心。

胸前挂着接羔的皮袋，
袋里装满炒米干粮，
供在毡车上停前方啊，

面对马群总该放心。
鹿皮斗篷披至肩，
风吹雨淋多劳累，
献上“书色”将您祈请，
保佑牲畜永远兴旺、安康。

这么一祭，人们就再也看不见吉雅其夜间游荡的身影了，瘟疫也消灭了。于是家家都请博来做吉雅其的偶像供奉起来。吉雅其从此成了全蒙古尊奉的牲畜保护神。

供的时间长了，偶像的什么地方坏了，还必须请博来照样做一个，但坏的偶像决不能随意扔掉，得由博将它挂到野外的大树上，博念咒语令其神灵附到新制的偶像上才行。

博这样向吉雅其祈祷：

在牛山的山脚下出现的神灵，
放牧着牛马的吉雅其。
从额尔德班贝岭上出现的魂灵，
端坐马背上的吉雅其。
在花山的山脚下出现的吉雅其，
是福佑牲畜的神明，
在金班贝岭上出现的吉雅其，
是全蒙古尊奉的神灵。

带领五个孩子的吉雅其，
手拖着长长的套马杆，
带领九个孩子的吉雅其，
捆绑着花斑的长绳。

黄昏降临的时候，
把牲畜赶回栏圈，吉雅其！
晨露初生的时候，
把五畜赶进山谷，吉雅其！

身体是哈达制作，
眼睛是龙棠镶嵌，
众人之父，阿爸吉雅其，
请消除我们的黑白灾难。

身体是白布制作，
眼睛是珍珠镶嵌，
众民之父，阿爸吉雅其！
请保佑牲畜平安。

供桌供椅摆好了，
蜡烛香火点燃了，
四条腿的祭羊备好了，
四个角的祭袋也装满了。

用双手捧着酥香的炒米，
未到嘴边就闻到它的芳香。
把炒米拿到山里吃吧，
让空气和泉水也一起分享。

我们献上圣洁的祭品，
请神明的吉雅其品尝，
保佑我们的牛羊繁殖，

保佑我们的五畜兴旺。

【讲 述 者】 门德白乙尔

【采录整理】 （无考）

【采集时间】 1984 年 7 月

【流传地区】 内蒙古自治区 · 哲里木盟（通辽市）

【文本来源】 吕大吉、何耀华总主编：《中国各民族原始宗教资料集成》（鄂伦春族、鄂温克族、赫哲族、达斡尔族、锡伯族、满族、蒙古族、藏族），北京：中国社会科学出版社 1999 年版，第 658—661 页。原文标注原载白翠英、邢源、福宝林、王笑编《科尔沁博艺术初探》，哲里木盟文化处内部资料，1986 年。

【阅读提示】 这则神话如果与《吉雅其》（ZCSW0385-122-023）相比，散韵结合，叙事上显得更丰满。

【基本母题】 遗嘱；瘟疫的产生；亡灵作祟；祭神禳灾；神像；人死后成神；牲畜保护神

【本文编码】 《吉雅其的传说》：ZCSW0386-122-024

神争夺炼铁技术

（蒙古族）

传说中讲，东西方腾格里之子共同发明了炼铁技术，但西方腾格里之子博霍 · 穆亚夺走了东方腾格里博霍 · 泰里建造的冶铁坊。他们降临下界，变成公牛，互相争斗。最后，西方腾格里之子博霍 · 穆亚变成的浅紫灰色的公牛成了胜利者。他去往通卡山脉的蒙达尔嘎山上，人们将此山称为“御座”。博霍 · 穆亚被布拉加特人列在布哈 · 诺颜 · 爸爸依名下而被视为保护神和创造神。同样也被视为光亮（白）毛色的大有角家畜的保护神。战败的博霍 ·

泰里回到东方后，成为古日尔·腾格里，被视为暗（黑）毛色的大有角家畜的保护神。

【附注】

本文相同内容，见吕大吉、何耀华总主编《中国各民族原始宗教资料集成》（鄂伦春族、鄂温克族、赫哲族、达斡尔族、锡伯族、满族、蒙古族、藏族），北京：中国社会科学出版社 1999 年版，第 625 页。

【讲 述 者】（无考）
【采录整理】（无考）
【采集时间】（无考）
【流传地区】（布里亚特蒙古族）
【文本来源】［前苏］Г. Р. 加尔达诺娃著，宋长宏译，佟德富校：《喇嘛教前的布里亚特宗教信仰》（俄文版），诺沃西比尔斯克：科学出版社西伯利亚分社 1987 年版，第 77—80 页。
【阅读提示】这则神话所说的一个神可以是保护神和创造神，表明在神界也会存在兼职现象。而毛色不同的家畜会有不同的保护神，说明神的分工也很精细。
【基本母题】天神的儿子；冶炼的产生；神变形；特定动物的保护神

【本文编码】《神争夺炼铁技术》：ZCSW0387-122-025

士兵保护神的来历

（蒙古族）

阿扎拉依·布赫为萨满教徒尊奉的诺颜（魂灵）之一。根据传说，乌亥里·胡布依·阿扎拉依·布赫（ухәри хубууа Ащачай бухэ，乌克拉的儿子大力士布赫）生活在17世纪，是从事掠夺、偷盗马匹者的护卫队的首领。在最后一次去东方远行护盗时，他和他的队伍被蒙古的萨因·诺颇·汗打死、击溃。阿扎拉依·布赫的遗体被埋葬在山上。

阿扎拉依·布赫死后被自己的下属推崇为布里亚特士兵的保护神，成为诸多最受尊崇的魂灵之一。许多布里亚特部落的萨满信徒在黑夜为之举行祭祀仪式，以黑毛绵羊为牺牲，同时还用奶酒、伏特加或饮料。由于害怕说出这个威严的魂灵的名字，萨满教徒将其称为护卫士“哈拉·莫林托恩，黑马骑手”。

【附注】

本文相同内容，见吕大吉、何耀华总主编：《中国各民族原始宗教资料集成》（鄂伦春族、鄂温克族、赫哲族、达斡尔族、锡伯族、满族、蒙古族、藏族），北京：中国社会科学出版社1999年版，第622页。

【讲 述 者】（无考）

【采录整理】（无考）

【采集时间】（无考）

【流传地区】（布里亚特蒙古族）

【文本来源】［前苏］И. А. 曼日格耶夫著，宋长宏译，佟德富校：《布里亚特萨满教和前萨满教辞典》（俄文版），莫斯科：科学出版社1978年版，第14页。

【阅读提示】这则神话反映出特定神的产生，有时会与特定的人或特定的事有关。

【基本母题】特定职业者的首领；人变成神；士兵保护神；祭祀仪式；特定的牺牲

【本文编码】《士兵保护神的来历》：ZCSW0388-122-026

铁匠保护神

（蒙古族）

天神铁匠博任托依的九个儿子遵照达尔罕·查干·腾格里的意志，为教会布里亚特人冶铁技术而降临到呼海山上，这九个儿子成了各种铁匠工具的保护神，如风箱保护神、锻炉保护神、砧子保护神、锤子保护神、夹具保护神、大钳子保护神、小钳子保护神等等。达尔罕·查干·腾格里在布里亚特神话里是金属的发现和生产金属劳动工具的形象化身。按氏族公社内部劳动分工，先是一定的人从事铁匠职业。随着父系氏族的分裂和个别家庭的形成，从这些人中逐渐产生了铁匠氏族特权阶层，他们以继承的方式传授自己的技艺，垄断了这门职业。

【附注】

本文相同内容，见吕大吉、何耀华总主编：《中国各民族原始宗教资料集成》（鄂伦春族、鄂温克族、赫哲族、达斡尔族、锡伯族、满族、蒙古族、藏族），北京：中国社会科学出版社1999年版，第626页。

【讲 述 者】（无考）

【采录整理】（无考）

【采集时间】（无考）

【流传地区】（布里亚特蒙古族）

【文本来源】［苏联］И. А. 曼日格耶夫著，宋长宏译，佟德富校：《布里亚特萨满教和前萨满教辞典》（俄文版），莫斯科：科学出版社1978年版，第42页。

【阅读提示】神话中所说的铁匠的每种工具都有保护神，表明人对各种神及其神话的需要很丰富，也很具体。

【基本母题】天神；铁匠；特定物的保护神；铁匠工具保护神；社会分工；阶级的产生

【本文编码】《铁匠保护神》：ZCSW0389-122-027

门神的故事

（纳西族）

洪水以后，天神美利东阿普发现乱伦的勒饮陆阿普和勒饮色阿主两个兄妹没有被洪水吞没。天神欣赏他们兄妹的机灵和智慧，也为使他们有个醒悟的机会，便宽恕他们的罪孽，把他们兄妹从天庭驱逐到人间，做给人类守门护家的门神。当陆和色被驱逐出天庭的时候，美利东阿普严厉地告诫他们兄妹，在人间要帮助人们分清黑白、阴阳、人鬼、神妖、善恶的界限，让他们用智慧的露水洗涤人们心坎上的尘埃，把神的善的都放进屋里，又把鬼的、妖的、恶的拒在门外，使人间变成只有春天、没有冬天的天堂。

陆和色兄妹俩领授天神美利东阿普神旨，离开天庭下凡人间当门神的时候，天神美利东阿普赐给陆门神一头犄角朝天的牦牛当坐骑，又赐给色门神一头利爪如刃的老虎当坐骑。兄妹俩骑着牦牛和老虎，双双下凡到人间担任门神。陆门神守护在人类大门的左边，牦牛拴系在左边；色门神守护在人类大门的右边，老虎也拴系在右边。

陆门神和色门神帮助和教会人类裁判美丑、善恶、真和假的事情，他们叮嘱牦牛和老虎把神和人、善美的吉祥如意放进屋里去，也叮嘱把鬼妖、恶丑的污秽肮脏拒在门外。陆门神和色门神庇佑着人类安泰幸福，也替人类向天神传递着虔诚的妙音，祈求天神普降慈悲的甘霖。

陆门神和色门神下凡到人间多年了，他们勤于职守，后来生了一男一女，男的叫陆盘若金，女的叫色盘命金，俩人日长夜大了，他们像两只羽翼丰满的金鸡，很想离开父母飞上天。一天，陆盘若金和色盘命金走进老林里去狩猎。他们走到一条幽深谷里，发现一潭清冽的泉水，泉边落下百兽的脚印子，兄妹俩的心热了，悄悄地把捕捉野兽的扣子下在泉水边。

第二天，兄妹俩踩着公鸡喊太阳的声音，又来到泉水边收扣子，看见扣子里扣着一头小马鹿，慈善的小马鹿眼眶里溢着泪水，惶恐地蹬蹭着。兄妹俩第一次进山狩猎，就猎到了一头小马鹿，高兴的事情使他们的头烧昏热了，兄妹俩咬着牙、狠着心，用一根藤索勒死了马鹿，剥下了鹿皮，背着鹿肉回家了。

陆盘若金和色盘命金的嘴巴沾着鹿血，手上沾着鹿毛，他们刚走到门口，这时坐在门左边的牦牛和坐在右边的老虎，看见了鲜血，闻到了野兽膻腥的气味，它们感到惊骇，误认是陆盘若金和色盘命金暗里来戕害自己，惊骇地嗤着雷鸣般的响鼻，甩着晃闪似的尾巴，舞动犄角，伸出利爪，扑向陆盘若金和色盘命金。牦牛把陆儿子顶死了，老虎把色女儿咬死了。

勒饮陆阿普和勒饮色阿主发现自己的儿女被牦牛和老虎弄死了，他们悲恸的哭声，愁得人间的泉水干涸了，悲得天上的云缕滴下了泪水，呜呜的哭声引得人间树木落叶了，山变老了，水干涸了。陆门神没有了子嗣，啊，他老得胡子像云缕一样又白又长；色门神也没有子嗣了，她老得干皱得像一颗枯干的芜菁一样。他俩的腰佝偻如一张弓，眼睛泛绿了，牙齿像木齿耙了，手脚干枯如鸡爪，脚板似板耙。他们有石头的年岁了，但陆门神和色门神变苍老了，石头永远年轻不老朽。当陆门神离开人间朝着火古洛（北方）走的时候，他把他的灵魂托付给了永不会老朽的石头，这样石头坐陆门神的座位上了；而色门神也离开人间朝着叶时蒙（南方）走的时候，她把她的灵魂也寄托给了永远不会老朽的石头，这样石头坐在色门神的座位上了。从这以后，纳西族的居家门口，竖坐着两颗牛头大小的石头，是表示陆门神和色门色的灵魂。陆门神和色门神把他们从天上骑到人间的牦牛和老虎依然拴系在门口，让它们守护着门口，裁判人间的神和鬼、人和妖、黑和白、阴和阳、美和丑、善和恶的界限。

金沙江水永远不兴冲瞌睡，她也不知道人间有劳累和疲倦。纳西人一代传一代地延续着，他们的门口守护着托付着陆门神和色门神灵魂的万古不朽的石头，门口雄踞着分清黑白是非的牦牛和老虎。瑞气祥云洋溢于人类的屋门口，安泰和幸福像温暖的春天，永驻火塘边。

【讲 述 者】 和彩云

【采录整理】 木丽春搜集整理

【采集时间】 （无考）

【流传地区】 （无考）

【文本来源】 姚宝瑄主编：《中国各民族神话》（佤族、阿昌族、纳西族、普米族、德昂族），太原：书海出版社 2014 年版，第 241—244 页。原文标注由王四代选自《纳西族民间故事集成卷》（云南丽江文化局等编）。

【阅读提示】 这则神话在叙述从天庭驱逐到人间的一对兄妹成为人类守门护家的门神的基础上，重点介绍了门神的生活和职能，看起来很实用。

【基本母题】 洪水；兄妹婚；人成为门神；门神的职能；门神的坐骑；是非标准的产生；兄妹神婚生人；门神的替代物；石崇拜

【本文编码】 《门神的故事》：ZCSW0390-122-028

门神来历的传说

（纳西族）

很古的时候，一天时间的时辰相当于现在的十天。陆阿普和色阿主是吊着一个奶头长大的两兄妹。陆阿普长到看见公狗亲着母狗心儿会发慌了，色阿主也长到看见公鸡追逐着母鸡脸庞会发烧了，兄妹俩偷偷学着公狗和母狗一样亲热了，也像公鸡追逐着母鸡一样嬉戏在花树下了……

兄妹间乱伦的事情，玷污了天地，触怒了天神阿普。天神阿普气得在天上狠狠地跺脚了，他跺塌了天河，天河水汹涌着倾倒向人间，大地上洪水横流，浊浪像激怒的老虎和牦牛狂奔，淹没了平地，冲塌了大山，洪水一天比一天往上暴涨着，人间的生灵都裹吞进洪水的肚子里了。洪水把居那什罗神山淹没得只剩下可以搁放一只鸡窝的地方了。陆阿普和色阿主被狂暴的洪水追逐着，兄妹俩逃到居那什罗神山的顶尖，他们用手扒挖了一个鸡窝大的窝巢，兄妹俩伏卧在洞穴里了。

天神阿普发现乱伦的陆和色两个兄妹，没有被洪水吞没了，天神为他们兄妹的机灵和智慧赞服，也使他们有个醒悟的机会，宽恕了他们的罪孽，把兄妹俩从天庭里驱逐到人间，做人类守门护家的门神。当陆和色驱逐出天庭的时候，帮助人们学会分清黑白、分清阴阳、分清人鬼、分清神妖、分清善恶的界限，让他们用智慧的露水洗涤人们心坎上的尘埃，把神的善的都放进屋里，又把鬼妖的邪恶拒在门外，使人间变成只有春天，没有冬天的人间天堂……

陆阿普和色阿主两兄妹，领授天神阿普的神旨，离开天庭下凡人间当门神的时候，天神阿普赐给色门神一头犄角朝天的牦牛当乘骑，又赐给陆门神一头利爪如刃的老虎当坐骑。兄妹俩骑着牦牛和老虎，双双下凡到人间当门神。陆门神守护在人类大门的左边，老虎拴系在左边，色门神守护在人类大门的右边，牦牛也拴系在右边。

陆门神和色门神帮助和教会人类裁判美丑、善恶、真假的事情，他们叮嘱牦牛和老虎把神和人，善和美的吉祥如意放进屋里去，也叮嘱鬼妖，把恶丑的污秽和肮脏拒在门外。陆门神和色门神庇佑着人类安泰幸福，也替人类向天神传递着人类虔诚敬神的妙音，祈求天神普降慈悲的甘霖……

陆门神和色门神下凡到人间多年了，他们勤于职守，后来生了一男一女，男的叫陆盘若金，女的叫色盘命金，兄妹俩日长夜大了，他们像两只羽翼丰满的金鸡，很想离开父母飞天。一天，陆盘若金和色盘命金，走进老林里去狩猎。他们走到一条幽深的深谷里，发现一潭清洌的泉水，泉边落下百兽的脚印子，兄妹俩的心热了，悄悄地把捕捉野兽的扣子安埋在泉水边了。

第二天，兄妹踩着公鸡喊太阳的声音，又来到泉水边收扣子，看见扣子里扣着一头小马鹿，慈善的小马鹿眼眶里溢着泪水，惶恐地蹬蹭着。兄妹俩第一次进山狩猎，就猎到了一头小马鹿，高兴的事情使他们的头脑烧昏热了，兄妹俩咬着牙，狠着心，用一根藤索勒死了马鹿，剥下了鹿皮，背着鹿肉回家了。

陆盘若金和色盘命金的嘴巴沾着鹿血，手上也沾着鹿毛，他们刚走到门口，这时坐在门右边的牦牛和坐在门左边的老虎，看见了鲜血，闻到了野兽膻腥气味，这使牦牛和老虎惊骇，误认是陆盘若金和色盘命金暗里来残害他们了。惊骇的牦牛和老虎，嗤着雷鸣般的响鼻，甩着晃闪似的尾巴，它们挥动犄角，伸出利爪，奔扑向陆盘若金和色盘命金，牦牛把陆儿子抵死了，老虎把色女儿咬死了……

勒钦陆阿普和勒钦色阿主，发现自己的儿女被牦牛和老虎弄死了，他们悲恸的哭声，愁得人间的泉水干涸了，悲得天上的云缕滴下了泪水，呜呜的哭声引得人间树木落叶了，山变老了，水干涸了，陆门神没有子嗣了，他老得胡子像云缕一样又白又长。色门神也没有子嗣了，她老得干皱像一颗枯干的蔓菁一样，他俩的腰佝偻如一张弓，眼睛泛绿了，牙齿像木齿耙了，手脚干枯如鸡爪，脚板似板耙，他们有石头的年岁了。陆门神和色门神变苍老了，石头永远年轻不老朽。当陆门神离开人间朝着火古洛（北方）走的时候，他把他的灵魂托付给了永远不会老朽的石头，这样石头竖立在陆门神的座位上了，而色门神也离开人间朝着叶时蒙（南方）走的时候，她把她的灵魂也寄托给了永远不会老朽的石头，这样石头也竖立在色门神的座位上了。从这以后，纳西族的居家门口，竖立着两颗形似男根的石头，是表示陆门神和色门神的灵魂。陆门神和色门神把他们从天上骑到人间的牦牛和老虎，依然拴系在门口，让他们守护着门口，裁判人间的神和鬼、人和妖、黑和白、阴和阳、美和丑、善和恶的界限。

金沙江水永远不睡觉，她也不知道人间有劳累和疲倦。纳西人一代传一代的延续着，他们的门口守护着托付着陆门神和色门神灵魂的万古不朽的生殖石头，门口雄踞着分清黑白和是非的牦牛和老虎门神。瑞气祥云洋溢人类的屋门口，安泰和幸福像温暖的春天，永驻火塘边……

【附注】

异名文本《门神的来历》，见中国民间文学集成全国编辑委员会编《中国民间故事集成》（云南卷），北京：中国 ISBN 中心 2003 年版，第 266—268 页。该文本标注讲述者为和彩云（纳西族）；采录者为木丽春，1987 年采录于丽江县。文字稍有不同。

【讲 述 者】（无考）

【采录整理】木丽春

【采集时间】（无考）

【流传地区】云南省·丽江市

【文本来源】木丽春编著：《纳西族民间故事集》，昆明：云南人民出版社2007年版，第57—59页。

【阅读提示】这则神话叙述了一对兄妹成为门神的经历。可以与《门神的故事》（ZCSW0390-122-028）对比分析。

【基本母题】天上与人间的时间不同；兄妹乱伦；洪水的产生；天神阿普；人成为门神；门神的职能；门神的替代物；生殖崇拜

【本文编码】《门神来历的传说》：ZCSW0391-122-029

歧山大王和罗和二王

（羌族）

古时候，岷江上游出过两个能干的兄弟。哥哥名叫牙鲁，生在八月初三，是个法力通天的大诗比①；弟弟名叫于永，生在六月二十四，是个本领高强的猎手。兄弟俩都有本事，被羌民推举为首领。牙鲁统领岷江上段，镇山魔，保护地方安宁；于永统领岷江下段，修水沟种五谷，人民丰衣足食。他们做了不少好事，敬神又很诚心，羌民爱他们，敬他们，木巴也喜欢他们。他们死后，被木巴封为地方神：牙鲁封为歧山②大王，于永封为罗和③二王。百姓给他们修了庙，茂州④修的是歧山大王庙，灌县修的是罗和二王庙。

① 诗比：羌语，即巫师。诗比在羌族有较高的社会地位，但均不脱产。

② 歧山：山名，在茂县。

③ 罗和：羌语，指灌口，即灌县。

④ 茂州：今茂县。

每年一到他们的生日，百姓都要去庙内祭祀他们。

岷江上段花红园寨的人，只许愿不还愿。歧山大王生气了，就叫小儿子变成一根蛇去感化他们。哪知花红园的寨民，不但不改过，放羊娃还一箭把蛇的眼睛射瞎了一只。歧山大王生气了，狠狠地跺了一脚，把大山跺塌了，扎断了岷江的水，打算用水去淹死花红园的人。

岷江断了水，灌口的二王吓着了，就跑去给歧山大王说："哥呀，使不得，你把水给我断了，我的百姓咋办？水积多了，一崩下去，我的百姓要遭殃呢！"歧山大王才使起法术，使堵起的水慢慢流下去了。

二王又叫二郎神，他很有本事，专给人民办好事，水妖水怪都怕他。后来的皇帝封他为川主，羌民给他修了"川主庙"，他成了地方的正神。

【附注】

同名文本《歧山大王和罗和二王》，见中华民族故事大系编委会编《中华民族故事大系》第 11 卷（达斡尔族、仫佬族、羌族），上海：上海文艺出版社 1995 年版，第 700—701 页。该文标注讲述人为肖德升、刘光园；搜集者罗世泽；流传地区为四川茂县、汶川。内容相同。

【讲 述 者】 肖德升（羌族，男，76 岁，巫师）

【采录整理】 罗世泽（羌族，男，58 岁，文化干部，中专）采录

【采集时间】 1985 年 6 月于茂县较场乡

【流传地区】 四川省·（阿坝藏族羌族自治州）·汶川县

【文本来源】 中国民间文学集成全国编辑委员会编：《中国民间故事集成》（四川卷·下），北京：中国 ISBN 中心 1998 年版，第 1126—1127 页。

【阅读提示】 这则神话对正面人物给予了很高的期望与评价。把有法术的巫师和本领强的猎人推为首领，尊为地方保护神，是民间造神的一种择优性选择。

【基本母题】 两兄弟；巫师的法力；推举首领；镇山魔；地方保护神；人

死后封神；水妖；法术；治水；二郎神；皇帝封神；一方之主；正神

【本文编码】《歧山大王和罗和二王》：ZCSW0392-122-030

达尔洪爷爷的传说

（锡伯族）

很久很久以前，在大兴安岭一带，有个大村落里住着几百户锡伯人。他们靠放牧、狩猎、捕鱼世世代代在那里繁衍生息。

一年，家家户户喂养的牲畜不幸遭到瘟疫之害，病的病，死的死。为此，锡伯人四处奔波，求神保佑，烧香磕头，也无济于事。

村子里有个孤独老人，从小就失去了父母，长大了也未娶妻，到了五、六十岁，仍过着孤独凄凉的生活。他没个名字，因他一年四季手不离放牧竿，所以人们都叫他达尔洪爷爷。达尔洪在锡伯语里是“竿”的意思。达尔洪眼看乡亲们的牲畜遭瘟疫相继死去，心里就象刀割似的难受，他不忍心叫乡亲们的牲畜遭受天灾之祸。他带着干粮，辞别了众乡亲，赶着乡亲们的牲畜，逐水草而牧，伴畜群而住，日夜放牧，精心照料。转眼到了深秋季节，达尔洪爷爷放牧的牲畜个个体壮膘肥，色泽光亮，还繁殖了不少的小牲畜哩！当他把各家的牲畜赶回村子时，整个村子象开锅一样沸腾了。家家户户男女老少自动把最好吃的瓜果端来敬给达尔洪爷爷，老人们还准备了丰盛的酒席，热情地款待这位可敬的爷爷。

从此，达尔洪爷爷为了给乡亲们放好牲畜，把自己的一切置之度外，一心扑在牲畜上。繁殖出的牲畜活蹦乱跳，在达尔洪爷爷的抚育下茁壮成长。花开花落，年复一年，达尔洪爷爷所放牧的牲畜很快繁殖成牛马成群，每家都有一群牲畜了。乡亲们为了表达对达尔洪爷爷的爱戴之心，以全村的名义供养这位恩重如山的孤独爷爷，直到他九十多岁闭目去世为止。

为了让子孙万代永远铭记达尔洪爷爷的恩德，家家户户纷纷请画匠画了一张达尔洪爷爷的画像，做了木盒，为他立了神位，固定在房屋南墙外西角上方。每逢过年过节都忘不了达尔洪爷爷，给他供酒供饭，焚香磕头，并把自己最喜爱的马匹拴在达尔洪爷爷的神位前，以虔诚的心意供他在阴间骑用……

从那时起，锡伯人代代纪念达尔洪爷爷。后来又给他起了个很好听的名字叫海尔堪。久而久之，世代相传，便成了锡伯人供奉的保佑牲畜繁衍的男神灵了，即海尔堪爷爷。

【讲 述 者】 富清

【采录整理】 赵春生搜集翻译整理

【采集时间】 （无考）

【流传地区】 （无考）

【文本来源】 满都呼主编：《中国阿尔泰语系诸民族神话故事》，北京：民族出版社 1997 年版，第 291—292 页。

【阅读提示】 会饲养牲畜的人被奉为保佑牲畜繁衍的神灵，推理没毛病。

【基本母题】 锡伯族；瘟疫；祈神失败；无名氏；人成为神；牲畜保护神

【本文编码】 《达尔洪爷爷的传说》：ZCSW0393-122-031

苏尼（巫师）的护法神的来历

（彝族）

苏尼的护法神特多，几乎每个苏尼都有一个，但其中比较著名者一是卢支为库。传说，卢支为库是四川峨边、越西交界的甲库高鲁地方人，本为娃子（奴隶），因与黑骨头（奴隶主）女苟合而被处断手之刑。后由神人引去，以金银为其断手接起而到处替人驱鬼作法。苏尼尊其为大神。每延期作法一次，需纳银二十两。二是沙拉尔黑。传说他是大凉山介支波俄地方的一个女奴隶，法术高强，只要她心中的念头一动，就能把牲口杀死；因有神灵附体，她还能沿着锅边走路。每延期作法一次，需纳银十五两。三是拉子俄觉。传说其行为怪诞，善用皮鞭驱鬼除邪，是苏尼法器羊皮鼓的创造者。

【讲 述 者】（无考）

【采录整理】（无考）

【采集时间】（无考）

【流传地区】四川省·（乐山市）·峨边县（峨边彝族自治县），（凉山彝族自治州）·越西（越西县）交界

【文本来源】何耀华调查整理：《苏尼》，见吕大吉、何耀华总主编：《中国各民族原始宗教资料集成》（彝族卷、白族卷、基诺族卷），北京：中国社会科学出版社 1996 年版，第 262 页。

【阅读提示】特定的人成为护法神是一种常见的情况。

【基本母题】护法神；人成为神；驱鬼；神灵附体；法术；法器

【本文编码】《苏尼（巫师）的护法神的来历》：ZCSW0394-122-032

卜冬寒

（壮族）

据说，古时人们是用天火，后来萤火虫来偷火，蝴蝶扇火，结果火把森林烧起来，森林的野兽和人都逃跑去找布碌陀。布碌陀向雷王求救，雷王下了一场大雨，把大火熄灭了，但他不再发天火。布碌陀派卜冬寒去找火，他受命四处找火，发现火神躲在枫木里，便用青冈木敲击枫木，拿到火种回来，布碌陀封卜冬寒为灶神。

【讲 述 者】 （无考）
【采录整理】 篮鸿恩
【采集时间】 （无考）
【流传地区】 （无考）
【文本来源】 姚宝瑄主编：《中国各民族神话》（仫佬族、壮族、京族），太原：书海出版社2014年版，第159页。原文标注选自《中国各民族宗教与神话大词典》，学苑出版社1993年版。陈平选定。
【阅读提示】 布洛陀把寻找到火种的人封为火神，说明了布洛陀是智慧的化身和奖罚分明的祖神。
【基本母题】 天火；动物偷火；布洛陀；寻找火；火的收藏；人成为神；灶神

【本文编码】 《卜冬寒》：ZCSW0395-122-033

1.2.3 行业神的产生

蚕姑奶奶

（汉族）

古时候，在伏牛山的一个小村子里，住着一家姓尤的夫妇。男人尤山，身强力壮，精明能干，妻子生下女儿尤德卉，不久就离开了人世，尤山又当爹又当娘，擦屎擦尿，把女儿养大。

尤家有一匹白马，能日行千里，夜行八百，既通人性，又懂人话，都说是匹神马。

后来，边关有了战争，尤山被征入伍，走时交代女儿："早归晚出，养好白马，战事一毕，为父疾速回家。"德卉在家牢记父教，伴随白马生活。

尤山一走就是三年。由于他智多谋广，打仗勇敢，立下战功，升为领兵副帅。边关不稳，害得他有家难回。离家又远，连个信也捎不回去。

德卉在家思念父亲，想得吃不下饭，睡不好觉。夜里做梦，听见爹爹喊她，常被惊醒。这天，德卉刚刚哭过，眼里噙着泪去给白马添草拌料，那白马"咴——，咴——，咴——"乱叫，又是用前蹄趴地，又是扑棱耳朵，抬起头看她。德卉见此情景，拈去泪水，用手捋着马鬃，轻轻地说："白马呀白马，家里只有你和我，俺爹服役三年，没有音信，人人都说你通人性，你若听懂我的话，去到边关，找回爹爹，我就做你妻子。"那白马听后，前蹄立起，嘶叫一声，挣断马缰，一阵风跑了出去。

白马跑起来像离弦的箭，没几天就到了边关，找到了尤山。尤山一见是自家的白马，心想：是女儿来了。左等右等不见女儿。立时安排好军务，骑上白马。那白马扬起四蹄，嗒嗒嗒，直奔家乡而来。

到家后，父女团聚，格外高兴。尤山觉得白马功劳大，就特别细心喂养。可怪事来了，草再好，料再多，白马一口也不吃。女儿德卉去喂，也是这样，眼里还有泪珠，时常叫唤。白马不吃草，急坏了父女二人，想着长途奔跑，把马累伤了。请来兽医看病，兽医说："马没病。"后来，尤山问起女儿德卉，马是如何到了边关的，德卉就把因思念爹爹，对白马说的话，向爹爹学了一遍。德卉又说："我想它是哑巴牲口，只当是说个宽心话，谁知白马真个去了。"尤山听后，紧锁双眉，想了想，责怪女儿说："终身大事，咋能作儿戏呢？记住，这话千万不要传出去，今后你不要再到马跟前去。"

第二天，尤山用硬弓射死了白马，剥了皮，把皮钉在墙上晾晒。家里没了白马，德卉心里感到十分难受，背着爹爹，常常一个人暗中哭泣。

一天，德卉和邻居几个女伴，在院中踢毽子，她看到墙上钉的马皮，就走到跟前，用手摸一摸它的毛。这一摸，意想不到的事情发生了，马皮突然掉下墙来，往德卉身上一扑，卷住德卉，一阵风后，马皮连人都不见了。尤山再喊也喊不应，再找也找不到。

马皮卷着德卉，一直向伏牛山深山飞去，在一棵大栎树下，马皮停了下来，德卉姑娘失去人形，变成了马头形蚕。她不吃别的东西，只吃栎叶或桑叶。后来，成了这片树林的主人，上帝封她为蚕神。

她对这场遭遇，有说不出的苦处。日夜思念家乡，想念父亲和女伴，每当她想亲人的时候，便从口中吐出长丝。后来，她把自己吐的丝织成茧，人们又把茧抽成丝织成绸缎。据说，这是德卉姑娘为了报答爹爹的养育之恩，才这样做的。现在还有人把蚕称为马头娘，也就是这个缘故。

【附注】

古文献对这个神话有不同记载。其中晋代干宝在《搜神记》"女化蚕"篇中记载："传说有蚕女，父为人掠去，惟所乘马在。母曰：'有得父还者，以女嫁焉。'马闻言，绝绊而去。数日，父乘马归。母告之故，父不肯。马咆哮，父杀之，曝皮于庭。皮忽卷女而去，栖于桑，女化为蚕。"《中华古今注》（卷下）记载："大古时人远征，家有一女，并马一匹。女思父，乃戏马曰：'尔能为我迎得父归，吾将嫁汝。'马乃绝缰而去，之父所。父疑家有故，乘之而还。"后来，"父乃射煞马，曝皮于庭所。女以足蹙之，曰：'尔马也，欲人为妇，自取屠剥，如何？’言未竟，皮忽然起，抱女而行。父还，换女后，大树之间得，乃尽化为绩蚕于树。”

【讲 述 者】 薛书林（汉族，男，33 岁，初中毕业，太山庙乡横山村农民）

【采录整理】 刘万普（汉族，男，25 岁，高中毕业，石门乡孙庄村农民）采录，乔明光（汉族，男，48 岁，大学本科毕业，南召县文化局干部）采录整理

【采集时间】 1986 年 5 月采录于太山庙乡楼山村

【流传地区】 河南省·（南阳市）·南召县·太山庙乡·楼山村

【文本来源】 张振犁编著：《中原神话通鉴》（第四卷），郑州：河南大学出版社 2017 年版，第 1276—1277 页。

【阅读提示】 这类蚕马神话在不同地区都有流传。

【基本母题】 神马；婚姻许诺；食言；人变形；人成为神；蚕神；蚕（马头娘）吐丝的来历

【本文编码】 《蚕姑奶奶》：ZCSW0396-123-001

蚕茧的起源

（汉族）

轩辕黄帝在位的时候，蚩尤把黄帝的女儿抢走了，黄帝使尽千方百计，都没有救出来。黄帝急得没有办法，就出了一张告示，宣布：“不管是谁，只要救得公主还朝，就将他招为驸马，还封他做大官。”不少有本领的将官设法去救，都没有成功。一天，黄帝的坐骑大黑骡，突然挣脱缰绳，跑到了蚩尤的军营里。公主认出它是父皇骑的骡子，赶紧骑上去，飞快地跑回来了。

黄帝见女儿被救回来了，心里十分高兴，但他怎么也没有想到要招骡子

做女婿。骡子见黄帝说话不算数，天天乱跳乱叫，关也关不住，好几次挣脱缰绳去找公主。黄帝气得没有办法，就把它杀死，把剥下的皮晾在院子里。有一次，黄帝的女儿从那里经过，突然刮起一阵狂风，骡子皮飞下来，把她裹住飞走了。黄帝得信后，派了很多人去追寻，在一处长满桑树的山坡上，发现骡皮裹着公主的大包已经变成了蚕茧。

从此，人们开始了养蚕取丝，织绢织缎。黄帝为了纪念这事，就把女儿封为“骡祖”，也就是嫘祖。

【讲 述 者】 陈友典（男，职工，初中）

【采录整理】 高林保（男，临湘县文化馆干部，大专）采录

【采集时间】 1987 年采录于临湘县

【流传地区】 湖南省·（岳阳市）·临湘县

【文本来源】 中国民间文学集成全国编辑委员会编：《中国民间故事集成》（湖南卷），北京：中国 ISBN 中心 2002 年版，第 47 页。

【阅读提示】 这则神话把变成马头蚕的女子说成是黄帝的女儿，看似乱点鸳鸯谱，却显示出口头神话往往随讲述人变异的特点，其本质是“对事不对人”。

【基本母题】 黄帝；蚩尤；张榜招婿；食言；女子变成蚕；纺织的产生；嫘祖的来历

【本文编码】 《蚕茧的起源》：ZCSW0397-123-002

蚕神献丝

（汉族）

传说，远古时代，在中原的黄河岸边有一座山，山上长满了桑树。因此人们就叫这个地方为桑林。在桑林这个地方，住着一户人家。这户家中只有

一个老头和一个女儿，还养了一匹大白马。人们也不知道他们姓甚名谁，因为他们住在桑林，所以叫那老头为桑父，叫他的女儿为桑姑娘。这桑姑娘长得很漂亮，传说她是天上的织女星下凡。在桑林一带，有三棵桑树长得特别高，传说有一百丈高，枝叶也特别繁茂。这位桑姑娘每当春天到来的时候，白天就变成一只蚕爬在大桑树上吃桑叶，晚上就在这桑树上吐丝。这桑姑娘不分昼夜地吃啊、吐啊，她吐的丝有金黄色的，还有白色的，当她吐够一大堆丝的时候，就交给她的父亲去卖。可是，人们都不知道这金贵的丝是什么，谁也不去买。有一次，桑父带着女儿吐的丝去到很远很远的地方，一连几个月没有回家。桑姑娘一个人在家感到很是孤独、寂寞，每日思念父亲。有一天她来到那匹大白马前，用手抚摸着马长长的鬃毛。那匹大白公马也似有钟情，一会儿在桑姑娘胸前蹭蹭脸，一会儿两眼直勾勾盯着桑姑娘。桑姑娘有些害羞，用手拍打了一下马说："你这贼马头，为啥直直地盯着我?"那白马也害羞似的将头移开。桑姑娘觉得这匹马怪有意思，就开玩笑说："大白马啊，大白马，你要是能将我父亲找回来，我就嫁给你!"那白马一听，突然将头昂起，竖起耳朵，两眼又盯着桑姑娘，好像在问："你说话当真?"桑姑娘越发觉得大白马好玩，又开玩笑说："听见了没有？你要是能把我爹找回来，我就做你的妻子。"这时，那大白马长嘶一声，蹦跳起来，挣断了缰绳，窜出了马棚，飞也似的跑了。

几天过去了。一天晚上，桑姑娘刚刚吐完丝回到家里，突然听到远处传来马嘶声，就忙从屋里出来，一看是那匹大白马风尘仆仆地驮着父亲回来了，心里很高兴，就将父亲接进屋。这时，那大白马在外边等急了，就又咴咴地叫起来。桑姑娘赶快将大白马牵进马棚，又是饮水，又是撒草料，然后又轻轻地拍了一下马头，对大白马说："好好吃吧!"算是对大白马的安慰和奖励。桑姑娘回到屋里，她的父亲告诉她，他到很远很远的地方去卖丝，可是谁也不知道这些丝是啥东西。他正犯愁没法回来，突然跑来了咱那匹大白马，那大白马见了我又跳又叫。他以为家中出了什么事，就骑上它，日夜往家跑。桑姑娘告诉父亲说，家中没有发生什么事，只是每日里思念父亲。可是心里想，这大白马怪可笑的，说句玩笑话，它倒认真起来。

桑父心里想，这大白马通灵性，每天都用最好的草料喂它，可是它不吃也不喝，终日无精打采的。但是一见到桑姑娘从马棚前经过，就精神抖擞，昂起头，又跳又叫。桑父感到很奇怪，就问女儿是怎么回事。桑姑娘只好把实情告诉给父亲。桑父责备了女儿的过错，并且以后不许她再见大白马。

几天过去，大白马仍然不吃不喝，每日精神烦躁，又踢又叫。桑父想，你这孽障，我怎么能把女儿嫁给你呢？于是趁大白马不注意的时候，就用弓箭将它射杀了，将马皮剥去，挂在院子里的墙上晒起来。有一天桑父不在家，桑姑娘同邻居一个姑娘在院里闲谈，指着墙上那张马皮奚落大白马。突然，那张马皮从墙上飞下来，包裹着桑姑娘就飞走了。桑父回来了，不见桑姑娘，问邻居家那位姑娘，才知道桑姑娘被那张马皮裹走了。

桑父就去找自己的女儿，找啊，找啊，找遍了深山大川。几日后，他终于在那棵一百丈高的桑树上找到了自己的女儿，不过，她被马皮裹着，已经变成了一只蚕，在桑树上吐丝呢。

后来，黄帝战胜了蚩尤，在西泰山（今河南新郑西北）会诸侯，举行开国大典。正当黄帝和群臣以及各部落酋长们庆祝有熊帝国建立时，桑姑娘一手拿着一束金黄色的丝，一手拿着一束白色的丝，从天上徐徐降落到黄帝的面前，将那两束丝献给了黄帝。大臣们看到那金光闪闪的丝束，都不知道这是什么稀世珍宝。还是黄帝英明，他说这是丝，可以用它织丝帛，丝帛可以做又轻又软、穿上很舒适的衣服。如果有了它，以后人们再也用不着披兽皮，穿麻布了。听了黄帝的话，桑姑娘感动得流下泪来，跪在地上再三给黄帝磕头，因为她多年辛苦劳动的成果终于有人认识了，知道了它的价值所在。于是，桑姑娘立即又变成一条马头蚕，在大家面前吐起丝来。黄帝和大臣们先是惊呆了，然后又欢呼起来，认为这是天帝派来的蚕神，于是人们都尊称桑姑娘为蚕神。

黄帝立即招来妻子嫘祖，叫她把蚕神请到轩辕丘附近的桑山上，放到桑林中，让它吃桑叶吐丝。在嫘祖的精心照料下，蚕神繁育了很多子孙，以至漫山遍野的桑树上，到处都是蠕动的蚕，到处结满了茧。到了天凉的时候，嫘祖和姑娘们就把蚕茧收起来，到第二年天气暖和了，再把蚕籽放到桑树上。就这样，人们开始了植桑养蚕，纺织丝帛，做衣服。人们把这些功德都记在嫘祖的名下，都尊称她为“蚕娘”。

【讲 述 者】（无考）
【采录整理】王金岭
【采集时间】（无考）
【流传地区】河南省·（郑州市）·荥阳市
【文本来源】张振犁编著：《中原神话通鉴》（第二卷），郑州：河南大学出版社 2017 年版，第 523—530 页。
【阅读提示】这是嫁接了多个情节母题的神话，尽管“蚕神”与“蚕娘”的概念看起来有点乱，但时间上还是可以理清二者关系的。
【基本母题】桑林；织女星下凡；人变蚕；蚕吐丝；许婚；黄帝；马头蚕；蚕神；嫘祖制衣；蚕娘的来历

【本文编码】《蚕神献丝》：ZCSW0398-123-003

蚕丝始祖

（汉族）

盐亭县金鸡乡七村有个嫘村山，山腰中有一个大坪叫嫘祖坪。传说，蚕丝始祖——嫘祖就出生在这里。与嫘村相邻的还有点灯山（天灯养蚕），青龙山（黄帝之意），蚕丝山（嫘祖庙），八仙石（八仙朝嫘祖），罗汉坡（罗汉拜嫘祖），狮子嘴（狮子祝寿），云台观（嫘祖驾云处），龙潭子（龙潭净水），金垭坪，朝村沟，天禄观（上天之路）等地名至今留存。

相传，远古时嫘村山住着一家姓嫘名成的老汉，妻王氏。年近四旬，生下一女，取名嫘凤，她自幼精灵美丽。当时，人间还没有衣服，男女赤身露体，以岩洞栖身，吃树果野菜。

嫘凤每天都要出去采野果供养二老。

嫘村山长有许多桑树。一次，嫘凤发现这些桑树的叶子下面，长了很多鲜红的桑果。摘下一颗尝尝，是酸的，不敢采了。过了一段时间，她见这些果子全黑了，心想：别的果子越来越红，怎么桑果越长越黑，怕不能吃。天快黑了，嫘凤没采着果子，又渴又饿又累。空手回去怎么办？想来想去，没办法，就在大桑树下哭起来。哭声直冲天庭，玉帝拨开云雾向下一观，见凡间一孝女在树下伤心哭泣，就发了善心。他命七彩仙将罪仙“马头娘”带下凡间，变成天虫吃桑叶吐丝，为民造福。七彩仙来到嫘祖坪，将马头仙变成小虫放在桑树上吃叶、吐丝、做茧。马头仙存心悔过，有意碰落三个桑果在嫘凤面前。又饿又渴的嫘凤，发现果子掉下来，不管它吃得吃不得，捡起来放到口里吃起来。嘿，又香又甜！她就摘了很多带回家。

二老吃了桑果，精神也好了。从那以后，嫘凤每天都要出去摘桑果。时间长了，嫘凤发现有虫在吃桑叶，虫慢慢长大了，到后来竟吐出一根丝，越吐越长，还做成了网子。她觉得很奇怪，随手摘了一个，顺着网头，把丝拉出来。她将网子放在手内，两手拉，丝拉完后，只剩蛹子。她拉完一个再拉第二个，这样越拉丝越多。她把丝拿回去，给二老做睡垫，暖和得很。嫘凤想，要是把这些细丝编织起来，那该多好！于是，她想来想去，用树枝绑成圆车，用搓成的丝线当弦，弄根端木当车心连在架上，拉出了很多线。再将拉出的线，以十字形编成很多方块，由小方块连成大方块，然后将大方块丝披在父母身上。这就是人间第一件用丝织成的衣服。

后来，嫘凤将摘下的网茧拿回去，不久发现蛹变成蛾。蛾子交配后，生下很多虫蛋。天气冷了，嫘凤把虫蛋保存起来，观察它的变化。第二年，她将虫蛋拿出来，放在父亲用竹编的浅筐内，不久变成了小虫子。她把这些虫放在家里，每天给这些虫弄桑叶喂养，等养大了后让它做网子，再抽丝。这件事一传出，邻近的百姓也来学养天虫。

那时，盐亭这个地方叫西陵国，属于一个大部落。西陵国国都建在盐亭的天禄观，祠庙建在皇城沟，上下左右管一千多里远的地盘。有一次，国王出行嫘村山，见嫘家二老穿有很好看的衣裳，觉得奇怪。二老就将小女养天虫织衣的事告诉了国王，并送给国王一件。国王很高兴，把嫘家礼物奉为国宝。他收嫘凤为义女，封天虫为“蚕”，并号召全国百姓栽桑养蚕。嫘凤给百姓传授养蚕技术，西陵国一下子兴旺起来。

当时，有个最大的部落国王叫轩辕，以仁德取天下，先后征服了八十多个大小部落，西陵国也在其中。轩辕号称天朝，立为黄帝，统管天下。另有一个部落国王叫蚩尤，他与轩辕争天下。轩辕两路进兵攻打蚩尤，一路从陕西出潼关而下，一路由轩辕带领途经四川到西陵（盐亭）访嫘凤，再到青城山拜请宁封祖师出山。轩辕设祭拜宁封为五岳丈人，统领大军造战车，大战蚩尤，斩蚩尤于涿鹿。

黄帝过西陵国时，国王以礼迎接轩辕入境。轩辕到西陵国见庶民百姓穿戴雅致，觉得奇怪，问明来由，才知是嫘凤养天虫织衣教会天下百姓。轩辕大喜，亲自将嫘凤接到宫廷里，嘉封嫘凤为妃，并一同与嫘凤治理天下，号召天下百姓栽桑养蚕。从此，天下兴起男耕女织，黎庶安乐。人们把养蚕织丝的嫘凤，称为嫘祖。

【讲 述 者】 佚名

【采录整理】 王映维（男，50 岁，供销社职工，高中）采录

【采集时间】 1986 年 3 月采集于盐亭县

【流传地区】 四川省·（绵阳市）·盐亭县

【文本来源】 中国民间文学集成全国编辑委员会编：《中国民间故事集成》（四川卷·上），北京：中国 ISBN 中心 1998 年版，第 72—74 页。

【阅读提示】 这则神话中的嫘祖既有神性又有人性，归根到底还是人性占主导地位。

【基本母题】 风物的来历；以前不会制衣；仙变成蚕；天虫（蚕）；黄帝战蚩尤；制衣的产生；栽桑养蚕的来历；嫘祖

【本文编码】 《蚕丝始祖》：ZCSW0399-123-004

茶与断肠草

（汉族）

神农一生下来，才新奇呢！是个水晶肚子，光亮透明。肝脏肠肺，全都看得一清二楚。

那个时候，人们还不会用火烧东西吃，无论花草鱼虫，全都是生吞活咽的。这样，人们就常常闹病，甚至于死掉。神农见着好难过呵！于是下决心把看到的东西都尝一遍，看看它们在肚子里面是怎么变化的。好吃的呢，就放在身子左边的袋子里，给人吃；不好吃的呢，就放在身子右边的袋子里，做药用。

这样，神农就开始尝百草啦。头一下，他尝了一片嫩尖尖的小绿叶儿。这叶片一落进肚皮，可怪哩，光见它在肚皮里从上面洗擦到下面，又从下面洗擦到上面，把肚里各部分都洗擦得清清爽爽的。它那样儿，就像上上下下往来巡查一样，神农就称呼它为“查”。后人叫白了，叫它为“茶”。神农把茶放到身子左边的袋子里。

第二次尝了朵蝴蝶样的淡红小花，那叶儿像羽毛毛，可美哩。甜津津的香味扑鼻，这是“甘草”呵！神农把甘草放到身子右边的袋子里。

第三次他尝了绿茵茵的一朵小花。圆圆叶儿，梢头尖尖的，又苦又酸，花果果上还有刺哩！在肚子里一下一下直顶撞，把神农的膝头弄得生疼，肿得像牛膝盖。神农忙把茶叶吞下去，才解了毒。这是“牛膝”呵！神农把牛膝放到身子右边的袋子里。

神农就是这样辛苦地尝遍百草，每天都要中毒，都亏着茶解救了他。他清清楚楚见着花草在肚子里的变化，把它们分别放在身子两边的袋子里。后来，左边袋里花草根叶有四万七千种，右边袋里花草根叶有三十九万八千种，还不止哩！

这天，神农见到一朵黄黄的小花，像小茶花，那叶子还一张一缩动着哩！怪呵，是“妖草”吧？他把叶儿才放进嘴里，肚肠就一节一节断开，来不及吃茶叶，就死啦！人们就称呼这草为“断肠草”。常言道：“神农尝药千千万，可治不了断肠伤。”就是说的这件事情。

神农就是这样，为了拯救人们而牺牲了自己。人们也没忘记他，都称他为“药王菩萨”。好多地方都盖上药王庙祭祀他哩！

【讲 述 者】 （无考）

【采录整理】 陈玮君记录

【采集时间】 （无考）

【流传地区】 （无考）

【文本来源】 姚宝瑄主编：《中国各民族神话》（汉族），太原：书海出版社2014年版，第396—398页。该文本标注傅光宇选自《民间文学》1979年第9期。

【阅读提示】 神农为了拯救人而牺牲，他的献身精神永载史册，其本人也在后人的祭祀中得以永生。

【基本母题】 神农；神的体征；断肠草；神农尝百草；草药分类；文化英雄的死亡；药王菩萨；药王庙

【本文编码】 《茶与断肠草》：ZCSW0400-123-005

农神和衣神

（汉族）

相传，牛郎原在天上看牛，因与织女一起在蟠桃园偷吃蟠桃，被护殿将军撞见，上奏玉皇，玉皇大怒，把牛郎贬到凡间。

牛郎在凡间看牛，牛乖；种田，收割。那时，年年好收成，家家谷满仓，大家称牛郎叫“农神”。

玉皇叫护殿将军看管织女，要她一日织千匹绢。天上百鸟看见，就飞来帮助织女织布，一日真的织绢一千匹。这样，玉皇以为织女能安心织布，就把看管她的护殿将军调走。护殿将军一走，织女就乘机偷下凡间，寻找牛郎，终于找到了他，两人结为夫妻。织女教凡间人织布，人们就称她为“衣神”。

玉皇晓得织女偷下凡间，派天兵天将捉拿，织女被天兵天将捉去。织女在半空见牛郎哭得十分凄惨，暗中抛下通天带，牛郎就紧紧拖住这条带，上了天。当牛郎快到南天门时，给皇母娘娘看见，皇母娘娘取出一把刀，斩断了那通天带，牛郎又掉下凡间。织女会牛郎的心仍不死，拿了云头鞋，召来一只喜鹊送鞋给牛郎，叫牛郎七月初七日上天相会。

七月七日，牛郎穿起云头鞋，来到银河边，可是过不了河。织女就召来成千上万喜鹊搭成一座桥，渡牛郎过河。两人一见抱头痛哭，眼泪流呀流，化成了雨。歹心的老鸦看见，飞上南天门上奏玉皇。玉皇大怒，命天兵天将赶牛郎下凡，又把喜鹊贬到凡间。织女恨老鸦多嘴，就做起法来，布起天网，捕来天下所有老鸦，撮光它们头上的毛，也把它们贬到凡间。

第二年七月七前夕，织女召来翠眉鸟去报信，牛郎就在夜里穿起云头鞋，飞上天，来到银河边，隔着银河和织女相会。

据说，七月七夜，若有雨，就是牛郎与织女已经相会，若没雨，就晓得今年无法相会。另外，这天到处看不到乌鸦，因乌鸦怕拔头毛，全都躲藏起来。

【附注】

关于农神，在中国神话传说中说法不一。一般认为农神是后稷。

【讲 述 者】 王庆国（男，46 岁，霞浦县城关，小学）

【采录整理】 郑东夫（男，40 岁，霞浦县水门学区，老师）采录

【采集时间】 1988 年 6 月采录于霞浦县

【流传地区】 福建省·（宁德市）·霞浦县

【文本来源】 中国民间文学集成全国编辑委员会编：《中国民间故事集成》（福建卷），北京：中国 ISBN 中心 1998 年版，第 14 页。

【阅读提示】 这则神话传说为牛郎织女故事生发出不少遐想。

【基本母题】 牛郎；织女；玉皇大帝；被贬下凡；农神的产生；制衣的来历；织女变成衣神；七夕

【本文编码】 《农神和衣神》：ZCSW0401-123-006

神农尝百草

（汉族）

传说神农生下来后，全身透明，自己能看清自己的心肝肠肺。

那会儿，世上没有医生，更不用说药了。人们生了病，全靠自己熬，熬不住就死。所以，人们都怕得病。神农看到这种状况，心中很着急，发誓要尝遍天下所有的花花草草，找出能治病的药来，解除人们的痛苦。

他走进深山老林，分别把有气味的花花草草，连根吃下肚，然后再观察这些花花草草在肚皮里的反映。每吃一窝草，他都要经历一番痛苦，有时痛得满地打滚。可他一点不后悔，终于尝出了一些草药。他把这些草药送给生病的人，有的病人吃药后被毒死了，神农心中很痛苦。他决心找出一种能够缓解药性的药来。

有一天，他在深山里找到了一窝长着绿幽幽的叶子、发出淡淡香味的解药。他吃了一种毒性很强的药，等痛得忍不住的时候，就把这种解药叶子吃下肚。一会儿，痛得松点了，又过一会儿，肚子就完全不痛了。神农高兴得流眼泪水，后来他又让人们长期拿这种叶子泡水喝，这就是茶叶。又有一次，神农在山岩上发现了一种尺多高开黄花的野草草。这种草草有一股子难闻的气味，神农把这根草草连根吃下。谁知这种草草就是断肠草，神农发觉后，肠子已经断成无数截了。神农就这样归了天。

人们为了感谢神农的功德，称他为医药的祖师爷，并为他修了庙宇，四时祭祀。

【讲 述 者】 左湘权（男，88 岁，农民，不识字）
【采录整理】 王进龙（男，文化馆干部）采录
【采集时间】 1986 年 4 月采录于高县白庙乡瓦屋村
【流传地区】 四川省·（宜宾市）·高县·白庙乡·瓦屋村
【文本来源】 中国民间文学集成全国编辑委员会编：《中国民间故事集成》（四川卷·上），北京：中国 ISBN 中心 1998 年版，第 75 页。
【阅读提示】 神农尝百草为百姓而死，死得重于泰山，四时受祭，可慰众生。
【基本母题】 神农的体征；疾病；神农尝百草；药的产生；神农的死亡；医药的祖师爷

【本文编码】 《神农尝百草》：ZCSW0402-123-007

神农置五谷

（汉族）

老早时候的人，只晓得捕鱼、打猎、采集树果当饭吃，不晓得种田。地里一片荒芜，到处长的都是野草、野树。

当时有个叫神农的，头上两边凸起，当中凹落，好像生出两只大肉角。这人很古怪，尝了百草树头，吃了格呢[①]草味，这草汁随即被吸收到他的血液里，发生作用，或痒或痛或舒服，判定药味。又尝过千万种树果，格呢果实吃了，人会壮起来；格呢果实吃了，人会瘦了；格呢果实吃了，人会肚痛或者死亡，教人可吃或不可吃。他把百草树果都尝过。

有一日，他见一班雀儿在一片涂滩里，啄着成丛成丛的谷子，用嘴巴啄开谷壳，把里面的米啄落肚里。神农出于好奇心，去捋了一把，用石片研去壳，烧熟吃了不饿肚，比什么树果都好。一年过去了，第二年，也在这个时

① 格呢：什么的意思。

候，他又去看雀儿啄谷子。后来，他就把这些谷子捋来藏起来。他每年种一次，到了秋天把它收藏起来。从那时候起，他教人种稻。人们也慢慢懂得种粟、麦、豆类作物，冬天把种子捋来藏起，到第二年天气温暖了，又把种撒在地上。生长好的收一点，不好的就没有收。

有一次，神农带着众人，走到山里，得到一头仙牛。这头牛也奇怪，一双角盘在头颈里，肩头高高的凸起，它只顾吃草；还能听人的话，叫它靠左边走，它往左边走，叫它靠右边走，它就往右边走。神农叫人把它赶归豢养起来。后来，他又教人做起犁耙，教牛耕田，人们慢慢地晓得耕种，种出稻、麦、粟、豆当饭吃。

相传神农教民耕作，播种五谷，后人称他为“神农氏”。

【讲 述 者】 金家训（男，80岁，永嘉县罗溪龙头村，农民，不识字）

【采录整理】 金学益（男，70岁，永嘉县罗溪龙头村，农民，初中）、金崇柳（男58岁，永嘉县文化馆，干部，大学）采录

【采集时间】 1986年采录于永嘉县罗溪龙头村

【流传地区】 浙江省·（温州市）·永嘉县（永嘉市）·罗溪（罗溪乡）·龙头村

【文本来源】 中国民间文学集成全国编辑委员会编：《中国民间故事集成》（浙江卷），北京：中国ISBN中心1997年版，第50页。

【阅读提示】 在人类历史进程中，每一种新的生产方式的出现，都聚集着无数人的心血，神农就是其中最优秀的代表之一，是为农神。

【基本母题】 渔猎；采集；神农的体征；神农尝百草；谷物的发现；神农教耕作

【本文编码】 《神农置五谷》：ZCSW0403-123-008

为什么油坊供奉吊死鬼

（汉族）

过去，油坊里供奉的是吊死鬼，人们说："吊死鬼是榨油的祖师爷。"人们开始试验榨油，好多次都不成功。后来一个领头的说："这次不成功我就宁愿吊死在这上面。"还是榨不出油来。这个人真的就拴条绳子吊死在上面了。可就在他吊死的同时，油就榨出来了，原来是因为重量不够。从此，油坊就把吊死鬼奉为他们的祖师爷了。

【讲 述 者】 梁康宁

【采录整理】 阎富平采录

【采集时间】 （无考）

【流传地区】 山西省·（忻州市）·定襄县

【文本来源】 郭万金主编：《山西民间故事大系》（晋西卷），北京：商务印书馆2017年版，第1015页。

【阅读提示】 油坊供个吊死鬼是个吓人的事情，但细思而不恐，原来事出有因，民间智慧无所不在。

【基本母题】 吊死鬼；榨油的祖师爷；人成为行业神

【本文编码】 《为什么油坊供奉吊死鬼》：ZCSW0404-123-009

窑神爷（1）

（汉族）

过去在一些开煤窑的地方，每到冬至节这一天，人们就要把杀死的整猪整羊放到窑门口，祭奠窑神，求其保佑他们井下平安，不出祸端。关于窑神的来历，还有一段传说呢。

相传春秋战国时期，有位勇猛的武士叫刘展雄，走遍天下无敌手。这年冬至节，他来到吴国，遇到了著名的猛将伍子胥。

刘展雄凭着自己的勇力，提出要与伍子胥一争高下，不料败在伍子胥手下。

刘展雄见敌不过对手，打马就跑。伍子胥想，放掉此人，将来一定会留下祸患，于是随后就追。

当追到深山密林时，伍子胥使出神鞭，照着刘展雄的背上就是一鞭，把他打下马来。伍子胥跳下马来，正要捉拿他时，却不见他的身影，只得返身离去。

后来，人们在刘展雄落马的地方，挖出了能燃烧的煤。为了下窑时免遭不测，就将刘展雄供奉为窑神，每逢冬至节时都要对他进行祭奠，求其保佑。

【讲 述 者】 （无考）

【采录整理】 侯建忠采录

【采集时间】 （无考）

【流传地区】 山西省·大同市

【文本来源】 郭万金主编：《山西民间故事大系》（晋北卷），北京：商务印书馆2017年版，第938页。

【阅读提示】 这则神话叙述窑神的产生看似偶然，却暗藏着窑神与挖煤的内在联系。

【基本母题】 祭神时间；窑神的职能；比武；挖煤的来历；人变成神

【本文编码】 《窑神爷（1）》：ZCSW0405-123-010

窑神爷（2）

（汉族）

传说乾隆帝私访百灵庙杀了活佛，逃到大同矿山一带，他走到一座山上见有几户人家，便进去想讨顿饭吃。他到一家门前敲门，出来一位老婆婆，乾隆说他是一位过路的客人想讨碗饭吃，老婆婆看见他不像一般人，就说："俺们穷人没有精面白米，只有几个粗糠豆渣窝窝，不知客官愿意充饥?"乾隆三天水米没打牙，他也顾不得什么好不好了，他拿起来就吃，嘿，觉得特别香甜，他觉得皇宫里那么多的菜蔬佳肴，怎么还不如块糠窝窝好吃。他刚一吃完，忽然进来一位腰粗膀宽的彪形大汉，衣服破烂，浑身漆黑，除了他的牙和眼睛是白的，浑身上下就像一块煤，说起话来瓮声瓮气的，老婆婆说这是他的儿子，才从煤窑挖炭回来。

老婆婆的儿子老实巴交，也不会和客人应酬，只会说个"好，好"，别的再说不来了。他突然吐上口黑痰，乾隆一看就以为此人心坏了，说时迟那时快，他抽出宝剑就把老婆婆的儿子杀了。老婆婆又气又伤心就和乾隆评理，乾隆说老婆婆的儿子心坏了，不是好人，所以吐出的痰是黑的。老婆婆为了证实儿子死得冤枉，就非让乾隆坐在油灯下待到天亮。第二天，乾隆嗓子眼难受，忍不住吐了口痰，一看痰也是黑的，老婆婆一下子抓住乾隆说："你坐在油灯下，呼吸的空气里才有多少黑烟，痰就成黑的了，煤窑里的空气那么多的煤粉，我儿子的痰怎么能不黑。既然你认为痰黑是心坏了，我看你也不是好人。"说完拿起菜刀就要杀乾隆。乾隆听了老婆婆这番话才知自己错杀了好人，忙向老婆婆道歉、认错，说出自己是当今皇上，认老婆婆为义母，并要给老婆婆的儿子厚葬，封为"窑神"专管矿工的祸福。从此，挖煤的人都要敬"窑神"。

【讲 述 者】 姜文

【采录整理】 张子贵

【采集时间】 （无考）

【流传地区】 山西省·大同市

【文本来源】 郭万金主编：《山西民间故事大系》（晋北卷），北京：商务印书馆 2017 年版，第 937—938 页。

【阅读提示】 这则现代神话借助于生活中的封神故事，赞扬了老婆婆的维护正义之举，也肯定了当事者的知错则改。

【基本母题】 活佛；错杀；义母；死后封神；窑神

【本文编码】 《窑神爷（2）》：ZCSW0406-123-011

渔祖耿七公

（汉族）

耿七公是个无儿无女的孤老头子，全靠打鱼为生。有时候鱼虾打得多了，还能吃几顿饱饭；有时候鱼虾打得少了，就只能吃些薄粥，将养肚子了。不过，不论啥个辰光，只要穷乡亲有了难处，哪怕自己再苦，他也要全力相助。渔民们因此都很敬重他。后来，他的渔船、渔网被黑心的渔霸霸去了，没法子下海，他就在海滩上捡些小鱼、小虾过日子，夜里就在桥墩洞里过宿。

有一天夜里，他梦见桥栏神对他说："明日有八洞神仙在此经过，不可错过了求宝的机会。"第二天，耿七公也不到海滩上去拾小鱼、小虾了，就在这桥上等呀等呀，哪晓得等了半天，也不见一个神仙的影子，心想梦里的事情到底信不得。他正想站起身来去捡小鱼，忽见桥下有一群破衣烂衫的乞丐，跌跌撞撞走了过来。前头七个很快走了过去，最后一个乞丐是个跛脚，满脸络腮胡子，一走一拐，一步一喘，看看实在可怜。耿七公扶他在桥栏上坐下，又从桥洞里舀来一碗粥汤给乞丐充饥。乞丐喝了粥，歇了一阵脚，临走时对他说："你是个好人，我送你一样礼物。"说着在破棉袄里抓下一团破棉絮说："这叫'招魂絮'，臭鱼烂虾都能叫它活过来。"

耿七公收好破棉絮，就跑到海滩上去捡那死了多天的臭鱼烂虾，拎到桥洞，倒进水盆，加上清水，将破棉絮在盆里搅了几圈，那些鱼呀，虾呀，蟹呀，鳖呀，竟全都活啦！耿七公心里高兴得没法说，以后每天都到八鲜市场[①]上去收臭鱼烂虾，第二天就挑着满担的活鲜到市场上去卖。耿七公的日子好过了，渔民们有了难处总找他去相帮。

渐渐的，耿七公收死鱼卖活鲜的事引起了渔霸的疑心。他挖空心思想出了一条毒计：预先在死鱼鳃上拴了根不起眼的白线，丢在八鲜市场。

第二天，就见这些带有标记的鱼，都摇头摆尾地活在耿七公的盆里，渔霸心里有了数。一天，耿七公正蹲在水盆边用“招魂絮”活鱼，渔霸带着一群打手冲了进来，就要动手抢这稀世之宝。耿七公来不及收藏，又不愿宝贝被渔霸抢去，只好将“招魂絮”塞在嘴里。渔霸急了，伸手去掏，耿七公一急，当下便把“招魂絮”吞进了肚里。从此，耿七公竟是不饥不渴，身轻如燕，半年后就化作一道彩云上天成仙去了。当地的渔民为了纪念他，将他的名字写在神牌上，供在船的中舱，奉他为渔民的祖师爷。

【讲 述 者】 曹汉宸（62 岁，退休干部，私塾）

【采录整理】 沈志冲（40 岁，文化干部，大学）采录

【采集时间】 1983 年 5 月采录于骑岸镇骑南村

【流传地区】 江苏省·（南通市·通州区）·骑岸镇·骑南村

【文本来源】 中国民间文艺家协会组织编写，罗杨总主编，沈志冲本卷主编：《中国民间故事丛书》（江苏·南通·通州卷），北京：知识产权出版社 2016 年版，第 3—4 页。

【阅读提示】 渔民的祖师爷虽然经历坎坷，但终成正果，其意在劝善。

【基本母题】 渔夫；助人；托梦；八洞神仙；求宝；神仙乔装打扮；起死回生术；人成仙；渔民的祖师爷

【本文编码】 《渔祖耿七公》：ZCSW0407-123-012

① 八鲜市场：海鲜市场或水产品市场。

狩猎神

（白族）

古时候，人们还不知道怎么狩猎，高山密林里面老虎、豹子、獐、麂很多，它们常常在山里蹿来蹿去。这些野物，由山神放养着。

山神每天放牧归来，回到山上的庙子里，喜欢冲杯烤茶解解放牧的疲劳。不过他那山神庙，前不挨村，后不挨寨，孤伶伶地在那山顶上，难得和百姓们来往，缺茶叶时，往往找不到茶叶的。没有茶喝，山神渴得头昏脑胀，实在难挨。

有一次，山神去密林里放牧，喝起茶来，独自一人昏昏沉沉地在草地上睡觉了。他正睡得昏昏糊糊的时候，有位名叫能嬷的猎手来到了他跟前，把他叫醒。能嬷看着山神没精打采的样子，感到他有什么苦闷压在心里，便问他道："大哥，怎么大白天老想睡觉？"

山神抹抹眼睛回答说："想喝一杯烤茶！"

能嬷说："把火生起来冲烤嘛！"

山神说："没有茶叶呀！"

山神说自己常在山上放牧，但老缺茶叶，喝不上茶，没有办法，只好躺在地上睡大觉。能嬷听了，十分同情，说："请拿一只岩羊来，我换给你一饼茶叶。"

山神很高兴，就一骨碌站起来，冲进岩羊群里，要想抓只活的给他。可是岩羊一见山神，就乱冲乱蹿，山神尾随着爬过了九十九架山，跨过了九十九条河，仍然连根毛都没有捞着，只好回到能嬷面前，向他请求说："打猎哥，你有本领比我强，你自己去捉行不行？"

能嬷说："当真？"

山神说："当真！"

说罢，猎手打开网具，悄悄走到岩羊群前面的路口，把网牢牢实实地拦在两棵大树中间，然后掉转身子，走回到岩羊群的后面，吆赶岩羊进网，结果一下子就抓了三只岩羊。山神见了非常高兴，觉得这网具真好，便和猎手商量，把他留在山里，请他把织网和捕捉方法教给自己。猎手答应下来，一直就和山神在山上生活。

从此，猎手能嬷把织网、支网、下扣子，教给了山神，两人又在一起把打猎的办法教给山上打猎的人们。从此，人们才开始用网具狩猎。后来，能嬷死了，人们感谢他的恩情，就把他尊为猎神。

【讲 述 者】 孙生红（白族）

【采录整理】 寿桃（白族）采录

【采集时间】 1985 年采录于洱源县

【流传地区】 云南省·（大理白族自治州）·洱源县

【文本来源】 中国民间文学集成全国编辑委员会编：《中国民间故事集成》（云南卷），北京：中国 ISBN 中心 2003 年版，第 316—317 页。

【阅读提示】 这则神话所说的人与神的交往，大概反映了人类所经历的那个人神不分的时代。

【基本母题】 山神的职能；山神庙；商品交换；狩猎方法的产生；猎神的产生

【本文编码】 《狩猎神》：ZCSW0408-123-013

盐神的故事

（白族）

很久以前，我们的祖先不论吃什么东西都不放盐巴。俗话说：南瓜萝卜洋芋片，不放盐巴难下咽。没有盐巴的饭食，那才真不好吃呢，可又有什么办法，因为那时候，还不知道世界上有盐巴这东西。

传说有一天，有个老牧人带着他的儿女，来到剑川弥沙河边的象鼻山上。老牧人的女儿名叫谷女，长得聪明美丽，从小喜欢跟山里的梅花鹿交朋友，养成了一副勤劳善良的好品行。老牧人的儿子名叫山娃，相貌倒也长得周正，可就是性情刁怪，从小喜欢跟山里的老野猪交朋友，学来了一副好吃懒做、蛮不讲理的坏习气。

谷女大清早起来上山打柴，赶上牛群去放牧，晚上回到家里，还帮助阿爸烧水煮饭，打整家务。山娃什么事都不干，天天睡到日高八丈，吃了饭就跑去找老野猪玩耍。老野猪也三天两头地上门来找山娃，每来一次都要怂恿山娃把家里的笋、山芋、蘑菇等好吃的东西翻出来吃个精光。这些食物都是老牧人和谷女辛辛苦苦从山里找回来的。

俗话说：跟好学好，跟坏学坏。老牧人教导山娃莫跟老野猪交朋友，要他像妹妹一样，做一个勤劳的人。可山娃让老野猪的甜言蜜语给迷住了，不但不听阿爸的话，反而对妹妹怀恨、嫉妒起来。

有一天，谷女放牛到了山脚下，只见牛群都争着去喝一股山泉水。第二天，牛群一放出圈，又一个劲地朝山下跑去，一直跑到那山泉边去饮水。谷女奇怪了：莫非这泉水特别好喝？她掬起泉水尝了一口，呵，果然特别可口。原来那是一股盐水泉。谷女想：要是用这泉水烧菜煮汤，味道一定很美。于是，就砍了一节竹子，灌了一筒泉水带回去。

谷女用山泉水煮的汤，味道果然鲜美极了。阿爸一边吃一边赞不绝口。山娃听见阿爸称赞谷女，心里越发不服气。过了几天，老野猪又来找山娃玩，山娃就把妹妹带回山泉水的事告诉了老野猪。老野猪知道山娃对妹妹有怨气，就有意挑拨说："周围几百里内的山泉我都喝过，根本就没有那样的山泉，你妹妹八成是拿牛马尿给你们煮的汤。"

山娃挺相信老野猪的话。刚巧有一头待产的母牛留在家，母牛撒尿的时候，他就跑去蘸了点牛尿尝了尝。"呸！"牛尿里果然有一股咸味，山娃吐了几口唾沫大叫起来："好呀！谷女这死鬼天天用牛尿给我们煮汤吃，阿爸和我都受骗了。阿爸还夸她呢，夸个屁！"

本来嘛，老母牛喝了盐泉里的水，撒的尿里就会带点咸味，这一点并不奇怪。可是山娃不问青红皂白，等谷女放牧一回来，就对她厉声责问起来。他把谷女打了一顿，还把她关在屋子里，说要等阿爸回来再收拾她。

谷女对阿爸和哥哥一片好心，反而受这么大的冤屈，她伤心地哭了。阿爸到远山去挖山芋还没回来，她一肚子委屈向谁倾诉呢？半夜时分，谷女想起了自己的朋友梅花鹿，就撬开窗子跑了出去。

梅花鹿听了谷女的诉说，也同情地流下了眼泪。它劝谷女忍住悲伤，等阿爸回来再慢慢辩解；山下的盐泉不会飞走，事情的真相总可以弄清。不巧，谷女和梅花鹿的谈话被躲在树丛中的老野猪听到了，它怕自己的谗言败露，顿时起了黑心。当梅花鹿送谷女回家，路过一堵悬崖时，早就隐伏在那儿的老野猪突然向她们冲了过来。梅花鹿腿快，侥幸地逃脱了；可怜的谷女却被老野猪拱下了山崖。

第二天早晨，老牧人一回来，山娃立即向阿爸告了状。老牧人不相信，他要亲自盘问女儿。父子俩打开小屋，发现谷女已经不在屋里。正在这时，梅花鹿跑来了。它咬住老牧人的衣袖，发出了凄惨的叫声。老牧人明白了梅花鹿的意思，跟着它向山里跑去。来到悬崖下，老牧人看见了谷女的尸体，他扑向女儿，悲痛得几乎昏了过去。他相信谷女一定是受了冤屈，可谷女说的盐泉到底在哪儿呢？他问梅花鹿，梅花鹿咬了咬老牧人的衣袖，发出了呦呦的叫声。

老牧人明白了，就跟着梅花鹿向山下跑去。到了盐水泉旁，老牧人掬起泉水喝了一口，呵，咸味跟谷女煮的那菜汤味道一模一样。

盐水泉找到了，事情的真相明白了。老牧人回家严厉地斥责山娃。山娃不得不承认自己听信了老野猪的话，冤枉了妹妹。他还从梅花鹿口中得知了妹妹的真实死因。十分气愤，进山把那头专干坏事的老野猪杀死了。

不久，他们父子俩搬下山去，就在盐泉旁住了下来，把谷女找到了盐泉的事告诉四面八方的乡亲。乡亲纷纷搬到盐泉周围住下，取盐泉水烧菜煮汤，养牛喂马。由于吃上了盐，人们的身体比以前长得结实了，牲畜也养得又肥又壮。

乡亲们没有忘记为他们找到盐水的谷女姑娘。他们为她盖了庙宇，塑了她的金身，让她享受四时香火的祭祀。不久，连天上的玉皇大帝也知道了谷女的功德，把她收上天宫，封她做了卤主盐神母。可是，生性善良的谷女不愿在天宫里享清福，她把自己的身躯化作了几个大盐矿，还教给人们开矿煮盐的新方法。

有了几个大盐矿，滇西北的盐业一天比一天发旺起来，不仅是白人，连藏人、彝人、纳西人、傈僳人也享受了它的好处。为了给谷女姑娘传名记功，每逢到她殉难的农历四月八日这天，产盐区的白人都要迎神赛会，举行隆重的祭祀活动。

【原文附记】

这则传说还有一些不同说法，同样流传较广。

【讲 述 者】 杨效明

【采录整理】 小鹏搜集整理

【采集时间】 （无考）

【流传地区】 云南省·（大理白族自治州）·剑川县

【文本来源】 中华民族故事大系编委会编：《中华民族故事大系》第 5 卷（瑶族、白族、土家族），上海：上海文艺出版社 1995 年版，第 356—359 页。

【阅读提示】 这里的人与动物交朋友表面看似乎是童话，但反映了人类早期不同群体间的交往，动物往往带有图腾名称的含义。后世讲述中加入相应的“近朱者赤，近墨者黑”的说教，也是可以理解的。

【基本母题】 盐的来历；人与动物是朋友；人化生盐；封神；卤主盐神母（盐神）

【本文编码】 《盐神的故事》：ZCSW0409-123-014

盐神谷女

（白族）

昔吾祖先食不加盐，因尚不知世间有盐也。有老牧人携子女来，居于剑川弥沙河象鼻山上。女名谷女，聪明美丽，勤劳善良，喜与山间梅花鹿为友。子名山娃，貌虽亦周正，而性情刁怪，自幼喜与老野猪为友，习于馋惰蛮横。谷女晨起便上山打柴放牧，暮还家则烧水做饭，料理家务。山娃百事不为，食饱则往觅老野猪嬉游，老野猪亦常来寻山娃，怂恿其翻出家藏竹笋、山芋、蘑菇之属，食之立尽。老牧人常以谷女之行诫山娃，令其当学妹之勤劳，勿学老野猪之贪馋游惰。然山娃为老野猪甜言所迷，不惟不听父言，反嫉恨其妹。

一日谷女牧牛于山麓，见牛群俱争饮一山泉之水。次日亦然。谷女异之，试掬其水而尝，味果鲜美，自思如以此泉烧菜煮汤，味当胜常，不知此乃盐水泉也。因砍竹灌水还家，烧汤以与父食。父食之，果赞不绝口。

山娃闻而嫉之。老野猪来，山娃以妹汲得异泉事告之。老野猪知山娃嫉妹，乃挑拨云："此山周围数百里泉吾曾均饮之，从未知有此泉，汝妹何不以牛马溲作汤以饮汝父子乎?"适有母牛待产留圈中，山娃乃往蘸尝其溺，果有咸味，似妹所作汤味。山娃唾而骂之。待妹放牧回，乃捶而闭之于屋，云待父自远山掘山芋还当更惩之。

中夜，谷女思己之冤屈，乃撬窗而出，往觅其友梅花鹿诉衷情。梅花鹿慰之曰："山泉常在，待汝父归，总能辨明。"不意语为老野猪窃闻，恐事败露，于己不利，乃猛冲而出，梅花鹿惊逃，谷女遂被拱堕山崖。

次晨老牧人还，山娃诉妹过失。父子开小屋视之，已不见谷女。梅花鹿来，凄惨而鸣，衔老人衣，导之至悬崖下，乃见谷女之尸，老牧人大恸，信女死于冤屈。然盐泉何在，尚不能明。梅花鹿又导父子至山下，乃见盐泉，老牧人掬水饮之，味与谷女所烧菜汤如一，事之真相乃大白。老牧人严责其子，山娃亦愧悔忿恼，遂入山将老野猪戮死。

未久，父子即徙盐泉旁，以谷女觅盐泉事告知四方乡亲，乡亲俱来此居住。取此水烧菜煮汤，养牛饲马，人皆健实，畜皆肥壮。众不忘谷女觅盐泉之功，为建庙宇，塑金身，以受四时香火祭祀。玉帝闻知，亦收之上天，封之为卤主盐神母。

谷女后化身为数大盐矿，令滇西北盐业日益兴旺发达。非惟白人，即藏、彝、纳西、傈僳人皆受其益。故每逢农历四月八日——谷女殉难之日，产盐区白人皆举行隆重迎神赛会纪念之。

【讲 述 者】 （无考）

【采录整理】 袁珂据《白族民间故事选》中的《盐神的故事》改写。

【采集时间】 （无考）

【流传地区】 （无考）

【文本来源】 袁珂：《中国神话大词典》，北京：华夏出版社 2015 年版，第 1001 页。

【阅读提示】 此文本可与《盐神的故事》（ZCSW0409-123-016）对比阅读。

【基本母题】 盐的来历；人与动物是朋友；人化生盐；盐泉；盐的功能；卤主盐神母（盐神）

【本文编码】 《盐神谷女》：ZCSW0410-123-015

药神孟优（1）

（白族）

大理海东本主庙塑的一尊神，圣号叫孟优。大家都晓得《三国演义》写的“七擒孟获”这段故事，这位本主就是孟获的二弟。孟获还有个三弟叫孟伶。那孟氏弟兄，并不是什么野蛮粗鲁人物，恰恰相反，他们是很能干的英雄，而且才智过人。传说孟获发明了衣服，孟伶发明了竹简刻字，孟优发明了乐器和耕种方法。孟优又是一位精通医药，对治病救人存有善良之心的长者，只要能把病人医好，就是割自己身上的肉给病人，他也舍得。在滇西龙陵县有孟优寺，在大理，海东人把他奉为本主，这不是无缘无故的。

据传孟优行医，常常不辞劳苦，往来在博南①、叶榆②一带。由于他的医术高明，更有一副菩萨心肠，治好的人很多。他行医，对富贵人家一定要收费，对贫苦的人，少收或分文不收。他往往为了救人，深入到龙潭虎穴，爬上悬崖去采药。因此很得人心，被人们称为活菩萨。

孟优来到海东，碰到几十个脖子里生疮的病人，经诊断明白，这种疮只有用长在苍山龙泉峰、雪人峰、玉局峰上面的“雪上小灵芝”和“药山茶”能治。可那是两种非常稀奇的药草，雪山顶上是上不去的。孟优在十九峰、十八溪中找了七天，还是找不到，心里头又急又难过，决心上龙泉峰顶去找。他到山中，抬头看看：岩壁陡峭，没个缝儿可登，也没棵树枝可攀，上头一堵堵伸出来的石头，看着就像压下来一样。加之白雪皑皑，又冷又滑，连站都站不稳，咋个能上去呢？他绕着山腰转了大半圈，还是找不着上去的地方。

孟优听说过附近有凤眼洞、龙眼洞，莫如先爬到那里去看看，有没有这种药草？他鼓足勇气，一步步地往上爬行，抬头看见陡崖间透出亮光，那石崖伸出看上去好像是个凤头，洞嵌在陡岩上，恰像是只凤眼。好容易从“耗子路”爬到洞内一看：没有这种药草。向下一看，是万丈悬岩。此处还有“仙人床”、“舍身岩”、“回头望八仙”等胜景，他也无心赏玩，又爬到了龙眼洞。龙、凤二洞分别矗立在两个悬岩峭壁之间，凤眼洞在南，名为普陀岩，就像一只展翅飞翔的凤凰；龙眼洞在北，名为碧玉岩，就像一条仰天长吟的巨龙。

孟优爬到龙眼洞，也是找不到药草，只好绕过石岩，往上爬行，距离峰顶还远着呢！正在进退两难，忽然起了一阵狂风，小岩石直滚，树木乱摆，从山顶上窜出一只吊睛白额老虎。它尾巴一伸，大吼一声，山鸣谷应；两只

① 博南：指今永平一带。

② 叶榆：指今大理一带。

眼睛射出凶光，张开大口，要扑过来吃他。孟优却镇定地对老虎说："老虎啊！你要吃我，我也愿意，可是得先让我爬上山顶找着药草，给海东几十个病人治好脖子，要不然，哪个来救他们呀？"

老虎听了，竟收敛了凶气，闭上嘴巴，点了三下头，摇了三下尾，掉过身去，眼看看山顶，把身子靠近孟优。孟优也就明白，放开胆子，上前骑上虎背，两只手揪住老虎脖项上的皮毛。老虎便迈步飞跑起来，不多一阵子，就把孟优驮上了龙泉峰顶。

孟优四下一看，山上长满了"雪上小灵芝"和"药山茶"，他就赶忙连根带花拔了一小捆，装在药包里，向老虎恭恭敬敬作了一个长揖道："老虎大哥呀，多谢你啦，还是烦劳你带我下去吧！"老虎又把身子靠拢来，让他骑上。孟优再骑上虎背，抓紧老虎后臀皮毛。三蹿两蹿，老虎就把他驮下山来。他下来后，老虎点了三下头，一阵风不见了。

孟优赶忙回到海东，治好了几十位老乡的脖疮，又接连治好别的村子许许多多人的病。后人为了纪念他的功德，奉他为药神本主。

【讲 述 者】 张闻敏

【采录整理】 杨锡兰搜集整理

【采集时间】 （无考）

【流传地区】 （无考）

【文本来源】 中华民族故事大系编委会编：《中华民族故事大系》第 5 卷（瑶族、白族、土家族），上海：上海文艺出版社 1995 年版，第 484—486 页。

【阅读提示】 文献作品中的历史人物成为神，也是人们造神的一种方式。从本叙事看，好医生孟优被奉为药神本主是个不错的理念。

【基本母题】 本主庙；三兄弟；文字发明者；乐器发明者；医者仁心；动物助人；人成为药神

【本文编码】 《药神孟优（1）》：ZCSW0411-123-016

药神孟优（2）

（白族）

孟优者，《三国演义》所写诸葛亮“七擒孟获”之孟获仲弟也。孟既三兄弟，孟获居长，创制衣服；孟伶最少，创制竹简刻字；孟优则创制乐器及耕种之法，且精于医药。孟优行医，常往来于博南（今永平）、叶榆（今大理）一带。时民多患脖疮，惟苍山之龙泉、雪人、玉局等峰顶所产“雪上小灵芝”及“药山茶”能治，以道途险远，莫能致之。孟优遍寻苍山十八溪及近山诸峰，卒无所获，决意攀登龙泉，觅此宝草。已登山半，忽起狂风，见吊睛白额虎出，张牙舞爪，作扑食人状。孟优毫无所畏，语虎曰：“汝饥欲食我，我愿就死不辞，然海东民患脖疮，如不放我觅药归，谁救治之耶?”虎似解人意，顿敛其凶气，点头者三，掉身垂尾，以股就孟。孟优知其意，放胆跨虎背，紧握虎项。虎腾跃而起，越岭翻岩，俄顷至龙泉峰顶。上有小灵芝、药山茶甚多，孟优采得小捆，虎复负之下山，更点头三下，忽然不见。孟优以所采药治人，莫不药到病除。东海民感其德，奉以为药神本主。

【附注】

本文本把孟优叙述为孟获的弟弟。《汉晋春秋》中记载孟获是一位“为夷汉所服”的首领。明代罗贯中的《三国演义》记述了诸葛亮七擒孟获的故事。

【讲 述 者】（无考）

【采录整理】袁珂据《白族民间故事》中的《药神孟优》改写。

【采集时间】（无考）

【流传地区】（无考）

【文本来源】袁珂：《中国神话大词典》，北京：华夏出版社 2015 年版，第 481 页。

【阅读提示】这则神话可以与《药神孟优（1）》（ZCSW0411-123-018）对

照研读语言表达方面的不同。

【基本母题】 文字发明者；乐器发明者；医者仁心；动物助人；采药；人成为药神

【本文编码】 《药神孟优（2）》：ZCSW0412-123-017

画神多兰嘎

（傣族）

在波浪翻滚的撒翁拉江边，有一所小小的竹楼在大风中摇晃。这竹楼里住着一个画师，名叫多兰嘎，他常常对着竹窗，凝望着飞过窗前的雀鸟和云朵出神。到了赕佛[①]的日子，他也到锣鼓喧天的佛寺里去，但他不是到那里去祈祷，也不是到那里去滴水[②]，他只是用自己的眼睛，盯住进出佛寺的人的脸孔。佛寺里诵经的声音停止了，人们渐渐地散去，罕典[③]也熄灭了。多兰嘎便披着他那花格棉毯，笑着唱着，回到那在风中摇晃着的竹楼上来。一路上，他采了许多花瓣和竹叶，回来就把白天所看到的脸孔，一个个地画下来。他画了七天七夜，一天画七个，七天画了四十九个各不相同的脸孔像。他又把这四十九种不同的脸孔，分别描在纸上、土布上、彩缎上，把这些画去卖给赕佛的人。他靠这样的收入，换来了粮食和用具，生活一天比一天过得好了。他每天不停地画着，十年的时间在风雨中过去了，他画的画堆满了整个竹楼。

在一个刮风的夜晚，有一个披着黑棉毯，戴着黑包头的人，走上那摇晃的竹楼，轻轻敲了敲多兰嘎的门。

---

① 赕佛：傣族祭祀神的一种仪式。

② 滴水：傣族人民在祭神时用器皿盛水往下滴，以示敬意。

③ 罕典：敬神时用的一种烛火。

多兰嘎放下画笔，用手指蘸一点唾沫，拨亮了灯芯，开口问道："是谁呀？深更半夜，连猫头鹰也躲进了树林，你还来找我有什么事呀？"

门外的人说道："我是叭英的使者，是死神。"

多兰嘎听了，吓得毛骨悚然。他披紧了毯子，绕了绕散乱的包头，走到门边打开了竹门，那个全身黑得像木炭一般的死神，跟着他走进了屋子。多兰嘎心里虽有点害怕，不该让死神来到自己身边，但装得若无其事地提起笔来，继续画那个少女的脸孔。

死神看到他毫不在意的样子，就说："走呀！我们的好人，叭英还在等着你呢！"

多兰嘎拿起自己的画笔，踌躇了一会，说："请求你转告天神吧，我得画完这个世界上最美的脸孔。"

"不行呀，这是叭英的命令。"他一面说着，一面走到多兰嘎的小篾桌前。多兰嘎这幅未完成的画像，却使他大吃了一惊，他目不转睛地瞧着，嘴里不停地赞美。多兰嘎提着笔，一笔一笔地画着脸上的细纹。死神为了要看到这张世上最美的少女脸孔图，只好暂时离开他，悄悄地回到了天上。

叭英问："多兰嘎来了吗？"

"天神呀，他正在画着世界上最美的脸孔，我不忍心把他带来。"

叭英红着脸骂道："笨蛋！你必须在星辰没落以前，把他带来！"

死神又从天上降落到茫茫的森林里，他沿着茂密的椰子林，又找到了那所灯光明亮的竹楼。他推开门，走到多兰嘎的身边，咬着他的耳朵，把叭英的话转告他，但眼睛却盯着那幅画像出神。

多兰嘎画完最后一笔后，赶忙收拾画稿，带着一对罕典，随着死神来到天上。他跪在叭英的南帕①底下，左手擎着点燃了的罕典，右手拿着自己的画稿。天王看到了多兰嘎，暗暗地笑了笑说："我知道你是一个有名的画师，你把人间的脸孔都画熟了，现在就留在这里做画神吧！"

多兰嘎的眼泪从脸上流到了他的画上，他十分悲伤，但竭力抑制住，不

---

① 南帕：宝殿。

让自己露相。他拜谢了天王，吹熄了罕典，随着死神走了出来。死神把多兰嘎领到了生神的身边，他便坐在那里。只要生神送生命出世的时候，多兰嘎便从一大堆布的、纸的、绸缎的脸孔图里，随手抽出一张交给降生到人间来的生命，作为他的脸孔。

但多兰嘎总舍不得把画在彩缎上最好看的脸孔图拿出去。所以许多傣族的母亲，在她怀孕以后，总要带着鲜花来赕多兰嘎神，祈求他把那彩缎上最美的脸孔图，赐给自己即将降生的孩子。

【附注】

（1）同名文本《画神多兰嘎》，见陶阳、钟秀编《中国神话》（下册），北京：商务印书馆 2008 年版，第 1086—1088 页。原文本标注选自贾芝、孙剑冰编《中国民间故事选》。文字稍有差异。

（2）同名文本《画神多兰嘎》，见袁珂：《中国神话大词典》，北京：华夏出版社 2015 年版，第 503 页。本文为改写版。

【讲 述 者】 （无考）

【采录整理】 陈贵培翻译整理

【采集时间】 （无考）

【流传地区】 （无考）

【文本来源】 中华民族故事大系编委会编：《中华民族故事大系》第 6 卷（哈尼族、哈萨克族、傣族），上海：上海文艺出版社 1995 年版，第 667—669 页。

【阅读提示】 这则神话把人的相貌的来历解释为画神的创造，并不是简单地听天由命，还试图通过祭神给孩子带来好面孔，可怜天下父母心。

【基本母题】 绘画；祭神；死神；生神送生命；人的相貌的来历；画神

【本文编码】 《画神多兰嘎》：ZCSW0413-123-018

猎神阿卡提

(独龙族)

从前，有一个叫朋松的人，婚配以后，生了一个儿子。这个儿子很奇怪，刚生下来就要饭吃，给少了不行，足足能吃一大碗——他就是阿卡提。吃得越多，长得越快；长得越快，吃得越多。一家人的一顿饭，还不够他一人吃。可是也怪，三岁以后，他只多吃，又不会长大了。朋松夫妇见这光景很发愁，常常叹息："唉！他叫我们怎么养得起呀？"

一天晚上，夫妇俩商量，决定不要这孩子。第二天，夫妇俩一个背锅，一个背孩子，走了很多箐，又过了很多山梁，见到一岩洞，就停下来，把孩子放进山洞，又拿锅罩在孩子身上。事后，夫妇俩伤心地流着泪回家。

过了一个月，夫妇俩心想孩子准是死了，商量着去把锅拿回家。朋松从原路来到丢孩子的地方，但很奇怪：岩洞不见了，锅不见了，孩子也不见了，只见旁边不远处有一排高高的木楞房，房头上冒着炊烟。他走进那高大的房子里，却不见主人，只见粗大的木头在高高的三脚石中间烧着，一条条碎肉在三脚石上烤着。他走了一天，又饿又累，就坐在火塘边撕吃这些肉条子。

不一会，朋松听见外面"咚咚"的脚步声响，好像大地也在动荡，赶忙往门外一看，见一个身穿兽皮衣服的高大个子来到门前。他肩上扛着一只黑熊，声如响雷般地指着客人吼道："你是谁，敢来我这里！"

朋松先是吓了一跳，又一看，是自己孩子的模样，就说："你是我的孩子阿卡提吧？你怎么变得这样大？"

阿卡提见是自己的阿爸来了，很高兴，忙把猎物放在一边，说："阿爸，你走了那么多路，饿了吧？"

朋松说："饿了，见你三脚石上那么多的肉，我吃饱了。"

阿卡提说："阿爸，那不是肉，是我吃肉后从牙缝挑出来的。你要吃，要拿这上面吊着的才是。"

朋松往高处一看，见屋梁上吊着一排排兽肉。朋松见阿卡提这般光景，回想起一个月以前的事，心里难过，说："孩子，阿爸对不住你了，你那时的情景，我们就怕养不起你……”

阿卡提安慰阿爸说：“不要紧的，你们别难过，我只有离开阿爸阿妈，身子才会长成这样的呀!”

“孩子，跟阿爸回去吧!”

“阿爸，我在这里住惯了，家里反倒不自在。”

朋松见孩子不肯跟自己回去，就要动身，父子俩依依不舍。临走时，孩子给阿爸装了一背各种各样的兽肉。

阿爸说：“孩子，我们难得见面，你要多多爱护自己的身子啊!”

孩子说：“阿爸，你们放心好了，我是死不了的。假如要死，我会让你们知道，如果天上出现红红的、圆圆的月亮的时候，你们可以来看看我。”说完，父子俩就分手了。

朋松回到家里，夫妇俩时时惦念着孩子，每当月亮出来的时候，就看月亮，没有见到红红的圆月，知道孩子平安，都很高兴。这样年复一年，三年过去了。一天晚上，忽然看见天上的月亮又圆又红，朋松夫妇心里着急，第二天赶早上路，去看孩子。可他们到了孩子住的地方，高大的木楞房子不在了，孩子也不见了。

夫妇俩沿着孩子打猎踩平的路找去。半路上，只见着孩子的上半身，上面还有老虎的齿印，红红的鲜血流了一地。夫妇俩很痛心，把半截尸体背回到儿子原来住的地方，在老房基上挖了一个坑，把孩子生前的兽皮衣服全给他穿上，安埋了。

从此以后，猎人们每次上山打猎，都是在月亮又圆又红的那个日子里猎获最多，人们称为打猎的吉日。据说，这天夜里，阿卡提变成了猎神，他用自己的鲜血染红月亮，告诉天下的猎人们，打猎的吉日良辰到了。他把很多很多的野兽，有角的大野兽，都赶到猎人的弩弓扣子上。猎人们便把这个日子称为“当姆勒瓦提”①。他们忘不了阿卡提的恩赐，每每获得猎物之后，总

---

① 独龙族猎人狩猎要看日子，人们称狩猎吉日良辰为勒瓦提。一个月里有三个勒瓦提，它是以月亮的圆缺和位置变化为依据的。第一个吉日是月初晚上弯月刚从山尖冒出的那天，称为沙尔勒瓦提；第二个吉日是月圆的那天，称为当姆勒瓦提；第三个吉日是月底刚落到山尖的那天，称为西勒瓦提。这个故事讲的是月中当姆勒瓦提为狩猎吉日的来历。

是要奠祭一番猎神阿卡提。

【讲 述 者】 阿柏（独龙族）
【采录整理】 巴子采录
【采集时间】 1986 年采录于贡山县独龙江乡
【流传地区】 云南省·（怒江傈僳族自治州）·贡山县（贡山独龙族怒族自治县）·独龙江乡
【文本来源】 中国民间文学集成全国编辑委员会编：《中国民间故事集成》（云南卷），北京：中国 ISBN 中心 2003 年版，第 389—391 页。
【阅读提示】 特定身世、特定来历的人物成为英雄或经历磨难，然后被尊为神，是常有的事。
【基本母题】 神奇的成长；弃婴；征兆；人成为神；猎神

【本文编码】 《猎神阿卡提》：ZCSW0414-123-019

铁匠神

（基诺族）

过年是基诺族的盛大节日，基诺语叫做“特毛且”，语意直译为“打铁节”。在除夕，村寨长老和办事人员要到铁工房去祝贺铁匠，祭祀铁匠神及打铁工具。基诺族尊铁匠为铁匠神，凡铁匠都要供奉铁匠神。

相传古时有一妇女，怀胎九年零九个月。一天，她突感两肋剧痛，腹中小儿咬断她的七根肋骨自己跳出来。这是个男孩，他一手握铁锤，一手握火钳，一下地就叮叮当当地敲打起来，很快就打成砍刀、弯刀等农具。从此基诺族开始使用铁器。为纪念这一生产上的飞跃，形成了打铁节。

【讲 述 者】 （无考）

【采录整理】 （无考）
【采集时间】 （无考）
【流传地区】 （无考）
【文本来源】 姚宝瑄主编：《中国各民族神话》（水族、布朗族、独龙族、基诺族、傈僳族），太原：书海出版社 2014 年版，第 172—173 页。原文本标注由陈平选定。
【阅读提示】 特定节日祭祀铁匠神以及打铁工具，反映出人类文明进程中金属冶炼与制造的重要性，许多神话都赋予铁匠特殊地位。
【基本母题】 民族节日；铁匠神；神奇的出生；出生时的携带物；农具的产生

【本文编码】 《铁匠神》：ZCSW0415-123-020

神医侍司懿

（苗族）

古时候，苗家有个药匠①，名叫侍司懿，本事真了不起，啥病都治得好。吃他的药，不光治病，还能延年益寿。那时候的人，都能活到几千岁几万岁。世上没人不知他的能耐，都称他神医，连天上也闻他的名。

侍司懿这个人很好学，他有那么高明的医术还不满足。他见天上的玉当玉母、太上老君、太白星君这些人，不但不会生病，而且也不会死。他想，天上一定有不病不死的药。

于是，侍司懿上天采药去啦！一去三十多天，天上的一日，就是地上的一年。等他回来的时候，他的妻子儿女，还有不少人早就死了。怎么死的？害瘟疫死的。有少数人，枯瘦如柴，快要死了。他救活了这些人。对早已死去的妻子儿女和别的人，没法救了。因为他们的筋肉和内脏都没有了，只剩

① 药匠：苗族称医生为“药匠”。

下个骨架架。

侍司懿仰天叹道："唉！原来，医生医生，只能医活着的人，不能医死了的人，这算啥本事呀！"

侍司懿晓得太上老君有起死回生之药，连枯骨都能救活，就又上天去求他传授。

太上老君启奏玉当玉母，玉当玉母不准传授，还说："世间的人都要死的，假如都像咱们这样，永生不死了，二天[①]地上住不下，他们打上天来咋个做[②]？"

太上老君听了，就出了个坏主意，又启奏道："为天上永世平安，这个侍司懿，就不用放回人间了。"

玉当玉母问是啥道理。

太上老君说："他头回上天，向我学了不死之药，这次他来，要我传回生之方。如让他回去，世上的人不就同我们一个样了嘛？他们只生不死，总有一天要打上天来的。"

玉当玉母听了，大惊失色，忙问道："那咋个办呀？得找个理由把他扣下来才好！"

太上老君笑道："这个容易，还叫他怨不得谁哩！"

他回到家里，对侍司懿说："你不是来要起死回生的药吗？"

侍司懿高兴地说："是呀！老君公公，请传给我吧，好回去救死了的人呵。"

太上老君说："药就在月亮上的那棵檀香树里头。"

"咋个拿得到呢？"

"把树砍了就得到。"

侍司懿便去月亮里砍檀香树。谁知斧子砍下去了，提起来时，檀香树砍开的口子又长合了。他一天砍到黑，连树皮都没砍下一片。他去问太上老

① 二天：方言，即过两天、过些时候。

② 咋个做：方言，即怎么办。

君："这是啥道理？"

太上老君说："这就是起死回生嘛！你砍了它一刀，砍掉的地方就又复生了。"

"咋个才砍得倒呢？"

"你砍一斧子，用颈子去比一下，又砍一斧，比一下。这样，砍了的地方就不会回生长合了。"

侍司懿照太上老君说的去做，确实砍了以后，口子不见长合了，他就砍一下比一下地干下去。谁知砍到一半，看到树心的时候，侍司懿刚用颈子去比，口子忽然长合了，将他的颈子卡住啦！

从此，神医侍司懿就被卡在月亮里的檀香树干上了。不信，有大月亮的晚上你看吧，檀香树干上卡着个人。那便是我们苗家的神医侍司懿呵！你看，他还在摆[①]哩。哪天，等他摆脱了回来的时候，人间才有长生不老和起死回生的药呵！

【讲 述 者】 杨兴义，杨武秀

【采录整理】 燕宝整理

【采集时间】 （无考）

【流传地区】 贵州省西部

【文本来源】 中华民族故事大系编委会编：《中华民族故事大系》第2卷（藏族、维吾尔族、苗族），上海：上海文艺出版社1995年版，第655—657页。

【阅读提示】 从叙事中的太上老君、玉当玉母等名称，可以看出汉族、苗族的广泛文化交流。

【基本母题】 医生（药匠）；神医；神仙没有生老病死；上天采药；天上一日，地上一年；起死回生药；月亮中的影子

【本文编码】 《神医侍司懿》：ZCSW0416-123-021

---

① 摆：此处是挣扎的意思。

三界的传说

（仫佬族）

三界是最受仫佬人尊敬的一位神医，村村立庙祭祀。

传说三界出生在农历七月初七。他出生时，家里满屋生辉，馨香扑鼻。父母觉得很奇异。三界长到十岁时，爸爸被朝廷拉去作苦役。

三界的爸爸原本是一位远近闻名的巧石匠。残暴的皇上听说后，就差人到三界家里，要他立刻到京城去刻丹墀。朝廷限期很严，到期刻不出就要砍头。三界的爸爸只得日夜拼命地干。看看一块丹墀就要完工了，上面刻的龙凤就像真的一样，只差龙的一只眼睛还没刻好。三界的爸爸正挥着钢钻、刻刀，要把它完成。可是，由于他日夜赶工，劳累过度，把握不稳，用力过大，把龙眼刻崩了。他急忙摘下眼镜，丢掉手里的刻刀，趴在丹墀上嚎啕大哭。他深知，把龙眼刻崩，是要杀头的呀！果然，这消息很快传到皇上耳里。皇帝立刻登殿，令人把三界爸爸押到殿前怒骂一番："好大的狗胆，竟敢把龙眼刻瞎，有意侮辱寡家，左右快把他推出去砍下狗头，悬挂在城楼上，抛尸野外！"

三界的爸爸就这样断送了性命，丢下三界和多病的妈妈相依为命。

俗话说，久病成良医。三界的妈妈长期抱病，经常到山上去挖草根木蔸来煎汤喝。有时妈妈去不了，三界就照妈妈的吩咐去办。日子久了，他也就知道不少草药，懂得什么样的草根树蔸能治什么样的病。家里挖回来的草药用不完，有时乡亲们有病，也到他家来要回去煎汤喝。三界见这些草药能治好乡亲们的病，很是高兴，就经常上山去挖草药回来，切好晒干，以备乡亲们应急。

过了三年，天下大旱，田地里颗粒无收，加上瘟疫流行，很多乡亲得病死去，三界的妈妈也在这场瘟疫中去世了，扔下三界一人，孤苦伶仃。

三界哭呵，哭得死去活来。乡亲们见三界太可怜了，这家给一餐，那家送一顿。三界还常常到山上去找野果吃。

三界家门前就是一座大山，名叫大梁山。大梁山又高又陡，猴子上去还怕摔下来。山上古木参天，清清的溪流，常年不断。人们传说，大梁山上住有一位神仙。

一天，三界又上大梁山去找野果。他爬了大半天，还没爬到半山腰，抬起头来一看，高高的大梁山好像压头盖脑倒下来似的。三界咬紧牙关，爬呀爬呀，累得满头大汗，周身烫热。这时候，忽然下起了一场大雨，把三界淋得像个落汤鸡。他冒着雨不停地往上爬。不久，他看到不远处有个岩洞，便慢慢向洞口爬去。刚到洞口，一条白花花的大蟒张开血盆大口猛地窜来。三界慌了手脚，一时找不到什么来护身，眼看大蟒就要窜到面前了，这时他也不知从哪里来的勇气，双手飞快地紧紧夹住大蟒的颈部，猛力向峭壁上一甩，只听“当啷”一声震天响。睁眼一看，哪里是什么蟒蛇，手里紧握着的原来是一条铁手杖。三界喜出望外，挥起铁杖，斩断荆棘藤蔓，又继续往上爬。

三界快爬到山顶时，感到肚子饿得很。着看四周，连一棵果树的影子也没有，只好忍着饿继续往上爬。忽然见前面有一蔸山桃树。三界来了劲头，爬到树蔸下，两眼往树上搜寻，只见密密层层的树叶子遮挡着一个大大的红桃子。他上前举起手里的铁杖，把桃子轻轻打落下来，张开双手接住了。哟，好大一个桃子啊，足有碗口那么大。天下哪有这么大的桃子呢？三界感到稀奇。这时，肚子又饿得咕咕叫，他张嘴便咬了一口，哟，又脆又甜。三界正要咬第二口时，山上飘然下来一位童颜鹤发的老者，慈祥地笑着说：“三界呀！可把你饿坏了。但是再饿也不能把这个桃子吃啰。这桃子是我送给你拿回去给乡亲们治病的，不管什么病都能治得好。”

三界听说这桃子能治百病，真是喜出望外。他断定这位老者是神仙无疑，倒头便拜，连声说：“师父在上，晚辈有眼不识泰山。”老仙人忙把三界扶起，说：“不必讲礼，你快回去，好好给乡亲们治病消灾吧！”三界再三磕头拜谢，拄着拐杖回家了。

三界回到村里，为了试一试仙桃是否真能治病，就刨了一丁点给他隔壁那耳聋的公公吃。公公吞下不久，耳朵果然全好了，连邻村的鸡叫都听得见。他又切了一点给隔壁的跛脚哥吃，跛脚哥吃下不久也好了，挑上百几十斤的担子还行走如飞呢。

一时间，三界得仙桃能治百病的消息，很快就传遍山乡，传到了县里。肚痛的，哑巴的，瞎眼跛脚的，都来请三界为他们治病。三界都一一把他们治好了。有驼背的来，三界只要把铁杖插在地上，叫他们把背脊往铁杖上一靠，驼背便顿时挺直了。

从此，三界成了神医。消息传到了州里、府里，传到京城皇帝的耳朵里。皇上有一位公主，年纪刚一十七岁，长得很漂亮，前几年害病时，给大意的医生一把火烧错了穴位，变成了哑巴；皇帝还有一个瞎眼的皇叔，找遍天下的神医，都治不好。如今，听说三界有这样的本领，皇上立刻传下圣旨：叫三界速进京城，到宫里给他的哑公主和瞎眼皇叔治病。三界一听说叫他去给皇帝家里的人治病，恨得咬牙切齿。皇上害死他爸爸，他立誓与皇上不共戴天，誓不为皇家效劳。几番圣旨下来，他根本不理睬。这可惹恼了皇上，朝廷就派兵前来把三界绑进京城去。

到了皇上面前，三界问："我在乡里一不偷，二不赌，三不打家劫舍，四没杀人放火，有什么罪？我为乡民治病，与你何干。三年前你害死我爸爸，如今又想来加害于我，这是何道理？"

皇上听说三界是三年前刻坏丹墀龙眼的石匠的儿子，不禁大怒。这时，那瞎眼皇叔摸上前来，在皇上的耳边低声说："他是那被斩了首的石匠的儿子，对朝廷定然怀恨在心，图谋不轨，为父报仇。不如斩草除根！"

皇上心想：对！杀死三界，一来可斩草除根，二来可派人到他家抢来那两件宝贝，不是照样可以给女儿、皇叔治病吗？便立刻下令把三界打下死牢，派人买来三百担干柴，四百斤桐油，要把三界活活烧死。

第二天午时三刻，一切准备停当，八个彪形大汉把三界推到城门外的草坪上，用一个大铜钟把他罩住，四面堆满干柴，把四百斤桐油往干柴上淋，然后把火一点，顿时烈焰冲天，浓烟滚滚，火光映红了半个京城，一直烧了一天一夜。第二天，皇帝心想：这样的大火，三界怕早已成了灰烬了。便与皇叔领着军卫一道来看。军卫走到铜钟旁，轻声说道："三界，就算你有飞天的本领，也逃不出这场大火啊。"出乎意料，铜钟里传来了三界的回应：

“三界就是不死，你又能奈我何!”军卫和皇上吓得面如土色。心想，三界莫非是神仙，如此大火竟然不能把他烧死。

他们哪里知道，当年三界在爬上大梁山时，被淋的那一场大雨，实际不是雨，是那位仙人给他泼的法水。这法水一泼到身上，火烧不焦，水淹不死。这时，三界听到外面皇上和军卫的说话声，在铜钟里腾身一跳，连铜钟一起冲上了高空。在空中，他把铜钟对准皇上和皇叔直罩下来。皇上看见三界和铜钟一起腾上空中，正不知是怎么回事，忽然听到头上传来呼呼的响声，抬头一看，见那铜钟在头上不停地飞转，正朝着他们降落下来，这才大惊失色，拉着他那瞎眼皇叔，东躲西窜。他们跑到哪里，铜钟就跟着飞到哪里。眼看皇上、皇叔气力不支，脚步渐渐慢下来，终于瘫软在地上。只听“轰”的一声，铜钟降落到地面，把皇上、皇叔全罩在里面，变成了现在的铜钟山。

三界见铜钟把皇上、皇叔压住了，就取路回家，继续为乡亲们治病。他今天到这村，明天又去那寨，把那些驼背的、跛脚的、瞎眼的、耳聋的、哑巴的全都治好了。他还把仙桃刨成碎片，分给众人防病治病。三界边走边给人治病，越走越远。几年过去了，不见他回来；几十年过去了，也不见他回来。后来有人说三界成仙上天去了。仫佬人非常想念他，每年衣饭节，都少不了要唱师把三界请回来，祭供一番。

【附注】

相似文本，参见《三界公爷》(ZCSW0295-103-015)。

【讲 述 者】 龙奶

【采录整理】 龙殿宝搜集整理

【采集时间】 (无考)

【流传地区】 广西壮族自治区·(河池市)·罗城(罗城仫佬族自治县)

【文本来源】 中华民族故事大系编委会编:《中华民族故事大系》第11卷(达斡尔族、仫佬族、羌族),上海:上海文艺出版社1995年版，第 289—293 页。

【阅读提示】 为神医立庙类似于当今的为名医送锦旗，感恩的同时也表现出一定的生命敬畏和技能崇拜。

【基本母题】 神医；神奇的出生；能工巧匠；失误；草药的出生；仙人授艺；成仙上天

【本文编码】 《三界的传说》：ZCSW0417-123-022

药　王

（普米族）

古时候，人不会生病，也不会死亡，只有天上的神仙和地狱中的魔鬼才会生病和死亡。为此，天神和魔鬼老是嫉妒人类，千方百计地想坏点子，让人类生病、死亡。

在喇啦部落居住的塔喇山上，有一棵老高老大的山楂果树。树尖尖托着天，结出的果子又红又大，比天上的星星还多。整个喇啦部落的普米人，就靠采摘这棵树上的山楂果饱肚子。

天神王和魔鬼头商量了九十九天，总算想出一个陷害人类的鬼点子，他俩派瘟神带着蜈蚣、苍蝇、蚊子和各种毒虫到人间，撒在人吃的东西上，害人生病，想叫人死绝。瘟神是个懒家伙，他怕走远路，就顺着长在塔喇山的山楂果树下来。说也凑巧，瘟神刚到人间，就碰上到树下摘山楂果的拉益绒阿普。他看见瘟神红眉毛、绿眼睛、龇牙咧嘴的模样，知道不是个好东西，就上前去盘问："麂子找水塘，是寻水喝；兔子找草草，是为了饱肚子；崖羊找崖羊，是寻找伙伴。你这个从来没见过的东西，独自来到塔喇山，是要干什么？"

瘟神没料到，支支吾吾地撒谎说："我是情格部落的亲戚，要到仓促们那里去做客。"

这下露底了，拉益绒取笑道："情格部落在塔喇山的东边，你怎么不走近路，倒绕了个大圈圈，绕到我们这里来？"

瘟神答不上话，也不再同拉益绒说话，赶忙把装病虫的皮袋子往拉益绒头上一摔，转身爬上山楂树，慌忙溜了。袋子撞裂了一个口子，装在里面的毒虫都钻了出来，拼命地吮吸拉益绒的血，啃咬他的骨肉。拉益绒知道大事不好，忍住疼痛，手捉脚踩这些病虫。可他一个人哪里忙得过来？皮袋中的毒虫不断地从里边往外钻。眼看着毒虫往各处飞爬，有的已爬到人们居住的石洞口。不好了，人类要遭殃了！拉益绒来不及多想，就把捕捉到的毒虫抓到自己嘴里，吞到肚子里去。他一边捕捉毒虫，一边大声地呼唤乡亲："快来捉拿魔鬼呀！快来捉拿魔鬼呀！"

从袋子中爬出的毒虫越来越多，拉益绒干脆就把嘴对准袋子的裂口，用劲猛吸，把毒虫全吞到自己肚子里去了。毒虫到了肚子里，毒性大发，不到一个时辰，拉益绒便被毒死在山楂果树下。

乡亲们含着泪，把拉益绒埋葬好，随后各折一枝树枝，扑打漏网的毒虫。可还是有一些毒虫逃跑了，有的钻进石缝，有的躲进草丛，有的钻进死牛死马的骨肉里，一有机会又悄悄地钻出来害人，让人生病。从此，人就会生病和死亡了。

拉益绒阿普死后，他的身体变成了各种草药，长满坟头，他的精魂变成了一只小鸟，到处飞着叫："有病吃我坟头上的草草！有痛吃我坟头上的花花！"有病痛的人到拉益绒坟头上拔草草花花泡水喝，果然病去痛止。后来，人们把拉益绒坟头上长出的草草花花称作"吾益"（草药名），把叫唤的小鸟叫作"吾益车尔爪山尼"（巫医），把拉益绒叫作"山尼懒"（药王），四时祭供，一直传到今天。

【讲 述 者】 曹匹初

【采录整理】 章天柱记录整理

【采集时间】 （无考）

【流传地区】 云南省・（丽江市）・宁蒗（宁蒗彝族自治县）；四川省・（凉

山彝族自治州）·木里（木里藏族自治县）、盐源（盐源县）等地。

【文本来源】 姚宝瑄主编：《中国各民族神话》（佤族、阿昌族、纳西族、普米族、德昂族），太原：书海出版社 2014 年版，第 319—321 页。原文标注由王四代选自《普米族故事集成》，中国民间文艺出版社 1990 年版。

【阅读提示】 只有甘愿为治疗人间疾病献身的人，才称得上真正的药王。

【基本母题】 以前人不死；神仙的特征；魔鬼生病；生老病死的产生；瘟神；毒虫；化生草药；灵魂；祭药王

【本文编码】 《药王》：ZCSW0418-123-023

“流落”祖师[①]

（土家族）

相传过去，有个土家族姑娘到坡上去掐蕨苿，见有只白虎走在前头，地上留下了虎脚印。她踩着路上虎脚印，浑身惊抖了下。没走几步路，她肚子痛起来了，好象有胎儿在跳动，心里很害怕。想着自己是个妹崽家多没脸见人呀！走着，走着，肚子痛得更厉害了，便往路边一个岩洞走去，在洞里生了个伢崽，动弹不得了。突然，那只白虎走来了，不但不伤害她，还送来了水喝，叼来野兽肉，捧来锦鸡蛋，夜里，怕豺狼伤着她，坐守在洞口。她见白虎善良心好，很是感激，也就与白虎住在岩洞不走了。

白虎很喜欢那个伢崽，白天背到坡上玩，捉梅花鹿给他骑，夜里，讲天上星宿故事给他听。白虎出门或遇到凶煞事情，就取本书来看。平时，这本书没有字；有事翻开，字就显了出来，能卜凶吉，禳灾避祸，是本无字天

① “流落”祖师：“流落”为土家语巫师的称谓。

书。一天，白虎被挖孔雀鸟屙屎到背胛上，挖孔雀鸟屎有毒，烂见背脊死了。伢崽长大了，拿着那本“无字天书”，与母亲回转村寨，去帮人家占卜凶吉。神桌上摆只木雕白虎雕像，翻着“无字天书”，非常灵验。别人在酬谢他时，总要问他姓名和家世，以便传扬。他不好讲，就说自己没有那样家世，是个四处流落之人。人们误听为他姓刘（流），名罗（落），称他为“刘罗”祖师，实则应是“流落”祖师。

【讲 述 者】（无考）
【采录整理】杨昌鑫编写
【采集时间】（无考）
【流传地区】（无考）
【文本来源】《中国各民族宗教与神话大词典》编审委员会编：《中国各民族宗教与神话大词典》，北京：学苑出版社1990年版，第586页。
【阅读提示】为会占卜的人编造一段神奇的来历，更能增加占卜者的传奇色彩。
【基本母题】感生；女子感虎生人；怀孕时间；动物抚养人；无字天书；占卜的产生；祖师神

【本文编码】《“流落”祖师》：ZCSW0419-123-024

毕摩师祖的来历

（彝族）

相传古代洪荒之时，天宫首先派遣呗耄神师祖下凡，诵了几天经，宇宙方复原状，人民得庆苏苏。故今时呗耄于作任何祭仪之前，必建一小青棚，供奉其祖神师祖，然后举行法术，方能灵验。故作斋经中有“师祖慧神降，慧至则作斋，不至不作斋”。此即作法术之前，请师祖之语。盖各民族之巫，皆为人与神之媒介，人所祈于鬼神之事，借巫之媒介以转达。倮族的巫师呗耄，亦不例外，不过他先将意见传达于其祖神师祖，再由师祖转达于天宫或其他鬼神。

【附注】

相同文本，见吕大吉、何耀华总主编《中国各民族原始宗教资料集成》（彝族卷、白族卷、基诺族卷），北京：中国社会科学出版社 1996 年版，第 218 页。

【讲 述 者】（无考）
【采录整理】（无考）
【采集时间】（无考）
【流传地区】（无考）
【文本来源】马学良：《倮族的巫师“呗耄”和“天书”》，载《边政公论》第 6 卷第 1 期，1947 年。
【阅读提示】这则神话叙事了一个法力无边的毕摩祖神的形象。
【基本母题】毕摩祖师；下凡；毕摩创世；祭祀仪式；法术；祖师的职能

【本文编码】《毕摩师祖的来历》：ZCSW0420-123-025

药王呐取日麻

（彝族）

呐取日麻是彝族的药王。他从小跟叔叔学医。十五岁那年，叔叔为了考他的医术，叫他来替叔叔看病。日麻来了，叔叔正在大门外解小便，看见日麻来了，没有解完小便就回到床上躺着。呐取日麻评了脉，说：“你没有病，是小便没有解完，要说病嘛，是得了尿急病。”叔叔很高兴，对呐取日麻说：

“你可以出外看病去了。”叔叔又嘱咐他走一个月，自然会有病人请他看病的。

呐取日麻走了一个月，没有人请他看病。他来到一个海子边，坐下歇息。他捧了口水喝，水是温的，他自言自语地说：“这条龙病了！”巡海的虾兵听到这话，就去禀告龙王。龙王一听：“不错！我近来身体是很不舒服。”就请呐取日麻前去看病。呐取日麻走进了龙宫，请问病因。他评了脉说：“你的病在腰上。”而且还要求亲眼看看。龙王说：“那就请看吧，莫吓坏你。”呐取日麻命令侍卫摆好七十二把金交椅，一字长蛇阵地摆在龙宫外面。一时间，风雨交作，龙王现出原形，躺在金交椅上，呐取日麻用象牙筷子在龙王的鳞甲上翻着看。果然，龙王的腰部有一条蜈蚣叮着。他告诉龙王，病在这里，龙王请他治病。呐取日麻说要损伤三块龙甲才能拿下蜈蚣。龙王答应了，呐取日麻狠狠地把三片龙甲一起取下。龙王又现了人形，觉得不疼痛了，十分感谢医生，留他住了一个多月，优厚款待他。呐取日麻临走时，龙王问他需要什么？金子、银子他都不要，他要龙王枕头边上睡着的那只小白鸽。龙王有些舍不得，又没有什么报答他的，只好答应了。但是有个条件：呐取日麻只能跟小白鸽生活三年，三年后它要回来。呐取日麻接过了白鸽，一转眼，白鸽变成了美丽的公主。公主上前谢道：“奉父王命，跟随日麻三载。”便和呐取日麻一起出门到了水面。公主突然说忘记了件东西，要转回去拿，呐取日麻只好在地上等着。不多时水波晃晃，公主果然又回来了，手里拿着个葫芦。日麻想：有什么了不起的东西！便继续走。公主问他：“路太远了，日麻，你想骑马还是坐轿去？”日麻说：“骑马去！”公主摇摇葫芦，从葫芦里跳出两匹马，他们并肩骑着继续赶路。不知走了多少路，不知过了多少天，来到一处高山峻岭。公主说：“你拿出纸笔把我尝过的东西记下，今后会很有用处。”日麻照办了。公主变成了一只金毛狮子，遍尝了一千二百种植物、一千二百种动物、一千二百种矿物，把这些植物、动物、矿物的用途都告诉了呐取日麻。

只知道药物还不行，还要懂得配方，以及各种药物的作用。公主又教了他许许多多这方面的知识。日子过了好久啦，公主要检验他是否真的学会了知识，便领着他去外游。第一次，看到的是一条牛。牛跌断了脚杆，走不得路。公主说：“你看这头牛脚断了，走不动，草也找不到，只好看着它饿死，怎么办?”日麻说：“我可以把牛治好。”日麻把药捣好，给牛包扎起来，牛就能行动了，公主很高兴。继续往前走，又遇到一匹马，马的前脚也断了。日麻又用药包扎好，马也能走啦！第三次，在路上看见一人，抱着肚子翻来滚去地叫疼。公主叫日麻去评脉。日麻评了脉说：“这是绞肠痧。”公主去评过，果然是绞肠痧。日麻给了他些药吃过，病人痛苦没有了，病也好了。公主说：“日麻，今天是三年期满，我要回去了。你挑着这些药，够你用了，够你生活了。”

日麻与公主难依难舍地分别了，他挑起药担，到处去行医。可是走了一个多月，也遇不上一个人请他医病。有一天，从远处来了一个人，日麻看出他有病，心里想：今天总算有生意了。可是这个人来到他面前，不声不响，坐了一阵，从行李中拿出几瓣大蒜，在水塘里舀了些水泡着喝，休息一阵，便上路去了。日麻想，哦！他的痢疾病就是这样治好的，我还没有学会。他对当医生为生，有些失去了信心。又走了多少天，翻了多少座山，日麻生活上困难起来，挑子也重起来。他越来越灰心，当他挑着药，爬完一个大坡，来到山顶的时候，实在没有心思再挑着走了。他便把药材撒在山冈上。从此，山上到处长满了药材。他决心不行医了，走到一个草棚前，看见有些人在解板，他就参加他们解板。过了几天，解板匠一个个得了病，不能起床。他说：“我会医病。”就到山上找了些药材，煨了给他们吃，他们一个个都好了。大家都很爱戴这个新来的解板匠。其中有一个人回家去挑米，村里得了瘟病，来请他去医治。他说药材现成，把锯木屑包些送给病人，病人吃了，一个个都好了。日麻的名声传出去，四方都来请他医病。又有一个村的人病了，来请日麻，日麻不在。一个解板匠说：“这些锯木屑就是药。”也给了他们一些，可是病治不好。日麻回来，对这解板匠说：“什么病用什么药。同样的药，从你那方拉出来的木屑，与我这方拉出来的木屑也不一样。”日麻的名声越来越大，大家都来争着请他到村里看病，还送来了许多粮食、用具。大家劝他娶个媳妇、安个家，他只是摇摇头。他心里只有龙王公主，他不想再结婚了。

后来呐取日麻来到京城，正好遇上二公主的棺材抬了出来，棺材下还滴着几滴血。日麻看到二公主棺材下的血说："你们放下，这个人还没有死，怎么就抬去埋呢?"抬棺材的人禀告国王，国王下令把棺材放下来，打开棺材让他看。原来二公主是生子不下，呐取日麻用手指在腹部狠狠地按摩，打了一下。这时，婴孩的手放开了，顺利降生了。呐取日麻看到孕妇苏醒了，就用胡椒、草果、红糖、鸡蛋煮了喂二公主。

二公主好了，国王高兴得不得了，请呐取日麻到皇宫去住了一个多月，很好地款待他。当他临走时，问他要金子还是要银子，或者把三公主配给他。呐取日麻金子不要，银子不要，公主也不要。他说："我要一样东西，能不能给我?"国王说："只要我有的东西都可以给你。"呐取日麻要国王的衣帽，国王不好推却，只好给了他。他反穿着王服，离开了京城。这下可吓坏了众大臣，都禀告国王："不能把王服送人，恐怕将来这人与您争天下。"国王很后悔，命令士兵去追呐取日麻。呐取日麻说："这是国王亲自送我的东西。"追赶的士兵说："你穿着王服是不是要与我们国王争王位?"呐取日麻说："你们国王穿的是黄龙袍，我反过来穿是白龙袍。他当他的国王，我当我的药王。怎么与他争天下?"

从此，呐取日麻就当了彝家的药王。

【讲 述 者】 李学忠

【采录整理】 甘振林、楚臣搜集

【采集时间】 （无考）

【流传地区】 云南省·（楚雄彝族自治州）·楚雄市

【文本来源】 姚宝瑄主编：《中国各民族神话》（羌族、彝族），太原：书海出版社2014年版，第313—317页。原文标注由王四代选自楚雄市民族事务委员会、楚雄市文化局1988年编《楚雄市民间文学集成》。

【阅读提示】 药王呐取日麻的成长经历，不仅说明了医药的重要性，也说明了医术家传和吸取外来医术的重要性。

【基本母题】 药王;学医;考验;龙王;龙宫;变形;龙女授艺;神奇的婚姻

【本文编码】 《药王呐取日麻》:ZCSW0421-123-026

1.2.4 与行业、职能有关的其他神的产生

白姑姑

（汉族）

阳城城东五里的官道脚下，有个后则腰村。很早以前，这里草木丛生，猕猴成群，所以叫“猴子腰”。后来生产发展，人口增多，人们厌称“猴子”，才改为“后则腰”。此地石厚土薄，地挂两坡，加之十年九旱，粮食歉收，人们长期过着饥不饱食的苦日子。

有一年，从春到夏，滴雨未落，土干地裂，村民们急得没一点儿法子。后来有人出了主意，商定到崦山白云寺求龙王赐雨。人们自动组织起来，头戴柳条帽，赤着双脚，抬着花轿，敲锣打鼓，翻山越岭，行程三十多里，去到崦山，向龙王祭奠许愿，烧香叩头，乞求降雨。朝拜三日后，满心喜悦地把龙王请了回来。

村里男女老幼，听到鼓乐之声，齐拥村口，伏地相迎。唯独一家富户，闭门而坐，不去迎神。为什么呢？因为他是个粮贩子，他怕龙王降雨，他的生意倒霉，所以对村民求雨之举很是不满。此人膝下无子，独生一女，聪明伶俐，心地良善，能诗会画，身居绣楼，四门不出，所以一般人几乎没见过她的面。偶尔有人在窗户上看到，也只是看到她头上冠着一朵白花，因此，人们都称她“白姑姑”。

白姑姑听说迎来龙王，一心想去看看，可她父亲就是不允。无奈，白姑姑就爬在窗台上观望。当迎神的人群从窗下经过时，她只顾探头观望，不料将头上的白花掉了下去，不偏不倚，正落在白龙爷的花轿顶上。

这天晚上，白姑姑的父母做了一个梦，梦见闺女同白龙爷成了亲。他俩醒来忙上绣楼一看，白姑姑真的无影无踪了，不由得痛哭起来。过了几天，老母亲又做了一个梦，梦见女儿站在东柏沟坡上，为乡亲们引来一股清泉，

并说此泉川流不息，旱涝不增不减。母亲高兴地告诉父亲，谁知父亲勃然大怒，骂道："好个败家子，竟断我财源，断我香烟。告诉她收回泉水，旱上七七四十九天，让我成为一个富翁，再娶美娘，生子立后，不然与她一刀两断。"

白姑姑知道后，很是伤心，索性把那股泉水送到山背后的柳沟去了。

光绪三年，普天大旱，赤地千里，尸骨纵横。后则腰村的幸存饥民尽管朝夕难保，还是要到崦山求雨。他们走的走，爬的爬，整整走了十天，才到崦山。白姑姑看到娘家乡亲如此可怜，不由心中酸痛，珠泪涟涟。为拯救天下饥民，白姑姑与白龙爷决计施恩，呼风唤雨，雷电齐鸣，顷刻下了个稀泥烂透。播在地下两年未出的五谷杂粮种子，得雨破土而出。后又得连阴雨，夜下昼晴，禾苗儿像手拔似的越长越高。苗稠地稀，无法下锄，农民们就赤着脚把苗间稀。拔起的苗，胡乱甩在地边塄头，无不亏好力之人。谁知到了秋天，地里、地边、塄头的谷物全部成熟，而且秆高穗大，籽粒饱满。

粮食丰收，饥民得救。后则腰村的村民不忘白姑姑、白龙爷的恩情，抬着各色面食祭品，兴高采烈地到崦山还愿。白云寺的僧道们管茶备饭，好生招待。

后来，每年四月初三和六月二十四日，崦山起两次庙会，方圆几十里的人们都要前来起会。那时间，整个崦山青松叠翠，一片葱茏。眼馋的人总想偷砍些柏树用材，可是没等他动手，那柏树就变成了一条长蛇，所以谁也不敢轻举妄动，这就是"自古崦山柏树不下山"。可是，奇怪的是，后则腰人则不然，他们随便砍些柏树做锄柄，当棍拄，却一点儿事也没有。这是为什么？因为他们是白娘娘的娘家人，比其他人粗气，娘家人在白姑姑那里拿点东西，白龙爷也不好意思说甚。

【讲 述 者】 崔小龙

【采录整理】 谢田土采录

【采集时间】 （无考）

【流传地区】 山西省·（晋城市）·阳城县

【文本来源】 郭万金主编：《山西民间故事大系》（晋东南卷），北京：商务印书馆2017年版，第397—398页。

【阅读提示】 这是一则讲述一个村姑因为嫁给龙而成为神的神话传说。虽然内容看似稀奇古怪，但表达了人们朴素的愿望与对造福人类者的赞美。

【基本母题】 苦难的生活；旱灾；龙王；祈雨；托梦；龙降雨；树变形；还愿

【本文编码】 《白姑姑》：ZCSW0422-124-001

霍山女神

（汉族）

阳城县的西北边，有一座巍峨耸立的大山，名叫霍山。山顶有一块偌大的青石，人们叫它“立石”。立石上有几个大大的脚印和两个深深的桶印，脚印和桶印的旁边还有一条扁担形的石印。

很久以前，霍山一带水贵如油。但在这松绿柏翠的霍山顶上，却有一股清澈甘甜的泉水，四季长流，汩汩地涌入立石旁边的石槽中。说也奇怪，这石槽仅有水桶大小，但任凭泉水日夜灌入，槽中的水位都始终如一。即便在阴雨连绵的涝季，或在滴水如油的大旱天，都不改这个老样子。住在半山腰的李三娘和乡亲父老，以霍山为屏，泉水为伴，日子过得又舒适又安稳。

一年阴历的五月，突然旱魔降临。田里的禾苗烤干了，霍山顶上的松柏也冒烟了。土地公公大动肝火，把这事儿告给了天帝。天帝勃然大怒，一面派天兵天将去降旱魔，一面又派五十万只喜鹊衔水减旱。谁料这众多的喜鹊对天帝素有积怨，便不遵圣命，反去天仓那里衔了油，向凡间喷去。

这天，李三娘为生病的父亲煎罢药，已是中午时分。她拉起扁担前去山顶挑水，当她走到石槽旁，正要舀水，忽听耳旁传来“呼呼”的声音。抬头望去，“不好了，森林着火了！”火势在山梁上蔓延，遮天盖地的喜鹊又火上加油，眼看着无情的大火吞噬着树木、山林，三娘心急如焚，转身挑起水扑向大火。一次，两次，三次；一桶，两桶，三桶，穿梭般地忙着扑火。荆棘刺破了手脚，火焰烧焦了头发，汗水浸透了衣衫，地上洒满了鲜血，最后累倒在立石旁边，再也爬不起来了。就在她倒下的刹那间，火焰奇迹般地灭了。三娘眼巴巴地望着，火灭了，山庄、乡亲们得救了。她微笑着，安详地合上了美丽的双眼。

后来，人们传说，是三娘的勇敢和善良感动了一位白发大仙，帮她扑灭了大火，然后把她带到天宫享清福去了。那石头上的桶印、脚印和扁担印就是李三娘当时救火留下的。至于火上加油的喜鹊，天帝处罚它们：三伏天不得喝水，三九天不准入窝。为此，又派天兵天将在它们下脖底下穿了两个洞。怪不得三伏天里，喜鹊一喝水，下脖就漏水；三九天它们也只好在巢外度夜。

自从李三娘成仙升天后，霍山顶峰的泉水奇怪地涨大了。这水冲出石槽，一直流向村前的山谷中。清澈甘甜的泉水，一年四季，长流不断。大家都说这是李三娘为人们降了福。于是，霍山一带的人们，每逢阴历五月，都要成群结队登上山顶，将丰盛的供品陈列在这立石之上，来纪念这位尊敬的女神。

【讲 述 者】 张苟锁

【采录整理】 常丽萍、李秀云采录

【采集时间】 （无考）

【流传地区】 山西省·（晋城市）·阳城县

【文本来源】 郭万金主编：《山西民间故事大系》（晋东南卷），北京：商务印书馆2017年版，第400—401页。

【阅读提示】 这是一则描述平常人成为神的神话，表达出人们对造福人类的献身者的崇敬之情。

【基本母题】 旱灾的产生；灾难的消除；人升天；人成为神；特定节日的来历

【本文编码】 《霍山女神》：ZCSW0423-124-002

鸡神分日夜

（汉族）

相传在很久以前，大地一片漆黑，呒没太阳，也呒没月亮。

当时神界有三姐妹，三姐妹心地统交关善良。她们很想为人做点好事，就奏禀帝。帝就把大姐封为太阳神，二姐封为月亮神，小妹妹只因太小，暂时没有封。

太阳神和月亮神受封后，整天不歇息，高高地挂在天空上。这样，大地就亮猛了。但是，人们分不出白天也分不出黑夜，统辛苦煞。这事被未受封的小妹知道了，她便请求帝，让她也像大姐、二姐那样，为人做点好事。帝就封小妹为鸡神。

俗话说："鸡啼五更。"小妹受封当了鸡神后，每天五更定时定点为两个姐姐啼叫。太阳神和月亮神就按鸡神的啼叫，有规有矩地从东边升起，到西边落下。这样，就有了日夜。

【讲 述 者】 夏长生

【采录整理】 夏志芳记录整理

【采集时间】 1987年7月20日采录于舟山市烟墩村

【流传地区】 浙江省·舟山市·定海区·岑港镇·烟墩（烟墩村）、马目（马目村）

【文本来源】 姚宝瑄主编：《中国各民族神话》（汉族），太原：书海出版社2014年版，第176页。

【阅读提示】 这则神话是根据公鸡的功能联想出的鸡神分日月情形。

【基本母题】 以前世界黑暗；太阳神的产生；月亮神的产生；鸡神；日月秩序的产生；昼夜的产生

【本文编码】 《鸡神分日夜》：ZCSW0424-124-003

神农传药

（汉族）

很早以前的人，要是遇到生疮害病、摔倒挞倒恼火很了的话，十有九个都只有等死。特别是那些小娃儿，更容易成短命鬼。

有一天，天上突然现出了很大一根周身透亮的白龙。它在云头游来游去的，身身比水桶粗些。这家伙，张起个大嘴，吐些须须叉叉的东西出来。它吐在哪里，哪里就长些取不到名字的草草和树树。这家伙吐了很久，硬把各处都吐遍了才走了。

过后，来了个白胡子老头儿，他跟人些说："你们得了毛病，啷个不找药医哟？来，我教你们。"那些人就跟倒他学。他说摔了嘛，就扯这几样草草，合起捶烂了来包；要是脑壳昏、肚皮痛，就扯这几样草草来熬水吃。他一连讲了很多很多。

白胡子老头走后，人些就一样一样地扯来试，硬是灵验，医一个好一个。有人说老头儿就是白龙变的，大家喊他神龙，传久了就叫成"神农"了。

【附注】

记载神农发现草药的文献较多。如《淮南子·修务》篇中记载："神农尝百草之滋味，一日而遇七十毒。"《搜神记》卷一记载："神农以赭鞭鞭百草，尽知其平、毒、寒、温之性，臭味所主，以播百谷，故天下号神农也。"《述异记》卷下记载："太原神釜冈中，有神农尝药之鼎存焉。成阳山中，有神农鞭药处，一名神农原，亦名药草山。山上紫阳观，世传神农于此辨百药，中有千年龙脑。"

【讲 述 者】 熊祥君（男，26岁，巴县羊鹿乡塘垮村农民，高中）
【采录整理】 罗桂英（女，31岁，巴县前进化工厂家属，高中）采录
【采集时间】 1988年7月采录于巴县鱼洞镇
【流传地区】 四川省·巴县（今重庆市·巴南区）·鱼洞镇（鱼洞街道）

【文本来源】 中国民间文学集成全国编辑委员会编：《中国民间故事集成》（四川卷·上），北京：中国 ISBN 中心 1998 年版，第 75 页。

【阅读提示】 神农是神龙，送药救百姓。祖先多创造，千秋盖世功。

【基本母题】 疾病难医；白龙；草药的产生；神农；神龙

【本文编码】 《神农传药》：ZCSW0425-124-004

神农种五谷

（汉族）

高平县东北有座大山，远远看去，山顶像一只卧着的羊，人们就叫羊头山。很古很古的时候，炎帝就住在这羊头山上。那时，人们以狩猎为生，弄不到猎物，大家就得挨饿。

有一天，炎帝梦见一位白胡子老人走到他身边，说："炎儿，不要愁，动物难常捉，何不学麻雀？去吃草籽吧！"炎帝醒来，就去找麻雀，这里看看，那里瞅瞅，突然把一群麻雀惊飞了。他走到麻雀飞到的地方一看，原来是一片狗尾巴草。低头一瞧，地上落有好多籽籽，抓一把放到嘴里细嚼，甜丝丝的。他把地上的草籽全拾起来，拿回去撒在地里，第二年春天，长出了绿油油的小草苗。夏天，小草苗长高了，秋天，长出了狗尾巴穗子，由绿变黄。炎帝把草籽搓下来，分给人们，教大伙播种。因为这草籽是在山谷中拣来的，他就取名叫谷子。

人们为纪念炎帝，把他尊称为神农。直到现在，羊头山上还能隐隐约约地看到神农城的遗址，还有神农井、五谷畦和神农泉。人们还盖起了神农庙，每年过一次庙会，老百姓成群结队到庙里焚香朝拜，怀念神农的功德。

【附注】

关于神农发明农耕的文献记载不少。如《绎史》卷四引《周书》记载：

“神农之时，天雨粟，神农遂耕而种之；作陶冶斤斧，为耜锄耨，以垦草莽，然后五谷兴助，百果藏实。”

【讲 述 者】 张龙虎（男，59岁，高平县农民，初中）

【采录整理】 程理唐（男，54岁，干部）采录

【采集时间】 1983年9月采录于高平县永乐村

【流传地区】 山西省·（晋城市）·高平县（高平市）·永乐村

【文本来源】 中国民间文学集成全国编辑委员会编：《中国民间故事集成》（山西卷），北京：中国ISBN中心1999年版，第18页。

【阅读提示】 纪念炎帝神农表达出人们吃水不忘挖井人的美德。

【基本母题】 炎帝；托梦；粮种的获得；耕种的产生；神农；祭神农

【本文编码】 《神农种五谷》：ZCSW0426-124-005

石家什

（白族）

在云南鹤庆朵美乡境内，有一塘热水，这塘热水分别从形似一具男生殖器和形似一套女生殖器形状的石缝中冒出。传说，不怀孕的妇女，只要在女石家什中洗个澡，再赤身裸体在男石家什上坐一坐，就会有喜，来年会生个胖墩墩的娃娃。老辈子讲，这是人王夫妻在当年造人种时留下的东西了。

传说，老古时代，人类没有生育能力。这样，大地上的人死一个，就少一个。天长日久，大地上的人类快绝种了。只剩下植祖一个孤老妈妈。老妈妈眼看着自己的光景也不长了，若自己一死，人类就从此绝了。她越想越伤心，想着想着就痛哭起来。

植祖的哭声，惊动了老虎。当老虎问清了她痛哭的原因后，安慰植祖说：“这事值不得伤心，若你怕人种绝了，把你的肚子借给我。我为你一月

装一次崽，满一年，你肚子中就有十二个崽子。到那时，我用爪子把你的肚子撕开，取出崽子，你不就有了后代了吗?”

植祖头摇得像货郎鼓：“使不得，使不得！我的肚子借你装崽，生下的不是人类，我要它干啥?”说着说着，她又痛哭起来。

植祖的哭声，惊动了白鹤。当白鹤问清了她痛哭的原因后，劝慰植祖说：“这事值不得伤心。若你怕人种绝了，把你的肚子借给我。我一个月给你装九个蛋，满一年，你肚子中的 108 个蛋就会变成崽。我用嘴撕开你的肚子，你就有后代了。”

植祖的手摇得像荷叶：“使不得，使不得！我的肚子借你抱蛋，生下的崽不是人，我要些鸟雀干啥?”说着说着，仍不停地痛哭。

麻蛇、蜜蜂、蚂蚁、蚯蚓都来安慰植祖，愿借她的肚子给她传种，植祖都谢绝了。

植祖的哭声把人王公和人王婆哭醒了。这人王公和人王婆是天地分开时，用黄泥捏人和万物的祖师。他俩造出了人类和万物后，就睡觉歇息了。他俩这一觉，直睡到植祖的哭声把他俩惊醒，足足睡了九万九千年。当他俩问清植祖痛哭的缘由后，宽慰植祖说：“我的孩子，你不必伤心。人类没有了，我们自己再造。我俩眼睛看不到了、身子动弹不得了，再不能用黄泥巴造人了。可还有你能造人！这样吧，你脱光衣裳，在阿婆的胯缝里泡一泡，再到阿公的胯根上坐一坐，你就会生出人种来。”

植祖按照人王公和人王婆的吩咐去做。脱光了衣裳，先在人王婆的胯缝里泡了又泡，又到人王公的胯根上坐了又坐，后来，她果真怀孕了。过了一年，她生下了三十六对男女娃娃。待这些娃娃成人后，植祖又叫他们去人王婆的胯缝里泡，到人王公的胯根上去坐。后来，这些娃娃都怀孕了。到了一年后，女人们都相继生下了娃娃。男子们怀的娃娃没出路出生，在他们的肚子里又蹬又弹痛得哭天嚎地，跌碰打滚。植祖看着自己的男娃受苦，心中不忍，去跟山神要来化胎药，给男娃们吃了。胎化成血水屙出，他们才万事大吉。

植祖怕自己的儿孙为怀孕受苦，就不再教他们找天王公和天王婆求种。教他们互相成婚交配生育儿女。因男人们吃过化胎药，从此，就不会再怀孕。所以，直到如今，生儿育女，都成了妇女们的事。

千万年后，天王公和天王婆化作了两座大山，他俩的生殖器也变成了石头。

有一年，鹤庆府官的小姐去热水塘里洗澡。她看到水中露着的石家什好玩，就去上边躺了一躺，坐了一坐，不久，就怀孕了。这可不得了，一个黄花闺女千金小姐，不成亲就怀娃娃，传了出去该有多丑。爹妈又打又骂，左审问右审问，姑娘也说不清。还是招呼小姐的丫头心眼多，把小姐去热水塘洗澡，坐石家什的事给主子一咕噜说了。老爷听了，半信半疑，便叫丫头去试了一试。丫头洗澡回来后不久，果真又怀孕了。从此，这事就传开了。后来，人们就把热水塘边的石山，称作人王山；把石家什尊作人种神。

【原文附记】

《石家什》是一则大石、生殖崇拜神话。它叙述了原始人类坐石怀孕、繁衍人类的过程。由故事而产生的乞育习俗——每年冬春二季，鹤庆各族群众，都要在石家什的地方去洗澡、乞育。

【讲 述 者】 彭独豹（白族），杨凤魁（白族）

【采录整理】 县集成办公室采录

【采集时间】 1988 年 9 月 20 日采录于鹤庆县朵美乡朵美街

【流传地区】 云南省·（大理白族自治州）·鹤庆县·朵美乡

【文本来源】 中国民间文学集成全国编辑委员会编：《中国民间故事集成》（云南卷），北京：中国 ISBN 中心 2003 年版，第 233—234 页。

【阅读提示】 这则神话表现了彻头彻尾的生殖崇拜。

【基本母题】 生殖崇拜；象征物；感生人；借腹怀孕；人种；祈子；化胎药；男人不怀孕的原因；人种神

【本文编码】 《石家什》：ZCSW0427-124-006

谷魂奶奶

（傣族）

一天，佛祖要在宫殿大厅里诵读经文，天上的神仙，地下的地祇，水下的龙王，还有人间的达官贵人，一走进大厅，见到佛祖，立刻纷纷合掌下跪，表示自己对佛祖、教规、经文的崇敬虔诚。但是，有一个穿筒裙的老年傣族妇女却昂首站着。她没有合掌，也没有下跪。

这个老年妇女的举止和神态，使在场的天神、地祇、龙王和人们十分惊异。佛祖也因此愤怒了，大声质问道："站着的是什么人？为什么不下跪？"

老妇人脸上露出轻蔑的微笑，说："我叫雅欢毫①。地上的人和一切动物都离不开我。我比一切天神地祇都要伟大，我是不能弯腰下跪的。我折下腰来，人类就要挨饿。"

"你从什么地方来？"佛祖余怒未息地说，"为什么不崇拜我？"

雅欢毫慢慢答道："我并非从远方来，我就住在本地。从天上到地下，只有我不求任何神仙，而对人和动物却有不能忽视的贡献。空话不能充饥。我不崇拜天神地祇，也不崇拜纸上写的经文。"

佛祖怒吼了："我是最伟大的，既然你这么傲慢无礼，就远远离开这个地方吧！"

雅欢毫自信地警告说："我说过了，世间没有我是不行的！"但是，佛祖和帕雅英（天神）还是把雅欢毫赶走了。

雅欢毫离开了宗补（亚洲），去到十分遥远的，只有无边黑暗的地层底下。这时，地面上的庄稼很快枯萎了，一年到头颗粒无收。人和动物缺少粮食，饥饿越来越严重，不久就大批死亡了。饥饿这个灾难威胁着幸存的人们，他们呼唤着谷魂奶奶，对赶走她的佛祖和天神越来越不满了。他们没有食品贡献神祇，神祇也挨饿了。

以帕雅英为首的天神看到人间发生了这么巨大的灾难，惨不忍睹。他们

① 雅欢毫：即谷魂奶奶。

一起去跪在佛祖的脚下说："伟大的佛祖，世间缺乏粮食，发生了意想不到的灾难，天上地下一片饥饿，十分凄惨。请万能的佛祖，赐给人们食粮，拯救生灵。"

佛祖万能，就是拿不出一粒粮食。他也急了，可是，毫无办法。帕雅英说："这都是赶走了雅欢毫的结果，还是请她回来吧！"

佛祖不得不同意请谷魂奶奶回来。他去到了谷魂奶奶躲藏的黑暗的地方，对她说"雅欢毫，事实证明你是对的。你是天上地下最伟大的，谁也不能和你相比。现在人类、动物和神仙都无法忍受饥饿了，请你回去吧，回到你喜欢的充满阳光的地方！"

雅欢毫回到地面上，庄稼又长出来了，粮食又丰收了。佛祖和众神不得不承认，雅欢毫是唯一的不求任何神仙而对世间有不可忽视的贡献的神。

以后，在佛祖面前，谁都要下跪，只有谷魂奶奶是昂首、直腰站着的。

【讲 述 者】 （无考）

【采录整理】 崔亚兰整理

【采集时间】 （无考）

【流传地区】 （无考）

【文本来源】 姚宝瑄主编：《中国各民族神话》（哈尼族、傣族），太原：书海出版社 2014 年版，第 345—347 页。原文标注由陈平选自傅光宇编《傣族民间故事选》，上海文艺出版社 1985 年版。

【阅读提示】 这则神话通过叙述高傲的谷魂奶奶，体现出人民以食为天的思想。

【基本母题】 佛祖；神仙；地祇；龙王；高傲的神；谷神（谷魂奶奶）；饥荒的产生

【本文编码】 《谷魂奶奶》：ZCSW0428-124-007

大小板凳老神

（侗族）

相传大小板凳老神是张天师的徒弟，精通法术，神通广大，能降龙伏虎，斩鬼驱邪，治疾消邪，护佑侗人。大板凳名杨法祖，吴法文是长辈弟子，施法时以一条大板凳当麒麟、狮子为坐骑，故称大板凳老神；小板凳名姚再茂，龙道洪为晚辈弟子，作法以一条小板凳当老虎、豹子为坐骑，故叫小板凳老神。传说他们能飞行天宫瑶池，出入阴曹地府；能呼唤雷、风、云、雨、闪电；能擒拿魑魅魍魉，道法高超。而且能炼灵丹妙药，治病除疾救世人。晃州（今新晃）一带侗人，每有灾难祸殃、时疫瘟病，或突见奇异怪现象，受惊遭吓，都要请他们为之驱邪镇惊、诊治医疗，据说都能法到邪除、药到病愈。侗家人视其为神明，祭祀之。

【讲 述 者】（无考）

【采录整理】（无考）

【采集时间】（无考）

【流传地区】（无考）

【文本来源】姚宝瑄主编：《中国各民族神话》（土家族、毛南族、侗族、瑶族），太原：书海出版社2014年版，第126页。原文标注选自《中国各民族宗教与神话大词典》，学苑出版社1990年版，选定者为陈平。

【阅读提示】借助于祭神驱邪镇惊、诊治医疗，是民间常见的做法。

【基本母题】大小板凳老神；张天师；斩鬼驱邪；法术；神的能力；祭神的作用

【本文编码】《大小板凳老神》：ZCSW0429-124-008

猎 神

（鄂伦春族）

从前有过一个猎手，箭法特别准，也特别好说大话。

一天，他在山里遇见一位白发老人。

白发老人问："听说你箭法好？"

猎手答："比我再好的没见过！"

白发老人问："听说你打野兽打得最多？"

猎手说："打不着的时候没有过！"

白发老人说："好，我们比赛吧！九天内你能打着一个野兽，就算你胜了！"

猎手说："好吧！我跟任何人比赛都没输过！"

那位白发老人也不和猎手争辩，笑一笑，转身走了。猎手也没把比赛当回事，一天也不慌，两天也不忙。他想正是秋天，野兽又多，箭法又准，闭着眼睛也能射中几个。可是到了第三天，睁眼一看，满山野岭都是野兽的蹄踪，可就是一只野兽也见不到。四天、五天过去了，连个獐的影子也没有，六天、七天过去了，连个鹿的影子也没见；八天、九天过去了，连只山兔子都不见……天黑了，猎手饿昏了。十天头上，他饿得只剩一口气了，呼嗒嗒，呼嗒嗒地喘呀喘呀，眼看要断了气了。突然跑来一只山狍子，猎手一箭射中了。生完火，烤上肉，大口大口地吃着烤狍子肉……他吃得正香，忽听"哈哈哈"大笑声传来，那位白发老人来到身旁。

白发老人说："你的箭法可真准啊！"

猎手的脸，羞得象落山的日头，一句话也不说了。

白发老人说："做个猎人，本事要大，话不要大！大话也会害死人！我看你饿得可怜，才让你打中一个小狍子……"白发老人说完，一眨眼就不见了。

猎手把白发老人的影像刻在大树上，从此拜他为猎神。

【讲 述 者】 郭其柱

【采录整理】 王肯整理

【采集时间】 （无考）

【流传地区】 （无考）

【文本来源】 满都呼主编：《中国阿尔泰语系诸民族神话故事》，北京：民族出版社 1997 年版，第 322—323 页。原文标注巴图宝音摘自《鄂伦春族民间故事选》，上海文艺出版社 1988 年版。

【阅读提示】 这则神话的言外之意是说，人与神相比，能力是渺小的，还是做人低调些为好。

【基本母题】 吹嘘者；比赛；猎神；猎神的形象

【本文编码】 《猎神》：ZCSW0430-124-009

娘娘神的传说（1）

（鄂伦春族）

相传，很久以前，有兄妹二人靠渔猎为生。一次出猎，哥哥不幸被一负伤的鹿用茸角顶死。神马驮回哥哥的尸体，妹妹哭得死去活来。神马为挽回哥哥的生命，想出一计，叫妹妹换上哥哥的衣服，悄悄来到三仙女正在洗澡的水池边，偷取三仙女的驾云之物。妹妹装作哥哥模样，照计而行，并对三仙女说："只有同我成亲，才能归还。"三仙女只好答应了她，并把脚印留在地上、手印捺在皮子上作为凭证。三仙女要回驾云之物，腾空而去。妹妹也随即骑着神马赶到天宫，见到三仙女父母，掏出"婚约凭证"。三仙女父母无奈，只得提出三个苛刻的条件：要把门槛踩断；在三十步远用箭把鸡蛋射碎；在百步远用箭把针鼻打断。妹妹全都做到了，于是，领着三仙女回到人间。她让三仙女在家门外等候，自己进屋把衣服脱下，再给哥哥穿上。然后，妹妹走出来对三仙女说，哥哥刚回到家就死了。三仙女忙进屋给哥哥吃了仙丹，使他死而复活。从此，哥哥和三仙女成了婚。三仙女死后，成了娘娘神，为人们祛治疾患。

【讲 述 者】 （无考）
【采录整理】 马名超、崔焱编写
【采集时间】 （无考）
【流传地区】 （无考）
【文本来源】 《中国各民族宗教与神话大词典》编审委员会编：《中国各民族宗教与神话大词典》，北京：学苑出版社 1990 年版，第 132 页。
【阅读提示】 这则神话是可以看作是《三女神（2）》（ZCSW0434-124-014）压缩版，反映出同类神话传播的不同情况。
【基本母题】 两兄妹；三仙女；神马；男扮女装；盗宝物；仙丹；复活；人与仙女婚；娘娘神

【本文编码】 《娘娘神的传说（1）》：ZCSW0431-124-010

娘娘神的传说（2）

（鄂伦春族）

这个神的由来是，很早以前，一家只有兄妹二人，靠兄打猎度日。有一天，没有打到野兽就去捕鱼。到河边就捕到一条奇怪的鱼，这条鱼被捕到时还在哭呢，渔人看到它很可怜。于是把它放走了。原来这条鱼是龙王爷的儿子，为报答救他儿子的恩情，龙王送给渔人一匹马。自从有了这匹马后，出去打猎总不空手回来。他在一个“鹿尾期”出去狩猎，看到三只公鹿正在顶架，他搭弓射箭就给射倒了。他走到鹿倒下的地方，其中有一只鹿还没有死，起来就用鹿角顶他，结果从前胸顶进，从后背穿出，他马上就死去了。

死后他的马把尸体驮回家去了，他妹妹伤心地哭起来。这时，马说话了，它要她把她哥哥的衣服穿上跟它走。她换上哥哥的衣服，骑着马，走到有三个水泡子的地方，看到有三位仙女在洗澡。马告诉她说，你去偷她们驾云的青纱，偷了后再前去问路，并说你们的裸体都叫我看到了。只有和我结婚，才能还给你们青纱。三位仙女只好应允她的要求，并把每个人的脚印踩在地上，手印按在纸上作为凭证。三位仙女于是驾着青纱回龙宫，她就骑马撵到龙宫。到宫里见到三位仙女的父母，掏出婚约凭证。她们的父母无话可说，就提出几个苛刻的条件，第一，要能把门槛踩断；第二，在三十步以外把鸡蛋射碎；第三，在百步远把针鼻射断，这些条件她都做到了。于是领着三位仙女回到人间。快要到家了，她让三位仙女在门外等等，说先去打扫一下房子就接她们来。回到房里后，她从身上脱下衣眼给哥哥穿上。三位仙女等急了，就向着房间走去，没等走进房间，看到一位妇女走出来，说她哥哥到屋就死了。三位仙女急步进去，给他吃了仙丹，救活了她哥哥。她哥哥和三位仙女结了婚。三位仙女死后，她们的灵魂在人间变成了娘娘神。大姐成了“额古都娘娘”，管天花；二姐成了“尼其昆娘娘”，管麻疹；三姐成了“额胡娘娘”，管伤寒病和发热病。

【附注】

相同文本，见吕大吉、何耀华总主编《中国各民族原始宗教资料集成》（鄂伦春族、鄂温克族、赫哲族、达斡尔族、锡伯族、满族、蒙古族、藏族），北京：中国社会科学出版社 1999 年版，第 28—29 页。

【讲 述 者】（无考）

【采录整理】（无考）

【采集时间】（无考）

【流传地区】（无考）

【文本来源】内蒙古自治区编委会编：《鄂伦春族社会历史调查》（第一集），呼和浩特：内蒙古人民出版社 1984 年版，第 163 页。

【阅读提示】 这则神话可以与《三仙女额胡娘娘》（ZCSW0377-122-015）比较阅读。

【基本母题】 兄妹俩；怪鱼；龙王的儿子；动物报恩；婚约凭证；婚前难题；起死回生药；疾病神的产生

【本文编码】 《娘娘神的传说（2）》：ZCSW0432-124-011

三女神（1）

（鄂伦春族）

相传很早以前，有兄妹二人靠渔猎为生。一天，哥哥出去打猎，因为没有打到野兽，就去捕鱼。

捕呀捕，忽然捕到一条奇怪的鱼。这条鱼一出水面就不停地哭，眼泪把岸上的沙土滴湿了一片。哥哥是软心肠人，一看这条鱼很可怜，就放走了它。

原来，这条鱼是龙王的儿子。为报答好心人怜悯之恩，龙王就指派儿子给哥哥送来一匹神马。

哥哥自从有了这匹神马后，打猎总是走运气，每次出猎都没有空手回来的时候。

有一次，他进山打猎，忽然看到三只公鹿为了争夺母鹿正在顶架。他张弓搭箭，连射三箭，全给射倒。当他走到鹿跟前时，有一只未断气的鹿，为了报复，突然挺起身来顶他，直顶得他胸背穿透，鲜血淋漓。神马一看主人死了，就将尸体驮回。

妹妹看罢，伤心得死去活来地哭个不停。神马说："小妹妹，真可怜，八岁死了爸，九岁死了妈，现在哥哥又遭不幸，孤苦伶仃没人管哪行！别哭了，别伤心，咱们有办法救哥哥，快穿上你哥哥的衣服跟我走！"妹妹一听神马能救哥哥，马上转悲为喜，急急忙忙地换好衣服。

她穿上哥哥的衣服，戴上哥哥的帽子，一点也不像姑娘，和哥哥一模一样，甚至成了比哥哥还英俊几倍的小伙子了。

神马驮着她，悄悄地回到了三星池旁边。三星池由清澈明亮的小水池组成，像天上的三星一样排列在森林的空地上。只见三个仙女和往常一样正分别在三个池子里洗澡，圆圆的脸庞个个都像红牡丹，苗条的身腰个个像白桦树，蓬松的黑发文雅地遮裹着她们的容颜，晶莹如镜的池水把她们衬托得更加光彩照人。

神马告诉她："你去偷那三个仙女驾云的宝衣就有办法了。"

妹妹照着神马的吩咐去偷了仙女的宝衣，然后佯装去问路。仙女们一看是个十全十美的妙龄男子走来，都羞得捂着脸低下头去不敢看一眼。妹妹说："你们知道，你们的玉体被我看见了意味着什么？除了嫁给我还有别的选择吗?"

一见钟情的仙女们听到这话，心里十分高兴，都从手指缝里窥看妹妹。由于爱慕，目光均集中在妹妹的脸上了，并没注意到妹妹手里拿着的驾云宝衣。

妹妹又说："再看看你们的驾云宝衣，也落在我的手里。只有答应嫁给我，我才将宝衣还给你们!"

仙女们由于爱慕，不仅没对她的无礼行为有什么责怪，也没对她偷宝衣有什么反感，只是频频点头表示愿意嫁给妹妹。

妹妹说："你们光点头还不行，必须把脚印留在地上、手印留在纸上作为凭证才行!"

仙女们异口同声地答应："是!"

妹妹这才放心地归还了驾云宝衣。仙女们在水里穿好宝衣，本可以直接驾云而去，但是由于爱慕，她们未直接离开，而是登上岸来，恋恋不舍地围着妹妹起舞，并脱下鞋来在地下留下脚印，拿出一张纸在纸上按上了手印，然后才恋恋不舍地驾云腾空，飞回蓝天里去了。

妹妹站在三星池边，看着平静的池水在阳光的投射下闪现出珠光宝气的波面夹杂着碧绿的水纹，显得异常美丽，特别是经仙女们游泳后，变得更加引人注目了。

妹妹正在池边痴等仙女们返回时，忽听天上传来仙女们的喊声："喂，别傻等了，快跟我们上来吧！你还得向我们父王和母后娘娘求婚哪！"

妹妹这才骑上神马撵上去。

仙女们笑嘻嘻地将妹妹领到家里，又是给吃，又是给喝，盛情招待了一番，然后才领到父母那里。

妹妹见到了三位仙女的父母，毕恭毕敬地请了个深安，然后掏出婚约凭证给他们看。

三位仙女的父母满脑子想的是门当户对，哪里肯轻易答应仙女下嫁凡人呢？虽然看见了婚约凭证，张口结舌，无话可说，但仍然摞出了三个苛刻的条件刁难她。这三个条件是：一要把门槛踩断；二要在三十步远用箭射碎鸡蛋；三要在百步远用箭射穿针眼。只有做到了这些才能成婚。

妹妹为了救哥哥，都勇敢地答应下来，但是她担心踩断门槛这一条不能做到，脸上显出了愁容。

三位仙女的父母看见妹妹的愁云，暗暗高兴，心想，这下可把你难住了！

三位仙女看见了这愁容，犹如刀绞心、针刺肝，于是便假装玉体不适，辞别父母回琼楼。临走时，均用眼睛示意妹妹勇敢地去做。

犯愁的妹妹得到仙女们爱情的鼓励，顿觉浑身长了不少勇气，从三十步远的地方一箭射碎鸡蛋；又从百步远处一箭射穿了针眼。然后，她到了玉阁门槛上，纵身往高一跳，想从空中落下来时将门槛踩断。正在这时，从空中飞来三只蜜蜂落在她肩上。别看蜜蜂毒，但不蜇她；别看蜜蜂小，但压在她肩上犹如磐石重。这样坠下来，一下子就把门槛踩断了。门槛踩断了，蜜蜂也飞走了。原来，这三只蜜蜂就是三位仙女变的，四个人的体重当然比一个人重多了。

三仙女的父母一看妹妹都做到了，也就无可奈何了。妹妹领着三仙女，拜别了仙女的父母，返回人间。

快到家的时候，她让三位仙女慢些上山，以便她先到家，打扫干净屋子再来接她们。仙女们信以为真，一边采野花，一边飘飘而来。

妹妹急忙赶回家，脱下哥哥的衣服，又给哥哥的尸体重新穿上。

三位仙女来到门口还不见有人迎，就想直接闯进去。正在这时，只见一个姑娘披着长长的鬓发，嗷嗷哭着迎出门来说："哎呀，众位善良的仙女姐姐们哪，快快救命吧，我哥哥也不知中了什么邪，一进屋就死了！"

三位仙女听说爱慕的青年死去了，便着急忙慌地走进屋，拿出一粒仙丹给他吃，救活了他。于是他们结婚了，过着幸福的生活。

三位仙女还拿出仙丹救活了不少临危的猎人，因此，传说她们死后，她们的灵魂就变成了永远为人间治病、永远被人们崇敬的娘娘神，即女神。大仙女成了管天花的"娥搁读鸽娘娘"神，二仙女成了管麻疹病的"呢沏坤娘娘"神，三仙女成了管伤寒和热病的"娥仙娘娘"。

【附注】

同名文本《三女神》，又见谷德明编《中国少数民族神话》，北京：中国民间文艺出版社 1987 年版，第 64—68 页。文字相同。该文本标注该神话流传于鄂伦春自治旗托扎敏公社。

【讲 述 者】 旃株姗

【采录整理】 巴图宝音记录整理

【采集时间】 （无考）

【流传地区】 （无考）

【文本来源】 姚宝瑄主编：《中国各民族神话》（达斡尔族、鄂伦春族、鄂温克族、蒙古族），太原：书海出版社 2014 年版。原文本标注杨知勇选自谷德明所编《中国少数民族神话选》，西北民族学院研究所 1983 年编印，内部发行。

【阅读提示】 这则神话结尾处介绍三位仙女分别变成会治不同疾病的娘娘神，不是画蛇添足，而是强调了各种娘娘神的重要性。

【基本母题】 龙王的儿子；动物报恩；神马；男扮女装；盗宝物；死而复生；人与仙女婚

【本文编码】 《三女神（1）》：ZCSW0433-124-012

三女神（2）

（鄂伦春族）

昔有兄妹二人，以渔猎为生。一日，兄上山猎无获，转而捕鱼。忽得奇鱼，方出水便泣，岸畔沙土为之湿却大片。兄怜而释之。鱼，龙王子也，龙王命子送神马与兄，答谢其怜悯释放之恩。兄自得神马，猎无不获。一日入山猎鹿，见公鹿三，为争母鹿而斗。兄连射三箭，三公鹿俱倒地。兄近而视之，一公鹿未断气，忽蹶然跃起，以角抵兄，穿兄胸背，鲜血淋漓。神马见主人死，遂驮其尸返家。妹睹状悲号痛哭。

神马曰："小妹勿哭，救兄有方，速着兄衣随我行。"妹乃转悲为喜，急穿兄衣，戴兄帽，俨然一英俊少年矣，遂由神马载之阴至林中三星池旁。三星池乃三小池组成，清澈明亮，远望如三星，三仙女常来分别浴于此池。今日又来，方浴池中。妹遵神马嘱，窃其升云宝衣，然后佯往问路。

三仙女见英俊少年来，俱羞而俯首捂脸，不敢窥之。妹曰："汝等玉体我已见之，升云宝衣我已取之，除嫁我尚有何说?"三仙女但频颔其首。妹曰："徒颔首犹未可也，尚须于地上留足印、于纸上留手印方可。"三仙女应声曰："诺!"妹即以升云宝衣掷还之。三仙女着衣出水，果舞蹈于草坪，在地留足印，复于妹所出纸捺手印，然后驾云腾空，飞升蓝天。妹乘神马亦随之而上，至三仙女父母处，出婚约凭证示之。

三仙女父母本不欲其女嫁凡人，然有婚约为凭，又不能抵赖，只得以三事难之：一须踩断门槛，二须于三十步远射碎鸡蛋，三须于百步远射穿针眼。后二事尚易为，妹在三仙女之鼓舞下，奋勇专志而成之。唯踩断门槛一事妹有难色。三仙女以目示意，妹亦鼓勇为之。面对玉阁门槛，妹奋身从空跃下踩之，冀以己之体重增其摧毁之力。方跃下时，忽有三蜂飞来集妹左右肩上，妹亦不暇拂拭，陡然踩下，门槛遂断。盖三蜂者，三仙女之所化也，合四人之体重，虽坚物亦立摧矣。三事既毕，父母更无别言，只得听从三仙女随妹往人间。方抵家门，妹嘱三仙女缓行，俟己先归洒扫屋宇，三仙女诺之。妹返易妆，披发号哭出，呼曰："诸仙姊速往救吾兄！吾兄归家中邪死矣！"三仙女急入，立出仙丹救之，兄乃活，遂替妹与三仙女结婚，一家从此幸福生活无涯。三仙女后以仙丹救活多人命，死后俱为神：大女掌天花，为娥搁读鸽娘娘神；二仙女掌麻疹，为呢沏坤娘娘神；三仙女掌伤寒及热病，为娥仙娘娘神，世呼为三女神云。

【讲 述 者】（无考）
【采录整理】袁珂据谷德明编《中国少数民族神话选》中的《三女神》改写。
【采集时间】（无考）
【流传地区】（无考）
【文本来源】袁珂：《中国神话大词典》，北京：华夏出版社 2015 年版，第 591—592 页。
【阅读提示】这则神话可以与《三女神（1）》（ZCSW0433-124-013）对比阅读。
【基本母题】两兄妹；三仙女；神马；男扮女装；盗宝物；婚姻凭证；死而复生；仙女变形；人与仙女婚；娘娘神

【本文编码】《三女神（2）》：ZCSW0434-124-013

召日姑姑神

（鄂伦春族）

从前，在深山的一个乌日得恩（部落）里住着一对老夫妻。老两口没儿没女，孤孤单单，冷冷清清，便天天拜神，求娘妮赐给他们一男半女。

老太太求神求痴了，无论干什么都喃喃自语，不停地念叨。一次，她用笊篱捞吊锅里煮熟的肋条肉。她边捞边带调儿地叨叨咕咕。正捞着，从笊篱上蹦出个圆圆的小肉球，正好跳进老太太嘴里，顺她的喉管溜进肚里。老太太从此怀上孕啦。全乌日得恩的人都为老夫妻高兴，向他们祝福。不久，老太太生下了胖胖的女孩儿。老两口特别疼爱她，给她起名叫召日姑姑罕。

女孩长得好快，转眼十多岁。女孩长得好漂亮，全乌日得恩的人都非常喜欢她。那时，全乌日得恩只有她家有把笊篱，因此，邻居们常到她家借笊篱用。隔山的另一乌日得恩的猎家也想借去用用，只差路远点儿。召日姑姑罕听说以后，跟阿迈（父亲）、额聂（母亲）合计，想送笊篱给那个乌日得恩用。阿迈、额聂担心出意外，哪里肯依！可召日姑姑罕非要去。父母只有依她。她一早就蹦蹦跳跳地上路了。谁知，在她空着手回家的路上，被马粪堆绊住，摔了一跤，竟断了气。

老两口在家里等女儿回来，左等右等不见影，心里放心不下，就顺小茅道找去。走到半路，发现女儿死在路上，悲痛万分。乌日得恩的人们也都哀叹。另一乌日得恩的人们听说后，把笊篱送回来。两个乌日得恩的人们一起为召日姑姑罕送葬，一路上唱着悲凄的送葬歌。人们给她起了坟，把那把笊篱竖在坟前。

从此，人们每年上坟时，都要在她坟前留一会儿，以示怀念之情。久而久之，人们把召日姑姑罕当做招魂的神，并用竖笊篱来进行占卜，进行祭祀活动。人们还编词配调儿，编了舞，请召日姑姑罕神为他们招魂、祝福。

【讲 述 者】 李水花

【采录整理】 孟淑珍整理

【采集时间】 （无考）

【流传地区】 （无考）

【文本来源】 满都呼主编：《中国阿尔泰语系诸民族神话故事》，北京：民族出版社 1997 年版，第 329—330 页。原文本标注巴图宝音摘自《鄂伦春民间文学》，黑龙江省民族研究所内部出版。

【阅读提示】 来去匆匆的小女孩成为招魂的神，为招魂仪式平添了几分凄凉。

【基本母题】 祈神求子；感生人；葬礼；招魂的神

【本文编码】 《召日姑姑神》：ZCSW0435-124-014

山神“白那查”[①] 的传说

（鄂温克族）

在好多辈子以前，有一伙打猎的鄂温克人，在一个很密的山林里围猎了好多天。最后，他们把一座三面靠水的小山围住。给靠列都阿楞[②]把大伙叫在一起问：“谁能知道我们围住了多少野兽？”大伙你瞅瞅我，我看看你，谁也说不上来。野兽都藏匿在树林子里；谁能估摸准围了多少？

就在这时候，旁边树林子里走来一个老头儿，个子不高，眼眉胡子却很长，黄火火地闪着光；身上穿着白茬狍皮袄和狍皮裤子，脚上穿着一双半新不旧的“其克密”[③]。他不紧不慢地走到给靠列都阿楞跟前儿，用舌头有些发硬的话说：“这有啥难的！我知道有多少。你们围住了四十四只鹿，三十三只狍子，四头獐，还有两只熊。不信到时候你过数，没个错儿！”

给靠列都阿楞仔细瞅瞅这老头儿，愣了好一阵也没搭腔。他心想，这么大的山林，我们围了这么多天还说不出来，你怎么就能知道呢？

老头儿见给靠列都阿楞半天没答话，知道他不信，便带着很不高兴的样子，跟大伙一块围猎去了。

又过了两天，大伙把猎获的鹿、獐、狍子、熊集中到一起，一过数，不

① 白那查：鄂温克语，即富有的爸爸。

② 给靠列都阿楞：鄂温克语，即行猎长。

③ 其克密：一种靴子的名称。

多不少，正好是那老头说的数，连一条腿都不差。大伙不禁吃了一惊。再找那老头儿，早不见了。给靠列都阿楞这才觉得老头儿不是凡人，就叫大伙分头去找。可是找到天黑也没找见，方圆几十里寻遍了，连老头儿的影子也没有。大伙都说，那老头一定是山神“白那查”。打那以后，山神“白那查”就在鄂温克人中传开了。每逢人们上山打猎，就在山上找一棵粗树或一块石头，上面画上“白那查”像，然后用各种兽肉祭祀，祈求山神保佑狩猎丰收。

【讲 述 者】 涂景山

【采录整理】 倪笑春搜集整理

【采集时间】 （无考）

【流传地区】 （无考）

【文本来源】 满都呼主编：《中国阿尔泰语系诸民族神话故事》，北京：民族出版社 1997 年版，第 310—311 页。原文标注巴图宝音摘自《鄂温克族民间故事选》，上海：上海文艺出版社 1989 年版。

【阅读提示】 不单单猎神主宰狩猎，山神也能保佑狩猎丰收。不同神话对神的职能的解释会因地制宜地进行叙述。

【基本母题】 狩猎；狩猎数量；预言；山神白那查；祭山神；山神的职能

【本文编码】 《山神“白那查”的传说》：ZCSW0436-124-015

雪羊和吉雅奇[①]

（鄂温克族）

沿着古驿路往北走，过了墨尔根，就到了荒莽的大兴安岭。大兴安岭往

① 吉雅奇：牲畜神。

北是腾狮飞马的黑龙江，连绵起伏的外兴安岭。外兴安岭再往北，就是仙境般的贝加尔湖。早先，我们鄂温克人的祖先神舍卧克[①]就住在贝加尔湖的仙境里。

舍卧克有十个儿子，个个手执雕弓，能骑善射。湖南边的部落把女儿送来了，十个儿子谁也没看中；湖东边的部落把女儿送来了，十个儿子谁也不点头；湖西边的部落把女儿送来了，十个儿子谁也不搭话。唯独湖北边的阿尔格山没动静。十个儿子有九个天天站到撮罗子前边的大石头上，往阿尔格山上看啊，看啊，没完没了地看。他们都在看女神答背的女儿鄂吉娜吉。

鄂吉娜吉的脸蛋像亚格达红果那样好看，眼睛像贝加尔湖水那样清澈动人。早晨，只要鄂吉娜吉的身影在山顶上一出现，山上就飘落一片吉祥的彩云。人们说，谁娶鄂吉娜吉做妻子，谁就可以过上神仙般的日子。舍卧克的九个儿子天天眺望阿尔格山，就是想娶鄂吉娜吉为妻。有一天，他们兄弟九个壮着胆子来到阿尔格山上，厚着脸向鄂吉娜吉求婚。答背女神说："要娶我的女儿不容易。谁擒住十只雪羊，赶着羊来见我，我才能把他当女婿。"

从此，舍卧克的九个儿子就钻进了外兴安岭，他们说啥也要擒住十只雪羊。

那时候的雪羊，长得和狍子一样大小，雪里生雪里长，雪里来雪里去，满身野性，跑起来比狍子还快，见到人比猞猁还惊。舍卧克九个儿子，虽个个勇猛，可怎么也追不上雪羊，而且他们射出去的箭，雪羊不死就伤。老大在山里转了半年，抬回十只死羊，鄂吉娜吉不能嫁给他；老二在山里转了一年，带回十只射伤的羊，鄂吉娜吉不能嫁给他；老三套住过十只活羊，可活羊他带不走；老四用迷蒿熏住过十只活羊，带到家里，雪羊醒来就都跑了……他们谁也赶不回十只活雪羊来见答背女神，他们谁也娶不来鄂吉娜吉做妻子。

舍卧克第十个儿子叫吉雅奇。吉雅奇只知道玩山鼠、玩雪兔，阿尔格山的事情他一点也不知道。大哥回来告诉他阿尔格山的事情，二哥回来告诉他

---

① 舍卧克：鄂温克语，"祖先神"。

阿尔格山的事情，三哥回来也告诉他阿尔格山的事情……九个哥哥都和他说了。吉雅奇终于背着雕弓进山了。

第一天，吉雅奇在雪地上看到了雪羊的脚印，那脚印很新，可是他没有追；第二天，吉雅奇在山巅见到了雪羊，可是他没有射；第三天，吉雅奇看到雪羊在山窝里睡觉，它们睡得很酣，可是他没有用迷蒿烟去熏；第四天，吉雅奇看到雪羊进了山洞，山洞出口很小，可是他没有去下套子。他一直走，走了七天七夜，走到外兴安岭深处的一片大谷地——那里是一个叫作依撒顿的地方，这是雪羊世世代代生活的地方。

依撒顿的雪羊真多。雪羊停下来，大谷地就多了一座一座的小山；雪羊跑起来，大谷地前后左右白浪滔滔，好像开江的冰排。吉雅奇一来，雪羊很惊，东奔西躲，吉雅奇知道雪羊怕他的弓，就把弓挂到了树上。大雪有时一连下上几天几夜，雪厚了；大风再刮上几天几夜，雪硬了。雪羊找不到草吃，咩咩地叫着，吉雅奇就用腰刀砍开一处处雪翁，让草露出来。有时，山溪的冰层冻厚了，雪羊喝不到水，一口一口地舔雪吃，吉雅奇就用倒木砸开一处处山溪，让溪水流出来。渐渐地，雪羊不怕吉雅奇了，从吉雅奇身边来去，有时就睡在吉雅奇跟前，可是吉雅奇还是不擒它们。

春天，雪羊从山洞里领出一大群小羔，小羔们要学习单个生活的本领了。一天夜里，大北风刮得天昏地暗，小羔们走不回山洞了，哆哆嗦嗦地挤到一起。这时候，南山来了一只虎，张着血口；北山来了一头熊，张开熊爪；东山来了一群狼，嗷嗷叫着；西山来了一群狐，噌噌地跳着。它们都来吃雪羊的小羔。小羔吓得“妈妈”地呼叫。雪羊们都在隐蔽的地方急得流泪。吉雅奇看到小羊羔们危险，就从树上摘下雕弓，一箭射死了虎，一箭射死了熊，一箭射走了狼，一箭射走了狐。小羊羔们得救了，雪羊们高兴了。从此，雪羊把吉雅奇当作了恩人，每天每天都和吉雅奇生活在一起。

有一天，吉雅奇说出了答背女神要见到十只活羊的事情，雪羊们一口答应了。吉雅奇背起了雕弓，十只雪羊跟着他，一块走出了依撒顿大谷地。

他们来到阿尔格山上，见到了答背女神。答背女神见十只雪白雪白的雪羊站在她面前，真是又惊又喜，就把美丽的鄂吉娜吉交给了吉雅奇。

吉雅奇说："美丽的鄂吉娜吉我不想要，跟我来的十只雪羊都是我痴心的朋友，它们在大山里也很苦，请你求山神白那查给我一块肥美的大草原吧，我要带雪羊们到那里去。"

答背女种答应了吉雅奇。她找到山神白那查，白那查从树上摘一片肥美的绿叶，一口气吹到了山外边。答背女神又求白那查在山溪边划了几道印子，把印子也吹到了山外边。这一切，她又告诉了吉雅奇。

吉雅奇按照答背女神的指点，走下了阿尔格山。他和十只雪羊走过贝加尔湖，走过外兴安岭，走过黑龙江，又走过大兴安岭，来到那片绿叶落下的地方。那绿叶已变成了肥美的呼伦贝尔大草原；那溪边划出的印子变成了草原上一条条清亮的小河。

后来，依撒顿大谷地的雪羊都跟来了，变成了呼伦贝尔大草原一处处可爱的羊群。美丽的鄂吉娜吉也追来了，和吉雅奇一起生活，呼伦贝尔大草原就有了我们放牧的鄂温克人。

以后，吉雅奇就成了我们的牲畜神。

【讲 述 者】 （无考）

【采录整理】 索久林搜集整理

【采集时间】 （无考）

【流传地区】 （无考）

【文本来源】 中华民族故事大系编委会编：《中华民族故事大系》第 14 卷（普米族、塔吉克族、怒族、俄罗斯族、鄂温克族），上海：上海文艺出版社 1995 年版，第 809—812 页。

【阅读提示】 女神用捉十只活雪羊作为考验未来女婿的方法，表现出游猎民族的生存经验。

【基本母题】 祖先神；神的子女；人神不婚；女神；婚前难题；牲畜神；民族的产生

【本文编码】 《雪羊和吉雅奇》：ZCSW0437-124-016

阿达格恩都哩

（满族）

早先温特哈拉有一位保护神叫阿达格[①]。这位神是金钱豹神。说起这位神很奇怪，父亲是金钱豹，母亲是温特哈拉一个美丽的姑娘。因为姑娘在十八岁那年生病死了，爸爸妈妈把她的尸体用桦皮包好，挂在树上[②]，边哭边叨念：阿不凯恩都哩收下你这子孙吧。

以后，这位姑娘被山中王救活了，并在山洞里教会她一些武艺，又和她成为夫妻，生下了阿达格。

阿达格生下来三天就能走，人面豹子身，喊一声能震动山谷。

山中王夫妻给人们做了很多好事，被天神召到天上负责镇守山口，脱去金钱豹皮变成了一位威风凛凛的守山神。

临上天的时候，把儿子叫到跟前说："儿子啊！阿达格！我俩奉天命上天堂，给你留下这张金钱豹皮。这是一件宝皮，能镇妖除邪，保平安救万民。皮上有百朵黑花，每朵黑花都能消灭妖魔，保你平安。千万记住，用到九十九朵时，要留下最后一朵自己吞下，然后坐上豹皮，我会来接你升天。"夫妻二人说完，抛下阿达格飞升上天了。

阿达格自从二老飞升上天后，一个人到处游逛，专治恶魔妖怪，保护着黎民。

有一天，阿达格来到木伦部，看见一群男女老幼，慌慌张张地向南跑。阿达格找到一位老人问，这是为什么？老人说："傻阿哥，你是不知道啊，就在前几天，不知从哪里来了九个妖魔，口称是九大山王，要我们给他当奴隶。它们无恶不作，每天要吃九个活人。这九个恶魔，能喷火能吐毒，谁也不敢近前。真要惹急了它们，九十里外杀人易如反掌。"阿达格一听，点了点头，他让跑来的人们都躲在山洞里，由他去对付妖魔。

---

① 阿达格：满语，金钱豹。

② 尸体用桦皮包好，挂在树上：满族古代一种丧葬习俗，树葬，亦称风葬。

原来这九个妖魔是耶鲁哩魔王手下的九个头目，它们到这个地方要占住地盘，抓活人供魔王享用。木伦部已经被九大妖魔抓去四十多人了，人们抵抗不住，只好向远方逃去。

阿达格立刻向木伦部走去。九个妖魔好几天没吃到活人了，一看阿达格到来，心中大喜立刻喷出毒气，想要把阿达格治倒，却被阿达格用豹皮把毒气挡了回去。九个妖魔刚要动手来抓，阿达格抛出九朵黑花，立刻变成九座大山，把九个妖魔压在下边。从此，阿达格能降妖捉怪的名气，传遍了各个部落。耶鲁哩魔王恨得咬牙切齿，又派出三个身边的大弟子去找阿达格报仇，顺便抓活人烤肉干，好长期享用。

三个魔王弟子来到纳音河畔，一看这地方水草丰茂，人畜兴旺，心中大喜，决定放出妖火把所有的人通通烤死烤干，然后再找阿达格算账。他们喷出妖火，顿时遍地火起，年老的人被烤死了，年轻人逃了出来，躲在深山老林里。他们想到阿达格，立刻派人到温特哈拉地方请他来消灭妖魔。

不到三天，阿达格来了。三个妖魔一看阿达格，身高体壮，身披豹皮，走起路来带动风声，心想这人可不是平常人，得多加仔细。没等阿达格到跟前，三个妖魔同时变成三只猛虎向阿达格扑过去。阿达格用豹皮一遮，立刻变成高有百丈的围墙，把三只猛虎团团围住。三个妖魔又运来三座大山，想要压死阿达格。阿达格坐上豹皮，稳稳地升到山顶。三个妖魔又变成三只凶猛的山鹏，向阿达格扑来。阿达格立刻祭起三朵黑花，变成三团烈火向山鹏烧去。三个妖魔一翻身变成三条怪蟒，口吐毒信奔向阿达格。阿达格毫不畏惧，又抛出三朵黑花变成三把飞刀杀向怪蟒。三条怪蟒一看不好，一溜烟不见了。

阿达格到处追寻，也找不到三个妖魔。这时从水里钻出一个光滑的水獭，跑到阿达格身旁说："阿达格，三个妖魔已经变成三条水蛇，藏到河里的石缝里。"阿达格不会下水，想了半天，高兴地说："水獭大哥，你帮帮我忙，叼上三朵黑花变成三把钢钩，把这三个害人虫活活勾死。"水獭答应一声，叼走黑花钻入水里。黑花立刻变成三把钢钩，刚要勾住三妖，这三妖一挺身逃上岸边，现了原形。三妖恨恨地说："今天一定要和你拼个死活！"说完从口中吐出三股毒火，烧向阿达格。阿达格用三朵黑花变成三股清泉，清泉水洒到三妖身上，立刻把三妖化为脓水，浸在泉水中。这三股泉水，因为浸着三妖的尸体，一直到今天还在沟里作怪。人们喝了这三个泉眼流出来的水，浑身骨节长不开，个子长不大。

青山绿水纳音河，被三妖糟蹋成枯草一片。阿达格一看心里很难受，跪在地上向天祷告说："阿玛、额娘，你们在天上管一管纳音地方罢，请阿不凯恩都哩降一场甘露细雨，把纳音地方的林木五谷，灌溉得像先前那样丰盛繁茂吧！"果然没有一个时辰，阴云四布，大雨像甘露似的落到山川田野。

再说魔王耶鲁哩，正想出妖兵替三个徒弟报仇，杀尽纳音地方的男女老少。一看天降大雨，特别高兴，妄想乘机兴风作浪排海推江，活活淹死人们，让人们恨阿不凯，恨阿达格。他亲自出马，暗暗搬来三江四海水，通通向纳音淹来。这一来，纳音地方水连天、天连水，平地三尺水，洪水满山沟。人们只好蹲在山顶上，无家可归。

阿达格心里也很纳闷，为什么我求的是甘露细雨，却越下越变成恶风暴雨？他顺着纳音河一直往上找，果然在纳音河口看见老魔王正在那里兴风作浪、呼风唤雨。这可气坏了阿达格，他大喊一声："给我住手！要不然给你厉害看看。"老魔王抬头一看阿达格，气得怪叫如雷，没容分说，推出一掌水，立刻变成强大的水墙，向阿达格淹来。阿达格用豹皮一挡迎了过去。老魔王带动群妖向阿达格杀来，还带动妖风毒气，顿时乌烟瘴气，臭气熏人。这毒气从四面八方吹来，阿达格只好用豹皮裹住身子伏在地上，暗暗祭起十朵黑花，变成十条土龙向魔王扑去。九路妖兵的头目，立刻被土龙压在下面。老魔王吓得屁滚尿流，回头就跑，魔王在前面跑，黑花在后面追。到底魔王道行大，跑得快，黑花只咬掉魔王的一只耳朵。以后，在纳音北有九道岗子，魔耳山就是当时的遗迹。以后魔耳山长出黑木耳，又叫木耳山。

从此，耶鲁哩的妖兵魔将在哪里作乱，阿达格就到哪里制服它们。从吴子江到粟末水①，从乌苏里到萨哈连制服了六十三群妖，使珠申人过上了安

① 粟末水：今松花江。

乐的生活。

耶鲁哩连吃败仗，又想出一个鬼主意来。他派一个小妖拿着插羽毛的拜箭，请阿达格在九月十三那天赴筵，表示愿意讲和。阿达格知道这是要的鬼圈套，心里暗想，正好我看看他的老窝，以便一网打尽。立刻满口答应，到时一定亲自拜访。

九月十三那天，魔王在穆丹哈达迎接阿达格。

阿达格刚到山口，一看道上都插着削尖的木桩，魔王踩着木桩迎了出来。阿达格天生的豹爪，走木桩像走平地一样。第二道山口有十八道大沟，魔王飞身一个一个跳过。阿达格自小跟阿玛练就穿山越岭的本领，没费力就越过了这些大沟。第三道山口只见满沟缸口粗的毒蛇扑向人身，魔王伸出两臂任凭毒蛇咬，一点不受伤。阿达格暗暗吞下一朵黑花，不但伸出两臂，又脱去上衣，直闯出山口。

魔王暗暗佩服，更恨之入骨。

酒筵席上，小妖端来第一道菜，是烧红的铁块。魔王耶鲁哩抓起一块，一口吞了下去，阿达格暗暗吞下一朵黑花，顿时全身冰凉，一抓烧红了的铁块，立刻变成软泥，一口吞了下去。第二道菜是烧化的石水，阿达格照样喝了进去。就这样一连上了八道菜，阿达格毫毛未损。耶鲁哩一看治不住阿达格，刚要发动群妖围攻，阿达格抛出五朵黑花，顿时变成五条金龙奔向群妖，把群妖咬死大半。耶鲁哩怕两个耳朵都被咬去，带着剩下的一个弟子向北海逃去。

阿达格镇妖九十九起，这些事情阿不凯恩都哩知道得一清二楚，对这位斩妖镇邪的阿达格的所作所为感到非常高兴。忙命阿达格父母到下方接阿达格上天，当镇妖神。二位老人高兴地接了旨，来到阿达格住的地方。阿达格又看到了自己的生身父母，十分高兴。二位老人高兴地喊道："三音[①]阿达格，三音巴图鲁，我的好儿子，珠申的好后代。你镇住妖魔保佑一方，快快吞下最后一朵黑花随我上天堂。"阿达格向上天叩了个头，向乡亲们招招手，

① 三音：满语，好。

展开金黄的豹皮一看，上面只有一朵黑花了。他知道只要吞下去，就可以身轻如燕，和阿玛、额娘一起上天。他摘下黑花又向乡亲们说：“我要上天了。你们有什么灾难，只要我阿达格知道，一定搭救你们。”乡亲们都掉下眼泪，怎能舍得这位为部落人立下功劳的恩人呀，都痛哭流涕地给阿达格送行。三朵彩云落到人间，一匹天马走到阿达格身前。阿达格刚要吞下黑花骑上天马登上彩云准备上天的时候，忽然听到北面跑来号啕痛哭的人群。他们边哭边喊：“可了不得了，魔王的弟子推着冰山来了，他要把这一带人活活冻在冰里，快跑呀！”说着，只见北边几百座冰山推来。顿时天昏地暗，冷气逼人。二位老人赶忙督促阿达格快吞黑花，骑马登云上天。阿达格看看受苦的乡亲，看看推冰山的恶魔，向二老斩钉截铁地说：“我宁可不上天，也不许恶魔害良民！”说完，抛出最后一朵黑花，顿时真火升起，烧化冰山，把耶鲁哩的弟子活活烧死在山前。再一看阿达格，被金黄豹皮紧紧裹住，一打滚变成一只金钱豹。他向二老拜了几拜，向乡亲点了点头，一步一步地向森林走去。

至今有不少满族哈拉仍然祭祀这位金钱豹神。

【原文附记】

阿达格恩都哩，是金钱豹神，为旧时宁古塔满族普遍祭祀的诸神之一。

【讲 述 者】 关振川（满族，男，68 岁，宁安县江东乡缸窑村私塾先生，私塾）

【采录整理】 傅英仁（满族，男，64 岁，宁安县宁安镇离休干部，大专）采录

【采集时间】 1938 年采录于宁安县江东乡缸窑村，1983 年整理于宁安县宁安镇

【流传地区】 黑龙江省·（牡丹江市）·宁安县（宁古塔）·江东乡（江南朝鲜族满族乡）·缸窑村

【文本来源】 中国民间文学集成全国编辑委员会编：《中国民间故事集成》

（黑龙江卷），北京：中国 ISBN 中心 2005 年版，第 66—70 页。

【阅读提示】 金钱豹神代表的是战胜邪恶的正义之神。

【基本母题】 地方保护神；金钱豹神；复活；升天方法；妖魔；变形；斗魔王

【本文编码】 《阿达格恩都哩》：ZCSW0438-124-017

奥都妈妈

（满族）

满族的女战神。奥都，满语意为射箭坚实、骑马稳当之意。有的神谕中赞其为“跨双骑强壮战马行走，各处平安，昼行千里，夜走八百，保佑族人平安出征”的女战神。在祭祀中，其神偶形象也多是骑骏马的女英雄，高悬在堂屋东墙上。《天宫大战》中记载了这位女神的来历：奥都原是阿布卡赫赫第三个侍女“奥都西”（意为小姑娘），管七彩云马。天母追赶耶鲁里没追上，奥都西想出了一个巧妙的办法：用藤草编成白马借给耶鲁里，使他手足被缠，耶鲁里只得服输。又传：耶鲁里见阿布卡赫赫极美，就嬉戏她。阿布卡赫赫一看见耶鲁里的大脑袋，就头晕目眩，她让侍女们赶走他。她的大侍女喜鹊用叫声赶他走，耶鲁里用几座山塞住了耳朵。她的二侍女刺猬用自己刺上的太阳光刺他的眼睛，耶鲁里用白雾作眼帘。奥都西将七彩云马赶到耶鲁里眼里，将他赶走。阿布卡赫赫见她失去了不少马，生气地将她赶走。奥都西有很长一段时间离开了天母，所以奥都妈妈的神偶不在正房。后来天母又想她，将她召回，奥都西成了战神。奥都放过马，所以往昔满族牧马时要祭拜她。奥都的神偶在堂屋（厨房），有的满族姓氏就奉她为持家女神，庇佑厨房诸事、缝纫、手工等家务事。她使妇女聪慧，有持家本领。

【讲 述 者】 （无考）

【采录整理】 富育光、孟慧英、王宏刚整理

【采集时间】 （无考）

【流传地区】 （无考）

【文本来源】 姚宝瑄主编：《中国各民族神话》（满族、赫哲族、朝鲜族），太原：书海出版社 2014 年版，第 73—74 页。

【阅读提示】 女战神、持家女神等都带有母系氏族社会的遗迹。

【基本母题】 战神的产生；女战神；天母；神偶；持家女神

【本文编码】 《奥都妈妈》：ZCSW0439-124-018

蚕姑姑

（满族）

一盘盘苏叶饽饽冒气啦，
一碗碗五花腱肉腾热啦，
一缕缕年期香烟升上啦，
蚕姑姑骑着神驴进门啦。

大家都忘不了蚕姑姑。她留给后人养柞蚕、织锦缎的技艺。听我家太奶奶常讲，很早很早以前，住在松阿哩乌拉沿岸的人们，不懂穿绸缎，祖祖辈辈稀罕使用皮货。那昝，讲究用熟好的皮板，绣制各式衣样。手工巧的，连鱼皮、鸟皮、蛇皮，都能制出各种图案的服饰。不知又过多少年，才有了麻布。那么，谁先用柞蚕丝织绸衣的呢？是蚕姑姑。

蚕姑姑，姓啥名啥，谁也不知道。她娘家哪疙瘩的人，更不清楚。据说，在松阿哩乌拉中游的西岸，有个靠山林盖了片土房的噶珊。屯里丁户不多，靠打猎、养猪、种米谷过日子。有一家家主是个寡妇老太太。这昂阿西[①]的儿子出兵

① 昂阿西：满语，寡妇。

死在辽水，留下个年轻、贤惠的媳妇，跟婆母过日子。婆婆很刁，偏心狠毒。儿子一死，一肚子怒火，成天跟一声不响的儿媳发泄，还骂媳妇是“丧门星”、“妨夫鬼”。

一天，媳妇想到伤心处，偷偷擦眼泪。这可惹下塌天祸啦！婆婆骂道：“妨夫鬼！妨夫鬼！你还要坏心哭死谁?”逼她跪在地当央，把一盆新从灶坑扒来的红火炭，抽冷子全扬到她身上了，长长的乌发、白脸，都烧焦啦，周身是火，疼得她满地打滚，昏了过去。小姑和小叔们，扯着她的腿，把她抡到后园猪圈旁边去了。一天多才醒过来。她爬呀爬的，爬进老母猪窝里。母猪带一窝猪崽子，见了她不叫也不咬，一劲给她往身上拱着谷草。她只好睡在猪窝里，饿啦，渴啦，爬过来咽几口猪食，吞几口泔水。她两脚烫坏，走路颠颠脚。小叔、小姑们看见了，喊她“猪妞”。婆婆见她能动了，说：“喀！喀！打今个起你不准再进我门槛。骑着瘸驴上山捋猪菜喀！烀猪食，喂猪!”

打这以后，猪妞着天牵着小瘸驴前沟后坡剜猪菜。她到山里心敞亮得多，把花草虫鸟当成亲姐妹。百鸟鸣唱，猪妞听了才有笑容。她把冤愁苦泪跟花鸟诉说。花鸟见了她点头，蝴蝶围着她飞舞。山风刮倒了小树，她扶起来培好土；害虫咬了树皮，她用嫩草给包裹好；江水冲刷了岸边花草，她堆起土堤挡住洪水。一天，忽然热风骤起，一阵红腾腾的山火，从山上滚来，浓烟遮天，两人多高的火头呜呜怪叫。眼看大火要烧到南山的一片玻璃棵子树[①]，鸟惊飞了，鹿、兔奔逃了，猪妞却不顾大火，跑了过去，用挖野菜的铁铲开出一条宽宽的防火道。山火熄灭了，枝叶葱茏的玻璃棵子树，躲过了灾难。

隔了两夜，猪妞正切着猪食菜，一抬头，看见屋角站着一位青衣姑娘，头梳横髻，插着银簪和鲜花，两耳银环闪闪放光。她走过来，慢声说：“苦命的额云[②]，我是金钱蛾变的，感激你在大火中救了我们全家，也心痛你日

① 玻璃棵子树：柞树。

② 额云：满语，姐姐。

夜受罪。没啥报答的，你呀，到南山采点金蛋子，做身绣龙纱，别老披破猪皮啦！”说完，她走了。

猪妞听了，有点不敢相信，自古吃肉穿皮，哪听过有啥绣龙纱呀！她寻思，反正明个天亮得上山咯，顺便寻摸寻摸金蛋子吧！

到了南山，她挖呀，采呀，在黄玻璃棵子树林里，在棒柴蒿草里，找了一阵子，只有猪草，没瞧见啥金蛋子。她东捋一把草，西捋一把蒿，塞满菜筐，驮驴背上，回来全倒进猪食缸里了。缸渐渐满了，就舀进锅里烀上啦。烀呀，烀着，猪妞闻到猪棚里清香扑鼻，跟往常不一样，觉得挺怪，就拿勺往外舀，沉甸甸舀不动，只好捡了根木棒搅。嘿！锅里净是亮晶晶的细丝。猪妞觉得挺新奇，就一连用了几根木棒，搅出不少漂亮的丝来。

猪妞瞧着亮丝正发愣，只见那个青衣姑娘站在她跟前，帮她理木棍上的细丝呐，缠好后，又帮她晾晒。从此，青衣姑娘总来猪棚，教她熬茧搅丝织纱缎。猪妞手巧，很快织出了又长又美的绣龙纱。

就在这时，噶珊里突然闹起了秋瘟，人病倒啦，牲畜死啦。穆昆达率领全屯老少，在神树下杀猪宰羊祭鬼神。萨满敲着神鼓，挥着神叉，驱赶着恶魔，祈祷着平安吉利。猪妞喂完猪，听到鼓声，偷偷跑到门口，扒着墙杖子空隙朝外瞧，看得正入神，不巧，婆婆打后园小门走过来。她一瞧是猪妞，便跑过去扯着她头发拉进猪棚。再瞧猪棚里地上炕上、墙上棚上，挂着一串串茧丝，气得跺着脚，大吵大嚷：“咳呦呦，天哪！山神玛法的佛珠，你胆敢拿来糟践！噶珊闹瘟疫，是你这孽种惹下的祸端呀！穆昆达知道，打死你没人掉泪，还要连累我们孤儿寡母啊！恩都里呀，惩罚她一个人吧！”

婆母不敢隐瞒，连打带踹地把猪妞拉到屯外人堆里。婆母跪在地上哭诉。噶珊的人们，被瘟疫折磨得胆战心惊，瞧见猪妞一身打扮，明白了，他们动手动脚，对着她又踢又打。穆昆达叫人把她捆上，吊在神树前，七天七夜不准给水给饭，让日神晒死她，让风神吹干瘪她，让乌鸦啄光她。穆昆达领着噶珊的人们，虔诚地跪在地上，敬了酒，上了香，说：“阿布卡恩都里呀，主宰山河的众神呀，保佑苦难的噶珊呀，我们把惹下罪孽的昂阿西吊上啦，用她的生命来换人畜安宁吧！”说完，噶珊的人都喝一口神坛里的猪血酒，剩下的泼到猪妞身上，意思是让神把罪人领走。

第二天，人们来到神树前一看，猪妞和吊她的树干子全没啦，地上连土坑都找不到。人们七嘴八舌地说，恩都里把罪人领走了。

原来，那天夜里，猪妞苏醒过来之后，心想，咋能等死呐？她挣扎着从树干子上摔下来，忍着疼痛往远处爬。逃走时，她把吊杆推倒，土坑填好，拖着杆子爬上了南山。天快亮啦，她才到了南山玻璃棵树林子里，吃草吃野菜，舔露水珠儿，就这样悄悄在林子里生活起来。青衣姑娘教过她熬茧做丝缎呀，自己没穿的，就穿丝制衣裳。一天，小癞驴上南山吃草，见了她跑了过来。猪妞便骑着癞驴离开了南山，到处走呀走，走遍了松花江中游的村落。人们开始不敢收留她，不敢学着熬蚕茧，日子长啦，见猪妞心肠好，挺热心，穿丝缎比皮子好，又美观又轻便，就越来越喜欢猪妞啦。老人们唱起乌春：

天上最美的噢伊嘞——白云，参！参！①
胯下最贵的噢伊嘞——金鞍，参！参！
炕边最亲的噢伊嘞——火盆，参！参！
身上最阔的噢伊嘞——丝裙，参！参！

过了好多年，猪妞的柞蚕技艺传开啦，她也慢慢变成头发斑白的老婆子了，人们看到她，都称她蚕姑姑。

一年，大辽王下了文告，选黄罗绣女。可是，文告传遍许多个噶珊，也没选到黄罗绣女。因为辽王很暴虐，百姓家的女子都不敢进宫，怕被糟蹋被害死。选不到黄罗绣女，辽王大怒，传旨再选不出来，逢女杀女，逢寨灭寨。百姓们一个个因此愁眉苦脸。这天，辽王正在宫中等着传报，忽然，打南边来了一个骑小癞驴的老婆子，要见辽王。辽王很奇怪，忙叫刀斧手站好，把老太婆叫进来。老太婆毫不畏惧地对辽王说："皇上要选黄罗绣女，

① 据传跳蟒式（舞）时伴唱的歌。"参，参！"是"赛音"一词的简化，即好的意思。

只有我老婆子能做。但有一条，让我织多少都成，得先放出牢里关押的所有百姓!”

辽王要选年轻的美女织锦缎，一见是个满脸皱纹的老婆子，满心不痛快，想轰出喀。可又因为母后庆寿，急用锦缎，时间很近啦，只好问：“给我织三百三十匹黄罗纱，三天为限，敢承担么?”

蚕姑姑说：“皇上放人吧，织不出来，任杀任剐好啦!”

辽王把关押的百姓全放啦。三天三夜，蚕姑姑果然织出三百三十匹黄罗纱。每匹有个图案，细纱里织着蝙蝠、梅鹿、松鹤、喜鹊、牡丹、芍药……，活像百兽奇花藏在薄纱里，跟真的一般，光彩夺目!

辽王大吃一惊，松阿哩乌拉竟有这样的巧手！忙下旨，把蚕姑姑留在宫里，专为皇家织锦。蚕姑姑笑了笑，骑上小瘸驴就走。辽王大怒了，心想，漂亮的锦缎只能帝王用，卑贱的百姓哪配穿用呐！忙把身边侍臣叫过来，说：“杀了老妖婆，不许她把技艺传出去!”

侍卫们像群恶狼扑过来，蒙上蚕姑姑两只眼睛，堵住了嘴，绑在驴背上。在驴尾巴上拴着大草把，用火点着，往驴屁股上猛砍三斧。瘸驴又惊又疼，顺着山道往南山里跑去。越跑，驴尾巴上的火越烧，疼得驴不敢站下来，拼命跳呀，逃呀，跌进悬崖下的松阿哩江中了。

从此，再也看不见蚕姑姑啦。传说，辽王死后，变成一只秃尾巴雀，黑毛挺短，一到初冬冻得直打颤，顺着磨磨哀号：“姑姑我有罪!”“姑姑我有罪!”它贪吃柞蚕，人们下套子放箭杀它，燎它的毛，吃它的肉。蚕姑姑呢没有死，都说她后来成了一位骑着瘸驴、巡山护蚕的蚕神，到处帮助人们养蚕。养蚕人家，感激蚕姑姑传下养蚕技术，同情她的苦难遭遇，后来每当放完秋蚕，家家户户都备好酒菜，点着年期香接她回家吃喜，表示对她的怀念。

【讲 述 者】 郭景霞

【采录整理】 富育光整理

【采集时间】 （无考）

【流传地区】 黑龙江省·(哈尔滨市)·呼兰(呼兰区)

【文本来源】 中华民族故事大系编委会编:《中华民族故事大系》第4卷(朝鲜族、满族、侗族),上海:上海文艺出版社1995年版,第337—342页。

【阅读提示】 这则神话所说的身世卑微的姑娘成为蚕神,表明蚕神是老百姓的神,也是养蚕人的保护神。

【基本母题】 养蚕;柞蚕丝织;人的动物朋友;瘟疫;人祭;人变成鸟;惩罚

【本文编码】 《蚕姑姑》:ZCSW0440-124-019

护路神查克大

(满族)

查克大神是保护行人安全的神。人们走在山里、走在野地里,有查克大神出来保护,就不受歹人和野兽、妖怪的袭击。神跟人走,人走到什么地方,神就走到什么地方。神身穿熊皮衣,头戴熊皮帽,脚穿熊皮靴,身背弓箭,腰佩刀。是个老头子神,也是个善良的神。

一般恰喀拉人,用小木头刻出来用小皮条穿起来挂在身上的有两个神:一个是查克大,还有一个是护身神。人们远行住下时,支上帐篷把查克大神挂上,也挂护身神。恰喀拉人每年冬天出外做买卖,不是一个人去,要约屯子里的许多人一起去。带着一年攒的皮子、珍珠、药材、虎骨、咸鱼出去交换。一般是到宁古塔去换,那儿比较近,过了山就到了。还有最远的到三姓去交换的。

有一年,黑松林地方有很多恰喀拉人带着自己的蜂蜜、药材、皮子上宁古塔去交换。一走就是几十个人,赶着马爬犁,穿着恰喀拉人的服装。一过江就到了满族聚居的地方,叫他们“熊皮鞑子、鹿皮鞑子过来了”。他们牵着马，带着狗，挎着弓箭到了宁古塔，找店住下了。恰喀拉人不懂钱，可他们需要买回铁锅、粉条、黄豆、豌豆、黄米、布匹。在宁古塔，他们看宁古塔人穿戴干净漂亮，说满口流利的满族话。他们能听懂那些人讲话，可宁古塔人听不懂恰喀拉人说的是啥。那时候开市要有时间，或初一、或十五，他们还得呆几天等着开市。他们满街溜达，吃吃宁古塔风味，到酒店喝喝酒。开市了，各地方推车牵马的、拉爬犁的到市场换东西、卖东西。恰喀拉人把自己的东西摆出来在市场上卖。卖了很多珍珠、皮子、药材。到晚上一看，得了很多银子，他们也不知道这是多少钱，也不太在乎。第二天拿这些银子买锅、买粉条、买黄米，有的买豌豆。他们手里还剩些银子，还有些珍珠、皮子没卖出去。恰喀拉人卖不出去东西是叫人笑话的，人家说你人品不好，不诚实，卖东西都没人要。第三天，他们把所有的东西都卖出去，换回不少东西，有的还买了小孩的摇车。晚上，大伙把东西往爬犁上一绑，往马背上一驮，捆巴捆巴就打算往回走了。东西收拾完了，有的人躺下睡了。没睡的人听到房上有磕烟袋的声音，抬头一看，还是空房梁柱，什么也没有。这一晚上房梁上一个劲儿地敲。人们又累又困，你敲你的，我睡我的，不当回事儿。第二天早上，声音没有了。该走的时候，大家牵马、领狗，照老路往回走。从宁古塔到黑松林七八百里地，得走七八天。宁古塔往东走，虽是平地，但也都是山沟，过了乌苏里江东边还是山。人们走得比较快，到天黑人们就支起帐篷住下。这不是住几个人的帐篷，是只能住一个人的小帐篷，一支起来就躺一个人。头天人们在靠边的地方支起小帐篷，点起了篝火，休息了。在马的四处圈点起几堆火，防野兽。大家进帐篷安歇，就听马“特儿它”地直打喷嚏，狗嗷嗷叫，像嚎一样。那些人太累了，都睡着了。有一个人看火，就看马围子外面有两个蓝眼睛朝马群看。他很害怕。这是什么东西？比虎眼还光亮。他壮着胆子围火堆坐着，就见那对眼睛不动弹，瞅着马群。他越来越害怕，旁边有个帐篷，就把帐篷里的人叫起来。这个人起来一看也挺害怕，他又拽醒了另一个人。就这样一个招呼一个，大家全起来了。这蓝眼睛还是一动不动，它到底是什么？马围子外边的火很快就烧没了，需要添火。一个人不敢去，五六个人一起去，抱些大干枝把火添了。这些人在马围子外边没看到这对眼睛，回到里边这对眼睛还在。大伙一想，它是不是要吃马？后半夜大家困得不行了，这对眼睛还在。都不敢睡，都瞟着这东西。天亮了还得启程，人没休息好，就走得慢了。天黑了，大伙又在山沟住下。还和昨天一样，还有这对眼睛。

第三天晚上，这对眼睛又出现了，大家见惯了，也就不在意了。留下两个人看火，其余的都睡觉了。这两个人盯住这双眼睛，就见从眼睛那儿伸出一只大手朝马一抓，马就没了，马还不嘶叫，眼睛也消失了。他们把大家都叫起来，谁也弄不清是怎么回事。大家说，明天快点走吧，早点儿到家，少惹事。走了几天，又丢了三匹马，现有的马负担重了，又驮东西，又拉东西，越来越难了。进了锡霍特山还有一两天的路程。天黑了，大伙说：咱们祷告一下查克大神吧，让它保佑我们平安到家。大家就都跪在地上，请求查克大神来保佑。祷告完，大家都睡下了。两个看火堆的人，一看还是两只眼睛。一会儿一只手又伸出来，刚一抓就听“噗哧”一声，还有呵呵的人声。这只大手被砍断了。看火的人很惊讶，把睡觉的人招呼起来，一看断手的手指比人的胳膊还要粗，这一定是妖怪的手。过一会儿，在眼睛方向又伸出一只手，又听呵呵的一声，这只手也被砍断了。大家说，这是神保佑，它两只手都被砍断了，不会再有手抓马了。大家进了帐篷，刚进去，就听呵呵声又来了。原来两个眼睛的地方又露出一只手，这只手又被砍断了，眼睛不见了。他们仔细看看砍断的妖怪手，原来是白树杈子。难道是树怪？大伙挺疑惑。这些天，人马都没休息好，一商量：就白天休息，夜间走吧。

天亮了，有的搭帐篷睡了，有的拢火烤点肉干、鱼干吃。一个人看着马，在周围采点草，再给马拌点小干肉块，马也吃足了。太阳平西了，该回去了。他们收拾收拾往回走，就看两只眼睛在后面跟着，人走得快，眼睛也快，人走得慢，眼睛也跟得慢，就听后面有呵呵、呵呵、呵呵声音不断。眼睛有时候出来，有时候没有。就听铁器碰到石头、木头上的声音。大伙说：不好！神和妖打起来了。趁它们打的时候，咱们快走吧！铁碰东西的声音一夜也没停。到了白天，声音还有，只是小了点儿。大伙赶快吃点什么，喂喂马。傍下半晌，这些人又去赶路。过了锡霍特山快到家了，大家来了劲，催马加鞭赶快往回走。一直走到亮天，就看前面有一个像人似的东西，戴白帽子，穿白衣，眉毛胡子都挂白霜，背着弓箭、佩着刀，在前面站着。什么东西？是神？是妖？大家害怕也没用，还一劲儿朝前走。大家把箭和刀准备好了，越走越近，到了跟前一看，是个老头。他说："你们站下吧！这几天够辛苦的，一路上有个豹妖想把你们的马都吃掉，让我给砍了。它用树枝晃你们，趁你们害怕的时候，它就吃马。现在你们不用怕了，它已经让我制服了。"大家一看是神仙，赶紧跪下，忙说："我们感谢神仙，以后要年年供奉你老人家。"老头说："不用谢，我就是护路神仙嘛。你们快走吧，要不还要有大难呐。"大伙谢过神仙，急急忙忙往回走。到家后，这一路上的事传开了。大家说护路神查克大保佑我们回到家，我们赶紧还愿吧。大伙竖起木杆子来祭祀护路神，各村男女老少也都来祭祀，很是热闹。

【讲 述 者】 穆尔察·晔骏（满族，男，65 岁，黑龙江省满语研究所离休干部，大专）

【采录整理】 孟慧英（女，41 岁，中国社科院民族研究所干部，大学）采录

【采集时间】 1987 年 11 月采录于哈尔滨市

【流传地区】 黑龙江省·（哈尔滨市）·阿城县（阿城区）

【文本来源】 中国民间文学集成全国编辑委员会编：《中国民间故事集成》（黑龙江卷），北京：中国 ISBN 中心 2005 年版，第 41—43 页。

【阅读提示】 这则神话通过描述出行保护神的神秘力量，反映出人们在深山老林中出行的确很不容易。

【基本母题】 出行保护神（护路神）；神的服饰；神的工具；护身神；商品交换；奇遇；神的功能

【本文编码】 《护路神查克大》：ZCSW0441-124-020

沙克沙恩都哩

（满族）

传说刚有人类的时候，他们只知道捕猎觅食，对一些天灾病祸，一点也不懂得预防。天神为这件事很担心，打算派沙克沙下界，预报一些吉凶祸福。

正在这时，下方管平安育子女的神佛托妈妈上天启奏说："纳音河地方有一户没儿没女的老人，一生做了不少好事。应该赐给他一个儿子。"天神一听，立即吩咐沙克沙下界去给二老做儿子，并告诉他不要怕困难，好好预报吉凶祸福，还赐给他五千喜鹊兵。

纳音河地方这户老人，快六十岁啦，仍然没儿没女，部落的人们为这件事很发愁。老两口子，除了修桥铺路外，成天向佛托妈妈神祷告："有灵有圣的佛托妈妈，赐给我们一个儿子吧!"事情就是有些巧，有一天晚上，老伴做了一个梦，梦见一只大喜鹊向她怀里扑来。从那以后真的怀了孕。夫妻二人乐得嘴都合不上，天天盼着生一个大白胖小子。

别人家妇女怀胎十个月就要临产，老猎户的老伴足足十五个月，孩子还没有降生。有人暗暗叽咕："这孩子将来是个大命之人。"也有人说："这一定是鬼胎，说不定要有什么大灾大难。"终于在五月端午那天，小孩降生了。

降生的那个时辰，成群的喜鹊飞到院子里、屋顶上，喳喳地叫个不停。孩子生下后一看，背上长满羽毛。嘴又尖又硬，两个肩上还长出两只肉翅膀。老头气得满地乱转，老伴愁得一声不吱，暗暗掉泪。老头要扔出去喂狗，当妈的哪能舍得这块亲骨肉，总是不肯答应。有一天，老头趁老伴不在屋的时候，偷偷把孩子抱了出来，扔到荒郊野外。喜鹊怕孩子被狼吃了，成群结队地护着。

老伴回来进屋一看，孩子不见了，知道是老头给扔了，赶忙跑出去找。一直跑到野地里，才把孩子找到。有心抱回家来，又怕老头子再扔出去；有心寄托在别人家，又怕没有人肯抚养这妖怪似的孩子。最后，只好把他放在喜鹊窝里，到时候送送奶。说也真怪，这孩子住在喜鹊窝里，也不哭，也不闹，成群的喜鹊围在他身边飞呀、叫呀。时间一长，这孩子和喜鹊有了深厚的感情，还能听懂喜鹊说的各种语言。孩子到五六岁的时候，竟能会飞会走，穿枝过梗如走平地。额娘给他起个名字叫沙克沙。

沙克沙长到十五六岁的时候，就能呼唤着喜鹊干这个干那个。

喜鹊也听他的号令，沙克沙简直成了喜鹊队的牛录额真（首领之意）。从此，沙克沙每天分配喜鹊各处打探，哪里有好山场，哪里有好围场，给大伙报个信。就这样，部落人也不太讨厌这个“人头鸟”了。

有一年夏天，一群喜鹊从西北飞回，惊慌失措地告诉沙克沙：“叽叽喳，叽叽喳，再过半个月，要被水淹啦，咱们快搬家，咱们快搬家。”沙克沙一听，赶忙挨家挨户告诉这个消息。可是部落人以为一个毛孩子懂得啥，也没当回事。果然在七月初一那天，大雨像瓢泼一样，顿时山洪暴发，把临近的部落都淹没了。牲口全被冲走了，人也淹死很多，沙克沙的老阿妈也被这场大水淹死了。

又有一回，喜鹊从远处得来消息，在春三月要闹一场瘟疫，只有在家里二十七天不出门，才能免于这场灾难。沙克沙又把这个消息挨家挨户传送。有的人相信，也有些人不信。果然在开春三月真的流行了瘟疫。那些不相信的人，死的死病的病。部落人这才相信了沙克沙传来的消息。

沙克沙能预报吉凶的消息传开之后，各个部落人有什么大事小情都来请教他。沙克沙更是有求必应，热心地为大家探听消息预报吉凶祸福，渐渐成了部落祭祀时的萨满。

在鼠年的一个秋天，因为部落附近的野牲口没有多少了，只好十个人一伙，八个人一帮，组成狩猎队到远处去行围。其中有一位四十开外的老猎手叫哈桑阿，领着十四个年轻阿哥向西北山方向出围狩猎。这一天，来到一处山口，他们一走进去，就觉得昏天黑地地迷失方向，转了三天三夜还是原地打转。急得哈桑阿团团转，心想，就凭我多年的山把式，难道还转不出这个山口吗？

又振作起精神，领着大家重新找路。又转悠了七八天，还是原地不动，带的干粮也吃光了。就在这时忽听从树林里传来一声怪叫，随着声音走出一个三分象人七分象鬼的家伙。它高声喊道：“这是我家魔王摆的迷魂大阵，专门捉拿进山的人，好给大王做下酒小菜。”

原来魔鬼耶鲁哩在地下生活，常年吃不到荤腥，便想抓些人来解馋，这才在此摆下一个迷魂阵。哪怕你是天上的恩都哩，闯入阵内也休想逃出去。凡被抓住的人，都用火烤成熏肉，以备常年受用。

那个小妖正是耶鲁哩派来看守迷魂阵的，要他凑足五十人，就烤成熏肉向魔王交差。它把这十五人用妖术迷倒，一个个倒捆二臂押到山洞里收存。准备凑足五十人的时候，生火烤肉献给魔王。

当大家苏醒过来以后，才知道被关在山洞里。真是叫天天不应，叫地地不语。就这样又抓来两批猎人，凑足了五十名。这件事又被喜鹊发现了，立刻报告了沙克沙。沙克沙一听，真是心急似火不知如何是好。喜鹊又说：“沙克沙额真，赶快飞向长白山求求白山主吧！”一句话提醒了沙克沙，他立刻飞向长白山去。

刚飞到天池，就听天池旁有人高声喊道：“沙克沙，快落下，有要紧的话要告诉你！”沙克沙赶忙落到地面，一看原来是巡山贝子。

那贝子说：“白山主知道你来求救，叫我转告你，赶快背上天池神水，洒到迷路人的身上，不然性命难保。”并告诉了迷路人的方向。

沙克沙一听，哪顾得上休息，转身就向迷魂阵飞去。再说迷魂阵的小妖，一看凑足了五十个人，便急忙命令手下人升火。顿时一堆堆烈火腾空而起，又架上高大的木架，把五十个人剥得赤条精光，拉出洞外。正好沙克沙飞到现场，立即把神水泼出一半。就见神水变成点点细雨，浇洒在五十个人的身上。小妖们把这些人一个个架到火上，可是不管你多旺的火，足足烤有两个时辰，连一根毫毛也没烧着。小妖们大惊，忙把这种现象派人报告了耶鲁哩。耶鲁哩也感到奇怪，立刻和小妖来到迷魂阵，亲自升火烤人。结果还是照样，丝毫也没烤坏这五十个人。耶鲁哩看到这种情况，不但没有发怒，反而高兴起来。他连忙吩咐把这五十个人卸下来，并叫小妖给他们穿好衣服，请到山洞里，他要和这五十个人商量一件大事：

原来在老爷岭前，有一座长年冒火的大山叫风火山。这风火山喷出的火苗子有一二百丈高，整天浓烟滚滚。离山十里远，就烤得你头昏眼花浑身烫得受不了。这火是两千条火龙喷出来的，耶鲁哩早就想制伏这些火龙，用他们攻天，夺取天神宝座。虽然有制伏它的法宝，但是不敢靠近风火山，有法宝也施展不了。他一看这五十个人不怕火烤，有意要收服他们去制伏火龙，组成火龙军，好去攻天。

耶鲁哩把五十个人请到山洞，摆上酒席，亲自把盏给大家斟酒，然后笑嘻嘻地说："各位受惊了，我不知道各位有避火的能力，早知这样哪敢冒犯。"其实哈桑阿等人，也不知道什么原因没被火烤死，一看耶鲁哩魔王一改常态，居然装出和蔼可亲的样子，心想这里一定有鬼，何不将计就计来个顺水推舟，看他葫芦里到底卖的什么药。他就领大伙大吃大喝起来，并且和耶鲁哩说："我们是守天池的神兵，专门会治火，我们头领是飞天贝子，他的能力可大啦，会腾云驾雾。哪怕你是天上的神火，一碰到他，管保听他使唤。天上要是哪个地方出个窟窿，都请他修理。"耶鲁哩一听，更加敬佩这些猎人了，赶忙说："实不相瞒，我有意把你们收下，编成降火队。我们合兵一处，将打一家，那有多好。再说你们即或火烤不死，要想逃出我的迷魂阵，势比登天还难，不如投降于我。"啥桑阿假装为难地说："我们倒很愿意投靠大王，可是这是一件大事，必须和我家飞天贝子商量商量才行。再说要是把他也收过来，那力量可就大啦，不说普天无敌，也能称霸一方。不过有两个条件，一个是把我们收过来不知有何差遣请大王说明；二是我们出去一个人找到飞天贝子，说服他归顺大王。"耶鲁哩想了想说："实不相瞒，我打算夺取上天宝座，就是力量不足。南边有一座风火山住有二千条火龙，我虽然有捆龙绳能制伏它们为我使唤，可是靠近不了它们的身。如果你们肯同我合伙，把火龙收过来，要想夺天真是易如反掌。到成功之日，咱们共享天堂之福。如果能派人说服飞天贝子，那就更好了。"就这样，总算瞒过了耶鲁哩。饭后，哈桑阿自告奋勇去找飞天贝子。临走时，他偷偷嘱咐大家什么也别说，更不要乱动，防止露出马脚。

哈桑阿被耶鲁哩送出山口后，星夜回到部落找到沙克沙把如何误入迷魂阵的事说了个清清楚楚，然后就问："你能不能靠近火龙?"沙克沙点点头说："我有天池神水，什么火也不怕。"哈桑阿一听大喜，和沙克沙秘密地订下了攻取耶鲁哩的计策，告辞了众乡亲，又返回迷魂阵。哈桑阿见到耶鲁哩说："我家飞天贝子也早有夺天之意，愿意兵合一处共成大业。明天午时，他自己要从天上飞来。"耶鲁哩一听大喜，更把飞天贝子当做神似的尊敬。第二天一大早就摆出香案，备好酒席，恭候这位飞天贝子。正当午时，沙克沙果然从天而降，耶鲁哩毕恭毕敬地招待着。当天晚上就议妥留下五十人做押头，沙克沙拿着降龙绳把火龙收来，并定下八月十五出兵攻天。耶鲁哩亲手把降龙绳交出，并告诉了使用方法。沙克沙偷偷地把天池神水分给大家一些。第二天，直奔风火山飞去。

风火山，高又高，二千火龙把守着，浓烟烈火百丈高，人要靠近它，变成灰烬随风飘。

风火山，火烟毒，好似一座大火炉，谁要敢靠近，立刻骨肉酥。真是远看浓烟滚滚，近看烈火腾空。

沙克沙用天池神水洒满全身，立刻遍体清凉，一翅飞向山顶，大声喊道："火龙听真，我来暂借你们的力量消灭妖怪，事成之后再如数奉还。"说完把降龙绳抛出，立刻十条火龙老老实实被捆住。火龙哀告沙克沙："好心的神主，我们在这一不祸害人，二不祸害野兽，是安分守己的火龙啊！"沙克沙很客气地说："我要用你们烧妖怪的迷魂阵，救出被他们抓去的猎人。"火龙点点头说："愿听神主调遣。"沙克沙立刻率领十条火龙向迷魂阵杀来。自从沙克沙走后，可忙坏了耶鲁哩。他调兵遣将，准备火龙一到，就开始攻天。被抓的五十个猎人也心急似火，有些坐卧不安。就在这时，只见从南方空中飞来十条火龙。这火龙喷火吐烟好像十架火山似的向迷魂阵烧来。耶鲁哩大声呼喊："快落下！快落下！到山洞休息！"五十个猎人心中暗暗高兴，把天池神水洒满全身，准备突围。十条火龙哪听耶鲁哩调遣。只听沙克沙一声令下："给我狠烧妖怪！"这十条火龙扑向迷魂阵内到处乱烧。耶鲁哩一看不妙，赶紧发令撤退，已经来不及了。把妖兵妖将烧得焦头烂额，死伤大半。耶鲁哩因为道行大，才算逃之夭夭。迷魂阵打开了，五十个人得救了。阿不凯恩都哩见火神有功，把他们全部收到天上。沙克沙的名声传遍各部。

说他是逢凶化吉遇难呈祥的喜神。

【讲 述 者】 （无考）

【采录整理】 傅英仁搜集整理

【采集时间】 （无考）

【流传地区】 （无考）

【文本来源】 满都呼主编：《中国阿尔泰语系诸民族神话故事》，北京：民族出版社1997年版，第277—283页。原文标注摘自《满族神话故事》，北方文艺出版社1985年版。

【阅读提示】 通过这则神话塑造的逢凶化吉遇难呈祥的喜神，可以洞察民间信仰产生的渊源和情感。

【基本母题】 预言者；管平安育子女的神；佛托妈妈；投胎；生育祥兆；人的动物朋友；洪水；萨满的产生；斗妖魔；神水；火龙；逢凶化吉的喜神

【本文编码】 《沙克沙恩都哩》：ZCSW0442-124-021

伏羲兄妹

（仫佬族）

古昔山中住着伏羲四兄妹及其老母。伏羲与妹心最善，伏羲之二兄一独眼，一跛足，性贪残而懒惰。二兄闻天上雷公肉美，思欲食雷公肉。乃设计以水藻铺屋顶，而缚老母置碓中，扬言将舂死之。老母大呼救命，祈雷公劈此不孝子。雷公职在劈世间恶人，闻呼声立从天降，方落屋顶，不意被水藻滑倒，坠于地上。为二兄所擒，关入谷仓。

二兄嘱伏羲兄妹看守雷公，勿与饮食，随即上街购配料，拟于夜晚割食雷公，雷公在谷仓中肚饥口渴，请予一口水，伏羲兄妹惧违二兄命，不敢予之。雷公又哀恳，请以洗碗之水瓜渣予之，略舐以解渴。兄妹思此物不能食，即从碗柜顶取其一扔予之。雷公得水瓜渣，立吞入腹，精神陡涨，遂破谷仓而出。拔一门牙予伏羲兄妹，云：“此是葫芦瓜种，立种入园，挑粪壅之，俟瓜长成，挖空其中，日以剩锅巴饭倾入，到时自有用。”语毕，腾云升天而去。

二兄购配料回，知雷公已逃，怒挞伏羲兄妹，逐之出门，住门外茅寮（小屋）中。伏羲兄妹遵雷公嘱，种所赠牙于后园，未久发芽抽藤，结一巨大葫芦瓜，乃挖空其中，日注以剩锅巴饭。天忽降暴雨，三年零六月未止，山洪暴发，淹没田地村寨。伏羲兄妹立入葫芦避水。洪水涨至天门，葫芦随水高涨，撞至天门坎，“咚”然有声，惊动玉皇大帝，急令雷公关闭天河闸门，大雨始停，洪水乃退。伏羲兄妹所藏葫芦亦随水降落地面。

其时天下人皆淹死，大地荒无人烟。兄妹于天山脚下遇一金龟，金龟劝兄妹结婚，生儿育女，繁孳人类。妹初未允，经金龟劝说再三，妹始允与兄绕天山跑，兄能从正面追及，便嫁与兄。兄妹遂绕山而跑，伏羲追妹，已跑三十六圈，终未能从正面追及。金龟乃献计于伏羲，令返身回跑，伏羲从之，果从正面追及其妹。伏羲兄妹遂结成夫妻。未久，妹孕而生子，产一物，无耳目口鼻手足，只一肉团。伏羲忿极，以石砸碎，撒于大地，次日视之，见山莽平原，处处皆有炊烟，皆有村寨人家矣。自兹以往，人类子孙遂绵延不绝。仫佬人称伏羲兄妹为人伦神，立庙塑像，世代祭祀。伏羲兄妹像下，更有一独眼、一跛足之二兄像，世人见之，无不笑骂。

【讲 述 者】（无考）

【采录整理】袁珂据《仫佬族民间故事》中的《伏羲兄妹的传说》改写。

【采集时间】（无考）

【流传地区】（无考）

【文本来源】袁珂：《中国神话大词典》，北京：华夏出版社 2015 年版，第 562 页。

【阅读提示】关于洪水后伏羲兄妹再生人类的神话母题在南方许多民族中

都有流传。

【基本母题】 兄妹性格不同；伏羲兄妹；捉雷公；洪水；兄妹婚；生怪胎；人类再生；人伦神

【本文编码】 《伏羲兄妹》：ZCSW0443-124-022

高取高拔

（纳西族）

昔金沙江畔宝山有伟男曰高取高拔，身材魁梧，神通广大，智慧超人，为乡人作善事不少。高取高拔曾挥神奇长鞭，击破岩石，斩断树丛，在悬岩陡壁开出一沟曰“高取沟”。从此清清山泉引入人家，干涸旱地变成水田。又曾运神力投飞刀于天空，钉住太阳，使其日夜不落，助乡亲于短时内开出层层梯田。自后此地荒山荒坡悉变肥沃良田。

一日，高取高拔与乡亲外出营生，至中途，众皆饿馁倒地。高取高拔亦困馁，然犹强振精神，起谓众曰：“若等稍候，俟吾往觅食与汝。当谨记，不论见何兽来，但口叼有食物者，便当呼我之名。”语毕，转身入林去。未久，闻山林有虎啸声，众方惊悸，忽见林中跃出一大虎，皆骇而四处奔逃。中唯一胆壮者，见虎口叼一麂，乃大呼曰：“高取高拔！”语方毕，大虎立变为高取高拔。高取高拔呼集众人，指胆壮者曰：“若非汝呼我，我将不复为人矣。”众乃剖割麂肉而烧食之，食饱登程。

事闻于丽江木老爷耳，欲知虚实，乃遣人往宝山呼高取高拔来问之。高取高拔乘马至。木老爷适进餐，高取高拔身着麻布衣及山羊皮褂，见之亦不为礼，但曰：“我即拉伯（宝山）高取高拔，汝呼我来，我来矣。”木老爷愠而睨之曰：“土里土气，全不识规矩！”高取高拔怒其出口伤人，乃念动咒语，顿使围坐饭桌旁之木老爷及其妻女，人人悉如木偶，身不能动，饭不能吃，碗筷则蹦跳于桌上，叮叮当当响成一片。木老爷知其能，颤声求饶，高取高拔止其咒，众始知常。

木老爷假装笑脸，假意殷勤接待之。然已定下毒计，必欲除之。在高取高拔返宝山之归途，木老爷暗派兵丁两名尾随。高取高拔骑马行经“捉美八”石拱桥时，后跟之贼兵，出其不意，突举大刀，自后断其首而逃。高取高拔虽被斩首，身犹未倒，仍从容下马，俯身探取其头，捧置怀中，上马续行。方欲将头安还原位，行至跃高吾处，安置未毕，一树横挡去路，马为树绊，高取高拔自马背摔下，跌入山沟，身首分离遂死。噩耗传来，乡亲无不为之流泪叹息，皆怀沉痛之心，觅得其尸火化而葬之。后又为建高取高拔庙，庙塑其威武之坐像。自是之后，人乃奉以为驱灾除难之神。

【讲 述 者】（无考）
【采录整理】袁珂据《中国少数民族神话选》中的《高取高拔》改写。
【采集时间】（无考）
【流传地区】（无考）
【文本来源】袁珂：《中国神话大词典》，北京：华夏出版社 2015 年版，第 548—549 页。
【阅读提示】像高取高拔这样驱灾除难的人物，越多越好。
【基本母题】动物变形；咒语；火葬；人成为神；驱灾除难之神

【本文编码】《高取高拔》：ZCSW0444-124-023

死神尤鲁瓦的出世

（纳西族）

很古的时候，有一个使金筷子捧金碗的富翁，他有两个姑娘，二姐嫁的是门当户对的富人家，大姐却嫁了一个穷光蛋。而富翁岳父是眼里有一杆欺贫爱富的戥称，他把富女婿看做一朵花，而把穷女婿看成一泡屎了。

二

山里在过火把节的时候，两个女婿来看望老岳父，老岳父对富女婿总是笑嘻嘻地展着一脸笑容，对穷女婿总是耷拉着一张讨嫌的乌云脸。按理讲女婿来到火塘边，大女婿应坐在客位的首座，但老岳父嫌贫爱富总把二女婿安到尊贵的首座，而把穷女婿安排在卑贱的末座。吃饭的时候，他拿金筷金碗银杯给富女婿斟酒、倒茶、盛饭、夹肉；而对大女婿拿猫食碗斟酒，拿狗食瓢倒茶水，又拿猪食瓢当饭碗；给富女婿盛白米饭，给穷女婿舀苞谷沙沙饭。老岳父的待人刻毒，弄得富女婿眉开眼笑，穷女婿的脸上抹灰。穷女婿把这些侮辱牢记在心，想着有一天要出一出这口晦气。

一天，穷女婿邀请老岳父来屋里喝酒，他偷觑着老岳父刚跨进门的时候，很快拿一撮碎金子往一匹瘦马的肛门塞了进去，然后拿起一根皮鞭鞭打瘦马，边打边嘴里喊道："打一鞭老马，屙三撮黄金!"瘦马经他一鞭打，惊骇得屙出一泡稀屎，穷女婿立刻丢下皮鞭，蹲在稀屎前东翻西扒起来，嘴里乐滋滋地说："哎，捡到一粒瓜子金了，又捡到一粒瓜子金了。"

老岳父看见穷女婿从马屎里翻扒出瓜子金，好生奇怪，赶忙过去细看，穷女婿手里捧着一撮碎金，马屎堆里还散落着许多金粒，这一变魔术似的事情，弄得他又惊又喜，嘻着嘴巴说："女婿呀，你发什么财鑫呀?"

穷女婿故意装作这时才发觉老岳父似的，笑着说："哎，岳父大人呀，我只顾捡金子，失迎了。是这匹瘦马害了我，它迟不屙早不屙，就在这个时候屙了这泡金屎。"又佯装生气地抓起鞭子，骂道："你这不争气的瘦马，你屙金子屎，害得我出门迎接老岳父的事情也耽误了。罪孽，我要打死你。"他挥起皮鞭，装作要打的样子。老岳父看见穷女婿有一匹会屙金子的瘦马，真是穷家有宝物，富家睡不稳，他动了把这匹瘦马弄到手里的念头，忙抓住穷女婿的手臂："儿呵，你莫发脾气，你的失礼我不记在心上，人哪个见了金子不红眼睛？快把金子捡起来吧。"

"爹，我不耐烦捡这臭金子了，每天都得捏着鼻子去扒臭屎，我也感到发腻了，哪个要这老瘦马，我就卖给哪个，省得找麻烦事情。"

老岳父听到穷女婿要卖这匹会屙金子的马，高兴得心儿蹦跳，但他急忙掩住真情，顺水推舟地说："女婿呀，人的手可以往外拐，但做人可不能外拐，你要卖宝马，爹想……想……"

老岳父把心里的话一截掐断，咽回肚里，但他想要瘦马的心迹却透给穷女婿了。聪明的穷女婿，把岳父肚里的肠肠兜兜都捉摸透了。他故意叹了一口气，说："爹，我想把这匹马献给你饲养，也表示女婿的心意。"顿了一下说："可我家里穷，送了宝马我不是更穷了？更被人看不起了。"

"哎，我也不能白要你的马，你的家里穷，我给你一袋金银吧。"

"爹呀，我怎好收你的金银？我穷也有穷的志气，既然你爱我的马，我也顾不得这些了，换还是卖?"

"女婿呀，说话别吞吞吐吐了，你愿卖我愿买莫说换了，马价就是一袋金银，你不悔，我也不怨你了。"

老岳父流着馋涎，留下一袋金银，牵走了宝马。他把瘦马牵到家里，喂了一箩黄豆，饮了一桶水，然后急不可耐地牵到后院里，挥起皮鞭，狠实地朝瘦马打去。受鞭打的瘦马，蹬起前蹄一跳，因刚吃黄豆饮了水，肚子鼓胀得像皮球，这一蹦跳，挣断了肠子，扑地一声瘫在地上，浑身抽搐，翻了下白眼就咽气了。

二

穷女婿早就料到老岳父为瘦马屙不出金子的事，迟早会来吵闹。这一天，他从碓房里把碓窝搂抱起来，放到火塘里，垒上柴棒子，点燃大火，把个碓窝烧得红彤彤的，这时候，看见老岳父慌慌张张地跑来，知道瘦马的事情出纰漏了，他赶忙把烧红的碓窝用铁链子拖到檐廊下，舀了一盆麦面揉起粑粑来。这时老岳父气喘吁吁地跑进来，喊道："瘦……瘦……马……死……死……"扯着穷女婿就往外走。"爹，你慌什么？这死，那死，肚子饿了要吃饭，你看。"穷女婿把团好的粑粑贴到烧红的碓窝里，滋的一声，粑粑瞬间就烤熟了。老岳父看到这不用火烧就能烤熟粑粑的碓窝，十分稀罕，让他忘记了胀死瘦马的气恼。没等老岳父弄清楚是什么一桩事情，穷女婿把切好的菜放进礁窝里，操起勺子，很快把菜炒熟了；他还敲了两个鸡蛋，煮了一碗鸡蛋汤；转眼间，穷女婿把滚冒着热气的饭菜端到饭桌上，说："爹，你饿了，先吃饭吧。"

老岳父被神奇的碓窝引动了心，他哪里还有吃饭的心思，心里痒酥酥地说："儿呵，你妈和我都老了，也没有上山砍柴禾的力气了，这只神锅让给我好了，你要多少金银，我数给你。"

"爹呀，你要我让出神锅可以，但又怕日后怪罪使你受害呢。做儿子的怎能受得了这不清不白的冤枉呢？算了，神锅还是不让的好。"

"哪里话，哪里话，瘦马死了，是我喂多了黄豆，饮多了水，是我的过失，我哪里怪罪于你？我想要你的神锅，是我心甘情愿的。"

穷女婿叹了口气，又拿一块粑粑贴到碓窝里，又滋的一声，滚冒出一股香味。他看了老岳父一眼，又说："既然神锅被阿爸看中了，你老人家喜欢的东西，做儿子的怎能不送给你呢？"

老岳父背着碓窝回家了。穷女婿估计到老岳父又会来扯筋，就拿一根一头染成红色，另一头染成黑色的棍棒，然后咬着婆娘的耳朵，如此这般的吩咐了一番。果然冷却了的碓窝，贴上粑粑不熟，菜也炒不成，老岳父知道又上穷女婿的当了，憋着一肚子气，来找穷女婿。他一跨进门就指着穷女婿的鼻子骂："你这没良心的烂人，你拿碓窝充神锅骗我，还我的金银来！"

"爹，你莫吵，你想一想，你把神锅抬回去的时候，你在路上歇了背子没有？"

"碓窝像盘石一样重，我不歇气怎能背到家里？""哎，怪我忘记告诉你了。神锅背走的时候，不能在路上歇背子，一歇背子，神锅就没有灵气了。全怪你歇了背子，神锅变成了一堆废石头了。这不是我的错啊。"

这时候，穷女婿的媳妇过来插嘴，说："你这人太狠心了，你把瘦马当神马骗阿爸，又把碓窝充神锅诳阿爸，这是太不应该的事了。""哎，什么应该不应该？你也敢来插嘴，敢拿谎话在阿爸的心上放蛊，我打死你！"穷女婿边说边操起一头红一头黑的棍棒，朝着婆娘的身上佯打："你不听我的话，反倒来挑拨父子感情，黑漆棍打死你。"老婆遭到黑漆棍的摔打，哎呀一声，佯装死过去了。穷女婿停顿了一下，扬起红漆棍，又打了下去："你不听我的话，反倒来挑拨父子感情，红漆棍打你活过来!"

果然，刚死的女儿清醒过来了，老岳父看着神极了，心想，这起死回生的棍棒，如果我有了它，我不也变成神奇的人了？他把刚才憋在肚子里的瘦马和碓窝的事忘到了脑后，柔声说："儿呵，你为什么拿这根神棍打她呀?"

"爹，女人的舌头有九张，吵起来男人的脑壳疼，我吵不赢她。只有拿这根棍子吓唬吓唬她，她才会听话，才会规矩哩。"

老岳父听了这话，暗想到自己的婆娘，也是长有九张舌头哩，她像朽木着火一样，只有她冒着呛人浓烟的份儿，没有男人驱赶浓烟的权利。一时吵得茶水煮酽了，一时又说菜里没盐了，一时说柴禾划得粗了，一时又说柴禾划得细了，弄得他吃一顿饭，要噎几次脖子。假若向穷女婿买下这根神奇的红黑棍，吓唬吓唬老婆子，不是日子可以过得清静舒服些，再不必受她的窝囊气了。老岳父搓搓手，不好意思地说："儿呵，我也不责怪你，全怪我不懂得神物的灵性，才出了不应出的差错。你妈也有唠叨的毛病，弄得我七窍冒烟，再这样下去，我可要折寿哩。我想用这根红黑棍去吓唬吓唬你妈，你就把它让给我吧!"

"阿爸，我的神物到了你的手上，就会失去灵性，还会弄出麻烦事情哩，我不……不能……"

"儿呵，莫说不能了。以前的麻筋事情，我不怪你，是阿爸粗心大意造成的，这神棍说什么也得卖给我才行。"

穷女婿搓搓巴掌，装作无可奈何地说："我本不想出让神棍，可阿爸喜欢的事情，就是我高兴的事情，小辈人哪能忤逆着大人的心意？还是卖了吧。"

三

老岳父高高兴兴地扛了神棍回家。他刚跨进门，把脸塌了下来，想显示显示做男人的威风。老婆子看见老倌回来了说："阿老呀，你回来了。"

老倌神抖抖地愣着脖子，连睬也不睬老婆子，弄得老岳母戳火了，跳着说："你这个昏老倌，耳朵聋了，还是着魔了？你有气何消出在我身上，不是我害苦你，是你的女婿糟蹋你，真是斗不赢瘦狗，就想来欺负老鸡婆了。"老岳母冲着老倌啐了一口唾沫，跺着脚板气呼呼地走了。

老岳父心里说：老子叫你尝尝神棍的厉害，要把你这块生牛皮揉成软塌塌的熟皮！他扬起红黑棍，口中喊着"黑棍打死你！"一棒打在老婆的脑门上，老婆子趔趔趄趄地转了一圈，跌瘫在院坝里了。老岳父嗤了一下鼻子："教你改掉在我头上屙屎拉尿的烂脾气，看我的棒头，不听话，尝到辣椒味了吧！"过了一会他又喊着"红漆棍打你活过来！"对着老婆子又一棒砸下去。老婆子身子痉挛了一下，蹬开双脚，躺在地上不动了。老岳父拿红头棍又打了几下，仍不见老婆起死回生。他丢下红黑棍，用鸡毛逗在老婆子的鼻孔上，鸡毛逗在鼻孔上一动不动，哎哟喂，老婆子没有气了！老岳父瘫坐在地上，老泪纵横地哭了起来。

老岳父忍痛把婆娘装殓在棺材里，又派人到穷女婿家报丧，穷女婿早就料到会出事情，就装作很伤心地哭起来；媳妇听说阿妈死了，就背起祭品，哭号着回娘家去奔丧了。

穷女婿看着自己的媳妇奔丧走了，若是女婿不去奔丧，就会背个忤逆不孝的罪名，他只好牵了一只母羊，硬着头皮去奔丧了。穷女婿把祭羊牵到灵柩前面拴着，双膝跪地地哭了起来，突然，老岳父大吼一声，灵柩后面跳出一帮早就埋伏好的壮汉，像捉猪一样地把穷女婿装进一个大皮口袋里，老岳父气狠狠地用麻索把皮口袋口扎紧，然后支使壮汉们把皮口袋挂在一棵树上，想让造罪孽的穷女婿饿死、晾干死了……

穷女婿被装在皮口袋里，挂在一棵高大的栗树上，摇摇荡荡，晕头昏脑，肚子饿得咕咕叫，弄不清外面是白天还是黑夜。也不知道过了多少时辰，从很远的地方隐隐约约地传来吆喝羊子的声音，吆羊声越来越大，羊群的咩咩声也越听越清爽，知道牧羊人来了，他就拼命地呼喊："放羊的人呀，请你放我下来，放我下来……"

放羊人随着声音来到树下，抬头望见一个吊在树上的皮口袋在摇摆，里边传出呼喊声，他惊奇地问道："你在上面搞什么？是哪个把你吊在树上喂老鸹?”

穷女婿一听，是一个老倌的声音，他清楚山里放羊的老倌，风吹雨打太阳晒，又遭火塘火的浓烟熏燎，弄得他们多数落下了烂眼皮的毛病，他们日夜巴盼着能解除病痛，穷女婿灵机一动说：“大爷呀，我的烂眼皮病又犯疼了，我是吊在树上捂在皮口袋里治眼病，眼睛倒是治好了，可我的那个贪玩的孩子不知被什么好耍的事情引诱走了，忘记他的阿爸还吊在树上的事了，阿爷，请你把我放下来吧。”

放羊老倌也正巧是犯烂眼皮病患者，他被眼病折磨得晚上也被弄醒好几回。眼下碰了个像他一样害烂眼皮病的人医治眼病，真是瞌睡遇着枕头，口渴碰着卖凉粉的人了，何不把他放下来，也捂治一下眼病呢！于是高兴地对着树上叫道：“我可以给你放下来，但得答应把你的口袋借我用一下，也捂治一下我的烂眼皮病，你答应了就给你放下来。”

“阿爷，我答应你，你我同病相怜；烂眼皮病我是领教透了，也让你治愈烂眼皮病吧！你就把我放下来吧!”

穷女婿把放羊老倌装进皮口袋里，把袋口拴牢又吊到栗树上了。然后把羊群赶着逃跑了……

四

老岳父把老婆安葬后，提着一把斧头来到吊着穷女婿的栗树下，他想几斧子把栗树砍倒，让这个十恶不赦的穷女婿砸得粉身碎骨。他高举起斧头，对准栗树根砍了下去。吊在栗树上医治眼病的放羊人，正迷迷糊糊落睡了，突然听到砍大树的斧声，侧耳细听，是在砍吊着自己的这棵栗树，惊惶地叫喊：“不能砍栗树，我在树上医治烂眼皮病，满山的树木数不清，除了这棵你就没处下斧子了?”

老岳父听了，想着又是穷女婿拿治眼病的事来欺骗他了，他边骂边砍：“你欺骗走了我的金银，欺骗死了我的婆娘，你再行骗，再行骗!”他把栗树砍倒了。

栗树砍倒了，皮口袋挂到另一棵栗树枝杈上了，放羊老倌有气无力地在皮口袋里哀求道："救救我吧，请把我从皮口袋里放出来，再也不敢医治眼病了。"

老岳父认为是穷女婿又要圈套了："瞎，你害得我家破人亡，破费了金子银子不说，还把我的婆娘害死了，还要把你放出来造孽吗？把你丢进江里喂大鱼。"

老岳父把皮口袋扛在肩上，走到金沙江边，把"穷女婿"丢进江里喂大鱼了……

第二天，天蒙蒙发亮的时候，老岳父盘腿坐在火塘边煨早茶。突然发现穷女婿扛着一只红鲜鲜的羊腿子肉，走进来了。穷女婿不是被丢进江里喂大鱼了吗？是鬼魂来索命债了？吓得老岳父瘫在火塘边，翻瞪着白眼。

穷女婿看着老岳父的狼狈相，忍着笑说："爹，我不是鬼，是你把我送到了龙王的家里，龙王爷叫我当他家的放羊娃，女婿在龙宫里好吃好玩，可还是挂记着老岳父，才杀了一头羊，扛了一腿羊肉来献给你的。龙羊群还拦在江水哩，如白云朵朵的羊群在江里吃青草，相互抵角逗着趣哩。你若不信实，亲自走一趟，看上一眼吧。"

贪婪的老岳父信实了，他想趁机赶回几只龙羊来喂养，就跟着女婿来到了江边。穷女婿早已把羊群拦到江畔的一座高山草甸里吃草，让羊群吃草的影子倒映在江水里，弄得羊群活像在江里的草甸上追逐着吃草，使人看迷惑成活像在龙王家的草场上吃草。穷女婿指着江里羊群吃草的影子，高声对老岳父说："爹呀，你看，这是儿放牧的龙羊群，它有没有天上的云朵多？"

老岳父伸长脖子看着投映在江水里的羊群，羡慕地啧啧赞着。站在身后的穷女婿惊恐地大喊："爹，快，羊群炸群了，我去堵上游，你朝下游去截，不能丢失了一只龙羊子，快，快去拦龙羊吧。"老岳父信以为真，他一慌神，误认是羊群往下跑了，他一扬手一抬脚就跳进江水里去，活活被漩涡吞没了……

五

老岳父被穷女婿害死了。老岳父不出这口冤死的仇气，在阴间死也不瞑目。老岳父把穷女婿忤逆的劣迹，告到了尤鲁瓦死神那里。

尤鲁瓦死神听了老岳父的冤屈，气愤地说：“人间还能容留这种大逆不道的罪孽根子吗？把他抓起来，在血海里泡三次，毒海里泡三回，黑海里泡三次，让他脱落三层皮，肮脏的灵魂发臭。”尤鲁瓦死神派遣长着狗头狗尾的肯主旦由去抓穷女婿。肯主旦由来到穷女婿的家里，穷女婿让肯主旦由坐在尊贵的客位上，捞了锅里的骨头招待他，然后抓了一把松脂油，偷偷地放在客位上；肯主旦由啃完骨头，想从座位上站起来，但他的屁股被松脂油粘在座位上了。咬着牙扯开，但疼得他扯不动了。肯主旦由惊惶地对穷女婿说：“大哥呀，不是我有心传你抓你，是尤鲁瓦死神支派来传你抓你，请放我走吧，再也不敢进你家的门了。”

穷女婿嗤了一下鼻子：“我给你啃骨头，对得起你了吧？但你吃了我的饭，反倒又来捉拿我，这是天理也不容的事情。既然悔改了，看在天地的分上，放了你吧。”

穷女婿抓起一把火炭，把凝冻的松脂烤熔化了，这样肯主旦由才慌慌张张地逃回去了。肯主旦由逃回尤鲁瓦死神的家里，上气不接下气地说：“老爷呀，这个人太厉害了，他施了个魔法，弄得我的屁股和尾巴粘在座位上，乞求他不敢再抓他了，他才放了我。”

尤鲁瓦死神听了肯主旦由的话，将信将疑，但想到自己是死神尤鲁瓦，他一拍桌子吼道：“他敢违抗我，我要扒他的皮，油锅里煎他的骨头！”

尤鲁瓦死神又派遣了长牛角和长蹄子的厄姆可由两兄弟去抓穷女婿。厄姆可由两兄弟杀气腾腾地来抓穷女婿。穷女婿不慌不忙地套起两只狗，挂上犁尖，撵到屋后的地里“靠左”“靠右”地呼喊着犁起了地。但狗的力气拖不动犁铧，穷女婿扬起皮鞭摔向挂犁的狗身上：“你这不争气的烂狗，看不见两位厄姆可由兄弟来传我到尤鲁瓦家吗？”受鞭的狗，狂叫一声，跳了回来，又一鞭打去，狗又狂叫着向前跳了，两只狗东跳西跳，却没有犁出一道犁沟。长牛角和长蹄子的厄姆可由两兄弟看着急了，说：“像你这样的犁法，到鹅和鸭学会公鸡一样的啼鸣了，也不会犁完哩，我们帮你拉犁，犁完了就快些走吧。”

穷女婿看厄姆可由兄弟上了圈套，心中暗喜。很快解下牛轭，放了两只狗，把牛轭套到了厄姆可由兄弟俩身上，把犁尖深深地插进土层里，然后扬起鞭，狠朝厄姆可由兄弟摔去。受鞭笞的厄姆可由两兄弟，使出浑身的力气往前拉犁；但犁尖插进九层土里，他俩拉得大汗漉漉，气喘吁吁，仍挪不动半步。厄姆可由两兄弟，弄得没有了办法，跪在穷女婿的面前哀求说："大哥呀，求你莫扬鞭了，我俩使尽力气了，服输了，不敢抓你了，快把我们放回去吧。"

"嗨，你们也不长脑袋了，你们只有山羊的力气，也来充牛的力气了，也该知道我的力气有多大了，快走吧。"

穷女婿整治了厄姆可由兄弟后，他知道尤鲁瓦又派遣长马头马尾的软姆可由来抓他了，他把粮架的撑柱改做成弩弓身，把横杆改成箭，在他的院坝里架起了这张奇大的大弓。软姆可由兄弟来抓穷女婿，可他俩从来没有见过这样大的弓和箭，是不是开天辟地时候射杀太阳月亮的神弓？两兄弟被骇怵了，瘫跌在门外，太阳西斜的时辰，才慢慢回过神来，软姆可由两兄弟也屁滚尿流地逃跑了……

六

尤鲁瓦死神几次支派兵丁去捉拿穷女婿，都被穷女婿整治得灰溜溜地逃跑回来，这使他很戳心火，心想，亲自走一趟看看他有多厉害，于是跺着脚叫道："快备我的千里马！"

尤鲁瓦死神骑了他的千里马，风风火火地来捉拿穷女婿。穷女婿远远就看见尤鲁瓦死神，他赶忙从羊厩里牵出一只公山羊，抬起马鞍驾在羊身上。尤鲁瓦死神怒冲冲地进了门，吼道："你难道吃了老虎心豹子胆了吗？兵丁三次来捉拿你，怎么把我的命令当作耳边风？真是反了，敢在我的胡子底下燎火苗。"

"尤鲁瓦死神呀，你说支派了三起兵丁，可只看见软姆可由兄弟来过，我怎敢违抗命令呀？现在我的万里羊套鞍鞯了，骑着万里羊来见你，可你骑的是千里马，我骑的是万里羊，等赶路时候，千里马追不上万里羊，又要在我的头上出气责骂哩，你先走吧，我随后就赶来。”

尤鲁瓦死神从没有听说过人间有万里羊的事情，人间真有万里羊吗？没有万里羊，他怎么会在羊身上套鞍鞯？怎敢在尤鲁瓦死神面前说谎话呢？尤鲁瓦又不服气地想到，我是神，可骑的是千里马，他是凡人，骑的却是万里羊，同一个时辰，千里马跑千里，万里羊却飞万里，岂不是神仙不如凡人了吗？为何不把千里马换他的万里羊呢？于是说道：“哎，你有一头如此神奇的万里羊，拿千里神马换万里羊吧。”

穷女婿故意装出一脸无可奈何的神色，搓着巴掌说：“尤鲁瓦死神要换万里羊，我怎敢违拗神意，神的意愿就是我的意愿。换是可以调换，但万里羊认生，认了生，它会扬蹄蹦跳，如果把你从背上摔下来，可背不动这般重的罪孽。要换，就得把……衣衫……衣衫……”

尤鲁瓦死神见穷女婿说话吞吞吐吐，不耐烦地说：“衣衫与换万里羊有什么干系？”

“衣衫的干系大了。万里羊认生，我说的是神爷换上我的衣衫，我也穿上神爷的衣衫，万里羊就认主了，千里马也认主了，就不会出什么麻筋事情了。”

尤鲁瓦死神点点头，很快脱下衣衫，换上了穷女婿的衣衫，骑到了羊身上。穷女婿也换上尤鲁瓦的衣衫，跨上千里马，就直奔尤鲁瓦府上来了。穷女婿骑着坐骑走进死神府，兵丁们认为是尤鲁瓦死神回府了，一个个怯抖抖地呆立在一旁，恭敬地听他发号施令。穷女婿把千里马的缰绳丢给一个兵丁，回过身，冲着兵丁命令：“府上假若来了一个骑着山羊的穷汉子，不能把他放进府里来，也不要棍棒下留情，往死里打，别叫他活着逃走了。”

尤鲁瓦死神骑上山羊，向着府上进发；但是山羊力气小，驮不动尤鲁瓦死神，他把皮鞭打断好几根了，但山羊越鞭气越喘，简直骑不成了。此时尤鲁瓦死神望着千里马跑得无影无踪，才悟到是受骗了。他气得七窍冒烟，干脆牵着山羊，徒步向着府上走来了。府上的兵丁们，看见一个牵着一只山羊的人朝着府上走来，认作是“尤鲁瓦”死神吩咐过的那个穷人来了，他们用棍棒和大刀拦住了路，尤鲁瓦死神摇着手说：“我是尤鲁瓦，你们怎么拦路?”

兵丁们见这个歹人还想拿大话吓唬人，喊道：“你还想假充我们的主人，真是天狗想吃太阳，蚂蚁想推翻雪山。”兵丁们围着尤鲁瓦死神一阵乱打，把他活活打死了。

尤鲁瓦死神被打死了。穷女婿坐上了尤鲁瓦死神的神座，当上了尤鲁瓦死神……

【讲 述 者】 （无考）

【采录整理】 木丽春

【采集时间】 （无考）

【流传地区】 云南省·丽江市

【文本来源】 木丽春编著：《纳西族民间故事集》，昆明：云南人民出版社2007年版，第163—173页。

【阅读提示】 这是一则故事化的拟神话，穷女婿斗智斗勇，不仅除掉岳父，还除掉尤鲁瓦死神，最后自己登上了死神的神座。他到底还要做些什么，凭想象推测吧。

【基本母题】 火把节；斗智；宝物；龙王；女婿弑岳父；死神

【本文编码】 《死神尤鲁瓦的出世》：ZCSW0445-124-024

谷神（1）

（水族）

早先，我们长龙山一带是片荒山草坝。那时候，周围团转的人要天天上山掏野果果吃。

有天，孤儿蒿欧其，挎着个竹篓篓上山掏果果，找遍满山坡子，一个果果也找不到，就坐在大树下哭，树上的箐鸡听见了拍着翅膀向他说：“蒿欧其呵，这些日子咋过！你的手被刺笆挂出血了，都找不到一个果果。我听说东河坝有个稻谷，想去吃个饱，只是路太远了……你快到那里去取种来播下吧，今后结成满坝谷子，你不挨饿，我也沾光快活快活！”

蒿欧其听了，丢下竹篓，忙慌慌地跑下山，把箐鸡的话对寨上人说了。大家听说能找到谷种，一个个“心头打锣鼓——响（想）了”。可是，到底哪个肯去呢？蒿欧其见众人有些发难，就冲上前，用巴掌拍着胸口说：“我去！”

众人都晓得他人年轻，能吃苦，就让他到东河坝去取谷种。老人们生怕[①]他回来找不到路，就叫他带一条小黄狗去，狗能记千里路，它会给蒿欧其带路。

蒿欧其带着小黄狗，朝着太阳出来的方向走了。一路上沿着山箐走，顺着山龙筋[②]爬，小黄狗隔不远就撒几滴尿水打记号。走了九十九天，到了一个土洞寨，蒿欧其以为这多人家都能过日子，一定种有稻谷，便找到一个提竹篮的白胡子公公探问，那公公回答说：“小伙子，要是有稻谷，我还提起竹篮上山掏野果果吗？我们这里也有人到东河坝去取谷种，快两年了，还不见回来哩！路程远得很，你快朝东方走吧！”

蒿欧其又带着小黄狗继续赶路。一路沿着山箐走，顺着山龙筋爬，小黄狗隔不远又撒几滴尿水。这样走了有九十九天，到了一个草围寨，正巧有个白发婆婆挎着柳条篮走出草棚来，蒿欧其急忙迎上去打问，那婆婆回答说：“小伙子，要是有稻谷，我还挎起柳篮去掏野果果吗？我们这里也有人到东河坝取谷种去了，一年多了，还不见回来哩！路程远得很，你快朝东方走吧！”

蒿欧其又带着小黄狗走了，这回，一路没有停脚，脚上磨起几寸厚的老茧，头发长得垂地，走了一百九十八天，到了一个大平坝——东河坝上。天上太阳火辣辣的，满坝长吊吊的谷子，闪着金光，真是爱人！他找到一位看谷子的老人，向老人说明自己是由很远很远的地方跑来要谷种的。老人笑眯眯地带他到家中，招待他吃新米饭，小黄狗也吃得饱膨膨。老人选些吊吊

---

① 生怕：方言，即担心之意。

② 山龙筋：方言，即山脉。

长、粒粒饱满的谷种给了蒿欧其，又给他许多干粮带在路上吃。他向老人道了谢，背着谷种和干粮，带着小黄狗离开东河坝，朝着太阳落坡的方向走。

小黄狗喜欢极了，用鼻子嗅着尿气，翘起尾巴在前面跑。走了三百九十五天，眼看快抵长龙山了，突然被一条大河隔断过不去。正在着急的时候，两年以前在树上向他说话的那只箐鸡，带着一群小鸡飞到他跟前说："蒿欧其呀！你走后发了洪水，冲成一条大河，我算到你今天回来过不去河，特地来接你。寨上人盼望谷种的心好切哟，快把谷种交给我们，让我们帮你抱起先飞过河去吧！"蒿欧其急忙解下谷种，那群箐鸡一个抱上几吊，"咕咯"一声，拍起翅膀就飞过河去了。到了河对面，把谷种放到一块光滟玉的青石板上啄吃，一边吃一边叫："咕咯，咕咯！不费力气，吃得快活！"

蒿欧其隔河气得火冒，捡石头打，打不拢；要过河，又过不去，咋办呢？他急忙扯些茅藤，一根接一根，结得长长的，叫小黄狗用嘴衔住头，浮水过去盘绕在树上，他将一头拴在石笋上，吊着藤子荡过河去。

等他过得河来，那些该死的懒箐鸡，已将谷种吃完飞走了。蒿欧其恨不得捉住他们，一个个割断喉管，不让他们再出来骗人。但是，现在只有再回东河坝去取谷种。他喊声走，小黄狗在前面翘起尾巴就跑。他一眼看见狗尾巴上还沾着密密麻麻的谷子，一下笑出声来，急忙叫住小黄狗，在它尾巴上取下谷子，撒在长龙山下的一个小泥窝内。

不得几天，谷子发芽长叶了，长得绿油油的。他开好一块田，把秧子扯去栽上，日日夜夜和小黄狗换班看守。秋天，收到九吊长长的谷子。虽然有了谷子，他一颗也舍不得吃，饿来时，情愿叫起小黄狗上山采野菜吃，等谷子传多了，让家家户户都栽上，收个满囤满，再和众人一道吃。

一年年地传下去，谷种多了，人人都开田种谷，一到秋天，到处是一片黄扬扬的谷子，几多爱人哟！

贪吃现成的懒箐鸡，又成群结队地飞下田坝琢谷子，不光吃，还要糟蹋得遍地都是。蒿欧其越看越寒心，编了一铺网子安好，叫小黄狗暗守着，小黄狗一见箐鸡进网就咬，惊得箐鸡乱扑，那只心肠最坏的老箐鸡扑落在网里，直叫得："咕咯哆！饶饶我，下次不敢来了！"

蒿欧其走拢去，抓住它，一刀割断它的喉管，扭下它的嘴壳，剥下它的皮毛，吊在一根长竹竿尖上示众。从此，山上的箐鸡就不敢到田坝来啄谷子了，躲得连影影都不见。

过了好些年，蒿欧其和他的小黄狗死了。吃米不忘取种人，每年到吃新节那天，家家户户都要上山去安网，扑只箐鸡，做锅新米饭到田边去敬谷神——蒿欧其，敬完谷神后还要先舀饭喂狗，人才赶后吃。这个风俗，一代传一代，直到现在我们寨上还在兴，只是后来箐鸡少了，就杀家鸡来代替。

【讲 述 者】 闵恩伯

【采录整理】 魏绪文搜集整理

【采集时间】 （无考）

【流传地区】 贵州省·（毕节市）·黔西（黔西县）·大水乡

【文本来源】 姚宝瑄主编：《中国各民族神话》（水族、布朗族、独龙族、基诺族、傈僳族），太原：书海出版社2014年版，第37—40页。

【阅读提示】 这则神话叙述的敬谷神与舀饭喂狗，表现出人的感恩意识与狗崇拜的情结。

【基本母题】 取谷种；取种的帮助者；狗取谷种；人成为神；谷神；特定牺牲的来历

【本文编码】 《谷神（1）》：ZCSW0446-124-025

谷神（2）

（水族）

昔水族长龙山一带悉荒山野地，人皆以野果为食。有孤儿蒿欧其者，臂挎竹篓，亦入山采野果。然行遍山岭，竟不获一果，腹饥，乃坐大树下哭。树上有箐鸡闻之，拍翅语之曰："蒿欧其，吾闻东河坝有稻谷，常欲往饱食之，但恨路遥飞不去。汝可往取其种，还播此地，当结谷满坝，汝不受馁，吾亦沾惠矣。”

蒿欧其立下山，以箐鸡语告寨中人，众皆欲得谷种，知蒿欧其年轻耐劳，乃遣之往取。恐其返时迷路，又以一小黄狗予之，令携之同去。蒿欧其携狗沿山脉行，小黄狗沿途撒尿以为记。行九十九日，至一土洞寨。蒿欧其以为此间人多，必有稻种，乃问于一挽竹篮之白须翁。翁曰：“吾此间如有稻谷，吾亦不挽竹篮采野果矣。吾地亦有人往东河坝取谷种，两年犹未回。路遥，汝速向东行!”

蒿欧其携小黄狗东行九十九日，至一草围寨，见挽柳条篮之白发妪自草棚出，乃又问之。妪曰：“吾亦往采野果者。吾地人往东河坝取谷种，一年犹未回。汝当速行!”蒿欧其携狗复行一百九十八日，足茧厚寸，发长及地，终至一大平坝——东河坝。时骄阳似火，满坝谷熟如金。蒿欧其见之心花怒放，乃向守谷老人说明来意。老人笑邀至其家，以新米饭饱餐之，黄狗腹亦彭亨。临行，老人择谷穗之长者若干予之，又予干粮以为路上之食。

蒿欧其谢老人，携谷穗西行返家，黄狗沿途嗅尿气，行三百九十五日，眼见将抵长龙山，突为大河所阻，不能过。先前箐鸡带小箐鸡飞来，语蒿欧其曰：“汝去后曾发洪水，冲成此一大河。寨人盼谷种心切，我特来迎汝，汝可付谷种与吾等，吾等当先负之过河。”蒿欧其乃解谷穗与之，众箐鸡衔之飞过河，乃于对河青石上，啄谷穗而食之，且食且喜跃曰：“咕咯咕咯，不费力气，食之快活!”蒿欧其愤而击之以石，石不能达。欲涉河，水深不能渡。后乃扯茅藤续为长藤，令狗衔之渡河挽树上，然后挽藤吊荡而过。

人狗过河，箐鸡已食完谷种飞去，蒿欧其恨不能一一逮之断其喉，只得复东还取谷种。狗方翘尾欲行，蒿欧其忽见狗尾上尚粘有谷粒若干，乃大喜，急取之撒之于长龙山下泥窝中。未数日，谷发芽长叶，又将秧苗移栽于田中，与黄狗日夜看守之。至秋，收获金黄之谷穗九吊。蒿欧其宁食野菜，不忍食一粒谷。更将谷穗散与寨人，人人开田种谷，谷种传多，至秋到处一片金稻，人皆笑逐颜开。

嫩箐鸡又成群飞来食谷，蒿欧其见其不唯食谷，且使谷粒凌乱满地，乃恨而结网以俟之。有箐鸡落网，黄狗辄扑往啮之。昔日老箐鸡亦落中，哀呼饶命。蒿欧其立往捉之，断其喉，折其嘴，剥其皮毛，悬于长竿以示众，由是山上箐鸡不敢复来田间食谷矣。

后蒿欧其与黄狗死，水族人感其德，每年吃新节之日，家家户户俱上山安网，捕箐鸡、煮新米饭，携至田边以奉之，蒿欧其遂为水族之谷神。祀毕谷神，尚须先舀饭喂狗，众人方食。此风俗代代相传，迄今犹存。山上箐鸡日少，乃杀家鸡以代之。

【讲 述 者】 （无考）

【采录整理】 袁珂据谷德明编《中国少数民族神话选》中的《谷神》改写。

【采集时间】 （无考）

【流传地区】 （无考）

【文本来源】 袁珂：《中国神话大词典》，北京：华夏出版社2015年版，第540页。

【阅读提示】 这则神话作为《谷神（1）》（ZCSW0446-124-025）的改写版，可对照阅读。

【基本母题】 取谷种；取种的帮助者；狗取谷种；人成为神；谷神；特定牺牲的来历

【本文编码】 《谷神（2）》：ZCSW0447-124-026

素布乌拉[①]

（土族）

嘎达斯勉[②]山是古代地方头人贤师昴灾的牧场。有一天，他家的挡羊娃

① 素布乌拉：土族语，意为宝塔山。

② 嘎达斯勉：土族语，嘎达即岩崖，斯勉即寺庙。

在这里放羊。突然，听到一个声音在问："开了吗？开了吗？"挡羊娃左顾右看，都不见人影，以为自己误听，也就没有在意。接连三天，都这样叫喊，挡羊娃才感到很奇怪，仔细察看，原来这声音从一个石缝中传出。晚上，挡羊娃便把听到的情况告诉给了贤师昂贷。他说："明日再听到喊声，你就答应'开了！开了！'并将妮锅馍掰开。"

第二天，挡羊娃刚来到山上，又听到"开了吗？开了吗？"的声音，而且叫得比前三天更响、更急切。挡羊娃便应声答道："开了！开了！"随手将妮锅馍用力掰开。就在这时，忽听一声惊天动地的巨响，嘎达斯勉山徐徐裂开，形成一条万丈谷涧，谷涧中地光沃沃，大石飞溅，水波涌动……待这一切平静下来，挡羊娃便发现身边放着一尊佛像，足有一庹高，铁不像铁，铜不像铜，石头又不像石头，黑汪汪、光亮亮的。东面耸立起一块巨石，约高百余丈，从对面看去，宛如一尊铸就的天然大佛盘坐在莲花宝座之上，庄重威严，目光平视人间沧桑。崖壁对面，有突兀孤峰从陡崖顶端拔地而起，呈天然筑就的宝塔状。再往北，一座绵延起伏，望不到尽头的石山，玄武岩层层叠叠，恰似由人细心堆置的亿万卷经书。释迦牟尼曾授记：南瞻部洲有一处天然生就释教"三宝"（佛像、佛塔、佛经）的地方，即此也。这是佛祖意志根植众生心灵的活土。佛法会像高山流水一样在安多奏出美妙仙乐。

挡羊娃便将佛像抱回贤师昂贷家中，供在桌上。次日清尽，却不见佛像，到处寻找，后来竟在他"出山"的地方发现。如此反复三次：请回家中，又跑到山里；再请到家中，又跑到山里……于是，贤师昂灾就在此山修建寺院，在佛殿后壁上凿一洞穴，将佛像密供于此。后来三川土族称寺庙为"嘎达斯勉"，称此佛像为"郭尔朵帝帝"尊为"地方神爷爷"，叫此山为"素布乌拉"，尊为神山，祖祖辈辈传颂不已：

素布乌拉哟！
素布乌拉头上顶着什么？
素布乌拉哟！
素布乌拉头上顶着青天。

素布乌拉额前绕着什么？
素布乌拉额前绕着神灵。
素布乌拉眼睛是什么？
素布乌拉眼睛是启明星。
素布乌拉耳闻到什么？
素布乌拉耳闻金银声响。
素布乌拉嗅到了什么？
素布乌拉嗅到十二样五谷馨香。
素布乌拉口衔着什么？
素布乌拉口衔着十二样五谷。
素布乌拉颈挂着什么？
素布乌拉颈挂着念珠。
素布乌拉背着什么？
素布乌拉背着金色太阳。
素布乌拉怀抱着什么？
素布乌拉怀抱着明月亮。
素布乌拉左肩挑着什么？
素布乌拉左肩挑着北斗星。
素布乌拉右肩挑着什么？
素布乌拉右肩挑着南斗星。
素布乌拉左手拿着什么？
素布乌拉左手拿着松木弓箭。
素布乌拉右手拿着什么？
素布乌拉右手拿着笔砚。
素布乌拉膝压着什么？
素布乌拉膝压着银“尔切”。
素布乌拉骑着什么？
素布乌拉骑着“阿胡”大马。

素布乌拉脚踩着什么？

素布乌拉脚踩着“赞布岭”大地。

【讲 述 者】 （无考）

【采录整理】 席元麟（土族），星全成（土族）

【采集时间】 （无考）

【流传地区】 青海省·（海东市）·民和县（民和回族土族自治县）·三川（三川地区，包括官亭镇、中川乡、杏儿、甘沟、前河、满坪等6个乡镇）

【文本来源】 满都呼主编：《中国阿尔泰语系诸民族神话故事》，北京：民族出版社1997年版，第215—218页。

【阅读提示】 这则神话解释了土族佛教信仰的来历。

【基本母题】 应验；奇遇；佛像；保护神的来历；寺院的产生；神山的来历

【本文编码】 《素布乌拉》：ZCSW0448-124-027

1.3　动植物、无生命物神起源

◆ 1.3.1　动物神的产生

◆ 1.3.2　植物神的产生

◆ 1.3.3　无生命物神的产生

1.3.1 动物神的产生

凤凰女神

（白族）

大理市七里桥乡庄窑村和大井盘村本主。相传，大理曾遭大旱，田地干得冒烟，村民们正焦急万分，忽从苍山飞来一只五彩缤纷的凤凰，落在庄窑村，顿时，天上阴云密布，电闪雷鸣，降下倾盆大雨。一天晚上，苍山神托梦给一村中老人，说为解除旱灾，他请来了凤凰女神。如村中尊她为本主，今后就会风调雨顺，人寿年丰。村民即盖了本主庙，尊凤凰神女为本主，改庄窑村为凤阳村，把村后的山取名凤凰山。

凤凰神女从此常化为白族妇女，教村民植树栽花，修沟筑渠，教姑娘们挑花绣朵，收拾打扮，让姑娘们个个扫扮得非常漂亮。她还喜欢唱歌跳舞，常在凤凰山与仙女们弹琴起舞，使村民在夜深人静的夜晚欣赏到优美动听的音乐。后来，白王要建白王城，在凤阳村建了七十多个砖瓦窑子，弄得那里乌烟瘴气。凤凰神女不高兴，就到大井盘村去，被该村尊为本主，称她为“慈爱圣母”。因此，她成了这两个村的本主。

【讲 述 者】（无考）

【采录整理】李缵绪编写

【采集时间】（无考）

【流传地区】（无考）

【文本来源】《中国各民族宗教与神话大词典》编审委员会编：《中国各民族宗教与神话大词典》，北京：学苑出版社 1990 年版，第 16 页。

【阅读提示】凤凰神与龙神一样，也是常见的神。

【基本母题】 本主；托梦；凤凰神女；生产方法的获得；神的离去

【本文编码】 《凤凰女神》：ZCSW0449-131-001

凤凰女神

——七里桥区庄窑、大井盘村本主

（白族）

苍山佛顶峰北面的凤凰山下，有个村子叫凤阳邑。村子依山傍海，四周绿树成荫，是个很美丽的地方。

起初，凤阳邑附近的山上不长树木，田里不长庄稼，连姑娘也长得不太好看。后来，村里来了凤凰本主，山才变绿了，姑娘才变美了。

很早以前，大理坝子遭到一次千年少有的大旱灾，田地干得冒烟，人们四处去祈神求雨，但仍不见落雨。正在焦急万分之时，忽然从苍山顶上飞来了一只五彩缤纷的大凤凰。它绕着大理坝子飞了一圈后，就落在这个村子里不见了。人们正感到奇怪，只见阴云密布，电闪雷鸣，倾盆大雨接着下了起来。事后，大家都说不知是哪位神仙救苦救难来了。一天晚上，有位老人做了个梦，梦见苍山神对他说："为解救你们的苦难，我给你们请来了凤凰神女，如果你们能把她尊为本主，今后你们村就会人寿年丰，日子好过了。"

第二天，老人把梦中见到的事讲给了村民们。从此，这个村子的人就把凤凰神女尊为本主，给她建了庙，并把村子取名为"凤阳邑"。从这以后，村后那座山上，便常有成群的凤凰飞来，于是，人们就把这座山叫凤凰山。

凤凰神女当了本主后，据说她常常化作一个绝色美人，身穿白族妇女的衣裳，来到村里教人们植树栽花、挖沟引水。有时，她还教村里的姑娘们唱歌跳舞、挑花绣朵、收拾打扮。所以，这个村的姑娘打扮得一个比一个漂亮。

凤凰本主喜欢音乐，爱唱歌跳舞，每当夜深人静的时候，人们还常常听到从凤凰山上传来优美动听的音乐声。一天晚上，村里有几个胆大调皮的小伙子，听到音乐声后，便悄悄上山去偷看，见山上有八个漂亮的仙女在弹琴起舞。看着看着，有个小伙子咳嗽了一声，便把仙女们吓跑了。

不久，白王要建白王城，需要烧砖瓦。他们听说凤凰山上的泥巴黏性强，烧出来的砖瓦质量好，就下令叫这个村的人在山上造窑烧砖瓦。这么一来，凤凰山就建起了七十多个烧砖瓦的窑子。山上白天黑夜浓烟冲天，把整个村子弄得乌烟瘴气。凤凰本主很不高兴，便离开了凤阳邑，到大井盘村去了。大井盘的人听说凤凰神来到他们村子，急忙在村后给她盖了本主庙，塑了像，尊称她为“慈爱圣母”。

凤凰神女当了大井盘村本主后，到清碧溪龙王那里要了一股水，让村子里种庄稼不再缺水，还教村民们种树栽花，教姑娘们挑花绣朵、收拾打扮，把这里的山山水水打扮得清清秀秀，让姑娘们越长越漂亮。

凤阳邑那边，自从凤凰神女飞走后，苍山上发了一次大洪水，把本主庙冲掉了。于是，村名改成了庄窑。但庄窑村的人很怀念凤凰本主，每年都照样把本主接回来过节。

【讲 述 者】 李洲，王应庞
【采录整理】 姜祥搜集整理
【采集时间】 （无考）
【流传地区】 云南省·（大理白族自治州）·大理市·七里桥区（七里桥乡）
【文本来源】 姚宝瑄主编：《中国各民族神话》（白族、拉祜族、景颇族），太原：书海出版社 2014 年版，第 113—114 页。原文本标注傅光宇选自大理市文化局编《白族本主神话》，中国民间文艺出版社 1988 年版。
【阅读提示】 凤凰女神很常见，作为本主却很有特色。
【基本母题】 凤凰神女；苍山神；本主；神的化身；神的爱好；神的纪念

【本文编码】 《凤凰女神——七里桥区庄窑、大井盘村本主》：ZCSW0450-131-002

昭路博如坎的由来

（鄂伦春族）

“昭路博如坎”是马神。它的来由是，过去有一家，马下驹后死了，这家的老太婆有天晚上做了个梦，梦中有位老人告诉她，想让马驹不死，需要供奉管马的神，要在一块皮子上画四个人形，每逢马下驹时挤马奶上供，在狍子下崽的季节抓小狍子上供，这样你家的马匹就能繁殖起来。老太婆醒来，把做梦的经过告诉家里人，她家供了马神后，结果生的马驹一个也没有死。从此以后每家都供了这个神。

【附注】

同名文本《昭路博如坎的由来》，又见吕大吉、何耀华总主编《中国各民族原始宗教资料集成》（鄂伦春族、鄂温克族、赫哲族、达斡尔族、锡伯族、满族、蒙古族、藏族），北京：中国社会科学出版社1999年版，第26—27页。

【讲 述 者】（无考）
【采录整理】（无考）
【采集时间】（无考）
【流传地区】（无考）
【文本来源】内蒙古自治区编委会编：《鄂伦春族社会历史调查》（第一集），呼和浩特：内蒙古人民出版社1984年版，第162页。
【阅读提示】通过托梦产生神，是一种常见的神的产生母题。
【基本母题】马神的产生；托梦；祭神的产生；祈福

【本文编码】《昭路博如坎的由来》：ZCSW0451-131-003

马蛇子

（柯尔克孜族）

三百年前，阿尔泰将军率部起义，被清政府镇压。为了逃避伊人和灾难，一部分柯尔克孜人忍受着屈辱和忧伤，骑马离别了故乡阿尔泰的西滩巴拉格，去寻找光明和希望。他们越过高山，涉过大海，走到哪里马蛇子跟到哪里。当他们走到嫩江东岸的一片草原时，突然看见一只红公鸡和一只白兔在此斗架。鸡兔打得难解难分，各不相让。族中一位长者拍手叫道："这不是金鸡斗玉兔吗？这里是吉祥之地呀，我们停脚吧！"于是，阿尔克孜人在这里扎寨落户，马蛇子也伴着柯尔克孜人在此驻足。柯尔克孜人认为是马蛇子保佑了他们，并且把他们送到了嫩江平原这块宝地。从此，嫩江东岸的五家子、七家子的柯尔克孜人便供奉蛇神，向他祈福。

【原文标注】

张彦平摘自郑国寯《嫩江流域民间故事综合考察》，《中国民间文化》第4集，学林出版社 1991 年版。

【讲 述 者】 （无考）
【采录整理】 （无考）
【采集时间】 （无考）
【流传地区】 嫩江流域
【文本来源】 满都呼主编：《中国阿尔泰语系诸民族神话故事》，北京：民族出版社 1997 年版，第 91—92 页。
【阅读提示】 这则神话要表达的是，为感恩特定的动物被供奉为神。
【基本母题】 动物的争斗；迁徙；动物成为神；蛇神

【本文编码】 《马蛇子》：ZCSW0452-131-004

1.3.2 植物神的产生

枫树神

(汉族)

在唐县大石峪村段家庄，有一棵一千五百多年的老枫树，树下有一座神庙，常年香火不断。当地人讲，这棵枫树王已成树神，人们寻医问药，可灵验呢！

传说很早以前，倒马关有一刘姓人家，祖传几代都心眼好，对乡邻乐善好施，十里八乡无人不知。天有不测风云，这年，刘家二儿子上山砍柴，不幸跌落崖下，皮没破，骨没折，却得了一种怪病，每天海吃死睡，光长肉不长力，眼看着身体就像吹皮球似的鼓起来。老刘带儿子走遍保定府各州县，寻遍各地名医，吃的药也没了数，就是不见好转。这天，倒马关来了一位慈眉善目的仙翁，说是能逢凶化吉，包治百病，好心者就将仙翁领到老刘家来看病。仙翁把脉问病后，当时就叫吃下几粒药丸，片刻病人就能起身行走，真是药到病除。给钱，仙翁不要，留下吃饭也死活不肯。老刘问仙翁哪里人氏姓甚名谁，仙翁说姓枫，家住大石峪的段家庄。

二儿子的怪病一下子好了，全家人甭提有多高兴了！便杀鸡宰羊，还请了一班吹打班子，第二天就抬着整猪整羊来到段家庄答谢。可问遍全村十几户人家，谁也不知道还有姓枫的住在这里。忽然，老刘看到村头的大枫树，心想：对呀！姓枫，枫树——树神！一拍脑门："对，就是它！"一行人在树下鼓乐齐鸣，烧香焚纸，祈祷还愿，这一折腾就是三天，吸引了十里八乡的善男信女，好多百姓也前来求医问药。大枫树的佳话一传十、十传百，从此，这棵枫树便成了人们心目中的真正树神。

【讲 述 者】 (无考)

【采录整理】 张庆学采录

【采集时间】 2007 年 8 月采录于唐县大石峪

【流传地区】 河北省 • 保定市 • 唐县 • 大石峪

【文本来源】 中国民间文艺家协会组织编写，罗杨总主编，韩海山本卷主编：《中国民间故事丛书》（河北 • 保定 • 唐县卷），北京：知识产权出版社 2016 年版，第 234—235 页。

【阅读提示】 通过祭特定的神树治病，是原来缺医少药的村寨没有办法的办法。

【基本母题】 树神；神的应验；仙人；祈祷还愿；树神治病

【本文编码】 《枫树神》：ZCSW0453-132-001

神　树

（汉族）

在子夏山山底下，有个村子。这村里长着一棵千年老槐树，树干粗大，枝叶茂密。盛夏，大凡过往行人都不放过这舒适的休息机会，当地的人们也都愿意在这里避暑聊天儿。槐花盛开的时节，满树嗡嗡的蜜蜂叫声，为这棵千年老槐增添了情趣。

距这棵老槐树不远的地方，住着一位患腰腿痛的老人，常常坐在树下休息乘凉。有一天，老人正靠着树干坐着，忽然觉得手上黏糊糊的不知粘上了什么东西。他用鼻一嗅，不由用舌尖轻轻一舔，居然很甜。仔细一看，原来是从树缝里流出来的。从这以后，他每天都来这里吃点儿树缝里的这东西。天长日久，发现自己的腰腿竟不疼了，老汉高兴得逢人就说："这棵树不敢小看，是棵神树，我的腰腿痛就是吃神树的药好的。"一传十、十传百，都说是神树的"血"治好了老人多年治不好的病。就这样，"神树"的尊称就传开了，并引来了许多善男信女来求神拜药，都说吃上神树的药，无论什么病都会好的，所以一时声名鹊起。

求药的人们为了对神树表示至诚，都要扯上几尺红布，写上“有求必应”一些字样围在树上。慢慢地，这棵神树都叫红布给围严了，老远一看好似穿红衣服的一个怪物。

这事惊动了一个胆大心细的人。这天，他闲着没事，来到神树下看热闹，正看着，一只蜜蜂直奔他飞来，他用手一打却没有打着，抬头一看，蜜蜂一直飞到神树的树杈，却见杈口蜜蜂密密麻麻。他仔细观察了一阵，临走时还点了点头。等到二更以后，他唤上他的儿子，抬上梯子爬到树上，擦着火柴一看，不由惊喜万分，马上叫他的儿子担上水桶出来……

原来这棵树由于年长日久，树身空了，里面能容纳几个人的地方全是蜂蜜，父子两个担了好几担。此后，神树的“血”再也不流了，也再没有人理这棵神树了，神树的红衣裳再换不上新的了。

【讲 述 者】（无考）

【采录整理】任焕丁采录

【采集时间】（无考）

【流传地区】山西省·（吕梁市）·汾阳市

【文本来源】郭万金主编：《山西民间故事大系》（晋西卷），北京：商务印书馆2017年版，第1074页。

【阅读提示】在很多地方神树与树神几乎没有什么区别，往往都是传说造就的，而结尾处对神性的揭秘颇有破除迷信的唯物主义观念。

【基本母题】树老成神；树治病；神树的来历；揭秘

【本文编码】《神树》：ZCSW0454-132-002

五谷神

（汉族）

很久以前，在太行山西部，有个大约一百五十户人家的小山庄（指现在的沁县郭村镇冀家凹村）里有一户人家，有一位年近六旬的老人，名叫冀贫。老人自幼丧母，中年丧父。虽有两孔窑子，但早已破烂不堪。由于家贫，他一直没有娶妻成家，整天靠着打柴兑米过日子。老人虽然孤苦伶仃，孑然一身，但心肠极好。只要其他穷苦百姓有了大难，他就尽心竭力地帮助。

随着年龄的增长，眼看自己一天比一天老，生活一天比一天难熬，夜里免不了坐下来老泪纵横，望房长叹。

有一天，老人背着一捆柴走到半路上，一不小心掉进了几丈深的河沟里，当下昏了过去……

当他醒过来时，自己不知什么时候已经躺在自家的炕上。只见身边有一个看起来比他还老的老婆婆，正端着一碗冒着热气的米汤望着自己。他愣了半天，才细细打量起面前这位陌生的救命恩人来：白发蓬乱，个头矮小，衣服破破烂烂，两只没有见过的大脚上，穿着一双又大又脏的暴窟窿鞋；再看她面目：凸颧骨，两眼深陷，满是皱纹的长脸上布满了伤疤，好一个“丑八怪”。这时，老婆婆说话了：“嫌我丑吗？我，我这就走。”说着把碗放在炕上就要起身。他赶紧叫住：“且慢。”问其姓名，对方不言；再问其家庭情况，还是不语。好久，她才说：“我是一个比你还苦的老婆子，家里无依无靠，孤立无援，眼看自己已经顾不了自己了，正准备自寻短见，不想碰上了你。”说着便哽咽起来。良久，她接着说道：“看来你也是个苦命人，如果你不嫌弃的话，我愿给你做一辈子饭……”冀贫沉思片刻，便应允下来。

从此，两人相依为命，恩恩爱爱，生活虽苦，心情却舒畅。

日复日，年复年。转眼两人已经在一起过了四载。这年夏天，由于麦田遭到严重的冰雹袭击，收成也就让人大失所望；加上兵荒马乱，二人仅有的三斗麦子也被官兵抢去。一天，冀贫正准备上山打柴，老伴儿叫住了他：

“老爷，今天不要去打柴了，我们也该改善改善生活了。”冀贫听了这没头没脑的话，心想，莫非老伴儿神志不清了？家里连锅都揭不开还改善生活？想着，走过来摸了摸老伴儿的额角，一切正常。正想询问，只听老伴儿道：“你去拾点麦子回来，哪怕一小把。”他更觉奇怪，刚一迟疑，老伴儿又在催：“快去嘛。”他想，这一上午能拾多少麦子呢？唉，也罢，多少拾点吧，拾不上，回来借也借点。

到了中午，冀贫垂头丧气地回来了，手里只拿回一小把麦子，他送到老伴儿跟前，就要出去借粮，不想被老伴儿喊住了：“劈柴去！”他想分辩几句，老伴儿又道：“今天，你听我的，让你干啥你就干啥，行吗？”看着老伴儿那哀求的样子，他只好点了点头出去劈柴。工夫不大，只听老伴儿在喊：“老爷，拿我们用的碗来。”什么？还要量？他苦笑一声，便把家里唯一的一个碗拿到老伴儿跟前，一看，地上的麦子数都能数得清。他没有言语，默默走开了。一会儿老伴儿又喊：“老爷，去借个斗来。”老汉心里更是狐疑，老汉借斗回来，立刻傻眼了，只见地上的麦子已堆成了小山，老伴儿还在一碗一碗地量那揉下的几粒麦子，量也量不完。他简直看傻了，自己快一辈子了，什么时候家里有过这么多麦子？更使他惊奇的是，本来能够数得清的几粒麦子，竟被老伴儿量出这么多，而且还在一碗一碗地量个不停。这时，耳边又响起老伴儿的声音：“你去把我们仅有的那些玉茭、稻谷、高粱、豆子全部拿来。”老汉照办了。顷刻间，地上成了五堆“小山”。

老伴儿见他目瞪口呆，怔怔地站在地上，就一笑说：“老爷，今天我实说了吧，我并非凡人，乃是天上的‘五谷护卫神’。”

“啊?!”冀贫越发震惊了。

“你坐下听我慢慢说嘛。”冀贫呆呆地坐下后，她接着说：“我原来是商朝殷纣王的二儿子殷洪，当时姜子牙统周灭纣，我由于年幼，听信申公豹的唆使，背着师傅赤精子下山来辅佐父王，而被姜子牙所灭。后来，元始天尊念我修行之苦，封我为‘五谷护卫神’。从此，我就在天上掌管起五谷来。有一次，我闲暇无事，驾云游天下，亲眼看到了人间贫富不均，我于是变作凡人慢慢走访起来。到了此处，得知你的苦难后，我就到了天宫奏准玉帝，变作老婆婆来到你家……”

冀贫此时如梦初醒，“扑通”一声跪倒在地：“原来是‘天神下界’，小人实乃凡身俗眼，望天神恕罪!”

“快快请起，”“五谷护卫神”道：“冀贫，我已完成任务，即刻就要回宫复命，我走后……”说着拿下头上一根银针交给冀贫，“你哪里有困难，你就将此针插到哪里，哪里就可满足你的需要。”说罢平地升起股清烟——“五谷护卫神”不见了。冀贫当下望着清烟磕了三个响头。

到后来，冀贫就拿着这根银针专为天下老百姓救苦解难，哪里最穷、最苦，这根银针就插到哪里。玉帝得知后，叹道，“真乃正人君子矣!”冀贫死后，玉帝就命“五谷护卫神”将冀贫魂灵连同银针收回天宫封为“五谷正神”。

【讲 述 者】 冀青小

【采录整理】 冀晓红采录

【采集时间】 （无考）

【流传地区】 山西省·（长治市）·沁县

【文本来源】 郭万金主编：《山西民间故事大系》（晋东南卷），北京：商务印书馆2017年版，第53—55页。

【阅读提示】 这是一则在现代叙事中加入了神话母题的神话。

【基本母题】 五谷护卫神；神的化身；封神；玉帝；人变成神；五谷神

【本文编码】 《五谷神》：ZCSW0455-132-003

五谷神王

（白族）

原先，世上没有天也没有地。后来，天有了，地有了，但人间又没有吃的，只好去挖野菜、剥树皮充饥。

这时，有个叫跛达的人，为了使人们吃到好东西，不辞劳苦，走了一百天，到观音那里去报告苦情，恳求给些五谷籽种。观音从花篮里拿出五个小葫芦和一个大葫芦，嘱咐他说："这五个小葫芦里装着你们吃的粮种，第一个三节葫芦里有荞种，撒在高山上；第二个两节葫芦里有大麦种，撒在半山腰；第三个大细脖子葫芦里有大豆种，撒在山脚沙地上；第四个弯葫芦里有籼米种，撒在大河小溪两边；第五个一节葫芦里装有糯米种，撒在水田里。这大葫芦里装的是树种，你要等五个小葫芦撒完，才撒大葫芦里的，不要忘了。"

跛达高高兴兴地回家来。他想立刻撒下种子，好让人们早日吃上五谷，就背着大葫芦，抱着小葫芦，照着观音吩咐的那样，一边走，一边撒，依次在高山、山腰、山脚撒下了荞种、大麦、豆子、谷子。跛达只顾撒五个小葫芦里的种子，没料到，背上大葫芦里的塞子掉了。等他沿着玉龙山、哈巴雪山、老君山、罗坪山，直到高黎贡山，把五谷种撒完，大葫芦里的树种也漏光了，打开来是个空葫芦。跛达正要往回走，转身一看，他走过的山上长满了密密麻麻的大树，路没有了，他怎么也走不回去了。

地上长出了五谷，人们高兴得睡不着觉，连夜点起火把，去山坡、田野上看。大家非常感激跛达，是他把五谷要回来的，可是人到哪儿去了呢？人们看到遮天盖地的树林，想到跛达一定是撒树种后回不来了，就一齐出动，点着明晃晃的火把去找跛达，从这个村找到那个村，从这片田找到那片地，从这架山找到那架山。人们一面找一面呼喊，但怎么也找不到他了。

为了纪念跛达为人们造福的功劳，大家又去见观音，观音把跛达封为"五谷神王"。每年农历六月二十五日这一天，吃新梨、尝新米，家家户户给跛达"送米饭"。晚上就点起火把迎跛达，少男少女们舞着小火把，沿着田埂、山路跑来跑去，表示寻找跛达，老人们在火把下弹着三弦，唱大本曲，带领大家齐唱献给跛达的颂辞：

火把高照火把明，
满田满坝好收成，

大麦收了谷子熟，
荞豆满仓廪。
酿坛酒来敬跋达，
五谷供祭五谷神。
保我年年得丰收，
个个喜盈盈。

【讲 述 者】（无考）
【采录整理】少峰、李荣（白族）采录
【采集时间】1984 年采录于洱源西山
【流传地区】云南省·大理白族自治州·洱源县·西山（西山乡）
【文本来源】中国民间文艺家协会组织编写，罗杨总主编，杨义龙本卷主编：《中国民间故事丛书》（云南·大理·洱源卷），北京：知识产权出版社 2016 年版，第 6—7 页。
【阅读提示】本神话通过描述观音施舍五谷种，表现出观音助人为乐的好品质。
【基本母题】以前没有天地；人早期的食物；五谷种；观音；封神；人成为神；五谷神王

【本文编码】《五谷神王》：ZCSW0456-132-004

竹王的传说

（仡佬族）

很久很久以前，仡家的九九长冲大河边，有一个美如天仙的仡佬族姑娘，芳名倡乳。没有父母兄弟姐妹，一个人住在岩洞里，开荒种粮，栽麻织布，靠自己的勤劳过日子。

一天，倡乳到河边洗披袍[①]和筒裙。飞来一只叫不出名字的怪鸟，在她头顶上空盘旋，“笃筒、笃筒”地叫个不停。不一会儿，那怪鸟飞到水面上点水，溅起几丈高的水花，水花一落，怪鸟就被打进水里不见了。倡乳十分着急，两眼直盯着水面，巴不得它快快飞出水面来。还连声叫道：“水呀，你可千万不能把小鸟淹死啊！”

随着叫声，水里冒出一串串水珠，放射出一道道刺眼的金光。接着不知是什么东西，从水里一下蹦了出来，离水面好高好高才往下掉。倡乳仔细一看，是一节好粗好粗的竹筒，在水面上打着旋转，直往她面前漂过来。

倡乳十分好奇，顺手用捶衣棒一捞，就把竹筒拿上岸。好怪！那竹筒里发出嫩娃娃的哭声，她吓得丢下竹筒就跑。又听见嫩娃娃的哭声越哭越大，她才又返回去把竹筒抱在怀里。但听得那娃娃不但不哭，反而打起哈哈来。倡乳用捶衣棒轻轻地敲呀、敲呀，把竹筒打开个裂口，那娃娃一下子就蹦了出来。哈呀！还是个又白又胖的男娃娃哩！她便取身上的披袍把娃娃包好，抱回洞里好生抚养。

不到一年光景，那娃娃便会喊妈妈了。可是还没给他取名字哩。倡乳正在想：取个啥名字才好呢？那只怪鸟又飞到洞前大树上“笃筒、笃筒”地叫起来了。倡乳就依鸟叫的声音，给娃娃取名叫“笃筒”[②]。

笃筒长大成人后，双眼乌黑发亮，拳大如海碗，两膀有千斤力气，又操练出一身好武艺。每天上山打猎，下河捉鱼，对妈妈也十分孝敬。母子两人勤耕苦织，生活倒很甜美。

有一天，笃筒上山打猎，没想到正在麻园种麻的妈妈却被老虎抓走了。笃筒得知后，悲痛万分。为了替妈妈报仇，他循着血迹追寻，终于在一个偏岩下找到那只老虎和妈妈的尸体。

笃筒气得“哇哇”大叫，一阵拳打足踢就把老虎打死。剥下虎皮，将妈

---

① 披袍：仡佬族衣服。用布七尺许，中部挖一圆孔，用花边镶好。从头上笼下，齐腰处扎一腰带，十分简易。

② 笃筒：在流传中被有的人说成“多同”，因为竹王是从竹筒内出生，他的名字应该是带竹头的字。

妈的尸体包好，吊葬[①]在半山的大树上。然后，烧起柴火，烤虎肉来祭奠妈妈。

不久，笃筒打虎的事传播开来。因为山大树林多，处处有猛虎吃人，四山八岭的人都跑来请笃筒去打虎除害。由于他打虎的威名越传越远，各地村寨的仡佬人都争着请他去当寨主。后来他管的寨子越来越多，骑起快马日夜奔跑，百把天也跑不了这些寨子。于是，他就想出个好主意，把小寨并为大寨，集十个以上的大寨为一个部落，挑选出精明能干的人当头领，各部落又归笃筒统领。接着，他又叫各部落招兵买马，天天操练。有了精兵强将之后，他建立了个国家，号称夜郎国。大家拥戴他当了国王。因为他是竹中所生，所以人们都称他为竹王。

笃筒自从当了国王之后，更加思念他妈妈倡乳。于是，他将倡乳洗衣捞竹筒的九九长冲大河，改名叫竹水。在倡乳住的洞边还修了座竹娘庙；将吊葬于岩树上的竹娘尸骨，重新用棺木装好，吊葬于高高的石岩上。因为这片土地是竹王母子和仡佬人开发的，他们是地盘业主。所以，每当仡家人丧葬时棺木所过之地，都不用丢买路钱。抬棺木的人饿了，一路上无论地中长着什么，都可以任意吃。这到后来成为仡佬人世代相传的风俗。不管是不是出丧，凡是地中长的东西，特别是谷子，人人都可以勒[②]回家去舂米尝新。以后，外族人进来种的谷子，仡佬人照样可勒些去舂米尝新。

竹王死后，大家为了追念他打虎除害和建立国家的功劳，家家户户都在水缸边立一个竹筒。一头接个开孔的大葫芦，用它舀水，表示追念竹王。凡是儿子有事出门，妈妈用竹筒葫芦舀水给儿子喝，喝了它能一路保平安；儿子归家时，喝了竹筒葫芦舀的水，能除邪长寿。

【讲 述 者】 （无考）

【采录整理】 魏绪文搜集整理

---

① 吊葬：即悬棺葬，仡佬族特有的风俗。是让死者升天的意思。后来别的民族也有采用这种葬法的。

② 勒：当地方言，意为摘取。

【采集时间】 （无考）

【流传地区】 贵州省·毕节（毕节市）

【文本来源】 中华民族故事大系编委会编：《中华民族故事大系》第13卷（仡佬族、锡伯族、阿昌族），上海：上海文艺出版社1995年版，第18—20页。

【阅读提示】 这则神话叙述的竹王有以竹为神的含义。

【基本母题】 穴居；竹生人；葬母；首领的产生；竹崇拜

【本文编码】 《竹王的传说》：ZCSW0457-132-005

神　树

（彝族）

在七个太阳当空照的时代，万丈烈焰喷，大地被烧红，江河被煮干，树木被烧尽……惟有勺拉则（一种高耸挺拔的黑松树）常青。在四川大凉山，彝族神话中未被七个太阳烧死的树叫“火丝达低”（一种耐旱的灌木）。彝族原始先民认为，马桑树、勺拉则树、火丝达低树，都有抗拒七个太阳暴晒的超自然力在主宰。这种力就是他们观念中的神，所以他们把这些树视为神树。直到现在，仍在干旱年头，向神树祷告和奉献米麦、荞子和牲肉。祷词说：“树神爷爷，快快降雨吧！快快给万物以续生之水！给人类以救命之水。”

【讲 述 者】 （无考）

【采录整理】 （无考）

【采集时间】 （无考）

【流传地区】 云南省·（昭通市）·镇雄县

【文本来源】 吕大吉、何耀华总主编：《中国各民族原始宗教资料集成》

（彝族卷、白族卷、基诺族卷），北京：中国社会科学出版社1996年版，第24页。

【阅读提示】 人类对特定树的崇拜，也反映了人与自然的依存关系。

【基本母题】 旱灾；神树的产生；特定的树是神树；祈雨

【本文编码】 《神树》：ZCSW0458-132-006

1.3.3 无生命物神的产生

奇石当保护神的来历

（白族）

人们传说远古时代，鹤庆是个大海，没有万物，也无人类。后来从水眼中飘出一个五光十色的大肉团，撞在岸边的崖壁上，肉末变成了各种飞禽走兽、鱼虾和花草林木，肉核变成了一对男女。他俩结成夫妻，住在螺峰山上的一块大岩石下，繁衍出鹤庆白族人。这对始祖居住的岩石，因系太阳残核变的，人类居住在里面，野兽不敢近石侵袭，也不受风雨雷电的危害，他们居住的岩石还能预测阴、晴、水、旱，故白族始祖就把它供奉为神。始祖的子孙们遵照祖先的教导，一代一代往下传，所以直到如今还有些村民奉奇石为神。

【讲 述 者】（无考）

【采录整理】王承权调查整理

【采集时间】（无考）

【流传地区】云南省·（大理白族自治州）·鹤庆县

【文本来源】吕大吉、何耀华总主编：《中国各民族原始宗教资料集成》（彝族卷、白族卷、基诺族卷），北京：中国社会科学出版社1996年版，第482页。原文本标注选自王承权调查整理《鹤庆白族奇岩大石祭祀》（1988）。

【阅读提示】虽然自然界中石头很多，往往只有奇怪的石头才有成为神的素质。

【基本母题】无生命物神；石神；世界大水；动植物的产生；婚生人；石崇拜

【本文编码】《奇石当保护神的来历》：ZCSW0459-133-001

白石神

（羌族）

羌族的白石神与神林信仰之由来，亦可从他们的传说与歌谣中探窥之。据传说羌族曾有一次大流亡，弄得东分西散。其中有一支羌民定居后，遇到一种敌人“葛人”，虽愚而强，羌人畏之，思遁。幸在梦中得神启示，并指导如何作战，果将葛人打灭。神所指示打灭葛人之法甚为简单，即使用坚硬之棍，更继之以白石块。葛人覆灭，羌人始得安居乐业。民众只知他们的祖先曾在梦中得神之启示，但不知究为何神，且不知神究属何种形相。领袖云：“白石即为吾等之神，以后如有忧患或灾难，你们可在白石神前祷告。”

【讲 述 者】（无考）

【采录整理】袁珂据胡鉴民《羌族之信仰与习俗》（金陵大学中国文化研究所编《边疆研究丛书》1941 年）内容转录。

【采集时间】（无考）

【流传地区】（无考）

【文本来源】袁珂：《中国神话大词典》，北京：华夏出版社 2015 年版，第 564 页。

【阅读提示】羌族白石崇拜非常普遍，有不少神话叙述白石帮助羌族人征战获胜的事情。

【基本母题】白石神；神林；梦示；白石崇拜；祈祷

【本文编码】《白石神》：ZCSW0460-133-002

中华创世神话研究工程

系列丛书

上海市社会科学界联合会 组织编写

中华创世神话选注·世界万物起源卷（中）

COMMENTARIES ON SELECTED CHINESE CREATION MYTHS

VOL. III THE ORIGIN OF OBJECTS

本书编辑组 选编

王宪昭 王京 评注

上海人民出版社

国家出版基金项目
NATIONAL PUBLICATION FOUNDATION

2.2 三界起源

- ◆ 2.2.1 三界
- ◆ 2.2.2 天梯、通天路

2.2.1　三　界

姝六甲

（汉族）

从前，天地没有分家的时候，宇宙中旋转着一团气体，渐渐地越转越急，越转越快，最后变成了一个蛋形的东西。这个蛋和鸡蛋不一样，它内有三个蛋黄。这个蛋在宇宙中由一个拱屎虫推动它旋转。有一个螟蛉子每天都爬到上面来钻洞，钻呀钻呀，终于钻出一个洞来。这个蛋终于爆为三片，一片飞到上边成为天空；一片落到地下成为水；留在中间的一片，就成为我们今天中界大地。

在这三界当中，什么东西都没有，突然中界的大地上，长出一朵奇异的鲜花来。这朵花说不上是什么颜色，花开了，花蕊中间却长出一个女人来，这个女人就是我们今天人类的始祖。她披头散发，全身一丝不挂，满身长着黑毛，但很聪明。因此，后人叫她姝六甲，又因为她有智慧，足可以做聪明人的老师，所以，又管她叫姝齐西。

那时上界和下界分开时，螟蛉子向天上飞去了，地下留的是拱屎虫。个造天，一个造地。拱屎虫勤快，造的地很宽广。螟蛉虫很懒，造的天很穷。他们造天地的时候，造得老是不严。姝六甲把大地抓起来，把地皮扯得膨胀起来，这时天地合严了。大地鼓起来的地方就成为高山和峻岭，凹下的地方就成为深壑峡谷，于是就有了今天的高山峻岭，江河湖海。姝六甲见大地上仅有这些还是缺乏生机，便想起造人来。她叉开两腿，站在两座大山上，突然吹来一阵风，觉得肚里憋得慌，便撒了一泡尿，尿湿了地上的土。她便把泥土挖起来，照着自己的模样捏了许多泥人，用乱草盖严。经过七七四十九天，打开一看，这些泥人全变成了活人了。这些活人到处乱跑，叫也叫不住。姝六甲到树林里采集了很多辣椒和洋桃，向这些人投去，他们争先恐后地去抢。结果，抢到辣椒的便是男人，抢到洋桃的便是女人。从此，中界大地上有了人类，人也有了男女性别之分。这些人都很爱劳动，这使中界大地有了生机。从那以后，姝六甲便东捏一把土，西捏一把土，这些泥土时间久了，便成了天上的飞禽，地上的走兽。

【讲 述 者】 秦淑慧
【采录整理】 孙波搜集整理
【采集时间】 1986年3月采录于辽宁省瓦房店市炮台镇长岭村、老染房村一带
【流传地区】 辽宁省·（大连市）·瓦房店市·炮台镇长岭村、老染房村一带
【文本来源】 姚宝瑄主编：《中国各民族神话》（汉族），太原：书海出版社2014年版，第36—38页。
【阅读提示】 这则神话通过叙述姝六甲造三界和万物，塑造了一个了不起的女始祖形象。从这个女神的名称看，与壮族创世的女始祖姆六甲又有几分相似，不知有无影响关系。
【基本母题】 宇宙卵；三界的产生；中界是大地；始祖的产生；神性人物的特征；造天地；高山峻岭的产生；江河湖海的产生；造人；性别的产生；飞禽走兽的产生

【本文编码】 《姝六甲》：ZCSW0954-221-001

天上、人间、地下

（高山族）

一

相传，古老古老的时候，人间与天上是有路相通的：地上的人要上天了，就将耕田用的木耙竖起来，“噢——”地叫唤一声，天上的人就热情地

伸出手来接住，让要上天的人踩着耙齿，一级一级地向上攀去。……

天宫真美呀！这里有金碧辉煌的宫殿，有雕梁画栋的楼阁，四周种着翠竹，藤萝缠绕。河水会发亮，连树上的叶子、果子和地下的石头都闪闪烁烁，还有五颜六色的奇峰怪石、丽花异草，真是一个奇幻的世界！

游过天宫的人，回到人间，逢人就讲："天宫真美呀，美得迷人！"

于是，一传十、十传百，人间上天宫的人就也越来越多了。

来到天上的人，有的不守天宫的规矩，嘻嘻哈哈，打打闹闹，还随意攀枝爬树、摘花采果，把个安安静静的天宫闹得很杂乱。天上的人很厌烦这些不懂道理的人。从此以后，他们即使听到了人间呼唤声，也不再伸手去接那木耙梯，人间与天宫的道路也就这样断了！

二

原来，人间与地下也是有路相通的。

与天宫相比，这地下就大不一样了：人是矮的，房子也是矮的，树木不会发光，河流也不会发亮，没有宫殿，没有楼台，没有金色的果子，也没有五颜六色的奇花异卉。人间去地下的人就不如上天的人多了！

那些去地下玩的人，见这里都是矮人，像进了"小人国"，感到十分新奇！这些人不是用手去摸他们的头，就是摸他们的鼻子，或是去扯他们的头发，老是捉弄人家，逗笑取乐，被惹怒的地下人，再也不欢迎这些不懂礼貌的人了！他们轮流派人把守住那唯一的通道路口，不让从地面上来的人进去。

传说有个孕妇，听了传闻，十分好奇。一天，她到地下去玩，想看看地下是个什么样子。

这孕妇摇摇摆摆地来到路口，见到那些矮矮的守门人，禁不住哈哈大笑起来。那些把守路口的人，见这孕妇趾高气扬、大模大样的，对谁都不打招呼，大咧咧地要闯进去。他们也不买账，就拦住不准她下去，双方就争吵起来。孕妇硬要进去，守门的硬是不让，吵着吵着，推推搡搡，想不到孕妇被推倒在地，一下就断了气，变成块大石头，将路口严严实实地堵住了！

从此，人间到地下的路就断了，彼此没有了来往。但是，地下的人还是照样地活着哩！

因为，当地面上的人挖井挖得很深很深的时候，就会听到地下的人大喊："噢——噢——不能挖了，不能挖了！已经挖我们的屋顶了！"

从此，我们高山族从祖先就传下来：挖井不要挖得太深免得水漏下去，使住在地下的人不安宁。

又有人说：地下的人很勤劳，他们都穿着黑衣黑裤，养了很多很多的牛来耕地。

为什么会地震呢？那是因为地下的牛发痒了，它们用身子去擦石头，地上就震动了！

三

天上有人，地上有人，地下也有人！

天上的粮食很多很多，地上的人常常上天去买粮食。

通天的路在哪里呢？

通天的路在东方，东方的天空下有一条很长很长的云梯，地上的人是攀着长长的云梯上天的。

有个孕妇攀云梯的时候，气喘了，咳嗽了一声，将云梯震断了；直到今天，我们再也找不到上天的路，地上的人再也无法与穿着白衣白袍的天上人来往了！

【附注】

同名文本《天上、人间、地下》，见陶阳、钟秀编《中国神话》（上册），北京：商务印书馆2008年版，第184—186页。原文本标注选自《高山族民间故事选》。

【讲 述 者】　（无考）

【采录整理】　陈炜萍搜集整理

【采集时间】 （无考）

【流传地区】 （无考）

【文本来源】 中华民族故事大系编委会编：《中华民族故事大系》第8卷（畲族、高山族、拉祜族），上海：上海文艺出版社1995年版，第409—411页。

【阅读提示】 这则神话用细腻的手法描绘出三界的情形，凸显了创作者善用神话思维探索未知世界的创造力。

【基本母题】 古时候天地相通；人上天；天宫；天梯；古时候人间与地下相通；地下的世界；地震的产生

【本文编码】 《天上、人间、地下》：ZCSW0955-221-002

三个世界

（哈尼族）

古时候，大神们分工造天造地，俄玛、俄烟、烟沙三位大神来造天，咪沙、机比、阿罗、达俄、姐玛、艾波、等戚、租鲁、熬然[①]九位大神来造地，造天的倒是好好地造了，造地的九位大神想着人多，不妨先来睡一觉，不觉睡了九年。大神俄玛把铺天石铺到天边，想与大地合缝，就呼喊九位造地的大神，但是听不见回答的声音，她来到大地上看，一看，九位大神正枕着金锄银耙睡懒觉呢，一时火冒三丈，一个摇一个地用脚踢屁股。九个大神“呼呼”起来说：“怎么，不去造你的天，还有心来跟我们打架？”“听着，懒神，三天之内，我们就要试雨了，还不赶快造地！”俄玛说完“呼”的一声，飞上天去了。

等九位造地的神回过神来想和俄玛商量，连她的影子也找不到了。这时

① 以上称谓为创造天地的神的名称。

九位大神可慌啦，咪沙拉起龙牛，舞着金鞭说："快快干啊，弟兄们！"其他几位大神一听，有的拿起金耙，有的舞动锄头，犁的犁，耙的耙，刮的刮，还有的用簸箕抬起土来，东边撒一簸箕，西边倒一簸箕，北边用手抓，南边用脚蹬。他们慌慌张张地造了三天，地还没有造完，样子也难看极了，有些地方是平的，有些地方坑坑洼洼、七高八低。这时他们听到俄玛在高天呼叫："地造好了吗？我要放天河水试雨啦！"九位大神你望我，我望你。地还没有造好，但他们爱面子，只好硬着头皮一齐呼喊："造好了！"一面稀里哗啦地乱扒一气。这时"哗哗"的大雨倾注下来，只见没有平整打实的大地被淹得东一块、西一块，七零八落，坑坑洼洼。后来俄烟在高天看到大地全被水淹没，只剩巴掌大的几小块，惊叫起来："不得了啦，快断水！"可是俄玛已把天河水放了七刻（哈尼人计标水位的度量单位），无法挽救了。

又过了一会儿，水慢慢地退下去，神终于造出了三个世界，这就是天空、大地和海洋。

这时众神惊呼起来："我们造三个世界，天庭是神的世界，大地是人的世界，大水是水族的世界。天上有神居住，大水里有水族居住，可中间这一层大地怎么偏偏忘记它的主人了呢？"众神你看我，我看你，都没了主意。最后还是天神俄玛咬咬牙，把他的儿子玛窝叫来，命他永远不得回天宫，叫他和地神密玛的女儿"阿纳纳罗"（肤色黑亮之意）结为夫妇，在大地上繁衍人类。

从此，天有了，地有了，万物有了，人类有了，三个世界都有了自己的主人。

【讲 述 者】 朱小和

【采录整理】 卢朝贵搜集整理

【采集时间】 （无考）

【流传地区】 云南省·（红河哈尼族彝族自治州）·元阳县

【文本来源】 姚宝瑄主编：《中国各民族神话》（哈尼族、傣族），太原：书海出版社 2014 年版，第 64—65 页。原文本标注由单超选自

《哈尼族神话传说选》。

【阅读提示】 这则神话将天空、大地和海洋三界分别对应神的世界、人的世界和水族的世界，这种世界观与自然观的契合更为神话增添了艺术魅力。

【基本母题】 众神造天地；地形地貌的产生；三个世界；神婚生人类；三界的主人

【本文编码】 《三个世界》：ZCSW0956-221-003

棒头人

（苗族）

很古很古的时候，宇宙之间分上中下三层。上层叫做天上，中层叫做地上，下层叫做地卜。每层各有一种人，各是一个世界。

天上的世界，人们的身子像囤箩，个子像竹竿。就叫做“竹竿人”。

地上的世界，就是我们这些人。身子橡碓杆，个子像扁担。就叫做“扁担人”。

地下的世界，人们的身子像手杆①，个子像捶草的棒头。就叫“棒头人”。

有一天，地上的世界有个樵夫去砍柴，柴刀失手掉进地洞里去了，他下地洞去找。谁知越下越深，洞里黑乎乎，伸手不见五指。

樵夫正在着急的时候，忽然发现远处有一点亮光，便朝那个方向摸去。不料脚一滑，掉下去了，掉下去，再掉下去……一直掉到“地下”的世界去了。

樵夫昏倒在地，人事不知。一会子醒过来的时候，睁眼一看，那里也有山有水，有花草树木，虫鱼鸟兽，和“地上”的世界不同的只是人。

樵夫见许多棒头人惊奇地围着他看。他们嘁嘁喳喳地在讲什么，一句也

① 手杆：方言，即手臂。

听不懂。

一会儿，来了千千万万棒头人，像蚂蚁拖蝗虫一样地把樵夫搬回家去。他们的房子是用蒿枝秆盖的，像鸡笼子那么大，哪容得下他呢，他只好在外面露宿了。

棒头人最懂得医药，樵夫跌得头破血流，伤势很重。他们拿些草药给他吃的吃，包的包，一会子就全好了。

吃晚饭的时候，樵夫见棒头人做饭的锅，只有半个鸡蛋壳那么大，用青杠子蒂儿当碗，麦芒儿做筷子。一锅饭还不够他一口，百锅饭不够他一顿。棒头人见他吃得这么凶，直乐得哈哈大笑。他们每天都拿好酒好肉招待他。

樵夫落到棒头国，轰动了那个国家。国王骑着大公鸡来看他，对他亲切地问候。话虽听不懂，从表情上看，国王是把他当作仙子下凡那么尊重的。

一天，棒头人带樵夫上山砍树盖房子。他们的斧子，只有手指甲大，把蒿枝秆当大树砍，费了九牛二虎之力，半天才砍一根。樵夫见了手痒，吐泡口水在手心上，搓一搓，又拔又折地弄了一大堆。末了用自己的头巾一捆，就扛着回家来，成千上万的棒头人跟在后头鼓掌欢呼。这在他们看来，好比扛着一座大山那么稀奇。

樵夫用蒿枝秆和木棒为他们盖了一个像人间哨棚那样大的房子。棒头人把它当作宫殿，国王和大臣们都搬进去住了。

有个邻国，兵强马壮，常常侵犯这个棒头国的边界，烧杀掳掠。这回又要来侵犯，这棒头国决定同它打一仗。国王请樵夫助战。樵夫觉得那个邻国太霸道，答应帮他们打一仗。

开战的那天，国王骑着大公鸡“战马”，带领着他的武士出发了。

樵夫见双方的兵马对着开来，开到战场两边排成阵势。接着，开战的号声吹起来了，“吱吱吱”的像虫鸣蝉叫，双方就出阵厮杀：公鸡对着公鸡相碰，武士对着武士相杀。碰来碰去，人跌落下“马”。公鸡继续相斗，落“马”的棒头人继续相杀，混战一场，哭喊声和叫骂声，象春夜里的蛤蟆闹塘一般。

起初，樵夫觉得好玩，就看着笑。后来，看见请他助战的这个棒头国渐渐支持不住了，而敌方却杀得很凶，他不能再袖手旁观了，便大步走上去，用扫帚将敌国的兵马一扫，扫成一堆堆的人疙瘩，扫伤一大片。没扫着的，连滚带爬地跑了。这边的武士追杀一阵，大胜而归。

国王为了庆祝胜利，下令全国设宴七天七夜，犒赏樵夫很多好酒好肉。

又有一回，这棒头国与另一邻国划分疆界，樵夫也跟着去看。负责评判的理老[①]，是一只猫头鹰。双方都在那里等待着它的公断。可这家伙鼓着一双大眼睛，老是闷不吭声。樵夫悄声问国王："它为啥老是不开口呀?"国王告诉他说："它要敲诈一笔钱，谁出得多，它就护谁。"

樵夫问："你们咋不开口说给它多少钱呢?"

国王说："我要先说了个数，对方就一定要说个超过我的。理老断下来，我就要吃大亏啦!"

"那么，谁也不敢先开口啰?"

"是的。"

"那要等到啥时候呢?"

"大家就这样比赛着拖下去，不许回家，不许吃东西。谁饿死了，他的全部国土都归对方。到那时候，他只好忍痛吃亏，先开口说个数。"

樵夫问："要是理老先饿死了呢?"

国王说："它不会，规定它可以吃东西的。"

樵夫说："那不是整倒你们自己么?"

国王说："是呀！每一次闹着分疆界，都弄得国贫民穷呵!"

樵夫问："理老就有这么大的权力么？你们废了这个规矩不行吗?"

国王说："这个规矩是我们不知哪辈祖宗兴下来的，谁也没想到要废了它。再说，理老也不答应废呵!"

樵夫听到这里，觉得古怪。他憎恨地向猫头鹰理老瞪了一眼，发现它正在那里稳坐钓鱼台，闭目养神呐。樵夫越看越火，随手折下一根木棒，上去就"啪啪"地狠揍它几下。打得那家伙张开翅膀在地上扑腾了一阵就死了。

两个国王见了，大惊失色，不知如何是好。

---

① 苗族民间发生纠纷，请能说会道的人来讲道理、评判，人们称这种人为"理老"。

樵夫高声说道："理老是个坏家伙，它拿着老规矩害你们。今天，我把它打死了！这个规矩也和理老一道死了。今后谁再用这个规矩，他就像理老一样，打死的下场。"

两个国王都着急地说："我们的疆界咋个划分呀?"

樵夫说："我来给你们划分，一文钱也不收你们的。"说着，用打死猫头鹰理老的木棍子在两国交界的地方，划出一道鸿沟来，作为永远的分界线。从此各管各的地盘。

两国皆大欢喜，都拿好酒好肉来敬奉樵夫。

樵夫在"地下"的世界，很受棒头人的尊敬。各个国家都邀请他去走走。因此，他周游了地下世界各国。樵夫走到哪里，那里的猫头鹰就吓得飞跑了，从此不敢再作恶，而且白天不敢露面，只在晚上偷偷出来找食吃，即使出来也不敢讲自己的话，而是学叫各种各样的声音。

地下的棒头人世界，也像地上的扁担人世界一样，那里也兴过苗年节①，也有跳花场②。每年春秋时节，也兴踩歌踏月③。

这一年，棒头国的跳花场十分热闹。小伙子和姑娘们都穿花戴银，打扮得像花蝴蝶一般美丽。他们谈情说爱，更比地上世界的人自由，连国王的太子和公主们都去参加，和平民一样，不分什么贵贱高下，随意挑选丈夫、妻子，选上哪个要哪个。

樵夫看到棒头国踩歌踏月的景象，便想起人间的欢乐，产生了回来的念头。他要棒头人想法帮他回人间。

棒头国要送樵夫回家了，千千万万的棒头人都来送行。他们搭成牢实的人梯，樵夫一步步地踏着他们的肩头往上爬。爬到原来他跌下去的山洞口时，看见又回到了人间，要与自己的亲人见面了，心中一乐，猛地一蹬，便跳到地上人间来了。可是，听到人梯"哗"的一声倒了下去，成千上万的棒

---

① 苗族每年古历十月逢卯日过"苗年节"。

② 跳花场：各地赛歌、比舞的固定地点。

③ 踩歌踏月：跳花场上谈情说爱，赛歌比舞，叫"踩歌踏月"或"踩花踏月"。

头人不知死伤多少。

不过不要紧，棒头人有起死回生的妙药，他们仍然会感激樵夫，世世代代纪念着他，因为他给他们做了很多很多好事呵！

【讲 述 者】 祝先先

【采录整理】 燕宝整理

【采集时间】 （无考）

【流传地区】 贵州中、西部

【文本来源】 中华民族故事大系编委会编：《中华民族故事大系》第2卷（藏族、维吾尔族、苗族），上海：上海文艺出版社1995年版，第658—663页。

【阅读提示】 这则神话叙述了樵夫误入下界“棒头国”的奇遇，部分情节与英国作家乔纳森·斯威夫特所著《格列佛游记》有异曲同工之处，真希望是乔纳森·斯威夫特先生曾经看过这则神话后才有的灵感。

【基本母题】 宇宙分上中下三层；天上的世界；地上的世界；地下的世界；人的特征；棒头人；起死回生药

【本文编码】 《棒头人》：ZCSW0951-221-004

阳世①的形成（1）

（土族）

阳世还未形成的时候，天连着水，水连着天，到处是一片白茫茫的汪洋。

一天，一位主宰宇宙的天神朝水面上一望，不由地发起愁来：以后要是

① 阳世：土语音译，地球。

有了人类，连个落脚的地方都没有，这如何是好？得想法创造个阳世才行啊！他左顾右看，忽地发现一只巨大的金蛤蟆浮在水面上。

“啊，太好了！”天神为找到一个支撑阳世的东西而大叫起来。他高兴极了，忙伸手从别处抓来一把黄土，撒在金蛤蟆的脊背上。谁知这只受惊的金蛤蟆却一头扎进了水底。这下可气坏了天神：“不识抬举的畜生！不给点厉害是不会轻易就范的。”说着拉弓搭箭，拭目以待。不一会儿，那只金蛤蟆又出现在水面上。说时迟，那时快，只听得“嗖”的一声，一支利箭穿透了金蛤蟆的背心。

“哎哟哟……”金蛤蟆痛得翻了个斤斗，肚皮朝天躺在水面上。

“我看你这个畜生还钻进水底下去不?!”天神趁势又将一把泥土朝金蛤蟆扔过去。金蛤蟆慌忙紧紧抱住泥土，再也不敢往下沉了。于是，阳世就形成了。

【讲 述 者】 马永喜福（土族）
【采录整理】 马光星（土族）搜集整理
【采集时间】 （无考）
【流传地区】 青海省·（海东市）·民和县（民和回族土族自治县）·官亭镇
【文本来源】 满都呼主编：《中国阿尔泰语系诸民族神话故事》，北京：民族出版社1997年版，第207页。
【阅读提示】 这则神话用金蛤蟆支撑的陆地代表阳世，体现了土族的金蟾崇拜。
【基本母题】 以前世界是水；天神造阳世；金蛤蟆支撑阳世

【本文编码】 《阳世的形成（1）》：ZCSW0958-221-005

阳世的形成（2）

（土族）

远古时候，地球上没有陆地，到处是汪洋一片。有一天神总想在地球上造一块陆地，可是地球上既没有能落脚的地点，也找不到能支撑陆地的东西。

有一天，天神忽然看到了一只蛤蟆漂游在水面上，便从空中拿来一把土放在金蛤蟆的背上。可是金蛤蟆立刻沉下水底，放在背上的那把土被水冲得无影无踪。天神生气了，便取来弓箭，等金蛤蟆再浮上水面时，朝它射了一箭，把金蛤蟆射穿了。这时，天神又拿来一把土放在金蛤蟆的背上。金蛤蟆翻过身来抱住了这把土，再也没有沉下去。这就是后来的陆地。

【讲 述 者】 （无考）

【采录整理】 （无考）

【采集时间】 （无考）

【流传地区】 （无考）

【文本来源】 谷德明编：《中国少数民族神话》，北京：中国民间文艺出版社 1987 年版，第 714—715 页。摘自《青海民族学院学报》一九八一年第四期。

【阅读提示】 本篇作品与同名文本《阳世的形成（1）》（ZCSW0958-221-005）情节相似，语言表述略有不同，可作些版本研究。

【基本母题】 以前没有陆地；天神造陆地；蛤蟆驮陆地；阳世的产生

【本文编码】 《阳世的形成（2）》：ZCSW0959-221-006

陆驮公公

（壮族）

昔天地分三界，上界雷公管理，中界陆驮公公管理，下界龙王管理。天地俱窄，天高三尺三，地厚三尺三，三界人语，彼此皆闻。然俱和睦相处，水由上界供，火由下界供，从不匮乏。

陆驮公公聪明有才干，中界人物有纠纷者，皆往诉之。其时草木鸟兽俱能言，亦如人能随意而行。儿童常扼杀幼兽，毁坏鸟卵，鸟兽诉苦于陆驮，陆驮令人类离去森林，迁居平原，拔芦草为屋，取树皮为衣，种植五谷杂粮以充饥，人禽始安。然森林中牛马猪狗常受狮虎袭击，复诉苦于陆驮。陆驮令其与人类交友，助人耕田种地，歌物守屋，于是猪狗牛马，遂成家畜。惟鸟但食不作，食完森林果实，复来平原食人所种五谷，常与人争吵，聒耳无休。陆驮复为制律：人有人言，鸟有鸟语，互不相通；不劳作者不得食。此后鸟遂不能人语，亦不敢成群来食五谷。

其时天地过低，陆驮之徒布伯夫妻劈柴，斧触上界，打桩纺线凿穿下界，致令三界人常有怨言。陆驮乃令上界人升高其天，下界人加厚其地，此后三界人语乃不相闻。人若需水需火，乃敲锣击鼓，令上下界人闻之。陆驮公公因为三界及鸟兽与人排难解纷，至今犹无屋住，而居洞穴中。

【讲 述 者】 （无考）

【采录整理】 袁珂据胡仲实《壮族文学概论·陆驮公公》改写。

【采集时间】 （无考）

【流传地区】 （无考）

【文本来源】 袁珂：《中国神话大词典》，北京：华夏出版社 2015 年版，第 442 页。

【阅读提示】 这则神话通过叙述三界的产生、管理、变化等，表现出壮族先民对早期世界差异性的关注和探索。

【基本母题】 天地分三界；三界的管理者；万物秩序的产生；上界的产生；下界的产生

【本文编码】 《陆驮公公》：ZCSW0960-221-007

2.2.2 天梯、通天路

节节草

（汉族）

草地里、田埂边，常常见到有种圆茎、中间空的，一节一节的细草。再细看，它们的尖梢头都像被火烫过的一样，这就是节节草。别看它长得又矮又细弱，听老人家讲，它在上古时候，竟是上通天、下达地的天梯呢。

自从盘古开天辟地后，天帝用节节草造了一架天梯，这天梯接连天上地下，以便和他美丽的妻子能常到混沌一片的地上玩耍。可地上没有人，没有歌，没有舞，非常冷清，天帝就照着自己的样子捏成十个人，放他们带着五谷种子顺着天梯到地上来了。地上比天上冷寂，这十个人就常常无拘无束地爬到天上去玩，闹得天帝头疼得不得了。还是天帝的妻子想得周到，她想，假如有了管理他们的人，不就安分了吗？于是，她赶紧用泥巴捏成十个模样和自己差不多的人，还没等干就分装在盒子里送给这十个人了。临走，她一再吩咐："这盒子里装的东西可是最好的东西啊，到了地面上才能打开看，不然，都要变成废物哩。"

十个人各捧一个宝盒，欢欢喜喜地往地面上走。走在最后的一个是个冒失鬼，他边往下爬边想：什么东西这么要紧，我就不信。当离地面还有几丈时，他终于熬不住，腾出一只手来要揭盒盖，这时，无巧不巧地刮来一阵怪风，手里的盒子被刮跑了，"啪"一声摔在一块巨石上碎了。当时，这个冒失鬼也没注意，没了就作罢，到他们那里看看不是同样的吗？

再说，其余九个人一直到地上才打开盒子看。呵，只见盒子里有个如天帝妻子差不多的小人儿，手拿纺锤，笑眯眯的，从盒子里一跳，便跳到地上，一眨眼的工夫，又变成跟人一样高了。他们学着天帝夫妇的样子，一对对的，一共九对，配成了夫妻。从此，男耕女织，欢欢乐乐地过起日子来。

他们也就不再上天去了。

那个冒失鬼呢，他既羡慕，又后悔。他想去亲近那些女子，却谁也不理他。一急之下，他噔噔噔上了天，死活缠着天帝要女人。天帝不禁大怒，拔出宝剑喝道："还不滚出去，你害死了妻子，我还要追究你呢！"天帝妻子见状忙过来打圆场："快回去，过几天，我想法配个女子给你吧。"那冒失鬼怕天帝真的要杀他，只得垂头丧气地走下天梯。

天帝怕他再上天来胡闹，敲起火石把节节草儿点着，从头往下烧，一直烧到离地只有尺把高，要不是这时正下起雨来，节节草儿可就要断了根啦。所以，从那时起，节节草儿就再也长不高了，因是天帝放的火，它的后代的尖梢头总是枯焦枯焦的，像被火烫过的一样。

河岸干草着火，河底沙泥起灰。有一天龙王变成一个白面书生偷偷地来到民间瞟瞟。他跑到一个地方，看见一个老渔翁，正在沙灰地里下网簖。龙王觉得奇怪，上前打问："老爹，天如此大旱，你怎么在沙灰里插网簖？"渔翁笑笑说："我请鬼谷先生测字，他说，明天午时下雨，城里下三寸，城外下七寸。"龙王不信，问："鬼谷先生在哪块？"老渔翁用手一指："就在那里。"

龙王跑到城里找到了测字先生，请他算算何时下雨。鬼谷先生把对老渔翁说的话讲给老龙王听了。龙王想：这倒奇怪了，我是管雨的，怎么还不晓得。龙王抬头对鬼谷先生说："与你赌个东道你敢吗？"鬼谷先生问："赌什么？"龙王说："以头相赌，如你赢了，我把头输给你；如你输了，你把头输给我。"鬼谷先生一笑答应了。

第二天中饭前，玉皇突然降旨，要龙王午时三刻在城外落雨七寸，城内落雨三寸。龙王接旨三魂吓去二魂，想起与鬼谷先生赌东道的事，懊悔得不得了。他左思右想，想出了一个鬼主意。午时三刻已到，他打开施雨伞，反过来在城内落了七寸，在城外只落到三寸。城内城外一颠倒，城内淹死了成千上万的人，城外才湿了一点。

玉皇得知大怒，下令追究，查出龙王触犯了天条，鬼谷先生泄露天机，判了他们杀头之罪。龙王不曾溜得掉，被杀了头。鬼谷先生事先算到了，逃得无影无踪。

【讲 述 者】 （无考）
【采录整理】 化茂采录
【采集时间】 1985 年 8 月
【流传地区】 江苏省·南通市·如东县
【文本来源】 中国民间文艺家协会组织编写，罗杨总主编，赵志毅、谢骏、沈阳本卷主编：《中国民间故事丛书》（江苏·南通·如东卷），北京：知识产权出版社 2016 年版，第 11—14 页。
【阅读提示】 这则神话通过节节草做天梯，引发出一系列故事，表现不同人物的不同性格，妙在节外生枝。
【基本母题】 天梯；植物是天梯；人上天；婚姻的产生；特定植物的特征

【本文编码】 《节节草》：ZCSW0961-222-001

天地分

（汉族）

在很古很古以前，天和地有一棵大树连着，这棵树名叫通天树。天上的神仙能顺着这棵树下凡上天。地上的人，除了人祖伏羲，谁也爬不到天上。那时候人很缺吃的，时常饿肚子，个个长得面黄肌瘦。伏羲听说天上有一种长生果，吃了它，能一辈子不饿。伏羲决心上天弄回来一些长生果叫大家吃。

这天，伏羲顺着通天树爬到了天上，正好碰见升天成神的白龟。他向白龟打听长生果的事儿，白龟对他说长生果很不容易弄到，要想找到长生果，必须闯过四个天门。为了叫人不挨饿，再难伏羲也不怕！

伏羲先来到北天门，一只大乌龟拦住了去路，伸着脖子瞪着眼恶狠狠地说："伏羲，这里不能走，你来干什么?"伏羲说明来意，乌龟摇摇头说："不行，天上的宝物，怎么能随便弄到人间，你赶快给我拐回去!"伏羲哀求说："天下的人太苦啦，你行行好吧，放过我这一回，天下的人千秋万代都会恭敬你。"乌龟说："就是我放过你，西天门的白虎也不会放过你，弄不好白虎会把你吃了!"伏羲说："我是人祖，不能怕死，应当敢过西天门，你快放我过去吧!"乌龟听伏羲这么一说，就放他过去了。

过了北天门，伏羲很快到了西天门。白虎张牙舞爪拦住伏羲说："伏羲，你来这里干什么？赶快走开!"伏羲说明来意，白虎眼一瞪说："不行，天上的宝物，不能随便送给凡人，你快离开这里，不然我就吃了你!"伏羲哀求说："好白虎哩，你是天神，可怜可怜天下的人吧，你放我过去，天下的人会永远恭敬你。"白虎摇摇头说："不是我难为你，就是我叫你过了西天门，南天门的朱雀也不会放过你，惹恼了朱雀，会把你叼死!"伏羲说："我是人祖，不能因为怕死，就不管天下的人，你放我过去吧!"白虎看他决心怪大，就放他过了西天门。

伏羲到了南天门，朱雀张开翅膀挡住了去路："伏羲，这里不许你过，你来干什么!"伏羲说明来意，朱雀扬起脖子很凶狠地说："快走开！天上的宝物怎么能乱动，再不走我就叼死你!"伏羲哀求说："好心的朱雀，你是神仙，哪有神仙不可怜人呢，你放我过去，天下的人会世世代代恭敬你。"朱雀眨眨眼说："不是我不可怜天下的人，就是我放你过去，到了东天门，青龙也不会放过你，青龙发了怒会把你吃掉!"伏羲说："我是人祖，为了天下的人不挨饿，我不怕死!"朱雀看伏羲心眼怪好，就放他过去了。

伏羲最后来到了东天门，青龙正卧在那里，一见伏羲，"呼"一下跃起来，大声吼叫："伏羲，你来这里干什么，快走开!"伏羲说明来意，青龙摇头晃脑地说："你说得轻巧，天上的宝物，怎能随便叫你拿去，快走，不走我就吃了你!"伏羲哀求说："好心的青龙，天下的人都快饿死了，你是神仙，能不可怜他们吗？你放我过了东天门，天下的人祖孙万代会恭敬你。"青龙说："不是我狠心不放你过去，你过了东天门，也难躲过天兵天将，被他们抓住会碎尸万段!"伏羲说："我是人祖，为了天下的人能活下去，我碎尸万段也不怕！”青龙听他这么一说，很受感动，就放他过了东天门。

四门闯过，伏羲终于找到了长生果，只见满树黄澄澄的果子，香气扑鼻。伏羲高兴极了，他正要上前去摘，忽听身后大喝一声，过来两个金甲力士，伸手把他抓住，不容分说，押到凌霄殿去见天帝。天帝听说伏羲是来摘长生果的，非常恼火："大胆伏羲！长生果本是天上神仙的圣果，怎么能叫人吃呢？凡人吃了圣果，不也变成了神仙！人都成了神仙，谁还敬神供香火？念你来摘长生果是出于一片好心，今天饶你不死，快下界去吧！”说罢，命天兵把伏羲赶了下去。

乌龟、白虎、朱雀、青龙因为放行伏羲，天帝把它们贬到了下界。伏羲有言在先，说是只要放他过了天门，天下的人就千秋万代恭敬它们，只得把它们安上神位，青龙居东，白虎居西，朱雀居南，乌龟居北。从此，人们都敬青龙、白虎、朱雀、乌龟，乌龟也称玄武。

伏羲没弄到长生果，倒惹天帝生了气，随即下令伐掉了通天树，断绝了天地相连的路，从那以后，天和地算是完全分开了。

【讲 述 者】 刘王氏（82岁，文盲，淮阳县城关农民，已故）

【采录整理】 杨复俊（淮阳县文化馆干部）

【采集时间】 1985年8月采录于淮阳县文化馆

【流传地区】 河南省·（周口市）·淮阳县

【文本来源】 张振犁编著：《中原神话通鉴》（第一卷），郑州：河南大学出版社2017年版，第281—283页。

【阅读提示】 这则神话带有浓厚的星宿信仰色彩。

【基本母题】 通天树；神仙下凡；长生果；因天帝生气所以毁坏通天树；四方神灵的产生

【本文编码】 《天地分》：ZCSW0962-222-002

天梯建木

（汉族）

昔昆仑山有通天树曰建木，人祖伏羲曾援之以登天。人皆知有登天梯，不知天梯即建木也。建木粗约两抱，不生侧枝，穿云破雾，直耸蓝天，顶如巨伞，枝桠盘曲，上结黄金果，耀眼光明。伏羲见人间疾苦，欲摘此果，分贻世人。不知其径，白龟导之，至北天门，乃遇玄龟。玄龟教以西行，至西天门，而遇白虎。白虎教至南天门，遇朱雀。朱雀教至东天门，遇青龙。青龙放行，四关遂过。乃至建木树颠，摘黄金果。尝之香甜，遂摘数颗纳于怀中，亟欲返归。不意天帝忽至，怒斥伏羲，并以指于其头上画圈，伏羲怀中藏果悉空。青龙、朱雀、白虎、玄武（玄龟）听任伏羲盗窃天果，皆贬下凡尘，后为伏羲子孙所奉祀。天梯建木因被天帝收回，从此更无通天之路，天地由是遂截然判分。

【附注】

“建木”是通天树，古文献对其多有记载，如《山海经·海内南经》中记载：“有木，其状如牛，引之有皮，若缨、黄蛇。其叶如罗，其实如栾，其木若蓲，其名曰建木。”郭璞注：“建木，青叶，紫茎，黑华，黄实，其下声无响，立无影也。”《山海经·海内经》：“有木……百仞无枝，有九欘，下有九枸，其实如麻，其叶如芒，大皞爰过，黄帝所为。”《吕氏春秋·有始》中载：“白民之南，建木之下，日中无影，呼而无响，盖天地之中也。”《淮南子·墬形训》中载：“建木在都广，众帝所自上下。”等。在后世神话传承中“建木”也常出现在叙事中。

【讲 述 者】 （无考）

【采录整理】 袁珂据《天和地是如何分开的》（《民间文学》1988年第2期）改写。

【采集时间】 （无考）

【流传地区】 （无考）

【文本来源】 袁珂：《中国神话大词典》，北京：华夏出版社 2015 年版，第 376 页。

【阅读提示】 这则神话与《天地分》（ZCSW0962-222-002）情节相似，语言风格不同。

【基本母题】 通天树；伏羲上天；金果；通天树的毁坏；天地分

【本文编码】 《天梯建木》：ZCSW0963-222-003

颛顼隔断天地的通路

（汉族）

和少昊几乎同时，作为北方天帝而正式出现的一个大神，是颛顼。颛顼，是黄帝的曾孙。黄帝的妻子雷祖——就是发明养蚕的嫘祖——生了昌意；昌意在天廷犯了过错，被贬谪到下方的若水去居住，在那里生了韩流；韩流的形状很是奇怪：长颈子，小耳朵，人的脸，猪的嘴巴，麒麟的身子，两条腿是骈生在一起的，加上一对猪的足；他娶了淖子氏的女儿阿女做妻子，就生了颛顼。颛顼的形貌，大约也有几分像他的父亲。

当少昊在东方海外建立鸟的王国的时候，幼小的颛顼，曾一度到那里去游玩，并曾帮助他的叔父治理国政。后来长大成人，他就回来，做了北方的天帝。他手下的属神，是海神而兼风神的禺强。禺强，又叫玄冥，是黄帝的孙子，论起辈分来，还该是颛顼的父辈，可是他却忠实地做了本领高强的侄儿的部下，毫无怨尤。叔侄俩共同管理着北方积雪寒冰的荒野，一共一万二千里的地方。

黄帝本来是中央的天帝，是神国的最高统治者，大约因为他正心安理得地做着上帝的时候，蚩尤突然带着苗民来反抗，打了好几年仗，后来虽然终归把蚩尤杀死，把事情平定，究竟心里不大痛快，有些厌倦上帝这职务，看见曾孙颛顼办事情很能干，便把中央天帝的宝座一度传让给颛顼，叫他代行神权。

颛顼一登上上帝的宝座，果然表现出他统治宇宙的高强本领，远远胜过他的曾祖父。

他首先做的一件大事情，就是派了大神重和大神黎去把天和地的通路阻隔断。

在这以前，天和地虽然是分开的，但是距离较近，并且也还有道路可以相通。这道路就是各个地方的天梯。天梯固然是为神人、仙人、巫师三种人而设，但下方也有许多勇敢智慧的凡人，凭了他们的智慧和勇敢，也可以攀登天梯，直达天廷。人民有了痛苦，可以直接到天上去向神诉说，神也可以随便到人间来游玩，人和神的界限并不是很严格的。

自从蚩尤领导苗民起来反对黄帝，虽然黄帝把蚩尤的军队打败，并且杀死了蚩尤首领，但作为天帝的黄帝，对于下方凡人总是有些不放心，怕他们再受天上“叛神”的引诱，联合众多的民族起来造反，事情就相当麻烦。

颛顼继承黄帝做了中央天帝以后，便把这场变动的教训，时常在心里暗中思考。觉得神和人不分出界限，混居在一起，总是弊多利少，将来难免没有第二个蚩尤起来煽动人们和他作对。于是他便命他的孙子大神重和大神黎去把天和地的通路阻隔断，叫人不能上天，神也不能下地，虽然大家牺牲了自由，却可以维持宇宙的秩序并保证安全，应该是公认的好办法。

大神重和大神黎遵命行事，各伸出一双毛毵毵（sān）的硕大无朋的手臂，一个去把天托起来，尽力往上掀；一个去把地按捺往，努力朝下按。这么一来，天就渐渐更往上升，地就渐渐更朝下降，本来是相隔不远的天地，经过大神重和大神黎的掀和按，就相隔得老远老远的了。即使有山和树之类的天梯，也起不了什么作用。

天和地的通路隔断以后，从此大神重就专门管理天，大神黎就专门管理地。管理地的大神黎，到了地上，还生了一个儿子，名叫“噎”，长着一张人样的脸，没有手臂，两只脚反转过来架在头顶上，在大荒西极日月山上的吴姖（jù）天门中，帮助他的父亲考察日月星辰的行次。

自从隔断了天和地的交通，天上的神偶然还可以私下凡间，地上的人却再也没有法子上天去了，人和神的距离一下子就拉得很远。神只是高高地坐在云端，享受人类的牺牲和献祭，而人类有了痛苦和灾难，神却可以不闻不问，让他们各自去饮泣吞声。

身为上帝的颛顼，对于下方人民的痛苦，确实并不怎么顾念，从他的鬼儿子之多就可以见到一斑。

他有三个儿子，生下不久都死掉了，一个去住在江水，变做疟鬼，散布疟疾病菌给世间，叫人一碰上就会害寒热，打摆子；一个去住在若水，变做魍魉，——这魍魉，形状像三岁的小孩子，红眼睛，长耳朵，黑中透红的身体，一头漂亮的乌油油的头发，最喜欢学人的声音来迷惑人们；还有一个便变做小儿鬼，去住在人家的屋角，专门教人生疮害病和惊吓人家的小孩子。

他还有一个儿子，瘦得只剩一把骨头，最喜欢穿破衣、喝稀粥。这个儿子在正月三十这天死掉，人们就在这天特地熬了稀粥，扔下破衣，在巷口祭祀他，叫做“送穷鬼”。

除此而外，颛顼还有一个叫做梼杌（táo wù）的儿子，更是凶顽无比。这梼杌，又叫傲狠，又叫难训，据说实际上乃是一只猛兽，形状像老虎而比老虎大得多，遍身长着长毛，有两尺多长，人的脸，老虎的足，猪的嘴巴，从牙齿到尾巴共长一丈八尺。逞着他的野蛮凶暴的性情，任意在荒野之中胡作非为，简直没法制止。

人们因为颛顼有这么多鬼儿子在世间降灾作怪，他的属神禺强从北海迁到南海，由鱼变而为鸟，由海神变为风神的时候，也从风中散播大量的瘟疫病菌给世间，让人们遭殃吃苦，因而人们便把颛顼叫做“疫神帝颛顼”。

这个疫神帝颛顼，却特别喜爱音乐。这大约是幼年从他叔父少昊那里受到的影响，叔父少昊特为他制作了琴瑟。他从小就爱听百鸟婉扬的歌声，深深地受到音乐的熏陶。因此，当他长大成人，登上上帝宝座的时候，就对音乐的发展，采取了一些重要的措施。

一项是：他听见天风吹过的声音，熙熙凄凄锵锵（qiāng）的，好像乐器上奏出的乐音，非常好听，他很喜欢这种风的歌曲，便叫天上的飞龙仿效

天风的声音作出八方风的乐曲来，总命名叫“承云之歌”，拿它来奉献给暂时退休的他的曾祖父黄帝，以讨他的欢喜

另一项是：他制作乐曲制作得起劲了，忽然异想天开，叫猪婆龙来做音乐的倡导者。这猪婆龙，形状像短嘴巴鳄鱼，身体大约有一两丈长，四只脚，背上和尾巴上都披有坚厚的鳞甲，性情懒惰，喜欢睡觉，常把眼睛闭着养神，可是谁要是惹了它，它也会马上给你个不客气。它虽然一向对音乐很是生疏，受了上帝的委任，也不敢违抗，马上乖乖地翻转它的笨大的身躯，躺卧在殿堂上，用它的尾巴来敲打它那凸出来的白而放光的肚皮：冬冬——东东！东东——冬冬！声音非常响亮，颛顼听了高兴万分，便叫猪婆龙做了天上的乐师。

由于颛顼热心提倡音乐，人间也受到影响，直到后世许多年代，人们还拿猪婆龙的皮来蒙鼓，敲起来“嘭嘭嘭”怪带劲的，叫它做“鼍鼓”呢。

【讲 述 者】（无考）

【采录整理】（无考）

【采集时间】（无考）

【流传地区】（无考）

【文本来源】陶阳、钟秀编：《中国神话》（上册），北京：商务印书馆2008年版，第195—198页。原文本标注选自袁珂编译《中国神话故事》。

【阅读提示】这篇神话以颛顼派属神隔断天地通路为中心，形成发散式介绍颛顼生平事迹和族谱关系的多角度叙事，在方式方法上符合一些神话天马行空的讲述规则。

【基本母题】北方天帝；颛顼是黄帝的曾孙；黄帝的妻子雷祖；动物图腾；鸟国；海神；风神；黄帝是最高神；蚩尤；禅让；绝地天通；以前天地距离很近；天梯；天梯的消除；人与神的分离；颛顼的后代；恶鬼；音乐的产生

【本文编码】《颛顼隔断天地的通路》：ZCSW0964-222-004

天　梯

（独龙族）

昔天与地相连结，连结者为九道土台组成之梯。其时天上大地俱一种人。嘎姆朋欲上天造金银，方踏土台之阶上至于天时，忽来一巨蚁，向嘎姆朋索腿箍。嘎姆朋不予。曰：“汝身瘦小，汝腿尤细，用腿箍何为?”巨蚁闻之，不言自去。夜集众巨蚁，成千累万，将土台扒松，忽轰隆巨响，九道土台，一时倒塌，从此天地划分，嘎姆朋乃不能再返地上矣。其后嘎姆朋遂成天神，天神一怒，人间必有灾祸。是以独龙人每年均须祭天神，不令其怒而降灾于世。

【讲 述 者】（无考）

【采录整理】袁珂据毛星主编《中国少数民族文学》（下册）有关内容改写。

【采集时间】（无考）

【流传地区】（无考）

【文本来源】袁珂：《中国神话大词典》，北京：华夏出版社 2015 年版，第 589—590 页。

【阅读提示】这则神话与《大蚂蚁分天地》（ZCSW0774-211-032）情节相仿，建议比较研究。

【基本母题】以前天地相连；天梯；天梯的毁坏；天地分；祭天神

【本文编码】《天梯》：ZCSW0965-222-005

天　梯

（高山族）

古昔人间天上，有路可通，地上人欲上天，即竖其耕田之木耙，噢而呼之，天上人便来热情接住，人即踏其耙齿，拾级而登。后人见天宫光明美丽，来者渐多，嘈杂扰攘如市，园苑悉被凌践，天上人恶其烦嚣，后虽闻噢呼之声，亦不来接，从此天路遂中断。又云，古时天上有人，地下亦有人；天上粮食甚多，地上人常往天上购粮食。通天之路在东方，有长云梯，即攀此而上。后有孕妇，于登梯中途，气喘咳嗽，梯被震断，从此天路不通，地上人遂无由再与身著白袍之天上人来往矣。

【讲 述 者】 （无考）

【采录整理】 袁珂据《台湾高山族传说与风情》（下册）中的《天上、人间、地下》改写。

【采集时间】 （无考）

【流传地区】 （无考）

【文本来源】 袁珂：《中国神话大词典》，北京：华夏出版社 2015 年版，第 523 页。

【阅读提示】 这则神话叙述的几个关于天梯及其绝天地通的情形具有代表性，语言简洁，点题到位。

【基本母题】 人上天；天梯；天宫的情形；天上人因厌烦中断天路；通天路的方位；天梯的毁坏

【本文编码】 《天梯》：ZCSW0966-222-006

侯波与那聋

（哈尼族）

古时候，世上没有男人，只有一个女人，名叫密玛然咪密扎阿那那聋[①]。

① 密玛：地母；然咪：女儿；密扎：漂亮的姑娘；阿那：皮肤黑；那聋：人名字。密玛然咪密扎阿那那聋，意思是：最漂亮的地母姑娘那聋。

那聋一个人生活在世上感觉到很冷清，没有人给她做伴，没有人给她讲话。她常常一个人在呼喊，她的叫声被天神阿匹梅烟听见了，阿匹梅烟和烟沙商量后道："地上只有一个女人生活。可怜，她上又上不来，你们谁愿意下去跟她一起过日子呢?"没有人答应，就决定叫天神奥玛的儿子松侯侯波下来。侯波说："天上地上没有路，我不会下去。"天神梅烟说："不怕、不怕，世上最先开路的是土狗[①]，让土狗给你开路，最先带路的是蚂蚁，让蚂蚁给你带路；最先走路的是奥比拉期[②]，让它给你领路。""你从天上的红石头黑石头间出去，你从天上寨脚的红石黑石岩上下去，你带着车库[③]鸟下去，带着布谷鸟下去。你到了地上寨子间上的红石黑石岩洞后，地上的山坡一山歇上一夜就上路，地上的凹地住上一天就上路吧，到了比同[④]山上要唱着山歌走，去吧。"

最漂亮的地母姑娘那聋在山箐里唱着山歌，天神奥玛的儿子松侯侯波对着山歌走过来，侯波对那聋说："阿匹梅烟叫我下地上来和你做一家。"那聋说："你要不回天上去我俩就做一家人。"从此，侯波和那聋俩结成了夫妻。

侯波和那聋安了家，日子一天天过去了，但是，他俩一直没有养儿女，人一天比一天老了，最后，地母的女儿那聋也死了。侯波一个人生活在世上，没有人来跟他做伴，没有人来跟他说话，回天上去又没有路，整天哭着过日子。侯波的哭叫声被天神梅烟听见了，梅烟对烟沙说："侯波在地上生活了多年，人声也听不见，人也不见发展，只听见他一个人的声音，你下去瞧瞧。"烟沙来到地上，侯波哭着跟烟沙说："我来世上多年，儿女也没有，老婆又死了，我没法活了，还是让我跟你一起回天上去吧!""不能，不能这样，"烟沙说，"我回天上去商量一下。"烟沙回到天上，把地上的情况跟梅烟讲了一遍。地很大，地很肥，人又只有一个，那聋已死了，不知道要怎么

---

① 土狗：方言叫法，昆虫类，背部呈褐色，腹部灰黄色，善于刨土，喜欢生活在田里留下一条条"脚印"。因此说它最先开路。

② 奥比拉期：音译，一种昆虫，走路很快。

③ 车库：音译，指一种鸟叫声。"车库字腊"，以它的叫声取名。

④ 比同：山名。

办了。

天神梅烟家有个天上最好看最可爱的姑娘叫阿贝，梅烟就叫阿贝下来跟侯波安家。

阿贝来到地上，看见侯波是一个老倌倌，就不跟他讲话，各人回天上去了。“阿爸，侯波太老了，我不愿做他的老婆。”

“女儿，你回去，地大，人在得下，地肥，好养人。”梅烟对阿贝说。

“阿爸，不是地上地不肥，只是侯波太老了，我不想去。”

梅烟说：“月亮上的大树是棵不老树，你去摘枝树枝拿去打侯波，你要他变成多大岁数的人他就会变成多大岁数的人啦。”阿贝采了三根树枝去打侯波，第一下用嫩枝打侯波，侯波竟变成一个小娃娃，第二次用老树枝打侯波，侯波变成一个老倌倌，第三下用不老不嫩的树枝打侯波，侯波变成了一个伙子。阿贝见了高兴了，笑了，就跟侯波答话，侯波改了名字，名字叫密玛敢烟阿周[①]，他俩成了家，人烟很快就发展起来了。那个时候人也是只有两只奶，每次生下一对娃娃。天上的人是不会死的，不知过了多少代，人太多太多了，没有吃的就互相打，抢土地，人们死的死伤的伤，那时候死人又不兴埋，人骨堆成山，臭味熏到天上。天神梅烟闻见了，叫烟沙下地来看看，烟沙到地上一看，只见到处是死人骨头，人落脚的地方也没有。烟沙问：“这里怎个整的?”

“天神烟沙，我们地上人太多了，加上老鼠、鸟儿、虫都要抢吃人的粮食，人没有吃的，就互相打，互相争地盘，没有办法啊!”烟沙把这些事情讲给了梅烟、奥玛听。天神梅烟和奥玛背着烟沙商量说：“火、火、火。”转眼间天上雷电交加，天火烧到地上，地上立即变成了一片火海，老鼠，鸟儿都被烧死了，人死了大半，人死了也没人埋。人们一个个上天向天神梅烟告状，说是烟沙放火烧大地，人们活不下去了。

烟沙说：“我是从东方太阳出来的地方来的，我是从天上来的烟沙，我是从南门施搏家里出来，没有拿着火，我是从者们们惹老奶奶家里出来的，

---

① 密玛敢烟阿周：音译，意思是地上最可爱的阿周。

拿不拿火她知道。火是从天上阿呼南波（雷神）那里来的。”

人们一个个去问雷神，雷神说：“哦，不是为伤害你们，我打火没有伤着人，是娃娃们去抢火苗抢着火的，这事告状也无用了。”

地上人少了，吃的东西有了，吃的东西能吃了，人们吃烧死的老豹子肉，地上好吃好在，再没有人去告状了，日子长了忘了上天的路。从此，人们就一代接一代地生活在地上了。

【讲 述 者】 小和（哈尼族）

【采录整理】 阿罗（哈尼族）

【采集时间】 采录于元阳县

【流传地区】 云南省·（红河哈尼族彝族自治州）·元阳县

【文本来源】 中国民间文学集成全国编辑委员会编：《中国民间故事集成》（云南卷），北京：中国ISBN中心2003年版，第40—41页。

【阅读提示】 这则神话讲天神是经由狗、蚂蚁和昆虫等生命物的指引才来到地上，区别于其他无生命的天梯或通天路，在某种程度上反映出先民对动物的认知与关联性想象。

【基本母题】 以前没有男人；动物引路；天神下凡；天神地母婚；神性人物婚生人类；天火

【本文编码】 《侯波与那聋》：ZCSW0967-222-007

天上人间

（苗族）

老人们传说，最初的时候，天上人间，有梯相连，人们要上天去耍就上天去耍，方便得很。可是后来，长梯断了，天上人间就没通路了，人们就再也不能上天去耍啦。

这里头有个故事。

很久很久以前，地上只有一个江略①，办不起笙、鼓舞会，也没有欢乐的节日。人们一年到头，只是做活路，茶②得要死。可是，天上有八个江略，各个江略都有芦笙、铜鼓，开起芦笙会来，八排芦笙演奏，八个铜鼓敲打，十分热闹。

有一年，天上开芦笙会，人们都上天看热闹去了，有家姑嫂三人被留下来看守村寨。一天，这家姊妹二人，上山去打猪菜，见路边有两棵枫香树，树身苗条，枝叶繁茂，活像两个小伙子，撑着伞儿站在那里游方③唱歌。姐姐触景生情，对妹妹叹道：

"看呐，两个漂亮的小伙子站在那儿呀!"

妹妹本来也是这么想的，跟着说道：

"要真是两个后生的话，该多美呀!"说着便唱起歌来：

可惜是两株哟尊贵的枫树，
要是两个哟未婚的儿郎！
同你们游方，
哪怕一会儿；
即便不成双，
心头也舒畅。

恰在这时，有两只虎趴在枫树后面的草丛里听见了，当天晚上，就变成两个小伙子，来到姑娘家房前的游方场上，"嘘——呀——嘘"地打着游方的口哨。两姊妹一听，心头热得发痒，就要走出去。嫂嫂就说：

"噫！慢点！人都上天去啦！哪来的游方郎呢？都别出去！等瞧瞧

① 江略：苗族的鼓社。

② 茶：(音 niàng 酿)，土语，寂寞的意思。

③ 游方：苗语译音，男女在一起唱歌、跳舞、谈情说爱。

再说。”

妹妹不听，就先出去了。她见那两个后生长得好看，说话轻言细语，温存得很；唱歌像蝉蛉螂儿鸣叫，悦耳动听。妹妹像着了粘胶的小麻雀儿，一下子给粘住了，不，是爱得要死，迷住啦！

好大一会儿，不见妹妹回来，姐姐耐不住了，也走出去看。她见了那两个漂亮的青年，也像她的妹妹一样，给迷住啦！

于是，双方就对起歌来，越唱，姊妹俩越爱的入魔了，一直唱到半夜，还不想回家。

嫂嫂在屋里老等，总不见两个姑子回来，她想：“哪来的游方郎这样迷人呀？我来看看！”说着打开了半扇门，借着月光看去，见那两个青年背后，有两条尾巴影子晃动。她吃了一惊，睁大眼睛再看，天哪！原来是两条花嘟噜的老虎尾巴！这一惊不要紧，吓出了一身冷汗。她赶忙缩回头去，把门一闩，然后从窗口上喊两个姑子道：

“姐[①]呀姐！回来给我抱抱孩子，我要洗碗啦！”

两个青年说：“回答她说，等一会回去洗。”

妹妹拖声答道：“嫂呀嫂！你放着吧！等会儿我回来洗！”

过一会儿，嫂嫂又叫道：“姐呀姐！回来给我劈柴呵！明早要升火！”

两个青年又说：“回答她说，等一会回去劈。”

姐姐也拖声答道：“嫂呀嫂！你放着吧！等会儿我回来劈！”

又过一会儿，嫂嫂又再叫道：“姐呀姐！孩子屙屎啦！回来给我抱孩子，我要洗片呵！”

两个青年又说：“回答她说，等一会回去洗！”

两姊妹齐声答道：“嫂呀嫂！你放着吧！等会儿我们回来洗！”

嫂嫂知道两个姑子给老虎精迷得雾里黄昏[②]了，怎么喊也没有用。她急死啦！猛拧一下孩子的大腿，孩子“哇”地一声嚎哭起来，她便跟着叫

① 姐：苗语译音，即“姑”的意思。嫂子称姑子为“姐”。

② 雾里黄昏：方言，即莫名其妙、忘乎所以的意思。

喊道：

"是鬼还是魔？是鬼你就快逃；是魔你就快跑！我家里有大刀，我屋里有枪炮！不逃，我要砍你的头；不跑，我便射你的腰！"说着又拧了一下，孩子又"哇哇"地嚎哭起来。她跟着又喊两个姑子道："姐呀姐！家里有鬼啦！快来帮我撵鬼！"

姊妹俩转身要走。

两个青年说："回去一个看看，撵了鬼再来。"

姐姐对妹妹说："妹哟，你来得早，你先回去吧。"

妹妹舍不得离开，望了姐姐一眼，姐姐明白她的意思，就说："那我回去吧，撵了鬼再来。"说着依依不舍地走了。

姐姐一跨进屋，嫂嫂一把拉住，拖她到窗口边，指着两个后生的背影说："姐呀姐！看呐，那两个是啥家伙！啊？"

姐姐顺着嫂嫂的手指头望去，只见两个后生的屁股上两条老虎尾巴不停地摆动着。不看不知道，一看吓一跳，冲口失声叫道："哎呀呀！我的妈哟！"

两个老虎精听到这一声惊叫，知道姐姐不会回来啦！又怕妹妹也跑回去，立刻就地打个滚，变成两只大老虎，一口把妹妹咬死，争着撕来吃了。没有吃饱，还跑到屋前屋后来嚎叫："呱！早该把你吃了！呃！早该把你吃了！"

姑嫂二人吓得气都不敢出，紧紧地把几道门闩死，跑进后边房里躲起来。

两个老虎精围着房子转来转去，又拍门又叫喊，房子牢实，没法子进去，天亮了才跑进山里去。

这会儿是六月吃新节①，人们在天上作客，吃酒唱歌，跳笙踩鼓，游方谈情，正乐得雾里黄昏，谁知他们啥时候才回来呢？老虎还在山里，姑嫂不

---

① 吃新节：每年古历六月初六为"吃新节"，这是苗族一年中最隆重的节日之一，有祭谷神预祝丰收之意。"吃新节"又是个最热闹的芦笙节。

敢出门，没法子上天去喊人回来，坐起等死，真急人哪！

正在这时，窗外有只喜鹊“咔咔”叫，俗语说，“喜鹊咔咔叫，喜事便来到”，姑嫂齐声喊道：

“喜鹊呀喜鹊，老虎吃了妹妹，还要来咬我们呐，请你上天去，喊人们快快回来吧！”

“上天去不难，你们拿哪样来谢我呢？”

“送你一只银项圈，戴起多漂亮呀！”

“项圈就项圈，拿来吧！”

姑嫂给喜鹊戴上银项圈，喜鹊笑眯眯地上天去了。你看，现在喜鹊脖子上，不是有一道白毛吗？那就是戴的银项圈。

喜鹊来到天上，飞到芦笙塘里，落脚在最大最长的一只芦笙颠上，拍打着翅膀，摆动着银项圈，放开沙喉咙，“咔咔！咔咔！”叫起来。人们只顾摇头晃脑地吹芦笙、敲铜鼓，没谁理它。喜鹊叫哑了嗓子，啥都没有用，只好垂头丧气飞回来说：“呃！没成！没成！我的叫声难听，没人理我；你们找个叫声好听的去喊吧！”

谁的声音最好听呢？姑嫂二人都在想呀！想呀！想破脑壳也没想出来。

恰在这时，窗外的香椿树上有只蝉蛉螂叫。

“唧唧唰唰！唧唧——唰唰！”

姑嫂二人高兴地跳起来：“呀！就是蝉蛉螂儿，它的声音最好听！我们咋没想到它呢？嗨！死脑筋！”

姑嫂二人齐声喊道：“蝉蛉螂儿呀蝉蛉螂儿，老虎吃了妹妹，还要来咬我们呐，请你上天去，喊人们快快回来吧！”

蝉蛉螂儿飞来停在窗子上说：“我的身子重得很，飞不到天上去呵！”

姑嫂告诉它：“把肠肝肚肺抠出来就轻了。”

“猫儿偷吃了咋个做呢？”

“不怕，我们给你搁好！”

蝉蛉螂把肠肝肚肺抠出来交给姑嫂二人，就飞上天去了。

蝉蛉螂飞到芦笙塘里，落脚在一只最小的芦笙上，昂起头拍拍翅膀，就像同芦笙比赛声音似地叫起来：

嘟嘟呀——唎唎——！
嘟嘟呀——唎唎——！
老虎吃尽世间人，
还有阿娘和阿妮。
姑嫂躲进谷仓里，
不敢出门去挑水。
嘟嘟呀——唎唎——，
老虎吃尽世间人。
快快回去呵！
救阿娘和阿妮！

人们听了，大吃一惊，笙也不吹了，鼓也不敲了，都一窝蜂地跑回来。

先来的人回到了地上，后来的人都挤在长梯上，最后还有蛮多人在天上等着下来。谁知，忽然“咔哒”一声响，长梯断了，人们都摔下来，摔死的人倒也罢了，没摔死的人都成了残废。所以现在世上才有塌鼻缺嘴的，勾腰驼背的，断手跛脚的，耳聋眼瞎的……

黄鼠狼因掉进锈水里，所以它才是一身的锈水黄毛；蝉蛉螂的肠肝肚肺给猫偷吃了，现在它还是肚子空空的。

从此，人们再也不能上天去了，可是，谁都想念留在天上的亲人，没事坐下来的时候，常常用手托着下巴对天仰望。日久天长，这就成了习惯，一直传到今天。不信你看吧，闲坐的时候，谁都用手撑着下巴对天仰望。

据说，等到哪一天，世上的老虎死绝了，人们又可以架起长梯上天去耍啦！

【讲 述 者】 梅桃
【采录整理】 今旦搜集整理

【采集时间】 （无考）

【流传地区】 贵州省·东南部

【文本来源】 中华民族故事大系编委会编：《中华民族故事大系》第2卷（藏族、维吾尔族、苗族），上海：上海文艺出版社1995年版，第715—722页。

【阅读提示】 这则神话讲天梯的毁坏源于人与虎的争斗，一定程度上反映出虎在苗族观念中的重要地位。同时，对动物特征来历的解释也非常自然。

【基本母题】 天梯；人上天；天梯的毁坏；喜鹊特征的来历；人的体征来历；动物特征的来历

【本文编码】 《天上人间》：ZCSW0968-222-008

通天桥

（苗族）

张古老与雷公乃弟兄，雷公其兄也，因不和而分家。雷公霸天上地下所有物，只余一狗与之。张古老索牛耕地，雷公约与比本领，云胜即与之。张提议跺石砌通天桥，云能跺动者胜。雷公先跺，桥身抖闪，因得意而下。张暗评麻雀，上桥谓雷公曰：“丑言在先，我跺此桥若断，使汝不能登天，幸勿怪也。”麻雀“叽喳”，若桥欲断者。雷公大恐，急止之，张遂操胜算。[①]

【讲 述 者】 （无考）

【采录整理】 袁珂据燕宝编《苗族民间故事选》中的《张古老斗雷公》改写。

【采集时间】 （无考）

① 原文结尾处有“按”：据所写，则通天桥亦苗族神话古传之天梯。

【流传地区】 （无考）

【文本来源】 袁珂：《中国神话大词典》，北京：华夏出版社 2015 年版，第 424 页。

【阅读提示】 发生在雷公和张古老弟兄之间的神话叙事比较多，有借牛、戏雷公、雷公额头长疱等等。这则神话则侧重于表现通天路和天梯的相关内容，表现了苗族先人对天上世界的探索。

【基本母题】 雷公；张古老与雷公是弟兄；通天桥；天梯

【本文编码】 《通天桥》：ZCSW0969-222-009

上天梯

（土家族）

好多万年以前，有一年，整整下了一年的雪。世上冰天雪地，那些树木禾苗、山上野物、猪牛牲口和人，壅的壅死，冷的冷死。人间只剩下两兄妹哒。他俩没东西吃，没地方住，就四道八处去找。有一天，他们来到一根树子下，见这根树子青枝绿叶，没被狂风暴雪整倒，就有些奇怪。哥哥说："这根树子一定上面有热气，要不，哪么还是青枝绿叶的？我们爬上去躲躲风雪，比在下面冷着好些。"两兄妹使力往树上爬，越爬上去越觉得热火。也不晓得爬了好久，就到了巅巅上。一看，到处都是高楼大厦、宫殿牌楼。咦，这不是天宫吗？兄妹俩好欢喜，一步就跨进了南天门，碰上了观音菩萨。观音菩萨引他们去吃了饭，对他们说："人间只剩下你两兄妹哒，等冰消雪化后，你们就回凡间去成亲吧！不然人就绝种哒。"两兄妹都不愿意，说世上哪有兄妹成亲的道理。观音菩萨说："这是天意，不能违抗。"哥哥说："是不是天意，我们要试一下。我们把那根树上的小枝枝一人折一枝甩下去，两根枝枝若是扭在一起哒，我们就成亲。"观音菩萨同意哒。兄妹俩来到南天门，一人折了一枝，同时向天下甩去。两根小枝枝飘呀飘，硬是扭到一起哒。

观音菩萨笑着说："这下你们没话说了吧！"妹妹说："人说房子都壅在雪下面哒，无遮无挡的，成亲不丑死人吗？"观音菩萨说："这根大树叫水杉树，你们下去后，就把它的枝枝砍一椏，做成一把伞，就遮住哒。"

冰消雪化后，人间又变得暖和起来。兄妹俩又从水杉树上梭回人间，砍枝水杉椏子做成一把大伞，遮挡着成了亲。后来，妹妹生了一个红血球。红血球飞到天空炸哒，那些小块块落到地上就变成了人，就是土家人。这以后，土家人就喊那根水杉树为"上天梯"；成亲的那天，新姑娘去婆家都要打伞。

【原文附记】

湖北省利川市谋道镇，有一棵古老的水杉树，高 35 米，围 7 米。据考证，它是冰川时期幸存下来的稀有树种，被称为"活化石"，命名为"天下第一杉"。

【讲 述 者】 朱林山（土家族，男，48 岁，利川市农民，高中），赵昌德（土家族，男，70 岁，利川市农民，小学）

【采录整理】 黄汝家（干部，高中）采录

【采集时间】 1980 年 4 月采录于利川市谋道镇

【流传地区】 湖北省·（恩施土家族苗族自治州）·利川市·谋道镇

【文本来源】 中国民间文学集成全国编辑委员会编：《中国民间故事集成》（湖北卷），北京：中国 ISBN 中心 1999 年版，第 16 页。

【阅读提示】 由于所处环境和生产生活的特殊性，我国不少民族对植物有着深厚的感情，本则神话就充分彰显了土家族对水杉的喜爱和崇拜之情。

【基本母题】 以前的世界冰天雪地；树是天梯；兄妹婚；民族的产生；婚俗的产生

【本文编码】 《上天梯》：ZCSW0970-222-010

拆掉通天的桥

（彝族）

很古很古的时代，天上和地上是相通的，有座通天的桥，达地的路，天上人常到地上玩，地上的人常到天上玩，还相互开亲，相处得非常和睦。

后来，天上出了一个名叫鲁宙的暴君，管天霸地，天上地上全是他的。天上人对地上人就不一般看待，地上人成了天上人的奴隶，每年要向他交纳牛、马、羊、粮租及人租。地上人喂羊不得用，喂马不得骑，喂牛不得耕，种粮肚不饱，织帛不得穿。没有牲口和粮交租，人就要被抓去抵。天兵还常下来捉拿地上人去当奴隶，罚苦工。过去是一年交一次租，后来，这暴君逼地上人一年交两次租。地上人被逼得无法生存，个个都很寒心，可谁也不敢吭声。

再后来，地上出现了一个能腾云驾雾、千变万化的硬汉，名叫吐鲁汝。他十二岁时就常到天上去玩，天上九方他都游玩过了，也就清楚了天上人的吃住穿着。天上人个个玩得好、吃得好、穿得好；而地上人劳累成疾，还是吃不饱穿不暖，他看到眼里，恨在心里，决心要除掉暴君鲁宙。这天早晨他收拾起程了。他来到半空中，天上的一位星神叫了他一声："吐鲁汝，请你站住，有话给你讲。"星神把他带回家中，倒满两大碗酒，两人同时端起来喝，结拜为干弟兄。他俩连续干了六十大碗后，谈起天上事，共同商量怎样除掉暴君。星神叫九个家兵抬出一把剑，要把这把剑送给吐鲁汝，说这剑已经保存了八万年，古人传下来，一直到今没人能用。吐鲁汝轻轻拿起剑，叹息说："这剑太小太轻，不够使。"星神又叫家兵抬出另一把剑，不一会儿六六三十六个家兵气喘吁吁地抬来一把剑，说这剑已存放了十万年，没人能用。吐鲁汝左手轻轻一提，右手抽出剑甩了两甩，还是叹息说："太轻不适用。"家兵一个个都被吓得目瞪口呆。星神对吐鲁汝说："兄弟，我这里再也找不到够你使的剑了。听地神说他有一把大砍刀，已搁了十万年，无人能使，现藏在地上南边洪鲁山的岩洞里，那刀是把神刀，我俩去看看，是否够你使。我这里还有一张弓，古时打仗要九十九个人抬，六十六个帮工才使得动。现在送给你用。”吐鲁汝提着弓同星神一起转到洪鲁岩洞，找到那把神刀。神刀真是不一般，搁了十万年却无一处生锈；刀背山样厚，刀刃岩样宽。吐鲁汝用手轻轻提起，往后一抽，拉垮了九座山，刀越抽越长。吐鲁汝拿在林中一试，一刀就劈倒了一片林，砍倒了九座山。他很满意这把刀，急忙把弓扛上肩，把神刀挎在腰，同星神一起来到地中央，准备动员四方百姓反天廷。正在这时，天兵下来收租抓人，天下四方闹嚷嚷，男叫女哭，鸡飞狗跳。吐鲁汝和星神一起杀向天堂，打得天兵死的死，伤的伤，逃的逃，逃回去向鲁宙告状，说地上出了两个能人，把他们拉来的牛马，收来的粮食和抓来的人都全部打转去了。

鲁宙听了非常气愤，这怎么了得，天上地上全是我的，若轻易饶了他俩，让他俩捡了便宜，我和天上人以后吃什么、穿什么，奴隶美女哪里来？他立马召集起全部天兵天将，降到人间。

吐鲁汝和星神早有提防，他俩就先在半路上等着迎战。不一会，天兵天将遮天盖地呼呼降来，他俩就截住天兵天将大打起来。吐鲁汝挥舞神刀，张弓搭箭，一刀砍倒九千天兵，一箭射死六千天将；星神一剑削了六千天兵的头，三千天将的颈。不到一顿饭的功夫，天兵惨败。鲁宙在天门上亲眼看见这惨状，就口里念咒语降下雷神来，想用雷劈，用火闪烧他俩。一时火光满天闪，雷声震天地，星神一箭就把雷神射落了，张口就把火闪吞下肚。吐鲁汝和星神直追上天宫，天门十二层，层层都有重兵守着，层层都有神灵压阵。吐鲁汝和星神一发势就突破了十一层，鲁宙见事不妙，亲自督战，把所剩的兵将全部集中起来对付吐鲁汝和星神。吐鲁汝左右劈，星神前后杀，不到半个时辰，天兵天将十有八九已死伤。鲁宙带着残兵败将就往西逃，他俩紧紧追赶，鲁宙见他俩追上来，忙命令放箭，箭像雨点般射来，无论如何也射不着他俩。鲁宙又命令降火闪来烧，火闪又被星神全部吞了。星神鼓足气，一口喷出火闪，把鲁宙的兵将全烧死，独剩下鲁宙。鲁宙和他俩对打。就这样打三天，还是不分胜败。到了第七天，吐鲁汝和星神前后夹攻，星神一手抓住鲁宙，活捉了这暴君，把他捆起牵到地上来杀了。

后来，吐鲁汝和星神拆掉通天的桥，砍断了达地的路，从此结束了天上人下凡间来的时代，也结束了天上人与地上人的交往，地上的一切永远属于地上的人了。

【讲 述 者】 王小二（彝族，男，72岁，农民，不识字）

【采录整理】 石磊（彝族，男，30岁，县民族事务委员会干部，中学）采录

【采集时间】 1987年7月采录于威宁彝族回族苗族自治县

【流传地区】 贵州省·（毕节市）·威宁彝族回族苗族自治县

【文本来源】 中国民间文学集成全国编辑委员会编：《中国民间故事集成》（贵州卷），北京：中国ISBN中心2003年版，第70页。

【阅读提示】 有别于其他同类关于天梯的神话作品，本则神话凸显了天上世界与地上世界的冲突，并用通天桥的毁坏终结了人与神之争。

【基本母题】 很古的时候天地相通；通天桥；人上天；通天桥的毁坏

【本文编码】 《拆掉通天的桥》：ZCSW0971-222-011

天地津梁断

（彝族）

混沌初开的时候，清气上升成天，浊气凝缩为地。天神泽格只派一只硕大无比的蜘蛛，用粗壮的蛛丝抽经纬，架起天地间的栈道，天地通着津梁。天上人和地上人互相通婚，亲戚们互相往来。地上的人们常常上天赶银河街，天上的人也常常到地上赶阿哇集，互通有无。可是地上的竖眼人渐渐变坏了，他们开始凶杀、抢劫、斗殴，尔虞我诈。泽格只怕地上人的恶习污染了天上人，搅乱了天庭的清静，让撤了津梁。从此，天地间断了往来。地上的人们想念天上的亲戚，就是上不了天；天上的人们则偷偷贿赂蜘蛛抽丝架临时津梁，到地上来玩。特别是那些怨腻天上清规戒律的仙女们，羡慕地上

人男耕女织的生活，常常来到地上，找自己心爱的人儿结伴侣，做人家……

炽阿赤是一个孤苦伶仃的人。那年，山里瘟疫流行，家人死绝了。从此，他独自一人在山里搭一间草房住下，每天打柴，挑给山里的头人尼迷豆家，靠他家赏给的一块荞粑粑过日子。日复一日，年复一年，炽阿赤不觉已经长成二十岁的小伙子。这天，他打够柴，用山藤勒好柴担，抬腕揩了一把额上的汗水，挑着下山来。来到一条清溪边，只听得“阿唷，来人啊”的求救声。他歇下柴担，顺着叫声寻去，只见在一蓬金竹下坐着一个窈窕女子，正抱着脚叫唤。他犹豫了一下，走过去问：“小妹子，这是怎么啦?”

“我从亲戚家回来，到这崴着脚。已叫唤好一阵子了。”

“那么，我们一起回去吧。”

姑娘站起来欲走，一个趔趄掼倒了：“没有人扶，我是回不去了。”

炽阿赤竖起眉头：要是搀扶姑娘走路，柴是挑不成了，拿不到那块荞粑粑，今晚只得饿肚子；要是不搀扶，她又回不去。救人要紧。他清了清嗓子说：“让我搀扶你回去吧!”

“那太谢谢小哥哥了。”姑娘投去感激的目光。

炽阿赤搀扶着姑娘艰难地行走在山路上，不时地瞟姑娘一眼：这姑娘身材如修竹，脸色似桃花，水汪汪的眼睛像山葡萄。心想，这一定是个富人家的女子，便说：“小妹子，你是哪个村寨的？怎么能一人到山里呢?”

“我家远着呢，一言难尽啊。”

“那叫我搀扶你到哪里去呢?”

“我走不动了，先到你家歇一会儿吧。”

炽阿赤把姑娘搀扶回破茅草房里，让她坐定后说：“小妹子，要找个人包包你的脚，及早回家才是呢，你家的老人会挂念的。”

姑娘启开蚌蛤般的小嘴说：“不用找人看了，一路走回来我的伤也好多了，只是，只是我回不了家了。”

“这话怎么说呢?”

“我本是天上的仙女什娜，因羡慕地上人男耕女织的生活，贿通蜘蛛架通津梁来到地上，接着蜘蛛把津梁收回去了，我成了无家可归的人儿了。”

“这可怎么办?”

“要是小哥哥不嫌弃，我们就结为夫妻做人家吧。”什娜的脸上浮起了一朵红云。

炽阿赤为什娜的美丽所打动，可是想着自己这个寒酸样，不敢有非分之想，只是为了救人而已，如今什娜的话真使他左右为难。他拽了拽结满疙瘩的衣摆，干搓着手说：“小妹妹，你看，我穷得叮当响，除了这不避风雨的破草房，什么都没有，今天柴也丢在山里了，连晚饭都没得吃。”

“只要我们情笃意诚，有勤劳的双手，日子慢慢会好起来的。”

“不，你跟着我会受苦的，我不能要你!”炽阿赤揪住头发痛苦地说。

“要是哥哥嫌弃，可怜小女子只好走了。”什娜站起来，欲走出门去。

炽阿赤猛一把拖住她说：“小妹妹，我哪是嫌弃呢，喜欢都还喜欢不赢，只是穷，若你不怕吃苦，我们就一起熬日子吧。”

炽阿赤和什娜当即对拜做了夫妻。接着，炽阿赤为晚饭的事发起愁来。什娜说：“你就连一颗碎米都没有了吗?”

“现找现吃，哪里有米呢? 哦，前天打得一只麻雀，从它的嗉子里剥得七颗碎米。”

“你就拿过来给我煮晚饭吧。”

炽阿赤惊疑地拿七颗离米给她。什娜将碎米投进土锅里煮了起来，顷刻煮出了一土锅热气腾腾的白米饭。吃了饭，什娜说：“我们这草房不避风雨，要整修一下呢。趁太阳还没有落山，你去白天我掼倒的那个地方，把那棵最大的金竹砍回来。”

炽阿赤披着一身落霞，扛着金竹回家来。入夜，什娜说：“阿赤，你累了一天，先去睡了，房子让我来修。记住，今晚你可不能睁眼，以后也不能向谁提起这个事。”

炽阿赤心里想着做白米饭的怪事，按吩咐钻进荞秆堆里去睡了。

什娜离开天庭时，随身带了不少神器。她用神刀划开金竹，使起神功来。炽阿赤一夜里只听得一片“叮叮咚咚”的砍木声、锯木声和刨木声，就是不敢睁眼，接着，迷迷糊糊地睡着了。待得什娜唤醒他时，天已大亮，只见自己睡在金碧辉煌的殿堂里的牙床上。他一骨碌从床上爬起来，揉揉惺忪的眼睛，到处走走瞧瞧。嗬，好气派！雕梁画栋，里里外外，仓里有黄灿灿的粟米，厩里有肥胖的牛羊，圈里有壮鸡肥鹅，大厅上还挂着一个鸟笼，关着一只时辰鸟，每到一个时辰会唱起“叭格里嘎格”的悦耳叫声准确地报着时辰。炽阿赤看着这一切，心花怒放地抱起什娜旋转起来：“啊，我的天仙，你真好！这回我们什么都有了，连山官尼迷豆没有的，我们也有了！”

什娜娇嗔地说：“看你没羞的，不快放开我。有了也不能忘记勤劳为本。”

炽阿赤记住了妻子的话，饭后正要出门放牛羊，什娜追到门边说：“阿赤，你穿上这双草鞋再去。”

“我们不愁吃穿了，还穿草鞋做什么呢?”

“你别小看它，这是开山避水鞋。”

炽阿赤穿着草鞋走在山里，遇刺丛，刺丛会闪开；蹚溪水，可以从水面上走过去不湿脚。他高兴得吹起了悠扬的牧笛。

听说炽阿赤一个多月没有交柴禾了，山官尼迷豆蹊跷地问起来，家丁们活灵活现地讲起了炽阿赤奇迹般地发富的事情来，他将信将疑。家丁们说：“现在他的房子比色颇（主人）家的气派，他的家产比色颇家多，他的妻子也比色颇的任何一个姨太都漂亮。”这天，山官坐进闪悠悠的轿子，要去看个究竟。来到炽阿赤金碧辉煌的房子面前，觉得自己寒酸多了，便走下轿，躬身走进炽阿赤家里说：“小兄弟，好久不来看你了，你盖大房子也不说声帮忙，我今天祝贺来了。”

尼迷豆仔细地盘问起来。炽阿赤介绍了事情的前前后后，还特地介绍了时辰鸟和开山避水鞋。这时，什娜端茶上来，尼迷豆贼眯眯地看着她的面容，涎水几乎滴在衣襟上，差点儿忘记了返家。

这一天，山官派管家来请炽阿赤赴宴。什娜劝阻说：“夫君莫去，这种人还是离远点儿好。”炽阿赤说：“人家有这片诚意，不去不好，多个朋友也多条路子。”什娜倚门目送丈夫去了。晚上，炽阿赤唉声叹气地回来，说：“山官尼迷豆要跟我打弟兄，吃着人家的嘴软，我应诺了。他要我给他盖一幢像我家这样的房子。我说这不是我盖的，他说不是你盖的难道是偷来的吗？我又不能说是你使了仙法神功，只好离席回来。”

什娜说：“叫你莫交这种朋友，你还不信。这下不是把麻烦引来了？还是莫急，你再到山上从那蓬金竹中拣最大的那棵砍回来，晚上我们给他盖就是了。”

尼迷豆有了雕梁画栋的楼房，高兴得手舞足蹈。这天，他又请炽阿赤到他家里赴宴。傍晚，炽阿赤又唉声叹气地回来。什娜问：“阿赤又怎么啦?”炽阿赤说：“才喝了几口酒，山官尼迷豆说房子是有了，又要我捉一只时辰鸟给他。我说这不是我捉的，他说莫非是抢来的吗？我只好闷闷不乐地离席回来。”什娜说：“你莫愁，我们做给他就是了，你到蜂房里捉一只蜂子来，我给它吹些仙气就成了。”

尼迷豆有了时辰鸟，每个时辰都唱出“叽格里嘎格”的悦耳叫声为他报时，楼院里顿时充满了生机。他眯眼想了想，又请炽阿赤到家中吃饭。傍晚，炽阿赤忧心忡忡地回家来。什娜迎出来问：“到底又是咋啦?”炽阿赤说：“这回尼迷豆又要一双开山避水鞋。我真是有口难辩啊。”什娜说：“你莫愁，我们同样做给他。你到砍金竹的那股山溪里捉一只石蚌，拔下三根胡子拿回来，我们把它打进草鞋里就行了。”

尼迷豆有了开山避水鞋，他穿上在池塘里走了走，轻如浮云，一点儿也没湿脚，如行旱地。他高兴了一阵儿后，又打起主意来。这天，又派管家来到炽阿赤家里，请他去吃饭。什娜说：“阿赤莫去了。”炽阿赤说：“我有的东西都给他了，待人还不诚吗？看来他不会咋个了。”说完，出门去了。傍晚，炽阿赤怒气冲冲地回家来。什娜问：“这又是咋啦?”炽阿赤说：“尼迷豆黑了心肠，他要我把你让给他，叫你侍候他几年!”

“你咋说啦?”

“我拍着桌子说，做人要凭个良心，这绝对办不到！就不辞而归了。”

“夫君这就对了，可尼迷豆不会甘心的，要提防着点。”

不出什娜所料，这天夜里，尼迷豆率领着家丁和各村寨抓来的壮丁，团团包围了炽阿赤家的房子，在门外叫嚷：“炽阿赤，你勾走了山官的丫头什娜，快交出什娜就放你一条生路，不然烧了你的房，杀了你的头!”

炽阿赤焦灼万分，什娜却沉静地说：“我盘算会有这么一天，阿赤，你到牛厩里去牵那头大公牛来。”

牛牵来了，炽阿赤和什娜一起向外喊：“尼迷豆你快撤兵，不然对你没好处。”尼迷豆见不交出人来，按捺不住，命令兵丁攻打屋院。一时火把猎猎，箭如飞蝗，一片喊杀声。

什娜放出了大公牛，这是一条神牛，它眨眼会闪电，吼叫会雷鸣，喘出的白气会变成迷蒙大雾，甩动尾巴会刮起大风，冲泡尿会起大水。神牛又吼又叫向外奔去，顿时天昏地暗，电闪雷鸣，白雾蒙蒙，狂风大作，接着又到处涨起洪水来。尼迷豆的兵丁被淹死不少，溃退了下去。这时，什娜又从孵鸡篓里拿出一枚蛋壳，向天上抛去，顿时变成了一座牢狱，把溃逃的兵丁都罩收在里面。只有尼迷豆没有罩住，穿着开山避水鞋，在滚滚波涛中逃跑。什娜便让石蚌收回三根胡须，那草鞋不避水了，尼迷豆立刻就沉入水中淹死了。

什娜收回了神器神物，把关在牢狱里的人全放了，接着天晴日丽，野山青翠，一片平静景象。远远近近山寨里的人们，推拥炽阿赤为头人，从此邻里团结和睦，炽阿赤和什娜也过上了男耕女织的宁静生活。

泽格只的查星官三天查一次星宿，这夜漫天巡查的时候，见七妹星只有六个，便跑到她家中盘问。七妹星的星公星母说：“只是三个早晨不见什娜洗脸梳妆，像是不会到哪里去。”查星官说：“天上三日，地上三年，不能大意。”星公星母走进内房一看神器，不由吃惊叫起来：“除了一对天奶、一顶天帽和一股天绳外，其他的神器都不见了。不在天上，定是到地上去了。”泽格只知道这事后，速令蜘蛛抽丝架津梁，派七妹星母率人到地上找七妹星去。

星母找到了什娜，说：“七囡，妈看你来了!”

什娜在地上已经日久，天上的事早遗忘了，她竟对妈说：“老大妈，你今天来看我，要我替你办什么事啊?”

连妈都不认了！星母急得叫人抬过那对如石碓嘴般的天奶来，叫什娜吸几口。什娜过意不去，吮吸了几口，顿时天上事、父母情历历浮上心来。她失声痛哭说：“妈，你到地上做什么来了?”

"七囡，你私自下到地上来，已犯了天条，妈来领你回天上去。"

"妈，女儿和炽阿赤哥结发已三年，现在已经怀有身孕了，再也回不到天上，你就当没养我这个女儿吧！"

"儿女不教父母过。"星母说着，将天帽戴在什娜头上。什娜头痛得天旋地转，直在地上打滚，挣扎中生下一个男孩儿。她跌跌绊绊把孩儿抱到炽阿赤手里，夫妻俩抱头痛哭。接着，星母拿出天绳捆绑起什娜出门去了。什娜一步三回头说："阿赤哥哥，将来有一天复通天地津梁，你一定要带孩儿来看我。"炽阿赤也抱着孩儿追出门去："什娜妹，你等等我呀！"可是，恍惚间什娜一伙人都不见了，急得他抱着孩儿团团转。

泽格只查知蜘蛛收受贿赂，私自抽丝架天地津梁的事，非常生气，便将蜘蛛魂魄贬为一颗红痣，贴在观世音的眉宇间，让她严加看管；将蜘蛛真身贬到地上，只准长桃核那般大，只能在屋角和树梢抽丝织网。

天蜘蛛没了，天地津梁也从那个时候起就完全断了……

【讲 述 者】 双妹（彝族，女，农民）

【采录整理】 聂鲁记录

【采集时间】 1983 年采录于丕且莫村

【流传地区】 云南省·（玉溪市·新平彝族傣族自治县）·扬武镇·鲁奎山

【文本来源】 中国民间文艺家协会组织编写，罗杨总主编，李春宏本卷主编：《中国民间故事丛书》（云南·玉溪·新平卷），北京：知识产权出版社 2015 年版，第 10—15 页。

【阅读提示】 这则神话通过天神用蛛网做天梯之后又割断天梯的故事，反映了先人把世界的创造视作天地渐分的观念，同类"绝地天通"母题也在某种程度上体现了"神"与"人"分离的必然性。

【基本母题】 蛛丝做天梯；天上的人和地上的人通婚；天梯的消除；绝地天通；人与仙女婚

【本文编码】 《天地津梁断》：ZCSW0972-222-012

2.3 日月星辰起源

2.3.1 日月星的产生

盘古王和扁古王

（汉族）

天是盘古王开的，地是扁古王开的。他俩在动工前，订了个条约，说谁先开完谁是大哥，后完工当弟弟。

两人动工了，盘古以为自己比扁古能干，一定比扁古先完工，大哥是当定了的，就干一会儿睡一会儿。

扁古王人老实，晓得盘古王看不起自己，心想这回一定要争口气，就拼命地干，没几天就快完工了。

盘古王看到扁古王快完工了，就生了个坏主意，等扁古王睡着了，就请来一个叫“赶出篙”的人，叫他把扁古王开的地赶成和大一样大。赶出篙拿起山竹连赶几下，把扁古王开得平展展的地堆成了几座大山，地和天大小一样了。

扁古王第二天起来，看到他开的地和天一样大小了，知道是盘古王整了他。天黑后，扁古王请来一个叫“铁竹竿”的人，叫他把盘古王开的天戳烂。铁竹竿拿起家伙，把天戳了不知多少个窟窿，后来这些窟窿就成了星星、月亮和太阳。

以后，盘古王和扁古王就不再开天、地了，天地就成了现在这个样子。

【讲 述 者】 杜程氏（女，68岁，农民）

【采录整理】 杜小喜（男，21岁，初中毕业）采录，龚国强采录整理

【采集时间】 1987年9月5日

【流传地区】 河南省·新蔡县

【文本来源】 张振犁编著：《中原神话通鉴》（第一卷），郑州：河南大学出

版社 2017 年版，第 42—43 页。

【阅读提示】 这则神话中值得强调的是，日月星辰并非实体，而是“天上的窟窿”，体现了较为原始朴素的自然观，与当今“黑洞说”似乎不谋而合。

【基本母题】 盘古王；扁古王；开天地者；天地一样大；日月星辰的产生

【本文编码】 《盘古王和扁古王》：ZCSW0973-231-001

日、月、星的由来

（汉族）

太阳和月亮本是兄妹俩。太阳是妹，月亮是哥。很早很早以前，兄妹俩一块行，后来要分开走，一个管白天，一个管夜间。

哥哥说：“妹妹，夜间清静，你夜间走。白天乱，我白天走。”妹妹说：“不行呀，夜里太黑，我害怕，还是在白天走吧。”哥哥说：“在白天人家都来看你咋办哪？”妹妹说：“我用万丈金针来刺他们的眼哪。”哥哥说：“你早晨贪睡起不来咋办哪？”妹妹说：“叫公鸡打鸣儿来催着我呀。”哥哥听了还是不放心，还是惦记妹妹，常常不等天黑就往天边偷着来瞧着妹妹，于是，便有了初二初三的月亮芽儿。

月亮哥哥光顾着照顾妹妹了，却误了自己的时辰，结果行走的不是早了，就是晚了，有时不如意了，就连着几夜不露面儿，就有了二十七、八晚上的月黑头儿。它的脾气很不正常。

妹妹清早、傍黑来和哥哥替班的时候，常常见不到哥哥，气得脸发红了。有时，哥哥、妹妹走对了头，哥哥害羞，就让云彩遮住脸。妹妹担心哥哥夜里不专心，就把很多小灯笼挂在天上。月亮不出来的时候，这些小灯笼也能照得大地明闪闪的，这就是满天星斗。

【讲 述 者】 路广忠（男，80 岁，不识字，范县农民）

【采录整理】 崔金钊（退休教师，大专）

【采集时间】 1990 年 2 月 20 日采录于范县王楼乡赵菜园村

【流传地区】 河南省·（濮阳市）·范县

【文本来源】 张振犁编著：《中原神话通鉴》（第四卷），郑州：河南大学出版社 2017 年版，第 1213—1214 页。

【阅读提示】 这则神话阐述了日月运行过程中的若干特殊现象，反映出人们很早就发现并总结出天体运行的规律，体现出文学与星相学、天文学等自然知识的互动。

【基本母题】 日月是兄妹；日月运行的秩序；与月亮有关的现象；星星的产生

【本文编码】 《日、月、星的由来》：ZCSW0974-231-002

日月星的来历

（汉族）

天皇地皇开天辟地以后，见天下没有光亮，还是个黑团团，就想造个光亮。他们把黑团团掏到天火盆里去烧，烧了一阵子把黑团团烧红了。看着到了火候，他们就抬起来往外一泼，呼隆隆一响，泼出去的成了一个大火球，变成了日头；溅出来的小火球，变成了星星。他们一看盆底上还有一块炼渣，捅打捅打，又往外一泼，变成了圆滴溜儿的月亮。打这儿，就有了日月星辰，也就有了明亮的世界。

随着月亮泼出来的那些渣渣，有的落在地上，在地面上露着的，变成了大山；钻到地底下去的，都焖成了煤炭。

【讲 述 者】 王玉田（男，72 岁，藁城县耿村农民，高小）

【采录整理】 杨志忠（男，55 岁，晋县文化馆干部，初师）采录

【采集时间】 1988 年 10 月采录于藁城县耿村

【流传地区】 河北省・（石家庄市）・藁城县（藁城市）・（常安镇）・耿村

【文本来源】 中国民间文学集成全国编辑委员会编：《中国民间故事集成》（河北卷），北京：中国 ISBN 中心 2003 年版，第 13 页。

【阅读提示】 这则神话较为敏锐地观察到光明、火、日月星和可燃烧的煤炭之间的关系，可见古人不仅视野很广阔，而且发散式思维很强大。

【基本母题】 最早的时候没有亮光；造光亮；火球变成太阳；火星变成星星；月亮的产生；煤的产生

【本文编码】 《日月星的来历》：ZCSW0975-231-003

太阳、月亮和星星

（汉族）

传说太阳和月亮是老天爷的两个女儿。大女儿太阳长得十分美丽，个头高高的，脸儿白里透红，为人厚道，乐于给万物光和热。不过她脸皮薄，动不动就羞得满脸通红。二女儿月亮个头比太阳低，脸蛋洁白，明媚，心地善良，助人为乐。因此，人们都很喜欢这两个姑娘，谁也不愿意离开她们。慈祥的老天爷就顺应着人们的心意，让他的两个女儿站在高处给人们做伴。

时间一长，她们有些吃不消了。月亮对老天爷说："这样日夜不停地站着，累得慌。不如叫俺姐姐黑夜陪伴人们，我白天陪伴人们，俺俩也有个歇息的时候。"太阳说："我怕羞，黑夜站到高处，人们那么多的眼睛看着我，多不好意思呀。""那好，你就白天去，可以离人们远一点，再用纱布蒙住脸，谁要是看你，你就用光芒刺他的眼。"老天爷抚摸着太阳说。

这时，月亮姑娘不高兴了，她噘着小嘴说：“胆子太小，夜里那么黑，走吧，我找不到路；摸吧，我摸不到物。我也不在黑夜里陪伴人们。”老天爷一看小女儿生气了，慌忙说：“我叫星星伴着你总行了吧？你可以早点去高处，也可以晚点去高处，另外，只要你往高处一站，就让你姐姐端着灯往你身上送亮。这样行了吧，小鬼头？”月亮听了爹爹的话，脸上露出了笑容，并调皮地对着太阳做了个鬼脸。

直到现在，月亮只要出来，星星总是陪伴着她。她身上的光亮也是太阳用灯给照上去的。太阳有时用纱布蒙着脸显得红彤彤的，而当你仰头看她时，她就用强烈的光芒刺你的眼睛。

【讲 述 者】 刘伍（女，70岁，不识字，留庄乡韦庄村农民）

【采录整理】 王查山

【采集时间】 1988年11月采录于留庄乡

【流传地区】 河南省·（洛阳市·新安县南）·留庄乡（疑为李村镇）·韦庄村

【文本来源】 张振犁编著：《中原神话通鉴》（第四卷），郑州：河南大学出版社2017年版，第1214—1215页。

【阅读提示】 这则神话采用拟人的手法将太阳和月亮的特征区别表现得淋漓尽致，人情味颇浓。

【基本母题】 日月是老天爷的女儿；日月的特征；星星的产生；日月运行的秩序

【本文编码】 《太阳、月亮和星星》：ZCSW0976-231-004

太阳、月亮和星星的来历

（汉族）

天是由四条鳌鱼顶起来的，每条鳌鱼顶一个角。它们顶着顶着渐渐有得力气了，身子发起颤来。这一颤，可不得了，弄得天摇地转，连风、火、水、土各位神仙的宝座也晃荡起来。众神仙大怒，挥剑斩掉了一条鳌鱼的尾鳍，警告其他三条鳌鱼。谁知这么一来，惹出了大祸，那鳌鱼乱动，天哗啦啦地塌了下来，天河的洪水流下大地，淹没了整个世界，生灵全淹死了。

众仙神着了急，都想撑天补天。想来想去，一个个摇头叹气，都说有得法子。还是女娲有胆量，有本领，请她来干。她先把那条鳌鱼的尾鳍给接好，让它把塌下来的天撑起来。然后她拣来无数五彩石子，放在炉子里猛火烧炼了四万几千年，把彩色石都炼成天蓝色时，用来补天。她心灵手巧，把天补得和先前的一模一样。

女娲高兴得蹦蹦跳跳，请众仙神来观看。那风神只顾看，大步大步走着，一不小心，踢翻了炼石的炉子，无数个火球滚了出来，直飞得满天都是。其中最大的一颗成了太阳；小的呢，渐渐变冷，有的成了月亮，有的成了星星。那一条闪光的银河，也是炉水流成的痕迹哩。

【讲 述 者】 刘贵福（男，农民私塾）
【采录整理】 王少磊（男，祁东县文化馆干部）采录
【采集时间】 1981 年 6 月采录于祁东县
【流传地区】 湖南省·（衡阳市）·祁东县
【文本来源】 中国民间文学集成全国编辑委员会编：《中国民间故事集成》（湖南卷），北京：中国 ISBN 中心 2002 年版，第 7 页。
【阅读提示】 这则神话通过叙述日月星辰是女娲补天的“衍生品”的故事，表现了神话讲述过程中的某些随意性特点。
【基本母题】 鳌鱼撑天；洪水；女娲补天；补天的材料；日月星辰的产生

【本文编码】 《太阳、月亮和星星的来历》：ZCSW0977-231-005

太阳宝和月儿光咋个来的[①]

(汉族)

相传，盘古王刚开辟天地的时候，天地黢墨黑，没有亮光，也没有热和气气，黑来遭不住，冷来遭不住。人们去求天老爷，天老爷放出个红彤彤[②]的火球，人们当成宝贝一样，叫做太阳宝。天地黑久了，一块把太阳宝不顶事，人们又去求天老爷。天老爷接二连三又放了几块，开头还合适，整来整去，就放多了，一共十块太阳宝。地上的人们热来遭不住，树木也都烤焦了，人们没法过日子，都说天老爷把太阳宝放多了，我们要热死了。天老爷说："你混账，开始喊我多放点太阳宝，这下子又嫌多了，七嘴八舌，真难侍候。"人们又向天老爷求情，天老爷这才喊赵公爷[③]来，对他说："我拿个瓶瓶儿给你，你去天河舀点水，往太阳宝上洒一点。"又说："你要合适点哟，洒一丁点就是一场瓢泼大雨，多了就不行。"

赵公爷把水舀起，往太阳宝高头架势一淋，太阳宝就蔫气[④]了。他一口气淋了八个太阳宝，都淋得来只剩点点亮光，变成了星星儿。看到就只剩两块太阳宝了，人们赶忙说："赵公爷呀，再泼不得了，你还得给我们留一块把哟!"赵公爷中途收手，但这一块已经淋得冷清白淡，变成月儿光了。只有最后一块太阳宝，没有遭淋。

【讲 述 者】 康弘

【采录整理】 王纯五记录整理

【采集时间】 1987年1月4日采录于灌县柳街场

【流传地区】 四川省·(都江堰市)·灌县(古城)·柳街乡一带

---

① 灌县河西方言，称太阳为"太阳宝"，月亮为"月儿光"。

② 彤彤：灌县方言读冬冬。

③ 赵公爷，即赵公明，亦称赵玄坛，民间呼为赵公元帅，祀为财神。相传他的祖山就是灌县赵公山（亦名大面山）。灌县民间说他能驱雷役电，呼风唤雨，法力无边。旧时民宅多挂其像，称为"赵公镇宅"。

④ 蔫气：即气焰熄灭。

【文本来源】 姚宝瑄主编：《中国各民族神话》（汉族），太原：书海出版社2014年版，第213—214页。

【阅读提示】 神话中解释日月运行规律的产生时，往往要利用“使多余的太阳减少”等相关情节，反映了古人阴阳调和的观念。

【基本母题】 以前天地没有亮光；太阳的产生；十个太阳；星星的产生；月亮的产生

【本文编码】 《太阳宝和月儿光咋个来的》：ZCSW0978-231-006

芝麻饼与日月星辰

（汉族）

伏羲、女娲是两夫妻。一天，他俩肚饿了，想换换口味，做芝麻饼吃。他俩正做好两个大饼，远处一下子钻来了两头天狗，把芝麻统统打翻了，还衔起这两个饼就跑。夫妻俩一见饼没了，急得就追，一人追一头狗。那两头狗见他们追来，赶紧丢下饼，逃了。哪晓得一个饼丢在炉膛里，被烧得通红，一滚，变成了如今挂在天上的太阳；另一个饼滚到山的那一边，变成月亮。被打翻的芝麻呢，也变成天星，满天都是；放芝麻的斗，就是北斗星。两夫妻见芝麻撒得到处都是，就准备扫一些回去，背起扫帚就扫，这扫帚就是我们常在这夜里见到的扫帚星。

【讲 述 者】 陈成藏

【采录整理】 陈云记录，文帆整理

【采集时间】 1987年10月3日

【流传地区】 浙江省·（温州市）·文成县·南田区·石庄乡

【文本来源】 姚宝瑄主编：《中国各民族神话》（汉族），太原：书海出版社2014年版，第306页。

【阅读提示】 这则神话通过叙述芝麻饼变成日月星辰的过程，体现出神话就是生活，神话就在日常衣食住行中传播、生长。

【基本母题】 伏羲女娲是夫妻；太阳的产生；月亮的产生；星星的产生；特定星星的产生

【本文编码】 《芝麻饼与日月星辰》：ZCSW0979-231-007

月亮和星星的由来

（布朗族）

从前，布朗山寨有个土司，先后讨了大小两个老婆。大老婆不会生育，是个好吃懒做、脾气暴躁的女人。小老婆为他生下一个儿子后，没几年便与他相继去世。那儿子只有留给大老婆去抚养。

儿子不到七八岁，大老婆就逼着他做这做那。儿子稍一歇气，大老婆就感到不顺眼，就要破口乱骂。儿子长到十四五岁后，大老婆又忙着给他找媳妇。因为她心里明白，儿子早一天成家立业，她自己就能早一天享福。大老婆首先给儿子说了一个富人家的姑娘，但儿子看不上。她接着又说了一个头人的女儿，儿子仍然不肯要。第三次，她又把寨主的一个姑娘领回来给儿子过目，儿子又婉言谢绝了。儿子还对大老婆说："妈，这事你就不用为我操心了，媳妇我自己会找的。"大老婆不听，继续给他物色媳妇。

后来，儿子娶了一个自己相中的姑娘。这姑娘年方十五，身材苗条，脸庞清秀，人们都说她是个百里挑一的俊姑娘。她不仅人长得好，心地也非常善良。但大老婆心里很不高兴，因为儿子不把她放在眼里，没听她的，她提的不要，她说的不娶，而偏偏要自己作主。尽管儿媳尽心尽力，百般孝顺，她还是要节外生枝，让儿媳难堪。

有一年，儿子外出做生意。儿媳妇对丈夫说："眼看冬天快到了，天气就要变冷。你回来时买一块厚棉布回来，我要为妈妈缝一套新衣。"

不几天，儿子带回一块厚布，儿媳妇亲手缝了一套新衣，高高兴兴地递给大老婆："妈，这是我新做的，你穿一下看，要是不合身，我马上改。"

大老婆接过新衣，穿也没穿，拿着满寨子乱转。逢人便大声叫喊："你们看看，我媳妇做给我的衣裳，比牛皮子还要厚，这叫我怎么穿呀?"

儿媳妇听了这些话，心里难受极了。

儿子第二次出门，儿媳妇又对他说："上次我做的厚衣，阿妈不喜欢，这次你再买一块薄一点的布回来，我重新给她缝一套。"

不几天，丈夫回来了。媳妇不顾白天做活的疲劳，连夜又缝了一套新衣。第二天一大早就亲手将它交给大老婆："妈，这是我昨晚新做的，你穿穿看。"

大老婆接过衣裳，又跑出去，走到寨子中央，站在一块高高的大石头上乱喊乱叫："大家快来看哪，我媳妇做给我的衣裳，比蝴蝶翅膀还要薄，她这明明是不让我穿呀!"

儿媳妇听了这些话，心里委屈极了，眼泪不禁夺眶而出。她真想冲过去，与婆婆大吵一架，可她终于还是忍耐了。却不料大老婆竟起了歹心。

儿子第三次出门，儿媳妇真诚地对他说："妈妈不爱穿厚的衣裳，也不喜欢薄的衣裳，你这回就买一截不厚不薄的布料回来。"

丈夫走后不久，她上山砍柴去了。她一出门，大老婆就赶紧找出一把大砍刀，"嚓嚓嚓"地磨了起来。

眼看媳妇就要回家，大老婆把刀放在床上，钻进了被窝。

媳妇回到家，见婆婆躺在床上，一只脚露在外面。她以为婆婆病了，怕她冷着，就关心地走到床边，把露在外头的脚放到被子里。正在这时，大老婆猛然翻身坐起，拿起大砍刀乱砍，一刀砍在儿媳妇的脖子上，鲜血四溅，儿媳妇"哎唷"一声，立即抓过丈夫的洗手巾堵住伤口，拼命向娘家跑去。

她跑了一天，来到一座森林。林中有三只小鸟见她满身是血，脸色灰白，关心地问："大姐，你为什么跑，要去哪里?"

"我婆婆要杀我，我要回娘家去。"儿媳妇告诉小鸟说，"你们如果见到我丈夫，叫他不要去找我，我已经不行了。"说着，又向前奔跑。

她跑了两天，来到一条小河边。河里有三条小鱼见她满身是血，脸色灰白，一也关心地问："大姐，看你慌慌张张的，你为什么跑，要到哪里去?"

"我婆婆要杀我，我要回娘家去。"儿媳妇对小鱼说："要是见到我丈夫，你们就说我已经不行了，叫他不要去找我。"说着，朝前奔去。

她跑了三天，终于跑到娘家。她吃力地将事情经过向家人说了一遍，然后就含恨离开了人间。她娘家人给她做了一口棺材，准备择吉日安埋。

儿子回到家，不见自己心爱的妻子，就问大老婆："妈，我媳妇呢，她到哪里去了?"

大老婆编出段话哄他："你媳妇刚才无缘无故和我吵了一架就出走了，我也不知道她去哪里!"

儿子不相信自己媳妇会跟婆婆吵架。可她到底跑哪里去了呢?他知道大老婆根本不会把真相告诉自己，就决定到邻居家打听。他刚走到楼梯，就见楼梯板面上有一摊鲜红的血，像是刚留下的。正在他望着血发愣时，家里的那只狗跑出来，闻了闻血，折身返回屋里，对着大老婆"汪汪汪"地叫开了。他见这情景，心里忽地闪现出一种不祥之兆。大老婆害怕事情败露，指着血哄骗道："刚才我切猪草时，切死了一只大老鼠，这是大老鼠的血。"这时，那只狗又突然跑到阳台上，朝远方"汪汪汪"地叫。他一切都明白了，他不顾一切地朝前奔去，他要去寻找自己的妻子。

他跑了一天，来到一座山林，二只小鸟把他媳妇的话转告了他。他听完后，非但没有停步，反而加快脚步向前奔跑。他跑了两天，来到一条小河边，三条小鱼也把他媳妇的话转告了他。他听了小鱼的话，不但没有停步，反而更快地奔跑起来。他跑了三天，终于跑到岳父岳母家。

只见眼前摆放着一口崭新的棺材，揭开盖一看，里面躺着的正是他媳妇。他肝肠欲断，毫不犹豫地爬到棺材里，把妻子紧紧拥抱。就在这时，突然"嗡"的一声巨响，棺材不见了，而只见一男一女朝天上飞去，变成了两颗耀眼的星星。后来，这两颗星星又哺育出无数星儿星女，缀满天空。

大老婆杀害儿媳妇的消息传开后，不少人指着她的鼻梁骂她残忍、狠毒、没有良心。从此，她坐立不安，食不甘味，睡不安稳，整天都在提心吊胆地过日子，身子一天天瘦下来。不久，大老婆也死了。她死后，变成了一轮月亮，带着悔恨来到天上，向星星认罪。尽管如此，那只家狗还是不肯放过她，也追到天上，狠狠地咬她，她不断地左躲右闪，有时还是免不了被狗咬一口。这时就发生我们所说的“月食”现象。

【讲 述 者】 康朗香

【采录整理】 岩帕南翻译，门图搜集整理

【采集时间】 （无考）

【流传地区】 云南省·（西双版纳傣族自治州）·勐海（勐海县）

【文本来源】 中华民族故事大系编委会编：《中华民族故事大系》第12卷（布朗族、撒拉族、毛南族），上海：上海文艺出版社1995年版，第20—24页。

【阅读提示】 这则神话通过叙述夫妻间的真情以及死后双双化生为星星的虚幻结局，歌颂了夫妻二人至死不渝的忠贞。

【基本母题】 婆媳之争；人变星星；人死后变月亮；月食的产生

【本文编码】 《月亮和星星的由来》：ZCSW0980-231-008

日、月、星

（布依族）

古时候，传说天仙、凡人和龙都住在一个地方，不分什么高低贵贱，大家一起上山捕捉野兽，采摘果子，又一起玩乐，互相通婚。那时，天地不分，洪水经常泛滥，人们年年遭灾，受苦受难，东奔西走，日子过得很悲惨。为了挽救人间生命，繁衍子孙，盘古王想尽一切办法，经过九千九百九十九年的修炼，制造了一把开天辟地的大板斧。他力大无穷，肩挑两山，日行万里，任什么事物都不能阻挡他。有一天，他独自一人坐在播索密山头上，久久沉思，然后举起手中的大板斧，“叭叭叭”猛劈三下，一斧劈开茫茫白雾，把仙人统统送上天庭，叫他们管好雷霹，不许乱吼乱叫；一斧劈穿海底，造起龙宫，叫龙王管好洪水，不许泛滥淹没人间；再一斧劈开森林草莽，让人们到平坝河川上来学种庄稼。从此，天上、人间和龙宫，就分成上、中、下三界。三界各选国王，上界选雷公，海底选龙王，人间地方辽阔，一人管不下来，盘古王年纪又太高，大家就选他的儿子和姑娘来继承王位。不久，盘古王就病死了。

当时，天地虽然分开了，但三界还是漆黑一团，伸手不见五指，人们的日子过得昏昏沉沉。盘古王的儿子和姑娘兄妹二人坐下来商量，决心去寻找光亮。他俩议定，谁先找到光亮，谁就管白天；谁后找到光明，谁就管夜晚。那时女子最聪明，哥哥去找来九十九件东西，都不能发出光亮，妹妹只找来九样东西，用拜密[①]在河滩黑石块上猛击，顷刻火花飞溅，拜密燃烧起来了。从此，人间有了光明，后来又有了熟食，人们也渐渐变得健壮起来。但人间最初的光亮不强，照亮也不久，一闪就过去了。后来哥哥又想出一个办法，用葛藤捆扎成一万支火把，同时点起来。妹妹又自告奋勇地举起这一万支火把，站在高高的山头上，让光明普照人间，让各处的人们都能感到温暖。就这样，哥哥天天去捆扎火把，妹妹天天举着火把照明。天长日久，天缘巧合，兄妹俩在山头上结成夫妻，安了家，百姓的日子也好过了。兄妹俩活到九千九百九十九岁才死。他俩死后，人世间又突然黑暗起来，人们万分焦急，于是每人都上山去采来一朵小花，插在兄妹俩的坟前求拜，希望他们兄妹俩继续把光明留在人间。

说来也巧，正当人们在坟前放声痛哭时，忽然间天昏地暗，狂风四起，只见一对火球升上天空。人们化悲为乐，欢声动地。大家都说，那火球是兄妹俩的灵魂变成的。

兄妹俩升上天空后，最初二人一道巡游天庭。白天他们走到天顶，人间感到太热；夜里他们走到天底，人间又感到太冷。大家议论纷纷，希望兄妹

① 拜密：布依语，即火草叶。

俩一个管白天，一个管晚上。兄妹俩听了人们的议论，二人一商量，决定按人们的希望去做。

哥哥说：“妹妹呀，你愿管白天还是夜晚呢？”

妹妹回答说：“好心的哥哥呀，妹妹我想过了，心中有点为难：想管晚上么，又害怕单身女子不敢走黑路；想管白天么，走起路来衣裙飘飘地翻转，又怕地上人们偷看。不知怎样才好，请哥哥指点吧！”

哥哥说：“妹妹在人间创造光明，功劳最大。哥哥就给你出个主意，不知你喜欢不喜欢？”

妹妹说：“哥哥说出的话，妹妹一定依从。”

哥哥说：“依我看，妹妹管白天为好。谁敢偷看你的衣裙，你就把身边那一万根银针撒出来刺他的眼睛，这样就不怕害羞了。”分好工后，妹妹掌管白天，让百姓好种庄稼；哥哥掌管晚上放光弱一点，让人们好娱乐休息。于是，大家给他俩取了美丽的名字，把妹妹叫做“当婉”（太阳），把哥哥叫做“冗令”（月亮）。

从此，太阳白天出来，月亮晚上出来，人间再也不会遭受长久的黑暗了。太阳和月亮的周围，还有千千万万颗小星星，人们都说，那是当年大家奉献在兄妹二王坟前的小花变成的。

【讲 述 者】 杨兴荣，杨再良

【采录整理】 杨路塔记录整理

【采集时间】 （无考）

【流传地区】 贵州省·（黔南布依族苗族自治州）·平塘县、罗甸县、惠水县交界地带

【文本来源】 姚宝瑄主编：《中国各民族神话》（布依族、仡佬族、苗族），太原：书海出版社2014年版，第76—78页。

【阅读提示】 这则神话通过叙述盘古的子女为人间带来光明，死后的灵魂化作日月等，既有灵魂不灭的观念，也有对文化英雄的赞美。

【基本母题】 古时候人神通婚；洪水；三界的产生；三界的管理者；光明

的产生；兄妹婚；灵魂变成日月

【本文编码】 《日、月、星》：ZCSW0981-231-009

射太阳的故事

（高山族·泰雅人）

从前，天上有九个太阳，它们轮流出来，因此只有白天，没有黑夜；也因此河水干枯了，农作物没办法活，人们实在受不了。于是酋长便聚集大家开会，决定派人去射太阳。

但是天那么高，太阳那么远，怎么去射呢？最后大家想出了传宗接力的方式。他们派出几对青年男女，让他们在路上结婚生子，在射下太阳之前，能把射太阳的任务传下去。他们一代接一代地走，终于走到接近太阳的地方，射了八个太阳，其中七个太阳的碎片成了星星：另一个太阳被射中后变成了月亮。剩下一个没有射掉，就是现在的太阳。

去射太阳的人大概传了十几代，才到达接近太阳的地方；回来的时候也是传了好几代。等这些人回到部落时，因为年代隔太久了，部落的人看到他们时，还以为是外星人来了呢！

【讲 述 者】 云诗仙

【采录整理】 曾康怡采录，许端荣撰稿

【采集时间】 （无考）

【流传地区】 （无考）

【文本来源】 陶阳、钟秀编：《中国神话》（上册），北京：商务印书馆2008年版，第297页。原文本标注选自金荣华编《台湾桃竹苗地区民间故事》。

【阅读提示】 这则神话叙述的几代人射日，很有愚公移山的精神，说明要干好一件事浅尝辄止、急功近利是绝对不行的。

【基本母题】 以前只有白天；九个太阳；太阳的碎片成为星星；太阳变成月亮；几代人射日

【本文编码】 《射太阳的故事》：ZCSW0982-231-010

泰雅人射日

（高山族·泰雅人）

太古时，天有二日，世间酷暑，稼禾枯焦，生灵涂炭，泰雅人遂派三壮士去射日。三人行至中途，便已衰老。一壮士返回，让部落又派三青年，背负三个婴儿，携桔子、枇杷等的种子以及粟穗出征。先行的壮士早已老死，三青年又相继谢世，三婴儿长大成人，继承先人遗志，跋山涉水，到达太阳出没的地方，挽弓射日。一个太阳被射伤，流血不止，变成月亮，飞溅天宇的血点化作无数星辰。从此，世间有了日月星辰，昼夜交替；五谷丰登，人类繁衍。

【讲 述 者】 （无考）

【采录整理】 曾思奇、田中山编写

【采集时间】 （无考）

【流传地区】 （无考）

【文本来源】 《中国各民族宗教与神话大词典》编审委员会编：《中国各民族宗教与神话大词典》，北京：学苑出版社1990年版，第144页。

【阅读提示】 建议与《射太阳的故事》（ZCSW0982-231-010）对比阅读。

【基本母题】 以前有两个太阳；几代人射日；太阳变成月亮；星星的产生；昼夜的产生

【本文编码】 《泰雅人射日》：ZCSW0983-231-011

太阳、月亮和星星

（景颇族）

天地初分的时候，世界可没有现在这么明亮，只是灰蒙蒙的一片，当时还没有太阳、星星和月亮。森林里住着一个贫穷的女人和她的三个女儿。三个女儿的名字叫荷苏妮、朵苏妮和毕苏妮。

一天，妈妈准备出去找吃的，临出门时对三个女儿说："妈妈去找点吃的来，你们关好门，好好在家。不要到外边去，也不要开门。妈妈一会就回来。"说完，妈妈就出去了。三个女儿在家等妈妈回来，等了很久很久，不见妈妈回来。

森林里有一个豹子精，它很早就想把三个姑娘骗出来吃掉。可是因为妈妈看得紧，一直没有办法下手。这天，豹子精看见姑娘的妈妈出去很久没有回来，便装出小伙子的声音，来到三个姑娘的家门旁唱山歌。三姐妹刚听到歌声时，感到奇怪，后来感到害怕，最后越听越爱听。是个小伙子在唱！三姐妹相信了豹子精的歌，便开了门，循着歌声走去。走近了一看，才发现是豹子精装出来的。三姐妹急忙往回跑，豹子精怪笑着跑去拦住了她们。三姐妹急忙爬上树去。豹子精来到树下，也往上爬，却爬不上去。豹子精便假惺惺地说："姑娘们，我是来串亲戚的，决不伤害你们。你们教教我爬树，我一辈子不忘你们的恩情。"

荷苏妮和朵苏妮不相信豹子精，什么也不告诉豹子精。因为小妹妹毕苏妮年纪小，没有细想便说："手脚交替使力就可以了，爬树有什么难的！"两个姐姐阻拦小妹已来不及了。豹子精按着毕苏妮教的方法爬，学会了爬树。从此，豹子才会爬树。

三姐妹看到豹子精学会了爬树，急得只好直往树梢上爬，可豹子精也跟着往上爬。三姐妹绝望地大哭。这时，有一个天神路过这里，他很同情三姐妹，便对她们说："小姑娘们，不要哭。我可以把你们救到天上去，只是有一点，去到天上就不能下来了，你们愿意吗？"三姐妹看到越爬越近的豹子精，急忙说愿意。天神手一扬，便把她们带到天上去了。

来到天上，三姐妹生活得很好，可是她们想念妈妈，想看看大地，恳切要求天神让她们回到人间看看母亲。天神说："你们可以轮流去看。荷苏妮大，她先去，然后朵苏妮、毕苏妮再去。"就这样，荷苏妮先去了，她回来后朵苏妮和毕苏妮又去看。她们看见了妈妈，看见了大地、森林、河流。妈妈回来，不见了她们，一直四处寻找，这时也看见了她们。可是妈妈在地上，她们在天上，已不能在一起生活了。

荷苏妮姐妹每天都轮流去看大地和母亲。时间久了，荷苏妮变成了太阳，朵苏妮和毕苏妮变成了月亮和星星。从此，世界上有了白天和夜晚。朵苏妮和毕苏妮有时一齐出来，有时小妹妹自己一人跑出来，因此，到了夜晚，我们有时见月亮和星星一齐出来，有时只见星星出来。

【讲 述 者】（无考）

【采录整理】木然脑都搜集整理

【采集时间】（无考）

【流传地区】（无考）

【文本来源】中华民族故事大系编委会编：《中华民族故事大系》第10卷（景颇族、柯尔克孜族、土族），上海：上海文艺出版社1995年版，第30—31页。

【阅读提示】这则神话在某些情节设置上，与其他民族的姐妹变日月乃至英国童话《三只小猪的故事》也有些相似之处，是否之间有些影响关系或不谋而合？

【基本母题】以前没有光；动物特征的来历；人变成日月星辰；昼夜的产生

【本文编码】《太阳、月亮和星星》：ZCSW0984-231-012

天地日月的来历

（拉祜族）

混沌年代，没有天，没有地，没有人，也没有山川河流、树木花草，没有禽鸟。世上都是空空荡荡的，昏沉沉的。

一团仙火飞来，把空荡荡的世界燃烧起来了，到处烟雾腾腾。后来，火烟上升以后，就变成了天，天就这样造出来了。不久，升上天的烟灰又慢慢飘落下来，四处铺开去，又变成了地，从此，地就这样造出来了。

天地造出来以后，地上渐渐就长出了树木、花草。有了树木花草，陆陆续续又有了野兽、禽鸟。但世间还是没有人，这个世界显得很单调。后来，升腾到树叶上的露水珠，一颗一颗地从树叶上滴落下来，一颗颗亮晶晶的露水珠落地后不见了，却从一棵棵的树根上，变出一个个的人。人就由露水珠变出来了。从此，世间不仅有了野兽、禽鸟，也有了人群。

但是，那时由于天上没有太阳、月亮、星星，大地一片漆黑，没有白天、黑夜之分，人们无法进行生产劳动。

一天，大地突然一阵抖动，一座高山就被震垮了。从震垮了的大山肚子里，滚出了一块发亮的白石头，一块红得刺眼的红石头。后来，那块发亮的白石头和红石头，先后飞上了天。先飞上天的那块白石头，就变成了月亮，高高地挂在天上。后飞上天的那块红石头，就变成了太阳，高高地挂在天上，把世间照得亮堂堂的，多远的地方也能看得清楚。

有了太阳，有了月亮，从此世间就分成了白天、黑夜。世间上的人们就跟着太阳、月亮从事生产劳动和睡觉休息。太阳升起来了，人们就开始下地劳动。太阳落山了，就收工回家。月亮升起来了，就休息睡觉。但是，那时天上没有星星。

一次，一个老人劳动收工回家晚了，不注意就把一碗煮熟的稀饭碰掉了，稀饭浇到靠在门后的犁底上，犁底就像箭一样地飞上了天，天上就升起了犁底星；稀饭又浇到犁把上，犁把也像箭一样飞上了天，天上又升起了犁把星；后来稀饭又浇到了磨后的鸡窝箩里，鸡窝也像犁、底犁把一样飞上了天，鸡窝就在天上变成了鸡窝星。

从此，天上就有了星星，世界就是这样形成了。

【讲 述 者】 范清莲（拉祜族）

【采录整理】 自力采录

【采集时间】 （无考）

【流传地区】 云南省·（普洱市）·镇源县（镇沅县）

【文本来源】 中国民间文学集成全国编辑委员会编：《中国民间故事集成》（云南卷），北京：中国ISBN中心2003年版，第47—49页。

【阅读提示】 这则神话中值得关注的是，日月星星均由地上的事物飞升到天上形成，这类“地上之物”和“天上之物”的对应关系的思维，在神话叙事中很有市场。

【基本母题】 混沌，世界什么都没有；仙火；火烟变成天；烟灰变成地；露珠变成人；石头变成日月；昼夜的产生；星星的产生

【本文编码】 《天地日月的来历》：ZCSW0985-231-013

老虎吃太阳，天狗吃月亮

（拉祜族·苦聪人）

从前，有一个猎人有一包“万年青”药，放了三年都舍不得吃，结果霉烂了。一天，太阳出得很好，他的妻子就把药拿到阳光下晒，放好后就回屋里织麻布去了。太阳看见了药，就叫月亮去偷。月亮说：“叫我晚上去偷是不难的，白天我可不能露脸，还是你去吧。”太阳果真自己来偷，很快就把药偷走了。一会儿，猎人的妻子出来翻药，却找不见了。她吓得连忙去问鸡，鸡说：“我没吃着。”她问猪，猪说：“我没吃着。”她问兔、鸭，都说没有吃着。她想：“这真奇怪，难道是鬼来吃掉的？”她又问狗，狗不敢说。她

忙说："不怕，你告诉我，我拿肉给你吃。"狗这才说："我看见药被天上的太阳来偷走了。"丈夫回来，妻子把这件事告诉了他，他决心上天去找太阳算账。他用铁打了一架楼梯。领着老虎和狗上天找太阳。临走时，他交代妻子说："我上去以后，你每天往楼梯上泼三瓢热水，不然就不牢了。"妻子答应了，可后来她忙于织布，只往楼梯上泼冷水，结果楼梯生锈断掉了。老虎和狗走在前，已经上了天，猎人走在后，却跌下来死了。妻子见丈夫死了，放声大哭，说："让老虎把太阳吃掉，让狗把月亮吃掉。"果然从那以后，太阳就经常被老虎咬掉半边（日蚀），月亮就经常被狗咬掉半边（月蚀）。但太阳和月亮因为有那包"万年青"药，每当被老虎和狗咬过后，就撒上一点药，很快又长圆了。所以，老虎和狗总是吃不完太阳和月亮。

【讲 述 者】 李老倌

【采录整理】 李权扬整理

【采集时间】 （无考）

【流传地区】 （无考）

【文本来源】 选自李子贤编《云南少数民族神话选》，见陶阳、钟秀编：《中国神话》（上册），北京：商务印书馆2008年版，第276—277页。

【阅读提示】 这则神话对日月做了拟人化的处理，又用日月获得起死回生的药物来解释日月食现象，情节曲折跌宕，叙事有条不紊。

【基本母题】 人上天；天梯；天梯的毁坏；日食的产生；月食的产生

【本文编码】 《老虎吃太阳，天狗吃月亮》：ZCSW0986-231-014

太阳、月亮和星星的传说

（满族）

传说以前天上的玉皇大帝有个小女儿，长得很俊，名叫小翠儿。她是一个聪明伶俐的小姑娘，爱干活，有眼色，像玉女纺线啦、绣花啦，她都跑前跑后帮助扯线、递线，因此，天宫里的人都很喜欢她。

一天，她闲着没事儿，无意中跑到了人间。到了凡间后，她看这里是漆黑一片，没有草，没有动物，感到没意思，就回到天宫对玉皇大帝说："阿玛，人间一片漆黑，什么东西都不长，太可怜了，咱们给他们一个放光的东西吧。"玉皇大帝听了气愤地说："你要安分守己，好好在天宫里给我待着，不要多管闲事儿!"小翠儿一听，很不高兴，她心里想：阿玛不给，我自己去找。于是，她就回家到处翻。突然，她在阿玛睡觉的屋子里发现了个玉石盘子，闪光耀眼，可把她乐坏了。可她刚拿起它，就被玉皇大帝看见了，把她毒打了一顿。小翠儿受了委屈之后，下决心离开天宫到别处去找。她找啊找啊，找了好长时间，也没有找到，可把她愁坏了。这时，她怨恨自己无能，不如一死算了，就痛苦地闭上了眼睛。她刚闭上眼睛，就觉得眼前大冒金星，她便笑起来，心想：我有两个亮亮的大眼睛，这不就是光亮吗？于是，她用手把右眼睛抠出来，向东边扔去。东边立刻出来一个大红火球子，把人间照得亮堂堂、暖烘烘的，从此人间就有了太阳。小翠看见人间有了亮光，高兴极了。这时她想，大红火球子放了一天的光，到时候也得歇一会儿，当它歇着的时候，人间又要变得漆黑了。这时，小翠又把左眼睛抠出来向东边扔去，东边立刻出现了一个大白球子，人间又亮了起来，这就是月亮。小翠觉得这个没有那个亮，就把白白的牙拔下来向前扔去，变成一个个小亮点，这就是星星。小翠抠出了双眼，拔掉了牙齿，就再也不能动了，最后变成了一座大山。从此，太阳和月亮轮歇着给人间照亮。

现在，我们经常看到的"火烧云"，据说那是小翠挖眼睛和拔牙时淌的血。人间有了太阳、月亮和星星，万物也就都出现了。

【讲 述 者】 洪希山，孙洪运

【采录整理】 崔勇记录整理

【采集时间】 （无考）

【流传地区】 辽宁省·（鞍山市）·岫岩满族自治县·牧牛乡

【文本来源】 姚宝瑄主编：《中国各民族神话》（满族、赫哲族、朝鲜族），太原：书海出版社 2014 年版，第 62—63 页。

【阅读提示】 建议与《白云格格》（ZCSW0683-201-008）、《海伦格格补天》（ZCSW0903-214-040）对比阅读，体会满族神话中塑造的坚韧刚强、聪明伶俐、正直善良、勇于献身的女性文化英雄形象。

【基本母题】 玉皇大帝的女儿；眼睛变成日月；牙齿变成星星；云霞的产生

【本文编码】 《太阳、月亮和星星的传说》：ZCSW0987-231-015

太阳和月亮的传说

（满族）

传说，刚有天刚有地那阵子，天上地上都是黑糊糊、混浆浆的。阿布卡恩都里身边，有两个他非常疼爱的格格[①]，都是很有能耐的神女，帮助阿布卡恩都里炼出了三万三千三百三十三个小托里[②]。小托里一个个光芒闪射，象热火珠子。她俩把阿布卡恩都里炼出的托里，往天上一抛，闪出一个火星子，怪好玩的。他俩就这样炼出一个，往天上抛一个。抛啊抛，这些托里全飞到天上啦。于是，天上出现了象梅花鹿身上斑点似的亮点，有了星星和北斗。

阿布卡恩都里闷头磨呀磨托里，最后又炼出来十个又大又红的火焰托里。那托里光芒四射，又亮又热。两个神女对这些稀奇的珍宝，爱不释手。看着看着，忽然姐姐想，若用托里往地上照一照，该会什么样子呢？于是她拿在手里，往天上地下一照，嘿！天马上明亮了，地上的树、动物、人啦，看得清清楚楚，再不是黑糊糊、混浆浆的了。妹妹一看，怪好玩的，也拿起

① 格格：满语，姑娘，公主。

② 托里：满语，铜镜，是神话传说中的神器，变幻无穷。

火焰托里，跑出去照。嘿！这回天上地下活象个火堆。十个日头在天上转，热得地上的动物东跑西藏，不敢睁眼睛，照得天都变得瓦蓝瓦蓝的啦。

天上地下变成个大火炉，热得大地上百鸟百兽东跑西躲，嗷嗷直叫；热得江里鱼都沉到了水底下，不敢伸头；长翅膀的鸟不敢落地，聚在树林子里，变成了林中鸟，有的飞鸟慌慌张张一头扎进水里，变成了老鸽、天鹅。地上的人呐，热得咋办啊！不能上树，又不能下水，就躲进密林里，在山腰挖坑住地窨子。可是阿布卡恩都里不知道天上多了火焰托里，光生气：人为什么这么懒，老躲在石洞地下不出来干活？就撒下一把沙子，全变成苍蝇啦，谁躺着不动弹，就叮得谁直痒痒。以后大地上就有了很多苍蝇，专叮懒人。

十个火焰托里在天上照着，一股劲地烧啊，烤啊，带毛的野兽们受不了啦，就祈求阿布卡发善心，别叫十个托里在天上飞啦。可是，派谁去求情呐？

老虎去？老虎粗声粗气地说："不行，不行，我这个大眼珠子、大爪子，说不好！"

熊瞎子去？熊瞎子嗷嗷叫着说："不行，不行，热得我光顾伸半尺舌头，笨得象泥鳅蛋，说不好！"

狍子和鹿去？狍子和鹿摇晃着长角说："哪里，哪里，瞧我们姐妹长个枝杈脑袋，去不得，去不得！"

推来推去，都说该狐狸和小黄鼠去，大伙说："还是你哥们去一趟吧，会说会道的！"

狐狸奸猾啊，就想推小黄鼠去，说："不，不，叫黄鼠子去吧，个小勤快，阿布卡恩都里一定能高兴的！"可是，百兽都说："咳，你俩去吧，说好啦，我们每个身上都给你个好东西作酬劳！"

于是，狐狸在后，小黄鼠在前，去见阿布卡恩都里。狐狸转了转眼珠子，教给小黄鼠一些喀儿①，就躲在树棵子里听着。小黄鼠跳过去，就朝着

① 喀儿：话儿。编者注。

老天蹲在地上。心想，得扮个人样啊。没啥找的，见道上正好有两个驴粪蛋儿，就顶在脑袋上当作小凉帽。它前爪一合，仰起小头，拜啊拜，说道："好心的阿布卡恩都里，开开恩吧，十个托里烤透了皮，收回去吧，收回去吧，饶饶地上的生灵吧！"

阿布卡恩都里在天上没看清楚，因为小黄鼠小得象蚊子。天照样热得象开锅水。住在地下的人最聪明，砍来大树做弓，用椴树里皮和藤条作弦，咕嗡嗡，咕嗡嗡，去射托里，一直射到天上，射得只剩下两个火焰托里。这一下，惊动了阿布卡恩都里。他看见两个神女还往下照呐，阿布卡恩都里生气了，就把两个格格分开。叫大格格远远的天上去，永远拿着托里给天上照亮，送暖，不准闲着，所以她的火焰总是亮啊亮，烈火熊熊地烧着，就管她叫"顺"，就是太阳；又把二格格手里的托里的火焰收回去，罚她不准跟姐姐在一起，替换着在天上照亮，二格格从此只有发黄光的托里了。于是分出日夜，有了月亮。因为托里还热啊，她就天天用手擦啊擦，都擦出了黑麻子点。那擦呀擦、磨呀磨的声音，"毕牙，毕牙"的，所以管月亮叫"毕牙"。手在托里上擦，有时全遮上了，有时剩条弧光，有时都露着，所以有了月缺月圆。

阿布卡恩都里望见地上越来越变冷了，大雪连天，冰冻十尺，地上的人冬天可咋办啊。又知道最先因野兽们告的状，自己已经定了，不好改悔，于是就罚野兽们年年供给人皮袍穿，要啥给啥。

从此，人们到了冬天穿皮袍子。这样一来，这帮野兽也有一肚子火。狐狸和黄鼠不识相，还吵着要报酬。野兽们更火了，说："咳，给你呐，给你个屁吧！"所以，狐狸、黄鼠狼都有骚臭味，一追就放骚，都说是告天状挣来的。

【附注】

同名文本《太阳和月亮的传说》，见谷德明编《中国少数民族神话》，北京：中国民间文艺出版社 1987 年版，第 5—9 页。

【讲 述 者】 张石头（满族，他是听本姓老萨满口述的）

【采录整理】 富育光整理

【采集时间】 （无考）

【流传地区】 （无考）

【文本来源】 满都呼主编：《中国阿尔泰语系诸民族神话故事》，北京：民族出版社 1997 年版，第 251—253 页。原文本标注摘自《满族民间故事选》，上海文艺出版社 1983 年版。

【阅读提示】 这则神话通过叙述日月星辰的起源、天体运行秩序的确立等一系列事项，凸显了阿布卡恩都里作为创世大神的至高无上和神圣性。

【基本母题】 星星的产生；十个太阳；月亮的产生；昼夜的产生；人冬天穿皮衣

【本文编码】 《太阳和月亮的传说》：ZCSW0988-231-016

月亮阿沙

（满族）

传说，月亮是太阳的阿沙[①]，北斗七星是太阳的七个阿哥。

很早很早以前，在一个离海不远不近的部落里，住着一户人家。阿玛、额娘[②]下世早，扔下八个孩子：七个比小老虎还壮实的阿哥，一个比山菊花还漂亮的妹妹。

七个阿哥每天起早摸黑下地干活，妹妹一人在家做饭。一家子日子过得倒也挺快活。

---

① 阿沙：满语，嫂子。

② 额娘：满语，母亲。也作额姆。

花儿开了要结果，男儿大了要娶妻。七个阿哥成了家，从此再也听不到妹妹的笑声。

这个家呀，今儿个大嫂打鸡，明儿个二嫂骂鸭，后儿个三嫂摔碗，大后儿个四嫂砸盘子。五嫂、六嫂没事干，倚着门坎儿，一边嗑毛子嗑儿，一边脸对脸地骂街玩儿。

只有七嫂人老实，见了六个妯娌，成天鸡争狗斗的，吓得像耗子见了猫，大气儿也不敢吭。

妹妹的脸，瘦了，黄了；七个阿哥的脸，黑了，长了。阿哥们受不了这份穷闹腾，脚跟脚地下南海去扎海参、拧海菜去了。

阿哥们离了家，七个阿沙拿着地面当屋顶，闹翻了天！

大嫂说："全是死丫头在她阿哥跟前挑的坏，该拿她祭天！"二嫂说："祭天就祭天，先把她扔到猪圈里！"三嫂说："给她喂糠麸！"四嫂说："让她喝泔水！"五嫂出主意："先把她捆起来！"六嫂没吱声，当时就四下里寻摸绳子。

七嫂吓得脸发白，吧嗒吧嗒嘴儿想说话，一看大嫂冲她直瞪眼，没敢说出声。

可怜花儿一样娇嫩的小妹妹，被当成祭天的牲口喂在猪圈里。吃糠，喝泔水，等着祭天的日子。

胆小怕事的七嫂哭红了眼，夜里偷偷来到猪圈旁。她说："妹妹哟妹妹哟，明天大嫂要拿你祭天，你死了可别恨我呀，快把这两个苏子饽饽吃了吧！"

小妹妹哭哑了嗓子，哪儿能咽得下饽饽。她伤心地说："七嫂呀七嫂，小妹妹死了也知道，七个阿沙，只有七嫂心善对我好。饽饽，妹妹咽不下，只求你在我死后，把我的骨头埋在神树底下，等到七七四十九天后，你再把我的骨头挖出来。"

七嫂点点头，哭着走了。

第二天，妹妹真的被六个凶狠的阿沙当作猪，祭了天。也按祭天的规矩，领牲[①]，在三块白石头支着的大锅里煮熟了，分成十二块。阿沙们在神

① 领牲：满族祭天，把酒灌入作为祭品的猪耳朵里，猪耳朵一动，就表示天神接受了祭祀，称为领牲。

树下吃完了，才挺着肚子，打着饱嗝儿回家去。

胆小怕事的七嫂呀，早就吓得昏倒在神树下了。夜深人静，三星打横，隐隐约约好像传来小妹妹的哭号声。七嫂睁开眼，神树正在夜风中，摇着满天的星花儿，哼着什么。细一听，那风摇树叶的声音，好像是在说："阿沙心肠毒，祭天杀小姑!"

七嫂打了个冷战，想起小妹妹死前的嘱托，忙爬起身来，把小妹妹的尸骨装在一个坛子里，埋在神树下。

七七四十九天后，七嫂来到神树下，挖出了装着小妹妹尸骨的坛子。一阵清风掠过，从尸骨中飞出一只小翠鸟。它冲着七嫂叫了三声："七嫂心肠好，救我化作鸟!"叫完，忒儿一声，飞走了。

翠鸟飞呀飞的，飞到了南海边。南海上漂着七个阿哥的打渔船。翠鸟落到桅杆上，泪珠儿啪嗒啪嗒往下淌。它叫着："大哥啊！沙拉洪喳喳[①]，大嫂坏心肝，拿我来祭天。二哥啊，沙拉洪喳喳，二嫂心肠毒，把我当作猪。三哥啊，沙拉洪喳喳，三嫂心更辣，给我喂糠麸。四哥啊，沙拉洪喳喳，四嫂心眼黑，给我喝泔水。五哥、六哥啊，沙拉洪喳喳，五嫂、六嫂坏心田，麻绳子绑得我骨头酸。"

最后，小翠鸟轻轻飞落在七哥的手心上，叫道："七哥呀，七哥呀，只有七嫂心肠好，救我尸骨化作鸟。"

七个阿哥一听，脸面上顿时盖上一层乌云，十分惊奇，赶忙放下活计，跟着翠鸟回家去。

七个阿哥一进门，就问妹妹到哪里去。六个阿沙嘴巴硬，一口咬定，妹妹害病死了。只有七嫂没敢吭声。

这时候，小翠鸟飞旋在七个阿哥头上叫："阿哥啊，你们要为我报仇，点把火来挖个坑。好人赤脚火上过，恶人穿鞋落火坑。"

七个阿哥听了翠鸟的话，就在神树前挖了一个大火坑，他们往坑里面扔满了柴禾，点上火，火坑上搭了一根竿子。

---

① 沙拉洪喳喳：满语，喳喳，是鸟叫声；沙拉洪，小鸟振翅貌。

不一会儿工夫，火苗子就窜了个半边天高。七个阿沙看见通红的火苗儿，吓得像筛糠一样，直打哆嗦。

七个阿哥，一个个扒下鞋袜，光着脚丫走火竿儿，啪嗒啪嗒过去了。七嫂虽然胆小，可心眼儿不坏，她脱下鞋袜，走上火竿儿，一会工夫也走过去了。不过，脚底烫起了一行泡。

只有六个坏阿沙，你拉我推的，半天工夫才一个个穿鞋走上了火竿儿。这时翠鸟飞上神树，一声哀鸣，刹时间，飞沙走石，天昏地暗，神树上空一声炸雷，一道闪电，直向火竿上面劈。那火竿儿顿时化作一条火龙，口吐烈焰，一下子就把六个阿沙都给掀到火坑里去，烧死了。

转眼间，云开天亮。翠鸟围着神树和七个阿哥喳喳叫。胆小的七嫂，这才把详情告诉了七个阿哥。

七个阿哥失去了心爱的妹妹，痛不欲生。后来，天神把他们兄妹八人，还有七嫂，变作了九个大火球，让它们一起生活在天上。七个阿哥怕小妹妹再被人欺负，把自己身上的光和热，都锻炼成了绣花针，送给小妹妹，谁要是欺负她，就让她拿针扎他们的眼睛。这样，小妹妹就成了太阳，七个阿哥成了北斗七星，日夜守护着小妹妹。

七嫂本来挺高兴，觉得只有自己能过火竿儿，有功劳。可后来一想，小妹妹被害时，自己不敢吭声，丈夫回来也不敢说实话，觉得没脸和小妹妹一起呆在天上。她便把自己的一半光和热给了小妹妹，自己变成了月亮。

变成了月亮的七嫂，还是那么胆小怕事，动不动就用云彩遮住自己的脸。她总是想着：自己对小妹妹到底有功，还是有错？当她想起自己使小妹妹化鸟报仇时，就高兴地笑圆了脸；一想起自己胆小怕事，不敢说实话时，又把脸羞长了。

直到今天，月亮阿沙还挂在天上，反反复复地寻思她那点心事呢！

【讲 述 者】 祖玉莲

【采录整理】 于又燕、程迅、王宏刚搜集整理

【采集时间】 （无考）

【流传地区】 吉林省·延边（延边朝鲜族自治州）·珲春（珲春市）

【文本来源】 中华民族故事大系编委会编：《中华民族故事大系》第 4 卷（朝鲜族、满族、侗族），上海：上海文艺出版社 1995 年版，第 308—312 页。

【阅读提示】 这则神话有意在日月星之间设置矛盾冲突，以此对应昼夜差别的自然规律，构思巧妙，合乎逻辑。

【基本母题】 月亮是太阳的嫂子；祭天；太阳的产生；太阳的特征；月亮的产生；月亮的特征

【本文编码】 《月亮阿沙》：ZCSW0989-231-017

太阳月亮守天边

（苗族）

远古的时候，天神列老列格米·爷觉朗努[①]把天地造好以后，又用泥巴在大地上捏了人，用炒面捏了野兽[②]，大地上有了一切。居住在大地上的爷里比[③]，只见一片绿茵茵的大地粘着天，像窝簸一样和蓝天盖着地。他不知道天边和地边是啥样，到底是什么支撑着，生怕天塌下来，压着生活在地上的人们。他想亲自去看看，可是年纪大了走不动。叫别人去吧，又不放心。他想来想去突然想起自己十六岁的儿子奴[④]和十五岁的姑娘玛[⑤]。

有一天，爷里比把玛和奴叫到跟前吩咐说："今天叫你们来，是要叫你

① 列老列格米·爷觉朗努：滇东北苗族说他是一位造天造地，造人造万物的天神，直到现在还把他当作保护神来祭奉。

② 传说人是列老列格米·爷觉朗努用泥巴捏出来的，所以人死了就拿去埋在土里；野兽是用炒面捏出来的，所以野兽死了以后就拿来煮吃。

③ 爷里比：传说中最初生活在大地上的一位老人。

④ 奴：姐妹对哥弟的总称。

⑤ 玛：哥弟对姐妹的总称。

俩去看看天边和地边是咋个收的边，看粘得牢不牢，老天是否会塌下来压着我们。要是会塌，我们得及早想办法。”

玛和奴都是聪明的孩子，又练得一身爬山涉水的好本领，一听阿爹叫他们去看天边，高兴得手舞足蹈，立即答应了。

爷里比拿出两根各有一庹多长的拐棍，吩咐玛和奴说：“你俩拄着这两根拐棍去，拐棍不磨短，别回来见我。”

玛和奴接过拐棍，就出发了。

玛和奴爬山涉水走了三个月，有一天，在一个宽阔的坝子里发现一群放猪的小孩，就走去问：“兄弟，我俩要去看天边，你们格知道去天边的路还有多远?”

“阿哥阿姐！我们不知道，快回去吧，别憨想啦。”

玛和奴不信没有天边，谢过小孩，继续往前走。他俩又辛辛苦苦走了六个月。有一天，又遇到一群放牛的小孩。玛和奴又走去问：“兄弟，我俩要到天边去，不知路有多远，你们知道吗?”

“阿哥阿姐啊！没听说过有天边，你俩别再走啦！快回去吧!”

玛和奴谢过小孩，又继续往前走。他俩又坚持走了九个月，不知越过多少个宽阔的大平原，翻越了多少座山峰，渡过了多少条大江大河，一直没见到天边。有一天，玛和奴又遇到一群放绵羊的孩子，又问：“兄弟，我们要到天边去，到天边的路还有多远?”“没听说过有天边，你俩快回去吧!”

玛和奴继续往前走，走了几天，只见前面一片汪洋大海，海那边是一排顶着天的高山，怎么也过不去。这时玛和奴的双脚走起无数的水泡，脸蛋失去了光辉，再也无法越过那宽阔的海和顶天的山峰。玛愁眉苦脸地说：“哥哥啊！前面山高水又宽，腰酸脚疼没力气，实在走不动了，怎么办?”

奴往手上一看，阿爹给的拐棍被拄得只有一尺长了，便对玛说：“妹妹啊！这天边也确实不知有多远，实在走不动，我俩就转回家去吧。”

玛和奴回到家，阿爹高兴地跑来抚摸着玛和奴的头，激动地说：“啊呀！我的好儿女，你俩终于回来了，天边地边是啥样？快坐下来给我讲讲。”

玛和奴从怀里掏出只剩下一尺长的拐棍交给阿爹，说：“请阿爹原谅，一路上的人都说没听见过有什么天边和地边，我俩力气小，腿不长，没有办法见到天边。”

爷里比看了看手上的拐棍，知道玛和奴确实走了不知多少路，没有责怪他俩，还夸奖了一番。

玛和奴没有见到天边，爷里比始终放心不下。他想，谁的腿长，谁的力气大呢？想来想去，想到太阳姑娘[①]。于是，他把太阳姑娘请来吩咐说：“太阳姑娘啊！你的力气大，腿又长，请你去看看天边和地边是啥样，看看它们粘得牢不牢，会不会塌陷？”

太阳姑娘听了，满脸通红，央求道：“老爷爷，我是个女孩儿，大白天走路，世上都抬头来看我，我害羞不敢去。”

爷里比说：“不用怕，我给你金针银针千千万，世上哪个敢抬头来看你，你就拿针往他眼里戳。”

“虽有金针银针千千万，女孩儿胆小，走路没有伴，还是不敢去。”

“不用怕，我叫轻风来开路，红云送你出，红云护你归，轻风红云都是你的伴。”

太阳姑娘只好答应了。

第二早，爷里比叫轻风往前开路，叫一朵朵红云护着太阳姑娘出发了。太阳姑娘刚露出半个脸，就往大地上看：人们起来了，有的在地里干活，有的抬头观日。她害羞得满脸通红，顾不上细看是谁抬头看她，立即拿出千千万万颗金针银针撒向大地，变成了光芒万丈的阳光。地上的人们再也没有谁敢抬头看她了。太阳姑娘放大胆子往前走，不久就到了天边和地边的连接处。她仔细地察看了一周，就回到爷里比家。

爷里比迫不及待地问：“太阳姑娘，见到天边和地边了没有？快告诉我吧！”

太阳姑娘说：“地边银光闪闪，天边金光灿灿，地边像筛子往上连，天边像提棕往下串，穿来穿去像大网，天边和地边就是这样连起来。老天不会

---

① 太阳姑娘：苗族传说太阳是女性，所以把她叫做太阳姑娘。

塌，大地不会陷。”

爷里比终于知道了天边和地边的样儿。但终究只是太阳姑娘看见，还是不放心。

爷里比为了证实太阳姑娘是否真的到了天边，就悄悄地把月亮小伙喊来吩咐说：“月亮小伙[①]你的力气大，你的腿又长，今天晚上你去看看，天边地边是咋个连接起来的，看看它们粘得稳不稳，牢不牢。”

月亮小伙一听，害怕得脸刷白，立即央求说：“老爷爷，我虽是男儿，茫茫夜空实在太高了，得有个伴。”

爷里比说：“好小伙子，我叫晚风为你开路，叫星宿给你做伴。”

当晚，爷里比叫晚风吹开白云，叫星宿前前后后地陪着月亮小伙出发了。月亮小伙刚刚露出半个脸，往下面一看，到处黑洞洞的什么也看不见，害怕得脸儿红里透白，白时透红。他定了定神再往周围看看，满天都是亮晶晶的星宿，不再害怕了，就大着胆子往前走。没过多久，就到了天边和地边的连接处。他认真地看了又看，天亮前回到爷里比家。爷里比高兴地问：“月亮小伙，天边地边是咋个样，请你快快告诉我?”

月亮小伙说的与太阳姑娘说的一个样。爷里比这才完全相信了。但是他又担心，时间长了连接处会断掉。要是断了没人接，天塌下来怎么办呢? 为了使人们放心地生活在大地上，只有派人去看守，哪股连接的金丝银线断了就立即接上。可是派谁去呢? 爷里比想来想去，还是只有太阳姑娘和月亮小伙才能完成这件大事。他找来太阳姑娘和月亮小伙，将金针银针和红云送给太阳姑娘，把满天的星宿送给月亮小伙，叫他俩日夜看守天边和地边。

太阳姑娘和月亮小伙高兴地带着各自的伙伴去看守天边去了。

从此，太阳姑娘和月亮小伙为了人间的幸福和快乐，他俩日夜守护和修补着天边地边的金网银筛，你去我来，永不停息。

【讲 述 者】 张树民（苗族）

---

① 月亮小伙：苗族传说月亮是男性，所以把他叫做月亮小伙。

【采录整理】　张绍祥采录

【采集时间】　1986年采录于宣威市

【流传地区】　云南省·（曲靖市）·宣威市

【文本来源】　姚宝瑄主编：《中国各民族神话》（水族、布朗族、独龙族、基诺族、傈僳族），太原：书海出版社2014年版，第144—147页。

【阅读提示】　这则神话不仅把太阳、月亮想象成姑娘和小伙，还为他俩赋予了驻守天边的职责。将自然现象高度生活化是神话叙事的手法之一。

【基本母题】　天神造天地；天神造人；找天边；太阳的特征；月亮的特征；星星的产生；天体运行的秩序

【本文编码】　《太阳月亮守天边》：ZCSW0990-231-018

太阳、月亮和星星

（普米族）

古时候，大地上没有亮光，漆黑一团，地上的万物真够苦呵。

老鼠和猫头鹰是好朋友，它俩决定去为万物寻找光明。左打听，右打听，终于打听到：是云层隔开了天地，不让光明漏到地上来。老鼠和猫头鹰决心到天上去把光明找来。

猫头鹰很能飞，它叫老鼠骑在它的背上，便向天上飞去。飞呀，飞呀，飞了九十九天，飞到天和地的分界处，被又厚又硬的云墙拦住了。云墙上有一条小缝，猫头鹰忙用爪子抓住，让老鼠看看如何下手。老鼠在猫头鹰背上左瞧瞧，右瞄瞄，瞧出了门道，想出了个办法，就对猫头鹰说："我在你背上从云缝那里下口，把它咬开一个洞。"猫头鹰很赞成老鼠的主意，用爪子紧紧抠住云缝，叫老鼠快打洞。

老鼠骑在猫头鹰背上，伸出尖嘴，一刻不停地用牙齿狠咬云墙。咬呀，啃呀，云沫让老鼠的牙齿啃下来了。一点一点的云沫随风满天漂浮，有的会放光，就成了星星。星星没有根，东漂西浮的，所以，我们如今看到的星星，总是一闪一闪。老鼠啃了九十九天，终于在云墙上啃出盒大的一个洞。一道雪白的亮光立即从洞中渗漏出来，把地下全照明了。猫头鹰和老鼠想从洞中爬到天上，怎奈从云洞中漏出的白光实在太冷，冷得浑身发抖，动弹不得，只好飞走，另选地方。从那圆洞里漏出的光，传说就是今天仍还照着的那个圆圆的月亮。

猫头鹰驮着老鼠一直向东方飞去，也不知飞了多久，却一头撞在另一堵云墙上。这云墙可暖和哩，猫头鹰和老鼠周身都感到自在。它俩商量，决定在那儿打洞。左寻右找，看到云墙上有一条小缝。猫头鹰忙用爪子抠住云缝，叫老鼠快用嘴咬脚抓，赶快打洞。老鼠顾不得歇口气，对着云缝就啃起来。啃呀啃呀，啃了九十九天，又在云墙上啃出盒大的一个圆洞。圆洞啃通了，一道灼热的红光从云洞中漏出来，照得大地一片明亮。亮光照得猫头鹰睁不开眼，它想用翅膀去遮光，可爪子一松，就驮着老鼠跌了下来。从此，猫头鹰和老鼠白天不敢出来，地上也就有了太阳、月亮和星星，有了光明和温暖。

【讲 述 者】 格若（普米族）

【采录整理】 章渊采录

【采集时间】 （无考）

【流传地区】 云南省·（丽江市）·宁蒗县（宁蒗彝族自治县）

【文本来源】 中国民间文学集成全国编辑委员会编：《中国民间故事集成》（云南卷），北京：中国ISBN中心2003年版，第133页。

【阅读提示】 这则神话将特定动物的行为特征和日月的产生联系起来，展现了古人丰富的想象力。

【基本母题】 以前没有光；动物寻找光明；星星的产生；月亮的产生；太阳的产生

【本文编码】 《太阳、月亮和星星》：ZCSW0991-231-019

旺虽射日

（水族）

最古的时候，天上有个管火海子的仙人，名叫阳念波。他见人间不冷也不热，气候温和，心头很不安逸[①]，就从火海子里扒出十二团火，搓成十二个太阳，把它们甩丢在最低一层天上，让太阳把人间晒得火焦火辣，连石头都晒熔了，人们简直没法活了。

人间住着一个地仙，名叫旺虽。他身高万丈，腰粗力大，最有本事。人们都来求他想办法救救他们。旺虽这才决心要制伏十二个太阳。他头戴山一般大的铜斗笠，身披湿树根织的蓑衣，向天上飞去。当他穿过十二个太阳身边时，铜斗笠开始熔化，湿树根冒烟燃烧。他忍痛加快飞行，冲了过去。在最高一层天上，旺虽找到仙王旺羡，把人间的疾苦一五一十地说出来。旺羡很钦佩旺虽救苦救难的精神，就给了他十二支神箭，叫他回人间射太阳。

旺虽飞回人间，一只脚踏在月亮山[②]上，一只脚蹬在怒龙山顶，他拿一座弯形的铜岩山作为弓，搭上神箭，一连射出了十一支神箭。十一个太阳都被击碎了，化作无数大大小小的星星。这下，人间又慢慢变凉快了，动物都睁开了眼睛，花草树木也冒出芽来，人们也出来干活了。大家要求旺虽公留下一个太阳，给人间照亮干活。

旺虽公不再射了，把第十二支神箭随手向岩石缝里丢去，这支神箭钻通岩石，直向东南方向穿山越岭而去。射开两边山，成了一条长长的箭道峡谷。几场大雨以后，水顺着这条箭道峡谷奔腾着流去，就成了都柳江。

【讲 述 者】 韦金荣（水族，男，43 岁，农民，小学）

【采录整理】 祖岱年（男，47 岁，干部）采录

【采集时间】 1982 年采录于三都水族自治县恒丰乡

---

① 安逸：舒服、快活的意思。

② 月亮山：三都与从江之间一座山名。

【流传地区】　贵州省·（黔南布依族苗族自治州）·三都县（三都水族自治县）·恒丰乡

【文本来源】　中国民间文学集成全国编辑委员会编：《中国民间故事集成》（贵州卷），北京：中国ISBN中心2003年版，第26页。

【阅读提示】　这是一则典型的射日神话，在叙述太阳和星星产生的同时，凸显了射日者地仙旺虽的神力。

【基本母题】　12个太阳；神性人物的形象；射日；星星的产生；特定水系的产生

【本文编码】　《旺虽射日》：ZCSW0992-231-020

射　日

（佤族）

从前，天上没有星星，也没有月亮，只有一个不会落下的太阳。那时候，大地上只有白天，没有夜晚。

有一个老奶奶要到地里去种山谷，她盛了一篾盒饭，在饭上面装了一个生鸡蛋。到了地里，她把饭盒挂在树椏杈上，然后开始种山谷。从铲地到烧草播种，不知过了多少时间，她以为时间还早，舍不得吃那盒饭，靠吃草根嚼树皮来充饥。谷种发芽、成长、开花了，结出了谷粒，挂在树杈上的那盒饭也已经发霉腐烂了，装在饭上面的生鸡蛋孵出小鸡，跑到山上变成了野鸡，太阳还一动不动地挂在蓝天上。

金黄的山谷成熟了，老奶奶把谷子割完，打下谷粒，背回家里，才知道时间已经过了好长好长，埋怨太阳害得她舍不得吃带到地里的那盒饭，白白霉烂掉。于是，她把寨子里的小伙子叫拢来，对他们说："小伙子们，天上这个太阳一直亮着，害得我们不知道时间。你们回去把弩箭、剽子、火筒拿来，比一比谁能把太阳射落下来。"听了老奶奶的话，大家都纷纷回家拿弩箭、剽子、火筒。

听说小伙子们要比赛射太阳，人们都来到比赛的地方观看。小伙子们也想在众人面前显显自己的本事。老奶奶把参加比赛的小伙子列成一行行一排排，然后示意他们开始比赛，人听见“乒乒乓乓”一阵响，无数的火筒、剽子射向太阳，可太阳仍一动不动。这时，一个手中拿着弩箭的小伙子不慌不忙地站了出来，把箭拉上弦，瞄准太阳，一箭射去。天空像划过一道闪电，只听见“哐啷”一声巨响，金花四溅，太阳被射成了两半，溅出的金花变成星星，布满了蓝天。被射成两半的太阳荡在空中，光亮减弱了许多，大地一下子变得昏暗起来。

老奶奶对两半太阳说：“你俩分分工，一个做太阳，一个做月亮。”老奶奶的话还没有完，两半太阳就争吵起来，谁也不愿意当月亮。老奶奶对它们说：“别争了，我从地里收回一些山谷。现在还没干，把它平均分成两堆，让你们去烤，谁先烤干谷子，就当太阳，谁后烤干谷子，就当月亮。”

两堆谷子分好了，老奶奶叫两半太阳分头去烤，一半太阳钻进谷堆里，时间用得不长，就把谷子烤干了。另一半太阳挂在天上，离谷堆太远，它烤的谷子干得慢，眼看另一半太阳已经把山谷烤干了，自己烤的山谷还没有干，只好当月亮了。

星星有了，月亮有了，可太阳躲在谷堆里，老不出来，老奶奶发动所有的人和动物去找，连她去种山谷时带去的鸡蛋孵出来的大公鸡，也跑来帮忙。大公鸡一边用脚刨山谷，一边“咕咕——喔!”“咕咕——喔!”高声啼叫。听到公鸡的啼叫声，太阳从谷堆里钻出来了。从此，天上便有了太阳、月亮和星星，有了白天黑夜之分。

公鸡刨山谷找太阳时，被山谷芒蜇着脚爪。从那以后，每天天亮之前，脚爪就会发痒三次。脚爪发痒一次，公鸡就啼叫一遍，鸡叫三遍过后，天就亮了，月亮和星星隐去，让太阳出来，把光芒撒向大地、人间。

【原文附记】

射日神话在西盟、沧源等县的佤族群众中广泛流传，异文也较多。除本文外，还有《太阳与月亮的来历》、《老母猪鬼》。射日神话普遍流传于我国西南少数民族当中。我国各民族射日英雄很多。汉族有后羿，彝族有支格阿龙，苗族有桑扎、李亚，哈尼族有俄普浦罗，纳西族有桑吉达布鲁，独龙族有猎人，德昂族有大力仙，傈僳族有两兄妹，瑶族有格家怀、雅拉，侗族有姜良，壮族有特康，黎族有大力神，土族有克玉，布依族有卜丁，蒙古族有乌恩等等。

【讲 述 者】 岩米（佤族）
【采录整理】 宁默采录于西盟佤族自治县
【采集时间】 （无考）
【流传地区】 云南省·（普洱市）·西盟佤族自治县
【文本来源】 中国民间文学集成全国编辑委员会编：《中国民间故事集成》（云南卷），北京：中国ISBN中心2003年版，第402页。
【阅读提示】 这则神话中经由射日的行为，将月亮从太阳中分化出来，似乎强调了日月的主次关系。
【基本母题】 从前只有白天；射日；星星的产生；月亮的产生；昼夜的产生

【本文编码】 《射日》：ZCSW0993-231-021

太阳、月亮和星星的由来

（佤族）

很古以前，天地一片漆黑，世上的万物都是在黑暗中生存，它们多么渴望天上的老天爷能赐给它们一个会亮的东西，使它们能看清自己的模样，看清楚自己同伴的模样。

由于人类是万物之王，就接受万物的委托，决定选出一个人去求老天爷，请它给万物以光明。要推选什么样的人呢？为这事可伤透了人们的脑筋。是选老人，还是选青年？老年人虽然懂礼貌，但上天的路途遥远。选来选去，最后选出了一个英俊、健壮的小伙子和一个美丽、勤劳的姑娘。人们在漆黑的地上，为他俩开了盛大的欢送会，世上的万物都来参加了。会上，万物为他俩选定了一个上天的好日子，并告诉他俩必须要在鸡叫一至二遍时就离地上天，否则就无法上去了。他俩为能选上而感到自豪，各自去做准备了。

勤劳的姑娘高兴得一夜都没睡觉，当鸡才叫第一声时，她就循着人们所指的路线上天了。而英俊的小伙子却睡着了，鸡叫第二声时才惊醒，他怕错过时机，连衣裤都来不及穿就离开大地了。他们都翻越了无数座山，渡过了无数条河，不知走了多少路程……姑娘先到了天宫，见到了老天爷，把为万物乞求光明的来意讲了。老天爷突然问道："还有一个人呢?"姑娘说："鸡叫第一声时我就来了，一路上都没见到他，可能在后面吧!"正讲着，宫外传来了小伙子的声音："老天爷，我来了，是鸡叫第二声才动身的，来不及穿衣裤。我的来意和姑娘讲的一样。"

老天爷想了想说："我不能给你们光明，也不知道光明在哪里，还是请你们回到地上去吧。"说完就闭上了双眼。这时，姑娘和小伙子一齐跪下来，异口同声地哀求说："善良、仁慈的老天爷哟！你是天和地的神，是地上万物的父母，只有你才能给万物光明，你就开开恩，行行好吧！我们肩负万物的希望来请求你，得不到光明，我俩怎么回去呢？老天爷，只要有了光明，你不管叫我们做什么，我们都去做，就是让我们去死，我俩也心甘情愿。"老天爷听了这一对男女的话，动了心，说："是呀！地上是需要光明的。为了地上的万物，你们真的愿意死吗?"姑娘和小伙子说："如果能换来万物的光明，我们死了也值得。"

老天爷招了招手，把姑娘和小伙子唤到身旁。他从怀中取出一个圆圆的、白亮白亮的东西对姑娘说："你是地上最美丽的姑娘，是鸡叫第一声就来到天上的。你看，你的细心使你打扮得多么的漂亮，你的身体就像这圆圆、白白的东西一样，你是不怕万物见到你的洁白身体的，给你这白色发光的宝贝，让你在夜间为万物照明。"说着就把那东西递给了姑娘。姑娘双手接过那东西，身体便离开了天宫，在天上飘了起来。老天爷又对小伙子说道："你是地上最勇敢的男子，是在鸡叫第二声时才来的。你看，你的全身赤裸裸的，这样让人类、万物看见会笑你的。给你这金色发光的宝贝，让你为人类、万物照明并温暖他们。这宝贝发光时，就没有谁能看到你赤裸的身体了。"小伙子一接过这宝贝，身体也跟着飘了起来。

这时，老天爷突然想到还有一件事忘了，没办法，他顺手抓了一把小石子，满天一撒，顿时，天上就布满了小颗小颗的星星。

从此，大地便有了太阳、月亮和星星。太阳是小伙子变的，月亮是姑娘变的，星星是老天爷撒的。

【附注】

本文相似文本，可参见布依族神话《当万和蓉莲（2）》（ZCSW1026-232-028）。

【讲 述 者】（无考）

【采录整理】李学宏、古河搜集整理

【采集时间】（无考）

【流传地区】云南省·（临沧市）·沧源（沧源佤族自治县）

【文本来源】中华民族故事大系编委会编：《中华民族故事大系》第7卷（黎族、傈僳族、佤族），上海：上海文艺出版社1995年版，第640—642页。

【阅读提示】这则神话通过叙述姑娘小伙变成日月的情节，赞美了他们甘愿牺牲造福人类的高尚品质。

【基本母题】很古以前天地一片漆黑；人类是万物之王；太阳的产生；月亮的产生；星星的产生

【本文编码】《太阳、月亮和星星的由来》：ZCSW0994-231-022

太阳与月亮

（瑶族）

相传很久很久以前，大洪水过后，兄妹结婚生下六男六女，六男六女又互相婚配，瑶族子孙日益兴旺。不过那时白天黑夜难分，行路做工，都要点火照明。

兄妹二人见到自己的子孙成群了，便拣一个黄道吉日，双双飞上天庭，把白天和黑夜分开。妹妹管白天，哥哥管黑夜，分工照顾地上的子孙。

世上女人总比男人怕羞，妹妹管白天，变成了太阳。太阳在走路时要放出几万支金针，为的是不让别人偷看自己的脸孔，如果谁想张望太阳，定会被金针刺痛眼睛。

世上男人总比女人胆大，哥哥管黑夜，变成了月亮。月亮在黑夜出来巡行，为了解除寂寞，总是边走边吸黄烟，把烟筒里的烟灰溅得满天，变成亮晶晶的星星。

【讲 述 者】 赵添才（瑶族，男，87 岁，连山壮族瑶族自治县三水公社）

【采录整理】 陈摩人（男，34 岁，广东省民族事务委员会干部，大学）采录

【采集时间】 1961 年 9 月采录于连山壮族瑶族自治县三水公社

【流传地区】 广东省·（清远市）·连山县（连山壮族瑶族自治县）·三水公社（三水镇）

【文本来源】 中国民间文学集成全国编辑委员会编：《中国民间故事集成》（广东卷），北京：中国 ISBN 中心 2006 年版，第 6 页。

【阅读提示】 这则神话用简洁的语言阐释了日月星辰的起源，同时也体现了瑶族对古老历史的想象。

【基本母题】 洪水后人类再生；兄妹婚；古时候没有光明；人上天；太阳的产生；月亮的产生；星星的产生

【本文编码】 《太阳与月亮》：ZCSW0995-231-023

呼日月

（彝族）

最醉心于创世工作之斯兹底尼神，遣阿吕举兹神往呼日月。阿吕举兹神至土尔山腰，建竹木房一所，杀白阉鸡祭天，高呼九日九夜，呼出六日七月。又至土尔山顶，建铜铁房一所，以白阉羊内脏祭天，高呼七日七夜，呼出萨业七星（北斗星）与萨苦六星（六姊妹星）。又至土尔山麓，建木房一所，高呼三日三夜，呼出三排星与四仙星。从此天上星斗灿烂，美丽非常。

然因所呼出之日月太多，人世一切草木、飞禽、走兽悉被晒死，则是其所闯之大祸也。其存活者，唯余一长于阴海（地下海）畔之火丝达底树、一火黄草、一麻好籽、一白足猪与一雄獐。水未晒干者唯余一阿莫阴海（阿莫地下海）。如此旷古干旱，唯赖后世人间英雄支格阿龙，始解救之。

【讲 述 者】 （无考）

【采录整理】 袁珂据毛星主编《中国少数民族文学》（下册）中的《勒乌特依》改写。

【采集时间】 （无考）

【流传地区】 （无考）

【文本来源】 袁珂：《中国神话大词典》，北京：华夏出版社 2015 年版，第 433 页。

【阅读提示】 这则神话节录、改写自广泛流传于大、小凉山地区彝族民间的创世史诗《勒乌特依》，本篇侧重讲日月的产生，并为接下来文化英雄支格阿龙的出现做了铺垫。

【基本母题】 创世神；日月是喊出来的；祭天；星星是喊出来的；干旱灾难

【本文编码】 《呼日月》：ZCSW0996-231-024

天生地产

（彝族）

竹子点火把，
林中虎吃兽，
大路有十条，
三条路有岔。

最古最古的时候，混沌的天还没有产生的时候，混沌的地还没有产生的时候，只见天空中一片黑压压，只见大地黑沉沉，树木还不见影，杂草也还没有生，就在这个时候，却先产下了黄沉沉和黑魆魆，先生出了绿油油和红彤彤，先产下了阴沉沉和阳沉沉，先生下了雾茫茫和气清清。

先产下黄沉沉和黑魆魆，一变，变成阴沉沉和阳沉沉；先生了绿油油和红彤彤，一变，变成雾茫茫和气清清。产了好多代才生出了天，产了好多代才产出了地。

四股云雾变成了一股气，一股气又分，分成了清气和浊气，清气往上升，便生下了天；浊气往下降，便产下了大地。大地生下润气，然后茫茫的大雾慢慢升起，一直升到天上，便变成了清雨和润气。

天父黑压压，地母黑沉沉，天父叫什么？地母又叫什么？

我曾听说过，
恒是雾罩父，
汉是雾罩母。

恒和汉的结合，便产了大地，便生了苍天。天父的名字叫米咕鲁，地母的名字叫谜阿娜。那么，天父米咕鲁的父亲又是谁？他叫什么名字？地母谜阿娜的母亲又是谁？她又叫什么名字？

天还没有生的时候长脚雁就先生了，地还没有产的时候大鸣雁就先产了。天上的长脚雁，就是天父米咕鲁的父亲，它的名字就叫米作直；地下的大鸣雁，就是地母谜阿娜的母亲，它的名字就叫谜查娜，也叫卧婆绪。

那么，他们是什么时候生的天？他们是什么时候生的地？

很古很古的时候，天开是乙巳年，地辟是乙丑年，甲申与乙寅，名叫望寅卯。用彝族话说，是甲子年生天，甲子月生天，甲子日生天，甲子时生天。子年和子月，子日和子时，就把天生出。产地呢？产地是哪一年？产地是乙丑年，乙丑年产地，乙丑月产地，乙丑日产地，乙丑时产地。丑年与丑月，丑日与丑时，产下了大地。

天生出了之后，日月就亮晶晶，星头就金晃晃，可是，造日的是谁，谁是太阳的父亲？造月的又是谁，谁是月的母亲？又是谁来造星星，谁是星星的父母亲？

很古很古的时候，天还没有生圆，地也还没有生满的时候，就有人在造日月了。

听人说：天人是不下天的，可是，有个叫赌乃仇耐的神，他就从天上下到地下。他来到地下，地下到处都是洞；还有个大神耐乃周娜，她也从天上来到地下，他们到处去堵洞，堵完地洞，才商量造日月。

造日半边挂，
造月半边搁。

拿了太阳挂上天，可是，怎么也挂不上去；叫月放出光明，可是，月却放不出光明。

有一天，有个叫阿喽侯也他的人神，他拿了法器，才看见有许多妖精，有许多妖怪在作祟。他就拿了武器，把妖精赶走，赶走害人精，赶走吃人的老虎，捉住妖怪。又用他的仙气，才把太阳挂上天，才把月亮挂上天。可是，太阳没有挂稳，月亮也没有挂妥当。

用汉话来说，这就是混沌世界；用彝族话来说，就叫吐鲁底妥。所以只好在宇宙的四方，立了四根顶天柱，才把日月稳住。可是，日月还不会走。

听人说，是一个叫读乃仇的儿子，叫撮麦阿夷补，他来滚动日月，太阳和月亮才会走路。撮麦阿夷补又叫太阳管放晴，日出的时候，天便晴了；他叫月亮管放出光，月亮便放出光。

日造圆之后，月造好之后，发生了一件大事，天空突然开裂了，大地之上，又出现了许多洞。天裂了谁来补天，地生洞又叫谁来补地洞？

天空开裂的时候，地下的所有树木都晒死了，只剩下一棵野梨树；地生洞了之后，地下的水都流干了，只剩下一股甘苦侯泉水；天裂地裂之后，所有的人都死了，只剩下一个叫朱阿布的独人。开天之后，天人来补天，开地之后，地人来堵洞。恒仇扣生九子，仇扣苏幺子用铜线铁线来拉，用铁片铜片来打，打成铁针和铜针。他就把天补好了，他就把地洞堵住了。可是，日月就挂不上了，日月又不发光了。

有个叫恒抹倮罗奏的神，他说他来挂日月，便把日月挂在了宇宙间。他又叫日放光，日没有光，他叫月发亮，月不发亮。日和月呀，连个影子都看不见，足足三年整，天不产地不生。天上和地下的神，分不清天和地，弄不清甲子。只见天上雾沉沉，只见地下雾沉沉，白日黑夜无法分。大家都恨日月，有谁能治日，有谁能治月？

有一个叫诺线也阿他的神，他拿了捆日的绳索，他拿了捆月的绳索，跑到宇宙间，他要去捆太阳，他要去捆月亮。可是，太阳还很远很远，月亮也还很远很远，他无法捆住太阳和月亮。他就请人来量索和放索。请的就是利恒利赛吐。利恒利赛吐坐在宇宙间，一天放一把，从春天放到夏天，又从秋天放到冬天，又放到春天，春天的日子就长了，到第二年夏天，便开始一把一把地把绳索收起，冬天便短了。

太阳拴住了，太阳又偏又斜；月亮拴住了，月亮也斜斜偏偏。而且，太阳不肯晴，月亮不肯明。怎么办呢？唯一的办法，只有把日月射下来，重新造日，重新造月。请谁去射日，又请谁去射月？

有一个叫侧错那错陀的怪人，他歪戴着怪帽，穿上了怪衣裳，怪人生怪手，怪手拿怪物，怪人还背了怪箭。他又拿了怪羊子，用怪羊子来祭日，用怪羊子来祭月。这样就把日射下来了，这样就把月射下来了。谁又来抬日月？谁又来重做日和月？

读俄始祖，他把日月抬，读俄始祖呀，他来重做日和月。他站在宇宙间，他就在宇宙间造日又造月。造好日，造好了月，请恒也阿里利把日削圆，又把月削圆。日月削好了，请谁来把日月重新背上天，重新挂上天？背日月的是诺丝里。

日背上了天，月亮也背上了天，日也挂好了，月也挂好了，太阳便团团转，月亮也团团转；日也转团团，月也转团团。日月都在转，日月旋转团。日月旋转后，日月便来交配。

日月一交配，日月便生子。日生九十九，同时一天出，一天照大地；月生六十六，同一个晚上亮，同一个晚上照大地。地下的树木全被晒死了，地下的水全都被晒干了。天空又变得黑压压，大地又变成黑沉沉。只好又请天神武那姆下来射日，又请武那姆来射月。

武那姆不断地射日，又不断地射月，一个一个的日体，一个一个的月体，都落到倮偻山，西红卖勾读急忙来接血。所有太阳的儿子都被射下来了，只剩最小的一个，最小的一个太阳，眼见哥哥们都被射死了，又害怕，又悲伤，便急忙跑到各处去躲藏；所有的月亮都被射下来了，只剩下最小的一个月亮，最小的一个月亮，眼看姐姐们都被射死了，又害怕，又悲伤，便急忙跑到各处去躲藏。

日不转了，月不转了，天地分不清四季，四季分不清天地。天下的大地，到处黑沉沉，不知道什么是天亮，也不知道什么是天黑，天黑和天亮，也都分不清。

有一个神，名叫史阿音，他去请日月，他去求日月，没有日和月，便不成为世界，没有日和月，万物不能生，万物不能长。史阿音再三请求，日和月便重新出来，重新相聚。史阿音又把太阳安到天上，史阿音又把月亮安到天上。日月安好后，才分清了春天和夏天，春夏都分明。春天的太阳，一天放一把，一天长一天；一到冬天，便一天收一把，一天长一天，天气便慢慢变短。

日月已分明，天空有花云，是谁来造星星和彩云？是杜米那确佐。有一个晚上，他做了一个梦，梦见大地长，长得顶上天。天上的星云十分害怕，东逃西奔，没有地方藏身。天和地越长越接近，越来越靠近，草木无处生，星星无法明，杜米那确佐心里很不痛快，便伸出两只手，用力撑着大地，又用两脚把天顶了上去。天便被顶高了，星星便高高挂在天上，亮亮晶晶。杜米那确佐又用双手拍拍地，又用双脚往大地蹬。这一蹬不要紧，大地的山河立刻便出现，大地上的草木呀，立刻就绿茵茵。那么，究竟是谁造了星云？阿倦阿德造星云。谁来造草木？阿德苏娜造草木。

天地造圆了，星星造好了，天空圆圆转，大地转圆圆。青草造好了，青草青油油。天空有七层，七层天空中有七颗星星，七星明亮亮，明明映七山，七山闪晶晶；六层天空中，有六颗星，六星照六海，六海透光明；九层天空里，有九颗星，九颗星星高高挂，高高挂九层，九星高高照，高照遍大地。

天生地产后，人类跟着生。丙寅年生人，丙寅月生人，丙寅日生人，丙寅时生人。寅年与寅月，人类便出生，寅日与寅时，人类就出生。人类一出生就有皮和肉，人类一出生就有血和气，人类一出生就有黑毛和黑眼睛，人类一出生又会说又会讲，人类一出生美丽也随之产生。人类一出生呀，就要吃和穿。

大地产出后，高山遍地有，鲜花遍地开，红河遍地流，万物遍地生。人们常打牛，打牛来祭天；人们常打马，打马来祭地。

茫茫的雾罩，
腾腾升天空。
滔滔的江河，
江河流不尽。

【原文附记】

《天生地产》这篇彝族的古歌，流传在黔西与云南接壤的彝族地区，全诗二千五百余行，因为是歌，反反复复重复的句子占了很大的部分，反反复复的内容也很多，有时前后矛盾，说了这个又说那个，例如造星星的前面说了一个人名，后面又出现另一个神，十分芜杂，但很有特色。因此，请蔷紫先生，尽可能压录，并加以整理。这是一件十分困难的工作，为了保持原貌，尽量按原有结构，只略作条理化，不过，仍然觉得有芜杂之感。

后面还有关于造天几个人，造地几个人的庸长的叙述，然后转到龙，转到天治与人治，转到君星与臣星，又转回造天造地，就没有再改写。

【讲 述 者】　阿候布代

【采录整理】　王正贡、王子尧、王治新、何积金搜集整理，蔷紫改写

【采集时间】　（无考）

【流传地区】　黔西与云南接壤的彝族地区

【文本来源】　姚宝瑄主编：《中国各民族神话》（羌族、彝族），太原：书海出版社 2014 年版，第 161—168 页。原文本标注这篇神话是彝族古歌，选自《民间文学资料》，中国民间文艺研究会贵州分会 1986 年编印，由王松选定。

【阅读提示】　这则神话从逻辑上看似松散反复，但用生动的语言交代了天地日月产生的情形，蕴含着朴素的自然观。

【基本母题】　古时候天地混沌；气生天地；天父地母；大雁早于天地出现；天地出现的时间；神造日月；日月的特征；射日月；季节的产生；星星的产生；人类的产生

【本文编码】　《天生地产》：ZCSW0997-231-025

太阳、月亮和星星

（壮族）

古时候，大地黑沉沉，只有雷王在天上不时闪出一丝光亮，有时他要一

下威风劈森林，森林起了大火，人才有亮光。

大家来找布洛陀，不能老等天上的雷王给亮光呀！布洛陀决心造太阳。

布洛陀和大家商量："造什么样的太阳哩？"

有人说，造一个像量米筒那样小的就可以了；有人说，造一个像三脚灶的圆圈那么大才好。

布洛陀说："造成这种东西怎么挂到天上去呢？"大家又在想。有一个人看到火塘上面那个吊着烘烤东西的竹篮，便说："就造个像这东西一样的吧。"

布洛陀用泥巴捏一个像吊篮那样的东西拿到天火里烧，烧得红通通，找一根铁链绑住，拖到山顶向天上一甩，那竹篮似的东西便挂在天上。可这太阳被天上的风一吹，红变白了。

大家又来找布洛陀。

布洛陀说："要到海里去找蛟龙，扯它的眉毛和眼睫毛来才行。"大家到海里擒住蛟龙，扯下它的眉毛和眼睫毛送给布洛陀。

布洛陀又用泥巴再捏一个，把蛟龙的眉毛和眼睫毛贴在周围，又拿到天火里去烧，待到烧得红通通了再拿一根铁链捆绑，拖到山顶向天空用力一甩，又把它抛到天空挂上了。

这个用蛟龙眉毛和眼睫毛贴边的东西发出万道光芒来，人间不但有亮光，也得到温暖了。

前边那个白的东西就是月亮，后面这个有光芒的东西就是太阳。

太阳和月亮在天空里，一个是男性，一个是女性①，一个追，一个和，他们就结婚了，一下子生下十个太阳来。

太阳、月亮和儿女们起初轮流晒大地，每个晒一个月就休息。太阳的儿女们个个调皮捣蛋，一起玩耍玩猛了，一同来晒大地，晒得大地像火海，人都受不住了。

有一天，有个名叫特桃的人出去打猎，留妻子在家舂米。她背孩子在背

① 另一种说法，太阳是女的，月亮是男的。

上，一面用脚踏舂碓，一面用长竹竿扫散落在舂碓旁边的米粒，背上的孩子给太阳晒死了，她用竹竿向天上的太阳直刺，竹竿给烧着火了。特桄打猎回来，见孩子给太阳晒死了，用箭向太阳射去，十支箭射上去都给太阳光烧掉了。他去找布洛陀。

布洛陀叫他到森林里去找“埋恩”[①] 做弓，用桄榔木做箭，用狗血泡箭头。

特桄做好了弓箭，一连向天上射了十支箭，十个太阳儿女落下海里去了。剩下太阳和月亮害怕了，躲得远远的了，天上又黑暗起来。

大家问布洛陀。布洛陀叫特桄到山上去看看，太阳躲到哪里。

特桄爬到高山顶上向远处探望，见太阳躲在东海一个山洞里，怎么叫喊也不出来，怕特桄再射他。

布洛陀说：“你声音太粗，叫喊起来太凶。公鸡叫声像唱歌一样，又响亮又动听，还是叫公鸡请太阳出来吧！”

特桄去请公鸡。

公鸡走到海边下不了水，特桄又叫来母鸭，要母鸭驮着公鸡到海中心去。

母鸭驮着公鸡游到海中心，对公鸡说：“我今天帮了你的忙，你将来怎帮我的忙呢？”

公鸡说：“将来你下蛋不用孵，让我们家母鸡帮你孵。”所以后来母鸭不孵蛋，生下蛋来都是母鸡帮孵的，因为它们早已约定了。

公鸡在海中心对着那个岩洞叫喊三声，太阳和月亮听到了动听的歌声，知道不会伤害他们，他们慢慢升上天来了。

特桄问布洛陀：“将来他们再生小孩怎么办？”

布洛陀说：“你把他们阉了吧，阉了就不会再生崽。还规定他们三年才得见面一次。”

特桄把太阳和月亮的生殖器官阉掉了，要他们一个管白天，一个管黑

① 埋恩：壮语，有刺藤本植物，质坚韧，猎人喜欢拿它做弓身。

夜，限制他们三年见一次。

所以现在三年有一次日食。

太阳被阉以后，在天空游游荡荡，感到寂寞，月亮也闷闷不乐，两个又商量好一起过日子。

结果仍然生下孩子来，因为太阳被阉过，他的孩子长不成小太阳，长成了星星。

太阳很害怕他的孩子长大起来危害人间，再挨箭射真的绝了种，因此见到孩子们就把他们吃掉。为这事太阳和月亮经常闹架。太阳很凶恶，不管月亮怎么喊怎么叫，他就是不听。

这样月亮便和太阳分居了。

每晚，月亮带着孩子出来，一面走一面哭，流下来的泪水就成了露珠。

太阳仍旧见到孩子就吃掉，所以太阳出来星星就躲避起来，来不及躲避的就给太阳吃掉了。

我们看到的早霞和晚霞，就是太阳吃了他的孩子们流下的血染红的。

【讲 述 者】 韦奶（壮族，女，60 岁，上林县西燕乡农民，不识字）

【采录整理】 蓝鸿恩（壮族，男，60 岁，广西民间文艺家协会干部，大学）采录翻译

【采集时间】 （无考）

【文本来源】 中国民间文学集成全国编辑委员会编：《中国民间故事集成》（广西卷），北京：中国 ISBN 中心 2001 年版，第 38 页。

【阅读提示】 布洛陀是壮族普遍信仰的男始祖和创世神，兼具多种神格。本则神话通过叙述其造日月星辰的事迹，凸显了其创造人类与自然的伟大功绩。

【基本母题】 以前没有光；造太阳；太阳的特征；月亮的产生；日月的性别；日月运行的秩序；日食的产生；星星的产生；霞的产生

【本文编码】 《太阳、月亮和星星》：ZCSW0998-231-026

2.3.2 日和月的产生

背着小孩射太阳

（汉族）

传说盘古开天辟地以后，天上有两个太阳，一个刚落向西边，另一个就从东方升出来了，酷热得很，叫人受不了。人们恨透了太阳，大家就在一起商讨对策，选了三个年轻人，派他们去杀死一个太阳，只留一个太阳。

通往太阳的路，也不知道有多远，三个年轻人走到半路就变老了。其中一个，赶忙跑回家求援，又派三个小伙子去接替。这三个人每人都背着箭和一个不会走路的小孩子，随身带着橘子、枇杷和谷子。当他们赶到前面时，原来的两个人已经去世了。走了几十年，他们也都衰老去世了。那三个孩子已经长大成人，他们又接着向太阳走去。最后他们来到出太阳的地方，太阳刚一出来，就被他们一箭射中了，血直往四处喷，当中有一个人沾到血被喷死了。那个受伤的太阳，血还是不停地淌啊，淌啊，热量减退了，光亮也暗了，后来就变成月亮。据说现在月亮上的黑斑就是那时留下的伤疤，天上的星星就是太阳受伤喷出的血花变成的。那两个射日的人，在回家的路上吃的水果、五谷，正好是他们去找太阳时一路撒种长大结的果子。当他们回到家时，当年不会走路的小孩已经变成白胡子老头了。

【讲 述 者】 王恒金

【采录整理】 顾军记录

【采集时间】 1986 年 9 月 5 日采录于淮安县来安乡文化站

【流传地区】 江苏省·（淮安市）·淮安县（淮安区）·来安乡

【文本来源】 姚宝瑄主编：《中国各民族神话》（汉族），太原：书海出版社 2014 年版，第 112 页。

【阅读提示】 这则神话在“几代人射日”和“种子长出果实”等情节中，反映出要用发展的眼光看待问题。

【基本母题】 两个太阳；几代人射日；太阳变月亮；月影的产生；星星的产生

【本文编码】 《背着小孩射太阳》：ZCSW0999-232-001

地上的光明是怎么来的

（汉族）

很久很久以前，地上没有光明，到处都是黑暗，动物们找东西，不是撞树上，就是掉在洞里，有时走路也常碰得头破血流。

一天，百兽之王狮子召集动物们说：“我们不能永远生活在黑暗里，天上有光明，我们要把光明带到地上来。谁愿意去？”耗子说：“我愿意去。”

蜘蛛和苍蝇也愿意去，它们要上天，蜘蛛就开始织网。织呀，织呀，一直织到云层上。耗子沿着蜘蛛网攀上云层，把云咬破一个洞，它们三个都上到天上了。

天上的人听说它们是从地上来的，就把它们带到天国国王那里。耗子说：“天王啊，我们地上没有光明，全都生活在黑暗里，请您给我们一点光明吧！”

天王一点也不同情，召开会议说：“我出难题，它们没法解决，我就可以拒绝它们的要求了。”他们对地上的使者说：“你们如果能在明天早上以前把这里云层上长的青草都统统割掉，我就给你们光明。”

苍蝇对耗子和蜘蛛说那么多的云层，上面又有那么多青草，怎么割也割不完啊！耗子想了想说：“我有主意了，快让我下地上一次。”

当天晚上，几千万只蚂蚁爬上天，它们见草就咬，终于，天没亮就把草全部咬倒了。

天王见云层上的草全部倒了，就又要了花招，对三使者说："今天我要烤三十只羊，如果你们能在一夜间吃光，我就给你们光明。"

苍蝇、蜘蛛和耗子商量了一下，又让耗子下地上去了。

第二天天还没亮，三十只烤羊只剩下了白骨。原来耗子从地上叫来许多耗子，不到半夜就把羊肉吃光回去了。

天王没有办法，和大臣商议："我让它们挑这两个盒子。我把光明装在红盒子里，它们要挑住黑盒子，不给它们光明，它们也没话说。"

苍蝇把听到的话说给蜘蛛和耗子，挑盒子时，它们挑住红盒子下地上去了。狮子很高兴，让动物们都看盒子里的光明。盒子慢慢打开了，只见里面有一只红公鸡，都嚷着说："这哪儿是光明，我们上当啦。"耗子、蜘蛛和苍蝇急得直哭。可就在这时，红公鸡突然跳出来，跳到一个石块上，伸长脖子叫起来。

顿时，天东方出现了亮光。公鸡一遍遍地啼叫，天上的黑云没有了，变成了白云，只见一轮红红的太阳从地平线上升起来，照亮了大地。从此，地上有了光明。

【讲 述 者】　顾毛（男，40 岁，教师）
【采录整理】　宋雪英
【采集时间】　（无考）
【流传地区】　河南省·（周口市）·西华县
【文本来源】　张振犁编著：《中原神话通鉴》（第四卷），郑州：河南大学出版社 2017 年版，第 1243—1244 页。
【阅读提示】　这则神话叙述了动物们历经考验找寻太阳的事迹，既强调了太阳对于生灵万物的重要性，也赞扬了做事的执着精神。
【基本母题】　以前世界黑暗；寻找光明；公鸡喊太阳；太阳的产生

【本文编码】　《地上的光明是怎么来的》：ZCSW1000-232-002

二郎扁担

（汉族）

昆仑山的蓬莱是天宫诸神聚会之地，一日，这里突然拥出两座山峰来，横在天宫的通途上，遮没了蓬莱仙境。

早有天神报于玉帝，玉帝气恼，决定把这两座山峰搬走，但找不到能担这山的扁担，诸神计议半天也没结果。杨二郎禀道："南天门左右有两棵树，何不伐一来用？"玉帝准奏。于是就命人伐树，作成一条扁担，下旨让杨二郎把山担走。

二郎领旨后担起山直奔东海，快到东海时忽有一座山挡住去路。二郎本已累了，又遇到这座山，想歇息一下，可是脚下都是庄稼地，二郎没法，只好担着上山，走着走着，发现山下有两个深渊，正好和他担的山一样大小。二郎心喜，就把担子放下，扁担一落，就听两声巨响，天地晃动，半天才平静下来。

原来，这座山叫五华顶。五华顶右壁下有个山洞，洞中有三位仙人论道下棋，这西山下陷下去两个深渊，渊中常有怪物出没，到远近村庄伤害牛马。这日，三位仙人正在商议对策，不想杨二郎担山来，把渊填上，镇住了妖精。可也知道杨二郎歇后还会把山担走，怪物还会出来行凶，为此，他们商量把山留住在此。

再说二郎放下担子，见对面山顶上光华冲天，就向山顶走来，想看个究竟。但见有灰鳖、黄鳖、道姑三位仙人正围着一方石桌下棋，就听灰鳖对黄鳖说："黄花大仙负我一局，罚你现宝一件，让我们开开眼界。"黄鳖说："有言在先，我就献丑了。"说罢，从身边葫芦中取出一针状物，口念真言，叫了声："起！"只见一道光华跃上天空悬于园中，光彩四射。灰鳖和道姑称赞一番，接着又下棋。二郎就见园中的树木花草一绿一黄、一荣一枯交替变化。一会，又听黄鳖说："五华大仙你也负我一局，又该罚你现宝了！"灰鳖说："那当然了！"说罢，也从身边的葫芦中取出一伞状物，口念真言："起！"只见那伞状物一直升到空中，遮没了整个山洞上空。灰鳖又向空中撒出无数金花，一直贴上天幕，变成了满天星斗。黄鼈和白衣道姑又赞叹一番，接着再下棋。二郎这时又见天上的星斗一明一灭，不时变化。二郎正看得出神，又听黄鼈对道姑说："奶奶道姑，你又负我一局，也必受罚现宝了。"道姑说："就是了。"说罢，从花篮中取出两个球状物，口念真言，叫声："起！"只见一道红光冲空而起，升到天空，变成一个太阳。一会儿，太阳没入西山，东方升起了明月。一会儿月没，太阳又升起。

二郎不知看了多长时间，觉得天已不早，便转身走回原处，把扁担放肩上，用劲一担，"咔嚓"一声，扁担断了。他吓了一跳，这怎么回去交旨呢？正自发愁，只见那三位仙人走来，一齐上前叩拜道："上仙到此，失迎了。不知上仙何故发愁？"二郎就把担山之事说了一遍。三仙听后说："不瞒你说，方才上仙光临洞中，是我们斗胆用三宝把时间缩短，留你过了三百年。"又把这里闹妖的事说一遍，最后说："弄坏你的扁担，为的是不让你把这山担走，使这妖再不出来害人，你今天真是功德无量，只管上天复旨，我三人也去为你作证请功如何？"二郎听罢大喜，道："三位仙人为民用心良苦，二郎自愧，当奏明玉帝，表彰你们才是。"说罢拉着三仙，一同上天复旨去了。杨二郎担山为民除害，这里的人为了纪念他，就在二郎休息的地方建造了二郎寺，塑了二郎像，并把二郎担来的山叫二郎山，把通连两座山的一条山带叫二郎扁担。现在，二郎寺、二郎像已不复存在，只有二郎山、二郎扁担还长留于世。

【讲 述 者】 胡凯

【采录整理】 胡凯整理

【采集时间】 1987 年 12 月 27 日

【流传地区】 江苏省・（徐州市）・新沂市

【文本来源】 姚宝瑄主编：《中国各民族神话》（汉族），太原：书海出版社 2014 年版，第 117—119 页。

【阅读提示】 这则神话将二郎担山和神仙造日月的主题进行了融合，同时交代了相关自然和人文风物的来历，叙事结构完整，内容层次清楚。

【基本母题】 星星的产生；日月的产生；特定风物的产生；宝物；宝物的功能

【本文编码】 《二郎扁担》：ZCSW1001-232-003

二郎担山赶太阳

（汉族）

传说很久很久以前，今天泗洪县石集这块地面处在大海边上。那时，天空中有十二个太阳，轮流照晒，地面上炎热难当，草木枯焦，人们挥汗如雨，苦不可言。

当时，在东南方盱眙的山上，有一位法力无边的大师，他有个高徒姓杨名戬，外号叫二郎神。这个二郎神决心捉拿太阳，为民除害。那十二个太阳，都不是二郎神的对手，吓得四处逃命，二郎神随后紧追不放。由于二郎神力大无穷，行走如飞，身后面带着条“吠天犬”，因而他稍迈一步，便到了太阳的前面，这样反而捉不到太阳。他急中生智，拔起一根巨树作为扁担，担起两座山继续追赶太阳。这样他的行走速度就超不了太阳，正好可以捉到。二郎担山赶太阳，一直赶到了东海边，十二个太阳已被他摔死了十个。第十一个太阳吓得脸色苍白，一头钻进大海里。二郎神又回头捉住了最后一个太阳，正当他把太阳举起，要向山石上摔去时，猛听得空中一人断喝道：“弟子，不可造次，你意在救天下生灵，你全部摔死太阳，人间岂不会漆黑一团么？”二郎神停下手一看，原来是师傅，便将最后一个太阳放了。从此这个太阳早出晚归，有规律地照耀着世界。那个钻进大海中的太阳，再也不敢白天露面了，只有在夜间出来窥视人间，于是它就变成了现在的月亮。它被二郎神吓得脸色苍白，直到如今还没有变过来，所以月亮跟太阳不一样，一直放着白光。

后来，二郎把肩上担着的两座山放在海边了，这便是今泗洪县石集乡境内的柳山和毛山。现在毛山西南面的堰埂村附近的一道长长的土岭子将两座山连起来，它就是二郎神担山用过的扁担。

【讲 述 者】 莫天创
【采录整理】 莫云搜集整理
【采集时间】 1988 年 12 月采录于泗洪县城头莫台村
【流传地区】 江苏省·（宿迁市）·泗洪县
【文本来源】 姚宝瑄主编：《中国各民族神话》（汉族），太原：书海出版社 2014 年版，第 120—121 页。
【阅读提示】 这则神话通过叙述二郎神担山赶太阳的事迹，将他的力大无穷、疾步如飞的神威刻画得很有艺术性。
【基本母题】 12 个太阳；二郎神捉太阳；日月的产生；与日月相关的现象

【本文编码】 《二郎担山赶太阳》：ZCSW1002-232-004

二郎神担山捉太阳

（汉族）

传说很早很早以前，天上有七个太阳。不管是白天还是黑夜，阳光暴晒，人睁不开眼，地是干巴巴、滚烫滚烫的，庄稼和草木枯死了，江河干得露底了，飞禽走兽跟人一样没水喝了。

这可惊动了玉皇大帝。他下旨召回太阳星君。“人间万物都活不下去了，怎么回事？”玉皇大帝追问，“怎么人间冒出七个太阳？”“望陛下恕罪！这是我七个儿子闹的人世间不得活。这七个太阳是我七个儿子，借老臣闭目养神之机，他们一块下界到人间玩耍，才惹此大祸，是老臣教子不严之罪。”太阳星君急忙回答。“老爱卿，依你之见，如何解救人间灾难？”玉皇大帝说。“陛下可派遣二郎真君下界，捉回孽子，便可拯万民于灾难之中。”太阳星君回答。

于是，玉皇大帝召来二郎神，命令他下界捉拿太阳七子归天宫。

二郎神奉旨下界，手持三尖两刃刀，身领哮天犬去捉拿太阳七子。他逮住一个太阳就往胳肢窝里一夹，前一个夹住了，后一个捉住再夹，前一个就跑了。这样捉一个，跑一个，夹一个，跑一个，最后只夹住一个，累得他气喘吁吁也捉不完。他坐下喘口气，脱了鞋，磕了磕，磕出一堆石子就变成一座山。二郎神见山灵机一动，有了，要是有两座孤山，捉住太阳之子就压到山下，不就跑不了吗?

于是，他用三尖两刃刀杆做扁担，挑着两座山去捉太阳。捉住一个太阳，就压到山底下，一连捉住了六个太阳，剩下一个太阳不见了，怎么也找不到。他想，留下一个太阳也好，人间需要光明，要是它再祸害人，再捉拿也不迟。二郎神把太阳星君六个儿子都捉回天宫交令了。

原来，留下的小太阳就是太阳星君第七个小儿子，他善良、温和、热情，愿意在人间散温暖，放光明，他躲到马齿菜底下，才没被捉走，从此天上留下一个太阳，给万物光明、温暖、生机。

【讲 述 者】 王月珍（女，87岁，农民，不识字）

【采录整理】 蔺再山（男，44岁，干部，中专）采录

【采集时间】 1985年采录于通县

【流传地区】 北京市·通县（通州）

【文本来源】 中国民间文学集成全国编辑委员会编：《中国民间故事集成》（北京卷），北京：中国ISBN中心1999年版，第6页。

【阅读提示】 这则神话同样叙述了二郎神捉太阳的事迹，但方法和过程与《二郎担山赶太阳》（ZCSW1002-232-004）略有不同，可以做些文本比较研究。

【基本母题】 七个太阳；太阳是太阳星君的儿子；二郎神捉太阳；太阳的产生

【本文编码】 《二郎神担山捉太阳》：ZCSW1003-232-005

后羿呼日

（汉族）

太阳神天天从东到西转，照得大地生辉，万物昌盛。但她的八个儿子却顽皮成性。她怕儿子出去招祸惹灾，就整天把他们关在家里。

可是有一天早上，八个孩子趁妈妈外出，就偷偷地一齐跑了出来。见到高低不平的大山，弯弯曲曲的河流，美丽的田野，那八个小太阳齐声叫好，高兴得蹦蹦跳跳，互相嬉闹。这一来，大地上却遭难了，原先那青翠的地面转眼间晒得焦黄，海洋、河流像烧开了的水锅，人热得无法生存。

大地上有一个力大无比的人，名叫后羿。这一天他正在田间劳动，一看天上出现了九个太阳，地里的庄稼一下被烤得焦黄，于是他就拿起弓箭，冒着烈火的熏烤，去射太阳。一口气把那八个太阳给射掉了，大地才慢慢冷却下来。可谁知那太阳神见自己的孩子一个个中箭倒下，也吓得一头扎进西山躲了起来。天上没有了太阳，天地变得一片黑暗，阴森怕人。豺狼虎豹趁机出来害人，人们只好躲在家里。没有太阳怎么办呢？后羿就去寻找太阳神，可是一连几天都没有找着。这天，他到了天目山麓的一个地方，因为心里焦急，对着大地呼喊起来。他一遍又一遍地呼喊，呼唤太阳神回来。太阳神听到了后羿的呼唤，就从东山钻了出来，升上天空。

从此，天上只剩下了一个太阳，而后羿呼唤太阳的地方，就是现在的临安昌北村的“呼日”。

【讲 述 者】 凌信尧（男，52 岁，临安县呼日乡呼日村农民，初中）

【采录整理】 周林军（男，21 岁，临安县呼日乡文化站干部，高中）采录

【采集时间】 1987 年 6 月采录于临安县呼日乡

【流传地区】 浙江省·（杭州市）·临安县（临安市）·（岛石镇）·呼日乡（呼日村）

【文本来源】 中国民间文学集成全国编辑委员会编：《中国民间故事集成》（浙江卷），北京：中国 ISBN 中心 1997 年版，第 25 页。

【阅读提示】 这则神话在叙述后羿射日这一主干情节的基础上，加入了“呼喊太阳”的内容，为这位英武的射日英雄增添了不少神气。

【基本母题】 太阳神的八个儿子；九个太阳；后羿射日；太阳因害怕躲起来；特定村名的来历

【本文编码】 《后羿呼日》：ZCSW1004-232-006

龙女献日月

（汉族）

盘古开天地以后，天上没有太阳和月亮，地上混混沌沌的，树哇，草哇，都是焦黄焦黄的，人又小又瘦，跟草扎的一样。

一天，东海龙王的三公主到人间看景，见是这个样子心里很不好受。她想，天上要是有个东西能把人间照亮，地上的花草哇，树木哇，就会长得快了，人会长得更漂亮，日子就好过了。可怎样才能造个照亮的东西呢？她想呀，想呀，猛然想起了自己的眼睛，要是把自己的眼珠挖下来挂在天上，人间不就明亮啦？想到这儿，她就赶快回到了龙宫。

三公主回到龙宫宝殿把自己的想法对老龙王一说，老龙王摇着头说：“不中！不中！人间的事由天宫来管，碍不着咱龙宫，你不要多管闲事！”三公主又哀求说：“你没见人间有多苦哇，谁见了谁不可怜呢，我挖掉一只眼睛还有一只呢，可人间再也没有黑暗，再也不受苦啦，再说……”话还没有说完，老龙王就截住话头，拍着桌子大声说：“说不中就不中，你不要在这儿软缠，我不能看着自己的女儿终身残废，你给我快回后宫去！”三公主没法，只得含着眼泪离了龙宫宝殿。老龙王又吩咐龙太子对妹妹严加看管，不准她再到人间去。

三公主回到后宫，饭不吃，茶不喝，三天三夜没睡着觉。龙母心疼女儿，就劝说道：“天宫的宝贝有的是，要想给人间照亮那还不容易？玉皇大帝还不管哩，咱是何苦呢？你太傻啦，把眼睛挖掉会痛苦一辈子的呀！”不管她怎么劝，三公主连理也不理。龙母没法，只得叹着气离去。

一天夜里，三公主趁龙王、龙母、龙太子熟睡的时候偷偷溜出龙宫，又来到人间。她站在泰山顶上，见人间一片漆黑，心一横，拔出宝剑忍痛挖掉自己的右眼，向东天边扔去。这颗眼珠在海上翻了几滚慢慢上升，越升越高，越来越亮，照得人间一片光明。人们高兴得又是欢呼，又是跳跃。就在这时，天上起了乌云，又刮起了大风，三公主知道是哥哥来撵自己回宫哩。她想，人间白天有亮了，黑夜怎么办呢，干脆，把另只眼珠献出来吧。她决心一定，又拔出宝剑，挖出左眼珠向空中扔去。从此，天上有了太阳和月亮，人间有了光明，可三公主呢，从此成了双瞎。

【附注】

关于挖下自己的眼睛变成日月文化英雄的事迹，在许多民族中都有类似的叙事。可参见汉族神话《太阳和月亮的来历（3）》（ZCSW1013-232-015）、满族神话《太阳、月亮和星星的传说》（ZCSW0987-231-015）等。

【讲 述 者】 王宏玲

【采录整理】 苏国安

【采集时间】 （无考）

【流传地区】 河南省·（周口市）·项城县

【文本来源】 张振犁编著：《中原神话通鉴》（第四卷），郑州：河南大学出版社 2017 年版，第 1210—1211 页。

【阅读提示】 这则神话通过叙述龙女挖眼化生日月的事迹，塑造了一位善良勇敢、甘于牺牲的神话人物形象，可歌可泣。

【基本母题】 以前世界混沌；盘古开天地；龙王；龙母；龙女；人的外貌特征的来历；眼珠变成日月

【本文编码】 《龙女献日月》：ZCSW1005-232-007

盘古造日月

（汉族）

盘古王不单开天辟地，还为老百姓造日月。

盘古王开天辟地的时候，手握一把神斧开到第八百年，才开出天地，只是天太高了点，叫做一尺天，一尺地。后来，世界上有了人，多一个人，多一分气，就高一尺天，人越来越多，天也就越来越高。当初没有太阳，也没有月亮，又叫做日月无光。盘古王看着老百姓暗无天日，就在自己左手心写个“日”字，右手心写个“月”字，两只手轮番举在空中，举右手时，月亮就在天上，是夜里；举左手时，太阳就在天上，是白天。“日”、“月”拼在一起，才能光明。后来的人单讲盘古王开天辟地，勿讲造日月是勿对的，如果勿是盘古王造出日月，勿晓得混沌到什么时候呐！

【讲 述 者】 陈锦彪（男，73 岁，海安县建设乡渔民，不识字）

【采录整理】 钱瑞斌、钱辉（干部）采录

【采集时间】 1985 年 7 月采录于海安县陈锦彪家

【流传地区】 江苏省·（南通市）·海安县

【文本来源】 中国民间文学集成全国编辑委员会编：《中国民间故事集成》（江苏卷），北京：中国 ISBN 中心 1998 年版，第 3 页。

【阅读提示】 这则神话中叙述盘古造日月的情形，可以看作是盘古化生日月的升级版，在各地不少盘古庙中盘古塑像左手托日、右手举月的形象可以与之互为佐证。

【基本母题】 盘古开天辟地；盘古造日月；天地的特征；天地之间的距离；日月的产生

【本文编码】 《盘古造日月》：ZCSW1006-232-008

太阳、月亮和风的来历

（汉族）

从前，天上有个九十多岁的老太婆，她有三个儿女，老一和老二是囝，最小的是囡。一日，老太婆有个朋友叫她去吃饭，老太婆想，我老了吃饱有阿西用呢？我的囝囡吃了会给我陪到死。于是，老太婆把她的囝囡叫到身边，对他们讲："你们吃的东西都勿好，今天我请你们吃顿好的饭吧！"

三个人来到老太婆的朋友家，老太婆的两个儿子酒喝得烂醉。两个人高高兴兴地回到家里，老太婆笑眯眯地讲："你们吃得很痛快吧！有没有给我带来吃的东西呢？"两个儿子无理地骂道："你这个老勿死，我们两个是堂堂男子汉，如果带东西来，勿是给我们丢了脸。"最小的女儿却接过话说："妈，我给你带来好吃的。"讲着，从裤袋里取出馒头来，老太婆一望，肚里有数，还是囡待自己好，就暗暗发誓："保佑我的小女儿吧！让两个儿子常常遭到别人的咒骂。"勿久，老太婆死了，一个儿子变成风，另一个儿子变成太阳，女儿却变成了月亮。从这以后，如果到了冬天，风吹大了，人们就开始咒骂；到了夏天，太阳晒大了，也遭到了人们的咒骂。只有温柔的月亮长年累月地挂在天上，人们永远称赞她。

【讲 述 者】 顾碧芬

【采录整理】 应洪川记录

【采集时间】 （无考）

【流传地区】 浙江省·（台州市）·仙居县

【文本来源】 姚宝瑄主编：《中国各民族神话》（汉族），太原：书海出版社 2014 年版，第 220—221 页。

【阅读提示】 这则神话将孝顺老人的观念融入日月起源神话主题中，告诫世人要遵循"百善孝为先"的行为准则。

【基本母题】 三个女儿；人变成自然物；风的来历；太阳的产生；月亮的产生

【本文编码】 《太阳、月亮和风的来历》：ZCSW1007-232-009

太阳和月亮（1）

（汉族）

传说在很久以前，天上没有太阳和月亮，大地一片混沌。人们在昏昏蒙蒙中过日子，东西南北看不清，五谷杂粮难生长。后来，玉皇大帝造了两个大火球，要找两个人到天上去举起来，为大地照明。

那时，有一对老夫妻，老头子叫太阳，老婆子叫月亮。太阳听说玉皇大帝找人举火球的事，就和月亮商量，要去天上举火球。

他们商量妥了，一起来到天庭，见着玉皇大帝，接受了举火球的重任。火球一个大，一个小。太阳举大的，月亮举小的。二人轮流举起火球照亮人间。因为大火球是太阳举的，人们就称它太阳；小火球是月亮举的，就称它是月亮。

自从太阳和月亮举火球照亮人间，分出了昼夜，万物生长，五谷丰登。因为太阳和月亮都是老人，举火球照亮人间有功德，人们就称太阳为“老爷儿”，称月亮为“月奶奶”。

【讲 述 者】 李孟荣

【采录整理】 申法海

【采集时间】 （无考）

【流传地区】 （无考）

【文本来源】 张振犁编著：《中原神话通鉴》（第四卷），郑州：河南大学出版社 2017 年版，第 1193 页。

【阅读提示】 这则神话叙述了一对老夫妻托举日月的事迹，丰富的想象中既可以看出人们对日月的崇敬，更可以感觉到老夫妻行为的震撼人心。

【基本母题】 以前没有日月；以前大地一片混沌；玉皇大帝造太阳；太阳升天；日月的产生；昼夜的产生

【本文编码】 《太阳和月亮（1）》：ZCSW1008-232-010

太阳和月亮（2）

（汉族）

传说，在很早很早以前，天上有一家人，家里有个泼辣洒脱的美貌姑娘，名叫太阳，还有一个漂亮淑静的嫂嫂，名叫月亮。

有一次，奉了父母之命，嫂嫂带上妹妹去相婆家。她们去相婆家，要经过人间的上空。嫂嫂由于怕人们看见害羞，便和妹妹商量，夜里就动身。谁知这个泼辣大胆的妹妹，却不在乎这一套。她说："不，夜间太黑，我不走。"嫂嫂说："没事，我用夜光圈照着亮，咱好走。"妹妹说："不行，我非白天走不可！"嫂嫂又说："死妮子，白天走不怕人们看你吗？"妹妹说："我不怕，谁看我，我就用绣花针刺谁的眼。"

就这样，姑嫂俩商量不到一块，最后妹妹说："嫂嫂，你想趁夜里走，你就先走一步，我明早起来赶你！"所以，直到现在，月亮老是夜间在天上走，太阳却在白天在后边追赶，谁要是看她，她就用绣花针刺谁的眼。

【讲 述 者】 李妮（女，25 岁，大清沟乡新南村农民）

【采录整理】 陈新建（男，27 岁，大清沟乡政府临时工作人员）采录，贾翰如采录整理

【采集时间】 （无考）

【流传地区】 河南省·（洛阳市）·栾川县

【文本来源】 张振犁编著：《中原神话通鉴》（第四卷），郑州：河南大学出版社 2017 年版，第 1192—1193 页。

【阅读提示】 这则神话用泼辣的姑娘比拟太阳，用娇羞的嫂嫂比拟月亮，表述生活化，也说明神话是生活的影子。

【基本母题】 日月是姑嫂；太阳的特征；月亮的特征

【本文编码】 《太阳和月亮（2）》：ZCSW1009-232-011

太阳和月亮（3）

（汉族）

传说太阳和月亮是姑嫂俩，太阳是个姑娘，月亮是嫂嫂，姑娘和嫂嫂都想当太阳。姑娘说：“我当太阳，我年轻些。”

嫂嫂说：“我要当太阳，因为你是个姑娘，人们看见会笑话你，大姑娘家天天出头露面。”

姑娘说：“我拿把绣花针，他们看我时，我就扎他们的眼睛。”嫂嫂只好让妹妹做了太阳，自己做了月亮。

你看，每当我们想看太阳的容颜时，就会感到她是那样刺眼。其实，这就是太阳姑娘正在用绣花针扎我们眼睛哩！

【讲 述 者】 黄光荣

【采录整理】 张福阁

【采集时间】 （无考）

【流传地区】 （无考）

【文本来源】 张振犁编著：《中原神话通鉴》（第四卷），郑州：河南大学出版社 2017 年版，第 1191 页。

【阅读提示】 这则神话在情节和内容上与《太阳和月亮（2）》（ZCSW1009-232-011）相似，建议对比阅读。

【基本母题】 日月是姑嫂；太阳白天出现的原因；太阳刺眼的来历；太阳的绣花针；月亮的特征

【本文编码】 《太阳和月亮（3）》：ZCSW1010-232-012

太阳和月亮的来历（1）

（汉族）

相传，太阳和月亮是一对孪生姐妹，住在天上。她们长得都很美，又心灵手巧。姐姐太阳胆小，怕事害羞，妹妹月亮胆大，温和开朗。玉皇大帝就让月亮在夜晚出来，让太阳在白天出来。为了不让人们看见她们的面容，王母娘娘给太阳一把银针，给月亮一块面纱。告诉太阳，有人白天看你，就用针扎他；告诉月亮，如果晚上有人看你，你就遮上一层面纱。就这样，一直到现在，谁一看太阳，就有一根根银针在眼前晃，还扎得皮肤火辣辣地疼呢；谁一看月亮，那月光总是柔和清亮，好像戴上了一层面纱。

【讲 述 者】 张丽华（汉族，女，34 岁，双辽县柳条乡，农民，初小毕业）

【采录整理】 曹国志（男，干部，高中毕业）采录

【采集时间】 1988 年采录于双辽县柳条乡

【流传地区】 吉林省·（四平市）·双辽县（双辽市）·柳条乡

【文本来源】 中国民间文学集成全国编辑委员会编：《中国民间故事集成》（新疆卷），北京：中国 ISBN 中心 2008 年版，第 388 页。

【阅读提示】 这则神话将日月进行了拟人化的处理，用人的性格差异来解释出现在太阳和月亮身上的不同现象，叙事自然，刻画到位，也有利于讲述人与受众间的互动。

【基本母题】 日月是孪生姐妹；日月的性格；与日月有关的现象

【本文编码】 《太阳和月亮的来历（1）》：ZCSW1011-232-013

太阳和月亮的来历（2）

（汉族）

开天辟地时，世界混沌，不分白天黑夜。

有那么哥俩，一个哥哥，一个妹妹。两个人合计一个当太阳，一个当月亮，把世界分成白天和黑夜，让人们白天干活儿，黑夜休息。

哥哥说："你愿意当太阳，还是愿意当月亮？"妹妹说，"我愿意当月亮，可是我胆小，不敢走黑道儿。"哥哥说："那你就当太阳吧。我胆儿大，不怕走黑道儿，我当月亮。"

妹妹想了想说："还是不行。我当太阳，白天走，多少人瞅着我，一个女孩儿家，怪害羞的！"哥哥说："不怕。我给你一包金针，谁要是瞅你的时候，你就用这包金针扎他的眼睛。"妹妹说："好吧！"

哥哥胆儿大，当了月亮，黑夜里走；妹妹胆小，当了太阳，白天走。现在，谁要是一瞅太阳，就晃得两眼直冒金花，真像让针扎了似的。

【讲 述 者】 袁兰（女，52 岁，桦甸县，家务，初小毕业）

【采录整理】 张月照（男，32 岁，干部，中专毕业）采录

【采集时间】 1986 年采录于柳河县

【流传地区】 吉林省·（通化市）·柳河县（柳河市）

【文本来源】 中国民间文学集成全国编辑委员会编：《中国民间故事集成》（新疆卷），北京：中国 ISBN 中心 2008 年版，第 7 页。

【阅读提示】 这则神话采用拟人的手法，把太阳和月亮特征的区别解释得很清楚。

【基本母题】 以前世界是混沌；兄妹变日月；与日月有关的现象

【本文编码】 《太阳和月亮的来历（2）》：ZCSW1012-232-014

太阳和月亮的来历（3）

（汉族）

很久很久以前，有一位美丽聪明的小姑娘，她是天帝的小女儿，可她后

来却变成了永远不能走路的石人。那石人有鼻子、嘴、耳朵，就是没有眼睛，她怎么会这样的呢？这有个传说。

那是很久以前，大地上没有亮光，伸手不见五指，天帝小女儿十分难过。她屡次对天帝说："父亲，大地太黑了，应该让它亮起来。"可是，天帝没有理睬她。过了好多时间，大地上的人快要饿死了，女儿又向父亲请求，天帝还是不理睬她。她绞尽脑汁，还是想不出怎样才能使大地亮堂起来。最后，她为了大地上的人们能活命，便飞到天山上，狠狠心，把自己的左眼挖出来，抛向天空，变成了太阳。可是到了晚上，太阳又落下去了。她又把自己胸前的那串夜明珠抛向天空，变成了无数的星星，但天还是不太明亮，小女儿不得不把右眼挖出来抛向天空，变成了月亮。从那天起，大地上有了生机，人们开始过上幸福生活。可是那善良的小女儿却寸步难移了，她没了人身最宝贵的眼睛，没有了腾云驾雾的法宝那串夜明珠，她上不了天，变成了没有眼睛的石人。

【附注】

本文相似文本，可参见满族神话《白云格格》（ZCSW0683-201-008）。

【讲 述 者】 蒋寿元

【采录整理】 冯爱娟记录整理

【采集时间】 1988 年 5 月

【流传地区】 江苏省·常州市

【文本来源】 姚宝瑄主编：《中国各民族神话》（汉族），太原：书海出版社 2014 年版，第 179—180 页。

【阅读提示】 这则神话通过叙述天帝小女儿取眼睛化生日月的故事，赞美了她善良果敢、舍生取义的高尚品质。

【基本母题】 以前大地没有亮光；眼睛变成日月；星星的来历

【本文编码】 《太阳和月亮的来历（3）》：ZCSW1013-232-015

太阳追月亮

（汉族）

老辈人讲，早先天底下没人，也没日没夜，只有一雌一雄二样东西。雌的叫月亮，住在山里头，面孔滚圆像镜子，雪白粉嫩，交关好看。雄的叫太阳，满面孔大麻皮，火气暴躁，住在海底下。日子长了太阳熬勿过，钻出海，到山里向月亮求婚。其讲："月亮呀月亮，你嫁给我咋话[①]?"月亮一看见其满面孔麻坑坑，交关恶心，躲在山底里勿肯出来。太阳求了九次，都没有成功。

有一日，月亮出山到大泽里去濯浴。太阳就追上去，想把她抢到手。月亮吓煞了，回头就逃，一逃逃到山顶，看看太阳快追上了，心里慌，"崩"一跳，跳上天里飞。太阳勿肯歇，也"崩"跳上天里追。这样，一个逃，一个追，天上就有了太阳和月亮。

后来，地底下有了人，看见太阳追月亮，都讲太阳太难看，咋能配得上月亮呢？太阳听见了难为情煞，面孔涨得血红血红。其勿想让人看见自己的尴尬相，就从麻坑坑里发出一道道金光刺人的眼睛。直到现在，其还勿让人看其的真相。

太阳耐心真长，追呀追呀，已追了千千万万年，还在追。

【讲 述 者】 何薇强

【采录整理】 沈志远记录整理

【采集时间】 （无考）

【流传地区】 浙江省·宁波市·镇海区

【文本来源】 姚宝瑄主编：《中国各民族神话》（汉族），太原：书海出版社2014年版，第198—199页。

【阅读提示】 这则神话用太阳追求月亮解释了日月交替运行的现象，看似

---

① 咋话：方言，怎么样。

荒诞，却又有理有据，这就是神话的魅力所在。

【基本母题】 以前不分日夜；日月的性别；太阳追月亮；日月的运行

【本文编码】 《太阳追月亮》：ZCSW1014-232-016

天上日月云彩哪里来

（汉族）

小时候听我们好婆讲：在盘古氏开天辟地辰光，他一不小心，一斧头把根天柱劈断了，天就塌下一角，天河里的水直往下面流，流得一天世界。女娲娘娘看见她养的子孙全沉在水里，就炼了天罡石去补天，不晓得天罡石还没够，天上还裂着一道缝，她就把自家的身体匣补了上去，她就为囡度细[①]着想才能做的。她着的五色衣裳就化成了天上五色云彩，自家二只大奶奶，一只变成天上的日头（太阳），一只变成夜来的月亮。她可以一直看望自家的囡度细，而我们不能离开太阳月亮，多晒晒日头，就长力气，多望望月亮，人就变得聪明。后来只要一看到月亮，就会想到自家的亲人，我们人如果无日头、月亮，就会像烂泥里的虫一样了。

【讲 述 者】 曹展氏

【采录整理】 尹培民搜集整理

【采集时间】 （无考）

【流传地区】 江苏省·（苏州市）·太仓县（太仓市）

【文本来源】 姚宝瑄主编：《中国各民族神话》（汉族），太原：书海出版社2014年版，第72—73页。

【阅读提示】 这则神话讲日月由女娲的一对乳房化生而来，看似另类的想

① 囡度细：即子女、子孙。

象中不仅能自圆其说，还表达出鲜明的女性崇拜意象。

【基本母题】 天柱的毁坏；天塌地陷；女娲补天；补天的材料；云彩的产生；日月的产生

【本文编码】 《天上日月云彩哪里来》：ZCSW1015-232-017

兄妹俩夺日月

（汉族）

很久以前，一天，天上的太阳忽然不见了，晚上月亮没有了，人们什么也看不见，无法生活了。

有一家三口人都在屋里叹息，哥哥说："我们不能找回那太阳和月亮吗?"妹妹说："哥哥说得对，我们一同去找，找不到不回来。"爹爹考虑这是为众人办事，也就同意了。

第二天，哥哥和妹妹动身了，全村的乡亲们都出来送行。有送干粮的，有送衣服的。

他们一路上跨高山，过大海，历尽了千辛万苦。有一天终于看到一点火光，越走越亮。他俩循光找到一个大潭边，看见潭里有两只龙。再看那只公龙正玩着那颗太阳，那只母龙正在玩着那颗月亮。那太阳和月亮一时被吞进去，一时被吐出来，像耍皮球一般。

兄妹俩见这情景发愁了：该怎样才能夺回这太阳和月亮呢？他俩看到潭边有个石洞，洞里还冒出炊烟，两人就钻进了石洞。

洞里有一位老奶奶正在做饭。老奶奶一见他们俩，忙说："这是危险的地方，你们怎么到了这里?"兄妹俩说："我们是来找太阳和月亮的。"老奶奶说，她的儿子去年在这山头打猎，不料来了两只恶龙，把儿子害了，又强迫她给它们做饭。

兄妹俩忙问老奶奶怎样才能战胜恶龙，一来可为她儿子报仇，二来好把太阳和月亮夺回来。老奶奶说："东海边上有座神山，山上有口宝刀，若能取来，兴许能把二龙杀死。"兄妹二人听了，辞别了老奶奶，赶忙向东海走去。过了七七四十九天，他们真的从东海取来那口宝刀。兄妹俩来到潭边，就和二龙交战。临了，二龙都被兄妹俩杀死了，他俩也成了血人。

夺回了太阳和月亮，可怎么也弄不上天。老奶奶说：吃了二龙的眼珠子，人长高了就能把太阳和月亮带上天。

兄妹俩吃了龙眼，把太阳和月亮弄上了天，俩人再也无法变矮，时间长了，就变成了两座高山。

【讲 述 者】　王户朵

【采录整理】　朱守和记录整理

【采集时间】　（无考）

【流传地区】　江苏省·（连云港市）·东海县

【文本来源】　姚宝瑄主编：《中国各民族神话》（汉族），太原：书海出版社 2014 年版，第 183　184 页。

【阅读提示】　这则神话用朴素简练的文字叙述了兄妹杀恶龙救日月的故事，赞美了兄妹不畏艰辛、舍己为人的高尚品质。

【基本母题】　以前日月消失；兄妹找日月；人把日月送上天；人变高山

【本文编码】　《兄妹俩夺日月》：ZCSW1016-232-018

炎帝抱太阳

（汉族）

炎帝神农自得到丹雀鸟赐给的五谷种子后，便教先民们在蒙峪沟一带耕地种植。可是，一年过去了，两年过去了，下到地里的种子，大都没有发芽。有的虽然发了芽，却不见开花结果。先民们的心凉了，劲松了，不愿再去种植五谷。

炎帝神农也非常着急，白天到田里察看，晚上，在家里用八卦占卜演算，终于，他找出了五谷不发芽、不开花结果的原因。原来是“阴阳有差”，五谷得不到阳光照射。炎帝向上天祈祷道：“天神，民以食为天，你让太阳出来照一照大地吧，五谷需要它，人类需要它!”炎帝神农的仁慈与虔诚，感动了天神。天神差遣五色鸟，驮着炎帝神农，飞了好长好长时间，才从东海抱回了一个太阳。

炎帝神农抱着太阳，骑在五色鸟背上，心中十分兴奋，恨不得一下子飞回姜氏城。哪料，刚刚飞到现今眉县汤峪，天色已晚，五色鸟又渴又累，他们就停了下来。炎帝到汤峪河里取来了水，让五色鸟喝饱歇好后，连夜回到姜氏城。当炎帝要把太阳往天上挂时，才发现太阳不见了。仔细一想，原来是喝水休息时忘了抱太阳，他便急忙返回汤峪寻找。碰巧二郎神在汤峪河岸拣到一个太阳，他也不知道是谁放的，便拿了藏在汤峪山下。这天，二郎神看见炎帝正在寻找什么，上前一问，才知那太阳原是炎帝从东海抱来的，就从汤峪山下取出太阳，还给了炎帝。

炎帝回到蒙峪沟后，把太阳挂在了姜氏城头，太阳给大地送来了光和热。从此，蒙峪沟的五谷发了芽，开了花，结了果，人们吃上了五谷粮食，不再受饥饿的苦愁了。由于二郎神拣去了太阳，在汤峪山下放了一夜，所以，当今眉县的汤峪，才有了温泉。

【讲 述 者】 夏国祥（男，47 岁，宝鸡市天台山文管所干部，初中）

【采录整理】 高随民（男，45 岁，宝鸡市渭滨区文化馆干部，大专）、任永华（男，58 岁，宝鸡市群众艺术馆干部，高中）采录

【采集时间】 1987 年 8 月 14 日采录于宝鸡市渭滨区夏牙豁村

【流传地区】 陕西省·宝鸡市·渭滨区

【文本来源】 中国民间文学集成全国编辑委员会编：《中国民间故事集成》（陕西卷），北京：中国 ISBN 中心 1996 年版，第 17 页。

【阅读提示】 这则神话在强调太阳对农业耕种重要作用的同时，也透露出

"阴阳"观念。

【基本母题】 五谷种子的获得；耕种的产生；太阳的产生；太阳的找回；温泉的产生

【本文编码】 《炎帝抱太阳》：ZCSW1017-232-019

阳婆姐姐和月亮妹妹

（汉族）

传说阳婆和月亮是一母同胞的亲生姐妹。原先，俩人都在父母身边，同吃同居，同出同归，一刻也不分离。

月亮妹妹生得漂亮。那笑盈盈的小嘴，那弯弯的眉毛，那亮亮的眼睛，那亭亭玉立的身段，再加上走起路来袅娜多姿的风韵，真是人见人爱，个个夸赞。

阳婆姐姐却生得丑陋，难看极了。她红红的脸上长着个大嘴巴，满面麻子疤套疤，眼睛小如豆，眉毛赛笤把，身材好像油篓上面安西瓜，论走步，犹如拐七趔八乌龟爬，谁看见谁就笑话她。

阳婆姐姐渐渐嫉妒起月亮妹妹的漂亮来了。她想："不怕不识货，全怕货比货。看不见妹妹的美丽，也就显不出我的丑陋了。"于是她暗暗下定决心：有我没她，有她没我！主意拿定后，她便虚情假意地对月亮说："妹妹，为了使大地永远光明，咱姐妹要单独行动，轮流出山。"月亮说："我先出山，姐姐晚上再来。"阳婆说："晚上黑洞洞的，我害怕，我要先出山。"月亮生性温柔，随口说："那也好。"从此，姐妹二人一个白天，一个夜晚，再不相随而行了。

丑是爹娘生就的，尽管姐妹不照面，可是阳婆姐姐也没有增添一分光彩。人们看见她，仍要咬舌头："真是一娘养得数百般，姐姐像鬼怪，妹妹赛天仙。"

阳婆姐姐听到人们议论她的丑陋，恼羞成怒，便拔下毫毛变作针，谁看她，就扎谁的眼睛。从此，阳婆有了麦芒似的光芒，人们就再也看不清她那面容了。

而月亮妹妹却大大方方地端坐在那里，微笑着向人们亲切询问，她那柔和的光也不刺人，人们可以尽情地欣赏她那美丽的脸庞。

【讲 述 者】 薛其公
【采录整理】 薛桂芳采录
【采集时间】 （无考）
【流传地区】 山西省·（忻州）·原平市
【文本来源】 郭万金主编：《山西民间故事大系》（晋西卷），北京：商务印书馆2017年版，第31页。
【阅读提示】 这则神话从太阳和月亮给人的直观感受入手，通过一对性格外貌截然相反的姐妹形象把日月特征解释得通俗易懂，生动自然。
【基本母题】 太阳和月亮石姐妹；日月的特征

【本文编码】 《阳婆姐姐和月亮妹妹》：ZCSW1018-232-020

月亮和云是哪个生的

（汉族）

玉皇张大帝有个结拜的兄弟，名叫张果老。张果老这个人瞌睡特别多，随时都在屋里睡大觉，很不安逸他。

那一天，玉皇张大帝跟张果老说：“二弟啊，你哪得恁多瞌睡嘛，天天恁个睡，点都不理事，落雨哎你也不晓得，出太阳喃你也不知道，要睡到哪个时候才晓得醒啰？”张果老听了很着急，确实瞌睡多，搞了好久了。张大帝又说：“你去办点柴烧嘛，别总是别个做好了来服侍你，虽然我们是弟兄哎，家里还有恁多人，那些侄儿侄女他们会啷个想啊!”话一说哎，张果老就高兴了，想来哎是恁个，我瞌睡又多，又没做啥子事，你们做好了来服侍我，那嘛，我今天就去办柴。办点柴来煮饭也方便，这样，大哥家里的人就不会有啥子话说了。

说起办柴，张果老把天上都走交了[①]，没看到一根树子。从南天门转来，走拢北方一看，有根娑罗树很大，他就去砍娑罗树来做柴烧，没砍好一哈儿[②]瞌睡就来了，他捅[③]倒那根树子，一下就睡着了。他这一睡呀，砍下来的那些木块就长起来了，是啷个搞起的喃?原来张果老的瞌睡硬是大，他小睡到八百年，大睡要一千年。他这一睡，那些木块块经过风吹雨打，一天天的烂了，长成了老木菌，长来长去啊，就把他包在里头了，只留个脑壳在门前[④]，一身都长满了老木菌。你们看这阵那月亮头，有根树子，就是那根娑罗树。那个月亮哎，就是那些老木菌堆起来的，特别是在月亮清清亮亮的时候就更清楚。

再说，张大帝见兄弟去办柴，恁久都没回来，到哪里去了呢?就拿人去找，派的哪一个哎?派的是紫微星。紫微星到处都找交了，他不晓得张果老是遭老木菌翁到起了，啷个看得到嘛。他看到有块地很亮，走拢一看，尽是些老木菌。

他想，这天上啥时候出现恁大地盘啊?平展展的，拿来种庄稼多好，他找了把锄头，又找来八大神仙去开荒，把那些浮在面上的老木菌铲开，飞出来就是一朵一朵的云，挖烂了的就是泥巴，平出了一块又宽又大的地方。紫微星想，拿来种芝麻好榨油。他找了一石芝麻种，请韩湘子啊，铁拐李啊这些人，帮他打窝窝点芝麻，这些人挖一伙就把张果老挖醒了。张果老起来一看哎，他不晓得啥子事，啷个恁多人喃?我砍了点柴还犯了法嘛?恁大一伙人把我群到[⑤]起，

---

① 交：遍或完。

② 一哈儿：一会儿。

③ 捅：靠。

④ 门前：外面。

⑤ 群到：围到。

未必要把我除脱嘛！他恁个一谙，就喊起来："大哥哎大哥！"

玉皇张大帝听到了，说："啥子事哎？"

"啥子事，你叫我出来办柴，还没办起就遭恁多人把我群到起了。"

"好，我就来。"他大哥出来一看，就问，"我兄弟出来办柴哎，是我喊他来办的。你们哪个要欺负他嘛？"铁拐李忙说："不是我们欺负他，我们是帮紫微星种芝麻的，大家都尽力在挖，哪晓得挖出个人来了嘛！我们又不晓得他就是张果老。"说清楚了，张果老就跟玉皇回宫去了，他这一觉瞌睡哎就睡出个月亮和云来了。

【讲 述 者】 魏显德

【采录整理】 严小华记录，李子硕整理

【采集时间】 1987 年 11 月采录于走马乡工农村

【流传地区】 四川省·巴县（重庆·巴南区）·走马乡·工农村

【文本来源】 姚宝瑄主编：《中国各民族神话》（汉族），太原：书海出版社 2014 年版，第 210—212 页。

【阅读提示】 这则神话在语言上保留了四川方言特色，在叙述云彩和月亮产生的同时，将张果老、铁拐李等相关人物的个性特征刻画得淋漓尽致。

【基本母题】 神性人物的特征；云的产生；月亮的产生

【本文编码】 《月亮和云是哪个生的》：ZCSW1019-232-021

找日头（1）

（汉族）

很早很早以前，有一天，太阳跟月亮全没了。天底下黑得啥都瞧不见，大伙急得没法。有对小夫妻就纳闷儿：太阳跟月亮哪儿去了？女的说："准是叫不知好歹的东西给昧了！”男的一听急了：“哟！那咱得去找去。要不，大伙儿没太阳月亮就没法活啦！”女的点点头，俩人就找去了。

俩人连摸带碰走了几天，瞧见前边儿有团火，旁边儿还有个白胡子老头儿，过去施个礼，男的说：“老爷子，我们是找太阳跟月亮的，您知道它们哪儿去了吗?”老头儿往前一指说：“山那边儿有两条龙，一公一母。太阳叫公龙偷走了，月亮叫母龙昧了。”俩人听了，挺生气，骂着就要找恶龙算账。白胡子老头儿拦住俩人说：“你们千万可别去，那两条龙厉害着哩，弄不好就没命了！”俩人说：“为了大伙儿，我们豁出去①死了，也要把太阳和月亮要回来！”老头儿说：“你们上黑山找王婆去吧，她能帮助你们杀死这两条龙，找回太阳和月亮。”说完，又给了俩人一盏小灯笼。俩人喜得啥似的，赶紧道谢。可是施完礼一看，白胡子老头儿没了。这才知道，白胡子老头敢情是个神仙。俩人打着灯笼，赶紧上黑山找王婆去了。

俩人翻过一座大山，过一片枯树，瞧见一个山洞。过去施礼一问，真是，心里挺高兴。王婆问俩人，找她有啥事儿，男的说：“我们是杀恶龙找太阳和月亮来的！”女的央告说：“您修修好，帮帮我们吧，要不，世上的人就没法儿活了。”王婆说：“好。你们上西山找金剑跟银斧去吧。这两条恶龙天不怕地不怕，就怕这两件东西。”说完，又告诉他们到哪儿找。俩人谢过王婆，走出山洞，赶紧上西山去找金剑和银斧。

俩人到了西山，照王婆说的，找到那儿一看，有棵又高又大的白果树。女的在树下找到青石，说：“金剑银斧就在这儿，咱们挖吧！”他俩挖了三天三夜，才把金剑银斧挖出来。回到山洞，咋长咋短跟王婆一说，俩人拿起金剑银斧就找恶龙去了。

这时候，两条恶龙在水里玩得正欢。公龙把太阳放在嘴里一吞一吐，母龙把月亮也放在嘴里一吐一吞。俩人看了，差点儿气炸了肺。男的举起金剑说：“该死的东西！快把太阳和月亮还给我们！”女的说：“甭跟它们费唾沫，抄家伙吧！”两条恶龙听了，冷笑一声说：“好大胆呀，看我非嚼了你们不

---

① 豁出去：把生死置之度外。

可!”说完，咕咚一下，把太阳月亮咽到肚子里，张牙舞爪地就朝俩人扑了过来。俩人一瞅，恶龙到了跟前儿，“哧”一下，就把金剑跟银斧砍到恶龙身上。金剑银斧一出俩人手，就变得又长又大。两条恶龙来不及躲，就死在水里了。不一会儿，太阳和月亮就从水里漂了出来。

可是，太阳和月亮老在水皮儿漂着，不能上天，俩人愁得直嘬牙花子。男的说：“咋样才能把太阳和月亮送上天呢?”女的说：“咱找王婆问问，她准有法儿。”话音刚落，就听王婆说：“这不难，不过，你们得舍命。”

俩人听了王婆的话，说：“您说吧，只要能把太阳和月亮送上天，我们豁出命不要了!”“好吧!”说完，王婆就把法子告给了俩人。

俩人挖了两条龙的两眼，一人吃下一只，然后，男的抱着太阳，女的抱着月亮，说声起，就飞天上去了。

【附注】

这则神话的相似文本，参见壮族神话《母子找天边》(ZCSW0915-215-006)。

【讲 述 者】 王万永(男，46岁，廊坊市周各庄工人，初中)

【采录整理】 李宝才(男，37岁，廊坊市卫生局干部，大专)采录

【采集时间】 1989年12月采录于廊坊市周各庄

【流传地区】 河北省·廊坊市·(安次区·北史家务乡)·周各庄

【文本来源】 中国民间文学集成全国编辑委员会编：《中国民间故事集成》(河北卷)，北京：中国ISBN中心2003年版，第9页。

【阅读提示】 这则神话用活泼的文字叙述了夫妻救日月、送日月的故事，赞美了他们不畏艰辛、舍生取义的英勇事迹。

【基本母题】 日月的消失；夫妻找寻日月；斗恶龙；救日月的武器；送日月上天

【本文编码】 《找日头(1)》：ZCSW1020-232-022

找日头（2）

（汉族）

很早很早以前，天底下一片漆黑。在东山脚下住着一个老头，老头有俩儿子。有一天，老头来到一个山洞口。他往洞里一看，见洞里明晃晃哩，他就往洞里走。一进洞，看见里头有个圆球在放光哩。老头觉得挺稀奇，上前一脚就把圆球踢了出来。圆球把洞外照得一片明亮。这一下老头可高兴了，心里想，我要是能把它踢到天上，把天下都照得又明又亮，那有多好哩！他一边想，一边使尽浑身力气，又是一脚，就把圆球踢到天上，把天下都照明亮了。老头高兴煞了，赶紧回家把这件事儿告诉两个儿子。

可是好景不长，没过几天，天上的圆球不见了，天下又黑洞洞了。老头着了急，就叫他大儿子带上干粮去找。大儿子走了一月多没回来。他又叫二儿子去找，二儿子走了好些天，也不见回来。老头不放心，就亲自找去。他一边走一边打听，到底打听到了，原来那个圆球叫东海龙王偷走了。老头就往东海去找龙王。走啊走啊，不知道走了多少天，才到了东海岸。他借了一条船，划着船下了海，在大海里边找边喊："东海龙王，快把放光的圆球送上来！"龙王听说来要圆球的人是那个把球踢上天的老头，不知道老头有多大本事，心里害怕了，就悄悄把圆球送出了海面。老头一见圆球从海里钻了出来，把大海照得通红通红哩，心里又高兴了，急忙又把它踢到了天上，老头给它起了个名儿，叫日头。

从这儿往后，日头球就永远在天上放光放热，把人间照得明晃晃哩，暖烘烘哩，地上的万物也开始生长了。

【讲 述 者】 陈林枝（女，79 岁，武安县紫泉村农民，不识字）
【采录整理】 冀秀生（男，85 岁，武安县文化站干部，高中）采录
【采集时间】 1987 年 10 月采录于武安县紫泉村
【流传地区】 河北省·（邯郸市）·武安县（武安市）·（康二城镇）·紫泉村
【文本来源】 中国民间文学集成全国编辑委员会编：《中国民间故事集成》

（河北卷），北京：中国 ISBN 中心 2003 年版，第 9 页。

【阅读提示】 这则神话在找太阳、送太阳的情节中没有太多矛盾与冲突的出现，算是一篇行文较轻松的叙事。

【基本母题】 以前一片漆黑；龙王偷走太阳；太阳的产生；太阳的特征

【本文编码】 《找日头（2）》：ZCSW1021-232-023

祭石明月的传说

（白族）

洱源县炼铁区新庄乡，有个村子叫石明月，村旁有一块大石头，叫“早密旺”[①]。

传说，天上的月亮就是从这山崖里掘出来，飞上天去的。

很早很早以前，天上只有太阳，没有月亮，生活在山脚脚下的人，因当时太阳还小，没有长大，太阳光照到这背阴山的时间短，光照不足，加上山坡上森林密扎扎的，黑黝黝的山洞流泉飞瀑特别多，烟雾腾腾，一个个山寨云遮雾障，不但夜晚看不见，早晚白天也是天昏地暗阴惨惨的。人们活计做不完，庄稼长得不好，生活很苦，老百姓都希望天上能长出个月亮来。

不知哪一年，罗坪山脚下来了一条月亮龙，它在大石崖下聚了一潭水给附近的人们供水。月亮龙十分同情百姓的疾苦，把龙珠吐出来，安放在笔直陡峭的石崖半腰上，像白生生亮汪汪的夜明珠，昼夜放出光亮。

从此，天地间白天黑夜都亮堂堂的，人们不消点着松明火把做活计。有了石明月，人们劳动有了劲头，田也盘得好，种下的庄稼早成熟，生活比以前好过了。

自从月亮龙赏赐给白族人这个石月亮，村子就取名石明月村。人们在映

---

① 早密旺：白语，即石明月。现在该村仍叫此名。

月潭边盖了个映月龙王庙，四时给月亮龙和石明月烧香祭祀，感激它赐给的恩泽，后来又在附近盖了个映月亭。并在石明月对面塔形石峰上建了一座石塔，远远望去，好像塔上有宝，人们叫它映月宝塔。

后来不知过了多少年，好几起人前来偷盗石明月，想把石明月这宝贝据为私有。有一天，一个下方人路过这里，将石明月从石壁中掘出，抱在怀里，非常高兴。但当他洋洋得意的时刻，石明月忽然从手中滑脱，徐徐向天空升去，明晃晃地挂在天上，照亮了所有的村寨、大地山川，照亮了人间。从此，天上就有了月亮。

【讲 述 者】（无考）

【采录整理】（无考）

【采集时间】（无考）

【流传地区】云南省·（大理白族自治州）·洱源县·炼铁区·新庄乡·石明月村

【文本来源】云南省民间文学集成办公室编：《白族神话传说集成》，中国民间文艺出版社 1986 年版，第 21—22 页，同文本又见吕大吉、何耀华总主编：《中国各民族原始宗教资料集成》（彝族卷、白族卷、基诺族卷），北京：中国社会科学出版社 1996 年版，第 490—491 页。

【阅读提示】这则神话通过龙吐月亮母题，既反映出月亮龙的神奇与神秘，也反映了对村名、地名等地方风物的神话化。

【基本母题】特定村子的名称；月亮的产生；以前没有月亮；石月亮；祭祀习俗；月亮上天

【本文编码】《祭石明月的传说》：ZCSW1022-232-024

日月从哪儿来

（白族）

古辈子的人传下来说：那时候，我们这里没有太阳，也没有月亮，只有像撒满芝麻一样的星星，昏暗昏暗的。

青石山脚，老栗树底有间茅草屋，住着母子两人。他俩燕麦、荞子作饭食，棕皮蓑衣当被窝，扎实寒苦。

儿子大了，可是地方上没处求学，所以没有多大本事。他妈决计叫他出门去求师。临走时，儿子哭着说："阿姆，我出去学着点本事，日子好过了，就来接你去养老享福。要是我日子好过不来接你，就叫五条牛把我拉成五段好了。"

儿子走了，割了心头一块肉，老妈妈哭了三天，想了三年。儿子呢？去了三年，影信无踪，他妈的心头像被针尖尖扎着一样疼。

他妈咬咬牙，披上破蓑衣，揣上木钵碗，拄着藤子拐杖，一路走，一路讨饭吃，去寻找儿子的下落。

走啊，走啊，走了好多路，来到一座高山脚下。忽见山顶上慢慢落下两面火镜一样的东西，细细看，原来是一位头发雪白的老奶奶，两手各托一个圆饼。白发奶奶过来对她说："好心的侄女哪！你去找儿子是不是？"老妈妈点点头。白发奶奶又说："你肚子饿了吧？我把这两个粑粑送给你，不过，你今天不能吃，明天也不能吃，往后都不要吃，要留起来，到遇上大灾难的时候再拿出来。那时候，大家就有好处了。"老妈妈接过粑粑，装在衣兜里，谢过白发奶奶，继续赶路。

从那天起，老妈妈走起路来，不渴，不饿，也不累；吃饭也得，不吃也得。两个粑粑明明在肚皮之外，咋个肚皮里面也不饿呢？真是太奇怪了。

老妈妈走着，想着，不知不觉来到了一座大都城里。那里有斗大的天灯，比家乡明亮得多。老妈妈终于探听到了儿子的下落。原来，儿子学得一身本事，在都城大王下面当上大官了。有人告诉她："喏！那边敲着羊皮鼓，吹着牛角号，一伙武士拥护着往这边来的，就是你那个宝贝儿子。"

老妈妈喜欢得心口直跳，迎上前去认儿子。谁料想，儿子在高头大马上说："我从小就没有妈妈。瞎了狗眼的老乞婆冒认官亲，给我赶了出去！"那些武士一推，就把老妈妈推倒，跌到桥下深沟里去了。就在这个时候，大天灯熄灭了，又是一片灰蒙蒙的，昼夜不分。

老妈妈在沟里喊叫，一个壮实汉子听见了，拾起那根藤子拐杖，伸进沟里，一把将老妈妈拖了上来。随后，又将老妈妈背到自己家里。

那汉子把老人背回家，他媳妇出来，听到老人这么可怜，赶快给老人换了一身干净衣服，把那件装着两个粑粑的破衣晾在一垛矮墙上。后来，夫妻两人将老妈妈认作了亲阿妈，把她奉养起来。

自那天以后，任你点多少把明子，天灯再也点不着了，天再也没有亮过。都城大王急了，贴出告示说："谁能给天下带来光亮，我宁愿把王位让给他。"

老妈妈听说这事，想起那位白发奶奶嘱咐的话，就同儿媳妇去找那件换下来的破衣。因为这几天连着下雨，矮墙淋倒了，破衣被埋在土里。婆媳俩摸黑扒开泥土，好不容易找到了衣服。也真怪，衣服露出一角，天就亮了一角；衣服全扒出来，天就全亮了。老妈妈捞出一个饼，这个饼就飞到天东面去了，发出耀眼的光。老妈妈捞出另一个饼，另一个饼又飞到天的西面去了，发出明晃晃的光。人们把第一个饼叫作太阳，把第二个饼叫作月亮。从此，我们这里才有了白天和黑夜。太阳照一回是一日，月亮圆一回是一个月。

白天、黑夜都有了亮光，人们咋不高兴？都城大王来请老妈妈替换他去做王。可是，老妈妈不愿做王。都城大王又请她干儿子去做王，她也说不做。都城大王就问她为什么不做。老妈妈说："做了大官会变心，做了大王还不更要祸害人！"

都城大王听了她的话，很奇怪，便又问她究竟为什么，后来才知道老妈妈的亲儿子做了官，不认阿妈的事，就叫人牵来五条公牛，分别用麻索拴住她儿子的手脚和脖子，然后点起一尊大炮，"嘭"的一声响，五条公牛吓得各自奔逃。老妈妈的亲儿子，就这样落得个"五牛分尸"的下场。

有人说，后来每年八月十五中秋节，人们要做"日月饼"，供奉日月，拜谢老妈妈，缘由在此。

【附注】

同名文本《日月从哪儿来》，见中华民族故事大系编委会编《中华民族故事大系》第5卷（瑶族、白族、土家族），上海：上海文艺出版社1995年版，第353—355页。

【讲 述 者】 施美祥（白族，女，80岁）

【采录整理】 瑞鸿、瑞林、乐夫（白族）记录

【采集时间】 1981年8月采录于剑川沙溪北龙村

【流传地区】 云南省·（大理白族自治州）·剑川县

【文本来源】 中国民间文艺家协会组织编写，罗杨总主编，段忠民本卷主编：《中国民间故事丛书》（云南·大理·剑川卷），北京：知识产权出版社2016年版，第6—8页。

【阅读提示】 这是一篇描写特定物变成日月的神话，在主题设置上更侧重于宣扬伦理道德观念，特别是结尾所讲亲儿子因抛弃亲生母亲落得“五牛分尸”的下场。其目的在于借助神话干预现实生活，以达到劝人行善的效果。

【基本母题】 没有日月；天地黑暗；母亲寻找儿子；绝处逢生；给力的食物；饼变成日月；一天的来历；一月的来历；有功者做王；中秋节

【本文编码】 《日月从哪儿来》：ZCSW1023-232-025

征服太阳神

（布朗族）

相传，天地刚形成一万年，万物和人类还没有诞生的那个时候，宇宙中出现了七个太阳神，他们是七个亲兄弟。

有一次，七个太阳神兄弟发火了。他们气愤地说："我们要把天和地烧毁!"话说完，大哥和二哥就带头跳上天空，让身上迸发出强烈的火焰，将所有热量射向大地。一时间，原来一片荫凉的大地，热量就上升了一千倍。接着三哥和四哥，也跟着跳上了天空，与他们的两个哥哥并排站在一起，也将身上的火焰射向大地。这时大地上的热量又迅速增高到了一万倍，海水滚滚沸腾起来，地皮被烤得嘀嗒炸裂。五哥六哥等得不耐烦了，也相继跃上高空，和他们的四个哥哥并排在一条线上，把身上的光热投向大地和海洋。这时大地上的热度啊，突然间就猛增到了十万倍，海水被烧干了，大地热得直冒青烟。七弟见哥哥们在天上显示本领，也按捺不住性子了，也跟着跳到天上，与他的六个哥哥们一道，朝正在冒着青烟的大地加热。七个太阳神看见大地只冒着烟，不见起火。一气之下，就个个绽红了脸，发出全身的火焰，把所有的光和热一齐投射下来。这时，只听得轰隆一声巨响，冒着浓烟的整个地球，就燃起了冲天的大火！七个太阳神万分得意，他们站在高空手舞足蹈，继续拼命朝着大地加火。神火熊熊向四面八方蔓延，火焰从地皮烧进地心，又从地心深处往外喷发出来。火焰从地层一直烧逼到天盖，整个天地全被淹没在熊熊的火海里了。

大火越烧越旺，日夜不熄，整整烧了一万年。眼看地球就要被烧毁，天盖正在摇摇晃晃。就在这个时候，从天上的神山处来了一个猎神。这个猎神箭法高明，神通广大。他是专门巡逻大地，对付宇宙间的各种灾难，保护神主开创的大地和天空的。当他看到七个太阳神如此猖狂，拼命地焚烧天地，顿时怒火中烧。他气愤地指着太阳神，破口大骂道："胆大包天的七兄弟，现在你们好好听着，我要把你们一个个治服，绝不能让你们如此胡作非为!"说完他怒气冲冲地跑回神山里，挑来了七块坚硬的岩石，把它们一一磨成锐利的石箭。接着他抱着石箭爬到山顶上，两脚叉开，挺胸昂首地拉开神弓，搭上石箭，瞄准天上第一个太阳射出一支石箭，只听得轰隆一声巨响，刹时天空火花四溅，太阳神大哥被射中了，带着一身的火焰掉落下来，嘭地砸在大地上熄灭了。射落一个太阳神，烈焰就减少了一千倍。接着，猎神又搭上第二支石箭，瞄准第二个太阳，"当"的一声又将二哥射落下来，大地上的热量又降低了好几千倍。就这样，猎神一个接一个地射落了六个太阳。这时，天地间的热量，很快就降低了十万倍。原来熊熊燃烧着的火焰，也随着六个太阳神兄弟生命的终止，也很快地渐渐熄灭。猎神本想把七个太阳神都射落，可是，当他搭上最后一支石箭时，由于拉力过猛，咔嚓一声，弓被折断成了两截，第七个太阳神才幸运留在空中，没有被石箭射落。猎神无可奈何，就警告它说："从今起，直至亿亿万年，只准你出来行走半天，用你的光为天地照亮，以此赎回你的罪；另一半天，让你老老实实躺在大山底下休息。不许你再作威作福，不然，我还会回来收拾你的!"猎神说完，就返回神山去了。

从这以后，天上就只有一个太阳了。它是第七个太阳神兄弟的化身。同时也正是从这个时候起，天上也才有了月亮和星星。据说它们是那六个太阳神中箭时溅飞出来的大小火花呢。

而原来光滑平坦的地球，也由于遭受到长达一万年大火的焚烧，变成一个破烂不堪，七凸八凹，高低不平的残体了。后来，高处的地方就变成了山峰；低处变成了草地和平坝；窝处变成了池塘和湖泊；大大小小的那些裂缝，却变成了今天纵横交错的大小河流。

【讲 述 者】 波儿帕

【采录整理】 岩温扁记录整理

【采集时间】 （无考）

【流传地区】 云南省·（西双版纳傣族自治州）·景洪（景洪市）

【文本来源】 中华民族故事大系编委会编：《中华民族故事大系》第12卷（布朗族、撒拉族、毛南族），上海：上海文艺出版社1995年版，第9—11页。

【阅读提示】 这是一则广泛流传于布朗族群体中的有关日月起源的神话，不同于带有悲情色彩的"人化生日月"母题，叙事中侧重于表现猎神骁勇善战与自然抗争的英雄主义精神，同时也张扬了人本主义情怀。

【基本母题】 七个太阳；猎神射日；月亮的产生；星星的产生；山峰的产生；草地平坝的产生；河流湖泊的产生

【本文编码】 《征服太阳神》：ZCSW1024-232-026

当万与蓉莲（1）

（布依族）

古时天上无太阳月亮，全靠玉帝之红白元宝照明，红照白昼，白照黑夜。因玉帝终日但顾寻欢作乐，不以元宝照耀大烛，致令人间沉入无边黑暗中。天上有善心正直之神名虎威神将者，为此力谏玉帝，玉帝不唯不纳其忠言，反将虎威神将押赶人间，压于镇龙岩下。玉帝余怒未息，且用酸草根煨水以煮元宝，令元宝不再发光，以示决绝。

人间有恩爱夫妻当万与蓉莲（布依语“当万”、“蓉莲”即太阳、月亮之意）。为使大地重获光明，忍受极大痛苦，先至镇龙岩救出虎威神将，复于虎威神将之手获得已先作用之红白二元宝。为使此二物重放光明，夫妻不惜性命，遵虎威神将之嘱，当万吞红元宝，蓉莲吞白元宝，双双焚身，飞至天上，当万化为太阳，蓉莲化为月亮，人间自此又重获光明。

【讲 述 者】 （无考）

【采录整理】 袁珂据田兵等编《布依族文学史》中的《当万与蓉莲》改写而成。

【采集时间】 （无考）

【流传地区】 （无考）

【文本来源】 袁珂：《中国神话大词典》，北京：华夏出版社 2015 年版，第 449 页。

【阅读提示】 本则叙事属于“人化生日月”型神话，与传统的开天辟地背景下阐释神造日月、生育日月等日月起源神话有所不同，可以说该神话本质上更注重以人为本。

【基本母题】 古时候没有日月；黑暗；夫妻变成日月；日月名称的来历

【本文编码】 《当万与蓉莲（1）》：ZCSW1025-232-027

当万与蓉莲（2）

（布依族）

这是一则动人的布依族故事，讲述了一对年轻夫妇为了给人类带来光明，舍身化为了太阳（布依语叫当万）和月亮（布依语叫蓉莲）。传说天帝成天寻欢作乐，把给人间以光明的红、白元宝常常收藏起来，因此人们在地上经常是漆黑一团。虎威神将诛请天帝把元宝拿来给人间以光明。天帝不但不给，反而大发雷霆，一怒之下，用草药根把两个元宝煮死，连同虎威神将一起，压在人间红水河边的卧龙山上。当万和蓉莲克服了千难万险，爬到卧龙山顶去质问天帝，天帝却不予理睬。虎威神将给他俩托了一个梦，他俩按梦中所讲的办法，用眼珠砸破巨石，救出了虎威神将。虎威神将得救后，就对他俩说："若要使两个元宝还原发热发光，除非要有人把它们吞下肚里，人体被烧化后，元宝立即还原，飞上天去，用光和热照耀人间。"夫妻俩听了，毫不犹豫，当万吞下红元宝，身体立刻燃烧，飞到天上变成了太阳。蓉莲也吞下白元宝，化身飞到天上变成了月亮。从此天上有了太阳和月亮，人间随之有了光明。布依族为了纪念这对舍己为人的夫妻，就把太阳叫当万，把月亮叫蓉莲。

【讲 述 者】 （无考）

【采录整理】 罗汛河编写

【采集时间】 （无考）

【流传地区】（无考）

【文本来源】《中国各民族宗教与神话大词典》编审委员会编：《中国各民族宗教与神话大词典》，北京：学苑出版社 1990 年版，第 44 页。

【阅读提示】这则神话与《当万与蓉莲（1）》（ZCSW1025-232-027）相比，由不同的改编者完成，文字表述及语言风格有所不同。

【基本母题】黑暗；昏庸的天帝；丈夫变成太阳；妻子变成月亮；日月名称的来历

【本文编码】《当万与蓉莲（2）》：ZCSW1026-232-028

神射手勒戛

（布依族）

从前，天上有十二个太阳，它们每天都同起同落，晒得田地起了大裂口，禾苗草木都枯死了，人们不能上坡去做活路。鸭子渴得“呷呷”直叫唤，青蛙渴得“咯咯”直喊天。

那时，布依族有个后生，名叫勒戛，是个有名的神箭手。他见到这情景，又气又难过，就拿起弓箭，决心把太阳射下来。

起初，勒戛站在山顶上射，连发三箭，都射不到天上。后来，有个白胡子老爷爷驾了一朵彩云，来到山顶上对他说：

“好后生呵，你的心肠很好，可惜你的箭射不到天上。只要你真有决心，不怕吃苦，就从这里一直往南走，要走三十天。路上要经过一座狂风岭、一座火烧山、一座檬刺坡，最后到一条大河边。那里有一棵大榕树，有十来抱粗，你只要爬到榕树上，一见太阳从东边出来，你就连喊三声：‘榕树榕树快长高！’这样，榕树就会送你到半天空去，你就可射落太阳了。”白胡子老爷爷说完，眨眼就不见了。

勒戛依照白胡子老人的话，背了糯米饭，拿了弓箭，一直往南走去。走呀，走呀，越走越觉风大，走了七天，来到了狂风岭，狂风呼呼吹，斗大的石头，也被刮上天。勒戛被风刮倒了，喘不过气来，但他并不泄气，爬起来继续走，又跌倒了，他就爬着走，他咬紧牙爬了三天三夜，浑身都被飞石打得青肿，才过了狂风岭。

勒戛过了狂风岭，又往南走。走呀走，越走越觉闷热。又走了七天，来到火烧山，烈火熊熊，火苗直往天上冲。勒戛周身被烧得辣乎乎的，但他并不泄气，扳了一张芭蕉叶，咬紧牙朝火烧山走去。走了三天三夜，浑身被火烤起水泡泡，才过了火烧山。

勒戛过了火烧山，再往南走。走呀，走呀，越走坡越高，满坡树木参天，又走了七天，来到檬刺坡，遍坡都长满了檬刺，简直下不了脚。勒戛并不怕，他捡了三块石头，边铺路边走，走一步移动一块石头。又走了三天三夜，浑身被檬刺锥起了许多血眼，才过了檬刺坡。

勒戛过了檬刺坡，面前就出现了一条大河，河水又混又急，大浪卷起像小山。勒戛按照白胡子老人的话，在河边找到了那棵大榕树，不顾劳累，攀着树干就爬了上去。不久，东方渐渐发白了，十二个太阳又一起出来了。勒戛急忙张弓搭箭，大声喊道："榕树榕树快长高！"一连喊了三声，榕树果然长到半天空中。

勒戛对准太阳一连射了十箭，十个太阳就落了下来。剩下两个，一个吓得钻进云层，一个吓得跳进了天河，再也不敢出来了。

从此，天地间变成了漆黑一团。山山岭岭的黄麂、山羊、野兔、锦鸡、阳雀和画眉都看不见，无法觅食；田地里的稻谷、苞谷、棉花、甘鹿、芭蕉和黄果因为没有太阳，也都不生长；阿爸、阿妈、后生、姑娘都看不见活路。于是大家便商量着要把太阳喊出来。选哪个去喊呢？选来选去，选了黄牛。黄牛一喊，因为声音又大又瓮，两个太阳还是不敢出来。后来大家又商量，觉得公鸡的声音又响亮又好听，就请公鸡去喊。

起初，公鸡站在山顶上"喔喔喔"地喊，声音总是传不到天上。后来，那个白胡子老爷爷又驾了一朵彩云，来到山顶对它说："公鸡呀，你在这里喊一辈子也喊不出太阳来。要是你真有决心，就从这里一直往东走，走七天七夜，过一个大海，站在海边那堵大红岩上，先拍三下翅膀，然后再喊三声，太阳就会出来了。”白胡子老爷爷说完，眨眼又不见了。

公鸡按照白胡子老人的话，一直往东走去。走呀走呀，脚板都走破成叉叉了，它也不泄气。连续走了七天七夜，果然来到一个大海边。可是，公鸡不会浮水，怎么过得去呢？公鸡正在发愁，一只鸭子从海里游过来对它说：“公鸡公鸡，你莫发愁，为了喊出太阳，大家都过好日子，来！我背你过海去。”

鸭子把公鸡背过了大海。一到对岸，公鸡就飞到白胡子老爷爷说的那堵大红岩上。它连拍了三下翅膀，“喔喔喔”喊了三声。不一会儿，钻在云层里的那个太阳从东方慢慢爬起来，天上透出了五颜六色的朝霞。可惜，躲在云河里的那个太阳被水泡冷和洗白了，等它听到叫喊爬上岸时，已赶不上太阳了，就变成了月亮，在晚上出来。

从此以后，天上有了太阳和月亮，地上就有了光明。山山岭岭的黄麂、山羊、野兔、锦鸡、阳雀和画眉，都能在亮处觅食了；田地里的稻谷、苞谷、棉花、甘蔗、菠萝、芭蕉和黄果，也长起来了；阿爸、阿妈、后生、姑娘也都高高兴兴上坡做活路了。

【讲 述 者】 伍岩，韦天寿，覃老云

【采录整理】 （无考）

【采集时间】 （无考）

【流传地区】 （无考）

【文本来源】 姚宝瑄主编：《中国各民族神话》（布依族、仡佬族、苗族），太原：书海出版社 2014 年版，第 91—94 页。原文本标注选自《中国少数民族神话选》，西北民族学院研究所 1983 年版，由陈平选定。

【阅读提示】 射日与日月的产生等相关神话在布依族中流布广泛，不同讲述者口中的内容、情节有时会大相径庭，但大都表现出族人对神箭手的崇敬和对太阳的崇拜之情。

【基本母题】 十二个太阳；神箭手；射日；太阳藏起来；喊太阳；日月的产生

【本文编码】 《神射手勒戛》：ZCSW1027-232-029

十二个太阳

（布依族）

远古时候，天上是天神管辖的地盘。天神有十一个儿子和一个姑娘，个个聪明能干。虽说天神样样本领都大，但就是怕冷。他对儿女们说："谁能给我找到温暖，将来我死后，就让谁继承我的王位。"

十二个儿女各有一套打算，个个都想在天上称王。他们听了父王的话后，就各自去寻找温暖。他们走了许多地方，终于都在人间发现了火种。他们向盘古王求拜说："我们都是天神的儿女，游遍了整个天庭，处处都是冷冰冰的，只有人间的火，能使我们感到温暖，现在，请盘古王给我们每人一束火种吧！"

盘古王看到他们个个都长得生龙活虎，说话也很诚实，就同意把火种送给他们。

兄妹们拜谢了盘古王，带着火种飞回天庭去了。天神看到儿女们个个都找到了火种，十分高兴，就说："你们经历了千辛万苦，个个都找到了火种。但我还有一个希望，你们若能让火种永不熄灭，每月一个轮流出来照明，那才好呢。"

兄妹十二个都想长生不老，永放光明。于是，大哥点燃十个火把，二哥点燃二十个火把，三哥点燃三十个火把……一个比一个点得更多，一个想比一个更强。最后，火把越烧越旺，兄妹十二人变成了十二团火球，也不按天神说的每月轮流一次，个个都争着出来巡游。这样，每天都有十二团火球在天上转。大地被烘烤得热气腾腾，河流干了，树木枯黄了，田地开裂了，庄稼也被晒死了。山林中的鸟雀找不到果子吃，人们种的粮食颗粒无收，日子过得十分艰难。

盘古王看到百姓这么受苦，心中火冒三丈，说："哼！天上那十二个兄妹真不像话，我好心把火种送给他们，让他们在天上取暖，哪知他们不但不感恩，反而恩将仇报，变成十二团火球，一齐飞了出来，害得人间像火海一样。只可惜现在我老了，不能上天去惩治他们了。谁能上天去射落火球，谁就继承王位，管理天下。"

百姓们听了，都摆脑壳，不晓得怎么上天。只有盘古王的一对儿女——布杰和布缅兄妹俩站出来，要上天去射火球，为天下的人们出气。哥哥布杰十八岁，妹妹布缅才十七岁，他俩血气方刚，脚勤手快，没过多久，就造成了十二支金箭。

这天，烈日当顶，哥哥背起大弓，妹妹带上十二支金箭，他俩登上高高的播索密[①]山顶，哥哥爬到一株马桑树上，妹妹站在树脚把金箭递给哥哥。只听到"呼呼"的两声箭响，两个红彤彤的火球被射落下来了。哥哥一连射出十箭，十个火球都滚了下来，掉进大海里去了。这时，大地上突然凉爽起来，人们奔走相告，都说布杰兄妹本领大。他们欢呼着一齐围到马桑树下，请布杰兄妹不要再射了，要留一个白天照亮小伙子们犁田，还要留一个晚上照亮姑娘们纺纱织布。

布杰兄妹听从了大家的意见，这样天上只剩下最小的兄妹俩变成的太阳了。哥哥说："人们太厉害了，现在天上只有我们兄妹俩了，我们还是按人们的意见办吧！你管白天，我管晚上。"

妹妹说："哥哥说得很对，但妹妹有点为难，白天巡游，走起路来衣裙摇摇摆摆的，怕人偷看。晚上出来嘛，我孤单单一个女子又不敢走黑路，不知怎么办才好。"

哥哥说："妹妹还是白天巡游为好。有人偷看你的衣裙，就把身边那一

---

① 播索密：布依族语，布依族神话传说中的最高山峰。

万根银针撒出来，刺他们的眼睛，这样他们就不敢再偷看你了。”

这以后，妹妹就管白天，哥哥管晚上，他们都从东方升起，往西方落下，永远巡回往复。人们为了感谢兄妹俩白天黑夜轮流在天上给人们放射光明，就给他俩各取了一个好听的名字。妹妹被叫做“当婉”（太阳），哥哥被称为“冗令”（月亮）。

为什么冗令没有当婉那样光亮呢？原来人间布杰兄妹射日时，一连发出十箭，把天上第十一个火球吓昏了，不小心掉进天牛的滚水塘里去，满身沾着泥巴，再也洗不清，这样，他就没有当婉那么明亮了。

【讲 述 者】 黄未石念，王卜小荣

【采录整理】 杨路塔记录整理

【采集时间】 （无考）

【流传地区】 贵州省·（黔南布依族苗族自治州）·罗甸（罗甸县）等县

【文本来源】 姚宝瑄主编：《中国各民族神话》（布依族、仡佬族、苗族），太原：书海出版社2014年版，第73—75页。

【阅读提示】 这则神话用一个有关射日的叙事向人们传达了“月盈则满，水满则溢”的道理。

【基本母题】 十二个太阳；火种；射日；日月的产生；日月的特征；昼夜的产生

【本文编码】 《十二个太阳》：ZCSW1028-232-030

披乍贺与火神之子的一场战争

（傣族）

在远古远古的时候，天空中发生过一场激烈的战争。事情发生在英叭造天造地，有了太阳、月亮和星星之后。据说，和英叭神王诞生的同时，烟雾、大风和水气的不断摩擦，也诞生了一个叫“披乍贺”的大神。他是个雨雾之神、黑暗之神，他的神威和本领与英叭一样，巨大无比。他是个任性暴躁、忌光如仇的神，动不动就从嘴里吐出烟云、雨雾和缕缕黑暗，然后任由它在茫茫太空中翻腾、滚动，弄得好端端的世界天昏地暗、死气沉沉、毫无生气。他说：“我生下来唯一的任务就是向天空与大地喷吐黑暗，就是要使整个天地永远永远的黑暗。”所以，他不变不动，一亿年不变，一亿年不动，永生永世站立在厚厚的黑暗的中心，不断地向四面八方吐出黑云、黑雾和黑水、黑气。

有一天，他忽然看见脚下出现了一个圆球，再一抬头，又看见一个太阳和一个月亮，还有无数的星星挂在空中，把天地照了个通明透亮。“呔，这是谁干的？大胆的东西！”他十分恼怒，便立刻派出他的密探云雾去探明情况，同时还在暴跳如雷，指指天，又指指地，“隆隆”怒吼：“我要报复，要复仇，我决不允许天上、地下，所有的空间存在一丝光明，我要让太阳、月亮和星星一个也不剩，全部都吃掉。”

没一会儿，云雾回来报告，说这是英叭造出来的。披乍贺一跳八丈高，便大骂英叭不是个东西，吃了他嘴里吐出来的雾露与水气，竟敢违背他披乍贺的意志。“瞧他英叭敢把我披乍贺怎么样！”他便用力把眼一睁，只见那黑乎乎的大眼里射出一支支利箭似的寒光，直朝太阳、月亮和星星射去。要把太阳、月亮和一个个星星都射落下去。同时，他嘴里又不断吐出口水，那口水一离嘴，立刻就化为一阵一阵的雨，铺天盖地地倾盆而下，要把偌大一个地球都淹没掉。

从这时起，天地就有了雷声和闪电，有了狂风和暴雨。雷声就是披乍贺的怒吼，闪电就是他眼睛里飞射出来的寒光。风和雨就是他吐出来的黑暗。他断定，这些神威就足够把英叭吓坏了，一定会向他求饶，把太阳、月亮和星星收回去了。

可是，出乎他的意料，英叭似乎早就料到了，早就用定天柱稳住了天，四角的天柱，尤其是西拉神像牢牢地把地球支撑住，既没有把太阳、月亮和星星射落，也没把地球淹没。

披乍贺见不仅没有射落太阳、月亮和星星，也没有淹没地球，越发恼羞成怒，发誓不战胜英叭死不罢休。他便突然“轰隆”连吼三声，猛然跃向高空，张开黑乎乎的大嘴，一口就把太阳、月亮和星星吞下肚去了。顿时，整个世界就变成了一团漆黑，披乍贺高兴得哈哈大笑。“世界又黑啦，天上地下又没有光啦！哈哈哈……我胜利啦！”

天空没有了太阳、月亮和星星，天地又覆灭了，回到开天辟地之前那个黑暗的年代了。树木逐渐枯萎了，飞禽走兽无法寻觅食物，被困在饥饿与死亡线上，人也看不见东西，不能摘果子，不能活动，也都奄奄一息了。所有的生命，地上长的、天上飞的、大地上走的都死的死、亡的亡，不死不活的也都在呻吟、挣扎、哀求，坐以待毙……

这时，英叭在最高的那层天上知道了这个情况，十分惊讶，他不知道这位披乍贺大神为什么竟如此缺德，忍心把他费了千辛万苦创造出来的天地毁灭，忍心把刚刚产生的亿万种生命推向死亡。他便去黑暗的世界里找到了披乍贺，给披乍贺说了许多好话，请求他把太阳、月亮和星星吐出来，给予世界与万物一线希望。可是，披乍贺非常高傲、嚣张，他不仅不把太阳、月亮和星星吐出来，竟然大骂英叭神王，甚至挑衅道：“这世界究竟是归你英叭主宰，还是我披乍贺主宰？是你英叭说了算，还是我披乍贺说了算？”

英叭想了想，用商量的口气说：“这样吧，披乍贺，我们谁也不管谁，这世界，由我们两人平分，你管一半，我管一半，白天我管，晚上你管，总该可以了吧？”

披乍贺见英叭不发火，反倒和和气气，就以为怕他，他便哈哈大笑，侮辱英叭无能，害怕他了，便说：“不分，一点也不分，这世界本来就是我的，现在是我的，将来也是我的，我已把太阳、月亮和星星吞下去了，你奈我何？”

英叭什么也没说，只笑一笑，就走了。

没一会儿，他来到火神的家里，刚一进门，就见火神的七个儿子正在院子里嘻嘻哈哈，又说又笑地打闹。一见英叭进来，孩子们便一窝蜂围了过来，这个喊“爷爷”，那个问他好。没一会儿火神出来了，没等英叭开口，火神就说："我全知道了，您只说怎么办吧！"英叭又把刚才披乍贺蛮横、跋扈的态度说了一遍，倒使火神的七个孩子义愤填膺、摩拳擦掌，说他们立刻要去找披乍贺算账，为英叭爷爷出了这口气。

说起火神这七个儿子，原是火神的七胞胎，长得一模一样，高大魁梧，又因为生下来就在父母亲身边吃火、吃烟长大的，因此，一个个都性子暴躁，说不上几句话便火冒三丈。因此，谁也不敢惹他们，父母怕他们出去闹事，都不让他们出门去。英叭一看这七个孩子有如此英雄气概，便一声不响，先看看火神，还没等父亲开口，七个孩子便异口同声向父亲恳求道：

"父亲，让我们去吧，披乍贺如此欺侮人，还能忍了这口气吗？为了这天地之间的万物，为了救出太阳哥哥、月亮姐姐和星星妹妹，让我们跳上高空，烧死这个可恶的披乍贺，把这东西亿万年里吐出来的黑云黑雾烧它个干干净净，把人类从灾难的深渊中拯救出来。"

火神听了孩子们的话，心里十分感动，他看看英叭神王，反倒给孩子们求情道："神王啊，就让孩子们去吧，不除了这祸根，这天地也不得安宁。"

英叭神王听了很高兴。他又想了想，计算了计算，觉得也只能如此了，便点了点头同意了。

七个兄弟一见英叭爷爷点了头，高兴得一蹦一跳，就一个跃身，跳到高空之中，寻找披乍贺决斗去了。

这七兄弟一跳到高空之中，只见周围一片黑压压的兵马，不知从什么地方传过来一阵阴笑，原来披乍贺领着他的兵马，早有准备，要跟英叭恶战一场，却没料到，英叭自己不敢出阵，却派来几个毛头小伙，披乍贺便大吼一声：

"毛头小伙子们，你们快回去叫你爷爷英叭小子出来，免得你们送了命。"

火神的儿子们一听便暴跳如雷，七个小伙子一起要冲过去，却被大哥用手一挡，喊了声："等我先去收拾这妖魔，免得人家说我们人多势众，欺侮他。"

于是，大哥第一个出阵，只听他怒吼一声，立刻变成一团熊熊的烈火，直朝披乍贺猛扑过去。那披乍贺一个侧身，就隐没在黑暗之中，立刻就挥动巨手，搅拌云层黑雾，顿时太空中乌云滚滚，寒光闪闪，雷声轰隆，这些披乍贺的兵马立刻就朝火神的大儿子扑了过去，一时喊杀声震天，而且一阵又一阵，只是哪里近得了火球的身边。还没围过来，早已被火球吞没了，但是，那些黑兵黑将也十分英勇，前赴后继，不断地朝火球汹涌而去。那披乍贺躲在黑暗中摇旗呐喊，要他的部将冲过去，包围火球："吃掉它，吃掉它！"一场恶战，打得十分激烈。只是，那些黑兵黑将终究无法接近火球。

披乍贺见黑云黑雾无法战胜火球，于是他又张开大嘴，喷吐出口水，顿时，那口水在天空中翻腾起狂风暴雨，"哗啦哗啦"怒吼着，直朝火球冲杀过去。那来势十分凶猛，从四面八方不断冲过来，只见火焰慢慢减弱，大哥虽然奋力应战，终究寡不敌众，步步往后退。

二哥一看大哥处境十分危急，便也大喝一声："我来也！"立刻变成一团熊熊的火球，朝那浓墨的黑暗冲杀过去。只见那四面八方的黑暗越来越多，暴雨越来越大，每一滴就像一块大石似的朝火球砸了过来，冰雹就是从这时开始产生的。那狂风也愈来愈猛，"呼啦呼啦"转过头朝老二围过来。二哥不顾一切，杀开一条血路，直朝大哥那边靠拢，想要把大哥从黑暗中救出来。

五兄弟眼见大哥、二哥都被包围在千军万马之中，不知生死，哪里还按捺得住，便同时吼叫一声，一起变成火球，顿时，五个火球在太空之中滚动，把个宇宙照得通明透亮，然后一起向披乍贺冲杀过去。敌人哪里抵挡得住，只见那狂雨立刻化为一阵阵白烟，白烟又很快被火吞没，那些黑云黑雾则又化成一阵阵雨雾，雨雾又化成白气，白气迅速地销声匿迹了。

接着五个兄弟横冲直撞，直朝大哥、二哥身边冲去，于是，七个火球形成一个圆形，不说黑云黑雾、狂风暴雨全被歼灭，就连躲在黑暗中的披乍贺也无处躲藏，最后被烧死在无形之中，全军覆灭了。

火神的七个儿子终于战胜了披乍贺。可是，由于他们已经变成了火球，就再也不能恢复原形。最后，便变成了七个太阳，高高地挂在天空之中，长年累月地照着世界，又给人类带来了灾难。

这就是七个太阳的来历。[①]

【讲 述 者】 波玉挽

【采录整理】 王光搜集整理

【采集时间】 （无考）

【流传地区】 云南省·西双版纳（西双版纳傣族自治州）·勐海县·勐遮镇、勐混镇一带

【文本来源】 姚宝瑄主编：《中国各民族神话》（哈尼族、傣族），太原：书海出版社2014年版，第242—248页。

【阅读提示】 这则神话通过叙述火神7个儿子与披乍贺大神战斗并化身太阳的事迹，赞扬了其英勇和牺牲精神。

【基本母题】 英叭造天地；神的诞生；恶神；雷电的产生；风雨的产生；天柱；黑暗灾难；天地毁灭；火神的七个儿子；七个太阳

【本文编码】 《披乍贺与火神之子的一场战争》：ZCSW1029-232-031

太阳和月亮

（傣族）

很古很古的时候，我们傣族地区有一个地方官，是天王派下来的，做了三年后，生得两个男孩。第一个是麻子，名叫岩底，第二个长得特别好看，名叫岩尖。父亲死后，岩底做了首领，每逢关门节[②]的时候，他都要到天上

① 讲述者波玉挽说："这是从经书上读来的。"傣族把所有傣文古籍都称为"经书"。其实，他指的是史诗《巴塔麻嘎捧尚罗》。从书本又回到口头，情节似有发展。

② 关门节：是傣族的一个节目。

去拜访天王。他每次上天，最短三个月才下来。甚至于大半年，他住在天上也不下来。他不管人民的痛苦，只知道剥削人民，外边来了敌人他也不进行抵抗，反而到天上去躲起来，人民团结起来把敌人赶走后，他才下来。因此，人民对他很不满。

有一年，发生了战争，这次的战争进行的时间特别长，可是他在天上总不下来领导人民抵抗敌人。他的弟弟岩尖，率领着人民起来向敌人进行了英勇的斗争，结果才打败了敌人的进攻。这样，人民就选岩尖做了首领。

“现在我还不能做首领，我的哥哥还要下来。”岩尖说。

“不要紧，他喜欢在天上，就让他在天上吧！他下来我们也不要他了。”人民说。

“不行，这样做，他会领天兵来打我们的。”岩尖说。

“不怕，只要你做了我们的首领，任何敌人我们都不怕。”人民说。

岩尖被选为首领不久，岩底从天上下来了。人民知道后，就把他赶回天上去。他到了天上，就领来许多天兵，打起仗来了。战争开始没有半天，岩底被人民捉住了；他领来的天兵，也被人民打得落花流水，被打死的天兵尸体，化成蚊子、苍蝇，蚂蝗。岩底也被人民用火把他烧死了。岩底死了变成太阳，所以现在每年的七八月间，蚊子苍蝇特别多，太阳也特别热。因为岩底死了，还不甘心，他还想来危害人民。

再谈岩尖，他做了首领，庄稼长得非常好，河里、池里的鱼和虾也很多。人民的生活也一天比一天好了。敌人再也不敢来侵犯了。可是不久，岩尖因重病死去了。各地方的男女老少都很悲痛。埋葬岩尖的那天，每人都采了一朵花插在他的坟墓的周围，表示对他的尊敬和爱戴。岩尖死了变成月亮，人民送给他的花儿变成了星星。所以晚上月亮出来，星星也出来。月亮是好官变成的，所以它发出来的光也很凉快。

【讲 述 者】 （无考）

【采录整理】 波鸿杰

【采集时间】 （无考）

【流传地区】 （无考）

【文本来源】 谷德明编：《中国少数民族神话》，北京：中国民间文艺出版社 1987 年版，第 349—351 页。

【阅读提示】 本则神话叙事中的化生现象，是创世的常见母题，化生主体又与其他同类神话有所不同。

【基本母题】 人上天拜访天王；首领的产生；尸体化作昆虫；人死后变成月亮；星星的产生

【本文编码】 《太阳和月亮》：ZCSW1030-232-032

救太阳

（侗族）

古时候，天上的太阳是不落的，处处亮堂堂，一年四季象春天一样。种的糯禾，黄灿灿铺满田垌，栽的杉木，青苍苍染绿山岗。人人吃饱穿暖，个个都把太阳看成宝贝。

那时，地底下有个吃人的恶魔，名叫商朱。他最怕见太阳，因为太阳光射到他身上，他就一步也走不动了，什么东西也看不见了。所以太阳挂在天上，他便躲在地底，不敢在地面上露一露脸。

人说：凶狠的恶魔，心眼总是毒辣的。商朱把太阳恨进骨头里。他在地底下搜肠刮肚想了个坏主意，打了一根大铁棍，有九百九十九丈长，有九十九个人合抱那样粗。一天，他用尽全身的力气，趁着风势朝太阳打去。“嘭”的一声，挂太阳的金钩被铁棍打脱了，太阳从天上落下来，天地顿时变成一片黑暗。

商朱从地底下钻了出来，吃吃地怪笑着。他的笑声传到哪里，哪里就有一片哭声。在昏天黑地里，商朱撑开肚皮喝人血、吃人肉。

有两兄妹，哥哥叫广，是个勇敢的后生，妹妹叫扪，是个善良的姑娘。

他们不忍心听见大家的哭声，就找乡亲们商量救太阳的办法。他一言，我一语，大家商量好，做一架天梯，搓一条麻绳，把太阳拉回天上去。

广带着男子人们摸黑砍呀，修呀，修了三十三天，修了一架九百九十九丈长的杉木天梯。扪带着女人们用黄麻不停地搓呀，搓呀，搓了三十三天，搓成了一条九千九百九十九丈长的麻绳。

大家公推广到天上去寻金钩，扪在地上寻找太阳，约定找到太阳和金钩时，摇响铜铃作为讯号。

广和扪带着铜铃，各拿麻绳的一头，分手走了。

广爬杉木梯到天上，从天南摸到天北，什么也没有摸到。天上的风又尖又利，把广的肉刮破了。

扪拉着麻绳摸上大山，又摸过小河，也不知走了多少路，连脚都肿了。终于在肯亚山脚摸到了太阳。她用绳子套在太阳，靠在太阳身边，双手摇动铜铃，高兴得笑起来。不料这笑声被商朱听到了，商朱就找了扪，把扪抓到嘴边。他的指甲钳进扪的肉里，鲜血一滴滴地滴下来，滴在太阳身上。扪的一颗心也急得跳出嘴来，掉在地上。可怜扪还没有见到太阳的光亮，就被商朱吃掉了。

商朱吃掉扪后，他又去舀来污水，把太阳淋冷了。他想，就是你们拉得上去也不光亮了。他便放心地抓人吃去了。

广在天上，忽然听到地上当当的铜铃声，晓得妹妹已经找到了太阳。他加快脚步，从东到西在天上继续摸呀摸，一直摸到西天的尽头，终于把金钩摸到了。他连忙把绳子套进金钩，摇响铜铃，带着绳头从天梯上飞一样地滑下来。

广一回到地上，乡亲们就围拢来，接住绳头，齐心协力地拉，就这样太阳终于被大家拉上天去了！可是这太阳却暗淡无光，地上还是一片漆黑的。广便拿起一鼓风炉，扛起一把大铁锤，回到天上，把太阳放进炉里去炼。

顿时，炉火熊熊，声响阵阵。它就是我们今天听到的雷鸣，看到的闪电。炉子里飞溅出一颗颗火星，它就是我们今天见到的星星。

太阳终于发热了，明亮了。商朱双手捂着眼睛象瞎子一样在那里团团转，他再也休想逃回地底下去了。大家一拥而上，你一拳，我一脚，把这个恶魔活活打死了。从此，大家又有好日子过了。

广在天上想到麻绳虽然很粗大，终究经不住火烧。麻绳烧断了，太阳落下来，地上势必又会一片漆黑，地上的人们还会受苦的。因此，他决定留在天上，每当太阳落了他就把它拉了上去。所以我们现在有黑夜和白天。

再说扪的心落在地上以后，得到阳光的温暖，很快就发芽长枝开花，这就是我们今天看到的朝阳花。朝阳花不但象心，颜色也是殷红殷红的。太阳在哪方，她的脸就朝向那方。太阳身上有几点乌红乌红的斑点，就是扪滴在太阳身上的血！

【讲 述 者】 黄大奶

【采录整理】 鼓声、卜朗整理

【采集时间】 （无考）

【流传地区】 广西壮族自治区 •（柳州市）• 三江（三江侗族自治县）•（丹洲镇）• 板必（板必村）

【文本来源】 谷德明编：《中国少数民族神话》，北京：中国民间文艺出版社 1987 年版，第 628—631 页。原文本标注选自广西民间文学研究会编《侗族文学资料》（第二期）。

【阅读提示】 这则神话极富故事性，通过喜爱太阳、寻找太阳、重炼太阳、守护太阳等情节设置，表达出太阳产生非常不易，也从一个侧面反映出太阳在人们心中的重要性。

【基本母题】 以前太阳不落；天梯；找太阳；炼太阳；昼夜的产生；特定的花的产生

【本文编码】 《救太阳》：ZCSW1031-232-033

救月亮

（侗族）

从前，侗家有个武士名叫叟。他的箭法十分神奇高明。他的箭能穿过云层，命中目标，千里万里，也都能百发百中。

那时候，夜里常有妖怪出来害人。可是月亮照得地上亮光光的，无论怎样狡猾的妖怪，都逃不脱叟射出的神箭。

妖怪走投无路，只好跪在魔王面前求救："魔王爷爷，月光太亮了，叟的箭太准了，我们再也活不下去了，您想个办法救救我们吧！"魔王龇牙咧嘴嘿嘿一笑。魔王一笑，毒计就生，它一时难害武士，就设法暗算月亮。

有天晚上，叟照样在月光下练箭，忽然觉得月光渐渐暗淡下。叟抬头细细察看，只见月亮里有棵榕树，越长越大，最后把亮光都遮住了。于是，地上变得阴森森的，还一阵阵传来凄厉的惨叫声。叟想去察看，黑麻麻的看不清楚。叟想：妖怪乘机出来害人了，我要赶紧先救月亮，再救乡亲，要不地上就会变成妖魔鬼怪猖狂害人的世界了。叟越想越着急，马上背起砍刀、弓箭，用力一蹬，飞身上了大杉树尖顶，再一蹬，顺着风势奔上了月宫。

叟到月宫里定睛一看，见那棵大榕树，叶子长得象瓦片一样，密密麻麻，盖得下面什么东西也看不清楚。叟"唰"地抽出砍刀，猛地向大榕树砍去，边砍边大声喝道：

大榕树，
大榕树，
只许你在土地上生长，
不许你在月亮里遮光！

叟一刀砍下去，榕树被砍出一个缺口，叟刚把刀抽起，缺口马上长好了。叟一口气连砍几十刀，榕树还是一点也没有缺伤。

叟越砍越觉得奇怪，特意靠近榕树，伸手去摸树身，谁知这一摸不得了，叟的两手和那把砍刀，紧紧粘在榕树上再也抽不脱了。榕树发出了魔王嘿嘿的怪笑声。叟怒火万丈，连连喝道："不许你逞妖作怪！不许你危害月亮！不许你祸害天下众人!"叟这三声怒斥，震得这棵魔王变成的妖树枝枯叶子落，再也挡不住月亮了。月亮得救了，众乡亲得救了。

后来叟便留在月亮里，一直监视着魔王。这个故事也就一代一代传了下来。

【讲 述 者】 奈勺

【采录整理】 华谋搜集整理

【采集时间】 1962 年

【流传地区】 广西壮族自治区·（桂林市）·龙胜（龙胜各族自治县）·（平等乡）·龙平（龙平村）一带

【文本来源】 谷德明编：《中国少数民族神话》，北京：中国民间文艺出版社 1987 年版，第 631—633 页。原文本标注选自《侗族民间故事选》。

【阅读提示】 这则神话通过叙述寻找月亮，赞扬了武士叟的机智英勇和大无畏的牺牲精神。

【基本母题】 神箭手；榕树遮住月亮；月亮的重现；月影的产生

【本文编码】 《救月亮》：ZCSW1032-232-034

射太阳

（侗族）

相传，雷公曾降洪水灭世。天王见洪水虽淹没世人，却淹不死四兄弟，便放出十二个太阳，以晒干洪水。太阳昼夜照射，洪水慢慢地被晒干，草木亦被晒枯，大地晒裂。姜良、姜妹自葫芦中而出，酷热难忍。姜良遂砍来桑木做弓，矢竹做箭，顺着“上天梯”向上攀援，挽弓射日。他连射十箭，将十个太阳射落。姜妹见此，赶忙阻止：“莫射了，留一个照哥哥犁田，留一个照妹妹纺纱。”姜良听后收弓插箭，留一个太阳在天上照亮。哪晓得另一个小太阳已被吓得躲在蕨芨叶下，昼不敢出，只在夜晚才偷偷露面，有时竟只露半边脸，那就是今天的月亮。

【讲 述 者】 （无考）

【采录整理】 龙玉成编写

【采集时间】 （无考）

【流传地区】 （无考）

【文本来源】 《中国各民族宗教与神话大词典》编审委员会编：《中国各民族宗教与神话大词典》，北京：学苑出版社1990年版，第111页。

【阅读提示】 这则神话讲述了射日的原因、过程和结果，很符合叙事逻辑和听众的接受心理。

【基本母题】 洪水；十二个太阳；天梯；射日；月亮的产生

【本文编码】 《射太阳》：ZCSW1033-232-035

月亮和太阳

（高山族）

远古远古的时候，天空是很低很低的，像一口倒扣着的大锅。

那时，排弯人都住在山洞里，出门都得弯着腰走路，不弓着身子，头就碰天，不好走哇！一天，有个叫嘎拉斯的女人，她要出门，头一抬就撞着天，想弓身，肚里又怀着孩子，弯不下来，她只好在洞口舂米。她弓起背舂着，那长杵一提起就撞着天，只好低低地捣着，舂得好慢好慢。嘎拉斯急了，对丈夫咖道说：“这怎么办哪？天挡着，力气使不出来哩！”

咖道说："你捅吧！把天捅出个洞来，力气就好使了。"

嘎拉斯点点头，就一边舂米一边捅，可女人力气小，她舂呵捅呀，只听见那天空"咚咚"地响，半天也没捅出个洞来！她叫丈夫咖道来帮忙。

咖道是个大力士。他过去抓住长杵，和嘎拉斯用力往上一提，"嘣"地一声巨响，天给捅出个大洞来！一阵哗哗的声音，天慢慢地升起来了——升呀，一直升得好高好高；从此，人们就可以直着身子走路，可以挺着胸干活，再也不用弯腰曲背了，方便得多啦！

传说，当天空被嘎拉斯和咖道捅破以后，风来了，光也来了，在一阵闪闪的白光中，他俩被风卷上天宫，以后就变成了天上的月亮和太阳。

所以，排弯人叫月亮做"嘎拉斯"；称太阳为"咖道"。

【附注】

（1）异名文本《太阳与月亮》，见中华民族故事大系编委会编《中华民族故事大系》第 8 卷（畲族、高山族、拉祜族），上海：上海文艺出版社 1995 年版，第 407—408 页。

（2）异名文本《捅天的夫妻》，见姚宝瑄主编《中国各民族神话》（高山族、黎族、畲族），太原：书海出版社 2014 年版，第 4—5 页。原文本标注选自谷德明编《民间文学》1982 年第 12 期，由王松选定，讲述者为巴克奥罗·莫拉隆·巴古列达·卡拉尤普。

【讲 述 者】 金原金（男，高山族，福州市马尾造船厂干部）

【采录整理】 陈炜萍（男，58 岁，编辑）采录

【采集时间】 1982 年 3 月 20 日采录于福州市省台胞联谊会

【流传地区】 福建省·福州市

【文本来源】 中国民间文学集成全国编辑委员会编：《中国民间故事集成》（福建卷），北京：中国 ISBN 中心 1998 年版，第 12 页。

【阅读提示】 这则神话融合了天地分离和日月产生等母题，文本中记叙的生产生活场景反映出高山族排湾人的文化特色。

【基本母题】 以前天空很低；天洞；天升高；日月的产生

【本文编码】 《月亮和太阳》：ZCSW1034-232-036

喊太阳

（仡佬族）

古时候，白天有七个太阳，夜晚有七个月亮。太阳把地上的东西样样都晒死完，只剩下一根大马桑。人都无法活下去了。有个老者者和一个老公公，为了帮助大家解除灾难，让地上万物得到生长，他们用七天七夜的时间，制成一个弓，十二支神箭，他们爬到马桑树顶，等啊等，等到七个太阳出来，就搭上箭朝太阳就射去，射落了六个太阳，剩下了个满巴太阳，看见前边六个太阳被神箭射死了，吓得赶紧躲到厚厚的云里面，不敢再出来。老者者和老公公就坐在马桑树上等，等到天黑，七个月亮出来了，他们又搭上箭朝月亮射去，又射落了六个月亮，剩下的满巴月亮赶忙躲回去，不出来了。顿时，世间变成一团漆黑，人看不见东西，地上万物没有阳光，还是长不起来。百姓仍然无法过活。这样黑了七天七夜，老者者和老公公又商量，用哪些办法把太阳喊出来呢？想来想去，想到马跳得快，就让它去把那个满巴太阳喊了出来。随后，他们又把喊太阳的事对马讲，马说："喊是喊，只是你们要答应我一个条件。"老者者、老公公问它哪样条件，马说："脚上要有铁鞋穿，背上要配个鞍。"老者者、老公公一口答应，给马配上了金鞍，钉上了铁掌。马高高兴兴地跑到山顶，朝太阳出来的方向喊，可是喊啊喊，一直喊了七天七夜，太阳不肯出来，却在云里边生气地对马说："你脚穿铁鞋跑千里，身配金鞍该驮粮，不关你的事。"马只好跑回来，把喊太阳的经过告诉了老者者、老公公。两个老人又商量，认为牛老实，让它去喊太阳，太阳一定会出来。他们去给牛讲，牛哞哞叫着，说："喊是喊，我有个条件，要两只铁角头上戴，脚穿四只硬皮鞋。"老者者、老公公给牛戴上了两只角，穿上了四只硬皮鞋。牛就跑到山顶上，朝太阳出的方向喊，一直喊了七天七夜，太阳还是不肯出来，躲在云里边对牛说："你头戴铁角好护身，脚穿皮鞋好犁田，不关你的事。"牛只好回来告诉老者者、老公公。两个老人又商量，商量来商量去，不晓得让哪个去喊太阳最合适。这时，只见一只大公鸡咯哆咯哆地唱着歌走来。老者者、老公公有了主意，就跟鸡讲，要它喊太阳出来。鸡说："喊是喊，但有个条件，我头上要戴金梳子，身上要穿花锦袍。"老者者、老公公就给鸡戴上了金梳子，穿了花锦袍。公鸡高高兴兴地跑到山顶上，朝太阳出来的方向放开歌喉，一遍又一遍地唱歌，一直唱了三天三夜，终于用它那动听的歌声把太阳唱了出来。

从此以后，大地重见光明，万物生长，百姓安居乐业。老者者、老公公见公鸡聪明，就把喊太阳的任务交给了它。后来，太阳姑娘偷偷地爱上了多情的公鸡哥哥，每天早晨，只要她一听到公鸡哥哥的啼唱，就赶快从山背后出来，红着脸害羞地向公鸡哥哥吐露她的爱情。不过，她不愿让人看见她害羞，哪个要看她，她就拿针刺哪个的眼睛。

【讲 述 者】 王国荣，王国华

【采录整理】 陈营章，张守顺

【采集时间】 （无考）

【流传地区】 （无考）

【文本来源】 谷德明编：《中国少数民族神话》，北京：中国民间文艺出版社1987年版，第669—671页。

【阅读提示】 这则神话融合了射日、日月的运行等相关母题，叙事中的"喊"字用得好，把想象的皮球一下子踢给读者。

【基本母题】 七个太阳；七个月亮；射日；射月；太阳的躲藏；公鸡喊太阳；太阳的特征

【本文编码】 《喊太阳》：ZCSW1035-232-037

不死草

（哈尼族）

从前，偻尼山上有一位老猎人，带着七个儿子以打猎度日。

一天，老猎人淋着一场大雨，病倒了，吃不下饭，喝不下水，连喘气也感到十分困难。他知道自己不行了，忙把七个儿子叫到跟前嘱咐说："孩子，听说在很远很远的东方有一架三角形的山梁，那山梁上有一个山洞，洞里有金光闪闪的不死草。我死了以后，你们把我背到那架山上去，把不死草找来放在我的头上，我就能活转来了。"说完，老猎人便断了气。

老猎人死了以后，七个儿子一起抬着他的尸体朝着东方走去，去寻找那架三角形的山梁。他们走过了无数座山岭，渡过了无数条小河，老猎人的尸体开始发臭了，但一直没有找到那架三角形的山梁。这时，六个哥哥都泄气了，他们主张把阿爹埋在箐沟里，不愿再抬着尸体去寻找不死草。

老七见六个哥哥泄了气，便打起精神一个人背上阿爹的尸体朝前走。他又翻过了三座山，渡过了三条河，终于找到了那架三角形的山梁。他把阿爹的尸体放在地上，急忙去寻找那金光闪闪的不死草。好不容易在山洼里发现了一个金光四射的山洞，那洞口上一只老虎和一只麂子正在互相搏斗。麂子被老虎咬断脖子后摔下洞去了。这时，老虎发现老七，就张着血盆大口向老七扑来。老七并不惊惶，他抽出挂在腰间的长刀，闪过身，刷地挥刀向老虎砍去，老虎被砍成了两截。老七纵身跃进洞内，只见被老虎咬死的麂子已经活过来，衔着一棵不死草，腾空飞出洞去了。老七拔了两棵不死草，又拿了一片草叶含在嘴里。真奇，他顿觉身轻如燕，一纵身便飞出洞来，当他拿着金光闪闪的不死草跑到山梁上去救阿爹时，阿爹的尸体却无影无踪了。原来麂子衔着的不死草正好掉在阿爹嘴里，阿爹活转过来含着不死草不知飞到什么地方去了。

老七拿着两棵不死草闷闷不乐地往家走。来到一条小河边，河里淌来一只死狗。他便把死狗从河里拉出来，把不死草放在死狗的头上。过了一会，那死狗摇摇身子真的站起来了。一路上，不知他救活了多少家禽，多少牲畜，多少穷苦百姓。

一天，走到一个倭尼山寨附近，只听寨里闹闹嚷嚷，并且还传出悲伤的哭声。老七向一位老人问道：“阿波，寨里发生了什么事，为什么又闹又哭?”

老人家叹了一口气，说：“桑帕家那个鲜花一般美丽的姑娘死了，她家里人哭得死去活来，硬是舍不得抬出去埋。”

老七听了这话，急忙走进寨去。来到桑帕家，他对桑帕说：“快别哭了，桑帕。让我看看你的女儿，我有办法使她活转过来。”

桑帕一听，立刻转悲为喜。他对老七说：“神仙，我女儿已经死了两天，你如果能使她活转回来，我就把她嫁给你做妻子。”桑帕分开众人，把老七带上楼房，让他去看女儿的僵尸。老七见躺在楼上的那位姑娘虽然死了许久，但面容仍然美得像白色的花朵。他立即掏出带在身上的不死草放在姑娘的脸上。过了一会，姑娘喘起气来，并慢慢地睁开了眼睛。

桑帕见老七真的救活了女儿，心里就像吃了蜜糖一样地高兴。他等女儿身体复元之后，便选了一个日子，把女儿嫁给了老七。老七成婚之后不几天，就带着心爱的妻子继续返回家乡。到了家乡，六个哥哥不见了。这一下，老七没有了阿爹，没有了哥哥，心里痛苦极了。由于悲伤过度，他病倒了，消瘦了。妻子心想，不死草能救活死人，就更能治好病人，便偷偷地把一株不死草舂成粉末，煮在鸡汤里喂给老七。谁知老七吃下这棵不死草后，身子缩成一团飞上天去，变成了一轮金光闪闪的太阳。

老七变成太阳之后，他的妻子十分想念他，一天，便把剩下的那棵不死草舂成粉末吞下肚去。她也缩成一团飞上天去，变成了一个银光闪闪的月亮，挂在夜空。从那以后，天上才有了不会老的太阳，才有了不会老的月亮。

【附注】

同名文本《不死草》，见陶阳、钟秀编《中国神话》（下册），北京：商务印书馆 2008 年版，第 1063—1065 页。

【讲 述 者】 黄则恩

【采录整理】 杨胜能搜集整理

【采集时间】 （无考）

【流传地区】 云南省·西双版纳（西双版纳傣族自治州）·勐海县

【文本来源】 中华民族故事大系编委会编：《中华民族故事大系》第6卷（哈尼族、哈萨克族、傣族），上海：上海文艺出版社1995年版，第180—182页。原文本标注由黄则恩讲述，杨胜能搜集整理，选自《哈尼族神话传说集成》。

【阅读提示】 这则神话围绕“不死草”展开，通过一系列生活化的情节和细节表现出主人公勇敢、善良的品质，同时也歌颂了夫妻二人的真爱。

【基本母题】 狩猎；不死草；死而复生；人变成太阳；人变成月亮

【本文编码】 《不死草》：ZCSW1036-232-038

玛勒携子找太阳

（哈尼族）

从前，我们哈尼人的祖先，看得见天上有个红太阳，看到太阳从东方升起，落向西方。也知道万物的生存、繁殖都得依靠太阳。可是，太阳的光明和温暖总是照不到我们哈尼人的身上。那时候，我们的祖先，虽然处在白天，也像生活在黑夜里，没有阳光，没有温暖，天和地是阴森森的，到处都是豺狼虎豹挡道，遭害的人可没法相救哟！

我们的祖先，天天想太阳，年年想太阳，做梦也在想见到太阳。于是，我们的祖先终于下定决心，要推选出人来去寻找太阳。一提到要推选出人来去找太阳，人们的心血就沸腾起来了，个个争着要去寻找太阳。一个鹤发童颜的老阿公站起来高声说：“太阳当然看得见，可离我们太远了，不是十年八年就可找到的，何况一路上要经过数不清的穷山恶水，还有妖魔鬼怪挡道，即使有坚强意志的人侥幸闯过重重难关，但太阳离我们太远了，世上哪有能够活几百岁的人啊！难，太难了。”人们听了老阿公的一番诉说，一个个瞠目结舌，做声不得。在一片寂静的人群里，有个名叫玛勒，身怀有孕的年轻妇女，像一棵挺拔的青松般亭亭玉立在人群中朗声说：“穷山恶水挡不住山鹰的翅膀，正气凛然的人，定能战胜妖魔鬼怪。人虽然不能活几百岁，但我身怀有孕，我走不完的路，可由我的孩子接着走，只要认定一个方向子子孙孙接着走，终会找到太阳的。你们就选我去寻找太阳吧。”大家听了，都拍手欢呼起来，赞同玛勒带着未出世的孩子去寻找太阳，并嘱咐玛勒，找到太阳时，别忘了烧起冲天大火给哈尼人报喜讯。

玛勒出发了，她信心百倍，认清方向，坚定不移地一直朝东方走，她遇见成群结队的恶狼，张牙舞爪的虎豹，肥头大耳的野猪，狡猾的狐狸，化装成美女的毒蛇。有当面是个慈眉善目的人，转面是个青脸獠牙的恶鬼，有当面哈哈笑，背地使杀人刀的妖魔，有吃人不吐骨的厉鬼。真是每走一段路，都有生命的危险，但她还是平安地闯过去了。原来是有“山神”在暗中保佑她，才使她化险为夷。她走了七个月，在一户农民家生下了一个胖嘟嘟的男孩。当孩子满月后，她带着孩子又继续赶路。

母子俩，相依为命，不畏路途艰险，不停步地走了六十年，玛勒年岁大了，不能再继续赶路，就把哈尼乡亲交给她寻找太阳的重任，寄托在后辈儿孙身上。玛勒的孩子，毅然肩负起老人交给的重担，领着他的后辈，寻找太阳。十年、二十年直到一百年过去了，哈尼人终于盼到了从东方烧起的冲天大火，火势愈烧愈旺，红遍了整个天际。光芒四射的金太阳，高挂在哈尼山寨上空，给人们带来梦寐以求的光明和温暖。猖狂了几千年的虎豹狼也遁迹了。哈尼人从此过上了美满幸福的日子。

【讲 述 者】 （无考）

【采录整理】 周德平采录

【采集时间】 （无考）

【流传地区】 云南省・普洱县（普洱市）

【文本来源】 中国民间文学集成全国编辑委员会编：《中国民间故事集成》（云南卷），北京：中国ISBN中心2003年版，第129页。

【阅读提示】 这篇神话中将“寻太阳”的人设定为待产的孕妇，这一设定的巧妙之处在于以生命的延续和精神的传承主线，表达出一个完整的叙事，体现了哈尼族古老的太阳崇拜传统。该文本如果与壮族神话《母子找天边》（ZCSW0915-215-006）对比阅读，也许有些意思。

【基本母题】 民族祖先；动物变形；找太阳；山神作为保护者；金太阳

【本文编码】 《玛勒携子找太阳》：ZCSW1037-232-039

太阳和月亮

（哈尼族）

从前，人在的地方森林很密，野物也多，在森林里面有一种俄罗罗玛，专门和人捣乱。

俄罗罗玛是什么东西？是一种比人高，腰杆比水牛粗，身上长毛的野物，它的奶头拖到地上，喂小儿就甩到背后去喂，吃东西像猪吃食，“呱喳呱喳”，满嘴都是大板牙。

它们不干活计，专门偷人的包谷啦、荞子啦这些庄稼，有时候又把人活活地拖去吃掉。人很怕它们。

有一家哈尼人生了两个小娃，大的姑娘取名叫约白，小的儿子叫约罗，两个都是在属羊日生，所以都取名叫“约[①]”。阿姐约白脸白白的，像银子一

① 约：哈尼语，意即“羊日”。

样闪亮放光，所以她又叫“白[①]”，兄弟约罗是阿爹阿妈的靠望，爹妈巴不得他一天就长成伙子，所以他又叫“罗[②]”。姐弟两个聪明能干，个个都可爱。

约罗约白家的一块包谷成熟了，阿爹拿着弩箭去守。俄罗罗玛年年来吃他们家包谷，阿爹要守牢些才行呢。

有两只最精的俄罗罗玛吃惯了约白家的包谷，这回又来吃，正吃得香甜，母的说：“小娃他爹，小娃他爹，有人要打弩箭了，我听见‘骨啊——’的一声，弩机已经搬上去了！”

“不是不是，是风吹包谷叶子响！”

“哦，赶紧走赶紧走，我听见‘嚓’的一声，弩箭搭上去了！”

“唉——是你脚底下的石头响。”

正说着，“嘎滴哩——”射来一箭，正正地射在公俄罗罗玛的脖子上，它“咚——”倒下来死了。

“哎哟，小娃家爹，你死得可惨，你死得伤心，我要帮你报仇！”

母俄罗罗玛天天守在山上，等着帮男人报仇。

有一日，约罗约白的阿爸到山口打猎，俄罗罗玛就变成只马鹿“咄”地跳出来。对约罗约白的阿爸“罕——罕——”地叫，约罗约白的阿爸去撵马鹿，马鹿一直跑到老崖子下面，不见了。

“咦，明明是来这里了，怎么不见了？给是眼睛花？”约罗约白的阿爸到处找。这个时候崖头上“哐隆哐隆”滚下一块大石头来，把他砸死了。

俄罗罗玛砸死约罗约白的阿爸，又来杀他们的阿妈，趁阿妈进园子摘菜，一口咬住她的嗓管，活活咬死了。俄罗罗玛剥下阿妈的衣裳裤子，穿起来，来骗约罗约白。

哈尼的大人出门去干活，娃娃在家里玩，就把门朝里面锁起来——就是怕俄罗罗玛和野物来拖人。

约罗和约白等阿妈等到太阳落，不见回来，又等到星星出，还是不见回

---

① 白：哈尼语，意即“光芒四射”。

② 罗：哈尼语，意即“增添、上涨、兴旺”。

来，等到黑漆漆的半夜，听见声音了：“你们两姊妹快点开开门，阿妈回来了！”

约罗约白听听：哦，这个声音这样粗，这样老，不像嘛！

“阿妈的声音没有这样难听，你不是我家阿妈，怕是山头上的俄罗罗玛！”

“唉——不是不是，累了一天，水也不得喝一口，声音就老了一点。”

“嗯——你是我阿妈，把指头伸进来给我们摸一下。”

俄罗罗玛把手指头从门缝里伸进一个来，“拿着拿着，爱摸就摸摸。”

两姊妹[①]摸一下。“啊呀，这样戳，这样长！哦，你不是我们的阿妈，是俄罗罗玛，我们的阿妈手上没有这样硬这样长的毛毛！”

俄罗罗玛赶紧缩回手去，把手指头的毛毛拔掉，又伸进来。“不是毛毛戳人，是我在园子地里薅草，刺戳在上面了，瞧瞧，这回拿掉了，滑了。”

两姊妹摸了一下，湿漉漉粘乎乎的，像是血。“滑倒是滑了，只是血淌出来了，我们的阿妈手上不淌血。”

俄罗罗玛又缩回来舔干，“这回是了吧。”

“还不是，我们的阿妈手指头上戴着金戒指呢！”

俄罗罗玛拿一根干草裹起手指来。“唔，戒指也有了，开门吧！”

姐姐约白看着不像的，弟弟约罗不懂事，见像了，要去开门，姐姐“啦”地一嘴巴打过去，约罗哭起来。

“阿妹[②]哭哪样？”

“阿姐不准我开门，打我一巴掌！”

“这个死姑娘，等我来打她！”

俄罗罗玛见姊妹两个不开门，就趴上蘑菇房[③]，扒开四角的草顶，从那里掉进去，它的一只奶掉下去，另一只挂在上边，扯出血来也不顾了。

---

① 两姊妹：口语中并非仅指姐妹，姐弟亦可称。

② 阿妹：哈尼族对小孩的爱称。

③ 蘑菇房：哈尼族古老的草房式样，顶似蘑菇状。

进去以后，骂道：“为哪样不开门？两个小死鬼！赶快洗脚洗脸睡觉去!”

两姊妹在那里洗脚洗脸，约罗洗干净了，约白就抹些锅烟子①给他，洗干净了，又抹些锅烟子给他。

“啊呀阿妈，我的脸脚洗白了，约白又抹些锅烟子给我，洗白了又抹些锅烟子给我!”

“憨姑娘！等我发起火来，把你咬死掉！等着等着，小心肝，阿妈来帮你洗。”

洗好了，睡下去了。

睡到半夜，约白听见阿妈“嗒嗒嗒嗒”地吃东西。“阿妈，你吃什么?”

“没有吃什么，我到你阿舅家拿得几颗干蚕豆，在这里嚼两颗。”

“这样嘛，也给我吃点。”

俄罗罗玛递过来一只手——“哦，吃我的兄弟了!”约白把弟弟的手放进披火披斗里面。“阿妈，我要去解小便!”

“解小便你就解在房里得了。”

“房神会来咬我的屁股呢!”

“到灶房里解得了。”

“灶神会不依呢。我到楼后面去解，你怕我跑掉，就用背带拴住我的手，你拉一下我应一声。”

“好嘛好嘛!”俄罗罗玛用背带拴住约白的手，把她吊下楼去。

约白把背带解下来，拴在门前的狗脚上，俄罗罗玛拉一下，狗就“咯衣——咯衣——”地叫两声。“噢，这只死狗，我拉我的姑娘，你叫什么!”约白跑掉了。

约白跑到寨子边，躲在一棵柿子树上。

俄罗罗玛撵来了，“快点下来，我的姑娘，你在那里干什么呀?”

“摘柿子吃呀。”

---

① 锅烟子：相传鬼宗邪魔怕锅烟子。抹锅烟子为了避邪。

“哦——甜还是涩呀?”

“甜呢。”

“也给我吃一个。”

“好。不过嘛，丢在地上就烂了。”

“我拿衣兜接着。”

“衣兜接也惯扁了。你老实想吃，就去把阿爸的长矛拿来，我爬到树尖，戳一个最红最大的给你。”

“好，好。”

长矛拿来了，约白戳下一个最红最大的柿子来，“阿妈张开嘴，我放进去。”

俄罗罗玛张开嘴，约白使力一戳，把它戳死了。

俄罗罗玛不死心，死后变作一蓬荨麻[①]围住柿子树，约白下不来了。

天亮的时候，路上来了一伙赶马的人。

“阿波，你们帮我下来，下得来，我做你们的姑娘，帮你们煮饭洗衣裳!”

“好吧。”

赶马人丢一张牛皮给约白，约白坐着牛皮梭下来了。

她把事情说给赶马人听，赶马人说：“小妹妹，你也不要哭了，我们也不要你当姑娘了，去，你赶紧救你的兄弟去!”

“怎样救呀，阿波?”

“你瞧，这条大路朝太阳出来的那边去的，你顺着走到尽头，那里有一片大水[②]，水边有一种草，叫‘纳西七尼贾纳’，就是起死回生药了，只消把它放在你兄弟的手杆上，他就会活过来。”

“你们心肠这样好，阿波，我要永世谢你们!”

约白顺着赶马人指给的大路，一直来到太阳爬出来的大水边，看见那里

① 荨麻：一种满身长刺的蓬生草。

② 大水：大海。

有一种草，一棵开七朵花，开红花，开白花，金亮，红花亮出红光，白花亮出白光。她摘下一朵红花，放在兄弟约罗的手杆上，兄弟约罗就活回来了。

约白约罗两个来商量，这个世上太难在了，太苦了，到处是俄罗罗玛，要到没有俄罗罗玛的地方去，永远离开受苦受难的地方。但是他两个没有办法。

这个时候走过来一个阿匹[①]。"阿匹阿匹，你格认得有什么办法能离开这个到处是俄罗罗玛的地方?"

"没有俄罗罗玛的地方只有天上，地上是没有的。"

"我们要到天上去，怎么去呢?"

"好去。你们把'纳西七尼贾纳'拿来吃，吃吃就会去了。"

兄弟约罗摘来一朵红花吃下去，一身都变得热和和红通通的，他飞起来，飞进太阳去了，成了太阳神，所以太阳神就是约罗。

约白摘来一朵白花，吃下去，一身变得亮堂堂的，也飞起来，飞进月亮里去了，她就是月亮神约白。

姊妹两个永远离开受苦受难的大地，离开了有俄罗罗玛的地方，过好日子去了。

但是他们又商量，怎么才能不让俄罗罗玛不吃人害人呢？两个定下来，一个出来，一个进去，白天黑夜把亮光照到人世上来，俄罗罗玛看见亮光，就不敢来害人了。

约白说："兄弟，你晚上去吧。"

"哦，阿姐，我害怕，夜晚四处黑洞洞的，我一个人，不敢走路，你去你去!"

"好吧，那么你白天去。"

"白天？白天我也怕。"

"白天怕哪样?"

"怕羞。"

---

① 阿匹：哈尼语，即老妈妈的意思。

“你胆子这样小，还是个男人呢！好吧，我给你一把金针，你怕羞，哪个来看你，你就拿金针戳他的眼睛。”

这样，两个就分开走路了，太阳神约罗白天出门，月亮神约白夜晚出门，哪个要看约罗，他就拿金针来戳眼睛。太阳神约罗胆子小，跑得快，累得一身都热烘烘的，脸都跑红了。月亮神约白胆子大，不害怕，在夜晚一个人静静地走。她看见赶马人赶夜路，就好好地给他们照路，她感他们的恩呢。

过了很多年，约罗和约白在天上孤单单的，日子也不好在了。想起世上那样多的伴，大家大伙在一起，多好玩呀，但是他们又下不来，有时就伤心哭了，这个时候天上就下雨，雨水是他们哭出来的眼泪。

有一天，约白说：“兄弟，人人都有伴，我们没有伴，个个做夫妻，我们没有人来做夫妻，我们来做夫妻吧。”

“好呢，阿姐。”

约罗约白两个就做了夫妻。

他们两个老实喜欢了，一生就生下一窝一窝的小儿，小太阳小月亮是两个两个地出来，白天太阳把大地晒软了，石头也像蜂蜡样化了，夜晚月亮把大江大海也晒平了，到处都是枯焦焦的，他们家的小狗就跑上天来骂：“你们干下了不会脸红的事情，还生下这样多的小儿，不是比俄罗罗玛还坏吗?”

“阿克①，不要叫，不要叫!”

“不叫也要叫，底下的人耐不了!”

约罗约白把狗关在家里，不给它出去乱说，狗趁他们不在，就把那些小儿一个一个地吃掉了。

约罗约白回来，见小儿一个也不剩，就哭起来。两个又商量生小娃，狗见他们这样做，就不回世上来，专门等着他们生出小娃来吃，这样，吃小太阳的日子，太阳就黑，这就是日食，吃小月亮的日子，月亮就暗，这就是月食。

现在我们哈尼人说起太阳神和月亮神，就说：“奔玛哈玛戈梭惶克扎，

---

① 阿克：哈尼族对多的称呼，含有亲昵意味。

八苦亚耶俄都结。”这句话是说，太阳月亮像泉水一样清白，但是也有在一起怀孕的时候，也有生下小娃被天狗吃掉和丑事，人间的人再聪明再高贵，也有枯树叶子掉下来打着你的脑袋的时候。

这是说太阳月亮的事情，也是教做人的道理。

【附注】

本文关联文本，参见佤族神话《太阳、月亮和星星的由来》（ZCSW0994-231-022）。

【讲 述 者】 卢朝贵（哈尼族）

【采录整理】 史军超采录

【采集时间】 （无考）

【流传地区】 云南省·（红河哈尼族彝族自治州）·元阳县

【文本来源】 中国民间文学集成全国编辑委员会编：《中国民间故事集成》（云南卷），北京：中国ISBN中心2003年版，第117—122页。

【阅读提示】 本篇神话的故事性较强，用细腻的手法叙述了姐弟智斗怪物俄罗罗玛的过程，最后落脚到姐弟二人化身为日月，叙事主题大大升华。

【基本母题】 从前野兽很多；起死回生药；太阳神；月亮神；日月的特征；日月婚

【本文编码】 《太阳和月亮》：ZCSW1038-232-040

天怀孕，地怀孕

（哈尼族）

远古时候，没有天，没有地，四面八方都是茫茫的云和雾、水和气，不分上和下，不分黑夜和白天，没有日月星辰，没有雷电风云，也没有山川湖泊，没有草木花鸟，没有飞禽走兽，更没有人烟。不知过了多少年，那茫茫的云和雾、水和气，就变成了一个无边无际的汪洋大海。又过了多少年，大海里生出了一条看不见头，也看不见尾的大鱼。那大鱼见没天没地，到处空空荡荡，便把右鳍往上一甩，只见海浪滔天，水花四起，这些海浪和水花就凝在空中，成了朗朗的天；它又用左鳍往横一扫，只见黑浪滚滚，水花四溅，就造成了地。

天和地有了，天上和地下都空空荡荡，冷冷清清，那大鱼又用它的鳍拨起水花，这水花就是怀胎水。天和地吃了怀胎水，便都怀孕了。

天怀了九千九百九十九年的孕，就要生了。那天乌云滚滚，天号地哭，一阵剧痛，天生下一对男女，这对男女就是太阳和月亮。从此，天地就有了光明，分出了黑夜和白天。太阳和月亮又怀了孕，便生出了满天的星斗，生出了雷和电，生出了风和雨，生出了白云和彩霞。从此，天就成为天了。

地怀孕也怀了九千九百九十九年，就要生了。他生的那天，乌云滚滚，天号地哭，一阵剧痛，便先生下一对神人。这对神人，一个男一个女，生下来就会说话，就会走路。刚一生下来就大喊："我要吃东西，我要吃东西!"大地妈妈发愁了，这大地上什么也没有，拿什么给孩子吃呢？正愁着，她又生下了草木，草开花，树结果，那对男女便吃树叶花果。后来，大地妈妈又生下了狮子、老虎、犀牛、飞骆、虫豸蛇蛙，她怕人不够吃，便不断生出各种东西。但是，后来大地妈妈才知道，有些东西不仅不能供人食用，还要害人、吃人，她很后悔。可是，后悔也没有用了，她便教人去制服这些东西。

【讲 述 者】 朗特

【采录整理】 古梅搜集整理

【采集时间】 （无考）

【流传地区】 云南省·西双版纳（西双版纳傣族自治州）·勐海县

【文本来源】 姚宝瑄主编：《中国各民族神话》（哈尼族、傣族），太原：书海出版社2014年版，第15—16页。

【阅读提示】 这则神话通过孕生万物的情节，表达出哈尼族信奉万物有灵的自然观念。特别是大鱼这一文化符号，象征了生殖、生命与创造，在哈尼族创世神话中多有出现。

【基本母题】 以前世界什么都没有；水气生海洋；海洋生大鱼；天地的产生；怀胎水；天地生日月；昼夜的产生；雷电风雨的产生；花草树木的产生

【本文编码】 《天怀孕，地怀孕》：ZCSW1039-232-041

月亮和太阳

（哈萨克族）

据说，创造天和地时，月亮和太阳是一对无法结为夫妻的恋人。月亮是美女，太阳是伴天和地创造出来的，当黑暗与光明、白天与黑夜分开之时，先出世的太阳拥有了白天，而后出世的月亮则拥有了黑夜。白天和黑夜互相追逐，永远也不会互相碰面。因此，这一对恋人虽渴望见面，但无论怎样追逐都无法相见。

但他们从不失去信心。他们常常光芒四射，脸上露出笑容。有时，他们会伤心得皱起眉头。笼罩住阳光和月光的乌云就是他们的忧愁，下的雨就是他们因思念而流下的眼泪。

爱情之火尤其使月亮悲痛万分。她因充满希望而满月，也因失望而缺月。盼着见到太阳的月亮，日渐成熟，到了十五这天从东方升起，却也只能见到一点渐渐离去的追不上的落日霞光。而第二天，当天刚蒙蒙亮时，太阳伴侣就会来到昨晚月亮来过的地方，但是，此时月亮早已远离而去了。就这样，愿望与思念，希望与失望，黑夜与白昼无休止地互相追逐着，追逐着……因急切期待而消瘦的月亮，渐渐地像鱼钩一样弯曲，她那美丽的脸蛋儿甚至还长出了皱纹。

【讲 述 者】 谢热亚孜旦·马尔萨克（哈萨克族，男，60 岁）

【采录整理】 尼合买提·蒙加尼（哈萨克族，男，历史学家）采录，杨凌、古丽珊·托呼拜译

【采集时间】 1987 年采录于乌鲁木齐县白杨沟夏牧场

【流传地区】 新疆维吾尔自治区·（乌鲁木齐市）·乌鲁木齐县（天山区）·白杨沟夏牧场

【文本来源】 中国民间文学集成全国编辑委员会编：《中国民间故事集成》（新疆卷），北京：中国 ISBN 中心 2008 年版，第 11—12 页。

【阅读提示】 这则神话将太阳和月亮说成是无法结为夫妻的恋人，有现实生活的影子，充满了奇幻的想象。

【基本母题】 太阳和月亮是恋人；日月的运行；乌云的产生；雨的产生；与日月有关的现象

【本文编码】 《月亮和太阳》：ZCSW1040-232-042

九个太阳

（珞巴族）

最初，天和地是连在一起的，混沌一团。后来，天从中间凸了起来，地渐渐凹了下去，但天的周围还是和地连在一起。

天和地结了婚。不久，大地生了九个太阳。

有七个太阳兄弟住在天和地相连的金日冬日那个地方。那里有一根顶天立地的大石柱，大地上的水都汇集到大石柱那里。七个太阳成天价把大石柱晒得火烫烫的，凡是流到那里的水，立刻就被烘烤干了。所以，大地上的水才不至于倒流回去，泛滥成灾。

另外两个太阳兄弟，就住在天父的怀抱里，像天父的两只眼睛一样，整天看着大地母亲。有一次，太阳的同胞、也是大地的孩子——动物和虫豸们

正在摘桃子呢。虫子穷究底乌带着自己的孩子也和大伙儿在一起摘桃子。谁知，住在天上的一个太阳兄弟把他的孩子晒死了。穷究底乌大怒，拔出箭就朝着这个太阳兄弟射去，一箭射穿了他的眼睛。这个太阳兄弟再也不能放出光芒来，眼睫毛落到了大地上，就变成了鸡。从此，天父的怀抱里只剩下一个放着光芒的太阳。

大地上的人们和牲畜，要给剩下的这个太阳支差，所以总是白天活动。

山林中的野兽和地下的老鼠，不给这个太阳支差，所以总是晚上活动。

【附注】

同名文本《九个太阳》，见谷德明编《中国少数民族神话》，北京：中国民间文艺出版社 1987 年版，第 260—262 页。原文本标注摘自于乃昌《珞巴族民间文学资料》。

【讲 述 者】 东娘（珞巴族，女，60 多岁，农民）

【采录整理】 于乃昌（汉族，男，西藏民族学院教师）采录

【采集时间】 1979 年 7 月采录于米林县纳玉区

【流传地区】 西藏自治区·（林芝市）·米林县·纳玉区（南伊乡）

【文本来源】 中国民间文学集成全国编辑委员会编：《中国民间故事集成》（西藏卷），北京：中国 ISBN 中心 2001 年版，第 9 页。

【阅读提示】 这则神话所叙述的天地婚、射日、万物秩序等母题，对考察珞巴族早期民族文化记忆有一定的助益。

【基本母题】 最初天地相连；天地婚生太阳；九个太阳；顶天柱；射日；鸡的产生

【本文编码】 《九个太阳》：ZCSW1041-232-043

太阳和公鸡

（珞巴族）

古时候，天空出现两个太阳，不仅把地上的很多树木晒死，而且也把猴子的屁股晒红了，连金阶波波[①]的儿子米都也被晒死，许多乌佑[②]热得无处藏身。怎么办呢？乌佑的首领达木也为此发愁。正在这时，金阶波波对众乌佑说："太阳把我的儿子晒死，我要报仇。"

他说到这里，就拉开弓箭，朝太阳射去。箭到之处，果然把一个太阳的眼睛射瞎，逼他逃走了。大地一下子变得凉快起来。

太阳见自己的兄弟被打瞎眼睛，极为生气，也跟着躲藏起来，不再出现。这样大地变得漆黑一片，许多生物又无法生活了。怎么办呢？

为了请太阳出来，乌佑们和各种动物一起想办法。这时巴利[③]和波新[④]两个野鸡提出自愿去请太阳出来。大家十分高兴。

巴利和波新到了太阳那里，太阳对他们说："请我出来好办，但你们要把自己的头割下，把胸部劈开，将肝取出来！"

巴利和波新听了，认为这样做是要他们的命，这还了得！他们无法按照太阳的要求去做，只好回去了。

公鸡见到巴利、波新辜负了大家的期望，没有把太阳请出来，便自告奋勇去请。他一边走，一边啼，太阳听到公鸡的声音那么宏亮，十分害怕，便想逃避。但他逃避到哪里，公鸡就叫到那里。他没有办法，只好对公鸡说："你想要找出来，那么就把你的头割下，把胸部劈开，把肝取出来！"

公鸡听了，毫不迟疑地用刀把自己的头割下，把胸部砍开，取出肝来。太阳见公鸡勇敢地按照他的要求去做，没法再推脱，只好出来了。

太阳出来没有几天，蝙蝠便对太阳说："光是公鸡来请，为什么乌佑和

---

① 金阶波波：一种地里的蛹，呈黑褐色。

② 乌佑：珞巴族博嘎尔部落方言音译。是珞巴人对精灵、神灵和鬼魂的泛称。编者注。

③ 巴利：一种较大的野鸡，身有彩色羽毛。

④ 波新：一种较小的野鸡，呈灰黑色。

人不来请?”

太阳一听，觉得蝙蝠的话有道理，便生乌佑和人的气，不再出来了。

公鸡见太阳出了几天后又躲起来，违背了他许下的诺言，就去东英阿乃那里诉苦说：“由于蝙蝠向太阳说了乌佑和人的坏话，使太阳生气。现在太阳又不出来了，该怎么办呢?”

东英阿乃听了，对公鸡说：“你再去太阳那里央求吧!”

公鸡听了东英阿乃的劝告，再到太阳那里。太阳又对他说：“如果叫我出来，你用刀再把自己的头割下，把胸打开，取出肝来。”

鸡听了，仍像前次那样，毫不畏惧地把自己的头割下，把胸打开，取出肝来。太阳见了无法推脱，只好出来，但他仍痛恨人和乌佑没有去请他。因此他走到哪里，就在那里吃人和吃乌佑。

由于太阳吃人，所以地上经常死人。太阳喝了大量的人血和乌佑血，所以他的脸色变成现在那样红。

因为太阳吃乌佑，乌佑的首领达木十分生气。有一天，达木藏在太阳经过的路边，当太阳到来时，乘其不备，一口把他吞到肚里。但太阳的本领也很大，在达木的肚里呆一会儿，又从他的屁股里钻出来。所以现在有时候，白天太阳忽然不见了，原因是达木把他吃掉的；当太阳重新出现时，那是他从达木的屁股那里钻出来的结果。

【讲 述 者】 达大

【采录整理】 李坚尚、裴富珍搜集整理，达嘎翻译

【采集时间】 （无考）

【流传地区】 西藏自治区·尼米金（不详）

【文本来源】 中华民族故事大系编委会编：《中华民族故事大系》第16卷（赫哲族、门巴族、珞巴族、基诺族），上海：上海文艺出版社1995年版，第525—527页。

【阅读提示】 这则神话中蕴含着大量具象性的思维表达和拟人化的联想，反映出史前文明时期独特的文化表达与艺术审美。

【基本母题】 两个太阳；射日；太阳因生气藏起来；请太阳；太阳的特征；日食的产生

【本文编码】《太阳和公鸡》：ZCSW1042-232-044

太阳和月亮的来历

（满族）

你知道天上的太阳和月亮是怎么来的吗？听我给你讲讲它的来历。

这是很早很早以前的事了，那时候天上没有太阳也没有月亮，地上是一片漆黑，分不出白天和晚上，人的一双眼睛什么也看不见。

人群中有一个小伙子，还有一个姑娘，他俩为一母所生的亲兄妹俩。兄妹俩觉得人世间黑暗得太可怕了，便决心为人们寻找光明。光明在哪里呢？传说西天有位佛祖，能救苦救难，兄妹俩就奔西天去了。佛祖见兄妹俩跋山涉水来的，心挺诚，便赐给他俩一盏灯笼和一双飞鞋。妹妹穿上飞鞋、提起灯笼说："哥，快走吧！"哥哥便紧跟在了后面。可是妹妹行走如飞，哥哥怎么撵也撵不上。妹妹听不到哥哥的脚步声，知道哥哥落在了后面，便要停下来等等哥哥，无奈飞鞋如飞，想停也停不下来，不一会儿功夫，便把哥哥落得不见踪影了。哥哥不见了妹妹，急得拼命地呼喊。这喊声惊动了佛祖，佛祖随后赶来，送给哥哥一面镜子，哥哥拿起镜子向前面一照，发现了妹妹的影子，就顺着影子追了上去。他边追边喊："妹妹，等哥哥一会儿！"妹妹听到喊声，回头一看，镜子里的人浑身上下一丝不挂。原来那时候的人身上都不穿衣服，只是在黑暗里谁也看不着谁罢了。妹妹头一回见到这种情景，哪能不害羞？羞得她扭头就跑，哥哥哪里知道妹妹是因为他赤身裸体才跑的，还在后边撵。就这样，妹妹在前面跑，哥哥在后边撵，一直撵到今天。那妹妹手中的灯笼便是太阳，哥哥手中的镜子便是月亮。哥哥虽然怎么也撵不上妹妹，人世间却从此有了光明。

据说后来妹妹知道自己也是赤身裸体了，她想离开天空，不让人们看她，可又不忍心人世间再黑暗下来。她想来想去，准备了金针，谁要仰起头来看她，她就把金针举起来。人们怕金针刺眼睛，便低下了头，不敢看她了。

直到今天，人们还不敢直眼看太阳，但都感谢太阳和月亮给人们送来了温暖和光明。

【讲 述 者】 李成明

【采录整理】 张其卓、董明记录整理

【采集时间】 1983 年采录于岫岩镇

【流传地区】 辽宁省·（鞍山市）·岫岩满族自治县·岫岩镇

【文本来源】 姚宝瑄主编：《中国各民族神话》（满族、赫哲族、朝鲜族），太原：书海出版社 2014 年版，第 63—65 页。

【阅读提示】 这则神话叙述了兄妹在佛祖的帮助下找寻光明的事迹，在一定程度上受到了佛教的影响。

【基本母题】 以前没有日月；世界黑暗；两兄妹；寻找光明；佛祖；日月的产生

【本文编码】 《太阳和月亮的来历》：ZCSW1043-232-045

格

（毛南族）

据说大禹治水时，九条乌龙和九只白熊逃到天庭。九乌龙和太阳同时出来成了十个日头，九白熊和月亮同时出来成了十个月亮。十个太阳晒得地面滚烫，海里冒烟，人们忍受不了。有一年，“格”和他父亲游猎到毛南山乡的巴音山下，一天就打得一百头野猪、一百只老虎、一百只狐狸。人们钦佩其箭法高超和力大无穷，拿出最好的东西来设宴招待他们，请求射掉日月。“格”和他的父亲应求，一齐登小巴音山顶。先是父亲射箭，射了十箭，没有把太阳射落，反被强光射瞎了眼睛，于是“格”外出走访三年，拜师学艺，又回到巴音山顶，终于把九乌龙射落海里，从此天上只剩下一个真太阳。九白熊逞凶，想把“格”冻死在山上，它们刚刚露头，“格”一阵神箭射去，又把九白熊射落海里，从此天上只剩下一个真月亮。

【讲 述 者】 （无考）

【采录整理】 蒙国荣整理

【采集时间】 （无考）

【流传地区】 （无考）

【文本来源】 姚宝瑄主编：《中国各民族神话》（土家族、毛南族、侗族、瑶族），太原：书海出版社 2014 年版，第 66 页。原文本标注由陈平选自《中国各民族宗教与神话大词典》，学苑出版社 1990 年版。

【阅读提示】 这是一则流传于毛南族地区英雄射日月的神话，不仅“射日不成，拜师学艺”的情节，显得叙事很真实可信，而且大禹治水的背景，更让人感受到中华民族共同体意识的深入人心。

【基本母题】 大禹治水；十个太阳；十个月亮；射日月

【本文编码】 《格》：ZCSW1044-232-046

英雄倾滚

（门巴族）

我不是没有家乡，

我的家在三种三熟的地方；

我不是不爱我的家乡，
只因为我的家乡没有太阳。
——门巴族民谣

在白马岗通向工布的大道上，有条达娘拉山，山上有一段近六丈长的悬崖峭壁，就在这峭壁上，有很多脚趾印，还有半截脚掌印。如果你打光脚上山，大趾踩大窝，小趾踩小窝，脚踏上去正好合适。这时，再攀着藤子，就会很稳妥地上去。

在这坚硬的岩石上，怎么会有这些鲜明的脚印呢？据说是这样：

门巴族人民的家乡，是个美丽的、富饶的地方，一年三熟，物产丰富。他们祖祖辈辈在这块土地上辛勤地劳动着。可惜，这里没有太阳，在黑暗中生活，是多么烦闷啊！门巴族人民是喜爱光明的，他们热爱阳光，追求着幸福，可是总找不到。为此，老年人费尽了心血。年轻人望穿了眼睛。

有一天，大家正在谈论找太阳的事的时候，有一个紫红面皮的青年，头绾红穗发辫，身穿白粗棉布大衣，内衬红小褂，赤着双脚，腰间系一把大头砍刀，手执硬弓，背背药箱，边走边唱着歌向着人群走过来。因他肩宽身高，体力过人，又是劳动能手，不要说是村里的年轻姑娘爱他，就是老年人也称赞他是个好小伙子。大家见他走来，就一哄围上去说："倾滚，我们这里没有太阳，总得想个办法呀！"没等倾滚答话，老头朱巴就接着说："听说西方有个神仙住的地方，那里准有太阳！"小伙子倾滚听罢，毫不犹豫地说："好，我们大家一起去找太阳去，只要大家同心合力，一定能找到！"事情决定后，就动身了。倾滚领头，大家随后，不知道看过多少月缺月圆，不知道涉过多少条河流，不知道爬过多少座山！饿了打猎、吃野果，晚上住在山洞里或香蕉树下，即使这样，大家谁也不畏缩，继续前进。

一天，来到了达娘拉山下，向上看，山顶插入云霄，不见山峰，悬岩陡壁，手不能攀，足不能蹬，连个石头缝都没有。大家都感到没办法。回去吧，暗无天日的生活没法过；前进吧，野羊也爬不上去啊！怎么办呢？大家都看着倾滚，倾滚有些为难了。但是，最后他鼓足勇气，不顾一切向上爬去，他走一步，就踩出一个脚印，所有的人们，都步着英雄的足迹爬上去。到了山顶，倾滚说：“山是很险的，路是很难走的，但是它永远摔不着勤劳、勇敢的人们！”

就这样，大家在倾滚的带领下找到了太阳。

【讲 述 者】（无考）

【采录整理】李朝鲜整理

【采集时间】（无考）

【流传地区】（无考）

【文本来源】姚宝瑄主编：《中国各民族神话》（门巴族、珞巴族、怒族、藏族），太原：书海出版社2014年版，第9—10页。原文本标注选自于乃昌编《西藏民间故事》（第五集），西藏人民出版社1989年版。选定者为王四代。

【阅读提示】这则神话通过叙述英雄倾滚带领族人找寻太阳的事迹，颂扬了人们不畏艰辛、团结奋斗的优秀品质。

【基本母题】以前一片黑暗；英雄的体征；找太阳；寻找的经历；太阳的产生

【本文编码】《英雄倾滚》：ZCSW1045-232-047

阿央斗天王

（苗族）

古时候，月亮是个年轻小伙，名字叫央，他聪明，胆子大，哪子[①]都不怕。他见天王横蛮得很，乱杀好人，就去问天王：“喂，天王，我看你呀，

① 哪子：贵州东部土语，即啥子，也是哪样子等意。

没好大本事得嘛！咋弄个霸道哟?!”

天王说：“我发起洪水来，天下人些要死归一，你说这本领不大?”央说：“你就淹不死我!”天王一听，气坏了，说：“哼！怕你是活得不耐烦了，敢在我面前侃大话!”

央说：“我们来打个赌，你淹死我了，算你魁，当真有本事；要是淹我不死呢，你得匀半边天下给我。你敢不敢打这个赌?”天王大声应承说：“要得，试哈嘛！你有本事逃得脱，我算你魁，半边天下划给你!”两个人都说：“不兴反悔!”

他俩约定，三天之后，天王放水。央在门前种窝葫芦瓜，念道：

葫芦葫芦快长大，
天王要放洪水啦！
我坐葫芦浮水走，
苗家子孙代代发。

当真，央一念完，葫芦种籽就出土发芽，牵藤开花，喔哟！结了个蛮大葫芦瓜，第二天就成熟啦。央摘瓜回去抠空了，坐起等天王发洪水。

第三天一过，天上雷声隆隆，下了七七四十九天的竹竿大雨，山岭山坡淹没了，大地一片汪洋。央坐在葫芦里，随水漂浮，忽然见个姑娘在水上挣扎，就把她拉进葫芦里去。

天王默道①央被淹死了，没得哪个和他争天下了；他想得好安逸哟，心头乐滋滋的嘞。忽然，雷公跑来说：“哎呀呀！不好啦！天王呀！央没淹死嘞，坐在个大葫芦头，还带个女子，浮上来啦!”

天王不肯信，叫鸭子去看，鸭子回来说：“当真嘞，央没有死，还带来个女子，坐在葫芦头，漂悠悠的，好安逸哟。”

天王一听就火了，说鸭子哄他，踩了鸭子一大脚，鸭嘴壳踏扁了；又叫

① 默道：暗自认为。

鸡去看，鸡不会凫水，不敢去得，躲在窝里罟[①]了一哈儿，回去哄天王说："央早淹死啦！水都涨齐天上来了，还有个屁央！"天王听了欢喜，送给鸡一顶红帽子，后来变成鸡冠。

等到天王晓得央当真没淹死的时候，洪水早消完了。他把晚上这半边天下让给了央，将白天留给自己。

天下人些死完了，央和姑娘成亲，在山间立房子，开田开土；又捏泥造人，造了一千对男女，将他们成双配对地放在田土肥沃的地方；削芦秆做吹筒，夫妻二人不停地吹，响着"瓦劳瓦劳、瓦劳劳瓦劳"的芦声。这芦秆吹筒，后来变成苗家的芦笙。夫妻二人边吹边唱：

"niya 家[②]瓦劳！niya 爱[③]瓦劳[④]！苗家人瓦劳！"

随着这芦声和歌声，一千对的男女泥人都活了。

央得了这半天边，一片黢黑，酿[⑤]得很；他要夜里也能见亮，就拿葫芦挂在桂花树上，自己手提画眉笼，跳进葫芦里，身靠桂花树干，琅琅念道：

"日光明，夜光明，
葫芦升天月亮明。
苗家子孙望月亮，
央靠桂树笑盈盈。"

念完了，葫芦和桂树就慢慢上升，升到半空中，葫芦忽然亮起来了，黑夜里处处有了光明，以后人们就称这个葫芦做"月亮"。

---

① 罟（kū）：蹲。
② niya 家：苗语，即青年小伙。
③ niya 爱：苗语，即青年姑娘。
④ 瓦劳：苗语，即快来。
⑤ 酿：苗族土语，即腻的转音，是寂寞的意思。

【讲 述 者】 杨世兰（苗族，女，35 岁，干部，初中）

【采录整理】 孙潮（回族，男，45 岁，县文化馆长，大专）采录

【采集时间】 1982 年 2 月采录于镇远县金堡乡

【流传地区】 贵州省·（黔东南苗族侗族自治州）·镇远县·金堡乡（金堡镇）

【文本来源】 中国民间文学集成全国编辑委员会编：《中国民间故事集成》（贵州卷），北京：中国 ISBN 中心 2003 年版，第 41 页。

【阅读提示】 这则神话通过叙述洪水后葫芦拯救人类和葫芦飞升变成月亮的故事，反映了苗族先民的葫芦崇拜。

【基本母题】 月亮是年轻小伙；洪水；洪水后人类再生；月亮的产生；月影的产生

【本文编码】 《阿央斗天王》：ZCSW1046-232-048

波里毕和爷里毕

（苗族）

老人们爱讲：在天地刚刚形成的时候，有一对夫妇，女的叫波里毕，男的叫爷里毕。波里毕和爷里毕真想生儿育女。可是，他俩做夫妻好久了，还没生一个小孩，这是什么道理呢？

波里毕和爷里毕在一天之内，能变小、也能变大更能变老。在鸡叫的时候，他们就像刚生下来的一对小孩，在床上呜哇、呜哇地哭着；到了天大亮的时候，波里毕和爷里毕就长成一对活泼可爱的小娃娃，会说话，又能在房屋前后跑来跑去地玩耍；到了中午，他们两个就长成一对漂漂亮亮的青年人了，能做吃做穿，样样活路都能做，一看就知道是一对夫妇；到了下午，他们就渐渐地变老；到了晚上，他们就变成像七八十岁的老人了，头发白完，满脸皱纹，样事活路都做不起了。波里毕和爷里毕夫妻俩，一天又一天，一年又一年地过着这样的日子，就是不会生儿育女。

有一天，天气特别晴得好，没有一片云。正当中午时分，他们忽然看见半空中有一朵白云向着他俩飘来，看着看着，白云就停在面前了，上面站着一位白发苍苍的老人。波里毕和爷里毕一看就知道是天上的神仙下凡，便开口道："尊敬的老爷爷，您来得正好，我们有一件事想请教一下，不知道可以不可以？"老人回答说："说吧，有哪样事就问吧。"他们说："我俩真想生儿育女呀，可是，我们就是生不出来，怎个办嘛？"老人说："办法是有的，但要你们俩听我的话。""只要能生儿育女，说什么我们都听。""好，那就从今天起，你俩就不能在一天之内变小、变大、又变老了；必须一年一年，慢慢地老，这样就可以生儿育女。"老人说完，波里毕和爷里毕刚要感谢老人，老人却已无影无踪了。

从那天以后，波里毕和爷里毕就不在一天内变小、变大、变老了，这样他俩也就能生儿育女了。时间慢慢地过去，他们的子孙后代也多起来了，多得数不清。带着这么多子孙后代共同住在一起也住不下了，两个老人就把一部分带到天上去，留一部分在地上。

现在世上的人，都是波里毕、爷里毕留下的子孙；天上的星星也都是波里毕、爷里毕带上去的子孙。

波里毕和爷里毕上天以后，就变成了太阳和月亮——波里毕变成太阳，爷里毕变成月亮。太阳胆子小，晚上不敢出来，她只好白天出来，照看留在地上的子孙；月亮胆子大，他就在晚上出来，带着天上的子孙哩！

【讲 述 者】（无考）

【采录整理】韩庆安（苗族，男，30 岁，高中教师，大学）回忆记录

【采集时间】1988 年 4 月记录于威宁彝族回族苗族自治县龙街

【流传地区】贵州省·（毕节市）·威宁县（威宁彝族回族苗族自治县）·龙街（龙街镇）

【文本来源】中国民间文学集成全国编辑委员会编：《中国民间故事集成》（贵州卷），北京：中国 ISBN 中心 2003 年版，第 14 页。

【阅读提示】这则神话将日月的产生与人类的繁衍等主题结合起来，展现

出神话的历史画卷感。

【基本母题】 天地刚形成的时候有一对夫妻；人在一天之中的变化；婚生人类；人上天；星星的产生；人变成日月

【本文编码】 《波里毕和爷里毕》：ZCSW1047-232-049

公鸡请日月

（苗族）

清晨，公鸡扑扑扑地拍响翅膀，伸长脖子喔喔喔地高声啼叫，太阳便赶紧起床，开门露面，天下就亮了。午后，公鸡放声啼叫，月亮又赶紧吃晚饭去替换太阳，使夜间也能够见光亮。这有一个动人的故事哩！

很古很古以前，天上没有太阳和月亮，天下都是黑漆漆、冷凄凄的。苗族的四个老人　　告宝、告当、告旦、告雄用金银铸造了十二对日月挂在天上，要他（她）们轮流出来送热照光。他们不听话，一出来就是一个拉着一个齐出来，烧得天下草木枯焦、河水断流，成了祸害。四个老人于是决定派年轻的神箭手——桑扎去把多余的日月射下来，只留一对在天上。哪晓得，桑扎连续射落了十一对日月后，剩下的一对日月却被吓得躲了起来，不敢露面了。大地又是一片漆黑。

天下漆黑怎么过日子？要想个法子把日月请出来。四个老人把大家喊拢来商量，看看派哪个上天去请日月。大伙商量了半天，都认为这对日月被吓落魂了，先派说话轻言细语的蜜蜂去试试。

蜜蜂欢欢喜喜地飞到天上去一看，日月把大门关得死死的，连一丝风也不透，就队在大门“嗡嗡嗡！嗡嗡嗡！”地放声叫。叫喊了七天七夜，没听到里头答应，只好绕着房子转了九圈后返回来。

大家觉得蜜蜂喊不响，没能把日月请出来。黄牛声音响，派它去试试。黄牛到了日月家门口，看见大门关得死死的。心想：上次蜜蜂喊不应，就怪大门关死了，我这次先把大门撬开再喊，日月耳朵再聋也总会听见吧！于是，它用又尖又硬的犄角去撬门，把大门撬得稀巴烂，然后哞哞哞地叫喊起来。日月被吓得更厉害，赶紧打开衣柜钻进去了。黄牛叫喊了七天七夜，没顶用，只好灰溜溜地回来讲："我个子大、样子凶，声音像莽筒，日月更害怕，还是派比我弱小的去请吧!"

大家觉得狗比黄牛小，样子也不大凶，声音也还要得，就派狗去了。狗到了日月的门前，张嘴就汪汪汪地叫个不停。日月听得不顺耳，干脆扯上一把白棉花把耳朵塞了起来。狗叫喊了七天七夜，还是没有请出日月，只好灰溜溜地回来讲："唉！真难请，还是派一个在行的去请吧!"

大家又商量了三天三夜，比来比去，最后认为公鸡的嗓音嘹亮，说话和气，穿戴也漂亮，就派公鸡去请。公鸡到了日月的门前，先扑扑扑地拍了拍翅膀，然后用最动人的嗓子喔喔喔地喊了起来。太阳和月亮听到优美动听的声音，很想打开大门看看，可又怕桑扎的神箭飞过来。不开呢，又实在沉不住气了。只好悄悄地从一条很小的门缝里往外看，只见公鸡红红的冠子、美丽的羽毛、绿色的尾巴，小伙子也漂亮，讲真的，她们过去还没见过这样标致的小伙子哩！她们便轻轻地打开巴掌大的门缝，露出半边脸，闷呆呆、眼巴巴地望着公鸡。公鸡看出日月还怕神箭，就笑眯眯地唱起歌来：

喔喔喔，别害怕，
开开门，出来吧！
箭不射，棒不打，
……

太阳听了，问道："你唱得很好听，就怕不是真的!"月亮也说："你唱得好听，就怕不是真的!"

公鸡听了，又唱起一支歌：

喔喔喔，别心焦，

请出门，把脸笑，
有了事，我担保。
……

日月听了后忙问："你拿哪样担保?"

"就拿我的脑壳来担保!"

"怕是白口白嘴来哄人哩!"

公鸡听了这些话，晓得日月还是不放心。于是，用爪往脑壳上发狠一抓，抓了好几个大血口，鲜血染红了脑壳（现在公鸡冠子像锯齿，鲜红鲜红的，就是从那时留下来的）。日月看见了，赶紧打开大门迎了出来，把公鸡扶起。太阳见血流得多，赶紧拿出一块白帕子来揩，血把白帕子都染红了。月亮激动地说："公鸡的心是红的，做事是实的，应让天下都晓得。"太阳一听有道理，就把那张被公鸡血染红了的帕子向天边甩过去，帕子被风一吹，打开来，映红了大半边天（今天的红霞，就是太阳姑娘甩出的帕子哩）。太阳、月亮与公鸡越谈越合心，连心都快掏出来了。太阳姑娘愿做公鸡的知心朋友，当着月亮的面，害羞地把一块红色绣花巾赠送给公鸡，与公鸡约定每年腊月三十那天相会一次。公鸡捧着绣花巾，心头热乎乎、乐滋滋，两眼看了又看，口头啧啧啧地夸着太阳姑娘的灵巧。要分别了，公鸡又高兴、又自豪、又难舍，便把太阳送的绣花巾围在自己脖子上（现在，公鸡脖子上的羽毛格外鲜红华丽，就是太阳送的那块绣花巾）。太阳看到公鸡把绣花巾围在脖子上，显得格外年轻漂亮，更是笑得心都开了花了！（不信，你每天早上起来看，太阳总是笑着的。）

公鸡围着太阳姑娘送的绣花巾返回大地，心头一直装着太阳姑娘，每晚做梦都和太阳姑娘在一起。哪晓得从梦中笑醒时，太阳姑娘还在天上没起床哩！公鸡真巴不得太阳姑娘早起来，哪怕就是隔着天地之间，远远地相见也好。所以，公鸡每天都要放声喔喔喔地高声啼叫请太阳姑娘快点出来。到每天下午，又喔喔喔地啼叫请月亮姑娘去替换太阳姑娘，让太阳姑娘早点睡，第二天好早早起。

【讲 述 者】 杨告金

【采录整理】 杨光全记录整理

【采集时间】 （无考）

【流传地区】 贵州省黔东南地区

【文本来源】 姚宝瑄主编：《中国各民族神话》（布依族、仡佬族、苗族），太原：书海出版社2014年版，第269—272页。

【阅读提示】 这则神话用细腻的笔触描述了老人造日月、英雄射日月、公鸡请日月的始末，同时也表达出对老人的尊重，弘扬了传统美德。

【基本母题】 十二对日月；射日月；日月因害怕躲起来；请日月；红霞的产生；公鸡样貌的来历

【本文编码】 《公鸡请日月》：ZCSW1048-232-050

九个太阳和九个月亮

（苗族）

传说，盘瓠开天辟地后，把盘昂留在苗苗山上照看苗苗儿孙，自己又到别地造万物去了。那时，天上还没有太阳和月亮，大地上没有光亮和温暖。为了让苗苗儿孙有光亮、得温暖，盘昂去黑山老林里，砍来了九棵黄梨树，扎成一把黄火把；砍来九棵白栗树，扎成一把白火把。他把两把火把点燃，左手举着黄火把，右手举着白火把，脚不停息地跑遍天下的山山岭岭，为人类照明。从此，人间有了光亮。人们把见到黄火把时，称作白天，见到白火把时，称作夜晚。

盘昂高举着火把，一刻也不停息地跑呵，跑呵，爬过千山万岭，蹚过江江河河。渴了，喝几口冷水，饿了，顺手摘些山野果充饥，就这样不停地跑了九万九千年。他路过苗苗山时，走不动了，便把火把插在苗山洞口，躺在一棵黄梨树下歇息。只想喘口气后，再继续赶路。谁知他太劳累了，头一落地，就睡着了。他这一觉，足足睡了九万九千年。

盘昂这一睡呀，可坏了大事喽。当他睡沉时，从苗苗洞里跳出了九个蛤蟆，跑出了九只白兔。这些小东西看到洞口插着两把火把，就想打火仗玩，蛤蟆解散黄火把，白兔解散白火把，每个抢了一根火棒。两伙小东西用火棒当家什，你杀过来，我劈过去，撞得火星子满天飞，这些火星子钉在天上就不会落下来，后来，变成了天上的星星。这伙小东西还嫌苗苗山太小，玩得不痛快，干脆跑遍天下胡闹起来。它们不分时间地打闹，火棒棒越舞打越旺越亮，也越来越热。天下的江水河水烧干了，花草树木烧枯了，飞禽走兽烧焦了，人类也全烧死了。到它们玩够了，没得力气时，各选了一个地方住下来。日子一长，九个蛤蟆变成了九个太阳，九只白兔变成了九个月亮。

直到九个太阳烧焦了苗山洞口的黄梨树，火星落到盘昂身上，才把他烧醒。盘昂醒来，只感到浑身疼痛。用手一抠，眼睛、鼻孔、耳洞、口里全长满了菌子，浑身也让地石榴藤缠满了。他大吼一声，菌子全震落了；他用力一挣，身上的地石榴藤全抖掉了。他一骨碌爬起来，往四周一望，呀！花草树木没有了，江水河水全干了，飞禽走兽绝迹了，苗苗子孙全不见了。再往洞口一看，两把火把也没了，世上只剩下他一个活物。他吓得哭了起来，越哭越伤心。他的眼泪淌成了一条条小河。可几条泪河还没来得及汇拢，就让火辣的太阳烤成一点点、一条条的白点、白线。这时，他才抬起头来往天上一看，呵，原来是这些该死的蛤蟆、兔子偷了我的火把打闹，把大地烤焦、把人和万物烧死了。

盘昂气得火直往头顶冒。他要把蛤蟆和兔子全吃掉。他顾不得浑身无力，拼着老命，猛跑紧追，去擒拿蛤蟆和兔子。他一口气捉住八个蛤蟆、八只兔子。捉到一个，就往口里塞一个，吞到肚里去，这可吓坏了剩下的那个蛤蟆和兔子。他们双双跪在盘昂面前求饶："盘昂老祖，您饶了我俩。若您把我俩吃了，天下可就再也没有光亮喽。您给一条活命，我俩愿替您跑遍天下，为大地照亮，一定听话，好好干活。"这时，盘昂的火气已消了一半，觉得蛤蟆和兔子的话也有道理，就把它俩留下了。叫蛤蟆举着黄火把从东边走，兔子举着白火把从西边走，轮流给大地照亮。从此，大地上才按时看到太阳和月亮。

太阳和月亮走后，盘昂感到自己的肚子疼得难受。赶忙用手去抠肚脐眼，想把肚子中的气放出来。他才抠通肚脐眼，一股水从肚脐眼里冒出来。盘昂肚脐眼中的水一直不停地冒了三天三夜，把原来干枯了的江河湖海全灌满了。从此，大地上又有了水。到了第四天，盘昂的肚脐眼中不冒水了，他还感到肚子里胀得难受，用手在肚皮上一按一挤，无数妲配和莎耿[①]从他的肚脐眼中冒了出来。还有当年他吃进肚中去还没消化完的板栗、核桃、松籽、梨子、桃子核和包谷、荞子、豆豆，也随着妲配和莎耿，从盘昂肚脐眼中一块儿淌出来。从此，大地上又有了人类和瓜果、粮食。

盘昂把妲配和莎耿配成对，生儿育女，还教他们种瓜果、粮食。从此，苗苗山上又有了人烟。苗苗儿孙把盘昂称作老祖，每年三月三，要唱歌、跳舞，举办踏花山活动，隆重纪念。

【讲 述 者】 孙长英（苗族，女，51 岁）

【采录整理】 丹柯、奚嘉谷记录

【采集时间】 1988 年采录于鹤庆朵美河川村

【流传地区】 云南省・（大理白族自治州）・鹤庆县・朵美（朵美乡）、（黄坪）黄坪镇

【文本来源】 中国民间文艺家协会组织编写，罗杨总主编，杨诚森本卷主编：《中国民间故事丛书》（云南・大理・鹤庆卷），北京：知识产权出版社 2016 年版，第 14—15 页。

【阅读提示】 从这则神话在细节中，可发现苗族地区流传的盘瓠崇拜，以及神话流传地所特有的自然与人文特色。

【基本母题】 盘瓠开天辟地；昼夜的产生；星星的产生；九个太阳；九个

① 妲配：苗族姑娘；莎耿：苗族小伙子。

月亮；江河湖海的产生；日月的产生；瓜果粮食的产生；“三月三”；祭祖习俗

【本文编码】《九个太阳和九个月亮》：ZCSW1049-232-051

太阳和月亮是咋个来的

（苗族）

最古的时候，没有太阳，也没得月亮，哪里也看不见，哪里也走不成，人些[①]开不了交，愁死罗！

有个仙婆叫务拱，她跟人些说：“没怕得，我来给你们造太阳、月亮，天地就明了嘛，哪里也望得倒，哪堂也走得拢，就不用愁了嘛！”

当真，务拱用金银来造了十二个太阳和十二个月亮，又把它们抬到天上去；哪晓得走到半空中，扁担咔喳响，一发势[②]断嘎，太阳月亮挞[③]碎完，务拱冒火不搞了。

务友又来造太阳和月亮，也各造了十二个；有个万万哥来把太阳和月亮一个个甩到天上去；天上有个仙婆叫妮托，她一个个地把太阳和月亮接住，都放在天狗洞里。

刚铸成的太阳月亮脸上有炭灰，不发光也不发热；有个仙奶务本给它们洗了脸，太阳月亮才有了光和热，就是还不会走路。

有个仙公赶鸭子教它们学会走路，可忘了告诉它们：要一个出来一天，不要一起出来。它们见天上好玩，就一起出来嘎。哦嗬，这就拐啦！把河水晒干完，草木烧成灰，人些都躲起来嘎，不敢出来找吃找穿，仲个咋要

---

① 人些：人们。

② 一发势：动作迅速，即一下子。

③ 挞：跌跤。

得嘛！

有个人就去削箭，爬到高齐天的马桑树[①]上去射太阳月亮，一发势射落了十一个太阳和十一个月亮，还有一个太阳和月亮躲起来嘎；天地又跟过去一样，哪样也看不到，哪里也去不成。人些个个惊慌，不晓得咋个做好。大家晓得太阳是公鸡家舅，月亮是公鸡家姐，都去请公鸡把太阳喊出来。当真，公鸡去一喊，太阳和月亮都想出来嘎，只是还在争：哪个白天出，哪个晚上出；争来争去，谁都不想晚上走夜路。

天狗说："都别争嘎，听我解交[②]：太阳白天出，月亮晚上升；哪一个不听，以后我碰到谁吃谁。"天狗仲个说了，太阳欢喜，月亮怄气，后来才有"天狗吃月"的事嘛！

【讲 述 者】 张岩山（苗族，男，51岁，村干部，初小）

【采录整理】 万必轩（苗族，男，38岁，县文化局干部，高中）采录

【采集时间】 1987年2月12日采录于剑河县新合村

【流传地区】 贵州省·（黔东南苗族侗族自治州）·剑河县·（观么乡）·新合村

【文本来源】 中国民间文学集成全国编辑委员会编：《中国民间故事集成》（贵州卷），北京：中国ISBN中心2003年版，第19页。

【阅读提示】 这则神话用简洁的语言讲述了日月的起源及相关现象，特别是仙婆的业绩令人难忘。

【基本母题】 以前没有日月；仙婆造日月；十二个太阳；十二个月亮；日月的特征；射日月；月食的产生

【本文编码】 《太阳和月亮是咋个来的》：ZCSW1050-232-052

---

① 马桑树：一种灌木，长不高，枝叶散垂如母鸡抱蛋。

② 解交：调解。

枉生射太阳

（苗族）

在远古时候，天上太平，地上也和气。到了后来，十二个太阳闹翻了，它们个个逞能，个个想当王，纳罗引勾劝也劝不住，说又说不服。它们扭成团，抱成堆，从天上打到云头，从南天角打到北天壤，捶得满天迸火，擂得大地生烟。山冲大树死，坡头茅草枯，人死成黑炭，兽死成焦糠，豪鱼[①]烧烂背，泥鳅挖洞藏。

太阳为什么打斗呢？原来这十二个宝蛋是十二个冤家对头，它们是：红的美姜阳，白的雷公雹，花的凶老虎，软的老蛇妖，黑的疯牯牛，圆的大象佬，黄的猛狮子，长的美龙娇，绿的鸭公精，灰的癞马骜，紫的鹅鹅娘，扁的乌龟魈。它们镶到天上以后，睁开眼睛，争做天上的大王。那时天上有一座"滂榔梯头"大桥，桥长二百孔，桥宽五十丈。姜阳见大家都不服输，心生一计，他指着大桥说：

哪个当大哥，哪个当大王，
嘴讲没根据，桥上比高低。
大家来试试，你来踩一脚，
我来踩一下，桥响"吱呀吱"，
它就当大哥，它就当大王，
若是踩不响，甘心当老弟。

雷公一心想做大王，它喊起来："好呀，先让我来试试，莫说'吱呀吱'，我踩两下也要把桥踩成泥。"它翻身走上大桥，蹬了又蹬，跺了又跺，凭它怎么使劲，也蹬不出吱吱声来。姜阳在旁边哈哈大笑，说："你说你本事大，又蹬又跺也没响声'吱呀吱'。"

① 豪鱼：又名石豪鱼，体小黑色，有暗黄线条，生活在深山泉水里，传说被太阳烧焦，故身黑。

龙娇甩动尾巴，嚷嚷说："这桥算什么，我来轻轻踩，我来轻轻跺，一跺要桥裂，两跺要桥断，三跺要桥跌下河。"它腾身上桥，又踩又跺，大桥不响声，也不动摇，它羞得满脸通红。轮到别的冤家上桥，也都枉费功夫。姜阳最后说："你们都踩不动，一个也当不得大王，要是我踩响了呢，你们服输不服输？"

十一个冤家量姜阳也没什么本事，异口同声说："若是你踩响了，我们服输。"姜阳来踩桥了，他在右腋窝里藏一只麻雀，在左腋窝里藏一只小乌鸦。他走一步，夹一夹右腋窝，麻雀痛了叫声"吱"，他走第二步，夹一夹左腋窝，乌鸦痛了叫声"呀"，他就这样左夹右夹，麻雀和乌鸦痛得不停地叫"吱吱呀呀"。十一个冤家听见了，都大瞪眼睛，说他不跺不蹬，桥都吱吱呀呀响，要是又跺又蹬，大桥不就崩了？

姜阳走完了桥，回头问："你们都听见啦？我的本事大不大？"

十一个冤家一齐说："踩桥的本事数你大，不过凭踩桥就想当大王，我们不答应。"

姜阳见他们不服输，说："先前讲过的话，你们又自嚼舌根，你们想怎么样呀？"

十一个冤家顿时捞手捞脚，跳起来说："打！一定要比高下。"

雷公翻着筋斗，打着火鞭，从南天角滚到北天边，天空火光闪闪，雷声隆隆。它夸口说："我不发威，你们把我当蛤蟆，告诉你们吧，要说本领，谁也没有我大。"

龙不服气，它口吐白雾，尾巴乱甩，弄得天地一片白濛濛。它也夸口说："本事我最大，武艺我最强。"

老虎哪里肯服！它扭动粗脖，瞪大眼睛，踢着腿子，跳起百丈高，东坡一蹬，西坡一撩，东坡塌半边，西坡折断腰。它喊起来说："要论本事数我最大，要论武艺数我最强。"

接着狮子、大象也各自逞威风，显本领。姜阳不慌不忙，嘴巴不说肚里想。他挑来一百担柴，割来一千担草，草绕屋子围，柴绕干草堆，远看像山包，近看像大窑。十一个冤家问他，为什么要堆那样多干柴，要跺那样多干草？姜阳说要比武他没有宝剑、没有铜锤、没有宝刀，他只好用柴用草。冤家们个个莫名其妙，问道："草顶什么用？柴当什么宝？"姜阳说："拿草当帽戴，拿柴当棒敲。"

冤家们以为姜阳癫了，都捧着肚子笑。姜阳趁势扇起大风，卷起黄沙，朝它们扑来，它们目不敢张，眼不敢睁。姜阳哄着说："快躲快躲，老魍要来了！"它们不知道老魍是什么大魔，以为它一来，自己肉不挨捣烂头也挨磕破，你争我抢，都钻进屋里去躲。姜阳便在四面八方点火，火借风势，风助火力，一下子功夫，房屋烟火滚滚，火舌舔天，十一个冤家哭嗷嗷。

姜阳问："厉害不厉害？"

都说："厉害厉害！"

姜阳又问："哪个本事大？哪个武艺高？"

都说："你的本事大！你的武艺高！"

姜阳最后问："你们服不服输？"

"服输服输，我们服输，快给我们开开火路吧，火快燎眉毛了啦！"

姜阳想了想，对它们说：

雷公打筋斗，跳到半天空，
揽云来抹脸，眼睛才不嚎。
龙女钻地洞，顺沟回龙宫，
拿水来洗脸，擦亮你美容。
老牛用角撩，撩成土槽槽，
顺着土槽走，滚地把水浇。
剩下八条怪，你们怎样啦？
筋斗不会打，地槽不会挖，
跟着老牛跑，逃出老命吧。

它们都逃出来了，可是翻脸又不认输，又拼死拼生地打起来，把地燎得一片焦伤，人只剩十对，兽各留一双，深山只剩一蔸枫王树，大地只留一口奶头泉。人靠奶浆活命，兽靠树叶养生。

不想办法杀死太阳，泉洞就要断奶，枫树就要枯身，人要绝种，兽要绝根，剩下的人万分发愁。他们当中有一个叫做“足窝雷哈杠”的人，他懂得很多道理，大家都很敬佩他。一天，大家正在议论怎样打杀太阳的事，有人对他说：“你能说上十二层道理，说不定太阳服你。为我们大家着想，你去劝劝那十二个太阳，告诉他们不要再打斗，好不好?”

足窝雷哈杠说：“要我劝英雄好汉，他们会听，要劝住这十二个太阳可不行。纳罗引勾还不大？它们哪个愿听呀!”

正当大家没法的时候，外面走来一位白胡子老人，对他们议论什么早听清楚了，他说：“在乌篩乌列对岸，在‘根劳根农那’地方，有一个九十层的石洞房，洞里住一只大地蜂。它有硬梆的刺枪，枪尖是锋利的针芒，它还有亮晶晶的铜头和宽宽的翅膀，要说有本事，数它武艺最高强。”足窝雷哈杠说：“只要它肯帮忙，舌头说烂，口水说干，我也愿走一趟。”

老人说：“只要你讲足了道理，大地蜂会同情的。”

足窝雷哈杠去了，他在九十层深洞里找见大地蜂，他向大地蜂讲了足足十二层道理。原先，大地蜂毫不动心，后来越听他讲，心里越佩服，一口答应了他，说：“你也是好心肠的人，天下有灾有难，我不能眼看兽死人亡。”说罢“梭”的一声飞走了。足窝雷哈杠回来时，它正忙着刷翅膀、磨刺枪。翅膀刷亮了，刺枪磨尖了，它就飞上天去。

天上火花四溅，烈焰炎炎，大地蜂想睁也睁不开眼睛，想刺又不能近前，莫说杀太阳，它倒挨太阳火烤火煎，险些烤死。现在我们看见的大地蜂，一身燎焦燎炭，传说就是那时被太阳烧烤过的。

大地蜂打不赢太阳，跌了下来，叹着气说：“那太阳真厉害呵，你们去请螳螂吧。螳螂有绿盔绿甲，绿衣绿裙，它不怕太阳晒，不怕烈火烤。它还有两把大刀，可以砍太阳的头，斩太阳的腰，把太阳剁成泥糕糕。”

足窝雷哈杠去找螳螂，又足足讲了十二层道理，螳螂答应了。它飞上天，挨近太阳，连砍了十几刀，可惜它扛的那两把大刀不是宝刀，刀口全砍缺了，败退回来。现在我们看见螳螂长着的锯齿大刀，就是先前打太阳时弄缺的。

螳螂打不赢太阳，觉得很羞愧，说："你们不妨去问问箭猪。它比我大，办法比我多，武艺比我高强。它有许多支利箭，说不定它能打赢太阳。"

足窝雷哈枉去找箭猪，箭猪说："要打杀那太阳，我可以试一试。不过我不长翅膀，上不了天呀！"

白胡子老人说："在乌筛乌列河头，在大泉口旁边，那里有一块大石板，石板上面满是青苔，你把青苔捞来披在身上，太阳才不烧不烫。另外你闭上眼睛，一定不要睁眼，到时候有人拍你背时，你再睁开眼。"

箭猪去了，它找到了那块布满青苔的大石板，它把青苔捞来，连贴十层，然后闭上眼睛，一动不动站着，等到有人拍他背的时候，它连同大石板一齐飞到了天空。它看准了太阳，连连摇身，十二支利箭"梭梭"飞去，又"刷刷"落到地上，后来它又添二十四支。三十六支利箭只响三十六下"梭"声，太阳不理不睬，照样打斗不止。眼看射不下太阳，它只好回来了，在深沟里找见三十六支落箭，支支都成了大弯弓，它看了很泄气，把箭压了压，插回背袋。现在我们看见箭猪背上长的箭，总是有点弯曲，传说那是从前射太阳时被弄弯的缘故。

箭猪射不死太阳，对足窝雷哈枉说："你找找枉鸡①看，它嘴又尖又硬，它能打赢太阳。"

足窝雷哈枉不嫌麻烦，他马上去找枉鸡。枉鸡讲："说本事我不算最大，要叮死那太阳我也敢当。只是它们都是我的亲戚，我下不得手。你问问枉生②看，它武艺最高强。"

足窝雷哈枉讲完十二层道理，也没能劝服枉鸡，它只好去找枉生了。

枉生住的地方实在很远，足窝雷哈枉去时还是一个后生，走到那里已经是大伯伯的年岁了。因为他来路很远，又有诚意，讲不上三层道理，枉生就

---

① 枉鸡：苗语，传说中的大鸡王。

② 枉生：苗语，即星，指的是北斗星。

认领了。他砍来一条“蔸批”[①]，削尖做箭，向大象借獠牙做箭头，用“蔸列蔸蒙”[②] 弯来当弓，还借牛巴腿的大筋当弓弦。临走的时候，他对他老婆说：“你安心照料好家里的事，杀死太阳得了金子银子[③]我给你打银手镯，打银颈圈，制金牌牌。”

杠生爬上山顶，弯弓搭箭，蔸批太脆，牛筋也不够韧，拉不满弦就断了，他自己还挨太阳烧脱三层皮。他老婆笑他说：“你的箭只能射那树上的斑爪老鼠，要射太阳还是问问我爸‘勾响沙’。”

杠生决意要杀太阳，他顾不得路远，顾不得一身烧伤，他砍来大树，凿成木槽槽，又砍来椎木做成桨子。他撑木槽船下乌篩乌列，荡桨过大海，最后来到勾响沙的家。他说：“勾嘎呵！我要杀那太阳，挽救人和百兽，你有什么好办法?”

勾响沙说：“我是个打铁匠，只会拉风箱，要杀那太阳还得请拳师。”

杠生说：“拳师我不找，单找你这个铁匠，请你帮我造一支好枪。”

勾响沙说：“打大刀我会，打枪也可以。只是年纪老了，力气不足，扛不起大锤，拉不动风箱。”

杠生说： “大锤有我扛，风箱有我拉，你看好火色，不让枪筒铁屎结疤。”

枪打成了，勾响沙想起来又说：“射太阳不是打鸟，要舂好硝，少放点炭，多放点辣椒。”

射太阳那天，杠生身上抹十二层青苔，外面又糊一层厚泥巴，脚上穿三尺厚湿草鞋，头顶五块软糍粑。他爬上高高山顶，躲藏在一蔸大榕树下。太阳扭成一团，抱成一堆。咬的咬，骂的骂。杠生瞄准一个，“叭”的一枪，打落下来的是一只老虎。大老虎喊喳喳、哭嗷嗷，千求万求把他饶。杠生说：“你罪孽很大，杀你一百回，剁你成泥巴，也赎不回你的罪呀。好吧，

---

① 蔸批：苗语，脆质木。

② 蔸列蔸蒙：苗语，均是脆质木。

③ 神话中说太阳是金子、银子打的，故有此说。

那你就变猫，日后帮人守禾仓，看米桶。”老虎不敢不依，连打几个滚，变成猫，世世代代捉老鼠。第二枪打下来的是条龙。杠生把它擒住，砍掉它两只翅膀，锯掉它两个犄角，放它到深潭里去管水，不要让潭里水干。接着杠生又打下大象、黑牛、老蛇、狮子、猛马、鸭精和乌龟。它们个个受伤、个个求饶。杠生把大象放回老林，把狮子赶上山岗，叫老蛇变成草彪，叫黑牛变成石头[①]，叫猛马变成山坳，叫鸭精变成龙船，叫乌龟变成挡雨的背篷。

雷公很奸滑，它东藏西躲，时而在天上打闪，时而在山头放烟。杠生连放三枪，也没能把它打下。后来它困了，在云端里躲着喘气，杠生才把它射落下来。它的铜锤甩到涧底，涧底陷了一个大洞，钢鞭落到坡头，坡头烈焰熊熊。杠生见它在地上打滚，它还想逞凶，杠生一把揪住它的耳朵，问它：

雷公你听啵，你把地锅捶，
雷公你听清，你把天盖戳。
地锅疤疤烂，天盖凹坨坨，
地锅怎样补？天盖怎样合？

雷公说它的翅膀断了，上不得天了。杠生说：“你不上天也行，那你就在地上挑大山，把坑填平。”雷公应了一声，以后就天天挑大山。[②]

天上只剩姜阳和鹅鹅，它们害怕了，跑到天边深洞里躲起来。从此天又黑麻麻，地又漆沉沉，山羊觅不到青草，猴子拣不到米椎果，田里的糯禾不黄，山里的旱禾不胀。大家议论纷纷，有的说，要请杠生把太阳背出来。有的说，请铁匠师傅再打个太阳。足窝雷哈杠讲，背也背不出，打也打不成，不如去请太阳的好。派谁去呢？挑来选去派着牛。牛去了，他瓮声瓮气，大喊大叫。姜阳和鹅鹅听见了，吓得赶紧往二层洞里跑。牛没有办法，跑回来了。大家再次商量，都说杠鸡的脾气好，嗓音又高，说话像唱歌，又温和又

① 传说在今广西融水苗族自治县四荣乡九峨山顶上的“犀牛石”就是当年黑牛变的。

② 传说雷公挑大山填塘填坑，因为越挑越大，结果把扁担折断了，留下不少塘塘坑坑，成了今天的池沼湖泊。

动听，太阳听了不害怕。枉鸡有点不情愿，推脱说："我和太阳打老表，我去喊不好。莫说它怪罪我，就怕越喊它越跑。"足窝雷哈枉劝它说："十个生比不得一个亲。你是他俩亲戚，你讲它们才听。再说天黑地暗秧不长，谷不黄，人没有粮吃，你也没米叮，饿死了大家钻坟门。"枉鸡觉得足窝雷哈枉说的在理，就认领了。它飞到天边，站到洞口鼓石上，拍起翅膀来喊：

喔呵呵——，表哥出来哟！
你不点火把，天地像黑窝。
人不种谷粮，人肚子要饿，
人不把米舂，我没有米啄。
唱歌把你请，你不要再躲。
快快同我走，点亮那把火。

姜阳和鹈鹈以为是枉生来骗他们，急忙把洞门关紧。枉鸡边拍门边喊，直到喉咙沙哑。姜阳听出是枉鸡声音，偷偷从门缝向外看，见是枉鸡，才放下心。它对枉鸡说："枉生那码子太厉害呀啦！"它摸摸后颈窝，"我挨铲一块皮，鹈鹈也落了两颗牙齿。"

枉鸡说："只要你们答应，我给你们放药。"

姜阳说："出去不要紧，怕就怕那枉生。"

枉鸡听了，担心它们不出洞，索性说："是呀，那枉生厉害得很，他枪又长，打得又准，他还能飞天，又能钻地，许你有十二层大铁门，他进进出出也不费力气。"

鹈鹈更慌了，忙说："饶了我们吧，说什么我们都依。"

枉鸡接着就说："那好，日后你们夜里睡觉，白天出去跑。"

姜阳说："我们不会自己醒，哪个喊醒我们？"

枉鸡说："我喊。喊头遍起床，喊二遍洗脸，喊三遍打扮，喊四遍点火把，喊五遍出门。"

姜阳和鹈鹈答应了。枉鸡替它们敷药。它们听从枉鸡叫唤，早出晚归，从此天上地下才分开白天和黑夜。

开始，姜阳和鹈鹕还遵守规矩，日子久了，它们谈情说爱，睡晏觉，起晏床，枉鸡催三催四不出门。人担心养出太阳崽太阳孙，再来一次打斗，天下又要遭殃。他们请枉生来，枉生一刀把鹈鹕阉了，领到海底去住。鹈鹕挨海水泡，挨咸水腌，身上的金鳞全脱了，只剩一个白铁盘，又因为它离太阳住的石洞太远，每次出门都赶不上，成了夜里的月亮。

天上又有了太阳，人就忙着耕种纺织，造房起楼，千禽百兽也忙着筑巢做窝。黑咕隆咚的大地又有了生气。人为了感谢枉鸡，特意给它一把大红梳。枉鸡高兴得不得了，赶紧把梳子插在头上，不过它忘记了梳齿应该插下，结果弄反了。现在我们看见公鸡戴的大红梳——鸡冠，梳齿一直是朝天的。

【讲 述 者】 杨达香（苗族，女，72 岁，融水县滚贝乡农民，不识字）

【采录整理】 梁彬（苗族，男，49 岁，融水县人民政府干部，中学）采录翻译

【采集时间】 1981 年采录于融水县滚贝乡

【流传地区】 广西壮族自治区·（柳州市）·融水县（融水苗族自治县）·滚贝乡

【文本来源】 中国民间文学集成全国编辑委员会编：《中国民间故事集成》（广西卷），北京：中国 ISBN 中心 2001 年版，第 42 页。

【阅读提示】 这则神话采用了白描和诗词相结合的叙事手法，尤其把动物特征的来历介绍得煞有介事。

【基本母题】 十二个太阳；太阳之间的争斗；太阳的特征；杀太阳；特定昆虫的特征；射日；公鸡特征的起源；昼夜的产生；日月的产生

【本文编码】 《枉生射太阳》：ZCSW1051-232-053

阳雀造日月（1）

（苗族）

很古很古以前，天上没有太阳，也没有月亮，人间一片黑暗，一年四季都很冷。

为了得到光明和温暖，聪明的阳雀打了九个石盘，制成了九个太阳；又打了八个石盘，制成了八个月亮。接着，用尽全身力气，将九个太阳和八个月亮抛到了天上。霎时，光明驱散了黑暗，温暖赶走了寒冷，人间变成了一个金光闪亮的世界。

从此，天上的九个太阳和八个月亮，一个来，一个往，一个跟着一个，转了一圈又一圈，一刻不停地旋转着。可惜太阳和月亮造得太多了，火一般的阳光，把大地晒得焦热，把草木烤得枯黄，天下除了有一棵麻秧树还活着，其余的树木全都被太阳晒死了。

阳雀看到这情景，便砍了麻秧树，用树干做成弓，用树枝做成箭，然后，张弓搭箭，鼓足力气，向八个太阳和七个月亮"嗖嗖"地连续射去。眨眼间，只见太阳、月亮一个接一个，像金盘、银盏一般，噼里啪啦地从天上射落下来。剩下的一个太阳和一个月亮，见势不妙，急忙钻进乌云深处，躲藏起来，一直不敢露面。

这时，天上和地下又黑暗下来了。阳雀抬头看了一会儿，自言自语地说："没关系，想办法把它俩请出来，又会好了。"

开初，阳雀派花牯子去请太阳和月亮。花牯子到了天上，扬着两只尖尖的角，瞪着一双鼓鼓的大眼，对着太阳、月亮，"哞哞哞"地连续大叫三声。

太阳听到了呼叫，悄悄地钻出云层，看了一眼，对月亮说："花牯子到天上来了，它叫声粗鲁，头上插着两把尖刀，凶神恶煞的，来意不好，快跑！"于是，它俩冲出云层，飞到遥远的天边躲藏起来。

阳雀见花牯子很久没有回来，又派飞龙马去请太阳和月亮。飞龙马飞到天上，昂着头，翘着尾，刨着蹄，张着嘴，对着太阳、月亮，"咴咴咴"连续大叫三声。

躲在天边的太阳听到呼喊，露出半个头悄悄来偷看，对月亮说："飞龙马和花牯子一个样，看来都很凶，快藏起来。"于是，它俩又躲到大山脚下，稳稳地藏了起来。

阳雀见飞龙马也很久没有回来，考虑了半天，才把公鸡叫来，说："你性情温和，办事稳重，上天去走一趟吧。"大公鸡微微一笑，点点头，就朝天上飞去。公鸡站在一朵云彩上，弓着腰，低着头，两眼望着前方，用优美动听的声音，带着笑音叫："喔——喔——喔——"

太阳听到亲切、甜蜜的呼叫，不顾月亮的劝阻，向山顶上慢慢爬去。爬呀爬呀，到公鸡叫第三遍时，它终于登上了山顶。

太阳见大公鸡热情、谦虚、诚恳，很受感动，转头向躲在山脚下的月亮说："来接我们的是大公鸡，不要怕了，快爬出来吧！"

月亮还是贴在山脚下不敢动。太阳又说："你害怕，我就先走一步，如果我前面没事，你就后面赶来吧！"说完，便离开山头，笑眯眯地升向天空。

隔了一天，月亮见太阳平安无事，就登上山顶，尾随着太阳的脚迹追赶。这样，太阳走的时间，是白天；月亮走的时间，是夜晚。追来追去，一直追到现在。太阳、月亮为了报答大公鸡的恩情，打了一把金梳子，送给了公鸡。公鸡很珍惜这把梳子，一直戴到今天。

从此，天地间便永世永代充满着光明和温暖。

【附注】

（1）同名文本《阳雀造日月》，见陶阳、钟秀编《中国神话》（上册），北京：商务印书馆 2008 年版，第 238—240 页。原文本标注选自《山茶》1982 年第 5 期。

（2）同名文本《阳雀造日月》，见谷德明编《中国少数民族神话》，北京：中国民间文艺出版社 1987 年版，第 604—607 页。原载《山茶》1982 年第 5 期。

【讲 述 者】 陶家仁

【采录整理】 陶永华、刘德荣记录整理

【采集时间】 （无考）

【流传地区】 云南省

【文本来源】 姚宝瑄主编：《中国各民族神话》（布依族、仡佬族、苗族），太原：书海出版社 2014 年版，第 257—259 页。

【阅读提示】 这则神话造日月、射日月的、请日月的主人公均是动物，这里可能关注了动物的特性，也可能表达的是动物图腾。

【基本母题】 以前只有黑暗；阳雀用石盘造日月；九个太阳；八个月亮；射日月；日月的产生

【本文编码】 《阳雀造日月（1）》：ZCSW1052-232-054

阳雀造日月（2）

（苗族）

远古之时，天无日月，人间唯有黑暗与寒冷。为取得温暖，聪明之阳雀乃造石盘九，制成九日；复遗石盘八，成八月。九日八月，递相运转，如火骄阳，晒大地成焦热，烤草木为枯黄，除一麻秧树犹活，余树皆死。阳雀睹此状，乃砍麻秧树，以树干为弓，树枝作箭，弯弓搭箭，一气射落八日七月。

余一日一月，深藏乌云中，不敢露面，天地渐暗。阳雀顾而笑曰："无伤，设法请之出可也。"乃令花牯子往请日月。牯子至天，扬其利角，鼓其巨眼，"哞哞哞"连鸣三声，日月窃视之，以为凶恶，惧不敢出，反远飞至天边隐藏之。阳雀又令飞龙马往请日月。飞龙马至天，昂首翘尾，刨蹄张嘴，"咴咴咴"连鸣三声，日月窃视之，亦以为凶恶类花牯子，乃同遁至大山之麓隐藏之。

阳雀思之再三，乃令公鸡前往请之。公鸡性情温和，做事稳重，受命点头微笑，飞而上天。公鸡立彩云上，以其优美动听之音，"喔喔"而啼，日月闻之，觉甜蜜亲切，其声中既有召唤，复有欢笑。日更觉公鸡热情、谦逊、诚恳，乃大胆先行，由山麓徐攀向山顶，迨鸡鸣三遍时，日已登至山顶。回顾伏于山麓之月，促其速行。月胆小，犹不敢妄动。日乃曰："我今先行，如无意外，汝随我后可也。"日遂离山头，笑而升于天空。月见日平安无事，亦登山顶，追日之踪而往。由是遂有昼夜。日行为昼，月行为夜，日月相逐，以迄于今。日月为酬公鸡之情，做金梳以赠之。公鸡爱此梳，反戴于头，梳齿向上，梳背向下，迄今犹然。日月既出，天地间遂代代俱有光明与温暖。

【讲 述 者】 （无考）
【采录整理】 袁珂据谷德明编《中国少数民族神话选》中的《阳雀造日月》改写。
【采集时间】 （无考）
【流传地区】 （无考）
【文本来源】 袁珂：《中国神话大词典》，北京：华夏出版社2015年版，第418—419页。
【阅读提示】 这则神话情节上与《阳雀造日月（1）》（ZCSW1052-232-054）有些相似，字里行间却各有千秋。
【基本母题】 以前没有日月；九个太阳；八个月亮；射日月；请日月；日月的产生

【本文编码】 《阳雀造日月（2）》：ZCSW1053-232-055

杨亚射日月

（苗族）

远古的时候，天地像一个大桃子，这个大桃子从中间裂开成两半，上面的一半是天，下面的一半是地。桃子里长出了一颗桃芽，越长越高、越长越大，长成了一棵上顶着天下抵着地的桃树。桃树开了花，风一吹，花瓣和花蕊被吹到了天上，花瓣变成了九十九个太阳、花蕊变成了一百一十个月亮。桃树上结了一个很大的桃子，桃子熟了以后掉在地上烂了，烂的浆浆成了水，变成大河、大江、大海。蛆虫变成龙、虎、马、牛、羊、猪、鸡、狗等动物。果核里生出了两个人，一男一女，男的叫杨佬，女的叫杨芳。桃子的皮毛变成了一蓬藤子和一笼芭茅草，杨芳躲到藤蓬中，杨佬躲到芭茅蓬里。杨芳杨佬成了亲，生出了一个男孩，取名叫杨亚。

杨佬和杨芳去山上开荒，杨佬在前面犁，犁了很长时间，人累了，牛也累了。两个人就坐下来休息、睡觉，一睡睡了好几年。等到九十九个太阳和一百一十个月亮出来时，老母牛已经生下了个小牛儿，锄把上也生满了菌子，芭茅蓬里已经长出了一棵撑天的马桑树，他们的孩子杨亚已经长成了一个英俊的小伙子了。

杨佬和杨芳说："这么多的太阳和月亮，它们回去要好多年都出不来，一出来都一齐出来，照得大地上太热，像火烤一样，地上的草木都被晒死了许多，这样，叫我们怎样活呵。"杨亚听了，心里明白了许多，于是，他决心把天上的太阳和月亮都射下来。

有一天，杨亚爬上马桑树，手拉着马桑树尖，把马桑树拉弯，放手后，让马桑树甩去打太阳和月亮，但是，怎样打也打不着。杨佬和杨芳看儿子打不着太阳和月亮，就到藤子蓬里去扯了一大把藤子，从芭茅蓬里拔了芭茅草来。杨亚就用马桑树来作弓，藤子做弓弦，芭茅草当箭来射太阳和月亮。射了九九八十一天，还是射不下来。杨佬又拿来犁铧，杨芳拿来锄头把，杨亚就把犁铧和锄把套在一起射太阳和月亮，射了七七四十九天，终于把九十八个太阳和一百零九个月亮射落下来了。只有一个太阳和一个月亮躲在鸡笼边不敢出来。这时，天和地一片黢黑，杨亚叫老虎去找太阳和月亮，老虎四处奔跑，八方呼叫，找不到太阳和月亮。杨亚叫牛去找，也找不到，又叫马去找，还是找不到。谁知道躲到鸡笼旁边的太阳和月亮，一不小心，把鸡笼碰翻了，吓了公鸡一大惊，就叫了起来："太阳和月亮在这里!"杨亚才找到了太阳和月亮。杨亚对太阳和月亮说："你们出来吧，现在只剩下你们两个，我不射你们了，留着你们俩来照人间。"从此，天上只有一个太阳和一个月亮了。

【讲 述 者】 朱顺清（苗族，男，63 岁，农民，不识字）

【采录整理】 杨文金（苗族，男，35 岁，干部，高中）、熊国勋（苗族，男，38 岁，干部，高中）采录

【采集时间】 1987 年 8 月采录于镇宁布依族苗族自治县板阳乡

【流传地区】 贵州省·（安顺市）·镇宁布依族苗族自治县·（六马乡）·板阳乡（板阳村）

【文本来源】 中国民间文学集成全国编辑委员会编：《中国民间故事集成》（贵州卷），北京：中国 ISBN 中心 2003 年版，第 23 页。

【阅读提示】 这则神话中出现的日月数量众多，也更加彰显出射日英雄杨亚的英勇与神力。

【基本母题】 古时候天地像桃子；九十九个太阳；一百一十个月亮；江河湖海的产生；动物的产生；射日月；日月的产生

【本文编码】 《杨亚射日月》：ZCSW1054-232-056

造日月，射日月[①]

（苗族）

亚鲁王派何人造太阳？
亚鲁王派哪个造月亮？
亚鲁王说，
派嘎赛咏[②]造太阳，
派嘎赛咏造月亮。
嘎赛咏说，

① 史诗第一章第一节有造日月、射日月的情节，那是亚鲁先辈的事业。亚鲁战败迁徙南下，进入南方之后，亚鲁重演祖业，再一次造日月、射日月。其缘由如下：史诗第二章第一节尾有这样两句诗行：“只怪我挥舞七百竿梭镖射尽了太阳，只怨我射出七十支响箭射落了月亮。”描述的是亚鲁意外地射死了先祖造的太阳和月亮，亚鲁不得不重蹈祖上之业去造日月。亚鲁祖上造日月和亚鲁本人造日月，史诗中唱诵的情节有相似之处。但这是在两个不同时空、地域所进行的事业。

② “嘎赛咏”，苗语“Nggax Seis Yongx”的音译，女性人名，亚鲁的儿媳。

父王哩父王，
你派我去造太阳，
你要我来造月亮。
我不知道怎么造太阳，
我不晓得怎样造月亮。
亚鲁王说，
路远千里，你问路去，
路长百里，你寻路走。
你去到上方大江岸，
你到得上方大海岸。
那里有棵十七丈高的马桑树，
那里有株十七抱粗的杨柳树。
你去问那马桑树，
马桑树哩马桑树，
你长到勒咚吗？
那棵马桑树会说，
我的枝丫已伸进勒咚。
你去问那株杨柳树，
杨柳树哩杨柳树，
你的根会入地吗？
那株杨柳树会讲，
我的根已经稳扎大地。
你才能攀上那棵十七丈高的马桑树，
你就能爬上那株十七抱粗的杨柳树。
爬到天上，
你去问住在勒咚的祖奶奶。
祖奶奶哩祖奶奶，
亚鲁派我造太阳我不知道怎么造？
亚鲁要我造月亮我不晓得怎样造？
祖奶奶会告诉你怎么造太阳，
祖奶奶会教给你怎样造月亮。

嘎赛咏去造太阳，
嘎赛咏来造月亮。
路远千里，嘎赛咏问路去，
路长百里，嘎赛咏寻路走。
嘎赛咏去到上方大江岸，
嘎赛咏走向上方大海岸。
嘎赛咏去到那棵十七丈高的马桑树下，
嘎赛咏走向那株十七抱粗的杨柳树脚。
嘎赛咏问那棵马桑树，
马桑树哩马桑树，
你长到勒咚吗？
那棵马桑树说，
我的枝丫已伸进勒咚。
嘎赛咏问那株杨柳树，
杨柳树哩杨柳树，
你扎到地下吗？
杨柳树说，
我的根已经稳扎大地。
嘎赛咏攀上那棵十七丈高的马桑树，

嘎赛咏爬上那株十七抱粗的杨柳树。

爬到了天上：

嘎赛咏问住在勒咚的祖奶奶。

祖奶奶哩祖奶奶，

亚鲁派我造太阳我不知道怎样造？

亚鲁要我造月亮我不晓得怎么造？

祖奶奶说，

嘎赛咏哩嘎赛咏，

你回到你的地方，

你转回你的旷野，

在一座岜果[①]的山坡你造另一个耶偌。

到一匹岜锦[②]的坡上你造又一位耶婉。

祖奶奶说，

嘎赛咏哩嘎赛咏，

你造出耶偌，

你造成耶婉。

你去问耶偌，

耶偌哩耶偌，

亚鲁派我造太阳，

亚鲁要我造月亮。

我不知道怎样造太阳，

我不晓得怎么造月亮。

要怎样造太阳？

得怎么造月亮？

你去问耶婉，

耶婉哩耶婉，

亚鲁派我造太阳，

亚鲁要我造月亮。

我不知道怎样造太阳，

我不晓得怎么造月亮。

要怎样造太阳？

要怎么造月亮？

祖奶奶说，

嘎赛咏哩嘎赛咏，

耶偌会告诉你怎样造太阳，

耶婉会告知你怎么造月亮。

嘎赛咏梭下十七丈高的马桑树，

嘎赛咏爬下十七抱粗的杨柳树。

嘎赛咏在岜果山坡另造一个耶偌，

嘎赛咏到岜锦坡上又造一位耶婉。

嘎赛咏造出耶偌，

嘎赛咏造成耶婉。

嘎赛咏去问耶偌，

耶偌哩耶偌，

亚鲁王派我造太阳，

亚鲁王要我造月亮。

我不知道怎样造太阳，

我不晓得怎么造月亮：

---

① “岜果”，苗语“Blad Nggot”的音译，地名。

② “岜锦”，苗语“Blad Njint”的音译，地名。

要怎样造太阳？
要怎么造月亮？
嘎赛咏去问耶婉，
耶婉哩耶婉，
亚鲁王派我造太阳，
亚鲁王派我造月亮。
我不知道怎样造太阳，
我不晓得怎么造月亮。
要怎样造太阳？
要怎么造月亮？
耶偌告诉嘎赛咏，
耶婉教给嘎赛咏。
耶偌耶婉一道说，
嘎赛咏哩嘎赛咏，
你用十二两金子，
打成十二只手镯，
丢在十二处角落，
就成十二个太阳。
你拿十二两银子，
打成十二个手镯，
抛到十二处荒野，
就成十二个月亮。
嘎赛咏知道了，
用了十二两金子，
打成十二只金镯，
丢在十二处角落，
就成十二个太阳。
又拿十二两银子，
打成十二个银镯，
抛到十二处荒野，
成了十二个月亮。
太阳造成了，
月亮造好了。
不见太阳照大地，
没见月亮照田野。
亚鲁王说，
嘎赛咏哩嘎赛咏，
我派你造太阳，
我派你造月亮。
怎不见太阳照大地？
咋没见月亮照田野？
亚鲁王说，
嘎赛咏哩嘎赛咏，
我派你造太阳，
我派你造月亮。
是为开垦荒地种庄稼，
为了开出荒土变耕地。
怎不见太阳照亮大地？
咋没见月亮照遍田野？

亚鲁王派谁人喊太阳？
亚鲁王派哪个唤月亮？
亚鲁王说，
谁人力最大？
哪个气最壮？
亚鲁王说，

牛的女祖宗波耶乌[1]像块岩石，
牛的男祖宗波耶乌像坨大石。
一定会将太阳喊出来。
亚鲁王说，
要请十二个太阳清早出来，
要让十二个月亮梦中升起。
波耶乌说，
亚鲁哩亚鲁，
你派我喊太阳我就去喊太阳，
你要我唤月亮我就来唤月亮。
你用什么答谢我的劳力？
你拿哪样酬谢我的功劳？
亚鲁王说，
波耶乌哩波耶乌，
我战败才来这里，
家园丢失才逃亡。
我穷得像无鱼的鱼篓，
我穷得如没米的鼎罐。
我没有什么答谢你的劳力，
我没得哪样酬谢你的功劳。
你把太阳喊出来了，
你把月亮唤起来了。
你中意哪个地方你就要，
你看中哪片荒野你就得。
波耶乌说，
亚鲁哩亚鲁，
我命细，
我命小。
管不了你的地方，
管不住你的荒野。
你拿三桶小米给我，
你出三桶谷糠送我。
你拿三斤生盐给我，
你出三斤盐巴送我：
牛波耶乌这就去喊太阳，
牛波耶乌这才来唤月亮。
还是不见太阳照大地，
没有看见月亮照田野。
亚鲁王说，
波耶乌力大，
波耶乌气壮。
喊太阳不见太阳照亮大地，
唤月亮不见月亮照遍田野。
不好怎样去（与牛）评理，
不便怎么来（与牛）讲理。
亚鲁王派谁人喊太阳？
亚鲁王派哪个唤月亮？
亚鲁王说，
派鸡的女祖宗旺几吾[2]喊太阳，
派鸡的男祖宗旺几吾唤月亮。
旺几吾说，

① “波耶乌”，苗语“box yws wus”的音译，牛名。
② “旺几吾”，苗语“wangb jis wux”的音译，鸡的名字。

亚鲁哩亚鲁，
你派我喊太阳我就喊太阳，
你派我唤月亮我就唤月亮。
你拿什么答谢我的嗓子？
你用哪样酬谢我的功劳？
亚鲁王说，
旺几吾哩旺几吾，
我战败才来这里，
家园丢失才逃亡。
我穷得像无鱼的鱼篓，
我穷得如没米的鼎罐。
我没有什么答谢你的嗓子，
我没得哪样酬谢你的功劳：
亚鲁王说，
旺几吾哩旺几吾，
波耶乌像块岩石，
波耶乌像坨大石。
波耶乌力大，
波耶乌气壮。
喊了太阳不见太阳照亮大地，
唤了月亮不见月亮照遍田野。
亚鲁王说，
旺几吾哩旺几吾，
你身子弱，
你个子小。
只怕你喊不出太阳，
我怕你唤不来月亮。
我战败才来这里，
家园丢失才逃亡。
我穷得像无鱼的鱼篓，
我穷得如没米的鼎罐。
我没有什么答谢你的劳力，
我没得哪样酬谢你的功劳。
旺几吾说，
亚鲁哩亚鲁，
你派我喊太阳我就喊太阳，
你派我唤月亮我就唤月亮。
我心里知晓时辰，
我自己会去啼鸣。
一定把太阳喊出来，
定能将月亮唤起来。
让十二个太阳大清早出来，
请十二个月亮在梦中升起。
你拿什么答谢我的嗓子？
你用哪样酬谢我的功劳？
亚鲁王说，
旺几吾哩旺几吾，
我战败才来这里，
家园丢失才逃亡。
我穷得像无鱼的鱼篓，
我穷得如没米的鼎罐。
我没有什么答谢你的嗓子，
我没得哪样酬谢你的功劳。
你将太阳喊出来了，
你把月亮唤起来了。
你中意哪个地方你就要，

你看中哪片荒野你就得。
旺几吾说了，
亚鲁哩亚鲁，
我命细，
我命小。
管不了你的地方，
管不住你的荒野。
你簸米我吃掉下的，
你筛米我捡落地的。
你拿三把小米碎粒给我吃，
你用三把稻谷细粒让我捡。
我定能将太阳喊出来，
我一定把月亮唤起来。
天亮到上午，
上午到中午。
旺几吾跳往高岩上方，
旺几吾跃到岩石上头。
噗噗噗噗扇翅膀，
咚咚咚咚摇尾羽。
声音响亮喊太阳，
声气清亮唤月亮。
十二个太阳果真大清早出来，
十二个月亮真的在梦中升起。
照亮亚鲁王十二个地方，
照遍亚鲁王十二片荒野。
一天出十二个太阳，
十二太阳成为一天。
一夜现十二个月亮，
十二月亮成为一月。
亚鲁王命令开荒野变耕地，
亚鲁王下令开荒地种庄稼。
亚鲁王派七十个王后，
带领七十队士兵开垦七十个土坡。
亚鲁王派七十个王妃，
率领七十支将领开出七十匹山坡。
亚鲁王七十个王后，
亚鲁王七十个王妃。
戴钢锅去种庄稼，
顶铁锅[①]去开垦耕地。
庄稼颗粒无收，
粮食吃不饱肚。
波德布[②]晒死在岜儿[③]，
波德月[④]中暑在岜果[⑤]。
亚鲁王得知这事，
亚鲁王得到消息。
亚鲁王说，

① 十二个太阳暴晒大地，人们只得用钢锅和铁锅遮蔽阳光。
② “波德布”，苗语“Box Dex Buk”的音译，女性人名，亚鲁王之女。
③ “岜儿”，苗语“Bblad Njid”的音译，地名。
④ “波德月”，苗语“Box Dex Nyerx”的音译，女性人名，亚鲁王之女。
⑤ “岜果”，苗语“Nblad Nggot”的音译，地名。

我派儿媳造了太阳，
我派家人造了月亮。
又派女儿开垦荒地，
还派兵将栽种庄稼。
最后在岜儿晒死了我女儿，
最后在岜果病死了我儿女。

亚鲁王派谁人射杀太阳？
亚鲁王派哪个追杀月亮？
派嘎赛咏射杀太阳，
派嘎赛咏追杀月亮。
嘎赛咏说，
父王哩父王，
你派我射杀太阳，
你派我追杀月亮。
太阳为我造，我不愿射杀太阳，
月亮是我造，我不能追杀月亮。
亚鲁王派谁人射杀太阳？
亚鲁王派哪个追杀月亮？
派卓玺彦[①]射杀太阳，
派卓玺彦追杀月亮。
卓玺彦说，
父王哩父王，
你派我射杀太阳，
你派我追杀月亮。
我儿女刚怀在嘎赛咏身上，
我子女还藏在嘎赛咏肚里。
日后无人给我儿女取学名，
将来没人为我子女取官名。
亚鲁王说，
卓玺彦哩卓玺彦，
派你射杀太阳，你就放心射杀太阳，
派你追杀月亮，你得一心追杀月亮。
儿女已在你妻身，
子女已在你妻体。
生了儿子，
生了男孩，
我来取名耶郎棱[②]。
生了女儿，
生了女孩，
我就取名波尼苔[③]。
让他（她）如你一样打扮，
让他（她）像你一般装扮。
他（她）会如你一样勇猛，
他（她）会像你一般聪明。
卓玺彦收拾钢箭叮咚咚，
卓玺彦拿起钢弓叮当当。

---

① “卓玺彦”，苗语“Nzof Xih Yaex”的音译，男性人名，亚鲁王之子，嘎赛咏的丈夫。
② “耶郎棱”，苗语“Yws Hlangt Lengs”的音译，男性人名，卓玺彦之子。
③ “波尼苔”，苗语“Box Nif Ndaes”的音译，女性人名，卓玺彦之女。

支支钢箭像棒槌，
钢弓粗大如楼柱。
挥动两面锋宝剑，
手持两根弦钢弓。
去到大江岸上，
走到大海岸边。
卓玺彦去到那棵十七丈高的马桑树下，
卓玺彦走到那株十七抱粗的杨柳树脚。
卓玺彦问马桑树，
马桑树哩马桑树，
你会长到勒咚吗？
马桑树说，
我枝丫已伸进勒咚。
卓玺彦问杨柳树，
杨柳树哩杨柳树，
你的根会入地吗？
杨柳树说，
我的根已经稳扎大地。
卓玺彦爬上那棵十七丈高的马桑树，
卓玺彦攀上那株十七抱粗的杨柳树。
爬到了勒咚。
从天亮到上午又是中午，
十二个太阳高高照亮勒咚，
十二个月亮远远挂在天外。
卓玺彦挥动两面锋宝剑，
卓玺彦张开两根弦钢弓。
挥一剑，射杀一个太阳叮当落地，
射一箭，射下一个月亮叮咚坠落。
十二个太阳射完了，
十二个月亮杀尽了①。
剩下一个太阳照大地，
留下一个太阳数日子。
一个太阳就是过一天，
一个太阳不是十二天。
剩下一个月亮来照亮，
留下一个月亮数月份。
一个月亮就是一个月，
一个月亮不是十二个月。
这才有了天，
这就有了地。
卓玺彦梭下十七丈高的马桑树，
卓玺彦爬下十七抱粗的杨柳树。
卓玺彦来到大江岸，
卓玺彦回到大海边。
养护伤口养噜哩，
养好身子养噜啰。

① 实义是“十一个太阳射完了，十一个月亮杀尽了”。“十二个太阳、十二个月亮”的苗语与后面“一个太阳、一个月亮”的苗语一起搭配，苗语语句流畅，节奏感强，朗朗上口。东郎便约定俗成这么唱诵。

卓玺彦的英名，
忽然传回嘎赛咏家中。
卓玺彦的大名，
突然传到嘎赛咏堂屋。
嘎赛咏用大米打粑粑，
嘎赛咏拿糯米舂粑粑。
做了大米饭，
又做糯米饭，
交给儿子耶郎棱。
嘎赛咏说了，
耶郎棱哩耶郎棱，
路远千里，你问路去，
路长百里，你寻路走。
你去到上方大江岸，
你到得上方大海岸。
那里有棵十七丈高的马桑树，
那里有株十七抱粗的杨柳树。
会遇到卓玺彦坐马桑树下，
会看见卓玺彦在杨柳树脚。
你说，
大王哩大王，
你歇歇气，我俩来吃糯米饭，
你歇口气，我俩一起吃粑粑。
路远千里，你问路去，
路长百里，你寻路走。

耶郎棱去到上方大江岸，
耶郎棱到得上方大海岸。
那里有棵十七丈高的马桑树，
那里有株十七抱粗的杨柳树。
遇见卓玺彦坐马桑树下，
碰到卓玺彦在杨柳树脚。
耶郎棱说，
大王哩大王，
你歇歇气，我俩来吃糯米饭，
你歇口气，我俩一起吃粑粑。
他俩歇脚盘坐来吃糯米饭，
他们歇气对坐一道吃粑粑。
一只乌鸦在树干上聒噪，
一只山喳雀在树枝上叫。
今天不吉祥，
事情不吉利。
你们歇脚盘坐吃糯米饭，
你俩歇气对坐来吃粑粑。

父亲也许不知道，儿子或许想杀死父亲哩，

儿子也许不晓得，父亲也许想杀掉儿子啊。

鸟的聒噪惹翻了卓玺彦。

卓玺彦听到火冒三丈，

卓玺彦旋风一样立起，

射出七十支钢箭，射不中那只乌鸦。

耶郎棱说，

大王哩大王，

你射不中它，我来帮你射，

你杀不中它，我来替你杀。
卓玺彦只得把弓递给耶郎棱。
耶郎棱一箭射出去，
那只乌鸦咚咚落地。
卓玺彦心想，
这小子也许是上方来的匪，
这家伙或许是下方来的盗。
我射不中，
他射中。
我杀不中，
他杀中。
十二个太阳是我射完，
十二个月亮由我杀尽。
卓玺彦说，
这小子一定是上方来的匪，
这家伙必定是下方来的盗。
流窜到亚鲁王疆域，
打劫在亚鲁王领地。
日后一天只怕会有三起匪乱，
将来一夜也许会发三场战事。
卓玺彦拔出两面锋宝剑，
卓玺彦张开两根弦钢弓。
射向耶郎棱，
杀了耶郎棱。
耶郎棱倒在大江岸，
耶郎棱血洒大海边。

卓玺彦转身回到家，
卓玺彦急急走进门。
嘎赛咏说，
卓玺彦哩卓玺彦，
你单身一人进家门，
怎不见我儿跟你回？
嘎赛咏说，
卓玺彦哩卓玺彦，
你单身一人到家中，
咋不见我儿随你转？
嘎赛咏说，
卓玺彦哩卓玺彦，
你去射太阳，
你去射月亮。
你棱下那棵十七丈高的马桑树，
你下了那株十七抱粗的杨柳树。
你转来大江岸，
你来到大海岸。
养护伤口养噜哩，
养好身子养噜啰。
你的英名，
传回我们家中。
你的大名，
传到我们堂屋。
我用大米打粑粑，
我拿糯米舂粑粑。
做了大米饭，
又做糯米饭，
交给耶郎棱。

我说，
耶郎梭哩耶郎梭，
路远千里，你问路去，
路长百里，你寻路走。
你去到上方大江岸，
你到得上方大海岸。
那里有棵十七丈高的马桑树，
那里有株十七抱粗的杨柳树。
你会遇到父王卓玺彦坐马桑树下，
你能看见父亲卓玺彦在杨柳树脚。
你说，
大王哩大王，
你歇歇气，我俩来吃糯米饭，
你歇口气，我俩一起吃粑粑。
嘎赛咏说，
卓玺彦哩卓玺彦，
糯米饭你吃到了吗？
嘎赛咏说，
卓玺彦哩卓玺彦，
粑粑你得吃了吗？
嘎赛咏说，
卓玺彦哩卓玺彦，
你单身一人进家门，
怎不见我儿跟你回？
嘎赛咏说，
卓玺彦哩卓玺彦，
你单身一人到家中，
咋不见我儿随你转？

卓玺彦说，
嘎赛咏哩嘎赛咏，
我去射杀太阳，
我来追杀月亮。
挥一剑，一个太阳叮当落地，
射一箭，一个月亮叮咚掉下。
十二个太阳射完了，
十二个月亮杀尽了。
挥一剑，一个太阳叮当落地，
射一箭，一个月亮叮咚掉下。
十二个太阳射完了，
十二个月亮杀尽了。
剩下一个太阳照大地，
留下一个太阳数日子。
一个太阳就是过一天，
一个太阳不是十二天。
剩下一个月亮来照亮，
留下一个月亮数月份。
一个月亮就是一个月，
一个月亮不是十二月。
这才有了天，
这就有了地。
我梭下那棵十七丈高的马桑树，
我爬下那株十七抱粗的杨柳树。
来到大江岸上，
回到大海岸边。
养护伤口养噜哩，
养好身子养噜啰。

耶郎棱遇见我坐马桑树下，

耶郎棱碰到我在杨柳树脚。

耶郎棱说，

大王哩大王，

你歇歇气，我俩来吃糯米饭，

你歇口气，我俩一起吃粑粑。

我俩歇脚盘坐来吃糯米饭，

我们歇气对坐一道吃粑粑。

一只乌鸦在树干上聒噪，

一只山喳雀在树枝上叫。

今天不吉祥，

事情不吉利。

你们歇脚盘坐吃糯米饭，

你俩歇气对坐着吃粑粑。

父亲也许不知道，儿子或许想杀死父亲哩，

儿子也许不晓得，父亲也许想杀掉儿子啊。

鸟的聒噪惹翻了我。

我听到火冒三丈，

我旋风一样立起，

射出七十支钢箭，射不中那只乌鸦。

耶郎棱说，

大王哩大王，

你射不中它，我来帮你射，

你杀不中它，我来替你杀。

我这就把弓递给了耶郎棱。

耶郎棱一箭射出去，

那只乌鸦咚咚落地。

我心想，

这小子也许是上方来的匪，

这家伙或许是下方来的盗。

我射不中，

他射中。

我杀不中，

他杀中。

十二个太阳是我射完，

十二个月亮由我杀尽。

我心想，

这小子一定是上方来的匪，

这家伙一定是下方来的盗。

流窜到亚鲁王疆域，

打劫在亚鲁王领地。

只怕日后一天会有三起匪乱，

也许将来一夜会有三场战事。

我拔出两面锋宝剑，

我张开两根弦钢弓。

射向耶郎棱，

杀了耶郎棱。

耶郎棱倒在大江岸，

耶郎棱血洒大海边。

嘎赛咏说，

卓玺彦哩卓玺彦，

你射杀了我儿，

就像刺杀了我。

嘎赛咏说，

卓玺彦哩卓玺彦，

你杀死我男娃，

就如砍杀了我。

嘎赛咏说，

卓玺彦哩卓玺彦，

耶郎棱咂我三桶奶水，

耶郎棱吃我三桶菜饭。

嘎赛咏说，

卓玺彦哩卓玺彦，

你用钢绳勒我脖颈，我伴我儿一起死，

你拿铁绳吊我颈根，我随我娃一道归。

卓玺彦说，

嘎赛咏哩嘎赛咏，

你不要这样说，

求你别这么讲。

你让我去问耶婉，

你等我来求耶偌。

卓玺彦去到岜果山坡，

卓玺彦来到岜锦山上。

卓玺彦问耶婉，

卓玺彦问耶偌。

卓玺彦说，

耶偌哩耶偌，

卓玺彦说，

耶婉哩耶婉，

我射杀了太阳，

我追杀了月亮。

挥一剑，一个太阳叮当落地，

射一箭，一个月亮叮咚掉下。

十二个太阳射完了，

十二个月亮杀尽了。

剩下一个太阳照大地，

留下一个太阳数日子。

一个太阳就是过一天，

一个太阳不是十二天。

剩下一个月亮来照亮，

留下一个月亮数月份。

一个月亮就是一个月，

一个月亮不是十二月。

这才有了天，

这就有了地。

卓玺彦说，

耶偌哩耶偌，

卓玺彦说，

耶婉哩耶婉，

我去射杀太阳，后人才得种糯米，

我来追杀月亮，后辈才得养鱼虾。

我梭下那棵十七丈高的马桑树，

我爬下那株十七抱粗的杨柳树。

我回到大江岸，

我转回大海边。

养护伤口养噜哩，

养好身子养噜啰。
我的名字，
传到嘎赛咏堂屋。
嘎赛咏用大米打粑粑，
嘎赛咏拿糯米舂粑粑。
做了大米饭，
又做糯米饭。
交给耶郎棱。
嘎赛咏说了，
耶郎棱哩耶郎棱，
路远千里，你问路去，
路长百里，你寻路走。
你去到上方大江岸，
你到得上方大海边。
那里有棵十七丈高的马桑树，
那里有株十七抱粗的杨柳树。
耶郎棱遇到我坐马桑树下，
耶郎棱看见我在杨柳树脚。
耶郎棱说，
大王哩大王，
你歇歇气，我俩来吃糯米饭，
你歇口气，我俩一起吃粑粑。
我俩歇脚盘坐来吃糯米饭，
我们歇气对坐一道吃粑粑。
一只乌鸦在树干上聒噪，
一只山喳雀在树枝上叫。
今天不吉祥，
事情不吉利。

你们歇脚盘坐吃糯米饭，

你俩歇气对坐着吃粑粑。

父亲也许不知道，儿子或许想杀死父亲哩，

儿子也许不晓得，父亲也许想杀掉儿子啊。

鸟的聒噪惹翻了我。
我听后火冒三丈，
我旋风一样立起，

射出七十支钢箭，射不中那只乌鸦。

耶郎棱说，
大王哩大王，
你射不中它，我帮你射，
你杀不中它，我替你杀。
我这就把弓递给耶郎棱。
耶郎棱一箭射出去，
那只乌鸦咚咚落地。
我心想，
这小子也许是上方来的匪，
这家伙或许是下方来的盗。
我射不中，
他射中。
我杀不中，
他杀中。
十二个太阳是我射完，
十二个月亮由我杀尽。
我心想，

这小子一定是上方来的匪，
这家伙必定是下方来的盗。
流窜到亚鲁王疆域，
打劫在亚鲁王领地。
只怕以后一天会有三起匪乱，
也许将来一夜会发三场战事。
我拔出两面锋的宝剑，
我张开两根弦的钢弓。
射向耶郎棱，
杀了耶郎棱。
耶郎棱倒在大江岸，
耶郎棱血洒大海边。
卓玺彦说，
耶偌哩耶偌，
卓玺彦说，
耶婉哩耶婉，
我误杀我的儿子在大江岸，
我错杀亲生男娃在大海边。
耶偌说，
卓玺彦哩卓玺彦，
耶婉说，
卓玺彦哩卓玺彦，
亚鲁派你去射杀太阳你就射杀太阳，
亚鲁派你来追杀月亮你就追杀月亮。
亚鲁没有派你射杀你的儿，
亚鲁没得派你杀死你的娃。
耶偌说，
卓玺彦哩卓玺彦，
耶婉说，
卓玺彦哩卓玺彦，
你儿的命现在已经挽不转，
你家男娃已走完他的运程。

这话惹翻卓玺彦。
卓玺彦听后火冒三丈，
卓玺彦如旋风般立起。
卓玺彦去到大江岸，
卓玺彦来到大海边。
卓玺彦拿耶郎棱的尸体，
砍成三百六十块肉。
变成三百六十簇惑，
成为三百六十簇眉。
亚鲁王得到了消息，
亚鲁王知道了这事。
亚鲁王杀掉三百簇惑，
亚鲁王斩杀三百簇眉。
亚鲁王留下六十簇惑在疆域，
亚鲁王留了六十簇眉在领地。
亚鲁王说，
从此以后，
家家户户保护这些惑，
世世代代养护这些眉。
亚鲁王把一块肉甩往门里，
变成了家惑。

亚鲁王拿一块肉甩在家里，
变成了屋惑。
这些惑在家中住下了，
这些眉在屋里打转转。
亚鲁王将一块肉甩到畜圈，
变成郎哈①。
变为郎卓②。
变成卜哈杜③。
变为卜哈勒④。
亚鲁王拿一块肉抛往山巅，
变成凶冉⑤。
变为凶岜⑥。
亚鲁王将一块肉扔向浪涛，
变成凶昂⑦。
变为凶波⑧。
亚鲁王拿一块肉丢在村寨，
变成凶昂。
变为凶忑⑨。
蛇月春天到，
马月夏天来。
涨大水，
起大火。
大火烧坡上，
大水淹平地。
亚鲁王为十二种牲畜排序位，
亚鲁王定十二组祛灾解难经。
用来侃凶昂，
拿去侃凶忑。
大水涌来灭火，
大水帮助扑火。
亚鲁王用一块肉抛到疆域中央，
亚鲁王将一块肉甩往领地中间。
变成了波哝⑩。
波哝去摘谷穗花，
波哝来采小米花。
亚鲁王得到消息，
亚鲁王知道这事。
鸡月十五，

① “郎哈”，苗语“langd had”的音译，生灵名。
② “郎卓”，苗语“langd nzof”的音译，生灵名。
③ “卜哈杜”，苗语“buf had nduk”的音译，生灵名。
④ “卜哈勒”，苗语“buf had blex”音译，生灵名。
⑤ “凶冉”，苗语“xongs raeb”的音译，生灵名。
⑥ “凶岜”，苗语“xongs blad”的音译，生灵名。
⑦ “凶昂”，苗语“xongs angt”的音译，生灵名。
⑧ “凶波”，苗语“xongs nbof”的音译，生灵名。
⑨ “凶忑”，苗语“xongs terl”的音译，生灵名。
⑩ “波哝”，苗语“box ntongh”的音译，生灵名。

狗月十四[1]。
亚鲁王把草标插上疆域，
亚鲁王用草标插遍领地。
从此波哝摘不到谷穗花，
日后波哝采不着小米花。
那时的习俗传到现在，
远古的风俗世代相传。

鸡月十五，
狗月十四。
我们都要把草标插上田野，
我们都会将草标插遍耕地。
从那以来波哝摘不到谷穗花，
从那往后波哝采不着小米花。

【附注】

本则神话所选自的文本《亚鲁王》，是苗族复合型的大型史诗，保留了大量具有鲜明文化特征的神话情节和母题。该史诗流传的悠久历史体现出麻山苗族地区丰厚的神话传承土壤，史诗叙事中关于万物起源、造日月等典型神话母题具有值得关注的神话内涵与文化分析价值。

【讲 述 者】 陈兴华唱诵

【采录整理】 杨正江等翻译

【采集时间】 2009—2011 年

【流传地区】 贵州省·（安顺市）·紫云县（紫云苗族布依族自治县）麻山苗区

【文本来源】 中国民间文艺家协会主编，执行主编余未人：《亚鲁王》（全二册），北京：中华书局 2011 年版，第 260—280 页。本文选自原诗第二章第二节“造日月，射日月”。

【阅读提示】 本则神话节录自苗族长篇英雄史诗《亚鲁王》中“造日月，射日月”部分，通过吟诵亚鲁王造日月的过程，塑造了一位被苗族世代颂扬的民族英雄形象。

【基本母题】 造太阳；造月亮；造日月的方法；十二个太阳；十二个月亮；

① 每年农历七月十四，是苗人的“七月半”节日。过节的那一天，苗人们把草标插遍田野和耕地。

喊太阳；喊月亮；射日月；时间历法的产生；习俗的产生

【本文编码】 《造日月，射日月》：ZCSW1055-232-057

铸日造月

（苗族）

立柱撑天立好了，
看呀看呵看样儿，
看样就要向前走，
就要铸造月亮啦！
回头来看那远古，
最初古时远悠悠，
茅草都还没有长，
野菜花花还不生，
还没铸日和造月，
天上一片黑黢黢，
地上一片黢黢黑，
到处昏黑看不见。
天上日子不好过，
地下日子不好过。
天上来了哪一个？
地下来了哪一人？

天上来了个宇郁[①]，
那个宇郁走来了。
地下来了个茸公，
还有鲍公和熊公。

哪几个公热心肠，
他们四个老公公，
四个老人打主意，
商量来铸造月亮，
铸造云坡的太阳？

有个鲍公和熊公，
有个茸公与当公，
他们四个老公公，
四个老人打主意，
商量来铸造月亮，
铸造云坡的太阳。

现在才有个模样，

① 宇郁：一女神名。

拿簸箕来作模样。
从前还没啥模样，
拿什么来作模样，
才能拿来造月亮，
铸造云坡的太阳？

有个鲍公和熊公，
有个葺公和当公，
他们四个老人家，
四个老人打主意，
赶头黄牛上岩坡，
去犁去耙岩坡上，
去犁那个凹岩窝，
细碎石块往下落，
滚到岩下水潭里，
溅起浪花起漩涡，
就用漩涡作模样，
才能拿来造月亮，
铸造云坡的太阳。

用什么来当炉子，
拿什么来当风箱，
什么东西当锤子，
才能拿来造月亮？

用兜勒来当炉子，
九岭峡谷聚风来，
九条山冲风来吹，
这就成个好风箱。
用石块来作锤子，
这才拿来造月亮，
铸造云坡的太阳。

工具都得齐全了，
得齐备了坐等着。
哪一个是热心肠，
哪一个来扯风箱，
拉着风箱手不停，
哪一个来挥锤子，
只会挥来不会打？
一锤打去银星溅，
二锤打去溅银星，
碎金碎银溅满地；
三锤砸在墩子上，
四面八方都震响，
山冲震动一阵阵，
雷公听了发怒哼，
龙王听了很生气。
是哪一个真聪明，
哪一个来把话讲：
“你们这些也太笨，
不懂得个造月亮，
会挥锤子不会打，
细碎银子溅坡旁，
太阳月亮造不成，
知成了什么样！”

宇郁是个热心肠，
宇郁就来拉风箱，
拉着风箱手不停。
宇郁又来挥锤子，
只会挥来不会打，
一锤打去银星溅，
二锤打去溅银星，
碎银屋子溅满地，
三锤砸在墩子上，
五方六处震声响，
山冲轰鸣一阵阵。
雷公听了怒哼声，
龙王听了很气忿。
鲍公见了不高兴，
鲍公才来吼两声：
“你们这些也真笨，
不懂得个造月亮，
会挥锤来不会打，
碎金碎银溅坡旁，
太阳月亮造不成，
却打成了小星星！”

有个鲍公和熊公，
有个葺公和当公，
他们四个老人家，
会挥锤来也会打，
他们来铸造日月。
铸在山坡烧死草，
铸在水塘死浮藻，
铸在哪里才好呢，
才能铸成银太阳？
铸在山坡烧死茅，
铸在水塘死青苔，
究竟铸在啥地方，
才能铸成金太阳？

三冲三岭作架子，
上面架口大鼎锅，
架起炉来化银子，
锅底下面烧起火，
烧起火来化银子，
铸在青石塘里面，
才造成了银太阳。
三冲三岭搭架子，
上面安个大坩埚，
架起炉来化金子，
坩埚底下烧起火，
烧起火来化金子，
铸在黑石塘里面，
才造成了金太阳。

有个鲍公和熊公，
有个葺公和当公，
他们四个老人家，
四个老人铸月亮，
铸造云坡金太阳。

哪一个说别忙铸？
哪一个说快铸吧？
葺公便去猛一铸，
太阳脸儿弯斜斜，
月亮脸儿弯斜斜。
成个不亮的太阳，
成个不明的月亮。
鲍公见了很生气，
端起锅来猛一砸，
砸成了口破弯锅，
不知变成个什么？

砸成了个破弯锅，
后来变成天竹鼠[①]，
吞蚀云坡金太阳，
吞蚀云坡银月亮。

月亮各是一个爹，
太阳各是一个爹，
竹鼠各是一个爹，
三个各是三个爹。
根子相离远又远，
从公数典不共爹，
从奶数典不共妈，
从姑数典不同妹，
不知因为啥原故，
他们结仇大如虎？

“起初用我化银两，
后来我已不成器。
一等过去了一年，
再等过去了两年，
我才走到天上去，
吞蚀月亮饱肚子，
吞蚀太阳才甘心。
最初拿我熔金子，
后来我不成才了。
一等过去了一年，
再等过去了两年，
我才走到天上去，
吞蚀月亮补身子，
吞蚀太阳补身子，
这样才使我甘心。”[②]

哪一个人心灵巧，
哪个拿来把剪刀，

---

① 竹鼠：一种食竹子、巴茅等的野兽名，身体似老鼠，但比鼠大。苗族认为月蚀就是竹鼠吃了月亮，相当于汉族的天狗吃月。

② 这段是竹鼠的独白，说明它为什么要吞蚀太阳和月亮。两段歌句内容完全一样，这里变换一个声调，这是苗歌分作左右路数的特点。

剪了边缘小枝桠，[1]
太阳脸圆模样好，
月亮脸圆好模样？

宇郁是个心灵巧，
宇郁拿着把剪刀，
剪了边缘小枝桠，
太阳脸圆模样好，
月亮脸圆好模样。

宇郁拿剪刀来剪，
剪去边缘小枝桠，
日月还没啥好看，
日月还是弯曲曲。
哪一个是好心肠，
他有手艺会敲打，
日月敲打圆溜光？

鲍公是个好心肠，
他有手艺会敲锤，
日月敲打圆溜光。

有个鲍公和熊公，
有个茸公和当公，
四个老人铸月亮。

不知铸了多少夜，
铸成多少个月亮？
不知铸了多少时，
铸成多少个太阳？
铸了十二个夜晚，
铸成十二个月亮；
铸了十二个时辰，
铸成十二个太阳。

一个太阳叫什么？
二个太阳叫什么？
三个太阳叫什么？
四个太阳叫什么？
五个太阳叫什么？
六个太阳叫什么？
七个太阳叫什么？
八个太阳叫什么？
九个太阳叫什么？
十个太阳叫什么？
十一个太阳叫啥？
十二个太阳叫啥？[2]
取个名来大家听。
一个太阳就叫子，
二个太阳就叫丑，
三个太阳就叫寅，

---

① 这句是说日月铸的毛坯，边缘生出许多枝桠。

② 这里包括十二个月亮在内。

四个太阳就叫卯，
五个太阳就叫辰，
六个太阳就叫巳，
七个太阳就叫午，
八个太阳就叫未，
九个太阳就叫申，
十个太阳就叫酉，
十一个太阳叫戌，
十二个太阳叫亥，
那是十二金太阳。

铸日造月完毕了，
造完了就歇歇气。
看呀看呵看样儿，
看样子要向前走，
要把炉子推倒啦！
炉火倒去大山坡，
恐怕烧化柴和草。
究竟倒火去哪里？
炉子要送哪里去？
锤儿送到哪里去？
风箱送到哪里去？
后来变成个什么？

把火送到水塘去，
沉到人间地底里，
这样人间才有火，
如今地面暖融融，
烟火冒到高山头，
地里冒出锈水来，
锈水天天冒不完，
地火之名不失传。
炉子推倒向山坡，
后来就变成煤炭。
风箱推去山冲里，
山冲变得暖融融。
锤儿丢到雷公家，
雷公用作敲锣锤。①

搁置炉子搁好了，
看呵看呀看样儿，
看样子要向前走，
要抬日月上天啦！
哪一个是英雄汉，
身子强硬如生钢，
脚杆大得像仓柱，
大步跨起稳笃笃，
站着像座大山坡，
他抬太阳上天去，
他抬月亮上天去，
说真也要抬上天，
道假也要抬上天，

① 民间认为响雷是雷公敲锣声，敲锣锤就是铸造日月的锤儿。

抬呀走到半坡上，
已经走到半路了，
太阳烫得辣乎乎，
太烫了呵猛放手，
太阳月亮滚下坡，
滚呀滚下山冲去，
日月破成九大块？
里功是个英雄汉，
脊背硬得像生钢[①]，
脚杆大得像仓柱，
大步跨来稳笃笃，
抬着太阳上天去，
抬着月亮上天去，
道假也要抬上天，
说真也要抬上天，
走呵走到一半路，
已经走到半路上，
太阳烫得辣乎乎，
太烫了呵猛放手，
太阳月亮滚下坡，
轱辘滚到山冲里，
日月破成九大块。

摔破了呵再修补，
箍好了来再抬走，
我俩来看箍甑子，
什么箍子箍甑子？
竹子篾条箍甑子，
箍杉木桶才牢固。
拿什么来箍月亮，
箍得太阳牢又牢，
箍得月亮牢又牢？

熔化金子在石窝，
金子熔化滴地下，
才能得来箍太阳。
银子熔在岩窝窝，
银子熔化滴地下，
拿银水来焊月亮，
太阳月亮就牢固。

里功个头太小了，
日月他是抬不动。
有个什么英雄汉，
什么英雄个头大，
个头高大力无穷，
肩头宽大又结实，
他能拔掉棵大树，
他可搬动大山坡，
一只肩头扛月亮，
一只肩头扛太阳，
扛着太阳去天上，

① 生钢：即铁。

扛着月亮去天上。
走呀走呀径直走，
已经走了一半坡，
已经走到一半路，
爬到天上云坪坡，
看见雷公仓门口。
太阳烫得辣乎乎，
烫伤左面大耳朵，
不觉猛然一松手，
太阳月亮滚下坡，
轱辘轱辘滚下冲，
日月破成九大块。
摔破了来又再焊，
焊好了来又再抬。

熊町是个英雄汉，
熊町高大力无穷，
能够力拔棵大树，
能够搬动大山坡，
肩头宽大又结实，
一只肩头扛月亮，
一只肩头扛太阳，
太阳扛在左肩上，
扛着太阳去天上，
扛着月亮去天上。
走呀走呀径直走，
已经走到一半坡，
已经走了一半路，
走到天上云坪坡，
看见雷公仓门口。
太阳烫呀辣乎乎，
烫得难受忽放手，
太阳月亮滚下坡，
轱辘轱辘滚下冲，
叶的气声掉塘里，
日月破成九大块。

滚破了来又再焊，
焊好了来又再抬。
要拿什么来焊呢，
日月焊好了以后，
没有半点伤疤痕，
溜溜光光如当初？

燕子口水可焊接，①
燕子喙儿焊月亮，
焊接太阳还原好，
没有半点伤疤痕，
玉玉溜溜像当初。

有个什么英雄汉，
身子高大硬朗朗，

① 燕子含泥，用嘴砌窝，认为燕子口水有黏性，可焊接。

能吃九槽糯糍粑，
九桶生鱼吃得下，
一顿可吃三秤[1]铁，
九斤钢水漱漱口，
两只耳朵冒凉水，
凉水淌在手上流。
星星装在袖子里，
一只肩头扛太阳，
一只肩头扛月亮，
抬着太阳上天去，
抬着月亮上天去，
已经走到一半坡，
已经走了一半路，
说假也要抬起去，
道真也要抬起走，
去到天上云坪坡。
太阳烫得辣乎乎，
烧着左边大耳朵，
烫就让它烫点吧，
再烫也不会松手？
哪一个是坏心肠，
哪个跑来就阻挡，
路上挡着昏昏黑？
就要去到雷公坪，
雷公关门来阻挡。
抬脚一踢就进去，
一下去到雷王坪。

榜养朋荣[2]英雄汉，
一顿吃下九槽粑，
一顿能吃九桶鱼，
能吃得下三秤铁，
九斤钢水漱漱口，
两只耳朵冒凉水，
水淌下来手上流。
星星装在袖子里，
一个肩头扛太阳，
一个肩头扛月亮，
扛着太阳上天去，
扛着月亮上天去，
说是假吧当真走，
道是真吧当真走，
已经走到半坡上，
已经走至半空中，
走到天空云坪坡。
太阳烫得辣乎乎，
烧着左边大耳朵，
再烫也忍不松手。
走呀走呀径直走，
那个云雾老大人，
云雾跑过来阻挡，

① 秤：计量单位，十斤为一秤。
② 榜养朋荣：一个半人半神者，即不熔化者的绰号。

遮起路上黑昏昏，
排开云雾向前走，
去到了那雷王坪，
雷公关门来阻挡，
一脚踢开门进去，
才进到了雷王坪，
日月坐在雷王坪。

榜养朋荣英雄汉，
扛月亮到雷王坪，
扛太阳到雷王坪，
他扛到了就转来，
忘记嘱咐日月啦。
有个什么英雄汉，
他又自己转回去，
嘱咐太阳和月亮？
就是冷王[①]英雄汉，
他又亲自转回去，
这样嘱咐日和月：
“逢到子日子的出，
逢到丑日丑的出。
只许走在岩山口，
不准走到树林哟。
子时出来子时转，
丑时出来丑时回。
一个出来走一天，
不许哪个出差错！”

哪一个是聪明人，
哪一个来把犁扛，
赶头黄牛慢慢走，
犁出天上一条路，
太阳月亮好行走？

宇德是个聪明人，
宇德扛着一架犁，
赶头黄牛慢慢走，
犁出天上一条路，
太阳月亮得行走。
太阳月亮环行转，
整个天下亮堂堂，
天下人人笑呵呵。

宇德[②]是个聪明人，
犁成天上一条路。
又有哪个聪明人，
哪个拿着把刨子，
哪个拿着把锛子，
拿把刨子就去刨，
拿着锛子就去锛。
去刨天上那条路，

---

① 冷王：即榜养朋荣的敬称，苗族诗歌中对人物敬称多用“王”字，如雷王、蟹王、太阳王等等。
② 宇德：一神名。

那条道路光溜溜，
刨给日月来行走，
月亮脸上亮堂堂，
太阳脸上圆溜溜？

哪一个是聪明人，
哪个拿一把扫帚，
哪个拿来把凿子，
拿把扫帚就去扫，
把个天上扫干净，
扫去了那些灰尘，
天上到处光溜溜，
不让弄脏小星星。
拿把凿子就去凿，
凿成一些小石窝，
就拿星星去安放，
这个窝里栽一个，
那个窝里栽一个，
星星盯着天下望，
频频眨着小眼睛，
整个天下都照亮？

宇郁是个聪明人，
宇郁拿着把刨子，
宇郁拿着把锛子，
拿把刨子就也刨，
拿把锛子就去锛。
去刨天上那条路，
刨那条路光溜溜，
刨给日月来行走，
月亮脸上亮堂堂，
太阳脸上圆溜溜。
宇郁拿着把扫帚，
宇郁拿着把凿子，
拿着扫帚去打扫，
打扫整个蓝天上，
扫去了那些灰尘，
整个天上光溜溜，
不让弄脏小星星。
拿着凿子就去凿，
凿成一些小石窝，
才把星星去安放，
这个窝里栽一个，
那个窝里栽一个，
星星盯着天下望，
频频眨着小眼睛，
整个天下都照亮。

【讲 述 者】 张启庭、张荣光、张正玉、张启德演唱
【采录整理】 张明搜集，燕宝整理译注
【采集时间】 ?—1987 年

【流传地区】 贵州省

【文本来源】 选自贵州省少数民族古籍整理出版规划小组办公室编，燕宝整理译注《苗族古歌》中的“创造宇宙”，贵阳：贵州民族出版社1993年版，第322—361页。

【阅读提示】 这篇神话生动地描绘了宇宙初始、天地混沌时期，神人锻造日月、征服自然的历史。

【基本母题】 撑天柱；造日月；天地一片黑暗；造日月的材料；造日月的工具；星星的产生；十二个太阳；太阳的名字

【本文编码】 《铸日造月》：ZCSW1056-232-058

月亮妹妹

（普米族）

远古时候，天上没有太阳，没有月亮，世上的人死光了，只剩下两兄妹。为了传下人种，女天神干衣米叫他们兄妹俩结成夫妻。可是，兄妹俩不愿意，说是亲兄妹不能结成夫妻。干衣米只好让他们兄妹到高山上去滚磨盘，说如果磨盘滚下山合拢了就结成夫妻。结果磨盘合拢了，但他们还是不愿意结成夫妻。干衣米又让他们到一架山下分头往两个方向走，说如果走到一起就结成夫妻。结果他们又走到一起，于是只好结成了夫妻。

他们成了夫妻后，生下了好些孩子，可是，他们感到很羞耻，总认为见不得人，前去要求干衣米让他们变成太阳和月亮，干衣米同意了。干衣米让妹妹做月亮，妹妹说她晚上出来害怕。干衣米又让她做太阳，妹妹说她白天出来害羞。干衣米就给了她一包火针，要她用针刺向看望她的人的眼，这样妹妹就做了太阳，哥哥就做了月亮。

【讲 述 者】 熊美珍（普米族）

【采录整理】 杨照辉采录

【采集时间】 （无考）

【流传地区】 云南省·（怒江傈僳族自治州）·兰坪县（兰坪白族普米族自治县）

【文本来源】 中国民间文学集成全国编辑委员会编：《中国民间故事集成》（云南卷），北京：中国 ISBN 中心 2003 年版，第 134 页。

【阅读提示】 这则神话叙述了成婚的兄妹因羞耻化生为日月，这可能与婚姻历史中禁止血缘婚习俗的产生有关。

【基本母题】 以前没有日月；兄妹婚；兄妹变成日月；与日月有关的现象

【本文编码】 《月亮妹妹》：ZCSW1057-232-059

金水湖和银水湖

——日神和月神的传说

（畲族）

一

很久很久以前，白天，人们在一起打猎，晚上，人们在一起围着火堆唱山歌，过着很快活的日子。

有一天，突然黑了半边天。

不是天黑了，是一只大水鹰飞来了。大水鹰落到地上，张开嘴一吸，把地面上的水吸干，拍拍翅膀向西面飞走了。

有一天，突然又黑了半边天。

不是天黑了，是一条大火龙游来了。大火龙落到地上，张开嘴一吸，把地面上的火吸光，摇摇尾巴向东面游走了。

从此人们便没水没火地住在黑暗的世上啦。

黑暗的世上，人们没水没火怎么能活下去呢？因此到处都充满着凄冷冷的哭声。

凄冷冷的哭声到处是，到处飘，一飘飘到凤凰山上，给凤凰山上一对年轻的夫妻听到了。这对夫妻听了也很难过，两人便商议商议，决心分头去把水和火找回来。

小郎叫钟郎，钟郎去找火，找火的往东方去了。

小娘叫蓝娘，蓝娘去找水，找水的往西方去了。

二

先讲讲钟郎吧。

钟郎用手摸着物件，朝物件暖的方向走。也不晓得走了多么久。

一天，他在路上遇着一个老爷爷。老爷爷病啦，躺在路旁。钟郎扶起他，拿些东西给老爷爷吃。

老爷爷问："孩子呀，天这么冷颤颤的，路这么黑暗暗的，你要到哪儿去呀?"

钟郎说："我去找火龙，把火夺回来。"

老爷爷忙忙摆手说："哎呀哎呀，那是去不得的呀!"

老爷爷告诉钟郎：火龙就在前面第三座大山岙里面。可是火龙会吐火团呀，谁碰上它，它一吐火团就准把谁烧成灰灰。

钟郎听了说："冷颤颤的天气我挨够了，我不愿再回头受那种罪啦；黑暗暗的道路我走够了，我不愿再回头走那条道路啦。我为大家来找火，想起大家，我就什么都不怕。"

老爷爷见钟郎很坚决，就说道："贵过金，贵过银，难得你有这样一颗心呵！好孩子，既要去你就去吧。可你得先到金水湖里面去炼炼身子。那湖里面的金水是很烫很烫的呀，如果你能在金水湖里面浸上一日一夜，你便炼成个金身子，成了金身子就能降服火龙啦!"

老爷爷还告诉钟郎，过去已有许多人想来降服火龙，可都给火龙吐出的火焰烧成灰灰啦。有许多人也想把自己炼成个金身子，可又受不了金水的浸烫，都逃掉啦。老爷爷自己也只是炼了半天便逃出来的。

钟郎谢过老爷爷，摸索到金水湖边。一看，哟，红红的湖岸，黄灿灿的水呵，那水上却冒着阵阵热水，水面上闪闪烁烁地泛起一圈圈的红光。好个热气冲人的金水湖呀！钟郎看看，在岸边转了一转，返过身子，又转了一转，便挺身一跃，跳了进去。

金水浸着钟郎的身子，钟郎感到象被火烧着的一般难受。这时，钟郎想起了大家，想到大家都在受苦难，就咬咬牙忍受住啦。

好勇敢的钟郎呀！终于在金水湖里浸了一日一夜，浸到一日一夜的时候，忽然听到“轰”地一声响，金水湖底裂开了一条缝，金水向地缝里流光啦。钟郎站了起来。

钟郎站了起来，浑身发出黄灿灿的光亮，力气也壮大了。后来人们就叫他是金郎。在世上只有金郎是个实实在在的金身子。

钟郎又翻过三座大山来到山岙里，看见火龙正在山岙里面睡觉。睡觉时，鼻孔一张一翕，喷着一阵一阵火团哩！

钟郎绕到火龙头后面的山上往下一跳，抱住火龙的脖子就打，火龙惊醒啦！

火龙惊醒了，头一摆，就把钟郎摔到地上，一声吼叫，飞腾而起，浑身冒出火焰来，嘴里吐着烈火，围住钟郎烧。

烈火围住钟郎烧，可烧不坏钟郎。火龙怒极了，一口把钟郎吸到嘴边。咬咬，就是咬不动。钟郎趁势抓住龙须，一攀，攀上火龙角，骑在龙颈上。这样，随便火龙怎么翻腾，再也翻不落钟郎啦。

火龙再也翻不落钟郎，钟郎便在火龙背上揭鳞甲，把揭下来的鳞甲向天上抛，一片片的鳞甲抛到了天上，就变化成为一颗颗的亮星星。

钟郎用力地揭着鳞甲，揭得火龙也求饶啦。

火龙求饶了，只好听从钟郎，把所有的火都吐还给人们。火吐完了，钟郎骑着火龙，往西方去找他的妻子。

三

再讲讲蓝娘吧。

蓝娘用手摸着物件，朝物件凉的方向走。也不晓得走了多么久。

一天，她在路上遇着一个老婆婆。老婆婆病啦，躺在路旁。蓝娘扶起她，拿些东西给老婆婆吃。

老婆婆问："孩子呀，天这么冷颤颤的，路这么黑暗暗的，你要到哪儿去啊！"

蓝娘说："我去找水鹰，把水夺回来。"

老婆婆忙忙摆手说："哎呀哎呀，那是去不得的呀！"

老婆婆告诉蓝娘：水鹰就在前面第三个大山谷里面。可是水鹰会吐冰雹呀，谁碰上它，它一吐冰雹就准把谁砸成糊糊。

蓝娘听了说："冷颤颤的天气我挨够了，我不愿再回头受那种罪啦；黑暗暗的道路我走够了，我不愿再回头走那条道路啦。我为大家来找水，想起大家，我就什么都不怕。"

老婆婆见蓝娘很坚决，就说道："贵过金，贵过银，难得你有这样一颗心呵！好孩子，既要去你就去吧。可你得先到银水湖里面炼炼身子。那湖里面的银水是很冷很冷的呀，如果你能在银水湖里浸上一日一夜，你便炼成个银身子，成了银身子就能降服水鹰啦！"

老婆婆还告诉蓝娘，过去已有许多人想来降伏水鹰，可都给水鹰吐出的冰雹砸成糊糊啦。有许多人也想把自己炼成个银身子，可又受不了银水的浸冻，都逃掉啦。老婆婆自己也只是炼了半天便逃出来的。

蓝娘谢过老婆婆，摸索到银水湖边。一看，哟，绿绿的湖岸，白花花的水呵。那水上却发出阵阵寒气，水面上闪闪烁烁地泛起一圈圈的白光。好个冷气逼人的银水湖呀！蓝娘看看，在岸边转了一转，返过身子，又转了一转，便挺身一跃，跳了进去。

银水浸着蓝娘的身子，蓝娘感到象在冰窟窿里一样难受。这时，蓝娘想起了大家，想到大家都在受苦难，就咬咬牙忍受住啦。

好勇敢的蓝娘呀！终于在银水湖里浸了一日一夜，浸到一日一夜的时候，忽然听到“轰”地一声响，银水湖底裂开了一条缝，银水向地缝里流光啦。蓝娘站了起来。

蓝娘站了起来，全身发出白花花的亮光，力气也壮大了。后来人们就叫她是银娘。在世上只有银娘是个实实在在的银身子。蓝娘又翻过三座大山来到山谷里，看见水鹰正在山谷里面睡觉对，嘴巴一张一翕，吐着一股一股寒气哩！

蓝娘绕到水鹰头后面的山上往下一跳，抱住水鹰的脖子就打，水鹰惊醒啦。

水鹰惊醒了，头一摇，就把蓝娘摔到地上，一声长鸣，飞腾而起，浑身冒出寒气来，嘴里吐着冰雹，对着蓝娘砸。

冰雹对着蓝娘砸，可砸不坏蓝娘。水鹰怒极了，一口把蓝娘啄到嘴边。啄啄，就是啄不动。蓝娘趁势抱住长嘴，一翻，翻上水鹰颈，骑在鹰背上。这样，随便水鹰怎么翻腾，再也翻不落蓝娘啦。

水鹰再也翻不落蓝娘，蓝娘便在水鹰背上拔羽毛，把拔下来的羽毛往地上一抛。一根根的羽毛落到了地上，就变化成为一片片的雪花花。蓝娘用力地拔着羽毛，拔得水鹰也求饶啦。

水鹰求饶了，只好听从蓝娘，把所有的水都吐还给人们。水吐完了，蓝娘骑着水鹰，往东方去找她的丈夫。

四

钟郎骑着火龙由东方往西方走的时候，也正是蓝娘骑着水鹰由西方往东方走的时候。钟郎到西方没见着监娘，又往东方寻；蓝娘到东方没见着钟郎，又往西方找，因此两人永远环绕着世上寻找，始终见不着面。

三公主知道这件事，就叫钟郎当日神，叫蓝娘当月神。叫两人在天上巡逻。这样，世上的人们永远都过着有光亮的日子。三公主见了多喜欢呵，还安排了日神、月神也有个会面的日子。

日神是钟郎。钟郎身上放射出的光亮是金灿灿而且强烈的，人们就叫它太阳。

月神是蓝娘。蓝娘身上放射出的光亮是白花花而且柔和的，人们就叫它月亮。

从此世上有了太阳和月亮。

【附注】

同名文本《金水湖和银水湖》，见姚宝瑄主编《中国各民族神话》（汉族），太原：书海出版社2014年版，第214—220页。原文本标注由唐宗龙讲述，陈玮君整理，是汉族神话。

【讲 述 者】 雷玉生，钟小花，蓝斯聪

【采录整理】 唐宗龙

【采集时间】 （无考）

【流传地区】 （无考）

【文本来源】 谷德明编：《中国少数民族神话》，北京：中国民间文艺出版社1987年版，第229—236页。原文本标注选自《中国少数民族民间故事选》。

【阅读提示】 这则神话的讲述很亲民，用富有故事性的讲述把日月起源交代得非常清楚。

【基本母题】 以前的世界一片黑暗；找火；找水；星星的产生；雪的产生；日月的产生

【本文编码】 《金水湖和银水湖》：ZCSW1058-232-060

十个日头九个月

（畲族）

盘古把天地造停当，分出东南西北，又立起九个州来管百姓。这样，东管东、西管西、南管南、北管北，都不会乱。不过，盘古把日头与月造得太多了，天上挂起十个日头九个月。月还好，一州一个；日头呢，一州分一个，还剩一个，挂在天中央统照天下。

日间，十个日头齐齐上山，可比猛火烹，晒得凡间的人行不出门，只好隐寮底[①]，根本没法作息，那就只得阴阳反背，夜间上山日间困。

还勿落事呀[②]，日头火太猛，日间热得困都困不着。年长月久，人瘦得个个皮包骨头，连饭也吞不落，病也熬出了，人死山荒。

当时有一个人，晓勿得[③]叫什么名字，看世上若再这样下去，会断掉人种。他就横想直想，日忖夜忖，忖出一个主意来：造箭射日头。这个人整整用了半年工夫，造出一把大弓、九十九枚箭。

这一天，日头上山了，他站在最高最高的山头顶，一箭一下，一箭一个，朝日头射去。真准，九州上面的日头，统统被他射落来，只剩天中央的那一个了。他还想射，哪晓得一箭射去，还未近日头，箭就炀掉变作水，一点点滴落来，射不落就勿歇，他一口气把九十枚箭射光，还是没射成，枚枚箭头都炀作水，掉落在泥中。据讲，如今泥里都夹有铁砂，就是当年箭头炀掉的铁粉。

天上只有一个日头，人就好出门作息了。可惜，日头刚刚落山，九个月又上山了，九个月的光和日头一样皓，分不清哪是日间哪是夜呀！有些人日间上山，有些人夜里落垟[④]，整日整夜，吵吵闹闹，乱得不得了，弄得人做不像做，歇不像歇。射日头的人想想，这样下去还是不对，还得把月射掉分出昼夜，人才有个定着，他又重新造起九枚箭。

射月的那一夜，给他女人晓得了，趁他出门不防，偷了一枚箭藏了起来，等他射落八个月，才发觉少了一枚。一路寻到寮，都没寻着。他女人讲："勿用寻了，箭头是我放起。你想，天上剩一个日头，总也得留一个月

① 隐寮底：畲家称屋为寮，意即躲在房子里。

② 勿落事：没了结。

③ 晓勿得：不知道。

④ 落垟：下田畈劳作。

呀。你若把九个月统射落，夜间就不亮了。有日头有月，天地才有元气，才分得出阴阳。”

他还是不听女人相劝，定要把这个月射掉，东搜西翻。给他寻着了，又想去射。他女人看男人这样固执，就趁小路赶去，未等男人走到，就早早站在山头顶了。她对男人叫了一声：“我去了。”

男人抬头一看，不好！只见他女人飘起罗带，随风直上，飞到月里头。这时，他后悔也来不及了，站在山头顶，拼命叫着，叫着。可惜迟了，她再也不应了。这一下，他才软了手脚，丢弓抛箭，不再射月了。

直到如今，天上还是挂着一个日头一个月。

【附注】

同名文本《十个日头九个月》，见姚宝瑄主编《中国各民族神话》（高山族、黎族、畲族），太原：书海出版社 2014 年版，第 110—111 页。

【讲 述 者】 雷西可（畲族，男，59 岁，文成县中樟乡农民，不识字）

【采录整理】 雷德宽（畲族，男，41 岁，文成县铁合金厂工人，初中）、王嘉棣（男，46 岁，文成县文化馆干部，大专）采录，文帆整理

【采集时间】 1987 年 12 月 22 日采录于文成县大沉区中樟乡

【流传地区】 浙江省·（温州市）·文成县·大沉区（大峃镇）、中樟乡

【文本来源】 中国民间文学集成全国编辑委员会编：《中国民间故事集成》（浙江卷），北京：中国 ISBN 中心 1997 年版，第 26 页。

【阅读提示】 这则神话中的射日者没有具体的名字，代表的却是人类早期思考自然以及试图改造自然时的群体智慧和集体意志。

【基本母题】 方位的产生；九州的产生；十个太阳；射日；金属的产生；昼夜的产生；日月的产生

【本文编码】 《十个日头九个月》：ZCSW1059-232-061

太阳和月亮

（畲族）

千万年千万年前，天上的太阳有十一个；千万年千万年前，地上的人有尾巴。

天上有十一个太阳，没日没夜地晒，有多么热呀！打猎的人，种田的人，大汗流，小汗滴，辛苦极了，就躲进树林里歇气。这一歇呀就睡去了，睡到尾巴给白蚁食净光净光都不晓得。大家醒来你看看我，我看看你，尾巴都没有了。从此，人就没尾巴啦。

天上十一个太阳，没日没夜地晒，山怎么不干？田怎么不裂？禾苗枯，鸟兽死，大家没饭吃，天天几千几百人饿死。

有一天，不知从哪里来了一对英雄夫妻：老公打猎，老姐[①]摘野果；老公高九丈九，老姐高六丈六。看看这样下去，大家都会饿死，世界不成世界。他们就跑到高高山头，老公拿起弓箭，对准天上太阳射去，"嗖"地一声就射落一个太阳。老姐在旁边数："射落一个咯！"老公又"嗖"地一声，老姐数："射落两个咯！"老公又"嗖"地一箭射出去，老姐数："射落三个咯！……"

老公射法真准，一箭一个，一箭一个，连连射落九个太阳，山头热气退一大半。老姐想想差不多了，也得留两个太阳照世界。一看老公搭箭又要射太阳，赶紧拖一下老公手说："莫射！莫射！留两个！"可是"嗖"地一声，老公的箭射出去了！好在老姐一拖，箭射歪了，只擦去第十个太阳边这一层皮，虽没射落下来，这只太阳吓得全身都凉了，脸也吓白了。老公问老姐说："你要留下两个太阳干什么？"老姐说："世界要光也要暖，黑漫漫、冷冰冰怎么行？留两个太阳，一个晒日时，一个晒夜时。"

老公说："那你就管这个变凉变白了的太阳，叫它夜间上山照世界，让人们夜间歇气、好困。"后来人就叫它"月亮"。

---

① 老姐：老婆。

老姐就问："那你呢？"

老公说："我来管这个发热的太阳，叫它日间上山照天下，让人们好打猎、种田。"太阳是老公管的，后来人就叫太阳做"太阳公"，月亮是老姐管的，也就叫月亮做"月亮婆"、"月亮奶"。

【讲 述 者】 李圣回（畲族，男，42岁，福鼎县前岐镇罗唇村农民，小学）

【采录整理】 蓝振河（畲族，男，64岁，福鼎县文化馆离休干部，教师）采录

【采集时间】 1988年2月采录于福鼎县前岐镇罗唇村

【流传地区】 福建省·（宁德市）·福鼎县（福鼎市）

【文本来源】 中国民间文学集成全国编辑委员会编：《中国民间故事集成》（福建卷），北京：中国ISBN中心1998年版，第11页。

【阅读提示】 这则神话中提及人的体征是由太阳间接导致的，旨在探索人与日月的密切关系，富有科学探索精神。

【基本母题】 以前有十一个太阳；以前人有尾巴；人尾巴的消失；神性人物的特征；射日；日月的特征；日月的名称

【本文编码】 《太阳和月亮》：ZCSW1060-232-062

洛雨射日

（土家族）

很多很多万年以前，地上有一百二十姓人，这里炊烟袅袅，那里歌声嘹亮，热闹得很。突然有一天，天上出现了十二个火球。十二个火球照在地上，把树木烤焦了，岩石晒破了，井也烤干了，河也烤干了，连湖里也没有一滴水了。一百二十姓人，晒死了二十姓了。

“怎么办呢?”“怎么办呢?”毕兹卡①看着白卡②，白卡看着帕卡③。

“我去射火球!”毕兹卡的后生洛雨站了出来。洛雨武艺高强，射箭百发百中。他力气大得不得了，一手能拔起一棵大树，两手能举起两头水牛。人们都把希望寄托在洛雨身上。

“那箭怎么射得拢呢?”白卡问，帕卡也这样问。

“我们用桃来做弓，柳来做箭!”毕兹卡说。

于是，人们砍下最大的桃树做成弓，砍下最大的柳树做成箭。桃弓柳箭做成了，交给洛雨。洛雨拿着桃弓柳箭，对准火球一射，箭才飞到半空，就掉下来了。

洛雨背上桃弓柳箭一口气爬上武陵山巅，取下弓箭，对准火球一射，还差几千丈呢!

洛雨又背上桃弓柳箭，爬上马桑树。那时候，马桑树长得齐天高。洛雨爬呀，爬呀！手臂酸痛了，手板磨起泡了，他忍痛坚持往上爬。爬呀，爬呀！脚板磨起了血泡，腿也酸溜溜地痛，他咬紧牙关，坚持着往上爬。他一直爬上马桑树巅，坐在树桠上，取下桃弓柳箭，“嚓”的一箭对准火球射去，一颗红彤彤的火球掉下了。

“射落了！射落了!”毕兹卡、白卡、帕卡都一起欢呼起来。

“嚓嚓嚓……”洛雨一连射了十箭，射掉了十个火球，剩下的两个火球害怕了，一齐跪下向洛雨求饶。洛雨一想：如果我把火球全射掉了，地面上不是就漆黑一团了么，于是便说：“你们俩要我不射你们，就得听从我的吩咐!”

“我们一定听从吩咐。”

“你们两个一个走白天，一个走黑夜，日日夜夜为人们做事。”

于是，人们就把走白天的叫太阳，走黑夜的叫月亮。太阳和月亮就是这

---

① 毕兹卡：土家族人。

② 白卡：苗族人。

③ 帕卡：汉族人。

么来的。

【讲 述 者】 徐元科（土家族，男，58 岁，农民，不识字）

【采录整理】 胡长辉（土家族，男，40 岁，文化干部，高中）、尚云川（汉族，男，干部）采录

【采集时间】 1979 年 4 月于酉阳县可大乡老店村

【流传地区】 四川省·酉阳县（今重庆市·酉阳土家族苗族自治县）·可大乡·老店村

【文本来源】 中国民间文学集成全国编辑委员会编：《中国民间故事集成》（四川卷·下），北京：中国 ISBN 中心 1998 年版，第 1212 页。

【阅读提示】 土家族神话中，卵羽、卵玉、洛雨其实是同一射日英雄的不同译法，该类神话的主体情节大致相似。

【基本母题】 一百二十姓；射日的工具；日月的产生；日月的命名；日月运行规则的来历

【本文编码】 《洛雨射日》：ZCSW1061-232-063

卵羽射日

（土家族）

世界上的人越发越多，玉皇大帝害怕起来，放出十二个太阳，想把天脚下的人都晒死。

十二个太阳晒得地上像火一样，草木干得像灯草，河水都煮得熟鸡蛋了，狗子伸舌头，鸡吊翅膀，野物都晒癫了，你咬我，我咬你，死了无数。一百二十姓人也晒死了二十姓。

这时候，出了一个叫卵羽的能人。他从小练习射箭，百发百中。岩鹰在天边旋，他讲射眼睛就射眼睛；大雁往远处飞，他讲射嘴巴就射嘴巴。他又

力大无穷，到坡上打得猛虎、野猪，人家几个抬一个，他一个人扛几只。他恨死了十二个太阳，打定主意为民除害。他爬了九十九座岭，选来又绵又硬的檀木，做了一张大弓；他走了九十九个弯，找来十二根楠竹做箭。

这天，卵羽等呀等，等十二个太阳偏西了，马上像猴子一样"唰唰"地爬上了马桑树。这马桑树高得齐天，越往上爬，隔太阳越近，越热。卵羽忍受着热，爬到树顶，"飕飕飕"连放十箭，把太阳射下了十个。剩下的两个给卵羽讲好话。卵羽把弓放下，诚心诚意地对它们说："我不射你们了，你们也要放规矩点，一个照白天，一个照晚上。"

从此，世界上就只有一个太阳和一个月亮了。

【讲 述 者】 田奉胜，田双生（土家族，农民，初小）

【采录整理】 刘能朴（男，龙山县文化馆干部，高中）采录

【采集时间】 1986 年采录于龙山县

【流传地区】 湖南省·（湘西土家族苗族自治州）·龙山县

【文本来源】 中国民间文学集成全国编辑委员会编：《中国民间故事集成》（湖南卷），北京：中国 ISBN 中心 2002 年版，第 596 页。

【阅读提示】 这则神话告诉人们一个道理：说话的方式很重要，有时关键时刻"讲好话"，也能救命。

【基本母题】 十二个太阳；百家姓的产生；神射手；射日；日月的产生

【本文编码】 《卵羽射日》：ZCSW1062-232-064

太阳和月亮

（土家族）

罗神爷爷和罗神娘娘繁衍了人类，本来地上只有一百家姓的人，后来，不知从什么地方，又来了二十家姓的人，地上就有了一百二十家姓的人了。

那时候，这里炊烟冉冉，那里歌声袅袅，毕兹卡（土家人）的子孙像笋子一样发起来，角比（苗人）帕比（汉人）的子孙像苗苗一样长出来，人多得数也数不清，世界上热热闹闹。突然有一天，天上出现了十二个太阳。十二个太阳象十二个火球，挂在天边边，日夜不停地晒，井水晒干了，河水晒干了，树木晒焦了，岩头晒破了，黄狗伸出云头喘气了，一百二十姓人晒死了二十姓人了。

"怎么办呢?""怎么办呢?"毕兹卡看着角比，角比看着帕比，谁也想不出办法。这时候，毕兹卡有个后生，名叫卵玉，他一拍大腿，站起来说："我去射太阳!"卵玉的本领大家是知道的：碗口粗的竹子，他一手能拔起三根；水桶粗的大树，他一手就能轻轻提起来。他要去射太阳，人们都把希望寄托在他身上了。卵玉拿出平日打猎的弓箭，拉满弓，"嗖"的一箭向太阳射去，还差九千九百九十丈呢，箭头就掉下来了。

怎么办呢？毕兹卡个个都在想办法。

"我们用桃树干来做弓吧!""我们用柳树条来做箭吧!"毕兹卡很快就想出办法来了。

于是，人们砍回了桃树，砍回了柳树，做成了弓箭，交给了卵玉。卵玉用足全身力气，"嗖"的一箭向太阳射去，还差七千七百七十丈呢，箭头就掉下来了。人们又着急了。

"卵玉，你到八面山上去射吧!"有人又想出了主意。

对，八面山高，爬上八面山，一定能射着太阳。卵玉一口气爬上八面山，累得汗水像小溪一样流，背上的皮被太阳晒脱了三层，嘴皮上干起了指头大的血泡泡，他气都顾不上歇，立即取下桃弓柳箭，"嗖"的一声向太阳射去，还差三千三百三十丈呢，箭头就掉下来了。

怎么办呢？卵玉朝前一看，好，八面山巅上有棵马桑树，长得齐天高。卵玉爬上山巅，来到马桑树下，听见了淙淙淙的泉水声，他朝悬崖边一看，岩边还有泉水哩！他咕咚咕咚把一塘水都喝光了。他松了松腰带，抱着马桑树就往上爬。爬了一千丈高呢，卵玉腰酸背痛了。他坐在树杈上，歇了一口气，又继续往上爬。爬了两千丈高呢，卵玉的脚板磨起了血泡泡，再也蹬不动了。他咬紧牙关，忍住痛，往上爬，爬了三五一十五个时辰，终于爬上了马桑树巅。卵玉坐在马桑树梢上，看见太阳是系在绳绳上的，卵玉取下背上的桃弓柳箭，向系太阳的绳绳射去，绳绳断了，一个太阳从天上掉下去了。地面上的毕兹卡欢呼起来了，地面上的角比和帕比也欢呼起来了。卵玉又掏出箭来，“嗖”“嗖”“嗖”……一连射了九箭，又射下九个太阳，天上还剩下两个太阳了。卵玉掏出箭来，还要射。那两个太阳眼看着就要丧命了，吓得心惊胆颤，连忙向卵玉求饶。卵玉想，是不能再射了，要是把所有的太阳全射掉了，地面上不就一片漆黑了么？卵玉收起了弓箭，对剩下的两个太阳说：“好吧，我饶了你们，可你们一定得听从我的调遣。”太阳答应了。

“你们俩，大的一个走白天，叫太阳；小的一个走夜晚，叫月亮。”

两个太阳听了卵玉的话，一个走白天，一个走夜晚，日夜轮流着给人类做事，于是，世上就有了太阳和月亮。

【讲 述 者】 彭明清

【采录整理】 彭林绪、刘长贵搜集整理

【采集时间】 （无考）

【流传地区】 四川省酉水河一带

【文本来源】 中华民族故事大系编委会编：《中华民族故事大系》第5卷（瑶族、白族、土家族），上海：上海文艺出版社1995年版，第654—656页。

【阅读提示】 这则神话的主干情节与《卵羽射日》（ZCSW1062-232-066）有一拼，语言表述看似更加丰富细腻。

【基本母题】 一百二十家姓；十二个太阳；民族的产生；射日；日月的产生

【本文编码】 《太阳和月亮》：ZCSW1063-232-065

达惹罕

（佤族）

相传很早很早以前，天神和地神为了争夺地盘，双方打了起来。他们整整打了三天三夜，斗了几千几百个回合，天神因为法力和武艺都不如地神，结果被打败了。天神失败后，心怀不满，一心要寻机报复。有一天晚上，他想了一个妙计，偷偷地把太阳藏起来了。从此，大地失去了光明，人间一团漆黑。田地里的庄稼渐渐枯黄了。人们在漆黑的大地上不能打猎，不能采野果，不能种庄稼，只好成天躲在山洞里，靠泉水充饥。日子一天天地过去了，每天都有人死掉。

有一天，达惹罕看到洞里的乡亲们饿得骨瘦如柴，便和妻子商量，要去寻找太阳。他的三个儿子听说父亲要去寻找太阳，都争着要去。老大岩嘎说："阿爸，我身强力壮，刀使得好，能斗豺狼，让我去吧！"老二尼块讲："阿爸，让我去吧，我的弩箭比哥哥的刀强！"老三山木团等两个哥哥说完后，恳求道："阿爸，两个哥哥在家照顾你，我去更好些。"三个儿子争着要去，最后达惹罕和妻子只好让岩嘎去。临走前，达惹罕再三嘱咐岩嘎半年内一定转回来。岩嘎点了点头，挂着长刀，背着一筒帕[①]食物上路了。一转眼，半年过去了，岩嘎没有回来。达惹罕对妻子说："篾嘎，老大一去半年不见回来，会不会出了什么事？"

"是啊！他可能遇到什么灾难了。"妻子回答说。

老二听说哥哥可能是遭难了，连忙从篾炕上跳起来，向阿爸阿妈发誓，不找到哥哥和太阳就不回来。

老二一去又是半年没有音信，达惹罕夫妇只好又叫老三去找。临行前，达惹罕夫妇再三嘱咐，找不到就赶紧回来。又是几个月过去了，老三也不见转来。达惹罕与妻子商量，决定自己走一趟。

达惹罕告别了妻子，踏上了路途。他走啊走啊，一路上风餐露宿，走累

① 筒帕：背包。

了就躺在盘根错节的大树下休息。一天，他实在太累了，坐在树下休息，不一会就睡着了。他朦朦胧胧听见一只白鹇鸟对自己说："达惹罕，达惹罕，太阳是被天神藏起来了，你的三个儿子也都被他们捆绑起来啦。你要想和天神拼，先要求百寿老太帮忙。"达惹罕醒来一看，树上不见白鹇鸟，他又向四周看了看，也没有发现什么，便继续向前赶路。

达惹罕一路上钻荆丛，攀高山，涉溪流，翻了九十九座山，过了九十九条河，来到了一间茅节房前。他走进茅草房，看见屋里坐着一个白发苍苍的老婆婆。达惹罕连忙上前叫道："老婆婆，你家好！我叫达惹罕。"

老婆婆仔细打量了达惹罕，关切地问道："你要干什么去呀?"

"老婆婆，我要去找天神要太阳。"

"你要去找天神要太阳，怎么连刀箭都不带一样，这怎么行呢?"

达惹罕听了这话忙恳求说："我也不知道要带哪样才好，更不知道要用哪样办法才能战胜天神。老婆婆，你家能告诉我该用什么办法吗?"

老婆婆看了看达惹罕说："达惹罕，我的眼睛被迷住了，请你先把我眼睛里的沙了舔干净!"

达惹罕听了老婆婆的话，马上把老婆婆的眼睛舔干净了。随后，老婆婆拿出一把生锈的长刀给达惹罕，叫他用这把长刀去砍河边一棵又硬又粗的大树。达惹罕照老婆婆的话用长满铁锈的长刀去河边砍树，没砍几下，长刀就断成了几节，周围再也找不到砍树的东西，他只好用牙啃。啃啊，啃啊，啃了好长时间，达惹罕的牙齿也啃掉了几颗，才把大树啃倒。就在大树倒下的那一瞬间，一把金光闪闪的长刀从树心跳了出来，直飞到达惹罕的脚边。他急忙拿起长刀，转身跑到茅草房去找老婆婆。

"老婆婆，你家看！你家叫我砍的那棵大树心里跳出了这把长刀。"

"这就是你与天神打仗的武器!"

达惹罕仔细看着闪闪发光的长刀，心里高兴极了，急忙谢过老婆婆又准备上路。

"你先别高兴，看看你的脚上什么也没穿，通向天神家的道路可是荆棘丛生啊!"老婆婆边说边递给达惹罕一双鞋子。

达惹罕接过鞋子穿上，告别了老婆婆，继续去寻找太阳和三个儿子。

他走了三天三夜，爬了三座大山，过了三条大河，来到了一个大山洞前。只见山洞的大石门前，站着一个青面獠牙、手持长矛的神将，他看见达惹罕朝石洞走来，忙嚎叫道："喂！你是什么人，如此大胆，竟敢闯到这里来了?!"

"我是达惹罕，是找天神要太阳来的，他把太阳藏了起来，今天定要他交出来!"

"哼，看你这样子，还想战胜我们大王！不要做梦了，快滚开！不然我一矛戳死你。"

达惹罕大叫道："你们偷了太阳，还想称王称霸！叫你先吃我一刀。"说着他就抄起刀和神将打开了。刀棒在空中乱舞，达惹罕英勇拼杀，连连打败神将。

天神见神将被人打败，急忙拎着宝剑大步走出洞，暴跳如雷地叫道："你是哪里来的狂徒，竟敢欺到我的头上来啦!"

达惹罕答道："我叫达惹罕，是来找你要太阳的。你快把太阳还来。"

"大胆的狂徒，你哪是我的对手。我不费吹灰之力就可以把你捏得粉碎，快滚!"

达惹罕听完天神的大话，气得脖子上的青筋直跳，他挥舞手中的长刀，奋力向天神的头上砍去。他和天神展开了激战，刀剑碰击时发出的响声，就像打雷一样。

达惹罕穿着老婆婆给的鞋子，能跨箐[①]，能上天。天神飞到天上，达惹罕追到天上；天神跳回地上，达惹罕追到地上……他俩打了七天七夜，达惹罕越打越有力气，天神却已精疲力竭，渐渐招架不住了。天神向达惹罕猛砍了一剑，急忙抽身逃跑，达惹罕紧紧追赶，一直追到了石洞前。天神一慌神，绊了一跤，跌倒在地上。达惹罕一只脚踏在天神的身上，一只手高举长刀说："你把太阳藏到什么地方去了？快拿出来！不然我就杀了你!"

---

① 箐：方言，泛指树木丛生的山谷。

“哎哟，哎哟，”天神呻吟着，连连向达惹罕求饶，“达惹罕老弟，太阳我就拿出来，饶了我吧！”

天神把太阳放回了天空。顿时，光明和温暖又回到了大地，世上的万物又恢复了生机。达惹罕征服了天神，救出了三个孩子，回到了妻子的身边。

【讲 述 者】 （无考）

【采录整理】 刘新春、陈玲玲搜集整理

【采集时间】 （无考）

【流传地区】 云南省·（临沧市）·沧源（沧源佤族自治县）

【文本来源】 中华民族故事大系编委会编：《中华民族故事大系》第7卷（黎族、傈僳族、佤族），上海：上海文艺出版社1995年版，第646—650页。

【阅读提示】 这则神话叙述了达惹罕老人与天神搏斗找回太阳的事迹，值得关注的是天神在争斗前后对人类态度的明显转变，体现了佤族群体观念中“人”与“神”关系中对“人”的力量的高度肯定。

【基本母题】 太阳的消失；天神藏太阳；找太阳；神奇的宝物；太阳的寻回

【本文编码】 《达惹罕》：ZCSW1064-232-066

公主变成了月亮

（维吾尔族）

相传，很久很久以前没有月亮。太阳在天上孤独地生活着，为此他非常伤心，一点儿都不想过这种独身生活。早晨他总是气呼呼地升上天空，一过晌午就急匆匆地回家歇息。

太阳给予的光芒如此之少，大白天也是一片昏暗，人们的日子都非常艰难。百姓们向国王诉苦，申诉听得多了，国王便召集谋臣讨论太阳发光何以这样少，谋臣们都猜不透其中的秘密。国王派一位老军士去向太阳询问其中的原因。老军士问明原因，回来向国王禀报："太阳需要一位夫人，他想娶国王的女儿为妻。"

国王有一位美丽绝伦的女儿。这位公主聪慧善良，乐于助人，国王十分疼爱她。国王舍不得让女儿离开自己，无论大臣和百姓们如何恳求，他都不同意把女儿嫁给太阳，并且降下谕旨，任何人不得把这件事告诉公主，违者斩首。

时间一天天过去。一天，公主请求国王允许自己外出游玩，得到父王的恩准后，她穿上家常服装起程了。路上碰到一位衣衫破烂的老奶奶，公主心生怜悯，为老人让路，并且问道："老人家，您怎么落到这般境地？"

老奶奶不知道这位姑娘的公主身份，回答说："姑娘呵，你有所不知。太阳要娶国王的女儿为妻，国王舍不得离开自己的女儿。太阳心中气恼，不愿意发出光和热，我们为此吃尽了苦头，日子一天比一天难熬。"

公主听罢，立即回宫，与父王激烈地争辩了一番。可国王爱女心切，就是不同意。

从此以后，公主打定主意，一定要遂了太阳的心意。国王则对公主严加看管，一步也不让她离开御花园。

一天早晨，公主醒来去御花园玩耍，爬上一棵树，见一株牵牛花藤蔓攀援着树干直往上长。真是怪事，藤蔓缠住了公主的身体越长越高，一直把公主带到了天上。

地面上的人再也没见过公主。这天，太阳全力播撒着阳光，百姓为此沉浸在欢乐之中。夜幕降临了，皎洁的月光洒满大地，一片明亮，人们始而惊，继而喜，知道这就是他们的公主。从此以后，太阳和月亮以自己的光芒为人类带来幸福。

【讲 述 者】 马合木提·阿尤甫（维吾尔族，男，41 岁，库车县比依西巴

克乡，农民，小学）

【采录整理】 米吉提·艾沙（维吾尔族，男，67岁，库车县比依西巴克乡，初中）采录，梁伟译

【采集时间】 （无考）

【流传地区】 新疆维吾尔自治区·（阿克苏地区）·库车县·比依西巴克乡

【文本来源】 中国民间文学集成全国编辑委员会编：《中国民间故事集成》（新疆卷），北京：中国ISBN中心2008年版，第5页。

【阅读提示】 这则神话通过叙述公主上天化身月亮的事迹，赞扬了公主善良勇敢、甘于牺牲的高尚品质。这类主题在许多民族神话中却有体现。

【基本母题】 以前没有月亮；太阳娶妻；人上天；通天树；公主变成月亮

【本文编码】 《公主变成了月亮》：ZCSW1065-232-067

射月亮

（瑶族）

古老古老的时候，天空上只有太阳，没有月亮，也没有星星。一到晚上，四处墨黑。

忽然，有一个晚上，天空出现了一个热烘烘的月亮。它七棱八角，不方不圆，像山上刚爆下的大石块。它发出毒热的光，把田地里的禾苗晒得枯焦焦，把人们晒得热乎乎。人们在晚上热得翻翻滚滚，睡不着觉。

“天呀！我们不要这个毒热的月亮啊！我们快要给月亮晒死了！”人们汗流气喘地呼号着。

那时，大石山脚，住着一对青年夫妇。男的叫雅拉，射得一手好箭，专门跑山打猎。女的叫尼娥，织得一手好锦，专门在家里织绣。尼娥看见月亮这么凶恶，她对雅拉说：“你是好射手啊，把月亮射落下来，救救大家吧！”

雅拉拿起弓箭，爬上屋后的高山顶，鼓足气力，弯弓搭箭向月亮射去。可是，箭到半空中便落下来了。他一连射了一百枝箭，一百枝箭都在半空中落下来。

箭射完了，他抬头看看天上热烘烘的月亮，低头看看山下枯焦焦的禾苗，黄瘦瘦的人们。他叹了一口长长的气。忽然，“咿呀”一声，后背的大石块像门一样张开。一个白胡子老人走出来说了几句话：

南山有大虎，北山有高鹿。
若要膀力强，吃完虎鹿肉。
虎尾弓，虎筋弦，
鹿角箭，射得月亮团团转。

说完，老人钻进大石块里，石门“咿呀”一声，关住了。雅拉明白了老人的话，下山来和尼娥商量怎样捕捉虎鹿。

尼娥说：“你箭法高强，把虎鹿射回来就是。”雅拉说：“南山的大虎和北山的高鹿，我也曾射过。它们的皮子又厚又韧，箭射不进呀！只有用大网，可是，哪里得到一张坚韧的大网呢?”尼娥想了一想，摸摸自己长长的头发说：“用我的头发来织一张大网吧。”她即刻扯下自己的头发来。她的头发很奇怪，扯光了又冒出来，扯光了又冒出来，像蚕丝一样尽扯尽出。

这一对青年夫妇不分日夜地织网。织了三十天，一张有锁口的大网织成了。夫妻俩拿起网到南山大老虎洞口兜围好。老虎出洞来找食吃，一锁就锁住了。老虎大翻大滚，大声吼叫，山岳也震动了。他们用铁针刺瞎老虎眼睛，用斧头劈碎老虎的脑壳，拖了回来。他们又到北山高鹿洞口，用同样方法捉回了高鹿。

雅拉吃完虎肉鹿肉，身子添了千斤气力。他把虎尾做弓，虎筋做弦，鹿角做箭，又登上大山顶。他拉弓搭箭，站定桩子，鼓足气力，“噹”一声，箭直向月亮射去。“劈叭”一声，月亮火星乱冒。那火星散布在天空就成了星子。

鹿角箭碰着月亮又转回来，落在雅拉的手里。雅拉搭上弓弦又向月亮射去。一连射了一百次，把月亮的棱角都射掉了，满天散布着星子。月亮成了一个圆圆的轮子，在天宰打转转。可是月亮还热烘烘的，发出毒热的光，禾苗还是枯焦焦的，人们的脸孔还是黄瘦瘦的。

雅拉拿起弓，垂头丧气地走下山来，对尼娥说："尼娥，怎么办呢？月亮还是毒热的啊！得一块东西把月亮遮住就好了。"

尼娥正织着一张大锦。锦上绣有一间精致的房子，门口有一株金黄的桂花，草地有一群白羊和白兔。尼娥把自己的像绣在桂花树下，还准备把雅拉也绣上。她听到雅拉要用块东西遮住月亮，就说："把这张大锦绑在鹿角箭头，射上天空，遮住月亮吧！"

雅拉即刻把大锦绑在鹿角箭头，又登上山顶，嗖的一箭，射上月亮，把月亮蒙住了。

月亮不再毒热了，它发出幽幽的白光，清清凉凉的，好可爱啊！人们在山下轰轰轰地笑起来了！

雅拉站在山顶上，笑眯眯地望着月亮。忽然，看见大锦上的尼娥、桂花树、白羊、白兔都在月亮里活动起来了。月亮上的尼娥向地上一招手，站在家门口的尼娥就轻飘飘地飞上天空，飞进月亮里，两个尼娥合作了一个尼娥。

雅拉在山顶看见尼娥飞上月亮里，他心头一急，两脚一软，便坐在石头上。他眼睁睁望着月亮，口里拉长嗓子喊叫着："尼娥啊，你为什么不把我也织在锦上呢？尼娥啊，下来吧！尼娥啊，下来吧！"

尼娥在月亮里也急得蹦蹦跳。她把自己的头发拉得长长的，编起一条长长的辫子。月亮走到山顶天空的时候，尼娥低下头把辫子垂下山顶。雅拉抓住辫子，一掷一撑地像猿猴一样，爬进了月亮。两人紧紧地拉着手，好欢喜啊！

此后，尼娥坐在月亮里桂花树下织锦；雅拉在草地上看护白羊白兔。他们的生活好甜蜜啊！看，那月亮里面的黑影子，就是雅拉和尼娥啦！

【附注】

同名文本《射月亮》，见姚宝瑄主编《中国各民族神话》（土家族、毛南族、侗族、瑶族），太原：书海出版社 2014 年版，第 195—198 页。文字表述略有不同。

【讲 述 者】 （无考）

【采录整理】 萧甘牛搜集

【采集时间】 （无考）

【流传地区】 广西壮族自治区

【文本来源】 陶阳、钟秀编：《中国神话》（上册），北京：商务印书馆 2008 年版，第 248—251 页。原文本标注选自中国社会科学院文学研究所编《中国民间故事选》。

【阅读提示】 这则神话讲述了一对青年夫妇射月、奔月的故事，反映了人类早期的人、神观。

【基本母题】 古时候只有太阳；月亮的产生；射月；射月的工具；星星的产生；遮住月亮；月影的产生

【本文编码】 《射月亮》：ZCSW1066-232-068

造日月

（瑶族）

发枚造了天地后，人间还是一片黢黑，没有光亮，没有温暖，到处是冷冰冰的，人们无法过日子。大家又来请发枚去造太阳和月亮。

发枚想了许多点子：最初，他拿泥巴捏成一个圆球，安在天上，可是，泥巴不会发光。第二次，他拿木头桩桩安在天上，木头点着火，倒是可以亮一下子，但不久又熄灭了，仍然没有光亮。第三回，他去找来许多火石，把它钉在天上，火石互相碰撞，发出了火光，说来也巧，这种火石一旦发出火光，就永远不会熄灭，就成了太阳。

发枚一连在天上造了十二个太阳，这十二个太阳都是女的。后来，发枚又用火石造了十二个月亮。这十二个月亮都是男的，它们的光强过太阳，发枚就用稀泥巴去抹，月亮的光才弱下来。月亮是男的，他找太阳做妻子。太阳最初不肯，说："月亮只能晚上出来，白天不能见面，怎能配成夫妻呢?"月亮说："夜里敢出门才是汉子，连夜路都不敢走，那还算什么大丈夫呢!"太阳听了这话，觉得也有道理，就同月亮配成夫妻了。

天上十二个太阳配十二个月亮，个个都争着要当大哥。天神说："不用争，我来给你们安排，一对夫妻管一个月。"

从此，人间有了太阳和月亮，一年又分成十二个月。

【讲 述 者】 赵金荣（瑶族，男，56 岁，农民，小学）

【采录整理】 杨路塔（布依族，男，47 岁，黔南州文化干部，大学）采录

【采集时间】 1983 年采录于从江县高芒乡

【流传地区】 贵州省·（黔东南苗族侗族自治州）·从江县·（翠里乡）·高芒乡（高芒村）

【文本来源】 中国民间文学集成全国编辑委员会编：《中国民间故事集成》（贵州卷），北京：中国 ISBN 中心 2003 年版，第 20 页。

【阅读提示】 这则神话围绕日月铺陈了丰富的情节，最后落脚到月份的产生，反映出先人对日月现象与时间历法关系的思考。该文本也可与《发枚造天地》（ZCSW0811-211-069）结合起来阅读。

【基本母题】 造天地；造日月；火石变成太阳；十二个太阳；太阳的性别；月亮的性别；日月婚配；时间历法的产生

【本文编码】 《造日月》：ZCSW1067-232-069

请太阳和月亮

（彝族）

太阳和月亮躲起来后，天上九天九夜没有光，地上九天九夜不见亮，成了漆黑世界，到处黑黢黢、冷冰冰、混沌沌，没得一点生气。支格阿龙慌了，忙叫牛去喊它们。太阳、月亮不吭声，也不出来。支格阿龙又叫公绵羊去喊它们，太阳和月亮不吭声，也不出来。支格阿龙又叫公山羊去喊它们，太阳和月亮不吭声，也不出来。支格阿龙再叫公猪去喊它们，太阳和月亮还是不吭声，也不出来。最后，支格阿龙叫公鸡去喊它们，公鸡喊第一声："天上的太阳在不在？"太阳不吭声，也不出来；公鸡喊第二声，太阳还是不吭声，也不出来；公鸡叫第三声，太阳出来说："地下的支格阿龙还在不在？在我就不出来。"公鸡说："支格阿龙说，他不射你了，你快出来吧！天上只留你一个太阳，你管白天。他把我的冠子的九个叉叉分做三下，让我一天叫三次；前三个叉叉是早晨叫，请你出来；中间三个叉叉叫时是晌午，叫我来接待你；后边三个叉叉叫时，是我送你回去。"太阳说："我瞎了一只眼，怕羞，不出来。"公鸡说："支格阿龙叫我送你一包针，有人看你，就用这包针刺他的眼睛。"太阳同意了。公鸡又喊第一声："天上的月亮在不在？"月亮不吭声，也不出来；公鸡又喊第二声，月亮还是不吭声，还是不出来；公鸡又喊第三声："月亮，出来说话嘛。"月亮问："地下的支格阿龙还在不在？"公鸡说："他不在，你别害怕，他说他不射你了，你快出来吧！"月亮说："我要支格阿龙亲口对我这么说，我才出来。"

公鸡只得回来请支格阿龙。支格阿龙站在峡谷里对月亮说："我请你出来管夜晚。"月亮说："我想是想出来，就是跛了一条腿，走不动。"

支格阿龙说："那好办，我送你一匹仙马，你骑着马走路吧！"

月亮同意了。太阳和月亮重又出来了，给人们带来了光明，给万物送来了温暖。人们在看太阳的时候，总觉眼疼，就像是太阳用针在刺人们的眼睛。月亮在云里跑得最快，就是因为骑了支格阿龙送给它的仙马的缘故。

【讲 述 者】 马黑果果（彝族，男，41 岁，农民）

【采录整理】 赵大伦（男，56 岁，干部）采录

【采集时间】 1987 年 3 月采录于峨边彝族自治县

【流传地区】 四川省·（乐山市）·峨边彝族自治县

【文本来源】 中国民间文学集成全国编辑委员会编：《中国民间故事集成》（四川卷·上、下），北京：中国 ISBN 中心 1998 年版，第 772 页。

【阅读提示】 这则神话省略的前面的情节是支格阿龙射日月，建议与神话《呼日月》（ZCSW1071-231-024），结合起来阅读分析。

【基本母题】 日月的躲藏；漆黑的世界；喊日月；日月重新出现；日月的特征

【本文编码】 《请太阳和月亮》：ZCSW1068-232-070

塞米请太阳

（彝族）

古时候，有一天，雷公雷婆发生争吵。雷公把雷婆一脚踢倒，雷婆化成一股浓浓的云雾，把太阳拖下海底。多少个年月，世间没有太阳，到处黑黝黝的，人们的生活十分艰难。

为了把太阳从海底请回来，人们杀了三十七头大肥猪，宰了二十八头大牯牛，叫来十二个摩公，开了九天九夜的道场，念了七十二套祭道词，呼喊太阳快快出海，回到天空，把光芒送给人类。可是魔公们喊破喉咙，太阳还是沉在海底里，一直一声不吭。

人们又把天下卖膏药的人通通集中起来，道理讲了一套又一套，还把世上名曲好调唱了一曲又一曲，太阳会感动得回到空中了吧？可是卖膏药的人讲得嘴皮都烂了，唱得口水都干了，太阳还是一动不动。

大家以为太阳在海底翻不了身，没有力气爬上海岸，就派九九八十一个

小伙子下海把太阳抬上岸。可是这群小伙子刚走到太阳身边，太阳就一口拒绝说：“我不用抬，我只求有个安身之地。”小伙子们回来告诉大家，大家以为太阳在海底找到了安身的地方，也就打消了请太阳的念头，宁愿在黑暗的世界里生活。

一天，彝寨的九位塞米①自个儿凑集在一块商量，一起插翅飞上云天。她们上天与乌云搏斗，用身上常戴的银锡，剁碎云妖的身躯，把它抛去另一个世界，又在天空的最高点起了一把椅子，再飞到海边，齐声叫：“太阳哥哥，您先到天上去看看，这样的位置可合您的心意?”

当天，太阳自动钻出海，跑回天上看看塞米给它安排的位置。他十分满意地在那把椅子上坐下，面朝人间散发出灿烂的光芒。直到如今，太阳仍然坐在那个位子上，不知疲倦地为人类服务。

【讲 述 者】 梁绍安

【采录整理】 王光荣记录整理

【采集时间】 （无考）

【流传地区】 广西壮族自治区·（百色市）·那坡县·城厢镇

【文本来源】 姚宝瑄主编：《中国各民族神话》（羌族、彝族），太原：书海出版社2014年版，第260—261页。

【阅读提示】 这则神话中的太阳被赋予了人的个性，人们三番五次邀请太阳重返人间，体现出太阳在人们传统观念中的地位与互动关系。

【基本母题】 世间没有太阳；请太阳；黑暗的世界；太阳的出现

【本文编码】 《塞米请太阳》：ZCSW1069-232-071

---

① 塞米：彝语中的姑娘。

哈拉射日

（藏族）

日月形成，天地初开，天上出现了九个太阳，大地被烤得像着了火一样。

那时候，人刚刚形成，世界上的霸王是哈拉①，它有一手百发百中的射箭技能。为了显示自己箭法的高明，哈拉把人当成活靶子，经常射杀害命。那时候的人，没有什么好办法抵抗哈拉的侵袭。哈拉兴旺，地上的人就一天天在减少，看来都快要绝种了。

保护人类的莲花生大师②看到哈拉的残暴行为，非常气愤，他想用武力除掉哈拉，让人类免除灭绝之灾。但是天上的九个太阳，人类却无力去对付。他又想到让哈拉消灭多余的太阳，让它为人类办点好事。

主意拿定后，莲花生大师问哈拉："大地上数你的箭射得最好吗？"

哈拉得意洋洋地说："当然喽！除了我，谁能比我射箭射得更好呢？"

莲花生大师笑了笑，说："好骏马要跑千里路，好箭手要射靶中心。怎么才能证明你的箭法是最优秀的呢？"

哈拉对莲花生大师说："你随便给我指个靶子，我马上射给你看看。"

莲花生大师指着天上的九个太阳说："如果你的箭法高明，把天上的九个太阳都射下来，我就承认你是天下真正的射箭大王。"

哈拉想了想后说："就这点小事，这就像酥油里抽毛一样容易，你看我的本事吧！"

莲花生大师说："你射不下九个太阳，我就不承认你是射箭能手，以后也不许你射杀人类了。你敢吃咒③发誓吗？"

哈拉拍着胸脯说："敢！如果射不下九个太阳，你砍掉我拉弦的大拇指

---

① 哈拉：即旱獭，草原上一种鼠类。

② 莲花生大师：亦称"乌金大师"，八世纪印度僧人，曾因吐蕃赞普赤松德赞之邀，请入藏区传播秘法，在民间享有盛誉。

③ 吃咒：口语，即赌咒。

头吧。”

大师又想：如果哈拉把九个太阳都射下来，大地变成了一片黑暗，人类也没办法生存，还得想法留下一个太阳才行。这样，大师悄悄地摘下了一个太阳，藏在自己的袈裟里，其余八个太阳仍然散发着灼热的光芒。这时，哈拉手执弓箭，张弓搭箭，用尽力气射出了第一箭。只听见“滴溜溜溜”一阵清脆的响声，天上金花四射，一个太阳碎成了八块，一眨眼间落到地上熄灭了。接着，铃铛一样的“滴溜溜溜”声接连响了七下后，天上发出红、橙、黄、绿、青、蓝、紫七种光芒，七个太阳都碎成小块落在地上熄灭了。

哈拉射得头晕眼花，气喘吁吁，也不知道自己究竟射下了几个太阳，它定睛一看，天上一个太阳也没有了，只觉得空气变得无比清凉，散落在大地上的太阳碎片，闪烁着斑斓的色彩：黄色变成了肥沃的土地，绿色变成了迷人的林木，红色变成了甜美的果实，青色变成了浩淼的湖水，蓝色变成了高阔的天空，紫色变成了眨眼的星辰，橙色变成了满天的曙光。哈拉对莲花生大师说：“哈哈！莲花生大师，你看九个太阳都让我射下来了，这射箭大王就是我了吧!”

谁知莲花生大师却摇摇头，从袈裟里拿出最后一个太阳。说也奇怪，那只太阳从莲花生大师手里径直飞了出去，慢慢升上天空。哈拉一下子惊呆了，它明明记得射下了九个太阳，现在怎么多出了一个太阳呢。它又仔细数了数散落在地上的太阳碎片，数来数去，确实少了一个太阳的碎片，哈拉只得认输，按照原先吃的咒，发誓从此再不残害人类，以草根为食，安守本分，弃恶从善。

这时，莲花生大师走了过来，一把抓住哈拉的双手，又顺手摘下脚下的一片莲叶，吹了一口气。莲叶变成了一把锋利的小刀，莲花生大师立刻用小刀砍下了哈拉的两个大拇指，然后，又返身割下了人胳肢窝里的两块肉，把哈拉的大拇指肉放在人的胳肢窝里，把人的胳肢窝里的肉放在哈拉的胳肢窝里，意思是让哈拉和人交朋友，让哈拉从此不要害人。所以直到现在，人的胳肢窝里还长着一撮汗毛，因为那是哈拉的大拇指肉，而哈拉胳肢窝里不长毛，因为那是当初交换的人肉。哈拉双手没有了大拇指，从此再也不能射箭了。这样，人类又慢慢繁衍起来。

后来，人类忘记了莲花生大师的训戒，不但捕杀哈拉，而且还煮着吃它的肉。被捕杀的哈拉临死时，先是“吱吱吱”地尖叫，没命地奔逃，意思是向人类求饶。等到人们捉住它时，它又双手合十，不断叩头作揖，嗓子里发出像婴儿啼哭一样的声音，这是向人类忏悔自己过去的罪行哩。

【附注】

莲花生大师，又称莲花生大士，据说是印度佛教史上最伟大的大成就者之一，也是藏传佛教的主要奠基者。他的经历也很丰富，据智慧海工《莲花生传》记载，他从吉祥师子学大圆满法以后，曾到中国的五台山学习天文历数。

【讲 述 者】　加毛泽（藏族，女，75 岁，同仁县双朋西乡双朋西村村民）

【采录整理】　仁青侃卓、叶森（藏族，男，干部）采录

【采集时间】　1982 年采录于黄南藏族自治州同仁县

【流传地区】　青海省·黄南藏族自治州·同仁县

【文本来源】　中国民间文学集成全国编辑委员会编：《中国民间故事集成》（青海卷），北京：中国 ISBN 中心 2007 年版，第 8 页。

【阅读提示】　本则神话中叙述的莲花生大师参与射日过程，在一定程度上受到了佛教的影响；而残暴的旱獭得到应有惩罚也是罪有应得，这种因果报应还是必要的。

【基本母题】　日月的产生；九个太阳；热灾；诅咒；射日；人的体征的来历；因果报应

【本文编码】　《哈拉射日》：ZCSW1070-232-072

侯野射太阳

（壮族）

从前天地相离很近，地上的人舂米时舂杆就撞到天。天上的雷公和人作对，把太阳的火烧得顶旺，把地上的人都晒得又烫又辣。有一个妇女背着娃仔舂米，太阳竟把娃仔晒死了。妇女就大骂起来。她的丈夫也非常气恼，就拿了一根竹篙去戳天上的太阳。太阳害怕了，就往高处退去，天也随着退得老高老高。这样，太阳便变得暖和和的，不再烫人了。

人们生活好了，又懒下来，连厕屎也不扫，这样，屎越来越多，臭气熏天。雷公恼火了，又造十一个太阳，连原来的一个，天上十二个太阳，把地上的水都晒得干涸了。白天更是热得像火烧，人们只好躲到岩洞里去，等晚上太阳落山了，才出来找东西吃。地面上的树木枯萎了，禽兽剩下的也不多，人们的生活苦到极点。

那时有个巨人，名叫侯野。他能拉动十二丈长的弓，射箭又准又远，是个打猎能手，人们很尊敬他。

由于十二个太阳晒得太狠，人们都对侯野说："侯野啊，太阳这样狠，要采摘的树叶给晒干了，要猎取的禽兽晒死了，连喝水也困难，我们活不成了，你替我们想个法子吧。"

侯野前思后想，想出一个办法：要把十一个太阳射下来，留它一个，这样不太热，树木、禽兽可以生长，人们就能生存了。决定之后，就上山去砍树木，做成一张最大最硬的弓，又制了十一支箭，准备去射太阳。

第二天早上，侯野背起弓箭，朝着一座最高的山顶走去，傍晚时分才爬到山顶。那时十二个太阳一排挂在天边，阳光没有白天那么猛烈了，只发着淡红的光。侯野拿起弓，搭上箭，看准头一个太阳，把弓张得像满月，"呼"地一箭，射个正中，第一个太阳被射穿一个大窟窿，晃了几下，掉下来了。侯野又向第二个射去，第二个又着了箭，同样晃了几下，掉了下来。侯野一连射下了十一个太阳，留下最后一个太阳没有射。可是这个太阳给吓怕了，慌慌张张滚到海里去，再也不敢上来了。

太阳下了海，天地变成漆黑一团，呼呼的北风吼着，寒风刺骨，和十二个太阳暴晒时同样不好受，众人又叫喊："太阳啊！太阳啊！出来吧，我们没有你，活不下去呀!"

侯野心里也很焦急，马上召集众人来商量。大家认为除非去叫太阳回来，不然地上的一切都将死得干干净净。可是谁能到海里去叫太阳呢？人们说公鸡可以去，因为早上公鸡叫了，太阳就出来。侯野便去问公鸡："公鸡，你能叫得太阳出来吗?"公鸡说："能，可是太阳已经躲到海里去了，要到海中心去叫才能叫它出来。我不会游泳，也不能飞，去不得。"

侯野想：公鸡不会游泳，那么叫母鸭背它去不就成了。于是跑去问母鸭："母鸭，你背公鸡到海中心去叫太阳好吗?"母鸭懒惰，不愿去，推说："我不能去，现在正孵蛋呢。"

侯野说："为了救活大家，也救活你自己，烦你走一趟，孵蛋吗，我叫母鸡替你孵。"

母鸭想偷懒，还推这推那，后来推不脱，只好答应。但又要求，从今以后，鸭子鸭孙只会生蛋，不再孵蛋。侯野答应了（据说鸭子只生蛋，不孵蛋，是从这个时候开始的）。

一切商量好了，侯野便和众人抱公鸡和母鸭，冒着严寒，在黑暗中爬坡涉水，走到海边，把公鸡放在母鸭背上，母鸭背着公鸡游去。游到海中心，公鸡就鼓着翅膀，高声呼唤。公鸡尽叫尽叫，叫了一天一夜，太阳才慢慢地从海底升上来，光芒射到海面，射到地面，射到一切地方，风小了，大地也暖和了。在海边等着的人们，一个个欢呼起来。

从此，天上只有一个太阳，热的时候不太热，冷的时候不太冷。树木花草又重新开花结果，禽兽也渐渐繁殖起来。人们过着欢愉的生活。

【讲 述 者】（无考）
【采录整理】广西壮族文学史龙州调查组搜集，黄承辉整理
【采集时间】（无考）
【流传地区】广西壮族自治区·（崇左市）·龙州（龙州县）

【文本来源】 中华民族故事大系编委会编：《中华民族故事大系》第 3 卷（彝族、壮族、布依族），上海：上海文艺出版社 1995 年版，第 387—389 页。

【阅读提示】 这则神话通过叙述巨人射掉多余的太阳拯救人类的事迹，彰显了巨人的神力，也表达出对射日英雄的敬佩之情。

【基本母题】 从前天地很近；太阳升高；十二个太阳；巨人射日；公鸡叫出太阳

【本文编码】 《侯野射太阳》：ZCSW1071-232-073

特火请太阳

（壮族）

相传在红水河畔塔拉村，住着一个孤儿，名叫特火。特火练弓舞棍，练成一身好武艺。每次他猎鸟，总是惊鸟飞起后，才举弓射箭，没有哪一箭空射过；每次他上山打虎，总是让老虎跑动后才跃上虎背擒拿，也没有哪一次空手过。每次打得野兽，他都请乡亲们一起打平伙①。村上哪家有难，他主动去帮。

离塔拉村不远，有个东边寨，寨上有一位姑娘名叫达媚。她开口讲话像山中画眉鸟唱歌一样动听，她织的壮锦像孔雀开屏一样好看。方圆百里的后生哥个个想追恋她。

一天，达媚到红水河边洗衣服，不小心跌下河里。她喊呀喊呀，眼看很快就要沉下河底了。特火路过这里，鞋也不脱跳下水去把达媚救上岸来，送她到家里。达媚的父母便把她许给了特火。

他们成亲的第七天，突然日头不出来了，月亮也没有了，天地漆黑漆黑

① 打平伙：大伙一起吃之意。

的，千村万寨一片混乱。百姓哭着说："我们没犯天条，天为什么作孽?"特火摸黑去问布洛陀："请问公公，天为什么突然黑得这样久？太阳躲到哪里去了呢？这是为什么呀?"布洛陀说："你到昆仑山上去问天神老爷爷吧!"

特火回到家，把要去昆仑山的事告诉达媚。达媚知道，昆仑山十万八千里，不知哪天方能到达哪天才能回来，但想到为人找光亮，她还是答应了。

达媚蒸了一锅五色糯饭，用芭蕉叶包了几大包，塞进特火的包袱里，问道："彼[①]呀！天这样黑，你怎么走呀?"特火回答说："依[②]！你放心，我想到光明，心中就像点着火把亮着哩!"达媚听了丈夫的话，十分激动，转过身用菜刀往自己的胸膛一劈，"咔喳"一声响，掏出她那颗鲜红的心，捧给特火说："去吧！带着我的心当火把，总有一天会找到光明的……"话未说完就倒在地上闭上双眼。特火的眼泪，像雨后风吹竹林水珠纷纷掉下来。

当天，特火带着妻子的心，带着乡亲们的希望，踏上了寻找太阳的路。特火刚走出家门，东山老猎人送给他一张弓和一束金头箭，西山一位后生送给他一把护身刀，南山老奶送给他一匹千里马，北山一位姑娘送给他一条金鞭。他拜别乡亲，向昆仑山奔驰。

特火路过都阳山，山上密林阴阴，一只老虎向他扑来。特火举弓，一箭射进老虎的喉咙。刚走几步，一条大蛇向他猛蹿。特火举起护身刀，把大蟒劈成三节。特火爬过一山又一山，涉过一水又一水，来到昆仑山，找到天神老爷爷。特火急切地问道："天为什么黑得这样久？太阳躲到哪里去了?"天神爷爷手捋长须，把原由一一二二告诉他。

原来上界的王母娘娘有个女儿名叫达锦，她爱游玩，王母娘娘管她很严，天天把女儿关在家里，叫她织锦。后来达锦嫁给特很。特很是一个武艺很高强又很勤劳的大臣。他天天在朝里办事，难得回家一趟。有个月夜，达锦求特很陪她出去游玩。夫妻俩手牵手周游太空去了。王母娘娘知道后，非常恼火。她命令十二只雄鸡都出来（传说天上有十二只雄鸡）。雄鸡的翅膀

---

① 彼：壮语，妻子对丈夫的爱称。

② 依：壮语，丈夫对妻子的爱称。

能反光，所以天上只有白天没有夜晚了。达锦被王母娘娘处罚，在家里织锦，织呀织，熬不过这漫长的白天，累死在织机架上。特很回来见妻子累死了很是伤心，拿起神弓射死十一只雄鸡，射落十一个太阳。最后一个太阳见伙伴们一个个被射落了，撒腿就跑，特很在后面紧追，太阳跑到东海底躲了起来。最后这只雄鸡见太阳逃跑，也跑得无影无踪啦。

特火问道："那该怎么样才能请得太阳出来呢?"天神爷爷说："只有雄鸡去请，太阳才会出来。"特火又问："为什么一定要叫雄鸡去请他呢?"天神爷爷说："雄鸡是太阳的好伙伴。没有它去请，要叫太阳出来，那是压青蛙生毛办不到的呀!"特火又问："那只雄鸡如今躲在什么地方？我去请他出来。"天神爷爷叹气道："那只雄鸡已经躲到很远的地方去了，要去请它还要走五十年的路呀!"特火跪着向天神爷爷恳求道："五十年太久啦！乡亲们在受苦，我愿变成雄鸡，去请太阳出来照亮天下。请爷爷帮助我吧!"天神爷爷见特火情真意切，便说："好吧！你到东海蓬莱岛去，岛上有一棵桃树，树梢上有一个鲜红的仙桃，只要你能吃上它，就可以把太阳请出来啦。"

特火马上辞别天神爷爷，攀鞍上马，越过一山又一山，跨过一水又一水，射死一只又一只拦路虎，斩杀一条又一条挡道蛇，踏上蓬莱岛，吃上仙桃。仙桃刚下肚，特火就昏了过去。

特火被晨风吹醒过来，已经变成一只满身彩羽的雄鸡，达媚的心也变成红艳艳的鸡冠。特火急忙飞到一块大石头上，面对大海叫喊："喔，喔，喔!"太阳被特很追赶得惊恐极了，听到鸡啼也不敢露头。特火又啼第二遍，太阳还是不敢出来。特火第三次奋力拍打着翅膀，更用劲啼叫："喔，喔，喔!"太阳再不好推托，从大海底下爬出来了。顿时霞光万道，壮家人重见光明啦!

【讲 述 者】 韦汉斌（壮族，男，62岁，都安县雅龙乡竹山村农民，略识字）

【采录整理】 黄大荣（壮族，男，35岁，河池市氮肥厂服务公司干部，中学）采录翻译

【采集时间】 1984年10月8日采录于都安县雅龙乡竹山村鼻碗屯韦汉斌家

【流传地区】 广西壮族自治区·（河池市）·都安县（都安瑶族自治县）·雅龙乡·竹山村

【文本来源】 中国民间文学集成全国编辑委员会编：《中国民间故事集成》（广西卷），北京：中国ISBN中心2001年版，第40—41页。

【阅读提示】 这则神话中充满了奇幻的想象，其中达媚向丈夫献出心脏作为火把照明的情节，或体现了壮民族先人灵魂不灭的原始信仰。

【基本母题】 寻找光明；心当火把；十二个太阳；太阳的伙伴；人变雄鸡；太阳的出现

【本文编码】 《特火请太阳》：ZCSW1072-232-074

2.3.3 星星的产生

北斗七星（1）

（汉族）

天地刚分开的时候，地上到处都很荒凉。这时候，女娲生了一男一女。

一天，倒了支天柱，天塌了，成天往地上漏洪水、下雹子、刮牛鼻子大风。女娲整天忙着炼五色石，顾不上照管自己的孩子。等补好天，小子得病死了，就剩下一个闺女。

女娲补天也累病了，日子长了，越想越觉得对不起孩子，病得越来越重。那年天大旱，一年不下一滴雨，喝水吃饭都成了事。女娲有病，又吃不上喝不上，眼看就不沾气了①。这可急坏了她的闺女。为了救母亲，十来岁的闺女劈开了个最大的葫芦瓢，掂着去找水。

她走啊走啊，也不知道走了有多远，走了多少日子，不论白天黑价②，到处找水。这天，她走到一棵古树下面，累得实在走不动了，说坐下歇一歇吧，身子刚一沾地，就梦见一个白胡子老头坐在一汪清水边，说："闺女，你顺着这棵大树往西再走一截，就找到水了，这水能治好你娘的病。"

闺女一激灵醒来，也不觉得累了，按老头指的方向走。走了半天，面前真有一汪清水！喜欢得啥似的，拿瓢就舀，可舀来舀去怎么也舀不到瓢里。一想到病着的娘，急得哭开了，哭着哭着，觉得手里沉了。睁眼一看，瓢里的水满满的。闺女端起来紧走，生怕耽搁了娘的病。

闺女人小不大记道，走了一会儿，就分不清东南西北了。又走了一阵子，碰上了一条狗，躺在那儿蔫得动弹不了。闺女看狗可怜，端过瓢来叫它喝水。狗哩，喝了两口，立时蹿了起来，活蹦乱跳说了话："谢谢你救了我，

① 不沾气：方言，不沾，即不行、不中的意见。气，是语气词。

② 黑价：方言，晚上，夜里。

你顺着我的脚印走，就能回到家。”

闺女知道怎么走了，心里很欢喜。可是光能白天走，黑价不能走。一想到自己出来多少天了，还不知道娘在家咋样，急得直哭。一哭，惊动了白胡子老头，白胡子老头拿出七块金刚石扔到瓢里，眨眼工夫，瓢里有了个明晃晃的勺子。老头对她说：“勺把指北，你瞅着勺子走吧。”

有了这，闺女黑价也能赶路了。可是金刚石太沉，闺女走一会儿得歇大半天，急得又哭起来。白胡子老头过来问她为嘛？闺女哭着说：“方向我能分清了，黑价也能赶路了，就是我端不动。”白胡子老头吹了口仙气，瓢里的七块金刚石“唰”地飞了起来，越飞越高，一直飞上了天，成了明亮亮的星星。

从这儿起，闺女白天按狗踩的爪子印走，黑价照着勺星指的方向走，一直回了家。

女娲喝了水，病全好了。她问闺女是咋回来的，闺女说：“是一个白胡子老头做了个勺星，我按勺把指的方向往北走，就到了家。”当天晚上，女娲领着闺女冲勺星磕了个头，感谢白胡子老头哩。女娲叫那颗勺星为“北走星”。后来，人们把它叫成了“北斗星”。

【讲 述 者】 王连镇（男，36岁，藁城县耿村农民，高中）

【采录整理】 时文鸽（女，20岁，赞皇县职工子弟学校教师，高中）采录

【采集时间】 1988年4月采录于藁城县耿村

【流传地区】 河北省·（石家庄市）·藁城县（藁城市）·（常安镇）·耿村

【文本来源】 中国民间文学集成全国编辑委员会编：《中国民间故事集成》（河北卷），北京：中国ISBN中心2003年版，第14页。

【阅读提示】 这则神话通过叙述女娲之女寻水救母的事迹，顺带解释了北斗七星的指向功能，融人间亲情于解读自然之中。

【基本母题】 以前一片荒凉；天塌地陷；女娲补天；石头变成星星；北斗七星的产生

【本文编码】 《北斗七星（1）》：ZCSW1073-233-001

北斗七星（2）

（汉族）

相传，有七兄妹，他们父母早亡，全靠自己种地为生，家境贫寒，六个哥哥和一个小妹都没婚嫁。

有一年大旱，一天夜里他们七兄妹做了一个相同的梦，梦见一个老人自称是山神，念他们兄妹心地善良，告诉他们说：在大山的山顶上有七颗珍珠，让他们诚心去寻找，找到后只要把珍珠放在斗里，斗就会变成宝斗，要什么有什么。

第二天清晨，七兄妹按梦里老人的指点，不顾疲劳饥渴，爬上了大山顶。经过七天七夜的寻找，终于发现了那七颗珍珠。找到珍珠后，七兄妹并没有把珍珠带回家，而是让老大下山拿来一只斗，把珍珠盖上，再用黄土埋上，七兄妹面朝太阳向天祈祷，愿周围所有的穷人都能过上好日子，不愁吃不愁穿，牛羊满圈粮满仓。说来也怪，从此以后，这一带果真风调雨顺，年年丰收，农民生活也越过越好。

几年以后，这个秘密被当地一个地主知道了，他便上山挖宝，要把宝贝拿到手。他刚把宝物拿到手，七兄妹赶到了，奋力和他争夺，地主不小心跌进山沟摔死了。七兄妹不放心，把夺回的珍珠放在嘴里，顷刻间，他们飘然而去，升上了天空，化作北斗七星。

【讲 述 者】 孔重新

【采录整理】 杨泓记录整理

【采集时间】 （无考）

【流传地区】 辽宁省·大连市

【文本来源】 姚宝瑄主编：《中国各民族神话》（汉族），太原：书海出版社 2014 年版，第 333 页。

【阅读提示】 这则神话在情节上与《七兄妹为民化北斗》（ZCSW1092-233-020）基本一致，文字表述略有不同。

【基本母题】 山神；北斗星的产生；人变形；人变成北斗七星

【本文编码】 《北斗七星（2）》：ZCSW1074-233-002

北斗星

（汉族）

很久很久以前，有一年，人间五谷丰收在望，人们喜气洋洋。

玉帝知道了，大怒，对天廷诸神说："人间若是丰衣足食，无忧无虑地过日子，他们还会朝拜我们吗?"于是，指令风、雷、雨、电各路神灵，作好准备，三天以后，毁坏全部庄稼。神农知道了，非常着急，连夜告诉人间百姓。人们听后忧心忡忡，坐立不安。

当时，有一对忠厚的老夫妇，养了一个聪明善良的姑娘名字叫翠儿。她想，要逃过这次灾难，只有在三天之内把庄稼全部收藏好，但是如果不把玉皇的神镰弄下来，光靠人的力量是收割不赢的。

玉皇的神镰有天兵天将守护，怎么能弄到手呢？眼前这场灾难如何逃过？翠儿想着，想着，六神无主，心里万分焦急。当天夜里她梦见神农老人告诉她："只要穿上五色彩衣，迷住天兵天将的眼睛，就能把神镰弄到手。"翠儿醒来，立即动手，劳碌了一天一夜，终于做成了彩衣。第二天一早，她辞别父母，说："如果我回不来，就会变成禾镰形状的星星，高挂在天空。"二位老人为自己的女儿自豪，但又感到生离死别的悲伤。那五色彩衣确实灵验，它迷住了看守的天兵天将的眼睛，让翠儿顺利的偷到了神镰，返回了人间。全部庄稼按期收藏好了，人们终于战胜了这场灾难。

守护神镰的天神发现神镰被盗，立刻禀奏玉帝。玉帝闻奏，大发雷霆，当即派人把翠儿抓去问罪。翠儿不肯屈服，玉帝毫无办法，降灾也没有作用，于是恨恨地说："把翠儿杀了，悬尸南天门外。"从此，翠儿变成像禾镰一样的星星，高悬太空，永远凝望着北方的家乡。禾镰星，也就是现在所说的北斗星。

【讲 述 者】 张文才（男，62 岁，宜春市市民，小学）
【采录整理】 陈典森、唐玲秀采录
【采集时间】 1986 年 2 月采录于宜春市张文才家中
【流传地区】 江西省·宜春市
【文本来源】 中国民间文学集成全国编辑委员会编：《中国民间故事集成》（江西卷），北京：中国 ISBN 中心 2002 年版，第 4 页。
【阅读提示】 这则神话表面上写的是敢于担当的女子变成北斗星，本质上表达的是，对善恶之争中献身精神的由衷赞美。
【基本母题】 神镰；玉皇大帝；天兵天将；特定星星的产生；人上天；梦中得宝；偷窃；人变成北斗星

【本文编码】 《北斗星》：ZCSW1075-233-003

北斗星的传说

（汉族）

很早很早以前，在南沙群岛的北子岛上，住着一户渔民翁大伯。翁大伯有七个儿子，他们都已长大成人，个个的身材乌黑结实，活像七尊铁罗汉。渔民们见了，都称赞翁大伯有福气。翁大伯虽然在北子岛上定居，但生活习惯也同其他渔民一样，平日在南沙群岛的海面捉鱼，等到渔船中的海龟干、海参干、咸鱼等满舱时，就运回大陆的城镇，换取柴米油盐等生活用品。

但是，事情并不那么顺当，俗话说得好："有水必有浪，有鱼必有鲨。"渔民的愿望是过安定的生活，可是，魔鬼是不准许渔民过好日子的。

南海的海面漂游着一个魔鬼，名叫三角魔鬼。三角魔鬼有一颗冷酷的心，冷酷的心藏在海底的一座宫殿里。这颗冷酷的心就是它的命根子。

三角魔鬼见渔民过着好日子，眼红极了，就施展魔法，从它那三角嘴中喷出一团团的浓雾。霎时，浓雾把整个南海笼罩了。这浓雾整天整夜不散，遮天蔽日，整个西沙、南沙群岛都是白天看不见阳光，夜晚看不见月亮。因为辨不清方向，渔民昼夜都无法下海捕鱼，只好到岛边的礁石上捉些小鱼、小虾、螺蛳、牡蛎回来充饥。但日子久了，这些东西也少了，渔民们饿得脸黄肌瘦。由于长期见不到阳光，瘟疫流行，死人也日渐增多。

渔民们无计可施，急得团团转，只好乞求神灵保佑。最心急的可算是翁大伯了，这天，他备齐香烛，虔诚地到珊瑚庙里的南海观音像前祈祷。

当天夜晚，翁大伯做了一个梦，梦见了南海观音。脚踏浮莲、手执杨柳枝的观音神告诉他，三角魔鬼如何制造浓雾害人，又告诉他用什么办法去战胜这三角魔鬼。翁大伯听得真真切切。最后，南海观音补充了一句："要有七个不怕死的英雄才能战胜这三角魔鬼。"

翁大伯醒来时非常高兴，叫来七个儿子，把南海观音托的梦说完后，问道："谁能去战胜这三角魔鬼，拯救西沙、南沙群岛的千万渔民呢?"七个儿子异口同声地说："我能战胜恶魔!"翁大伯眼里噙着热泪说："去吧！孩子们！为了战胜这万恶的三角魔鬼，使西沙、南沙群岛的渔民早日见到阳光，你们七兄弟一齐去吧!"翁大伯给儿子们每人带上一把渔刀，家中还留下一把插在刀鞘中。送别时，父亲心如刀绞，痛苦欲绝，但想起受苦受难的渔民兄弟，就强把泪珠儿咽进了肚子里，没让儿子们看见。

七个儿子都背插渔刀，脚穿草脚，恰似七条蛟龙，朝北方走去。

七兄弟走呀走的，天黑了，他们走到了海边的沙滩，便继续朝浅海向前走。走哇走哇，果然发现一座用白珊瑚砌成的小房子，里面住着一位白发银须脸带笑容的老人。七兄弟心里明白，这位就是南海老人。七兄弟拜见了南海老人，并说明了来意。南海老人说："你们还是回去吧！这条路难走得很呀!"七兄弟斩钉截铁地说："我们不怕。"南海老人很高兴，用手在他们每个人的肩膀上拍了一下，说："好吧！你们一直朝北走吧!"接着，南海老人赠送给他们每人一对"避水靴"，并把战胜三角魔鬼的办法详细地给他们讲了一遍。七兄弟拜别了南海老人，继续向北赶路。

七兄弟脱下了草鞋，穿上了避水靴，在海底走路如履平地。走了一天，他们又饥又渴，他们多么想喝些水，吃些东西呀！这时，路旁有一座用礁石砌成的黑色小屋子，屋子里坐着一个老妇人。七兄弟一打听，老妇人说她是开小店的，并且端出了七碗香喷喷的米饭、七碗香气扑鼻的海螺汤。但是，七兄弟记起了父亲和南海老人的话，知道这是三角魔鬼的老妖母的化身，这白米饭是毒饵，这汤是炒魂汤。老妇人嬉皮笑脸地要七兄弟进食，七兄弟齐声拒绝了。他们忍着饥渴，继续朝北赶路。

七兄弟又在海底走了一天，走到了一个险关，上面写着"鬼门关"三个黑色的大字。七兄弟心里知道，一场惊险的搏斗就要开始了。突然间，关内冲出了七个怪物，这是三角魔鬼的卫士。这七个怪物的头部，有的像海参，有的像海马，有的像海星，有的像多角的珊瑚，有的像螺蛳，有的像牡蛎，有的像海贝。它们骑着海龟，手持大刀，厉声喝道："你等何方人氏？胆敢窜来海底，且吃一刀。"接着，七把金光闪闪的大刀向七兄弟的头部一齐砍来。说时迟，那时快，七兄弟迅速一闪，怪物扑了一空。七兄弟遵照南海老人的指点，迅速靠近海龟，手执渔刀，手起刀落，把海龟的脚砍断了，七个怪物从海龟身上倒了下来。原来这些怪物只有骑在海龟背上气力才特别大，一旦倒下来就浑身无力、寸步难行了。七兄弟再举渔刀，一刀一个，把七个怪物统统砍死，便冲进了鬼门关。

七兄弟沿着一条海底大道继续向前走，不久，便到了一座阴森可怕的宫殿。宫殿里空无一人，上面写着"魔心宫"三个黑色的大字。七兄弟走进了魔鬼的宫殿，想起父亲和南海老人的话，知道是找不到这三角魔鬼的，因为这三角魔鬼的形体只飘浮在浓雾之间。但这恶魔有一颗冷酷的心，这颗心就藏在这座魔心宫的圆形的毒水池里。只要这毒水池的毒水干了，三角魔鬼的心就会枯死，这恶魔也就自然死亡了。这毒水池的毒水是放不干的，只有七个人一齐跳进这毒水池里，才能把毒水池填满。可是这毒水一接触到人的肌体，就会使人变成僵硬的石头。现在，就是最严重的时刻了。是跳下去呢？还是退回去呢？

这时，七兄弟想起了西沙、南沙群岛受苦受难的千万渔民，想起了父亲和南海老人的临别嘱咐，又想起了自己的誓言……于是，他们手挽着手，一齐跳进了毒水池。突然间，七兄弟都僵化成了珊瑚礁。礁石渐渐扩展，占据了整个毒水池。毒水池干枯了，三角魔鬼的心死了。不用说，三角魔鬼也死亡了。

整个南海的浓雾被驱散了，红艳艳的太阳重又冉冉升起，万道霞光把南海映得金光闪耀，西沙、南沙群岛在阳光的照耀下像明珠一样莹光熠熠。渔民们得救了，人们处处欢呼雀跃，传颂着七兄弟战胜三角魔鬼的丰功伟绩。渔民们都跑来翁大伯的家中问长问短。

翁大伯激动得热泪盈眶，回到小屋里从刀鞘中拔出了渔刀，渔刀有了血迹，父亲知道七个儿子都在魔心宫化成石头了，顿时泪如雨下，泣不成声。泪水像南海的春雨，点点洒落在南海海面；哭声像南海的秋风，呼呼作响。

七兄弟化成的珊瑚礁，渐渐扩展增高，终于露出了海面，矗立在南海之中。在南沙群岛北子岛的附近，还有一个“草鞋滩”，传说就是七兄弟脱下草鞋的地方。

南海观音知道这件事之后，驾着莲花，赶到了珊瑚礁，用杨柳枝蘸着法水，洒在珊瑚樵上。这七兄弟的灵魂便都成了仙，一直飞向北方天空，化成七颗星星，这就是现在的北斗星。北斗星的七颗星星像七兄弟生前一样永远联结在一起。

北斗星永远在北方，给渔民指点着航向，西沙、南沙群岛的渔民每夜都仰望着它。

【讲 述 者】（无考）

【采录整理】叶春生、许和达记录整理

【采集时间】（无考）

【流传地区】海南省·南沙、西沙群岛

【文本来源】姚宝瑄主编：《中国各民族神话》（汉族），太原：书海出版社 2014 年版，第 328—332 页。

【阅读提示】这则神话无论在情节设置、人物塑造还是细节处理上，均带有浓郁的渔民生产生活色彩，对研究早期海南岛渔民文化应该有参考价值。

【基本母题】 海中的魔鬼；瘟疫灾难；七个儿子斗魔鬼；人变成石头；特定自然风物的产生；人变成北斗七星

【本文编码】 《北斗星的传说》：ZCSW1076-233-004

北极星的传说

（汉族）

“天上星，亮晶晶，最明最亮北极星……”说起这首歌谣，还有一段有趣的传说哩。

传说很早以前，在郁郁葱葱的竹山里，有一个不足百户的小村庄。这地方可真美呀，清亮亮的小河，绿油油的秧苗，红艳艳的百花，欢快的小鹿儿在竹林里奔跑，小鸟儿在枝头高声鸣叫，美得简直像一幅图画。人们辛勤耕种，尊老爱幼，过着幸福的生活。

村子里有个叫北吉的姑娘。她呀，长得像盛开的牡丹一样美丽，像和煦的春风一样温柔。提起干活儿，她比得上小伙子，拿起针线来能绣出惟妙惟肖的凤凰。不仅如此，她还有一副金嗓子，多会儿也是活不离手，歌不离口。白天，她的歌声使小鹿忘记了吃草，呆愣愣地站在她身边听着。夜晚，她的歌声羞得夜莺不敢啼叫，无地自容地躲在窝里。

又是一个月朗星明的夜晚。北吉姑娘在院子里唱歌，一抬头看到了隔着天河的牛郎星和织女星。她很同情他们，就唱道：

一条天河隔开了织女和牛郎，
相思相望痛断了肝肠，
拆散美满姻缘的王母娘娘呀，

你的心肠似豺狼!

说来真巧，正好这天王母娘娘在仙女们的陪同下观看人间夜色，隐隐地听见一阵歌声，比她的宫中仙乐动人百倍。再仔细一听，原来在骂自己，不由得怒火中烧，脸气得像紫猪肝一样。

“好呀，大胆的凡间民女竟敢侮骂老身，来呀！给我抓上来问罪。”

于是便派了两个凶神下去抓北吉。他们循声找到了北吉，拖起来就走。北吉质问他们：“我没有犯法，你们无缘无故抓我干啥?”

“干啥?”一个天兵恶狠狠地说，“你唱歌辱骂王母，她老人家怪罪下来，要拿你上天问罪。”

他们不容北吉分辩，架起来就向天上飞去。

“孩子!”老父亲连气带急倒在了地上。

“北吉!”老妈妈泪流满面悲痛欲绝。

北吉不顾天兵的阻拦，唱起歌儿向乡亲和亲人告别：

王母生性就刁钻，
我四句歌谣惹祸端。
真金不怕热火炼，
有理与她争破天。

天兵越飞越高，越飞越远，终于什么也看不见了。

北吉姑娘被抓到天上以后，王母娘娘逼着她赔礼，可倔强的姑娘哪肯低头。王母恼羞成怒，把她关在一个黑屋子里，罚她成天织布绣花。为了取得脱身的机会，北吉暂时答应了。

乡亲们怎能失去北吉呢？大家挑选七十七个壮汉敲响了七十七面大鼓，挑选九十九个青年敲响九十九面铜锣，其余的人一起高声呐喊：“还我们北吉姑娘!”那声音震得大地发抖，山峦摇晃，连王母的宝座也有些倾斜了。她想了一条毒计，吩咐人找来敖顺等四海龙王，叫他们五个月之内不许给人间降雨，四个龙王哪敢不听，加上受了王母的贿赂就照办了。

转眼两个月过去了，人间滴雨未降，河干了，鱼死了，山黄了，草枯了，百花凋谢了，小鸟再也不能唱歌，小鹿再也没有力气奔跑了。地上像着了火，人们又热又渴，筋疲力尽，已经不能再敲锣打鼓了。

再说北吉姑娘还不知道人间发生的一切。这一天，她正想着如何对付刁钻的王母。忽然一阵香风吹来，接着她便昏了过去。恍惚间，仿佛看见一个美丽的仙女向她走来。仙女的手里拿着一把勺子，勺子上镶着七颗明晃晃、亮闪闪的珍珠。仙女对她说："我是织女，你为我们抱不平而受苦了。百姓也跟着遭了罪，人间已经两个月没降雨了。我这儿有个宝勺，你拿它到王母的后花园，那儿有个圣水缸，是王母浇花用的，圣水可以使秧苗返青，鲜花重开，落到低洼地方可以变成河。你去舀水往下倒吧！不过千万当心，要是让王母知道了，会挖去你的眼睛。我放了些瞌睡虫，通往花园路上的天兵都睡着了，半个时辰就醒，事不宜迟，你快去吧!"说完，她把勺子递到北吉手里，北吉刚要道谢，织女却不见了。她一着急，醒了，手里真的拿着一把宝勺。她知道这是织女的指点。她飞快地向花园跑去。那儿果然有个圣水缸，北吉一勺一勺地舀，一勺一勺地倒，圣水泼向人间。

山青了，草绿了，禾苗复活了，小河又淌了起来，鸟儿欢快地唱着，小鹿兴奋地奔跑着，人们兴高采烈地欢呼着……

圣水缸里的水是无穷无尽的。北吉一心想往人间多泼一些，一下子超过了半个时辰。天兵们醒了，追到了花园里。北吉泼完最后一勺水，飞快地把勺子藏在袖子里。天兵们抓住北吉，挖去了她那双美丽的眼睛。北吉的眼睛被扔在了人间大地上，变成了两汪清水，清水越扩越大，变成了美丽的太湖和西湖。

王母娘娘还不解气，要把北吉挂在天地间示众。天兵们抬起她向北扔去，北吉挂在了天上，那个勺子被甩了出来，也挂在了天上。那勺子的七颗明珠闪闪发亮，变成了七颗星星，就是今天的北斗星。北吉被挂在天上，也变成了一颗星星，为的是给人们指引方向。因为她在极北的天空，人们就叫她"北极星"。

人们怀念她，才说她最明最亮。

【讲 述 者】 韩立

【采录整理】 李金刚记录

【采集时间】 （无考）

【流传地区】 （无考）

【文本来源】 中国民间文艺家协会组织编写，罗杨总主编，李金刚本卷主编：《中国民间故事丛书》（河北·承德·丰宁卷），北京：知识产权出版社2014年版，第4—6页。

【阅读提示】 这则神话用巧妙的构思反映出物可以变成星星，人也可以变成星星，到底让谁变成星星，只有讲述人心里最清楚。

【基本母题】 北极星；牛郎星；织女星；王母娘娘；四海龙王；旱灾；宝勺；圣水；勺子变成北斗星；人变成北极星

【本文编码】 《北极星的传说》：ZCSW1077-233-005

扁担星

（汉族）

银河两边有两个扁担星，每个扁担星里有三颗星星，它们像两根扁担，一个直，叫直扁担星；一个曲，叫曲扁担星。直扁担星中间一颗星银白色，曲扁担星中间一颗星血血红。为啥两个扁担星两个样呢？其中有个原因。

传说很早很早以前，有个后娘，领两个儿（读“倪”）子，小的是自己生的，大的是前娘留下来的。有一年，天宫里的玉皇大帝传下御旨到人间，要选个能人加封官职，条件是挑上一担东西，跨过银河，啥人先到封啥人。后娘一听，盘算哉，要是挑的东西一样，说不定大子先过河，那么亲生儿子封官要落空哉。于是她想了个法子，一担装灯草，给亲生儿子，一担装石头，给大儿子。

到了这一天，兄弟两个挑起担子出门哉，小的担子轻，走在前，大的担子重，跟在后。到银河边上，小儿子挑着灯草先跳，横跳竖跳总跳不过去，跳到后来面孔涨得血血红，扁担笔笔直，还是没有跳过去；大儿子奔到银河边，吸口气，用把力，借势一跳就跳过去哉，面孔不改色，扁担扭得曲曲弯。就这样，银河两边多了两个扁担星，一个直，一个曲。

玉皇大帝封了大儿子的官职，后娘只得干瞪眼，有苦说不出。

【讲 述 者】 金恩官

【采录整理】 徐文初

【采集时间】 1987 年 9 月 7 日采录于吴江县同里镇文化站

【流传地区】 江苏省·（苏州市）·吴江县（吴江区）

【文本来源】 姚宝瑄主编：《中国各民族神话》（汉族），太原：书海出版社 2014 年版，第 295—296 页。

【阅读提示】 这则神话是人变星星的典型母题，通过后娘弄巧成拙的情节告诫世人凡事要心怀善念。

【基本母题】 银河；星星的名称；星星的特征；玉皇大帝；封官

【本文编码】 《扁担星》：ZCSW1078-233-006

参商二星

（汉族）

远古时代，帝王高辛氏，住在天河边。高辛氏养了两个儿子，长子叫阏伯，次子叫实沉。两兄弟一出世就互相不讲话，常常争吵不休。高辛氏心想，小儿太无知了，动不动就争吵，长大了总会和好起来吧！谁晓得，把他们养到十多岁了，还是那个样子，一吵架就动起拳头来。

一年年过去了，两兄弟的脾气越来越坏。这两个人很古怪，力气很大，一急起来，头上会发光，一打起来，就地动山摇。有一日，他们从屋里打到天河，只见河水翻滚，四面飞溅。河水溅出来，变了一阵阵大雨，落到地上，成了水灾。

一转眼就是三年。两个打得谁也不肯认输。有一次，两个拳打脚踢，把天河踢穿了一个大窟窿，河水涌了出来，冲垮天下无数地方，西边高了起来，东边冲出一个大海。

看见两个儿子闯出大祸，高辛氏又气又急，说："你们两个这样大闹，有一日会把天下冲光的！"说完，就把大儿子阏伯送到东方，要他在那里做"参"星，就是我们平时讲的"天光晓"；把小儿子实沉送到西方，要他在那里做"商"星，就是我们平时讲的"黄昏晓"。参、商二星一个在东方，一个在西方，参星上山，商星落水；商星上山，参星落水。参、商二星就永远不见面了。

【附注】

参商二星，指的是"参星"与"商星"。《左传·昭公元年》记载："昔高辛氏有二子，伯曰阏伯，季曰实沈。居于旷林，不相能也。日寻干戈，以相征讨。后帝不臧，迁阏伯于商丘，主辰，商人是因，故辰为商星。迁实沉于大夏，主参，唐人是因，以服事夏商。"民间认为此二星的出现表示对立、不和睦，关系有距离等。

【讲 述 者】 金学益

【采录整理】 金崇柳记录整理

【采集时间】 1985 年 5 月

【流传地区】 浙江省·（温州市）·永嘉县·瓯北各地

【文本来源】 姚宝瑄主编：《中国各民族神话》（汉族），太原：书海出版社 2014 年版，第 305 页。

【阅读提示】 这则神话的创作者观察到参商二星的特点，并赋予它们人的情感和行为，充满了想象力。

【基本母题】 高辛帝；兄弟之争；雨的产生；海的产生；参星的产生；商星的产生；特定星星的运行

【本文编码】 《参商二星》：ZCSW1079-233-007

繁星的来历

（汉族）

远古时，天皇为了防止一些人丧失良心，只送月亮哥哥一粒银石。月亮觉得太少了，便悄悄偷了几粒。刚出天门，就被发现了。天皇提刀就砍，可怜的月亮被砍去一大半，手上的银石也被震碎，撒在天上。于是，天上就有了星星，月亮也就有了缺陷。后来，天皇早餐，皇宫里的人见月亮只有小半身，大家齐向天皇求情，天皇才将月亮搭圆。早餐后，天皇又慢慢收回，这样就形成了月亮的圆缺。

那些银石在天空中得到自由，为了感谢月亮，便问月亮有何难处，月亮说："我只有一事相求，我的半截身子很难照明夜晚，你们如能发光助我，我也无怨了。"众银石都说："我们为照亮夜晚发一分光吧！"这样，天上就有了点点繁星。

【讲 述 者】 李美仁（男，68 岁，农民，小学肄业）

【采录整理】 李孙元（男，29 岁，农民，高中）采录

【采集时间】 1985 年 8 月 1 日采录于万县市长岭乡傅家村

【流传地区】 四川省·万县市（今重庆市·万州区）·长岭乡（长岭镇）·傅家村

【文本来源】 中国民间文学集成全国编辑委员会编：《中国民间故事集成》（四川卷·上），北京：中国 ISBN 中心 1998 年版，第 34 页。

【阅读提示】 这则神话并没有交代清楚“良心”与“银石”之间的关系，一定程度上反映出口传神话的随意性。

【基本母题】 天皇；宝物；月亮特征的来历；银子变成星星；繁星的产生

【本文编码】 《繁星的来历》：ZCSW1080-233-008

彗星成了扫帚星

（汉族）

远古时候，天上的大小星星原来相处很好，亲如手足。

后来，来了一颗彗星，它坏呢！好搬弄是非。一天，它到启明星家做客，讨好说：“你是咱们星中最亮的一颗星，有了你，才带来了一天的光明，那北斗星却骂你是短命鬼！”启明星听了，十分惊讶：“啊，北斗星是这样骂我？它太自高自大了。”

过一段时间，彗星又跑到北斗星家去玩，说了：“你能给人间指明方向，这事多好啊。可启明星却说你骄傲自大，瞧不起别人！”北斗星听了怒不过，说道：“我又没说它什么，它为什么要这样对我啊？”

自从彗星挑拨以后，启明星见了北斗星，就离得远远的，不和它说话。一天，又碰到一起了，启明星想躲开，北斗星问了：“启明星弟弟，你为啥不愿意睬我呢？”启明星把头一歪说：“你为什么瞧不起我，还骂我是短命鬼？”北斗星一听，说：“怪了，我从没说过这话呀！”启明星说：“是彗星讲把我听的。”北斗星说：“它也在我面前说你看不起人呢！”双方一挑明，都明白了，是彗星在搬弄是非。

从此以后，一传十，十传百，所有星星都知道彗星的坏嘴，再也不相信它了。彗星无奈，只好飞到别的世界去了。可是它仍然不老实，跑到哪里都不受欢迎。它到处乱撞，一撞撞在一颗星星身上，弄得粉身碎骨，拖着一条长尾巴跑。所以，老百姓只要一见到带尾巴在跑的星，总是说：“这是扫帚星，不吉利!”

【讲 述 者】 刘道德（男，60岁，沭阳县东小店乡王圩村农民，不识字）
【采录整理】 纪洪珍（教师，小学）采录
【采集时间】 1986年10月5日采录于沭阳县东小店桥头
【流传地区】 江苏省·（宿迁市）·沭阳县·东小店乡·王圩村
【文本来源】 中国民间文学集成全国编辑委员会编：《中国民间故事集成》（江苏卷），北京：中国ISBN中心1998年版，第20页。
【阅读提示】 这则神话的讲述者由观察到特定星星的特征展开拟人化的想象，给不同的星星赋予了不同的性格和行为，颇有童话之先声。
【基本母题】 彗星；启明星；北斗星；彗星为什么有长尾巴；彗星的名称

【本文编码】 《彗星成了扫帚星》：ZCSW1081-233-009

鸡窝星

（汉族）

不知是在唐朝还是宋朝，柳邑村里住着两位很有道行的老人。一个叫文昌公，另一个是他的老伴。村里人生病了，他们一来，准手到病除。谁家丢失了牛、羊、鸡，他们抱指一算，即知在哪，帮了村人许多忙。村里人十分敬仰他们，将他们如神明一样供奉。可他们也有不如意的事，生得两个俊美翩翩的儿子，无奈一个聋，另一个哑，两个都无缚鸡之力，两位老人年事渐高，家里的田地很快就荒芜了。文昌在村里雇用了一个帮工，以为己耕种，帮工名叫阿蛮，生性蛮撞愚钝，但干活勤快，手脚利索。每日早出晚归为文昌耕作，文昌常常站在田间，看着忙碌不停的阿蛮陷入深思。

一天，阿蛮到了田里，才发觉忘了带锄头，转身就往回走，刚来至家门，就听到里屋有说话声，走近一看，才知是两位老人，只听文昌说：

“二月初三，好日子。”

“嗯，”文昌的老伴哼了一声，接着说，“阿蛮人虽勤快，可……”

“是啊，福缘不够，姑且试一试……”

老人压低了声音，阿蛮竖直了耳朵但什么也听不见，一急之下，推门而入，大声叫道：“干什么，难道说我活做的要不成咯[①]？是不要我了？”

两位老人一愣，想不到，阿蛮怎就在门外，文昌回过神，答道：“不是这样的，我们正在商量，这些天来你也忙累了，让你在二月初三那天休息一日。”阿蛮一听，也合情理，万分难堪地道了歉，拿了锄头又回地里去了。

二月初三那天一早，文昌找到阿蛮，告诉他可以出门了，但要在午时回来吃饭，不能早，也不能晚，必须是在午时回来，阿蛮高兴地出了门。赶赶街子，串串门子，算着时刻回了家。玩了一天，肚子早就饿了，一进门，就往灶房跑，可是灶房里冷冷清清的，一点也不像生过火做过饭的样子。只在甑子底下找到一小碗糯米冷稀饭。阿蛮气愤极了，端着稀饭要找老人理论，可找遍四周，不见老人，连文昌的两个儿子也不见了，阿蛮更加生气，这一家人也够黑心的，不但白白地为他们干了活，还连饭都只给我吃冷稀饭，我不稀罕。一怒之下，将那碗稀饭泼在门前的桃树下，却引来了鸡犬争相竞食，一会儿，就被啄食干净，阿蛮喘着粗气，一屁股坐在地上，看着这些抢吃的鸡。就在这时，怪事发生了，吃了稀饭的鸡，拍拍翅膀飞了起来，且越飞越高，阿蛮以为自己眼睛花，急忙揉揉眼，真的，怪事，鸡一只、两只……都跟着飞起来，包括那只狗，渐渐地只看见亮亮的一点，它们成仙了！阿蛮这才明白过来，原来老人一家早已经升天了，留下稀饭给他，是想帮他，哪知他生性莽撞，反将升天的机遇给了一群鸡，顿时，大感后悔，气得跺脚，可事已晚矣。以后，就流传下“一人得道，鸡犬升天”的俗语。

到了夜晚，村里人惊奇地发现，鸡犬升天的地方多了些星星，那一群群

① 方言，可是、是不是之意。

的就叫作“鸡窝星”，升天的狗叫作“猎犬座”。柳邑村人为纪念文昌帝君，为他塑像修庙供奉至今，这就是鸡窝星和猎犬座的由来。

【讲 述 者】（无考）

【采录整理】李庆华采录

【采集时间】1999 年采录于弥渡红岩

【流传地区】云南省·（大理白族自治州）·（弥渡）弥渡县·（红岩）红岩镇

【文本来源】中国民间文艺家协会组织编写，罗杨总主编，张彪、杨红琼本卷主编：《中国民间故事丛书》（云南·大理·弥渡卷），北京：知识产权出版社 2016 年版，第 13—14 页。

【阅读提示】这则动物变星星的神话中融入了鸡犬升天的俗语，富有故事性和趣味性。

【基本母题】两兄弟的特征；鸡犬升天；鸡窝星星的来历；文昌庙的来历；文昌帝

【本文编码】《鸡窝星》：ZCSW1082-233-010

金木水火土星的来历

（汉族）

相传很久以前，天上没有金、木、水、火、土五大行星。那时，有个老婆婆，她身边有六个儿子，因长相和性格不同，分别叫做：千里眼、顺风耳、长脚拐、铁铮脑、不怕冷不怕热和皮袋。有一年，老婆婆病了，六兄弟请来一位郎中为娘治病。那位郎中诊断后觉得没有什么办法医好老婆婆的病，又不好明说，就顺口说了句：“雷公的脑汁能治好。”可说者无意，听者有心。六兄弟就真的商量了一个捉雷公的办法。

这天早上，他们一切都商量好了：千里眼看，顺风耳听，长脚拐捉。一会儿，雷公刚露脸，千里眼就看见了，顺风耳听到雷声，赶快告诉长脚拐，长脚拐站起来脑袋就顶到了天。不一会工夫，雷公就被他捉住了。他们高兴地回家把雷公放在锅子里盖住，就烧火去煮。心想只要煮熟后就可以给母亲治好病，于是，都跑去告诉他们的母亲。

正巧，他们前脚刚一走，就进来了一个强盗，他以为锅里煮了什么好吃的东西，就伸手去揭锅盖，刚一打开，把他吓了个半死。雷公趁机跑回天上去，到天王那里告了一状。于是，天王派来了天兵天将捉他们。先捉到了铁铮脑，天兵就使劲地打。但是，尽管那些天兵都打累了，铁铮脑却一点也不觉得痛。

天兵没法，就又抓住了另一个。天兵改变了方法，把他放到锅里去煮，煮了半天，打开锅盖一看，见他冷得在里面打抖，原来里面那人是冷热不怕。天兵又没法，只好又去抓了一个，抽出宝剑乱杀乱砍，但是，尽管他们怎么砍也都砍不进，原来那个是皮袋。天兵制不服他们，只得回天宫去了。

等六兄弟回到房中，见母亲已经死去。他们万分悲痛，留最小的皮袋守住母亲的遗体，其余的去大闹天宫，长脚拐站起来双手一撑，顿时天空乌云滚滚，昏昏沉沉，整个天宫被搅成了一锅粥。天王没办法，只好分别封长脚拐、铁铮脑、千里眼、顺风耳和不怕冷不怕热为金、木、水、火、土五大神。

后来，天上出现的金、木、水、火、土五大行星，据说就是他们五兄弟。

【讲 述 者】 许文才（男，67 岁，万安县柏岩乡黄竹村农民，初小）

【采录整理】 许经北采录

【采集时间】 1985 年 3 月采录于许文才家中

【流传地区】 江西省·（吉安市）·万安县·柏岩乡·黄竹村

【文本来源】 中国民间文学集成全国编辑委员会编：《中国民间故事集成》（江西卷），北京：中国 ISBN 中心 2002 年版，第 5 页。

【阅读提示】 这则神话融合了捉雷公、人变星星、五行的产生等诸多母题类型，内容丰富与故事性结合得很好。

【基本母题】 金星的产生；木星的产生；水星的产生；火星的产生；土星的产生；众兄弟捉雷公；天兵天将；封神；五行的产生；人变成星星

【本文编码】 《金木水火土星的来历》：ZCSW1083-233-011

井　星

（汉族）

晴天的夜里，一抬头就会看到头顶的天空有一圈星星。这个星圈，有个缺口，在星圈中间还有颗星星，这就是井星。为啥井星有个缺口，里边有颗星呢？这里还有个动人的传说哩！

相传，王母娘娘的外孙女织女，私自下凡同牛郎结婚，王母娘娘认为织女败坏门风，大逆不道，便派天神把织女抓回天宫。这件事让织女的妹妹小二姐知道了，觉得外婆是狗咬耗子——多管闲事，拆散姐姐好姻缘，使姐姐夫妻不能相聚，母子难以团圆，害得姐姐整日泪水洗面，真真可恶至极！小二姐越想越气，越气越恼。

这天，王母娘娘正在瑶池大会群神，小二姐风风火火地冲进瑶池，找外婆辩理。王母娘娘见外孙女竟敢当着众神顶撞自己，觉得有失尊严。把个老太婆气得七魂出窍，即传旨：小二姐触犯天规，罚其今后每日担水百担浇花，少担一担水，打她两百钢鞭。尽管太上老君、太白金星等诸神替小二姐讲情，王母娘娘一点也不心软。

小二姐性情刚烈，麦秸火性儿——一燃就着，在天上是位出名的辣姑娘。她被王母娘娘这样刁难，只气得柳眉倒竖，杏眼圆睁。心想：外婆无情，休怪外孙女无义——嘿嘿，我叫你哭都哭不出眼泪。

原来小二姐自幼舞剑弄棒，且又天资聪慧，托塔李天王夫妇非常喜欢她，就认她作了干女儿。小二姐跟着干爹用心习武，长进很快。李天王曾给小二姐传授一手绝技：跺脚山倒，伸腿地摇。

第二天早上，小二姐担起水桶，来到十二个金砖砌成的井边，只听咚的一声，一脚把井口的一块金砖蹬到井里。护井神见此情景，急忙跑去向王母娘娘禀报。王母娘娘这才想起小二姐不像织女那样好欺侮。正在左右为难，还是和事佬太白金星出来打了圆场："请娘娘速速收回成命，惹恼了辣姑娘，另想安宁——她能使天宫梁倾柱折，神仰仙翻。"王母娘娘只得收回成命，小二姐不再担水了。

从此，天上有颗井星。每当人们看到这颗井星，老奶奶就会向孙孙讲起小二姐担水的故事。

【附注】

异名文本《井星为啥有缺口》，见张振犁编著《中原神话通鉴》（第三卷），郑州：河南大学出版社 2017 年版，第 840—841 页。原文本标注由马宗芳讲述，刘筱芬 1986 年 10 月采录于镇平县王岗乡姑坡村。

【讲 述 者】　马宗芳（女，69 岁，农民，不识字）
【采录整理】　刘筱芬（女，63 岁，退休干部，高中）记录
【采集时间】　1987 年采录于镇平县王冈乡
【流传地区】　河南省·（南阳市）·镇平县·王冈乡
【文本来源】　中国民间文艺家协会组织编写，罗杨总主编，张锋本卷主编：《中国民间故事丛书》（河南·南阳·镇平卷），北京：知识产权出版社 2016 年版，第 5 页。
【阅读提示】　这则神话通过叙述小二姐和王母娘娘之间的争斗，塑造了一位性情刚烈、正义感很强的女性神性人物形象，不平则鸣也。
【基本母题】　织女是王母娘娘的外孙女；天规；惩罚；井星的产生

【本文编码】　《井星》：ZCSW1084-233-012

镰刀星座

（汉族）

天上数不清的星星中，有很多星座。星座中有十六个星星在一起，像一把镰刀样的星座，叫镰刀星座。为啥叫镰刀星座呢？

有一年，麦子长得非常好，好得比任何一年都好。人们再用竹劈儿割麦不行了。麦杆太粗哇，人们商量割麦的办法。一位老人说："我听说天宫中有一把金镰，要能拿下用用，再比着做一些，割麦就不发愁了。可有一点呀，天神要知道我们偷镰刀，会惩罚呀！"一个美丽、善良、胆大、机灵的姑娘知道了这话，就对这个老人说："老伯，我去吧，惩罚我不怕。我只要把金镰偷到手，扔到地下，天神惩罚时，我闭上眼睛，愿咋惩罚都行！"

姑娘悄悄地爬上天梯，盗出了金镰刀。盗镰的时候，神不知，鬼不觉。她把镰刀往地上一扔，天神知道了。这姑娘被剁成了十六块，扔向天空。

十六块姑娘的尸体，化成了十六颗明星，闪闪发光。十六颗星组在一起，像把镰刀，人们称为镰刀星座。

【讲 述 者】 赵训华

【采录整理】 （无考）

【采集时间】 （无考）

【流传地区】 （无考）

【文本来源】 张振犁编著：《中原神话通鉴》（第四卷），郑州：河南大学出版社 2017 年版，第 1223 页。

【阅读提示】 这则神话通过叙述姑娘上天盗神镰后化作星座的事迹，强调了镰刀对于耕作的重要意义，一定程度上反映出中国传统农耕经济社会的一些文化特征。

【基本母题】 星座；特定星座的名称；金镰；天梯；人死后变成星星

【本文编码】 《镰刀星座》：ZCSW1085-233-013

南极星和北极星

（汉族）

听老人讲，南极星叫南极佬佬儿，北极星叫北极佬佬儿，他两个是蛮好的伙计。

热天，他两个一同去做生意。北极佬佬儿收了几船草帽儿，南极佬佬儿收了几船毡帽儿，两个同一天运到下河去卖。运拢一看，做梦都没有想到六月下大雪，冷得死人。南极佬佬儿的毡帽一下船，就卖得一个不剩，赚了大钱。北极佬佬儿的草帽儿问都无人问，蚀了大本。

冬天，他两个又一同去做生意。这回北极佬佬儿收了几船毡帽儿，南极佬佬儿收了几船草帽儿，同一天拢了下河码头。又没想到十冬腊月大天干，太阳晒得死人。南极佬佬儿的草帽儿一下船被抢光了，北极佬佬儿的毡帽儿又是一顶都没卖脱。

第二年春天，他两个又一同去做生意。北极佬佬儿收了一船绸子，南极佬佬儿收了几船石头，又是同一天运到下河。拢了码头一看，没想到那里发了大水，河堤冲垮完了，南极佬佬儿的石头被抢光，北极佬佬儿的绸子却无人问。

回到屋头，北极佬佬儿越想越怄，没几天就怄死了。南极佬佬儿越想越笑，没几天也笑死了。北极佬佬儿死后变成了北极星，南极佬佬儿死后变成了南极星。不信，你看那颗北极星在不停地眨眼睛，活像在哭，那颗南极星闪乐乐的，活像在笑。

【讲 述 者】 王勋培（男，63岁，农民，不识字）
【采录整理】 王泽润（男，30岁，乡文化专干，高中）采录
【采集时间】 1985年12月20日于奉节县甲高乡安家村
【流传地区】 四川省·奉节县（今重庆市·奉节县）·甲高乡（甲高镇）·安家村
【文本来源】 中国民间文学集成全国编辑委员会编：《中国民间故事集成》

（四川卷·上），北京：中国 ISBN 中心 1998 年版，第 34—35 页。

【阅读提示】 这则神话把两个性格对立的人变成两个特征相反的星星，运用了类比手法，产生了如影随形的效果。

【基本母题】 南极星；北极星；做生意；人变成特定的星星；特定星星的特征

【本文编码】 《南极星和北极星》：ZCSW1086-233-014

牛郎和织女

（汉族）

很早很早以前，山里住着户人家，老人们都死了，家里剩下了兄弟俩。老大娶了媳妇，这媳妇心眼不好，老想独霸老人留下的家业。

有一天，二小领着狗去放牛，到了地里，他拍打着牛背说："牛哇，牛哇，我想睡会觉，你可千万不要乱跑。"老黄牛像听懂了人话，低着脑袋"哞、哞"的叫了几声，甩打着尾巴在他身边吃起草来。二小躺在草地上睡着了。

错过中午，嫂嫂掂着罐子来给小叔子送饭，见二小正在睡大觉，照他身上狠狠地踢了一脚。二小醒了见是嫂嫂，慌忙爬起来，站在地上像个愣鸡。

嫂嫂把饭罐子往地上一蹾，气呼呼地说："你倒自在，撒着牛睡大觉，牛丢了我才和你算帐哩！"说完，她一扭屁股走了。

二小的肚子早就饿了，捧起罐子刚要吃，身边的大黄牛一头把罐子撞了，罐子摔了个稀巴烂。大黑狗见了地上的饭，张口就吃，不一会，就把地上的饭舔了个一干二净。

二小瞅着碎罐碴子害怕了，觉得回家也没好儿。他长叹一声："唉，怎么我就这样命苦啊！"

二小的唉声刚落，大黑狗扑腾一声倒在地上，鼻子口里流血，一会儿就断了气。他这才明白，嫂嫂在饭里下了毒药。

二小心想：看来不能和这个害人精在一块过了，要不早晚得死在她手里。日头儿快落西山时，他赶着牛回了家。一进院子，扭头见哥哥打外边回来，二小心里一酸，两眼止不住地流泪。哥哥见弟弟这样伤心，不知家里出了什么事，忙问："你为嘛这样难过?""我把嫂嫂送的饭罐子打了，狗吃了地上的饭就死了。"哥哥听了，心里明白了八九，斗又斗不过家里的女人，为了难。

二小哭着说："哥，咱们分开过吧。"哥哥见弟弟说要分家，更做难了，一来弟弟还小，二来他外出做买卖，家里没有帮手也不行。要是在一块凑合着过吧，又怕弟弟有个三长两短。

二小见哥哥发愁，就说："哥，家里什么物件我也不要，只要那头牛。"弟兄俩在院里说分家的话，媳妇听见了，打心眼里高兴。她手扒着门框冲着丈夫说："往后各过各的好，我做主依了二弟!"

哥哥眼里噙着泪花儿，一句话也说不出来。

第二天，二小赶着牛车走了。走来走去，越走越远。二小心想：老是这么走，走到多时是个头？干脆就住在这吧！他把牛车停下，砍了好多树枝子，就着山坡儿搭棚。棚子搭好了，就和老黄牛在这儿落了户。

那头牛是天上的金牛星下界，已经跟着二小过了一年多，这一天夜里死了。老黄牛死后，一连给二小托了三个梦，梦里对二小说："到明天午时三刻，我要回天庭去了。我走后，你把我的皮子剥下来，等到七月七那天，把它披在身上，保你能上天。王母娘娘有七个闺女，那天他们到天河里去洗澡。记住，那个穿绿衣裳的仙女就是你媳妇。你千万别让她们看见你，等她们都到了水里，你抱了绿衣裳就往回跑，她准追你。只要你回了家，她就不会走了。"

第二天，二小见老黄牛死了，不吃也不喝，手摸着它光啼哭。后来就把牛皮剥了，留下皮牛埋了牛，又在牛坟上跪着大哭了一场。

七月七那天，二小披上牛皮，立时两脚离了地，飘飘悠悠来到天河岸上，他悄悄地躲在树林里等着。一会儿，王母娘娘的七个仙女都来了，她们一个个脱了衣裳，噗通噗通跳到了水里。

二小瞅准了那身绿衣裳，窜过去抓起来就跑。三仙女见有人抱了她的衣裳，打水里出来就追。紧追慢追，追到二小家里。三仙女问二小为嘛拿她的衣裳，二小说想让她做自己的媳妇。三仙女再三说天规不容，二小一再说人间比天上好。三仙女见二小长得好看，也动了心，就应了他。打这，三仙女落凡到了人间，她天天在家弹花织布，人们就叫她织女。二小天天外出卖布挣钱。小两口过起了舒心日子。

三仙女和二小过了三五年，给他生了一男和一女。一天，二小到地里去干活，天上响起了天鼓，玉皇大帝派天兵天将把织女抓走了。二小回家一看，见两个孩子啼哭，不知媳妇上了哪儿，急得团团转。一问孩子，那大孩子手朝天上一指划，二小才想到织女走了。他急忙担起两个孩子，披上牛皮去赶织女。

二小心急，追得快，眼看快追上织女时，惹恼了王母娘娘："好你二小，莫非你要追到灵霄殿上去吗?"她打头上拔下银簪，在二小和织女中间一划，立刻划成了一道天河。二小没有办法过河，急得直跺脚，筐里的两个孩子直喊娘。织女和二小都哭了，啼哭也没用。二小想给织女留个纪念，拿出牛扣套投向织女，织女接在了手里。织女想了想，没嘛可送，掏出织布梭照着二小扔来，织女手劲小，把织布梭扔歪了。

直到现在，天河一边的织女星怀里有扣套星，另一边的牛郎星旁有个梭子星。

【讲 述 者】 靳正新

【采录整理】 李殿敏搜集整理

【采集时间】 （无考）

【流传地区】 河北省·（石家庄市）·藁城（藁城市）

【文本来源】 中华民族故事大系编委会编：《中华民族故事大系》第1卷（汉族、蒙古族、回族），上海：上海文艺出版社1995年版，第40—43页。

【阅读提示】　这则神话通过叙述牛郎和织女的故事，塑造了几位性格鲜明的典型人物形象，让人魂牵梦绕，过目难忘。

【基本母题】　食物中毒；兄弟分家；金牛星；天庭；人上天；王母娘娘；天河；七仙女；仙女下凡；人与仙女婚；特定星星的产生

【本文编码】　《牛郎和织女》：ZCSW1087-233-015

牛郎星和织女星

（汉族）

牛郎姓王，娘儿俩过日子。他妈给人家做饭，他给人家放牛。牛郎十几岁时候，他妈死了，他就一个人生活。

牛郎对牛很好。牛棚里早晚垫得干干的。白天，他和牛一起上山；夜里，他和牛一起同铺。一有闲空，就给牛梳毛；一有闲空，就给牛割草，把牛侍候得膘满肉肥，毛色闪闪发亮，溜光溜光，指甲也莫想掐住。

一年一年过去了，牛慢慢老了。那天，他赶老牛上山，牛不吃草，只是站在那儿出长气。他问："牛大哥，牛大哥，你往日上山，甩尾巴，楞耳朵，大嘴大嘴吃草。今儿咋就不高兴啦？"

牛郎本是说着玩的，想不到老牛张张嘴，眼泪直流，真的答话了："牛郎，牛郎，你侍候我这些年，把我看做亲兄弟。我今儿对你说实话，我是天宫牛头夜叉，因犯罪降下凡来。时间到了，我要回天宫了。我看你一个人怪孤单的，我要给你办个好事。明天正当午时，你翻过后山，河里有七个姑娘洗澡。你啥也别管，只拿那件黄绿色的衣裳，抱起就跑。这样，好事就能办成了。"

第二天，正当午时，牛郎照着牛大哥的话，抱回一件黄绿色的衣裳给它看。老牛点点头，可它又哭起来了。它一哭，牛郎也哭了。老牛说："我是要走了。我死后，你把我的皮剥下来，把角取下来，有啥急事，这两件东西会给你帮忙。”说罢，老牛死了。

牛郎在老牛身旁大哭了一场，含着眼泪剥牛皮，取牛角，又埋了牛肉。

晚上，牛郎孤单单地正对着那件黄绿色的衣裳发愣，屋内突然进来个姑娘，她是天上织绸缎的仙女，长得像用笔画的一般。她说：“牛郎，我住下和你成亲吧！”

牛郎说：“你是神仙，我是凡人，咋能成亲呢？”

仙女反问：“不能成亲，你为啥拿我衣裳？”

牛郎被问住了。他只好留她住下。

一年过去了，仙女生下了一儿一女，两个娃子又胖又逗人爱，四口人在一起，虽说日子过得苦，牛郎心里还是怪快活。

第三年的七月初七，天上突然“冬冬冬”响起了天鼓。只听天神在云里大喊：“织女归天！织女归天！”

仙女听到喊声，知道大事不好，自己要回天上去，可咋舍得牛郎和娃子！她哭起来了。她对牛郎说：“我在天上天天织布，不回去不行。我走后，你要将娃子招呼好。”说着，天鼓又响了，天神又喊又叫，她只得飞上天去了。

一对儿女看着妈妈上天了，更是哭得不住嘴。牛郎一边哄娃子，一边自己也哭。这时候，他猛地想起了老牛的话，赶紧拿了牛皮披在身上，把牛角踩在脚下。说来也怪，一对牛角一下子变成了两只小船。牛郎用两只筐子挑着一儿一女，两脚蹬在船上，也“呼”一下飞上天去了。他拼着命，也要追赶自己的媳妇。

牛角变成的船飞得真快，牛郎和仙女越来越近，看看就能撵上她了，就要抓住她的衣裳了。这时，只听“呼啦啦”一声响，一道大河冲了过来，劈中隔断了他们。

原来王母娘娘怕牛郎抓住织女，忙用簪子一划，便流来了滔滔大水，这就是天河。

今天，你看天河两岸，有牛郎星和织女星，那就是牛郎和织女变的。听说每年七月初七，他俩还偷偷见面。不信，十二岁以下的小娃子钻进苦瓜架，能听到他俩的哭声。

【附注】

牛郎织女是一个不断演化的民间叙事，有人认为是神话，也有人说是传说，还有人说是编造的故事。无论如何都不能否认它的主人公是神性人物，叙事也是神性人物的事迹。古籍中对牛郎织女用墨颇多。如《诗经·小雅·大东》云：“维天有汉，监亦有光。跂彼织女，终日七襄。虽则七襄，不成报章。睆彼牵牛，不以服箱。”《汉书·地理志》中记载：“粤地，牵牛、婺女之分野也，今苍梧、郁林、合浦、交趾、九真、南海、日南皆粤分也。”《春秋命历序》中记载：“天地开辟，万物浑浑，无知无识。阴阳所凭，天体始于北极之野，地形起于昆仑之虚，日月五纬俱起牵牛。四万五千年，日月五纬一轮转。”《月令广义·七月令》中引南朝梁殷芸《小说》的记载说：“天河之东有织女，天帝之女也，年年机杼劳役，织成云锦天衣，容貌不暇整。天帝怜其独处，许嫁河西牵牛郎，嫁后遂废织衽。天帝怒，责令归河东，许一年一度相会。涉秋七日，鹊首无故皆髡，相传是日河鼓与织女会于河东，役乌鹊为梁以渡，故毛皆脱去。”等等。

【讲 述 者】 冯明文

【采录整理】 （无考）

【采集时间】 （无考）

【流传地区】 湖北省·丹江口市

【文本来源】 姚宝瑄主编：《中国各民族神话》（汉族），太原：书海出版社2014年版，第309—311页。

【阅读提示】 讲述牛郎与织女故事的神话不少，这则神话中给牛郎安插了“王”姓的细节值得关注。

【基本母题】 神牛下凡；七仙女；人与仙女婚；人上天；王母娘娘；天河；特定星星的产生

【本文编码】 《牛郎星和织女星》：ZCSW1088-233-016

女娲补天

（汉族）

盘古王开天辟地，女娲娘娘又造了人类和万物，世上可热闹啦。女娲看到她的子孙，安居乐业，心里可高兴呢！哪知，有一年，大地上的人类遭了大难，幸存的人纷纷跑来向女娲娘娘求救。原来，天上的火神和水神打架，打来打去，打到天河上，将天河踏破一个洞，天河的水从洞里直向大地倒泻下来，大地上一片水汪汪，生灵大都被水淹死了。

女娲娘娘看到子孙受难，心里着实难受，想将塌了的天补起来。她先是用泥补上，被水冲了，用石头补，也被水冲掉了。眼看整个天就要塌下来，女娲娘娘想，只有先将天撑住，可上哪儿去打撑天柱啊？

这时，一只虾子被洪水冲到女娲娘娘脚边，女娲娘娘看到虾子的四只脚正好用来做撑天柱。但仔细一想，大地上生灵已剩下不多了，不忍心再伤它。可为了不让更多的生灵继续遭难，只好同虾子商量。虾子见女娲娘娘为了补天救生灵，用自己的脚做撑天柱补天，这还有什么不可的？就不等女娲娘娘动手，自己用嘴咬下了四只脚交给女娲娘娘，鲜血淋漓地游走了。从那以后，虾子的后代就没有四条长腿了。

女娲娘娘见虾子献出四只脚，立即用虾的后脚撑住了东边，前脚撑在西边。因为后脚长，东边的天就撑得高，前脚短，西边的山就离天低了。太阳从东边出来，就朝低的西边滚了下去。

天撑好了，女娲娘娘将天塌的地方补好了。

天补起了，女娲娘娘看看那块补疤太难看了，就捡了好多五彩石子，放到补起的天上。这些石子就是星星和月亮，人们再也看不到那被补的地方。

【讲 述 者】 毛广寿

【采录整理】 廖恒民记录

【采集时间】 1987 年 5 月采录于浙江省·（丽水市）·遂昌县·关川乡

【流传地区】 浙江省·（丽水市）·遂昌县

【文本来源】 姚宝瑄主编：《中国各民族神话》（汉族），太原：书海出版社2014年版，第53—54页。

【阅读提示】 这则神话以女娲补天为主线，将造人母题、洪水母题、日月星的产生母题等自然贯连起来，赞美的核心是女娲。

【基本母题】 盘古开天辟地；女娲造万物；水神与火神争斗造成洪水；洪水；女娲补天；补天的材料；撑天柱；天体的运行秩序；五彩石变成星星；五彩石变成月亮

【本文编码】 《女娲补天》：ZCSW1089-233-017

七女星为何六颗星

（汉族）

传说很古以前，天上七女星[1]中的七星女非常调皮，不安分守己，经常到北海去偷渔家的鱼。

有一次，七星女半夜又来到北海去偷鱼了。这次她偷了好多好多鱼，刚要走，被渔夫发现拽住了。渔夫这才明白以前老是丢鱼的原因。渔夫非常气愤，为了不让她逃跑，就顺手把她扣在北海岸的舀子柄上。现在像舀子形的北斗星的柄尾上，一颗隐而不露的小星就是她。这一扣她再也回不去了。这样，七女星群中少掉了一颗星，只有六颗星了。

【讲 述 者】 赵殿龙

【采录整理】 施广开记录

【采集时间】 1987年8月10日采录于盐城市郊永丰文化站

【流传地区】 江苏省·盐城地区（市）

---

① 七女星：群众叫乌鸦星，天黑从东向西移的六颗聚在一起的小星群。

【文本来源】 姚宝瑄主编:《中国各民族神话》(汉族),太原:书海出版社2014年版,第298页。

【阅读提示】 这则神话叙述了古代先民对特定星象的观察和思考,对星星、星体的具体构成数量都考虑得很细致,解释得很清楚,这种高度负责的态度实在令人佩服。

【基本母题】 特定星星的产生;变化产生星星;七女星;特定星群的产生

【本文编码】 《七女星为何六颗星》:ZCSW1090-233-018

七仙女和北斗星

(汉族)

相传,很早以前,天上有七个仙女姐妹合得真好,她们总是同排走,同排坐。这七个姐妹还常常瞒着王母娘娘,下凡寻凡间人作乐。在凡间玩得大有兴味,就和后生仔做一堆[①]了。不久,最细的七妹妹在凡间生下了个仔,王母娘娘知道了大气,把七妹拖回天上去。七妹无法,只好偷偷在每年的"七月七"那天下凡一次。

七妹在凡间的仔慢慢长大了,村下人都笑他没阿娘。他很委屈,去问阿爸,阿娘在哪里。阿爸不讲,他就去问算命先生。这算命先生会算星宿,指头一捏一点,晓得啦!就跟他讲:"弟[②]啊弟,你命大,你阿娘不在凡间,是天上的七仙女。"

仔又问:"怎么才能寻着阿娘呢?"

算命先生讲:"七月初七,你阿娘来凡间,她随七姐妹同排来。她的裙角有一点血印,你见了,就叫阿娘,她就会认你了。"

① 做一堆:这里隐喻成亲。

② 弟:长辈对晚辈或儿子的昵称。

这年七月初七，仔全日在外面等阿娘，等啊等啊，天快暗了，七个仙女来了，他细致一看，是有一个仙女的裙角有一点血印。他追过去，把这个仙女的裙拖住，大叫："阿娘！阿娘！你莫走啊阿娘！"

这第七个仙女听了一惊，她晓得是自己的仔认阿娘来了，就把他抱住，好嘴好鼻地问："你怎的晓得我是你阿娘呢？"

仔说："是村里的算命先生教我的。"

七仙女从头发髻上摘下两粒宝珠，讲："阿娘要去了，不去不使得。这两粒宝珠，绿的一粒给你，红的一粒送给算命先生。"

这时，前头的几个姐妹已经走远了。五姐和六妹看七妹没来，就停下来叫七妹。七妹无法，目汁[①]流流，和仔分手，赶紧飞去。一拖延，她们去迟了，给王母娘娘发现了。王母娘娘大喝一声，七仙女就变成七颗星，定在天上。现在的北斗星座，有三颗拖在后面，跟前面的四颗星不同排了，七妹来得最迟，所以离得更远些。

再讲七仙女送仔的两粒宝珠，绿珠给仔，他一世吃穿无愁，日子顺意。红珠给算命先生，算命先生很高兴，随手放到命书上，命书一下起火了，烧得只剩下几片碎角。这以后，算命先生算的命，就不准了。

【讲 述 者】 邱端素

【采录整理】 李晓云记录整理

【采集时间】 1987 年 9 月 1 日采录于周宁县浦源村

【流传地区】 福建省·（宁德市）·周宁县·浦源乡、纯池乡

【文本来源】 姚宝瑄主编：《中国各民族神话》（汉族），太原：书海出版社 2014 年版，第 334—335 页。

【阅读提示】 这则神话在情节设置上弱化了男性主人公的分量，凸显了仙女母亲和地上孩子之间的真挚感情，使得故事主题更加聚焦而感人。

---

① 目汁：方言指眼泪。

【基本母题】 七仙女；仙女下凡；人与仙女婚；北斗七星的产生；书的毁灭

【本文编码】 《七仙女和北斗星》：ZCSW1091-233-019

七兄妹为民化北斗

（汉族）

传说很早很早的时候，恒山下住着七兄妹，六个哥哥，一个妹妹，父母早亡，种田度日。由于家贫，谁也没有娶过媳妇，小妹妹也未出嫁。大旱年的一天夜里，老大做了一个梦，梦见神人自称是恒山神，念他兄妹七人至孝心善，特告诉说，恒山顶上有七颗宝珠，让他兄妹七人诚心寻找，找到后只要将宝珠放到手里，便要啥有啥，再也不用愁吃愁喝了。第二天，兄妹七人按照神的指点，便上恒山寻找，经过七天七夜的探寻，终于在山头上一棵悬根松的根下找到。宝珠找到后七兄妹并没有带回家，而是把七颗宝珠摆成斗形，上面用斗盖住，埋在恒山顶上。兄妹七人对天祈祷，为的是山下所有的穷人都有吃有喝。自此以后，山下真是年年风调雨顺，五谷丰登。不料宝珠的秘密被一个贪心的财主听到，他引上儿子偷偷地上山盗宝。当他往起挖斗时，由于用力过狠，将斗柄拉开。恰好这时候，闻讯的七兄妹赶到了。七兄妹一气之下，将财主父子扔下山沟，然后将宝珠一人口里含一颗，立在峰头上不食而死。七兄妹站立的地方化作恒山大小不同的七座山峰，六个哥哥化作恒山的六座山峰，小妹妹化作翠屏峰。每座峰头上镶有一颗宝珠，闪闪发光。后来宝珠升天，化作北斗七星，昼夜围着北岳旋转。因斗柄被财主拉开，所以斗柄三星就跑到一边了。正由于有财主的伸手，致使穷人的日子也就一直得不到保证。

天上北斗晶晶亮，地下北岳莽苍苍。北斗是北方的象征，北岳是北方的标志。

【讲 述 者】 （无考）

【采录整理】 张剑扬采录

【采集时间】 （无考）

【流传地区】 山西省·大同市·浑源县

【文本来源】 郭万金主编：《山西民间故事大系》（晋北卷），北京：商务印书馆2017年版，第876页。

【阅读提示】 这则神话通过叙述七兄妹找寻宝珠、除恶惩奸最终化为北斗星的事迹，赞扬了七兄妹一心为民、勇于担当、甘于牺牲的奉献精神。

【基本母题】 旱灾；七颗宝珠；人变作山峰；北斗七星的产生

【本文编码】 《七兄妹为民化北斗》：ZCSW1092-233-020

启明星、长庚星、北极星

（汉族）

很早很早以前，天上没有星星，只有月亮仙女。月亮仙女不出来，天可漆黑一团了。

那时候，一条大河边有个小村庄，住着兄弟三人。他们白天顶着太阳，夜间披着月光，不停地开荒种地，碰到没有月光的晚上，他们就借火光耕种。

一天夜里天上没月亮，兄弟三人耕种完毕，坐在火堆旁聊起天来。

老大说："听说月亮仙女要从人间挑选一个勤劳勇敢的小伙子做丈夫，咱仨不如跑到天上碰碰运气，谁第一个跑到天上，谁就跟月亮仙女成亲。"

老二说："这倒是美事，可天这么高，这么远，又没有路儿，咱们怎么跑上去呢？"

老大说："听说，这条大河是从天上淌下来的，咱们迎着河水拼命往前跑，总有一天会到天上的。"

老三却把大哥的话牢牢记在心里不出声。

第二天，天刚亮，兄弟三人一块上路，沿着河岸，迎着河水向上游跑去。

老大岁数大，劲也大，跑得最快。跑哇，跑哇，也不知太阳升起多少回，月儿落了多少次，他回头看看，两个弟弟影子都没有了，心想：第一个跑到天上的，准是自己了，月亮仙女一定和自己成亲。谁知，刚想到这儿，忽然觉得腿发软，浑身一点劲儿也没有了，就躺在半路上迷迷糊糊地睡觉了。

老二心里焦急，一心想追上大哥，拼命地跑哇，跑哇，不知太阳升起多少回，月亮落了多少次，好歹追上大哥了。老二看见大哥正睡觉打呼噜，暗自高兴，悄悄从大哥身边绕过去，又拼命往前跑哇跑哇，不知太阳升起多少回，月亮落了多少次，把大哥远远甩到后面，心想：大哥大概还在半路上睡觉呢！小弟弟年小力薄，说不定早就累倒了。第一个跑到天上的，准是自己，跟月亮仙女成亲的也是自己了。谁知，他刚想到这儿，忽然觉着浑身像散了骨头架子，上下眼皮直打架，他实在撑不住了，扑通倒在地上睡觉了。

小弟弟虽说落到两位哥哥后面，可他拼命向前追赶。跑哇，跑哇，不知太阳升起多少回，月亮落了多少次，他慢慢地追上了大哥，看见大哥睡得正香，急忙停下叫大哥，无论他怎么喊，大哥照样打呼噜，愣是不醒。没办法，他只好往前跑去。跑哇，跑哇，不知太阳升起多少回，月亮落了多少次，他慢慢地追上了二哥，看见二哥也睡得正香，急忙停下叫二哥，无论他怎么喊，二哥也还是一个劲儿打呼噜，愣是不醒。没办法，他只好独自一个人往前跑去。

小弟弟跑哇，跑哇，不知太阳升起多少回，月亮落了多少次，终于跑到了南天门。美丽的月亮仙女正站在南天门里，笑盈盈地向他招手呢！等到大哥、二哥醒来，前后跑到南天门，小弟弟早已跟月亮仙女成了亲。

玉皇大帝念兄弟三人都挺有毅力，有吃苦劲儿，就指派三兄弟帮助月亮仙女守夜。他派老大到东方，负责黎明时刻的发光；派老二到西方，负责夜间放光，给人指示方向。

从此，兄弟三人，升天变成了三颗星，这就是现世间空中的启明星、长庚星、北极星。至于那些满天星斗，就是北极星与月亮仙女的子子孙孙了。

今天永定河畔有座三官庙，传说就是为纪念给人带来光明的三兄弟而修的，据说，中间宝座上的就是小弟弟北极星。

【附注】

神话中关于“三兄弟变成三颗星”的说法较多，可能源于对数字“三”的独特偏好。相似文本如朝鲜族神话《三胎星（1）》（ZCSW1117-233-045）、汉族神话《三胎星》（ZCSW1098-233-026）等。

【讲 述 者】 王德茂（男，67 岁，农民，不识字）

【采录整理】 赵美琳（女，45 岁，教师，大学）采录

【采集时间】 1984 年采录于丰台区

【流传地区】 北京市·丰台区

【文本来源】 中国民间文学集成全国编辑委员会编：《中国民间故事集成》（北京卷），北京：中国 ISBN 中心 1999 年版，第 10 页。

【阅读提示】 这则神话借助于三兄弟变成三颗星的叙事，寓示了成功必须有恒心、有毅力的道理。

【基本母题】 最早的世界是黑暗的；月亮仙女；人与仙女婚；三兄弟；玉皇大帝；南天门；人变成星星；启明星；长庚星；北极星

【本文编码】 《启明星、长庚星、北极星》：ZCSW1093-233-021

启明星

（汉族）

每天早晨，在东方天空上会最早出现一颗又明又大的星星，名叫启明

星。天上原来并没有这颗星星。据说，是古时候一位聪明的小姑娘变的。

很久以前，在洛阳邙山的一个偏僻山村里，住着一户姓金的老夫妇。他们没有生男育女，临老收养一个义女，名叫金花。小金花七八岁时，遇上了荒年，金花年纪幼小，爹妈又年迈多病，日子可真难熬。锅下没柴烧，锅里没米下，吃上顿断下顿，连老鼠都不来她家掏洞。金花姑娘虽说是小小年纪，却很懂事，知道孝敬老人，她天天到山坡上挖野菜，好让爹妈充饥。

有一天，饿得头晕眼花的金花又上山挖野菜。她挖着挖着，忽然在草丛里发现一颗闪闪发光的金豆豆。她捧在手里，叹口气说。“金豆呀金豆，你多好看！可惜不能吃。”金花望着金豆，想起秋天割黄豆时，爹爹点起一把火，把几棵结着饱腾腾豆角的黄豆角架在火上，只听“劈劈啪啪”一阵响，被烧熟的黄豆籽儿滚在地上，捏起来一颗填到嘴里，牙一咬，“咯崩崩”响，黄澄澄、香喷喷的。现在想起来，金花还直流口水。

想到这里，天真的金花，在地上扒了个小坑，把金豆埋在土里，然后又端来一瓢清水浇了浇说：“金豆呀金豆，你变一颗黄豆苗吧！秧儿长大大的，角儿结多多的，让俺烧烧吃。”谁知她话音刚落，真的从埋金豆豆的地方长出来一棵黄豆苗苗，转眼就是好大好大的黄豆秧。金花眼瞪着见它开了花，结了角，一会儿就长熟了！金花高兴极了，忙把长熟了的豆秧拔了起来。

她拿着这棵豆秧正要走，只见地上金光一闪，那颗埋进土里的金豆又滚了出来。金花想，金豆会变黄豆，也一定会变别的豆豆。黄豆烧熟，爹妈还是咬不动，这可咋办哩？让它变一棵绿豆吧，结了籽儿好给爹妈熬绿豆汤喝，还能去火哩。

想到这里，金花又把金豆埋进土里，照样又端一瓢清水浇了浇，说道：“金豆呀，金豆，你变一棵绿豆苗吧！秧儿长大大的，角儿结多多的，让俺给爹妈熬绿豆汤喝。”金花的话音一落，埋金豆的地方真的又长出一棵绿豆苗苗，转眼工夫又长成了好大好大的绿豆秧儿。金花看着它开了花，结了角儿，一会儿又长熟了。

金花把这棵绿豆秧一拔，那颗金豆又从土里滚了出来，这时，金花想起妈妈给她讲的王小得了宝葫芦，要啥有啥的故事。她把金豆拣起来，心中暗暗高兴：哎呀，俺得宝啦！这金豆一定是个啥都会变的宝贝！

金花回到家里，爹妈见她拿回去两大棵豆子，豆秧子长着嘟嘟噜噜的角儿，把一棵豆秧上的籽儿剥出来，也能盛两大碗呢！爹娘问金花是从哪里弄来的，金花便把拣到金豆的事说了一遍。爹妈不相信，金花就走到院中，把金豆埋到土里，又端了一瓢清水浇了浇，说道："金豆呀金豆，你变一棵玉米吧，秆子长粗粗的，棒子结大大的，让俺给爹妈做块馍吃。"顿时，院里长出一棵玉米苗苗，像手提着一样"噌噌噌"地往上长。不大一会儿，秆子长粗了，顶上出缨了，腰里甩"花钱"了，玉米棒子也出来了。玉米秆上一下子长出三个棒子，个个棒子长得都比棒槌还大呢！

金花家得了宝贝，左邻右舍都争着来看。金花爹人和善，心肠好，对来看的人说："金花得了这宝贝，这是天意，是让它救咱们全村的穷人的。谁家没吃的，拿去让它变粮食吧！"有了这颗金豆，家家清水锅里，都煮上了豆豆或玉米糁子。

消息像阵风一样传到财主孙敬仁的耳朵里，他硬说金豆是从他家的山坡上拣的，立逼金花交出来。金花生怕金豆被财主抢走，就把金豆噙在口中。财主让人用耙齿撬开金花的嘴，金花没有办法，就把金豆咽到肚里。

金花咽下金豆以后，通身立刻闪闪发光，这光刺得孙敬仁和他的狗腿子们连眼都睁不开了。孙敬仁一伙睁开眼时，什么也不见了，吓得只像筛糠一样打战。这时，金花突然腾空而起，飞到天上去了。

金花升天以后，就变成一颗星星。这颗星星每天早晨又明又亮地出现在东方，人们叫它启明星。看见这颗星星，人们都说金花舍不了她的家乡，舍不得她的爹妈，天天一大早便一眨一眨地睁大眼睛在张望呢！

【附注】

同名文本《启明星》，见张振犁编著《中原神话通鉴》（第四卷），郑州：河南大学出版社 2017 年版，第 1220—1222 页。原文本标注选自《洛阳的传说》。

【讲 述 者】 （无考）
【采录整理】 盛长柱
【采集时间】 （无考）
【流传地区】 河南省·洛阳市
【文本来源】 姚宝瑄主编：《中国各民族神话》（汉族），太原：书海出版社2014年版，第306—309页。
【阅读提示】 这则神话虽然说的是启明星的来历，但是又高度生活化，表达出惩恶扬善的劝世意愿。
【基本母题】 启明星；以前没有星星；人变成启明星；宝物的获得；宝葫芦；特定星星的特征

【本文编码】 《启明星》：ZCSW1094-233-022

启明星的传说

（汉族）

“启明星”的土名叫“慌忙星”，又叫“大亮星”。传说它原来并不在天的东方的。这是怎么回事呢？

相传，很久以前，天上有三颗星星，它们是同胞兄弟，经常在一起吵闹。

有一天，玉皇大帝正坐在金殿上同一些大臣和星宿一起商议事情，不知是谁突然说了一句：“陛下，近年来众星宿都对自己坐的星座不满意，想再重分星座。不知陛下意下如何？”众星宿一听，也都随声附和，都说也想重分星座。

玉皇大帝略微考虑了一下，说道：“既然大家都想重分星座，我也同意。你们都回去准备一下，明天就分。”

第二天，玉皇大帝亲自去给众星宿分星座。分到最后，就剩下这弟兄三个没分了。可是，这时候就剩下最后一个星座了。玉皇大帝没有办法，只好让它们轮着坐这个星座。

这一下可闹出事来了。本来这三兄弟就不和睦，现在又叫它们轮着坐这个星座，它们的虚荣心都很强，都想在天空上炫耀自己，一坐上那个星座就不想下来。于是它们吵闹得比以前更厉害了。

这三兄弟天天吵架的事传到了玉皇大帝的耳朵里了，玉皇大帝就问大家怎么办。

太白金星说道："陛下，你叫几个大力士把它们的星座搬到天空的东边，让它们都朝东方走，谁先到那儿谁就坐那个星座。这样，也可以考考它们的意志如何。"玉皇大帝觉得是个办法，就照太白金星的话传下了圣旨。

三兄弟接到圣旨后，老二和老三马上就朝东走去；老大呢，却觉得路途遥远，且路上还有很多困难，就没去。他到玉皇大帝那儿讨了个差使做了，也就再也不在天空上露面了。

再说那两颗星星，都以最快的速度向前行走，克服了许多困难。每克服一个困难，老二总是先总结自己是怎样战胜困难的，想到以后再遇到困难，该如何办；而老三呢，却只知道赶路，对以后的事情，根本没想。

这一天，它们正在向前走着，突然面前出现了两个水妖，拦住了去路。原来，这两个水妖早已厌烦了水底的生活，想在天空上炫耀炫耀自己。它们想先杀这两颗星星，再去坐这一个星座。

老二和老三看到两个水妖拦住了去路，同它们打了起来。可是，老三没有准备，被水妖打得手忙脚乱。最后，为保全性命，先逃回去了。老二有思想准备，它发挥了自己的长处，终于战胜了两个水妖，却也累得昏了过去。

它醒来看到躺在身边的两个水妖的尸体，非常高兴，感到胜利在望。它起来整理好了身上破烂的衣服，继续向东走去。

就为它每天都这样匆忙向东走，人们给它起了个土名叫"慌忙星"。它在和水妖打仗时，身上打破了，淌了许多血，远远望去，好像是闪闪发光的鳞片。于是，人们又给它起个名字叫"大亮星"。这就是后来的"启明星"。

【讲 述 者】 朱斯民

【采录整理】 王永

【采集时间】 （无考）

【流传地区】 江苏省·（徐州市）·新沂市·骆马湖一带

【文本来源】 姚宝瑄主编：《中国各民族神话》（汉族），太原：书海出版社2014年版，第300—302页。

【阅读提示】 这篇神话可以与《启明星、长庚星、北极星》（ZCSW1093-233-021）对比阅读。

【基本母题】 启明星的名称；三胎星；玉皇大帝；水妖；星座；启明星的特征

【本文编码】 《启明星的传说》：ZCSW1095-233-023

启明星的来历

（汉族）

从前，有个叫启明的人，是个天不怕地不怕的汉子。

一天，太阳突然不见哒。世界一片漆黑，人们非常惊慌，没有办法，只好摸黑过日子。启明气得冒火，到处打听发生这件事的根源。他走啊走啊，爬山过水，问了一处又一处，大家都不晓得。后来，他来到一栋用岩巴[①]修成的屋门前，看见一个白发苍苍的老奶奶，问道："老奶奶，太阳突然不见哒，是个么得原因呢?"老奶奶说道："是天上的一只恶狗把它吞吃了，孩子。"他又问道："那怎么才能把它弄出来呢?"老奶奶说："不容易呀，要把狗杀死，剖开它的肚子，才能弄出来呢。那狗特别凶，连天上的神仙都有些怕它。"他听了更加气愤，下狠心要杀掉天狗。老奶奶见他很勇敢，就告诉

① 岩巴：岩石。

他一些杀狗的办法。

启明回到家里，告诉父母和妻子，说："我去杀天狗。万一回不得来哒，你们就在天快亮的时候，朝东方看，看到一颗又大又亮的星子，那就是我。"说完，急急忙忙地离家走了。一路上，他遇到了好多凶猛的野兽和怪物。到了天狗歇的地方，他和天狗就打起了恶仗。打了七天七夜，不分胜败，他全身被天狗咬得血淋淋的，天狗也被他刺了几剑。又杀了三天三夜，天狗死在了他的剑下。他飞剑刺破天狗的肚皮，太阳从天狗肚里跳出来，升上了天空。看着太阳又照亮了人间，他笑了。可他流血太多，突然朝东方倒下去了。启明的妻子在家里等丈夫回来，每天天亮前坐在窗口边望着东方，等了十天，还是没见影子。第十一天清早，鸡刚叫头遍，她来到窗口一看，哎呀，那不是一颗又大又亮的星星吗？她忍不住，放声大哭起来，哭呀哭，一直哭到天亮。

后来，人们为了纪念启明，把天亮前出现在东方的那颗大星叫"启明星"。

【讲 述 者】 何兰秀（女，农民，不识字）

【采录整理】 周俊琼（中学生）采录

【采集时间】 1986年采录于桃源县

【流传地区】 湖南省·（常德市）·桃源县

【文本来源】 中国民间文学集成全国编辑委员会编：《中国民间故事集成》（湖南卷），北京：中国ISBN中心2002年版，第9页。

【阅读提示】 叙述人变成启明星的神话很多，唯独此篇将变成启明星的人命名为"启明"，可见讲述者是个明白人。

【基本母题】 黑暗的产生；狗吞太阳造成黑暗；黑暗的消除；太阳的复出；启明星的产生

【本文编码】 《启明星的来历》：ZCSW1096-233-024

牵牛星和织女星

（汉族）

天河的东南岸上，有一个漂亮的星叫牵牛星。牵牛星两边有两个不太亮的小星。叫儿女星。离牵牛星稍远的地方，有颗比较亮的星叫榴子星。天河西北岸有一颗最亮的星叫织女星，它的一边还有颗梭头星。天上为啥有这几颗星呢？这还要从地上的牛郎织女说起。

有个牛郎，从小跟着哥嫂放牛，他的嫂子总是不让他吃饱穿暖。但牛郎任凭挨饿，找野果吃，也把牛放得饱饱的。

一天，牛郎喝罢稀菜汤，刚走到坡脚，老黄牛就挣着回家。牛郎不知为啥，只好依从。回家一看，嫂子正在烙油馍吃哩！嫂子觉得难看，就骂了一顿。牛郎还没弄清咋回事哩，嫂子就把碗摔在他脸上。牛郎拉着老黄牛边走边哭，老黄牛轻轻地舔着牛郎的手臂，还瞪着眼拐回头望着他。

有一天，嫂子笑盈盈地端着一碗热气腾腾的鸡蛋花儿面条走进牛屋。她说："兄弟！以前嫂子有对不起你的地方，你别生气。眼看你也大了，我能光对你不好吗？哈！快把这碗饭吃了好去放牛。"牛郎是个老实孩儿，听到嫂子这话，把过去的气消完了，伸手去接。老黄牛挣开笼头，一下子拱掉了面条碗。把面条撒了一地。嫂子气得大骂，又在牛槽边取出了一条大棍，想使使厉害。老黄牛瞪着眼朝她扑去，她才放下棍子跑了。

牛郎把老黄牛拦住，老黄牛说起话来："牛郎啊！这面条里有毒药。你看！"牛郎一看，两只啄了面条的母鸡，扑楞几下死了。牛郎说："老黄牛，好险呀！"老黄牛说："你嫂子存心害你，你躲过初一，躲不过十五。事情到了这一步，那女人一会儿就来同你分家，她说咋分，你就说中！分家后往南走上一天，晚上就有安家处了。"

过了一会儿，嫂子真同牛郎分家来了。牛郎按老黄牛的话，听嫂子铺摆。嫂子说："老的①死时候也没留下啥财产，俺把你养活这么大。按说，你

① 老的：指父母。

净人出去就行，嫂子咋忍心呢！你哥俩总是一个奶头吊大的嘛！给你头牛总行吧！”其实，她是害怕这头牛，才把它分给牛郎。牛郎二话没说，牵着老黄牛往南走了。

走啊走啊，一直走到太阳落山，他俩来到了一个背靠大山的小村。牛郎前去借宿。村上一位老头说，山那边竹园里有两间新房子，是自己看竹竿住的，里面常闹鬼，没人敢住。黄牛点点头，牛郎就谢过老头，牵着牛进去住了。半夜，屋里有一道星光，一个身高头大的人把门踢开了。老黄牛窜上去，把那人抵倒。那人一倒，门前有了一堆银子。那个身高头大的人是看银子的山神啊！

牛郎得了银子，一半买了这两间房子，一半置了几亩地，春种秋收，过起了好日子。

一天，老黄牛对牛郎说：“你也不小了，咋不娶一个妻子过日子呀！”牛郎说：“牛大哥咋和我开起玩笑了，咱是个庄稼人，笨手笨脚的，谁跟咱？”老黄牛说：“后山大水潭，有一群仙女在洗澡，你去把潭边的一条红裙子拿在手里。”老黄牛又同他耳语一阵子，他俩就往山后走去。

来到山后潭边，真见一群年轻漂亮的姑娘在潭里玩水。潭边石板上放着一堆衣裙，牛郎拿了那件最红最鲜的裙子，躲进树丛里，又用力咳嗽了两声。那群洗澡的姑娘一听有人来，赶忙穿衣系裙，轻飘飘地离开大地，腾云走了。水池边留下一个非常俊美的姑娘，着急得大叫：“我的裙子呢，我的裙子呢？”牛郎从树林里走出来，说：“大姐，裙子在这里！”这姑娘叫织女，是王母娘的仆女，专给老天爷织绣衣裳。织女羞得满脸通红地说：“大哥，我离开了裙子，咋回家呀？”据说仙女离开了裙子，就不能起风驾云。牛郎不管这话，抱着裙子就往家跑，织女只好跟在后边。

就这样，在黄牛的说合下，牛郎和织女结了婚，成了夫妻。男耕女织，勤勤俭俭，日子非常甜蜜。牛大哥呢，整天掉泪。牛郎给他端来了绿豆汤，它连闻也不闻。牛郎急得问它是咋回事儿，老黄牛才慢吞吞地说：“我本来是天上的力神，为人间挪了几架山，触犯了天规，被贬成牛。我又让织女和你成了亲，老天爷非处死我不可。我死后，你把我的肉挂到树上喂喜鹊。它们是我的朋友。你再把我的皮剥下，做一双靴子，里边儿放一把青草，穿上就能腾云驾雾。”老黄牛说罢，长出一口气，死了。牛郎和织女痛哭不止，又烧香又烧纸，供祭一番，按照牛大哥嘱咐，把牛皮做了靴，把肉挂在树上喂喜鹊。

一晃三年。织女生了两个孩子，一男一女可喜人啦。一天，牛郎正在地里干活儿，听见轰隆隆一阵响雷，接着就起了乌云。云越来越低，连房顶上都是昏昏沉沉的。他觉得蹊跷，回家一看，王母娘娘拉着织女往外拽。织女坠着身子不走，两个孩子拽着织女的衣裙哭叫着。牛郎把锄头往地上一捣，说：“干啥呀？”王母说：“我是天上王母！从西天归来，顺路拿她服罪！”牛郎直跺脚，“不行！不行！放下她！放下她！”王母抓起织女，一阵风上天了。

牛郎想起老黄牛临死时的嘱咐，忙从屋里找出那双皮靴子穿上，身子轻得像燕子，一步迈得半空云里了。两个孩子见妈妈走了，爹也走了，就哇哇地哭得更厉害了。牛郎连忙拐回，把两个孩子放进两个篓儿里，抽根扁担一挑，脚一蹬，离开了地面，追织女去了。

追啊追啊，透过云缝儿看见了王母和织女。王母往前拉，织女向后挣，还向后望着。牛郎牙一咬，步子更大了。王母娘娘见牛郎追上来了，忙从发髻上取出一枝金簪一划，一条茫茫大河，拦住了牛郎。牛郎想从河面上跑过去，却起不来劲儿。原来他走时太慌，没顾得上往靴子里放把青草。牛郎没力气了，游过河吧，又不会游。他一急，见竹篓里放一个牛梭头，拿着就使劲朝织女扔去，牛梭头不偏不斜落在织女身边。牛郎大声哭喊：“看见梭头别忘我！”织女忙从袖子里取出织布榴子扔向牛郎，还说：“每月初七来看你！”织女的手不准，织布榴子落在离牛郎很远的地方。牛郎只顾招呼接织布榴子，把每月初七听成了七月初七了。

现在，天上的牵牛星、织女星、牛梭头星和榴子星，就是牛郎追赶织女时互相赠的物变成的。牵牛星一边儿还有两个小星星，那是织女的一双儿女呀！

【附注】

同名文本《牵牛星和织女星》，见姚宝瑄主编《中国各民族神话》（汉族），太原：书海出版社 2014 年版，第 312—315 页。

【讲 述 者】 黄发美

【采录整理】 黄正明记录，薛远增整理

【采集时间】 （无考）

【流传地区】 河南省·（南阳市）·桐柏县

【文本来源】 陶阳、钟秀编：《中国神话》（上册），北京：商务印书馆 2008 年版，第 232 235 页。原文本标注选自马卉欣主编《中国民间故事集成》中的河南桐柏县卷第一分册《神话·传说》。

【阅读提示】 这则神话具有较强的故事性，可与《牛郎星和织女星》（ZCSW1088-233-016）对比阅读，会发现部分情节不同。

【基本母题】 天河；特定星星的名称；兄弟分家；山神；仙女；人与仙女婚；王母娘娘；人变星星；特定星星的来历

【本文编码】 《牵牛星和织女星》：ZCSW1097-233-025

三胎星

（汉族）

古时候，有户人家，母亲和三个儿子：大龙、二虎、三豹，是三胞胎。

三兄弟都有本事：大龙有飞毯，可以随便飞到哪里。二虎闭上左眼，右眼可以看十万八千里。三豹会射箭，百发百中。

这年冬天，太阳不见了，天下昏昏暗暗，混混沌沌。人没法生活啦。母亲对三个儿子说："儿啊，你们把太阳找回来！"

三兄弟坐着飞毯上天去找太阳。

东寻西找，勿见太阳影子。三人商量，去向天神打听。天神说："太阳被恶龙摘去了。"

三兄弟就去找恶龙。二虎看见圆圆的太阳夹在恶龙的腋下，忙给三豹指明方向。三豹挽弓搭箭，连发二箭，射中两龙。两条恶龙痛得呀呀叫，抛下太阳逃走了。三兄弟捧起太阳，把它放到原来的地方。从此，太阳又普照大地，天下百姓又安居乐业。

为防恶龙再来，三兄弟一年到头守在太阳边。一年又一年，三兄弟就变成三胎星。

【附注】

同名文本《三胎星》，见姚宝瑄主编《中国各民族神话》（汉族），太原：书海出版社 2014 年版，第 304 页。

【讲 述 者】 胡能青（56 岁，农民，不识字）

【采录整理】 胡文态（15 岁，学生）记录

【采集时间】 1985 年采录于桥头胡

【流传地区】 浙江省·（宁波市）·宁海县·桥头胡街道

【文本来源】 中国民间文艺家协会组织编写，罗杨总主编，戴余金本卷主编：《中国民间故事丛书》（浙江·宁波·宁海卷），北京：知识产权出版社 2015 年版，第 6—7 页。

【阅读提示】 这则神话关照到了特定星星和太阳之间的相对位置关系和从属关系，反映出人们对宇宙的积极思考以及太阳在人们心目中的至高地位。

【基本母题】 三胞胎；三兄弟的本事；找太阳；斗恶龙；太阳的守护者；三胎星的产生

【本文编码】 《三胎星》：ZCSW1098-233-026

三太星的传说

（汉族）

每逢遇到晴朗的夜晚，人们仰望天空时，就会在漫天繁星中发现三颗亮晶晶的星星排在一起。它们眨着眼睛，好像在默默地回忆着什么……人们见到的这三颗排列整齐的星星是亲兄弟，称他们是“三太星”。

从前，有一家五口人，有阿爸、阿妈和三个儿子。一家人生活得很好。可是，阿妈却在一天夜里突然得病死了，扔下了丈夫和三个儿子。

自从妻子死后，丈夫一直在思念她，白天干活听见鸡叫，好像妻子在说话；夜里睡觉听见刮风，好像妻子在走路。天长日久，他就想念出病来啦。

三个儿子望着日渐消瘦的阿爸，便问：“阿爸，您有什么心里话，对我们说说吧！”阿爸看着三个儿子，说：“孩子，我就是想你阿妈呀。”三个儿子听了便对阿爸说：“阿爸，您等着吧，就是上天入地，我们也要把阿妈找回来。”

三个儿子说完就走啦。他们走呀，走呀，饿了吃点野果子，渴了喝口山泉水，困了就天当被、地当床地睡一会儿。

一天，他们来到了一条小河边，看见一个妇女正在河边洗衣服。三个孩子从后边看，这个人像阿妈；从左边看，更像阿妈；从前边看，这不就是阿妈吗？三兄弟一起扑上去说：“阿妈呀，你怎么到这里来啦？阿爸想你都要想死啦，你快回去吧！”这个女人抬起头看了看三兄弟，一甩袖子说：“谁是你们的阿妈，我根本就没有见过你们这样的儿子。”说完，她端起洗衣盆朝一座大院走去。三个儿子跟在这个女人身后，边走、边哭、边喊。

这时，从院里走出来个姑娘说：“阿妈，你就去看看吧，救人一命总是好的。”这个女人想了想说：“好吧，那我就去看看。”她把洗衣盆递给女儿，便跟着三兄弟走了。

他们走呀，走呀，不知走了多少天，这个女人的衣服刮破了，脚上走出了血泡，她实在走不动了，三兄弟轮班抬着她走。

这一天，终于到家了，三兄弟把她放在院子里，大儿子进屋去看望阿爸。不一会儿，他走出来对这个女人说："阿妈，你愿回去就回去吧，阿爸不行啦。"这个女人听了说："到了这种地步，我还怎么回去呀，我进屋去看看。"

她走进屋里，坐在炕边念道："丈夫啊丈夫，下巴快上去，眼睛快睁开，我回来啦。"

不大一会儿，丈夫睁开了眼，说道："我要水。"女人给他倒了一碗水。喝完了他又说道："我想喝粥。"女人又给她煮了粥。

慢慢地，他的病就好了起来。可是，这个女人越来越看不上三个儿子，她经常在丈夫面前说三个儿子的坏话。

天长日久，丈夫也不喜欢三个儿子了。这个女人看目的已达到，就暗地里想办法，处死三兄弟。

一天，来了个瞎子是算命先生，这个女人把他拽到屋里，对他说了害死三兄弟的办法，他听后直摇头。这个女人便吓唬他，瞎子只好点点头走了。

瞎子走后，这个女人吃了一把生豆子，喝了一大碗凉水。等丈夫回来后，她正肚子疼得在炕上打滚。丈夫急得抓耳挠腮，干着急没办法。她说："前院来了算命瞎子，你快去把他叫来。"

瞎子来后，假装掰了一会手指头说："哎呀，这样伤天害理的事情我可不能说呀。"丈夫一听急了，赶紧说："你行行好吧，就是上刀山，下火海，我也去。"

"只有吃了三个儿子的心肝才能好。"瞎子说完就走了。丈夫在屋里来回走溜，女人在炕上来回打滚。

最后，男人还是下了狠心：儿子没了，妻子还可以再生养。妻子没了，可就再也没有了。再说，这三个儿子越来越不听话了。

于是，他拿起了刀，在外间屋里磨起来。

屋里发生的一切，都被刚从地里干活回来的大儿子站在窗下听见了。这时，他走进屋里对阿爸说："阿爸，我们三人要到阿妈的坟上去看看。"阿爸想了想说："去吧，可要早点回来，我还有事呢。"

三兄弟到了阿妈的坟前放声大哭起来："阿妈呀，直到今天我们才知道，我们找回来的不是亲阿妈呀！阿妈呀，你快来救救我们吧。”三兄弟越哭越伤心。

“三兄弟，别哭了，我来帮你们的忙。”三兄弟正哭着，忽听有人喊他们，抬头一看，是一只雪白雪白的梅花鹿站在那里。“三兄弟，别哭了，你们跟我来，咱们至前边的河里去。你们三人下河里去洗个澡，上岸后每人薅一把草，搓成绳，拴在我的犄角上，走一步，跳三跳，不许松手，再回到坟前来。”

三兄弟照着梅花鹿说的话去做了。当回到坟前时，三个人都累啦。于是，他们躺在阿妈的坟前睡着了。

睡着，睡着，他们觉得手里的绳子松动了，睁开眼一看，梅花鹿和手里的草绳不见了，变成三根天梯，坟边有三块心肝。三人一商量，反正回去也是死，便扶着天梯上天了。当他们上去后往下一看，天梯不见了，梅花鹿正向他们点头呢。

再说阿爸在家里左等不见儿子回来，右等也不见儿子回来。他就来到坟前寻找。当他发现三块心肝后心里想：准是三个儿子轮流自杀，然后滚到河里去了。他拿起了三块心肝，回去对妻子说：“快吃吧，吃了病就好了。”

这个女人说：“当着你的面吃儿子的心肝，我可吃不下去呀，你出去我再吃。”

男人出去后，她拿起一块心肝往炕席底下一塞，这块心肝立即变成了一堆豆粒大的臭虫。她又拿起一块往窗外扔去，只听“嗡”的一声，这块心肝又变成一群蜜蜂子，“嗡嗡”地满院乱飞。剩下的这块实在没地方放了，拿起来塞进了裤裆里，这块心肝马上又变成了一大堆虱子。

这时，男人走进屋问道：“吃了吗？”

“吃了，吃了，这回我的病全好了。你快去外边抱柴温点水，我要洗洗澡。”

男人刚刚迈出大门坎，只觉得忽悠一下，他变成了一头牛，那群蜜蜂子“嗡”地朝他飞去。这时，又听“轰隆”一声，他们的房子变成了一个臭水坑，那个女人变成一头老母猪，整天在臭水里拱。而三兄弟呢，变成了三颗明亮的星星，每天一到晚上，眼睛总是一眨眨地望着人间，好像在向人们诉说他们的遭遇。

一直到现在，老牛还是忠实地为人们耕田种地，猪总是爱在臭水里拱。每逢晴天，总看到三颗星星并排在一起，一眨一眨地望着人间。

【讲 述 者】 史连英（女，农民）

【采录整理】 胡玉翠记录

【采集时间】 （无考）

【流传地区】 河北省·（承德市）·围场县（围场满族蒙古族自治县）

【文本来源】 中国民间文艺家协会组织编写，罗杨总主编，朱彦华本卷主编：《中国民间故事丛书》（河北·承德·围场卷），北京：知识产权出版社2014年版，第8—10页。

【阅读提示】 这是一篇故事性很强的神话作品，用细腻的语言和清晰的逻辑传达了“好人好报，恶人恶报”的道理，虽然有点宿命论的嫌疑，有时也像双刃剑，对民间劝善还是有点用处的。

【基本母题】 三太星；思念成疾；寻母；天梯；三兄弟上天；特定星星的产生

【本文编码】 《三太星的传说》：ZCSW1099-233-027

扫帚星的来历

（汉族）

古时候，中原上空常常有个扫帚星出现，使中原人吃尽了苦头。中原人无法将扫帚星除掉，因为它的老家在很远很远的地方，那里的人个子有一丈多高，手膀子足有脚盆那么粗。

有一年，皇宫里考取了一个文状元，姓刘名旻。他年轻多才，博得朝中大小官员的欢喜。朝中有几个奸臣非常妒忌，千方百计想加害于他。一日，一个奸臣在皇上面前奏道："若要除掉扫帚星，非刘旻不可。"皇上除害心切，决定让刘状元去扫除扫帚星。

圣旨降下，刘旻只带了远房的一个叔叔刘安，两匹好马，还带了些银子和武器便出发了。

三五日，他们来到一座强盗山，叔侄二人被那些大力如牛的人绑起，就要杀了做人肉包子吃。正在此时，强盗头儿的女儿金雀神来了。她见刘状元一表人才，就要状元和她结亲。状元到此时也无法了，说："只要你们放了刘安，我什么都依你。"

"那自然。把刘安放了。"金雀神说了一声，刘安真的被放了。这金雀神虽是女人，但法力无边，完全能与扫帚星相敌。如今她遇上才貌双全的刘状元，当夜便结为夫妻。她听刘状元说二人去除扫帚星，便给了刘旻一把神刀说："你二人如遇什么危险，用这刀指向我山喊三声，我自然就会知道的，到时来救你们。"

刘状元叔侄二人又出征了。不知走了多少天，走不到边。一天中午，他二人来到一所房子跟前。

"你二人从哪来到哪去?"一个老太问。

刘状元说："我是中原来的，到一个很远的国家去除扫帚星。"

老太听了一愣："你们是来除扫帚星的?我两个儿子就是扫帚星手下的两员将。他们马上就要回来。要是回来，你们就没命了。"老太接着说："我们也是中原人。只是因为战乱，才流落到这里。我两个儿子虽为扫帚星做事，可我的丈夫还是被扫帚星害死了。我们不如一块儿除了这丧门星，一块儿回中原去吧。"

刘旻二人一听，连忙说："如若这样，很好。"

三人商量好，老太叫二刘暂时避一避，两个儿子就要回来了。

大儿子一进门就高声说："娘，今日家里哪来生人味?""瞎说，是你娘舅家来人了。"老太连忙解释。

"在哪儿呢?"两个儿子问。

“在西屋里。”老太一边说一边领出二刘来，行过礼，坐下喝酒。

老太说通了两个儿子。他们一起去除扫帚星。老太叫兄弟俩连夜出去打一只大老虎回来。

第二天一早，那兄弟俩带刘旻叔侄和打到的老虎来见扫帚星。扫帚星便问：“这二人来干什么的？”

兄长说：“娘舅家来的，特来投靠大王，还带了只老虎。”

扫帚星大喜，就让人剥掉老虎皮，分块来吃。扫帚星割了块虎肉只顾往嘴里塞。

刘状元见扫帚星贪吃，用金雀神给他的神刀扎了一块虎肉献给扫帚星。等扫帚星大口一张开，那刀便像飞一样直钻进他的肚里，在里面上下翻滚。扫帚星的妻子葵花星知事不好，连忙从屋里跳出来，抱着扫帚星大哭大叫：“我们以后要过七十六年才能会一次面呢。”话音刚落，这扫帚星便死去了。

葵花星有一金龙罩的宝物，好好一个活人被扣在里面，不要半个时辰便没有了。现在，她只用眨眼工夫便将刘旻叔侄和那兄弟俩扣在宝物里面。不过，刘状元在被抓以前，早已向他老婆金雀神发出了求救。其实，金雀神一直跟在他们身边。她也有一宝物，叫做冷龙罩，这冷龙罩能降金龙罩。刘状元等四人刚被扣住，金雀神便又在外面扣上冷龙罩。这样，四个人在里面便没事了。

金雀神放出了刘旻等四个人，还带了那远走他乡的老太，一起回到中原。

从此，那扫帚星便不常飘在中原上空，而是隔七十六年才和妻子葵花星会一次面。这就是我们现在看到的扫帚星。

【讲 述 者】 管永达

【采录整理】 曾国成记录

【采集时间】 （无考）

【流传地区】 江苏省·（南通市）·如东县

【文本来源】 姚宝瑄主编：《中国各民族神话》（汉族），太原：书海出版社

2014 年版，第 336—338 页。

【阅读提示】 这则神话看似讲述了状元万里迢迢去除扫帚星的故事，实则表现了古代先人对自然天体的思考和探索，故事性和趣味性俱全。

【基本母题】 人神婚；神刀；宝物；斗法；特定星星特征的来历

【本文编码】 《扫帚星的来历》：ZCSW1100-233-028

射 日

（汉族）

远古时候，天上有十个日头，把天地间照得光堂堂。那时，人的祖宗头还都长着毛茸茸的长尾巴。伊天性勤快，做田式总随意，精气神足就压着头掘，累极了就放倒头睡。那一回伊困在人榕树下，荫凉爽快，一困眠不晓得多长久。等醒过来，哟，人好像轻快了点，一摸后庭，长尾巴没了，让白蚁群给啃掉了。好在尾巴拖着碍事，没了尾巴反倒伶俐了。

人最难熬的就是顶门上暴晒的十个日头。人的祖宗头也着实巧，伊抽来神牛的筋，砍来若木作成弓，磨利苍石簇作成箭，爬到昆仑山顶，弯弓搭箭，“嗖”，一箭射裂一个日头，一口气射裂八个日头。这八个日头碎片，迸散苍天，就变成大大小小的星斗。人的祖宗头还要开弓搭箭，射第九个日头，伊老婆送饭来叫唤：“吃事紧，做事宽，你歇歇吧。”老公把弓交给老婆，有滋有味填腹肚去了。老婆闲着，瞄着第九个日头，把强弓扯圆，只听“当”的一声弦响，一直战战兢兢的第九个日头，吓一大跳，应弦翻了个跟斗，这就变得煞白，浑身凉津津的，自此伊就变成月亮。

人的祖宗头吃饱，又要来射日头，老婆心软，见自家一声空弦也把个光朗朗的日头吓成月亮，就劝老公放个软手，让第十个日头留在天上做个种。再说没了白天，暗暮暮的不长五谷，不生禽兽，也就没了花花世界。人的祖宗头觉得婆子说得有理，就作罢了。

从此日头一出，公婆耕地，种田。月亮一上，公婆纺织，歇息。这样做像做，困像困，人就繁衍起千万子孙。

【讲 述 者】　吴兰妃

【采录整理】　刘善林

【采集时间】　1987年5月8日

【流传地区】　福建省·（宁德市）·寿宁县·大安乡·鳌阳镇

【文本来源】　姚宝瑄主编：《中国各民族神话》（汉族），太原：书海出版社2014年版，第150—151页。

【阅读提示】　这则神话在星星和月亮产生的叙事中融入了射日母题，认为星星和月亮是太阳的衍生品，体现了古代先人奇巧的想象力和朴素的自然观。

【基本母题】　十个太阳；以前的人有尾巴；射日；太阳被射变成月亮；石磨成石箭；月亮的产生；射碎的太阳变成星星

【本文编码】　《射日》：ZCSW1101-233-029

石头星和灯草星（1）

（汉族）

在天河两边，各有一颗星。一颗很亮，叫石头星；一颗有点发红，叫灯草星。据说他们是兄弟俩，只不过石头星是前娘养的，灯草星是后娘生的。

后娘溺爱自己的亲生儿子，虐待前娘留下的儿子。不论做什么事情，她总是拣轻的让自己儿子做，重的留给大儿子。

一天，后娘准备好两副担子。一副担子里装满了石头，一副担子里装满了灯草，她当着丈夫的面，把两个儿子都叫来了。

后娘指着两副担子说："儿啊，今天你们两个出劲地挑吧，把这两担东西挑到外婆家去，外婆蒸了馒头做了糕在家里等着你们呢。你们哪个先挑过河送到外婆家，外婆就给哪个先吃。"后娘指着放石头的担子对大儿子说："我不会让人说我有私心的，也不袒护自己的亲生儿子。这副担子装得少，让你老大挑。这样，我才算对得起你那个死鬼母亲。"大儿子不敢不听，明知吃亏也只好说："娘说的是，儿听娘的吩咐。"后娘又指着放灯草的副担子说："这副担子装得这么多，老二啊，你就吃点苦，给我挑吧。这样人家才不会说我欺侮你哥哥。"老二知道娘不会有苦给自己吃的，爽快地答应了。

兄弟俩挑起担子，一前一后上了路。老大挑的是石头，越挑越重，累得满头大汗。老二挑的是灯草，轻飘飘的，一点也不吃力。当他们来到河边时，忽然刮起了大风。因为老大挑的是石头，沉，所以稳稳笃笃就过了河。老二挑的是灯草，蓬松松的，风一吹，脚底下打蹿花，要往河里栽，直到今天也没能过河。

忠厚老实的老大虽然把石头挑过了河，可他不愿单独一人先到外婆家吃馒头。于是他就一直站在河那边等着弟弟。大长日久，兄弟俩化成了两颗星。

【附注】

同名文本《石头星和灯草星》，见陶阳、钟秀编《中国神话》（上册），北京：商务印书馆2008年版，第230—231页。原文本标注由翟吉稳搜集整理，流传于江苏泰州市，选自《民间文学》1986年第1期。情节相仿，文字表述略有不同。

【讲 述 者】 陈柱林

【采录整理】 韩剑钢记录

【采集时间】 1987年采录于五总文化站

【流传地区】 江苏省·南通市

【文本来源】 中国民间文艺家协会组织编写，罗杨总主编，沈志冲本卷主编：《中国民间故事丛书》（江苏·南通·通州卷），北京：知识产权出版社2016年版，第7—8页。

【阅读提示】 这则神话在情节上与《石头星和灯草星（2）》（ZCSW1103-233-031）略有相似，可对比阅读。

【基本母题】 同父异母的兄弟；人变成星星；特定星星的特征

【本文编码】 《石头星和灯草星（1）》：ZCSW1102-233-030

石头星和灯草星（2）

（汉族）

从前，有一户农家，兄弟两人同父异母。父亲早死，母亲为人刻薄，心地凶狠。平时一贯娇宠自己的亲生儿子，对前娘所生的儿子不是打就是骂。但是她的嘴却说得很甜，口口声声说对两个儿子一样看待，就这样过了十几年。

有一天，这个母亲就把两担灯草叫两个儿子挑到黄河那边去卖。但是她在大儿子的担子底下放了许多石头，想累死他，这样可将全部家产给自己的儿子独掌。

早晨，兄弟两人一人挑着石头，一个人挑着灯草上路了。弟弟挑的灯草，轻飘飘的，一点不吃力；哥哥挑的石头，沉重重的，是一步一身汗。不料到了黄河边，突然陡起狂风，此时挑着石头走，倒反而非常稳重；挑着灯草走，却非常吃力，大风刮起担子，真有千斤重。哥哥很快过了木桥到了黄河那边。而弟弟他哪天吃过这样的苦，急红了眼睛也寸步难行。哥哥过了黄河，看到弟弟还没得过来，连忙放下担子，准备过去接他。这时，弟弟已走上木桥，大风吹得他两边直晃。哥哥喊道："兄弟你不行，不要动，等我去替你挑！"话音未落，一阵大风把弟弟刮下了黄河。哥哥望着翻滚的浪花，眼泪千行，就一头扎下黄河去救弟弟。结果，兄弟两个都被大浪卷走了。

后来，他们都升上了天。哥哥变成了天上的“石头星”，弟弟变成了天上的“灯草星”，各在天上黄河的一边，隔河相望。在黄河那边的石头星闪闪发亮，是哥哥哭弟弟时充满泪花的眼睛；在黄河这边的灯草星闪着红光，是弟弟顶着狂风挑不过去而急红的眼睛。

【讲 述 者】 黄林
【采录整理】 李金祥记录
【采集时间】 1987 年 5 月 11 日采录于盐城市郊八营村村委办公室
【流传地区】 江苏省・盐城市一带
【文本来源】 姚宝瑄主编，《中国各民族神话》（汉族），太原：书海出版社 2014 年版，第 292—293 页。
【阅读提示】 这则神话同样讲述了兄弟二人历经磨难变成星星的故事，特别是有关兄弟之间的亲情，强调了人性的可贵。
【基本母题】 同父异母的兄弟；人上天；特定星星的产生；特定星星的特征来历；黄河

【本文编码】 《石头星和灯草星（2）》：ZCSW1103-233-031

太阳和星星的来历

（汉族）

早先，玉皇大帝手下有个火神，这火神有九个儿，个个都是金身火体，能发光发热。火神的九个儿在天上无事可干，就经常凑在一起耍。本来，他们一个二个的火辣辣烫人，平时都没得哪个敢碰他们一下，他们凑在一起，发出的光刺得诸神睁不开眼，发出的热烤得各路神仙躲都躲不赢，整得天庭乱糟糟的，个个叫苦连天。玉皇大帝喃，对火神又是喜欢，觉得少不了他，又是感到讨嫌，拿他硬是和尚的脑壳——没得法（发），只好睁只眼闭只眼。

这一来，火神几爷子就越更不把诸神放在眼里。

那阵，天地是混浊一片，没得白天和黑夜，后首，下界诸神上奏玉帝，请他管管这事。玉帝听了后，觉得火神几爷子在天庭无事做，天天弄些祸事摆起，搞得大伙都不得安宁，倒不如叫他们去做点事，就传下圣旨，要火神带他九个儿子下界去给人间照亮。火神本来是耍惯了的，一听喊他下界心头就不安逸，口里又不敢说，只好带起九个儿子离开了天庭。

玉帝叫火神带他的九个儿去，是想照顾他，要他们轮流值班，给人们照个亮就行了。火神的九个儿离开了天庭也不服气，只见他们麻起一张脸，就打起鬼主意来了，几个摇身一变，变成九个大火球，凑在一堆猛起发光发热。这一来就造孽了，地上的江河湖海都晒干了，花草树木都晒死完了，土地都干裂起口口。人和野东西们都烤得支不住，只有钻进山洞头不出来，渴了没水喝，饿了没东西吃，眼看都要死了。诸神见了又赶忙禀奏玉帝，请他快搭救下界生灵。

玉帝晓得是火神几爷子在捣鬼，就派后羿去查看，后羿到下界一看，觉得火神几爷子太霸道了，得好好收拾他们一下。他取出天弓神箭对准九个火球就射。火神晓得后羿利害，爬起来溜了，他的九个儿子平时在天庭横惯了的，根本不睬。后羿一箭一个，一连八箭，把八个火球射得粉碎。正准备射第九个的时候，太上老君和南极仙翁赶来了，他们老远就开喊："射不得了，射不得了，留一个给人间照亮吧！"

后羿一想也要得，就对那个火球说："看在二位大仙的面上，留下你这个孽种，给你个立功补过的机会。往后，你白天给人间照亮，晚上歇稍[①]。"就恁个，这个火球才留下来了，它就是现在的太阳。那八个火球遭射碎了，大一块细一块的在天上飘来飘去，到了晚上还看得到一点点亮，它们就是现在的星星。

【讲 述 者】 张文奎

---

① 歇稍：间歇。这里指休息。

【采录整理】 李子硕

【采集时间】 1988 年 4 月采录于巴县鱼洞镇

【流传地区】 四川省・巴县（重庆・巴南区）

【文本来源】 姚宝瑄主编：《中国各民族神话》（汉族），太原：书海出版社 2014 年版，第 207—209 页。

【阅读提示】 这则神话以射日为背景，通过射碎的太阳变成星星的叙事，既是对日常生活现象观察思考的结果，也可能反映出古代先民认为太阳和星星同源的宇宙观。

【基本母题】 玉皇大帝；火神；火神有九个儿子；神性人物的特征；天神下凡；干旱；后羿射日；射碎太阳变成星星

【本文编码】 《太阳和星星的来历》：ZCSW1104-233-032

挑灯草星与挑石头星

（汉族）

据说，很久以前，天上银河边有一户人家，兄弟两人，还有一个老母亲。老大因是前娘养的，所以总是吃不饱、穿不暖，重活、脏活由他做；老二是后娘养的，所以吃得好、穿得暖，只做点轻生活。老大做生活吃力了，想起亲娘，眼泪就像泉水一样流了出来，但又不能让后娘看到，否则，又要遭到毒打。

一年天旱，地里的庄稼都干枯了，后娘听说河对面风调雨顺，就叫兄弟俩过河去谋生。她准备了两副担子，一副装的是石头，叫老大挑；另一副担子装的是又轻又软的灯草，让细皮嫩肉的亲生儿子挑。一天，兄弟俩挑着担子刚想过河，突然河面上吹来一阵大风。老大因挑的是石头，分量重，没被大风吹倒，凭着重量，一下子荡过了河。而老二挑的是灯草，分量轻，被大风吹了回来，他不死心，仍想过河，又被吹了回来。这样，他不知荡了多少遍，跨了多少年，还是没能过河。

老大到了河对岸以后，勤耕勤种，不久就吃上了白米饭；而老二过不了河，只能在河边吃麦粞饭。好心的哥哥常常来到河边，等啊，等啊，一直等到现在。

从此，每到夜晚，人们都能看到银河边上有两颗星，他们就把河对岸的老大称为挑石头星，把河这边的老二叫作挑灯草星。

【讲 述 者】 蔡三宝（女，76岁，农民，不识字）

【采录整理】 徐其林（41岁，商业职工，初中）记录

【采集时间】 1987年采录于罗店镇

【流传地区】 上海市·（宝山区）·罗店镇

【文本来源】 中国民间文艺家协会组织编写，罗杨总主编，徐安伟、李楠本卷主编：《中国民间故事丛书》（上海·宝山卷），北京：知识产权出版社2016年版，第4—5页。

【阅读提示】 这则神话可与《扁担星》（ZCSW1078-233-006）对比阅读，在相似中发现不同。

【基本母题】 同父异母兄弟；银河；干旱；星星的名称；特定星星的产生

【本文编码】 《挑灯草星与挑石头星》：ZCSW1105-233-033

天河的来历

（汉族）

天上原本没得河，是啷个又有了河喃？这跟织女星有关。

织女星在天上算得上是个年轻漂亮的仙女，她在天上管纺纱织布，有个牵牛星把她看中了，只是找不到机会跟她接近。后来，牵牛星找天牛星帮忙牵线搭桥。天牛星是个热心肠，就想方设法给他们找见面的机会。正好遇到

王母娘娘要开蟠桃会，请了各路神仙在瑶池赴宴，天牛星见机会来了，就出主意约牵牛星和织女星在蟠桃园相会。哪晓得牵牛星跟天牛星刚走进蟠桃园，守园的土地爷就把他们看到了，他二话没说就禀报了王母娘娘。王母娘娘一听牵牛星和天牛星偷进蟠桃园，晓得不是好事，跟玉帝一说，就把他俩打下凡间，牵牛星变成牛郎，天牛星变成一头牛。

织女星听说牵牛、天牛二星被玉帝打下凡间，晓得是为她遭的，心头很难过。她在天上天天想他们两个，担心他们在凡间受苦受难，弄得茶不思饭不想瞌睡睡不着，人也瘦了。

过了一段时间，织女星实在受不了这种折磨，就起了私下凡间的念头，想到凡间去找牵牛星和天牛星，设法报答他们。她趁守南天门的土地打瞌睡的时候，偷偷下了凡。

织女星来到凡间，一连找了好多天都没找到他们两个。这天，她来到一座山上，那正是晌午的时候，天气有点热。她见山上有座天池，池头的水清清亮亮，绿油油的，团转又没得人，就脱个光条条下水洗了起来。

再说，那牛郎牵起牛在犁田，看到快吃晌午饭了，就打主意把牛牵回去。哪晓得那头平时服服帖帖的牛，今天不晓得哪股水发了，又板又跳，甩起个脑壳朝山上蹿，牛郎牵都牵不住，只得跟到它后面。原来，天牛星变成牛过后，灵性还在，它晓得今天织女星来这里找他们，它唧个不板嘛！它把牛郎引到天池边边，一嘴巴把织女星的衣服咬住送到牛郎怀里，牛郎接住衣服还没搞醒豁是唧个回事，就觉得一股香气直冲鼻子，再一看，池中一个女娃儿在洗澡。你想，他被打下凡间住在这深山老林里，哪见过这样漂亮的女娃儿，搞得两眼瞪瞪地站在那里看神了。织女星安安逸逸地洗完了澡，正默到上岸穿衣服，一见岸上站个小伙子，怀里抱着她的衣服，两眼死死盯着她，满脸就羞得通红，想施点法术把他打下池中淹死。这时，那牛哞呀哞地叫了几声，织女星一听明白了，晓得他们俩就是自己日夜思念，要想找的牵牛星和天牛星，她再也顾不得羞了，急忙爬上岸来，一把夺过衣服，边穿边默：自己偷下凡间违犯了天条，反正回去也要责备，现在朝思暮想的牵牛星已经找到了，虽已失去仙性，变成凡人了，不过人还是忠厚老实的，不如就跟他一起过，还他这个情分。织女星穿好衣服，见牛郎还是憨痴痴地站在那里，就说："你这个人好怪哟，看别个女娃儿洗澡，羞不羞哟！"

恁个一说，牛郎才回过神来，脸红迄颈子根，赶忙下礼告罪："哎呀，大姐，小的一时糊涂，多有得罪，真是罪该万死！"织女星麻下脸来又说："没得恁个撇脱[①]，你把别个周身上下都看交了，别个是清白女子，啷个有脸去见人嘛！"

牛郎听她恁个一说，更觉得自己失了礼，"我我我"的一时说不出话来。

"你你你，你说啷个办嘛！"织女星见牛郎那个样子，心头暗自好笑，嘴里却扭住不放。

牛郎急得满头大汗，赶忙说："我平时多守本分，今天不晓得啷个鬼使神差地跑到这堂，一见到大姐就失了魂。我对不起大姐，情愿受罚，随便啷个罚我都要得。"

织女星见火候差不多了，说："你愿受罚也要得，我就罚你在这里跟我成亲，再把我引回屋去。"

牛郎一听，一双手直摆："要不得，要不得！小的孤身一人，只得一间茅草房，整天靠打柴种田为生，黑了只得这头牛做伴，家境实在贫寒，大姐跟到我只有吃苦受罪。要不得！"牛郎恁个一说，织女星"哇"的一声就哭起来，连路哭连路说："小女命好苦哟，父母死得早不说，兄弟姐妹也没得一个。平日受人欺还好说，今天在这里洗澡，不晓得从哪里堂跑来个野小子看别个，让人家啷个有脸去见人哟！我没法活了，不如死在这里算了！"说完就要往天池里头跳。

牛郎一见要出人命，上前一把拖住织女，劝道：

"大姐莫哭，都怪小的不好。只要你愿意跟我吃苦，我答应你就是。只是这成亲总得有个媒人才要得。"

织女听了赶忙说："你硬是个死心眼，还要上哪里去找媒人，这牛不就是现成的媒人嘛！"说也怪，那头牛连路点头连路叫了起来。

---

① 撇脱：容易。

就这样，两个面对青山，以牛为媒，拜了天地结为夫妻。

成亲过后，牛郎照样打柴种田，织女纺纱织布，日子虽清寒，两个你恩我爱，过得还是美满祥和。过了三年，织女生了一男一女，两个娃儿都长得又乖又胖。牛郎正在心满意足的时候，一天，他从山上打柴回来，见织女在屋头正搂着一对娃儿悲悲惨惨哭成了个泪人，赶忙跨进去问为啥子。织女忍住悲痛对牛郎说：

“牛郎，你不晓得哟，我是天上的织女星，你原本是天上的牵牛星，那头牛原是天牛星，你在天上对我就好，想要见我，天牛星帮你约我在蟠桃园相会，谁知遭王母娘娘晓得了，向玉帝告了。这样，才把你两个打下凡间。我为找你们两个私自下凡，同你结为夫妻，就是为了报答你对我有情意。现在，遭王母娘娘晓得了，马上要派人来捉我回去。牛郎啊，你我恩爱夫妻就要分别，我唧个舍得嘛!”说完又哭了起来。

牛郎一听，急得发昏，抱住织女喊：“你不能走，我不让你走!”

织女听了苦笑说：“你不要说傻话了。我把这把天梭给你，我回天上后，你可用这把天梭带着娃儿上天来看我。只要我不死，我们夫妻总会有见面之日的。”织女刚刚把话说完，只听得窗外“轰”的一声打了个大炸雷，牛郎一看，屋内的织女已经不见了。

织女被捉回天庭，牛郎这里啥都不顾了，赶忙找了一挑箩篼，一头装上一个娃儿，拿起天梭挑起娃儿也飞上天朝南天门追去。

再说，王母娘娘派人捉回织女正在审问，守南天门的土地又来报：“牵牛星担起娃儿追上天来了，眼看就要拢南天门了！请问娘娘唧个办?”王母一听，打了个抿笑：“莫来头!”说完，取下头上的金簪朝天上恁个一划，南天门外出现了一条滚滚的天河，将牛郎隔在对岸。牛郎在天河岸边转来转去，没得办法过河，两个娃儿坐在箩篼头又是哭又是叫，要他们的妈妈。织女听了痛得钻心，跪在王母娘娘面前求她发发善心。她哭着说：“娘娘啊，你开开恩吧！你都是有儿有女的人，让我们母子、夫妻见上一面吧。”王母娘娘的七个女儿，见织女哭得实在丧德，也帮她讲情。说老实话，王母娘娘那七个女儿，都有过见不得人的事，张四姐、张七妹哪个没偷下过凡间？王母娘娘怕把事情搞僵了织女要横揭她的短处，就说："好，看在你们母子的份儿上，每年七月七日你们就在天河上见一面，到时候由喜鹊给你们搭座桥，你们就在鹊桥相会。往后要守天规，再犯决不轻饶！"

就这样，天上有了天河，每年七月七日牛郎和织女相会一次。到那天，你就看不到喜鹊，它们都跑到天河那里去为牛郎织女搭桥去了。

【讲 述 者】 张文奎

【采录整理】 李子硕

【采集时间】 1988年4月采录于巴县鱼洞镇

【流传地区】 四川省·巴县（今重庆市·巴南区）

【文本来源】 姚宝瑄主编：《中国各民族神话》（汉族），太原：书海出版社2014年版，第77—81页。

【阅读提示】 这则神话文本在叙事风格上保留了神话讲述者原生态的语言表达，生动有趣，情节动人。

【基本母题】 织女星；仙女；牵牛星；王母娘娘；瑶池；土地爷；天牛星；仙女下凡；人与仙女婚；南天门；天河的来历

【本文编码】 《天河的来历》：ZCSW1106-233-034

天上为什么会有星星

（汉族）

相传，有次天兵天将们在一块儿谈笑，有两位大将要比武，说着他俩就打起来啦。一直打到晚上还不散，其他天将只好在旁边陪着看。这两位大将一时打得难分胜败，越打越不分手，神将们劝也劝不住。只听"轰隆隆"一声响，把神将们吓了一大跳。一看，啊！天破了。他们大声叫嚷起来，吓得乱跑。这时，王母娘娘听到喊声，领上仙女，拿着钉子，赶紧修补起来。不一会儿，就钉修好了，这才保住了大家的性命。从此，他们再也不敢打着耍了。

天没有塌下来，是王母娘娘和仙女用钉子钉住了，但钉帽子露在天外边。天亮时看不见，天黑月光一照，钉帽子就闪闪发光。这就是天上的星星。

【讲 述 者】 邵富贵（男，65岁，海原县高崖乡农民，小学）

【采录整理】 邵淑霞、李峰（教师，中专）采录

【采集时间】 1986年10月采录于海原县高崖乡

【流传地区】 宁夏回族自治区·（中卫市）·海原县·高崖乡

【文本来源】 中国民间文学集成全国编辑委员会编：《中国民间故事集成》（宁夏卷），北京：中国ISBN中心1999年版，第21页。

【阅读提示】 这则神话中描述的钉子变作星星，是神话与生活映象的完美结合。

【基本母题】 天兵天将；天洞；王母娘娘；补天；补天的材料；星星的产生

【本文编码】 《天上为什么会有星星》：ZCSW1107-233-035

王母娘娘的两个儿子

（汉族）

相传很久很久以前，天上的王母娘娘有两个儿子，大儿子是她亲生的，二儿子是她拾来的。她对待二儿子非常凶狠，每天都叫他干很多的活，而且还经常打他，让他挨饿。可怜的二儿子没有办法，只好忍着这难以忍受的痛苦。哪叫他是拾来的呢！有一天，王母娘娘把他们两个儿子叫到跟前，对他们俩说："我这里有两件东西，希望你们送到天王大帝那里去，谁也不能违背我的命令。"于是她把两件东西拿了出来。一件是一担食盐，另一件是一担海绵。心怀诡计的王母娘娘便叫二儿子挑食盐，大儿子挑海绵。二儿子感到非常气愤，也不好说，只好跟老大一起上路。

走着走着，他们来到天河，大儿子就先下了天河，准备趟过去，万万没有想到，海绵一遇到水便吸足水往下沉，任凭他怎么挣扎，不能上岸，因此便待在天河里。这里，二儿子下了天河，他也没想到食盐一遇到水便溶化了，越挑越轻。他很顺利地趟过这条天河，到达了对岸。那老大呢，上不了岸，永远待在天河里。

后来到夜晚的时候，人们只要抬头望去，就会发现在东南边的天边上出现两颗明亮的星星，它们之间隔着一段距离，那就是人们所传说的王母娘娘两个儿子的化身。

【讲 述 者】 段清兰

【采录整理】 王红记录

【采集时间】 1987年12月采录于林山红星村

【流传地区】 江苏省·（南京市）·江浦县（今已撤并为浦口区）

【文本来源】 姚宝瑄主编：《中国各民族神话》（汉族），太原：书海出版社2014年版，第291页。

【阅读提示】 这则神话将后娘考验的故事情节安插在王母娘娘和两个儿子的身上，可与《扁担星》（ZCSW1078-233-006）对比阅读。

【基本母题】 王母娘娘；天河；王母娘娘的两个儿子；特定星星的产生；特定星星的特征

【本文编码】 《王母娘娘的两个儿子》：ZCSW1108-233-036

吴刚砍树

（汉族）

很久很久以前，月宫造得比皇帝金銮殿还讲究呢，可惜没一株树。这一天，王母娘娘和嫦娥姑娘来到月宫，一见，就想种树作纪念。种几棵呢？每人一棵。种什么树？桂花树。因为桂花清香，叫人闻了舒服。

树种下后，王母娘娘和嫦娥姑娘倒吵起来了。为什么？两人都说自己种的树快长快大，将来长得高。真是讨饭人都讲自己的米白，争来争去没个完。最后，两个人打起赌来：将来谁种的树长得慢，就罚谁留月宫里守树。

时间过得也真快，一千年后，王母娘娘和嫦娥姑娘又来到月宫。一看，王母娘娘种的桂花树，长得又高又大，一树花朵飘清香；嫦娥种的桂花树呢？连个影子都没。原来王母娘娘法力大，做了手脚：剪掉嫦娥种的树根，接到自己的那株树根上。这样，王母娘娘种的桂花树有两株树的树根了，也就长得特别快，特别高。

嫦娥输了，只好留在月宫上看树。不过，她心里不服气，就叫佣人吴刚去砍掉王母娘娘种的桂花树。哪晓得王母娘娘早料到这一手，在桂花树上施了法术。吴刚举斧砍第二斧时，第一斧的痕就没了；砍第三斧时，第二斧的痕又没了。吴刚使尽力气，还动不了桂花树的一层皮。嫦娥气昏了，要吴刚非把那株树砍倒不可。

这下可苦了吴刚，只好日也砍，夜也砍，一年又一年，砍着这株永远砍不倒的桂花树。不相信吗？你看，天上一颗一颗闪光的流星，就是吴刚砍树时溅出来的火星呢！

【讲 述 者】 季遇地

【采录整理】 季成锋记录，夏克旭整理

【采集时间】 1987 年 6 月 18 日

【流传地区】 浙江省·（温州市）·文成县·大峃区（镇）一带

【文本来源】 姚宝瑄主编：《中国各民族神话》（汉族），太原：书海出版社 2014 年版，第 281—282 页。

【阅读提示】 这则神话和吴刚伐桂的民间传说巧妙结合在一起，把老生常谈的话题翻出新意。

【基本母题】 月宫；王母娘娘；嫦娥；月亮中的桂树；吴刚伐桂；流星的产生

【本文编码】 《吴刚砍树》：ZCSW1109-233-037

仙女化星星

（汉族）

星星总是在夜上出来，白天就无踪无影见不到它，什么缘故呢？

传说，有一次，一个仙女在天上熬不住寂寞，过不惯清静的日子，她思念凡间，便偷偷来到人间，与一个凡人结为夫妻。同房不久，男的病了，神仙送来一瓶药，叫她和丈夫两人分着吃。仙女先尝了一下，觉得味道上口好吃，越吃越要，不知不觉像捻豆子般的一个一个全吃进了肚里。刚吃完，身子觉得轻飘飘，像要飘起来的样子。不久，真的慢慢飞上了天空，化成亮晶晶的星星。

她真后悔，不该贪吃，对不起丈夫，她白天不好意思出来，只有躲到晚上偷看自己的丈夫，看了一下，闭一下眼，回想一会儿，有时还痛苦地摇摇头。

仙女成了星星，就再也回不到人间。

【讲 述 者】 陈小毛（男，40 岁，南丰县农民，初中）

【采录整理】 储小萍采录

【采集时间】 1986 年 10 月采录于南丰县白舍陈小毛家中

【流传地区】 江西省·（抚州市）·南丰县·白舍（白舍镇）

【文本来源】 中国民间文学集成全国编辑委员会编：《中国民间故事集成》（江西卷），北京：中国 ISBN 中心 2002 年版，第 6 页。

【阅读提示】 本则神话由天女下凡、人仙结婚等母题构成，亮点是仙女与人结为夫妻，与《牛郎织女》《天仙配》有异曲同工之妙。

【基本母题】 仙女下凡；仙女与人结为夫妻；升天药；仙女变成星星

【本文编码】 《仙女化星星》：ZCSW1110-233-038

星星的来历

（汉族）

早先，天地混浊一片，没得白天和黑夜。后来，下界诸神上奏玉帝，请他管管这事。玉帝听了后，觉得火神在天庭无事做，不如叫他去做点事，于是传下圣旨，要他带九个儿子下界去给人间照亮。火神本来是耍惯了的，一听喊他下界心头就不安逸，口里又不敢说，只好带起九个儿子离开了天庭。

火神的九个儿子离开天庭后，就打起鬼主意来了。他们摇身一变，变成九个大火球，凑在一堆猛起发光发热。这一来，地上的江河湖海遭晒干了，花草树木遭晒死完了，土地都干裂起口口。人和动物遭烤得支不住，只有钻进山洞头不出来，渴了没水喝，饿了没东西吃，眼看都要死了。诸神见了赶忙禀奏玉帝，请他快搭救下界生灵。

玉帝晓得是火神几爷子在捣鬼，就派后羿去查看。后羿到下界一看，觉得火神几爷子太霸道了。他取出天弓神箭，对准九个火球就射。火神晓得后羿厉害，爬起来跑了。他的九个儿子，平时在天庭横惯了的，根本不睬。后羿一箭一个，一连八箭，把八个火球射得粉碎。正要射第九个的时候，太上老君赶来了，他老远就开喊："射不得了，射不得了，留一个给人间照亮吧!"

后羿一想也要得，就对那个火球说："看在老君面上，留下你这个孽种，给你个立功补过的机会。往后，你白天给人间照亮，晚上歇稍。"就这样，这个火球才留下来了，它就是现在的太阳。那八个火球遭射碎了，一块一块地在天上飘来飘去，它们就是现在的星星。

【讲 述 者】 张文奎（男，44岁，巴县土主乡伏善村农民，高中）

【采录整理】 李子硕（男，56岁，巴县文化馆干部，高中）采录

【采集时间】 1988年4月采录于巴县鱼洞镇

【流传地区】 四川省·巴县（今重庆市·巴南区）·鱼洞镇（鱼洞街道）

【文本来源】 中国民间文学集成全国编辑委员会编：《中国民间故事集成》

（四川卷·上），北京：中国ISBN中心1998年版，第33页。

【阅读提示】 这则神话与《太阳和星星的来历》（ZCSW1104-233-032）情节相似，语言表述有些不同，细心的人空闲时候可以耐心比一比。

【基本母题】 以前天地一片浑浊；火神有九个儿子；天神下凡；天庭；玉帝；干旱；射日；星星的产生

【本文编码】 《星星的来历》：ZCSW1111-233-039

星星的由来

（汉族）

在很久以前，天上只有月亮和太阳。到了夜晚，如果月亮不出来，大地上一片漆黑，什么也看不见。那后来怎么有星星了呢？

传说早先有一位老人，从小就想在天上挂一些灯，照亮大地，可是想不出什么办法。老人有九个儿子，他们的胆子非常大，长得又很结实，还很聪明。

有一天夜晚，天上的月亮没有出来，外面黑得吓人。他便把儿子们叫到跟前，看了看，对他们说："我今天上山砍柴，把柴刀丢在山上，你们现在帮我找回来，好吗？"儿子们一齐回答说："天这么黑，怎么能找到呢？"老人紧接着说："天这么黑，为了能把柴刀找回来，为了使人们到了夜晚能看见东西，你们想一想，应该做什么呢？"这时，儿子们才明白父亲的用意，都同时走了出去。

过了很多天，也是在一个漆黑的夜晚，他们都回来了，带来了很多闪闪发光的珍珠，把老人的屋子照得像白天一样亮，他们还在这个夜晚找回了老人的柴刀。老人将他们叫到跟前，说："你们带回了这么多的宝石、珍珠，都是好孩子。现在没有你们的事了，把珍珠留下，你们去吧！"老人的儿子们都很奇怪，没有走。老人见他们没有走，就对他们说，他有办法使大地变得更亮的。

就在当天晚上，老人带上珍珠来到了松林里。松林里的仙鹤看到老人身上珍珠散发出来的光亮，就来到老人身旁。

老人将珍珠放在仙鹤身上，自己也骑上了一只仙鹤，飞上了天。刚到天边，珍珠便化做了星星，老人自己也变成了一颗星星。老人变的星星叫老人星，又叫启明星。

【讲 述 者】 刘国文

【采录整理】 刘玉双

【采集时间】 （无考）

【流传地区】 辽宁省·（沈阳市）·新民（新民市）北部地区

【文本来源】 姚宝瑄主编：《中国各民族神话》（汉族），太原：书海出版社2014年版，第289—290页。

【阅读提示】 这则神话包含了人变星星和物变星星的双重母题，并借由仙鹤和松林作为沟通天地的媒介，体现出仙鹤之类传统文化符号在神话叙事中的关联作用。

【基本母题】 以前没有星星；仙鹤；珍珠；人变成星星；珍珠变成星星；启明星

【本文编码】 《星星的由来》：ZCSW1112-233-040

寻太阳

（汉族）

很早很早以前，在西湖边的宝石山脚下，有个小村庄。村里住着一对年轻的夫妻，男的叫刘春，女的叫慧娘，男耕女织，勤勤俭俭，日子过得很甜蜜。前后村的乡亲们都夸他们是一对好夫妻。

有一天早晨，东方现出一片朝霞，通红通红的太阳升起来啦。刘春背起锄头，下田地去干活，慧娘也理好丝，坐到布机上去织锦。这时候，忽地刮起一阵狂风，天上黑云滚滚，刚升起的太阳一下又缩回去啦。

从此，太阳就不再升起来了。没有太阳，真是又黑又冷，树叶不绿了，花朵不红了，庄稼不长了，所有的妖魔鬼怪，都趁着黑暗，来到人间行凶作恶。这样的日子怎么过呀？人人都发起愁来。

太阳哪儿去了呢？只有那一百八十岁的老公公才知道。他说，东海底下有个魔王，魔王领着许多小妖，这些妖魔鬼怪最怕太阳，太阳一定是给这个魔王抢去了。

刘春看见大伙在黑天黑地里过日子，心里很难过，他天天摸着黑，走前村串后村，挨家挨户地去问寒问暖。他走到这家，这家说："刘春呀，没有了太阳，我们快要冻死啦！"他串到那家，那家说："刘春呀，我们没有了太阳，大家都快饿死啦！"刘春听了这些话，心里像被刀子割了一样难过。他回到家里，对慧娘说："慧娘呀，世上没有太阳，人们都快要冻死饿死了，我打算去把太阳寻回来！"慧娘听了，想了想说："你要去就去吧，我不留你。家里的事你不用牵挂，只要你能把太阳寻回来，大家就有好日子过啦。"

慧娘从自己头上剪下一绺长发，和在麻丝里打成一双草鞋，又缝了一件厚厚的棉袄，给刘春带着。她把丈夫送到门口，忽见天边金光一闪，远远地飞来一只金凤凰，落到刘春的肩膀上。刘春抚摸着金凤凰说："金凤凰呀金凤凰，跟我一道去寻太阳吧！"金凤凰转了转眼睛，点了点头。刘春又拉住慧娘说："慧娘呀，寻不到太阳我就不回来。即使死在路上，我也要变成一颗明亮的星星，给下一代寻太阳的人指引道路！"

刘春带着金凤凰走了。已经有了身孕的慧娘天天摸着黑，爬到宝石山顶上眺望。盼呀，望呀，不知道盼了多少日子，可是世上还是墨黑墨黑的，不见一丝阳光。有一回，慧娘忽然看见一颗亮晶晶的星星，飞起来挂在天空上，过了不多时，金凤凰飞回来了，垂着头停在她的脚边。慧娘一看，就知道刘春死在路上了，她心里一阵难过，不觉昏倒在地上。

慧娘醒来的时候，不料已经分娩了。这婴儿见风就长，一阵风吹来，就会说话啦；二阵风吹来，就会跑路啦；三阵风吹来，就长成一丈八尺高的彪形大汉啦。慧娘见了真是欢喜极了！她给孩子取个名字，叫做“宝俶”。

慧娘领了宝俶回家，望望儿子，想起丈夫，不觉扑簌簌地掉下眼泪来。宝俶见了就问：“妈妈，你为什么哭呀?”慧娘忍不住悲痛，就把他阿爸寻太阳死在路上的事儿讲给他听。宝俶听了，就说：“妈妈，让我去把太阳寻回来吧。”慧娘看看儿子，舍不得离开。但又想到世上没有太阳，人们都在受苦受难，总要有个出头日子才好。想到这里，就点点头答应了。

慧娘又从头上剪下一绺长发，和着麻丝打成一双草鞋，再缝上一件棉袄让宝俶穿上。宝俶走到门口，那只光灿灿的金凤凰又飞来了，停在他的肩膀上。慧娘指着天上那颗亮晶晶的星星，对宝俶说：“儿呀，那颗星星是你阿爸死后变的，你只要朝着它指引的方向走，就不会走错路。”宝俶点点头，慧娘又指着金凤凰对宝俶说：“这只金凤凰曾陪伴你阿爸去寻找太阳，你还是跟它一道去吧!”宝俶点点头，说：“妈妈，我走后，不论时间过多久，你千万不要伤心呀！你要是一伤心，我的心就会颤抖起来，再也没有力气去寻太阳了!”

前村后村的人听说宝俶要去寻太阳，都赶来送行。有的送衣裳有的送干粮，一直把宝俶送出好远好远。

宝俶带着金凤凰，寻太阳去了。一路上，他不顾黑暗和寒冷，朝着东方那颗明星一股劲地往前走。走呀走呀，他拐过一弯又一弯，翻过一山又一山，攀上了十八层陡壁，越过了十九道悬崖，荆棘把他的棉袄扯成布条条，刺柴把他身上划了许多血道道，棉袄越来越破，天气越来越冷。一天宝俶走进一座村庄，村里的人见来了个远客，都围上来问他：“孩子，你要往哪儿去呀?”宝俶说：“我寻太阳去!”大家听说有人要去寻太阳，都很高兴，千叮咛万嘱咐，叫他一路上多加小心。人们看见宝俶身上的棉袄很破烂，挡不住风寒，于是每人就剪下自己的一块衣角，缝成一件“百家衣”送给他。宝俶穿上这件“百家衣”，从心眼里感到暖和，他辞别乡亲们，继续上路。

宝俶不停地往前走，走呀走呀，他游过一河又一河，涉过一滩又一滩。

一天，他来到一条大河边。这条大河一眼望不到边际，就是老鹰也飞不过去，河里的水又旋又急，跟房子一样的大石头也会被它冲跑！勇敢的宝俶，一跃跳进大河，咬紧牙，屏住气，使劲地朝对岸游。水浪没头没脑地打他，旋涡把他卷来卷去，可是宝俶还是使劲地游。游呀游呀，眼看就要游到对岸了，忽然一阵寒风吹来，河水全部结成了冰，宝俶给冻在河当中，金凤凰也冻死在冰上了。

宝俶穿着“百家衣”，再寒冷也冻不死他！他身上的热气把身边的冰融化了，他先把金凤凰紧紧地抱在怀里，然后捏紧拳头，使劲往冰上一砸，“哗啦”一声，满河的冰都裂成块块啦。河底的水一下子涌上来，卷着冰块向宝俶冲来。宝俶赶快跳上一块冰，接着从这块冰跳到那块冰，终于跳上河岸。宝俶怀里的金凤凰得到他身上的热气，也活过来了。

宝俶过了冰河，又进了一个村庄，村里的人把宝俶围住，大家听说他是去寻太阳的，都很高兴；又听说他在路上经受了许多困难，心里更是尊敬。有一个白胡子老人说：“孩子呀，自从没有了太阳，我们的日子一天难似一天，实在没有东西送给你了。我看每人送你一把泥土吧！这是我们世世代代的祖先用汗水浇过的，你带上它会有用处的。”老人拿来一只布袋，全村人每人抓起一把泥土放进口袋里，装满了一袋，送给宝俶。

宝俶背起这袋泥土，继续朝着东方那颗亮晶晶的星星走去。走呀，走呀，他翻过九十九座大山，游过九十九条大河，走到一个三岔路口。宝俶不知走哪条路才好，正在犯愁，路边走过来一个老婆婆。老婆婆问宝俶：“孩子，你要往哪儿去呀?”宝俶说：“我去寻太阳!”老婆婆说：“寻太阳的路还远得很哩！我劝你还是趁早回家去吧!”宝俶说：“不管路有多远，不管路上多么艰难，我一定要把太阳寻回来。寻不到太阳决不回家!”老婆婆听了他的话，就朝右边的路一指，说：“你顺着这条路走，就能寻到太阳了。前面不远有一个村庄，你进去歇一会儿再走吧。”宝俶和老婆婆说话的时候，金凤凰拼命地朝老婆婆扑去，用翅膀扑她的头，用爪子抓她的脸，还用喙子啄她的眼睛。宝俶以为金凤凰是见了生人的缘故，就把金凤凰赶开，谢过老婆婆，往右边的路上走去了。

宝俶上了路，金凤凰又飞到他面前拦住他，不让他走。宝俶又把它赶开，大步向前走去。这条路越走越平坦，没有风沙，没有荆棘，没有陡壁，也没有悬崖。宝俶觉得有些奇怪。他走了不多一会，走进一个村庄。这村庄里的房子都很高大，男人长得很肥胖，女人都很窈窕。村里人听说他是寻太阳去的，都乐得围住他又跳又笑，一齐向他伸出大拇指，夸他是英雄，称他是好汉。一时，东家提酒，西家端菜，男的拉，女的扯，要请宝俶吃喝。宝俶心里疑惑了，他一路行来，所见的村庄都是破破烂烂的，所见的乡亲们都是受冻挨饿的，为什么这里的人过得这么好呢？他正端着酒出神，猛不防金凤凰飞到头顶上，“啪啦”一声，把一只草鞋摔进他端着的酒碗里。草鞋掉进酒碗，马上就“呼呼”地着起来。宝俶仔细一看，这草鞋和他脚上穿的一样，也是头发和麻丝打的，他立刻认出这是他阿爸寻太阳时穿过的草鞋！宝俶一下子全明白了，他把酒碗往地上使劲一摔，朝旁边那条路走去。

妖魔知道宝俶要寻太阳，就变成许多大山，挡在路上，宝俶没理会这些都翻过来了。妖魔又变出无数条大河，宝俶也都游过来了。妖魔想把宝俶冻死在冰河里，没有成功；想把他骗进迷魂村去害死，也没有成功。他们害怕极了，就一窝蜂地拥到宝石山下，来纠缠慧娘，骗说宝俶摔死在悬崖上，又说宝俶淹死在大河里。他们用尽各种方法，想使慧娘伤心掉泪，使宝俶没有力气再去寻找太阳，可是慧娘听也不听，她紧紧咬住牙，不让自己掉下一滴眼泪来。

慧娘自从宝俶走了以后，无时无刻不在盼望儿子寻到太阳，早些回来。她每天都和乡亲们到山顶上向东眺望，每次都要搬一块大石头垫脚，好让自己站得更高一点，看得更远一点。盼呀盼呀，望呀望呀，不知过了多少个月，过了几个年头，慧娘脚下的石头，已经叠成了一座高高的石台，但是天空还是墨黑墨黑的。

宝俶一直往前走，他到底翻过多少座高山，记不清了；渡过多少条大河，数不清了。一天，他翻越过一座半天高的大山，听见远处有“哗啦、哗啦”的声音，仔细一看，原来他已经来到东洋大海。宝俶走近海边，只见一片汪洋，那么大的海洋，谁知道太阳在哪儿？又怎么渡过去呢？宝俶站在海边想呀想呀，忽地记起路上乡亲们送给他的那袋泥土来了。于是他解开口袋，把泥土往海上撒去，一阵狂风吹过，海上立刻出现了许多大大小小的岛屿。宝俶高兴极了，跳进海里，游过一岛又一岛，往大海中间游去。游呀游呀，寻呀寻呀，他游到很远很远的一个地方，寻到顶深顶深的海底，看见一个大岩洞——太阳就被魔王藏在这个大岩洞里。

宝俶游到岩洞口，见魔王率领着大小妖魔，已在那里摆开阵势等着他了。宝俶就和魔王大战起来。他们从海底杀出海面，又从海面杀到海底，只打得海水翻腾，波涛汹涌。魔王渐渐支持不住了，一不小心被金凤凰啄瞎了一只眼睛，痛得他捂住脸嗷嗷直叫。金凤凰又飞上去乘机啄瞎了他的另一只眼睛。魔王没了眼，就乱碰乱撞，一头撞在岩石上，撞死了。魔王一死，大小妖魔一下子就逃散得干干净净。

宝俶连气也没歇，就用力推开岩洞口堵着的大石头，找到了太阳，他用尽最后的力气，托着太阳往海面上游。游呀，游呀，好容易太阳在海面上露出半个头，不料宝俶的力气用尽了，怎么也不能把太阳托上海面。这时，金凤凰飞过来，用背脊托着太阳，展开翅膀用力往上一飞，就把整个儿太阳托出了海面。太阳一离开海面，立刻升上了天空。

这天，慧娘和乡亲们正在宝石山顶上眺望，那些逃出来的妖魔又来缠她了。忽然间，东方的天边射出万道金光，出现一片彩霞，太阳升起来啦！报信的金凤凰先飞回来了。金凤凰落在山顶上翩翩起舞。

呵，太阳寻回来啦！慧娘和乡亲们高兴得一齐欢呼起来，欢呼的声音震得地动山摇。围在四周的妖魔给太阳一照，被欢声一震，都吓得变成了石头。

从此，太阳每天从东方升起，从西方落下，人们重新过上了光明幸福的日子。

直到如今，每天太阳升起以前，东方有颗亮晶晶的星星闪闪发光，那就是刘春变的，人人都叫它“启明星”。太阳升起时，总是金光四射，彩霞万道，那是因为金凤凰张开翅膀托着太阳的缘故。

人们为了纪念宝俶寻回太阳的功绩，就在宝石山顶造了一座玲瑰的宝塔，又在金凤凰飞舞的地方造了一座六角小亭，那就是现在的“宝俶塔”和“来凤亭”。慧娘和乡亲们盼太阳垫起的那座石台，因为在那里能最早看见初升的太阳，所以就叫做“初阳台”。

【讲 述 者】 陶金海

【采录整理】 周樟林记录，申屠奇整理

【采集时间】 （无考）

【流传地区】 浙江省·杭州市·拱墅区

【文本来源】 姚宝瑄主编：《中国各民族神话》（汉族），太原：书海出版社2014年版，第163—170页。

【阅读提示】 这则神话用极富故事性的叙述解释了太阳的寻回和特定星星的产生，并与地上特定风物做了一一比对，构思颇费苦心。

【基本母题】 太阳的消失；黑暗灾难；妖魔；金凤凰；人死后变成星星；两代人找太阳；太阳的复出；启明星的产生；特定风物的产生

【本文编码】 《寻太阳》：ZCSW1113-233-041

银河的来历

（汉族）

放牛娃儿牛郎在家排行老小，爹、娘死得早，上面只有一个性情怯弱的哥哥和又恶又狠的嫂子。

嫂子对牛郎很不好，常常无端挑剔这，挑剔那，牛郎忍气吞声，呆呆地望着心爱的伙伴老牛直流泪。

牛郎一天天长大了。一天，牛郎又受了嫂子的气，站在老牛身边抚摸老牛的头流泪，老牛突然说话了：“牛娃儿，你想成家吗？”牛郎叹道：“上哪儿成呢。”老牛说：

"上天!"牛郎说:"咋上哩?"老牛说:"我不行了,我死了之后,你把我的肉埋了,用我的皮做成鞋子,你就可以上天。天上有个大坑,每天晚上王母娘娘的七个仙女都在那里洗澡,等她们下去洗时,你拿起一套衣服就走,她就是你将来的老婆。成了家后,你就和你哥们分开过。噢,你要记住,把她在天上的衣服藏在后院的井里,不要告诉她。"说罢,老牛大出两口气,死了。牛郎很是哭了一场。之后,按老牛说的法准备去了。

鞋子穿上了,等到天黑。牛郎脚往下一蹬,只觉得脚下生风,一会儿就到了天上。牛郎在天上走了没多大会儿,就在一个坑边驻了步,他正想是不是老牛所指的坑,只听远处有叽叽喳喳的说笑声,他回头一望,六七个仙女正朝这边过来,牛郎赶紧藏起来,等她们说笑着下到水里,牛郎拿起一件衣裳就走,仙女们顿时乱了起来,六个都上岸穿衣,一溜烟不见了。牛郎又往回走,脱下自己的衣服叫剩下的七仙女穿上,背上她下凡了。

话说牛郎与七仙女成家之后,把七仙女的衣裳藏在老井里,替她换上一般的衣服,就遵照老牛的吩咐另立了门户。

一转眼两年过去,牛郎已经有了一男一女,七仙女织布,牛郎种地,日子过得蛮不错。

再说王母娘娘自从丢掉自己的女儿之后,一直在打听和探视,这天终于看到自己的女儿,抓住她就走。牛郎在屋后地里干活儿,一看不妙,就赶紧跑回去,穿上牛皮鞋,弄个扁担,两头绑两个筐,把一男一女放进筐里,直追赶她们。一男一女一边哭,牛郎一边叫,七仙女一边挣扎,眼看快要追上,王母娘娘赶紧从头上拔下金簪子在脚下一划,滚滚滔滔的大河出现了。

现在,你从地上还能看到这条河呢。这就是现在的银河。

【附注】

本文关联性文本,可参见《牛郎和织女》(ZCSW1087-233-015)、《牛郎星和织女星》(ZCSW1088-233-016)。

【讲 述 者】 闻林青(78 岁,农民)

【采录整理】 闻达

【采集时间】 1989 年春节采录于邓州市罗庄马岗村

【流传地区】 河南省·（南阳市）·邓州市

【文本来源】 张振犁编著：《中原神话通鉴》（第三卷），郑州：河南大学出版社 2017 年版，第 838—840 页。

【阅读提示】 这则神话中的王母娘娘、七仙女性格都比较鲜明。

【基本母题】 人上天；兄弟分家；王母娘娘；七仙女；天坑；仙女下凡；王母娘娘用簪划出天河；银河的产生

【本文编码】 《银河的来历》：ZCSW1114-233-042

月亮和星星

（汉族）

早先，天上没有星星和月亮，只有一个太阳。太阳一落，就满天漆黑，伸手不见五指。那时谁家也不兴点灯。一到夜晚，常有人相互碰撞，或被绊倒，伤胳膊伤脸，扭了腰断了腿的事经常发生。到处有人唉声叹气。

有个孤苦伶仃的姑娘，名叫月姐，靠纺织为生。她的手很巧，织出的花朵跟真的一样，织出的鸟儿活蹦乱跳，人都夸她。但唯一使她不顺心的，是一到晚上没有一丝光亮，她一听别人为碰伤叫苦，心就发酸。

有一天傍晚，月姐准备收拾织布机，可天空提前黑了，她正愣神，忽然见到有个银发老太婆，驾着一只银兔，来到她的头顶空中，扔下一盘银光闪闪的丝线和一盘淡蓝色的丝线，告诉她说："孩子，给你这点线，用你的巧手织出你们最需要的东西吧！"说完，不见了。

月姐捧着那两盘线，自言自语地说："我织什么东西呢？"想了好一会儿，她惊喜地说："人们不正需要夜里有光亮吗？我就织一个能发亮的东西吧。"

她织呀，织呀，不知忙了多少天，终于把那盘丝线织完了。她把织成的那个大大的、圆圆的东西往门口一挂，呀，一下把四周照得透亮，村上的男女老少都跑她门口，有的纺线，有的拉呱①。

等人们散去了，月姐才高兴地睡觉。刚要睡着，忽然听到有人说话："月姐呀，你真巧。织出了大家盼望的东西。但你应该把这东西挂在天边，让天下人都能见到光明才对呀。"月姐睁眼一看，还是送线给她的那位老太婆，说罢又不见了。

她想：对呀，我怎能只为自己这个小地方呢？于是，到了第二天，月姐早早地起床，告别了父老兄妹，背着草鞋，提着那发亮的东西上路了。她逢山翻山，遇河过河，一直翻了九十九座大山，过了九十九条大河，终于在八月十五这天晚上到了天边。她望着老高老高的天，心里犯了难：我怎么上得去呢？她把那发亮的东西抱在怀中，坐在一块石头上睡着了。

不一会，狂风大作，又下起了倾盆大雨，等月姐惊醒时，已被大风卷到天上，想下来也不能下来了。她怕那发亮的东西丢了，忙从怀中掏出看看，刚一掏出，一下变成了一座透明的宫殿，她也变成一个银发老人。她再摸摸口袋，里面还有一把织那东西时剩下的线头，索性掏出往四周一撒，顿时出现一点点亮光。

那透明的宫殿，就是现在天上的月亮，坐在宫殿中纺线的老太婆就是当年的月姐，现在天上一闪一闪的星星就是月姐撒落的线头。后来，人们为纪念月姐，每到八月十五，就拿出天下最好吃的东西供奉。

【讲 述 者】 孙仰之
【采录整理】 纪昌敬
【采集时间】 （无考）
【流传地区】 江苏省·（徐州市）·新沂市
【文本来源】 姚宝瑄主编：《中国各民族神话》（汉族），太原：书海出版社

① 拉呱：方言，聊天。

2014 年版，第 221—223 页。

【阅读提示】 关于织出月亮、星星的神话母题，在水族等民族中也有流传，这或与上述民族早期兴起的纺织技术及其相关联想有关。

【基本母题】 以前没有星星和月亮；纺织的材料；织出月亮；人上天；线头变成星星；月影的产生

【本文编码】 《月亮和星星》：ZCSW1115-233-043

三星哥的故事

（保安族）

有一个女人，一胎生了三个儿子，大的叫大星，二的叫二星，小的叫三星。长大了，人们把他们哥儿仨统称三星哥。

当初妈妈生下三个儿子，心里很高兴，逢人就说："好了，养儿防老有指望呀！"可是等儿子一个个长大娶了媳妇，妈妈的日子反而难过了。三个儿子都听媳妇的话，不给妈妈吃，不给妈妈穿。妈妈到了八十岁的时候，病在屋里谁也不管，也不知道哪一天就死了。

妈妈死后两年，有一天夜里，三个儿子做了同样的梦，梦见妈妈对他们说："儿呀，我当妈的为养活你们，白天黑夜地干活，累死累活，你们长大了，没给妈端过一碗热饭，连妈啥时候死的都不知道哇！唉……"

"你们的儿子长大了，也会像你们对待我一样对待你们。我的下场，也就是你们的下场。"

第二天，三星哥一起进山砍柴。路上，大星说起夜里做的梦，二星和三星也同样梦见妈妈给他们说的话，做梦的时间及梦中的情景完全一样。三人特别奇怪，也特别后悔。大星说："我们对不起死去的妈。我们有罪，我们应该补上我们的孝心。"二星说："妈死了，我们再也见不到了，有孝心也尽不上了，我们的下场真可怕！"三星说："晚了，后悔也来不及了，我们的下场是可怕，等老了受罪吧。”

说来也巧，正当三星哥在一起痛哭流泪的时候，他们看到一只小狼，嘴里叼着一块野羊的肉，吃力地往山沟里走去。他们偷偷地看着，那小狼把大块的肉送给洞口的老狼吃，自己在一旁等待，等老狼吃完了肉，小狼才把剩下的骨头捡过来啃。三星哥看到这里，良心上更受到责备，心里不安起来。大星说：“为人不孝父母，连那只狼崽子都不如。”二星说：“我没给妈妈端过一碗热饭，真该死。”三星说：“妈病到最后咽气，我也没去看上一眼，真没良心！”最后大星提议：“我们现在在这山上死吧，升入天堂，找我们的妈妈去。向妈妈忏悔，以尽我们的孝心。”说完，两兄弟跟着大哥一起撞死在山上了。

三星哥到了天堂，没有找到他们的妈妈，却遇见了西天圣母。圣母说：“你们的来意我知道，只是你们的妈妈不能见到你们，她受了一辈子人间苦，不能再叫她伤心了。”圣母又说：“你们不能进入天堂，我把你们挂在天空，老大老二老三一字儿排开，让人世间所有的人看到你们，就想到你们的罪过，以提醒世人记住，应该怎样对待自己的父母。”

这就是天上三星的来历。自古传说，三星是寒星，意思是说，见到三星就寒心。

【讲 述 者】（无考）

【采录整理】王彰明搜集整理

【采集时间】（无考）

【流传地区】（无考）

【文本来源】中华民族故事大系编委会编：《中华民族故事大系》第 15 卷（德昂族、保安族、裕固族、京族、塔塔尔族、独龙族、鄂伦春族），上海：上海文艺出版社 1995 年版，第 125—126 页。

【阅读提示】这篇神话的核心母题是人变成星星，全篇充满悲情色彩，以解释“星星的来历”之名，宣扬“百事孝为先”之实，从某个侧面也反映出民间口头讲述常常在字里行间宣讲的做人道理。

【基本母题】 三胞胎；托梦；同样的梦；惩罚；悔罪；天堂；西天圣母；人到天上变成星星；三星的来历

【本文编码】《三星哥的故事》：ZCSW1116-233-044

三胎星（1）

（朝鲜族）

每当朔日的夜晚，你抬头仰望繁星密布的银河，在靠近织女星的河边上，有三颗特别明亮的星星，好像勇士警惕的眼睛，不住地眨动着，一闪一闪的，从东向西缓缓地移动。这就是朝鲜族传说的“三胎星”。

关于“三胎星”，有一个优美感人的故事。

传说在很遥远的古代，长白山最深的密林里，有一个叫黑龙潭的大沼泽。潭水的边上有一个阳光明媚、水草肥美的村子，村里住着一个美丽贤惠的媳妇，她一胎生了三个儿子。

因家境十分贫寒，这位母亲凭着自己一颗善良的心、一双勤劳的手，纺纱织布，播种耕田，抚养三兄弟长到八岁。她想让孩子出去见世面，成长为一个有本事的人。这一天，便把三个儿子叫到跟前，给他们十年期限，让他们学了本事再回家来。

十年后，三兄弟如期返回了家园，拜见母亲。

大儿子带回了两条精巧美丽的毯子。只要他坐上去，用手轻轻一拍，毯子眨眼之间就能飞上九万里晴空。二儿子练就一只眼睛，只要他闭上左眼，右眼就能把九万里以内的一切东西看得清清楚楚。三儿子带回了一柄剑、一张弓，他的剑舞起来银光闪闪，三丈外都能感到逼人的寒气；他把弓拉开，射出去的箭能射中最小的飞鸟眼睛。

三兄弟回家后，侍奉老母，照顾邻里，和和睦睦，全村的人没有不夸奖他们的。

这一年的夏天，一天早晨，晴朗的天空突然平地卷起了狂风，刮得飞沙走石，天昏地暗，转眼间满天的乌云翻滚沉坠，天地间黑得伸手不见五指。随着一道道闪电、一声声沉雷，天河像决了口一样，泼下了倾盆大雨。风声、雨声、雷声混搅在一起，轰轰隆隆，好似要天塌地陷一般。全村房倒屋塌。人们第一次经历这般景象，吓得缩作了一团，不知怎样才好。好一阵子，风雨才慢慢地平息下去，锅底般漆黑的天空，渐渐地亮了起来。人们走到外边来仰望天空，风停雨住，满天的乌云不见了，深蓝色的天上，布满了闪烁的星星。慢慢地黑夜过去了，星星都隐退了。可是，不知为什么 却不见太阳升起来。人们等了一个时辰，天是蓝瓦瓦的；又等了一个时辰，天还是蓝瓦瓦的。太阳哪里去了？人们都慌了。

村里有人说，也许是天狗把太阳吞下去了，过不了多久就会吐出来。可是，左等右等，一直不见天狗把太阳吐出来。人们更慌了，太阳若是果真被天狗吞了下去，会烫得它马上吐出来的，现在已经过去了好几天，还不见太阳出来，莫非是要有什么大祸临头吧？人们都陷入了恐怖的忧郁之中。树叶都静悄悄地不动了，鸟儿也停息了歌喉。猛兽却猖狂起来了，它们肆无忌惮地窜进村子里来，贪婪地吞食家禽，吓得人们都不敢出屋了。

这时候，母亲把三兄弟叫到膝前说："我为了让你们成为有用的人，才送你们出去学本领。现在，人们遇到了这样大的灾难，你们怎么还守在我的跟前不动呢？没有了太阳，庄稼不能生长，山河失去了颜色，人怎么能活下去呢？你们快去吧，去把太阳找回来！找不回来就不要来见我！"

三兄弟一齐回答说："是！"

母亲把身上的麻布长裙撕下三条，给每人一条做头巾，让他们紧紧地扎在头上。三兄弟告别母亲，离开了家乡。

老大拿出了精巧美丽的毯子坐了上去，轻轻一拍，腾上了九万里长空，把每个角落都寻看一遍，连太阳的踪影也没有发现，他只好回到了地上。

二弟和三弟都说，还是先去请教一下教他们本领的先生为好。于是，兄弟三人分别请来了各自的先生。师生六人又去寻找太阳。但是，找遍了天上地下，仍然没有找到，谁也不知道太阳究竟在哪里。

老大的先生说："靠我们的本领，恐怕是找不到了，我的先生在泰山的顶上，咱们还是去向他请教请教吧。"

另外两个先生也都十分愿意接受指教，三兄弟自不必说，更是欣喜异常。

三位先生和三兄弟乘着老大的毛毯来到了泰山顶上，拜见了一位银须飘飘、精神矍铄的老人。他听完弟子的叙述，闪动着一双慧眼，告诉了他们太阳的去处，并教给了他们一些斗争的要领。

原来黑龙潭里有两条黑龙，一雄一雌，都是身长十里，腰圆三百六十丈。它们凶猛异常，神通广大，常常为非作歹，祸害百姓，只要它们的腰身微微一扭动，大地就会颤抖不停；只要它们轻轻吹一口气，天地间就会狂风大作；它们到了哪里，哪里就要下暴雨。这两头怪物，每隔几百年，就要蹿上云天或深入海底作恶一次。这次，它们就是趁黑夜蹿上天空，掀起暴雨狂风，搅闹一夜。天亮时分，雌龙吞下了太阳，向天边跑去，雄龙也随后飞追而去。

老人长叹一口气说："和这两头凶龙相斗，必须有大智大勇，不然不但自己要惹祸丧命，而且还要殃及百姓。"

三兄弟同时屈膝跪在老人面前表示，自己头上已经扎上了母亲的麻布围裙，不能违背母亲的吩咐，不杀凶龙为民除害，不能重返家园。

老人不由面带喜色，称赞他们的母亲是世上最有远见的母亲，三兄弟是世上最勇敢的后生，这样的人，一定能把太阳找回来。

于是，三位先生和他们的弟子三兄弟，接受了老人的指教，又重新来到黑龙潭边上。村里的人和母亲也都赶到这里，祝愿他们打败黑龙，为民除害。

母亲整整衣裙，掠掠白发，对三兄弟说："一个人活在世上，能够为老百姓办好事，就是丢掉了性命，也是最值得的。快快去把太阳救出来吧！"

三兄弟拜别了母亲和众乡亲，坐上了老大的毛毯，飞上了九万里长空。老二刚刚闭上了左眼，右眼就看见了在一万八千里之上的云天里两条黑龙在翻腾戏耍。三兄弟立刻做好了决斗准备，老大驾驭毛毯，老二指点方向，老三握紧长剑。

两头黑龙见三兄弟出现在云端，便摇头摆尾猛扑过来。三兄弟乘毯挥剑迎上去，和黑龙展开了生死的搏斗，只打得电光满天乱闪，雷声震耳欲聋。老三的长剑挥得比闪电还快；老二的眼睛紧紧盯住浑身七十八道弯的黑龙；老大驾驭毛毯，在龙头龙尾间翻腾飞舞。黑龙驾着暴雨狂风，发出比响雷还响的咆哮声，从天东边窜向天西边，又从天西边滚回天东边，把满天黑沉沉的乌云，撕成了一块一块的碎片。勇猛的三兄弟毫不惧怕，顽强地搏斗着。两条黑龙渐渐地支撑不住了，猛然转身向天边仓皇逃去。老大驾着毛毯紧追不放，老三拉满了弓，猛射一箭，流星般的箭矢眨眼间穿进了雌龙的腰部，疼得雌龙腰身一伸一缩，发出了天塌地陷的吼声，只听一声“噢——还”，它吐出太阳，一头栽进了黑龙潭里。

霎时间，人们又看见太阳出现在天上，光明又回到人间。老百姓发出了震天的欢呼声。一直为这场搏斗捏着把汗的三位先生，也长吁一口气，脸上露出了欣慰的笑颜。

这时，老二的先生闭上左眼，用右眼向潭里一看，雌龙并未死去，趴在潭底喘息；他又抬起右眼向天上望去，不由惊呼起来：三个弟子还在继续与雄龙搏斗，大有招架不住之势。他大喊：“快呀！我们也上去助他们一臂一力！”三位先生便立即乘上毛毯飞上天去。

三兄弟和三位先生前驱后赶，把凶猛异常的雄龙团团围在当中，只杀得雄龙浑身刀痕剑伤，每处伤口都滚着殷红的鲜血，染红了满天淋洒的雨水。它大口喘着气，喷出团团云雾，再也无心恋战，掉转龙头想逃回黑龙潭。就在它呼啸飞下的时候，只听“嗖”的一声，老三的利剑划破天空跟踪飞来，从雄龙的后颈刺了进去。雄龙发出一声吼叫，震得黑龙潭的水跃起丈把高大浪，它没有能回到潭里去，便飞落在黑龙潭边上，挣扎了一阵，龙头刚刚伸到潭水里，就瞪着铜盆大的眼珠死了。

三兄弟和三位先生凯旋回村，乡亲们击鼓欢迎。黑龙潭边上，明亮的太阳照耀着大地上的绿树芳草和生机勃勃的庄稼。母亲拥抱着三个儿子，流下了欣喜的眼泪。三兄弟齐声说：“母亲，从今以后，我们又可以侍奉您耕田织布，过幸福的生活了。”

喜悦的泪水遮住了母亲的眼睛，她抚摸着三个儿子问道：“孩子，一条雄龙被你们杀死了，逃回潭里的那条雌龙呢，它是不是也死了?”

二儿子闭起左眼，向潭里看了看，回禀母亲说：“它趴在潭水底，还没有死。”

三位先生说：“这条怪物，十分凶残，只中了一支箭是不会死去的。”

母亲听后大惊，说：“如果是这样，谁知道它什么时候养好伤，是不是还要飞上天去吞掉太阳呢?”

听了母亲的话，三兄弟面面相觑，无话回答。

母亲长叹一声说：“孩子们，你们谁也不必惦念母亲，我和乡亲们在一起，和睦相处，谁都能照顾我。从今天起你们三人就到天上去，永远守卫着太阳吧。”

三位先生和乡亲们都流下了感动的热泪，称赞母亲是世上罕见的母亲，儿子是世上罕见的儿子。

太阳落下西山后，母亲领着三个儿子来到黑龙潭边上，她笑着催促三个儿子说：“亲爱的孩子，现在已经是夜晚了，你们应该出发了。”

三兄弟最后拜别了母亲、先生和众乡亲，向着漆黑的夜空飞去。

人们站在黑龙潭边上仰望，在横贯夜空的银河边上，出现了三颗闪闪发亮的星缓缓地向前移动，这就是三兄弟按照母亲的嘱咐，为保卫太阳在银河边上巡逻呢。

人们就给他们起名叫三胎星。

【附注】

同名文本《三胎星》，见中华民族故事大系编委会编《中华民族故事大系》第 4 卷（朝鲜族、满族、侗族），上海：上海文艺出版社 1995 年版，第 14—19 页。

【讲 述 者】 朴正姬

【采录整理】 何鸣雁译，金明汉整理

【采集时间】 1962 年采录于延吉县

【流传地区】 吉林省·（延边朝鲜族自治州）·延吉县（市）

【文本来源】 姚宝瑄主编：《中国各民族神话》（满族、赫哲族、朝鲜族），太原：书海出版社 2014 年版，第 181—187 页。原文本标注由杨知勇选自《朝鲜民间故事集》，中国民间文艺出版社 1984 年版。

【阅读提示】 这篇神话的核心母题是人变成星星，其中部分情节与其他同类型神话有不同之处，其主题表达出对献身精神的赞美，叙述也充分凸显了神话的社会教化功能。

【基本母题】 三胞胎兄弟；神毯；千里眼；神射手；太阳的消失；天狗吞太阳；找太阳；学本领；龙的雌雄；斗恶龙；太阳的复出；太阳的守护者；人变成星星

【本文编码】 《三胎星（1）》：ZCSW1117-233-045

三胎星（2）

（朝鲜族）

昔有山村老母，遗腹而生三胞胎。三兄弟八岁时，母送之出门学艺，期以十年返还。十年后，三兄弟从师学艺毕而还。除务农事，复在村中设馆课童。

一年夏，天上太阳突消逝无踪，世界顿成一片黑暗。当此危急关头，母令三兄弟立往寻太阳。语时，裂其细布裙分予三兄弟作头巾。三兄弟紧扎母裙于头上，遵循母命，往觅太阳。世间各地均留下三兄弟足印。后得其三师之助，得见隐居深山的银须三尺之智慧老人。老人告以太阳之踪。因黑龙潭有雌雄二黑龙，齐飞天空，雌龙吞太阳入腹，雄龙伴之于潭中游戏，故尔天上太阳突然消逝。

三兄弟还家，以太阳踪迹告母，母大义凛然语兄弟曰："人生在世，当为正义献身，纵死亦当救出太阳。无太阳，则万物俱不能生矣。"三兄弟为母之言所感，齐飞上天，与二黑龙搏斗多时。最后，雄龙负伤，一声大吼，跌落地上，钻入黑龙潭中；雌龙亦负重伤，疼痛难忍，吼声震天，只得吐出太阳，身坠黑龙潭旁死去。由此太阳复出现于中天，天地顿时明亮如初。

三兄弟还家见母，母拥抱诸子欣愉难言。然闻雄龙尚活，犹在潭中，脸色转暗。母忧此物不知何时又能上天吞食太阳，更嘱诸子曰："汝辈可上天永远守卫太阳；勿为我忧，有乡亲在，我自可存活也。"三兄弟遂别母及众乡亲，复飞上夜晚之天空。人从地上仰望，乃见飞上夜空之三兄弟，已化为并肩闪烁之三星，人遂称此三星为"三胎星"。

【讲 述 者】（无考）

【采录整理】袁珂据毛星主编《中国少数民族文学》（中册）中的《三胎星》改写。

【采集时间】（无考）

【流传地区】（无考）

【文本来源】袁珂：《中国神话大词典》，北京：华夏出版社2015年版，第452页。

【阅读提示】这则神话由《三胎星（1）》（ZCSW1117-233-045）改写而来，语言变得很精炼。

【基本母题】三胞胎兄弟；拜师学艺；黑暗灾难；找太阳；斗恶龙；人变成星星

【本文编码】《三胎星（2）》：ZCSW1118-233-046

月顺和星顺

（朝鲜族）

你知道天上怎么会有星星和月亮吗？你知道秋后的高粱茬子为什么是红色的吗？听人家说，天上原本是没有月亮和星星的，秋后的高粱茬子也不是红色的。说起来还有一段有趣的故事呢。

也不知是什么年间、什么朝代，反正是天下人家不多，虎狼到处出没的年代，在一个深山沟里独门独户地住着一家人家，一个寡妇领着三个孩子过日子。

那一年大女孩月顺八岁，二男孩星顺六岁，最小的男孩还在母亲怀里吃奶呢。由于孩子爸爸死得早，家里日子过得很苦，靠孩子妈出外给富人家织布、舂米干点零活来养活孩子们。

有一天，月顺妈到一个富人家帮助操办喜事，傍太阳卡山的光景，她才顶着要来的打糕往家走。她刚翻过一道山岭，就瞅见半道上横趴着一只大老虎，瞪着一双灯笼样的眼睛，好不吓人。月顺妈想往回跑，可是已经晚了，那老虎龇着牙咧着嘴，一步步向她逼来。月顺妈一看跑不掉了，便向老虎苦苦哀求说：

“好老虎，你就饶了我吧，家里还有三个孩子呢，没了我他们可怎么活呀！”

老虎伸了个懒腰慢条斯理地说：“哎，几天不吃食，都快要饿死我了。那好吧，你把头上顶的吃货给我垫补垫补吧。”

月顺妈千恩万谢地扔给老虎一块打糕，赶忙往家走，哪承想，也就一袋烟的功夫，老虎又跟了上来，说没吃饱。月顺妈没办法，又扔给它一块打糕。

就这样，翻过了十六道岭，把十六块打糕全部喂了老虎。眼瞅再翻过两道岭就到家了，可老虎吃完最后一块打糕又撵了上来，一屁股坐在月顺妈跟前，瞪着火红的眼珠，“嘀嗒嘀嗒”地淌着哈喇子说：“我的肚子还是饿得慌，干脆把你的一只胳膊给我吃了吧！”说着扑上去“吭哧”一口，就把月顺妈的左胳膊咬了去。

一只胳膊被咬掉了，哪有不疼的道理呢！可是，月顺妈想，好在还剩下只右胳膊，还可以靠这只胳膊养活孩子的，也就顾不得疼，只知道拼命往家跑。哪承想，贪心的老虎又撵了来，把她的右胳膊也给吃了。最后，老虎干脆挡住了月顺妈的去路，恶狠狠地说："我的肚子还是饿，怎么办呢？你既然要做好事就做到底，让我吃个饱吧！"老虎不由分说，一下子把月顺妈按倒在地，连撕带咬，不一会儿功夫就吃得净光，连块骨头渣都没给剩下。

老虎吃完月顺妈，又惦记起她那三个孩子来，用爪子抿了抿嘴巴上的血，摇摇头，摆摆尾，变成了一个老婆婆，急急忙忙奔月顺家走去。

再说月顺领着两个弟弟正焦急地盼妈妈回来，忽然听见院子里有"噔噔噔"的脚步声。

"阿妈妮[1]，阿妈妮回来了！"星顺高兴地喊着正要去开门，被月顺姐一把拉住了。

老虎听到星顺的喊声，粗声粗气地回答着："唉——你妈我回来了，快开门呐！"

月顺一听不像阿妈妮的话音，就盘问它："你说话的嗓音咋不像俺妈呢？"

"傻孩子，你妈我干了一整天的活，把嗓子都累哑了，说话就粗呗！"

可月顺还是有些放心不下，又对那老虎说："那你把手伸进来，我摸一摸就知道是不是俺妈了。"

老虎没办法，只得把手从门缝伸了进去。月顺一摸，毛茸茸的，可把她给吓坏了，就一口咬定说："你不是俺妈，俺妈手上没那么多毛！"

狡猾的老虎又糊弄说："傻孩子，连你妈的手都摸不出来了，今儿个我帮人家办喜事沾了一手年糕，舂米时又沾了一手谷壳子，哪儿都是毛啊！"

这话没唬住月顺，可把不懂事的弟弟星顺给懵住了，他一伸手就把门闩给拉开了。这下可把老虎乐坏了，它一进屋就把吃奶的小弟弟先抱了去，假

---

① 阿妈妮：朝鲜语，妈妈。

惺惺地对月顺和星顺说：“孩子们，肚子该饿了吧？妈妈这就给你们做饭去。”说着走进了厨房。不一会儿，厨房里就传出“嘎巴嘎巴”嚼东西的动静。

星顺一听，馋了，流着口水问老虎：“阿妈妮，你在吃什么呢？”

“没啥好吃的，是你妈给人家干活时要了把炒豆。”

“阿妈妮，也给我吃点儿，快给我吃点儿。”星顺喊着来推厨房门，门插着。这时月顺扒着门缝一瞅，差点把魂都吓飞了。你猜怎么着？一只大老虎正在吃她的小弟呢！

月顺赶忙拽着弟弟从后门溜走了。姐弟俩跑哇跑哇，一直跑到一块收割后的高粱地里，地当腰有一棵大柳树，姐弟俩就手拉着手爬了上去。

老虎吃完了小弟弟还觉着不解饱，打算回屋再把月顺和星顺吃掉。可开门一看，人不见了，老虎毕竟还是老虎，能闻出人味，它一边闻一边撵，一直撵到那棵大树下。

老虎一撒目，姐弟俩正猫在柳树上呢。老虎想爬爬不上去，因为老虎当年跟猫学艺的时候就少学了爬树这招儿。这会儿老虎可没了主意，只好苦苦哀求：“好孩子，你们是怎么爬上树的呀？快告诉阿妈妮，好吗？”

聪明的月顺说：“你把家里的抢子和香油拿来，先把树皮抢光了，再抹上点香油就能爬上来。”

老虎三步一回头地往回走，赶忙取来了抢子和香油。可是，树皮越抢越光，香油越抹越滑，老虎怎么也爬不上去。

善良的星顺没有识破老虎的真面目，看它那副狼狈相怪可怜的，就告诉它，拿把斧头砍几个脚窝就好上了。

老虎果然取来了斧头，砍开了脚窝子。这可急坏了月顺，眼瞅着老虎就要上来了，要上天没有路，想入地没有门，这可怎么办呢？后来她想起阿妈妮过去常跟她讲，老天爷是专帮好人的，于是拱手向苍天祷告说：

“老天爷呀，老天爷，你要是可怜我们，就下架梯子救救我们。要是不可怜我们，就让老虎把我们吃掉吧。”

说灵也灵，话音刚落，就从天上颤悠悠地下来一架梯子来，月顺和星顺麻溜爬了上去。

那老虎呢，费劲巴力地爬上了树，可姐弟俩又爬上了天。眼瞅着要到嘴的肉飞了，老虎怎么能甘心呢！于是它也学着月顺的样子拱手祷告苍天："老天爷呀，老天爷，你要是可怜我就给我放架梯子……"

说来也怪，老天爷不长眼，真的给老虎下了架梯子。

这下老虎可高兴了，它抓着梯子往上爬呀爬，可是没承想，老天爷给它下了个糟烂梯子，眼瞅就要摸到月顺的脚后跟了，就听"咔嚓"一声，梯子断了，老虎四腿八叉地从半空中摔了下来，屁股不偏不斜正好穿在了高粱茬子上，流出来的血把高粱茬子都染红了，老虎也咽了气。

打那以后，黑夜里天空中就出现了圆溜溜的月亮和亮晶晶的星星。传说那月亮是姐姐月顺变的，那星星就是弟弟星顺变的。打那以后，秋后割过的高粱茬子也都变成了红色的，传说那是老虎的血染红的。

【讲 述 者】 吉惠淑

【采录整理】 裴永镇

【采集时间】 （无考）

【流传地区】 辽宁省·（抚顺市）·（新宾）新宾满族自治县

【文本来源】 姚宝瑄主编：《中国各民族神话》（满族、赫哲族、朝鲜族），太原：书海出版社 2014 年版，第 157—161 页。

【阅读提示】 这篇神话在情节设置上与景颇族神话《太阳、月亮和星星》（ZCSW0984-231-012）有相通之处，可对比阅读，以体会某些神话母题的跨民族性。

【基本母题】 以前人不多；动物害人；天梯；月亮的产生；星星的产生；高粱的特征

【本文编码】 《月顺和星顺》：ZCSW1119-233-047

松树姑娘（1）

（达斡尔族）

早先，有个老头，他有三个儿子，大的叫鄂珠荣，老二叫鄂力荣，老三叫鄂苏荣。大儿子和二儿子，都娶媳妇了。

鄂苏荣心地善良，常拿家里东西接济穷朋友。因此，哥嫂都恨他。

有一天，鄂珠荣和鄂力荣对父亲说："鄂苏荣是个败家子，这么大了，什么活儿也不干，还往外分送东西，应该把他打发走！"

父亲听了，皱眉叹道："唉！我也常说他，可他不听，既然你们都要赶他，那就让他到外面谋生去吧！"

于是，父亲把鄂苏荣叫到跟前说："孩子，你也不小了，在家不干一点活儿，父亲不能再留你了。现在，你自找生路去吧！"

说罢，父亲从圈里牵出两匹马给了他。鄂苏荣告别了父母，直往日落方向奔去。

鄂苏荣离开家，跋山涉水，不知走过多少村镇，把他两匹马也卖钱花了。

一天，鄂苏荣正两手空空地走着，迎面走来一个身穿灰袍，头戴草帽，右手拄着拐棍，左手拿着蝇甩子的白胡子老人。他大吃一惊，心想：在这旷野荒郊，怎么会有人？这老人说不定是神仙？求求他或许能给指点谋生之路？

他想着想着，迎向前去，跪地求道："神明的老人啊，我是个穷人，想找个生活的地方，请您帮个忙，给我指点指点谋生的地方吧！"

老人瞧了他几眼，慈祥地说："孩子，快起来吧！从这里朝北走去，有一棵青松。你在它旁边等到黄昏，那棵青松就会摇晃起来，变成一个美丽的姑娘。当她迈开步子要走时，你拉住她下摆说：'你是我的妻子，还上哪儿去？'那她就会和你过日子啦！"

老人说完，就不见了。

鄂苏荣照老人指点的方向走去，果然见有一棵伞子般的青松。天色渐渐黑了，这棵青松真的开始微微摇晃起来。没多久，它就变成了一个美女。

她整了整翠绿的长袍，正想姗姗而去，鄂苏荣一把抓住她的绿袍后下摆，说道："你是我的妻子，还往哪儿走？"

松树姑娘回头一看，是个非常俊秀的小伙子。她满脸羞涩地说："现在我只好跟你过了。"

鄂苏荣说："我是个手无分文的穷人啊！"

"那没关系，只要心好，比什么都强！"

说着，松树姑娘拿出宝头巾一甩，平地起了两间房，屋里干干净净的，炕桌上摆满了美酒佳肴。他俩对坐着吃喝起来，有说不出的高兴。

忽然间，松树姑娘脸浮愁云说："咱们在这儿，顶多只能呆三天！"

"那为啥？"

"这你不必问啦！以后会知道的。"

第二天，刚吃过早饭，有个男孩跑进屋来，对鄂苏荣说："姑爷，我爸叫你去劈院里的三根木头呢！"

松树姑娘听了，便告诉弟弟说："先回去吧，你姑爷一会儿就去！"

她把弟弟打发回去后，拿出一把斧子和一张符，对鄂苏荣说："我父亲想试探你的力气呢。那三根木头，不是凡人能劈开的。你拿这张符，悄悄贴在中间的那一根木头上，再用这把斧子，各砍一下每根木头，然后赶紧躲在一边。"

于是，鄂苏荣来到岳父家，把那张符贴在中间的一根木头上，用斧子各砍一下每根木头后，刚闪到一边去，只听噼里啪啦一阵响，屑片四下乱飞，三根木头都七分八裂了。

岳父走出屋来，瞧着鄂苏荣，点着头说："你是我的女婿了。明天你来拜见岳母吧！"

鄂苏荣回来后，松树姑娘问他："父亲说了什么没有？"

"让我明天去见见母亲！"

第二天早晨，松树姑娘拿出一把宝剑说："你进屋时，剑刃朝外拿着，请安的时候，把剑举在头顶上。"

鄂苏荣照他妻子的话，把剑刃朝外拿着，进了岳父家。他一看，炕头上坐着一个老太婆，两眼直闪凶光。鄂苏荣把剑举在头顶，刚要请安，只见她忽然变成一条大缸般粗的黑蟒，张着簸箕一样大的嘴，伸出红舌扑了过来。鄂苏荣正惶恐万状，只听一声惨叫，那黑蟒触剑死去了。

等鄂苏荣回来后，松树姑娘说："你杀了我蟒蛇母亲，父亲不会饶恕你的。咱们得赶紧逃走!"

可是，他们没走出多远，后面就传来喊叫声。松树姑娘回头一看，父亲领着三千兵马，驾云追来。

松树姑娘忙对鄂苏荣说："你先跑，不要等我啦！现在我要和父亲交战。若是胜了，我会追上你，要是败了，咱俩就再见不上面了。你一直往前跑，千万别回头瞅!"

说罢，她抽出两把雪亮的宝剑，腾空应战。

她父亲咆哮如雷地喊道："你叫世人杀了母亲，还要和我交战？哼！今天就算我没你这女儿，你也没我这父亲!"

于是，两个人就挥剑在空中打了起来，一来一回，整整打了一百个回合，不分胜败。后来，她父亲开始招架不住了，掉头就逃。松树姑娘飞身追上，"唰"的一剑，把她父亲砍下马。三千兵马见主子被劈死，吓得个个抱头逃命。

松树姑娘拭净宝剑，插入鞘套，驾云追赶鄂苏荣。追了三百里远，她俩方得相见。

于是，鄂苏荣领着松树姑娘，又赶了一个多月的路才回到家来。

父母兄嫂见鄂苏荣领来俊俏的媳妇，立刻召集族内亲戚，设宴欢庆。鄂苏荣兄弟仨有个舅舅，眼睛长得特别：一只是公鸡眼，一只是母鸡眼，他也被请来赴宴了。

招待族亲的盛宴开始了，大媳妇和二媳妇俩，一手只能端一盘菜，三媳妇一手能端好几盘，动作又轻快又利索。舅舅边吃喝边闭上母鸡眼，用公鸡眼看三媳妇，见她精明超众；他又闭上公鸡眼，睁母鸡眼看三媳妇，又见她不像凡人。

于是，他把姐姐悄悄叫到外边说："我看你这新儿媳妇，不像凡人，可能是成精的东西。留她恐怕不吉利呀！"

"鄂苏荣娶得这个媳妇多不容易啊，你快别胡说啦！"

鄂苏荣领着媳妇回来，父母很高兴，欢宴完了，就给他俩盖了一所新房。

几个月后，鄂苏荣兄弟仨的舅舅，决定让女儿出嫁，准备要陪送三百件衣服。

于是，他把这针线活儿交给三个外甥媳妇，吓唬说："限你们三天之内做完，不然，必有重罚！"

大媳妇和二媳妇俩，立即动手，三天之内，每人才缝好两件衣服。可是，三媳妇还不着忙。

第三天的晚上，三媳妇把两个妯娌没做的衣料，都抱回家来了。

夜深人静，三媳妇在院里点了每束九根的九束香，不一会儿，只见九九八十一张锦绣的缎褥子，从夜空中飘落，铺满了院子。接着，又有九九八十一位仙女，飞降下来。她们把衣料放到缎褥子上，借助皎洁的月光，裁的裁，缝的缝，没多大工夫，便把衣服做完，放回屋里，然后，一个个驾着彩云飞回天去。

第四天一早，舅舅要活儿来了。

头两个外甥媳妇说："我们俩废寝忘食做了三天三夜，才做出了四件衣服。剩下的衣料都叫三弟妹拿走了。"

舅舅来到三外甥媳妇家一看，二百九十六件衣服全都缝好了。这一来，他更觉得三外甥媳妇不是凡人了。

有一天，松树姑娘一个人在家，忽见舅舅手拿着白光闪闪的宝网，气势汹汹地走了进来。她看出舅舅是来捕害她的，立刻抽出宝剑，砍死了他。

松树姑娘杀了舅舅，就到婆婆那里去请罪。

婆婆听了，对她说："咱婆媳俩无冤无仇，和睦相处到今天。你杀了我弟弟，全怪他想谋害你。只是我不能再留你了，你自己找栖身之处去吧！"

晚上，鄂苏荣回来了。松树姑娘把事情的经过告诉了他，并说："现在我要离开这里啦。你要是想和我过，那咱俩就一块走。如不愿意，那你就留下吧!”

鄂苏荣说：“我是想和你生死在一起!”

于是，他俩就走出屯去。走了一阵，松树姑娘告诉鄂苏荣说：“现在你紧闭两眼，拉住我的手别放!”

说完，她就乘风驾云，飘降在一个幽静的深山里，拿出宝头巾一甩，有了一所房屋，住了下来。不久，松树姑娘生了个白胖小子，幸福地生活着。

有一天，王爷的猎队来到这山里，看见松树姑娘是个绝世美女，就要准备动手抢走她。松树姑娘见势不妙，忙甩宝头巾，变出一条小船，让丈夫和孩子都坐上，拿起桨一划，便从院里徐徐腾空而去。他们正在天上划行，忽然小船停住了。松树姑娘猛劲一划，船头斜过来，又停住了。她再怎么用劲，小船就是不往前动了。

于是，他们一家三口人，便停留在那里，化为三颗星星了。从那以后，天上就多了三颗星星。这就是今天人们所看见的三星的来由。

【讲 述 者】 索兴保

【采录整理】 恩克巴图搜集，呼思乐整理

【采集时间】 （无考）

【流传地区】 内蒙古自治区·（呼伦贝尔市）·莫力达瓦旗（莫力达瓦达斡尔族自治旗）

【文本来源】 中华民族故事大系编委会编：《中华民族故事大系》第 11 卷（达斡尔族、仫佬族、羌族），上海：上海文艺出版社 1995 年版，第 190—197 页。

【阅读提示】 这则神话在特定星星产生的核心叙事基础上融合了兄弟纷争、人与仙女婚、婚前考验等诸多母题，将神话与生活高度融合在一起。

【基本母题】 兄弟性格不同；兄弟分家；按神仙旨意成婚；人与神性人物

婚；岳父考验女婿；女婿杀岳母；仙女；宝剑；宝网；人上天；人变成星星

【本文编码】 《松树姑娘（1）》：ZCSW1120-233-048

松树姑娘（2）

（达斡尔族）

昔有老夫妇，生三子，其最少者曰鄂苏荣。鄂苏荣性温厚，常以家中物济穷友。二兄已婚，心常憎之。因诉于父，请遣之去。父不得已，乃予两马，令自谋生路。

鄂苏荣离家，跋山涉水，经城历镇，为食宿计，亦已先后鬻其二马。一日，正赤手行于途，忽见一拄杖执蝇拂之老人迎面来，鄂苏荣不意旷野有此人物，疑是神仙，乃跪地求指引一谋生之地。老人面露慈容，语之曰："自此往北，有一青松，汝俟树下至黄昏，青松当变为美女，方将行时，汝牵其衣裙，曰：'汝即吾妻，将何往耶?'伊当与汝同生活矣。"

鄂苏荣如言北行。果见青松，青松复变美女，鄂苏荣牵其衣裙，美女遂为其妇，鄂苏荣曰："吾贫无分文，奈何!"女曰："无妨，心善即佳。"乃出宝头巾望空挥之，平地忽现屋二间，炕上陈有美馔，二人乃入内饮食之。

食未毕，女面忽露愁云，鄂苏荣疑而问之。女曰："吾等住此，不过三日。"一童子旋入，谓鄂苏荣曰："吾父令姊夫劈院中三木。"女令弟先去，然后与鄂苏荣一斧一符，嘱以符贴中间木，然后劈之，劈已急避去。鄂苏荣如法施之，三巨木立碎。岳父出屋颔首言曰："汝为吾婿矣，明日可来见岳母。"

次日，女与一剑，嘱曰："见吾母请安时，剑举于头顶。"鄂苏荣至岳家，见炕上坐老妪，面露凶光。乃举剑于顶以礼之，老妪忽化黑蟒扑来，触剑而死。女曰："汝杀吾蛇母，父当不饶，宜急逃遁。"方行未远，父领三千兵马，驾云追来。女嘱婿先行，己断后独与父战，战百回合，父力不支，方欲遁，为女剑毙马下，三千兵马均逃散。女驾云追来相会。又行月余，方逐至鄂苏荣家。

父母兄嫂见鄂苏荣得俊媳，皆惊异，召诸亲友，宴饮相庆。鄂家有舅，眼分雌雄，一大一小，能识异物。见女，心以为妖。值舅将嫁女，当送嫁夿衣三百件，令三甥媳于三日夜内完成，以观其异。大二甥媳三日夜方毕四件，独三甥媳抱所未完衣料回，于第三夜烧香九束，请来八十一仙女，共于月光所照院中裁缝之。天未明遂将所余二百九十六件衣悉完成。舅乃知其非凡人，立手执宝网，欲捕害之。

女见舅来，遂抽剑杀之，而请罪于姑。姑曰："吾姑媳素和睦，汝杀吾弟，亦系自卫，吾不怪汝，然汝亦不可再留矣。"晚，鄂苏荣归，女以母言告之，鄂苏荣求与俱去。女乃令紧挽其手，闭眼勿视，立乘风驾云，挽之入一深山中，出宝头巾一挥，立有房屋出现，二人乃入居其中。未久，生一子，白胖而壮，夫妇皆喜。

一日，有王爷率猎队入山猎，见女美而爱之，欲劫以归。女急出宝头巾挥之，复变一船，夫妻偕子俱入船中。取桨划之，船渐腾空而起，驶行天上。至一处，忽止不行。女加劲猛划，船头虽斜转，亦不能行，遂止其处，化为三星，即今所见之三星是也。

【附注】

本文相似文本，参见达斡尔族神话《松树姑娘（1）》（ZCSW1120-233-048）。

【讲 述 者】 （无考）

【采录整理】 袁珂据《达斡尔民间故事选》中的《松树姑娘》改写。

【采集时间】 （无考）

【流传地区】 （无考）

【文本来源】 袁珂：《中国神话大词典》，北京：华夏出版社 2015 年版，第

559—560 页。

【阅读提示】 这则神话所说的兄弟分家、岳父考验女婿显然源于生活，至于“女婿杀岳母”是属于个案，还是带有普遍性，最好咨询一下人类学家。

【基本母题】 三兄弟；兄弟分家；按神仙旨意成婚；人与神性人物婚；岳父考验女婿；女婿杀岳母；仙女；宝剑；人上天；人变成星星

【本文编码】 《松树姑娘（2）》：ZCSW1121-233-049

马葛棒

（独龙族）

昔有大象，常往来于独龙江弄力腊卡山下。有姑娘名妮泰者，采竹笋于山间，苦渴，见象足印中有水，乃捧而饮之。日久有孕，五月生一子，妮泰为之取名曰马葛棒[①]，子生一日能食饭一碗，二日能语，三日能行，四日能奔跑，五日即长如成人，能砍火山，并能狩猎。

马葛棒日日长大，日缠其母索阿父。一夜，睡中闻母啜泣声，急翻身起，跪母前询之。母曰：“汝非欲知汝父乎？汝父实大象也，然久已离此，无从觅矣。”马葛棒闻母语阴计：无论天地广大如何，必往觅得吾父。乃于一夜，乘阿母熟睡，偕其三友，沿大象足迹，穿密林，越高山，前往觅之。

一日，至一悬崖前，悬崖半腰有大岩洞，时冒青烟缕缕。天色将晚，决暂息于此。乃攀葛藤至洞旁，令一友先入视之，而久不出。马葛棒心以为忧，又令二友候洞外，己入洞探之。至洞深处，见有淡蓝火光，一蓬发皱颜老妪坐火旁，状至可怜。老妪见人来，急厉声曰：“来此何事？”马葛棒曰：

① 马葛棒：独龙语，即大象之子。

“乞火。”老妪曰：“乞火须闭目。”马葛棒乃微闭其目，曰：“目已闭矣。”老妪不语。马葛棒从目缝中见其友七窍流血，僵卧白骨堆上，始知此妪乃食人魔鬼。

老魔从洞壁取一扁担，以其一端直眼向火瞄之，火立灭。马葛棒疾夺其手中扁担，仿其状瞄之，魔遂立死。又以另一端瞄其友，其友乃徐苏。盖此扁担名“生死扁担”，一端对生，一端对死。马葛棒执此生死扁担，偕其友出洞，与洞外二友续前行。

未久至一山水秀丽之小平坝，内有一村寨，不见炊烟，挨户问之，亦不见人。后乃于寨头见有姑娘从屋中出，容颜美丽而衣服垢秽。马葛棒询以村人何往，姑娘初不语，后始曰：“村人浣衣，污水倾入河，触怒河龙，俱为之食矣。我常年不敢浣衣，始得幸存。”马葛棒乃令姑娘故浣衣于河，河龙怒而出，强其牙爪欲噬五人。马葛棒出生死扁担瞄之，河龙立消隐不见。为令河龙不复害人，乃投扁担于河以镇之。

马葛棒与友欲行，姑娘哀求携彼与俱。马葛棒不欲令沃土荒芜，遂留友一人与之做伴。后二人结为夫妻，在独龙江畔重建家园。

马葛棒与二友续前行。行多时，至一银桥，有青面獠牙之守桥卫士出，向每人索过桥银三两，无银须以一人作抵，否则不允过桥。马葛棒无银，只得劝一友暂留作抵，徐图救之。

乃过银桥，与一友复前行。行多时，又至一金桥，复有头戴羚羊帕、身披麒麟甲、手执象牙刀之卫士出，向每人索过桥金三两，马葛棒又忍痛留最后一友作抵，始得过桥。

马葛棒独前行，行之甚久，衣服俱烂，食物已尽，力气亦完，终昏倒于地，不省人事。及醒，见大象之群正环其身，有以耳为之扇风者，有以鼻为之掸尘者。马葛棒思：此中必有吾父矣。乃呼曰：“阿父!”一老象熟视马葛棒，以鼻亲昵之，忽喜而呼曰：“吾之爱子！吾之爱子!”乃导马葛棒至其家，语之曰：“吾子，汝来正佳。汝父年老，三日后当死矣。吾无以遗汝者，唯有牙一对，其一汝可卖之以葬我，另一汝自携回，或于汝有用。”三日后老象果死，马葛棒泣而遵父遗言行之。

更三日后，马葛棒负父所留牙返家。遇毒蛇猛兽，以象牙劈之，无不或遁或死。至金桥地，金桥不见；至银桥地，银桥亦不见。唯见河水汹涌，自四面八方而来，以致天地难分，乃以象牙望空划之，空中忽现一道彩虹，托之至于空际，始免水患。

水退后，马葛棒又续觅其友，觅之几及一年，仍无踪影。一日行倦，腹亦饥，乃倚树而眠，象牙置其旁。及醒，见佳美菜饭陈眼前，一美丽女子方匆匆隐身入象牙中，马葛棒急取象牙反复视之，无一丝裂缝，以手拍之，亦无动静。马葛棒因思：如得此女与我所觅友同返家，快何如邪！

一日暮，至海畔，马葛棒决于此度夜。乃以象牙置身旁，假寐以观其变。未久，前美丽姑娘又自象牙中出，方陈饭菜，马葛棒忽跃起，捉象牙掷之海中。姑娘惊慌至其前，叹息曰："汝父令吾终身服侍汝，然汝竟弃父所遗牙于海，当如之何！"马葛棒紧握姑娘手曰："我二人住一处，生死不分离。"姑娘曰："如此亦佳，然总须设法捞还汝父之牙始可。"

二人乃携手入海觅象牙，久而无获，而竟意外觅得前留于金桥、银桥之二友。此时姑娘突化作白云数朵，将三人托出海面，直升至天宫。三人遂化为三颗晶亮之星，即今日吾人所见之"三星座"。人云第一颗星即马葛棒，二颗星、三颗星即其友，三星永远关注居于独龙江畔之夫妇，世世代代为之报告节令。

【附注】

本文相似性文本，可参见独龙族神话《三星座》(ZCSW1123-233-051)。

【讲 述 者】 (无考)

【采录整理】 袁珂据谷德明编《中国少数民族神话选》中的《马葛棒》改写。

【采集时间】 (无考)

【流传地区】 (无考)

【文本来源】 袁珂：《中国神话大词典》，北京：华夏出版社2015年版，第588—589页。

【阅读提示】 这则神话是独龙族神话《三星座》的改写，成功之处在于字数减少了，但核心叙事没有丢。

【基本母题】 特定星座的来历；感生；神性人物的特征；人与象生人；寻找父亲；魔鬼；宝物；遗物

【本文编码】 《马蔑棒》：ZCSW1122-233-050

三星座

（独龙族）

晴朗的夜空，时常见到亮晶晶的三颗星，总是串在一起。这“三星座”是怎么来的呢？在独龙江还有个美丽故事哩！

独龙江两岸，董棕树、金竹林四季常青，山茶花、杜鹃花漫山遍野，美丽极了。据说很久很久以前，有一只大象，不知是迷恋这里的山水，还是要在这里寻珍采宝，沿着江岸来往徘徊，不知走了多少年代。

在大象常来常往的弄力腊卡山脚下，有一个美丽的姑娘，名叫妮泰。她上山采集，下江背水，在家纺麻织布，十分勤快。有一年夏天，妮泰到很远的地方去采竹笋，她采哟采哟，从早晨采到太阳偏西，采了满满的一背箩，累得口干舌燥，想去找点水喝。她寻来找去都没有水，最后找到象的脚印中有一窝水，清亮亮的，能照见人的影子。妮泰高兴极了，急忙用身上披的独龙毯擦了擦手，捧起象脚印中的水，喝了个痛快。

时间一天天过去，妮泰自从喝了象脚印中的水后，身上感到一天比一天不舒服，肚子渐渐鼓起来。寨子里的人，纷纷议论开了，有的说：“妮泰不干不净，还没有成婚就怀娃娃啦！”有的甚至说：“像这样伤风败俗的人，应该把她扔到江里去喂鱼！”阿爸、阿妈为她担心，友好的姑娘为她难过，她自己也感到非常苦恼。

五个月过去了，妮泰真的生下了一个儿子。她不管人们的议论，给儿子取名“马葛捧”，意思是大象的儿子。

马葛捧刚生下来的第一天，就能吃一碗饭，两天就会说话，三天就会走路，四天就会跑，五天就长得跟大人一样，会砍火山，会打猎。马葛捧一天天长大，他整天叫着要阿爸。

一天夜里，马葛捧正睡得迷迷糊糊，忽然听到有人在抽泣，他仔细一听，是阿妈的声音。他翻身爬起，忙走到阿妈面前跪下说：“高大的树木虽然顶天，比起阿妈对我的恩情，只不过是千尺里的一寸。阿妈有什么心事，请告诉你的儿子马葛捧。”

阿妈瞧了瞧马葛捧，边哭边说：“孩子，你长大了，该知道的事情也该知道了。”阿妈稍停了停，拉着马葛捧坐在床边说：

“你阿爸是一只大象，很早以前就离开这儿，现在要去找它可太难了。”

马葛捧听了阿妈的话，心里非常难过，暗想：“不管天多宽，地多大，就是上天入地我也要把阿爸找到。”于是，他下定决心要找阿爸。

一天夜里，天上没有一颗星星，黑得像盖上了一口锅。马葛捧趁阿妈睡熟了，悄悄约了三个好朋友出发了。他们沿着大象的脚印，穿过密林，翻过高山，不知走了多少路程。一天，他们来到一个地方，忽然前面被一座悬崖挡住了。悬崖上一根根攀藤倒垂，半腰有一个黑黑的大岩洞，不时冒出一缕缕青烟。他们看看天色将晚，便决定在这里住下。

他们攀着藤子爬到洞口，马葛捧叫一个同伴先进去看看，顺便取个火种烧水做饭。那个同伴进去了大半天也没见出来，马葛捧非常担心，就叫其他两个在外边等着，自己进去看着。他一步步往洞里走，看见在一束淡蓝色的火光下，有一个头发蓬乱、满脸皱纹的老妈妈，眼睛半睁半闭，嘴巴一张一合，显得十分可怜。老妈妈从眼缝中看见有人来了，便问道：“你又来干什么?”

马葛捧回答道：“要点火。”

老妈妈慌忙说：“取火要闭上眼睛。”

马葛捧一听这话有点蹊跷，故意眯着眼睛，回答道：“你看我不是闭上了吗?”老妈妈就不开腔了。

这时，他从眼缝里看见自己的同伴七孔流血，直挺挺地躺在白骨堆上。原来这老妈妈是个吃人的魔鬼。这魔鬼忙取下洞壁上的一根扁担，直着用右眼一瞄，火全灭了。马葛捧一步跨上前去，夺下扁担，照着老魔鬼的动作，也朝她一瞄，老魔鬼马上就七孔流血地死了。他又把另一端转过来，往火上一瞄，火又通亮起来。他再往同伴身上一瞄，同伴如梦方醒，慢慢活过来了。原来这根扁担一头对死，另一头对生，叫做“生死扁担”。马葛捧拿着这根生死扁担，领着同伴走出洞来，与等在洞外的两个同伴一起继续赶路。

他们来到了一个山水秀丽的小坝子，坝子中间有一个村寨。他们走进寨子，到处都是静悄悄的，看不见炊烟，听不到狗叫鸡鸣。马葛捧感到很奇怪，便逐家逐户去问。一连走了好几家，都不见一个人影。最后，从寨头一户人家里，走出来一个姑娘，长得很美丽，可是穿戴却十分肮脏。马葛捧上前问道：“阿姐，寨子里的人都到哪里去了？”

姑娘不说话。马葛捧一再追问，她才说：“这个村寨的人，因为洗衣服，把污水倒进河里，惹怒了河龙，河龙就把他们都吞吃了。只有我一个人，常年不敢洗衣服，才生存下来。”

马葛捧一听便说：“明天你到河里去洗衣服，让我看看。”

姑娘听了，脸色“刷”地一下变得苍白，不敢作声。马葛捧上前安慰她说：“不要紧，我们陪你一齐去洗。”

姑娘这才松了一口气，勉强答应下来。

第二天上午，姑娘同马葛捧一行来到河边洗起衣服来，一股股脏水流下去，立刻激怒了河龙，河龙马上掀起了一阵狂风恶浪。紧接着，河龙乘着风，驾着浪，瞪着火球似的眼睛，张开血盆大口，伸开锋利的爪子，向他们五个人扑了过来。姑娘及三个伙伴都吓呆了，只有马葛捧若无其事。他不慌不忙地拿出扁担，用右眼对着河龙一瞄，河龙立即隐退，霎时，风平浪静。马葛捧为了不让河龙再来吞食村寨的人，把那根扁担也投进了河里。

马葛捧他们正准备上路，姑娘苦苦哀求说：“带上我吧，死活我都和你们在一起。”

马葛捧望着这肥沃的土地，不忍使它荒芜，劝说姑娘，并留下一个同伴给她作伴，姑娘才算答应了。后来他们结为夫妻，在独龙江边重建家园。

马葛捧与两个同伴继续朝前走。他们走了好久，来到一座银桥边，守桥的卫士一个个青面獠牙，不准他们过桥，提出要过桥每个人得出三两银子，若拿不出银子，就留下一个人作抵押。他们哪来的银子，马葛捧只得说服了一个同伴留下，并告诉他以后一定想办法来救他。这样，马葛捧带着一个同伴通过了银桥。他们两人又走了很多路，来到了一座金桥边，桥上的卫士一个个头戴羚羊帽，身披藤蔑甲，手持象牙刀，不让马葛捧他俩通过，说要过桥去，必须每人交出三两金子，若交不出金子，就要留下一个人作抵押。马葛捧没有办法，只好忍痛把自己最后一个同伴留下来了。

马葛捧过了金桥，单独一人继续赶路，他走了好久好久，穿的衣服破烂了，背来的食物吃完了，一身的力气全使完了，他昏倒在地上……

当马葛捧醒来的时候，一群大象正围在他的身旁，有的用耳朵替他扇风，有的用鼻子替他掸灰。马葛捧想："这群大象中一定有我阿爸在里面。"于是他便喊："阿爸！阿爸！"

有一只老象上下打量着马葛捧，接着喜欢若狂地用鼻子亲着马葛捧说："我的好儿子！我的好儿子！"

老象把儿子领到家，对马葛捧说："好孩子，你来得正好，阿爸现在老了，再过三天就要死了，我死了以后，没有什么留给你，你把这对牙拿去吧！记住，拿一支卖了把我葬掉，另一支你拿着回去，也许对你会有好处。"

三天过去了，老象真的死了。马葛捧哭着照阿爸的话做了。又过三天，马葛捧带着阿爸遗留下来的牙上路回家了。他用象牙把拦道的毒蛇劈死，把扑来的猛兽赶跑。他来到有金桥的地方，金桥不见了；又来到有银桥的地方，银桥也不见了。只见河水从四面八方向他涌来，使他分不清哪里是天，哪里是地。他急忙用象牙使劲一划，空中便飞起一道彩虹，把他高高托起。水很快退下去了，他又下来寻找留下的同伴。他从树叶发绿找到树叶落尽，从大雁南飞找到大雁北去，一直不见同伴的踪影。

一天，他走累了，肚子也饿了，到一棵大树下，背靠着树，把象牙直直地放在旁边，迷迷糊糊地睡着了。当他醒来，睁眼一看，面前摆满了好吃的饭菜，他抬头一看，只见一个美丽的女子，正急急忙忙往象牙里隐去。他一骨碌翻身起来，拿起象牙翻来覆去地看，没有一点裂缝，用手拍拍，一点动静也没有。他感到很奇怪，小心地把象牙放回原处。他心里暗想："如果有这美丽的姑娘陪着我找到同伴一起回去，该多好啊！"

一天，太阳快落山时，马葛捧来到海边，就决定在海边过夜。他把象牙放在身旁的鹅卵石上假装睡着了。不一会，象牙里那个美丽的姑娘又出来了。她正蹲下摆饭菜时，马葛捧骨碌一下翻爬起来，三步并作两步，忙把象牙丢入海中。姑娘惊慌地赶来，伤感地对马葛捧说："你父亲叫我终身服侍你，可现在你把父亲留下来的牙齿丢到了海里，怎么办？"

马葛捧拉着姑娘的手说："我们在一起，死死活活永不分离。"

姑娘说："这样也好，可我们得想办法把父亲的牙齿捞上来才行。"

于是，他俩手拉着手，跳下波涛滚滚的大海去寻找象牙。可是没有找到象牙，却意外地找到了原来留在桥上的两个同伴。这时，姑娘突然化作几朵白云，把他们三人托出海面，一直升到天宫。他们变成了三颗亮晶晶的星星，这就是今天我们看到的"三星座"：人们说第一颗星星是马葛捧，第二、三颗星星是两个同伴。他们永远关注着留在独龙江边的那对夫妇，世世代代为他们报告节令。

【附注】

(1) 异名文本《大象的儿子》见谷德明编《中国少数民族神话》，北京：中国民间文艺出版社 1987 年版，第 517—523 页。原文本标注原载于《山茶》1983 年第 3 期，由约翰（独龙族）讲述。文字略有不同。

(2) 异名文本《马葛捧》，见姚宝瑄主编《中国各民族神话》（水族、布朗族、独龙族、基诺族、傈僳族），太原：书海出版社 2014 年版，第 145—150 页。原文本标注由王四代选自李子贤编《云南少数民族神话选》，云南人民出版社 1990 年版，由约翰讲述。

【讲 述 者】 阿柗

【采录整理】 李凡人、陈凤楼整理

【采集时间】 （无考）

【流传地区】 （无考）

【文本来源】 中华民族故事大系编委会编：《中华民族故事大系》第15卷（德昂族、保安族、裕固族、京族、塔塔尔族、独龙族、鄂伦春族），上海：上海文艺出版社1995年版，第602—607页。

【阅读提示】 这则神话带有浓郁的独龙族史诗色彩，寻找父亲等相关情节反映出该群体处于原始社会末期父系氏族公社时期的特点。

【基本母题】 特定星座的来历；感生人；神性人物的特征；寻找父亲；魔鬼；宝物

【本文编码】 《三星座》：ZCSW1123-233-051

北斗七星的传说

（鄂伦春族）

有夫妇二人，丈夫虐待妻子，妻子没有办法，就骑着马带着猎犬逃走了。路过他家奥伦[①]时，想取点吃的东西，就登梯子上去了。刚上去，她丈夫就追来了，她想被她丈夫抓住也得死，倒不如跳下奥伦摔死好了，想到这里她就往下跳。可是，一跳不但没有跳在地上，反而连奥伦也随着飘起升上天空了，她的马和猎犬也随着飘起来。这时，她丈夫急了，就用弓箭朝奥伦射去，结果射到奥伦的柱子上。相传奥伦的四根柱子就是北斗的四角，其余的三个是奥伦的梯子，四根柱子一根带弯，就是那个男人用箭射的。所以鄂伦春人把北斗七星叫奥伦，并祭祀这个女人成了神。

---

① 奥伦：鄂伦春语，仓库。

【讲 述 者】（无考）

【采录整理】（无考）

【采集时间】（无考）

【流传地区】（内蒙古自治区）

【文本来源】内蒙古自治区编委会：《鄂伦春族社会历史调查》（第一集），呼和浩特：内蒙古人民出版社1984年版，第51页。

【阅读提示】这则神话讲述了人上天变成北斗七星的事迹，某种程度上反映了鄂伦春族星宿崇拜的观念。

【基本母题】人上天；人变成星星；特定的物体变成星星；北斗七星的来历；人变成神；北斗七星的名称

【本文编码】《北斗七星的传说》：ZCSW1124-233-052

北斗星

（鄂伦春族）

古有夫妇，男狩猎，女管家。凡晒肉、治皮、缝衣、上仓库取物、采野菜、做饭、放马、与夫备出猎用具，俱妻为之。夫归，但负手而嬉，以为不如是则非男子汉也。妻见其绰有余裕，亦稍恳其助理家务，夫不听，夫妻遂反目。夫始而恶言骂其妻，继而殴之，辱之。积之既久，妻不能堪。一日，忽骑马携猎犬逃去，途经奥伦，思从中略取食物。方登其上，夫忽追至。妻思如为夫所逮，便殴死矣，等其死也，不如摔死之为愈。即从仓库跃下。不意非惟未摔死，反连同身旁之奥伦，亦俱飘摇上天，马及狗亦随而至于高天。夫急，乃挽弓向奥伦射之，中其一腿。数物登天并化力北斗星。奥伦之四柱即北斗星之四角也，其中一柱略斜，即夫箭之所射也。其余三星为奥伦之梯，即妻、狗、马之所化也。鄂伦春人称北斗星为奥伦，为“奥伦博如坎”，以此也。凡所奉祀之神，鄂伦春语均曰“博如坎”。为其保护仓库，故奉祀此一女神。

【附注】

本文相似文本，参见鄂伦春族神话《北斗星的来历》（ZCSW1126-233-054）。

【讲 述 者】（无考）
【采录整理】袁珂据毛星主编《中国少数民族文学》（中册）有关内容改写。
【采集时间】（无考）
【流传地区】（无考）
【文本来源】袁珂：《中国神话大词典》，北京：华夏出版社2015年版，第592页。
【阅读提示】这则神话中叙述的“夫妻分工”“夫妻反目成仇”等，都证明马克思定义神话所说的，神话是“通过人民的幻想用一种不自觉的艺术形式加工过的自然和社会形式本身”。
【基本母题】夫妻分工；夫妻反目成仇；人上天；北斗星的产生；特定职能女神的产生；祭星辰；特定习俗的产生

【本文编码】《北斗星》：ZCSW1125-233-053

北斗星的来历

（鄂伦春族）

古时候，有一对夫妇，男的打猎，女的管家务。男的打猎回来什么也不管，一切活计都由女的去做，晒肉干，熟皮子，做衣服，上仓库取东西，采野菜，做饭，放马，给丈夫准备打猎的用具，都由女的来干。男的清闲自在，认为这样才象男子汉。女的对丈夫这么做，开始没想到别的，总以为丈夫打猎回来太累了，应该让他多歇息，天长日久丈夫总是这样不干活，他媳妇就喊他干活。丈夫不干，喊的遍数多了，他还和媳妇吵架，没理，还找茬儿打媳妇，给媳妇气受。有一次他媳妇挨了打，气不过，一怒之下，骑上马领着猎犬就逃走了。路过奥伦时，想上去拿点吃的穿的用的。她上了奥伦之后，她的丈夫在这工夫就追上来了。他媳妇想：我跑了，他追来了，如果被丈夫抓住了不扒一层皮，也得打个半死，与其半死不活的，还不如跳下奥伦摔死的好。想到这里她一狠心就往下跳了，不料这一跳，不但没有掉在地上摔死，反而连奥伦也随着飘起来升上天了。马和猎犬也随着上了天。

这时，她的丈夫急眼了，就用他的弓箭朝着飞上天空的奥伦射了一箭，结果没射到他媳妇，却射到奥伦的柱子上了。原来他的媳妇最能干活，最勤快，为人最和善，还受丈夫的气。恩都力知道了，就把她救了，封她为奥伦博如坎[①]神，掌管和保护人间的仓库。

传说，奥伦的四根柱子就是北斗星的四个角，其中有一条腿歪了是让她丈夫给射的，另外三颗星是奥伦的梯子。这就是北斗七星的来历。所以鄂伦春人把北斗七星又叫奥伦，称呼住在北斗七星里的媳妇为奥伦博如坎，把她视为保护仓库的女神。后来在鄂伦春族中留下一个规矩，家家户户，世世代代，每年除夕、正月初一或八月中秋节的晚上，都要祭拜北斗星。

【讲 述 者】 莫景堂

【采录整理】 吴晓冬、莫桂英译，隋军搜集整理

【采集时间】 （无考）

【流传地区】 黑龙江省

【文本来源】 中华民族故事大系编委会编：《中华民族故事大系》第15卷（德昂族、保安族、裕固族、京族、塔塔尔族、独龙族、鄂伦春族），上海：上海文艺出版社1995年版，第713页。

【阅读提示】 鄂伦春族是大兴安岭的狩猎民族，他们的民间信仰和自己在

① “奥伦博如坎”：鄂伦春语，即掌管仓库的女神。

林区的生产生活方式生存息息相关。本篇神话通过叙述特定星宿的产生，表现了明显的北斗星崇拜。

【基本母题】 夫妻分工；妻子自杀；人上天；天神恩都力；人变成星星；特定职能女神的产生；祭星辰；特定习俗的产生

【本文编码】 《北斗星的来历》：ZCSW1126-233-054

姐妹星

（高山族）

从前，在花莲溪边住着母女三人，母亲年老了，靠两个女儿织布过日子。

两个女儿长得非常灵巧美丽，姐姐叫秀姑，妹妹叫春花。姐妹俩相亲相爱，一天到晚形影不离。姐妹俩也孝敬妈妈，有好吃的总留给妈妈吃。

姐妹俩天天织布，从早熬到晚，从年头熬到年尾，可是呵，她们受着坏总的欺压，日子过得像黄连一般苦。

有一年夏天，一连三个月没有下雨，收成很不好，又加上受坏总欺压，人们就苦得揭不开锅来。秀姑和春花姐妹种的竺麻，收成也不好，用什么来织布？坏总又要逼她们交地租，苦得灶里冒不起烟。她们母女三人天天用眼泪洗脸。

有一天早上，秀姑姐妹俩提着竹篮上山挖竹笋，可是，山上的竹笋都被别人挖完了，姐妹俩在山上翻来爬去，手脚都被荆棘刺破了。她俩忍着痛爬过了一座山又一座山，哪知连笋皮也没找到一片。

太阳当顶了，姐妹俩还是没有挖到竹笋，肚子饿了。妹妹说："姐姐呀姐姐，妈妈在家挨饿了呵！"姐姐长叹道："唉！我们一年到头辛苦，为什么还是没吃没穿呢？"

姐妹俩越想越伤心，忍不住抱着头痛哭起来。哭呵，哭呵，哭得树枝低下头，哭得树叶满山飞。

忽然，一阵大风刮来，一个老婆婆拄着拐杖，出现在姐妹俩的面前，把她俩惊住了。

老婆婆摸摸头上银白的头发，笑着说：“好姐妹呵，不要哭，我来帮助你们吧。你们晓得玉山峰①为什么闪闪发光吗?”

姐妹俩擦干眼泪，摇摇头。

老婆婆说：“常说闪光是宝光，这座玉山峰呀，是宝山啰，山中埋着数不清的金银。要找这金银，先要找宝门。宝门在山腰，是一块门板大的方石，方石上有两个眼睛大的小孔。”说到这里，老婆婆从耳里拿出两把银光闪闪的小钥匙，又说：“你们两个各拿一把宝钥匙，把它放进石门上的小孔里一扭，石门就开了，你们就可以进去拿金银啦！记住，千万不要让坏总知道，这些金银是只能给好人受用的。”说完，她把两把宝钥匙给两姐妹一人一把，并说：“快去吧，我是玛祖婆。”

一阵风吹过，老婆婆不见了。

姐妹俩各拿着一把光闪闪的钥匙，高兴极了，忙提着竹篮，一股劲跑到了玉山峰山腰，找到石门，照着玛祖婆的话去做，果然扭开了宝门。她们睁眼一看，呵，到处是金子银子!

姐妹俩各人装了一篮金银，又关起石门。她俩怕给坏人看见，就把树叶盖在篮子上面，欢欢喜喜地跑回家去了。

晚上，姐妹俩悄悄把金银分给村上的穷人，只是不肯把宝洞的事告诉大家。人们非常感激这姐妹俩，都称赞她俩是好心人。

姐妹俩把宝钥匙藏在身上的口袋里，常常用手摸摸，怕它掉了。

老妈妈天天问这金银从哪里来的，姐妹俩怕妈妈传出去，总不肯讲。老妈妈怕是偷来的，问得紧，姐妹俩只好把经过从头到尾对妈妈说了一遍。恰巧，坏总的狗腿子在窗外听见了。原来，坏总听说她姐妹俩常把金银分给穷人，猜想她俩一定得了什么宝贝，就天天派狗腿子来打探听。坏总听了狗腿

---

① 玉山峰：是台湾第一高峰，高三千六百多公尺。

子的报告，高兴得了不得。他要把宝洞的金银全都占为己有，亲自带着几个狗腿子来到了秀姑姐妹家里。这时姐妹俩正和妈妈围坐在床边补衣裳，忽见坏总带着狗腿子走来，大家都慌了，不知该怎么办。

坏总迫着姐妹俩交出两把宝钥匙。

好心的姐妹俩想起玛祖婆的话："宝洞里的金银都是给好人受用的，宝钥匙千万不能落在坏总的手里。"她俩拿定主意，任凭坏总说断舌根，要尽威胁手段，姐妹俩紧靠着妈妈，半句话也不说。

坏总发怒了，说："你们穷光蛋也配用宝贝么！快把钥匙交给我；要不然，我一把火烧了你们的房子，叫你们一家人一个也活不成！"

老妈妈听了，又急又气，她猛然站起来，指着坏总的鼻子骂道："没良心的东西，你们还讲不讲理？我的丈夫被你逼死了，如今你又想逼死我们母女！"坏总一脚踢倒了老妈妈，喊道："搜！"

可恶的狗腿子，把床、柜、米缸、柴草堆搜得七零八乱，可是，没搜到宝钥匙，就要来搜姐妹俩的身。

姐妹俩宁死也不愿让宝钥匙落到坏总的手里，姐姐急忙从衣袋里取出宝钥匙吞下肚去，妹妹见了，也跟着吞下了宝钥匙。

坏总不甘心，狠狠地抓着姐妹俩的衣领，吼道："哼，吞下了也要拿出来。快拿刀来破肚！"

可是，就在这个时候，姐妹俩的身上发出了刺眼的金光，火热热的，把坏总的双手烧焦了，痛死在屋角里。狗腿子们吓得脸青口呆，不知该怎么办。

姐妹俩不停地在地上翻滚着。老妈妈醒来看见了，哭喊道："女儿呀，你们怎么啦？"

姐妹俩齐声回答："妈妈呀，女儿此刻怒火烧心，只怕我们要离开你了！"

"女儿呀，去不得呵，丢下娘……"老妈妈正要去抱住女儿，忽然一阵大风吹来，姐妹俩变成两团金光闪闪的火球，随风一飞上了天空。

火球飞上了天空，变成了两颗明亮的星星，一大一小，嵌在东南边天上，闪闪地发着金光。高山族的人们把这两颗星叫“姐妹星”。

你看吧！东南边天上的两颗姐妹星，望着坏总住的地方，愤怒地眨着眼睛哩！

【讲 述 者】（无考）

【采录整理】肖丁三整理

【采集时间】（无考）

【流传地区】（无考）

【文本来源】中华民族故事大系编委会编：《中华民族故事大系》第8卷（畲族、高山族、拉祜族），上海：上海文艺出版社1995年版，第447—450页。

【阅读提示】这则神话通过叙述姐妹经妈祖指点获得财富后，飞升变为星星的事例，反映了高山族独特的地方习俗和信仰。

【基本母题】干旱；饥荒；宝洞；宝钥匙；妈祖；人变火球；人上天；人变星星；特定星星的特征

【本文编码】《姐妹星》：ZCSW1127-233-055

猎人追踪母盘羊

（哈萨克族）

从前，在一座荒凉的山上，有三只非常机警的母盘羊，不管是哪个猎人，全都捉不到它们。可是，当时又有三个弹不虚发的神射手。一天，猎人们对这三个大名鼎鼎的神射手说：“尽管这山上有那么多高明的射手，可是那三只母盘羊就是不进射程里来，一阵风似地跑没了，让我们抓不着。”

三个大名鼎鼎的神射手说：“不管怎么说，我们是不会让它们逃脱的。”

白天，他们怎么跟踪也得不了手，就在晚上跟踪，他们跟在后面穷追不舍。母盘羊仰仗着上帝一个劲地逃，神射手们也仰仗着上帝一个劲地追。后来，上帝就把他们全都打发到天上去了。离昴宿不远有六颗横排着的星星，它们就是那三只母盘羊和三个神射手。

【讲 述 者】 （无考）

【采录整理】 比达克买提·木诲、波勒泰·比达克买提搜集，安蕾、毕桴译

【采集时间】 （无考）

【流传地区】 （无考）

【文本来源】 满都呼主编：《中国阿尔泰语系诸民族神话故事》，北京：民族出版社 1997 年版，第 64—65 页。

【阅读提示】 这则神话将观察到的特定星象用神话的方式演绎出来，曲折地反映出哈萨克族先民对天文现象的早期观察和思考。

【基本母题】 母盘羊；神射手；狩猎；上帝；特定星星的来历

【本文编码】 《猎人追踪母盘羊》：ZCSW1128-233-056

三只母羊和三个猎手

（哈萨克族）

古时候，在一个荒山上，有三只任何猎手都捕猎不到的十分机警的母羊，与此同时，也有三个有名猎手，只要他们看中的猎物，就没有捕猎不到的。

有一天，猎人们来到这三个名猎手的跟前，说：“在这座山上，有三只任何猎手都抓不到的、像幻影般一闪而过的三只母羊，我们无法将它们抓到。”

三个名猎手说："我们无论如何也要把它们捕到。"他们白天无论怎样跟踪也无法把母羊捕到，于是就改在夜里跟踪那三只母羊。母羊一边向上帝祈祷，一边跑，而猎手们也一边向上帝祈祷，一边在后面追。

最后，上帝用威力让三只母羊升到了天上，而三位猎手也紧随其后。据说，昴星团一个一个斜着排列的六颗星星就是这三只母羊和三个猎手。

【讲 述 者】 毕达合买提·木海（哈萨克族，男，72 岁，阿勒泰市切尔齐西乡）

【采录整理】 呼扎依尔·沙德瓦哈斯（哈萨克族，男，65 岁，阿勒泰市）采录，杨凌古丽珊·托呼拜译

【采集时间】 1990 年采录于阿勒泰市切尔齐西乡

【流传地区】 新疆维吾尔自治区·（阿勒泰地区）·阿勒泰市·切尔齐西乡（切尔克齐乡）

【文本来源】 中国民间文学集成全国编辑委员会编：《中国民间故事集成》（新疆卷），北京：中国 ISBN 中心 2008 年版，第 20—21 页。

【阅读提示】 这则神话在情节上与《猎人追踪母盘羊》（ZCSW1128-233-056）相似，文字表述略有不同，但猎人或神射手变成星星的母题本质都是一样的。

【基本母题】 机警的动物；母羊；猎手；羊变成星星；人变成星星

【本文编码】 《三只母羊和三个猎手》：ZCSW1129-233-057

北斗星

（哈萨克族）

凡间的七个强盗，被人们驱逐后来到宇宙。但他们到宇宙后仍不悔改，照样整夜游荡，伺机行窃。天璇星和天枢星是北极星用长绳拴住的两匹马，

七个强盗想骑这两匹马偷走昴宿之女，于是前来窥探。但天龙座看守严密，他们互相窥测，直至天亮。

【讲 述 者】（无考）
【采录整理】别克苏勒坦、佟中明编写
【采集时间】（无考）
【流传地区】（无考）
【文本来源】《中国各民族宗教与神话大词典》编审委员会编：《中国各民族宗教与神话大词典》，北京：学苑出版社 1990 年版，第 183 页。
【阅读提示】这则神话属于文人对神话的改写，语言比较精简，理解起来略有难度。
【基本母题】七个强盗；人升天；北极星的马；天龙星座；北斗星的产生

【本文编码】《北斗星》：ZCSW1130-233-058

启明星的来历

（哈萨克族）

早先，烁勒潘是一个巴依的女儿，真是花容月貌。你若问起她的美貌，那就这么说吧：她步履轻盈，顿时就象彩霞落在洁白的雪地上。远近那些巴依的公子、王子王孙、英雄豪杰全都迷恋她的美貌，彼此争风吃醋，烁勒潘嫁给其中的任何一个人都会惹起他们大动干戈。烁勒潘不愿意引得人们相互为敌，破坏部落的安宁，就虔诚地祈祷上帝："请让我到一个人们只能见得到我，却不能接近我的地方去吧！"

烁勒潘就这样夜不能寐，一夜地祈祷。一天夜里，天快黎明时，她离家出走了。上帝接受了她的请求，把她送到天上，成了启明星。启明星总是在黎明时出现就是这个原因。

【附注】

本文相似文本，参见满族神话《白云格格》(ZCSW0683-201-008)。

【讲 述 者】 (无考)
【采录整理】 比达克买提·木海、波勒泰·比达克买提搜集，安蕾、毕桪译
【采集时间】 (无考)
【流传地区】 (无考)
【文本来源】 满都呼主编：《中国阿尔泰语系诸民族神话故事》，北京：民族出版社1997年版，第65页。
【阅读提示】 这则神话通过简单的叙事，塑造了一位美丽、善良的女性形象，与满族的白云格格等神话中的女性文化英雄有相似之处。
【基本母题】 巴依的女儿；上帝；启明星的产生

【本文编码】 《启明星的来历》：ZCSW1131-233-059

强盗与仙女

(哈萨克族)

四十个强盗的头领卡兰哈拉想把天仙乌鲁甫迪克娶进家门。乌鲁甫迪克早已知道卡兰哈拉是个“能顺手把走过去的人的斧头、走过来的人的坎土曼①偷到手”的有名盗贼，不愿嫁给他。乌鲁甫迪克的父母亲和她的乡亲们也都认为把自己心爱的女儿许配给这样一个盗贼是一件可耻的事情。卡兰哈拉便召集手下人，准备去乌鲁甫迪克的家抢婚，先破坏乌鲁甫迪克的家园，

① 坎土曼：挖土用的农具。

然后把乌鲁甫迪克抢到手。乌鲁甫迪克得知消息后，骑着她漂亮的骏马逃走了。

闷闷不乐的卡兰哈拉走遍天涯，寻找着能够追赶上乌鲁甫迪克漂亮骏马的快马。这样的快马只有居住在天空北面的名叫阿海和斯海的两个英雄有。那两匹马一匹名叫灰白马，另一匹名叫浅蓝马。卡兰哈拉带领七个强盗出征去偷那两匹马。他们跟踪监视着居住在北极星周围的阿吾勒。这个阿吾勒就是星团，给七个盗贼带路的是最前面的四颗星星，而后面的三颗星星是他们的帮凶，两侧的那两颗亮星是两个英雄，那边并排的两颗星是两个英雄的灰白马和浅蓝马。马被拴在铁桩子上，它们的缰绳也能看得见。马吃着铁桩子周围的草，七个强盗整夜监视着它们，想方设法要把它们弄到手，机警的哨兵们也从不疏忽。这时，天也就亮了，天一亮，七个强盗就不见了。

带领七个强盗的卡兰哈拉给人们制造出许多麻烦。为此而逃难的人们只得走上太阳和月亮走过的路，绕着天空，他们聚在一起，不停地搬来搬去。只是每月居住到月亮上去一次，休息一小会儿时间。他们虽想在那儿定居，但就是害怕七个强盗赶来，把乌鲁甫迪克抢走。当七个强盗来捣乱时，他们立即逃离，于是就被叫做“乌热开尔”。在他们的中间最亮的是那颗乌鲁甫迪克仙女星，人们为了保护她，聚在一起围住她，不让她被发现。最后，七个强盗没有得逞。

【讲 述 者】 谢热亚孜旦·马尔萨克（哈萨克族，60岁，乌鲁木齐县东白杨沟牧场）

【采录整理】 尼合买提·蒙加尼（哈萨克族，男，历史学家）、杨凌古丽珊·托呼拜译

【采集时间】 1987年采录于乌鲁木齐县东白杨沟牧场

【流传地区】 新疆维吾尔自治区·（乌鲁木齐市）·乌鲁木齐县（天山区）·白杨沟夏牧场

【文本来源】 中国民间文学集成全国编辑委员会编：《中国民间故事集成》（新疆卷），北京：中国ISBN中心2008年版，第19—20页。

【阅读提示】 这则神话中强盗、快马、英雄等文化符号带有鲜明的哈萨克族文化特征，而地上之物飞升到天空化生为星星的情节，也在某种程度反映出人们类早期中的天人观念。

【基本母题】 盗贼；抢婚；特定星星的产生；帮助者；仙女

【本文编码】 《强盗与仙女》：ZCSW1132-233-060

太阳与星星

（哈萨克族）

光明和黑暗，循环往复，永无休止。当初，世界被完美地创造出来，连最边缘的地方都被安排停当了，于是仙人和人类就在世界上居住下来。仙人们精于机巧，他们总是嘲弄人类，吹嘘说："就是没有上帝，我们也能把世界创造出来。"听到这种狂言乱语，腾格里在盛怒之下把所有生灵都塞进了一个米壳里，又把黑暗降到了世界上。末日到来，席卷着洪水，笼罩着黑暗。世界在这茫茫黑暗之中沉沦了多少年，也就只有上帝自己知道了。到后来，腾格里又想创造一个光明的世界，想重新创造一个生命的世界，便命令被黑暗笼罩的太阳抖动。因为腾格里的威力，因为太阳剧烈的一颤动，团团黑暗粉碎得七零八落，从中露出了阳光，灿烂光辉。那七零八落的碎物迸出火花，溅落到天宇各处，吵吵闹闹地各自找到了自己的位置，组成了星星的世界，到了晚上，一闪一闪的。

【附注】

有哈萨克神话研究者认为，哈萨克族神话《迦萨甘创世》（ZCSW0057-021-008）中创世的"萨迦甘"就是天神"腾格里"的不同音译。

【讲 述 者】 美依里姆·扎拜

【采录整理】 阿里木赛依提·吾勒达汗搜集，安蕾、毕桴译

【采集时间】 （无考）

【流传地区】 （无考）

【文本来源】 满都呼主编：《中国阿尔泰语系诸民族神话故事》，北京：民族出版社1997年版，第61页。

【阅读提示】 这则神话通过叙述上帝为了惩戒仙人而制造灾难，随后又重造世界的事迹，彰显了民间信仰最高神——天神腾格里至高无上的权力。

【基本母题】 仙人与人类同居；上帝；洪水；光明世界；太阳的产生；星星的产生

【本文编码】 《太阳与星星》：ZCSW1133-233-061

天　仙

（哈萨克族）

在大地出现前，整个世界由神仙们统治着。九重天的底下是个海洋，天由天仙统治，而海洋由水仙统治。自认为是上帝的宠儿的天仙和水仙，为了争夺统治这个世界的权力，常常想尽办法，争高论低。

水仙比天仙多一个长处，他有年龄相差不大的九个女儿。她们中的第一个、第五个和第九个女儿比别的女儿都漂亮，而且都比她们聪明。所有的神仙们把水仙的大女儿叫昆比开[①]，把第五个女儿叫阿丽腾比开[②]，把小女儿叫做阿依比开[③]。每当水仙的九个美女出来散步、游玩时，所有的神仙没有一

① 昆比开：哈萨克语，意为太阳姑娘。

② 阿丽腾比开：哈萨克语，意为金子姑娘。

③ 阿依比开：哈萨克语，意为月亮姑娘。

个不为她们的美丽所倾倒。

有一天，天仙遇见了水仙的女儿们，就喜欢上了那三个美女。于是就从手下中选出七个可靠的差役并命令他们："你们到水仙那儿去，让他把三个美女许配给我。如果他不答应，你们就把她们给我抢回来。若你们两手空空地回来的话，就别怪我不客气，等待你们的只有死路一条！"

天仙的七个差役来到水仙的宫殿，向水仙说出自己的来意，希望他能答应。但是，水仙就是不答应。于是，七个差役想用暴力抢走美女，并砸坏了水仙的宫殿。九个美女带着保镖四散逃命了。七个差役抓住最小的阿依比开后，开始跟踪阿丽腾比开。但是，阿丽腾比开的两个保镖挡住他们，不让他们接近。聪明的阿丽腾比开在天的北面儿修建了一个宫殿，就在那儿定居了。她的两个保镖和别的保镖都守护着她，不让她被七个差役抢走。而七个差役直到现在还在为了把她带到天仙那儿去，一直监视着她。据说，现在天空中有时被叫做"北极星"，有时被叫做"阿丽腾哈孜克"的星星就是水仙的第五个女儿阿丽腾比开。

而围在她周围的名叫"大熊星座"的星团就是天仙的七个差役。

水仙的大女儿昆比开跟妹妹们走散了。于是，到今天为止为了找到妹妹，她有时出现在天空的东边，有时出现在天空的北边，人们把她称为金星。

另外六个迷失了方向的水仙的女儿互相形影不离，冬天六个月在天空中，夏天六个月在水中寻找她们的姐姐和妹妹，被人称作昴星团的就是那六个美女。

天仙和水仙争夺权位，互不相让而引起了骚乱，使上帝不得安宁。于是，上帝就创造了地，把水变成河流、湖泊，镶在地上，让水仙下到水底，把天仙独自留在九重天的那边，太阳和月亮放在他们中间站岗。

因深感寂寞孤独而非常忧伤的天仙有时唉声叹气，这时就会刮风，甚至刮狂风。有时他放声大哭，这时就会下雨。而水仙从海底出来，拼命寻找自己的女儿，这时大海就会出现惊涛巨浪，就会发生海啸。

【讲 述 者】 苏力唐·阿曼（哈萨克族，男，福海县人）
【采录整理】 黑扎提·阿吾巴克尔（哈萨克族，男，52岁，大专）采录，杨凌古丽珊·托呼拜译
【采集时间】 1992年采录于福海县
【流传地区】 新疆维吾尔自治区·（阿勒泰地区）·福海县
【文本来源】 中国民间文学集成全国编辑委员会编：《中国民间故事集成》（新疆卷），北京：中国ISBN中心2008年版，第21—22页。
【阅读提示】 这则神话特别强调星星的产生早于日月大地等，反映了哈萨克先人独特的宇宙观和自然观。
【基本母题】 以前世界由神仙统治；天的管理者；海洋的管理者；水仙的九个女儿；特定星星的产生；上帝造大地；万物的产生

【本文编码】 《天仙》：ZCSW1134-233-062

北斗星

（赫哲族）

昔有年老大妇，捕鱼为业，偕婿共同生活。婿为上江人，但习狩猎，于下江渔事一无所知。值渔季，获鱼甚丰，然收藏维难。老翁嘱婿，速立晾鱼架以晾之，下竖四柱，上搭横竿。婿勉力为之，其技甚拙，四柱歪扭倾斜，勿论晾鱼，即刮风亦能倒。老翁观其所为，怒火三丈，顺手提斧以斫之。婿骇而逃，老翁后追。丈母恐其失手伤女婿，亦于后紧追之。三人成串，奔跑未已。忽大风刮来，遂将老少三口并歪扭之晾鱼架，悉旋而腾之上天，后遂化为北斗七星。故今赫哲人犹称北斗星为“晾鱼架星星”。

【讲 述 者】 （无考）
【采录整理】 袁珂据毛星主编《中国少数民族文学》（中册）有关内容改写。

【采集时间】 （无考）

【流传地区】 （无考）

【文本来源】 袁珂：《中国神话大词典》，北京：华夏出版社2015年版，第593—594页。

【阅读提示】 这则神话情节上与《德勒肯乌沙哈特》（ZCSW1137-233-065）相近，建议对比阅读。

【基本母题】 捕鱼；招赘女婿；人上天；捕鱼的技艺；人变星星；物变星星；北斗星；特定星星的名称

【本文编码】 《北斗星》：ZCSW1135-233-063

北斗星的神话

（赫哲族）

传说，古有一对老夫妻，招来个不称心的女婿。丈人命他搭起晾鱼架子（德勒肯），他将立柱竖歪，惹得丈人提斧追赶女婿，意欲惩罚他。岳母尾随其后，一路劝解。他们去到天上，便成了北斗七星。据说，其中的四颗星宿，为晾鱼架子，另外稀疏的三颗，即是奔走中的女婿、丈人和岳母。此外尚有一颗小亮星，即是丈人手提的斧头。赫哲人称之为“乌沙哈特德勒肯”，即晾鱼架星星。

【附注】

本文相似文本，参见赫哲族神话《北斗星》（ZCSW1135-233-063）、《德勒肯乌沙哈特》（ZCSW1137-233-065）。

【讲 述 者】 （无考）

【采录整理】 马名超、崔焱、东辉编写

【采集时间】 （无考）

【流传地区】 （无考）

【文本来源】 《中国各民族宗教与神话大词典》编审委员会编：《中国各民族宗教与神话大词典》，北京：学苑出版社 1990 年版，第 311 页。

【阅读提示】 这则神话在情节上，与其他民族神话中关于特定人物变成星星有思维共性，在解释宇宙星体方面却各具特色。

【基本母题】 不称心的女婿；人上天；捕鱼的技艺；人变星星；物变星星；北斗星；特定星星的名称

【本文编码】 《北斗星的神话》：ZCSW1136-233-064

德勒肯乌沙哈特

（赫哲族）

听老人说，早先有老两口，领个女婿过日子。女婿是上江人，没爹没妈，孤身一人。老爷子跟女婿他爹，自小就是网滩上搭帮的伙计，他见老弟兄过世了，只留下一棵独根，没着没落的，就把那孩子接到家，当了上门女婿。新上门的女婿，原来是“吃山”长大的，对下江打鱼这套活计半点不通。女婿是个粗心人，手脚又不勤，人家闭眼都干得来的活儿，给他掰着指头教也教不会。

一次，赶上渔季，打上的鱼多得没法往回收。老爷子告诉女婿，赶快立起个晾鱼的架子，竖上四根立柱，上面搭起横杆，好留着晾鱼。等老爷子收拾完鱼批子①，一串一串地穿起来，刚要往杆上搭的时候，才发现自己不可心的女婿笨得没法说，竟把四根柱子立得别别扭扭、歪歪斜斜，不要说晾

① 鱼批子：方言，劈成两半的鱼，供晾晒和储藏。

鱼，刮来一阵风都能吹倒！老头子火冒三丈，顺手操起一把修船使的勃力斧子[①]，对准女婿就要剁。丈母娘心疼女婿，赶忙跑过来，又拉又劝地说："这干啥？一个晾鱼杆儿呗，立歪了就正一下，何必生那么大气！"老爷子哪里肯听，举斧子就砍。女婿一见，拔腿便跑，老丈人随后就追。丈母娘生怕老爷子失手伤着女婿，不顾命地随后紧撵。就这样，前边跑，后边赶，三口人排成一串儿，鞋底跑得直冒火星。撵呀，撵呀，突然刮来一阵风，把老少三口连着那歪歪扭扭的晾鱼架，腾地旋上了天，以后就变成了如今的北斗七星。

不信你看，那颗最亮的就是老头变的。它肩膀上那颗小亮星，就是老头一边撵着一边举起的那把溜明崭亮的勃力斧子。跟在老头后边跑的，是老丈母娘。最前边的那颗，就是他们的笨女婿。那不很方正的四颗星星，就是没立好的晾鱼架儿。一见那几颗星星，人们总要喊一声："德勒肯乌沙哈特[②]!"

【附注】

异名文本《北斗》，见满都呼主编《中国阿尔泰语系诸民族神话故事》，北京：民族出版社 1997 年版，第 336—337 页。原文本标注摘自《黑龙江民间文学》1983 年。

【讲 述 者】 吴连贵（赫哲族，男，71 岁，同江市八岔乡渔民，初小）

【采录整理】 黄任远（男，32 岁，同江市委宣传部干部，大专）采录

【采集时间】 1979 年 6 月采录于同江市八岔乡

【流传地区】 黑龙江省·（佳木斯市）·同江市·八岔乡（八岔赫哲族乡）

【文本来源】 中国民间文学集成全国编辑委员会编：《中国民间故事集成》（黑龙江卷），北京：中国 ISBN 中心 2005 年版，第 32 页。

【阅读提示】 这则神话在叙述北斗七星产生的同时，也表现了赫哲族以渔

① 勃力斧子：一种来自俄国的斧子，斧头为扁方形。

② 德勒肯乌沙哈特：赫哲语，德勒肯，晾鱼架；乌沙哈特，星星。指北斗星。

猎文化为核心的生活生产习俗。

【基本母题】 招赘女婿；特定的人物教人捕鱼；北斗七星；特定星星的特征；人上天

【本文编码】 《德勒肯乌沙哈特》：ZCSW1137-233-065

天　河

（赫哲族）

从前，有一家，只有额娘领个小子[①]过日子。小子起名乌沙哈特。

一天，额娘起不来炕了，儿子请来了萨满，给她驱魔治病。萨满看完病情，告诉乌沙哈特说："这病真不轻哎！只有一样药，能治好你额娘的病，就怕你掏弄[②]不到！"

乌沙哈特跪倒在地，连着给萨满磕头，哀求说："快告诉我吧！就是登天、入地，我都敢去！"

萨满见他心诚，就说："都知道你是赫哲人里顶孝顺的孩子，我告诉你个药方。你只要能抓来一条天上的鱼，给你额娘吃下肚，病魔就会除掉；若是抓不到，就只有等她咽气。"

听罢，乌沙哈特就睁大眼睛，问萨满："怎么才能上天呢？"

萨满知道乌沙哈特的心眼跟桦木杆一般直，像火一样热，赶忙跟他说："你坐上快马子[③]，闭上眼睛，我轻轻吹口法气，就能把你送上天喽！"

乌沙哈特救母心切，麻溜儿[④]拎起鱼叉，坐上快马子，紧紧闭上了眼睛，觉得耳朵根有谁呵了一口气，便刮起一阵风，把乌沙哈特忽悠忽悠地送上

---

① 小子：方言，男孩子、儿子。

② 掏弄：方言，找、搞。

③ 快马子：一种小型轻便的渔船，多用桦树皮制成，亦称桦皮船。

④ 麻溜儿：方言，赶忙、赶快。

了天。

约莫过了一顿饭的工夫，风停住了。乌沙哈特睁眼一看，快马子带着他，早就来到天河边上。天河沿上站着个白胡子玛发，眯缝着眼睛问他："乌沙哈特，大老远的，上这干啥来啦？"

好怪呀，白胡子玛发怎么会知道我的名字呢？乌沙哈特赶紧回话说："老爷爷，我额娘病得要死，只有尝口天上的鱼，才能治好，我是特为抓鱼来的！"

老玛发点点头，连忙给他指路说："真是个好心人！你朝北划船，走不远，有个小河汊，那场全是鱼，拿多拿少随你的便。"

乌沙哈特脚也不停，驾起快马子，三划两划，就赶到了小河汊。只见天河里没有水流，水面平平稳稳的，盖满一层瓦蓝瓦蓝的鱼脊梁骨。他举起鱼叉，朝河当间儿猛地一甩，随后捞着叉绳往起一提，蹿上一条金翅金鳞、翻唇鼓腮的大鲤子鱼。他使皮口袋把活蹦乱跳的大鱼装好，也没多抓，带上口袋就往回走。来到河沿上，老玛发问他叉到鱼没有，他乐呵呵地回话说："叉着啦！谢谢老人家指点，叉着挺大一条哩！"

说着，乌沙哈特倒犯愁了。上天不易，下天更难，怎么回去呀？他正作难，白胡子玛发搭言了："你闭上眼睛吧，爷爷送你回家！"

真的，他刚一闭眼，就觉得有人对他吹股风，那风呜呜的，越刮越大，快马子也一上一下地荡着。等着一停息，就听"吧嗒"一下，双脚落地了。睁眼瞅瞅，可不，真回到自家地窨子①跟前了。他一手拎鱼，一手提叉，三脚两步，闯进屋就喊："额娘呀，快吃天河抓来的大鲤子鱼！"

说着，乌沙哈特就忙三迭四的，又刮鳞，又剖鱼，洗巴洗巴，就架锅把鱼炖上了。不大工夫，鱼烂肉也香，额娘把鱼吃得干干净净，病也好得利利索索了。

刚过一年，额娘的老病又复发了。她病得太急，没容乌沙哈特去天河抓鱼，额娘就过世了。乌沙哈特把老人葬完了，独自蹲在地窨子里发愁：他觉

① 地窨子：简易的半地下住屋。窨，音 yìn。

得天天如此，总在江里摇船撒网，风泼浪滚的，也胡拉[①]不上衣食啊！若能回到天河，那该有多好，一条小河汊儿，活像个掏不完的鱼囤子！莫不如再去天河里打鱼，干个痛快。

这一天，乌沙哈特把自己打点利落，拎着鱼叉，就去找萨满，求他把自己送上天。萨满见他心诚，满口答应，随后一口气，把他吹到了天河沿上。

那个白胡子玛发，好像不知在那儿等多久了，见面就埋怨他说："可把我等急了！我就盼你来，好替我掌管天河，这回总算盼来啦！"

说完，就派乌沙哈特看守无边无岸的天河。老玛发自己回仙山养老去了。

如今，抬头能看见的那几颗亮星，排成尖头大肚的，就是乌沙哈特坐的那只小快马子。它旁边的小星星，就是划船的木桨。那颗顶亮顶亮的，就是守护天河的乌沙哈特。

【附注】

（1）同名文本《天河》，见姚宝瑄主编《中国各民族神话》（满族、赫哲族、朝鲜族），太原：书海出版社 2014 年版，第 111—114 页。

（2）同名文本《天河》，满都呼主编《中国阿尔泰语系诸民族神话故事》，北京：民族出版社 1997 年版，第 340—342 页。原文本标注选自《黑龙江民间文学》1983 年。

【讲 述 者】 吴连贵（赫哲族，男，71 岁，同江市八岔乡渔民，初小）

【采录整理】 黄任远（男，32 岁，同江市委宣传部干部，大专）、马名超（男，56 岁，哈尔滨师范大学教师，大学）采录

【采集时间】 1979 年 6 月 15 日采录于同江市八岔乡

【流传地区】 黑龙江省·（双鸭山市）·饶河县

【文本来源】 中国民间文学集成全国编辑委员会编：《中国民间故事集成》

① 胡拉：方言，为某事而忙碌。胡拉不上衣食，就是忙不上吃穿。

（黑龙江卷），北京：中国 ISBN 中心 2005 年版，第 29—30 页。

【阅读提示】 这则神话叙述了乌沙哈特上天救母的事迹，也反映出赫哲族崇尚渔猎的生产生活特征。

【基本母题】 神药；人上天；萨满；天河；人变成星星；天河的守护者

【本文编码】 《天河》：ZCSW1138-233-066

嫦娥和后羿

（回族）

天神后羿来到凡间，给人们射掉了九个太阳，又除掉了些吃人的毒蛇野兽，人们都挺敬奉他，给他说了一个叫嫦娥的俊媳妇。后羿就在凡间过起日子来了。天帝派人来叫他回去，后羿就说凡间还有些要紧的事没办完，暂且回不去。天帝见他贪恋凡间，心里挺不高兴，就不许他再回天上。当时，后羿也没咋在乎。可过了几年，他怕自己跟平常人一样过几十年就死了，就翻山越岭到了昆仑山，向西王母求来一服仙药，这服仙药一个吃了能成神上天，两人吃了能长生不老。他回来跟嫦娥一说，嫦娥也喜欢得不得了。

这年，有个地方又生了毒蛇猛兽，人们又来请后羿去帮着除害。后羿一去就是好几个月，嫦娥一个人在家里孤孤单单的挺难受，就跟后羿一个叫吴刚的徒弟好上了。

后羿回来后，嫦娥心虚，就偷出仙药跟吴刚跑了。后羿见嫦娥好几天不回家来，就满世找。问来问去，有人说给他，嫦娥吴刚就住在半山腰的一个山洞里头。后羿领着徒弟们追到山洞跟前，俩人全没影了。一个徒弟看见嫦娥在半天空，就嗷嗷直喊。后羿赶紧拿箭射，可箭已经够不上了。眼看着嫦娥飞到月亮上去了。再找吴刚也找不着了。

后羿气坏了，回到家里就拿出那张射日头的神弓，要把月亮射下来。老百姓知道了这件事儿，都来劝他说："这会儿就剩下一个太阳，一个月亮了。

一个也不能没有。嫦娥跑了，俺们再给你说一个。”后羿架不住人们一个劲儿地苦央求，就软了心，答应不射月亮了。可打这事儿以后，他也没心思再寻媳妇了，成天锁着眉头伤心叹气。

再说嫦娥到了月亮上一看，冷冷清清，心里就凉了半截。嫦娥想来想去，就托一个浪荡游神，给打听吴刚的下落。过了些日子，还真把吴刚给找着了。嫦娥就用她的长头发搓成一根长绳子，让吴刚顺着绳子爬到月亮上去。

吴刚和嫦娥一见面，乐得直劲打滚儿。两人商量先忍着点儿，守着天上的规矩，慢慢请求天帝许可他们做天上的夫妻。

后羿的徒弟们见师傅气得吃不下、喝不下，人都挂了鬼脸儿，就合计着给师傅报仇。他们用一只白虎王的尾巴做了一张弓，用青龙的筋做了弦，用一只千年老鹿的犄角做了一支箭。虎尾弓比神弓力量小，比一般的弓力量大，能射着月亮。鹿角箭最大的长处是射到物件上还能弹回手里来。后羿来到山顶上，他弯弓搭箭要射月亮。鹿角箭一射到月亮上，就震得地动山摇石头乱飞。一连几箭，月亮上的房也倒了，树也折了，吓得嫦娥和吴刚光趴在坑窝子里打哆嗦。

后羿一连射了几天，就把月亮上的疙瘩棱角全射没了，月亮成了圆的。溅飞的石头，全变成了大大小小的星星。天帝听说了，他和西王母商量后，就派人告诉后羿：“别再射月亮了，俺们给你出气得了。”

天帝派人在月亮上用冰凌块盖了一栋房子，里边的床啦、桌子板凳啦，全是冰凌块做的，贼凉贼凉的。随后把嫦娥囚在里头，叫她在这冰凉梆硬的冰房里头受罪。

吴刚和师娘乱来，罪过更大啦！天神扔给他一把斧子，叫他砍一棵桂花树。啥时候砍倒了，才能歇着。吴刚寻思这棵碗口粗的树，不几斧子就砍倒啦。哪知道他一斧子砍了一道口子，可一拔出斧子来，就又长平了。吴刚只好不停地砍。

月亮变圆了，天上又有了那么多星星。天帝觉着这天比以前好看了。这是后羿的功劳，就又把他接到天上去啦！

【原文附记】

平泉县杨树岭镇也流传着嫦娥奔月的故事。故事中说，后羿是人不是神。天上有十一个太阳，他射死十个，剩下一个也不知道藏到哪去了。动物们没办法就请公鸡每天按时请太阳出来。人们为了感谢后羿，给他寻了一个漂亮媳妇叫嫦娥，还给他们弄来长生不老药，叫夫妻二人长生不老。后羿为答谢众人，领着徒弟打猎去了，可这个徒弟起了歹心，半路上射死后羿，返回来要嫦娥拿出长生不老药，他要和嫦娥一同吃药，霸占嫦娥。嫦娥坚决不从，自己吃了长生不老药，升到月宫里去了。

【讲 述 者】 吴玉方（回族，男，80 岁，孟村县何吕店村老教师）

【采录整理】 吴玉水（男，32 岁，孟村县何吕店村农民，初中）采录

【采集时间】 1986 年 12 月采录于孟村县何吕店村

【流传地区】 河北省·（沧州市）·孟村县·（辛店镇）·何吕店村

【文本来源】 中国民间文学集成全国编辑委员会编：《中国民间故事集成》（河北卷），北京：中国 ISBN 中心 2003 年版，第 25 页。

【阅读提示】 这则神话中的天神下凡之后，原本纯洁的感情也沾染上了人间的“烟火气”，侧面反映出古老神话与现实生活的水乳交融。

【基本母题】 后羿射日；九个太阳；仙药；射月；月亮的特征；星星的产生

【本文编码】 《嫦娥和后羿》：ZCSW1139-233-067

启明星的由来

（景颇族）

在勐光山有个翠竹环绕的寨子名叫青悠寨。在寨子头住着一户人家，这户人家仅有母子二人，母亲心地善良，乐于助人，儿子优勇不仅长得英俊，干起活来非常勤快，而且，是远近山寨的出名歌手。他嗓音清脆洪亮，感情

真挚动人，人们都称他是人间的歌神。

一天晚饭后，优勇一个人走出寨子，抬头望着万颗繁星在眨眼，月光洒满大地，草丛里各种昆虫在鸣叫，美丽动人的夜晚，激起了优勇心中唱歌的欲望。他久久凝视着闪闪发光的群星，唱起了一支问天星歌：

天上的星星呀，
一颗就是一个美丽的仙女，
你为什么总是寂寞无声，
难道不想来到热闹的人间。

当优勇唱完这一首歌后，突然发现有一颗光彩夺目的星星朝着他移动，他又放开喉咙大声唱起来：

星星姑娘啊，
今夜你特别美丽，
你快快下来吧，
和我一起唱山歌。

优勇的歌声飞到天上，惊动了一位名叫木丽扎的仙女，她是禽鸟王的女儿。木丽扎听见优勇的歌声，被他真挚的感情打动了，于是下了决心，就从天上飘然而下来到了人间。

当木丽扎仙女出现在优勇面前时，优勇高兴得不知如何是好，还是木丽扎仙女先开口说："优勇哥，你不是约我对歌吗?"他俩来到一棵大青树下，整整对了七天七夜的歌，在对歌中互相表示了爱慕之情。木丽扎仙女和优勇成亲了。

从此以后，夫妻俩共同劳动，一齐收割。在收割时，木丽扎看见地上、田头到处抛撒着许多粮食，便对优勇说："人世间抛撒了这么多谷子，烂在地上真可惜，我在天上是专门喂养飞禽雀鸟的，我离开了天宫后没有人照顾它们，如果我能把它们带下来，让它们吃掉这些粮食该多好呀!”优勇听了非常高兴，说:“你就早去早回，把飞禽雀鸟早点带到人间。”

木丽扎仙女从天宫带回来各种各样的飞禽雀鸟，优勇第一次看见雀鸟身上的美丽羽毛，给他带来了无尽的欢乐。

不久，寨子里的乡亲们都知道木丽扎仙女从天宫带回来飞禽雀鸟，大家都来看望她，称赞她给大家带来了欢乐。乡亲们看见这些可爱的飞禽雀鸟，非常喜爱，都想要一只带回家。木丽扎看出了人们的心事，凡是来看望她的乡亲，每人不是送一对鸡，就是送一对鸭或是一对鹅，同时她还传授给乡亲们如何饲养这些禽鸟的方法。乡亲们个个遵照木丽扎仙女所说的做，让禽鸟栖息在自己家门口的树枝上，这些鸡、鸭、鹅、雀、燕子真乖巧，白天它们飞到田边地角，有的捡吃人们抛撒的谷子，有的啄食各种各样的昆虫。晚上都会自动回到树上安歇。没有多久，这些飞禽雀鸟个个长得又肥又壮，羽毛更加漂亮。这些禽鸟成天叽叽、喳喳、喔喔，叫个不停，并在树枝上筑巢、产蛋。不久，母鸡生的蛋变成了桃子，母鸭生的蛋变成缅桃，母鹅生的蛋变成梨子，雀鸟生的蛋变成了李子、杏子、杨梅、西西果、山梨果等等，今天人们所能吃到的果子都是由飞禽们下蛋变成的。

人们被这些蛋果吸引住了，纷纷爬上树去采摘。人们吃了这些果子，果然味道香甜，清脆可口。于是，大家都以蛋果当饭吃，谁也不愿再下田种地。结果，土地荒芜了，到处长满了杂草，禽鸟也找不到食吃，慢慢变瘦了，再也不下蛋结果了。后来，这些禽鸟实在忍受不了饥饿，都纷纷逃到深山老林之中，变成了今天的野鸡、野鹅、野鸭，再不和人打交道了。

优勇看到这番情景，心情十分沉重。木丽扎仙女跟优勇商量，劝说乡亲们不能忘掉种粮食，这样才能过好日子。禽鸟生的蛋果也只能尝尝味道，不能当成饭吃。人们听了优勇和木丽扎仙女的话后，重新开荒种田，人间才又有了粮食。这时，木丽扎仙女又回到天空领回了又一批禽鸟，但这次木丽扎不让禽鸟在树上安歇，而是在家里饲养。

收获的季节又到了，大伙收得了很多粮食，禽鸟又开始生蛋了，但是这些蛋不生在树桠上了，都生在地上。人们也不能拿来生吃，要煮熟了才能吃，从此，人们的生活越来越好过了。优勇和木丽扎两人更是相亲相爱，每天早出晚归，晚上相互对歌。寨子里的年轻人也学着他俩，每天晚上都聚在大树下，对着星星月亮来对歌，用歌声倾吐彼此相爱之情，这个习俗就是从那个时候开始的。

后来优勇去世了，木丽扎怀着悲痛的心情又回到天宫去了，虽然回到天宫，但是她却是想念着人间的乡亲，每时每刻都睁着眼睛看着人间，就成了启明星。

【讲 述 者】 （无考）
【采录整理】 桑仁、刀麻果搜集整理
【采集时间】 （无考）
【流传地区】 （无考）
【文本来源】 中华民族故事大系编委会编：《中华民族故事大系》第10卷（景颇族、柯尔克孜族、土族），上海：上海文艺出版社1995年版，第90—93页。
【阅读提示】 这是一篇综合型创世神话，篇末落脚到为人间带来生机的仙女化生为启明星，凸显了这一特殊星象在景颇族民间信仰中的重要地位。
【基本母题】 歌神；仙女下凡；对歌；人与仙女婚；飞禽从天上来；鸟蛋变成果子；饲养的产生；习俗的产生；启明星的来历

【本文编码】 《启明星的由来》：ZCSW1140-233-068

北斗星的来历

（柯尔克孜族）

传说有七个盗贼看上了天神的神驹。他们上天来盗马，用套索套不住。

于是他们便下马去捉。他们围着金橛子追马，怎么也追不上。这七个强盗就变成了北斗七星。

【附注】

关于七个盗贼化身北斗七星的母题在西北地区民族中多有流传。

【讲 述 者】（无考）
【采录整理】张彦平编译
【采集时间】（无考）
【流传地区】（无考）
【文本来源】满都呼主编：《中国阿尔泰语系诸民族神话故事》，北京：民族出版社 1997 年版，第 83—84 页。
【阅读提示】这则神话用简练的语言讲述了七个盗贼化为北斗七星的来历。
【基本母题】七个盗贼；盗天马；北斗七星的来历

【本文编码】《北斗星的来历》：ZCSW1141-233-069

北斗星神话

（柯尔克孜族）

相传，北斗星原本是世间的北斗神。北斗神有个漂亮的女儿被一个叫“巧力潘”（柯尔克孜神话中启明星的名字）的青年拐走了，他受不了被人从眼底下拐走女儿的奇耻大辱，生气地去追巧力潘和自己的女儿。小伙子和姑娘在北斗神的紧紧追逐下，跑得筋疲力尽，眼看就要被追上了。这时巧力潘让北斗神的女儿变成一颗星星升上天空，接着，他自己也变成一颗明亮的星星跟了上去。北斗神见此情况更为生气，却又无可奈何，只得也变成一颗星到天空继续追赶巧力潘和自己的女儿。可是直到如今，也不知过了多少年，他还是没有追上他们，反倒使自己从北斗神变成了北斗星。

【讲 述 者】 （无考）
【采录整理】 多里昆·吐尔地、阿地力·朱玛吐尔地编写
【采集时间】 （无考）
【流传地区】 （无考）
【文本来源】 《中国各民族宗教与神话大词典》编审委员会编：《中国各民族宗教与神话大词典》，北京：学苑出版社 1990 年版，第 370 页。
【阅读提示】 柯尔克孜族中流传有数量众多的天体神话，大多关涉地上之物升天变作日月星辰等母题。
【基本母题】 北斗神；北斗神的女儿；人变成星星；北斗星的产生

【本文编码】 《北斗星神话》：ZCSW1142-233-070

北斗星是吉星
（柯尔克孜族）

北斗七星是吉星，它降福于人类，并使人长寿。据说，天神有两匹神驹，一匹是黄骠马，一匹是海青马，两匹马拴在金橛子上。有七个看守守护着这两匹神驹，这七位看守变成了七颗星，人称北斗星。

【讲 述 者】 （无考）
【采录整理】 张彦平编译
【采集时间】 （无考）
【流传地区】 （无考）
【文本来源】 满都呼主编：《中国阿尔泰语系诸民族神话故事》，北京：民

族出版社 1997 年版，第 83 页。

【阅读提示】 这则神话隐含了柯尔克孜族的北斗星崇拜观念。

【基本母题】 吉星；长寿的原因；神驹；神驹的守护者；北斗七星的产生

【本文编码】 《北斗星是吉星》：ZCSW1143-233-071

猎人和野山羊

（柯尔克孜族）

传说，古代有位柯尔克孜族猎人，遇到四十只野山羊。他射杀了其中的三十七只，另外三只逃走了，并凭着魔力升上了天，变成了三颗星星。猎人追上来，他恳求天神助他一臂之力，让他也能升天。天神答应了他的请求。于是猎人骑着马，带着弓箭，牵着猎犬飞上了天。到了天上以后，猎人继续追赶由三只野山羊变成的星星，然而却一直未能追上。结果，猎人、猎人的马与猎犬以及弓箭都变成了星星。由三颗星组成小熊星座，柯尔克孜人叫作三羊星座。在三羊星座旁边能影影绰绰地看到一些小星星，它们是猎人星、猎犬星、马星和弓箭星。

【讲 述 者】 （无考）

【采录整理】 张彦平编译

【采集时间】 （无考）

【流传地区】 （无考）

【文本来源】 满都呼主编：《中国阿尔泰语系诸民族神话故事》，北京：民族出版社 1997 年版，第 84 页。

【阅读提示】 这则神话反映了人们对天文星象的观察和思考，是结合生产生活事象展开的合理想象。

【基本母题】 猎人；野山羊上天变成星星；猎人上天变成星星；特定星星

的产生

【本文编码】 《猎人和野山羊》：ZCSW1144-233-072

三羊星神话

（柯尔克孜族）

相传，古时有位猎人追逐四十只野山羊，已经射杀了三十七只，在他正要射杀那剩下的最后三只时，三只羊凭借它们的魔力升到天上，而且变成了星星。猎人见此情况十分惋惜，乞求天神让他也升上天空继续追猎。猎人的虔诚感动了天神，天神准许他升到天上。瞬间，猎人和他的坐骑同时升上了天空。不过，他追猎那三只野山羊的事，至今毫无结果。三只野山羊变成了三羊星，他也变成了天空的一个星座。

【讲 述 者】 （无考）

【采录整理】 多里昆·吐尔地、阿地力·朱玛吐尔地编写

【采集时间】 （无考）

【流传地区】 （无考）

【文本来源】 《中国各民族宗教与神话大词典》编审委员会编：《中国各民族宗教与神话大词典》，北京：学苑出版社1990年版，第370页。

【阅读提示】 这则神话是柯尔克孜族天体神话之一。与《猎人和野山羊》（ZCSW1144-233-072）情节相似，文字表述略有不同。

【基本母题】 狩猎；魔力；升天；天神；三羊星的产生；人变成星座

【本文编码】 《三羊星神话》：ZCSW1145-233-073

阿德哥和七仙妹

（黎族）

在海南岛五指山北面，有一座高山叫黎母山。相传古时候，这座高山之下，有一位青年，名字叫阿德。阿德勤劳勇敢，心地善良，长得眉清目秀，俊俏健美，砍山、射箭、吹箫、唱歌，样样出众，谁都喜欢他。

但是，阿德父母早逝，年幼无依，孤苦伶仃，只得在一个有钱有势的蒂闷[①]家做长工。蒂闷是个贪得无厌、阴险毒辣的家伙。他叫阿德去放牛，还规定每天日到中天要割回一担草，日落西山要砍回一担柴，夜晚得给蒂闷扇风赶蚊、松筋捶腰。直到蒂闷睡熟了，还要去劈柴、舂米。舂到米白，已是七星齐头、鸡啼三遍了，阿德才能在鸡笼旁边的稻草上躺下睡觉。

有一天，他翻来覆去睡不着，想到自己整日整夜，辛苦劳累，却得不到半碗好饭吃，得不到一件好衣穿，越想心里越难过，眼泪湿透了衣胸。他边哭边唱道：

世上黄连苦万千，
孤身长工更悲凄，
与猪同食与鸡睡，
鸡见我哭也哀啼。

可怜的阿德，谁见了都可怜。

那个时候，天上有七位仙女姐妹，每天从东至西游览天上人间景色。一天她们发现人间的黎寨山村，风光绮丽，景色优美，便从高入九天的五指山中指主峰上下来，她们游山玩水，采花赏景，十分快乐。只有最小的七妹，无心游玩，一心爱上了阿德，对他的遭遇十分同情。

天快亮了，姐妹们看见七妹流连忘返，在后面还未跟上，都催促她快点

① 蒂闷：黎语，指有钱有势的人。

回去。七妹连忙把自己的心事告诉了姐姐们，说她打算留在人间，帮助这位青年。

天亮了，阿德骑在牛背上，一边吹箫，一边赶着牛群去山下吃草。当牛吃草撒欢的时候，阿德却埋头割草。刚割不一会，回头一看，不知怎么搞的，草已堆了一大片。是谁来帮忙？他转眼四望，连个人影也见不到。午后，牛群在吃草，阿德又到山上去捡柴，刚捡了一会，回头一看，不知怎么搞的，柴又已堆了一大堆。又是谁来帮助？他又东张西望，仍然见不到一个人影。晚上，阿德给蒂闷松筋捶腰，蒂闷睡熟了，他就去劈柴、舂米，他刚劈了一会柴，便满地是柴片，舂了一阵米，便满箩是白米。日复一日，天天如此，阿德好生奇怪。

又一早，他刚割了一会草，转眼一望，又不知是谁帮着割了一大片。他便把草收拾、捆好，然后躺在草地上，吹了一会竹箫，唱起山歌来：

红藤生刺苦藤攀，
谁怜孤寒情相牵，
哪路恩人恩如海，
海阔难盛她心意。
红藤生刺苦藤攀，
谁怜孤寒情相牵，
恩人若是远千里，
我愿寻她到门前。

午后，阿德上山去捡柴。他捡了一会，转头一着，一位姑娘正在把柴捆成担，一边羞答答地偷偷望着他。阿德以为是自己眼花，揉了揉眼睛，定神再看，确是一位年轻漂亮的姑娘，她上前向他躬身作揖，叫道："阿德哥！"弄得阿德不知道怎样才好。呆了一会，想到面前是自己天天盼着见到的恩人，就急忙上前还礼道谢。

这姑娘就是七妹。她爽快地把来意说了。阿德好不喜欢，喜孜孜地望着她，当即结成夫妻，一齐唱道：

红藤生刺苦藤攀，
生也相缠死相牵，
哥有心来妹有情，
苦万①做饭吃也甜。
哥也有心妹有意，
两人破篾来圈天，
天要大来圈它小，
天要长来圈它圆。

从此，阿德辞去长工，和七妹搬到青山岭下，在山洞里安了家。早出晚归，劈山兰，种稻谷，上山打猎，下溪捕鱼，生活过得很和美，后来还生下一男一女。

天上方一日，地上已一年。这天，玉皇大帝查知七妹偷偷下凡未归，便叫雷公带领风兵雨将，来到天门外，三番五次限令七妹离开人间，立刻回到天上去。七妹宁死不从，她哭泣着折了一支鸡藤刺，拿来青靛，仿效黎家姐妹纹了脸，决心留在人间黎寨。雷公执拗不过，只得回报玉皇大帝。玉皇大帝大发雷霆，呵斥七妹违犯天规戒律，喝令雷公，把天庭通向人间之路砍断。雷公奉命，手执巨斧，来到天门外，喝声隆隆，一斧就把天庭通向人间的五指山中指主峰拦腰砍断②。那五指山的中指主峰，就从九天云端，崩倒堕落，响声如雷，震得地动山摇，天昏地暗。

五指山中指主峰被砍断以后，天上人间再也无路可通，六位仙姐也不能来看望七妹了，她们只好每当夜晚来临，从东至西，经天寻觅，遥望着住在黎寨的七妹。这七仙姐妹原来是天上的“七星”，因为七妹下凡了，所以，

---

① 苦万：黎话，一种野果，味苦如黄连。

② 五指山中指主峰：第三峰，现仍可见被雷击过的痕迹。

现在人们看见到的“七星”，只有六颗星了。

【讲 述 者】 （无考）

【采录整理】 苏海鸥整理

【采集时间】 （无考）

【流传地区】 （无考）

【文本来源】 中华民族故事大系编委会编：《中华民族故事大系》第7卷（黎族、傈僳族、佤族），上海：上海文艺出版社1995年版，第66—69页。

【阅读提示】 这则神话在部分情节上与牛郎织女的故事相仿，在叙述中融入了黎族独特的叙事视角，对研究该民族社会形态和文化习俗具有较高的参考意义。

【基本母题】 五指山；七仙女；仙女下凡；人与仙女婚；玉皇大帝；纹面；特定星星的来历

【本文编码】 《阿德哥和七仙妹》：ZCSW1146-233-074

兄弟星座（1）

（黎族）

传说黎家有七兄弟，以砍山种植山兰旱稻为生，常被天猪糟蹋。为此，七兄弟制造了一把特大的弓箭，杀伤了天猪追上天庭，与玉帝辩理。玉帝认输，把天猪交给七兄弟煮食，却断了他们回归人间的路，只得留在天宇种田。而只有七弟不肯和大家一起，去给月亮当了随从，其余六兄弟都团结一致，合力耕耘万里云空。

【讲 述 者】 （无考）

【采录整理】 韩伯泉编写

【采集时间】 （无考）

【流传地区】 （无考）

【文本来源】 《中国各民族宗教与神话大词典》编审委员会编：《中国各民族宗教与神话大词典》，北京：学苑出版社 1990 年版，第 379 页。

【阅读提示】 这则神话是神话《兄弟星座（2）》（ZCSW1148-233-076）的压缩改写，语言文字较为精简，这应该是一般神话词典的写作要求，如果希望深入研究，建议回归田野文本。

【基本母题】 七兄弟；耕作；神性动物；弓箭；天庭；玉帝；通天路的毁灭；月亮的随从；特定星星的产生

【本文编码】 《兄弟星座（1）》：ZCSW1147-233-075

兄弟星座（2）

（黎族）

古时候，在一座大山里居住着一户七兄弟的人家。父母早已去世，兄弟们互相照顾，共同生活，团结得像一个人一样。

他们以种山兰稻为主。有一年，种山兰的季节到了。七兄弟辛辛苦苦地砍了一天山，刚好砍到山头上那棵顶天立地的天芋[①]树下的时候，天黑下来，他们便收工回家去了。

第二天，他们一早就来到这里，见到昨天已砍倒的树木和粗藤又原封不动地长起来。他们感到很奇怪。无奈何，又辛苦地砍了一整天，砍到天芋树下天又黑了，他们便又回家去。第三天早上一看，被砍倒的树和藤又全部长

① 天芋：相传古代有一棵顶天立地的大芋树，是天地之间的桥梁，后来被七弟用肉汤泼在蕊上，骤然萎缩成现在常见的山芋。

起来了。他们决定晚上埋伏在山上，看看到底是怎么一回事。天黑下来，他们分散在四处的树林里躲起来。等到半夜，只见天上闪出一片白光，从那棵天芋上下来一只长相可怕的天猪，来到他们已经砍光的地里，喷出一口浓浓的白烟，口里念念有词："塞呀塞，云呀云，合东灵东灵。[①]"念毕，只见被砍倒的树、藤又各归其位，与原来的老林没有两样。天猪念完，又踏着天芋上天去了。

兄弟们赶忙凑在一起，你一言我一语地商量起来。他们决定用巨木制作出一把几个人才拉得动的大弓和铲一般的大箭，安在天芋的巨叶下面。他们发誓要杀死天猪，并且找玉帝评理。

这一天，兄弟七人又齐心协力砍了一天，等到天黑便又照样躲了起来。下半夜，又见那只天猪呼哧呼哧地走下来，刚喷出白烟，七兄弟便一齐拉开大弓，搭上巨箭，"呼"一声，射中了天猪的肚皮，天猪慌忙跳上芋杆，向天奔去。那七兄弟毫不放松，顺着血迹追上天去。

到了天上，只见一排排仙宫琼阁耸立在瑞气祥云之中。他们一直追到玉帝的猪栏里，一只小山般的大猪已经死在那里。他们便吵到天庭。玉帝被他们的吵声惊醒了，来到他们的面前问道："喂，后生哥们，你们吵什么呀？"

"万界[②]，你的猪下凡到人间，把我们几天砍的山兰坡地糟蹋了，我们找你论罪！"七兄弟理直气壮地说。

"啊？好哇，既然它犯了天规，冒窜凡尘而被你们猎中，万界我把它交给你们处置。不过，你们必须把它吃完，不能剩下一星半点肉、骨、汤。"玉帝被他们的大理所屈服，心直气平地说。

于是，七兄弟七把尖刀一齐开剜，并燃起冲天烈火，不一会就把肉煮熟了。他们把肉吃个精光，只剩下一瓢肉汤。老七不介意，随手把这瓢肉汤往芋蕊上一泼。哦！只见顶天立地的万丈芋树一缩，就成为现在常见到的山芋和洋芋了。

---

① 塞呀塞，云呀云，合东灵东灵：意思是"树呀树，藤呀藤，各归原位"。

② 万界：玉帝。

七兄弟无路可下，只好留在天上。玉帝把万里碧空作为田地，让他们耕种。所以，每当天气晴朗的时候，我们总会见到他们犁过的犁浪——排云或条云。只有七弟不听大家劝告，被月亮收买去当随从。这就是月亮什么时候都有一颗小星伴行的缘故了。那六兄弟依然像在老家一样团结得像一个人，辛勤地耕耘着万里云空。以后，黎族人民在夜间观星的时候，常指着簇拥的六星座对子孙说："你们要像络佬①一样，无论在什么地方，都要团结起来，才能战胜困难呀。"老人们又指着闪烁的北斗星星座对孩子说："你们看，他们真勤劳呵！每天都在犁田，那是他们刚刚放下的木犁呢！"

【附注】

（1）同名文本《兄弟星座》，见谷德明编《中国少数民族神话》，北京：中国民间文艺出版社 1987 年版，第 188—191 页。

（2）同名文本《兄弟星座》，见中华民族故事大系编委会编《中华民族故事大系》第 7 卷（黎族、傈僳族、佤族），上海：上海文艺出版社 1995 年版，第 23—25 页。原文本标注由吉文新讲述，龙敏搜集整理，流传于海南五指山，文字表述略有不同。

【讲 述 者】（无考）
【采录整理】龙敏
【采集时间】（无考）
【流传地区】海南省·（三亚市）·乐东县（乐东黎族自治县）
【文本来源】姚宝瑄主编：《中国各民族神话》（高山族、黎族、畲族），太原：书海出版社 2014 年版，第 59—61 页。
【阅读提示】这则神话借助叙述北斗星的产生过程，赞美了人们勤劳、勇敢、团结向上的优良品质。
【基本母题】七兄弟；神性动物；玉帝；神箭；人上天；天梯；云的产生；

① 络佬：人们常见的六颗星座。

人变星星；北斗星

【本文编码】 《兄弟星座（2）》：ZCSW1148-233-076

兄弟星座（3）

（黎族）

黎族父老相传，昔大山中住有七兄弟，手足情亲如一人。七兄弟以种山兰为生。某年，至种山兰之季，七兄弟从山麓砍山木、山藤，至山头之天芋树下，时天已昏黑，遂返家（天芋树者，顶天立地之巨树，古昔之天梯也）。次晨七兄弟入山，见昨所砍藤树复生长如故，只得复从山麓再砍之。第三日往，藤树又生。七兄弟乃宿于山间察之。夜半，忽见天上闪现白光，有大天猪于天芋树下，口诵咒语云："藤藤树树，各归其位。"诵毕，被砍倒之藤与树皆起立更生如故。天猪乃援天芋树攀登而上，转瞬不见。

七兄弟忿极，誓射杀天猪，种田天上。遂制大弓矢，夜于天芋树下候之。见天猪方下，口喷白烟，乃共挽弓矢射之。天猪中箭大叫，返身逃回天上。七兄弟各扛木犁，亦援天芋树追至天上。时天猪已死于玉帝猪栏，身巨如小山。兄弟等见之，各俱不平，往质于玉帝。玉帝无辞以答，只得将大猪发交七兄弟，听凭处置。唯曰：务须食尽猪肉，不得存留一星半点。七兄弟即于天庭升烈火，尖刀七把齐刺猪身，立开膛剖腹，剔洗洁净，于巨锅煮之熟，七人围而食之，顷刻食尽。唯余一瓢肉汤，老七顺手泼之，不意正落天芋树上。天芋树立萎，一缩万丈，成为今日常见之山芋矣。

下地无路，七兄弟只得留住天上，玉帝指万里碧空为田，令兄弟于此耕之耘之。今晴日所见排云，即七兄弟所犁之犁浪也；夜晚见有六星相聚紧密，即"兄弟星座"也。七弟性乖不听劝，已为月亮收买去做随从，余六兄弟仍团结紧密如一人。

【讲 述 者】（无考）

【采录整理】袁珂据毛星主编《中国少数民族文学》（中册）有关内容改写。

【采集时间】（无考）

【流传地区】（无考）

【文本来源】袁珂：《中国神话大词典》，北京：华夏出版社2015年版，第508页。

【阅读提示】这则神话与《兄弟星座（1）》（ZCSW1147-233-075）的情节大致相同，不过改写的目的与方法却大相径庭。

【基本母题】七兄弟；神性动物；玉帝；制作神箭的材料；人上天；通天路；云的产生；山芋的产生；人变星星；北斗星

【本文编码】《兄弟星座（3）》：ZCSW1149-233-077

鸡窝星

（傈僳族）

晴朗之夜，当可见灿烂星群中有大小七颗紧挨之星，傈僳人称之为“亚让亚妈尼”，即鸡窝星也。相传古有孤儿，生活艰苦，家唯养一母鸡及七小鸡。孤儿饲养精心，晨喂鸡食，昼与水喝，饲之三年，母鸡、小鸡如故，母鸡不肥，小鸡亦不长。

一夜，有乞食老人来，欲宿于其家，孤儿热情接纳之。然家无长物以待客，晚饭亦唯野菜少许，孤儿心甚不安，夜不成眠，决意于明晨杀母鸡以待老人。中夜，乞食老人闻人语声而惊醒。竖耳听之，乃母鸡语小鸡之声。母鸡曰：“吾儿乎，明晨主人将杀我以待乞食恶人矣；汝等今后勿只顾低头扒食，还须抬头看天，防老鹰来捉汝等；天晚速回，觅高处栖，防野猫来食汝等。”母鸡之语恳挚而凄楚，乞食老人闻之心酸。

次晨孤儿捉母鸡，提刀便杀，老人劝其勿杀，孤儿不听。老人无奈，乃曰："如必欲杀，不如将此鸡送我，当不忘汝之深情厚意。"孤儿思老人体弱，送与老人杀而徐食之岂不更佳，乃欣然以之送老人。老人抱母鸡走，至岔路口，略坐而憩息。母鸡突跃出，语老人曰："谢汝活我，亦谢孤儿养我数年之恩。山下岩洞中，埋有一缸金、一缸银，汝可与孤儿分享之。"语毕，遂扑翅上天，众小鸡赶来，俱随母鸡飞上天。

老人还，语其事与孤儿，共往岩洞中掘之，果得金银。至晚，二人仰望天空，见有新星大小凡七，紧聚一处，忆母鸡之厚德，乃无限感慨而言曰："彼即使吾辈享幸福之'亚让亚妈尼'（鸡窝星）也。"

【讲 述 者】 （无考）

【采录整理】 袁珂据怒江州傈僳族民间故事编辑组编《傈僳族民间故事》中的《鸡窝星的传说》改写。

【采集时间】 （无考）

【流传地区】 （无考）

【文本来源】 袁珂：《中国神话大词典》，北京：华夏出版社 2015 年版，第 514 页。

【阅读提示】 这则神话充满了尊老敬老、知恩图报的人间温情，母鸡和小鸡飞升变作星星的结尾虽然奇幻，却是合理的想象。

【基本母题】 孤儿；特定星星的来历；鸡变成星星；鸡窝星

【本文编码】 《鸡窝星》：ZCSW1150-233-078

北极星（1）

（满族）

在宁古塔胡士哈南山坡，有个乌苏里哈拉部落。部落长是位八十岁的老人，叫乌苏里汗。他没儿没女，心地善良，把本部落的人都看做自己的亲骨肉，谁家有个危难遭灾他都愿帮忙，大伙都亲切地称他道耶玛发[①]。他每天除做部落的事外，还帮人放牧小牲口。牧场是一片草甸子，甸子里有眼清泉。

这天，一头小牛到泉眼喝水，抬着脑袋，瞪着眼睛，“哞——哞——”直叫唤。乌苏里汗老人来到跟前一看，原来是泉水干了，再一看里面爬着一条小泥鳅，被太阳晒得皮都要打褶了。老人把泥鳅从泉眼里捧出来，放进甸子边的河沟子里了。小泥鳅慢慢喝了两口水，抬起脑袋，瞧了瞧老人，一摆尾巴游走了。

第二天，乌苏里汗老人又照例在草甸里放牧。日头卡山[②]时，从西边来个穿青衣的小伙子，到老人的面前，两手拄在膝盖上打个千[③]说：“道耶玛发，您是我的救命恩人，让我怎么报答您呢?”

老人打量小伙子半天，虽说自己救过不少人，可眼前这个小伙子却从没见过，便摇了摇头说：“小哥哥，你认错人了，我没救过你呀!”说完转身要走。

小伙子急了，一把拽住老人的衣袖：“老爷爷，我就是您从干泉里救出的小泥鳅啊。”小伙子又说要报答他，问老人要啥礼物。

老人说：“我们珠申[④]人从不收礼物，咱就交个朋友好吧?”无论老人怎么说，小伙子还是死死拽住老人的衣襟不让走，老人没办法，就说：“这样吧，我们部落都没盆子使，给我们一家一口泥盆吧!”

小伙子乐了，站了起来：“道耶玛发，明早太阳未出之前，就到这来取盆吧!”说完，小伙子就不见了。

第二天早晨，老人到这里一看，果然有一大堆泥盆。他领着人把泥盆取了回去，一共七七四十九个盆，正好一家一个。这盆儿盛水喝不了，盛米用不完，人人都乐得合不上嘴。

---

① 道耶玛发：满语，受尊敬的老爷爷。

② 日头卡山：方言，太阳落山。

③ 打个千：打千，是满族男子与长辈见面时的一种礼节。

④ 珠申：满语，也译作诸申，女真人自称，亦作平民、百姓解。

一连几天，老人没见到小伙子面了。这天傍黑时，小伙子呼哧带喘地跑来，给老人行过礼后，对老人说："道耶玛发，大难要临头了，三个时辰之内，这个地方要发大水，您老人家赶快逃走吧！千万不要告诉别人，告诉了您就要遭殃，要化为青烟的。"

乌苏里汗老人回到家里，收拾好随身的东西，就悄悄离开了部落。他走出半里路，猛然想到：不好，若是大水来了，一个人也逃不脱的！只要能救下全部落人的性命，我化为青烟又算个啥！想到这儿，老人就转身跑回部落，敲起铜锣，把大人小孩都喊了起来，叫大家快跑。人们刚跑到山顶，大水就淹没了部落。大家回头找老人，可是怎么找也不见影，怎么喊也不闻声，只见村头上一股青烟冲上天空，一眨眼化作一颗亮晶晶的星星，像老人慈祥的眼睛注视着大伙。

人们知道这星就是乌苏里汗老人。大人孩子就在山头上跪下遥拜起来。从此，满族在祭祖时都要祭星。祭星就是祭乌苏里汗老人。这颗星在天空的北方，人们就叫"北极星"。

【附注】

同名文本《北极星》，见满都呼主编《中国阿尔泰语系诸民族神话故事》，北京：民族出版社 1997 年版，第 261—263 页。原文本标注摘自《满族民间故事选》1983 年上海文艺出版社。

【讲 述 者】 傅英仁（男，64 岁，满族，宁安县宁安镇 33 委离休干部，大专）

【采录整理】 赵君伟（男，55 岁，满族，宁安县宁安镇 27 委中学教师，大专）采录

【采集时间】 1983 年采录于宁安县宁安镇傅英仁家

【流传地区】 黑龙江省·（牡丹江市）·宁安县·宁安镇

【文本来源】 中国民间文学集成全国编辑委员会编：《中国民间故事集成》（黑龙江卷），北京：中国 ISBN 中心 2005 年版，第 33 页。

【阅读提示】 解释日月星辰的来源和风雨雷电等自然现象的神话，在满族

神话中占有重要的地位，这则神话通过讲述北极星的来历，反映出满族民间的星宿崇拜现象。

【基本母题】 北极星；动物报恩；祭祖；人死后变成星星；特定星星的方位；祭星辰

【本文编码】 《北极星（1）》：ZCSW1151-233-079

北极星（2）

（满族）

昔宁古塔胡士哈山南，有部落曰乌苏里哈拉。部落长为一年八十之老人，曰乌苏里汗。老人无儿女，视本部落人如亲骨肉，人有急难，常往助之，族人称之为“道耶玛哈”，意为受尊敬之老祖父。一日牧牛于草甸，有小牛至泉眼饮水，忽举头瞪眼，“哞哞”而鸣。老人返前观之，盖泉水已干，泉底有小鳅，被晒而皮起皱褶。老人怜而捧之出，见鳅掉尾犹活，乃放入甸旁小沟中。小鳅入水，抬头望老人，徐徐游去。

次日，老人仍牧于草甸。日衔山时，有青衣少年自西来，两手撑膝，向老人打千致谢，曰：“道耶玛哈，汝活我命，吾将何以为谢耶？”老人虽曾救多人，然竟不识少年，转身欲行。少年挽老人衣袖曰：“我干泉中小鳅也；我有薄礼相赠，老人将何所需？”老人曰：“吾珠申人从不受人礼，无已，请以为友可乎？”少年固请受薄礼。老人曰：“吾部落无盆用，请家给一泥盆可也。”少年笑应曰：“喏！明晨日出之前，请于此来取盆。”翌晨，老人果取得泥盆四十九还，恰一家一盆。众以盆盛水水满，盛米米溢，人给家足，悉乐而开口难合。

忽一日傍晚，少年仓皇来，语老人曰：“道耶玛哈，大难临头矣！三时辰内，此地将发洪水，速逃离此！千万勿告人，否则汝当遭殃，化为青烟。”临去又再三叮嘱。老人返家，收拾随身物，悄离部落。至山头，见部落灯火犹未熄，母逗儿声，青年男女笑歌声，皆入耳膜。老人私责己曰："吾焉能舍此二百余口人但顾己乎？若大水来，此男女老幼皆不能逃；能救得全部落人性命，吾化青烟又何所惧哉！"

思至此，老人即返归部落，敲铜锣呼众起。人群方奔至山顶，大水即来，淹没部落。众回头觅老人，遍觅无踪影，呼亦无应声。唯见村头有青烟一股冲上天空，顷之化为一晶莹闪亮之星，如老人慈祥之目注视众人。众知此星即乌苏里汗老人所化，皆跪于山头，望空遥拜之。自此满族祭祖必祭星，祭星即祭乌苏里汗老人也。星在北方，人又称之为"北极星"。

【讲 述 者】（无考）

【采录整理】袁珂据中国民间文艺研究会辽宁、吉林、黑龙江三省分会编《满族民间故事选》中的《北极星》改写。

【采集时间】（无考）

【流传地区】（无考）

【文本来源】袁珂：《中国神话大词典》，北京：华夏出版社 2015 年版，第 458 页。

【阅读提示】这则神话由袁珂改写而成，情节与《北极星（1）》（ZCSW1151-233-079）相似，但语言风格不同。

【基本母题】北极星；部落首领；动物报恩；祭祖；特定星星的产生；祭星辰

【本文编码】《北极星（2）》：ZCSW1152-233-080

北斗七星

（蒙古族）

听额吉[①]讲，很多星星都是人变成的，比如北斗七星，就是七位英雄的

① 额吉：蒙语，妈妈，娘。

化身。其中那颗最明最亮的星星，是这七颗星星的老大。他原来就是天上的一个使者。

那天，使者骑着一匹八蹄细腰的白骏马，从天上来到人间游逛，看见一个踢毽子的人。这毽子呀，可不是我们玩的鸡毛毽子，而是一座大山，被他当作毽子，一上一下踢着玩儿。使者跟他去见面，那人说："山儿重，山儿沉，山儿到我手里就变轻。"使者很敬佩，就问他："您愿意跟我一块走吗?"那人说："有那个心意，没那个骑乘。"使者就拔下一根马尾，结了一个疙瘩，往地下一扔变成一匹骏马，让他骑上一同出发了。

他们两人正走着，遇见一个撵黄羊的人。那人把黄羊追上去，捉住，又马上放开；再追上去，再捉住，再放开……就这么捉捉放放地撵着玩。他俩感到奇怪，就去拜会那个人。那人说："黄羊快，黄羊快，黄羊没有我腿快!"他俩听了很佩服，就问他："您愿意跟我们一块走吗?"那人回答："有那个心意，没那个骑乘。"使者又拔下一根马尾，结成一个疙瘩，往地下一扔变成一匹骏马，让他骑上又一同出发了。

他们三人走着走着，看见树上落着一只喜鹊。一个人偷偷跑过来，从它翅膀上拔下一根翎，又给安在尾巴上，那喜鹊还不警觉，仍然在那里喳喳地叫。他们三个感到惊异，就去跟那个人会面。那个人说："喜鹊精，喜鹊灵，我能拔掉喜鹊翎!"这三个人很高兴，就问他："您愿意跟我们一块走吗?"那人说："有那个心意，没那个骑乘。"使者再从马身上拔下一根马尾，结上一个疙瘩，往地下一扔，变成了一匹骏马。

他们四人骑上马又往前走，看见一个人一会儿坐着，一会儿站起来，一会儿又躺下。他们感到稀奇，就去拜会那个人。那人说："我坐着能听见人间的人们做什么，站起来能听见天上的人们做什么，躺下能听见地下的人们做什么。"这四个人就问他："您愿意跟我们一块走吗?"那人说："有那个心意，没那个骑乘。"使者就用马尾给他变出一匹骏马，让他骑上一道上路了。

他们五人走呀走，来到一个大海边。海水翻着汹涌的波浪，他们过不去了。正在犹豫，海水哗的一下退走了，一个巨人站在他们面前。他们感到纳闷，就问那个人是怎么回事。那个人说："我把水喝进去这里就变成陆地，吐出来这里就变成海洋。”他们五个人问：“您愿意跟我们一块走吗?”那人说：“有那个心意，没那个骑乘。”使者就用同样的办法，给他变来一匹骏马。

现在他们是六个人了。这六个人走呀走，遇见一座火山，熊熊的烈焰挡住了他们的去路。他们正愁过不了山去，只见大火缩成一个火球，被一个人吞到嘴里去了。他们都感到很惊愕，就去向那个人请教。那人说：“我学过吞火术，再大的火都能吞进肚里化掉。”他们六个人便问他：“您愿意跟我们一块走吗?”那人回答：“有那个心意，没那个骑乘。”使者也给他变了一匹马，七个人一道上路了。

到什么地方去呢?他们听说有个叫阿日希巴日希的可汗①，给儿子过生日，要开三天那达慕②会，他们就一同去参加了——按照这里的习惯，这种喜庆热闹的场合是不分贵贱亲疏的，谁碰上都可以参加，所以他们就参加了各种比赛。第一天摔跤，那个把山当作毽子踢的人夺了冠军。第二天赛马，那个追赶黄羊的人夺了冠军。第三天发奖，可汗一看领奖的全是他们的人，心里就动了火。他跟大臣商量了一个坏点子，准备在晚上举行宴会的时候，用毒酒把他们害死。可是他们的这些勾当，都没有瞒过那个能听到世界上的人们在做什么的人。他把情况报告了其他六人。那个拔喜鹊翎毛的人说：“可汗让你们喝酒，你们尽管喝好了，到时候我来应付。”于是当晚举行宴会的时候，可汗就在他们七个人面前放了毒酒，在别人面前放了无毒的酒。然后就以庆贺那达慕胜利结束的名义，跟他们一一碰杯。可汗想得当然很周到，因为这样的酒是不能拒绝的，这就等于不能拒绝死亡。可是他没有注意到那个机灵的人，已经神不知鬼不觉地把酒杯调换了位置。结果那七个人没有死，可汗最亲近的人却死了七个。可汗这下可气坏了，于是就抬着那七个人的尸体退出宴会。在宴会厅四周架起火来，一心要把他们几个统统烧死。想不到那个吞火的人，一口就把大火吞灭了。可汗看看不中用，就亲自带领

① 可汗：皇帝，帝王。

② 那达慕：原为“游艺”之义，后来引申为游艺性的庆祝盛会。

精兵强将来捉拿他们。这时候那个喝海的人轻轻喷了一口水，全城就马上变成一片汪洋，可汗和文武百官都在汪洋中淹死了。那七个人呢？他们已经来到了最高的山顶上。一道七色彩虹从天上垂下来，连住了这个山顶。使者对其他六位说："弟兄们，这是玉皇给我们放下的天梯，我们登着它上天去吧！"于是他们一扯缰绳，那七匹骏马就飞了起来，顺着这道天梯飞到了天上，变成了茫茫星海中最有名的星座——北斗七星。

【讲 述 者】 刀劳斤

【采录整理】 乌恩搜集，郭永明翻译整理

【采集时间】 （无考）

【流传地区】 （无考）

【文本来源】 中华民族故事大系编委会编：《中华民族故事大系》第 1 卷（汉族、蒙古族、回族），上海：上海文艺出版社 1995 年版，第 524—527 页。

【阅读提示】 这则神话借助叙述人上天变成星宿的过程，描述了天上人间的善恶情仇。

【基本母题】 人变成星星；北斗七星的产生；变形巨人；汪洋的产生；玉皇大帝；天梯

【本文编码】 《北斗七星》：ZCSW1153-233-081

北斗七星的由来

（蒙古族）

相传，有兄弟两个，在山上打猎时，与五位本领超群的勇士结为兄弟。他们五位是：上午射出去的箭午后才带着打中的鸟下来的神箭手，耳朵一挨地就能听到天上地下一切声音的能听者，能把东西两座山换来换去的大力士，能轻而易举地抓住黄羊的飞毛腿，能一口气吸干大海的能手。他们来到夏兹盖国王的城堡，与国王的勇士们比本事。比射箭、比摔跤、赛跑，都由神箭手、大力士和飞毛腿夺魁。国王用请客为名，想把他们关在铁屋子里烧死。国王的策划被能听者听到后，吸海能手便吸去大海，当火烧到铁屋子的时候，把海水放了出来。海水淹没了夏兹盖国王，彻底消灭了一切恶魔。后来，兄弟七位变成了北斗七星，永远被人们传颂。

【讲 述 者】 （无考）
【采录整理】 清格勒编写
【采集时间】 （无考）
【流传地区】 （无考）
【文本来源】 《中国各民族宗教与神话大词典》编审委员会编：《中国各民族宗教与神话大词典》，北京：学苑出版社 1990 年版，第 455 页。
【阅读提示】 这则神话是《北斗七星》（ZCSW1153-233-081）的压缩版。
【基本母题】 七兄弟；神性人物的特征；洪水；比赛；北斗七星的产生；人变成星星

【本文编码】 《北斗七星的由来》：ZCSW1154-233-082

三颗星星

（苗族）

每当天快黑的时候，有一颗出来最早的星星，苗家叫它做通桑；到了半夜在群星丛中，有一颗最明亮的星星叫通桑妈；当公鸡报晓、群星隐退时，又有一颗高挂天空的星星叫做桑扎。这三颗星星，传说原来是一家人哩！

传说在很古以前，天上有十二个太阳和十二个月亮，它们恶狠狠地照着大地，山上的石头给晒融，田里的秧苗、坡上的草木被晒焦，人们休息不好，做不成活。

有一个身强力壮的大汉，名叫桑扎，见人们生活得这样艰难，非常的气愤，他决定把太阳和月亮射掉。一天，他身背弓箭，告别了妻子和刚出生不久的儿子通桑，带着亲人和乡亲们的希望起程了。

桑扎披星戴月，不辞一切辛苦，经过十二年漫长的时间，用他的智慧和力量射掉了十一对日月后，便沿路回家来。

来到寨边，有一个少年在射鸟，他一箭射过去，一只飞鸟落了下来，又见他一箭射进水里，一尾鱼带箭漂了出来。桑扎见后，心里非常不舒服。心想：我都没得这个本事，他这么小就这样厉害，大来还了得?！我如不把他杀掉，我这个天下第一英雄就住不久。于是便命令随从把少年拉到河边给杀死了。

桑扎回到了家，见到了妻子，不见儿子，忙问："我们的儿子通桑呢?快叫来看看!"通桑妈回答说："在寨边打鸟哩!""哪样？你说哪样?"桑扎一时慌了神，身子摇摇晃晃起来。通桑妈见他这副急样子，以为是盼儿心切，笑着说："急哪样，他在寨边打鸟，一会就……"桑扎哭着把杀死儿子的事告诉了她，她失声痛哭："你晓得不，我俩娘崽是怎样过来的？我好不容易把他盼大，你……你……"她泣不成声，哭得死去活来，哭得眼睛见不到路、嗓子说不出话。心想：我母子相依为命生活了十二年，现儿子死去了，我也死去算了。于是喂猪时，用头碰猪圈死去。桑扎为了独霸英雄称号而杀死儿子的事，感到非常惭愧。见妻子也死了，更没脸活下去。第二天早晨鸡叫时，他就自杀了。最后父、母、子三人在不同的时间飞上天，变成三颗星星分别在傍晚、夜晚、鸡叫时出现。

【讲 述 者】 吴住九

【采录整理】 金凤记录整理

【采集时间】 （无考）

【流传地区】 贵州省·（黔东南苗族侗族自治州）·台江县

【文本来源】 姚宝瑄主编：《中国各民族神话》（布依族、仡佬族、苗族），太原：书海出版社 2014 年版，第 276—277 页。

【阅读提示】 这则神话通过叙述人变成特定星星的事迹，将射日英雄人性的两面人性格淋漓尽致地表现了出来。

【基本母题】 十二个太阳；十二个月亮；干旱；射日；射月亮；父杀子；特定星星的产生

【本文编码】 《三颗星星》：ZCSW1155-233-083

流星的来历

（维吾尔族）

从前有个懒汉，又懒又馋，不爱干活，不盖房子，连个住的地方都没有，还光爱占便宜，偷鸡摸狗，无所不干。地上的人都讨厌他，可又拿他没办法。过了好多年，他的坏毛病一点没改，反而比以前更懒更坏了。

地上的人没有办法，就求天神给自己做主，狠狠地教训这个懒汉一顿，让他把坏毛病改过来。天神听到地上人们的祈祷后，便从天上飞下来，一把将懒汉抓到了天上，把他关在天炉里，用天火烧他，要让他认真悔过，改正自己的那些坏毛病。可是这个懒汉一点也不想改，光想着怎样逃出来，继续和地上的人作对。

有一天，天神到别的地方玩去了，天炉的盖子没有盖好。这个懒汉就将炉盖顶开，逃了出来，可是身上的火却无法扑灭。他在天上跑到这里躲不住，跑到那里也藏不了。天上的星星都知道他不是好东西，谁也不理他。他只好又回到了地上。

地上的人见他跑回来了，身上还燃着火，都远远地躲着他。他一边跑，一边想扑灭身上的火，但是火总扑灭不了，他走到哪里，就把火引到哪里，房子、草堆都烧起来了。地上的人看他点着了自己的房屋和草堆，就一起来打他、赶他。他没有办法，想回自己的家，可是他没有家，没有住的地方。他一边被人赶着跑，一边大声哭喊着："我没有地方住呀，我没有地方住呀!"他觉得在地上实在待不住了，又跑回天上，身上的火到了天上烧得更厉害了。他没地方待，只好在星星之间窜来窜去。时间长了，就变成了流星。

因为他在人间干尽了坏事，还到处放火，人们都说他是灾祸的象征。直到今天，人一看天上的流星，就认为是不祥之兆。

【附注】

同名文本《流星的来历》，见中国民间文学集成全国编辑委员会编《中国民间故事集成》（新疆卷），北京：中国 ISBN 中心 2008 年版，第 18—19 页。

【讲 述 者】 亚库甫（维吾尔族，男）

【采录整理】 姚宝瑄整理，阿不都拉搜集翻译

【采集时间】 1989 年采录于伊宁市

【流传地区】 新疆维吾尔自治区·（伊犁哈萨克自治州）·伊宁市

【文本来源】 姚宝瑄主编：《中国各民族神话》（乌孜别克族、哈萨克族、柯尔克孜族、俄罗斯族、维吾尔族、塔吉克族、塔塔尔族、锡伯族），太原：书海出版社 2014 年版，第 230—231 页。

【阅读提示】 这则神话用居无定所的流星寓示懒惰的人，对世人有一定的劝导教化意义。

【基本母题】 天神；祈祷；人变成流星；流星的特征；不祥之兆

【本文编码】 《流星的来历》：ZCSW1156-233-084

启明星的来历

（维吾尔族）

从前，一个穷人有个女儿，名叫乔丽潘[①]。她那漂亮的脸蛋比太阳还要有光辉，比月亮还要皎洁。姑娘长大后，聪明伶俐，举止大方，出落得越发动人。一天，姑娘被城里的国王看见了。国王越看越喜欢，便强迫姑娘入王宫。国王要糟践姑娘时，姑娘奋力反抗，推倒国王冲出王宫。这时，突然从天上降下来两位仙女，问明地上发生的事情后，便把姑娘带上天去。从此，蓝天上便出现了“启明星”。

【讲 述 者】 艾合买提·王赛音（维吾尔族，男，56 岁，鄯善县第一中学教师，中专）

【采录整理】 阿不都克日木·热合曼采录，赵世杰翻译

【采集时间】 1986 年采录于鄯善县

【流传地区】 新疆维吾尔自治区·（吐鲁番市）·鄯善县

【文本来源】 中国民间文学集成全国编辑委员会编：《中国民间故事集成》（新疆卷），北京：中国 ISBN 中心 2008 年版，第 18 页。

【阅读提示】 这则神话看似叙述了人变星星的事迹，实则为了张扬穷人反抗权贵的斗争意识。

【基本母题】 启明星；国王；仙女下凡；人上天；特定星星的产生

【本文编码】 《启明星的来历》：ZCSW1157-233-085

银河的来历

（维吾尔族）

古时，有个女人把自己心爱的孩子丢了。女人到处找自己的小孩。当

---

① 乔丽潘：维吾尔语，意为“启明星”。

时，小孩还没断奶。女人的奶水流出来，走了一路，奶水流了一路。她走过的地方成了一条奶路。这滴满奶水的路就成了现在的银河。

【原文附记】

本文由凯赛尔·库尔班译自《源泉》（维吾尔文）1995 年第 1 期

【讲 述 者】　（无考）
【采录整理】　（无考）
【采集时间】　（无考）
【流传地区】　（无考）
【文本来源】　满都呼主编：《中国阿尔泰语系诸民族神话故事》，北京：民族出版社 1997 年版，第 35 页。
【阅读提示】　这则简短的神话将母亲的抛洒奶水与银河的产生联系在一起，想象显得很大胆、开放。
【基本母题】　孩子的丢失；寻找；银河的产生

【本文编码】　《银河的来历》：ZCSW1158-233-086

北斗七星

（彝族）

从前，彝家有个撵山匠，能光着脚底板撵老虎，赤手空拳和豹子斗。不过，最难得的还是他有颗比金子还宝贵的善良的心。九岭十八寨，只要是穷人，都尝过他打来的兽肉，都得到过他的帮助。

有一天，天热得像火烤一样，撵山匠仍然上山去打猎。跑了几架山，他渴得口里冒烟，就找水喝，找遍山山洼洼，找不到一滴水，只找到一个又红又鲜的野果子。正当他张口要吃果子时，身后传来了一阵呻吟声。原来是一个老奶奶，口渴得倒在地上直哼哼。撵山匠舔了舔干裂的嘴唇，把果子给了这个不相识的老奶奶。然后，又背着这个老奶奶，送她回家去。

天上有六个仙女，她们拨开云雾，看到了这个情景，很受感动。小妹悄悄爱上了这个善良的撵山匠。她下到了凡间，变成一朵灵芝菌生在路边。撵山匠看到这朵晶莹、闪亮的灵芝菌，忙把它采下来带回家。第二天，当他醒来眼睛一睁，只见身旁睡着个俏生生的小媳妇。从此，这个撵山匠和小仙女成了一家，男耕女织，日子过得像吃甘蔗蘸蜂蜜，甜透心。一年后，仙女生了个儿子，取名拉普。

拉普刚满一岁，玉皇大帝查知小仙女私逃人间，就把她收回去了。仙女走后，拉普长大了，去读书，别的同学经常笑他没娘，就叫他“没娘”。

拉普在学校里受气，回家来哭着向爹要娘。爹答不出来，只是落眼泪。拉普去问老师，老师翻开天书一看，知道他是仙女的儿子，就告诉他：某月某日，有六只天鹅在天山上的天池里洗澡，第六只就是你妈。

拉普照老师的指点，果然找到了妈妈。他一把抱住了妈妈，痛哭起来。妈妈也哭了。别的仙女化成了天鹅在空中盘旋，催小妹快走。小仙女没法，对儿子说：“今天，我没法带你去，过几天，我会想法带你去的。”又问拉普是谁告诉他来这里的。拉普说是老师说的。仙女点点头，给了他三个葫芦，叫他回去时摇着第一个葫芦走，见了老师送他第二个葫芦，回到家里再打开第三个葫芦。

拉普下山时，边走边摇着第一个葫芦，葫芦里不断飞出些花花绿绿的东西。到了山下，他回头一望，葫芦里飞出来的东西变成了花草、树木，长满了路，使他再也找不到上山的路了。见了老师，拉普把葫芦交给了老师，老师拉开塞子，葫芦里喷出股火来，把老师的天书烧得一干二净。从此，天上的事就再也无人知晓了。

拉普回到家，打开第三个葫芦，从里面倒出一颗金瓜子。拉普把它种到地里，地里长出了棵瓜秧，瓜秧出奇的壮实，长呀长呀，瓜藤长到天上，拉普便顺藤爬上去找娘。

现在，每当晴朗的夜晚，我们抬头就可以看见，北方的天空中，有六颗明亮的星星，就是天上的六个仙女。距第六颗稍远一点，还有一颗小小的星星，就是去找娘的拉普。彝家就叫它“拉普星”，也有人叫它“没娘星”。

【附注】

本文同名文本《北斗七星》，见姚宝瑄主编《中国各民族神话》（羌族、彝族），太原：书海出版社2014年版，第258—259页。文字只有细微改动。

【讲 述 者】 李光富，李学忠
【采录整理】 唐楚臣、甘振林搜集整理
【采集时间】 （无考）
【流传地区】 云南省·（楚雄彝族自治州）·楚雄（楚雄市）
【文本来源】 陶阳、钟秀编：《中国神话》（上册），北京：商务印书馆2008年版，第228—229页，原文本标注选自《山茶》1980年第1期。
【阅读提示】 这则神话叙述的小仙女私逃人间，为叙事平添了不少情趣。
【基本母题】 寻找水；仙女；仙女化为灵芝；人与仙女婚；玉皇大帝；宝葫芦；天书；天梯；特定星星的产生

【本文编码】 《北斗七星》：ZCSW1159-233-087

拉普星

（彝族）

相传，古时有位心地善良的青年猎人，一天在山上狩猎时，救助了一位被烈日烤昏倒在地上的老奶奶。这件事感动了天上的六个仙女。小仙女（六妹）因此而爱上了这个青年猎人，便下凡到人间，变成一朵灵芝菌，在路旁等青年猎人。青年猎人把灵芝菌采回家。第二天，灵芝菌变成一个美貌的姑娘睡在猎人的身旁。从此，他俩相亲相爱，结为夫妻。一年后，小仙女生了个儿子，取名拉普。天神（亦说玉皇大帝）查知小仙女私逃人间，就遣神人把她拘回天上。拉普长大读书，同学叫他“无娘儿”。拉普请教老师，老师翻天书占卜，告诉他是仙女的儿子，某月某日去到天山上的天池边，便会看见六只天鹅在天池里沐浴，第六只（最小的一只）就是他的妈妈。拉普依照老师的指点，果然在天池边找到了自己的妈妈。母子二人相抱痛哭，难分难舍。临别时，妈妈送给拉普三个葫芦，并吩咐他照她说的话做。

拉普下山边走边摇第一个葫芦，从葫芦里飞出花花绿绿的花种，立刻遍山长满了花草、树木，他就再也找不到去天池的路了。见了老师，他把第二个葫芦交给老师，老师打开葫芦，从葫芦里喷出一股火，烧毁了老师的天书，从此天上的事再也无人知道了。回到家后，拉普又打开第三个葫芦，里面有一颗金瓜籽，种下去立刻发芽、抽藤，不久瓜藤长上了天。拉普就从瓜藤上爬上天去找妈妈，从此就再也没有回人世间。现在北方夜空的六颗明亮的星，就是那六位仙女，离六颗星远一点的那颗小星；就是上天找妈妈的拉普。彝家人叫它做“拉普星”，也叫“无娘星”。这七颗星，汉族称做“北斗七星”。

【讲 述 者】（无考）

【采录整理】左玉堂编写

【采集时间】（无考）

【流传地区】（无考）

【文本来源】《中国各民族宗教与神话大词典》编审委员会编：《中国各民族宗教与神话大词典》，北京：学苑出版社 1990 年版，第 677—678 页。

【阅读提示】这则神话是《北斗七星》（ZCSW1159-233-087）文人改写的压缩饼干，虽然少了不少汁水，但也剩下一些粗纤维作为营养。

【基本母题】人与仙女结为夫妻；天书；特定星星的产生

【本文编码】《拉普星》：ZCSW1160-233-088

无娘星[①]

（彝族）

昔有善心青年猎人，于狩猎时救助一患病樵妪。事为巡天六仙女所见，俱受感动，小仙女尤感动，至于流泪。乃化为艳丽灵芝，俟于路旁。青年见而采之归，置枕畔，明晨视之，乃美貌少女也。二人遂相爱而成夫妻。明年，生一子，取名拉普。天神查知其事，遣神人拘小仙女返天上。拉普从此失母，长大入学读书，同学皆呼之为“无娘子”。拉普诉之于师，其师有天书，能占卜，语之曰：“汝为天女之子；但于某月某日至山上天池畔，即可见有天鹅六浴池中，其最小者乃汝母也。”子往观之，果得其母。母子相抱痛哭，众仙女亦俱为落泪。母予子葫芦三，嘱其照所言行事。子下山，摇其一葫芦，有五色花朵从葫芦出，遍山忽俱长满花草林木，通往天池之路遂再无赴觅矣。遇其师，又揭一葫芦，葫芦中忽冒火烟，烧却其师天书，从此师遂不知天上事矣。回家，又揭一葫芦，内盛金瓜籽一粒，种之立抽藤发叶，未久藤、叶俱上达于天。拉普遂攀藤上天往寻其母，从此更不归矣。今北方夜晚天空六星，即六仙女也；最远一小星，即天上觅得阿母之拉普。

【附注】

本文关联文本，参见《拉普星》（ZCSW1160-233-088）。

【讲 述 者】 （无考）

【采录整理】 袁珂据毛星主编《中国少数民族文学》（下册）改写。

【采集时间】 （无考）

【流传地区】 （无考）

【文本来源】 袁珂：《中国神话大词典》，北京：华夏出版社2015年版，第429页。

---

① 无娘星：彝族又称“拉普星”，汉族名之为“北斗七星”。

【阅读提示】 这则神话由袁珂根据相关神话改写而成，可感知老先生文言功底之深。

【基本母题】 人与仙女结为夫妻；灵芝变成人；天书；天梯；特定星星的产生

【本文编码】 《无娘星》：ZCSW1161-233-089

北斗七兄弟星

（藏族）

古时，格萨尔统治藏地，消灭了各地的妖魔鬼怪。被打败的大小妖魔很不服气，于是纠集在一起，每年都刮暴风夹着沙石横扫高原，人群、牛羊、庄稼遭受灾殃。有一天，从东方来了七兄弟，在一夜之间便盖好了一座巨大的楼房，使风暴再也不能滥施淫威。白梵天听说此事，派使者把七兄弟请到天界。直到现在，一到天黑，天空便出现七颗星星，那是七兄弟在帮助大神盖楼房呢。

【讲 述 者】 （无考）

【采录整理】 陶长松编写

【采集时间】 （无考）

【流传地区】 （无考）

【文本来源】 《中国各民族宗教与神话大词典》编审委员会编：《中国各民族宗教与神话大词典》，北京：学苑出版社1990年版，第748页。

【阅读提示】 这则神话与《七兄弟星的故事》（ZCSW1166-233-094）、《七兄弟星》（ZCSW1165-233-093）内容相似，建议对比阅读。

【基本母题】 格萨尔；妖魔鬼怪；风暴；天神；人上天；人变星星

【本文编码】 《北斗七兄弟星》：ZCSW1162-233-090

北斗星和七姊妹星

（藏族）

传说天上的北斗星是七个男孩，七姊妹星是七个女孩。有天，他们打赌比赛看哪一家能在一个夜晚从东方走到西方，要在天亮前把路程赶完。七个女孩体弱、胆小，她们天刚黑就走出来，紧紧地挨在一起专心致志地赶路。天刚亮，她们已经走到天的西边翻山下去了。七个男孩体质好，认为怎样都能赢过女孩子，天黑了好一阵，他们才慢吞吞地走出来，走得前的前，后的后，稀稀拉拉的，一路上又贪玩，东看看西逛逛，结果，天大亮了，他们才走了一半路程。所以在天刚亮时，我们看不到七姊妹星了，北斗星却还挂在天空中。

【讲 述 者】（无考）

【采录整理】刘尚乐编写

【采集时间】（无考）

【流传地区】四川省

【文本来源】《中国各民族宗教与神话大词典》编审委员会编：《中国各民族宗教与神话大词典》，北京：学苑出版社1990年版，第749页。

【阅读提示】这则神话的讲述者观察到不同星座的运行特点，并总结出了一定的规律，这种探索精神可嘉。

【基本母题】北斗星；七姊妹星；星星的性别；特定星星的特征；天体的运行

【本文编码】《北斗星和七姊妹星》：ZCSW1163-233-091

老人星

（藏族）

昔天上但有太阳、月亮而无星星，遇无月之夜，大地唯一片漆黑。一年，逾百龄之老阿爸，少时即思悬灯若干于天上，令光照大地，而终未得善法。老人有九子，悉英雄虎彪。一夜，老人召诸子至前，曰："若辈俱长成，当有所为矣。"诸子曰："阿爸欲令吾等何为？"老人曰："汝辈思人间缺何物，即往觅致之。"诸子不解。老人乃曰："吾有砍柴刀，昼遗于山间，可往为吾觅回。"诸子异口同声曰："门外天黑，大山莫辨，砍柴刀如何能觅？"老人曰："如斯善矣；若辈应为何事，各往为之可也。"诸子恍然大悟，乃各出远门，为所应为之事。

历九九八十一日，于一漆黑夜晚，诸子各俱还家见老人，人携九九八十一颗宝珠还。宝珠闪光发亮，照耀老人之帐篷明如白昼。诸子随即以宝珠照明觅得老人所遗砍柴刀。老人令诸子以宝珠送与山间迷路人，或乡亲出门劳作者，人予一颗，令可照明。诸子难之，谓不如将所有宝珠高山上，令众皆能见之。老人曰："此亦只能照近，不能照远；勿如将所有宝珠予我，我将悬之天上。"诸子问："如何悬之？"老人曰："不必问也，不久自见。"诸子乃以宝珠予老人，各自还家。

当夜，老人携宝珠至一大松林。仙鹤见光明，齐集老人身旁。老人将颗颗宝珠置仙鹤身，已则骑最大仙鹤，率领群鹤，飞至天上。老人骑鹤以所有宝珠镶天幕上，宝珠立化为晶亮明星，老人亦化为明星中最大一星。由是天上始有星星，黑夜始有光明。老人所化大星即启明星，藏族人民谓之"老人星"。

【附注】

本文相似文本，参见藏族神话《星星的由来》（ZCSW1167-233-095）。

【讲 述 者】 （无考）

【采录整理】 袁珂据陶阳、钟秀编《中国神话》中的《星星的由来》改写。

【采集时间】 （无考）

【流传地区】 （无考）

【文本来源】 袁珂：《中国神话大词典》，北京：华夏出版社2015年版，第408页。

【阅读提示】 这则神话由袁珂改写而成。该神话亮点在于把老人所化大星说成是“老人星”，即“启明星”，其可贵之处在于能放光发亮照耀他人。

【基本母题】 以前没有星星；九个儿子；宝珠；人上天；人变成星星；宝珠变成星星；启明星；启明星的名称

【本文编码】 《老人星》：ZCSW1164-233-092

七兄弟星

（藏族）

古昔格萨尔王统领西藏时，勇而多能，曾击败西方、北方强大之敌，灭山林之猛兽，江湖魔怪亦尽除之，令田地长青稞、小麦与豌豆，山坡牧牦牛、犏牛及黄牛，人民生活乃较前为佳。故民歌颂之曰：“英雄格萨尔王，白梵天神之子，护佑卫藏四如，百姓幸福安康。”然其时尚有一事，令格萨尔王甚感苦恼：即所戮大小妖魔，常纠集一处，化为风暴，挟石横扫高原，庄稼牛羊遇之，常被卷去，虽牧民所住帐篷，亦不能御其侵扰，是以牲畜人民，日益减少。后乃有七兄弟，为众人建造坚固之三层楼房甚多，人居中层，牲畜关楼下，最上层晒粮食、供神佛，此后遂得免除风暴之扰，格萨尔王亦心安矣。白梵天神知其事，乃遣使迎七兄弟上天为天神盖屋。今夜空所见明亮之七星，即七兄弟之所化。七星常移动位置者，乃是其盖毕一处屋又移往他处也。

【讲 述 者】 （无考）

【采录整理】 袁珂据毛星主编《中国少数民族文学》（上册）中的有关内容改写。

【采集时间】 （无考）

【流传地区】 （无考）

【文本来源】 袁珂：《中国神话大词典》，北京：华夏出版社 2015 年版，第 406—407 页。

【阅读提示】 这则神话的核心母题是人变星星，“人上天为神造房屋”的情节在某种程度上反映出该时期人间已经掌握了了不少房屋建造技术。

【基本母题】 格萨尔；天神；妖魔；七兄弟；人上天；房屋的产生；人变星星

【本文编码】 《七兄弟星》：ZCSW1165-233-093

七兄弟星的故事

（藏族）

在很早很早以前，格萨王统领着西藏。他十分勇敢能干，打败过西方、北方许多强大的敌人，消灭了山里、林里许多凶猛的野兽，清除了江里、湖里许多妖魔，老百姓的日子过得比以前好得多了。田里头长出了青稞、小麦和豌豆，山头上放牧着牦牛、犏牛和黄牛。当时人们有一首歌唱道：

英勇的林格萨大王，
是白梵天神[①]的儿子，
护佑着卫藏四如[②]的百姓，

① 白梵天神：传说中掌管天界的大神。

② 卫藏四如：如是地区的意思。传统中把前后藏都分两个如，共分右如、左如、伍如、工如，称为四如。

生活幸福而安康。

但是，当时还有一桩苦恼的事，纠缠着格萨王，那就是被格萨王杀败了的大大小小妖魔，纠集在一起，变成风暴。每年都有几回夹着砂石横扫高原。不管牛羊、庄稼，都像被水冲洗过一样，卷得一干二净。老百姓住在帐篷里怎么也没法抵挡风暴的侵袭，牲畜一天天死去，人一天天少下去。

人们从四面八方跑来向格萨王求援，求他解除苦难。格萨王在狩猎时是能手，在战场上是英雄，可是对付这风暴却一点办法都没有。于是他下了命令到各部落去招聘能人，本来嘛，“路看不见了，要爬上高山；事情解决不了，要问问贤人。”

这一天，从东方远处来了七个兄弟，这七个兄弟长得一模一样，来到格萨王跟前。格萨王高兴极了，就把自己为难的事告诉了他们，请他们帮助，七兄弟听了以后，就对格萨王说：

“这一点小事，你用不着烦恼，我们弟兄可以为你效劳，请你准备一块空旷的广场……”

格萨王指着山下的一片大坝子说：“这一块广场够用了吗？”七兄弟点点头，就往那儿去了。

格萨王早上派人来看，他们坐在那里吸烟；中午派人来看，他们坐在那里聊天；晚上派人来看，他们围在一起喝茶。格萨王心里想：这七个兄弟怕是吹牛吧？

天黑透了，这七兄弟动手干活儿了，挖土的挖土，刨石头的刨石头，砍树木的砍树木，忙了一夜。第二天早晨，广场上变了样子，格萨王派人来看，只见一幢高大的三层楼房矗立在那里。七兄弟对格萨王说：“来吧！你住到这里来吧！不要再住在那帐篷里了！底下一层住牲口；中间一层住人，放粮食；顶上一层住神佛。”格萨王高兴极了，从此再也不怕风暴了。他请这七个兄弟照着样儿再多多建造房子，七兄弟东也造，西也造，前藏，后藏，到处都造起了这样的房子，人们从此再也不怕风暴的威胁。直到如今，人们还是这样的住法呢。

格萨王为了酬谢七兄弟，问他们要什么东西。他们说："我们什么都不要，只希望人们看见我们在辛勤地劳动，我们看见人们幸福地过日子。"碰巧，天神白梵天王听说这件事，也派人来请他们去盖房子，格萨王想了一下，就把他们派到白梵天王那里去盖房子。所以直到现在，一到晚上，天上就出现七颗亮星，那就是他们七兄弟。这七颗亮星又不断变动位置，那是他们盖好一处房子又挪动了地方的缘故。这七颗星名字就叫"强嘎本顿"，意思是"北方七兄弟星"。

【原文附记】

这则故事据流传在拉萨地区的材料记录整理。据了解在昌都地区也有类似的故事。关于星座的传说，应该是较早的民间创作，但是从穿插着"格萨王"的情节看来，似乎又是在流传过程中丰富改作了的作品。

【讲 述 者】 罗桑多吉

【采录整理】 王尧记录整理

【采集时间】 （无考）

【流传地区】 西藏自治区·拉萨市

【文本来源】 中华民族故事大系编委会编：《中华民族故事大系》第2卷（藏族、维吾尔族、苗族），上海：上海文艺出版社1995年版，第54—56页。

【阅读提示】 这则神话是《七兄弟星》（ZCSW1165-233-093）的口头版本，叙述中涉及藏族地区环境特色、生活习俗等丰富内容，为读者了解和研究相关问题提供了有益参考。

【基本母题】 格萨尔；妖魔；风暴；七兄弟；房屋的建造；人变星星

【本文编码】 《七兄弟星的故事》：ZCSW1166-233-094

星星的由来

（藏族）

从前，天上只有太阳和月亮，没有一颗小星星。晚上没有月亮的时候，大地上就一片漆黑。

有一位年过百岁的老阿爸，他从年轻时候起就想在天上挂一些灯，光照大地，总是想不出好办法。老人有九个儿子，长得虎彪彪的，个个都是英雄。有一天，老人把他们叫到跟前，说："孩子们呀，你们都长大了，应该做些事了。"九个儿子问："阿爸叫我们做什么事?"老人说："你们想想，现在人们最缺少什么，你们就去造什么吧。"九个儿子听了，都不知道该做什么。老人想了一会，又说："我白天丢了一把砍柴刀在山里，你们去找回来吧。"九个儿子异口同声说："呀，外面黑得连大山都看不见，怎么能找到砍柴刀呢?"老人说："你们想想，你们该做些什么事，就去做吧!"九个儿子恍然大悟，都各自出远门，各人去做各人的事了。

过了九九八十一天，在一个黑洞洞的夜里，九个儿子不约而同地回到了老人的身边。他们每人带回了九九八十一颗宝珠。这些宝珠闪光发亮，把老人的帐篷照得比白天还亮。他们还在夜里用宝珠照亮，找回了老人丢掉的砍柴刀。老人说："孩子们呀，你们现在去看看吧，今晚上有多少迷路的人，你们送给他们每人一颗宝珠，给他们照路。还有乡亲们需要出来做活的，也送给他们一颗宝珠，让他们好去干活。"

九个儿子听了，说："这太难了呀。还不如把所有的宝珠挂在高山上，让大家都见到光亮。"老人说："这是个好办法，但这只能照在近处。让千千万万的人都能得到光明，你们看怎么办得到呢?"九个儿子说不出来。老人说："你们为众人做了件大好事，就是找来了很多夜明珠，现在你们去做自己的事吧。把宝珠全留给我，我把它们挂到天上去。"

九个儿子问："怎么挂法?"老人说："这不用问，当你们看到满天宝珠照亮人间的时候，我再告诉你们。另外，你们还会看到天上有颗最亮的宝珠向你们眨眼。"九个儿子按照老人的吩咐都去了。

当夜，老人带了所有的宝珠到一个大松林里，松林里的仙鹤看见了光明，都飞到老人的身边来了。老人把宝珠一颗一颗放在仙鹤身上，自己骑了一只最大的仙鹤，带着鹤群向天上飞去。老人骑着仙鹤把所有的宝珠都镶嵌在天幕上，这些宝珠立即变成了亮晶晶的明星。老人自己也化作一颗最大最亮的星。从此，天上才有了星星，黑夜里也有了光明。老人化作的大星星，就是启明星，藏族人民把它叫老人星。它的确是老人的一颗智慧的心。

【附注】

同名文本《星星的由来》，见陶阳、钟秀编《中国神话》（上册），北京：商务印书馆2008年版，第226—227页。

本文相似文本，参见汉族神话《星星的由来》（ZCSW1111-233-040），内容相似的文本出现在汉、藏两个民族的口传神话中，很可能是不同民族文化交流的结果。

【讲 述 者】 觉乃尔

【采录整理】 王彰明

【采集时间】 （无考）

【流传地区】 西藏自治区

【文本来源】 姚宝瑄主编：《中国各民族神话》（门巴族、珞巴族、怒族、藏族），太原：书海出版社2014年版，第93—94页。

【阅读提示】 本篇神话不仅解释了特定物变成星星，而且以事写人，表达出对一位老人善良、智慧与奉献的赞美，据此可以感受到神话的魅力。

【基本母题】 以前没有星星；九个儿子；宝珠；人变成星星；宝珠变成星星；启明星；人上天

【本文编码】 《星星的由来》：ZCSW1167-233-095

布伯（1）

（壮族）

传说，布洛陀老了就在人间找个顶替他的职位的人，就找到布伯。布伯的功绩是带领人们和雷王斗争。据说布伯带领人们生产，年年丰收。但雷王却收不到人间供品；便不下雨。人间受了干旱，布伯就仗剑上天找到雷王，把雷王打倒在地，雷王不得不答应放雨水。但布伯到人间后，雷王便把人间通到天上的日月树砍断了，同时还准备来劈死布伯。布伯设下计谋，当雷王下来要劈布伯时，布伯却把雷王擒拿了，并下令：如果雷王不下雨，便把雷王杀死分肉给大家吃。后来雷王设计骗了布伯的孩子伏羲兄妹，逃到天上去，必下漫天洪水，淹死了天下人。只有伏羲兄妹在雷王报恩的预告下，在洪水中逃生。布伯在水淹到天门时还没死，他骑在浮在水面上的舂杆，和雷王作战，砍断了雷王的双脚，雷王害怕布伯追赶，急忙叫退水，水一退，布伯就从天门掉到地下，碰着山头死了。但是他的一颗红心却飞上天，变成了启明星。

【附注】

本文关联文本，参见壮族神话《布伯（2）》（ZCSW1169-233-097）。这两个神话文本也可以看作具有互文关系。

【讲 述 者】（无考）

【采录整理】蓝鸿恩编写

【采集时间】（无考）

【流传地区】（无考）

【文本来源】《中国各民族宗教与神话大词典》编审委员会编：《中国各民族宗教与神话大词典》，北京：学苑出版社1990年版，第783—784页。

【阅读提示】这则神话采用了平铺直叙的方式讲述了布伯与雷王争斗的一

系列事迹，其中不仅包含了日月星辰的产生、洪水后人类再生等母题，而且通过伏羲兄妹与壮族文化英雄布伯的关系，也反映出汉族与壮族文化的融合。

【基本母题】 布洛陀；布伯；伏羲兄妹；伏羲兄妹是布伯的孩子；洪水；启明星的产生

【本文编码】 《布伯（1）》：ZCSW1168-233-096

布伯（2）

（壮族）

一、雷王收租

从前，天和地隔得很近，竹子向上长就碰到天顶篷了，所以竹子老勾着腰。天上讲话人间都听得见。

住在天上的是雷王，生就一对灯笼眼，眨起眼来骨碌骨碌地闪绿光，他背脊上长有一双翅膀，抖动起来就刮风暴。那双脚呀，重得很，走起路来轰隆轰隆直响。手上还拿着板斧和凿子，发起脾气，就这里凿凿，那里劈劈。

地下呢，住着我们人。人里面有个头领，名叫布伯。布伯是一条好汉，不但能耕田种地，还会放牧打猎。

当时，只要对天上的雷王供些香火，便会风调雨顺，人们便能平安地过日子了。有一年，雷王在天上闲得闷了，便到人间来玩。布伯把他当稀客来接待，杀猪宰羊，山珍海味摆满一桌，陈酒醇厚，米饭喷香，馋得雷王眼都红了起来，越想越觉得天上吃的香火不是味道。

酒醉饭饱之后，雷王抹抹嘴唇，便对布伯说："天晴落雨归我管，你们种出的庄稼我要收租！"

布伯说："好嘛！种出的庄稼你要上面还是要下面？"

雷王说："我住天上，种出的庄稼我当然要上面的啦！"

布伯说："好，你秋天来收租吧！"

这一年，布伯种的是芋头。到秋天雷王下来收租时，只分到烂了的芋头叶和干了的芋头秆秆。

雷王本来想发脾气，但觉得自己早开了口的，加上布伯热情款待，又是酒，又是肉，不好发作。等到酒醉饭饱肉吃够以后，仍然抹抹嘴巴说："喂！明年我要收下面的啦！"

布伯说："好，秋天来收吧！"

这年布伯种的是稻谷。到秋天，雷王下来收租时，只拿到稻根，连谷草布伯也不给一棵。

雷王气得脖子都胀了。布伯却仍然笑嘻嘻地热情款待他，又是酒，又是肉。

雷王喝着酒，越喝越脸红，最后摔了酒杯，说："明年的租子上下我全收！"

布伯笑嘻嘻地回答："由你去挑吧！"

这年布伯种的庄稼全是包谷。秋天以后，每秆包谷都结它三、五穗。雷王下来收租时，只能睁着眼看布伯家的人一穗一穗掰下来装进背篓去。

雷王气得鼻孔冒烟，那原来是碧蓝碧蓝的脸也泛起红色来，回身一转，头也不回地跑走了。布伯还在后面连连叫他回来喝了酒再走，他连理也不理。

二、拔龙须

雷王回到天上，便叫雷将陆盟过来，命令他，以后再不给人间送雨水。

这一年，天上滴雨不落，滴露不洒。大家去找布伯商量。布伯说："天河有的是水，雷王不给，我们自己去扒开。"

布伯带众人到天河去，把雷王关好的铜闸门扒开一点，一股清流便从天上流到田里来。虽然雷王不降雨，不洒露，这年收成也还不错。

雷王知道布伯带人来打开天河的铜闸门，气得跳起来。他怕布伯带人再到天上捣乱，便把天升高起来，只留岜赤山[①]上的日月树作为天梯，沟通天上地下的通路。

这样，这一年不但雨露没有，连上天的路也断了。田里的庄稼也就一天天枯萎下来。

大家又去问布伯，布伯说："地下的龙王是雷王的兄弟，他有水，去找他借点水吧！"

龙王是雷王的兄弟，长着一副雪白的络腮胡须。他已得到雷王的话，所以一见布伯带大家来跟他借水，便一口回说："不给！"

布伯说："你要把我们渴死啦！"

龙王说："水是我的，命是你们的，和我没有关系！"

布伯见软的不行，便来硬的。于是，他两手攀着龙角问道："你到底借不借?"

龙王说："不借不借，一万个不借！"

布伯对大家说："大家来拔他胡须，看他还逞凶不！"人们七手八脚地来拔龙王的胡须，疼得龙王直喊救命，只好答应放水。

待龙王放水后，布伯才放走龙王，龙王带着残留的两根胡须，狼狈地逃到深海去了。

三、求　雨

第三年，天上没有下雨，地上没有水流。太阳直往地面逼晒着，石板上都可以把鱼煎出油来。

有些父老埋怨布伯多事，触犯了神灵，于是，大家就凑合着去请道公来念经，去请师公来跳神。

但是，雨还是没有下，露还是没有洒。

有些父老说："布伯冒犯了神灵。他不认罪，雷王是不会下雨的。"

求雨的人都要求布伯对上天下跪。

---

① 岜赤山：是壮族民间传说中最高的山。

布伯说："男人膝下有黄金，怎肯低头跪别人，我不跪。"

父老们便向布伯告饶起来："就算你帮大家做件好事吧！"说完，大家都向布伯下跪。

布伯忍着气，对着神案下了跪。

有几个孩子见布伯下跪了，便唱起山歌嘲笑起来：

布伯求雨雨不下，
胡子散乱翘嘴巴，
河边水车散了架，
可惜膝盖沾泥巴！

布伯听了直气得翘起胡子，全身都打起颤来，马上回家把剑磨好，决心到岜赤山那里去找日月树爬上天去。

四、斗雷王

这时，天上的雷将陆盟正督促雷兵们来补天河，糊天池，不准一丝水渗到下界人间来。有个雷兵名叫契高的，工作慢了一点，陆盟就用鞭子鞭挞他。谁知正在扬鞭子的时候，布伯便来到他的身后扯走了鞭子。

陆盟问："你是干什么来的？"

布伯说："你先回答我，谁叫你补天河？谁叫你糊天池？"

陆盟说："你管不了我。"

布伯把手一扬，便把陆盟送下天河去了。陆盟趁势直往雷王的宫殿游去。

这时，雷兵契高才告诉布伯，这是雷王决心要旱死人间才下这样狠心的。

布伯气得直发抖，马上问契高："雷王现在在哪里？"

契高说："雷王晚上在北边，早晨在东面，中午坐正殿。"

布伯说："我去找他算帐！"

陆盟刚刚爬上岸，便见布伯大踏步走来，赶忙去报知雷王，雷王来不及准备，布伯已进殿来了。

一句话不说，布伯便把雷王拉下殿来，用剑直指雷王的鼻尖："你给雨不给雨？不给就杀死你！"

雷王连忙磕头哀求："你放我，三天后一定给你们降雨！"

布伯见雷王发了誓，才放走了他，独自下到地面来。

五、擒雷王

雷王见布伯走后，就反悔起来，但又怕他再上天来闹，于是，便叫陆盟去砍断岜赤山上的日月树，又叫别的雷将抬出板斧来，霍霍霍地磨着，听得人牙齿都软了。

契高知道雷王反了心，就赶忙下来告诉布伯。

契高说："雷王天天在磨斧，不知劈人是劈树？雷王天天在算帐，天河天池的水一点也不放！"

布伯知道雷王真的反了心，便叫家里人到河里去捞豆藜[①]，把豆藜铺到屋顶上去。又去砍纱树[②]来剥皮，拿来扎木楼的晒棚。然后叫他的儿女伏依兄妹拿扁担在棚下等着，叫妻子拿渔网，自己拿鸡罩，在屋檐下等着。

雷王找布伯报仇来了。

雷王一展动翅膀，暴风便刮得天昏地暗，雷王乘着风来到了云端。

雷王站在云端眨着眼睛往下望，绿色的电光一闪一闪直透过云层，雷王踏着电光走到半空。

雷王看准了布伯的家，两脚一蹬，霎时雷声隆隆，天摇地动，大雨倾盆地倒了下来。雷王驾着雨直往布伯的房子冲下来。

谁知雷王冲的太凶，冲到布伯的屋顶，脚刚踏下，屋顶上的豆藜便把他滑倒下来，一直滑到棚台上。棚台是用剥了皮的纱树扎的，见了水更滑溜，

---

① 豆藜：系一种水草，见水特别滑。

② 纱树：即精树，剥皮后，见水很滑。

雷王在棚台上也站不住脚，便摔倒在地上。

雷王摔倒在地上，刚想爬起，伏在棚台下的伏依兄妹的扁担齐落，一根落在腰上，一根落在脖子上，把雷王紧紧压住。雷王鼓动着背脊上的翅膀想站起来，布伯的网又撒下来了，把雷王的翅膀紧紧缠住鼓不动了。雷王还想挣扎，布伯的鸡罩就象一口铜钟那样从上落下来，把雷王牢牢地罩住，再也逃不脱了。

六、雷王逃走

布伯擒住了雷王，便将他关在谷仓里。有人主张杀，有人主张剐。布伯说："我们要他放雨水，如果不答应再杀他。"

布伯心计巧，怕放走了雷王，他又反了心。便想出一个办法，要雷王每天搓禾草绳，想用禾草绳来拴住雷王的心。这样，如果他再不听话，任他跑到哪里，都可以把他拉回来。

于是，布伯告诉雷王："你如果能搓满谷仓的禾绳，我就把你放走，如果你不搓，我就杀死你！"

契高不知布伯的心计，又怕雷王放出后，要找他报仇，就每天把雷王搓好的草绳一节节地咬断。

三天过后，布伯来看雷王，见雷王搓的绳子断成了一节一节，又见雷王不发雨水，便发起脾气来。决定把雷王杀掉，把雷王的肉腌起来，分给大家吃，来消除人们的怨恨。于是，便到街上去买盐来准备腌肉。

布伯出门之前，便对伏依兄妹讲："雷王借斧不要给，雷王问水莫要拿，雷王喝水力气大，雷王拿斧就破仓。"

伏依兄妹点点头，布伯才放心走了。布伯也就去通知众亲友，准备来分雷王的肉。

雷王听到布伯吩咐伏依兄妹的话，很是焦急。但雷王也是很奸巧的。他见布伯和姆伯走了，便哄着伏依兄妹走过来，准备蒙骗他们，但两兄妹没有理他。

雷王见伏依兄妹不理会，就装鬼脸来逗引他们。他从嘴巴里伸出舌头，又收缩回去。一伸一缩，一吞一吐，雷王的嘴里便喷出一丝丝蓝色的、绿色的火焰来。伏依兄妹觉得很稀奇，便跑来看看。

雷王立即收住了舌头，火焰也就没有了。两兄妹觉得好玩，便要雷王再耍一下，雷王装着苦脸说："好兄弟，好姐妹，我渴得要死了，给点水给我解渴之后，再耍给你们看吧！"

伏依兄妹说："雷王借斧不要给，雷王问水莫要拿，雷王喝水力气大，雷王拿斧就破仓。这是爸爸告诉了的，我们不能给。"

雷王一听伏依兄妹的话，就哭号起来。伏依兄妹竟被他装的可怜相感动了，便说："你哭也没有用呀，河水干到底，泉水给封住，前天抓你的时候下点雨，家里的水全给爹妈封好，哪还有什么水呀？"

雷王说："好兄弟，只要是水，什么都行！"

伏依兄妹说："家里只有蓝靛缸没有盖，蓝靛水你能喝吗？"

雷王说："哎哟，在天上我为王，来到地上被擒拿了，还嫌弃什么呢？蓝靛水就蓝靛水吧！"

伏依兄妹用碗舀着蓝靛水，雷王听到碗碰着缸边"咣"的响一声，心里喜滋滋的。等到伏依兄妹端蓝靛水走到跟前时，由于谷仓口太小，碗放不进去，又着急起来。

雷王说："好兄弟，好姐妹，还是劳神你们一下。这仓口太小了，碗放不进来，你们找一根稻草秆来，给我当作吸管来吸水吧！"

伏依兄妹听了雷王的话，便找来一根稻秆，雷王接过了稻秆，放到碗里面，把蓝靛水吸了起来。

雷王吸了第一口，喉咙湿润了起来；雷王吸了第二口，身上力气长起来；雷王吸了第三口，脸上变成了蓝靛色，翅膀也展动起来了。

雷王把碗里的蓝靛水吸完，全身充满了力气，用力一挣，谷仓噼里啪啦散了架，蓝靛碗跌碎了，房子倒了，伏依兄妹吓得哭着跑了。

雷王想着要把世间的人都杀光，但又一想到人死光了以后就没人来供香火了，便把伏依兄妹叫了过来。

伏依兄妹哭丧着脸说："你骗了我们，还要杀死我们，你好狠心！"

雷王说："我不会杀害你们，我拔下一颗牙齿送给你们，以报答你们的救命之恩，你们赶紧把牙齿拿去种下吧！过几天就要发大水，天下的人都会死光，你们兄妹可以活下来！"

雷王拔下牙齿送给伏依兄妹，便左手招来风，右手招来火，腾风驾火回天宫去了。

七、启明星

布伯买盐回到路上，便听到天上响着轰隆隆的声音，知道家里出事了，赶忙跑回家来。

回家一看：谷仓散了架，房子倒塌了，两兄妹在抱头啼哭。布伯明白了一切，便低下头来想法对付雷王。

伏依兄妹见到阿爸的脸色骤变，害怕挨打挨骂，便跑到后园去种雷王送给的牙齿。谁知牙齿刚埋下地，立刻就发芽长苗，洒下一点水，苗就象纺车扯棉线一样，长出藤条来。一夜之间开花结果，三天就长出一个象房子那样大的葫芦来。伏依兄妹用刀把葫芦开了个口，掏出了瓤，霎时雷声隆隆，电光闪闪，天上的天河河堤决口了，天河天池的水往地下倾注。两兄妹就钻进葫芦瓜里去躲雨。

布伯知道雷王要用洪水来淹死天下的人，决计和雷王再斗一番。于是把手中的伞撑开，然后倒置过来，就成了一只小船在洪水里漂浮起来，布伯就站在倒置的伞上。

雷王决天河，天河水全部倾泻下来；龙王要报拔须的仇，也放着海水，驱使虾兵蟹将推波助浪，直把水涨过山头，淹到天篷顶下。

雷王以为世间的人全死光了，布伯也一定死了。便打开天门往下看。谁知布伯的伞船正向天门驶来。只见布伯挺着胸，提着剑，怒气冲冲地直奔雷王而来。

雷王的眼睛也喷出愤怒的火光，马上持着板斧，向布伯飞冲下来。布伯眼利手快，两脚一蹬，伞船便从雷王脚下滑过去，然后回身一剑，把雷王的脚砍断了。雷王赶忙逃回天门，害怕布伯的伞船随波逐浪直闯天门，就连声喊道："快退水，快退水！"

雷兵雷将已知道布伯的厉害，赶忙退水；龙王也知道布伯不好惹，也忙着退水。这水退得又猛又快。布伯的伞船就象从天空中掉下来一样，直坠到山顶，摔到一块大石头上，把布伯和伞船摔得稀巴烂。布伯一颗红心，迸到天篷上镶嵌起来，那就是现在我们看到的启明星。

八、兄妹结婚

地上的水退了，伏依兄妹躲在葫芦里也落到地面上来。因为葫芦有弹性，所以没有摔烂。但是地面的人都死光了，怎么办呢？

兄妹在大地上走来走去，碰到一个金龟，金龟说："天下没有什么人了，你们兄妹结婚再造新世界吧！"

伏依兄妹说："兄妹怎能结婚呢？如果我们把你打死，你能再活转过来，我们就结婚。"说完，就将金龟打死。当他们要走开时，金龟又活转过来，哈哈地笑着走开了。伏依兄妹再往前走，突然，一株竹子向他们叩头弯腰说起话来："地上没有什么人了，你们兄妹结婚再造新世界吧！"

伏依兄妹说："兄妹怎么能结婚？如果我们把你砍断了，你能再活转来，我们就结婚。"说完，把竹子砍断成节节。当他们走开时，竹子又一节一节连起来长活了，向他们叩头弯腰地笑着。

伏依兄妹到处见不到人，伤心得抱头大哭。哭声惊动了天上的启明星——他们的父亲布伯的灵魂。

启明星从云头中探出头来对他们说："世间的人都死光了，你们兄妹结婚再造新世界吧！"

伏依兄妹说："哪有兄妹结婚的道理？"

启明星说："这样吧：你们兄妹各到东西两个山头去，各人点燃一堆烟火，如果两股烟能够合拢在一起，你们兄妹就可结婚了。"

伏依兄妹听了启明星的话，各人便跑到东西两个山头去，各人自己点燃起一堆烟火来。两堆烟火直冒上云霄，到了云端以后，就和天上的云彩混合了起来，云彩一走动，两支烟就合拢在一起了。启明星看着两股烟合拢在一起，满意地哈哈大笑起来。

伏依兄妹结婚后，不久就生下一个肉团团。这肉团团没有眼、没有嘴、没有手、没有脚，不知是鬼还是怪，伏依兄妹便用刀把肉团团砍碎，往山下一撒，就变成了许多人。人类就这样繁衍下来了。

九、故事的结尾

布伯到天上变成启明星了，还有雷王、龙王、陆盟、契高这些人的下场怎样呢？

雷王给布伯砍断脚之后，便杀了一只鸡，用一双鸡脚接了起来。所以雷王以后就有一双鸡脚。现在他忿怒时，还发出轰隆轰隆的恨声，但就是不敢再到人间来惹祸了。

龙王被拔了胡须之后，便逃下海去，他的子孙也只能生两根胡须。大家都见过鲤鱼吧，那不是只有两根胡须吗？

陆盟以后变成个游魂妖怪，靠人们向野外撒些残羹剩饭过日子。

契高呢，由于得罪了雷王，雷王最恨他。他又破坏了布伯的计策，所以变成一条虫，永远在地下生活着，它一伸出头来，雷王就要劈它。所以现在我们一看到这种虫冒出地面时，就知道雷雨要来了。

那金龟和竹子因为撮合过伏依兄妹的婚姻，后人都知道他们有先见之明。所以后来巫师就用龟壳和竹根来打卦、问卜，判断吉凶。

【附注】

相同文本《布伯》，又见谷德明编《中国少数民族神话》，北京：中国民间文艺出版社 1987 年版，第 90—102 页。

【讲 述 者】 （无考）
【采录整理】 蓝鸿恩
【采集时间】 （无考）
【流传地区】 广西红水河流域各县

【文本来源】 《民间文学》1979 年第 10 期

【阅读提示】 本篇神话作品塑造了布伯和雷王两个对立的人物形象，有学者认为发生在两人之间的故事反映了部落之间的矛盾和争斗。有相关研究根据雷王的形貌推测其可能是以鸟图腾为基础塑造的形象，还融合蛇、虎、龙图腾氏族成为部落联盟的代表，与布伯代表的氏族部落发生争斗。

【基本母题】 从前天地很近；雷王的特征；天河；把天升高；天梯；冒犯神灵；伏依兄妹；洪水；启明星的产生；兄妹婚生人类

【本文编码】 《布伯（2）》：ZCSW1169-233-097

太阳、月亮和星星

（壮族）

古时候，太阳和月亮也和人一样生活。太阳是个男的，月亮是个女的。他们俩成天在天空中游游荡荡。

天空里空荡荡的，没有东西，月亮感到非常寂寞，就对太阳说：“我们两个结婚吧?”

太阳一听，羞得脸红起来。但还是和月亮结了婚。太阳和月亮结了婚，就生下很多星星，这就是它们的孩子们。

后来，孩子生得太多了，铺满了整个天空。天空里空荡荡，哪里来那么多东西养活孩子呢。做父亲的太阳开始发起愁来，后来又生气起来，最后竟恨起这些孩子来。就决心要消灭这些孩子，见到一个，就抓来吃掉一个；见到一双，就抓来吃掉一双。

做妈妈的月亮见到丈夫吃自己的孩子，非常心疼、悲伤，只得带着孩子们，躲避着太阳。只有等太阳下山以后，才敢让孩子们在夜间出来玩。

星星也非常害怕他们的太阳父亲。每当太阳要出现的时候，就赶快跟着母亲躲藏起来。只有等太阳下山去了，才敢出来和母亲一起玩。

但是，也还是有些孩子不小心，在太阳还没有下山时就出来了，结果便给他吃掉了；也有一些在太阳出来时，还贪图玩耍，结果也给太阳父亲吃掉了。每当他们被吃掉的时候，总要流出很多血来，把天空涂得通红，这就是晨曦和晚霞的由来。

母亲见到自己生下的孩子常常被吃掉，非常悲伤，所以经常流泪。她的泪珠就成了地上的露珠。

星星孩子们非常害怕太阳父亲，时时心惊肉跳，即使夜间出来玩耍，也是胆战心惊。不信大家看看夜晚的星星，总是眨着恐惧的眼睛。

【讲 述 者】 （无考）

【采录整理】 广西民间文学研究会搜集，蓝鸿恩整理

【采集时间】 （无考）

【流传地区】 广西壮族自治区·贵县（贵港市），（南宁市）·上林（上林县）

【文本来源】 中华民族故事大系编委会编：《中华民族故事大系》第3卷（彝族、壮族、布依族），上海：上海文艺出版社1995年版，第385—386页。

【阅读提示】 这则神话叙事将大胆的想象和合理的推理相结合，通过简洁的语言描述了日、月、星之间的微妙关系。

【基本母题】 太阳是男的；月亮是女的；日月成婚；日月交配产生星星；露珠的产生；与星星有关的现象

【本文编码】 《太阳、月亮和星星》：ZCSW1170-233-098

2.3.4 其他相关神话

日月是兄妹

（汉族）

老早的时候，太阳和月亮是兄妹。他们说好，月亮在白天出来，太阳在晚上出来。后来，妹妹月亮不愿意，就对她哥太阳说："我要是白天出来，人都看我，我害羞。还是让我晚上出来吧。"太阳说："也好，我白天出来吧。要是人看我，我就用金针射他，让他们不敢再看。那你就晚上出来吧。"

从那时起，太阳就在白天出来，月亮在晚上出来。当你看太阳时，会觉得刺眼，那是太阳用金针射的。

【讲 述 者】 金永和（55岁，山亭区山亭镇石龙口村干部，初中）

【采录整理】 金子荣（女，15岁，山亭区山亭镇石龙口村学生，初中）记录

【采集时间】 1987年5月12日采录于山亭区山亭镇石龙口村

【流传地区】 山东省·（枣庄市）·山亭区·山亭镇·石龙口村

【文本来源】 中国民间文艺家协会组织编写，罗杨总主编，胡太星、沙朝佩本卷主编：《中国民间故事丛书》（山东·枣庄·山亭卷），北京：知识产权出版社2016年版，第3页。

【阅读提示】 这则神话的讲述者给日月赋予了类似兄妹的不同性格，并寻求两者之间的关联性，很会抓要点。

【基本母题】 太阳和月亮是兄妹；太阳的特征；月亮的特征；日月运行的秩序

【本文编码】 《日月是兄妹》：ZCSW1171-234-001

日月是夫妻

（汉族）

传说在很久很久以前，太阳和月亮是一对恩爱夫妻，太阳是女的，月亮是男的。他们白天一块儿出来。

有一天，月亮对太阳说："你这么漂亮好看，白天出来人都看你。这样吧，往后我白天出来，你夜里出来，省得人都看你，怪不好意思。"太阳说："还是我白天出来。我要是夜里出来，光害怕。"月亮问："那你不怕人看吗?"太阳说："要是人看我，我就用绣花针刺他们的眼，让他们看不见。"直到现在，人看太阳就会觉得眼痛，那是绣花针刺的。

从那以后，太阳白天出来，月亮晚上出来。

【附注】

这则文本可以看作是同一地区同名神话《日月是兄妹》（ZCSW1171-234-001）的异文。

【讲 述 者】 刘凌富（49 岁，山亭区徐庄乡前裕村农民）

【采录整理】 刘西军（女，12 岁，山亭区徐庄乡前峪村学生，初中）记录

【采集时间】 1987 年 5 月 13 日采录于山亭区徐庄乡前峪村

【流传地区】 山东省·（枣庄市）·山亭区·徐庄乡·前峪村

【文本来源】 中国民间文艺家协会组织编写，罗杨总主编，胡太星、沙朝佩本卷主编：《中国民间故事丛书》（山东·枣庄·山亭卷），北京：知识产权出版社 2016 年版，第 4 页。

【阅读提示】 这则神话叙事逻辑与《日月是兄妹》（ZCSW1171-234-001）大同小异，不过将日月的关系由"兄妹"变更为"夫妻"，可能与讲述人的记忆或发挥有关。

【基本母题】 太阳和月亮是夫妻；太阳的性别；月亮的性别；日月运行秩序

【本文编码】 《日月是夫妻》：ZCSW1172-234-002

中华创世神话研究工程
系列丛书

上海市社会科学界联合会 组织编写

中华创世神话选注·世界万物起源卷（下）

本书编辑组 选编
王宪昭 王京 评注

COMMENTARIES ON
SELECTED CHINESE CREATION MYTHS
VOL. III THE ORIGIN OF OBJECTS

上海人民出版社

国家出版基金项目
NATIONAL PUBLICATION FOUNDATION

2.4　山川河流起源

2.4.1 山川河流的产生

巨神老翁造山河

（朝鲜族）

古时有一位巨神老翁，长得十分高大，身影竟长达九百里，有碍于农事，所以被放逐异域。在遥远的路途上，这位老头儿吃了很多很多的土，又喝了很多很多的海水，结果拉起肚子走不动了，他所排泄的泥土和海水，竟变成了白头山、鸭绿江、图们江等大小山河水系。

【讲 述 者】 （无考）

【采录整理】 金东勋编写

【采集时间】 （无考）

【流传地区】 （无考）

【文本来源】 《中国各民族宗教与神话大词典》编审委员会编：《中国各民族宗教与神话大词典》，北京：学苑出版社1990年版，第65页。该叙事见于孙晋泰《朝鲜民谭集》、郑寅燮《朝鲜古谈集》等书。

【阅读提示】 这则神话是朝鲜族关于天地开辟的作品之一，反映了农耕生产时代人们认识和改造大自然的奇思妙想。

【基本母题】 巨神；神性人物的体征；神的排泄物变成江河；神的排泄物变成山；山川河流的产生

【本文编码】 《巨神老翁造山河》：ZCSW1173-241-001

横断山脉的传说

（傈僳族）

传说，远古时候，没有天，也没有地，天地是一位大神创造的。大神右手上撑便成了天，左手下按就成了地。造成地后，他又造了许多河流，山脉。他造滇西北边时，决意将这里造成个美丽的平坝。但就在这时，有人带信给他说：你家中的牛马全死了。大神不在意。又有人告诉他说：你兄弟姐妹全死了。他依然继续造地。不久，又有人告诉他说：你父母死了，还造这平坝干什么。大神一听，悲痛欲绝，扒地大哭。他一把抓下地，四个手指抓出了四条河流，指缝间就成了三条山脉。所谓四条河流、三条山脉，就是今天的曲江（即独龙江）、怒江、澜沧江、金沙江和高黎贡山、怒山及云岭。

【附注】

同名文本《横断山脉的传说》，见姚宝瑄主编《中国各民族神话》（水族、布朗族、独龙族、基诺族、傈僳族），太原：书海出版社2014年版，第189—190页。原文本标注由王松选自左玉堂撰写《傈僳族宗教与神话》，文字稍有修饰。

【讲 述 者】（无考）

【采录整理】左玉堂编写

【采集时间】（无考）

【流传地区】（无考）

【文本来源】《中国各民族宗教与神话大词典》编审委员会编：《中国各民族宗教与神话大词典》，北京：学苑出版社1990年版，第386页。

【阅读提示】这则神话在大神造山川河流的叙事中融入了关于孝道的情节，为天神赋予了人性的色彩。

【基本母题】 以前没有天地；神造天地；山川河流的产生；特定山脉的产生；特定水系的产生

【本文编码】 《横断山脉的传说》：ZCSW1174-241-002

山是咋个来的

（羌族）

传说，很早很早以前，洪水滔天后，整个地球都变成了汪洋大海。地球上的人除了俩兄妹外，都被洪水淹死了。这俩兄妹漂浮在茫茫大海上，心想：要活命就得想办法治服洪水。但怎么才能治服洪水呢？他们也没得啥子好办法，只好上天去请来九个太阳，共同轮流照晒大海。慢慢地，大海里的水被晒干了很多，但是人还是不能下地生活。没有办法，他俩又请天神朝地上撒金子。但金子撒卜地后，还是不能镇住水。最后，就只好请天神把金子、石头、泥巴一起往地上撒，这样才慢慢地把水镇住了，使水像河流的样子，由高处往低处流。由于天神在撒金子、石头、泥巴的时候，用力不均，有的地方撒得多，有的地方撒得少，有的地方撒到了，有的地方没有撒到。撒到的地方就变成了山，撒不到那么多的地方就成了海。又由于天神是把金子、石头、泥巴混在一起撒下地的，所以现在各种金矿都是同石头和泥巴混杂在一起的。

【原文附记】

选自西南民族学院图书馆与西南民族学院《羌族文学简史》编写组 1987 年合编的《羌族民间文学资料集》（一）。

【讲 述 者】 林波

【采录整理】 王康、吴文光、龚剑雄采录，王康整理

【采集时间】 （无考）

【流传地区】 四川省·（阿坝藏族羌族自治州）·松潘县·小姓乡

【文本来源】 姚宝瑄主编：《中国各民族神话》（羌族、彝族），太原：书海出版社2014年版，第14页。

【阅读提示】 这则关于山海来源的神话，在阐释洪水后人类再生母题的同时，反映出羌族先民对世界本初面貌的探索。

【基本母题】 以前世界是一片大海；洪水；治水；九个太阳；天神；山的产生；海的产生

【本文编码】 《山是咋个来的》：ZCSW1175-241-003

2.4.2 山(山峰、山丘等)的产生

高山峻岭从何来

(汉族)

很久很久以前，人世间耕种的土地是非常平整的。

有一天，玉帝召开蟠桃大会。孙悟空在蟠桃会上喝醉了酒，一个趔趄碰倒了南天门前专供人间浇灌禾苗用的一缸水。这水乃是天水，在天上是一点儿，可到了人间就是汪洋一片。霎时房屋被冲毁，土地被淹没，人间一片汪洋，百姓叫苦连天。哭喊声惊动了玉帝，玉帝查明原因忙派悟空下凡引水，将功赎罪。悟空下到人间，挥动如意金箍棒，左劈右打打开了好多深沟，这洪水也就顺着深沟流走了。但是，平整的土地却被打得七零八落，被洪水冲得坑坑洼洼，再也无法耕种。玉帝只好又派猪八戒下凡帮助百姓平整土地。祸是悟空闯下的，却要八戒出面，八戒满肚怨气，下得凡间挥动九齿耙，没耙上几下就觉得腰酸腿痛，索性躺下就睡了大觉。一觉醒来看看天色不早，忙返回天宫。八戒耙过的地方变成了平原，其他未耙的仍旧是七零八落，成为高山峻岭。

后来人们仿照八戒的九齿耙也造出了耙子。

【讲 述 者】 郭丙辰

【采录整理】 郭喜邦采录

【采集时间】 (无考)

【流传地区】 山西省·(吕梁市)·兴县

【文本来源】 郭万金主编:《山西民间故事大系》(晋西卷),北京:商务印书馆2017年版,第32页。

【阅读提示】 这则神话巧借孙悟空和猪八戒的人物特征阐释地形的来历,

属于拟神话创作。

【基本母题】 以前大地是平整的；玉帝；孙悟空；洪水；沟壑的产生；猪八戒；高山峻岭的产生；耙子的产生

【本文编码】 《高山峻岭从何来》：ZCSW1176-242-001

山秧子

（汉族）

南通市南郊，长江边上，挨排排儿五座小山岗，从东往西，依次是军山、剑山、狼山、马鞍山、黄泥山，其中狼山名气顶大，古塔支云，晨钟暮鼓，山清水秀，景色迷人。自古以来，凡是到过狼山的人，没有一个不喊好。

海角江头，走马平原，哪里来的这五座小山头呢？说起来也许你会发笑，但信不信由你，反正从老祖宗起就是这样一代一代传下来的。

九天之上，有位玉皇大帝，一天心血来潮要新造一座天宫。无奈天上山峰太多，碍手碍脚，玉帝便召集各路神仙前来议事，要大家献计献策，把山峰搬走，腾出地方，建造宫殿。各路神仙你看我、我看你，半天没有一个人开口。什么事？原来他们各人心怀鬼胎，都怕山峰搬到自己的地界上，占了自己的地面，所以个个装聋作哑，一言不发。玉帝龙颜不悦，指名道姓要太白金星先说。金星素来老谋深算，眼珠一转，便是个主意。他摸着白胡子，摇头晃脑说道：“依老臣之见，何不把这些山峰搬往下界，填平东洋大海，既有了空地，又免得年年水患，百姓叫冤。”众神仙一听心领神会，齐声叫好，都说：“这真是一举两得。”谁知东海龙王不依，率领四海龙兄龙弟、龙子龙孙叩头奏本，说道：“金星佬儿使坏心，填了大海，叫我等何处安身，万千水族又怎生活命？”公说公理，婆说婆理，争执不休，吵得玉皇大帝耳烦心躁，于是下令山神，要他把三万六千山峰，统统搬到下界，一律不准丢在海中，限期七日，不得误事。山神诉苦道：“山峰太多，期限又紧，小神法力不济，请命诸神仙助我一臂之力。”玉帝遂指派担柴力士、挑水将军协助。

这担柴力士、挑水将军，一个是掌管树木的，一个是调遣河水的，搬山之事本是外行，但又不敢违忤玉帝圣旨，只好硬着头皮干这份苦差，其实心里头是十二万分不情愿，满腹的怨气全部朝山神身上发作。三位神仙出了宫门，一路上叽叽咕咕，吵吵闹闹，耽搁了不少工夫。等到了那里一看，大大小小山峰无数，不晓得从哪里下手才好。担柴力士、挑水将军又故意为难，一个要朝东，一个要往西，急得山神搓手跺脚，眼泪汪汪，不晓得赔了多少的笑脸，说了几箩的好话，总算商议好了，先把最高最大的山峰搬往西方。因为如来老佛性喜幽静，有了大山遮隔，凡人无法前往，便于安心养性、定神念经。三位神仙背的背、担的担，日夜不歇，来往奔波，好不容易把大山搬完。如今西方山多高大，原因就在于此。搬完了大山，再搬中山、小山，算算时间，已经过了五天，限期快到，三人不敢怠慢，分头行动，随手把大大小小山头丢放各处，弄得人间山峰杂乱，东一座、西一座。到了第七天，天上的山峰到底搬完了，留下一片平坦云海，此时三位神仙早已汗流浃背，筋疲力尽，硬是打足精神到天宫向玉帝完差交旨。三人来到宫外，发现时间尚早，宫门未开，便倚在门外喘气休息。突然山神发现，宫门两侧，还有十二棵小草模样的山秧子不曾搬，估计是慌忙之中没有在意，如今山秧子正在拼命长，用不了几天又会变成大山，到时候定会遭玉帝责怪。看看上朝的时间快到，三人心急火燎，手忙脚乱，将十二棵山秧子拔出，束成了一捆，山神一肩挑起，对担柴力士、挑水将军说道：“烦你二位，前后照顾，时间紧迫，只有就近丢在东海算了。”力士说：“不行，将来山秧长大，阻了海路，东海龙王要告状的。”将军也道：“那就丢在东海边上吧，眼下完差交旨要紧，管它什伲将来不将来！”说罢，三人慌慌张张上路，来到东海边上。山神疲乏已极，一着地便将担子撂下，谁知用力过猛，束绳崩断，一头的六棵山秧，五棵落在海里，一棵滚到对岸；另一头六棵，更是散落四处。这十二棵山秧子，落地生根，想拈也来不及了，再一看时间已到，玉帝就要上朝，三位神仙哪敢逗留，赶紧驾起云头，上天复旨去了。

这落在东海里的十二棵山秧子，后来都成了山。那掉进海水里的五棵，就是现在南通的狼山、军山、剑山、马鞍山、黄泥山，统称“狼五山”；滚到对岸去的，是江南的福山，另一头的六棵山秧子，落处比较分散，这就是通州境内的张芝山、九华山、观音山、钟秀山、云台山，还有一棵，落到了如皋西乡，现在的靖江县境内，独根独苗，孤孤单单，人们就叫它孤山。

再说狼五山在海里生根，不几年长出了海面，越长越大，慢慢与陆地连成一片。东海龙王见狼山占据了他的地盘，怀恨在心，赶上天宫，告了山神等人一状。幸好当时正值新的天宫落成，玉帝高兴，倒也没有过多责怪山神，只是命他下凡将十二座山秧的山根凿断。从此通州的这些山不再长高长大，几千万年过去，依然是一些土石小丘。因为当年杉咏将军的汗水滴在山上，至今未干，所以五山石壁缝中时时有泉水流出，千年不涸；又因担柴力士匆忙之中，把衣服黏着的许多树种、草籽撒在土内，五山之上才得以树木葱茏，绿草如茵。

【讲 述 者】 王老道（83 岁，狼山广教寺香伙，私塾）

【采录整理】 张自强（43 岁，民间文艺工作者，中师）、杨问春（33 岁，民间文艺工作者，大专）记录

【采集时间】 1973 年采录于狼山大圣殿

【流传地区】 江苏省・南通市・市区

【文本来源】 中国民间文艺家协会组织编写，罗杨总主编，王宇明本卷主编：《中国民间故事丛书》（江苏・南通・市区卷），北京：知识产权出版社 2016 年版，第 6—7 页。

【阅读提示】 这则神话中的各路神仙在面对棘手问题之时表现出来的相互推诿、心怀鬼胎和装聋作哑，令人不得不感慨神仙也有“人性”的一面。

【基本母题】 群山的来历；玉皇大帝；天宫；太白金星；山神；神仙搬山；特定山的特征来历

【本文编码】 《山秧子》：ZCSW1177-242-002

半边山

（布依族）

贵阳花溪有半边山，其临水之面为笔直峭壁，宛如神工鬼斧削成。相传玉皇大帝有友曰尧者，一次做客于玉帝家，私取其九节神鞭。此鞭有赶山之用，尧知其异，即以此鞭驱山填海，以造福于乡人。成群高山大岭悉被驱入海中，海龙王骇而患之，乃往诉于玉帝。玉帝察知九节鞭为尧取走，遂令仙女前往索回。仙女乘尧赶山中途休息熟眠时，潜以假鞭易其真鞭，尧醒后，觉神鞭赶山不灵，适又见一高山拦阻河水，遂怒而以假鞭猛劈其山。假鞭虽无驱山之力，然经仙人之手，亦是神物，忽闻一声巨响，高山劈飞一半，唯余此半边山。

【附注】

本文相似文本，参见汉族神话《金鞭岩》（ZCSW1210-243-025）。将主人公由秦始皇换做了尧，由此在一定程度上可能反映出神话的跨地区、跨民族传播特征。

【讲 述 者】（无考）

【采录整理】袁珂据贵州省社会科学院文学研究所编《布依族文学史》改写。

【采集时间】（无考）

【流传地区】贵州省·贵阳市·花溪区

【文本来源】袁珂：《中国神话大词典》，北京：华夏出版社2015年版，第447—448页。

【阅读提示】这则神话以“龙女偷换神鞭”为契机，重点表扬了尧以神鞭驱山填海，以造福于乡人的壮举。

【基本母题】特定山的特征来历；玉皇大帝；神鞭；填海；龙王；仙女盗神鞭；特定山的来历

【本文编码】《半边山》：ZCSW1178-242-003

大山的由来

（柯尔克孜族）

神圣的造物主缔造水后，又创造了水泡，又用水泡创造了大地，但是大地却在水面上漂浮不定。于是造物主心想，还得创造一个使大地稳固的东西不可，便创造了能压住大地的大山。就这样，大山总是居于水与大地之上。

【讲 述 者】 苏力坦阿里·包尔布代（柯尔克孜族，男，阿合奇县哈拉奇乡人）

【采录整理】 夏依拉西采录，依斯哈别克·别克别克巴赫特·阿曼别克翻译

【采集时间】 1989 年 7 月采录于阿合奇县哈拉奇乡

【流传地区】 新疆维吾尔自治区·（克孜勒苏柯尔克孜自治州）·阿合奇县

【文本来源】 中国民间文学集成全国编辑委员会编：《中国民间故事集成》（新疆卷），北京：中国 ISBN 中心 2008 年版，第 25 页。

【阅读提示】 这则神话通过叙述造物主造水、大地、山的先后次序，强调了几者之间的因果关系，具有较强的逻辑性。

【基本母题】 造物主；水的产生；水泡的产生；大地的产生；大山的由来

【本文编码】 《大山的由来》：ZCSW1179-242-004

山沟平坝的形成

（羌族）

很久很久以前，有个女人生了个女儿，却长了一身癞蛤蟆皮。不过，每到一定的时候，她就要脱下癞蛤蟆皮，换上好看的衣服上天去。妈妈看到癞蛤蟆皮就厌恶，总想找个机会把它烧掉。

有一天，女儿又脱下癞蛤蟆皮，换上美丽的衣服上天去了。妈妈便乘机把女儿的癞蛤蟆皮丢进火里烧了。女儿在天上闻到了糊臭味，知道凡间出了事，就赶忙把妈妈接到天上去，对妈妈说："你闯下祸啦，烧了我的癞蛤蟆皮，地要变啦！你下去赶紧用棒槌捶地皮，不要让它拱起来。还要记住，一个月只准吃一顿饭，一天要梳三次头。"

妈妈赶紧下到地下，哎呀，地皮真的拱起来了。她就连忙用棒槌捶，但拱起来的地方太多了，她捶不过来，就顺手抽出织麻布的木片去砍，砍到的地方就成了山沟，捶到的地方，就成了平坝，没有砍到、也没有捶到的地方，就拱成高山。

因为妈妈把一个月吃一顿饭，一天梳三次头错记成一天吃三顿饭，一个月梳一次头，女儿很是生气，就罚妈妈变成牛去耕地，生产粮食。牛怕蚊虫咬，女儿就让它长上尾巴和耳朵，好打蚊子。女儿怕牛耕地时偷懒，又编了山歌让人们去唱。

【原文附记】

蔷紫选自杨亮才、陶立瑶、邓敏文著《中国少数民族文学》（上册），北京：人民出版社 1985 年版。

【附注】

本文异名文本《山沟、平坝的形成》（ZCSW0948-216-033），文字只有细微差异，可作些版本学研究。

【讲 述 者】 （无考）
【采录整理】 （无考）
【采集时间】 （无考）
【流传地区】 （无考）
【文本来源】 姚宝瑄主编：《中国各民族神话》（羌族、彝族），太原：书海出版社 2014 年版，第 4 页。

【阅读提示】 这则神话并没有交代清楚癞蛤蟆皮的毁灭和地拱起来之间的直接关联性，或与某些巫术相关。

【基本母题】 癞蛤蟆；人上天；山沟的产生；平坝的产生；人传错话；人变成牛

【本文编码】 《山沟平坝的形成》：ZCSW1180-242-005

山是咋个来的

（羌族）

传说，很早很早以前，洪水潮天后，整个地球都变成了一个汪洋大海。地球上的人除了两兄妹外，都被洪水淹死了。这两兄妹漂浮在茫茫的大海上，心想：要活命就得想办法治服洪水。但怎样才能治服洪水呢？他们也没得啥子好办法，只好上天去请来九个太阳，共同轮流照晒大海。慢慢地，大海里的水被晒干了很多，但是人还是不能下地生活。没有办法，他俩又请天神朝地上撒了金子。但金子撒下后，还是不能镇住水。最后，就只好请天神把金子、石头、泥巴夹在一起往地上撒，这样才慢慢地把水镇住了，使水像河流的样子，由高处往低处流。由于天神在撒金子、石头、泥巴的时候，用力不均，有的地方撒得多，有的地方撒得少，有的地方撒到了，有的地方没有撒到，撒得多的地方就变成了山，撒得不那么多的地方就变成了丘陵，撒得薄的地方就成了平坝，没有撒到的地方就成了海。又由于天神是把金子、石头、泥巴夹在一起撒下地的，所以现在各种金矿都是同石头和泥巴混杂在一起的。

【讲 述 者】 林波（羌族，男，30岁，小学教师，中学）
【采录整理】 西南民院中文系采风队采录
【采集时间】 1988年8月于松潘县小姓乡

【流传地区】 四川省·（阿坝藏族羌族自治州）·松潘县·小姓乡

【文本来源】 中国民间文学集成全国编辑委员会编：《中国民间故事集成》（四川卷·下），北京：中国ISBN中心1998年版，第1109页。

【阅读提示】 这则神话在探讨山川河流来历的同时，注意到了金矿的分布情况，或反映了当时羌族冶炼技术的产生和发展。

【基本母题】 洪水；以前的世界是大海；九个太阳；天神；治水；丘陵的产生；平坝的产生；海的产生；矿石的产生

【本文编码】 《山是咋个来的》：ZCSW1181-242-006

造群山峻岭

（瑶族·布努）

咿吔——
十二位女神跟妈和睦在元些，
十二位男神同娘团聚在雅些。
洛陀在元些闹肚痛，
洛西在雅些患痢疾。
她带着一群女孩，
她领着一伙男仔，
远离了元些，
逃出了雅些。
到洛立①住下，
在堞坊②安家。
她靠吃甜酒，
才治好病痛。
她叫女孩围在自己身边，
她喊男孩拢在自己眼前。
她对她们说，
她对他们讲：
“我造了大地，
大地平展展；
我造了平原，
平原宽无边。

① 洛立：地名，全称是洛立堞坊，为对仗而分说。“洛立”即离开原地之意。“堞坊”有两层意思，一是借汉语“地方”一词，二是神魂之圣地。

② 堞坊：地名，全称是洛立堞坊，为对仗而分说。

狂风时时吹，
大风常常卷。
日日泥尘翻起，
天天飞沙扑面。
将来难造庄稼，
以后难种谷棉。
高粱会被风吹折，
玉米会被风刮翻。
稻子会被冲歪，
谷子会被卷断。
创造人类来凡间不能不吃，
创造人类来世上不会不穿。
为了人类能生存，
为了子孙能繁衍，
要造高山把狂飙挡，
要造峻岭把大风拦。
阿亨你是我的长仔，
阿独你是我的长男。
你是众男的大哥，
你是他们的兄长。
你比大家聪明伶俐，
你比大伙英勇果敢。
你的力气最大，
你的计谋高强。
你替我去造峻岭，
你帮我去造群山。”
阿亨回答说，
阿独回答讲：
“洛陀呵，我的母亲，
洛西呵，我的亲娘。
别的活多我不会做，
别的事少我不会办。
搬来群峰我能做，
移动万岭我敢当。
平原没岭我去造岭，
大地无山我去造山。”
啊嗬，央腊——
布九呀！

咿吔——
洛陀听了高兴，
洛西听了喜欢。
她又对阿亨说，
她又跟阿独讲：
“今夜好好去睡觉，
今晚好好去睡眠。
天未亮就要动身，
天未明就去造山。”
啊嗬，央腊——
布九呀！

咿吔——
阿亨听密的话，
阿独赶忙上床；
阿独听密吩咐，
阿亨趁早睡安。

睡好保养身体，
睡够集足力气。
明早起来好把山搬，
明日起来好把岭移。
啊嗬，央腊——
布九呀！

咿吔——
洛陀又把众女叫到身边，
洛西又把众女叫到眼前。
她对众女吩咐，
她对众女指点：
“大姐包把火烧，
二姐管把锅吊。
三姐包把柴找，
四姐管把柴挑。
五姐包把水舀，
六姐管把水挑。
没水难煮饭，
没柴难烧灶。
柴要今夜找，
水要今晚挑。
大姐二姐先睡觉，
你俩明天要赶早。”
啊嗬，央腊——
布九呀！

咿吔——
大姐去上床，
二姐去睡觉。
三姐四姐背起刀，
出门连夜把柴找；
五姐六姐背水筒，
摸黑出外把水挑。
一人十二担柴，
神柴扛到家了。
一人十二担水，
神水装满缸了。
洛陀见了高兴，
洛西见了欢笑。
她把女儿称赞，
她把女儿夸耀。
赞她们夜能出门，
夸她们黑能上坳。
闭眼可以走路，
黑暗可以肩挑。
她们辛苦了，
她们辛劳了。
她叫大家快去躺下，
她叫大伙快去睡觉。
啊嗬，央腊——
布九呀！

咿吔——
洛西跟后也睡觉，
洛陀跟着也上床。

她却一夜没安眠，
她却一夜没闭眼。
她提防花宜份醒不来，
她生怕花也份睡太甜。
她俩不醒谁煮饭，
她俩不起谁弄餐？
阿亨无食难移岭，
阿独空肚怎造山？
要办的事千万件，
造山的事要当先。
生发沙，沙发生①，
夜未明，天未亮。
洛陀先起身，
洛西先下床。
叫醒花也份离房间，
叫起花宜份到灶边。
两人忙忙碌碌，
两个汗流满面。
生发沙就做好饭，
沙发生就弄好餐。
洛陀忙叫醒阿亨来整容，
洛西忙唤起阿独来打点。
啊喃，央腊——
布九呀！

咿咃——

阿亨三更吃饭，
阿独半夜用餐。
十二锅糯饭分半吃，
留着六锅要包午餐。
只吃百二碗，
吃了六锅糯饭。
包上百二包。
包了六锅糯饭。
拿起撬石头的神木撬，
扛起挑山峰的神扁担。
天没亮告别母亲，
夜未明离开亲娘。
阿亨走出洛立，
阿独离了堞坊。
走了百里夜未明，
走了千里天不亮。
左看黑乌乌，
右看黑茫茫。
摸不清走到哪里，
看不见来至何方。
他停下来待天明，
他坐下来等天亮。
天亮才见清楚，
天明才能造山。
啊喃，央腊——
布九呀！

① 生发沙，沙发生：布努瑶宗教语，指拂晓前最暗的这段时间。

咿吔——
好容易天才明，
过好久天才亮。
他站起来四方瞧，
他立起来到处看。
左边大地坦坦平，
右边大地平坦坦。
前面宽得没有边，
后面宽得没有沿。
东看不见半座岭，
西看不见半座山。
阿亨没转头，
阿独走向前。
走遍大地，
踏破长天。
山仍遇不着，
岭仍看不见。
没岭我造岭，
没山我造山。
妈交的事要办好，
娘给的活要干完。
阿亨左手抓把泥块，
阿独右手捏把土团。
捏起土团堆成岭，
抓起泥巴堆成山。
土岭千千万万数不清，
石山万万千千数不完。
他向土岭挥手，
土岭把头点。
他朝石山扬脚，
石山走向前。
阿亨在后吹口哨，
石山峻岭向东回旋；
阿独跟后吼一声，
峰峦叠嶂向西奔窜。
阿独赶山山会走，
阿亨造山成了山。
山向东跑几万里，
大山累得气喘喘。
岭朝西跑几万里，
咬岭力尽躺地面，
阿独再吼岭不移动，
阿亨再喊山不动弹。
他干脆拿起神扁担，
把岭和山挑在肩。
他索性举起神木橇，
用力撬开大山。
现在石山有岩洞，
就是当年阿亨的扁担所穿。
现在石山有白崖，
就是当年阿独的木橇所掀。
啊嗬，央腊——
布九呀！

咿吔——
阿亨个子壮，

阿独力无穷。
一回挑十二座高峰，
一次挑十二座峻岭。
扁担颤声传千里，
鼻子呼吸起大风。
汗水洒地流成溪，
足迹踏处变凹窿。
造山把山轰走，
造岭把岭移动。
东边没山把山安放了，
西边没岭把岭竖起了。
南边没岭把岭挑去了，
北边没山把山移来了。
造山一座座，
造岭一重重。
东边有群山，
西边有丘陵。
南面有平原，
北面有峻岭。
大地有群山，
围墙一层层。
大地有峻岭，
屏障一重重。
大风袭不了，
恶风刮不动。
种稻不受灾，
种谷可收成。
人类可过活，
万物能生存。
阿亨心中欢喜，
阿独心里高兴。
造山大事初办好，
移岭大事刚做成。
应该赶快转身，
应该立即返程。
把造山的事回报洛陀，
把移岭的事转告母亲。
啊嗬，央腊——
布九呀！

咿吔——
洛陀听了激动，
洛西无比高兴。
她拍拍儿子的肩膀，
她摸摸儿子的头顶：
“我的长子真有本事，
我的大孩确实精灵。
娘说的你从，
妈讲的你听。
造山靠你去做，
造岭靠你完成。
今后你还要去造山，
今后你还要去移岭。
造山没止境，
移岭乐无穷。
你有了贡献，

你立了头功。
我封你去当岭王，
我叫你去做山神。
等以后造出了人类，
我要交代他们把你尊重。
将来人类做还愿[1]，
要用猪牛把你供奉。”
啊嗬，央腊——
布九呀！

咿吔——
阿亨感谢娘的恩，
阿独难忘妈的情。
他再去把山造好，
他再去把岭安稳。
见山不忘阿亨造，
见岭想到娘费心。
啊嗬，央腊——
布九呀！

【讲 述 者】 桑布郎等传，蒙凤标（83岁）、罗仁祥（73岁）等唱

【采录整理】 怀昌、蓝书京、蒙通顺搜集翻译整理

【采集时间】 1962—1988年

【流传地区】 广西壮族自治区·（河池市）·都安（都安瑶族自治县）、巴马（巴马瑶族自治县）、南丹县，（百色市）·东县、平果县等地

【文本来源】 《密洛陀》，北京：中国民间文艺出版社1988年版，第54—66页。选自原诗第四章“造群山峻岭”。

【阅读提示】 本文节选自瑶族神话古歌《密洛陀》，主要叙述了密洛陀带领儿女造群山的事迹，处处展现出这位创世女神及其子女的不凡业绩。

【基本母题】 十二位女神；十二位男神；密洛陀；女神造大地；女神造山；神水；特定山石的产生；山神

【本文编码】 《造群山峻岭》：ZCSW1182-242-007

① 还愿：即打配，是布努瑶最隆重的宗教仪式。

阿青和阿龙

（彝族）

在富饶美丽的他腊坝子正面，有一座大青山，当地人称为青龙山。远远望去，还真像一条青龙呢！

据传说，他腊坝子南端的天生洞里有个可恶的妖魔，常出洞来伤害百姓。他每年要百姓献祭猪羊鸡鸭、童男童女，稍有不是便兴妖作怪、伤人害命。生活在当地的人对作恶多端的妖魔恨之入骨，都盼望着有朝一日能出个英雄好汉，替他们清妖除魔。

当时，他腊坝子里有两个年轻英俊的彝族后生，名叫阿青和阿龙。阿青和阿龙的两个姐姐都先后葬身魔腹，爹妈一气之下也命归黄泉。新仇旧怨点燃了兄弟俩心中复仇的烈焰。因此他们自幼跟义父习拳练武，练就了一身扛得起水牛的力气，学得一手百步穿杨的绝技。这年，兄弟俩已长得彪悍健壮，便想："向妖魔讨还血债的时刻到了！"于是召集一群血气方刚的伙伴，一同去天生洞找妖魔算账。

一行人摩拳擦掌地跟着兄弟俩来到天生洞，见妖魔正躺在洞口睡觉，兄弟俩不禁怒吼道："孽妖，你一贯残害百姓，今日我们讨还血债来了，还不快来受死！"

"噢呵……"听到骂声的妖魔站起身来打了个呵欠，对这些前来"挑衅"的人们望都不望一眼。望着妖魔那得意忘形的样子，兄弟俩火冒三丈，一箭射中了妖魔的左眼。这下可惹怒了妖魔，只见他龇牙咧嘴，怪叫一声，立刻天昏地暗，砂飞石滚。等风沙过后一看，兄弟俩的伙伴全死了。斗不赢妖魔，兄弟俩伤心地守着难友的尸骨哭，直哭了七七四十九天。这天，来了个童颜鹤发的老者，问兄弟俩哭啥。兄弟俩便一五一十地给老者讲明原委，老者听了也不禁黯然落泪。他叫兄弟俩甭哭，他可以教他们战胜妖魔。兄弟俩一听十分高兴。这时老者又严肃地对他们说："我给你们喝一口甘露，你们就会变得力大无穷、天下无敌。只是当战胜妖魔后，你们就会变成一座山。"

"只要能战胜妖魔，就是变成山也情愿！"兄弟俩说。老者便把甘露瓶给了兄弟俩，叫他们只喝一小口就行。哪晓得兄弟俩复仇心切，他们认为喝两口力气更大，更有把握打赢妖魔，就“咕嘟咕嘟”地喝了两大口，拜谢老者便朝天生洞找妖魔去了。

天生洞里，那妖魔正在张牙舞爪地练魔鬼拳呢！听见又是那天“挑衅”的毛孩找上门来，于是飞将过来，迎战兄弟俩。兄弟俩灵活地躲过魔掌，随即朝魔头一掌一脚。只听妖魔惨嚎一声，就被打倒在地上，变成了大山，为民除害后的兄弟俩也变成了巍然屹立的大山。妖魔变的山像一条踏扁了的蚂蟥，人们就叫它蚂蟥山；阿青、阿龙变的山像一条龙，为了怀念兄弟俩，人们便将其取名为青龙山了。

【原文附记】

本故事由王四代选自昆明市官渡区民间文学集成办公室1988年《云南民间文学集成：逮水卷》。此文原名《青龙山》。流传于四川凉山彝族自治州的《举木伍子》是此神话的另一异文。

【讲 述 者】 （无考）

【采录整理】 尼苏共诺搜集，野夫文字校正

【采集时间】 （无考）

【流传地区】 （无考）

【文本来源】 姚宝瑄主编：《中国各民族神话》（羌族、彝族），太原：书海出版社2014年版，第318—320页。

【阅读提示】 这则神话的创编可能由形似青龙的山生发而来，表现出神话讲述者就地取材、顺口成章的语言组织能力。

【基本母题】 妖魔；兄弟杀妖魔；老人作为帮助者；变形；人变成特定的山；妖魔死后变成特定的山；特定山的名称来历

【本文编码】 《阿青和阿龙》：ZCSW1183-242-008

百鸟山

（彝族）

在新平县城西北角有一座大山，每年秋夜百鸟就云集在这里，人们叫它“百鸟山”。

传说，原来百鸟山下是一个风光旖旎的湖泊，湖畔有一个小村庄，住着一位叫柯郎的彝家年轻猎人。柯郎是一个诚实善良的孤儿，他有一身好武艺，举弓能射落云飞鸟，挥刀能斩断飘在空中的绸绢。

一天，柯郎上山打猎，路过湖畔时，看见对面山上有一个妖怪正举弓射一只向自己飞来的凤凰。柯郎急忙张弓搭箭，瞄准妖怪，“嗖、嗖”射出两箭，一箭将妖怪刚刚射出的箭杆拦腰射为两截，掉下地来，一箭正中妖怪心窝，妖怪脚一蹬，便没了命。他刚一收弓，前面就传来一阵娓娓动听的歌声。顺着歌声方向望去，只见七个穿着华丽的姑娘在湖畔草地上翩翩起舞。姑娘们轻盈的舞姿映在湖水里，婉转的歌声回荡在山林里。柯郎走近一看，姑娘们突然不见了。他倚坐在一棵大树脚，慢慢地睡着了。他梦见南山仙人告诉他：在很远很远的天边，有一个百鸟国，凤凰是那里的国王。凤王有七个公主，湖畔那七个姑娘就是凤王公主。她们当中穿红衣的是七公主，叫凤凰公主，她聪明伶俐，是凤王的掌上明珠。凤凰公主爱慕柯郎勤劳勇敢、心地善良，愿与柯郎结为夫妻。说完，仙人不见了。柯郎在梦中惊喜地叫了一声：“凤凰公主!”醒来睁眼一看，凤凰姑娘果真站在他面前。公主红着脸，害羞地对柯郎说：“仙人讲的都是实话，蓝天可以作证，高山可以为凭。”柯郎想到自己家境贫寒，推辞说：“我家里很穷，不能连累公主。”凤凰姑娘却说：“你有一颗白玉般的心、一双勤劳的手，贫穷又有哪样了不得呢?”姑娘的话如一勺蜜糖灌进柯郎的嘴里，心里甜滋滋的。就这样，他俩双双回到了家。

一群妖怪早已看上这位美丽的公主。一天，趁柯郎上山打猎，他们跑进柯郎家里，把凤凰公主抢走了。柯郎回至家，知道公主被妖怪抢走，如万箭穿心，他决心除掉妖怪，救回凤凰公主。

柯郎到南山求那位仙人帮助。仙人告诉他："妖怪住在很远很远的西山洞内，大小妖怪个个武艺高强，但只要有我的小金马和宝葫芦，你就能渡过险关，除掉妖怪。"仙人说着，从怀里取出宝葫芦交给柯郎，并交代了用法，又将小金马放在地上。小金马一着地就越长越大，接着，又长出两只翅膀，长长地嘶叫一声，便动了起来。柯郎谢过仙人，翻身上马，策马向妖洞飞驰而去。走了一程，突然眼前一片火海，烤得人马头晕目眩。柯郎取出宝葫芦，按照仙人的交代，将葫芦口指向火海。霎时，葫芦口喷出一股水，把烈火浇灭了。扑灭了烈火，柯郎又来到了一个巨蟒满坡的山岗。一群巨蟒伸着头从四面八方向柯郎包围过来，柯郎又将葫芦口对着巨蟒。葫芦口喷出一团烈火，烧得蟒蛇四处逃窜。柯郎扬鞭催马，继续前进。不一会，他来到一座大山前，山上怪石嶙峋，云雾缭绕。悬崖峭壁上有一个阴森森的岩洞，就是妖怪住的地方。这悬崖飞鸟难上，猴子难攀。柯郎望了望洞口，猛挥一鞭，马蹄一扬，便飞到了洞口。柯郎顺手砍倒了洞口的两个妖怪。系好马，往洞口一看，只见洞内妖雾弥漫，众妖大摆酒宴，凤凰姑娘披头散发地坐在一旁，旁边有两个女妖监守着。护卫在妖王身旁的一个妖怪举杯向众妖说："今日大王吉日，祝大王娶得一位年轻貌美的姑娘，大家喝一杯!"妖王哈哈大笑。笑声未落，柯郎纵身跃进洞内，一口气杀了十多个妖怪。妖王见了，跌下座位，亲自上阵，与柯郎连战数个回合。妖王累得汗如雨下。护卫妖王的大妖来助战，妖王和大妖一前一后来夹击柯郎。妖王一剑刺来，柯郎向下一蹲，正好刺中大妖的胸膛，大妖惨叫一声，倒在地上。妖王见势不妙，向空中腾起三丈高，要想逃跑。柯郎纵身一跃，飞起一刀，将妖王劈为两截。群妖吓得四散奔逃。柯郎趁众妖乱作一团，救出了凤凰姑娘，纵身上马，策马飞下悬崖。众妖紧追下来，被柯郎用宝葫芦一个个吸进葫芦里。收了众妖，柯郎和凤凰姑娘平安地回到家里。

凤凰国王得知女儿遇险，虎口脱身，令大雁给女儿捎来书信，要公主和柯郎回宫，酬谢恩人。凤凰公主和柯郎马不停蹄地直奔百鸟国，来到富丽堂皇的凤凰宫，他俩双双拜见父王、母后。凤王见到年轻英俊的柯郎，满心欢喜地感谢道："勇敢的年轻人，你从虎口里救回了皇宫中一颗明珠，我的金银堆得比雪山还要高，珠宝比天上的星星还要多，任你挑选。”柯郎回答：“天上的星星我最爱织女星，皇宫里的珍珠我最爱洁白无瑕的那一颗。”凤凰公主接着说：“女儿是父王洁白无瑕的一颗掌上明珠。”凤王说：“父王手中的明珠要由父王定。”凤凰公主回答：“好鞍要配在骏马身上，美丽的马樱花开在雄伟的哀牢山上。”凤王笑道：“父王最珍贵的明珠自会配给女儿的有情人。”凤凰公主和柯郎高兴万分。凤王继续说道：“佩珠要有护珠的武艺，柯郎如有‘金龙吞珠’的箭功，那就是当然的佩珠人。”凤王说着，立即吩咐两名武士设置箭靶。武士在殿外花园内摆了一张八仙桌，桌上卧着一条张口朝天的金龙，桌旁花树枝上用细线悬吊着一颗正对龙口的宝珠。柯郎站在离箭靶百步外的凤王旁。凤王一声令下，一名守候在桌旁的武士拨动宝珠，宝珠在龙口上方左右摆动不停。柯郎拉弓搭箭，瞄准摆动的细线，只听“嗖”的一声响，宝珠已掉进龙口里了。武士们个个拍手叫绝。凤王向柯郎敬酒道：“孤王祝贺你和七公主珠联璧合！”这时，宫中鼓乐齐鸣，宫女翩翩起舞，恭贺柯郎与凤凰公主结成了美满姻缘。

柯郎与凤凰公主结为夫妻后，两人心心相印，互敬互爱，日子过得像盛开的马樱花。彝族村寨也从此年年风调雨顺，五谷丰登。每年秋夜，彝家青年男女都喜爱在湖畔草地上燃起堆堆篝火，弹起弦子，跳起烟盒舞，唱着山歌庆祝丰收。彝家姑娘个个能歌善舞，可要数凤凰公主的舞姿最优美，歌声最动人。清风把她的歌声传到了百鸟国，百鸟都飞来伴她一起跳舞，同她一起唱歌。

后来，凤凰公主死了，乡亲们把她埋在她生前爱跳舞唱歌的湖畔草地上。她的坟墓一年年长大，长高，变成了一座好像美女的山，人们说它是凤凰公主的化身。每年秋夜，百鸟还云集在这座山上，它们要伴她一起跳舞，同她一起唱歌。后来人们就把这座山叫作“百鸟山”。

【讲 述 者】　李友祥

【采录整理】　吴成贵搜集整理

【采集时间】　（无考）

【流传地区】 云南省・玉溪市・新平彝族傣族自治县

【文本来源】 姚宝瑄主编：《中国各民族神话》（羌族、彝族），太原：书海出版社 2014 年版，第 265—268 页。

【阅读提示】 这则神话叙述了新平县百鸟山的来历，具有较强的故事性和趣味性，应该与凤凰崇拜有关。

【基本母题】 特定山的名称来历；妖怪；凤凰；梦示；人与凤凰婚；仙人作为帮助者；宝葫芦；特定山的来历

【本文编码】 《百鸟山》：ZCSW1184-242-009

石　林

（彝族）

很古很古的时候，哥自天神来到了路南，看着彝族穿的是羊皮褂，吃的是苞谷饭“老苦荞”，而且还吃不饱。连过年时节，吃的也是苞谷粒粒，最多掺杂上花花的几粒大米。哥自天神感叹着说：“啊呀！撒尼、阿细，太可怜了！让他们种上谷子，吃上大米吧！”哥自天神回去赶着一大群石头，担着一大担土来了，他准备把长湖堵起来，让这高山坡地变成平坝，能种上谷子。

哥自天神一手拿着鞭子赶着石头，肩上还担着一担土，前面还有一头小骡子，悠悠缓缓地赶着夜路。他一定得在天亮鸡叫以前赶到长湖，因为这些石头听不得鸡叫，只能在夜里赶路。

有一位撒尼老妈妈，她夜里起来推豆腐，独个儿推着小磨转。突然，她听到石头滚动得叮叮咚咚，响个不停，把她的小茅草房都震得颤抖起来。老妈妈把眼睛逗在门缝往外一看，只见遍山遍坳的大石头滚着来了，响声越来越大。老妈妈也被吓坏了，赶忙喊她的姑娘：“阿囡！阿囡！”可是没人回答，因为她的姑娘到公房唱调子去了。老妈妈心里更是慌做一团，生怕这大石头滚过来砸了她的茅草房。这么多的石头过路，随便哪块大青石头碰上了房子，房子也要倒塌。老妈妈突然想起姑娘说过：大公鸡一拍翅膀，我就回家来啦！就急忙把大簸箕拿到正堂房里，用手使劲地敲了几下。大公鸡以为别的鸡扇翅膀了，也就不甘落后，“咕咕，咕咕”地叫起来。

石头滚到现在石林的地方，听见了公鸡的叫声，但听得不真切，一个个站起来，竖起耳朵听着：到底是什么声音啊？大公鸡拍拍翅膀，伸长了头，又发出了一声：“喔喔喔!”这一下把石头都吓坏了，腿也软了，迈不了步。

哥自天神火冒三丈，时辰未到，怎么不走了呢。他扯起长鞭，就给石头一鞭。但石头纵然挨了一鞭，大公鸡叫过后还是不能走了，也只好挺直身子，赖在这里，变成了石林。而在它们的腰上，却永远深深地留下哥自天神的鞭痕。

哥自天神的小骡子，也被大公鸡的叫声吓坏了，呆若木鸡似的站着，变成了狮子山。

哥自天神看到石头不走，小骡子发呆，气得很，使劲往前跨一步，不料担子一闪，只听得他的扁担“咔嚓”一声响，断成两截。他挑的土倒下来，便变成了双肩山，陪伴着巍巍的石林，永远留在了这里。

哥自天神的美好愿望虽然没有实现，但是撒尼、阿细人看到奇丽的石林，纵然是吃苞谷、种荞地，永远也忘不了哥自天神的美意。

【附注】

本文关联性似文本，参见布朗族神话《密西》(ZCSW1243-243-058)。

【讲 述 者】 黄石玉

【采录整理】 陈思清记录整理

【采集时间】 (无考)

【流传地区】 云南省·(昆明市)·路南县(路南石林彝族自治县)

【文本来源】 姚宝瑄主编:《中国各民族神话》(羌族、彝族),太原:书海出版社2014年版,第272—273页。

【阅读提示】 这篇神话中石头听到鸡叫就停止走动的情况，带有原始巫术的性质。

【基本母题】 天神；平坝的产生；神鞭；会走的石头；石林的产生

【本文编码】 《石林》：ZCSW1185-242-010

2.4.3 特定的山(岩石)的产生

补天遗石

（汉族）

太古时候，因为打仗，撞崩了天的一角，大块小块的石头直往下掉，砸破了房，砸死了牲畜，砸毁了农作物，砸伤了人。一位叫做女娲氏的人，架起一个大炉子，烧起火来，把七七四十九块黑石块放进去火炼，没日没夜地炼了七七四十九天，炼成了一块四四方方的五色大石块。女娲氏把五色大石块高高举起，把崩了一角的天补上了，使天成为完整的天，天上的五色彩云就是五色大石块放射出来的光芒。许多黑石头听说女娲氏炼石补天，纷纷跑来。女娲氏想：现在南海边的海堤也被冲崩了一角，何不赶他们去南海边填海筑堤？女娲氏便发号施令，把黑石头赶到了琼崖南海岸边。

当时居住在琼崖西北海岸的黎母仙姑，日夜忧愁海水吞刷沙质的海岸。这一天，她看见一群黑色的石头浮在海里，心里非常高兴，她想，如果把黑石头留下来，就能阻挡海水侵蚀海岸，造福黎民。于是，她把黑石头赶在儋县境内的海边安居，变成了儋耳山。

【讲 述 者】 黎亚公（男，58 岁，农民，不识字）

【采录整理】 郭学燕（男，24 岁，农民，大专）采录

【采集时间】 1987 年采录于儋县王五镇槟榔村

【流传地区】 海南省·儋县（儋州市）

【文本来源】 中国民间文学集成全国编辑委员会编：《中国民间故事集成》（海南卷），北京：中国 ISBN 中心 2002 年版，第 18 页。

【阅读提示】 现实中儋耳山山顶之上也散布着五彩的岩石，据传即为女娲补天的五彩石，反映了神话与现实的关联与互动。

【基本母题】　天塌地陷；女娲；补天的材料；黎母仙姑；补天石变成特定的山

【本文编码】　《补天遗石》：ZCSW1186-243-001

赤　山

（汉族）

洞庭湖边，有一座红土山，人们叫它赤山。

相传，赤山这地方以前并没有山，只有一望无际的湖水，湖里鱼儿肥壮，湖田里五谷丰登，农民安居乐业。这里面有太阳神的一份功劳，他每天日行夜宿，辛勤劳动，使湖乡风调雨顺，一到黄昏，他便来到这湖光水色之中。……

太阳神来时，常到村头茅棚里坐坐，那里住着母女二人，母亲勤劳善良，女儿慧莲像花一样美丽，是母亲的一个好帮手。太阳神见她们缺劳力，有时帮她们做些事情。渐渐地，他和慧莲的感情越来越深，常在一起说天论地，后来和慧莲成亲了。乡亲们都为他们高兴。

谁知这件事被天帝知道了，这还了得！神仙同凡人结婚，犯了天条，就派天兵天将下凡来捉拿太阳神。太阳神深深地爱着湖乡，爱着慧莲，宁死也不愿随天兵天将回转天宫。天帝无法，只好将他就地化作一座山。

慧莲悲痛万分，伏在这山上整天痛哭。说来也怪，她的眼泪流到哪里，哪里的土就变成了红色。她的泪水流干了，身躯也化作红土与山凝成了一体。后来，人们为了纪念太阳神与慧莲的忠贞爱情，就亲切地称这座山为“赤山”。

【讲 述 者】　彭国政（男，农民，初小）

【采录整理】　彭佑明（干部，高中）、彭海明（教师，大学）采录

【采集时间】 1986 年采录于南县

【流传地区】 湖南省·（益阳市）·南县

【文本来源】 中国民间文学集成全国编辑委员会编：《中国民间故事集成》（湖南卷），北京：中国 ISBN 中心 2002 年版，第 7 页。

【阅读提示】 这则神话的几个意象很好，如洞庭湖炽热的红土、火热的爱情，反映出神话讲述者的叙事构图的潜质。

【基本母题】 洞庭湖；特定山名称的来历；太阳神；人与天神婚；天帝；天神变成山；红土的来历

【本文编码】 《赤山》：ZCSW1187-243-002

大禹赶山挡海水

（汉族）

商城这一磨儿[①]，大禹治水时全是水。大禹治水十二年，地上的洪水退完了，流进了大海，这里才有人开荒种地。可这一磨儿靠着海，海水一涨，还是淹田冲地。咋办呢？大禹想来想去，要赶山挡住海水。他带着裁山剑、赶山鞭，往西去了。走了九十九天，来到了昆仑山，裁下两座大山，照直往东赶来。

被裁下来的两座山，一座叫卓尔金山，一座叫阿拉山。卓尔金山知道叫它去挡海水，保护百姓，就不顾身子笨重，一个劲儿往前赶。阿拉山呢？害怕挡风堵浪，总是磨磨蹭蹭，落在后头。大禹赶了九十九天，把两座山赶到了海边。

这时，海水卷起滔天大浪，正向岸上扑来。大禹看看两座山，说："谁愿先去阻挡？"卓尔金山晃了晃身子，迎了上去，一下子就把海水挡住了。大禹怕卓尔金山顶不住海浪，又叫阿拉山上前帮忙，可阿拉山睡着了。大禹

① 这一磨儿：这一带。

就取下身上的三根肋巴骨，变成了三根定山针，从卓尔金山顶上的三个地方插进去。卓尔金山有了主心骨，就直挺挺地不动了，还越长越高，越长越大，就像一座金刚，大禹就给它起名叫金刚台①。三根定山针变成了金刚台上的秤砣石、猫耳石、插旗尖三座石峰。大禹安顿好了金刚台，想把阿拉山再赶起来，哪知它还是死睡不醒，大禹气急了，拿鞭就狠抽、狠骂："睡吧！睡吧！睡死过去吧！"这样，阿拉山就变成了睡死岭，横躺在金刚台山脚下了。

【讲 述 者】 王德里（男，51岁，商城县四顾墩乡莲塘村农民，高小）

【采录整理】 王平（36岁，商城县委宣传部干部，大专）采录

【采集时间】 1986年5月13日采录于商城县城关镇南街

【流传地区】 河南省·（信阳市）·商城县

【文本来源】 中国民间文学集成全国编辑委员会编：《中国民间故事集成》（河南卷），北京：中国ISBN中心2001年版，第56页。

【阅读提示】 这则神话中挡海的两座山峰来自昆仑山脉，实现了空间上较大的跨度，表现出讲述者天马行空的想象力。

【基本母题】 大禹治水；洪水；昆仑山；赶山鞭；赶山挡海；特定山的来历；定山针；特定石峰的来历

【本文编码】 《大禹赶山挡海水》：ZCSW1188-243-003

大禹劈龙门

（汉族）

大禹治水治了几年，还没把水治下去，心里难受。他日夜在想治水的办法，可一直没有想出个头绪来。

① 金刚台：大别山主峰，位于商城县境内。

这天，大禹站在一座山上，望着山南的洪水正在发愁，忽听不远有人高唱："打开龙门口[①]啊！旱坏那吕梁江[②]哪！"大禹转脸一看，是个砍柴的老头儿在唱，赶紧来到老人眼前，恭恭敬敬地作了个揖："请问大伯，你唱的这两句歌是啥意思啊？"砍柴老头儿摘下草帽扇着风说："我是笑大禹没能耐，他治水治了好些年遭儿[③]，治来治去，这里还是老样子。"大禹一听，又问："请问老伯，依你看这洪水该咋个治呢？"砍柴老头儿捋着胡子说："依我看，只有疏导，才是好办法。要是把这座山打开，我就不信洪水不退。可惜我年事已高，能说不能行，帮不了别人啥忙了。"砍柴老头儿说完，化成一阵清风不见了。

砍柴老头儿不见了，地上留下一把大斧子。大禹看着这座山，动了气："要不是你挡住水，百姓咋会恁大的灾难？我恨不得一下把你劈成两半！"说罢，抡起那把大斧子，使劲儿劈了下去。只听"轰隆"一声，大山一下被劈成两半，洪水顺着山口向东北流去。这座山就是现在洛阳南郊的龙门山。被劈开的山口就是现在的龙门。没多久，山南的洪水全退了。

【讲 述 者】 贾德林（男，48岁，禹州市鸿畅乡寨子贾村农民，高小）

【采录整理】 贾国忠（男，43岁，禹州市鸿畅乡文化站专干，初中）采录

【采集时间】 1985年7月采录于讲述者家中

【流传地区】 河南省·（许昌市）·禹州市

【文本来源】 中国民间文学集成全国编辑委员会编：《中国民间故事集成》（河南卷），北京：中国ISBN中心2001年版，第50页。

【阅读提示】 河南地区三门峡、龙门山、嵩山、五指岭等山川河流的来历均烙上了大禹治水的印迹，可见大禹神话传说在当地的认可度之高。

---

① 龙门口：指现在洛阳市南郊龙门，即伊阙。

② 吕梁江：在禹州市境内，现已干涸。

③ 年遭：年月。

【基本母题】 大禹治水；洪水；从长辈那里学会治水；疏导河道治水；劈山；特定山的来历

【本文编码】 《大禹劈龙门》：ZCSW1189-243-004

大禹推山泄洪

（汉族）

嵩山的太室、少室山北面还有一座山，山头远看像朝上伸着的五个指头，这就是五指岭。

传说大禹打开轩辕关后，要去开凿龙门口。动身时，他的儿子启还很小，就对启的姨娘说，他五年后才能回来。

五年过去了，启整天缠着姨娘要爹爹。这天，涂山姚听说龙门口打开了，大禹回到了太室山下，把启抱起来高兴地说："接你爹去！"

涂山姚抱着启爬上太室山的马头崖，站在高处朝北望。这时，只听对面山上"轰隆"一声，眼看着半个山头倒了下去。就在这山头倒下的地方，出现了一只大熊掌，竖着五个指头。从龙门口滚滚流来的洪水，经过熊掌推开的大山，向东流去。

原来龙门口被凿开后，大禹就驾着木筏顺水察看水路。他到了这个地方，看到水被山堵住，身子一抖变成大熊，伸开巴掌一下子推掉了半个山头。他的手还没来得及收回，就看见涂山姚抱着启站在对面马头崖上。大禹心里一惊：好在身子被山头挡着，她只看见了这只手，要是全都看见，她也要走涂山娇的老路啊！大禹急忙恢复了人形，就把这只熊掌留在了山头。

后来熊掌变成了山头，人们就称这座山叫"五指岭"。

【原文附记】

此篇原载《河南民间故事集》（中国民间文艺出版社1985年版），原题为《五指岭》。

【附注】

本文关联性文本，汉族神话《五指岭（1）》（ZCSW1231-243-046）。

【讲 述 者】 甄西庚（男，52 岁，登封县芦店镇景店村农民，高小）

【采录整理】 甄秉浩（男，25 岁，住登封西关望洛园，干部，大专）采录

【采集时间】 1956 年夏采录于讲述者家中

【流传地区】 河南省·（郑州市）·登封县（登封市）

【文本来源】 中国民间文学集成全国编辑委员会编：《中国民间故事集成》（河南卷），北京：中国 ISBN 中心 2001 年版，第 53 页。

【阅读提示】 这则神话解释特定山岭的来历时，与大禹推山泄洪联系起来，既是历史与现实的结合，也是人与神的联通。

【基本母题】 嵩山；特定山岭的来历；大禹治水；变形；人变熊；特定山岭名称的来历

【本文编码】 《大禹推山泄洪》：ZCSW1190-243-005

二郎担山赶太阳（1）

（汉族）

盘古之前，天上有十二个太阳，大地被烤得裂了口，地球上的生灵喘不过气来，人都得钻到很深很深的山洞里。地上的水，像开了锅一样，一天到晚热气腾腾。世上的东西在一天天减少。

天上的神仙杨二郎，看到这种情况，产生了怜惜之心，决心将太阳除掉。

一天，二郎神带着他的神犬，操起石扁担，挑起龙山和虎山，追赶太阳。十二个太阳，前后被二郎灭掉十一个。只有一个太阳，东跑西躲。二郎拼命追赶，结果追到东海的上空，这个太阳不见了。二郎又气又累，撂下担

子，吐了一口鲜血，变成了一座红土山。他的扁担成了石岭。扁担的两头担子左边的叫青龙山，右边的叫虎山。

剩下的一个太阳，跑到哪里去了呢，原来它躲到人家的菜畦里去了。二郎回天宫以后，它才钻出来，慢慢地升上半空之中，不敢再做坏事，相反，它给人类送来温暖，供万物生长。

现在的红土山、青龙山、虎山、石岭还留在东海县平明乡西北角上。

【讲 述 者】 丁维英

【采录整理】 陈绍武、王运生记录

【采集时间】 1987 年 5 月采录于东海县牛山镇

【流传地区】 江苏省·(连云港市)·东海县

【文本来源】 姚宝瑄主编：《中国各民族神话》(汉族)，太原：书海出版社 2014 年版，第 113 页。

【阅读提示】 有关二郎担山赶太阳的神话文本较为丰富，本则在内容上强调了特定地区特定山峰的形成，具有一定的地域特色。

【基本母题】 盘古；十二个太阳；旱灾；天神；二郎神；赶太阳；特定山峰的形成

【本文编码】 《二郎担山赶太阳（1）》：ZCSW1191-243-006

二郎担山赶太阳（2）

（汉族）

很久很久以前，川西有两条孽龙作怪：那水龙兴波作浪，冲坏田地，把平坝淹成汪洋大海；那火龙口吐烈焰，把山林草坝烧得精光，成了一片焦土。活着的人们，庄稼做不成，个个饿得皮包骨头不说，还担心孽龙吃人，又惊又怕，硬是到了活不下去的地步！怎么办呢？只得拖儿带女四处逃命。

那时，灌口出了个李二郎，年方十八，身材雄伟，力大无穷。眼见乡亲受苦，心头十分焦急，便立下大志，不诛灭两条孽龙，绝不罢休。于是，他先去大战水龙，和它斗了无数回合，才把它生擒活捉，用铁链锁在伏龙潭底叫它吐水灌田。从此，川西坝四季有流水，庄稼才有好收成。

可是，剩下那条火龙，还在逞凶。年年五黄六月，只要它张开血盆大口，一股股一团团的烈焰，便不住喷了出来，把山冈上的石骨子、山沟头的石蛋蛋烧得红亮亮的，整个山冈变成了火石岗！山冈上草木成了炭，禾苗变了灰，那里的人们无田可种，无家可归，眼看就活不成。

李二郎想："水龙它会七十二变，都被我降伏了，你火龙还比水龙凶么？我一定要收拾你这条害虫！"

谁知火龙虽说不会变化，却有土遁的邪法，每当日落西山，它便就地一滚，跟着太阳溜进深山，躲藏起来。第二天晌午，又出来喷火吐焰，与人作对。二郎一连几天捉不到火龙，心里非常恼怒，但他却看清了火龙的落脚地点，忽然计上心来："我何不以龙制龙，把水龙吐出的水，引上山冈，截住火龙逃跑的去路，使它土遁不成，让水把它淹死！"于是，他决心担山造渠，制服火龙。

为了抢在太阳偏西前把水引到，他急忙跑到家里，拿上他的神木扁担，担起他的神竹筐筐。嗬！这真是一副好行头：扁担长十丈，磨得亮堂堂；莫嫌竹筐小，大山都能装。真的，这一对筐筐装得起两座大山。好家伙，这两座山可硬是大得很！叫我们去爬，恐怕上山就得走一天啦！咋挑得起呢？不要急，二郎自有办法。你看，他站在两座山中间，大喝一声："长！"自己一下子变成个巨人，头顶青天，腰缠白云。他用肩上的神木扁担挑起那对筐子，嗬！活像在两座山当中架起了一道金桥。再看那两座山，在巨人脚底下，早变成了两个小小的泥巴堆堆！

二郎高兴极了，他耸了耸肩膀，轻轻巧巧地就把这两座大山担起走了。才跨一步，就是十五里！他劲头十足，精神抖擞，扁担溜溜闪，双脚跑得欢，一挑接一挑地担呀，担呀，一口气跑了三十三趟，转瞬间担走了六十六个山头。

在担山的路上，二郎换肩，一个堆在筐顶的石块块，甩落下来，变成了“走石山”，就是现在的灌县崇义铺北边平坝里那个孤零零的石头山。二郎歇气时，把挑子轻轻地朝地上一放，撒下的泥巴，也成了两座小山，一座在灌县柏条河右岸，名叫“涌山”；一座在左岸，名叫“童子山”。有一趟，二郎的鞋里塞了些泥沙，他脱鞋一抖，鞋里落下来泥沙垒成了个大土堆堆。后来，马家人最先上去开垦，就把那个堆堆叫做“马家墩子”。

李二郎越担越起劲，越担越高兴，担呀！担呀！不觉太阳都偏西了。他估谙水渠该快垒好了，回头看看火龙，那孽畜正忙慌慌地朝山边逃窜。二郎急急担起最后两座顶大的山，加快脚步，去追赶太阳，想尽快截断火龙的退路。火龙在这生死交关的时刻，情知不妙，便转身向二郎猛扑过来。它吐出的火、喷出的烟，比平时还凶十倍；只见浓烟滚滚，火焰熊熊，挡住了二郎的去路。好二郎，不惊不诧，不慌不忙，放下担子，冷笑两声，把衣服一脱，敞开胸膛，轻轻地担起两座大山，雄赳赳，气昂昂，冒着呛人的浓烟，冲进了火阵。火龙一见，吃惊不小，拉长了身子，绕着二郎缠了好几圈，想把二郎困死阵中。哪知二郎毫不在意，只用手抹了抹额上的油汗，脚一抬就跨出了火阵；再抬一大步，又是几十里，早把火龙甩在身后，那火龙八趟子也追不上来。

这时，二郎起眼一看，太阳快落坡了。往天太阳落坡，总是悠悠缓缓的，说也奇怪，今天太阳落坡，却是滚筋跌斗的，跑得多快呀！好二郎，怎么也不示弱，他劲上加劲，快上加快，只顾追赶太阳，只顾飞跑，眨眼间，就跟太阳跑在一起了。他再乘胜猛赶，抢上两步，便赶过太阳！这时，只听得“咔嚓”一声，震天动地，神木扁担，断成两截！二郎把扁担一丢，提起两座大山，连筐筐一齐朝天空一抛，那对筐筐在空中翻了几滚后，才跌落下来，不偏不歪，刚刚落在渠尾，这水渠就大功告成了！那掉在地上的断扁担，变成了弯弯扭扭、长约四里的“横山子”。

二郎瞄那火龙一眼，见它不能再吐火了，却还在后头老远的地方爬呀爬的。他急忙跑回家去，取出一只宝瓶，从伏龙潭打满一瓶水，倒进水渠，渠内立刻波翻浪涌。后来人们把倒水的地方，叫做“宝瓶口”。水渠的浪头更大，流得更快，一会儿便追上了火龙。这时候的火龙，早已筋疲力尽，眼见洪水涌来，却再没有力气躲避，东一拱，西一滚，淹得眼睛翻白，胀得肚皮鼓起，喘着大气，拼命想往坡上逃。它一连挣扎了七次，就再也动弹不得了。它每从水里冒一次头，便拱起一堆泥巴石头，人们把它喊做“七头山”。火龙被水淹了一阵，也就困死在七头山下了。至今，那儿的黄泥巴里，还夹杂有红石子。据说，它是火龙的血染成的。再挖深一点，还可捡到龙骨石。据说，那就是火龙的尸骨呢！李二郎制伏了火龙，早先光秃秃的火石岗，很快变成了林木茂盛、五谷丰登的好地方，过去从不飞来的仙鹤、绿凤，也从远处飞来啦！它们飞来了，不再飞走了，在这儿安了家。从此，人们便把这山清水秀、凤舞鹤飞的村庄，起名“绿凤村”、“仙鹤村”。人们感激李二郎，在他担山修好的水渠边，栽了许多柏树，并把这条水渠叫做“柏条河”。

翠生生的柏条啊，千年常青不败。“二郎担山赶太阳”的故事啊，万世流传不绝。

【讲 述 者】 （无考）

【采录整理】 王纯五记录整理

【采集时间】 （无考）

【流传地区】 四川省·（成都市·都江堰市）·青城山一带

【文本来源】 姚宝瑄主编：《中国各民族神话》（汉族），太原：书海出版社2014年版，第130—133页。

【阅读提示】 叙述二郎神“担山赶太阳”“担山捉太阳”相关的神话文本在江苏省、四川省、京津冀等多地均有流传，不同地区在情节和叙述风格上有所不同，体现了神话流传过程中的地方特色与变异性。

【基本母题】 洪水；水龙制造洪水；变形；英雄战火龙；神扁担；特定山的产生；宝瓶；村庄的产生；特定河的产生

【本文编码】 《二郎担山赶太阳（2）》：ZCSW1192-243-007

二郎担山撵太阳（1）

（汉族）

早年间，咱这里各处都是山，俗话说：“三山六水一分田”。庄稼人没地种，出门都是山。后来，这些山都叫杨二郎担走了。杨二郎是天爷爷的外甥，三只眼，额头上那个是立着长的，专管黑天看东西。杨二郎劲很大。劲大的人能吃，成天吃不饱。吃不饱担山就没力气，多亏来了一个老嬷嬷，成天给他贴锅饼吃，贴多少吃多少，从来就没剩下过。杨二郎吃了锅饼就担着山走，上哪走？跟着太阳走。太阳往哪儿落，他就往哪里走。太阳往西走，杨二郎就担着山往西撵。太阳走多快，他走多快。一走走到洛阳，太阳落了，杨二郎就不走了。早先洛阳那里没山，那里的山都是杨二郎打咱这里担过去的。担来担去，咱这东边的山快担完了，就剩下一座泰山了。杨二郎又要担哩，那个老嬷嬷出来了。她说：“这座山你别担了，这个山是我的。我管给你饭吃，就图你留下这座山做个人情。”杨二郎说：“那好！不担了。”就留下这座泰山。原来给杨二郎贴锅饼的那个老嬷嬷就是泰山老奶奶。

【讲 述 者】 刘秀英（女，69岁，杨庄集乡袁屯村农妇）

【采录整理】 潘永修（男，39岁，郓城县文化馆干部，中专）采录

【采集时间】 1987年6月采录于郓城县杨庄集乡袁屯村

【流传地区】 山东省·（菏泽市）·郓城县·杨庄集乡·袁屯村

【文本来源】 中国民间文学集成全国编辑委员会编：《中国民间故事集成》（山东卷），北京：中国ISBN中心2007年版，第8页。

【阅读提示】 这则神话同样是以叙述二郎神担山为主的文本，在叙事方式上颇具当地语言特色。

【基本母题】 以前山很多；二郎神；二郎神的特征；泰山；泰山老奶奶；特定山的消失

【本文编码】 《二郎担山撵太阳（1）》：ZCSW1193-243-008

二郎担山撵太阳（2）

（汉族）

镇平、内乡和邓县三县交界的地方有三座小山：东边的一座叫先主山，西边的一座叫寺山，南边还有一座小山叫踢脚山。这三座山相隔不远，当中有个山村叫义和村。村西头有一口大井，叫二郎井。离三座山不远还有一座小山叫鏊子山。这都是当年二郎担山撵太阳时留下的。

传说古时候，天上有九个日头。这个还没有落，那个就又出来了。大地上净是白天，没有夜晚。人们顶着毒日头，成天干活，老不能休息。大家都累得腰酸腿疼。上帝就派二郎神去降服那九个日头。二郎神就担着大山，撵起天上的日头来了。

二郎担山撵太阳的事儿传到了九个日头耳朵里，它们就都小心提防着。二郎担着两座山在天上，从东方撵到西方，又从西方撵到东方。他撵得快，日头跑得快。就这样，转了一圈又一圈，终于还是撵上了两个，把它们压在山底下；撵上一个，压住一个。有一个日头眼看就要被二郎撵上了，它心里一急，就一头钻到路旁的马齿菜下面，总算躲过了二郎的追赶。不过它再也不敢出来了。直到现在，马齿菜晒不死，就是因为它下面有个日头跟天上的日头抗膀子的缘故。就这样，天上的日头一天天少了，天气也没有先前那么热了，白天也短了。

当二郎撵到最后一个日头的时候，他还是不肯罢休，非把它压完不可，免得老百姓再受毒日头的苦楚。这时候，人们看到每天能黑一半，明一半，白天干活儿，晚上休息，再好没有了。于是就跟二郎说："别撵了，留下这个日头吧！"那个日头一听人们为它求情，也连忙哀求道："留下我吧，我一定规规矩矩，一早上按时出来，晚上按时下去。"二郎想了想，就点了点头。这才停止了追赶。不过还不大放心，就对那个日头说："你要是说话不算数，可别怪我无情！"那个日头就连忙答应了。二郎也就担起大山回去了。

当二郎担着山走到伏牛山前怀的时候，正赶上天下雨，路上泥大难行，脚下沾着厚厚的泥巴，越走越沉，越走越拖不动。他十分恼火，一气之下就用力甩了一下。谁知因为他使劲过猛，“咔嚓”一声扁担闪断了，两座山也掉了下去，一座成了现在的“先主山”；一座落下地时，恰好折成了两半截的扁担从空中落在它上面，压了两道深槽，把山分成三截，鼓起三个疙瘩。这就是“寺山”。今天从东方老远望去，这座山的三个高峰两个凹，就是当年扁担压的痕迹。这两座山半腰还有两个扁圆洞，就是当年的扁担眼。脚上甩掉的泥块飞在不远的地方，鼓起一个烟堆，这就是“踢脚”山。

扁担断了，二郎神就趁势坐下来歇息。他因为跑得渴了，发现地下有一个小水坑，就用手指往下一拧，就成了一口井。水咕嘟咕嘟直往外冒。二郎一喝，凉甜解渴。后来人们用砖把井券了券，就起名叫“二郎井”。

二郎又往西走了不远，肚子饿得咕噜咕噜响，就找了几块石头支起鏊子烙馍做饭。后来留下的灰堆成了一座小山，就叫“鏊子山”。

【原文附记】

选自河南师大中文系编《河南民间故事》。

【附注】

(1) 同名文本《二郎担山撵太阳》，见中华民族故事大系编委会编《中华民族故事大系》第1卷（汉族、蒙古族、回族），上海：上海文艺出版社1995年版，第19—21页。

(2) 同名文本《二郎担山撵太阳》，见张振犁编著《中原神话通鉴》（第三卷），郑州：河南大学出版社2017年版，第921—923页，原文本标注由镇平县民间文学普查组于1986年3月28日采录于镇平县二龙乡，文字表述略有不同。

本文关联文本，参见流传在浙江东海县的汉族神话《二郎担山赶太阳(1)》(ZCSW1191-243-006)、流传在山东郓城县的《二郎担山撵太阳(1)》(ZCSW1193-243-008)等文本，都是借用了二郎神的神力来解释特定山的产生，在一定程度上反映了神话创作思维在不同地区或民族间的相似性。

【讲 述 者】 尚保元，吴光瑞

【采录整理】 尚海三记录

【采集时间】 （无考）

【流传地区】 河南省

【文本来源】 陶阳、钟秀编：《中国神话》（中册），北京：商务印书馆 2008 年版，第 673—674 页。

【阅读提示】 这则神话把解释地方性风物与二郎神的事迹结合起来，既是为了名人效应，也是老百姓喜闻乐见的讲述方式。

【基本母题】 特定山的来历；特定山的名称来历；上帝；二郎神；以前有九个太阳；昼夜的产生；变形；井的产生

【本文编码】 《二郎担山撵太阳（2）》：ZCSW1194-243-009

二郎南岭与二郎北岭

（汉族）

相传很古以前，天空中有十二个太阳神，他们不分昼夜残害百姓，老百姓哪受得了。为了人们不受苦，杨二郎肩挑二座大山追赶太阳神，要把太阳神全都赶跑。几年过后，十二个太阳神已被赶走十一个。一天，杨二郎在途中追赶最后一个太阳神时，一路奔跑辛苦，就在现在的东海县横沟乡石文港村的摩云山顶上休息。刚放下担子，就发现这座摩云山非同一般，每年长高五丈。杨二郎一算八卦，用不了几代人的时间这座山就要压掉周围几百里的村庄、田园，将会害苦多少百姓。他运气八天，脚下生根，把山给踩下去了，踩过后抬担就走。走到村南，觉得鞋里有沙子，脱下鞋翻过来倒在村南，沙下成岭，方圆二里多。倒完山沙后就继续追赶太阳神了。后人就把这个岭称为“二郎南岭”，被踩下去的摩云山称为“二郎北岭”。目前，这二岭还在。

【讲 述 者】 赵传花

【采录整理】 柴刚记录

【采集时间】 1987年5月采录于横沟乡石文港

【流传地区】 江苏省·(连云港市)·东海县·横沟乡一带

【文本来源】 姚宝瑄主编:《中国各民族神话》(汉族),太原:书海出版社2014年版,第137—138页。

【阅读提示】 这则神话通过叙述特定山的"消失"和"出现",反映出古代劳动人民对周围自然环境的观察和改造。

【基本母题】 十二个太阳;太阳神;二郎神;特定山岭的产生;特定山岭名称的由来

【本文编码】 《二郎南岭与二郎北岭》:ZCSW1195-243-010

二郎神称骊山

(汉族)

在骊山的石瓮谷里,有一块很大很大的石头。这块石头上小下大,不知经过了多少年代,狂风吹不倒,暴雨击不碎,洪水也冲不走,直到今天,仍然端端地立在石谷中。传说它不是石头,是二郎神当年称骊山时用的秤锤。

二郎神叫杨戬,长着三只眼睛,行走牵着哮天犬,惯使一把三尖两刃刀,人们都说他就是华岳三圣母的亲哥哥。

这个二郎神为什么要称骊山呢?

因为他见太阳总是爱往西边跑,可到西边干什么,谁也不知道。所以,他想跟着太阳去看个明白,可他走起路来非常快,要不了三两步就可以超过太阳,他怕太阳发现以后不再西游,就决定担上两座山压住自己的身子,慢慢地跟在它的后面。可是,要担的山不能太大,太大了压得走不动;也不能小,太小了压不住。他看骊山不大不小,比较合适,可骊山到底有多重,他不知道，那就称一下吧。

二郎神一伸手，从东海岸边拔来了一株几十抱粗，几十丈长的扶桑做秤杆，又把女娲在骊山补天时剩下的炼石堆在一起，捏成了一个上小下大的秤锤。二郎神称骊山的事，让天上的小星星知道了，高兴得不得了，因为太阳是他们的老大哥，可这个老大哥总是爱一个人跑来跑去，从不带上小弟弟们一块儿玩耍。如今它们知道了二郎神要担山跟踪太阳，高兴地一起来帮忙，想请二郎神赶上太阳后，劝劝它们的老大哥。二郎神听了高兴地说："好啊，我正需要些帮手呢，你们爬在秤杆上给我报分量吧！"小星星齐说："行。"于是，南斗六星，北斗七星，还有福、禄、寿三星，争先爬上秤杆，并拉开了距离，站好了位置。其他小星星还想往上边爬，二郎神说："好了、好了，你们一个顶一两，合到一起十六两刚一斤。"说罢，就拿起秤杆，挂起秤锤称起来。谁知这骊山看起来不大，却挺重，秤锤在秤杆上移了一截又一截，秤杆始终翘着压不平。二郎神一急，索性把秤锤移到秤杆的尽头，只听"嗵"的一声巨响，震得山摇地动，原来是秤锤脱杆砸在地面。就在秤锤落地发出巨响的同时，秤杆"咔嚓"一声也断了，飞向商州的洛南。爬在秤杆上的星星，个个都吓破了胆，一蹦蹦到半空里，望着那个秤锤，不停地眨眼睛呢。

【讲 述 者】 李世忠（男，70 岁，临潼县行者乡海家庄农民，小学）
【采录整理】 赵康民（男，54 岁，临潼县博物馆干部，高中）采录
【采集时间】 1980 年采录于临潼县
【流传地区】 陕西省·（西安市）·临潼县（临潼区）
【文本来源】 中国民间文学集成全国编辑委员会编：《中国民间故事集成》（陕西卷），北京：中国 ISBN 中心 1996 年版，第 20 页。
【阅读提示】 这则神话通过叙述特定岩石的产生，在一定程度上反映出古代劳动人民对周围环境的好奇、求知欲与朴素天真的自然观。
【基本母题】 特定岩石的来历；二郎神；秤锤变岩石；二郎神的特征；女娲；星星的特征

【本文编码】 《二郎神称骊山》：ZCSW1196-243-011

二郎神担山堵海

（汉族）

京西百花山东边有座山，名叫摘星岭。岭东南边的山叫南山，岭西北边的山叫西岭。这三座山从东南到西北形成一条线，活像一个人挑着担子。

很早很早以前，京西一带美丽富饶，人们安居乐业。可是，一天突然从东边涨起了海水，把这一带全淹了。眼看着海水越涨越大，一个劲地往西卷过来。百姓呼救声惊天动地。这惨状被巡视的天神发现了，赶快报告了玉皇大帝。

玉皇大帝一面派天神追查东海龙王私自扩张海域的罪责，一面派二郎神担山堵海。

单说那二郎神挑起大山抛到海里，一趟又一趟，这样就有了盘山、雾灵山、军都山、灵山、百花山……当他挑起两座山走到摘星岭时，扁担钩子把山钩豁开了，这两座山就掉了下来，落到地上就成了现时的南山和西岭。二郎神使劲太大，收不住脚，一下子冲上云霄挂到天宫上，迸出许多火星子，这就成了天上的星星。头顶和天撞击的地方，这就成了现时的月亮。二郎神用手一扒拉天，天就转起来，直到现在天还在转呢！

二郎神挑山堵了海水，龙王服法认罪又收回一些海水。水是退了，京西大大小小的山头倒真的冒出来了。

【讲 述 者】 张广民（男，75 岁，工人，小学）

【采录整理】 张万顺（男，43 岁，干部，大专）采录

【采集时间】 1976 年采录于门头沟区

【流传地区】 北京市·门头沟区

【文本来源】 中国民间文学集成全国编辑委员会编：《中国民间故事集成》（北京卷），北京：中国 ISBN 中心 1999 年版，第 8 页。

【阅读提示】 这则神话中蕴含了日月星辰的产生、山川河流的产生等系列母题，凸显了二郎神的神力很不一般。

【基本母题】 特定山的产生；特定山的方位；天神；玉皇大帝；洪水；二郎神；龙王；星星的产生；月亮的产生；天体的运行秩序

【本文编码】 《二郎神担山堵海》：ZCSW1197-243-012

飞来的扁担山

（汉族）

下江口村坐落于龙泉镇东面六公里处，这里周围群山环绕，龙泉河、大谷厂河和双龙河从村子前汇拢后绕村流过，十几眼龙潭分布在村前田野里、小河里，清澈的龙潭水潺潺流淌。得天独厚的自然环境，使这里的百姓数百年来一直过着幸福的生活。曾有人用对联这样描绘下江口村："三江汇集绕村过，群山怀抱聚宝盆。"

江口坝子的东、西方有两座大山遥遥相对，一座颜色黝黑叫小黑山，一座像一头正在饮水的大象叫象山。在象山和曾所村中间有一座长长的山，形状就像一根长长的扁担，人们把它叫做扁担山。令人奇怪的是在扁担山下面的石板路上有一串长长的毛驴蹄印，而在下江口的大洞却有一座形状像竹篮的大山挡住了河道，使下江口至浦贝的河流在这里拐了一个大弯。关于这些山和这些奇怪的毛驴蹄印，在下江口百姓中数百年来流传着这样一个神话。

传说很久以前，东海龙王的小女儿看上了江口坝子的美丽富饶，她和自己的丈夫从遥远的东海边选好了三座大山，准备用这些大山堵住江口坝子往外流的河水，把江口坝子变成一片汪洋，然后修建自己的龙宫。在一个月明星稀的深夜里，小龙女和自己的丈夫开始行动了：小龙女用竹篮背了一座大山走在前面，她的丈夫用扁担挑了两座沉重的大山走在后面，两人从东海匆匆向江口坝子赶来。到了江口坝子，小龙女把篮子里的大山扔在了下江口大洞的河里，挡住了河道，使河流在这里拐了一个大弯。其丈夫由于肩上的两座大山十分沉重，不得不在江口坝子中间歇脚。当他再次挑起两座大山时，突然听到了一阵“嘚嘚嘚……嘚嘚嘚……”的蹄声，在月光的照耀下，他看见一个老头倒骑着一头毛驴从不远处的石板路上慢慢走着，而骑在毛驴上的老头却正在呼呼大睡。原来，倒骑毛驴的老头是八仙之一的张果老，白天八仙在一起喝酒，结果张果老喝醉了，竟然鬼使神差般地被他的毛驴驮到了江口坝子。小龙女的丈夫看后松了一口气，挑着两座大山准备从毛驴旁边走过。真所谓无巧不成书——小龙女的丈夫走到张果老旁边时，毛驴突然“吃糠……吃糠……”地大叫起来，小龙女的丈夫吓了一大跳，扁担从肩上甩脱，飞向曾所村的方向，两座大山一左一右落在了江口坝子的东、西方向。这时，张果老的酒也被吓醒了，他迅速从肩上抽出自己的武器——渔鼓，大吼一声：“张果老在此！何方妖怪，竟敢在此作乱！”小龙女夫妻吓得落荒而逃……

没想到张果老的一次酒醉竟然救了整个江口坝子的百姓！天长地久，小龙女的丈夫遗落下的扁担变成了一座长长的、形状像扁担一样的山，人们把它叫扁担山。

【讲 述 者】 （无考）

【采录整理】 高善图（80岁，教师，中专）

【采集时间】 2012年4月15日采录于龙泉街道中屯社

【流传地区】 云南省·（玉溪市·易门县）·龙泉街道

【文本来源】 中国民间文艺家协会组织编写，罗杨总主编，冯晓燕本卷主编：《中国民间故事丛书》（云南·玉溪·易门卷），北京：知识产权出版社2015年版，第95—96页。

【阅读提示】 这则神话在关于特定山峰来历的叙事中，融入了张果老无意中毁坏龙女夫妇造海修龙宫的情节，结果是歪打正着，展现了神话讲述者天马行空的想象力。

【基本母题】 特定山的来历；特定山的特征来历；东海龙王；龙宫；龙女；张果老；八仙

【本文编码】 《飞来的扁担山》：ZCSW1198-243-013

飞来峰

（汉族）

杭州灵隐寺有飞来峰，传系自蜀之峨眉山飞来。此峰原本来去自如，后至杭州，遂止而不行，其何故欤？相传灵隐寺有僧济颠，饮酒食肉，常手执破蒲扇，东游西荡，言语无方，人皆以疯和尚视之。

一日济颠复趿鞋摇扇外游，忽见远天有乌云徐徐而来，细视之非乌云，乃小山峰也。掐指推算，当于午时三刻落灵隐寺前村中，村民将遭压杀之殃。济颠乃急往告众村民，令立迁家以避之。众皆笑而不信，以为又是疯僧胡言。济颠奔走狂呼："山将飞来矣！山将飞来矣！"儿童辈皆嬉笑随之，无信之者。济颠奔累，息于树下，闭目养神。人以为睡，更非笑之。时已近午，乌云将至，大祸临头，济颠劝人不信，汗出如雨。正焦灼间，忽闻唢呐声自远传来，知是有人婚娶，乃思得一计。急循声觅之，直入婚家堂屋。新娘头盖红巾，正与新郎交拜天地。济颠力排众人，抱新娘扛之肩上，望村外飞奔而去。和尚抢亲，旷古未闻。立动公愤，无论亲与非亲、识与不识者，咸随其后，鼓噪而追逐之，全村尽出。

济颠引众至一二里地外，方置新娘于地，摇蒲扇略事喘息。村民追至，愤欲殴之。忽大风呼啸，天昏地暗，轰然巨响，众皆震跌于地。须臾风停云散，红日高悬，定睛观之，眼前现出小山一座，向日村落已忽不见，乃知济颠抢亲，为众民也。为使此山不再飞去更祸他人，济颠乃倡议凿五百石罗汉以镇此山，袖中出凿锥无数以与众人，众人同心协力，遂于一夜成之，即今飞来峰之诸石像。

【讲 述 者】（无考）

【采录整理】袁珂据《中国地方风物传说选》"飞来峰"条改写。

【采集时间】（无考）

【流传地区】（无考）

【文本来源】袁珂：《中国神话大词典》，北京：华夏出版社2015年版，第

374—375 页。

【阅读提示】 这则神话出现的济公形象，以及后又加入了五百罗汉镇压飞来峰的表述，是佛教与神话叙事自觉结合的产物。

【基本母题】 特定山峰的来历；山峰是飞来的；抢婚；罗汉；特定风物的来历

【本文编码】 《飞来峰》：ZCSW1199-243-014

凤凰山与蛤蟆山

（汉族）

汴塘村东边一里路的地方，有一座秀丽的大山和一座高出地平面仅几米的小山。大山叫凤凰山，小山叫蛤蟆山。这两座山有着一段十分有趣的传说。

这天，春暖花开，凤凰飞到了汴塘村东，落在一个土台上（就是现在耿庄南面的凤凰台），产了两个蛋，歇了一会，就在刚刚飞起的时候，猛然看到北边茼地里有个蛤蟆精朝凤凰蛋爬来。凤凰盘旋在空中，只见蛤蟆“忽”地一跳，一口咬住一个凤凰蛋，硬吞了下去，接着又去咬第二个，只听“啪”的一声，把蛋咬得粉碎。凤凰见此情景，非常恼恨，一抖翅栽了下来，直奔蛤蟆啄去。蛤蟆一看，连爬带蹦，慌忙向北逃去。凤凰哪肯罢休，紧追不舍。双方展开了一场恶战，蛤蟆精斗不过凤凰，缩着头，四条腿支撑起来，肚子鼓得圆圆的。凤凰居高临下，占了上风。蛤蟆想反噍，怎奈够不着，擎挨啄。凤凰紧啄几口，把个蛤蟆啄得死死的。凤凰因刚产过蛋又打仗，体力消耗过大，加上气恼心疼，长叫一声，掉头向西，打个扑啦栽死了。

第二天，在蛤蟆和凤凰死的地方长出两座山。这就是美丽的凤凰山和蛤蟆山了。

【讲 述 者】 孟继光（45 岁，水利员，初中）

【采录整理】 周忠华记录

【采集时间】 1987 年 9 月 9 日采录于汴塘文化站

【流传地区】 江苏省·徐州市·（贾汪区）·汴塘镇

【文本来源】 中国民间文艺家协会组织编写，罗杨总主编，殷召义、李伯龙、杨权业本卷主编：《中国民间故事丛书》（江苏·徐州·铜山卷），北京：知识产权出版社 2016 年版，第 66—67 页。

【阅读提示】 这则神话由大小两座山峰引发出一场神性动物之间的争斗，颇具戏剧性。

【基本母题】 特定山的来历；凤凰；蛤蟆精；神性动物之间的争斗；神性动物死后变成山

【本文编码】 《凤凰山与蛤蟆山》：ZCSW1200-243-015

伏牛山

（汉族）

八百里伏牛山的东头——南召县境内，有座“铁牛庙”。庙前有个铁橛子，上细下粗，从地下伸上来，谁也不知道它有多长。传说山底下有一头大铁牛，头在河南尾巴在陕西，身长八百里，这橛子是它的一只角。这么大的一头铁牛，咋会藏在山底下呢？故事还得从嫦娥飞上月宫以前说起。

嫦娥飞上月宫以前，她家养了一头大黑牛，浑身黑黝黝的，没有一根杂毛。这牛长着一对阴阳角，一只向上伸，指着天；一只向下弯，指着地。这头牛力气大，拉套好，又听话，嫦娥特别喜欢它。牛老了，也不忍心杀掉，便把它放进了山中。谁知这大黑牛在山中长生不死，千年以后有了神通，能变小变大，成了“黑牛精”。

这一年，有个神仙去赴王母的蟠桃寿宴，想献一件稀奇东西讨王母的欢心，便把大黑牛骗住，带进了瑶池宫里。

蟠桃宴上，这位神仙把大黑牛献给王母，满以为会得个笑脸，想不到王母却皱起了眉头："它会歌？会舞？模样儿好看？有出色的本领？"一连串的发问，这位神仙都答不上来，窘得他脸上发烧，身上直冒冷汗。他见玉案上放着蟠桃，灵机一动，有了主意："它力气大，会犁地，您那蟠桃园里不是用得着嘛！"王母最爱占便宜，一听这东西对她有用，马上换了笑容："是呀，是呀，我那蟠桃园需要犁耙，这头牛黑是黑，黑得好看，我收下啦！"

大黑牛进了蟠桃园，得不到关心照料，整天犁地耙地，累得满身大汗。这时候，它特别怀念嫦娥，它知道嫦娥上了月宫，常常眼巴巴地望着月亮。

再说嫦娥，自从来到月宫，发现桂花是人间没有的香花，便年年采籽往人间撒。为了让桂花香遍天下，她要栽更多的桂树，要年年刨地育苗。当她听说蟠桃园里有了牛时，非常高兴，心想把牛借来用用，便可多犁些地，多育些苗苗。但她不知道王母有交代，牛只让园内使用，不准外借，到那里说了许多好话，也没把牛借来。

上山擒虎易，开口求人难哪！嫦娥扫兴地回到月宫，只得又用镢头去刨地。走进桂花园，猛然看见一头大牛立在她的面前：全身上下黑黝黝的，长着一对阴阳角；对她摇头摆尾，哞哞欢叫。原来，嫦娥去蟠桃园时，大黑牛认出了她，变得如大拇指那么大小，偷偷用嘴咬住嫦娥衣裙上的飘带，被带到了月宫。大黑牛虽然在蟠桃园里累瘦了，但瘦了牛瘦不了角，两只阴阳角还和过去一样，毛色也没有变。嫦娥一眼就认出来是她当年养的那头牛，忙上前抚摸着，像见了亲人一样亲热，她见大黑牛还是生龙活虎的有力气，高兴极啦！便做了犁耙，耕起地来。响鼓不用重槌，好牛不用鞭催。大黑牛拉犁拉耙，疾走如飞，没多大工夫，犁出好大一片土地。

歇息的时候，嫦娥正奇怪地揣摩着大黑牛咋会没死、又咋会来到月宫，忽然来了两名天将，说王母有旨，黑牛私自逃出蟠桃园，违犯天条，立即打入东海里受苦。说罢，押着大黑牛离开了月宫。

嫦娥疼爱大黑牛，更为它受到的惩罚不平。当天夜里，她派一只大蟾蜍下凡，去搭救大黑牛出海。

蟾蜍到东海找到大黑牛，往背上一驮，向岸边游去。谁知被打入苦海的大黑牛，王母还命龙王派有鳌精龟将看守着。它们发现大黑牛被救走了，就兴风作浪追赶。蟾蜍望着后面的狂风巨浪，像山头一样压来，知道在海边登岸不行，便从一条大河的入海口进入了河中。这就是现在的黄河。黄河越往上游地势越高，蟾蜍想：我们直往高处游，看你们能撵多远？约行了几千里地，只听一声大喝，又有神兵拦住了去路。原来这是王母听了龙王的禀报，派来捉拿大黑牛的两名天将。前边截，后边追，进也不行，退也不行，蟾蜍便让大黑牛上岸躲藏。

大黑牛登上河的南岸，这里是一马平川，无处藏身，就拼命奔跑，两名天将风驰电掣般地紧紧追赶。大黑牛眼看要被天将追上，见前面有个地穴，斜着通往地下，便钻了进去。它本想暂避一时，不料一钻进去，天将立即把洞口死死地封住了。大黑牛顺着地穴往前走了八百里，到了尽头，竟不见出口。它想：别的没有办法，只有自己变得大大的，用力把地皮撑破，才能钻出去。说变就变。大黑牛在地穴里越变越大，压在它身上的地层被撑了起来，一个劲地往上升。转眼间，平地突起一道八百里长的大山。

两名天将想：被逼到死地的黑牛发怒啦！它有这么大的神力，钻出来可不是好惹的！他们立在地上，地面越升越高，他们越想越怕，竟给吓走了魂，变成了两根大石柱子。至今，那石柱还在山上立着，人们叫它“将军石”。

只恨地穴太深、地层太厚，大黑牛没有把它撑破，已使尽了力气。

蟾蜍见这情景，连忙返回月宫禀告嫦娥。嫦娥闻听，便找王母讲情，恳求把黑牛救出来。王母冷冷一笑：“听说是你把它放回山中，千年不死，才养成这个不能驯服的黑牛精。我把它打入苦海，你又私自派蟾蜍去救，你想让它翻天吗？幸亏它进入地穴没有再钻出来，钻出来谁能制服得了？”嫦娥还要为大黑牛辩驳，王母不准她讲。糊涂的老婆子不但没有准情，还要把嫦娥治罪呢。

大黑牛深深地伏在地下，再也不能出来了。人们就叫它“伏牛”。这条八百里长的山，也因伏牛得名，叫“伏牛山”。

后来，大黑牛变成了铁牛。那只向上伸的长角，在地上露出个尖尖，被人们发现了，就在那里建庙祭祀。

【讲 述 者】 史友仁
【采录整理】 张楚北搜集整理
【采集时间】 （无考）
【流传地区】 河南省
【文本来源】 中华民族故事大系编委会编：《中华民族故事大系》第1卷（汉族、蒙古族、回族），上海：上海文艺出版社1995年版，第36—39页。
【阅读提示】 这则神话在叙述中通过“神牛”、“牛犁地”等意象，渲染出浓郁的农耕文化色彩。
【基本母题】 嫦娥；月宫；神牛；王母娘娘；蟠桃园；蟾蜍下凡；黄河；特定石柱的产生；特定山脉的产生

【本文编码】 《伏牛山》：ZCSW1201-243-016

伏牛山的传说

（汉族）

八百里伏牛山，神峦奇峰紧相连，风景处处如画，到处都有佳话相传。

在卢氏、栾川交界的地方，有个簸箕形的山峰。这山峰只有一面爬爬小路可通往山下，其他三面就像刀削斧劈一样，人们把这个山峰叫抱犊寨。为什么叫抱犊寨呢？早年，抱犊寨下三川镇上有个青年人告别了妻子，抱着牛犊，爬到寨顶。四下一看，寨边有“螃蟹盖”、“石老婆”，寨内洼地的“马蹄窝”里又有“过风洞”、“凉水泉”。南崖悬挂着火红的山丹丹花，北坡是浓绿的松柏林，真是要山有山，要景有景。于是，他便在过风洞里住了下来。

一天，他忽然发现牛犊不见了，草深林密又不好找，他便爬上寨外一座高高的山尖上，四下一扫，看见牛犊正在寨内“马蹄窝”附近的一个险石柱上。滚下来咋办！他溜下山来向险石柱跑去。

这石柱，三面临深渊，与山坡连接那面是条丈把长、一脚宽的舍身崖，一般人别说在上面走，连看都没有那个勇气。这青年胆大身子又利索，只见他又快又稳地走过这段舍身崖，转身用双手反扣住石柱顶，一个倒翻身，便到了石柱上。再看那牛犊，一下长得好大啊！猛然间，它离开石柱，向远处飞去了。

这青年好生奇怪，仔细一看，原来石柱边长着灵芝草，牛是吃了灵芝草腾空而去的。于是，他也拔了棵灵芝草，刚吃下肚，顿觉身轻如燕，飘飘忽忽回到过风洞，便成了仙。

后来，人们在过风洞内塑了青年抱牛犊的金身像，烧香祭祀“抱犊真人”。这一险峻山寨从此得名“抱犊寨”；青年找牛犊时所上的那座高高的山尖，就因此得名“望牛岭”；青年离家后，他妻子每天站在三川镇边盼望丈夫回家，留下了现今的“望夫石”。

伏牛山主峰不仅有仙人桥、挤挤身、朝阳洞、晾宝台等名胜，而且景色异常，因此早先叫景室山。

一天，太上老君打这儿过，发现这一带险山奇峰，流泉飞瀑，如此引人入胜，就想在这儿安下身来。他刚到一个山头落住脚，那山头“轰隆”一下便歪向一边，一看难安身，又到另一个山头，拔出剑来插在峰顶，心想，先留个记号。然后回天宫去了。

等他再来，王母娘娘早占了这山峰。老君说：“那么多山峰你不去，为啥偏偏侵占我的地盘?”娘娘说：“那么多山峰你不去，为啥同我争地盘?”俩人相持不下，告到玉皇大帝面前。玉皇大帝问：“你们都说自己有理，凭证呢?”老君忙说：“我在那儿插有一剑。”娘娘不紧不慢地说：“我有绣鞋一只。”实地一对证，只见宝剑穿过绣鞋插在那儿。看样是绣鞋先放，宝剑后插。娘娘胜了，她想着自己将老君的剑拔出来，又穿透绣鞋插在那里，竟然得胜，开心地命一群仙女帮她乔迁新居。

却说老君吃了个哑巴亏后，没走多远，忽然看见前面峻峰挡住了去路。他升起云头，登上峰顶，放眼看去，只见远近云涛翻滚，群山时隐时现，这超俗的仙境，倒是处难得的好地方。他叫来土地一问，才知道这便是八百里群山主峰景室山。于是，便在南天门上面选择一块平地住了下来。

从此，人们把景室山叫作老君山，把老君一脚踩歪的山叫歪嘴山，被王母娘娘讹去的山头叫娘娘山。

那头吃了灵芝草成仙的神牛到哪里去了呢？它最初到了卢氏县的文峪，因地方太小，神牛卧不下，又到山西的盐池，还是卧不下。最后还是老君让它卧在抱犊寨和老君山这一脉群山上。抱犊寨是牛头，望牛岭是牛角，老君山是牛脊梁。牛尾巴在哪儿？据说在南阳。

从此，八百里伏牛山出名了。人们在老君山上建了老君庙，正堂上卧着一头铜牛，墙上是太上老君的画像。

【讲 述 者】 任珍珠

【采录整理】 牛爱民

【采集时间】 （无考）

【流传地区】 河南省·（三门峡市）·卢氏县，河南省·（洛阳市）·栾川县

【文本来源】 张振犁编著：《中原神话通鉴》（第四卷），郑州：河南大学出版社 2017 年版，第 1363—1364 页。

【阅读提示】 这则神话以伏牛山的产生为主线，串联展示了众多相关风物和神话人物，内容的层层叠加，使叙事逻辑稍显松散。

【基本母题】 伏牛山；特定山峰的特征；灵芝草；成仙；特定山峰的来历；特定岩石的来历；太上老君；天宫；王母娘娘；玉皇大帝；仙女；神牛；老君庙

【本文编码】 《伏牛山的传说》：ZCSW1202-243-017

伏羲峰和女娲山

（汉族）

传说，伏羲和女娲原来不是两口，是兄妹俩，伏羲每天上山打猎、摘野果、采草药，女娲在家操持家务，日子虽苦，还算欢乐。

伏羲出去打猎，要走很远的路，天天都得带顿干粮。可每一回走到山口，就有一只小白龟从水坑里爬出来，向伏羲要干粮吃，伏羲回回都把干粮给它分一半。时间长了，伏羲就问："小白龟，我见天打这儿过，你回回都问我要干粮吃，你自己就不会去寻点吃的?"小白龟说："我问你要的干粮我没吃，我是给你炼葫芦哩。天地十万八千年一混沌，那时世界上就没有人了。我是想法搭救你免遭劫难哩!"

伏羲回到家，女娲问他："哥，你出去打猎，带的干粮比过去多了，真好胃口呀。"伏羲说："我带的干粮不是我一人吃的。北山口有个小白龟，它见天出来劫我的干粮，它说世界十万八千年一混沌，一混沌满地都变成水了，它用干粮炼葫芦哩，到时候好救咱俩走。"女娲一听，吓得浑身打颤，说："你说的还怪哩，那我给你多带点干粮，你叫它好好炼!"

有一天，伏羲去山上打猎回来，白龟截住他，把自己的门牙掰掉一个，说："你拿回家，快点种在当院里，出来后要好好管理，快混沌了，你可不敢大意呀!"

伏羲回到家，就招呼女娲一起把白龟的门牙种下。第二天，在种牙的地方长出一棵葫芦苗，不几天就结了一个大葫芦。

过了几天，伏羲又进山打猎，白龟拦住说："你不要进山打猎了，时候到了，你快到家和你妹子一起钻到葫芦里，天要混沌了。"

伏羲赶紧跑回家，一进门就喊，女娲答应一声，葫芦忽然开了一个口子，伏羲女娲赶忙钻进去，葫芦口嘎巴一声合住了，里面有很多干粮。紧接着，轰隆一声震天响，平地起波，遮天盖地都成了水。那水越长越高，淹没了房屋，淹没了树木，淹没了大山……那葫芦漂在水面上，水高它也高，慢慢地那葫芦挨着天，堵住了南天门。把门神一看不好，赶紧启奏老天爷。老天爷发下一道圣旨，命水神赶紧退水。

那水神站在南天门口，左手按住大葫芦往北一推，右手挥动赶水鞭一拨拉，大水就退下了。大水越来越小，大葫芦也越来越低。后来大葫芦漂到了太行山顶边，伏羲就从葫芦里爬出来上到高山上。谁知伏羲爬出来时，脚一使劲，那葫芦又向东漂了漂，女娲爬出来，上到了东边另一架山顶。

后来，人们把伏羲住的那架山，取名叫伏羲峰，把女娲住的那架山取名叫女娲山。

【讲 述 者】 （无考）

【采录整理】 张俊兴，秦太昌

【采集时间】 （无考）

【流传地区】 河南省·（焦作市）·沁阳县

【文本来源】 张振犁编著：《中原神话通鉴》（第一卷），郑州：河南大学出版社2017年版，第304—306页。

【阅读提示】 这则神话将特定山峰的产生与伏羲女娲洪水后再生人类的叙事结合起来，反映出口传神话的流动性与包容性。

【基本母题】 伏羲；女娲；伏羲和女娲是兄妹；混沌；洪水；南天门；水神；特定山峰的产生

【本文编码】 《伏羲峰和女娲山》：ZCSW1203-243-018

公母龟山

（汉族）

传说微山湖里龟山是个母龟，洪泽湖里龟山是个公龟，这公龟每十五年来微山湖一趟，夫妻团圆一回。

有年春天，在韩庄村口靠着条小渔船，鸡叫的时候，忽听有人喊船。使船的起来一看，是个老头儿要搭船上黄山。这要走三十多里水路，划小棹子得一个大上午才能到。使船的一犹豫，老头儿就说了：“只要你送我，给你最多的一天鱼钱。”使船的说了：“我一天得逮五十块钱的鱼。”老头儿把缆绳一解，嘴里嘟囔着说：“走吧！保险够你的头。”

从韩庄到黄山，一直下西南。一开船就觉东风打脸，还有雾。使船的打起风兜，老头儿蹲在船头指路。风越刮越大，雾越来越浓，说也奇怪，一帆风顺就到了山前。老头儿说：“我下船了。”说罢从衣兜里掏出一把豆子：“给你一把豆子吧！”递到使船的手里就上岸了。

使船的越想越气：我不缺吃，不缺喝，给我这把豆子管啥，才想说什么，老头儿不见了。他气得抓起一把豆子摔在船头上。雾大啥也看不清，他就摸着回家。不一会儿船又靠岸了，一看是黄山，原来刚才靠的是龟山。这时候已经没风了，就见龟山水浪一丈多高，上面雾黑黑地压得龟山直往下沉。等到雾散了，使船的一看，前仓里有颗金豆子，原来老头给的是一把金豆子！自己没福，只留下一个，要不然的话，能盖几间瓦屋楼院，还够吃一辈子的，使船的后悔得不得了。

【讲 述 者】 林氏

【采录整理】 霍学金搜集

【采集时间】 （无考）

【流传地区】 江苏省·徐州市

【文本来源】 中华民族故事大系编委会编：《中华民族故事大系》第1卷（汉族、蒙古族、回族），上海：上海文艺出版社1995年版，第179—180页。

【阅读提示】 这则神话通过叙述特定山峰规律性的移动，反映了人们对当地某些独特的地质现象的神话解释。

【基本母题】 山的性别；神性动物的婚姻；金豆子；特定山的移动；龟变成山

【本文编码】 《公母龟山》：ZCSW1204-243-019

后羿神弓与箭扣山

（汉族）

箭扣山，在墓田峪长城西边。它两边高起，中间凹低，像射箭时握的扣，所以叫箭扣山。

传说尧在位时，这里一马平川，却寸草不生。为什么这么荒凉呢？原来天上有十个太阳，轮着班照射大地，骄阳似火，万物怎么能缺水呢？再说，猛兽成群，见人就吃。

尧爱怜百姓可又没办法，只得求助玉皇大帝。后羿领到玉皇大帝旨意与徒弟加斗身带弓箭，下凡收回太阳，射杀猛兽，保护百姓。

后羿和加斗师徒二人拉弓射箭，先后射下天上九个太阳，最后一个太阳射藏了起来，后羿找了好几次也没找到，心想：人间留一个太阳也好，可以让天下有明有暗，有昼有夜，就转向射杀凶禽猛兽了。师徒二人奋力射杀，没用几天工夫，就杀死了大半害人的禽兽。从此人间天分昼夜，年分四季，百姓安居乐业了。

后羿师徒回天庭报功。徒儿加斗要抢头功，就琢磨怎么害死师傅后羿。

一天，加斗请教后羿如何射箭。后羿做示范，搭弓便射，箭头飞向西北，正好射中东山，山间留下透亮大洞。等后羿射第二箭时，加斗偷偷拿出仅有的一只“回心箭”递给后羿。哪知这“回心箭”嗖的一声射出，又嗖的一声返回，正射中后羿自己胸口。这“回心箭”原本是后羿多年炼就而成，以惩那些不义之徒。万万没想到不义之徒偷到秘密，用这个害自己。

加斗见后羿已死，想要提弓上天报功加封，他哪知道，这神弓重如山，怎提得动？没办法加斗丢下弓回天了。而后羿神弓便化做一座大山，中间的一段就是如今的箭扣山。

【原文附记】

羿在神话中是一位半神半人的英雄形象。据《山海经·海内经》所载：“帝俊赐羿彤弓素增，以扶下国，羿是始去恤下地之百艰。”而《淮南子·本经训》，则描述："……尧之时，十日并出，焦禾稼，杀草木，而民无所食"。羿奉尧命，"上射十日"，并战胜了地上的灾祸，"万民皆喜"。而《孟子》上则说："逄（páng）蒙学射于羿，尽羿之道，思天下唯羿为愈已，于是杀羿。"则记羿在凡间所为。而在本篇《后羿神弓与箭扣山》中，羿的弟子名为"加斗"了。

【讲 述 者】 程福（男，78 岁，农民，不识字）

【采录整理】 周玉琴（女，36 岁，职员，初中）采录

【采集时间】 1984 年于怀柔县

【流传地区】 北京市·怀柔县（怀柔区）

【文本来源】 中国民间文学集成全国编辑委员会编：《中国民间故事集成》（北京卷），北京：中国 ISBN 中心 1999 年版，第 9 页。

【阅读提示】 这则神话的讲述者或因"箭扣山"形似弓箭，而联想到后羿射日的神话传说，民间叙事往往就是编出来的。

【基本母题】 后羿射日；长城；特定山的特征；十个太阳；旱灾；玉皇大帝；射太阳；昼夜的产生；四季的产生；变形；特定山的来历

【本文编码】 《后羿神弓与箭扣山》：ZCSW1205-243-020

华山和栖山的来历

（汉族）

很早很早以前，咱丰、沛县是一眼望不到头的大平原，连块石头也没有，哪儿来的山啊！那后来咋又有了华山[①]、栖山[②]呢？这有个传说。

---

① 华山：丰县唯一的一座山，在县城东南三十里处。

② 栖山：在沛县西南部。丰、沛间有民谣说："华山到栖山，来回二十三（里）。"

早年间，王母娘娘生了十个太阳，她天天带着这十个太阳到东海里洗澡，又教他们咋在天上飞。老天爷立下规矩，叫十个太阳轮流上天，每人从东到西飞一圈，给下界生灵照亮。

日子长了，十个太阳都觉得在天上没人说话，飞得没趣。有一回，王母娘娘上天去办蟠桃宴会，一时不能回东海。十个太阳一合计，就一发①飞到了天上，乱腾腾地撒欢，有的跑，有的撵；该直走的不直走，该下山的也不下山。这十个太阳放出毒花花的光，你想想，人咋受得了啊？地上变成了火炉子，河里的水晒干了，庄稼草木也晒焦了。人都烧香求告老天爷，老天爷这才派下来杨二郎整治太阳。

杨二郎是个英雄好汉，力大无穷，胆大无比。接到老天爷的圣旨后，跑到昆仑山上，砍了一棵大树削成扁担；又跑到东海边上，割了荆条编成两个大筐，一个筐里装上一座大山，担起来忽闪忽闪地撵太阳去喽。他撵上一个，就抓着压到山底下，前后压住了九个太阳，只剩下一个了。第十个太阳跑得快，最难逮。杨二郎跑啊跑的，大扁担忽闪忽闪地打战，来到丰县的一条大河边，用劲一跳，超②了过来，两脚落地没有站稳，扁担一撅，前筐里的山"骨碌碌"落到沛县地里，平地起了一座山。因为扁担头上没有楔子③，后绳套滑了，后筐里又滑下来一座山，落到丰县地里。第十个太阳吓得脸色变黑，看见地上有一棵马蜂菜④。长得油绿肥壮，慌慌忙忙钻到了马蜂菜叶梗底下。说来也怪，他一钻进去，这棵马蜂菜就把他盖得严严实实的，不露一点影子。马蜂菜是贴地皮长的，趴趴着不显眼。杨二郎四下里找遍，也没有找着，只好回到天上来交差。老天爷想着世上的人离不了太阳，就免去了第十个太阳的罪过，不再叫人捉拿他。从这以后，天上只有一个太阳了。

马蜂菜把太阳藏到身子底下，救了太阳；太阳为了报答马蜂菜救命的恩情，就不把它晒死。所以，马蜂菜不怕毒日头晒，哪怕谁把它薅出来弄蔫巴

① 一发：本地读音为 yǐ fā，意思是一同，一起。

② 超：本地读音为 cào，意思是跨越，跨过。

③ 楔子：本地人念成"再子"，插在木器榫子孔里的木钉或者木片，可以使木器上的东西不滑落。

④ 马蜂菜：马齿苋。

了，只要插进湿地里，它也照样能活过来。人都说："太阳不晒马蜂菜。"

后来，杨二郎给后筐里滑下来的那座山起了个名叫"滑山"，后人说成了"华山"；又把前筐撅起滚掉的那座山叫"起山"，后人说成了"栖山"。华山在丰县地，栖山在沛县地，两座山离了十来里路，咱本地人都知道："华山到栖山，来回二十三（里）。"

从那以后，世人琢磨着咋能叫扁担上挑的东西不往下滑，就在扁担两头安上了楔子，这个法子如今还用着。

【讲 述 者】 程连真（46 岁，干部，大学）

【采录整理】 高昌中（33 岁，干部，大学）记录

【采集时间】 1997 年 5 月采录于丰县华山镇

【流传地区】 江苏省·（徐州市）·丰县·华山镇

【文本来源】 中国民间文艺家协会组织编写，罗杨总主编，殷召义、邓贞兰、孙兴龙本卷主编：《中国民间故事丛书》（江苏·徐州·丰县卷），北京：知识产权出版社 2016 年版，第 3—4 页。

【阅读提示】 这则神话借用了"二郎神担山捉太阳"的传说解释了特定的山的来历，反映出当地对二郎神的熟知。

【基本母题】 特定的山的来历；王母娘娘；十个太阳；旱灾；二郎神；昆仑山；太阳的消失；特定的山的名称由来；特定生产工具的产生

【本文编码】 《华山和栖山的来历》：ZCSW1206-243-021

黄帝岭

（汉族）

灵宝县阳平乡北面不远，有一道大岭，当地人叫黄帝岭。

传说在很早以前，黄帝岭一带山穷地薄，种一葫芦打两瓢。人们缺吃少穿不说，还三天两头害病，寿限不长。黄帝得知以后，就从昆仑山上来到这里看灾情。

黄帝一来到这里，就想法先给这里的人治病。治病需要药呀，黄帝没有药。咋办呢？黄帝就想起了原来在昆仑山上炼仙丹的事。早在那个时候，这种仙丹叫玉膏。用它浇灌树木，过五年树木就能开五样颜色的花，结出五种味道的香果。据说，人们吃了他炼的仙丹以后，不仅能治百病，还能叫人长生不老。黄帝来的时候，没有带来炼丹的炉子。他就先跑到南面的荆山上找铜，准备炼丹的炉子。荆山上的铜神，一听说黄帝爷来找铜炼丹，就赶紧把黄铜献了出来。

黄帝有了铜，用了七七四十九天时间造成了炼丹炉，然后经过三百六十天又炼出了仙丹。黄帝随即高高兴兴地把金光闪闪的仙丹散给老百姓。

有病的人吃了仙丹，病就好了。这一带老百姓都说黄帝给大家办了一件大好事。后来，天帝知道了黄帝炼丹为民治病的事，就派黄龙下凡来接黄帝到天上去。老百姓说啥也不让黄帝走开，大家就一齐向黄龙求情。

黄龙说："请黄帝到天上去是天帝的旨意。黄帝炼丹救民有功，到天上以后，还要让他管大事儿哩！"

不管黄龙咋说，人们还是死活不依。黄龙一看升天的时辰到了，不管三七二十一，带着黄帝就要升天。这一来，人们慌了，有的去拽黄龙，有的去拉黄帝。拽黄龙的人，没有拽住，扒下一些龙皮。这些龙皮，后来就变成了黄金。拉黄帝的人，拉住了黄帝的脚，结果把一只靴子拽了下来。人们就把这只靴子，埋在黄帝炼丹的山岭旁，叫葬靴冢。

人们不忘黄帝的恩情，把他炼丹的山岭起名叫黄帝岭。又在黄帝岭上修一座黄帝庙，年年祭祀。

【附注】

同名文本《黄帝岭》，又见中华民族故事大系编委会编《中华民族故事大系》第1卷（汉族、蒙古族、回族），上海：上海文艺出版社1995年版，第 22—23 页。

【讲 述 者】 （无考）

【采录整理】 贾同然、程建军采录，程建军采录整理

【采集时间】 （无考）

【流传地区】 河南省·（三门峡市）·灵宝市

【文本来源】 张振犁编著：《中原神话通鉴》（第二卷），郑州：河南大学出版社 2017 年版，第 699—706 页。

【阅读提示】 这则神话通过歌颂黄帝炼丹治病的事迹，在某种程度上反映出了当时推崇道家修仙的社会风气。

【基本母题】 特定山岭名称的来历；黄帝；旱灾；炼仙丹；昆仑山；铜神；天帝；黄金的产生；特定庙的产生

【本文编码】 《黄帝岭》：ZCSW1207-243-022

鸡叫岩[①]

（汉族）

晓得鸡叫岩这个名字的来历吗？这是黄巢[②]起义时候留下来的。

从前，黄巢起义，专门收拾恶人，他杀到哪里，总是查访清楚然后下手。有一天，黄巢带起人马快杀到鸡叫岩了，又先安了营，扎了寨，自己只带了几个人，化了装，到这一带查访。

① 鸡叫岩：在新化县。这个故事流传在新化一带，1938 年前后搜集，锡矿山矿工石猛子讲述。1959 年整理。

② 黄巢：曹州冤句（今山东菏泽）人，公元 875 年（唐僖宗乾符二年），聚众响应王仙芝领导的起义。王仙芝被杀后，黄巢收王余部，号“冲天大将军”，展开了更为英勇顽强的斗争。曾率起义大军几度出山东，转战大江南北，并于公元 881 年克洛阳，破潼关，攻下唐都长安。黄巢起义历经十年之久，后因内部分裂，又遭沙陀族统治者李克用军队进攻，而失长安，下河南，最后退回山东，黄巢不屈自杀。

开头，他装成一个大财佬，穿绸挎缎，前呼后拥，说是某处的某某老爷走躲黄巢的，要过关卡。关卡上的官兵，看见他阔洒洒的样子，同时像他这样过卡的财佬倌也不止一个了，就讨了点酒钱，恭恭敬敬地让他们过来了。

过了关卡，黄巢找了个僻静地方，把人分散。自己装成一个零星客①，摇着小鼓，嘭咚嘭咚向村里走来。

他一进村，就碰到一个后生在望呀望的。黄巢上前问道："伙计，你在望什么呀？是不是要买点零星东西？挖耳、火镰、烟袋嘴子，样样都有，要吗？"

后生看了看这位零星客，摇摇头，细声细气地问道："客呀客，你走的宽，可晓得黄巢快到了吗？"

黄巢说："你问他做什么呢？"

后生说："唉，手磨短了，心磨碎了，大王再不来呀，我们的气要磨断了！"

黄巢说："快来了，快来了，到了大门口了。不过，听说黄巢顶喜欢舞快刀的后生，你呢？"后生说："我有快刀，我就去磨。"说后就磨刀去了。

黄巢又向前走，碰到一个嫂子。那位嫂子也在望呀望的。黄巢上前问道："这位嫂子，你在望什么呀？是不是要买些零星东西？针、线、篦子、梳，样样都有。要吗？"

嫂子看了看这位零星客，摇摇头，细声细气地问道："客呀客，你走的宽，可晓得黄巢快到了吗？"

黄巢说："你问他做什么呢？"

嫂子说："唉，衣衫变了筋了，肠子贴了背了，大王再不来呀，我们要上吊了！"

黄巢说："快来了，快来了，他们到了大门口了。不过，听说黄巢顶尊敬舞锄头的嫂子，你呢？"

嫂子说："我有锄头，我就去整好。"说罢，她就去整锄头去了。

---

①　零星客：卖杂货的货郎。

黄巢又向前走，碰到一位老汉在路上走来走去，急得像热锅上的蚂蚁，黄巢仔细一看，只见那个老汉一手粗茧，满额的皱纹，是个劳累了一世的种田人。黄巢喜欢这号人，但不晓得他为什么那么急，就恭恭敬敬地上前问道："老伯伯，你为什么这样着急呢？"

老汉一看，是位零星客问他，就细声细气说："客呀客，你走的宽，可晓得黄巢今天能到吗？"

黄巢一听，心想："奇怪！他怎么知道我今天到呢？是不是这回私访走漏了消息？"他没有声张，还是告诉老汉："听说黄巢快来了，到了大门口了。"

老汉说："唉，还在大门口！今晚不来，狼从后门走了！"

黄巢晓得狼是那些恶人，就追问一句："真的狼要走了？"

老汉却好像没有听见，又像热锅上的蚂蚁，急急地走来走去，一句话也不说了。

黄巢看在眼里，想了一下，对老汉说："老伯呀，你看我能捉'狼'吗？"

老汉仔细把黄巢端详打量，突然啊呀一声，一扑就跪在地上，口里喊道："大王，大王！"

黄巢说："你怎么认得我呢？"

老汉说："说来话长咧！我前回到县里看女，城门口贴得有大王的画像哪！他们绘影涂形说要捉你，我当时就跟几个合适的人说，你老人家带这多兵，杀得他们走投无路，哪里捉得到你咧！他们是搽粉进棺材——死要面子，来哄我们老百姓啊！可没有想到那张鬼布告却帮了我一点忙，使我今天能认出你老人家啦！"

黄巢把老汉扶起来说："好吧，既然你晓得了我的名字，那我们不妨交个朋友，老伯呀，你的尊姓大名呢？"

老汉说："大王，交朋友不敢当。我的名字嘛，是应该告诉你老人家。讲起我的名字来吗，取笑得很。人家看见我爱讲直话，有点冲撞别人，就送我一个诨号，叫土地老子。"

黄巢说："土——地——老——子，名字不错嘛！既是土地老子，就要替地方上办点事哪!”

“说来是应该的。不过我能办得什么事啊!”

黄巢笑了笑，说：“土地老伯，不要急嘛！我先问你，你刚才说我今晚不来，‘狼’要从后门跑了，可是真的?”

土地老子说：“是啊!”接着就把恶人打算明天要逃走的消息告诉黄巢。

黄巢高兴地说：“土地老伯，你能把那个舞刀的后生，舞锄头的嫂子找来吗?”

土地老子飞快地把那后生和嫂子找来了。那后生提着雪亮的刀，嫂子扛着锋快的锄头。

黄巢说：“大嫂，请你邀集舞锄头的姐妹们，今晚就去把这里的后路挖断。”接着又吩咐那后生：“伙计，你去邀舞刀的后生，替她们保镖。”后生和那嫂子飞快地去做了。

黄巢转身对老汉说：“你嘛！还是做你的土地老子。告诉地方上所有的好人，今晚每家门口点一炷香，鸡不叫不要出门，千万不要让那些‘狼’晓得了。”

当晚半夜过后，忽然三声炮响，杀声震天，黄巢的兵马杀奔过来了，官兵向后面逃，后路断了，吓得像一群挨打的鸭子，乱窜。黄巢的兵马一个大包抄，那些平时作威作福的官兵，杀的被杀，捉的被捉，投降的投降，一下子就被收拾完了。接着黄巢又收拾那些地方上的恶人。那些家伙想逃，看到逃不脱，又缩到屋里了。黄巢的兵马就连夜挨家挨户清查，门口有香火的，他们门都不进，门口没有香火的，冲进门去，捉到就杀。结果，杀的尽是恶人，没有杀错一个好人。人说：“黄巢造反，在数者难逃。”原来他有这么个“数”哪!

黄巢那晚带着兵马，把这一带的恶人收拾完了的时候，鸡还没有叫。就找个地方歇息。说也巧，歇息的地方就在土地老子屋门口一带。这时，土地老子从窗子上钻个小孔，向外面看着。他看见大队人马在屋门外歇息，千百支火把照得通明透亮。隔门口不远有位威风凛凛的大王，正是黄巢。他就喊：“大王！大王!”黄巢一听，晓得是土地老子在喊，就向屋门口走来。

土地老子看到黄巢来了，欢喜得直捋胡子，但是没有开门。

黄巢说：“‘狼’都收拾完了。你怎么不开门出来?”

土地老子说：“大王，你早先说怕误伤好人，告诉我们鸡叫封刀，我们等鸡叫了，大王封了刀，就开门欢迎大王。”

黄巢说：“原来如此，我原先估计也要到鸡叫才能将恶人斩尽杀绝，现在早就收拾完了，等到鸡叫，老百姓闷在屋里多么不方便！你有什么办法想吗?”

土地老子说：“我试试看吧!”说罢，就“果介歌果介歌”地装起鸡叫来。他这一叫，把附近的鸡都引叫了。人们一听到鸡叫，晓得把恶人收拾完了，黄巢封了刀，就一轰冲出门来，爆竹喧天地欢迎黄巢。

因为这地方发生了黄巢封刀，土地老子装鸡叫这个故事，人们就喊成“鸡叫岩”了。

【讲 述 者】 （无考）

【采录整理】 邬朝祝搜集整理

【采集时间】 （无考）

【流传地区】 湖南省 •（娄底市）• 新化县

【文本来源】 中华民族故事大系编委会编：《中华民族故事大系》第 1 卷（汉族、蒙古族、回族），上海：上海文艺出版社 1995 年版，第 111—115 页。

【阅读提示】 这则神话主要讲述了唐末农民起义领袖黄巢封刀的传说，借历史人物说事，也是后世常见的造神手法之一。

【基本母题】 英雄起义；老人作为帮助者；土地爷；特定岩石名称的来历

【本文编码】 《鸡叫岩》：ZCSW1208-243-023

箕山的来历

（汉族）

箕山原叫簸箕山，因为山形像簸箕，可是叫得简省了，就叫它箕山。实际上更古的时候，还叫避启山，山名和簸箕山近音，叫习惯了，就叫簸箕山，或叫箕山。

叫避启山，说的就是伯益避启的事。

伯益是助禹治水的一个功臣。相传他是颛顼帝的曾孙，是玄鸟燕子的后代，叫大费，也叫伯益，或柏翳，东夷族嬴氏的祖先。因为他懂得很多鸟兽的性情和语言，善于畜牧和狩猎，在舜当天帝的时候，就任过掌管山泽的虞官。他后来帮助禹治理洪水，立下汗马功劳，很受禹的重用。禹做了天帝以后，便选他为继承人。人民也很拥护这个英雄。

禹把都城迁到阳翟（河南禹县），叫他坐镇国都，管理国事，自己去南方各地巡视去了。禹的儿子启虽然长大了，但没带他去，也留在北方。可是，他看到伯益代父执政就很不愿意，处处想找他的别扭。实际上启因为大禹忙着整治洪水，没时间和机会教育他，由涂山氏之妹涂山姚带领他长大，把他娇惯得只会吃喝玩乐，什么道理也不懂，心中更没有老百姓。所以，禹不把帝位给他。

禹到南方去以后，走到过去曾大会群神的会稽山，病了，病得很急，积劳成疾，不幸逝世。消息传来，大家都非常悲痛。伯益也在悲痛之中，一方面派人去南方运尸，一方面派人到阳城启的家中慰问。

可是启呢？他表面装得对父悲痛，对伯益顺从，暗地里却招兵买马，发展自己的私人势力，瞅准阳翟国都空虚的机会，发兵对国都大肆进攻。

伯益为人忠厚，又在沉痛悼念禹的活动之中，看在是敬爱的禹帝的儿子分上，想回避一下，不战自退，把国都让给了启，自己带人逃避到箕山上去了。所以人们便叫这山为避启山。

谁知启更加嚣张，回头又向箕山进攻。伯益本来没带多少人马，现在又被启的大批军队攻击，虽提出让位，又说明利害关系，最后全力奋战，但少不胜多，寡不敌众，自己和军队将士全部战死在乱军之中。

启做了天帝，却还说是伯益让位的，并且又在每年的春秋两季都要杀猪宰羊祭祀伯益，这样，可真是“名正言顺”了，“夏传子，家天下”的封建王朝也就由此开始了。

当然，人们又不敢明目张胆地叫这山为避启山，看它像簸箕，便叫它簸箕山，或叫箕山。

至于禹的尸首，当时由于路远，天气炎热，又有动乱，没有运回，便埋在了会稽山上。现在浙江绍兴的会稽山还有禹陵的遗迹。

【讲 述 者】 （无考）

【采录整理】 （无考）

【采集时间】 （无考）

【流传地区】 河南省·（郑州市）·登封市

【文本来源】 张振犁编著：《中原神话通鉴》（第四卷），郑州：河南大学出版社2017年版，第1040—1041页。

【阅读提示】 这则神话中融入了伯益避启的传说，加上特定山川和风物遗迹的考据，意在证实其真实性和历史性，所以忽悠得有些人不假思索地认定神话就是历史。

【基本母题】 特定山名称的来历；大禹治水；颛顼；天帝；篡位；权力的争夺；禅让的产生

【本文编码】 《箕山的来历》：ZCSW1209-243-024

金鞭岩

（汉族）

湘西张家界金鞭溪畔有岩如笔，金光灿烂，直指云天，人云即秦始皇驱山填海所弃之金鞭也。相传秦始皇修万里长城，巨石难运，民不堪其苦。观音乃剪头上发丝，人给一丝，以之束石而拖之，石行如飞，民困乃解。秦始皇见而异之，以为一发能运石，合之成辫，岂不能赶山乎！因集众发，织为金鞭，对山三挥，地动山摇；再挥三鞭，高山忽不见。以之修城，长城立建；以之填海，海龙王怒。龙王召集虾兵蟹将，商议对策。兵将议论纷纷，终无良策。龙女至父王旁，耳语少时，定下妙计一条。

次日龙女飘然出海，至始皇旁。秦皇见其美貌非凡，欲与为婚。龙女求秦皇解下行坐不离身之赶山鞭，始入洞房。秦皇慨然允之，解置枕下。龙女以酒灌醉秦皇，以己预携之假鞭换取枕下真鞭，潜入龙宫报喜。次晨秦皇酒醒，见龙女已遁，怒而持假鞭乱赶乱抽，然赶山不走，抽地无缝，知真鞭已被盗走，乃忿而以鞭掷之空中，回朝养病。此鞭适落于张家界，即今之金鞭岩。

【讲 述 者】 （无考）

【采录整理】 袁珂据《潇湘的传说》中的《金鞭岩》改写。

【采集时间】 （无考）

【流传地区】 （无考）

【文本来源】 袁珂：《中国神话大词典》，北京：华夏出版社2015年版，第383页。

【阅读提示】 这则文本的讲述者将奇幻的神话想象与秦始皇修建长城的史实结合起来，虚实结合，真真假假，生动有趣。

【基本母题】 特定岩石的来历；赶山填海；金鞭；观音；龙王；龙女

【本文编码】 《金鞭岩》：ZCSW1210-243-025

九龙山的传说

（汉族）

九龙山位于九龙湖西北侧，地处九龙湖镇境内横溪自然村。由连绵相依的九座山头和山脊组成。山上林木如盖，竹木翠绿葱茏。

相传，古时候这儿曾是海滩。有个夏天之夜，天气交关热，东海有九条小龙偷溜出龙宫来此乘凉。他们来到这里的海滩上高兴极了，有的在海滩上戏水，有的在岸边上游玩，来回蹦跳，从来没有像在这里玩得那么快乐。谁知玩累了他们就在岸上睡觉，想不到九条小龙因贪睡入梦而错过了归海的时辰。回去吧，怕被海龙王知道触犯天规，定受重罚；如被天上玉帝知道，龙王也要遭犯养子不孝之罪。他们决定自己做事自己当，不让龙王受半点委屈。这时候时辰也过得越来越快，东方快要发白，九条小龙不得不相拥在一起。太阳出来了，他们已化为九座大山，于是就有了现在的这座九龙山。山势九曲起伏，巍峨于群山之中，登极能眺望东海。山腰上有泉，俗称龙井（睛）。井前有庵称九龙庵，庵前有桥，曰：九龙桥。庵与桥，现尚存遗迹。

【讲 述 者】 王海君（女，51岁，干部，小学）

【采录整理】 夏玉章记录

【采集时间】 2007年8月采录于九龙湖镇九龙湖村

【流传地区】 浙江省·（宁波市·镇海区）·九龙湖镇·九龙湖村

【文本来源】 中国民间文艺家协会组织编写，罗杨总主编，蔡泉根、沈志远本卷主编：《中国民间故事丛书》（浙江·宁波·镇海卷），北京：知识产权出版社2015年版，第92—93页。

【阅读提示】 这则神话中特定山的名称与产生均包含着丰富的“水神”意向，也许与当地临水环境和“尚水”文化传统有关。

【基本母题】 龙宫；九条小龙；天规；龙王；龙变成山；特定山的来历；特定风物的来历

【本文编码】 《九龙山的传说》：ZCSW1211-243-026

夸父追日（1）

（汉族）

原先，黄帝跟炎帝在阪泉打仗。炎帝被黄帝的大将应龙打败了，炎帝就往西逃。

炎帝族里有个部落头领，名叫夸父。夸父领着族人逃到阌乡①一带。这里正逢十年一次大旱，天热得像下火，又找不到水，夸父年纪大，就渴死了。

夸父临死时，嘱咐子孙：他死后要多种桃树，只能种，不能砍。夸父死后，这一带从函谷关以西，潼关以东，东西一百里，南北四十里，到处种的都是桃树。所以这里就叫"桃林"。

夸父死后，被埋在阌乡县南二十五里的秦岭北山脚下，这就是现在的夸父山。

【附注】

异名文本《夸父山》，见张振犁编著《中原神话通鉴》（第三卷），郑州：河南大学出版社2017年版，第782—783页。文字表述略有不同。

该文本标注，本文是《夸父追日（2）》（ZCSW1213-243-028）的异文。

【讲 述 者】 王生民（男，61岁，灵宝市西阐乡政府干部，中师）

【采录整理】 程健君（男，28岁，河南大学中文系）采录

【采集时间】 1984年12月5日采录于灵宝市西阌乡达紫营

【流传地区】 河南省·（三门峡市）·灵宝（灵宝市）·西阌乡

【文本来源】 中国民间文学集成全国编辑委员会编：《中国民间故事集成》（河南卷），北京：中国ISBN中心2001年版，第39页。

【阅读提示】 学术界关于夸父为何手持桃木杖，为何死后种植桃木林的讨论很多，多少体现出"因地制宜"的农业种植观。这则神话

① 阌（wén）乡：灵宝市古称。

则很好地反映出人们对桃树特征的认知。

【基本母题】 黄帝；炎帝；夸父追日；部落头领；旱灾；特定村寨的产生；特定山的产生

【本文编码】 《夸父追日（1）》：ZCSW1212-243-027

夸父追日（2）

（汉族）

很早些年数了，有个人叫夸父。这个人见过日出，没见过日入，他就去追日。他追日追到这地方，天晌午了，他也渴了。他渴了，就趴在这里路边坑上喝水，一喝喝了一肚子水，就睡着了。等他一醒来，太阳就偏西了。他看追不上太阳了，一气，就气死在这里了。

夸父气死以后，就埋在这里。这地方就叫“夸父峪”，这座山就叫“夸父山”。

【讲 述 者】 张景春（男，65岁，灵宝市阳平乡夸父营村农民，识字不多）

【采录整理】 河南大学“中原神话调查组”采录

【采集时间】 1984年12月7日采录于灵宝市阳平乡夸父山山脚下

【流传地区】 河南省·（三门峡市）·灵宝市·阳平乡

【文本来源】 中国民间文学集成全国编辑委员会编：《中国民间故事集成》（河南卷），北京：中国ISBN中心2001年版，第39页。

【阅读提示】 夸父追日的丰富内涵，曾引发研究者各种各样的猜测，但有一点不必争论的就是，它体现出中华民族的追梦精神。

【基本母题】 夸父追日；太阳的运行秩序；特定的山谷的产生；特定的山的来历；特定的山名称的来历

【本文编码】 《夸父追日（2）》：ZCSW1213-243-028

蚂蚁山和蚁蜂店

（汉族）

在确山县胡庙乡与蚁蜂乡的交界处，有座大山叫蚂蚁山，山西南就是蚁蜂乡政府所在地蚁蜂店。据说这山峰和地名与黄帝战蚩尤有关。

相传远古时候，黄帝与蚩尤在中原大战，双方安营扎寨，在桐柏山北摆开战场，相持不下。

起初，蚩尤战不过黄帝，吃了败仗，就请来一位大力神。这神神通广大，力大无穷，不怕火烧雷劈，不怕干渴水淹，如果打起仗来，赤手空拳抓住对手就能摔死。黄帝派众将神对敌，结果死伤无数，就连素以勇猛著称的应龙也被摔伤，败下阵来。黄帝看难以取胜，就派军师风后去长白山请来蚂蚁神，去百花山请来蜜蜂神，定下计策，让二神联合作战，杀死大力神。

这一天，应龙带伤上阵，把大力神引到东北面的山上。早已埋伏在这里的蚂蚁神，连忙放出无数不怕摔的大蚂蚁，成群结队地围住大力神乱咬。大力神神力虽大，对无数的蚂蚁却没有啥法，只好手拍脚跺，但也无济于事。此时，蜜蜂神也放出无数有毒的蜜蜂，遮天盖地飞来，从空中袭击。大力神手脚不能相顾，被成千上万的蜜蜂蜇得鼻青脸肿，昏倒在地。无数的蚂蚁一拥而上，把他吃得只剩一架白骨，大力神一死，蚩尤没有了主将，黄帝指挥将士乘胜出击，大获全胜。

后来，人们为了纪念蚂蚁和蜜蜂的功劳，就把蚂蚁咬死大力神的那座山，取名“蚂蚁山”，把蚂蚁神和蜜蜂神住过的村庄，取名“蚁蜂店”。

【讲 述 者】　张天义（男，73 岁，蚁蜂乡鼓楼村第四村民组农民，上过私塾）

【采录整理】　彭永先（男，32 岁，蚁蜂乡文化专干，高中）

【采集时间】　1988 年 4 月 3 日采录于蚁蜂乡彭楼村

【流传地区】　河南省·（驻马店市）·确山县

【文本来源】　张振犁编著：《中原神话通鉴》（第二卷），郑州：河南大学出版社 2017 年版，第 574—575 页。

【阅读提示】 这则神话借蚁蜂战胜大力神的叙事，告诉人们“秤砣虽小，四两拨千斤”的大道理。

【基本母题】 特定的山名称的来历；特定的地名的来历；黄帝战蚩尤；大力神；动物神；神性人物之间的争斗

【本文编码】 《蚂蚁山和蚁蜂店》：ZCSW1214-243-029

美女峰

（汉族）

早年，雁荡山的大龙湫下，有一道乱石坑。坑边的一间破茅屋里，住着一个名叫秋花的姑娘。

这秋花长得漂亮，聪明伶俐。十四岁时，就织得一手好绸子。如在绸面上织只鸟，鸟会展翅；织条鱼，鱼会摆尾；织束花，花香扑鼻；织片云，云彩轻飘。

秋花十八岁那年，手艺越加神妙了。在邻近村子里，都有了一点名气，一传十，十传百，连芙蓉村的大财主戴辰也知道了。

这戴辰是一个贪得无厌的家伙。他听说那秋花姑娘不但织绸手艺高，而且还好看，因此垂涎三尺，和狗总管多次密谋，想抢秋花。想了好久，终于想出一个恶毒的诡计。

第二日，戴辰带着总管，翻山越岭来到秋花家，一进破茅屋，就笑嘻嘻地将带来的金银、绸缎及手镯珠宝送到秋花姑娘面前。秋花知道黄鼠狼给鸡拜年——不安好心肠，所以连看都不看一眼。

戴辰见秋花不接受礼物，就恼羞成怒地讲：“你真是敬酒不吃要吃罚酒，好好叫你到府里享福你不去，好吧！限你三天之内织一顶跟我戴府一样大的帐篷，否则，就休想活命。”秋花听后，心想：这老贼家府有百来亩田地大，别说三日，就是三年也织不出来呀，这是他们存心害我啊！

这一夜，秋花急得睡不着觉，心里像猫抓一样难过，忽见一位仙女从天而降，讲道："秋花姑娘，我是天宫里的织女，特来指点你，在百冈尖的方岩里有只神梭，平常看不见，你只要请它帮助就行。"讲完不见了。

第二天天光早，秋花就去寻神梭了。她走呀走呀，走了整整一日，只见前面有座高耸的大山直插云霄，山上荆棘丛生，狼号虎啸。秋花顾不上这些，攀藤蔓，钻刺蓬，好不容易才到了山顶。只见顶尖果然有一块四方的岩石，有道裂缝，里面有物事在闪闪发光，忙上去拿起来一看，嗬！是一只溜光闪亮的小木梭。她捧着木梭转身就走，刚走不远，只听"轰隆"一声巨响，岩门关闭了。

秋花回到家，请神梭织帐篷，只见神梭飞舞，不到一个时辰，一顶比戴府还大的帐篷就织好了。

限期到了，戴辰一伙人也来了。他们见屋前放着一顶很大的帐篷，惊得目瞪口呆。但戴辰不甘心，又逼秋花在两日内将门前这条乱石坑用锦绸铺平。

秋花见戴辰走了，又拿出神梭，那神梭就"呼"的一声向门外飞去。秋花出门一看，只见神梭从上而下来回飞着，不到三个时辰，一道乱石坑，就被锦绸铺得平平整整的了，这就是今日的"大锦溪"。

戴辰仍不死心，又逼秋花在一天内，织出一幅能铺盖整个雁荡山的绣花大地毯。

秋花听后，气愤地讲："你们到底讲不讲理？你们百般刁难我，比豺狼还凶狠哪！"

戴辰见秋花骂他们是豺狼，气得暴跳如雷，就带着手下一家丁拥上去，抓住秋花要上绑。这时，藏在秋花袖子里的神梭钻出袖筒，一直向锦溪飞去……

当这神梭飞到了锦溪上游时，就落地生根，一直长到半空才停止。这时，锦溪上洪水猛涨，波涛汹涌，一下子就将戴辰及家丁全淹死了，而秋花姑娘却笑盈盈地站在水面上，后来又升到了龙湫背上。

现在，人们在龙湫背所看到的“美女峰”，据说就是当年秋花姑娘的化身哩！

【讲 述 者】 詹安宝（1935 年出生，雁荡镇上詹村农民，小学）

【采录整理】 詹王美（29 岁，县委党史办干部，大专）、杨和亮（29 岁，雁荡镇白溪街村农民，初中）记录

【采集时间】 1987 年 7 月采录于雁荡山一带

【流传地区】 浙江省·（温州市·乐清市）·雁荡镇

【文本来源】 中国民间文艺家协会组织编写，罗杨总主编，詹王美本卷主编：《中国民间故事丛书》（浙江·温州·乐清卷），北京：知识产权出版社 2016 年版，第 17—18 页。

【阅读提示】 这则神话中出现的“纺织”“织女”“神梭”等事象，可能是当地发达的纺织技艺的反映。

【基本母题】 婚姻难题考验；仙女作为帮助者；神梭；特定溪水的产生；洪水；人变成山峰

【本文编码】 《美女峰》：ZCSW1215-243-030

奶头山

（汉族）

黄帝从黑龙潭带着妻子嫘祖，来到浮戏山神仙洞访问广成子求道。广成子不见，黄帝为了表示求道的诚心，就在浮戏山住了三百六十五天。时间一长，妻子嫘祖就得病死了。嫘祖死后，就在神仙洞西边不远的地方变成了一座山。山有两个山头就像两个奶头一样。后来人们就把它叫“奶头山”。据说：奶头山就是嫘祖的奶头变的。神仙洞里流出来的水，就是嫘祖的奶头流的乳汁。这乳汁哺育了中华民族。

奶头山正顶，有几块石头，据说很灵。谁的婚事如果不成时，只要去用手敲敲这几块石头就成婚了。人们说这是嫘祖庇佑显灵了。

【讲 述 者】 慎子建（40 岁，男，密县尖山乡文化站站长）
【采录整理】 （无考）
【采集时间】 1990 年 11 月 29 日采录于浮戏山神仙洞
【流传地区】 河南省·（郑州市）·新密市
【文本来源】 张振犁编著：《中原神话通鉴》（第二卷），郑州：河南大学出版社 2017 年版，第 709—710 页。
【阅读提示】 这则神话通过嫘祖死后变成显灵神山的叙事，体现了女性始祖崇拜意识和民间婚俗传统。
【基本母题】 黄帝；嫘祖；山神；求仙问道；人死后变成山；神仙洞；祈祷的应验

【本文编码】 《奶头山》：ZCSW1216-243-031

牛 山

（汉族）

早年，温州南郊十里亭岙底，有份姓廖的人家，祖辈留下不少产业，只生一个儿子，名字叫松青。松青五岁时节，他阿爸生病死了，阿妈黄氏怕做守寡老受人欺负，招了个男子客[①]汤阿豹赘婿。不到一年，生下第二个儿子，取名叫福来，哪里晓得半路夫妻勿同心，阿豹有了亲生儿，就生起心思想夺廖家的产业。

事有凑巧。一日，黄氏正在河边洗衣裳，一不小心，失足落到河里淹死

① 男子客：男人、丈夫。

了。阿豹表面流眼泪，肚里呢，好比喝了蜂蜜一样。他当家冇[①]几日，就请个先生到屋里教福来读书。对松青呢，要他日日上山放牛，稍勿顺眼，勿是扇巴掌，就是拳打脚踢。松青一肚委屈，冇人诉苦，只是抱着那头老牯牛哭。说来也奇怪，这头老牯牛一见松青哭，也流出同情的眼泪来。

光阴如箭，转眼间两兄弟都长大了。福来十七岁那年，就讨来老婆，松青呢，还是光棍一条。

这弟新妇[②]，是个观音面，鹦鹉嘴的人。平时见了松青客客气气，伯伯长伯伯短。一日日昼，她正在井头洗衣裳，一眼看着松青赶牛回来，就故意把水桶“咚”的一声，踢进井里了。松青一听，急忙系好牛绳，赶紧跑过来。弟新妇说：“伯伯，勿好了，水桶掉落井里了。”松青转身去拿来一根长竹钩在井边打捞。正捞上时，弟新妇忽从背后猛力一推，松青站勿牢，一头栽进了井底。她顺手抓住长竹钩，一边朝下拼命戳，一边叫着：“伯伯，快捏牢竹竿啰！”

这时节，大牯牛突然挣断绳子，闯出栏门，一直冲到邻舍屋前，绕地跑三圈，又重新跑回，“哞哞哞”叫得蛮惨。

邻舍听了，觉得奇怪，大家就急忙随着牛跑到了松青家的后园来。人恁多涌来，弟新妇做贼心虚，慌了，连忙改口叫：“快救命啊，我伯伯掉进井里去了！”幸好人多办法多，不一会儿，就把松青从井底救了上来。

松青醒来后，一想，觉得蛮可怕，唉！真想勿到这弟新妇比毒蛇还毒啊！若勿是大牯牛，这条命早就冇了。

这年重五，松青在山腰上牧牛，忽然雷声隆隆，龙光闪闪，大雨倒倒落。松青连忙把牛赶到山上树下躲雨，还脱下身上单衣，盖在牛背上；自己呢，被雨淋得落汤鸡恁。

在大雨中，松青蒙蒙眬眬看着有人上山来了，待走近一看，勿是别人，原来是阿叔送箬笠蓑衣来了。

---

① 冇（mǎo）：没有。

② 弟新妇：弟媳妇。

阿豹笑着说："哎呀，看把你淋成恁个样子，快回去换换衣裳吧！"

松青见阿叔这日对他恁关心，心头不由觉得暖和一点。他点点头，当下解下系在树上的牛绳，牵牛下山，阿叔随后跟来。

走到山脚边，下面有个万丈深潭。这里冷冷清清，平时也冇一个人影，这刻更是静，松青走着，走着，冷不防背上被人猛击一下，脚板一滑，顿时觉得天旋地转，一个筋斗，翻到深潭里去了。

原来是他后爸阿豹在暗中害他。阿豹见拔了眼中钉，心里快活啊！正要牵牛回家，哪里晓得这牛一下子挣脱了绳，"哞"地大叫一声，用前蹄把阿豹踢翻在地，后蹄一纵，好比箭恁跳进潭里，几番扑腾，找到松青，把他拖回岸上来，又用嘴咬着，拖他拼命往山下跑。

回到牛栏，大牯牛放下昏迷勿醒的松青，用舌头舔了舔他的面颊，衔来稻秆盖在他的身上，那双大眼里流出泪水来。

阿豹和新妇两次害松青勿成，心里恨死了这头大牯牛。私下商议：一勿做，二勿休，就用砒霜掺在鸡卵酒里，叫福来端去喂牛。大牯牛被雨一淋，又跑了一阵，肚正饿得慌，一闻香喷喷的美酒，当下"咕噜咕噜"冇儿口就喝完了。只片刻工夫，大牯牛就全身抽筋抖抖动，接着七孔流血，摇头蹬蹄，万分痛苦。

福来放下碗，正快活得头跳尾跳，却见大牯牛"哞"地一叫，牛角一翘，前蹄一蹬，把福来踏死了。接着大牯牛挣扎着撞开牛栏，蹿进前面房里，踢死汤阿豹，撞死福来老婆，透气无力地兜身回到牛栏里，伏在地上，只见它抬头怒吼一声，霎时间天动地摇，一阵雷电暴雨过后，大牯牛一下子变成了一座蛮高蛮高的山了。

当地人把这座山叫做"牛山"，还特地在牛山顶上造了一座仙牛庙，四时祭拜。直到现在，山上还有仙牛庙的遗迹呢！

【讲 述 者】 王碎林（68 岁，南郊乡农民，初小）

【采录整理】 杨柳

【采集时间】 1967 年 1 月 10 日采录于鹿城区南郊乡

【流传地区】 浙江省·（温州市）·鹿城区·南郊乡

【文本来源】 中国民间文艺家协会组织编写，罗杨总主编，金文平本卷主编：《中国民间故事丛书》（浙江·温州·鹿城卷），北京：知识产权出版社2016年版，第56—58页。

【阅读提示】 这则神话借叙述“牛山”的产生，勾勒出恶毒的人性与善良的动物性之间的巨大反差，告诫世人“善有善报，恶有恶报，不是不报，时候没到”。

【基本母题】 同母异父兄弟；恶毒的媳妇；牛死后变成山；特定的山名称的来历；特定的庙的产生

【本文编码】 《牛山》：ZCSW1217-243-032

牛头山

（汉族）

白峰镇下林村境内，有座牛头山，它的形状很像牛头，路人无不称奇。据说它的形成，还是很早很早以前的事情呢。

那时候，玉皇大帝以为人间吃无定制，饥饱失调。就传老牛进宫，对它说：“朕命你告知天下人，每人三天只准吃一餐饭，如果不够，可以加一餐点心。”老牛只得遵旨。

老牛出了南天门，驾上云雾，直降凡间而来。它边降边察看人间情况，只见男女老少，露背裸胸，暴晒在烈日之下耕作，那泥土又僵又硬，石犁石锛又重又笨，人们一个个累得汗流浃背，气喘吁吁，耕作得很是辛苦。老牛心想：玉皇大帝实在混账，你日日无所事事，安坐天庭龙椅，天天吃神参仙果，玉液琼浆。可下界凡人如此辛苦，三天只能吃上一餐饭，这也太不公平了！老牛苦苦地思索着给人们多吃点饭的办法。到了凡间，办法被它想出来了。它向人们宣布：“玉帝有旨，今后每人每天吃三餐饭，如觉不够，可加点心一餐。”

传了话，在返回的路上，老牛又想：凡人耕作如此艰难，何不叫我的子孙们下凡给农家帮帮忙呢？想到这儿，它径直来到天庭的御牛厩。那大大小小的牛子牛孙们正闲得发慌。听了老牛之言，个个眉开眼笑，一窝蜂似的全跑到凡间去了。到了人间，有的为人推磨拉犁，有的为人车水驮货，忙得不亦乐乎。

这时，老牛才慢悠悠地踏着四方步向玉帝交差。玉帝有些不放心，问道：“你是如何传话的？”老牛道：“玉帝令凡人一天吃三餐，不够还可以加点心一餐么！”玉帝闻言气得直翻眼珠：“大胆老牛，竟敢颠倒朕言，居心何在？”老牛慌了，无言以对。玉帝知道老牛故意错传，拍桌喝道：“你这是有意颠倒圣旨，天法难容，推出斩了！”天兵天将不容老牛分说，将它推上斩妖台，寒光一闪，牛头就从九霄云里直跌下来，恰恰落在东海边的下林村，变成了一座小山，这就是今日的牛头山。

这时，天兵天将又来报告玉帝，说是牛子牛孙全都私奔人间游玩去了。玉帝更加震怒，传令：所有的牛子牛孙罚在凡间，世世代代为人耕作，不得升天。刚巧，牛子牛孙们帮人做事以后，正在返回天庭的半空中。由于突然成了凡牛，失去了腾云驾雾的本领，纷纷从天上跌了下来，嘴巴撞着地面，把原来很长的门面牙全部磕断了。至今牛的门牙都是很短的。

【讲 述 者】 张才兴（41 岁，白峰乡农民，小学）

【采录整理】 石志藏记录

【采集时间】 1987 年 5 月采录于白峰乡

【流传地区】 浙江省·（宁波市·北仑区）·白峰乡（白峰街道）

【文本来源】 中国民间文艺家协会组织编写，罗杨总主编，唐佩娟本卷主编：《中国民间故事丛书》（浙江·宁波·北仑卷），北京：知识产权出版社 2015 年版，第 36—37 页。

【阅读提示】 这则神话以牛头山为缘起，引发出牛传圣旨、下凡耕地、牛头化作山等事件，凸显了牛在农耕文化中的重要意义。

【基本母题】 特定山的来历；玉皇大帝；牛传错话；神牛下凡；圣旨；牛的特征起源

【本文编码】 《牛头山》：ZCSW1218-243-033

启母石

（汉族）

千百年来，在我国劳动人民中间，一直流传着许多大禹治水的故事。“启母石”，就是这些故事中的一个。

在登封县嵩山脚下，矗立着一块巨大的石头，像一尊雕像站立在那儿，相传这就是“启母石”。在离“启母石”不远的地方，还立着两根由大块方石头垒成的门柱，上边刻着打猎、农耕的浮雕画。这就是当时大禹的家门口，后人叫“启母阙”。

那时候，洪水横流。为了使人民安居乐业，大禹治水，跑遍了九州四野。在嵩山南面，西自龙门，东到禹县，有一条大河叫颍河，颍河一泛滥，两岸就变成一片汪洋，什么庄稼也不能生长。大禹为了把洪水排出去，就在登封县西北的萼岭口一带，凿山治水。他打算把嵩山南面的洪水引进北面的洛河，然后再流到黄河里去。

这一天，大禹来到萼岭口附近一看，这里山势险峻，凿通萼岭口工程很大。他为了很快开通河道，在凿山时，就变成一只巨大的黑熊。大禹每天忙着开山凿石，没工夫回家，顾不上吃饭，就叫妻子涂山氏给他送饭。他为了不让妻子知道自己变熊的事儿，就跟妻子约定：只要她听见敲鼓的声音，就去给他送饭。涂山氏就按照他的嘱咐办事。每天，当她听到咚咚的鼓声时，就赶快撑着木筏子，把饭给大禹送到开山的工地上去。这样，夫妻两人虽说都很辛苦、劳累，但心里很快活。

有一天，大禹在山坡上行走的时候一不留心，脚下踩动的几块石头从山上滚下来，刚好掉在鼓面上，发出了咚咚的响声。大禹因为忙，走得急，也没在意，只管上山去了。涂山氏一听到鼓声，心里纳闷：今天丈夫为什么吃饭早了呢？大概是特别累，饿得也快吧！于是，她就赶快把饭做好，急急忙忙撑着木筏子给大禹送饭去了。

谁知道，当她来到山坡前，左等右等，也不见大禹回来，就往山上爬去。她来到山上往下一看，只见有一头大黑熊，正在山下用力凿石推土，开挖河道。它伸出两条巨臂，用力朝山岸上一推，只听轰隆一声响，山石塌下了一大片，倒在水里，溅起几丈高的浪花。大黑熊这才直起腰来，看着新开出来的山口，乐得眉开眼笑。

涂山氏一见，大吃一惊，心想：自己的丈夫大禹，怎么是一只大黑熊呀？平时自己为什么没有发现呢？一时间，她不知道怎么办好，就提起饭篮赶快往家跑。一路上，她又羞又急又气。当她快到家门口时，心里一阵难过，往那里一站，就变成了一块石头。

再说大禹，晌午时来到大鼓跟前，敲起鼓来。可是，他敲敲，等等，等等，敲敲，好久也不见妻子送饭来。他想，一定是出了事，就赶紧往家走。

大禹回到家里，里里外外找不着妻子的影子，只见家门口的山坡上，多了一块巨大的岩石，旁边还放着饭篮子。大禹这才明白原来妻子已经变成岩石了。这时，大禹后悔不该把自己变熊的事儿瞒着妻子。他又想：妻子已经怀孕很久了。这一来，咋办呢？我没有儿子，谁继续治水呢？想到这里，他就急匆匆地走到巨石前面，大声喊道："孩子他娘啊！你就这样离开我了吗？你要把儿子交给我呀！"

突然，轰隆一声响，这块巨大的岩石裂开了，跳出了他的儿子。大禹急忙把儿子抱了起来。后来，这孩子长大了，大禹就给他起名字叫"启"。所以，那块巨石就叫"启母石"。

【原文附记】

傅光宇选自张楚北编《中原神话》，郑州：海燕出版社 1988 年版。

【附注】

（1）同名文本《启母石》，见张振犁编著《中原神话通鉴》（第四卷），郑州：河南大学出版社 2017 年版，第 1022—1026 页。

（2）同名文本《启母石》，见陶阳、钟秀编《中国神话》（上册），北京：商务印书馆 2008 年版，第 442—444 页，原文本标注选自河南师大中文系《河南民间故事》。

（3）同名文本《启母石》，见中华民族故事大系编委会编《中华民族故事大系》第 1 卷（汉族、蒙古族、回族），上海：上海文艺出版社 1995 年版，第 27—29 页。

【讲 述 者】 宫熙

【采录整理】 冯辉胡、汉卿等记录，冯辉整理

【采集时间】 （无考）

【流传地区】 河南省·（郑州市）·登封市

【文本来源】 姚宝瑄主编：《中国各民族神话》（汉族），太原：书海出版社 2014 年版，第 423—425 页。

【阅读提示】 这则神话在叙事中包含了人变熊、人变石两处变形母题，一静一动，一喜一悲之中凸显了叙事艺术。

【基本母题】 大禹治水；特定岩石的产生；洪水；变形；石生人；特定岩石名称的由来

【本文编码】 《启母石》：ZCSW1219-243-034

启母石的传说

（汉族）

传说，古代那个治洪水的大禹是我们的老乡——禹州市人，他曾因势利

导治水救灾，给百姓做了一件大好事。

大禹是个大公无私的人，人们相传，他为治理泛滥的洪水，曾“三过家门而不入”。可他妻子却是一个自私自利的人，她见大禹整日不回家，心中十分不满。有一次送饭时，还见大禹变成丑陋的狗熊去拱石头，她更是恼羞成怒，一气之下，铁了心肠，变成了一块坚硬的顽石。大禹回来，见妻子变成了石头，心想自己日后死了，没有儿子来继承事业怎行？于是愤怒地对着顽石大喊一声：“启！”果然，顽石砉然中开，从石头里蹦出一个天真活泼的小孩来，这便是禹的儿子——启。这块石头也被人称作“启母石”。后来又过了许多时间，世间历尽沧桑，那块“启母石”也不知流落到了何方。

【讲 述 者】 徐红娟之祖母（78 岁，已故）

【采录整理】 徐红娟（河南大学中文系 1986 级 5 班学生）

【采集时间】 1989 年 12 月采录于禹州市褚河乡徐庄

【流传地区】 河南省・禹州市

【文本来源】 张振犁编著：《中原神话通鉴》（第四卷），郑州：河南大学出版社 2017 年版，第 1094—1095 页。

【阅读提示】 这则文本与《启母石》（ZCSW1219-243-034）主干情节相似，但人物性格差异较大。

【基本母题】 大禹治水；变形；人变石头；石头生人；特定岩石的产生

【本文编码】 《启母石的传说》：ZCSW1220-243-035

日月峰

(满族)[①]

长白山上有一座石峰，叫日月峰。远看像一个作揖拱手的姑娘，面朝着

① 原文本标注为“汉族”，根据讲述者身份，应为“满族”。本书评注者注。

东方，做出祈祷的样子。可是细一瞅，她只有鼻子、嘴、耳朵，却没有眼睛。

她在祈祷什么呢？她的两只眼睛又哪儿去了呢？

故事发生在混沌的开天辟地的时候。那时，没有太阳，没有月亮，更没有星辰，大地上漆黑一片。冰冷的世界死气沉沉，当然没有万千生物的存在。

一天，天帝最小的女儿向天帝说："父皇，大地太黑暗了，应该让它亮堂起来吧！"

天帝摇了摇头，没有说什么。

又有一天，她又向天帝说："父皇，大地太冰冷了，应该让它暖和起来吧！"

天帝又摇了摇头，还是没有说什么。

第三次，她又向天帝说："父皇，大地太荒凉了，应该让它繁荣起来吧！"

天帝有些不耐烦了，使劲儿地摇着头，一甩袖子走了。天帝最小的女儿，也就是最小的仙女气极了。她偷偷地离开了天宫，驾着祥云，翩翩地下界了，落在了长白山上。

多么好的高山哪，可是除了光秃秃的大石头，再什么也没有了。她在高山上徘徊着，巡游着，她决心要让大地亮堂起来，暖和起来，并充满生气。她不知道转悠了多少时间，也不知道花费了多少脑筋，却一直没有想出个好法子来。

谁也不知她在大地上待了多长时间。天帝知道了，天帝发怒了，要狠狠地惩罚她，永远不许她再回到天上来。

小仙女很倔强，她决心不回天宫，要豁出自己的一切，把黑暗、冰冷、毫无生气的大地改变过来。她不知道又巡游了多久，不知道又思索了多久，她终于从自己的身上找出了办法。

她发现自己的两只眼睛是明亮的，脖子上挂的那串玉珠，也像金星一样的闪光。

小仙女高兴地想着："如果把我的两只眼睛抛到高高的天上，一定能把大地照得通亮。有了光，就有了热，大地上也一定会暖和起来。暖和了，大地上也一定会长出花草树木和生出鱼虫鸟兽来的!"

可是，那得下多大的决心哪，抛出了眼睛，不仅回不了天宫，连什么东西也看不见了，一切都完了。她又巡游了很久，又考虑了很长时间。

这天，小仙女一狠心咬破了嘴唇，咬碎了牙齿，用手把左眼挖了出来，向高高的天上抛去。天上立时就出现了明亮的太阳。

可是那太阳在天空上走了半圈，又慢慢地钻进了西山，大地上又黑了。这时她又一狠心用手把右眼挖了出来，向天上抛去，天上立时出现了一个圆圆的月亮，那月亮并不太亮，地上的一切都是模模糊糊的。于是，她又把脖子上的一串珍珠抛到了高空，那串珍珠立时就化作了满天的星星，闪闪发光，大地上就亮得多了。

小仙女失去了双眼，一步也不能挪动了。原来那串珍珠是她腾云驾雾的宝物，失掉了它，就更无法回到天上去了。

她只得站在那里，让风吹雨淋，太阳晒，慢慢地停止了呼吸，又慢慢地僵化了，最后变成了一座石峰。但是她仍然保留着一个优美善良的少女形象：面向着东方，整天都在做着祈祷，迎接太阳和月亮轮番地出来把大地给照亮。

大地亮堂了，大地变暖了，大地有了生物，出现了一派生机。

这就是日月峰的来历，日月峰被满族的祖先推崇为神峰。

【附注】

同名文本《日月峰》，见满都呼主编《中国阿尔泰语系诸民族神话故事》，北京：民族出版社 1997 年版，第 270—272 页。原文本标注摘自《满族民间故事选》(二)，沈阳：春风文艺出版社 1985 年版。

【讲 述 者】 李大爷

【采录整理】 曾层、佟畴记录整理

【采集时间】（无考）

【流传地区】辽宁省·（丹东市）·宽甸县

【文本来源】姚宝瑄主编：《中国各民族神话》（汉族），太原：书海出版社 2014 年版，第 181—183 页。

【阅读提示】这则神话中的仙女形象与盘古化生天地日月的情节有异曲同工之处，建议对比阅读。

【基本母题】日月峰；特定山峰的特征；开天辟地；以前什么都没有；天帝；仙女下凡；天宫；太阳的产生；月亮的产生；星星的产生；仙女变成特定山峰

【本文编码】《日月峰》：ZCSW1221-243-036

日月山

（汉族）

古时候，山里住着夫妻俩，男的叫志气，女的叫耐心，夫妻俩靠打柴过日子。

有一天，夫妻俩正在山上打柴，突然轰隆一声巨响，大地震动了，太阳不见了。夫妻二人只好手拉手，高一脚，低一脚，慢慢摸黑回家。

到了晚上，月亮出来了，夫妻俩在院里谈论太阳不见了的事，又听得轰隆一声，月亮一闪不见了。院里漆黑一片，他俩只好试摸着回屋睡觉。

从这天起，天上没了太阳，也没有月亮。大地一片漆黑，日夜无光。

志气和耐心再也不能上山打柴了。眼看庄稼不长了，树叶变黄了，花不开了，鸟不叫了，人们唉声叹气，今后日子咋过呀？

志气对耐心说："太阳和月亮一定是掉到地上了，不是掉在大山上，就是掉在树林里，咱们去找它们。"

夫妻俩打起火把，就去找太阳、月亮了。

有一天，他们在路上看见一位姑娘在锄玉米，地边烧着堆火，姑娘懒洋洋地一锄一歇，耐心问她："姑娘你为啥一锄一歇呢?"姑娘说："没有太阳月亮，玉米不长呀！我有啥心思去锄它呀?"志气说："你在这里好好锄地，俺去把太阳、月亮找回来。"说罢夫妻二人打着火把又向前走去。

夫妻俩走过了一座座高山，一条条大河，走过了荒无人烟的大森林，火把也不知换了多少把，还是找不着太阳、月亮的影子。

一天，夫妻俩翻过一座高山，忽然见远远的地方亮一阵，黑一阵。他们高兴地说："太阳、月亮一定在那里。"于是便不顾一切地向亮处跑去。路上遇到一位老翁在唉声叹气，志气忙问道："老爹爹，前面那一黑一亮，是太阳、月亮掉的地方吧?"老翁忧愁地说："是呀孩子，前面不远，有座大山。山腰洞里有两条大蛇，一条白蛇，一条青蛇。白蛇把太阳吞下肚里，青蛇把月亮吞下肚里。那放光的地方就是太阳和月亮，你们去吧。"说完，老翁不见了。

夫妻俩按照老翁的指点来到半山腰，见两条大蛇在玩太阳和月亮俩，人没法夺回来。忽然他们背后洞里冒出烟来，看到一个老婆婆站在面前。老婆婆流着眼泪告诉他们有一大，上山锄地，一阵狂风刮来，两条大蛇在空中用尾巴向我一卷，把我卷到这个深洞里，替它们做饭，一年年过去了，头发变白了。"孩子，你们快出去吧！大蛇在外面玩够了，回来吃饭，见到你们，会吃你们的。"志气说："蛇吃了太阳和月亮，人们无法生活。我们是特地来杀死大蛇，夺回太阳、月亮的。"老婆婆说："孩子，你们俩真要杀死大蛇，得弄到牛心垛山底里的炸药和黑药。然后把炸药和黑药扔进蛇洞，炸药能炸烂它们的心脏，黑药能轰断它们的喉咙。我给你们一把铁铲和一把锄头去挖炸药和黑药吧。"

夫妻俩听后拿起铁铲和锄头，扭身直奔牛心垛山。

到了牛心垛山脚下，志气挖，耐心铲。挖出一个又深又大的洞。忽然洞里轰隆一声巨响，炸药和黑药便出来了。志气拿了炸药，耐心拿了黑药，跑向蛇洞山。

到了半山腰，白蛇和青蛇还在玩太阳、月亮。夫妻俩跑到高处，志气把炸药扔过去，只听轰隆一声响，两条大蛇炸伤了，要向天空飞去。耐心急忙把黑药扔过去，又听得轰隆一声响，两条大蛇炸断了，死了。

太阳和月亮在地上滚来滚去，志气和耐心都很高兴。可是太阳和月亮咋上天呢？正在这时，老婆婆又出现在他们面前说：“你们吃了蛇的眼珠，身子会变高，就能把太阳、月亮送上天。”于是志气摘下白蛇眼珠吃了，耐心摘下青蛇眼珠吞下肚。一时三刻，二人像两座大山直插天空。

夫妻俩一人一个捧起太阳和月亮向空中送去，太阳和月亮又升上天了。

人们重见了光明，志气和耐心夫妇却变成了两座大山。为了纪念他们，人们把这两座山改名叫日月山。

【讲 述 者】 武振明（男，65岁，农民，初中）

【采录整理】 武照侠（男，20岁，农民，初中毕北）采录，杨平（汉族，女，西峡县文化馆职工，高中）采录整理

【采集时间】 1986年5月采录于西峡县米坪乡擀丈村

【流传地区】 河南省·（南阳市）·西峡县·米坪乡·擀丈村

【文本来源】 张振犁编著：《中原神话通鉴》（第四卷），郑州：河南大学出版社2017年版，第1207—1208页。

【阅读提示】 这则文本将日月神话和山岳神话融合起来，从某个侧面也说明了神话是个筐，什么都能装。

【基本母题】 地震；太阳的消失；月亮的消失；找日月；老人作为帮助者；大蛇吞日月；人变山；日月的恢复

【本文编码】 《日月山》：ZCSW1222-243-037

三门峡的传说

（汉族）

相传大禹治水到了黄河，先得到河伯献的河图，也就是治水的地图。他

凿开了龙门山之后，顺着河水来到了现在三门峡附近。这里原来也是一座大山，挡住了黄河的去路，使黄河的水流到这里流不过去，只好倒回头向上流，淹没了八百里秦川。这座山叫硪柱山，山石异常坚硬。

禹王带领治水群众驻扎下来，准备凿开砥柱山，使河道畅通。由于河水混浊，无法饮用，禹王就带领大家挖井取水，一共挖了七口水井，至今还在。禹王指挥群众、鬼神，把砥柱山破成几段，凿开了三个缺口，河水从这里急涌而过，合成一股流下。三个缺口好像三道门，所以叫作“三门”。三门各有名字，“鬼门”、“神门”、“人门”。河中的两个石岛，其中一个叫“鬼门岛”，岛上崖头上有两个比水井口还大的圆坑，活像一对马蹄印，叫作“马蹄窝”。据说是禹王开砥柱，跃马过三门时马的前蹄在这里打了一个滑溜踩下的足印。

三门峡的上游有个禹王庙，从前“放溜”过三峡的艄公们都先要在这里歇脚，给禹王烧香许愿，放鞭炮，饱吃饱喝一顿，然后才驾着木船直向三门峡，是否能够侥幸渡过三门，或者在岩头上碰个稀烂，全在眨眨眼的工夫。所以当地人说：“店头街（茅津渡）是叫不尽的艄公，哭不完的寡妇!”

【讲 述 者】 王卷群（47 岁，中学教师，陕县大营乡五原村人）

【采录整理】 许明星（洛阳市孟津县人）

【采集时间】 （无考）

【流传地区】 河南省·三门峡市

【文本来源】 张振犁编著：《中原神话通鉴》（第四卷），郑州：河南大学出版社 2017 年版，第 1057—1058 页。

【阅读提示】 这则文本在神话传说与现实景物之间建立起关联，一定程度上体现了特定神话在解释风物来历方面的独特功能。

【基本母题】 大禹治水；黄河；河伯；特定山的名称来历；挖水井；特定庙宇的产生

【本文编码】 《三门峡的传说》：ZCSW1223-243-038

神农爷与桐柏山

（汉族）

提起桐柏山，人们都说她美。山美，水美，树美，花美，草也美。

问起桐柏山的来历，说法可不一呀！有人说是盘古造的，也有人说是老君造的。山造好后，谁起的名呢？有人说是神农爷起的。

神农爷住在桐柏山南麓。历山有神农碑，殷店还有神农洞。神农爷经常四处为人们采药，尝百草。人们问他老人家："神农爷！这药在哪采的呀？"神农爷就根据山的特点说是在东山采的或是西山采的。又有几次，子孙们问他："在哪采的药呀？"他说："那个桐树多、柏树多的山！"据说，他说的桐树，就是指大叶树；柏树呢，针叶的是叫柏树，松树杉树统称柏树。神农爷今天说"桐树多、柏树多的山"，明天还是说"桐树多、柏树多的山"。说的次数多，就说成"桐柏山"了。

就这样，桐柏山的名字传到现在。

【讲 述 者】 王德堂（桐柏县人大常委会主任）

【采录整理】 马卉欣

【采集时间】 （无考）

【流传地区】 河南省·（南阳市）·桐柏县

【文本来源】 张振犁编著：《中原神话通鉴》（第二卷），郑州：河南大学出版社2017年版，第483—484页。

【阅读提示】 这则神话中讲道，桐柏山的名称来源于神农及其子孙间的口耳相传，印证了神话是流传在民间的活的文化，也从一个侧面反映出口传文学的代际传播特征。

【基本母题】 特定山的来历；盘古；老君；神农；特定山名称的来历

【本文编码】 《神农爷与桐柏山》：ZCSW1224-243-039

神女峰

（汉族）

瑶姬为西王母第二十三女，受教于三元仙君，得神仙变化之术，王母封之为云华上宫夫人，使理仙童玉女事，并遣狂章、虞余、黄魔、大翳、庚辰、童律等侍臣为之佐。尝游东海，东海龙王惊其美，欲与为婚。瑶姬不从，率侍臣及仙童玉女等腾而西去，经巫山。时巫山正有十二蛟龙追逐游戏于空中，搅起猛烈大风，拔木毁屋，为祸于民。瑶姬乃以轰雷除之，遗尸于江，化为崇山峻岭，奇峰插天，怪石塞江，使蜀地悉成泽国。

夏禹理水导河既毕，复来巫山治此被塞之江流。然率由旧章既乏显效，化熊开山亦久无功，方坐山顶，望洪水叹息。瑶姬知之，立遣黄魔、童律等六臣助夏禹治水。六臣召来天将，以雷轰山石，电排泥沙，火烧海草，夏禹率众乃得疏壅导滞，使三峡河道复畅其流，被阻之洪水沿江而下，宣泄于东海。夏禹从黄魔等之口，知得神女之助，乃亲往巫山谢之。

神女知夏禹来，乃化青石，立夏禹前，夏禹寻之而不见。青石复化为袅袅青烟，腾空而上，凝为青云，青云复散为细雨，细雨复聚为游龙，游龙顷又化为白鹤，夏禹仍屡寻不见。夏禹谓童律："神女其诞乎？不应狡狯如此也。"童律曰："汝不知变化之理，宜无视神女之幻化万方矣。"乃导夏禹至神女仙宫，有狮子把关，天马引路，琼楼玉阁，巍踞山巅。夏禹入宫拜谢，神女教禹以万物变化之理，并命侍女容华，出红玉箱，取黄绫宝卷以授禹，谓是驱使虎豹、制伏蛟龙之书。更命庚辰、虞余二臣，随往助禹治水。禹得神人及天书之助，更因民力，终将九河疏通，使洪水平息。神女留连巫山，不忍即去，见三峡航道险阻，乃遣神鸦数百，送迎客船，为旅人导航，复为樵人驱虎豹，为农民赐丰年，为病人生灵芝。神女久立高岩，关心民瘼，忘返西天，身遂渐化为峻峭秀丽之峰峦，即今之神女峰是也。神女之侍女侍臣，亦化为峰峦，即今之望霞、翠屏、轻云、松峦……等所谓巫山十二峰是也。

【讲 述 者】 （无考）

【采录整理】 袁珂据田海燕《三峡民间故事》中的《神女峰》改写。

【采集时间】 （无考）

【流传地区】 （无考）

【文本来源】 袁珂：《中国神话大词典》，北京：华夏出版社2015年版，第387页。

【阅读提示】 巫山神女峰的来历自古活跃于文人墨客笔下，鲜活于民间口传之中，为世人留下了灿若繁星的神秘浪漫的神话传说。在阐释山河形成的同时，也自然形成了环绕神女奔腾流淌的另一条文化江河。

【基本母题】 西王母；特定职能神；东海龙王；洪水；大禹治水；变形；神女传授智慧；特定山峰的来历

【本文编码】 《神女峰》：ZCSW1225-243-040

嵩山的来历

（汉族）

嵩山是中国五岳之一，位居五岳之中，便叫中岳嵩山。嵩是山高而大的意思。它的形成据说是上古时候开天辟地的盘古死后，他的头和身子变的。

那时，天地还没有开，宇宙是一片混沌，像个大鸡蛋一样。盘古就生长在这个混沌当中，经过一万八千年，混沌有了晃动，盘古在晃动中惊醒。他睁眼看看，眼前混沌一片，什么也看不清，他伸手乱挥乱摸，想把混沌驱散，顺手摸到一把利斧，向混沌猛砍起来，只听啪啪声响，眼见混沌初开，“大鸡蛋”中产生了两种气体：清而轻的升起来，变成了天；浑而重的沉下去，变成了地，天越升越高，地越沉越低，盘古在天地之间也越长越高大，简直像个顶天立地的大柱子。

盘古支撑着天地，始终不让它再合住。这样，又过了一万八千年，他实在太累了，看看天地早已经凝结牢固了，他便躺下来休息。可是他一躺下，便再也起不来了。他静静地死去了。他想：死有什么可怕呢？死还要让宇宙间更美好。他临死的时候，让口里呼出的气变成风和云，发出的声音变成雷霆，左眼变为太阳，右眼变为月亮，四肢身体变为广阔的田野和五岳名山——东岳泰山、西岳华山、南岳衡山、北岳恒山、中岳嵩山，血液变成江河，筋脉变成道路，肌肤变成沃土，汗毛变成森林，身上的汗，也变了雨露……

特别是他的头和身子，躺在那儿比四肢哪个部位都高大，因此变成了嵩山。又由于它在四肢中间，后人就叫它中岳嵩山。中岳嵩山的东西长四十里，南北宽三十里，上下高二十里，周围占地一百四十里。由于长时间的风吹、日晒、雨浇、雷震，他的身体肌肤也会塌陷，洞穿，所以到处沟壑纵横，大洞深穴遍布。因此，后人就把那穴室多而大的东段称为太室山，穴室少而小的西段称为少室山。

嵩山是中国的名山之一。从景观特色来看，虽然没有泰山那么雄伟，没有衡山那么秀丽，没有华山那么险峻，没有恒山那么奇特，但它是盘古的头和身子，内部构造都很复杂，会思想、会哭笑、会吃东西、会消化，不仅有奥妙无穷的美好风景，还有博大精深的古老文化，因此它的特点就是“奥”。人们看到它，就想到开天辟地的英雄盘古；人们学习盘古，又往往感到学无止境，面对中岳赞叹“嵩山天下奥”。

【原文附记】

本文参阅《述异记·盘古化物》整理。

【讲 述 者】 （无考）

【采录整理】 （无考）

【采集时间】 （无考）

【流传地区】 河南省·（郑州市）·登封市

【文本来源】 张振犁编著：《中原神话通鉴》（第一卷），郑州：河南大学出版社 2017 年版，第 12—14 页。

【阅读提示】 这则神话借盘古开天辟地的神话传说，系统阐释了世界万物特别是五岳名山的产生，将嵩山放在万物产生的宏大叙事中，并为其赋予了“奥”的内涵，极大丰富了该山的文化意义，提升了其传统文化高度。

【基本母题】 嵩山的来历；盘古开天辟地；以前宇宙是混沌；天的产生；地的产生；日月星辰的产生；山川河流的产生；嵩山的特征

【本文编码】 《嵩山的来历》：ZCSW1226-243-041

太室山与少室山

（汉族）

中岳嵩山有“太室”、“少室”二山，为什么叫“太室”、“少室”呢？

相传很早很早以前，唐尧为君时，登封县叫崇地，嵩山叫崇山。那时，普天下洪水泛滥，人们无法生存，纷纷逃往崇地。因为这里地势高，又有个酋长崇伯鲧领着堵水，就留下一大片土地，可供居住。因此鲧也有了名声。

名声传到唐尧耳朵里，他就派鲧专门去治水。鲧只知道堵，一连治水九年不成，便被唐尧杀了。

虞舜为君后，鲧的儿子大禹要求继承父亲治水。舜看禹有决心有才能，就答应了。禹的朋友伯益，劝禹用疏浚的办法去治水，一连治了十三年，开出九条河道，终于治水成功。

大禹治水到了涂山，人们看大禹三十多岁还没有娶媳妇，就把一个最好的姑娘涂山娇嫁给了他。婚后，禹把涂山娇带回崇地，涂山娇的妹妹涂山姚不愿离开姐姐，也一起到崇地安家。大禹把涂山娇安排在崇山脚下居住，把涂山姚安排在季山脚下居住。安排停当后就又治水去了。一次路过家门，同伴劝禹进家看看，禹却说："治水时间要紧，不能因顾自己耽误大事。"就这样大禹一连三过家门口，都没进门看上一眼。后来，要开凿龙门口必先打开轩辕关，工程就在家门前，禹这才见到了涂山娇。由于涂山娇发现了丈夫的化身是黑熊，一气变成了石头。大禹从石头中唤出了儿子启，可是抱着孩子怎去开山呢？无奈只好找妹妹涂山姚了。当涂山姚知道姐姐的事情后，便从大禹怀中把启接了过来。涂山姚见大禹为民治水的一片心坚如铁石，十分爱慕，便继她姐姐嫁给了大禹。从此，她不仅代姐姐照料孩子，还代姐姐一天三顿为大禹准备饭菜。从此，大禹就把涂山娇住的崇山叫"太室"，把涂山姚住的季山叫"少室"，"太室山"与"少室山"也就从此得名了。

不久，轩辕山被凿通，治水的人又开到了龙门山。用了五年功夫，凿开了龙门口，撤干了汝阳江，露出了大片沃土。

后来，人们为了纪念涂山娇、涂山姚姐妹，在太室山下建了太室殿和太室祠，在少室山下建了少室殿和少姨庙，还在启母石前建了启母殿和启母庙。

【讲 述 者】 （无考）

【采录整理】 甄秉洁

【采集时间】 （无考）

【流传地区】 河南省·（郑州市）·登封市

【文本来源】 张振犁编著：《中原神话通鉴》（第四卷），郑州：河南大学出版社2017年版，第1117—1119页。

【阅读提示】 这则神话中不仅包含了鲧、禹、启三代治水事迹，包含了涂山氏的相关事迹，还涵盖了相关风物的产生，是一则叙事结构完整、时空逻辑清晰的神话文本。

【基本母题】 嵩山；特定山名称的由来；洪水；鲧；治水；大禹治水；续弦；特定庙宇的产生；启母石

【本文编码】 《太室山与少室山》：ZCSW1227-243-042

桃女峰

（汉族）

古时候，彭祖化名瓮主，采到釜山西北方向黄山坡后，专心在此山栽种桃树，收养了当地北狄族一个女孤儿。因这个小女孩长得细皮嫩肉，面如桃花，故彭祖给她起名叫桃花。小桃花乖巧伶俐，很招彭祖喜爱。五六岁时就能帮助爹爹栽树浇水，七八岁时就会给爹爹做饭送餐，十来岁就当家操持家务，十二岁就会养蚕织纱。桃花不但长得美丽，还心地善良，又有一手好针线活，所以很招当地乡亲喜爱。

附近白岭村有一闫姓少年常来此砍柴，还不断帮忙栽种桃树。一来二去，俩人成了要好的小伙伴。彭祖也很喜欢这个小男孩，有空时就教他俩认字读书，乡亲们都夸他俩是金童玉女，天生一对。

天有不测风云，人有旦夕祸福。白岭有一流氓少年早就盯上了美貌的小桃花。正当双方老人准备给两个孩子定亲时，恶少跑到闫家父母面前说了桃花很多的坏话，说桃花是招蜂引蝶的风流女。闫氏父母听信谗言，说什么也不让儿子娶桃花为妻。这下，可苦了两个孩子。桃花是烈性女子，一天晚上直奔孔山，将干柴野草收拢到山顶，面向正南，侧卧在干柴野草上，点火自焚，以示清白。此事感动了上天，便将桃花女自焚处化作一座山，这就是现今界于易县和徐水之间的孔山，原来叫桃女峰。

【讲 述 者】 李明远（88 岁，崔庄镇小康庄村农民）

【采录整理】 杨忠林记录

【采集时间】 2003 年采录于小康庄村

【流传地区】 河北省·（保定市·徐水区）·崔庄镇

【文本来源】 中国民间文艺家协会组织编写，罗杨总主编，王艳芳本卷主编：《中国民间故事丛书》（河北·保定·徐水卷），北京：知识产权出版社 2016 年版，第 29—30 页。

【阅读提示】 这则神话通过彭祖之女为自证清白自尽化作桃女峰的叙事，一方面赞美了桃花的舍生取义的品质，也在一定程度上反映了讲述者对贞洁观念的推崇。

【基本母题】 彭祖；孤儿；金童玉女；为贞洁自杀；人死后变成山；特定山的名称来历

【本文编码】 《桃女峰》：ZCSW1228-243-043

通天柱与巡河大王

（汉族）

三门峡一带大湖里有大乌龟兴风作浪。大禹治水来到这里，用大斧在山上劈开了三门（鬼门、神门、人门），湖水下落，大乌龟在湖里翻腾，或上岸伤害人畜。大禹掷出了虬龙宝剑，剑柄变为雄狮，剑身化作通天巨柱，在鬼门河口下堵住了大乌龟的去路。大乌龟被降伏后，大禹封它为“巡河大王”，监督黄河水怪。禹的宝剑也化作了通天柱——砥柱峰。后来，人们在三门峡禹王庙下角处建有供奉“巡河大王”的“大王庙”。

【讲 述 者】 （无考）

【采录整理】 陈连山整理

【采集时间】 （无考）

【流传地区】 河南省・三门峡市

【文本来源】 姚宝瑄主编：《中国各民族神话》（汉族），太原：书海出版社2014年版，第346页。

【阅读提示】 这则神话在解释特定山峰的产生叙事中融入了大禹治水的传说，是古为今用的好典范。

【基本母题】 三门峡；巨龟；大禹治水；宝剑；变形；通天柱；特定山峰的来历；特定庙宇的来历

【本文编码】 《通天柱与巡河大王》：ZCSW1229-243-044

五龙爷私自降雨

（汉族）

相传，东海龙王有五位太子，个个英俊潇洒，心地善良。一日，兄弟五人相约到人间游玩。途中，见禾苗枯萎，饿殍遍野，百姓怨声载道，一片凄凉。经问一老者，方知一年无雨，干旱至此。为此，五位少年游兴大减，立即返回龙宫，报于父王得知。

谁知龙王一听，勃然大怒，喝道："放肆，人间祸福乃玉帝所管，诸神不得随意干预。以后，不许私出龙宫，再窜人间!"说罢拂袖而去。五位太子面面相觑，一时不知如何是好。这时，大太子灵机一动，心生一计，忙道："我看咱们这样，如何?"他低声如此这般说了一阵，大家都拍手称快，各自准备去了。

当日夜晚，五位太子偷偷跑出龙宫，登上云头，竭尽全身法力，向人间洒了一层透雨，然后收起雨布，迅速遁去。

谁想下雨之事竟让玉皇大帝知晓了。他立即召集各路雨神和四海龙王，追问此事："哪个胆大妄为，竟敢向人间擅自降雨！若不从实招来，各责四十大板!"众神吓得面如土色，躬身下跪，全说不知。此时，土地神慌慌张张地跑进来，叩拜："禀玉帝，昨晚降雨之事乃东海龙王五位太子所为，此事老奴亲眼看见。"玉帝怒视东海龙王："哼，你有何话可说?"东海龙王吓得魂不附体，连连叩拜："老朽不才，对子管教不严，此乃儿辈私下所为，老朽委实不知。"玉帝下令传来五位太子，喝问："胆大狂徒，你们知罪吗?"五位太子正气凛然，非但不下跪，反而慷慨陈词："作为神仙，应救民于水火，拯民于灾难。人间干旱一年有余，庄稼颗粒不收，饿死者不计其数。对此，天庭不闻不问。我们扶危救灾，为人间洒下喜雨，尽心尽职，何罪之有?"

"反啦！——"玉帝无声答对，只好气急败坏地令两旁武士把他们推出南天门斩首。南海龙王急忙奏曰："禀玉帝，蠢材初犯天规，念其东海龙王德高望重，向来忠诚，如此杀其子，断其后，恐有不妥。乞望玉帝开恩才是。”

众神纷纷伏地叩拜：“是啊！”玉帝思虑片刻，仍然面带愠色，说道：“也罢，死罪可免，活罪难逃。来，拿玉锁，把他们五个锁在一起，贬入凡间！”

自从五位太子来到人间，站在淘清河畔，常年风吹日晒，受尽折磨。东海龙王几次请求赦放，均未准奏。久而久之，五位太子便慢慢化为五座大山，即今天的“五龙山”。

人们为了纪念五位太子的功德，曾在各山修筑殿宇，供奉神像。可惜日本鬼子侵略中国时一把火烧为灰烬。

【讲 述 者】 童小妮

【采录整理】 陈永清采录

【采集时间】 （无考）

【流传地区】 山西省·（长治市）·长治县（今长治市·上党区）

【文本来源】 郭万金主编：《山西民间故事大系》（晋东南卷），北京：商务印书馆2017年版，第35—36页。

【阅读提示】 这则神话讲述的龙王五太子因降私雨化作山峰的过程，善恶是非不言自明。

【基本母题】 龙王；龙王的五个儿子；旱灾；龙王太子行云布雨；土地神；玉帝；特定山的由来

【本文编码】 《五龙爷私自降雨》：ZCSW1230-243-045

五指岭（1）

（汉族）

大禹续娶妻妹涂山姚以后，又去开凿龙门口。五年逾期将归，听见山北巨响，涂山氏便带着儿子启登上嵩山高峰向北遥望。大禹这时正在归途中，化身为熊用左手推倒阻挡水道的半个山头，让从龙门过来的水东流。在山头倒下的地方，出现一只大熊掌，竖起左手的五条手指。涂山姚很想看着丈夫，却只能看见五指。当时，大禹已看见妻儿，便赶快恢复原形。因为熊的身体已被山挡住，只有左手的五指被看见了，这五指就留在山上。从此，这座山便被叫做“五指岭”了。

【附注】

本文关联文本，参见汉族神话《启母石》（ZCSW1219-243-034）、《启母石的传说》（ZCSW1220-243-035）等。

【讲 述 者】 （无考）
【采录整理】 陈连山整理
【采集时间】 （无考）
【流传地区】 河南省·嵩山北部地区
【文本来源】 姚宝瑄主编：《中国各民族神话》（汉族），太原：书海出版社2014年版，第347页。
【阅读提示】 这则神话由《启母石》神话文本的部分情节生发而来，属于神话在后世的创造性发展。
【基本母题】 续弦；大禹治水；变形；特定山的来历；特定山的特征来历

【本文编码】 《五指岭（1）》：ZCSW1231-243-046

五指岭（2）

（汉族）

中岳嵩山的组成，除了“太室”、“少室”两山之外，在它们北面还有一座山岭，远看山头上像是竖着一只巨大的巴掌，裸露着五个手指，因此人们称它“五指岭”。

传说大禹打开轩辕关后，要去开凿龙门口。动身时，涂山姚抱着启儿送出门外，大禹在涂山姚的怀中亲了亲启儿，说了声：“五年后再见。”就匆匆地走了。

五年过去，小启会跑会跳会说话了，整天缠在姨娘身边吵着要爹，他哪里知道姨娘早把心都想碎了。

这天，姨娘分外高兴，她拍着启儿的小脑袋说：“启呀！你爹出门整整五年了，今天就该回来啦!”话音还没落，只听得太室山北“哗”地一声巨响，接着又传来“呼隆隆”一片响声。涂山姚听到响声，把启抱将起来，说了声：“走，龙门口开了，接你爹去!”一边说着一边就离开家门，朝东北方向走去。

母子二人走啊走啊，爬上太室山，越过竣极峰，跨过白鹤谷，又攀上马头崖，站在最高峰上直朝北望。只见对面山上“轰隆”震天一声巨响后，半个山头就滚倒在山谷之中。就在这山头倒下的地方，出现了一只人熊掌，高竖着五条手指。波涛汹涌的龙门水，通过被熊掌推开的大山向东直泄。涂山姚很想从山倒处看到丈夫，但是除了洪水之外什么也看不见，唯有那五条手指还在竖着。涂山姚眼含热泪抱着启儿，面对着洪水坐了下来。

其实，这只大熊掌正是大禹的左手。龙门口被凿开之后，大禹就驾着木筏随波东流察看水路。他到了这个地方，看到山头阻水，霎时心中火起，身子一抖又化为大熊，伸开巴掌一下子推掉了半个山头。他的手还没有来得及收回，就瞧见涂山姚背着启儿，正站在对面马头崖上。大禹心里一惊，深怕涂山姚看穿情由，再走涂山娇的老路。好在整个身子有山头阻隔，只有这只左手已被她看见，因此急忙恢复了原形，只把这只熊掌留在山上。从此，这座山就被人们称为“五指岭”了。

涂山姚抱着启儿，正在马头崖上含泪北望，忽然看见洪水中一条木筏向南驶来，定睛一看正是大禹，便对启儿说：“爹回来了!”启儿喊了声“爹——”，张开双臂就迎着大禹跑去。大禹走上岸来，一把把启儿抱了起来，一家三口幸福地凝望着滚滚东流的大水，好半天大禹才笑着说："好了，好了，水泄了，家家都该团圆了，我们团圆的日子也快到了。"说罢，别了涂山姚和启儿，又匆匆地登上木筏朝东北方向走了。

【附注】

本文关联文本，参见汉族神话《五指岭（1）》（ZCSW1231-243-046）。

【讲 述 者】（无考）

【采录整理】甄乘洛搜集整理

【采集时间】（无考）

【流传地区】（无考）

【文本来源】中华民族故事大系编委会编：《中华民族故事大系》第1卷（汉族、蒙古族、回族），上海：上海文艺出版社1995年版，第30—31页。

【阅读提示】这则神话与《五指岭（1）》（ZCSW1311-243-046）情节相似，建议对比阅读。

【基本母题】嵩山；大禹；特定山岭的产生；洪水；变形；特定山的名称来历

【本文编码】《五指岭（2）》：ZCSW1232-243-047

象　山

（汉族）

很久以前，天上有一头大白象，是玉皇大帝的坐骑。大象总想到凡间去走走，只是天有天的规定，不能私自下凡。

这一天，大象在南天门口吃草，见守门金刚在打瞌睡，就偷偷跑出南天门，向下一看，正好看到大海边上一个好看的小岛。它忖：凡间有这么好的地方，我要是能去游玩一下多好啊！一动心，也不顾啥天条，摇身一变，变成一个小后生，驾起祥云，一会儿就降落在岛上。

岛上一个老头看到这个陌生的人，便上前问道：“你从哪里来，叫啥名字?”大象脑筋一动，答道：“我叫阿祥，在海上打鱼，让大风刮到这里来了。”老头看他衣服破旧，就讲：“侬住到我屋里去吧！我屋里只有阿拉俩老，显得非常冷清。”阿祥说：“那我就做你的儿子吧!”老人很欢喜，高高兴兴地把阿祥领回家了。阿祥再也不想回天上去了。

天上一天，地上一年。凡间过了一年半，大象私自下凡的事被玉皇大帝知道了。玉帝龙颜大怒，下令天将去把大象捉回。

一天黄昏，阿祥打完鱼，打算回家。突然，天空响雷闪电像要塌掉一样，阿祥抬头看去，只见天将拿着天锁，向他猛扑过来。阿祥晓得不好，急忙奔回家。俩老人见他慌慌张张地跑来，问出了啥事？阿祥眼泪水直淌，来不及说话，天将已闯进院子，两位老人吓得昏倒在地。阿祥化回原形大象跑到海边，回头看了看两个亲人，叹了口气，纵身向海里跳去。只听“轰”的一声响，海面上升起一座山，把大陆和小岛紧紧连在一起，成了一个半岛。

后来，这地方住的人多了起来，人们称这里为“象山”。

【讲 述 者】 佚名（76 岁，农民，不识字）

【采录整理】 沈素贞（18 岁，象山中学学生）

【采集时间】 1980 年采录于丹城

【流传地区】 浙江省·（宁波市·象山县）·丹城

【文本来源】 中国民间文艺家协会组织编写，罗杨总主编，郑辉本卷主编：《中国民间故事丛书》（浙江·宁波·象山卷），北京：知识产权出版社 2015 年版，第 73—74 页。

【阅读提示】 这则神话借由叙述特定岛屿山石的产生，展现了一幅滨海渔民生产生活的景象。

【基本母题】 玉皇大帝；神性动物；变形；下凡；大象变成岛；特定山名称的来历

【本文编码】 《象山》：ZCSW1233-243-048

雁荡山

（汉族）

曾经炼五色石补天的女娲氏，一日巡视四方，来到西北高原上的大泽旁边，只见周围统统是芦苇，大泽里荷花盛开，真好看。女娲氏绕过沙滩，伸手采摘了两朵金色的和一朵五色的荷花，插在发髻旁。正要走时，忽然一阵大风吹来，把她发髻上的三朵荷花一齐吹上天空，直向东南海边飞去。荷花飘呀，飘呀，飘到了大海边上的两越上空才落下来。两朵金色花就变为金华山和天台山华顶峰；那朵五色荷花呢，就变成了一座芙蓉山。古代人把荷花称作芙蓉，所以才有这个山名。这朵五色荷花有一百零八瓣，芙蓉山也刚好有一百零八峰。但里面有几座是双峰并立的，只取了一个名，因此人们说是“百二奇峰”。

女娲氏见三山落成，满心欢喜。也不知过了多少年，一日，她站在山尖上，远望东南，被眼前的形象吓呆了。原来，那座美丽的芙蓉山，不知在啥时候已被怪兽“凿齿”咬了三十六个大洞和好多小洞，地面上也被挖掘了几道深坑，正在滔滔流着水。女娲氏晓得，这凿齿的门齿，足足有三尺长，好比凿头恁锋利，顶厉害，很难对付。她只好求玉皇大帝帮助除害。玉皇大帝就命令地皇氏的姊姊和阿姨——雨姊和风姨前去除害。雨姊、风姨跟着女娲氏来到凡间。只一下，狂风呼呼叫，大雨倒倒落，地面上洪水横流。那凿齿就被这场洪水赶到远方去了。从此之后，芙蓉山留下了四十六洞、十七瀑、七溪一涧和十三坑，山顶上也出现了一个绿幽幽的大湖。

女娲氏把凿齿赶跑后，还不放心，怕它日后重新来作恶，就到大泽边去采来几株芦苇，围在芙蓉山四周，好比砌了一道天堑，把这座山与世隔绝开来。

转眼间，不觉已过了十万八千年，东南海边这座美丽的芙蓉山还是无人知晓。到后来，大山四边的芦苇慢慢地没有了，山路也被砍柴人开出来了。只见山顶的大湖四边，仍旧生长着层层密密的芦苇，南归的秋雁纷纷在这里停留过夜。人们就把这座芙蓉山改称为雁荡山。雁荡山景色为吤呣恁好看，就因为是五彩荷花变成的缘故。

【讲 述 者】 周庆员（68 岁，雁荡山导游员，高中）

【采录整理】 杨舞西（62 岁，退休干部，高中）记录

【采集时间】 1987 年 7 月采录于雁荡山

【流传地区】 浙江省·温州市·乐清市

【文本来源】 中国民间文艺家协会组织编写，罗杨总主编，詹王美本卷主编：《中国民间故事丛书》（浙江·温州·乐清卷），北京：知识产权出版社 2016 年版，第 7—8 页。

【阅读提示】 用怪兽的啃噬来解释雁荡山风光绮丽、峰峦叠嶂的秀丽景色，不得不令人感叹渲染手法之高明。

【基本母题】 女娲补天；五色石；花变成山峰；特定山名称的来历；怪兽；玉皇大帝；洪水；特定风物的产生

【本文编码】 《雁荡山》：ZCSW1234-243-049

愚公盘山[①]

(汉族)

“愚公盘山”是老人们一代一代传说的一句话。

---

① 盘山：济源方言，意即劈山。

愚公盘山的地点是在王屋山上，具体地说就是在阎婆洼里。

老愚公为啥要盘山哩？因为他家门前有两座大山：一座叫做太行山，一座叫做王屋山。太行山从东到西八百里长，可是王屋山从南到北，就在他家门口，出来就碰在王屋岭上。

他为了吃水才盘这座山。

原来，他要去东边，再下一条沟挑水，那里的水是财主家的。愚公去挑水，有个老财叫智叟，他看不起穷人，挡住愚公不让挑水。

本来，愚公上一坡、下一坡挑水就够困难啦，如今智叟又让愚公到山下面的小河里去挑水，路更远，坡更长。他就寻思在这王屋山上修一条路。

愚公劈山修路，智叟却笑着对他说："你这样干多少早晚能把这道岭劈断哩?"

愚公说："我这一辈子移不了这座山，我还有儿子。儿子死了，还有孙子。子子孙孙不断，还怕劈不断这座山!"

这样，就感动了上帝，派来两个神仙把两架山背走了。

这里百姓传说是为了修路，才把这个岭劈断了。劈这个岭也不是百八十人，三年两年的事。可是，他一修，山低了，再经过多年雨水冲刷，路就出来了。他把这个事办成了，受到人们的普遍赞扬。还有人传说，愚公本不姓愚，姓吕，名叫吕泰山。

【附注】

战国时期思想家列御寇所著的《列子》中记载的愚公移山如下：

太行、王屋二山，方七百里，高万仞。本在冀州之南，河阳之北。

北山愚公者，年且九十，面山而居。惩山北之塞，出入之迂也。聚室而谋曰："吾与汝毕力平险，指通豫南，达于汉阴，可乎?"杂然相许。其妻献疑曰："以君之力，曾不能损魁父之丘，如太行、王屋何？且焉置土石?"杂曰："投诸渤海之尾，隐土之北。"遂率子孙荷担者三夫，叩石垦壤，箕畚运于渤海之尾。邻人京城氏之孀妻有遗男，始龀，跳往助之。寒暑易节，始一反焉。

河曲智叟笑而止之曰："甚矣，汝之不惠。以残年余力，曾不能毁山之一毛，其如土石何?"北山愚公长息曰："汝心之固，固不可彻，曾不若孀妻弱子。虽我之死，有子存焉；子又生孙，孙又生子；子又有子，子又有孙；子子孙孙无穷匮也，而山不加增，何苦而不平?"河曲智叟亡以应。

操蛇之神闻之，惧其不已也，告之于帝。帝感其诚，命夸娥氏二子负二山，一厝朔东，一厝雍南。自此，冀之南，汉之阴，无陇断焉。

【讲 述 者】 韩龙书（73岁，农民，文盲）

【采录整理】 张振犁，程健君，胡佳作

【采集时间】 （无考）

【流传地区】 河南省·济源市

【文本来源】 张振犁编著：《中原神话通鉴》（第三卷），郑州：河南大学出版社2017年版，第773—777页。

【阅读提示】 这篇文本中为"愚公"冠上了特定的名氏，体现了努力将神话历史化的做法。

【基本母题】 愚公；盘山的原因；上帝；神仙；特定山的特征来历；愚公的姓名

【本文编码】 《愚公盘山》：ZCSW1235-243-050

鹅銮鼻和望夫石

（高山族）

在台湾岛南面大海里，有一块大礁石，名叫鹅銮鼻。在鹅銮鼻对面的一座山尖上，有一块大石头，名叫望夫石。

早先，这座山的南山根是一片汪洋大海。山林里，住着一对年轻夫妇，男的叫阿龙，女的叫阿兰。白天，阿龙张帆摇船出海打鱼，阿兰在家忙家务活。晚上，阿龙坐在椰子树下石凳上，吹鼻笛，阿兰随着笛声唱山歌。小两口恩爱和美，日子过得倒也红火。

有一天，乌云滚滚，狂风暴雨。海里蹿出一条恶龙，来到这里兴风作浪，出海打鱼的人连人带船被卷进海底。远近的渔民都不敢出海打鱼了。阿龙不怕风浪，几次要出海打鱼，可是都被阿兰阻止住了。阿龙心里非常焦急。

一天夜里，阿龙作了个梦，梦见天上的玛祖婆对他说，那条恶龙只有一股子冲劲儿，要是有人，能在大海里同恶龙斗上七天七夜，恶龙就会元气伤尽，被人杀掉的。第二天早晨，阿龙告诉阿兰，他要出海斗恶去。阿兰知道这是为大家去杀恶龙，也就不再阻拦了。

阿龙临走时，阿兰翻缸倒罐，弄了点麦面，打了七张大饼，好让阿龙路上吃。阿龙带着大饼，拿着火铲，离开了家。他没走多远，遇见一个老阿爸，饿昏在山路旁，就拿出一张大讲，让给老阿爸吃。老阿爸救活了，他又急忙赶路，来到海边，跳上自己家的那只木船，张帆摇橹，向大海深处漂去。

再说那条恶龙，多少天没吃到人了，正饿得慌呢。它漂到海面上，见有人摇船来了，不禁暗暗高兴。它悄悄藏进海底，朝天吐口恶气，立刻天上刮起大风下起大雨来了。大海又像开了锅似的翻腾着。

恶龙在海底等了老半天，也不见阿龙落水，急得蹿出海面。没想到，它一钻出海面，就当头挨了阿龙一火铲。恶龙疼得张牙舞爪地向阿龙扑来。阿龙使足力气，挥舞着火铲同恶龙搏斗，饿了就啃一张大饼。他同恶龙厮杀了六天。到第七天，大饼吃光了，力气也弱下来。恶龙也渐渐精疲力尽了，它用龙角将木船顶了个窟窿，木船漏水渐渐下沉。阿龙和恶龙扭打在一起，已经没有一点力气了。这时，船舱灌满了水，沉向海底，把阿龙和恶龙都压到海底去了。

风停了，雨住了，大海又恢复了平静，渔民们又能出海打鱼了。可是，阿兰却不见阿龙回来，她站在山尖上向大海深处望去。她望啊望，哭啊哭，一直望了几天几夜，哭了几天几夜，把大海哭得倒退了一百多里，也不见阿龙回来。据说，原来大海里的水是甜的。后来，就是因为洒进了阿兰无数的泪水，大海里的水才变得又苦又涩了。年久日深，阿龙那只木船变成了小岛，船帆变成了礁石，阿兰站在山尖上，变成了石头。

这就是鹅銮鼻和望夫石的来历。

【讲 述 者】 龙尼花

【采录整理】 宋一平整理

【采集时间】 （无考）

【流传地区】 中国台湾

【文本来源】 中华民族故事大系编委会编：《中华民族故事大系》第8卷（畲族、高山族、拉祜族），上海：上海文艺出版社1995年版，第484—485页。

【阅读提示】 这则神话中“望夫石”的产生，似乎与大禹的妻子涂山氏因思念大禹化生为“望夫石”有些联系。

【基本母题】 特定山石的来历；梦示；人与恶龙争斗；妈祖；人变成山石；特定岛屿的产生

【本文编码】 《鹅銮鼻和望夫石》：ZCSW1236-243-051

愚公劈山

（汉族）

很早以前，在济源县西北的王屋山下，有一个几十户人家的小村庄。起伏连绵的山岭，把这个小村庄环抱在一片山坳里。村里有一个老汉勤劳、善良，脾气像王屋山一样倔强。人们都叫他老愚公。老愚公住的这个小村庄，后来就叫愚公村。

愚公村里没有水。村里人吃水，得翻过王屋山梁，穿过青铜沟，下去杏树坡，到十几里外的一个村子里去挑。整年光为吃水，不知道累坏了多少人。当地有首民谣说：

有女不嫁愚公村，
担水翻山像驾云，
去时穿的绣花鞋，
回来磨烂脚后跟。

有一次，老愚公又和村里人一块儿担水去了。山那边村子里，有个人称“智叟”的财主老头，对愚公说：“傻老头，井是我家的。从今以后，谁也不许再来这里担水，要担水，就到下面小河去。”

老愚公一气之下，回到家里。他眼见村里人吃水这么难，心里老不是个滋味。他登上王屋山，望着远近的山山岭岭，默默地想着心事。忽然，对面山沟里的小河发出哗哗的流水声。他心里一下子亮堂了，不觉想到：要是能在王屋山上劈开一条路，村里人去小河里担水，就可以少跑十几里路，也不会再受财主的气了。他大步往家走去，暗暗地下了决心：这王屋山给祖祖辈辈的人，不知带来了多少难处，我一定要给子孙造点福。

老愚公回到家里，把这个主意一说，老伴、儿子、媳妇、连小孙儿都愿意一块去劈山。于是，老愚公就扛上开山镢头，领着全家老小来到王屋山下。老愚公不顾年纪大，抡着开山镢头，干得汗珠子“叭嗒叭嗒”直往下掉。一家人也都学着老愚公的样子，挖山的挖山，担土的担土，小孩子也烧水、送饭，前后忙活，可真热火。每天清早，太阳还没露脸，他们一家人就开始盘山了，一直干到月亮爬上半山腰才回家。没多久，村里人知道了，男女老少都来帮忙，盘山的人越来越多了。

老愚公决心要劈开王屋山的事儿，像一阵风一样，很快就传到了山那边财主老头智叟的耳朵里。他专意来到盘山的人当中，找着愚公说：“你们这些人呀，真好比是长在山沟里的橡树，也不看看自己离山顶有多高！这么高大的王屋山，凭你们这老少几个人，就想劈开，恐怕得等到石头发芽、日头从西山出来才行呢！再说，愚公，你这个老头子，年纪都快八十了，还会再活几天！能劈开王屋山？……哼，哼！”愚公听他不停地啰嗦，这才放下手里的开山镢头，捋了捋被山风吹乱了的胡子，直一直腰杆，擦一把汗，瞅着智叟大笑说：“你这老东西，才真枉活这么大岁数。一个小孩子都明白的道理，你却想不开。这王屋山虽高，却不会再长高了。我死了以后有儿子，儿子死了还有孙子，子子孙孙是没有穷尽的。再高的山也经不住俺子子孙孙不停地盘呀！再说还有村里人一起干，为啥劈不开呢！我看呀，要劈开王屋山，也像咱山里人常说的：‘一天又一天，水滴石头穿’。世上没有爬不过的山！”说着，吭哧一声，老愚公朝着王屋山又是一镢头。这话音和镢头声，像打雷一样，震得王屋山嗡嗡直响。智叟讨了个没趣，不吭不哈地走了。

就这样，老愚公和村里人一起，整天不停地挖呀，挖呀。日子一天天过去了，也数不清山那边树坡上的杏花开放了几回。这一天，眼看高高的王屋山就要被打通了，老愚公一镢头用力刨下去，忽然咕嘟嘟从地下窜出了一股泉水。老愚公和村里人喜欢得眉开眼笑；小孩子们撵着泉水又蹦又跳。大家又在村头修了个池塘，把清凌凌的水泉蓄起来。从那时起，愚公村里的人，再也不用翻山越岭去山那边担水了。

老愚公还在劈开豁口的山坡上，栽上了一排排松柏树，一年四季常青；在村头那个池塘边种上了柿树，一到秋天，水塘里映出了满山坡的柿子红。

后来，人们一提起老愚公劈山的故事，总要领着子孙到王屋山下，去看看那个当年被愚公劈开的豁口。本来连在一起的雄伟的王屋山梁，中间真像被拦腰截断了一样，至今还留下了那个南北足有百十丈宽的巨大山口子呢！人们一看见这巨大的山口，都禁不住啧啧称赞愚公的移山精神。

【附注】

异名文本《愚公盘山（二）》，见张振犁编著《中原神话通鉴》（第三卷），郑州：河南大学出版社 2017 年版，第 777—779 页。

【讲 述 者】 韩龙书

【采录整理】 胡风琴、陈志海搜集

【采集时间】 （无考）

【流传地区】 河南省·济源市

【文本来源】 中华民族故事大系编委会编：《中华民族故事大系》第 1 卷（汉族、蒙古族、回族），上海：上海文艺出版社 1995 年版，第 16—18 页。

【阅读提示】 这则神话看似记叙了愚公其人的事迹，实质刻画了以愚公为代表的广大中国古代劳动人民，表现了他们面对自然、改造自然的信心和毅力，说明要克服困难就必须坚持不懈，铁杵磨成针，秘诀在恒心。

【基本母题】 愚公；特定山的产生；特定泉的产生；几代人移山；劈山出泉

【本文编码】 《愚公劈山》：ZCSW1237-243-052

月生峰

（汉族）

周至县仙游寺南面，有座雄奇峻伟的月生峰。许多游客，凡是来这里的人，都想宿上一宵，看一看夜半更深时，明月从山峰冉冉升起的奇妙景致。

传说嫦娥仙子住在寂寞无趣的广寒宫，心里烦腻透了。每当月亮升起的时候，她看到人间夫妻双双，真挚相爱，不由情思绵绵，心驰神往。有一天，她瞒过守卫月宫的吴刚，私自驾云出游，来到仙游寺。这儿狮山东踞，象岭西盘，群峰多姿，悬瀑飞流。嫦娥被这壮丽的景色陶醉了，她不愿返回寂寞的广寒宫，就偷偷地留在了人间。

当她来到寺南一座野果累累的山冈时，发现路边躺着一个青年小伙，脸色苍白，全身抽搐，生命垂危。嫦娥仔细一看，原来青年误食了有毒的野果。嫦娥赶紧采些解毒的药草，用石头挤出药汁，又拔下头上的金簪子，砸成调匙，把药汁给青年喂下。

青年醒来后非常感激嫦娥，趴在地上就要磕头。嫦娥慌忙把他扶起来，说："小哥哥不要拘礼。告诉我，你家住啥地方？我送你回去。"青年人红着脸说："大姐，你叫我'月生'吧，我家就在前边的山峰下，如不嫌弃贫寒，请到我家喝口水吧，也算我的一点心意。"嫦娥见月生憨厚实诚，就一同来到月生家。

月生家里的确很穷，房上没瓦，坑上没席。一进门，月生就赶快给嫦娥烧水。嫦娥很同情月生，表示要留下帮月生料理家务，月生高兴地满口答应了。

在相处中，两人越来越熟。月生爱嫦娥聪明贤惠，嫦娥爱月生勤劳善良，俩人心心相印。

不幸，嫦娥下凡的事被王母娘娘知道了，王母娘娘派天兵神将捉拿嫦娥返回天庭。嫦娥舍不得风光如画的仙游胜境，舍不得片片耕地，更不忍抛离心爱的月生，她发誓死也不回天庭。

嫦娥违抗天旨，惹得王母娘娘发了火，她亲自来到仙游寺，从头上拔下金簪，朝月生和嫦娥掷去，月生看见半空一道金光飞来，唯恐伤着嫦娥，一把将嫦娥拉在怀里，自己用身子挡住飞来的金簪。不料，金簪化成了一座山峰，压在了月生身上。冷酷残忍的王母娘娘，不管嫦娥如何苦苦哀求，还是叫天兵天将把她绑走了。

从此，每当夜静更深，总是有一轮明月从这座山峰上升起。人们说，这是嫦娥在寻找月生，不肯离开这儿的缘故。后来，人们就把这座山峰叫"月生峰"了。

【讲 述 者】（无考）

【采录整理】王钟晓、郭仲鞅记录整理

【采集时间】（无考）

【流传地区】陕西省·西安市

【文本来源】姚宝瑄主编：《中国各民族神话》（汉族），太原：书海出版社

2014 年版，第 223—225 页。

【阅读提示】 这则叙述特定山峰产生的神话借用了嫦娥奔月的意象，描绘了嫦娥与月生小伙的爱情故事。

【基本母题】 特定山峰的来历；嫦娥；嫦娥下凡；食物中毒；药草；王母娘娘；金簪变成山峰；特定山峰的来历

【本文编码】 《月生峰》：ZCSW1238-243-053

大理石和玉带云的传说

（白族）

一

关于大理石，老辈子留下这么一个故事。

传说好几千年以前，苍山十九峰上，鲜花不败；十八溪水，悠悠长流；美丽的洱海，更是金波粼粼，十分迷人，因此吸引了许多凤凰、天鹅、白鹤到这里来玩。有一只领略过苍洱风光的凤凰，有一次飞到天宫去，把这里的绮丽景色，讲给玉女仙姑听，还说：“玉女仙姑，你如果到那里玩赏一转，一定会把云锦织得更美丽，你去一转吧！”

玉女是王母娘娘身边，专爱织天上五彩云锦的仙女，她摇了摇头，叹了一口气说：“凤凰呀，我真想去看看苍山洱海，就怕王母娘娘不准。”

凤凰说：“你对王母娘娘说，要把苍山洱海的景色描摹后带回天宫，她会准你去的。”

玉女去求王母娘娘，王母娘娘同意了，给她五天的时间。于是，凤凰在前面引路，玉女驾着彩云，轻飘飘地向苍山飞来，落在中和峰上住下来。凤凰陪着她，每天早出晚归，一会踏着洱海的波涛，临摹十九峰俏丽的山峦；一会披着苍山上的彩云，游赏洱海的水色波光。

这天清晨，玉女和凤凰到应乐峰下的隐仙溪边梳洗头发，忽然看见一伙伙衣着破烂、面黄肌瘦的人群，在一锤一凿地开挖石头。玉女呆住了，问：“凤凰啊，在这美丽的湖光山色之中，为什么还有这样令人悲伤的情景？这些人为什么这般受苦？”

“玉女啊，这些人交不起白王的租税，失去了田地，他们只得采础石度日。”

玉女和凤凰正说着，突然一个采石人昏倒在山腰。玉女和凤凰上前一看，是一个年轻的小伙子。

等小伙子醒来，凤凰问他道：“你叫什么名字？为什么昏倒了？”

小伙子听到凤凰会说话，很惊奇，一看旁边还站着一个姿容美丽的姑娘，便回答说：“我叫白郎。生母死后，父亲又娶了个后娘。后娘待我不好，挑唆父亲把我赶出家门。我只得到这里采石度日，刚才是因为又饿又累，就昏倒了。”

玉女听了，很同情他，心想：这小伙子的命原来这样凄惨，我何不做他的妻了，帮助他成家业。于是鼓起勇气说：“可怜的白郎，我是东方来的玉女，愿意做你的妻子，帮你成家业，你愿意吗？”

白郎意想不到会有这种好事，又见玉女心地善良，长得又美，满口答应。

两人成亲后，一起在应乐峰上开采青石，玉女在前面挖，白郎在后面撬。玉女是仙姑，她挖出的石头，都变成了绿玉和白玉。白郎又惊又喜，他问玉女：“玉女啊，你挖过的地方，为什么青石变成了碧玉？白石变成了白玉？”

玉女揩揩额上的汗水，抿嘴一笑说：“白郎啊，你问这干什么，尽管挖就是了！”

他们挖的玉石越来越多，白郎高兴地说：“玉女呀，这回我们是穿不尽、吃不完了。”

玉女笑着说：“那你叫大家也来采、也来背吧。去呀，快去呀！”

白郎把穷伙伴们都喊来一齐挖，果然也挖到很多白玉和碧玉。大家喜笑颜开，日子也就好过了。

天上一日，人间一年。玉女本想用五年时间把整个苍山的石头都点成绿玉白玉，可惜还未来得及点完，王母娘娘派人来催她回去了。玉女舍不得白郎，更舍不得美丽的苍山洱海，就把她的画稿扔在苍山上。

白郎也舍不得玉女，他拉住玉女的五彩玉带不放。无奈王母娘娘的命令违不得，玉女只好忍痛而去。白郎拉着玉女的五彩玉带却不肯放手。玉女越飞越高，越飞越远。白郎手中的五彩玉带一眨眼就化成了一道长长的云带，薄如轻纱，柔似白絮，绕在苍山的半山腰上。后来，每年夏秋之间，都会出现这条云带，人们就称它为“玉带云”。

因为玉女画稿飘落在苍山上，整个苍山的青石都变成了碧绿色的彩石和白玉般的础石，世世代代都开采不完。人们就称这种石头为“玉女石”，后来又称为“大理石”“础石”或“苍山石”。

二

不知多少年以前，在一座仙山上，住着一个姑娘。天上的星星没有她的眼睛明亮，鲜艳的山茶花比不上她那脸庞好看，人世间再没有比她漂亮的了。据说，这个姑娘住在哪里，哪里就会长出玉石来，因此，人们都把她叫做“玉女子”。

玉女子很喜欢游山玩水。有一天，她来到了大理，站在高高的点苍山上一看，那洱海碧蓝碧蓝的，十八溪流水日夜不息，坝子里到处是鲜花，美丽的风光立刻把她迷住了，她就在山上住了下来。玉女子一住下，苍山的山肚子里就长出玉石来了。

苍山长出玉石来的消息，很快被人们知道了。于是，人们就天天上山去采玉石。大家希望这个美丽和善的玉女子，长久住下去。

不料，这时候却有个贪心人，想出了一个没良心的坏主意。他想：我要是把玉女子抢回家去，那我家里就会长出很多玉石来，就可以发大财了。他主意一打定，就悄悄地带着绳子、棍子和干粮，上山去了。

此时，玉女子出去游玩了。那贪心人天天到玉女子住的地方等着。等了几天，玉女子从外面回来了，刚想休息一下。突然进来一个提着绳子、拿着棍子的汉子，恶狠狠地向她扑来。玉女子吓了一跳，急忙出去，踏着云彩飞走了，只丢下一根用五色丝线织成的腰带。说也奇怪，当贪心人去拿这根腰带时，腰带很快钻进岩石不见了。

贪心人候了几天，什么也没有得着，只好垂头丧气地溜回家去了。

苍山自从玉女子一走，就不再长玉石了，连原来的玉石也变成了础石（又叫大理石）。因为玉女子在苍山时候，常常住在雪人、三阳、中和、白云等几个山峰上，所以，这几个峰出的础石最多，也最好。又因为玉女子飞走时有根五色腰带钻去石岩里，所以，腰带钻进的地方采出来的础石，上面就有七十二股花纹交织在一起，就像色彩斑斓的丝带一样。人们就给这种础石取了一个美丽的名称，叫做“玉带一股”。

【附注】

异名文本《大理石与玉带云》，见姚宝瑄主编《中国各民族神话》（白族、拉祜族、景颇族），太原：书海出版社 2014 年版，第 63—65 页。该文本节选自本篇文本，部分文字有改动。

【讲 述 者】 钟少武，杨昆

【采录整理】 第一部分由李天祥搜集整理，第二部分由郭思九、李缵绪、周天纵搜集整理

【采集时间】 （无考）

【流传地区】 云南省·（大理白族自治州）·大理市

【文本来源】 中华民族故事大系编委会编：《中华民族故事大系》第 5 卷（瑶族、白族、土家族），上海：上海文艺出版社 1995 年版，第 577—581 页。

【阅读提示】 本则文本中包含两则相对独立的叙事，均以神奇女子点化玉石为主干情节，也相对契合女子温婉如玉的一般认知。

【基本母题】 大理石的来历；凤凰；王母娘娘；天宫；人与仙女婚；点化；玉石的获得；特定石材的来历

【本文编码】 《大理石和玉带云的传说》：ZCSW1239-243-054

红沙石大王

（白族）

许多许多年前，在剑川沙溪的南妹村里，有个九十九岁的老奶奶。那天，她上东山去收蕈子，捡到一块巴掌大的方形红沙石。这块石头一会儿金亮金亮的，一会儿银亮银亮的，细心一看又是红亮红亮的，十分惹人爱。老奶奶想：我快要活到百岁了，还没有见过这么稀奇的石头。她想，把它带回去摆在家堂里，比花瓶子还要美，就是给几个曾孙玩玩，也够他们喜欢的哩！于是就把红沙石放在背篮里，又把蕈子轻轻放在上面。然后，把背板①往肩上轻轻一扣，也不套顶额带②，就轻飘飘地背着回家去了。

谁知走一节，重一节，越往村子方向走，背篮越重。老奶奶自言自语："我一生什么重的东西没背过？为何小小沙石这么沉？难道这是仙家的东西，有神力吗？"她一步又一步吃力地下坡，朝着南妹村里走去。到了村后边的一个高坡上，实在背不动了，就把背篮"咚"的一下，搁放在歇肩石上。她先把蕈子取出来，再去端那块红沙石时，只见石头长大了，大得挤满了背篮，不是力气大的人，休想搬出来。老奶奶只得用围腰兜着蕈子，把装着红沙石的背篮放在那垛歇肩石上，回家去了。

她回到村里，向大家讲了这件奇怪的事情。第二天，大家就去看那块红沙石，都说："这实在是一块奇特的石头。"随后，就由几个力气大的汉子，把石头从背篮里搬出来，供在那垛歇肩石上。再由南妹、西妹两村盖起了一座庙宇，把石块尊为"红沙石大王"，作为全村本主。从此，庙南的南妹村就改名为南门村，庙西的西妹村改名为西门村。

从此以后，两村百姓的日子一年比一年好，真是一年三熟，四季安乐，五谷丰登，六畜兴旺。这消息像风一样吹遍四乡八寨；像云彩一般，飞向四面八方。附近村落都羡慕这百岁老人给两村乡亲背回的这块"安乐石"。

消息传到山那边的一个村子里，几个小伙子暗中商量：去把红沙石偷回

① 背板：背东西时放在脖子后的弯形木板，可以省力。

② 顶额带：背东西时套在额头上的背带。

来供起，日子也一定会好起来。小伙子们一行八人，连夜翻过山来，悄悄地扛走了这块红沙石。

第二天一早，西门村、南门村的人前去敬香，发觉“红沙石大王”被人偷走了，喊叫起来。两村老小一起出动，到处去寻找红沙石的下落。

人们找到山东面这个村子里，小伙子们觉得实在藏不住了，就慌忙把红沙石丢到海子里去。谁知这时的“红沙石大王”，却又轻得像树叶一样，漂浮在水面，按下去又浮起来。西门村、南门村的乡亲们认准了浮在水面上的红沙石就是两村托福保佑的本主大王，便七手八脚，下到水里，把它捞了出来，又扛回村中的本主庙里供起来。后来，他们请来石匠，刻上了龙王的像，说只有龙王石，才会在水面浮起来。

谁知经过这番折腾，“红沙石大王”不再像从前那样灵验了，庄稼也不像从前那样了。好一年，坏一年，日子也过得平淡下来了。倒是沙溪坝子和西山上的石头，从此都变成了一色的红沙石。这种石头好雕花，好刻像，凿起来软绵绵的，但镶砌起来，又是硬邦邦的，成了沙溪地方建筑用的好材料。这种红沙石漫山遍野，到处都有。有名的剑川石宝山石窟雕像，就是一千多年前用这种红沙石雕琢出来的。

【讲 述 者】 赵春贵

【采录整理】 瑞鸿、瑞林、乐夫记录

【采集时间】 1981 年 7 月

【流传地区】 云南省·（大理白族自治州）·剑川县

【文本来源】 姚宝瑄主编：《中国各民族神话》（白族、拉祜族、景颇族），太原：书海出版社 2014 年版，第 87—89 页。

【阅读提示】 这则神话通过特定土壤岩石的产生来叙事，可能与当地流传的红石崇拜有关。

【基本母题】 神奇的石头；特定村名的来历；石崇拜；本主；龙王；特定沙石的产生

【本文编码】 《红沙石大王》：ZCSW1240-243-055

灰龙、金鸡治黑龙

（白族）

一、小灰龙救旱

古时候，大理坝子是一片茫茫大海。后来大海逐渐缩小，成了现在的洱海。里面有许多龙，白龙、黑龙、青龙、灰龙……简直是龙的世界。这个传说，就是从一条小灰龙说起的。

有一天，小灰龙在大海中游来游去，觉得实在无聊，就冲开一条水路，向天空飞去，忽见一座雄伟大山上东面的宾川坝子尘土飞扬，一片枯焦。百姓们衣衫褴褛，携儿带女，四处逃荒。

小灰龙很奇怪，心想："这是怎么一回事呢？"

它就按下云头，摇身一变，扮成一个白面书生，摇着彩纸圆扇，迈着方步，向山下走去，想找人细问原因。正在这时，来了个老樵夫，他便上前去，礼貌地问道："老伯，请问此处叫什么地方？"

老樵夫答道："这里是母猪龙山。"

小灰龙问："为什么百姓的日子这般贫苦？"

老樵夫听了，叹口气说："唉！小伙子，此事说来话长啊……"他放下柴担，找了块石头坐下来，开始一五一十地给小伙子讲起来。

原来，这个坝子从前也是山清水秀、五谷丰登，人们都过着幸福快乐的日子。后来，不知从何处来了一条凶恶的母猪龙，盘踞在山上，兴妖作怪，控制了坝子的水源。稍不如它的意，它便做魔法，使这里十年九旱。更可恶的是每年大年三十，都要人们送一对童男童女给它。

小灰龙听了非常气愤，暗暗发誓，要为民除害救难。谢过老樵夫后，便腾云而去。

第二天一早，小灰龙在母猪龙潭同母猪龙大战起来，只杀得恶云翻腾，乱石飞扬。母猪龙斗不过小灰龙，逃跑了。小灰龙这才飞回洱海，向龙母讨除旱的办法。龙母心地善良，将自己的一盒私房水送给了小灰龙，这便是今天的“盒子孔”。从此，宾川坝子有了水。百姓得救了，纷纷拥戴小灰龙为母猪龙山的山王，把山名改为“灰龙山”，将小灰龙住的龙潭叫做“玉龙潭”。

在洱海，小灰龙遇上了一条黑龙，这条黑龙长得粗壮无比，力大无穷，经常欺负其他的小龙。这天，小灰龙回来洱海，黑龙就上前去抓小灰龙，小灰龙便与黑龙大战起来，战得黑云翻卷，波涛翻天，互不退让。后来，许多龙都来看热闹。大家平时恨透了黑龙，见小灰龙有些敌不过黑龙，便纷纷上前助战，咬得黑龙嗷嗷直叫，翻身逃出洱海，从此，再也不回家了。

小灰龙斗败了大黑龙就返回灰龙山去了。到了山头一看，大黑龙正在玉龙潭里洗澡呢！小灰龙大怒，厉声问道：“你这该死的黑龙，恶习未改，又想来我的地盘为非作歹了！快快给我滚开，不然……”

大黑龙在洱海中被小灰龙打了一顿，心中惧怕，便低声下气地答道：“难道我在这里也犯着你什么吗?”

小灰龙说：“你可知道，这里是我的安身之所?”

大黑龙说：“那你别发火，我让开就是啦!”

大黑龙说着，即驾起云往东而去了。

二、大黑龙作怪

大黑龙在空中转了三天三夜，这才发现了一座比灰龙山挺拔雄伟的大山，这山叫做尖山，山上苍松古柏，云雾绕在奇峰怪石之中，真是洞天福地。大黑龙落在这座山上，见一个大坝子中淌着一条清澈透明的小河，往北面流去。

大黑龙想：“这真是个好地方，倘若我去搬架山来，将北方那口子堵住，变成大海，那时，有山有海，比洱海强得多了。在这里称王独霸，岂不更好!”

大黑龙转念一想，自己孤掌难鸣，还是邀约一些帮手来吧。于是，大黑龙开始四处去邀约帮手。

大黑龙来到螃蟹箐，见螃蟹大王正在饮酒作乐。大黑龙上前去，向螃蟹大王作了一个揖，说道：“尊敬的大王，今天我来贵处，有一要事想与大王相商！”

螃蟹大王问：“不知有何要事？”

大黑龙将筑海的事一五一十地向螃蟹大王说了一遍。螃蟹大王听后，说：“这事我可不干！”

大黑龙问：“为何不干？”

螃蟹大王说道：“这里的鱼兵虾将们都归我管，要是把坝子筑成了海，我就当不成大王了！”

大黑龙听罢，哈哈大笑起来，说：“大王真是聪明一世，糊涂一时呀！你想，要是筑成了海，这里就是水的世界了，你还当你的大王，那时，鱼兵虾将多了，不管得更宽了么？”

大黑龙这样一讲，将螃蟹大王说得眉开眼笑，乐滋滋地答应了一同去搬山筑海。

大黑龙别了螃蟹大王，来到了乌龟湾，见乌龟大王正懒洋洋地躺在沙滩上面晒太阳，便走上前去，向乌龟大王作了一个揖，说道：“尊敬的大王，我今天至此，是有一要事想与大王相商！”

乌龟大王忙问：“不知你有何要事？”

大黑龙将筑海的事一五一十地向乌龟大王讲了一遍。乌龟大王听了，直摇脑袋，连连嚷道：“不不不！此事我难以相助！我在这乌龟湾多年，儿孙满堂，是这个地方的主宰，今后若将坝子筑成了海，我就当不成大王了！”

大黑龙听后，哈哈大笑起来，说：“大王，你想错了，要是将坝子筑成了海，这里都成了一片水的世界，你还当你的大王，那时，龟子龟孙更多了，归你管的不是更宽了么？”

大黑龙的甜言蜜语，把乌龟大王说得眉开眼笑，乐滋滋地答应了大黑龙一起去搬山筑海。

大黑龙与乌龟大王叙了一阵闲话，告辞了。半路上，遇上犀牛大哥，它马上上前作了一揖，说道：“犀牛大哥，我正到处找你，想与你商量一件事。”

犀牛问："有什么事？"

大黑龙将筑海的事一五一十地向犀牛大王讲了一遍。

犀牛大王听罢，连连摇头说："要将坝子筑成海，我不干。"

"为什么？"大黑龙问。

犀牛说："你想想，若是把坝子筑成了海，把人们都淹死了！再说，这里成了一片水的世界，你叫我怎么过日子？"

大黑龙笑着说："大王，你想，有海则有山，若将坝子筑成了海，这里便成了山清水秀的人间天堂。我知道大王诚实可靠，才特地来请你。人是最可恶的东西，诡计多端，什么时候把你抓起来杀了，你也不知道。不把他们淹死，留着祸害干什么？"

大黑龙的话软中带硬，说得犀牛无言以对，便答应了与大黑龙一道去搬山筑海。

大黑龙心中暗自高兴，边走边盘算着，再去寻几个伙伴。正巧，一只吊睛白额大虎觅食归来，大黑龙便迎上前去，对大虎说道："虎兄弟，我找了好些地方都找不着你，却在这里碰见了你。"

"找我干什么？"

"有一事与你相商。"

大虎问："不知什么事？"

大黑龙便将搬山筑海的事一五一十地向老虎讲了一遍。

老虎听后摇了摇头说："不，这事我不能答应你。"

"为什么？"大黑龙问。

老虎说："不是我不愿意，是力不从心哪。再说要是真的将这个坝子堵成了海，你叫我怎么过日子？"

大黑龙笑着说："我说虎大哥，你是怕今后这里成了海，你再也做不成兽王了吧？"

大黑龙说："虎兄弟哪，这你就多心了。你想，坝子成了海，山仍然是山，又有了水；除了青山，还有绿水，哪点不好？那时，也许人群野兽都会搬到山上来住，你就享口福喽！你说，好还是不好？"

大黑龙的话，说得老虎心里甜滋滋的，连连点头答应与大黑龙一块搬山筑海。

于是，他们商定了日期，约好天天晚上都去搬山。

三、金鸡显圣灰龙山

在四川的一座圣山上，有一只金鸡和一只神鹅在修炼。金鸡住在一个仙洞里，神鹅住在一个神洞里。

它们在这座大山上日夜修炼，不觉已有千年。它俩从不干伤天害理的事，有时，还变化为人形，到人间问苦，拯救受苦受难的人们。为此佛祖很是感动，前来传话，叫它俩去西天听经。于是，金鸡和神鹅便往西天极乐世界飞去了。

金鸡和神鹅在西天听佛祖传经数年。佛祖见它们学经不少了，便对它们说："你俩在此听经已经多年了，你们还是去寻另外的极乐世界吧！让那里邪恶变为善良，黑夜变为光明，让丑变美，伪变真……"

听了佛祖的话，金鸡和神鹅又结伴飞回来了。金鸡舍去了过去修炼的那座高山，让神鹅住在那里，自己则发誓要去寻找另外一块地方。后来，神鹅便在山上开化法场，讲经颂德。因为那时这座山还没有名字，神鹅就将这座山取名为"鹅眉山"。

金鸡别了神鹅，便四处奔波，去寻找落脚的地方。从东飞到西，又从西飞到东，从南飞到北，又从北飞到南，都没有找到一个满意的地方。它飞呀飞，飞到了云南的宾川，天已黑了。来到灰龙山歇脚，突然发现东面坝子嗡嗡嚷嚷，便飞去一看，正是大黑龙一伙正忙着搬山筑海！

"哎呀！这可怎么了得！"金鸡见此情景，心里想："如果此地筑成了海，人们岂不是要受灾受难？我得想个妥当的法子，来止住这即将降临的灾难。"

这时，小灰龙从天而降，愤然骂道："你是什么东西？竟然敢撞到我的宝地上来了，快快给我走开，不然你就死到临头了！"

金鸡吓了一跳，定睛一看，是条小灰龙，忙笑脸相迎道："哦，原来是灰龙兄弟呀！"

小灰龙厉声说道："谁是你的兄弟！快快给我滚开，若将本大王惹怒了，叫你片毛不留！"

金鸡仍然和气地说："灰龙兄弟，火气别那么大嘛！你在这里独称霸王，却不知道有人在抢占你的地盘，难道你还忍得下心吗？"

小灰龙问道："谁敢抢占我的地盘？定是你这家伙，先吃我一剑！"

小灰龙说着挥剑向金鸡刺来。只听"咣"一声响，小灰龙的剑震飞了，而金鸡却屹立不动，只落了一片羽毛，金光闪闪，把整个灰龙山照得亮晃晃的。小灰龙吓坏了，这才知道这只金鸡很有来头，忙"扑通"一声跪在地上讨饶。

金鸡心善，忙上前扶起小灰龙。

小灰龙问："不知大王从何而来？"

金鸡便如实地讲了一遍自己的经历。

小灰龙大喜，又向金鸡拜了一拜，说："原来是金鸡神灵至此，难怪昨天夜里小龙做了个奇梦。"

金鸡问："什么奇梦？"

小灰龙说："小龙见一位白胡子神仙对我说：'金鸡大王就要来了，将选定此山为诵经之地，此山要送给金鸡大王！'说完就不见了，想不到大王真的来了。小龙愿将宝山拱手送给大王，略表我的一点诚意。"

金鸡说："此事暂且放下，先去救即将遭难的人们吧。大黑龙领着老虎、犀牛、螃蟹、乌龟等精怪正在搬山造海呢！"

小灰龙愤愤地骂道："这条大黑龙，心太黑了！大王，如何才能制服它们？"

金鸡沉思了一会儿，说："今晚我先学鸡叫，吓跑它们，等明天，就什么都好办了……"

金鸡把嘴凑近小灰龙耳边，如此这般地说了一阵，小灰龙听着听着，不觉笑了。

四、金鸡、灰龙伏精怪

大黑龙串通了螃蟹、乌龟、犀牛、老虎后，到了晚上，便约会一起，开始做大耙子。这把大耙有百余丈宽，全是用金子做成的。做好后，便搬到了西边离灰龙山不远的小山包上。犀牛、老虎、螃蟹在前面拖，大黑龙站在把上，正要拖耙时，忽听灰龙山方向传来一声响亮的鸡鸣声。接着，普天下的鸡都叫了。

大黑说："你们听，鸡叫了，天快亮了，如果被人们发现，我们一个也走不了。赶快把耙藏好，明天夜里再来！"

犀牛、老虎一听，吓得直哆嗦，忙拖起耙便跑，一直跑到深山里去，才歇了一口气。那耙拖过的地方，留下了一道道痕迹，后来，人们将这座山叫做"耙齿山"。在宾川西边，中间还有犀牛、老虎的脚印呢。黑龙见伙伴们四处逃散，心也不觉有些虚了，便驾上一朵黑云，飞回大尖山去了。

第二天，大黑龙还在梦中，忽听外面传来挑战声，想到昨晚的事情，不觉大怒，喊来犀牛、老虎、螃蟹和乌龟，问道："是谁胆敢在此挑战？"

大伙说："可能是你的家兄，一条灰龙。"

大黑龙一听，更加愤怒，骂道："这个该死的孽种，就是他把我逼得无家可归，今天在此又犯着他什么啦？待我与他决一死战！"

大黑龙腾空跃出，见小灰龙正怒视着它，想起往事，又不觉有些心虚，便忍住气问道："灰龙兄弟，过去是我惹你生气，而今你怎么又……"

小灰龙打断大黑龙的话骂道："你今天还好意思称我兄弟，你想霸占我的土地，将宾川坝子筑成海，淹死所有的生灵，你的良心何在啊！快快认罪，以免我动起刀枪。"

大黑龙见事已暴露，也不言事，舞动双剑向小灰龙砍来，两条龙便在空中恶战起来。正杀得难分难解的时候，忽然天空中飞来了金鸡大王，佯装前来劝架。大黑龙做贼心虚，不敢恋战，忙溜回自己的洞里去了。金鸡听了小灰龙的诉说，便对大黑龙说："这样吧！你俩既然争做大王，这大王今后到底谁做，我倒有一个法子。"

小灰龙忙问："什么法子？"

金鸡大王说："还不知黑龙愿听不愿听呢！"

大黑龙连连点头说："愿听，愿听！"

金鸡大王说：“你们俩都各占有一山，谁的山让我立一足不会倒塌，就由谁做大王。你们愿意吗?”

小灰龙心中有数，立即点了点头。

大黑龙心想：“这么大的一座山，它哪里踩得垮！一定是吓我的!”也连连点头说：“愿意，愿意!”

金鸡大王问：“先踩谁的?”

大黑龙当大王心切，抢着说：“先踩我的!”

金鸡大王振了振翅膀，向那大尖山上立了一足，山就哗哗垮下来，把大黑龙压在山里。大黑龙见金鸡不是凡物，忙说：“金鸡神灵，不要踩了，我认输了！我情愿让灰龙兄弟当大王!”

金鸡大王说：“大黑龙，你作恶多端，你的死期到了!”金鸡大王一使劲，只听轰隆一声，山摇地动，大尖山垮了，大黑龙被压死在山下，鲜血流了七天七夜，把大尖山脚的泥土都染红了。所以，现在人们将大尖山脚的山坡叫“红土坡”，也叫“龙血坡”。大尖山叫做“老癞山”，大黑龙居住过的那个山洞叫做“闷龙洞”。

螃蟹大王见势不妙，想悄悄逃跑，早被金鸡大王觉察，用手一点，便化为一块石头，卧于山箐之中。以后，人们将这条箐叫“螃蟹箐”。

乌龟大王也想逃跑，但已经来不及了，早被金鸡大王用手一点，化为一座山。因这山状如乌龟，人们就称它“龟山”。

老虎见势不妙，拔腿便跑。金鸡大王也不追赶，用手一指，老虎立即伏在地上，蜷曲着死了，化为一座山。因这山形似老虎，当地百姓就叫它“猫猫山”，意即虎山。

犀牛也忙着逃跑，但跑得较慢，金鸡大王有意让它多跑一会儿，等它翻过耙齿山后，金鸡大王才将它化为一个水塘，成了“犀牛塘”。

金鸡大王收了恶怪，才同灰龙一块儿回到灰龙山。金鸡见这山青松翠柏，果然雄伟，便决心将此建为佛山。它站在天柱峰顶，东观红日喷薄，西望洱海苍山，南瞻祥云萦绕，北眺玉龙雪山，好不自在。金鸡大王舍不得灰龙这样一位良友，便对它说：“你别去其他地方了，同我一起在此安居吧!”

灰龙高高兴兴地答应了，找了一眼泉，住了下来。人们将这眼泉叫做“灰龙泉”。

金鸡大王也在灰龙山上住下来，它立过的地方，出现了奇迹：前伸三趾，后蹬一趾，活像鸡足。以后，人们将灰龙山更名为“鸡足山”。所以，才有“鸡足老公公来自四川”的传说。

【讲 述 者】 李朝

【采录整理】 王艳钧记录

【采集时间】 （无考）

【流传地区】 云南省·（大理白族自治州）·宾川县、大理市

【文本来源】 姚宝瑄主编：《中国各民族神话》（白族、拉祜族、景颇族），太原：书海出版社2014年版，第69—80页。

【阅读提示】 这则神话用充满想象力的叙事系统阐释了大理一带包括洱海、灰龙山、玉龙潭、鹅眉山、鸡足山等在内特定山川河流的来历，故事性与趣味性相统一。

【基本母题】 洱海的产生；龙；龙变成人；旱灾；童男童女；搬山筑海；金鸡；神鹅；佛祖；梦示；特定山的来历；特定泉的来历

【本文编码】 《灰龙、金鸡治黑龙》：ZCSW1241-243-056

火焰山的由来

（白族）

在洱源县境内的牛街与三营街之间，有一座平地隆起的小山岗。这座小山岗呈圆形，平顶。顶上矗立着一座巍巍的宝塔，山岗下的岩洞里涌出一股热气腾腾的泉水。这便是远近驰名的火焰山。关于这火焰山流传着一个故事。

古老的时候，这里是一望无边的平川。本来就没有什么火焰山，更没有宝塔和温泉，只有一条由牛街直通三营街的大路。这条大路宽阔平坦，浓荫夹道，一年四季，来来往往的人多得很！尤其是赶街的日子，那就更热闹了。男人们挑着担子，女人们背着篾箩，老人们提着竹篮，孩子们蹦蹦跳跳，你来我往，有说有笑，确是一片太平景象。

后来，这条路上变得行人稀少，冷冷清清了。人们有要紧事不得不通过这条路时，也都一个个提心吊胆。原来这条路上出现了一个妖魔。这妖魔生就一副吓人的脸嘴，青面獠牙，嘴角上挂着两串腥臭的流涎，头顶上长出一丛针似的头发。他会千变万化，有时变成一个妖娆的女郎，有时变做一个漂亮的小伙，有时变成白发苍苍的老翁、老太婆，有时又变成逗人怜爱的孩子。遇见年轻妇女，就变成男子横拦在路心调戏；碰到精壮的男人，就变作个少女在树下勾引。总之，凡是碰上他的人，轻则伤身失血，重则丢掉性命。

有一天下午，太阳已经偏西了。那妖魔又出现在这条路上，他张开大嘴不住地东张西望，眼睛里射出两道蓝幽幽的凶光，忽闪忽闪的。原来，这妖魔的肚皮正饿得发慌呢！

忽然，他发现远远地出现了一个人影，便即刻摇身一变，变成个白白胖胖的小孩，身上穿着件红领褂，脚下穿着双绣花鞋，睡倒在路边上滚来滚去，嘴里不住咿咿唔唔地哭啼着。

那个人渐走渐近，原来是一位满头白发的老太婆。她拄着一根拐杖，背着一个篾箩，弯着腰，低着头，一步步地走来了。她走着，走着，听见孩子的哭声，便抬起头来看了看。

“哎哟哟，是哪家的孩子呀！怎么睡在这里，真可怜呢！真……”这位老太婆生就一副软心肠，嘴里一边说着，一边就急忙伸出手来，把孩子抱进怀里。

那孩子咿咿唔唔的，好像饿坏了。他一进了老太婆的怀抱，就撕拉老太婆的衣襟。他拉出老太婆的奶头，塞进嘴里一股劲地猛吸起来。

说时慢，那时快。老太婆只觉得奶头奇痛，好像是浑身血液都被他吸干了似的，于是一撒手便把那孩子丢在地上。然后定睛一看：咳，这哪里是白白胖胖的小孩，原来是个凶恶的妖魔！

老太婆急忙取下背上的篾箩，一转手就把篾箩反扣在那妖魔的身上。这一来，那妖魔可着慌了。他张牙舞爪，乱蹦乱跳，发疯似的要冲出篾箩。老太婆伸出左手紧紧按住篾箩，任凭他怎样挣扎，都没有用。

“恶魔，你作恶多端，已经恶贯满盈了。今天就把你压在这只篾箩下面，休想逃脱。”太婆说完，索性把那根拐杖，使劲插进篾箩里。拐杖着地，“刹”地响了一声，即刻迸出火星，一下子就把篾箩烧起来。霎时，火光熊熊，烈焰腾空，直把那妖魔烧得呜呜号叫，泪水直流。

后来，老太婆的那只篾箩，便成了隆起的小山岗，它像被大火烧过似的，所以称为火焰山。山顶上矗立着的那座宝塔，便是老太婆插在篾箩上的拐杖。至于火焰山脚下流出的那股热气腾腾的温泉呢，据说是妖魔的眼泪。

收伏妖魔的老太婆是谁呢？据说就是观音老母。

【讲 述 者】（无考）

【采录整理】石音搜集整理

【采集时间】（无考）

【流传地区】云南省·（大理白族自治州）·洱源县

【文本来源】中华民族故事大系编委会编：《中华民族故事大系》第5卷（瑶族、白族、土家族），上海：上海文艺出版社1995年版，第584—586页。

【阅读提示】这则神话讲述了观音老母斗妖魔之后产生特定山、泉、宝塔的过程，某种程度上受到佛教降妖除魔思想的影响。

【基本母题】特定山峰的来历；妖魔；妖魔的特征；变形；特定风物的来历；温泉的来历；观音

【本文编码】《火焰山的由来》：ZCSW1242-243-057

密 西

(布朗族)

云南南部的红河南岸上，在一片稠密的大松林里，有一个聚居着二十来户布朗族人的村子——漫远坡。在漫远坡村子上边的大路旁，有一个高约三丈的大石头，矗立在一片大老松林下面。因为它的上面是一片黑压压的稠密的大松林，再加上这个大青石本身是黑的，所以显得非常阴暗。过去，当地人民路过这里时，都不敢说话，恐怕惹恼了这个石头神，不得安宁。

这个奇怪的大石头是从哪里来的呢?

在很久很久以前的一个深夜里，这一带地方突然刮起了大风，飞沙走石漫天遮地，连腿粗的松树都被狂风吹断了。这惊天动地的吼声，把漫远坡村里的人们都惊醒了。大家都很害怕，没有一个人敢起来去看。

这时，有一个十五岁的布朗族少年，名叫密西，他却一点不害怕，他穿好了衣裳，拿着三个尖的叉，到土房顶上去看个明白。

忽然他听到了村后山坡上一阵“凸隆凸隆”声，像是滚大石，又像树枝折断的响声。响声越来越近、越来越大了。他握紧了手中的三尖叉，急忙跑下土房，向村子上头的大路上跑去。风打在他的脸上，像刀割一样疼痛，灰沙吹到他的眼睛里，他用衣袖擦去。一会儿响声如雷，越来越近了，趁着松林里淡微的月光，他看见前面有两个黑乎乎的大怪物，拥着一群风沙石块，冲断路旁的树木，一路飞奔下来。密西吓了一跳，他沉住气，控制着内心的惊慌，跳进了路旁小树丛中躲避起来。眼看这两个怪物就要来到密西的身边了，前面那个怪物撞倒的松树尖尖已打在密西的脊背上了。

正在这万分危急的时候，突然前边那个怪物像发生了什么事似的，猛地停了下来，前面这一怪物一停下来，后面的那个也跟着停下来了。密西两眼直盯着这两个大怪物，这时他才看清楚，原来是两个大石头。这两个大石头说起话来了。后面的那个问前面的那个：“为什么不快走呢?”前面的这个带着惊慌的口气说：“啊呀，我的门忘记锁了。”接着它转过身子对后面那个说：“你在这里等着我，我回去把门锁好了再来。”后面的那个说：“要快一点，不然，要是过了时辰，到天亮鸡一叫，我们就不能走啦!”那大石头点了一下头，便向后山坡上飞奔而去，山坡上又响起春雷似的声音。

这时，密西心里想，它们要去堵江，用水淹死人，淹没房屋、庄稼。这怎么办呢?他立刻轻手轻脚地钻进树林，绕道跑回家去，把家里的甑子上盖饭的簸箕拿下来，然后带到土房顶上，用手在簸箕上“啪啪啪”地拍了几下，口里像公鸡似的“咯哥喔——”地叫了起来。他叫了两三次，村里的公鸡从梦中惊醒了，它们以为是自己的伙伴叫，认为天亮了，都一只学一只地叫了起来，引得远近村寨里的公鸡都相继跟着叫起来了。

大石头听见了鸡鸣，以为天已亮了，就立在这条大路下边，动也不动地低下了头，不敢再往前走。回去锁门的那个大石头也因为听到鸡声，吓得不敢出来了。

天真的亮了，一轮火红的太阳从东山升起来。这时，密西领着村里的人们去看这个奇怪的大石头。老年人听密西说了昨晚的情况，才知道原来这是一个公石头，它是观音山上的石头王，回去闩门的那个母石头，是它的娘子。因为它们嫉妒人间美好的日子，于是就带领着四山的石头，想把江水堵住，淹死幸福的人们。那母石头现在还在三合寨的观音山上立着，约有七八丈高，人们给它一个称号，叫做“看狮岭”。

现在，这两个凶恶的怪石头，依然驯服地屹立在人们的眼前。而这个勇敢机智的布朗族少年，他用聪明智慧保全了各族人民的生命财产，人们在心里永远深深地敬爱着他。

【原文附记】

本故事由陈平选自《云南各族民间故事选》，北京：人民文学出版社1962年版。

【讲 述 者】 （无考）

【采录整理】 普阳整理

【采集时间】 （无考）

【流传地区】 （无考）

【文本来源】 姚宝瑄主编：《中国各民族神话》（水族、布朗族、独龙族、基诺族、傈僳族），太原：书海出版社2014年版，第103—105页。

【阅读提示】 这则神话中所说的鸡叫石头就停止走动的情况，带有原始巫术的意味。

【基本母题】 石头神；特定岩石的来历；怪物；洪水；石头的性别；会走的石头；特定山名称的来历

【本文编码】 《密西》：ZCSW1243-243-058

滚珠岩

（布依族）

都匀西郊有一座巍峨的高峰，一年四季，云雾缭绕，远远望去，仿佛像仙女的螺蛳衣裙，素洁无瑕，这就是远近闻名的螺蛳山，俗称螺蛳壳。在螺蛳壳的半山腰处，有一堵悬崖绝壁，峭石峥嵘，人称滚珠岩，又叫藏珠岩。如今都惠公路从岩边穿过，蜿蜒曲折，十分险峻。旅客到此，都想饱览一番大自然的雄姿。关于螺蛳壳、滚珠岩的绚丽风光，民间更有一则神奇的传说。

那是很久很久以前的事了。当时，都匀蛮王有三个儿子，老大叫云东，早已成家立业，住在东山脚下的仙人洞里。老二叫云瑶，也成家了，住在瑶岭山下。老三叫云芒，刚十八岁，还没有找到妻子。蛮王八十大寿那年，文武百官都来祝寿。蛮王对三个儿子说："我年岁已高，部落里的大事，希望你们三兄弟共同承担。现在，我只有几句话要讲，即为人处事要做到：胆要壮，气要和，若能识得宝，珍珠用马驮，江山才稳坐。"

不久，都匀蛮王病逝了。三兄弟各占一方，良田千亩，卜外①无数。老

① 卜外：布依语，意为农奴。

大云东好酒贪杯，天天跟妻子和女奴们在仙人洞里鬼混，不几年，就坐吃山空，潦倒不堪。老二云瑶也不务正业，东游西逛，后来走投无路，还是回到老家瑶岭一带砍柴度日。老三云芒为人谦和，气度不凡，接受大哥、二哥的教训，牢记父王的遗言，决心重振家业，让部落臣民各得其所，邦兴民乐。

有一年云芒带领几百个卜外，沿剑江河而上，来到邦水大坝。这是一片广阔的沃野，云芒和卜外们一起开荒种地，植麻栽桑。不到几年，邦水地方变成粮仓了。但是天不从人愿，好景不长，几年之后，不是邦水河波翻浪滚，冲坏良田，就是七月稻谷孕穗时，久旱不雨。云芒和大家想尽办法，求天神、地神保佑，也不能确保庄稼丰收。一次，洪水把庄稼全冲倒了，云芒独自去把秧苗一株株地扶起，一连扶了三天三夜，实在太累了，才坐在田坎上休息，一边吸叶烟，一边自言自语地说："我干了三天三夜，才扶得这么一片，要扶完邦水大坝，不知要到哪年哪月啊！若有谁能帮我的大忙，要什么我都愿给！"

话音刚落，他脚边的一颗螺蛳突然开口说："只要你把我背到对门最高的山顶上去，并找到我失落的那件螺蛳衣裳，我嘴里吐出什么，或者有什么落在你的手里，你就把它收起，这样，你这坝秧苗就可一夜扶完了！"

云芒听了这话，既觉得奇怪，又暗暗欢喜。他收拾好锄头，就背着这颗螺蛳，一步一步往山顶走去。穿过栗木森林，登上十八盘羊肠小道，越来越觉得这颗螺蛳足有百把斤重呢。尽管累得满头大汗，他还是老老实实地背着往上爬。这样走了一天一夜，第二天太阳当顶，才爬到山头的一堵岩壁下。云芒又饥又渴，就在这里休息。刚好石壁下有股山泉，他跪下双手捧水喝。在他背上的螺蛳又说起话来："现在已经到了，你也捧一捧水给我解渴吧！"

螺蛳喝了这捧水，马上变成一个美丽的姑娘，说："云芒哥，我本来是黑龙潭的第三个龙女，因要到人间巡游，才变成一颗螺蛳。如今我发现你为人最耿直，心怀宽广，又不贪俸禄，因此一心想跟你成亲。"

云芒说："好心的螺蛳姑娘，你一心想与我成亲，我非常高兴，只是我俩一时置不起嫁妆呀！"

螺蛳姑娘说："我不需什么嫁妆，你看那山顶上白云缭绕处，一圈一圈素洁的螺蛳裙，就是我的嫁衣，现在让我把它穿上，我俩就在这里举行婚礼吧！”

云芒说：“好极了！”

螺蛳姑娘穿上洁白的长裙，翩翩起舞。他俩恩恩爱爱，山泉当喜酒，百鸟都来为他俩庆贺。正当新郎设宴招待三朋四友时，新娘喷了一口酒，顿时石壁分开，从岩洞内滚出一颗宝珠来，刚好落在新郎的手掌上，顷刻金光四射，众人狂欢，满山遍野的杜鹃花也一齐开放了。

云芒和螺蛳姑娘成家后，由于有了这颗宝珠，再也不怕洪水冲坏良田了，这样年年风调雨顺，五谷丰登，日子过得十分美满。他们一面勤耕巧织，一面教部落臣民栽桑植麻，人人有吃有穿。后来，云芒根据螺蛳姑娘的心愿，在山顶上修造一座金碧辉煌的宫殿，让爱妻在这里生儿育女，这就是今天的摆芒乡。

不知多少年过去了，黑龙王老年昏庸，偏听谣言。有个奸臣对他说：“尊敬的黑龙王，你的一颗最好的宝珠被人偷走了！”

黑龙王听了怒气冲天，问：“你知道是谁偷走的？”

奸臣皮笑肉不笑地说：“我只听人讲过，不敢直言，因为偷走宝珠的不是别人，而是你的三女婿。”

黑龙王说：“真是他盗的？我命令你带领一帮人马，一定要把那颗宝珠夺回来。到时必有重赏！”

奸臣连连点头：“是，是。”

就这样，奸臣带着几十个走卒，个个身披虎皮，背起弓箭，张牙舞爪地来到摆芒城边。云芒和螺蛳姑娘闻讯，马上命人击鼓，召集文武百官，商议出兵。云芒身背宝剑，带头冲杀在前，一时只见梭镖横飞，万箭齐发，杀得这个奸臣和他的走卒们连滚带爬，退到一堵陡峭的石壁下。这时，螺蛳姑娘手举宝珠，金光四射，马上照出这个恶魔的原形。原来这个为首的奸臣，是当年想占龙女为妻的小丑。因为达不到目的，今日才来大动干戈。在宝光的照耀下，山崩地裂，大堵大堵的石头朝这伙恶魔头上砸来。只听到“妈呀”一声，岩下马上辟成一条数里深涧，这伙恶魔一个个都埋进了谷底。

从此，地方得到太平，百姓也安居乐业。人们为了感谢螺蛳姑娘，就把她与云芒成家的这座山称为螺蛳壳，那取出宝珠的石壁，叫滚珠岩。

不知过了若干年，螺蛳姑娘已不在人世，但她带给人间的金银财宝，用马驮也驮不完。为了学习她的美德和不畏强暴的勇敢精神，村村寨寨都为她编唱许多歌谣，并世世代代为人们所传颂。

【讲 述 者】 赵应成

【采录整理】 杨匀泉搜集整理

【采集时间】 （无考）

【流传地区】 （无考）

【文本来源】 中华民族故事大系编委会编：《中华民族故事大系》第3卷（彝族、壮族、布依族），上海：上海文艺出版社1995年版，第779—782页。

【阅读提示】 这则神话把一个动人的爱情故事与一座特定的山联系起来，是一种很有创意的思维与表达。

【基本母题】 特定岩石名称的来历；首领及其子女；三兄弟；洪水；旱灾；动物变形；螺蛳姑娘；人与动物婚

【本文编码】 《滚珠岩》：ZCSW1244-243-059

仙女岩与鱼鳅石

（布依族）

花溪天河潭附近，有一坨石头，活像一个刚洗完澡正要穿衣裳的姑娘，人们叫它“仙女岩”。在摆项寨左边山上，又有一块大青石，中间凹下去，四季积满水，永不干涸，像一个大盘子，中间还养着一条石鱼鳅。关于这两处奇特的岩石，还流传着一则故事呢。

很久以前，摆项寨有一个穷后生，名叫吴小浪。他爹妈早死了，跟叔伯们生活。十多年过去了，小浪长成一个壮壮实实的小伙子，是种庄稼的一把好手。因为家穷又是孤儿，二十几岁了，还没有成亲。

一天早上，小浪到天河潭旁边割草，由于他手脚麻利，很快割得一挑草了。他挑到一棵大皂角树下歇息，不知不觉睡着了。梦里，他仿佛觉得皂角树跟他说："小浪呀，你听我说，潭边有一个旱洞，名叫天河洞。那洞可沟通天上人间。里面有条鱼鳅，你如能找到，带回家去，就会有妻子了。"

小浪突然醒来，记得梦中听到的话，半信半疑，但还是决定钻进天河洞里去看看。他在洞内找了很久，果然见到两条鱼鳅，一条闪着金光，一条闪着银光。小浪随手捡起一条闪银光的鱼鳅，带回家中，放在水缸里。等小浪放好草，再去看那条鱼鳅，只见一股青烟冒上天空，什么也不见了。

小浪有些后悔，不该把它放进水里。正在苦闷时，天空忽然闪了两下，接着从云雾中飘飘降下两位漂亮的姑娘。一位穿黄衣裙，一位穿白衣裙。穿黄衣的姑娘说："小浪哥，那天我们两姐妹到天河潭边游玩，你动手摸了我银妹的衣裙，她不能回天上了。现在，我父亲（天王）交待，叫我把银妹交给你做妻子，你不能亏待她。"说完，金姐又飞上天去了。

吴小浪有了妻子，种庄稼更勤快了，又构建高房瓦屋，日子过得十分美满。这时，寨上的人都羡慕小浪娶了一个仙女。

一年过后，小浪想起那棵皂角树的托梦指点，使他夫妻有缘，就去敬香叩拜。当他敬献完毕，正往回走时，被树根绊了一跤，惊动了天上的王母娘娘。王母娘娘知道这件事后，非常生气，就派天兵来捉银妹，又把金妹也关在天上的水牢里。

银妹知道有不祥的预兆，就对小浪说："我先到天河潭里去躲，只要躲过酉时，什么天兵我就不怕了。"

小浪说："那你快去吧，等过酉时，我再到天河潭边接你。"

银妹说："你不要来接，如果你来时正遇我上岸穿衣裙，我就走不动了。"

小浪在家等得心急如火，好不容易熬到酉时，他不见银妹回家，就跑去潭边看望。这时，银妹刚刚从水底钻出来，正好在穿衣裙。小浪高兴得叫喊起来："银妹！"

话音未落，银妹就变成一块石头，挺立在潭边。后来，人们叫它"仙女岩"，也叫"仙女出浴"。

天兵抓不到银妹，王母娘娘更生气了。她把金姐也一起丢下凡间，落在摆项寨后的山头上，后来变成一个水盘装的"鱼鳅石"，永远与银妹遥遥相望。

【讲 述 者】 罗孝云

【采录整理】 戴壮强、杨代宏搜集整理

【采集时间】 （无考）

【流传地区】 贵州省·贵阳市

【文本来源】 中华民族故事大系编委会编：《中华民族故事大系》第 3 卷（彝族、壮族、布依族），上海：上海文艺出版社 1995 年版，第 748—750 页。

【阅读提示】 这则神话中可以找到牛郎织女的影子，表明神话和传说在民间并没有明显的界线。

【基本母题】 特定石头名称的来历；梦示；妻子的获得；王母娘娘；人变石头

【本文编码】 《仙女岩与鱼鳅石》：ZCSW1245-243-060

葡萄山和高陵峙

（东乡族）

在东乡东面的洮河岸畔，有一座峰峦层叠的高山，叫葡萄山。它那形状，活象一串串葡萄，依山傍岭，悬挂在空中。河对面，一座红岩石山拔地而起，名叫高陵峙。这两座山遥遥相对，大小高低，相差不远，远远望去，就象两座人工造成的巨大桥墩。提起桥墩，还流传着一段动人的古经[①]呢！

据说有一年，龙王不知为了什么，大发脾气，在洮河沿岸泼下了倾盆大雨。洮河水猛涨九尺，飞奔的浪头就象一座座崩塌了的山头，打着滚儿呼号。

从这以后，洮河水再没变样，一直是这个狂暴的脾性。河两岸的东乡人和汉人就这样被一条河水给活活隔开了。

四季更替，年复一年，时间象洮河水长流不息。可两岸的人们呢，却老是不甘心让洮河水这么没完没了地分隔开。这当中，有不少大胆有识的水手们，曾沿着河岸跑上跑下，在河水里钻进钻出，想从水浪上踩出一条通路来。可是这洮河水不知是个啥怪物，硬起性子来，能把偌大一个山岩掏空碾碎，软起来，连一个人的脚也载不动，非把你沉到河底里去不可。

有一次，河西的东乡族牧羊人老底嘎[②]、河东的汉族牧羊人孤老汉，饮羊来到洮河边。他俩隔河商量一番，相约要在八月十五的鸡叫前，共同在洮河上架起一座桥，让两岸居住的汉人兄弟和东乡族兄弟自由往来。

八月十五终于来到了。当天晚上，两位牧羊老人选好了地点，便分别拿着羊鞭去赶山。

孤老汉来到遥远的马衔山，向山神诉说了洮河水胡发淫威，分割了两岸人民，多少人钻水寻路，企图搭桥而被河水吞掉生命的苦楚和哀怨。山神听着听着感动了，他向孤老汉说："马衔山下的人民是我的子孙，为了他们的幸福，你就从我的牙床上挑着拔一颗高龄齿去吧！多大的疼痛我也能受得住。"

于是孤老汉就拔下了马衔山神的一颗牙。他辞别了满口流血的山神，就用牧羊鞭吆喝着这座齐整整、红殷殷、耸天矗立的红岩石山来到了洮河岸的十八湾中间。

老底嘎跋山涉水，经历了千辛万苦，来到了太子山下。不料，坏事的妖

① 古经：东乡语，故事、经验。

② 老底嘎：东乡语，老人。

魔早已跑来向太子山王进了谗言，太子山王避而不见老底嘎。他左寻右找，连山王的影子也捞不着，就只好无可奈何地对着大山喊：“喂——山王，你有眼无珠！麦拉乙克①的话你听不进，偏偏上伊比力斯②的当。你不为子孙后代着想，你太丢人啦！”

太子山王听了老底嘎的话，实在觉得不好意思，便从远处说道：“那你就到我后花园找吧！假若有你可用的东西，你就拿去，但不准再来第二次！”

老底嘎来到太子山王的后花园，只见各种大小树上，花红果绿，千姿百态。但他挑来挑去，没有一件可以搭桥铺路的料子。最后只好挖了一颗枝叶繁茂的葡萄树，心想试试看。他把葡萄树一直扛到洮河岸畔，栽在孤老汉用羊鞭赶来的山对面。然后他把葡萄树枝扯展，可是左扯右扯却怎么也够不到对岸。

老底嘎说：“唉！过去太子山王一直是慷慨大方的，如今真不知是让哪个坏事的妖魔给捣鬼了?!”

孤老汉站在对岸等着老底嘎把葡萄枝扯过来，等了半天也没等到。眼看是葡萄枝长度不够，又听老底嘎在大声抱怨，就出主意让他去找积石山神。

老底嘎刚一到积石山，积石山神就满面笑容地说：“你的来意我已听门神禀报过了。太子山王上次拒绝你之后，才听说马衔山神忍痛拔牙的事，它后悔不该那样对待你。刚才它知道你要来，就拔下了自己的一颗虎牙，留给你用。因为他不好意思见你，就匆匆离去了。至于桥面，我已给你们准备好了，你就到我的牛棚里拉去那头最壮、最俊的大犍牛吧！”

老底嘎听了积石山神的话，心中十分感激。事不宜迟，便赶紧把直棱棱的太子山虎牙驮在牛背上，挥鞭赶牛，急速行路。他左驱右赶，翻山越岭，终于来到了青枝绿叶的唐汪川。他卸下了驮在牛背上的通天柱般的虎牙，准备用它来替换葡萄树。

再说专门行奸作恶的伊比力斯，眼看两个老汉要在洮河上把桥架成，急

---

① 麦拉乙克：传说中行善干好事的神。

② 伊比力斯：即魔鬼。

得团团乱转。它左思右想，无计可施。猛然间想起两个老汉约定的是要在鸡鸣前把桥架成，顿时鬼主意浮上心来。于是它跑到村庄里，学着公鸡打鸣："喔喔，喔——"，"喔喔，喔——"，这下庄子里的所有公鸡都跟着鸣叫起来。

有言在先，言而有信。鸡叫了，天明了，所有架桥用的物件就都不能再动了。因此，从积石山赶来的大犍牛就卧在了唐汪川；刚插到河里的通天柱，就矗立在牛形山下；从太子山挖来的葡萄树和从马衔山要来的高龄齿，就兀立在洮河两岸。后来人们把栽葡萄树的山叫葡萄山，把高龄齿叫高陵峙。这些巍峨挺拔、优美秀丽的山川风物，至今还在。

【讲 述 者】（无考）

【采录整理】自祥、作仁搜集整理

【采集时间】（无考）

【流传地区】（无考）

【文本来源】满都呼主编：《中国阿尔泰语系诸民族神话故事》，北京：民族出版社1997年版，第192—194页。

【阅读提示】这则神话由特定的山脉特征牵引出山神、妖魔诸物，把死的物件讲活了。

【基本母题】洪水；特定山的产生；山神；妖魔；门神；用神的牙造桥；特定风物的产生

【本文编码】《葡萄山和高陵峙》：ZCSW1246-243-061

金鸡山

（侗族）

米贝河上游有一座高山，名叫金鸡山。为什么称它金鸡山呢？据说从前，这里有个凶恶的寨主，霸占了无数良田，佃户们都叫他山狐狸。

山狐狸有个佃户名叫二毛，是个勤劳善良的后生。一天，二毛收工回家，在泉水边正碰着山狐狸养的鹞鹰，追逐一只金鸡。二毛听金鸡急声啼叫，十分凄惨，就飞石子打走鹞鹰。金鸡却已跌在地上，他捧起金鸡一看，鸡身已经被抓伤。二毛对它说："可怜的金鸡呀！山狐狸的鹞鹰打走了，你放心飞去把！"金鸡对他点点头，啼了一声就昏过去了。二毛仔细一看，金鸡伤势很重，就在山上寻找草药敷伤口，带回家天天捉虫喂它。金鸡伤好了，飞了，开口对二毛说："好兄弟，多谢你！我要飞回家去了。明天到泉水边去吧，你会找到一位好姑娘。"

第二天，二毛去到泉水边，当真看到了一个美丽的姑娘。她头上戴朵大红花，笑眯眯的，见二毛来到，甜甜地喊一声："二毛哥!"接着说，"二毛哥！你救下的金鸡是我的大姐姐。她说你是个好后生，叫我来和你做伴!"二毛老老实实地说："如果寨上乡亲问你是哪里人，叫我怎么回答呢?"金鸡姑娘说："就说是远方的表妹嘛!"

当晚，二毛和姑娘成了亲。寨头村尾的穷弟兄苦姐妹都来祝贺，都说二毛的表妹非常漂亮，好心的二毛有福气。客人散了，门外却来了一个讨饭的妇人。她披着黄头发，穿着破衣服，光着脚板。二毛亲自端来饭菜和一盅酒，端来洗澡水，安排她吃饱住下，才和金鸡姑娘回新房。

第二天一早，妇人对二毛说："我没有什么相送，送你一盆洗澡水。你要好好侍候你的表妹啊!"说完就走了。二毛转身进门，咦！一盆洗澡水变成了一盆金子，金光灿灿，满屋发亮！他转身冲出大门要感谢那妇人，只见远处一团金光，妇人变成一只金鸡飞下河不见了。金鸡姑娘说："那是大姐姐，特意送金子来。"二毛说："你为什么不早讲?"妻子只是微微一笑。

蚂蟥听不得水响，山狐狸见不得漂亮女人。山狐狸听说二毛娶了个美丽姑娘，特意赶来看新娘子，走到半路他又听说二毛打鹞鹰救金鸡，金鸡送金子报答二毛。

于是，他对管家说："嘿嘿！财运桃花运一齐来了！先抓那金鸡，再找二毛算账，他欠我租谷，打我鹞鹰，要他拿老婆抵偿!"山狐狸带管家恶狠狠追到河边，一眼望去，一只闪闪发亮的金鸡正在河下游贴近水面飞着。山狐狸见财不要命，卷起裤脚就下河追捕。他追得急，金鸡就飞得快，他追得缓，金鸡也飞得慢；总在水面不高不低、不远不近地飞着，累得山狐狸上气不接下气。越追人越困，越追河越宽，越追水越深。追到一个黑深潭，金鸡拖着长长的尾巴，抖动五彩羽毛，盘旋在深潭水面上不飞走了。山狐狸转身游回岸边，劫得一只渔船，叫管家划船去追。他站在船头高声喊叫："快！快！……给我抓！抓！……抓住金鸡，重重有赏！"眼看就要逼近金鸡了，山狐狸口水流了三尺长。金鸡突然展翅冲天，高高飞进白云里。刹时间狂风恶浪迎头扑来，把小船连同山狐狸、恶管家，一齐卷进黑深潭去了。

转眼间，大河风平浪静，河水像面镜子，金鸡已飞上高山。金鸡为侗家除了一大祸害，人们就称那座高山为金鸡山。

【讲 述 者】 杨序明

【采录整理】 龙永春、杨俊山搜集整理

【采集时间】 （无考）

【流传地区】 湖南省·（怀化市）·新晃（新晃侗族自治县）

【文本来源】 中华民族故事大系编委会编：《中华民族故事大系》第4卷（朝鲜族、满族、侗族），上海：上海文艺出版社1995年版，第752—754页。

【阅读提示】 这则神话采用了童话般的创作手法，很有生活情趣，也表达了正义终于战胜邪恶的理想。

【基本母题】 金鸡山；金鸡；人与动物婚；变形；动物之争；特定山的来历

【本文编码】 《金鸡山》：ZCSW1247-243-062

白桦岭的传说

（鄂伦春族）

在大兴安岭深处，鄂尔克奇北三十里有一座高耸入云的山岭，岭上长满银枝绿叶的白桦树。人人都说这些白桦树是箭杆变的。

传说在很早很早以前，这岭上寸草不长，野鹿不来，飞龙不落，是一片光秃秃的荒山。

荒山的南面住的是金鄂部落，北面住的是银鄂部落。

两个部落常因互占猎场、争夺马匹在荒山前发生争斗仇杀。

这一年银鄂部落的剽悍猎手海星格被公推为首领，他一心想打败金鄂部落，就整天带领强壮猎手习武练弓。金鄂部落首领牟库赞汗听说海星格准备进攻金鄂部落，也率领猎民制弓造箭……

这一天天气朗晴，万里无云，突然北边烟尘滚滚，一片喊杀声向金鄂部落奔来。

那牟库赞汗早有准备，集合全部落青壮年猎手前去应战。

双方来到荒山前，不由分说就打起仗来。古时打仗都是远放箭，近用刀。这两个部落也不例外。双方一个占了南坡，另一个登上北坡对射起来。山神白那恰路过这里，见山上烟舞迷漫，沙石满天，原来是两个部落正在打仗，箭飞如雨，杀声震天。白那恰一看大事不好，赶紧请来雷神、雨神帮助他们和解。顿时乌云密布，雷电交加，大雨倾盆而下。海星格和牟库赞汗见此情景约好明天再决一胜负。然后各自收兵回到部落。

第二天一早太阳高照，晴空万里。海星格和牟库赞汗又各领部族人马迎面杀来。

他们来到山下一看，啊！只见满山遍野一夜之间长起了密密层层的白桦林。海星格和牟库赞汗正莫名其妙的时候，忽听山里传来了一阵悦耳的歌声：

南山和北山哪，
本是一重天！

喝的是一河水呀，
同猎在兴安。
都是亲兄弟呀，
何必相摧残？
愿春雨洒遍青山哪，
兄弟熄硝烟。
箭杆变成白桦林呀，
携手共团圆！

听到这歌声，牟库赞汗和海星格恍然大悟：原来白那恰把我们相互仇杀的箭杆变成了这可爱的白桦树！他们不约而同地扔掉手中的武器，奔到山顶亲切地互相拥抱在一起。金鄂部落和银鄂部落的猎手们也都手拉手，一起唱起歌，跳起舞来。从此以后，两个部落果真和睦相处，鱼水相依了。那些箭杆变成的白桦林，一直繁衍到今天。那座荒山也就叫做白桦岭了。

【讲 述 者】 白彦
【采录整理】 暴侠搜集整理
【采集时间】 （无考）
【流传地区】 黑龙江省
【文本来源】 中华民族故事大系编委会编：《中华民族故事大系》第15卷（德昂族、保安族、裕固族、京族、塔塔尔族、独龙族、鄂伦春族），上海：上海文艺出版社1995年版，第847—849页。
【阅读提示】 这则神话把白桦林的产生解释为缓解民族内部争端的契机，表达出呼吁民族团结的正义心声。
【基本母题】 箭杆变成白桦树；部落；首领的产生；部落之争；特定山岭名称的来历

【本文编码】 《白桦岭的传说》：ZCSW1248-243-063

猎人柯阿汗

（鄂伦春族）

卡仙洞和奇奇岭，是大兴安岭山里鄂伦春族狩猎最好的猎场，猎人到卡仙洞时，都要进洞去歇歇脚，到奇奇岭时都要攀登一下奇异险峻的岭峰，饱赏一下兴安岭的独特风光。

卡仙洞，在阿里河偏西北方向卡仙山半山腰上，距阿里河有二十多里路。人们往那儿去时，老远就能看见卡仙山半山腰上好像有个大仙人柱，到跟前儿才能看清是形状如仙人柱的大山洞，洞门雄伟壮观，洞内平坦宽阔，洞中有洞，别有洞天。鄂伦春族老人管这个洞叫柯阿汗仙人洞。卡仙洞与奇奇岭遥遥相对，在阿里河东南方向距卡仙洞有五十多里路的昆仑山山顶上。鄂伦春族老人管这个山叫“奇奇勒”[①] 也叫奇奇岭，后来又叫窟窿山和昆仑山。

相传，在很古的时候，阿里河这一带是一片汪洋大海。大兴安岭就像一个岛屿，卡仙山的山谷，原是一条海峡，卡仙洞是海眼。海眼里曾经住过一个小龙王，他把这个海眼变成自己的水晶宫殿，宫殿里有碧玉石桌、玛瑙石凳、珊瑚盆景。在小龙王宝座的后面还有一个通往地海的洞口，这个洞深不可测；在洞中拐弯处上端，还有一个小通天洞，这是小龙王为了上天入地方便而开的。小龙王常常兴风作浪，它一兴风作浪大海就涨潮，那些岛就被淹没，岛上的鄂伦春人直被它祸害得没办法活下去了。人们就去找一个叫柯阿汗的猎人，他有能耐、有力气，箭法好，每发必中，是远近闻名的莫里根。他勇敢彪悍，不怕狼熊虎豹，也不怕妖魔鬼怪，一生愿为大家办好事，所以大家都来找他想主意。他为了救乡亲们，就用神箭把小龙王给赶跑了。从此，海水退了，凹凸不平的海底露了出来，就变成了卡仙洞、奇奇岭这些山山水水，鹿、罕达犴、狍子、野猪、雪兔、灰鼠、熊和狐狸又渐渐多了起来。打的野兽多了吃不了，他就存放在洞里，以免坏掉。有的猎人来了，他

① “奇奇勒”，鄂伦春语，意为突兀险峻的大石砬子，即奇奇岭。

就把他打的猎物分送给大伙拿回乌力楞，供孤寡老幼享用。许多乡亲都夸赞柯阿汗是个“阿雅莫里根”。[①]居住在“甘浅”和“阿里浅”[②] 的鄂伦春猎人，都愿到这里来游猎谋生。猎物打的多了，鄂伦春人的日子过得挺好，人口也挺兴旺。

有那么一年，正赶上柯阿汗猎人到诺敏大山里去打罕达犴的时候，一场灾难降临到卡仙洞这一带。从外兴安岭那边来了一群吃人蟒猊，霸占了这个山洞。老蟒猊叫小蟒猊出去找鄂伦春人，先是让鄂伦春人给它们纳贡，规定一个人每天交一只罕达犴、两只狍子或两只野猪，谁打不来交不上，蟒猊就把人活活地吃掉。后来蟒猊吃人都红了眼，不吃野兽光吃人了。抓住人就先喝血，再吃肉，最后连骨头都嚼碎入肚，就这样凶狠残暴地祸害鄂伦春人。有一个鄂伦春猎人被蟒猊抓去吃掉之前，宁死也不屈服，他对蟒猊说：“等柯阿汗莫里根回来，就会替我们报仇的。”

老蟒猊凶狠地嚎叫着：“什么柯阿汗！你说这个人他在哪儿？别说他，谁来都得送死！”

这个猎人说：“柯阿汗就会回来除掉你们这群蟒猊的。”

老蟒猊哈哈哈地怪笑一阵，然后就把这个猎人吃掉了。蟒猊吃人的事儿很快传遍了大兴安岭，猎人们都盼望柯阿汗赶快回来除掉这群蟒猊。柯阿汗远在诺敏大山，听说蟒猊到处吃人，十分凶残，他恨透了蟒猊，就立刻骑着马昼夜不停地往回赶。快到山洞了，柯阿汗看见从洞里冒出一股股妖雾，知道一定是蟒猊霸占了这个山洞。他走到洞前山脚下下了马，攀上石阶，来到了半山腰洞门前台阶上。柯阿汗正要推大石洞门进洞，惊动了洞里的一群蟒猊，老蟒猊让小蟒猊出去看看，小蟒猊个个凶恶残忍，弓上弦，刀出鞘，在洞前将柯阿汗团团围住，厉声问：“你是什么人，不怕死，敢到这里来？”

柯阿汗丝毫不惧怕这群蟒猊，他回答：“我是鄂伦春猎人柯阿汗，这是我的山洞，为什么我不敢来！”

---

① 阿雅莫里根：好猎手。编者注。

② “甘浅”和“阿里浅”，鄂伦春语，是甘河流域和阿里河流域之意。

小蟒猊一听是柯阿汗回来了，都“啊”的一声吓得目瞪口呆，有的吓酥骨了，有的直筛糠。柯阿汗面对这群小蟒猊立刻发话了：“你们这群吃人的蟒猊，赶快给我滚开！”

有一个小蟒猊战战兢兢地说：“我们大王说啦，来到这里就是为了做这里的主人，你敢撵我们走？你就不怕我们大王把你吃掉吗？”

柯阿汗威风凛凛、意志坚决地对这蟒猊说：“你们这群吃人的蟒猊，在这地方再祸害鄂伦春人，赖着不走，我叫你们粉身碎骨！”

有一个小蟒猊壮着胆子说：“把这个猎人抓起来送给大王处置吧！”

这群小蟒猊刚要动手，柯阿汗操起猎斧三下五除二都给砍死了。

老蟒猊在洞里听到洞外面小蟒猊的惨叫声，急忙跑出来，伸出魔爪死命地要来抓柯阿汗。可是柯阿汗站在那里纹丝没动，老蟒猊这下心犯嘀咕了：这个人可不寻常，我得想办法对付他。它正想鬼主意呢，柯阿汗逼它滚开这地方。老蟒猊说：“你要撵我走？那咱们得比比武，看谁胜谁败，你要是败了，我就活活地把你吃掉，这山洞就得归我。”

柯阿汗说：“好吧。那你要败了呢？”

“我要败了，立刻离开这个地方。”

“那就一言为定，你说比什么吧。”

“比摔跤！”

“行！就在这洞门口摔吧。”

柯阿汗和老蟒猊开始摔跤，摔了半天，没分胜负。老蟒猊说：“不摔跤了，比扔大石头，看谁扔得远，谁能把堵洞门的大石头扔到那个昆仑山上，谁就为胜；谁要扔不到，谁就为输。”

堵洞门的大石头有两块，又高又大又沉，正好一人一块。老蟒猊说：“我先扔！”

柯阿汗说：“就让你先扔！”

老蟒猊挑了一块小一些的石头，使足力气扔出去了，一下落到昆仑山脚下奇奇勒河与甘河汇合口的河中心处，没扔到昆仑山山顶上。

柯阿汗随后举起那块大一点的石头，用力一扔，只听呼呼山响，不远不近、不偏不歪，正好落到昆仑山山顶上。柯阿汗说：“老蟒猊，你输了，赶快滚开吧！”

老蟒猊抵赖说：“那不行，要比武就得比三次，还得比射箭，不比射箭就不算你赢。”

柯阿汗说：“比射箭也行！你输了可不许再要赖！”

老蟒猊只好答应：“行！我再输了不要赖。”

“你说射什么吧？”

“射你刚才扔到昆仑山上的那块大石头吧。谁能三箭把那大石头射个大窟窿，谁就算胜。”

“谁先射？”

“我先射。”

老蟒猊说完就举弓瞄准那块大石头，铮的一声，箭射出去了，可惜没射中；又射一箭，还没射中；最后一箭，好容易挂上一点边，把大石头旁边射了一条小缝。柯阿汗拿起了弓箭，张开弓，箭上弦，瞄好准，没用三箭，就射这一箭，只听“蹭”的一声，箭飞出去了，又听当的一声，就把他刚才扔的那块大石头中心给射了一个大窟窿。这一下可把老蟒猊吓坏了，它一看还是柯阿汗能耐大，不服输不行了，于是撒腿就跑。老蟒猊想往诺敏大山里跑，柯阿汗厉声教训它：“你往哪里跑？你从哪里来，还给我滚回哪里去！”

直吓得老蟒猊魂不附体，拐回来就往外兴安岭那边跑回去了。

柯阿汗大声对逃跑的蟒猊说：“老蟒猊！你再敢来祸害我们鄂伦春人，我一箭就射死你，叫你粉身碎骨！”

从那以后，老蟒猊再也没敢过来，所以“阿里浅”和“甘浅”的鄂伦春人，又兴旺起来，又过上了好日子。

柯阿汗又成了山洞的主人，白天满山游猎，夜晚就回到洞中过夜。因为他替鄂伦春人除了老蟒猊，人们不忘记柯阿汗的功劳，就称柯阿汗为恩都力柯阿汗仙。又因卡仙和柯阿汗仙的字音有些相似，所以人们叫来叫去就叫成卡仙了，也有叫嘎仙的，管这洞叫嘎仙洞。这个山洞因为有恩都力柯阿汗仙住着，人们就称这个洞叫卡仙洞，把这座山也叫做卡仙山了。至于奇奇勒河和甘河汇合口处河中心那块露出水面的石头，是老蟒猊扔的，起先叫蟒猊石，后来因为老蟒猊逃走狼狈不堪，蟒猊声名狼藉，人们就把这大石头干脆叫魔鬼石了。因为柯阿汗仙和老蟒猊比武，把卡仙洞门的石头扔到昆仑山上，变成了突兀险峻的大石砬子，鄂伦春人就把它叫奇奇勒，后来叫来叫去就叫奇奇岭。又因为柯阿汗仙和老蟒猊比射箭把奇奇岭射了一个大窟窿，得了胜利，所以后来人们都把这座山叫窟窿山，也叫昆仑山。

由于柯阿汗仙除掉了吃人的蟒猊的缘故，卡仙洞和奇奇岭的传说在鄂伦春族民间才一直广泛地到处流传着。

【原文附记】

这篇地方传说，在鄂伦春族地区流传很久，影响极广。人们不仅喜欢游览卡仙洞和奇奇岭这处风景名胜，也格外愿意传颂关于卡仙洞和奇奇岭的一些优美的传说。我搜集的异文有十余种。口述者有鄂伦春族葛德宏、白彦、景旭、塞格，达斡尔族白杉、苏明福，鄂温克族涂军，汉族李显林、王清有等。这篇传说是以葛德宏同志讲述的原稿为基础，参考其他同志讲述的异文进行加工整理而成的。

【讲 述 者】 葛德宏

【采录整理】 隋书金记录整理

【采集时间】 （无考）

【流传地区】 内蒙古自治区·（呼伦贝尔市）·鄂伦春族自治旗

【文本来源】 姚宝瑄主编：《中国各民族神话》（达斡尔族、鄂伦春族、鄂温克族、蒙古族），太原：书海出版社2014年版。原文本标注由杨知勇选自《鄂伦春民间故事选》。

【阅读提示】 鄂伦春地区关于卡仙洞和奇奇岭的神话和传说流布广泛，这则主要阐释了特定山岭的产生，叙述内容充满了想象力并反映出本民族生产生活文化特色。

【基本母题】 猎人；仙人洞；昆仑山；特定山的名称由来；龙王；通天路；

巨蟒吃人；比赛；变形；特定山岭的产生

【本文编码】 《猎人柯阿汗》：ZCSW1249-243-064

豪英峰的传说

（鄂温克族）

这故事也许是九千年或一万年前发生的事情。据说那时候，整个大兴安岭一带都是一片汪洋大海。天空悬着九颗太阳。生活在这里的人们，头顶九颗灼热的太阳，脚边就是巨浪沸腾的海水，生活非常贫困。

艰难炼就好男儿，困苦育出英豪杰。在现在的雅鲁河流域，那时住有仨兄弟。他们力气大，武功高，各个都是英雄。他们每人每顿吃一只狍子不够，吃一头牛还嫌不太饱。他们使用的弓由七个好汉抬，也将将儿抬得动；他们手中的箭由五个大汉扛，也将将儿扛得动。别看他们是如此的好汉，可他们的心却特别软，为人善良忠厚。他们常常给贫苦人供吃供穿，见有不平的事，他们都管。他们济贫利民，为民除害的故事讲也讲不完。可就是这个天灾难对付。

待他们长成三条大汉，力气更足，功夫更强时，商量妥要射头顶上的太阳。

这天，哥儿仨爬上了最高的山峰，由老大豪英射箭，两个弟弟一左一右递箭。豪英仰头朝上，箭上弦，拉满弓，对准离自己最近的一颗太阳射去。不偏不歪，正中太阳中心。只听一声巨响，震山摇海，立即在空中燃烧起来，火光把天空照得血红血红的。而后又划破天空，惊天动地地掉进海水里。

海水被炸开了千层巨浪，海水沸腾了，火光雾气交融，一会儿白一片，一会儿红一片，把海水烧干了，露出礁石。这意想不到的结局，使弟兄仨倍增勇气。他们又射出第二支箭，又射中第二个较近的太阳。又是一阵巨响，第二颗太阳又经一阵迸裂、燃烧，而后又划破苍穹，陨落在海水里。海水又炸出千层巨浪，浪息海干，露出高大无比的礁石。

哥儿仨一连射掉了八个太阳。八个太阳陨落，填满了大海，烧干了海水。最后出现了千峰万岭连成片，起伏又重叠，一望无尽的山脉。

豪英三弟兄非常激动，正在陶醉于奇迹时，天上的玉帝知道了这件事。他怒不可遏，立即带领天兵天将，捉拿豪英三兄弟治罪。

豪英三兄弟怎能知道此举竟得罪了天帝，他们还同父老乡亲们欢呼雀跃庆祝胜利呢。待玉帝出现在半空指责他们时，他们才知道犯下了滔天大罪。不过他们又一想，神最应为民着想，我们此举也是为民治天治海呀。豪英毫无畏惧地走向前，双手抱拳道歉说："玉帝在上，恕山民触犯了天规。谅我们为了民族的生存和繁荣，为了百姓的幸福，为了万物的繁盛，治天治地是值得的。万望玉帝为民众利益申明大义，饶恕我们这一次。"

玉帝哪里能听进去他们的求告。这个天地，开天辟地时就这样安排的，敢挑玉帝的毛病这还了得！玉帝心里发狠地想：你们这些倒行逆施的狂毛虫，还敢和我争辩是是非非吗？但他也并不是不觉得自己理亏，因此只好横着说："你们的嘴好硬啊！看来你们的骨头也是很硬的吧？好，我叫你们哥儿仨变成最坚硬的花岗岩吧！"说罢，玉帝一甩袖，豪英弟兄仨立刻变成了花岗岩。

为了纪念豪英仁兄弟，人们把这石峰称作豪英束热（峰）。

后来，移来了很多汉族移民，他们发现豪英峰的石头坚硬无比，就把它采下，做碾盘碾磙，因而又叫这山为碾子山。

【讲 述 者】 何秀芝

【采录整理】 杜梅整理

【采集时间】 （无考）

【流传地区】 （无考）

【文本来源】 满都呼主编：《中国阿尔泰语系诸民族神话故事》，北京：民族出版社 1997 年版，第 307—309 页。原文本标注由巴图宝音摘自《鄂温克族民间故事》，内蒙古人民出版社 1989 年版。

【阅读提示】　这则文本借射日神话说事，叙事中特定山峰的形成有两个来源，一是太阳落入海中烤干海水露出山脉，二是人变形成为石峰，表达主题不落俗套。

【基本母题】　九个太阳；三兄弟；射日；特定山脉的产生；玉帝；特定山峰的形成；特定山峰名称的由来

【本文编码】　《豪英峰的传说》：ZCSW1250-243-065

西博山

（鄂温克族）

开天辟地的时候，呼伦湖旁边有座拔地千丈的大山，挡着天神出进的道路。

天神们从这里过路，都得绕道而行。有位大神十分恼怒，抽出身上佩带的降魔宝剑，对准那拦路的高山猛地一抡，一下把那冲天大山拦腰砍成了三截。

大山虽说被砍断了，可是就凭天神自己的力气，还不能把砍断的几截山挪开，隔不久，它又照原样接到一处，变成了整座的大山了。而且还忽隆隆地接连往上长。它的上顶象支锋利的锥子，把天神居住的神宫刺得都要快崩塌下来，闹得天庭里的诸神不得安宁。

正在这个时候，那个身佩利剑的天神，再一次到那座山前，使尽全身的劲，又把那大山斩成三段。砍完以后，就赶紧把那顶上的一截，搬到了湖里，当还想移走那山腰时，由于用力过大，活活累死。那些天神们，都一齐赶来了，把砍得平平整整的那一截，移到东边，把那另一截，挪到了西侧。

这一来，那阻挡天神出入的大山，就再也连结不到一起了。

这就是今天索伦鄂温克人住地的西博山。它是草原最显眼的一座高山。

【讲 述 者】　黄长林

【采录整理】 马名超搜集整理

【采集时间】 1979 年 6 月采录于鄂温克自治旗府所在地南屯

【流传地区】 内蒙古自治区·（呼伦贝尔市）·鄂温克族自治旗·南屯（巴彦托海镇）

【文本来源】 满都呼主编：《中国阿尔泰语系诸民族神话故事》，北京：民族出版社 1997 年版，第 311—312 页。原文本标注由巴图宝音摘自《鄂温克族民间故事选》，上海文艺出版社 1989 年版。

【阅读提示】 这则神话强调了西博山来历的神圣性和特殊性。

【基本母题】 开天辟地；天神；降魔宝剑；会生长的山；特定山的来历

【本文编码】 《西博山》：ZCSW1251-243-066

阿里山

（高山族）

在台湾嘉义县的东面，有一座海拔三千多公尺的高山，名叫阿里山。山上到处生长着一片片原始森林，台湾盛产三件宝——大米、甘蔗和樟树，其中的樟树就大部分生长在这里。这儿，一年四季花香鸟语。是台湾有名的游览胜地。特别引人注目的是半山腰上的一棵齐天高的大桧树。据说，这棵桧树年龄有三千多岁，所以人们都管它叫“神木”。

从前，阿里山叫秃山，因为它浑身上下不长一棵树、一棵草、一朵花。那么，这座秃山是怎样有了树木和花草呢？又为什么改名叫阿里山呢？当地流传着这样一个故事。

听老人说，从前，在这座秃山北面的一个沟岔上，住着一个靠打猎为生的小伙子，名叫阿里。有一天，阿里在北山坡上打猎，突然，看见山下有一只吊睛白额大老虎，正在追赶两个采花姑娘。阿里急忙从山坡上跑下来，一下跳到虎背上，手起刀落，只听“咔嚓”一声，老虎脑袋被砍落在地上。两个采花姑娘得救了。他刚要回北山坡上打猎，又见从天上落下来个手拿龙头拐杖的白胡老头，老头一边笑，一边拽着两个姑娘的胳膊往南山坡上拉。阿里是个见义勇为的人，他见这两个姑娘刚脱离虎口，又遭到这坏老头子的耍戏，心里阵阵怒火。他大喝一声："住手!"就一个箭步冲到那个坏老头子的面前，夺下龙头拐杖，照着那老头的前额狠狠打了一下。

那老头的前额立刻起了个大疙瘩。他痛得大喊一声，放开那两个姑娘，一甩袖子，向空中飞去，一转眼，就不见了。没过多久，晴天响起了雷声，那雷声由远而近，越来越大，只见那两个采花姑娘吓得浑身乱颤，她们焦急地说："坏事了！坏事了!"

阿里奇怪的问："这是怎么回事?"

两个姑娘说："我俩本是天宫的仙女，听说台湾岛风景优美，就偷偷来到这里。不想，遇见了恶虎，多亏你救了我们俩的性命。谁知，由于贪恋美景，误了时辰。玉帝派老寿星下来捉拿我俩回天宫治罪。我们害怕玉帝刑法，不想回天宫。正在老寿星拉我们的时候，你却跑过来把他打跑了。他把这件事告诉了玉帝，玉帝震怒，下令让雷神用雷火烧死这一带生灵呢!"

阿里听她俩这么一说，吃惊不小："难道就没有什么办法，搭救这一带生灵吗?"

两个仙女说："只要有豁上死的人，跑到南面那座秃山顶上。把雷火引开，使雷火不能蔓延，就保住这一带生灵了。阿哥你远远躲开，我俩到秃山顶上去引雷火吧。"

阿里摇着头说："不，老寿星是我打的，祸是我惹的，还是让我去引雷火吧!"他说着，就拿着那个龙头拐杖，急忙向南边的那座秃山上跑去。他心急跑得快。不大一会儿，就登上秃山的山顶。他仰起头来，朝着天空高声喊道："雷神噢！老寿星是我阿里打的，那两个仙女是我阿里放的。祸是我阿里惹的，与别人无关！你那雷火，朝我阿里身上击吧!"

这时，雷神正好来到秃山上空。他举起雷钻和闪锤，只听"轰隆"一声响，一个响沉雷，把阿里的身体击个粉碎，雷火在秃山顶上熊熊燃烧起来。雷神转身到天宫交差去了。因为这座山上没有树木和花草，雷火还没燃烧到半山腰，就自己熄灭了。

阿里虽然被雷火击死了，他死后这座秃山的满山遍野，却长出了一片片树木。人们都说，这些树木，是阿里被雷火击碎了的皮肉和头发变成的。那棵神木呢？就是老寿星的那根龙头拐杖变成的。那两个仙女，见到这种情景，感动极了，两个人合计了一下说："阿里阿哥是为咱们俩和大伙死的，他死后，皮肉头发都变成了树木，为人们造福。我们俩就变成花草，好给阿里阿哥做伴，也能为人们造福。"

从此以后，这座秃山才有了树木和花草。人们为了纪念这个舍己为人的好后生，就把这座秃山改名叫阿里山。

【讲 述 者】（无考）

【采录整理】宋一平搜集整理

【采集时间】（无考）

【流传地区】中国台湾

【文本来源】陶阳、钟秀编：《中国神话》（中册），北京：商务印书馆2008年版，第770—772页。原文本标注选自《民间文学》1984年第1期。

【阅读提示】在台湾地区，有关阿里山产生、名称由来的传说版本众多，大多反映出阿里山在当地群体情感世界中重要的文化地位。

【基本母题】阿里山名称的来历；神树；仙女；玉帝；雷神；人死后化作花草树木

【本文编码】《阿里山》：ZCSW1252-243-067

巨石神话

（赫哲族）

在黑龙江省境内，七星河上源的七星砬子，有山石形似女人，被认为是神女七姊妹的化身，赫哲渔民中至今仍有关于“七女峰”的优美神话相继传述。传说古时有对猎手夫妻，箭法超群，逐猎中，追踪一神奇麋鹿，赶至街津山顶时，神鹿悄然遁去，杳无影迹。神猎手顿足自责道：“我等无能，还不如一块石头！”瞬间，猎手夫妻及所携猎犬，顿时化为巨岩，屹立于峰顶。

【讲 述 者】（无考）
【采录整理】马名超、崔焱、东辉整理
【采集时间】（无考）
【流传地区】（无考）
【文本来源】姚宝瑄主编：《中国各民族神话》（满族、赫哲族、朝鲜族），太原：书海出版社2014年版，第116页。
【阅读提示】这则神话通过叙述猎人追赶神鹿不成化作山石的过程，反映出赫哲族以渔猎为主要生计的生产特性。
【基本母题】特定山的形状；神女；神鹿；神猎手；人变成山石

【本文编码】《巨石神话》：ZCSW1253-243-068

七女峰

（赫哲族）

古昔赫哲族有七姊妹，为寻象征吉祥幸福之金翅鸟，历尽辛苦，终得之。然当七姊妹约族人随金翅鸟往觅衣食无虑、吉祥如意之地时，七人忽皆化为石人。石人愈长愈高，拔地冲天，耸入云霄，是为七女峰。据云，每晴明日，犹能见第七女莎丽坤项上所围之银狐裘。

【讲 述 者】（无考）
【采录整理】袁珂据毛星主编《中国少数民族文学》（中册）有关内容

改写。

【采集时间】 （无考）

【流传地区】 （无考）

【文本来源】 袁珂：《中国神话大词典》，北京：华夏出版社 2015 年版，第 494 页。

【阅读提示】 这则神话较为精简地叙述了七女峰的产生，其中有部分环节似乎并未交代清楚，这也许讲述人与听众心里都明白。

【基本母题】 金翅鸟；七姊妹；人变成石头；特定山峰的来历；特定山峰的特征

【本文编码】 《七女峰》：ZCSW1254-243-069

大力神

（黎族）

据说太古之时，天地相距甚近。天上有七个太阳七个月亮，没有昼夜，百姓难于为生。大力神为解救黎民的疾苦，把天高拱一万丈，又用弓箭射落了六个太阳六个月亮，然后用彩虹作扁担，拿道路当绳索，挑砂土垒山岭。他的头发变成了森林，流下的汗水成了江河。当他造就了天地山川之后便溘然长逝。临终前，他生怕天再塌，于是撑开巨掌，把天擎住，是为五指山。

【讲 述 者】 （无考）

【采录整理】 韩伯泉编写

【采集时间】 （无考）

【流传地区】 （无考）

【文本来源】 《中国各民族宗教与神话大词典》编审委员会编：《中国各民族宗教与神话大词典》，北京：学苑出版社 1990 年版，第

379 页。

【阅读提示】 这则神话中叙述的大力神死后化生万物的情节，与盘古创造万物的情节有共通之处。

【基本母题】 以前天地很近；七个太阳；七个月亮；以前昼夜不分；大力神；射日月；死后化生万物；五指山的来历

【本文编码】 《大力神》：ZCSW1255-243-070

五指山（1）

（黎族）

五指山原名邪山。若干年前，山上忽出妖王，专以食人为生，附近居民皆惊惧惶恐。山西舞黎村有翠花姑娘者，年方十八，俊美而武勇，擅剑术。其父为邪山妖魔所食，姑娘常思为父报仇，而苦力孤难救。一日自田间归，息大树下，蒙眬中见一老人来告之曰："尔既念尔父，应速报父仇；吾赐汝大力，速往歼群妖！"语毕，轻拍其肩，翠花骤醒，不见老人，但觉浑身力气无穷。次日，姑娘系筒裙，著红衣，于壁上摘下宝剑，昂首奔赴邪山。

至山半，但见层层黑云，笼罩山头。黑云中现群妖，张其牙爪，欲来搏噬。姑娘仗剑与之斗，妖皆纷纷倒地。遂乘胜鼓勇，杀上山头。沿途惟见遍山白骨，腥臭冲天；死人之血流作五河，分途奔向大海。妖王闻翠花已冲至山顶，慌忙出洞迎战。其形狰狞西猛，所执金枪长二丈八尺。姑娘大吼一声，身亦骤变为长二丈，剑长二丈八尺。二人遂大战于山顶。姑娘愈战力愈大，身亦愈高，剑亦愈长，终将妖王刺倒于地。方足踏其胸、执剑以毕其命时，妖王忽使出最后魔力，呼出大气，令天昏地暗，狂风大作，飞沙走石。沙石从四面八方飞来，顷间便将妖王与翠花埋于其中。时姑娘方高举左臂，其后风停云散日出，山头惟见姑娘高举巨臂之五指，已化为山形之石柱。后人为纪念姑娘除妖之德，因改称邪山为五指山。

【讲 述 者】（无考）

【采录整理】袁珂据王越辑《五指山的传说》中的《五指山的由来》改写。

【采集时间】（无考）

【流传地区】（无考）

【文本来源】袁珂：《中国神话大词典》，北京：华夏出版社2015年版，第507页。

【阅读提示】这则神话在翠花姑娘勇斗妖魔的叙事中，流露出黎族先人勇于改造自然、积极与恶劣环境抗争的高尚品质。

【基本母题】五指山的来历；妖魔；为父报仇杀妖魔；梦示；老人作为帮助者；变形；特定石柱的来历

【本文编码】《五指山（1）》：ZCSW1256-243-071

五指山（2）

（黎族）

昔海南岛无五指山，唯一片平原。相传远古有夫妻居于此，男名阿立，女名邬麦，共生五子。一家七口，以木为锄，以石作斧，以野生禾种为种子，辛苦垦此荒原，费力多而成效少。一夜，阿立梦中见白须老人立床前，朗声语之曰："汝等尚须勤力劈此肥沃大地。近处埋有宝锄一把及宝剑一口，可取用之。举宝锄高呼'挖！'荒原即变良田；举宝剑高呼'砍！'大树即应声倒地；若有恶人侵犯，高呼'杀！'恶人之头立断。"次晨，阿立以梦中老人所告语家人，家人皆欣喜，即于茅屋四周奋力掘之。至日午，长子果于土中掘得剑及锄。阿立举剑高呼："砍！"一声巨响，古老大树果纷纷倒地，家人皆惊。邬麦复举锄高呼："挖！"荒原果变为片片良田，家人皆乐。自是一家衣丰食足，生活幸福。亦有恶人眼红，欲霸其土地者，唯惧宝剑之威，未敢妄犯。若干年后，老父临死，呼五子至其前，嘱当善营此肥沃土地，语毕而瞑。五子遵母之命，以宝剑为陪葬，随父入土。消息闻于恶人亚尾之耳，亚尾乃阴告海贼，令其速派人来霸此良田美地。海贼果派数百人来，包围母子之家。后竟杀死其母，捉五子系以铁锁链，审问拷打十昼夜，迫其交出宝剑。五子坚不肯告以埋剑之地。亚尾发怒，以火烤之。五子流泪，乃成五溪。正其毙命之时，四野之熊、豹、毒蜂、白蚁、恶鸟等齐奔飞而来，啮亚尾及海贼俱死，且搬来泥土与岩石，葬五子之尸，垒成高山五座。其后人因怀念五子，遂名山曰五子山。后又因其形似五指之矗立，乃又名之曰五指山。

【讲 述 者】（无考）

【采录整理】袁珂据广东民族学院中文系编《黎族民间故事选》中的《五指山的传说》改写。

【采集时间】（无考）

【流传地区】（无考）

【文本来源】袁珂：《中国神话大词典》，北京：华夏出版社 2015 年版，第 507 页。

【阅读提示】这则神话是《五指山的传说》（ZCSW1258-243-073）改写版，可以重点关注语言方面的差异。

【基本母题】以前海南岛是平原；梦示；宝锄；宝剑；葬俗；眼泪变成溪水；特定山峰的来历；特定山名称的来历

【本文编码】《五指山（2）》：ZCSW1257-243-072

五指山的传说

（黎族）

从前，海南岛上是没有五指山的，那儿原是一片平原。那么五指山是怎样来的呢？

传说，很古的时候，在这一块平原上，居住着一对夫妻，男的名叫阿立，女的名叫邬麦。他们生下五个儿子。一家七口人同住在一起，不分日夜地干活。那时候什么工具都没有，他们用木棍当锄头，用石头当刀斧，用平原上的野生禾的种子来种植。

他们七个人整天劳动，只能开半亩荒地。有一夜，大家在茅屋里休息，邬麦和孩子们都睡了，只有阿立为着荒地翻来覆去地在动脑筋。到了深夜，他昏昏沉沉地睡去的时候，忽然梦见一个长着白胡子的老人站在他床前，响亮地对他说："你们拿出力气来开辟这块肥沃的大地吧。在你们家附近埋有一把宝锄和一把宝剑，你们就把它挖出来使用吧。只要你把那把宝锄高高地举在头上叫一声'挖'，这平原上的荒地便会变成良田；只要你把那把宝剑举起来挥动一下，叫一声'砍'，大树就会应声倒地。要是坏人来侵犯你，你只要叫一声'杀'，坏人就会头断落地。"

第二天一早，阿立把梦中的话告诉了全家大小，他们个个听了都很兴奋，便拼命在茅屋的周围挖起来。挖呀！挖呀！一直挖到中午，大儿子忽然"嗳哟"叫了一声，从土里拿出一把黑油油的宝锄和一把发亮的宝剑。阿立按照白胡子老头的话，高举宝剑叫了一声"砍"，果然，一阵巨响，许多古老的大树都一齐倒在地上，惊得大伙发了慌。邬麦又高举宝锄叫了一声"挖"，平原上果然变出了一片片良田，全家人乐得呵呵大笑。

从此以后，他们一家人的生活过得很幸福，吃得饱饱的。坏人也有眼红的，想霸占他们的土地，因为他们有宝剑，都不敢来侵犯。

过了很多年，年老的父亲临死的时候，叫五个儿子到跟前，嘱咐他们好好地在这块肥沃的土地上种植。话没有说完，他就合上眼睛死了。父亲死后，五个儿子遵从父亲的遗嘱，依照母亲的话，在埋葬父亲的时候，把宝剑作为陪葬，同时埋下土去了。

这个消息传到坏人亚尾的耳里，他便悄悄地跑去告诉海贼，叫他们派数百个人来，霸占这块肥沃美丽的土地。他们来了以后，把母子们都包围住了，后来还杀死了母亲，把五个儿子都捉起来。

狠心的亚尾用铁链锁着五个儿子，审问拷打了十天十夜，逼他们交出宝剑。但是他们无论如何，都不肯说出埋宝剑的地方。亚尾发怒了，便用火烤他们。他们流下来的泪水把平原冲成了五条溪。他们断气死去的时候，四面八方的熊、豹、白蚁、毒蜂、恶鸟，都成群结队地奔来，成千上万地飞来，把亚尾和海贼通通咬死，并搬来了许多泥土和大岩石，把五个儿子的尸体埋葬了，堆成了五座高高的山。

从此以后，人们为了怀念这五个儿子，便把这座山叫做五子山。后来，又因为五子山直竖着，好像五只手指一样，人们就把它称为五指山。

【附注】

异名文本《五指山传说》，见姚宝瑄主编《中国各民族神话》（高山族、黎族、畲族），太原：书海出版社 2014 年版，第 64—65 页。原文本标注选自广东民族学院中文系编《黎族民间故事选》，上海：上海文艺出版社 1983 年版。由杨知勇选定。

【讲 述 者】（无考）

【采录整理】容斯焕整理

【采集时间】（无考）

【流传地区】海南省·（三亚市）·保亭县（保亭黎族苗族自治县）

【文本来源】中华民族故事大系编委会编：《中华民族故事大系》第 7 卷（黎族、傈僳族、佤族），上海：上海文艺出版社 1995 年版，第 17—19 页。

【阅读提示】这则神话通过五指山来历的解释，告诫人们“多行不义必自毙”。

【基本母题】以前海南岛是平原；梦示；宝锄；宝剑；葬俗；眼泪变成溪水；特定山峰的来历；特定山名称的来历

【本文编码】《五指山的传说》：ZCSW1258-243-073

五指山与七指岭

（黎族）

很久很久以前，海南岛是一片无边的平原，牧草茂密，万物生长，仙境一般。一天，忽然风雨大作，天摇地动，玉帝急忙叫雷公的兄弟扬叉和法也凝来，告诉他们说，大难临头了，天地将要倒覆。就叫他们下去压实地基，以免遭难。

兄弟两人带了工具匆匆下来，便各顾各去挑土搬石，用堆山的方法，将地压实。他们挑呀搬呀，时间一天一天地过去，山也愈堆愈高。扬叉堆了五座连绵的山峰，这就是五指山。法也凝堆了七座比五指山还高的山峰，这就是七指岭。这些山峰造好后，天地才稳定，灾祸才消除了。这时候，两兄弟才安下心来，在谈笑间，他们提出比一比，看谁筑的山牢固。于是，他们两人互相用脚来踢两座大山。七指岭被扬叉一踢，便踢掉了半截，可是法也凝却踢不动五指山。这样，七指岭便低过五指山了。因为五指山牢固，所以今天仍巍巍耸立在海南岛上。

【附注】

同名文本《五指山与七指岭》，见姚宝瑄主编《中国各民族神话》（高山族、黎族、畲族），太原：书海出版社 2014 年版，第 52—53 页。选自广东民族学院中文系编《黎族民间故事选》，上海文艺出版社 1983 年版。原文本标注由蓝田选定。

【讲 述 者】 王知会

【采录整理】 谢盛圻搜集整理

【采集时间】 （无考）

【流传地区】 海南省·（三亚市）·保亭县（保亭黎族苗族自治县），海南省·琼中县（琼中黎族苗族自治县）

【文本来源】 中华民族故事大系编委会编：《中华民族故事大系》第 7 卷

（黎族、傈僳族、佤族），上海：上海文艺出版社 1995 年版，第 20 页。

【阅读提示】 这则神话中的五指山是天神造出来的，较之本书其他几篇相关文本，更加强调了山的“神性”。

【基本母题】 以前特定的岛是平原；灾难；雷公的兄弟；天神造特定的山；特定山的来历

【本文编码】 《五指山与七指岭》：ZCSW1259-243-074

日月峰

（满族）

长白山有石峰，名日月峰，远望如一拱手作揖之少女，近视则有口耳鼻而无目。伊何以祈祷？两眼又安在哉？相传洪古时代天上无日月星辰，大地一片漆黑。天帝小女谓天帝曰：“父皇，大地太黑暗，宜使其光明。”天帝摇头不语。未久，小女又曰：“父皇，大地太寒冷，宜使其温暖。”天帝复摇头不语。未久，小女又曰：“父皇，大地太荒凉，宜使其繁荣。”天帝不怿，拂袖而去。小仙女乃私离天庭，降落长白山巅，见山唯秃岩，无花草树木、走兽飞禽，深觉可惜，伊在高山徘徊巡游，苦思使大地明亮、暖和、充满生机而无方。天帝怒其擅下凡间，乃罚伊永勿再返天庭。

小女亦倔强，决心不再返回。乃发大狠心，啮破嘴唇，磕碎其齿，抉其左目，掷之高空，立化为明亮之太阳，大地顿成一片光明。然太阳在空中绕行半圈，即落西山，大地又转黑暗。仙女乃又抉其右目，掷之空中，遂又化为光明之月亮。然月之光明稍弱，大地仍觉模糊。仙女又摘项上珠链，掷之高空，顿化为满天星星。大地之光明乃顿增多。珠链系仙女恃以登天、腾云驾雾之宝物，仙女弃其珠链，从此无法再登天。伊只得永立山头，听风吹雨淋日晒，久之身遂化为石峰，有耳口鼻而无目，面向东方，作祈祷状，迎接日月代出，使大地光明无减。大地光明温暖，各种生物于是孳生。此日月峰之由来，亦即满族先祖视之为神峰之由来也。

【讲 述 者】（无考）
【采录整理】袁珂据《满族民间故事选》中的《日月峰》改写。
【采集时间】（无考）
【流传地区】（无考）
【文本来源】袁珂：《中国神话大词典》，北京：华夏出版社 2015 年版，第 458 页。
【基本母题】长白山；特定山峰的特征；以前没有日月星辰；天帝；天庭；日月的产生；人变成山

【本文编码】《日月峰》：ZCSW1260-243-075

天宫大战

（满族）

一、奥朵西

天神阿布卡赫赫有三位贴身侍女，大侍女喜鹊，二侍女刺猬，三侍女奥朵西（意为小姑娘）。奥朵西是放牧神女，掌管七彩云兽。天河中的各色云兽都按奥朵西的意愿奔行，有的像虎，有的像豹，有的像鹿，有的像兔，有的像马，有的像猪，变幻无穷。

在阿布卡赫赫与耶鲁里争夺宇宙统治权的天宫大战中，具有百技百能、神力超凡的九头恶魔神耶鲁里疾驰在前，阿布卡赫赫在后追赶，却总是追不上。聪明的奥朵西想出一个巧妙的办法：用藤草编成白马借给耶鲁里。耶鲁里很高兴，岂知一骑上白马，手足就被藤草缠住。就这样耶鲁里被阿布卡赫赫捉住，只好服输，向阿布卡赫赫求饶。阿布卡赫赫天生性慈，便放了他。谁知，他不仅继续伤害生灵，而且还打起阿布卡赫赫的主意。他见阿布卡赫赫身披云彩天光衫，容貌秀美，便想嬉戏她，并得到她。阿布卡赫赫分外恼火，只要一见到耶鲁里的九个脑袋，就立即头晕目眩，忙让众侍女把他轰走。大侍女喜鹊用叫声轰撵他，耶鲁里便用九座山塞住耳朵；二侍女用刺猬针上的太阳光刺他的九双眼，耶鲁里就用白雾作眼帘；三侍女将七彩云马赶进了他的眼睛，耶鲁里疼痛难忍，九头十八目变成黑雾，被虫噬咬，只好逃跑。

耶鲁里逃走时，眼睛里裹走了许多天马，天的颜色也由原来的九色减为七色。阿布卡赫赫 气之下，将奥朵西赶走。奥朵西走后，天空只是一片云光，再也听不见百兽的叫声、蹄声，阿布卡赫赫深觉寂寞，又感念奥朵西对自己的一片真情，便将它召回身边，重做牧神。

二、穆丹阿林

在萨哈连（黑龙江）极北地方，有一片千年松林和一个古岩幽洞，连绵七座山峰并峙入天，四周群山围拥，白云庇护，百兽繁居，百鸟鸣唱，犹如神界。这七座并立的山峰就是在北方颇负盛名的穆丹阿林。其山多异禽异兽，生九彩斑纹鸟，声如女儿语，又有双头七彩花节蛇，见此蛇处，可得七星翡翠。相传，此山及神玉形成于天宫大战时。

阿布卡赫赫将耶鲁里驱赶至此地，阿布卡赫赫从头上摘下来一块玉坠，向耶鲁里打去，打掉了耶鲁里的一颗头，那块玉坠也被打碎，落在耶鲁里被打掉的头上，形成一座玉石山，围住那颗魔头。耶鲁里神技无敌，马上在原地一连凸起六座相同的山峰。阿布卡赫赫和巴那姆赫赫来找魔头，见七座高山耸立，难以分辨哪座高山下有魔头，只好作罢。耶鲁里便偷偷将那颗头找到，重新安到自己的头上。从此，这里出现了七座大山，山中多奇玉，都是阿布卡赫赫头上的玉坠化成；山中多幽洞，则是阿布卡赫赫派诸神捉拿魔头，钻拱出来的。穆丹阿林被尊为圣山，一年四季献牲祝祭者络绎不绝。

【附注】

本文关联文本，可参见满族神话《天宫大战——黑水女真人传世神话》（ZCSW0119-023-014）等。

【讲 述 者】（无考）

【采录整理】（无考）

【采集时间】（无考）

【流传地区】（无考）

【文本来源】姚宝瑄主编：《中国各民族神话》（满族、赫哲族、朝鲜族），太原：书海出版社2014年版，第38—40页。

【阅读提示】这则神话中的山峰神玉及相关事物均来自满族创世神话故事——天宫大战。此文本内容与阿布卡赫赫的诞生及天地人三界创世的过程一道，共同组成了天宫大战完整的神话叙事体系。

【基本母题】天神；特定职能的神；宇宙的管理；恶魔神；特定山的来历；圣山；玉石变成山

【本文编码】《天宫大战》：ZCSW1261-243-076

珍珠门

（满族）

镜泊湖里有两个门柱子似的小山，那就是珍珠门。

早先，镜泊湖里没有这么个珍珠门。传说从前这湖岸上住了个叫苏东阿的小伙子。小伙子浓眉大眼，长得虎彪彪的，是个下网打鱼的好手。几十丈深的湖，他能一个猛子扎到底。爹妈过世时，没给小伙子留下一张烂网，半块船板，就留下了一支笛子。笛子成了苏东阿的伴儿，小伙子能用它吹出各色各样的曲调。他吹的笛声，能使鸟呀，鱼呀听直了神。

一天下晚，苏东阿到湖沿吹笛子，突然湖底出现了个亮东西，“刷”地一下把半拉湖照了个通亮。就连湖里通绿的水草呀，红尾巴鲤鱼呀，都能看个一清二楚。满屯子打鱼人都跑来了，七嘴八舌地说是“湖灯”亮了。看看半拉镜泊湖象在日头地里，大家伙就扛网抱桨，趁亮下湖捉鱼去了。

打这以后，天天下晚苏东阿都到湖沿吹笛子，笛子一响，“湖灯”准亮。日子长了，一吃过晚饭，大伙就会喊：“小阿哥吹笛子呀，咱们打鱼去喽。”成了惯常的事儿。

后来，那“湖灯”离湖岸越来越近了，苏东阿觉得奇怪，就一边吹笛儿，一边打量“湖灯”。有一天，他到底看准了，原来，水里面有一个俊模俊样的姑娘，坐了个漂漂悠悠的小船，锃明瓦亮的“湖灯”就是她戴在头顶上的一颗大珍珠。苏东阿心里好奇，就一个猛子扎进湖里，抓住姑娘坐的小船，连人带船拽到了岸上。姑娘看到小伙子，臊得想扭头跑回湖里。

苏东阿赶紧拦住说：“你别害怕，我是这岸上打鱼的苏东阿。我没旁的心思，就是想认识认识你。”

姑娘这才稳住神说：“我叫珍珠，家就在湖里的蛤蜊城。”她又和小伙子说，她天天下晚跑出来，就是为了听他吹笛子，若是一天不听，就饭也吃不下，觉也睡不着。

苏东阿听了，心里甜滋滋的，就说：“那咱俩一块过吧，我天天吹笛子给你听，你用珠子给打鱼的照亮下湖。”

可是姑娘叹了口气说：“小阿哥，实不相瞒，我是个蛤蜊精。”

苏东阿说：“只要你愿意，不管你是什么，我都乐意娶你!”

姑娘说：“我是水族，咱过不到一块呀!”这下子苏东阿没招了，弄得他眉头上拧个大疙瘩。珍珠看他实心实意，就告诉他，要她到陆上住，得她的干爹老蛟龙用法术给她脱胎换骨。不过，老蛟龙轻易是不会答应的，除非把他的九龙夜光杯偷来。那是东海龙王赐给他的镇海宝杯，弄丢了可不是打哈哈的事。

苏东阿赶紧问怎么能偷到九龙杯。珍珠说：“七月十五日是父王的生日，只有那天父王才把杯子拿出来，半夜里在湖面上摆席饮酒，要弄宝杯非那天下手不可。不过，弄不好说不定……”

苏东阿接过话头说：“能和你成夫妻，我豁出命也行。”两个人定下了偷杯的计策，珍珠姑娘就回去了。

转眼间，就到七月十五了。那天下晚，苏东阿悄悄猫在湖边。半夜光景，就见那湖水翻了一阵花，四个夜叉出来巡湖了。又待了一会儿，一群蛤蜊女在湖当间摆起了八仙桌，搬来了满满一桌的山珍海味，桌上还真有盏九龙夜光杯，那宝杯闪闪发亮，就象是星星落在了桌上。这时候，一身珠光宝气的老蛟龙来了。可是没等他坐稳，苏东阿早游到湖心，一伸手把宝杯抢跑了。等到老蛟龙醒过腔来，小伙子已经没影了。气得他一甩袖子，宴席哗地一下子散了，湖上冒起了白雾。不多会儿，那四个巡湖夜叉的脑袋被扔到了岸上。

老蛟龙回到蛤蜊城，进了水晶宫，就脸不是脸鼻子不是鼻子地倚在象牙床上。珍珠姑娘明知道准是为了九龙杯，却特意上前问道：“父王年年吃寿席回来欢天喜地，今儿个怎么愁眉不展?”

老蛟龙连连摇头：“别提了，别提了，一个愣头儿青把九龙杯抢走了。”说着找来了鳖将军、虾谋士，商量去找宝杯。可是众大臣都大眼瞪小眼，谁也弄不明白到底是谁偷了杯。

最后，还是珍珠姑娘开了腔：“请父王给女儿三天工夫，容女儿前去察访。”

老蛟龙又摇起了头：“难呵，难呵，你个女儿家有什么道眼能找回杯来?”

珍珠说：“我认识岸上一个吹笛子的小伙子，我找他帮着打听打听，说不定偷杯的人就住在湖边呢!”

老蛟龙没了办法，只好让她去试巴试巴，说：“找回九龙杯的人，他要什么我给他什么。”

珍珠上了岸，苏东阿正焦急地等着她呢。两个人欢天喜地见了面，珍珠把前前后后的事诉说了一遍，然后对苏东阿说：“我回去就和父王说，找到宝杯的人任你金山银岭全不要，就要我给他做媳妇。他要是答应了，把我送上岸来，你就把杯子放进湖里。要是不行，你藏好宝杯，我再来和你商量法子。”说完坐上她的蛤蜊壳小船，荡荡悠悠地回到蛤蜊城去了。

哪曾想老蛟龙听了珍珠的回话，一口一个不成，说：“那小伙子要什么都行，就这宗不行。我怎么割舍你离开我上岸与人为妻?”

姑娘说：“父王有言在先，找到宝杯的人要什么你给什么，如今怎么好反悔呢? 再说，没了镇湖杯，妖怪又要作乱，龙王怪罪下来也不得了。”把个蛟龙说的没了词儿，只得问：“敢情你愿意嫁给这个人?”珍珠姑娘笑了，老蛟龙看这样子，又留住女儿又找回九龙杯是不成了，就说：“罢了，就让你去吧。不过要到陆上住你就得脱胎换骨，那罪可不好受啊。并且从此你就只是个凡人，过去的道行也就白修炼了。”

珍珠回答：“父王放心，女儿不怕受罪，甘愿做个凡人。”

老蛟龙就拿来了他炼成的“真水”朝珍珠身上喷。喷第一下子，姑娘浑身上下好似火烧火燎。喷第二下子，她身上象搁上了千把刀。喷第三下子，她疼得满地打滚，把湖水都搅起了九尺高的浪头。老蛟龙去掉了珍珠身上的蛤蜊壳，就把她推上了岸。

就这样，苏东阿娶了珍珠姑娘。成亲那天晚上，湖岸上可热闹了。珍珠姑娘头上的宝珠比一百堆劈柴拌子火还亮，照得湖上湖下通明瓦亮。苏东阿吹起笛子，笛声叫人听了象喝蜂蜜水那么甜。人们像过节似的穿着花裙，成双成对地跳起舞来，一直乐呵呵到大天四亮。

从此，小两口在一块儿你恩我爱地过日子，好得象一个人似的。每到下晚苏东阿就吹起笛子，珍珠姑娘擎着宝珠给打鱼的照亮。说也蹊跷，有这珠子照亮，保准网网不空，百里镜泊湖穷渔户的日子，都缓过了气。

哪知好景不长，一来二去，事情传到“贝勒”乌拉锡奔的耳朵里。乌拉锡奔有钱有势，家财万贯，儿子在京里当着什么大官，他在镜泊湖一带说一不二，真是跺跺脚湖水也要翻花呀。听说苏东阿娶了个俊媳妇，还有宝贝珍珠，穷打鱼的都快发财了，气得他又翻白眼又扯头发，立时起了霸人占宝的坏心。这天，他派人把苏东阿找了去，说为全穆昆人丁兴旺，五谷丰登，六畜平安，要还愿跳神，珍珠姑娘必须得来，照亮献舞。苏东阿怕乌拉锡奔不安好心，就推说珍珠姑娘不会跳神。乌拉锡奔嘿嘿一声奸笑，捋着胡子说："你女人能歌善舞，跳神时不来，你想得罪老佛爷?"没办法，苏东阿只好气呼呼地回来了。

珍珠听苏东阿把乌拉锡奔的话学了一遍，心里七上八下直绞个儿。她心里作难，挨了好半天，才说："小阿哥，乌拉锡奔再催时，你就告诉他，要想叫珍珠来不难，他得先答应三件事：头一件，把七七四十九张牛皮文书烧了，放了买来的奴隶；二一件，把七七四十九个粮仓都打开，分给渔樵耕猎的穷人；三一件，把七七四十九个围场都交出来，让大家随便去打猎。不过那时候，咱夫妻怕也到头了。"说着，眼泪像断线的珍珠落了下来。

苏东阿一听火了："听拉拉蛄叫就不用种地，你就是不去，看他敢怎么样!"

珍珠说："不那样，不光保不住我，连你的性命也得搭上!"她擦干了眼泪，又说："现在只有这条道好走了。我这回得狠狠惩治惩治这个黑心贼，为老百姓出口气，也给大伙争个好光景。"

苏东阿问："乌拉锡奔要是答应了那三样怎么办?"

"那就告诉他，我隔天傍晚在湖心小山上等他，叫他来接吧!"

苏东阿又问："干什么到小山那儿等他，你要干什么?"

珍珠姑娘扑到苏东阿怀里，哭着说："别问了，我活着已是你家的人，死了是你家的鬼呀!"

第二天，乌拉锡奔又把苏东阿找去，苏东阿就把珍珠的话对他说了，黑心的乌拉锡奔一听，嘴巴差点咧到耳门后，心里寻思：先把漂亮的姑娘和无价的宝珠弄到手再说，奴隶、粮仓、围场怕它飞到天上去?就叫人当着苏东阿的面，把七七四十九张牛皮文书烧了，奴隶得了自由。把七七四十九个粮仓打开了，没吃的穷人随便去装。七七四十九个围场也开放了，猎户可以任意打围。苏东阿这才把珍珠让乌拉锡奔，隔天傍晚去湖心小山接她的话说了。

长话短说，这天天擦黑时，珍珠划着船来到湖心的小山上。只见风卷着湖水，浪头一甩一丈来高，天上黑云彩象抹了锅底灰。这时候，乌拉锡奔驾着大船来了，他看见珍珠姑娘正在山上等着呢，乐得差点儿从船头上颠下来。不过等他爬上湖心小山，来到珍珠跟前，看见她怒气冲冲的样子，他害怕了。

珍珠指着乌拉锡奔的鼻子，骂道："你这条白了尾巴梢的老狼，整天欺男霸女，变着法祸害老百姓，今天我送你见阎王爷吧！"乌拉锡奔看看来头不对，扭头想跑，可姑娘早把那颗明光锃亮的夜光宝珠握在手里，喊了一声："小阿哥！"便朝山上摔去。只听"咔嚓嚓"一声巨响，好似天塌地陷，脚下的山裂成了两半，湖水涌上半山腰，珍珠姑娘和乌拉锡奔一起沉到湖里去了。偷偷跟来想和乌拉锡奔拼命的苏东阿也不见了。这时候，风平了，浪静了，圆圆的月亮升上了湖面，一切都和过去一样，只是湖里多出了象门柱子似的两座小山。这就是如今的珍珠门。

说起来叫人不信，直到如今，月亮圆的晚上，还能模模糊糊听到湖里有笛子声，影影绰绰看见湖上有个姑娘跳舞。大伙都说笛子是苏东阿吹的，跳舞的就是珍珠姑娘。

【讲 述 者】 傅英仁

【采录整理】 史卫国整理

【采集时间】 （无考）

【流传地区】 黑龙江省·（牡丹江市）·宁安县

【文本来源】 中华民族故事大系编委会编：《中华民族故事大系》第4卷（朝鲜族、满族、侗族），上海：上海文艺出版社1995年版，第521—527页。

【阅读提示】 这则神话借珍珠姑娘和苏东阿之间的爱情故事解释了特定山的来历，情节布局曲折有趣。

【基本母题】 特定山的来历；人与动物婚；水族；宝物；夜光杯；抢婚

【本文编码】 《珍珠门》：ZCSW1262-243-077

博格达山的传说

（蒙古族）

博格达山就是神山的意思，博格达山峰下的天池，就是神湖、神池的意思。

原来的西王母，不叫西王母，她是天帝的母亲，名字叫德金巴乌，后来东方的人叫她西王母。她掌管着整个天空。她有一个儿子、七个女儿，儿子就是天帝，七个女儿就是人们常说的七个仙女。她最喜欢最小的七仙女。

七个女儿在天上待得寂寞了，就变成七只洁白的天鹅，从天上飞下来，穿过彩霞云层，来到人间的上空游玩。她们飞过草原，飞过戈壁，远远地看到了高耸入云的雪白的博格达峰。她们围着山峰转了几圈，很喜欢这座挺拔的山峰，就急忙飞回天上，要求母亲为她们在博格达山下修一个洗澡池，她们想每天到那儿去洗澡。

母亲德金巴乌由于喜爱自己的女儿，特别是看到七仙女那恳切的神情，答应了她们的要求。她命令雷神响起雷，雨神下起雨。雨一个劲儿地下呀下，雨水在博格达山峰下汇成了一座清澈的湖，这就是天池。

由于雨水是德金巴乌给的，是为了让七位仙女能痛痛快快、舒舒服服地洗澡，所以热气腾腾。没想到，湖造成了，德金巴乌却说，天雨落到人间，就没有在天上时那么干净了，不让女儿们下来洗澡。

女儿们想念博格达山峰，想每天看看那挺拔的山峰，就趁母亲睡觉的时候，下来洗澡。母亲每天都要睡觉，她们也就每天都能下到人间洗澡。

博格达山脚下有一个年轻的猎人，孤身一人，无依无靠，以打猎为生。他每天看到有七只白天鹅下来洗澡，很想打它一只。

一天，年轻的猎人躲在悬崖后面，看见七只天鹅落在了湖边，他就张弓搭箭，一箭射了出去，结果射伤了那只最小的天鹅。

受伤的小天鹅倒在地上，悲惨地鸣叫着。年轻的猎人急忙跳起来去捉天鹅，只见其余六只天鹅猛地衔起那只受伤的小天鹅，朝天上飞去，很快就隐没在云层里了。

从此以后，再没见过白天鹅来湖中洗澡，湖水也就变得冰凉了。

【讲 述 者】 （无考）

【采录整理】 姚宝瑄、巴音巴图翻译，阿·太白搜集整理

【采集时间】 （无考）

【流传地区】 （无考）

【文本来源】 姚宝瑄主编：《中国各民族神话》（达斡尔族、鄂伦春族、鄂温克族、蒙古族），太原：书海出版社2014年版，第165页。

【阅读提示】 这则神话中天池的池水由热转凉的情节，探讨了天池经历的特殊的地质变化，难怪有些人认为神话就是科学。

【基本母题】 神山；天池的来历；神湖；西王母；天帝；七仙女；仙女变成天鹅；仙女下凡

【本文编码】 《博格达山的传说》：ZCSW1263-243-078

赤脚巨人

（鄂温克族）

有一个山一样高大的人，叫夭乌麦勒根，意思是赤脚巨人。他的一只手可以提起一座山，一步可以跨过一道深涧。他只能步行，不能骑马，因为马太小。他是个勇敢的射手，人们都叫他神箭英雄。他只有一张弓、三支箭，射完了这三支箭才能再拿三支箭。他是西方一个汗国的国王，这个汗国属中国皇帝管。

夭乌麦勒根有一个美丽的妻子，两人感情非常好。

夭乌麦勒根汗国的东面，有一个凶恶的妖怪，叫沙尔腾巴。它和夭乌麦勒根一样高大，但残害人民，强奸妇女，掠夺牛羊，无恶不作。夭乌麦勒根决定前去除掉这个祸害。

一天，他告别妻子，带上弓和三支箭，向东走去。

沙尔腾巴听说夭乌麦勒根要来和自己打仗，便向西迎了过去。二人在塞里木湖边蒙古人称作阿恰里巴的地方相遇。

两人一看对方和自己一样高大，也是个巨人，心想："比赛摔跤、骑马都不行，要打，怕也不分胜负，还是比赛谁的神通大吧！"

夭乌麦勒根说："咱们不打仗了，比赛谁的神通大吧。一个人站在赛里木湖中间，另一个人站在岸上。站在岸上的人要使出神力，使六月的湖水冻成冰，湖中的人能使出神力，一下子把整个湖里的冰冻全部打碎，跳上岸来，就算赢了。失败的一方可以任其杀头，怎么样？"

沙尔腾巴认为自己神通大，就自告奋勇地说："我到湖里去，你小心我上来杀了你！"

沙尔腾巴一步步走向湖水中央，湖水很深。当它走到湖中央时，水淹到了它的嘴唇了，它想：不能让水淹到我的嘴唇上面，这样使不上劲，必须让水只漫淹到脖子上才行。于是，它就用两个牛髀什垫在脚底下，这下子，水只漫到了他脖子上。

沙尔腾巴准备好了，就喊："快冻冰吧！"

站在山坡上的夭乌麦勒根听到喊声，使起神通，念起了几句咒语。不一会儿，六月的赛里木湖冻起了厚厚的冰。然后夭乌麦勒根喊道："妖魔沙尔腾巴，有本事你就摔吧！"

沙尔腾巴得意扬扬地运用神力使劲一蹬，脚下垫的东西被他踩进湖底的泥中，水"呼"的一下子淹没了它的头顶。它使不上劲，连呛几口水，憋死了。它的血流到湖里，水变咸了，人不能吃，牲畜也不喝。

夭乌麦勒根胜利了，他大踏步向东走去，饿了，弯下腰抓一只黄羊往嘴里一填，渴了一口喝干半条河水，两天就来到博格达山下。当时博格达山很低，只有一个小山包。

博格达山包上有三百个喇嘛，其中的大喇嘛特别坏，看到这样一个巨人，心想：如果他活着，总有一天会把我们杀死的。

他正想着，夭乌麦勒根到了他的面前，问他去中国皇帝的京城怎么走。

这时，中国皇帝遇到了大难题，让大臣们寻找英雄帮助他解除灾难。派出的大臣这时来到博格达山下，见到夭乌麦勒根背着弓和三支箭，就让他跟着自己到中国皇帝的京城。

原来中国皇帝的京城上空，飞来了一只硕大无比的大鹏鸟，大鹏鸟停在空中不走了，挡住了京城的上空，遮住了太阳和月亮的光，地上一片漆黑。中国皇帝想找个人射下大鹏鸟，让京城的人重见阳光。

夭乌麦勒根来到京城，看到了天空中的大鹏鸟，对中国皇帝说："陛下，你是让我射死它呢，还是让我吓唬吓唬它，把它吓跑?"

中国皇帝想：大鹏鸟这么大，如果把它射死了，掉在地上，整个京城都完了，自己也活不成，还是把它吓走的好。便说："最好是把它轰走。"

夭乌麦勒根拉开弓，搭上箭，朝着大鹏鸟翅膀的羽毛边上"嗖"的一箭射去。大鹏鸟一惊，拍了一下翅膀飞走了。

大鹏鸟翅膀扇起的尘土满天飞扬，京城里到处都是尘土，连人都看不见了。

夭乌麦勒根这一箭，射下了大鹏鸟的一根羽毛，羽毛在空中飘飘然慢慢地落下来，把京城的一角砸了个大坑，城墙砸蹋了，地陷下去了。

夭乌麦勒根告别了中国皇帝，回西方自己的汗国，看望离别很久的妻子。

夭乌麦勒根一天就走到了博格达山包下，见到了大喇嘛。大喇嘛已经知道了他射走了大鹏，害怕他的本领，想害死他，就带领三百个小喇嘛，端着酒，来迎接夭乌麦勒根。

夭乌麦勒根走得口干舌燥，接过大喇嘛递过来的酒碗，一碗接一碗地喝了下去。他哪里知道，大喇嘛已经在所有的酒里放了毒药。

夭乌麦勒根巨人像山一样倒下去了。大喇嘛带着所有的小喇嘛，挖开了博格达山包，将他埋了进去。

博格达山包自从埋葬了夭乌麦勒根的尸体后，就一天天增高，慢慢地插进了云端。

夭乌麦勒根的妻子自从丈夫走后，每天向东方望着，希望东方出现丈夫那高大无比的身影。可是等呀等呀，一年过去了，两年过去了，总不见丈夫回来。于是她起程走向东方，去寻自己的丈夫。

夭乌麦勒根的妻子来到博格山脚下时，山上淌下的热血挡住了她的去路。她认得这是丈夫的血。向近处的人一打听，才知道丈夫被大喇嘛害死了。她坐在山峰前，悲痛地哭泣着，祈求天帝惩罚万恶的喇嘛。

夭乌麦勒根妻子的泪水流淌下来，汇成了河，河水浇灌着博格达山下的田地，百姓们十分同情她，也向天帝祈祷，惩罚大喇嘛。

天帝被他们的诚心感动了，就派来天神，抓住了大喇嘛，砍掉了喇嘛的头，让他变成一座山峰，向夭乌麦勒根请罪。

夭乌麦勒根的妻子每天哭呀哭，头发渐渐地变白了，慢慢地化为一座山峰。

高耸入云的博格达山峰，就是英雄巨人神箭手夭乌麦勒根的坟墓。另两座低一些的山峰，一座是万恶的大喇嘛，跪着向巨人请罪；一座是英雄巨人心爱的妻子。

【讲 述 者】（无考）

【采录整理】阿·太白搜集翻译，姚宝瑄、巴音巴图整理

【采集时间】（无考）

【流传地区】（无考）

【文本来源】姚宝瑄主编：《中国各民族神话》（达斡尔族、鄂伦春族、鄂温克族、蒙古族），太原：书海出版社 2014 年版，第 214—218 页。

【阅读提示】这则神话借巨人争斗解释了特定山峰的产生，可能与蒙汉之间的文化交流和沟通有关。

【基本母题】巨人；巨人的特征；国王；妖怪；比赛神通；咒语；大鹏鸟；天塌地陷；泪水变成河；人死后变成山峰

【本文编码】《赤脚巨人》：ZCSW1264-243-079

凤凰山的传说

（仫佬族）

很久很久以前，古老而美丽的罗城西门河畔住着一位石大爷。他早年丧妻，丢下一个儿子。石大爷辛辛苦苦，好不容易才把儿子养大成人，并为他娶妻成家。石大爷每天都到西门河去打鱼，打到的鱼拿到圩市上去卖，换些粮食回来糊口。日子久了，石大爷因为年纪大和过度劳累，身体逐渐衰弱了。偏偏儿媳妇又是个刁钻的懒婆娘，刚过门那阵子，因石大爷身体还健壮，她还蛮孝顺的。这下，看到石大爷的身体不行了，就整天指桑骂槐，常常无事找事，一会儿嫌石大爷打到的鱼少了，一会儿又说石大爷吃得多了，开口闭口“这老不死的”。一次，打到的鱼特别少，偏巧圩市上的粮食又涨价了，换回的粮食也就更少。儿媳妇眼珠儿一转，眉头一皱，计上心来。晚上，她和丈夫偷偷地把一半饭藏了起来，只留一半大家吃。她首先盛了半碗，捧到石大爷面前，说道：“爸，今天的饭特别少，你先吃吧。”石大爷一看，心里已明白了八九分，气得手都发抖了。他望了望那半碗饭，只恨自己养了这么个不孝顺的儿子，娶了这么个不孝顺的儿媳妇。

打那以后，儿媳妇更加得寸进尺了。她和丈夫暗地里商量道：“干脆把这老头分出去，免得将来成个累赘。”无奈，石大爷只好一个人搬到了一间破茅棚里，从此，生活过得更清苦了，孤孤单单，无依无靠，常常是吃了上顿没下顿。这件事被一只金凤凰知道了，她很同情石大爷的遭遇。一天晚上，她变成个美丽的仫佬姑娘，手上挎着个精致的小篮子，里面装着几条活蹦蹦的大鲤鱼，走进了石大爷的茅棚。石大爷惊疑地打量着她：“你是谁家姑娘，到这里来干什么?”姑娘柔和地笑了笑，说：“我家就在河那边。看见您这么大年纪还天天去打鱼，我娘就叫我给您送几条鱼来。我走了，大爷。”说完，便走出了茅棚。此后，金凤凰天天给石大爷送鱼来。石大爷过意不去，感叹地对她说：“姑娘，难为你天天给我送鱼来，真比我的亲儿子待我还好。”金凤凰轻轻一笑，说道：“没什么的，大爷。”

俗话说，纸包不住火，世上没有不透风的墙。这事让儿媳妇知道了。

“这老不死的，过得比我们还清闲。哼!”她想了想，就和丈夫向破茅棚走去。“爸，你过得还好吧，我们也是没办法才这样做的。”她眼珠一转，又说：“听说你打到的鱼很大，是吗?”石大爷起初还以为他们回心转意，没想到原来转弯抹角是为了鱼来的。看着他们那比哭还难看的强装的笑脸，气得连话都说不出来。夫妇俩讨了个没趣，灰溜溜地走了。

这天晚上，金凤凰又给石大爷送鱼来。石大爷对她说：“姑娘，今天我那狠心的儿媳妇来问起鱼的事了，她什么事都会干得出来的，往后，你就别来了。”金凤凰听后，笑了笑说：“大爷，您别担心。俗话说‘善有善报，恶有恶报’。他们夫妇俩会得到应有的下场的。”说完，就走出了茅棚。只见金光一闪，姑娘变成金凤凰，一展翅，飞走了。这全被躲在茅屋后的儿媳妇看见了。

儿媳妇回到家里后，绞尽脑汁，终于又想出一条毒计。第二天，太阳刚下山，夫妇俩就悄悄地躲到了破茅棚旁，等呀等呀，好不容易才挨到了天黑。这时，只见远处一个亮点，越来越近，终于看清了，原来是美丽的金凤凰飞来了。飞呀飞呀，转眼便飞到了石大爷的茅屋前，轻轻地一着地就变成了一个美丽的姑娘，手上挎着那只精致的小篮子，里面装着几条大鲤鱼。夫妇俩看准时机，急忙冲出来，向姑娘猛扑过去，紧紧抓住她的双脚。姑娘一惊，立刻变成凤凰飞了起来。夫妇俩被吊在空中，双手死死地抓住金凤凰，急得在空中大喊大叫。金凤凰飞呀飞呀，飞到西门河上空盘旋几周后，便用力一甩，把这对狼心狗肺的夫妇扔到河里喂鱼去了。这时，金凤凰也用尽了力气，返回时飞得很缓慢，刚飞到西门河岸边，就再也飞不动了，从空中落了下来，化成一座美丽高大的凤凰山。如今山上树木茂盛，据说，这都是当年金凤凰的金羽毛化成的。

【讲 述 者】 （无考）

【采录整理】 潘金雪搜集整理

【采集时间】 （无考）

【流传地区】 （无考）

【文本来源】 中华民族故事大系编委会编：《中华民族故事大系》第 11 卷（达斡尔族、仫佬族、羌族），上海：上海文艺出版社 1995 年版，第 357—359 页。

【阅读提示】 这则神话通过凤凰山的来历，叙述了家庭的矛盾，“善有善报，恶有恶报”的观念不言而喻。

【基本母题】 凤凰山；金凤凰；凤凰变成人；动物报恩；恶毒的媳妇；特定山的产生

【本文编码】 《凤凰山的传说》：ZCSW1265-243-080

凤凰山和鬼龙潭

（仫佬族）

传说很久很久以前，仫佬山里有一口四季长流的山泉。每天，一只美丽的金凤凰飞到泉水旁，汲上那清清的泉水，去灌溉千万亩良田。那时候，仫佬山乡是个美丽富饶的地方，到处是金灿灿的稻谷、黄澄澄的小米、绿葱葱的山林、香喷喷的花果。仫佬人家过着美满的日子，美丽的金凤凰好生欢喜。

在离泉水不远的地方，有一座高山，山上住着一条黑龙。面对富饶美丽的仫佬山乡，黑龙万分眼红，心里暗暗打着坏主意。

有一年夏季，连连下了七七四十九天倾盆大雨，山洪暴发，仫佬山乡变成了一片汪洋大海。山上黑龙趁机随山洪冲下山来，钻到水里，堵住了泉眼。等到雨后天晴，洪水慢慢退去，山泉源断流，变成了一潭死水，金凤凰再也喝不上清清的泉水了。从此，仫佬山乡土地龟裂，禾苗枯死，粮食颗粒无收。可是，一旦刮风下雨，黑龙又钻了出来，兴风作浪，山洪暴发，遍地洪水卷起泥沙，奔腾咆哮，淹没了良田，冲毁了房屋，夺去了人们的生命和财产。在苦难的日子里，人们是多么怀念美丽的金凤凰啊！

这年，又是大旱，几个月不下一滴雨，火红的太阳像一个大火炉似的烘烤着大地，仫佬人心里万分焦急，白天顶着烈日跑在潭边向黑龙求水，夜里拜着满天星斗求雨。可是，尽管人们跪破了双膝，晒裂了皮肤，也打不动黑龙的黑心，打不动老天爷的铁心！

有一天，人们正聚集在潭边求拜，突然间，大风呼呼地吹，树林刷刷地响，一道金光闪来，只见一只色彩缤纷的金凤凰张开着两翅，腾云穿雾地向众人飞来，落在潭边，化成了一个漂亮的姑娘。大家见了，十分欢喜，蜂拥上来，异口同声说："金凤凰呵，金凤凰！自从黑龙下山，仫佬人受尽了灾难啦，快给我们做主吧！"

凤凰姑娘说："你们的灾难我全知道，你们的心情我都懂得呵。我今天来，就是要和大家磋商解脱苦难的法子！"

大家听了，万分高兴。可也有人说："风吹彩云会飘散，龙堵活水会断流，这鬼地方看来不是长住之地！"

众人说："金凤凰过去常来的地方，是宝地！我们千万不能离开！"

凤凰姑娘说："要在这里住下，就得治住黑龙！"

有人伤心地说："有什么法子呵？"

凤凰姑娘说："龙怕揭鳞，虎怕抽筋。大家快下潭去降伏它！"

一位老人连忙说："做不得呵！黑龙是水中妖精，跟海龙王住在一起哩！我们哪里去找它！它一出来，就会兴风作浪，山洪暴发，我们没法和它搏斗呵。"

凤凰姑娘挺身而出，说："那就让我跟它斗一斗吧！"

众人听了，都劝阻说："使不得呀，使不得，那黑龙是凶猛无情的魔鬼，它会把你吃掉的！"

凤凰姑娘说："打虎不怕虎牙利，擒龙哪怕龙爪凶。为了让仫佬人家世世代代免遭灾难，我死了也心甘。"说完，从头上拔下两根雪白的羽毛，化作两把利剑，纵身跃进深深的潭水里，凤凰姑娘顺着水势，来到了黑龙居住的地方。只见石门紧闭，阴森恐怖。勇敢的凤凰姑娘用脚对着石门猛力一蹬，只听咣当一声，石门被蹬开了，现出了一条宽宽的山道来。

这时，黑龙闻讯赶来了。它见了凤凰姑娘，大声喝道："哪里来的野姑娘，竟敢闯进我的龙宫来了！"

凤凰姑娘毫不示弱，大声叱道："喂，黑龙听着：你要乖乖把水放出去，我就饶了你；假若你还要胡作非为，那就莫怪我手下无情了！"

黑龙听了哈哈大笑，把凤凰姑娘的告诫当作耳边风，一下子猛冲过来，要一口吞掉凤凰姑娘。凤凰姑娘眼明手快，拔出白光闪闪的宝剑，和黑龙搏斗起来。打呀打呀，一连斗了三天三夜。凤凰姑娘毕竟水性不好，敌不过那凶猛成性的黑龙，最后，被黑龙一口咬伤了手臂。正当蛇毒上身，凤凰姑娘生命垂危的时候，她使尽全身气力，冷不防回手一剑砍去，斩断了黑龙的尾巴。顿时，黑龙鲜血喷涌，泉水轰隆一声奔了出来。这时，凤凰姑娘顺水一下跳出了水潭，化成了一座青秀的山峰。

泉口打开了，清清的流水渗进了干枯的稻田。这一年，仫佬山乡又得到了丰收。人们为了纪念金凤凰为民献身的精神，把这座山叫做"凤凰山"，把黑龙盘踞的地方叫做"鬼龙潭"。

可是，黑龙并没有被杀死，只是变成了一条更凶恶的秃尾巴龙了。每年春夏季节，它仍常常出来兴妖作怪，把灾难带给仫佬山乡。

苦难的仫佬人，日夜盼望着金凤凰复生，去斩除黑龙，开出清清的泉水，给大家夺回幸福的日子。

【讲 述 者】 杨小妹

【采录整理】 潘琦、包玉堂搜集整理

【采集时间】 （无考）

【流传地区】 广西壮族自治区·（河池市）·罗城县（罗城仫佬族自治县）·东门（东门镇）、四把（四把乡）

【文本来源】 姚宝瑄主编：《中国各民族神话》（仫佬族、壮族、京族），太原：书海出版社 2014 年版，第 24—27 页。

【阅读提示】 这则神话以干旱祈雨为线索，解释了习俗与风物的产生，其中也有仫佬族龙凤崇拜的影子。

【基本母题】 金凤凰；洪水；干旱；祈雨；龙王；龙宫；特定山峰的产生；特定水体的产生

【本文编码】 《凤凰山和鬼龙潭》：ZCSW1266-243-081

罗义射狮

（仫佬族）

早先，盘古开天辟地的时候，把九万九千九百九十九座大山安放在天地的西南角上。仫佬人的祖先就住在这九万大山的东南面。那时候，仫佬山乡这块像走廊一样的山谷地带，茅草过人，刺蓬遍地。前辈们你一钉锄我一锹，好容易才开垦出盆一块碗一块似的田地，种下了红薯、玉米、稻谷、棉花……可是，还没有收成的时候，红薯被山猪偷吃了，玉米被猴子偷吃了，谷子被鸟雀偷吃了，棉花也被蚜虫咬死了，弄得颗粒不剩，连种子也收不回来。有时，金环蛇还爬到床上咬人，老虎跑到屋背来拖猪，害得大人不敢下地，娃仔不敢出门，公鸡不敢啼叫，母鸡不敢下蛋，家家户户唉声叹气，男女老少叫苦连天，日子过得很不安宁。这种日子怎么忍受得了啊？

那时候，九头山上的一个名叫罗义的大后生，再也忍耐不了啦。他走遍仫佬山乡九冬[①]十二寨，和乡亲们商量降服百兽保护庄稼的大事。

乡亲们见罗义力大过人，能射一手好箭，就推选他为领头，为大家制服野兽。

九冬十二寨散居住在十二个地方，相隔几座山，横直几十里，一排排的山头像一排排刀剑，一条条的山溪像一漩漩的滚汤，一块块田地像一个个棋盘，一丛丛树林像一层层屏障。罗义领头日夜狩猎，四处射逐鸟雀，追捕野兽。可是，抓住了这个山头上偷摘玉米的猴子，那个山头上老虎又出来伤

① 冬：仫佬族古时把九个大宗族分别称为九个“冬”。

人；捕住了这块地里偷吃红薯的山猪，那块田头鸟雀又在偷吃谷子。罗义急得一脚踩崩了半个山头，惊动了九冬十二寨，大家都纷纷来向他出谋献计。一个格佬[①]说："罗义！豺狼虎豹，遍地都有，你这样东一箭西一棒地乱打一气，怎么制服得了？"罗义气得大声吼道："呸！就是踏平九万大山，我也要把鸟兽捉拿干净！"格佬见他这股火暴脾气，便笑着说道："哈哈！罗义呀，打蛇先打头，擒贼先擒王。如今狮子是百兽之王，只要把狮子制服，山中鸟兽就不敢这么猖狂了。"罗义把拳头捏得咯咯响，恨不得马上把狮子擒来宰了。

但是，怎样才能制服狮子呢？罗义一时也想不出什么好法子来。一天，罗义在山上打猎，碰见一个凤凰窝，老凤凰被毒蛇咬死了，窝里只有两只凤凰蛋。他把那两只凤凰蛋捧回家中，放在鸡窝里，让老母鸡孵起来，不久便孵出了一对小凤凰。

罗义把这对小凤凰当做心肝宝贝一样，天天和女儿罗英一道，上山挖虫子，寻野果，精心喂养。不到一年，小凤凰就长成红冠丹眼、铁爪铜嘴、一身金色羽毛、十分雄壮美丽的大凤凰了。

金凤凰对罗义父女俩非常感激，非常听他们的话。每天，罗义带着它们外出巡田看地，只要它们在田野上展翅飞上一圈，昂头叫上两声，百鸟便乖乖地躲到山林里去，再也不敢出来糟蹋庄稼了。乡亲们见了十分高兴。

百鸟治住了，可是百兽仍然到处为害。这时候，乡里的那个格佬又告诉罗义：每年十月十七日立冬那一天，是狮子的生日，它们喜欢在头一天晚上下山来捕捉食物，准备第二天大摆酒宴。平常日子，人们是不容易见到狮子的。等到立冬的前一天晚上，带上金凤凰和弓箭，到山林里去埋伏，等狮子下山来时，把它降服，百兽也就不敢再猖狂了。罗义只好按下性子，擦弓磨箭，耐心等待着。

十月十七日立冬前一天，天还没大亮，罗义便挽起丈二长的神弓，又在箭袋里装上了一袋好箭，打了一只山鸡，祭过山神土地，带上那对金凤凰，

---

① 格佬：仫佬语，公公。

出发了。他登高山，穿密林，在山里等呀等呀，等了整整一天，可是连狮子的影子也没见到。眼看日头已经落下西山，正当罗义心中焦急之时，突然间，山林里刮起了一阵大风，传来一阵“沙啦！沙啦！”的响声。罗义定一下神，便知道这是野兽互相追逐踩踏枯枝败叶的脚步声。果然不错，一会儿，只见三只野兔惊慌逃窜，竟向他的脚下跑来，跪在他的面前，两眼泪水汪汪，连声哀叫。罗义弯下腰来，双手抱起一只小兔，问道：“可怜的小兔子啊，是谁又欺负你们啦?”话音刚落，只听一声吼叫，从林里跑出三只高大的狮子来。三只狮子昂起毛蓬蓬的头颅，蹬起两只前脚。纵身跳过一道深沟，刮起一股旋风。乘势向野兔扑来。野兔们扭头一窜，又向野草丛中逃命去了。罗义正要拉弓搭箭向狮子射去，他肩头上的那对金凤凰见了，立即扇动着金色的翅膀，闪动着明亮的眼睛，扫动着五彩的尾巴，向狮子飞扑过去。那狮子看见凤凰伸出利嘴扑向自己，一个个暴跳如雷，也张牙舞爪向凤凰扑来。两只凤凰和三头狮子，一来一往，打斗了七七四十九个回合，金凤凰叮瞎了三只狮子的一只眼睛，狮子也咬断了那对金凤凰的一只翅膀，斗得难解难分。这时候，罗义拉开了那把丈二长的神弓，搭上三支金光闪闪的利箭，一下向三只狮子射去。“嗖！嗖！嗖!”三只狮子的前腿立刻被射伤了，抬头一看，见是神箭手罗义，慌忙骨碌地一齐跪在他面前，哀求饶命。罗义大声喝道：

山中狮子王，
莫要再猖狂，
令你管百兽，
守卫我田庄！

从那以后，三只狮子只好乖乖听从罗义的指令，日夜守在田野上，一动也不敢动。天长日久，风吹雨打，三头狮子成了三座石山。这就是如今罗城县城南面“三狮赶兔”景象的由来。当初罗义射狮的三支神箭落在地上，划出了三条小河，就是如今仫佬山乡的西门河、乐登河、白崖普河。那一对凤凰呢？一直站立在九头山的东北面，监视着三头狮子，变成了如今的凤凰山。

从那以后，山猪再也不敢出来翻吃红薯，猴子再也不敢偷吃玉米，毒蛇再也不敢爬上床铺咬人，老虎再也不敢到屋背拖猪了，九冬十二寨年年五谷丰登，六畜兴旺。

【原文附记】

该文本选自包玉堂等编：《仫佬族民间故事选》，上海文艺出版社 1988 年版。

【讲 述 者】 罗代超

【采录整理】 梁瑞光、包玉堂搜集整理

【采集时间】 （无考）

【流传地区】 （无考）

【文本来源】 姚宝瑄主编：《中国各民族神话》（仫佬族、壮族、京族），太原：书海出版社 2014 年版，第 41—45 页。

【阅读提示】 这则神话通过叙述仫佬族先人与自然抗争的种种事迹，赞美了勤劳勇敢、知难而进的优秀品质。

【基本母题】 盘古开天辟地；头领的产生；动物的驯养；凤凰；神弓；祭山神；特定山峰的产生

【本文编码】 《罗义射狮》：ZCSW1267-243-082

吉娜木让

（怒族）

在贡山县丙中洛西北面，高高耸立着一座大悬崖，远远望去，像一个披头散发的姑娘。她面对深深的怒江水好像在倾诉着什么；又像站在高处注视着她脚下那条行人来往不息的大道。人们把这座山崖称为吉娜木让[①]，说它是一个名叫吉娜的怒族姑娘变的，她正站在高处，等待着狩猎归来的丈夫哩。每当这岩子上披云戴雾时，大爹大妈们就说：吉娜姑娘又要伤心落泪，哭她那个永远不会归来的丈夫了。

相传很早以前，闪打寨子有一对善良的怒族老夫妇。老两口鬓发都染上了白霜，可膝下还是无儿无女，两人整天为无人养老送终而担忧发愁。有一年，年已五十的老妈妈竟生下了一个脸蛋圆圆、两眼水汪汪的小姑娘。老夫妇老来生女，不用提有多高兴啦！他们给女儿取了个吉利的名字，叫吉娜。小吉娜在父母的疼爱下渐渐长大成人了。俗话说：女大十八变，越变越好看。十六岁的小吉娜长得美丽出众。她那双勤快的巧手，纺线、织毯、搓麻线无一不会，烧饭、喂猪、背水无一不能，真是没儿的人家不用愁，女儿赛过男子汉啊！同寨子的许多年轻小伙子都暗暗地爱上了小吉娜。那些大妈大嫂们谁不夸吉娜疼人知礼手儿巧，谁不愿能娶个像吉娜姑娘那样的好儿媳啊！

姑娘长大了，做父母的自然也多了一份心事。老夫妇俩为女儿的婚事盘算，要为女儿找个好丈夫，为自己找个好女婿。这家提酒来说亲，吉娜摇头不同意；那个捧着茶叶、背着一背松明表示愿意上门，又被吉娜婉言谢绝。这时，白发苍苍的老父亲对吉娜说："小吉娜，你也不小了。不要再挑三拣四的了，快找个忠厚的小伙子成家吧。"年已七旬的老母亲，一边擦着眼泪一边说："小女，不要这山望着那山高啦，快选个勤快的小伙子吧。妈这般大岁数了，黄土快埋到脖颈上啦。"说着，泪水又刷刷地淌了下来。吉娜笑着说："爹，妈，请不要再为我的亲事操心了。我会找个让爹称心，让妈放心，我也如意的好女婿来的。"

一天清晨，天刚蒙蒙亮，吉娜像往常一样，又背上大木桶，到寨子边的小溪去背水，到溪边，她隐约看见有一个人倒在地上。她吃了一惊，大着胆

① 吉娜木让：怒语，即吉娜姑娘。

子走上前仔细辨认，只见这人身穿兽皮，挎着长刀，浑身血迹斑斑，脸上也溅满了污血。吉娜轻轻叫了几声，这人还是一动不动。莫非他死了？吉娜放下木桶，轻轻摸了摸他的鼻子，还微微有点气。为了救人，她顾不得少女的羞怯，便轻轻扶起他的头，用自己的衣襟沾水揩净了他脸上的污血，然后背起他一口气回到家里。老夫妇一见自己的女儿背来个陌生的小伙子，一时不知所措。吉娜向父母讲述了事情的经过。懂点草药单方的老父亲摸了摸陌生人的脉，说："看样子，他是个猎人，一定是被野兽伤害了，现在因流血过多，身体十分虚弱，只要好好护理，不出十天半月，他就会活蹦乱跳地爬起来了。"说着，老人拿出一包药，用勺子轻轻地给陌生人灌了下去。半个时辰后，小伙子轻轻地呻吟起来，慢慢苏醒过来了。小伙子养伤期间，吉娜挑起了护理这陌生小伙子的担子。在吉娜的精心护理下，刚刚到第十天，小伙子真的能从病床上走下来了。

原来，小伙子名叫阿普，是个傈僳小伙子，家住在很远的傈僳寨子。他们寨子的人大都以打猎为业。小伙子的父亲在他还很小的时候被老虎害了性命，不久母亲又病死了。这次，他听说怒江上游怒族寨子的山上，经常有虎豹出没，决心为民除害，替父报仇，孤身一人来寻觅虎豹。他在深山老林里转了很久，但不见老虎的踪影。有一天，他刚爬上一座山顶，忽然看见前面不远的地方，有两只大老虎逗着四只小虎玩，他射出一支支毒箭，一连射死五只老虎。当他刚要射第六只时，"当"的一声，弓弦断了，毒箭只擦伤了一点虎皮。他还没来得及换上一股新弦，老虎却愤怒地吼叫着扑了过来，他一时又抽不出身上的长刀，只得赤手空拳与老虎搏斗，一会儿他骑在老虎身上，一会儿又被老虎压在身下，这样你翻我覆地从中午直斗到傍晚，人虎双双从几百丈高的悬崖上掉进了深谷。当他醒来时，才发现自己仍然骑在老虎身上，老虎被尖石划破了肚子，一命呜呼了。他受了重伤，又累又饿，全身筋疲力尽，只得一步步向山下挪动，也不知什么时候倒在小溪旁来，被吉娜救起了。

吉娜被他的英勇行为感动了，心里想：我等待的不正是像他这样年轻勇敢的小伙子吗？想到这里，她不好意思地低下了头。当晚，吉娜向父母透露了自己的心事。老夫妇高兴地同意了。不久，他们就为吉娜和阿普举办了热热闹闹的婚礼。

婚后不久，老夫妇相继去世了。小两口和和睦睦，恩恩爱爱地过着日子。不料，有一年夏天，老虎又一次来侵扰临近村寨，阿普自告奋勇要前去除害。出发的那一天，吉娜送行到小溪边。她嘱咐阿普说："远行的亲人啊，你要注意安全，不要让阿妹担心；打死老虎后，要快转回来，不要让阿妹把路边的石头盼成人呀！"阿普深情地说："吉娜，我的好妹妹，哥记得哩。那天我打死老虎归来时，希望在这里能见到你的笑容。我走后，要是你感到孤单，就常来我俩最初相识的这小溪旁看看吧！"说着，他告别妻子上路了。

阿普走后，吉娜从夏天等到冬天，又从春天等到秋天，日复一日，年复一年地等啊，等啊，还是不见她心爱的阿普归来，天长日久，她就慢慢地变成了这座大山崖，永远等待着她日夜思念的丈夫阿普的归来。

【讲 述 者】 普迪

【采录整理】 尼玛扎西搜集整理

【采集时间】 （无考）

【流传地区】 云南省·（怒江傈僳族自治州）·贡山县（贡山独龙族怒族自治县）

【文本来源】 中华民族故事大系编委会编：《中华民族故事大系》第14卷（普米族、塔吉克族、怒族、俄罗斯族、鄂温克族），上海：上海文艺出版社1995年版，第542—545页。

【阅读提示】 这则神话在关于人变成山的叙事中，赞美了执着的信念。

【基本母题】 特定山名称的来历；老年得子；择婿；族外婚；人变成山

【本文编码】 《吉娜木让》：ZCSW1268-243-083

顶山柱的来历

（撒拉族）

循化城紧靠南山，北边是黄河，坐落在一条山沟里，南山后面的羊圈沟口上有个丈把高的土柱，独自竖立，传说这是一根顶山柱，没有它，循化城早被南山填平了。

说起这顶山柱，还要说说雅子太爷和百岁老人。他们两人都是静坐修持，修炼成仙的人。循化城归属雅子太爷，百岁老人占有东面的下四工①。可百岁老人眼热循化城的风水，一直想战胜雅子太爷，夺取这块宝地。

有一次，百岁老人约雅子太爷到羊圈沟，百岁老人说："我要和你比试一番，你若输了，循化城就是我的。"

雅子太爷还没来得及答话，百岁老人就念起咒语来了。他边念边挥手，霎时，雷声滚滚，闪电四起，黄河水神奇地顺着他手挥动的方向，从黄河里喷将出来，直灌羊圈沟，不一会儿整整一条山沟聚满洪水，眼看要决口淹没循化城。雅子太爷两手推出，不慌不忙地念了一段咒语，只见两条火龙飞出手掌，直烧一沟洪水，顿时满天蒸气，炼水声"沙沙"作响。不一会儿，那一沟洪水当场被烧干，只剩一眼渗渗泉水（此泉至今还在）。

百岁老人见自己失败，对雅子太爷说："我要让南山倒塌，填平循化城。"随后，他一捋胡子，两手合掌一阵咒词出口，南山像个调皮的娃娃，跳跃起来。一时间，砂石乱滚，红土翻卷，南山就要倒塌在循化城上。这时，雅子太爷也一阵咒语上口，随后指了下羊圈沟口，平地里，卷起一股旋风，吹得昏天暗地，随着旋风，一根巨大的柱子从地上升起，直顶南山，顿时把即将倒塌下来的南山顶住，慢慢将南山推过去立稳。南山又恢复了原样。

百岁老人见如此，心虚神慌，自知难抵雅子太爷，再者，功夫已尽，转眼，摇身变成一股轻风溜去，从此再也没有找过雅子太爷的麻烦，循化城仍

---

① 四工：工，相当于乡。即下四乡之意。

属雅子太爷。

但自那以后，留下了这根顶山柱，至今还在。从顶山柱远远望去，当时那南山倾塌的迹象还依稀可见。

【讲 述 者】 热海木

【采录整理】 木漠整理

【采集时间】 （无考）

【流传地区】 青海省·（海东市）·循化（循化撒拉族自治县）

【文本来源】 中华民族故事大系编委会编：《中华民族故事大系》第12卷（布朗族、撒拉族、毛南族），上海：上海文艺出版社1995年版，第271—272页。

【阅读提示】 这则神话为解释顶山柱的来历，引出了一场比赛，通过这场比赛表达出正义的胜利。

【基本母题】 黄河；顶山柱的产生；修炼成仙；咒语；比赛；人化成风

【本文编码】 《顶山柱的来历》：ZCSW1269-243-084

山姑石

（畲族）

一天，魔鬼獠客突然来到四姑潭，撬开补孔砖，把水放光，弄得这一带山乡里烈日如火，晒得连石头都冒出烟来。

钟姑奶对女儿山姑说："山囡呵，'水是五分谷，无水朝天哭'，这样的日子怎么过呵！你到龙潭去求白龙王子，请他放些水出来吧！"

山姑一口气跑下四姑潭，来到大梁山龙潭边，看见龙潭里的水阴森得怕人。天热，想舀口水喝喝，潭深，手够不着，望着潭底自己的影子发呆。

好久好久，山姑突然发现自己影子旁边有个小伙子在朝她笑，回头看看，潭的四面八方一个人也没有。再向潭底看，那小伙子还在她影子旁边朝她笑！

山姑问："小伙子！你是谁呀？"

小伙子说："我是白龙王子。"

山姑听了快活地叫道："白龙王子，我正找你呢！"

白龙王子摇摇头，悲伤地说："我被龙王锁起来了。"

说完，小伙子的影子没啦。

山姑决定救出白龙王子，就跑回家拿来一只吊桶去吊水。她吊上一桶水，倒了，又吊上来一桶水，吊上一桶水，倒了，又吊上来一桶水。就这样，她从白天吊到夜里，从夜里又吊到白天。突然看见水面上站着一个突睛长须的红脸老婆婆，她是龙王婆婆。龙王婆婆大声叫道："喂，姑娘！你老是没日没夜地吊水做什么呀？"

山姑说："把水吊光，救出白龙王子！"

龙王婆婆说："傻孩子，这潭水多哩，你吊不光。"

山姑说："我吊得光。我天天吊，夜夜吊，就是东海的水我也吊得光！"

龙王婆婆听到怕啦，慌忙说："你不要吊吧，我是龙王婆婆，这龙潭旁边有棵老樟树，树上有片红叶子，那是钥匙。你拿到那把钥匙把那个树洞打开，在树洞里找出分水珠，你就可以到潭里去救白龙王子啦！"

山姑跑到老樟树旁看看，老天爷呀，叶片千千万万，哪能找到哪一片叶子是钥匙呀？她就跑回家，找来一把砍刀，拼命砍老樟树。老樟树爷爷疼得"哇哇"直叫，大声问道："喂，姑娘你老砍我做什么呀？"

山姑说："砍倒你，找出那把钥匙，去救白龙王子。"

老樟树爷爷说："傻孩子，千年老硬的樟树，你砍得倒么？"

山姑说："砍得倒。我天天砍，夜夜砍，就是一棵钻天的大树也能砍倒哩！"

老樟树爷爷听到怕啦，说道："你不要砍了，我告诉你。你从东边向上数，数到第九根枝梢，上面长着一片小红叶，那就是把钥匙，你拿去救白龙王子吧。"

山姑爬上树，找到了那片小红叶，她日日夜夜拿着这把叶片开树洞，可是树洞多呀，她一个树洞一个树洞地挨着开，总是开不开一个树洞的门。后来，有只啄木鸟帮她找到了树洞，拿到了分水珠。

山姑捧着分水珠走下龙潭，潭水马上分开来，中间让出一条小路，刚刚可以走下一个人。山姑顺着小路，来到了一座龙宫里。

山姑找到龙王。龙王见山姑手里拿着分水珠又惊又慌，只好放了白龙王子。

这时，龙王婆婆拿了一根降魔棒过来，对白龙王子说："孩子别怕！这降魔棒你拿着，去找魔鬼獠客把它敲死。不要像你爹那样胆小，人们没水是无法过日子的呵！"

白龙王子接过降魔棒，告别了爹娘，和山姑一起走啦！

白龙王子离开龙潭，拎了一桶水，和山姑一起爬到四姑坦的山腰上，将那桶水放在太阳底下晒。

水被晒得冒出一条热气带子，带子越盘越高，越盘越高，被魔鬼獠客看到了。魔鬼獠客见有水就连忙赶来，被躲在山石后的白龙王子用降魔棒打倒，用绳子捆牢。还让它领着找到撬开补孔砖的地方。

白龙王子在铺砖补孔，山姑守着魔鬼獠客，只见魔鬼獠客越变越瘦，越变越干瘪，山姑以为它死了，就过去解开绳子，忽然听到霹雳一响，魔鬼獠客挣脱开，逃啦！

白龙王子刚铺好砖，看见魔鬼獠客逃啦，怕它跑到龙潭去放水，就回去守着龙潭，再也没出来。魔鬼獠客也怕降魔棒，不知躲到哪儿去啦。而山姑呢，看见自己放走了魔鬼獠客，很后悔，便痴愣愣地望着龙潭，日子一久竟变化成了一块山石，立在四姑坦的山腰中间，人们叫它"山姑石"。

【讲 述 者】 （无考）
【采录整理】 唐宗龙搜集，陈玮君整理
【采集时间】 （无考）
【流传地区】 浙江省·丽水市

【文本来源】 中华民族故事大系编委会编：《中华民族故事大系》第 8 卷（畲族、高山族、拉祜族），上海：上海文艺出版社 1995 年版，第 309—311 页。

【阅读提示】 这则神话涉及人物众多，情节跳跃，内容丰富，文末落脚到山姑化作山石，看似归于平静，却能引发人更多的思考。

【基本母题】 魔鬼；旱灾；龙王；老人作为帮助者；鸟作为帮助者；龙宫；降魔棒；特定山石的来历

【本文编码】 《山姑石》：ZCSW1270-243-085

古隆与扎花

（水族）

在三都水族自治县九阡区，有九座挺拔峻峭的山峰，它们紧紧相连，像一道天然屏障，守卫着九阡地区千百亩肥沃的田园。据说，这九座山峰是九位仙人变的，所以，昔日人们称“九阡”为“九仙”。

讲起来，那是好多好多年前的事情了。

听老辈人讲，九阡这个地方，从前是一个方圆百里的大坝子，只因为这里长满了参天古树，遍地是蒿草、刺蓬和葛藤，它们树叶交错、枝蔓相连，成为豺狼虎豹和毒蛇猛兽常年进出的场所，所以，一直没有人敢来这里开垦土地、创家立业。因此，这儿便被人叫做“鬼地”。

有一年，从江南来了一对夫妇，男的叫古隆，女的叫扎花。勤劳勇敢的古隆，心灵手巧的扎花，看到这片大坝子，高兴极了。他们搭了个简陋的窝棚，在这里安下了家，夫妇俩决心把这里变成富足的粮仓，为子孙后代造福。

他们带上弓箭，扛起锄头，起早摸黑，开始了艰辛的劳动。

可是，奇怪的事情发生了，他们辛辛苦苦开垦出来的土地，过两天去看，荆棘野草，丛林树木又长回了原来的样子，仍然是荒坡野岭。他们没有泄气，重新披荆斩棘，开发田土。可是，古隆和扎花这样不辞辛劳地开荒，反而荆棘丛林越长越高、越长越密。他们俩心想：莫非是土地挖得不深，没有把根根除尽？于是，两人打了新锄头，把土深翻三尺三，结果更是奇怪：他们挖一块，丛木野草长一块，挖一坡长一坡。扎花心里结起了疙瘩，她对古隆说："这怕是天意不让我们在这里建家园哟！我们还是另外去找个地方吧！"

古隆安慰扎花说："扎花啊，如果说天有意叫这里永世成为野兽藏身的荒山，我们也有心要在这里创建安乐的家园，为子孙后代造福。我们的这一番诚心，是会感动上天的，还是继续干吧！"

扎花听古隆这么一说，脸红了，转身躲进茅草蓬里，一个人悄悄地哭了起来，哭着哭着，迷迷糊糊睡着了。蒙眬的睡梦中，扎花来到了一个新地方。这里松柏挺拔，桃红柳绿，猿啼鹤鸣，燕舞莺歌，溪水碧蓝，山峰峻峭，烟云缭绕，若隐若现……这是多好的神仙境界啊！在泉水潺潺、青藤蔓延、草木蓊郁、古木苍翠的岩石前，围着九位红颜银须的仙人，他们正一边饮酒，一边"摆法门"①：

"可惜呀，真可惜那片大坝子！"

"那黑泥鳅实在太可恶了，竟对凡民夫妇古隆、扎花一欺再欺！"

"也怪那贪吃的牙花尼和贪睡的牙花散。"②

"我们应该帮助古隆、扎花，指点他们找到牙花尼、牙花散。"

"对，那就叫他们穿过九百里的荆棘丛林，爬上摩云天的月亮山，找到深水潭边的龙洞口，叫醒牙花散，感动牙花尼。"

……

扎花听到这里，猛地惊醒过来，她一阵惊喜，跑去找着古隆，把梦中的情景从头到尾说了一遍。古隆一听，连忙对扎花说，他刚才也做了一个同样

---

① 摆法门：水语音译，意即聊天说故事。

② 牙花散、牙花尼：水族传说中开天辟地的女神。

的梦。他把手一拍："有了！扎花，原来我们做的那些白费气力的事，是因为有一个妖魔在作怪，而这个妖魔使的魔法只有牙花尼、牙花散才能治住。牙花尼、牙花散一定是两个仙人。我们找她们去吧！"

古隆和扎花祭祀了天地、祖宗，带上糯米粑，装上米酒，背上芦笙、铜鼓、唢呐，踏上了征程。

他们一路上跋山涉水，驱虎赶蛇，吃尽了苦头。走啊走啊，走了九九八十一天，穿过了九百里的荆棘丛林，爬上了摩云天的月亮山，找到了龙洞口。他们俩轻手轻脚，四下张望，只见龙洞边有两位婆婆，一个在蒙头呼呼睡大觉，一个正在细细地嚼着茨藜果。古隆和扎花高兴地差点跳了起来，一个细声说睡觉的一定是牙花散，一个小声讲吃果子的准是牙花尼。他们俩赶紧在洞外擂响铜鼓，吹响唢呐。

牙花尼闻声抬头一看，吹吹打打的是两位年轻人，她同被惊醒的牙花散欣喜地向古隆和扎花点头招手示意。

扎花心灵手巧，急忙架起柴火，把糯米粑烤得香气四溢。接着，古隆吹起悦耳动听的芦笙……

牙花散、牙花尼看着、听着，非常快乐，高兴地前来相迎。

古隆和扎花向牙花散和牙花尼献上糯米粑、米酒，二人虔诚地齐声说道："尊敬的牙花散、牙花尼啊，我们夫妻从遥远的地方过来，在一个荒无人烟的大坝子安下了家，心想用双手把一片荒野变成肥田沃土；用汗水灌溉稻田，换来五谷丰登，六畜兴旺；用心血浇开百花，使这里春色满园。可是，我们前脚烧了草木刺藤，后脚又长出来；今天挖松了的土，明天又变成铁板一块……"

牙花散、牙花尼听后说道："啊，那是黑泥鳅妖魔在作怪！"

古隆和扎花又恳切地说："我们翻山越岭赶来，一片诚心，希望得到两位仙人的帮助。"

古隆和扎花的诚意，以及他们为后代创建幸福而忘我劳动的品质，征服自然和妖魔所表现出的不屈不挠的斗争精神，深深感动了牙花散、牙花尼。这两位仙人骑上洁白的仙鹤，驾着五彩祥云，带着古隆和扎花，来到了古隆、扎花安家的地方。牙花散先点燃仙火，牙花尼接着挥动仙锄，只见火光冲天，然后云开日出，原来黑泥鳅霸占的那一片荒芜的大坝顷刻间变成了黑油油的田土。从此，古隆和扎花在这片土地上耕耘播种，当年就喜获丰收。他们为了纪念牙花散、牙花尼两位仙人在创建水族家园中所做出的贡献，决定在每年阴历六月间煮糯粑，烤米酒，举行祭祀活动。人们兴高采烈，敲铜鼓、吹芦笙、唱对歌来感谢他们，预祝当年五谷丰登。

后来，古隆和扎花生下了一男一女，男的取名叫阿阳，女的取名叫月亮，他们日子过得更美满了。

黑泥鳅妖魔上次吃了败仗，哪肯善罢甘休？它又兴风作浪，使出妖法，下了一场颗粒有牛脑壳那么大的冰雹，把古隆和扎花种的庄稼全打光，把他们住的房屋全打烂。妖魔的浩劫并没有吓倒古隆和扎花，他们把儿女带进山洞里住下，立即奔向田里抢救庄稼。古隆因积劳成疾，不幸离开了人世。所以，后来泥鳅一看到人，就拼命往稀泥巴里拱。

从此以后，扎花带领儿女，一家人在九位仙人的帮助下，开塘修渠，培植花果树木，这样年复一年，一代又一代，终于把自己的家乡建设成牛羊成群、稻菽千重、桃红柳绿、鸟语花香的新山村。下凡的九位仙人没有再回山，变成了九座大山，终年守卫和陪伴着水家儿女。后来，人们一谈到自己的家乡，总是怀着崇敬的心情，深情地说道：

“啊！多亏我们的祖先牙花散、牙花尼显灵，多亏有九位仙人帮助！”

所以，人们都知道这里有九仙，以后“九仙”就成了这里的地名。

【讲 述 者】 潘郁等

【采录整理】 （无考）

【采集时间】 （无考）

【流传地区】 （无考）

【文本来源】 姚宝瑄主编：《中国各民族神话》（水族、布朗族、独龙族、基诺族、傈僳族），太原：书海出版社2014年版，第69—74页。

【阅读提示】 这则神话通过对水族男女祖先在仙人帮助下二次战胜妖魔的叙述，反映出祖先不畏艰辛、征服自然的英雄气概。

【基本母题】 九仙；特定地名的来历；开垦土地；梦示；仙人；妖魔；祭祀的产生；特定山峰的来历

【本文编码】 《古隆与扎花》：ZCSW1271-243-086

月亮山

（水族）

记不清是哪个年头，在月亮山北面的一个村寨里，有个名叫阿波的后生，撵山，捕鸟，打鱼，数他最能干。他为人厚道，撵山打得的东西，在路上碰见谁都要分点给他。远远近近，一提起阿波，大家都争着夸奖他。

有一年大旱，烂田开的裂口有脚板宽，庄稼都枯死了。人们眼看就要缺吃断水了，大家急得像热锅上的蚂蚁，只好去门外边大柏树下祭神求福。祭神求福后，人们走光了，晚上，阿波靠在神树脚下睡着了。梦中，阿波见树神对他说："阿波啊，天下的人都苦够了，你应该出来做点好事。对面那座高山上有棵马桑树，顺着树爬到天上去，向天上的仙大王要点雨水和种子来人间。记住，马桑树要龙角泉里的九挑水，拌上你们每个人的九滴血来浇淋它，才能一长高到天上。"

第二天早晨，阿波把梦里的事一五一十地向人们说了。大家都说："我们呆着也只有等死，不如照树神说的去试一试，万一神仙肯帮忙，我们就得救了。"

人们跑了九十里路从龙角泉里挑来了九挑水，周围寨子的老乡都往水里滴了九滴血，又在马桑树下挖了个坑，把血水倒下去。说来也怪，血水倒下去，马桑树就像吹竹瓢泡那样长起来，一个人就能抱的树，到了第九天，就像一座高山。

阿波顺着马桑树向天上爬，肚子饿了，他就摘那甜津津的马桑果吃；天黑了，他就躺在树枝上睡觉。一天，两天过去了，第九天阿波爬到了树尖，王宫就在眼前。阿波高兴得汗水也来不及抹，就跑去找仙大王。

大王见了阿波就问："小后生，从哪里来?"阿波恭恭敬敬地说："大王，我从人间来。天上不降甘霖，庄稼都枯死了。乡亲们叫我来求求仙王，给人间放点雨水，送点种子。"

大王打着哈哈说："我们年年照常放雨水，就是天下人不会做吃，才闹灾荒。"

"不是啊，大王，真的是天上不下雨，害苦了人间呐!"

"怎么? 是我们害苦了人间?"大王气得跳了起来，指着阿波鼻子骂道，"人人都说老天最公道，就是你这崽子坏，跑来天上横扯。不灌点辣面汤，你不晓得厉害。"说完，就大声地喊："把这崽子关押起来!"

可是，等了竿把烟工夫，也没有谁进来，大王火冒三丈，拍着桌子怒吼。吼声震得天上到处都听得到，守门的兵才慌忙揉着眼睛跑进来把阿波带走。一路上，天上的人都来打听出了什么事，连大王的九个女儿，也从转角楼里伸出头来看个究竟。

阿波被关进花园后面的房子里，被罚用楠木削制织绸缎的梭子。他想到讨不得雨水和种子，反倒被关押起来，心里十分焦急。想起乡亲和爹娘，就唱起歌：

干河里的鱼儿盼清水，
饿昏的人们想饭汤。
可怜乡亲和爹娘啊，
慈悲的神仙哪里在天上?

阿波被关押的事，在天上传开后，大王的九个姑娘都感到父亲做得太过分了，阿波的歌声使她们都感到难过。小九妹鼻子一酸，泪水便淌了出来。有一天，九妹独个儿去逛花园，看见阿波正背着梭子向缎房送去。九妹把阿波看得一清二楚，原来他是个漂亮小伙子。九妹见这样一个好后生受这种冤气，心里对父亲更是不满，又想起自己成天和姐姐们织缎，也很苦闷。过去想到人间过活，又怕找不到合心的人，现在见了阿波，就动了心。可是，九妹又怕阿波不可靠，就想个办法试一试。九妹把头上的一串珍珠放在路上，自己躲进花荫下偷看。阿波回来见路边有一串珍珠，捡起来一看，叹气说："多好的珠子，哪个这么大意?"接着就大声喊："哪个掉的珠宝？哪个掉的珠宝?"九妹急忙从花荫下跑出来说："是我丢落的!"连声感谢阿波。

九妹见阿波人很正直，心里很高兴。她决心再试一试，又找机会把银锭、金块丢在阿波常走过的地方，可是阿波还是不要。

这几天，阿波感到很奇怪，为什么这个仙女老是丢掉东西，拿走东西后又总是爱回头看他呢？但是又想到自己是个凡间的人，现在又被关着，就没有心思去想什么了。恰好这天是十月的亥白，天上的人都去楼台上吃端节的团圆饭。阿波想念乡亲和爹娘，又哼起歌：

乡亲啊，我在人间求神，
菩萨不显灵还有你们照应。
爹娘啊，我在天上喊天，
神仙不吭声也听不见你们的声音。

歌声传来，好像野猫抓了九妹的心一样。她趁着月色，悄悄走进花园，来到阿波的窗下，轻声地唱道：

从地上飞来的雄鹰，
你不要叹息自己孤零。
等到冰雹撒落干净，
我愿陪你向人间飞行。

阿波搬条凳子站在窗口往外看，原来是那位丢失东西的仙女在唱歌。心想，天上的人也不一定个个都坏，不如请她帮个忙，也许可以回到人间。于是阿波就把自己上天的经过向仙女说了，请求她设法帮助找到雨水和谷种回到人间。

九妹听完后，心里更加爱他，同情他。想了好一阵，她壮着胆子跟阿波说："我们几姐妹都怨大王虐待你。你要的种子，我请姐姐们帮忙，阿哥不要伤心了。"说完，便送了一条红绫给阿波。

正当九妹和阿波讲话的时候，几位姐姐来找她。她们见九妹和阿波在一起，就悄悄地溜走了。

夜深了，九妹才回到转角楼，姐姐们问她去什么地方来，九妹知道这件事要靠姐姐们帮忙，就把阿波的事一五一十地告诉了姐姐们，请姐姐们一人找一样种子送给阿波，同时，也把自己决心要和阿波下人间去的想法说了。姐姐们听了九妹的话，都为九妹高兴，可是谁也想不出什么好主意，来帮助他们去人间。最后，大姐劝九妹去求牙巫。

第二天，九妹来到牙巫面前跪下，还没开口，牙巫就对着她唱道：

地是地，天各是天。
天连地，地又连天。
能见面，难得相连。

牙巫唱完后就闭上眼睛再也不睁开。

九妹回来后，把牙巫唱的歌说给姐姐们听。大家都猜不出是啥意思，八姐妹便分头去问专管命运好坏的四位仙人。大姐、二姐去找牙花散①，三姐、四姐去找牙花术，五姐、六姐去找牙花隆，七姐、八姐去找牙花离。大家一问到九妹和阿波的事，四个牙仙都闭着一只眼，开着一只眼，张开嘴笑着，什么话也不说。

回来了，几姐妹都不明白是怎么回事。还是九妹机灵，闭着眼想一想，

① 牙花散：水语，与下面提到的牙花术、牙花隆、牙花离，都是水族神话传说中主宰人类降生、祸福的女神。

对姐姐们说："'天连地，地又连天'，就是能相好；睁一只眼，闭一只眼，是叫我们瞒着父亲办；开口笑，就是说以后的日子过得好。牙仙都答应了，姐姐们也该给我作个主呀！"

姐姐们见九妹真心实意和阿波好，说的也有点道理，就答应一齐帮九妹的忙。可是种子锁在大仓里，大家愁着没办法去弄。这时，九妹喂的那只诺挤柳[①]叫了起来："明天晒种，明天晒种。"

大家听了，晓得明天要在最高的楼台上晾晒各种各样的种子。但是，台子又高，看守又严，怎么才能把种子弄到手呢？大姐想了好一阵，就叫大家放出自己喂的鸟去偷种子。

第二天，大姐的诺绵衔来了包谷种，二姐的诺贝偷来了麦种，三姐的诺海衔来了稻种，四姐的诺扛衔来了豆种，五姐的诺仰衔来了瓜种，六姐的诺顶衔来了菜种，七姐的诺几兴衔来了花生种，八姐的诺抱衔来了芝麻种，九妹的诺挤柳也衔来了棉花种。为了使庄稼收成好，姐妹们在偷来的种子上哈了两口仙气。

晚上，九妹趁着月色照进花园，把种子交给阿波。阿波把种子捧在手里，想到还缺雨水，就对九妹说："多谢仙女帮忙，乡亲们永远感激你，我死了也忘不了你。不知道怎样才弄到雨水，怎样才回到人间。"九妹见阿波这样怀念亲友和故乡，就安慰他说："雨水你不用愁了。原来人间干旱，是借王[②]时大王和大仙们喝醉了，直到你上天的那阵子，大王才醒酒。他吼你的时候，响声才把管雨水的大仙震醒，还以为大王在发他的火，才赶忙抓起筛子，打水筛到人间。这些种子，我要亲手种下庄稼才长得好，我愿和你去人间过活。我去想办法，一起逃奔人间。"

九妹回来，见守大门的是主花做[③]大仙，晓得他好酒贪杯，就把好酒好菜给他送去，说："大仙辛苦了，前几天过端，我们贪玩去了，没给您送一

① 诺挤柳：水语，即八哥鸟。下边提到的诺绵、诺贝、诺海等鸟，是水族地区常见的鸟。

② 借王：水语，节气名，即端午节。下面提到的借端，也是水族节气名。

③ 主花做：水语，即二十八宿中的室火猪。

份礼，现在来补一补啦！”主花做一闻到老窖酒香味，馋得直流口水，一面多谢，一面就大喝起来。到了后半夜，九妹听主花做大仙醉得直打鼻鼾，悄悄偷来了钥匙，放出阿波，领阿波来向姐姐们道谢、磕头。接着，九妹带着花锄，拉着阿波的手，叫他闭上眼睛一起向人间飞来。

过了一竿烟工夫，只听九妹说：“阿哥睁开眼！”阿波睁开眼睛已经站在自己家门口，他高兴地拉着仙女进了家门。两老人见阿波带着一个仙女来到家里，笑得嘴都合不拢，赶忙招呼仙女坐下。阿波见阿卜、阿尼这样高兴，赶忙把上天遇险和仙女救他的经过全数出来。两个老人拉着九妹的手说：“多谢你救了我们的孩子啊！多谢你救了我们这个地方啊！”

阿波回来的喜讯，十六水①的村村寨寨很快都传遍了，大家都争着来看望阿波和仙女，来摸一摸带来的种子。

九妹带来的种子种下后，长得又快又好，收成很多，大家过上了好生活。再说，主花做醒过来，不见了阿波，忙去给大王报告，刚转身，守种子的兵丁也来说，神种每样都少了九颗，接着织缎房又来说九妹也不在了。大王估计一定是九妹偷了种子和阿波逃去人间，气得牙齿都咬碎了几颗，急忙把八个女儿叫来盘问。可是八个女儿都说不知道这件事。大王气极了，大声吼起道：“还不快点给我把九妹找回来，不然我要你们的命！”八个姐妹慌忙来到人间，把大王发脾气的事向九妹说了，劝她回天上看一看，以后再想法回来。九妹晓得回天上没有好受的，就哭着向姐姐们哀求，不要把她带回天上。姐姐们见九妹死了心眼，怕以后也难得见面，就干脆和九妹去游山玩水。姐妹们见这一带缺水，也没有山洞躲雨、躲野兽，大家就念了咒语，每个人在一个山谷里吐一泡口水，每个人用两只手往山腰抠了两个洞。转眼间，九口涌泉哗哗淌出清水，流成了九条溪沟，山腰成了十八个奇形怪状的山洞。太阳落山了，九妹洒着泪水送姐姐们飞回天上。

姐姐们回到天上，把九妹铁死心肠在人间的事向大王说了。大王气得跳

① 十六水：水族自认由外地迁至黔南、桂北一带，主要分布在十六个地区，有的说是古代十六个大部落。引申为整个水族地区。

起来，马上喊来天兵天将，叫他们下到人间硬把九妹抓回天上。九妹被打得半死半活，关进了严严实实的黑房子里。

阿波见九妹被抓走，就往马桑树跑去，想爬到天上找回九妹。谁想到阿波上天回来的消息传开后，蜈蚣精恨雷公过去劈死它的老祖公，晓得马桑树长齐天上，就牵群结队爬到天上把雷公的崽崽都咬死了。雷公回到家见崽崽都死了，知道是蜈蚣来报仇，忙跑出来看，见蜈蚣正从马桑树爬回地面，便挥起铜锤，把马桑树劈倒了。雷公还封咒马桑树再也不能长高，长到三尺就弯腰，果子有毒，杆杆也烧不燃，让人们都恨死它。

上天的路断了，阿波一天天消瘦下去。乡亲们都来安慰他。大家为了让阿波能和九妹团圆，就来挖土垒山让阿波爬上天。幸好九妹那把花锄还在，阿波和大家垒山的时候，用花锄在山坡边一拉，山就拖过来垒上去了。山一天天增高，阿波和乡亲们的心一天天舒展开了。

九妹被关在黑屋里难受极了，想逃出房去。她找来找去，哪堵窗子都开不动，哪扇门也打不开，忽然见脚边有很多小圆眼，气气从眼里透进来，于是便在脚下乱摸。她摸来摸去，碰到一个大圆盖，用力一挪，圆盖打开了，脚下漏出一个大圆洞。她往下一看，人间的山山水水都在眼底下，这才明白是地窖打开了。九妹忘掉疼痛，趴在窖口边向人间张望着，看见阿波正顺着山往天上爬。她想逃回人间去，但怎么也逃不走，一摸背上才晓得大王把仙拂帚拿走了。九妹急得团团转，只好趴在窖口“阿波——阿波”地大声喊。

想不到这么一喊，惊动了大王。大王拨开云头一看，见阿波手里拿着花锄当拐杖，一步一步地往天上爬。大王气愤地哼了一声，急忙把雷公找来说道：“你看，就是这崽子把蜈蚣引上天的，现在他又垒山爬上来，说不定又带来大祸害，快把他上天的路给我堵住！”

雷公本来就有一肚子怨气，听大王这么一说，挥起铜锤，猛力往山上一劈，电光闪烁，响声震天，垒起的山被劈崩了。幸好阿波在天上住过，沾了点仙气没被打死，只是挨震昏了。阿波醒来，花锄不见了，他仰着头朝天上痴痴地望着，歇了一会，又一步步地向山顶爬，但是再也爬不上天。

九妹听到雷声响，急忙趴在地窖口往下看，山已经崩垮了，还见阿波吃力地往山顶上爬，她心里像刀绞一样。白天，九妹不敢打开地窖盖板，只是到了晚上，趁大王和兵将们睡觉了，才悄悄地打开地窖板向人间看望阿波。

后来，人们说九妹脚边那些小圆孔，就是天上的星星，那块地窖盖板，就是月亮，月亮里那个黑影，是趴在窖口向人间看望阿波的九妹，阿波爬上天的那座山，就叫月亮山。

【讲 述 者】 韦免低，潘牙

【采录整理】 潘朝霖搜集整理

【采集时间】 （无考）

【流传地区】 贵州省·（黔南布依族苗族自治州）·三都（三都水族自治县）

【文本来源】 中华民族故事大系编委会编：《中华民族故事大系》第9卷（水族、东乡族、纳西族），上海：上海文艺出版社1995年版，第75—83页。

【阅读提示】 这则神话在特定山峰产生的主线情节中应用了盗谷种、人与仙女婚、星星和月亮产生等丰富母题，内容丰富，引导人浮想联翩。

【基本母题】 月亮山；旱灾；树神；梦示；树木作为天梯；珠宝；仙女；寻谷种；牙巫；谷种的获得；通天路的毁灭；星星的产生；月亮的产生；特定山峰的产生

【本文编码】 《月亮山》：ZCSW1272-243-087

慕士塔格的传说

（塔吉克族）

被称为“冰山之父”的慕士塔格，在塔什库尔干塔吉克自治县境内，海拔7 546米，终年积雪，冰川高悬，晶莹耀目，景色壮丽。相传很久很久以前，慕士塔格山本没有冰雪，而是一个繁花似锦的人间仙境。山下住着一个勇敢的塔吉克青年鲁斯塔木，他爱上了一位姑娘。为了爱情，他必须上山去采一种奇异的花朵。他爬了九天九夜，终于爬上了山顶。山顶上，守护神花的仙女恰巧睡着了，他赶紧折了一束红花、一束白花，而后，转身下山。当他下到半山腰时，仙女醒了，见他采去了神花，便令老雕和大熊夺取。鲁斯塔木击败了它们。最后仙女自己变成了一个面目狰狞的巨人，挡住了他的去路。鲁斯塔木知道自己不是仙女的对手，便说："我是为了所爱的人来采花的，你如果不放我过去，我就从悬崖上跳下去。"仙女被人间的这种诚挚的爱情感动了，于是允许他将花带到人间。但是，善良的仙女因触犯了天条，受天神惩罚，被永远固定在山顶。她为那对情侣感到高兴，也为自己的不幸而痛苦流泪。年复一年，她的眼泪结成了厚厚的坚冰，覆盖了巍峨的山峰。山上那皑皑白雪，便是她在痛苦中熬白了的长发。因此，塔吉克人崇敬慕士塔格山，把慕士塔格山看作塔吉克人纯洁善良品性的象征。塔吉克人有句谚语："热爱祖国的人像慕士塔格山那样顶天立地。"塔吉克青年男女也常常面对着慕士塔格冰峰，立下他们的誓言："愿我们的爱情像慕士塔格山的坚冰那样纯洁，千年万载永不消融。"

【附注】

这则文本错误率较高。建议文本中的"鲁斯塔木"统一译作"慕士塔格"。

【讲 述 者】 （无考）

【采录整理】 西仁·库尔班，段石羽

【采集时间】 （无考）

【流传地区】 （无考）

【文本来源】 姚宝瑄主编：《中国各民族神话》（乌孜别克族、哈萨克族、柯尔克孜族、俄罗斯族、维吾尔族、塔吉克族、塔塔尔族、锡伯族），太原：书海出版社2014年版，第276页。

【阅读提示】 在文学作品中为山峰赋予特定文化和感情意象的做法十分常

见，本篇所述慕士塔格雪山则用冰雪暗喻白头发，表现出人们对忠贞与美满爱情的向往与歌颂。

【基本母题】 神奇的花；仙女；巨人；天神；特定山峰特征的来历

【本文编码】 《慕士塔格的传说》：ZCSW1273-243-088

阿果斗恶魔

（彝族）

来石林游览的人，一定要到这波光粼粼，举头一线天、低头一泓水的神奇的剑峰池摄影留念。

这时候，晨风揭去乳白色的面纱，那亭亭玉立的石峰，宛如在湖边梳妆的阿诗玛的身影。朝霞的光辉映照着石峰，那把插入池水中的青锋宝剑，放射着闪烁的寒光，将人们带进了一个神奇优美的剑峰池的故事里……

古远的年代，阿龙突①飞到飘着金色云彩的山头上，将诗书、算书和药书撒给了人们。人们有了智慧的眼睛，就能够识别善良与丑恶，因此，恶魔阿古刹就怀恨在心，要来报复。

在一个乌云翻腾、狂风大作、星月无光的夜里，恶魔阿古刹用他的魔鞭，从天边赶来了数不清的巨石，要将南盘江堵断，想用大水淹没路南坝子，淹死人们，以夺取那智慧的诗书、算书和药书。

这恶魔的魔鞭，就像毒蛇一样，谁被他击中了，顷刻化为石头，任他驱使。看！一只美丽的凤凰，刚站在那儿张望，被魔鞭一击，立刻化成“凤凰梳翅”的石头了。阿古刹挥鞭驱打跟前的巨石，一声鞭响、一串火花，那大大小小的石群被鞭打得遍体鳞伤，踉踉跄跄地向前滚动哩。

① 阿龙突：也叫作鲁突之阿尔，是撒尼民间传说中的英雄。“鲁突尔”撒尼话的意思是：猛如蛟龙，灵巧似猎狗的人。

山脚下的一间草房里，撒尼赶马人阿果和他的妻子塞微正在睡梦中。阿果突然被远处传来的巨石滚动的声音惊醒，连忙摇醒了妻子。二人走到门前一望：天空乌云密布，电闪雷鸣，远处像浪涛般的巨石滚滚而来。一只山鹰飞来对阿果说："勇敢的阿果啊！阿龙突给人间送来了智慧和光明，恶魔阿古刹却要给人间带来愚昧与死亡。阿古刹驱赶着石群来了，他要堵断南盘江，把所有善良的百姓淹死，把智慧的书册夺去！"

勇敢的阿果一听，义愤填膺，决心要和恶魔斗个高低。他便取下宝剑，骑上了心爱的大黄马，转身对妻子说："我去消灭这恶魔，你快去给乡亲们报信，大家都来打这恶魔吧，我先走了！"

塞微也是个了不起的撒尼妇女，她坚定地对阿果说："你勇敢地去吧，我这里有一袋石灰，在岔路口，你撒下来做个记号。"夫妻俩就这样分头走啦。

阿果骑着马，跟着山鹰所指的路，一直冲到了恶魔的面前。那恶魔看见了阿果，不禁哈哈大笑说："你来干什么？"阿果也不搭腔，毫不畏惧地拍马上前挺剑迎战。阿古刹急退几步，阿果举起宝剑直向恶魔砍去，只听得"当郎"一声，那剑锋刺着了恶魔的左肩，溅起了一串火星，剑锋却砍断了一节。阿古刹咆哮着举起魔鞭，正要向阿果打去，就在这千钧一发时刻，山鹰"刷"地俯冲下来，对准恶魔的右眼啄了一嘴，使阿果免遭杀害。可是，这只勇敢的山鹰却被恶魔的另一魔鞭击中了，它挣扎了几下，就化作了"山鹰雄姿"的石头。阿古刹发出了一阵狞笑。阿果气愤万分，使尽全身力量又举起宝剑向恶魔砍去，只见恶魔挥动魔鞭将剑弹飞到半空中，一下子飞插入水池里化为了"剑峰池"。阿果见武器已失，急中生智，想起了妻子给的那袋石灰，就猛然将一袋石灰向恶魔的两眼撒去！只听见阿古刹一阵怪叫，一手搓着瞎了的眼睛，一手挥舞着魔鞭乱打。

这时候，阿果的大黄马被击中一鞭，立刻化为了"骏马图"的石头。阿果看见塞微领着乡亲们高举火把、扛着梭标、带着弓箭来助战，他想乡亲们要被魔鞭击中就糟啦！于是连忙爬到石岩上，高声喊道："乡亲们，当心魔鞭……"话音未落，自己却被恶魔一鞭击中，勇敢的阿果立刻化为一块昂首挺立的岩石，可是他呼唤亲人的声音，还在石林丛中回旋着，久久不息。塞微看到亲爱的丈夫被夺去了生命，悲不自胜。她知道，只有夺取了魔鞭，才能够消灭阿古刹，为亲人报仇。她高声对乡亲们说："快射恶魔的手!"顷刻之间，万箭齐发，恶魔的黑手被射中了，魔鞭落地。此时金鸡齐鸣，天将破晓，阿古刹无心恋战，搓着受伤的双眼，慌忙向堡子方向逃去。勇敢的塞微哪里肯让恶魔逃走，她从地上拾起了魔鞭，追上恶魔阿古刹，挥起一鞭，击中恶魔。只见那阿古刹抽搐着，渐渐地化成形态狰狞的岩石。

据说，在堡子大山沟背后通往石林的山路上，有一块形态丑恶的大岩石，那就是恶魔阿古刹变的。

【原文附记】

本故事由王四代选自昆明市民间文学集成办公室1978年编印的《昆明民间故事》。本篇原名为《剑峰池》。

【讲 述 者】 （无考）

【采录整理】 鲁岚、罗彦记录整理

【采集时间】 （无考）

【流传地区】 云南省·昆明市

【文本来源】 姚宝瑄主编：《中国各民族神话》（羌族、彝族），太原：书海出版社2014年版，第322—324页。

【阅读提示】 这则神话的精彩之处在于变形母题的巧妙运用。

【基本母题】 智慧的获得；魔鞭；凤凰；宝剑；英雄斗恶魔；变形；特定岩石的产生

【本文编码】 《阿果斗恶魔》：ZCSW1274-243-089

大石马山的来历

（彝族）

在海味乡海味村的后面，有座高山名叫大石马山，此山由山上的一块大石头而得名。这块石头，长四米，宽三米，高两米，形状像一匹飞腾的骏马。离这不远的地方，有一块两米多长的石头，说是它的尾巴。

相传在很古很古的时候，与大石马遥遥相对的鲁魁山上，聚居着一些彝族人，他们以种玉米和荞麦为生。由于土地肥沃，庄稼长得又肥又壮。虽说日子过得不怎么富裕，倒也还算过得去。每到傍晚，姑娘们唱起动人的山歌，小伙子们弹起动听的三弦，在一堆堆篝火旁跳起欢乐的舞蹈。这山寨的人们都过着欢快而幸福的生活。

一天早晨，意想不到的灾难突然降临了。当人们醒来的时候，地里的荞麦不知被什么东西吃了一大片。因为地里留着马蹄印，所以人们断言庄稼是被马吃掉的。是哪里的马跑来糟蹋庄稼呢？全寨的人都议论纷纷，但谁也说不出个所以然来。一位老大爷说："如果它今天晚上再来，我们就逮住它，一切就会弄明白了。"于是，大家就分头准备去了。

晚上，人们带上弓箭和各种猎器暗藏在荞麦地边。半夜时分，刮起了一阵狂风。狂风过后，只见一匹乌黑的马正在吃地里的荞麦。大家不约而同地一齐跃出，准备把它捉住。可是在人们将要接近它的时候，那马尾巴一甩，顿时，狂风大作，使人无法靠近，人们只得退到地旁，用弓箭来对付。"唰……"百箭齐发。那马尾巴一甩，射出的箭又不知去向了。平时百发百中的阿里，连射数箭也无济于事。一连好几天，人们使尽所有的办法，还是对付不了这匹马。它吃饱了，摇几下尾巴就不见了。

阿里眼睁睁地看着荞麦一天天被吃掉，心里真是难受极了。要是平常，豺狼虎豹来伤害乡亲，只要他的弓弦一响，就被除掉了，而今天对此马为啥无能为力？他越想越气，越看越伤心，鼻子一酸失声痛哭起来。不知过了多时，突然一个声音在叫他："小伙子，你在哭什么，是不是哪个姑娘欺骗你了？"阿里抬头一看，见一个满头银发的老阿公站在他面前。阿里把寨里这几天的遭遇告诉了老人，老人听后问："你有决心除此害吗?"阿里坚定地回答说："为了乡亲们的安宁，就是碎尸万段，也在所不辞。""那就好了!"老人说，"由此往北走三天的路你就能找到一棵三围粗的毛木树。半夜时分你在树下就会见到它了。在它刚跃起时，你就砍下它的马尾。"说完，他拿出一把宝剑递给阿里，叫他务必在三天之内把它除掉。阿公嘱咐他："路上毒蛇、猛兽很多，要多加小心。"说完老人就不见了。

第二天，阿里背上弓箭，带上干粮和宝剑告别双亲和乡亲们，匆匆出发了。走啊走，翻过了一座座大山，蹚过了一条条大河，从日出走到日落，遇到陡峭山崖，他就攀藤而上；遇到荆棘，他就用宝剑开路。干粮吃完了，他就摘野果充饥，渴了就喝点泉水。一日，他走累了，正在一棵树下休息，突然，"嘘"的一声，一条碗口粗的毒蛇向他扑来。阿里连忙开弓发箭，毒蛇就躺着不动了。接着阿里又匆匆上路了。

第三天傍晚，阿里来到了一个大山丫口，他刚想休息一下，只听"呼"的一声巨响，树后蹿出一只老虎。他急忙拉弓搭箭。但由于饥饿和劳累，他连射三箭都没有射中。老虎瞪着血红的眼睛，张着血盆大口向他扑来，将他扑倒在地，人虎扭作一团。不知过了多时，老虎才被他杀死。这时，阿里也遍体鳞伤，靠在一棵大树下昏过去了。待他醒来的时候已是满天星斗。他向四周看了看，眼前出现了一棵毛木树。

阿里爬上树，树叶很密，恰好遮住了他的身体。这时，远处就传来了"嗒！嗒！嗒"的马蹄声，蹄声越来越近，来到了大树下。啊！正是那匹吃寨里荞麦的乌黑马。那马在树下转了一圈，摇了摇尾巴，纵身一跃将要飞去。就在这时，阿里从树上跳下，双手举着宝剑向马尾砍去，只听见"咔嚓"一声响，马尾被砍掉了，宝剑也化为一股青烟消失了。

却说那马被阿里砍掉尾巴后，失去了它神奇的功力。落到了大山顶上，它的后部深深陷入土中，就变成了一块大石头。因为这块石头形状像一匹马，后人就把这座山称为大石马山。

【讲 述 者】 （无考）

【采录整理】 柳青采录

【采集时间】 1984 年 6 月采录于峨山县塔甸镇海味村

【流传地区】 云南省·(玉溪市)·峨山县(峨山彝族自治县)·塔甸镇·海味村

【文本来源】 中国民间文艺家协会组织编写，罗杨总主编，张洪宾等本卷主编：《中国民间故事丛书》(云南·玉溪·峨山卷)，北京：知识产权出版社 2015 年版，第 88—90 页。

【阅读提示】 这则神话的产生极有可能是讲述者看到像马尾的石头，于是创作了马尾变成大石马山的叙事。

【基本母题】 特定山名称的来历；灾难；宝剑；神奇的马；动物变形；除害；神力的失去；特定石头的产生

【本文编码】 《大石马山的来历》：ZCSW1275-243-090

红石湾的传说

(裕固族)

当裕固族东迁祁连山后，冰洞里的雪妖经常作怪。为害人畜。有位英雄的“莫拉”(少年)，向太阳神借来了“神火宝葫芦”，烧死了雪妖，烧化了冰洞。可是，他讨到“神火宝葫芦”后，急于赶回家乡降妖，忘了“收宝法”。大火烧了三天三夜。无法熄灭。眼看森林草原毁于火灾，莫拉跳进火海，用肉体挡住了“神火宝葫芦”的喷火口，扑灭了大火。而他的身躯、四肢却被炼成一座座红石山峰，屹立在草原边上，形成了后来的红石湾，简称红湾。

【讲 述 者】 (无考)

【采录整理】 高自厚编写

【采集时间】 (无考)

【流传地区】 甘肃省·（张掖市）·肃南裕固族自治县

【文本来源】 《中国各民族宗教与神话大词典》编审委员会编：《中国各民族宗教与神话大词典》，北京：学苑出版社1990年版，第689—690页。

【阅读提示】 “宝物”所施法术的无法停止或“失灵”的表现手法在众多神话叙事中时有出现，在一定程度上可增强叙事的曲折跌宕。

【基本母题】 民族迁徙；雪妖；太阳神；宝葫芦的获得；火灾；人死后变成山峰

【本文编码】 《红石湾的传说》：ZCSW1276-243-091

莫 拉

（裕固族）

很久很久以前，裕固族人赶着自己的牛、羊、骆驼，越过沙漠戈壁，穿过泥泞沼地，跟着水草，走呀，走呀，从遥远的新疆，一直走到甘肃的祁连山下。

祁连山下好牧场，牲畜肥壮牧人喜洋洋。可惜，山下有个大冰洞，冰洞里还住着大水妖。它常常兴妖作怪，常常给草原带来灾害。

每当人们看见山下冰洞里冒出茫茫白雾的时候，那就是雪妖发脾气了。你瞧吧，不出一时三刻，狂暴的风雪就来了，一来就是十天半月。厚雪压盖了草原，人没有柴烧，牲畜吃不上草，小羊羔、小牛犊因为经不起严寒，也都被活活冻死了！

人们给雪妖烧过多少香，人们给雪妖磕过多少头，可是，雪妖一点不动心。

有个莫拉，平日看着雪妖老是那么作恶行凶，心里气得不得了。有一次，莫拉问爷爷：“阿爷！雪妖这么凶恶，为什么不把它除灭？”

爷爷摇摇头说：“孩子，雪妖神通广大，谁也不敢动它！”

“天地间，难道没有一个能降服雪妖的人吗?”

“只有太阳神能降服它。可是，太阳神住在东海里，山高路远，有谁能去向他学法讨宝呢?”

莫拉听了爷爷的话，立即拍拍胸脯，坚决地说：“只要能降服雪妖，哪怕山高路远，我也要去拜太阳神学法讨宝。”草原上的人们，一听到莫拉要去寻太阳神，大伙都来欢送他。

东滩上的一位老牧人，送给莫拉一匹日行千里的宝马；西滩上的一位老阿奶，送给莫拉一件避水宝衣；南山里一个猎人，送给莫拉一束百发百中的神箭；北山上的一个牧羊姑娘，把她一条赶羊鞭儿，也送给莫拉了。在万人的欢呼声里，莫拉小英雄穿上宝衣，背上神箭，跨上宝马，将手中鞭儿一挥，直向太阳升起的东方，飞一般地奔去了。

宝马驮着莫拉，跑过千里草原，越过万重雪山。跑着，跑着，忽然迎面出现一座峻峭的石崖，挡住去路。这崖叫“刀刃崖”，崖底扎在地里，崖顶钻在云里。宝马浑身汗水流，绕着崖打转转，要想飞越，那真比登天还难！莫拉正急得没法，忽听头顶一只百灵鸟唱道：

莫拉哥呀莫拉哥！
宝马鼓劲能钻天，
为何不用你赶羊鞭？

莫拉用手中的牧羊鞭儿，狠狠甩了一下。只听“叭”的一声，象一声炸雷。鞭梢儿向天伸长，钻入云霄，连马带人，带过了刀刃石崖。

莫拉骑着宝马，继续向东，不知又跑了几千几百里，前面出现一片大森林。这林名叫“黑虎林”，黑虎林里有个黑虎精。黑虎精见有生人从它林边过，便大吼一声，向莫拉扑来。宝马吃了一惊，转过头便向西方飞奔。黑虎精紧紧追来，眼看要赶上。正在这个当口上，又听那百灵鸟儿唱道：

莫拉哥呀莫拉哥！

黑虎精伤不了英雄，
为何不用你的箭？

莫拉果然取下宝弓，搭上神箭，扭身瞄准黑虎精，只听见弦响时，黑虎精大吼一声，便跌倒在地上死了。

莫拉重新勒转马头，又向东方奔驰，不知又跑了几千几万里，终于来到了东海岸上。远远看见红光影里闪出太阳神的宫殿。可是，大海汪洋，浪高水阔，宝马长鸣，渡不过去。忽然又听到那只百灵鸟儿在头顶唱道：

莫拉哥呀莫拉哥！
英雄临危事紧急，
为何不用你的避水衣？

莫拉穿上避水衣，挥鞭纵马，向海中冲去。只见海水分道，大浪退避，宝马踏过水面，一直奔到太阳神的宫殿门前。宫门口坐着一位守门神女，这是太阳神座前的女弟子，穿红戴绿，年纪轻轻，长得很美丽。这姑娘远远望见一个生人骑马踏波，直向宫门闯来，便大喝一声："呔！莫要乱闯，看法宝！"说着，放出一只神鹰，飞过来要抓莫拉。莫拉抽弓搭箭，一下射死了神鹰，宝马接着便冲到门口了，姑娘吃了一惊。闪身进门，"哗啦"一声，将大门关闭了。莫拉下马，用拳头"咚！咚！"地擂着金子铸镶的大门，高声喊道：

太阳神，请开门，
草原人民遭灾难，
要求法宝降妖精！

他这样擂着，喊着，一刻也不停，拳头擂肿了，拳头出血了，嗓子喊破了，声音喊哑了。他擂了三天三夜，喊了三天三夜，终于把太阳神感动了。太阳神叫守门女放莫拉进来。姑娘开了大门，引着莫拉到太阳神座前。太阳神穿着红袍，戴着金冠，摇着金扇，浑身上下，金光闪闪，照得人眼睛都睁不开来。他捋着长胡子，笑眯眯地说：

“勇敢的少年！你的来意我已经知道了。现在，我借给你一个神火宝葫芦，教给你放宝收宝的方法。你降服了雪妖之后，就把葫芦给我送来，我收你做个徒弟。”说罢，从腰里解下一个光华四射的红葫芦儿，交给莫拉，又命令守门女去给莫拉传授放宝收宝的方法。莫拉谢过太阳神，跟着姑娘来到大门口。一看他骑来的宝马，毛色已经变白了。他大吃一惊，忙问这是什么原因？姑娘说：“在这里一天，人间就是一年，你到这里已经四天了，所以你的马也就变得老了。”

莫拉听了，心里很着急，就赶快请姑娘传授方法。“放宝方法”学了几十遍，才记下来了。接着，姑娘又传授“收宝方法”。

可是，莫拉心慌意乱，想着自己离开家乡已经好几年了，不知这几年雪妖又在草原上兴起多少灾害。他恨不得立刻回去，除灭这个大害。这样，他学习“收宝方法”的时候，就更难记熟了。他学了四十遍，勉强记住了个大概，便匆匆忙忙，辞别了那神女姑娘，跨马登上了归途。

家乡的父老乡亲，自从莫拉走后，日日夜夜，盼望着能早日取上法宝回来，降妖除害。可是，一年一年过去了，还是不见莫拉回来。人们都叹着气说：“唉，可怜的莫拉，大约他永远回不来了！”

直到第八年的冬天，莫拉才满身尘土，迈着艰难的步子，徒步走回家乡。原来，他骑去的马已经衰老了，经过千山万水，终于在半路上累死了。勇敢的小莫拉，不怕山高路远，一直走了回来。

莫拉回到家乡的第二天，雪妖又在冰洞里喷出白雾，兴起了一场可怕的狂风暴雪。莫拉立即作法降妖。他手擎神火宝葫芦，顶风冒雪，向祁连山走去。乡亲们擂鼓鸣锣，远远跟着，替他助威。

好一个莫拉，他大步奔到山下。把神火宝葫芦向空中一丢，只见红光一闪，宝葫芦象一个火球，直向妖精住的冰洞里飞去。顿时，大冰洞里，燃起了熊熊烈火。那危害千百年的凶恶雪妖，便被活活烧死在洞中了。

雪妖烧死了，但那洞里的火光，仍燃烧不熄，莫拉想收回神火宝葫芦，可是收葫芦的方法却已经忘得一干二净了。那火一直烧着，烧了三天三夜，还是不灭。莫拉真着急，他怕大火漫开，烧毁了森林草原，给家乡人民带来更大的灾难。于是，他下定决心，奋不顾身跳进火光中，去拿回那神火宝葫芦。他的肉体扑到葫芦上，压住了喷火口，周围的火，渐渐熄了。可是勇敢的莫拉，却被大火练成为一座红石山，屹立在草原边上。这座石山永远热烘烘的，把方圆几里地面的冰雪全融化了。冰消雪化，白杨河的流水增多了，草原的牧草长得更茂盛了。牛羊肥壮，人畜两旺，裕固族人民过上了平安日子。每当猎人进山狩猎，牧人出圈放牧，远远望见那座挺拔矗立着的红石山的时候，人们都怀着无比虔诚的心意，向英雄的草原儿子——降服雪妖的莫拉致敬。

【附注】

同名文本《莫拉》，见姚宝瑄主编《中国各民族神话》（土族、东乡族、回族、保安族、裕固族、撒拉族），太原：书海出版社 2014 年版，第 89—94 页。原文本标注原载《中国少数民族文学作品选》（第二分册），上海文艺出版社 1981 年版。选定者为傅光宇。

【讲 述 者】（无考）

【采录整理】乔维森、野枫整理，钟进文辑

【采集时间】（无考）

【流传地区】（无考）

【文本来源】满都呼主编：《中国阿尔泰语系诸民族神话故事》，北京：民族出版社 1997 年版，第 124—128 页。

【阅读提示】这则神话是以应对雪灾为主题的口头传统作品，通过自然困难的克服和特定山的产生，真实地反映了裕固族的生产生活和民俗风情，也为研究裕固族的历史及其文化提供了有益的参考。

【基本母题】祁连山；妖怪；太阳神；宝马；宝衣；神箭；宝葫芦；特定山的来历

【本文编码】《莫拉》：ZCSW1277-243-092

2.4.4 江河湖泊等水体的产生

大禹厾[①]水

（汉族）

传说，大禹王治了洪水，看天下百姓日子过得好起来，心里很高兴，就带老婆一边游游山水，一边察访民情。

有一日，他们公婆[②]游到金华地界，看见一座山一半落在白云里，好比蛮高一座塔，大禹觉得这座山有点特别，就想寻个地方看看灵清。他们讨询[③]一个老人，这座山叫什么山，站在哪里最看得清楚。老人讲："这座山是大力神挑来格，叫尖峰，要看得灵清，顶好要到东面的大岭去，在那里就有看头了，从上看下像荷花，从下看上像座塔，东北角上打横看，又像一朵芙蓉花。"大禹公婆俩听得心头发痒，谢过老人就朝大岭去了。

百姓见是大禹王来了，都齐齐跪下，要大禹救救命。其中一个比较老成的百姓讲："大禹王，我们都是为避洪水逃到这高山岭上来格。本来村前阔洋阔海[④]都是水，吃水很便当。自从你治退了洪水，弄得我们整个村子断滴流，叫我们怎么过日子呀!"大禹看看跪着的老百姓，一个个渴得嘴唇都裂开了，还流着血，心里非常难过。就扶起百姓讲："难为大家了，我一定想办法把水引上山来!"

大禹连尖峰山也顾不上看，就和老婆一起把整个大岭仔细看了一遍。只见大岭四面凌空，俗话讲"水往低流"，可现在要教"水往高走"，该怎么办呢？大禹直忖勿是，横忖勿是，急得额骨头上的汗"卜塔、卜塔"地掉，一

① 厾：dū，用物轻击轻点。

② 公婆：这里指夫妻。

③ 讨询：询问。

④ 阔洋阔海：形容到处都是水。

滴一滴都渗进地底，化成了水，在大岭的几条溪坑底里“咕噜噜”地流。大禹一听，很高兴，连忙拉着老婆到溪坑边去看看。他们这里看看，那里看看，总只听得水声，看不见有水流出来。大禹想：人呒毛孔淌不出汗，山呒水孔，又怎么能淌得出水来呢！大禹便从老婆头上拔下银簪在水坑里一戽，“哗”一下，泉水喷出来了。

百姓们听到“哗哗”的水声，都从屋里赶出门来，大家看看汪清的泉水，有的拿木勺，有的挑水桶，有的就干脆扑在水坑边“咕嘟咕嘟”喝水。这时，站在一边看热闹的大禹想：洪水治退后，天下像大岭一样呒水吃的地方一定很多，我勿能游山玩水啦，应该马上把天下所有的山都戽出孔来，让住在山上的百姓都有水解渴，有水种田。这样，大禹就带着老婆到各处山尖去戽水啦。

现在，各处的高山大岭上都有汪清汪清的泉水，就是当初大禹用银簪一处一处戽出来的。

【附注】

本文关联文本，参见汉族神话《王母泉》(ZCSW1330-245-030)。

【讲 述 者】 方康忠(男，73岁，金华市婺城区洞前村退休工人，高中)

【采录整理】 杨学成(男，25岁，金华市婺城区双龙乡农民，高中)、马骏(男，44岁，金华市婺城区文化馆干部，大专)采录

【采集时间】 1989年采录于金华市婺城区双龙乡

【流传地区】 浙江省·(金华市)·婺城区·双龙乡

【文本来源】 中国民间文学集成全国编辑委员会编：《中国民间故事集成》(浙江卷)，北京：中国ISBN中心1997年版，第66页。

【阅读提示】 这则神话中大禹之妻用银簪点出泉水的情节，与王母娘娘用金簪划出泉水河流的表述，好像是一个师傅教出来的。

【基本母题】 大禹治水；大力神；旱灾；银簪点出水；泉水的产生

【本文编码】 《大禹戽水》：ZCSW1278-244-001

海水为什么是咸的

（汉族）

在很久很久以前，海边有一小镇。镇上有位商人名叫高德。他跟前有个儿子高春。妻子去世多年，家里靠老仆王义照料。

一年，高德因病去世，他儿子高春继承家业。高春乃酒色之徒，不务正业。老仆王义多次相劝，高春非但不改，还迁怒于王义，心想这老家伙碍手碍脚，不如找机会将他干掉。

高春找到个叫洪欣的渔民，对他说："你把那王义带到海上，然后把他推下船将他淹死，我给你白银一百两。"说着，将银袋在洪欣面前晃晃。洪欣大怒，把他的银子摔到一边，说："快给我滚，我不干这图财害命之事。"高春讨了个没趣，灰溜溜地跑了。

洪欣独自一人生活。他怕高春日后再谋害王义，就把王义接到家里一块过日子。

洪欣每日出海打鱼，王义在家操持家务。日子久了，王义心想若把房后那片荒地种上菜，不也能改善一点生活。想着，他就扛着锄头来到房后干了起来。谁知，没锄两下，就觉碰到个硬东西。挖出一看，原来是个石匣子。打开看时，里面有个小石磨和小石马，马上的小石人，手里还拿着小鞭子。王义觉得稀罕，就把这些东西带进屋来。

那时，海水是淡的。渔民吃盐非常困难。换一点盐，要用很多鱼才行。王义想这小磨若能磨出盐来就好了。他想着就不由自主地对小石磨说："小石磨，转一转，转一转来出白盐。"刚说完，就见小马拉着小磨转了起来，那小石马上的小石人还不断挥鞭呢！转了几圈后，细细白白的盐便流了出来。王义又惊又喜，心想："这下可好了，再不愁没盐吃。"小磨不停地转，盐愈来愈多，眼看屋子就盛不下了。王义又对着小石磨说道："小石磨，停一停，磨得多了没处盛。"话音刚落，王义就见小石磨停了下来，心中大喜。

从此，远近的渔民都吃上了盐。

不久，高春得知此事。有一天，他趁王义和洪欣都没在家，就把小石磨偷走了。他把石磨搬到自己的商船上，就命伙计们开船，向辽阔的大海驶去。他要带着石磨去海外经商贩盐，心想这下可发大财了。

到了汪洋大海，高春就对小石磨说："小石磨，转一转，转一转来出白盐。"小石磨开始转，盐不断往外流，眼看船都盛不下了，可磨仍旧不停。高春只打听到怎样磨，却不知怎样停磨。后来，船终于超载，沉没于海底。高春也在海里丧生。

虽然小石磨沉于海底，可仍旧在转动，盐也不断地溶于大海，自此，海水变成咸的了。

后来，渔民们又把这咸海水引到海滩晒干，由此来生产盐，依旧有盐吃，这就是小石磨的功劳。

【讲 述 者】 孟凡玉（男，40岁，工人）

【采录整理】 何艺昌

【采集时间】 （无考）

【流传地区】 （无考）

【文本来源】 张振犁编著：《中原神话通鉴》（第四卷），郑州：河南大学出版社2017年版，第1286—1288页。

【阅读提示】 这则文本是神话与故事的融合。关于石磨磨出盐使海变咸的传说中值得注意的一点是，文末交代了渔民晒干海水提炼盐的情节，在一定程度上关注了海水中水盐的动态平衡，这是区别于其他同类型故事的有趣之处。

【基本母题】 挖出宝物；石磨磨出盐；海水变咸的原因；盐的获得

【本文编码】 《海水为什么是咸的》：ZCSW1279-244-002

海水为啥变咸了

（汉族）

很早很早以前，大片的海水是淡的，没有咸味，也没有苦味。咋会变咸呢，有这样一个故事。

从前，有一个懒汉，不想种地，一心只想找神仙求发财。一日，听人说蓬莱山上有一个蓬莱仙洞，里面住着一位蓬莱仙翁。谁要是到那里诚心求拜七七四十九天，感动了仙翁，洞门就会自动打开。据说洞内全是珍珠宝贝，只要弄到一件，一生一世就吃不穷了。

懒汉一心想发财，就不怕路远，一路讨饭，去寻蓬莱山。一日，终于找到了蓬莱山，在山腰寻着了蓬莱仙洞。他先在洞口旁边用野草做了一个记号，以后就每天下山去讨东西。等讨够了吃四十九天的干粮，又挖了个积水坑。接着就跪在洞口，双手合拢，日夜求啊拜啊，困了打个瞌睡再拜，拜一天，在地上画一画。拜了一天又一天，足足跪拜了七七四十九天，弄得他筋疲力尽。就在这天太阳快落山辰光，忽然听到洞内“隆隆”的响声，只见洞口两扇半月形的石门慢慢开了。懒汉突然眼睛一亮，精神一振，想站起来，但双脚像钉在地上一样，立不起身来，心一急，就一头撞进洞门，连滚带爬进到洞里。抬头一看，一个眉毛长长、胡须雪白的仙翁站在面前，他就马上恳求仙翁救救自己的双脚。只见仙翁伸出左手食指向他一点，口中念起咒语，懒汉马上感到脚骨轻松，浑身爽快，不知不觉站了起来。

这时仙翁对他说：“看你心诚，我这里都是宝贝，随你拣一样吧！”懒汉听了，心忖：黄金珍宝也会用完，最好有一样取用不尽的宝物。懒汉正这样想着，仙翁看出了他的心思，指指身旁一台小巧玲珑的石磨，笑笑说：“还是这台万能磨吧，你想要什么，先念：‘求！求！求！要！要！要！’再把你要的东西念三遍，最后要念：‘要！要！要！求！求！求！’石磨就会变出你所要的东西。”懒汉一听，高兴得不得了，心忖拜了这么多天，肚皮饿得瘪塌塌，何不先来一桌好酒好菜呢，就照着仙翁指点的念了起来：“求！求！求！要！要！要！来一桌丰美酒菜，来一桌丰美酒菜，来一桌丰美酒菜。

要！要！要！求！求！求！”果然，等他刚一念完，石磨旁出现了一桌热腾腾、香喷喷的酒菜。懒汉馋得口水流了下来，但看看一旁看着他的仙翁，装作斯文模样，稍微吃了几口，就拜谢了仙翁。仙翁一再说：“口诀千万不要念错！”懒汉应了一声，捧起小石磨走出洞。只听见身后又是“隆隆”的响声，洞门合拢了。

懒汉走到山脚边，照着仙翁说的又试了一遍，要了些银子，走到海边雇了一只大帆船，准备先去游山玩水。船开到大海里，他想这下子可要舒舒服服吃个痛快，玩个痛快了，就急忙念了起来：“求，求，求！要，要，要！一桌丰盛酒菜，一桌丰盛酒菜，一桌丰盛酒菜。求，求，求！要，要，要！”念完，没见菜肴出来，心忖：难道这石磨不灵了？他再念一遍，还是没有，急得他这样念念，那样念念，连连惊叫“咦，咦，咦”三声，又念了“要，要，要，求，求，求”一遍，忽然磨旁出现了一大堆白花花的盐。他忖，这一定是仙翁在弄讼他，一气之下就把这台小磨丢进了大海。

这台磨沉到海底，还不停地变出盐来，溶到海水里。长年累月，海水变得又咸又苦。直到今朝，阿拉吃的盐还都是这台小磨变出来的呢。

【讲 述 者】（无考）

【采录整理】余玉生采录

【采集时间】（无考）

【流传地区】（无考）

【文本来源】中国民间文艺家协会组织编写，罗杨总主编，陈建东本卷主编：《中国民间故事丛书》（浙江·宁波·海曙卷），北京：知识产权出版社2015年版，第120—121页。

【阅读提示】海水变咸系列故事，大都反映了贪心不足蛇吞象的人往往没有好下场。

【基本母题】以前海水是淡的；仙洞；仙翁；法术治病；神磨；海水变咸的原因

【本文编码】《海水为啥变咸了》：ZCSW1280-244-003

海水为啥是咸的（1）

（汉族）

在远古的时候，一个边远的渔村里，住着一家人：一个母亲和两个儿子。大儿子非常勤劳，早出晚归，养家糊口；小儿子却懒惰成性，贪心很大。母亲却偏爱小儿子，为了让小儿子独占家业，她把大儿子赶出了门。

老大在外受苦受穷，出力流汗，却填不饱肚子。后来，一个白发仙人实在看不过，恻隐之心泛起，就把一块石头送给老大，并嘱咐说："你什么时候没饭吃了，没衣穿了，就在这石头上磨一下，它就会吐出盐来，然后你到市场上去卖，换回你要的东西。"老大感激涕零，但仙人忘记了告诉他如何止住石头往外冒盐，此是后话。

有了仙人的帮助，老大过得非常舒心，并且一天富似一天。老二和母亲在家听说了，都想知道他是怎样富的，眼气得要死。他们就对老大百般哄劝，老大只好把秘密告诉了他们。其时他们正在船上，老二听完此言，迫不及待就在石头上不停地磨起来，眼看白花花的盐一堆堆冒出来，他还不停手，直到盐越来越重，把船给沉了。老二和母亲都被海水无情地吞噬了，但老大却被白发仙人救了出来，继续过着幸福的生活。

这样，海水也就变成咸的了。

【附注】

本文相似文本，参见《海水为什么是咸的》（ZCSW1279-244-002）、《海水为啥是咸的（3）》（ZCSW1283-244-006）等。

【讲 述 者】 马元初（60岁，开封人）

【采录整理】 康辉丽

【采集时间】 1989年12月采录于开封市北城门外

【流传地区】 河南省·开封市

【文本来源】 张振犁编著：《中原神话通鉴》（第四卷），郑州：河南大学出版社 2017 年版，第 1288 页。

【阅读提示】 这则叙事在解释海水变咸时，又生发出赞颂白发仙人助人为乐的好品质，一举两得。

【基本母题】 两兄弟性格不同；仙人；神奇的石头；磨出盐；仙人救人；海水变咸的原因

【本文编码】 《海水为啥是咸的（1）》：ZCSW1281-244-004

海水为啥是咸的（2）

（汉族）

从前，山上住着一户人家，老嬷嬷和两个儿子。老大叫大贵，老二叫二贵。娘领着两个儿子在山南山北开荒种田，一家人和和睦睦过日子，日子越来越好。

有吃有穿有了房子，先给大贵娶了媳妇成了家，还是老嬷嬷领家过日子，准备再给二贵提亲娶妻。

大贵媳妇有私心。她想，一家人干活挣钱，要给二贵盖房子娶媳妇，觉得吃亏，不如分家好。劝说了大贵，决定分家，让二贵跟娘过，她两口单过。婆婆没办法，只好答应分家。大贵媳妇提出：山南十亩好地带匹马，山北十亩孬地带头小毛驴，兄弟俩抓阄，摊哪里是哪里；现有的房子、钱财一分为二，各取各的。婆婆和二贵只好答应。

大贵写好，揉成纸团，对二贵说："大让小，你先抓吧。"二贵拿起纸团，打出一看是"山北"，大贵说："我就是'山南'了。"纸团没取，就这样定了。原来两个纸团都是写的"山北"，二贵抓哪个也跑不了"山北"，这是大贵两口子定好的计。

大贵在山南安家，二贵和娘在山北安家，大贵两口子占了便宜，心里欢喜，二贵只好听天由命。

开头两年，二贵娘儿俩靠辛勤耕作，尽管地孬，还能吃上饭。谁知这一年遭遇大雨，庄稼都淹坏了，没吃没喝。山南大贵家大丰收，粮食吃不了。二贵和娘商量，去跟哥嫂借点粮。老嬷嬷决定她自己去，娘开口借粮，儿子还能不中?

老嬷嬷山南借粮，原说当天回来，二贵下午去接娘，直到傍黑也没接着，只好一人回家。

来到一条山沟前，忽见一个老狼挡住去路。狼面前还有它吃剩的山羊的两条后腿。二贵吓了一身冷汗。因为无路可走，便拾起块石头，准备与老狼拼了。也许是老狼已经吃饱了，避开二贵逃走了。二贵家里无粮，便拾起两条山羊腿，心想，带回家煮给娘充饥。

刚走了不远，听见一个老嬷嬷的哭声。二贵想，八成是娘，走过去一看，不是娘。老嬷嬷身穿补丁衣，看样子是个穷人。二贵一问，果然不错。

老嬷嬷已经两天没吃饭了，她无儿无女，怎么活下去?二贵很可怜她，听她说明了家中情况，为了让她活命，就送给老嬷嬷一条羊腿。老嬷嬷说，她饿得走不动了，要二贵送她回家，二贵心眼儿好，就扶着她，送她回家。

拐了个弯，看到山洞里有个灯亮着，老嬷嬷说，这就是她的家。

二贵感到很奇怪：山洞里有不到一拃高的人在打铁，再往里走是小木匠在干活，还有小驴拉磨。二贵放下羊腿要回家，老嬷嬷说："你也两天没吃饭了，我做点饭你吃了再走。"二贵没法，只好听她的。只见老嬷嬷捏了几粒小米放在锅里，一会儿就做好了，老远能闻到米饭香。老嬷嬷给二贵盛了一碗，让他先吃。吃一碗盛一碗，锅里的米饭盛不完，还给二贵上了一碟小菜，那时候人们还不知道吃盐，老嬷嬷从小磨盘里捏了一点盐放在菜里，二贵一尝，实在好吃。

饭后，二贵要走，老嬷嬷拿出几个小布袋送给他，每袋分别装着几粒小麦、大豆、高粱、小米，还有一袋盐。她说："知道二贵你是孝子，心眼好，能帮忙的我得帮。"家里的东西任二贵挑选。二贵不忍心要，老嬷嬷说："再送你一盘小驴拉磨吧，想磨什么就放什么。"并教会他一番咒语。这盘驴拉磨总共不过一拃高。二贵谢过老嬷嬷，带着东西回家了。

二贵回到家，见娘正哭，原来大贵两口子一粒粮也没借给，饭也没管，饿着回来，与二贵走岔了路，娘俩路上没遇着。二贵把路上的经过说了一遍，拿出几粒小麦放在那个驴拉磨上，念了咒语，小磨转动，就出了白面。接着给娘做饭，小菜里放上点盐，娘吃得十分香甜。

二贵知道那老嬷嬷是位神仙，送他的磨是盘神磨。村子里的百姓也都忍饥挨饿，二贵便昼夜不停地磨面，分给饥民，又分给大家一些从没吃过的盐，大家都十分感谢二贵娘儿俩。

消息很快传开，大贵两口子听说了，心里难受极了，一心要把神磨占为己有。

大贵两口子从山南赶到山北，见神驴拉神磨正在磨盐，二贵下田干活去了，只有娘在家，便说："这磨俺摊份的，二贵要独占，甭想!"抢了神磨就走，娘上前阻拦，被一把推倒在地。

二贵回来，问明原因，他知道哥嫂蛮横不讲理，咽下这口气算了。

神磨的事传到知县那里，知县看了十分惊喜，速报皇上，要拿神磨进贡。皇上大喜，并传旨让大贵两口子亲自送去，要封官重赏，还要知县派精干武士护送。这可把大贵两口子喜坏了。

他们走大道怕贼人抢劫，便乘船从海上走水路。一路上，神磨不停地磨着盐，一袋一袋，装满了船。

这天海上刮起了狂风，狂风掀起巨浪，船上人多货重，一个巨浪把船打翻，大贵两口子喂了老鳖，盐浸泡在海水里，海水原来不咸，从此就变咸了。

【讲 述 者】 刘恒诺（44岁，农民，高中）

【采录整理】 邓贞兰（62岁，干部，中国曲艺家协会会员，大专）记录

【采集时间】 2000年9月18日采录于丰县丰城西关

【流传地区】 江苏省·（徐州市）·丰县

【文本来源】 中国民间文艺家协会组织编写，罗杨总主编，殷召义、邓贞兰、孙兴龙本卷主编：《中国民间故事丛书》（江苏·徐州·

丰县卷)，北京：知识产权出版社 2016 年版，第 4—6 页。

【阅读提示】 这则海水因神磨而变咸的叙事，增加了借粮、搭救老人、向黄帝进贡叙事，情节更加丰富。

【基本母题】 兄弟分家；恶毒的媳妇；神奇的磨；神仙；海水变咸的原因

【本文编码】 《海水为啥是咸的（2)》：ZCSW1282-244-005

海水为啥是咸的（3）

（汉族）

东海边上有个渔翁。一天，他在海里撒网，收网时，觉得很重，拉也拉勿动，以为是条大鱼，伊用全身力气拉起来，一看是只石磨，感到纳闷。晚上，海神托梦给这个渔翁，对他说："这石磨是得了仙气的海磨，能牵出盐来。"并教他四句咒语，上两句为："仙磨仙磨快快牵，白盐烧菜味道鲜。"下两句为："牵了一天吃一年，明年今朝再来牵。"还特地关照：需要的辰光念上两句，不要的辰光念下两句。渔翁牢记在心，选定日子，搬出磨子，念了上两句咒语，石磨顿时牵动起来，白花花的盐顺着磨沿滚滚而来。

此事被海霸知道了，想独占这无价之宝，便派人将海磨抢到船上，又将船开到大海里。海磨不停地牵，盐不断地出来，越牵越多，把船装得满满的。但海霸不知道后两句咒语，无法叫海磨停下来，结果连人带船沉入海底。这只海磨现在还在牵，因此，海水也就一直是咸的。

【附注】

本文相似文本，参见《海水为什么是咸的》(ZCSW1279-244-002)、《海水为啥变咸了》(ZCSW1280-244-003) 等。

【讲 述 者】 朱宗勤（57 岁，农民，中专）

【采录整理】 郑友亨记录

【采集时间】 1987 年 7 月 4 日采录于娄北牧场

【流传地区】 上海市·(嘉定区·娄塘镇)·娄塘村

【文本来源】 中国民间文艺家协会组织编写，罗杨总主编，沈云娟本卷主编：《中国民间故事丛书》（上海·嘉定卷），北京：知识产权出版社 2016 年版，第 106 页。

【阅读提示】 这则故事在解释海磨磨盐使海水变咸的同时，也描述了善恶之争，有利于深化主题。

【基本母题】 海神；托梦；宝物的获得；夺宝；咒语；海水变咸的原因

【本文编码】 《海水为啥是咸的（3）》：ZCSW1283-244-006

江水不犯海水

（汉族）

从前，黄海龙王和长江龙王，各自都有老大老大的地盘，但他俩还不满足，巴不得自己的地盘越大越好，因此两个龙王大打三六九，小闹天天有，经常不断发生水仗，弄得水害连天。

长江龙王的后仓非常宽敞，他挥动亿万斛鹅黄色的江水，偷偷流窜到黄海里，一家伙“淡死”了无数的海族、贝类。黄海龙王也不甘示弱，毫不客气地掀起碧绿碧绿的海浪，“哗哗哗”冲进长江里，“咸死了”无数的时鱼鲜虾。那些皱皮鱼、肉丁鱼，在江面漂了一层又一层……

打呀，打呀，两下里抢过来夺过去，拉锯一样，不曾有一天安宁。

东海龙王看到两个间壁邻居闹不和睦，从老远的龙宫赶来充当“和事佬”，想让他们化干戈为玉帛，并亲自掏袋子出钱钞，办了一桌很丰盛的“和睦酒”，宴请黄海龙王和长江龙王。

在酒席台上，东海龙王眼泪汪汪地劝说：“你我诸位皆是同族兄弟，老祖宗本是一家，什伲事要闹得烟雾尘天？再这样下去，不要说四邻看到好笑，连祖宗八代也要让人骂得颠过身来呀。我劝二位兄弟还是不要再动手为好。”黄海、长江两位龙王被劝得眼泪滴滴。尤其是长江龙王心软，趁着几分酒意，首先表示愿意主动把兵马撤到狼山南麓，与黄海龙王重归于好。

但是，长江龙母不好惹，听说男人要和黄海龙王和好，气得嘴尖鼻子翘。她两手叉腰，脸往下一忑，破口大骂自己的男人说：“你这个老笨蛋，灌了几口马尿①，人家嗓子管儿一奘②，你就要‘画招’了。老话说‘寸金买不到寸土’，老祖宗给你的地盘，怎能轻而易举地白白送掉？日后岂不要让子孙后代骂你啊！”

长江龙王被长江龙母骂得狗血喷头，闷坐在龙椅上直潽气③，半天也不敢放一个屁。他整整想了三天三夜，最后还是改变了原来的诺言，再度操练兵马，又挑起了战祸，而且愈演愈烈。双方掀起惊涛骇浪，冲坍了江堤，毁掉了海岸，淹没了良田。江海两岸的老百姓淹死的淹死，侥幸活下来的也是无家可归。

玉皇老儿听得此事，忙派太白金星到下界巡察。太白金星云里来雾里去，对双方进行规劝。但公说公有理，婆说婆有理，表面上客客气气，背后还是不断擂屎④，弄得太白金星奔来跑去如穿梭，累得气急痰吼，云鞋踏破了几十双，嘴爿子脱掉几层皮，还是不能平息战祸。

太白金星焦头烂额，只好再向玉皇报告。玉皇至尊是不肯挪动半步的二界神君，马上宣黄海、长江龙王上天。他把皱皮疙瘩的老脸一沉，骂得两位龙王嘴不敢张、气不敢出。最后由玉皇裁决：由玉皇朝下界吐一口痰唾，痰唾掉在哪里，就依哪里为界。两位龙王只好乖乖地依从听命，连说：“是！是！是！罪臣听从主公裁决。”个个伸长脖子，圆睁着斗大的龙眼，盯准玉皇吐痰！

---

① 马尿：黄酒的贬称。

② 奘（zàng）：说话粗鲁，态度生硬。

③ 潽（pū）气：大口喘粗气。

④ 擂（lèi）屎：捣蛋。

这些日子将骇[1]玉皇大帝身体不适，舌头焦嗓子干。他咳了老半天，好不容易才吐出一口痰，随风飘呀飘呀，掉在黄浦江东十八度的地方，并令神行太保去钉好界牌。

从此，长江潮头和黄海潮头在黄浦江不远的出口处相遇，乖乖地各走各一边，“江水不犯海水”千古万代一直未改流向。

【讲 述 者】 潘苗根（25岁，工人，初中）

【采录整理】 严金凤记录

【采集时间】 1989年8月采录于南通纺机厂

【流传地区】 江苏省·南通市

【文本来源】 中国民间文艺家协会组织编写，罗杨总主编，王宇明本卷主编：《中国民间故事丛书》（江苏·南通·市区卷），北京：知识产权出版社2016年版，第13—14页。

【阅读提示】 这则极富故事性的叙事反映了一个有趣的现象，那就是争战背后的女人往往扮演了至关重要的角色。

【基本母题】 龙王；龙王之间的争斗；通过劝解解决矛盾；龙母；洪水；玉皇大帝；太白金星；江水流向的来历

【本文编码】 《江水不犯海水》：ZCSW1284-244-007

盘古开天地

（汉族）

很早很早时候，也没天，也没地，只有一个很大很大的石头鼓，滚来滚去。这个石鼓里困着一个很大很大的人，他在石头鼓里也勿晓得困了多少年

---

① 将骇（ái）：正巧。

啦，一直未困醒。因为他是盘在鼓里困的，所以，讴做盘古。

一日，盘古觉得石鼓里面越来越气闷，浑身也越来越热啦，用手一摸，四壁滚烫滚烫。盘古再也困勿住啦。“嗨”的一声，用力一振，“哗啦啦”一阵响，把个石鼓震做两半开。

盘古有三头六臂，还有两只角，力气吓人[①]大，他往上一举，“嗨”的一下，把半片石鼓顶到天上起，变做天公。眼睛睁开来一望，四周漆漆黑，一点东西也望勿着。

他发火啦，把牙齿一咬，宁可自己痛，“咚咚”两下，撞落两个头。一个朝东甩，一个朝西甩，骨碌碌一下滚滚天边去，一个变作血红血红的太阳，一个变作雪亮雪亮的月亮。

盘古低头一望，脚底的半爿[②]石鼓，统统都是水，哗啦哗啦冲得很凶，盘古又发火啦！“嗨嗨”两下，撞落两只角，嘭嘭滚滚下去，都变作很多很多的山头。哪里晓得，水还是勿拦住，反而冲得更加厉害。盘古只得用手扒，扒呀，挖呀，挖起许许多多的小溪。实在挖得太用力啦，四只手臂都脱脱落来，“呼”的一记变出许许多多河江。他就用留下的两只手臂，把水“嗨啦嗨啦”的从江河里赶到平洋里去。这样，才太平下来。我们现在看到的海，就是这样来的。

【讲 述 者】 王阿英

【采录整理】 蔡斌搜集整理

【采集时间】 （无考）

【流传地区】 （无考）

【文本来源】 姚宝瑄主编：《中国各民族神话》（汉族），太原：书海出版社2014年版，第17—18页。

【阅读提示】 这则叙事借盘古开天辟地的神话探究了水的形成，反映出古

① 吓人：兰溪方言，很的意思。

② 爿（pán），片。

人对江河湖海“溯源”的神话思考。

【基本母题】 以前没有天地；盘古的诞生；盘古的特征；日月的产生；江河湖海的产生

【本文编码】 《盘古开天地》：ZCSW1285-244-008

泉水的由来

（汉族）

传说很早以前，太行山的山脚下，住着一户贫穷的人家。家里只有一位年迈多病的老母和一个身强力壮的青年。这个青年靠打柴维持母子俩的生活。这天，他又到山上去打柴了。当他来到一棵古松树下时，疲乏地睡着了。蒙眬中走来了一个老者，手里握着一根手杖，对他说：“我这里有一个修炼了五百年的宝葫芦，我看你每天辛勤劳动，尽心孝敬母亲，很受感动，特意把它送给你。你要什么，就有什么，这样，你就可以富起来了。不过，你不能给别人使，否则，你就会变成一块石头。”老头儿说完就突然消失了。这个青年一惊，猛然从梦中醒来，只见手里捧着一个精巧的宝葫芦。

以后，母子俩确实过起了富足的生活。可那青年却整天闷闷不乐。因为他看到乡亲们还过着贫苦的生活，为无法帮助他们而烦恼。

这一年，这里遭受了从来没有过的大旱，庄稼眼看就要旱死了，农民的日子怎么过呀！可是，唯有那个青年种的地绿油油的，于是大家都来恳求他帮忙，“到底怎么办呢?”青年更加犯了愁。这时候他母亲说了话：“孩儿呀！你要是能帮就帮他们吧，可不能看着他们饿死呀!”他看了看母亲，又看了看面带祈求和愁容的穷乡亲们，终于下定了决心。于是，他对大家说：“你们等着吧，不过我要不在世上，你们要扶养好我的母亲。”随后，他跑到山顶上，对着宝葫芦叫道：“请您来场大雨，救救乡亲们吧。”说后，果然天空立刻乌云密布，下起大雨来。他看到山下的乡亲们高兴地欢呼着、跳跃着。

但是他却真的变成了石头，一股泉水却从他的嘴里哗哗哗地流出来……

【讲 述 者】 （无考）

【采录整理】 马英杰（1987 年 4 月采录），杜玉娟（2011 年 10 月 30 日采录），郝若愚、房伯全、赵轶楠、房伯全（2012 年 6 月 7 日采录）

【采集时间】 （无考）

【流传地区】 河北省・保定市・定兴县

【文本来源】 中国民间文艺家协会组织编写，罗杨总主编，王振林本卷主编：《中国民间故事丛书》（河北・保定・定兴卷），北京：知识产权出版社 2016 年版，第 64 页。

【阅读提示】 这则文本借助解释泉的来历，赞扬了小伙子舍己为人的大爱之心。

【基本母题】 太行山；梦示；宝葫芦；旱灾；人变成石头；泉水的来历

【本文编码】 《泉水的由来》：ZCSW1286-244-009

天下江水向东流

（汉族）

上古时候，天下洪水横流，到处成了一片汪洋。地上的人越繁衍越多，林中的野兽野果却越来越少，为了活下去，大家就不能光守在山上靠打猎过日子，要想办法种五谷粮食。可是能种粮食的平地有的被水占着，有的常常被洪水冲毁。治地就先要治水，当时管理天下的舜就派大臣鲧担当此任。

鲧原来是一个部落的首领，很有才干，可对于治水，他用的还是“水来土掩”的老办法。结果费了好大的气力，一年四季这里堵，那里挡，腾出来的空地，刚种上粮食又被水冲掉了，舜见鲧劳民伤财，治水多年没顶啥，一气之下就杀了鲧。

舜又命鲧的儿子大禹代父治水，治不住也要杀头。禹是个年轻娃娃，愁的没办法，就去问他妈。禹的母亲鲧亭圣母①，找出了丈夫治水失败的原因，对儿子说："你父亲力没少出，汗没少流，咋治不住水呢？我思量来思量去，是他治水的办法不对。水是个散的，你要聚，越聚越大，越大它就越猛，我看倒不如放了它，让它尽着淌。现在它看起也在淌，但淌的不快，你不如用许多石头，把西北那一头地势支高，东南这头落低，水就存不住了。"禹觉得母亲讲得有理，就带人去干，果然很奏效。天下原来四处横流的江水都朝东一个方向流，加上禹又带人疏通了渠道，天下再没有绝人的大灾难了。我国地势西北高，东南低就是鲧亭圣母这么想着支起来的。

【讲 述 者】 张来祥（男，74 岁，千阳县上店乡农民，小学）

【采录整理】 武向阳（男，24 岁，千阳县 171 厂子校教师，大专），樊志毅（男，24 岁，千阳县文化馆干部，初中）

【采集时间】 1987 年 8 月 23 日采录于千阳县上店乡上店村

【流传地区】 陕西省·（宝鸡市）·千阳县·上店乡·上店村

【文本来源】 中国民间文学集成全国编辑委员会编：《中国民间故事集成》（陕西卷），北京：中国 ISBN 中心 1996 年版，第 18 页。

【阅读提示】 大禹治水的传说向世人传达了一个道理，即很多事情解决的办法是堵不如疏。通过疏泄引导的方式可将困难迎刃而解。

【基本母题】 上古时候洪水泛滥；部落首领；治水；大禹治水；江水东流的原因

【本文编码】 《天下江水向东流》：ZCSW1287-244-010

① 鲧亭圣母：当地群众说圣母是鲧的妻子。陕西千阳龙泉村有鲧亭庙，陈家槽村有鲧亭圣母庙。

五湖四海的形成

（汉族）

有几个人整天到处寻找幸福。有一天，他们走到一个村口，眼看天快黑了，也没有找着住的地方，一瞅，有一棵大柳树，十几搂粗，里头是空的，他们一商量决定住在大树窟窿里。第二天半晌午，一个小孩过来把这棵柳树薅了，他们钻出来问他："俺正睡觉哩，你把树薅了弄啥?"小孩说："俺娘蒸馍缺把柴火。""那你的馍得给俺一个。"小孩说："那咋不中。"

不大一会儿，小孩给他几个拿来一个馍，他几个吃了几天，才吃了个大窟窿。他几个就钻进馍窟窿里，吃、睡都在里面。

有一天发了大水，馍顺水漂走了。漂着漂着，从那边游过来一条鱼，鱼一张嘴把馍连人吞进了肚里。他几个出来一瞅，鱼肚里啥都有，铁匠、木工、泥水匠、种地干活的，还有一条木船，船上装了一船红绒线。

这条鱼游到江边，一个洗衣服的闺女伸手逮住鱼，剖开鱼腹，把一船红绒线给她丈夫扎了一对鞋上的红缨子。这时从那边飞来一只老鹰把那对鞋缨子叼住跑了。她在后头就撵，一撵撵到南天门，老鹰"噗啦"屙个蛋把南天门堵住了。她叫木匠做梯子，铁匠打钻。"噼里啪啦"一会儿工夫，她吩咐的东西都准备齐了。她说："恁站我肩膀头上，把老鹰蛋打烂。"

这几个人往她肩膀上一站，正好到南天门，几个人开始敲老鹰蛋，叽里哐当，把老鹰蛋弄开了。老鹰蛋里的水"哗"地流了一地，形成了五湖四海。

【讲 述 者】 郑会振（男，33 岁，西华县红花镇柳城村农民，不识字）

【采录整理】 郑书成（西华县红花镇柳城村文学爱好者）

【采集时间】 1987 年 8 月采录于西华县红花镇柳城村讲述人家里

【流传地区】 河南省·（周口市）·西华县·红花镇·柳城村

【文本来源】 张振犁编著：《中原神话通鉴》（第四卷），郑州：河南大学出版社 2017 年版，第 1370—1371 页。

【阅读提示】 这则文本的叙事逻辑略显混乱，且树窟窿和馍等事物的空间界线交代不清，可能是讲述人当时心不在焉。

【基本母题】 神奇的馍；洪水；南天门；鹰蛋里有水；五湖四海的产生

【本文编码】 《五湖四海的形成》：ZCSW1288-244-011

定海神珠

（布朗族）

传说大地刚刚形成的那个时候，由于大海深得没有底，也没有可以使海水依托的陆地边沿，所以海洋终日晃荡不定。而新生的地球，看上去好像一个放在水面上的大木盆，无时不随着晃晃荡荡的海水，东倾西斜地摇摇摆摆着。

这时，住在天空最顶层的创世神主望见了，不禁吃惊地自言自语说："啊哟，这太危险了呀！先前我一心只顾忙着造天造地，却忘了做海洋的根基了。如今海洋晃荡得这么厉害，迟早会把大地颠簸翻沉的。不行，我得想个办法，赶紧把大海稳定住。"于是创世神主英叭，就搓下自己身上的污垢，捏了一个水神，赋给它生命和力量，污垢水神就变活了，变成一个神通广大、会飞会说话的天神。这时英叭神把他叫到跟前，对他吩咐说："请你记住，从今天起，你的名字叫帕雅纳①。你不能住在天层里，我要派你到海洋里，去当水界的大王。我送给你一颗定海神珠，你用它去把晃荡的大海稳定住，好让污垢大地安安稳稳，永远牢固。"英叭说完，就从嘴里吐出一颗绿宝石，交给了帕雅纳。

帕雅纳携带着定海神珠离开天层，腾云驾雾来到大海里。他在海底筑起了一座宝宫，把定海神珠安放在宝宫顶上。这时定海神珠就迸发出明亮的豪

① 帕维纳：傣语，水神，即龙王。

光，同时射向茫茫大海的四面八方，把晃荡了一万年的大海给镇定住了。

从那以后，海洋才有了定海神珠，海水再也不东倾西斜了。大地也因为海洋终日平静，也才得以牢固永存哩。

【讲 述 者】 艾帕相

【采录整理】 岩温扁搜集整理

【采集时间】 （无考）

【流传地区】 云南省·（西双版纳傣族自治州）·勐海（勐海县）

【文本来源】 中华民族故事大系编委会编：《中华民族故事大系》第 12 卷（布朗族、撒拉族、毛南族），上海：上海文艺出版社 1995 年版，第 7—8 页。

【阅读提示】 这则神话所说的英叭用定海神珠稳固海洋的叙事，让人不由想到《西游记》中被孙悟空拔掉的东海龙王的定海神针。

【基本母题】 以前海洋摇晃不定；创世神；天神造天地；英叭；水神；定海神珠；海洋特征的产生

【本文编码】 《定海神珠》：ZCSW1289-244-012

神 磨

（朝鲜族）

听老人们讲，在很久以前，海水是淡的，不是像现在这样咸。为什么现在这样咸呢？说是海底下有个神磨，它不停地转动，磨出来的全是盐，所以现在的海水变咸了。

传说，在古时候，有那么兄弟两个，老大非常贪财，恨不得世上所有的东西都是他的才好。他还非常小气，他把父母留下的财产全部拿到手，不许他的弟弟动一下。干什么能发财，他就干什么，而且不择手段，所以他渐渐地变成了一个远近有名的财主。

弟弟和哥哥正相反，这个老二心地善良，为人很好，别人有什么难处他都愿意帮忙。他日子过得很苦，常常是上顿不接下顿。

这年除夕，眼瞅着过年了，可是老二家连一粒粮食也没有了，揭不开锅了。两口子唉声叹气，但一点办法也没有。在这以前，老二的妻子到老大家借过几次米，但每次都碰了钉子，空手而归。

这次，老二的妻子用哀求的口吻向她男人说："唉，我说，今天与往常不同，明天就过年了，可咱们还是两手空空，孩子们饿得连一点力气都没有了。你还是到哥哥家去借点米去吧！"

老二听了妻子的这席话，左想右想也没有好办法，最后只得硬着头皮到哥哥家去了。到了老大家，没等他把苦处说完，他哥哥就火冒三丈地大叫道："你这个窝囊废，连自己都养活不了，再说我们早就分家了，你还有脸到我这里来借米？"说完就两眼瞅着南山，看也不看老二一眼。

老二强忍着眼泪走出门去，这时一个好心的邻居从这路过，看到这个情景心里非常同情他，邻居虽然也不太富裕，还是把他领到自己家里借给他一斗米。

老二感动得不知说什么好，泪水涌出眼眶。他想一母所生的亲兄弟对自己这样狠毒，连一粒米都不肯借，而一个邻居却借给了自己一斗米，真是得过病的人最知道病人的痛苦。老二向这位善良的邻居深深地鞠了一躬，扛起米袋回去了。

老二扛着米袋高高兴兴地往家走。走到一个山坡前，他有点累了，便坐下来休息。这时从对面走来一位肩扛小石磨的气喘吁吁的老人，他走到老二的跟前也坐下来休息。老人看了老二，便叹了口气对他说起来："我老伴病了很多天了，但一点吃的也没有，我转了很多地方一点米也没借着。在回家的路上在草丛里看到了这个磨，我就把它扛回来了。"

老二听了老人的话，再也坐不住了，他把自己背的那斗米送到老人的面前："老人家，这米送给你，拿回去给你老伴吃吧。"

老人喃喃地说："这是真的吗？"愣了一会，老人才如梦初醒地说："谢谢你呀，好心的小伙子。我也没有什么东西报答你，你就把这个磨拿去吧。”

老二扛着磨回到家里，他把路上碰到那个可怜的老人和把借到米送给那个老人的事，一五一十地向妻子说了。妻子连声说：“好，你做得好，我们家穷，他们家也穷，我们应该穷帮穷。”妻子不仅没埋怨丈夫还夸奖起来了。

这时他们的肚子都饿了，于是老二的妻子拿了半瓢豆子，放到刚拿来的磨里，一边磨一边自言自语地叹息说：“唉，这豆子要变成大米多好啊！”

说来也怪，她的话还没落音，从正在转动的磨里就哗哗往外流大米。“哎呀！这回可好了，有吃的了。这真是个神磨啊！”她又一边转磨一边说：“要是能出点肉菜，给孩子们吃，就是死了也满足了。”真灵，她刚一说完，果然又从磨里出来了很多肉菜。老二看到这情景，也惊奇地愣了半天，才笑着说：“要是能给爸爸妈妈出些供品就好了。”果然，磨一转就从磨里出来很多供品。

哎呀！这真是个神磨！这对善良的夫妇高兴透了，他们想：这回村里的穷人可有指望了，我们应该先请他们饱饱地吃上一顿。于是这对夫妇就推起磨来了，嘴里说着请客用的鱼啦、肉啦、酒啦，还有各种各样的菜，反正他们要什么，磨里就出什么，真是应有尽有。他们备好以后，就把村里的人都请来了。这次请客宴席非常丰盛，来的人不论是谁，想吃什么就有什么，所以村里人都是平生第一次吃得这么好，吃得这么饱。吃完了，村里人都很奇怪：老二家很穷，怎么会突然有这么多好吃的呢？人们吃饱了饭没事了，就问起老二来了。

这对老实的夫妇，就把怎样得到神磨的经过，从头到尾地向人们讲了一遍。老人们打着饱嗝剔着牙，点着头，纷纷称赞说：“是啊，这两口子心眼好，善良，老天都知道，神仙都下来帮忙啊。”

话没脚可行千里，这消息很快就传到贪心的老大的耳朵里。这个财迷心窍的老大，听到天下竟有这样的宝贝，而且这个宝贝竟然在自己亲弟弟家里，馋得垂涎三尺，恨不得一下子就把神磨拿到自己的手里。他想弟弟这个人心软，还有点“傻”，好对付。但又一想，这回可不一定了，这么好的东西他不一定能给我。他挖空心思地想，翻来覆去地睡不着觉，他想了各种各样的方法，连他弟弟一旦不听他的话怎么办都想到了。他就这样折腾了一宿没合眼，天还没亮，就爬起来翻山越岭，气喘吁吁地到老二家去了。

老大进屋刚一坐下，就装着很难为情的样子，一边搓着手一边说："听说你运气好，得了一个宝贝。你看……我现在虽然有一点东西，但还不够，嗯，看在咱们兄弟的面上，你能不能把这宝贝借我几天哪？"

老二确实是个好心肠的人，他想：这个神磨已经给村里的穷人解决了不少困难，再说自己也把粮食还给了那位好心的朋友，现在自己也有吃的了。所以他一点也没有犹豫，就把神磨借给了老大。老大呢，他万没想到老二会这么痛快把这个无价之宝借给他，简直不敢相信这是真的，他愣了一会才像疯了似的扑上前去，抱起神磨，连一只鞋都没顾得穿就往家跑去。一边跑还一边回头看，怕老二追上来要磨，所以连鞋丢在什么地方也不知道。跑到家，马上把大门关起来，然后又匆匆忙忙地跑进自己的厢房，把神磨放下后，又把门反锁上。这时他已浑身是汗，像刚从水里捞出来似的，又好像被什么吓傻了似的，瞅着神磨直笑，一会摸摸这，一会摸摸那。突然他像怕别人抢去似的紧紧地抱着神磨，磨起来了。他先要药酒，又要烧排骨，要了很多很多好酒好菜，摆了满满一桌子，就狼吞虎咽地吃起来，一直吃到再也吃不下了才罢休。一连几天他连大门都不出，坐在家里尽情地享受起来。他得意忘形，自觉世上再没有人能赶上他了。

可是，再过几天这个神磨就得还给老二了，老大想无论如何在还给老二之前，把这神磨里的宝物都要出来，所以他不分白天黑夜地磨，两只眼睛熬得通红。金银财宝堆得满屋都是，屋里放不下了，又叫家里人往仓库里放，最后仓库里也放不下了，又往地窖里放。反正是世上什么最值钱他就要什么，他一个劲地磨，一个劲地要。

但是，无论他怎么要，怎么磨，那些金银财宝还是没完没了地往外出，看样子在还给老二之前，这神磨里的宝贝还是不能全出完，怎么办呢？这个贪得无厌的老大就想了一个坏主意，哼！反正我还没要够，明天就到日期了，干脆不给他了，三十六计走为上计，在老二来要之前，我就跑了吧。

他急急忙忙地收拾东西，该带的都带了，该卖的都卖了，连从神磨里要来的金银财宝整整装了一条大船。他把那个神磨像捧神龛似的捧在怀中，半夜里坐着大船逃跑了。他怕后边有人来追，一刻也不敢停，坐着船整整航行了一天一夜，太阳落山的时候，到了一个岛子上，他把船靠在沙滩上过了一夜。

贪财的老大，他把神磨放到船内的一个阴暗的角落里，一个人坐在那里一边磨磨一边要东西，他一个劲地要酒、要肉、要山珍海味。要完就猛吃猛喝起来，最后喝得醉倒了，又觉得嘴没有味，有点淡，就想要点咸盐吃，于是他又向神磨要起咸盐来，他吃完盐后，就又醉倒了。磨就那么放在那儿了，也忘了停磨。他醉醺醺地倒在那里，还在想着美事：现在海上也没人追我了，总算太平无事了，不用再提心吊胆了，这下子我可放心了，世上有的东西我都有了，就是天塌地陷我也不怕了。

他在这边想美事，那边的磨还在不停地转，咸盐在源源不断地往外流。他的妻子儿女在别的舱里睡着了。这时流出来的咸盐越来越多，渐渐地堆成了一座小山，而这座小山也越来越高，后来开始往大海里流了，船也渐渐失去了重心，开始向一边倾斜，最后这条船终于被“盐山”压翻了。那个神磨也就掉进大海里去了。因为没人停磨，这个神磨还在转动，还在出盐，所以大海就变成咸的了。

【讲 述 者】 金龙基

【采录整理】 金礼三整理，李延存翻译

【采集时间】 （无考）

【流传地区】 黑龙江省·（哈尔滨市）·五常（五常市）

【文本来源】 中华民族故事大系编委会编：《中华民族故事大系》第 4 卷（朝鲜族、满族、侗族），上海：上海文艺出版社 1995 年版，第 208—213 页。

【阅读提示】 这则神话借“神磨”的神迹，向世人传达了助人为乐、善恶有报的常理。

【基本母题】 海水是咸的原因；性格不同的两兄弟；兄弟分家；神磨

【本文编码】 《神磨》：ZCSW1290-244-013

姜古造地

（侗族）

传说天地混沌之时有个大神姜古，他受玉皇大帝的旨意，塑造大地。他用自己的双手双脚将天下的泥土沙石，从四面八方拢成一堆，又用水浇湿，然后使劲用双手双脚搓揉和踩踏，让泥土和沙石混杂，接着又用他的五指和巴掌尽力挤压，还用力蹬了几脚。所以现在的地面是高山丘陵纵横，江河溪涧交错。他蹬下的脚板印就是今日的海洋和湖泊。

【讲 述 者】（无考）

【采录整理】（无考）

【采集时间】（无考）

【流传地区】（无考）

【文本来源】姚宝瑄主编：《中国各民族神话》（土家族、毛南族、侗族、瑶族），太原：书海出版社2014年版，第114—115页。

【阅读提示】在这则神话中可以找到与盘古造大地万物相类似的情节，可做对比阅读。

【基本母题】天地混沌；玉皇大帝；神性人物造大地；造大地的材料；高山丘陵的产生；海洋湖泊的产生

【本文编码】《姜古造地》：ZCSW1291-244-014

海水为啥是咸的

（满族）

大伙儿都知道海水是咸的，人吃的盐都是海里头出来的。可是，你要问海水为啥是咸的，知道的人就不多了。这里面还有个有趣的故事哩！

早先，在海水还没有变咸的时候，东海边上住着哥儿俩。这哥儿俩是哥哥坏弟弟好。要问哥哥咋坏呀？他娶了媳妇就忘了自个儿是从哪儿生出来的，阿妈妮不要了，弟弟也不要了，都撵了出去。好在弟弟心眼儿好，靠要饭、打柴把可怜的阿妈妮养活起来。

他们没有房子，没有地，常常没有吃的，日子过得很苦。这天，眼瞧着快要饿死的阿妈妮，弟弟再也坐不住了。他想去找哥哥要点吃的，又想到前儿回哥哥不但没给，还把他给揍了一顿，就打消了这个念头。那就去讨饭吧，可是周围村子都叫他讨遍了，穷人家里也是没吃的，富人家里有吃的也不肯给，又上哪儿去讨呢？弟弟寻思来寻思去，最后还是背着背架子，朝大山里走去。他想打点柴火去卖，换点米来给阿妈妮做点儿饭吃。

俗话说：穷人再穷也穷不过三辈子。这弟弟在半道上还真碰到好运气了。啥好运气呢？弟弟正走着，忽然，从立陡石崖的石斛子上摔下来一只狍子，正好掉在他跟前，伸巴伸巴腿儿，不动弹了。弟弟上前一看，这狍子摔死了。

“这回阿妈妮可有救了！”弟弟高兴地耸着膀子，跳起了扭肩膀子舞①。

弟弟刚想把死狍子背走，又一寻思：这狍子要是哪个猎人撵下来的，那该归人家呀！这怎么能擎现成呢？他就放下狍子，左右寻摸，等着别人来取。可是坐在那儿等了老半天，还是没有人来找。他这才背起狍子，哼着《阿里郎打铃》② 往家走。

弟弟一边走一边寻思：阿妈妮哟阿妈妮，今天您老人家可真有口福，我回去一定给您做碗鲜美的狍子肉汤，再换点米回来，给您做顿香喷喷的大米饭吃。

弟弟走着走着，忽然打路边传来一阵呻吟声：

“唉古，唉古，饿死我了！饿死我了！好心的人呀，快给我点儿吃的吧！”

弟弟赶忙跑过去一揪，原来是个白发苍苍的老哈儿妈妮躺在路上，眼看

---

① 扭肩膀子舞：是朝鲜族一种耸动肩膀的舞蹈。

② 《阿里郎打铃》：是朝鲜族著名的民间歌谣之一。

就要饿死了。

他这下可为难了，是先顾这个哈儿妈妮呢，还是赶忙回去救自个儿的阿妈妮呢？

弟弟想：别人的哈儿妈妮也就是我的哈儿妈妮，还是先救眼前的哈儿妈妮要紧！他这么寻思着，赶忙捡了些干柴点起火，又劈下了一条后腿烤了起来。

听那“吱啦”一阵响声，狍子肉烤好了。弟弟已经饿了好几天了，那香喷喷的烤狍子肉味儿钻进鼻孔里，他嘴上的哈喇子就直往下淌，肚里的肠子也直翻腾。可是弟弟一口没动，撕下烤肉去喂那哈儿妈妮。

那哈儿妈妮大口地嚼啊嚼啊，半拉狍子大腿下了肚儿，也就睁开了眼睛，问开了：“你是什么人呀？”

“哈儿妈妮，我是住在山下的穷人。”

“你到这儿来做什么呀？”弟弟就把实情都告诉了哈儿妈妮。

哈儿妈妮又问他：“那你不顾自个儿的阿妈妮，救我这个没用的哈儿妈妮干啥？”

小伙子说：“人家的哈儿妈妮就是我的哈儿妈妮，看到人快要饿死了，我怎能撂下不管呢？”

哈儿妈妮听了点点头说：“果真是个好小伙子，这么善良的人是不该受苦受穷的呀！”

哈儿妈妮说着，从怀里掏出一盘手巴掌大的小石磨和一只大蚂蚁，交给小伙子说：“这回你可算穷到头了！你只要套上这只蚂蚁让它拉磨，让它出啥它就出啥，快快拿回家去吧！”

哈儿妈妮说完就没影子了。弟弟觉得好生奇怪，揣起石磨和蚂蚁就回家了。

到家一看，阿妈妮就要咽气了。他赶忙割下一块狍子肉炖上，又掏出小石磨，套上大蚂蚁，说了声：“出大米！”眼瞧着那雪白的大米“唰啦”“唰啦”一个劲儿地从石磨里往外冒。弟弟赶忙用这大米煮了一碗稀粥。

阿妈妮吃了稀粥和狍子肉，慢慢打起了精神，睁了眼睛问儿子：“孩子，这米和肉是从哪儿弄来的呀?”

弟弟就怎么来怎么去地把实情告诉了阿妈妮。阿妈妮听了乐呵呵地说:

“这都是你待阿妈妮的一片孝心得到了好报啊!快把小磨拿过来给我看看。”

弟弟又把大蚂蚁套上让它拉磨,说声“出米”,雪白的大米就“唰啦”“唰啦”一个劲儿地往外冒。说声“出钱”,金钱、银钱就“哗啦”“哗啦”一个劲儿地往外蹦。

你想,庄稼人过日子,有了米有了钱,还能缺啥呢?啥也不缺。这母子俩有了这神奇的小磨,不但自家富裕起来了,周围的穷人家也都得到了救济。

俗话说:话儿没脚跑千里呀!弟弟得到小磨的消息很快就传扬出去了。哥哥也长着两个耳朵,他又不是聋子,他能听不见?

哥哥一听见消息,麻溜儿就跑到弟弟家来了。他开门也不问声阿妈妮好,劈头就问:“弟弟呢?”

阿妈妮告诉他:“有事儿出门儿去了!”

哥哥又着急忙慌地问:“那小石磨和蚂蚁呢?”

阿妈妮告诉他:“在那柜子里呢。”

贪心的哥哥打开柜门,掏出小石磨和蚂蚁就走了。

阿妈妮说:“孩子,你就是拿走也得等你弟弟回来呀!”哥哥连头都没回、连声儿都没吱就走了。

哥哥这下可逮着好宝贝喽!两口子套上蚂蚁就让它拉磨,一拉就是一宿,一会儿让它出米,一会儿让它出钱。

米多得屋子里都盛不下了,钱多得撂都没地方撂了。按说这该满足了吧?不!凡是那些坏心眼儿的人,他的贪心没有满足的时候。

这两口子一看这小磨这么神奇灵验,就生出了坏主意。小两口一商量说:“有了这小石磨就啥都有了,干脆,咱们拿着弟弟的小石磨逃吧!”

这两口子说逃就逃,一直奔东海边上走去。

要过海逃得远远的,得有一只船呀!哥哥套上大蚂蚁说声:“出船!”

小石磨果然磨出一条小船来，眼瞅着就变大了。两口子坐上小船就在海上漂呀漂呀。漂了大半天，他们觉得肚子饿了，哥哥就套上小蚂蚁，说声出肉就出肉，说声出酒就出酒。

两口子喝了一杯酒，是好酒。两口子吃了一块肉，是块淡肉，没盐味。哥哥就说了声："出盐来！"

那小石磨"唰啦""唰啦"，那咸盐出起来没个完。

小两口着急了，赶忙喊："够了！够了！别出了！别出了！"

可是，小石磨还是"刺棱""刺棱"转个不停，咸盐还是"唰啦""唰啦"出个没完，一会儿就把船压沉底了，小两口被海水淹死了，变成了鱼食儿。

传说现在这盘小石磨，还在大海里转呢！不信你尝尝海水，准保是咸的。这是因为那只蚂蚁拉的小石磨还在出咸盐呢。

【附注】

本文相似文本，参见汉族神话《海水为啥是咸的（2）》（ZCSW1282-244-005）。

【讲 述 者】（无考）

【采录整理】（无考）

【采集时间】（无考）

【流传地区】（无考）

【文本来源】姚宝瑄主编：《中国各民族神话》（满族、赫哲族、朝鲜族），太原：书海出版社2014年版，第74—79页。

【阅读提示】这则神话把海水的咸味解释为神磨使海水变咸，该归功于磨的发明。

【基本母题】以前海水是淡的；两兄弟；兄弟分家；宝物的获得；神磨；海水变咸的原因

【本文编码】《海水为啥是咸的》：ZCSW1292-244-015

女神阿布凯赫赫

（满族）

宇宙开辟之初，女神阿布凯（卡）赫赫同恶神耶鲁里厮斗，恶神发起洪水，毁灭人类。阿布凯（卡）赫赫拔下自己的腋毛，化成无数条水龙。阿布凯（卡）赫赫让这些水龙朝朝暮暮地吞水，直到把大地上的洪水全吞到肚子里。可是水越吞越多，身子越来越重，最后水龙动不了啦，就变成一条条又长又粗又亮的岔个汉（小河）、毕拉（大河）和乌江（江）。白色的江是吞进了白石白水，黑色的江是吞进了黑石黑水。条条水龙成了又长又大的水口袋，源远流长，养育着阿布凯（卡）赫赫的子孙，一直到现在。

【原文附记】

该神话为汪盼玲文，转引自《民间文学论坛》1986 年第 4 期。

【讲 述 者】（无考）

【采录整理】汪盼玲

【采集时间】（无考）

【流传地区】（无考）

【文本来源】姚宝瑄主编：《中国各民族神话》（满族、赫哲族、朝鲜族），太原：书海出版社 2014 年版，第 49—50 页。

【阅读提示】根据创世女神阿布凯赫赫幻化水龙形成世间水系的叙事，可看到龙崇拜意象。

【基本母题】女神斗恶神；洪水；变形；水龙变成河；水系的产生

【本文编码】《女神阿布凯赫赫》：ZCSW1293-244-016

覃三九

（毛南族）

古昔毛南族地多山，山山相连，而水奇缺，出门挑水而跌入山坳者，难以数计。堂八村有覃三九者，幼时父母俱跌死于山，最恨石山，誓将所有石山驱而远之，令民皆得安居。因远至昆仑寻师学法，数年学得赶山术。临行法师告之曰："汝不仅当赶山，还当建宫殿与万民居。先赶山，后造海，再建宫殿，三事若成，汝可以为毛南人王矣。"语毕，乃从后园中觅得雌雄葡萄苗各一予之，令以雄种于凤腾山脚，雌种于飞龙山脚，谓二物皆汝护身神，能助汝赶山、造海、建宫殿。又予一竹剑，云此宝剑也，可以刻石山，削石柱，然用时慎勿令人见。

三九返家，先种葡萄苗，误将雄种于飞龙山脚，雌种于凤腾山脚，因此长势特快，不数日二藤皆合抱，叶大如斗篷，枝藤蔽半山。雄藤长尤速，半月后遂攀至京城雉堞上。一日皇帝方盥面，一片葡萄巨叶忽飘来覆面盆上，皇帝诧异，询之而无知者。次日又有更大叶飘来，面盆尽覆。自斯七八日均如此。皇帝大骇，乃遣武将、法师各一往觅葡萄藤根斫断之，以除后患。武将、法师顺藤觅之，行四十九日，至堂八村，乃得其藤蔸，粗逾二人合抱。遂各抽宝剑斫之，竟日方断。次晨欲返京报功，往视其藤，断藤已合，如未斫时。因抽剑又斫，复竟日始断。次晨又合，如是者七日皆然。

因夜候于断藤之旁，至四更初，闻有女人声曰："数日来斫汝至遍体鳞伤，若真断，不但令吾夫妻离散，覃三九做皇帝亦不成矣。"又闻有男人声曰："无忧，除用烧红铜锅隔开断口，即斫千百遍亦无损也。"二人大喜，乃于断处以烧红铜锅覆之，立见葡萄藤枝叶枯萎，断处突突流血，方圆一里之地皆红。武将、法师回京复命。雌葡萄藤哭其死夫，凡三昼夜，枝叶亦枯萎，流泪成小溪，顺坳口至山下，常年不断。

覃三九种毕葡萄苗，方始削豆山建宫殿。师原嘱先建宫殿，后造皇宫，令毛南人皆先住入宫殿中，三九以为先后事微，乃先造皇宫。入山削石，令妻送饭。三九不欲妻见竹剑，乃于黑狗脖上系小铃，狗随妻来，三九远闻铃声，迎于一里之外，十余日未露秘密。妻欲观作场究竟，一日因闭狗于房，突送饭至。三九避不及，场中所削高大石柱尽为妻所见，柱上雕刻之龙凤飞舞如生。妻惊而言曰："汝以何物削此坚石邪?"三九指手中竹剑曰："以此也。"妻怒曰："汝欺谁？此竹壳剑削豆腐犹嫌软，何论石也!"一语道破天机，三九更举竹剑削石，竹剑遂真成竹壳矣。造皇宫虽不成，技艺传于世，是以毛南山乡至今犹多巧石匠。

三九又往赶山，欲将所有石山赶出仪凤坳，使毛南之地悉成平原。次晨方扬赶山鞭，赶山数十座行向水源。至仪凤村坳口，令群山先行，己暂坐吸烟。山行甚速，瞬已数十里，三九吸烟毕，追之不及。至三娘屯路口，遇一胖妇，三九问曰："阿库（姑姑），汝见吾水牛之群经此路过乎?"胖妇曰："何来牛群，唯见数十座石山滚滚而过。"又一语道破，三九至三烈屯，果见石山之群俱止而不行矣。

赶山不成，复造海。当晚三九返宿三娘屯，令南海十二金龙悉于三更后鸡鸣前赶来造海。不料途中所遇胖妇适住隔壁，天热，以葵扇驱蚊，自拍其股；响声过大，惊醒主家雄鸡，以为他鸡扇翅欲鸣，己遂先鸣，群鸡闻之俱鸣，而金龙之至者仅二，其他十金龙均未至，造海亦不成。二金龙只造得二江，即大环江与小环江是也。

【讲 述 者】 （无考）

【采录整理】 袁珂据袁凤辰等编《毛南族民间故事集》中的《三九的传说》改写。

【采集时间】 （无考）

【流传地区】 （无考）

【文本来源】 袁珂：《中国神话大词典》，北京：华夏出版社 2015 年版，第 570—571 页。

【阅读提示】 在这则故事中，可以看到吴刚伐桂、大禹开山等的影子，体现了神话创作中的多种借鉴和叙事的包容性。

【基本母题】 特定植物的性别；法术；宝剑；神奇的葡萄；眼泪变成小溪；江的产生

【本文编码】 《覃三九》：ZCSW1294-244-017

月其嘎儿

（纳西族·摩梭）

龙王鲁帕斯腊统管地上所有水神、水鬼，权力极大，常随心所欲以行事，欲降雨则令洪水滔天，欲不雨则令大地连年干旱。一次九年不雨，使人及禽兽多渴死，难得饮。天神松基努突西知之，屡遣神往命龙王降雨，龙王非唯不听命，反嘲笑之。天神乃派神鹰月其嘎儿往制龙王。

月其嘎儿，女性之神祇也，然生有坚强之翅及锋利之嘴，受天神之命，飞至一高山，令龙王速降雨，龙王倨傲不理。月其嘎儿怒，飞腾海上，以翅击水，令海水翻腾，使龙王无法藏身。然后啄龙王头，提之于空中，旋绕三圈。龙王丧胆，只得试输。月其嘎儿乃饶之，将其自空中摔落大海。龙王摔入海时，水花飞溅于各地，于是始有泉水、河流及湖泊。自是之后，龙王冬日降雪，夏日布雨，不敢再胡作非为。

【讲 述 者】 （无考）

【采录整理】 袁珂据毛星主编《中国少数民族文学》（下册）中的《月其嘎儿》改写。

【采集时间】 （无考）

【流传地区】 （无考）

【文本来源】 袁珂：《中国神话大词典》，北京：华夏出版社2015年版，第545页。

【阅读提示】 这则神话是《神鸟月其嘎儿》（ZCSW1296-244-019）的文言

压缩改写，情节相似，语言迥异，便于从一个复古的角度去欣赏。

【基本母题】 龙王；掌管降雨的神；旱灾；神性人物的特征；斗龙王；泉水的产生；河流湖泊的产生

【本文编码】 《月其嘎儿》：ZCSW1295-244-018

神鸟月其嘎儿

（纳西族）

龙王鲁帕斯腊统管着地上所有的水神，他以为天下数自己最厉害，谁也斗不过他。所以，鲁帕斯腊随心所欲，想下雨就下，想叫大地干旱就一滴雨也不下。

有一次，鲁帕斯腊一连几年不下雨，弄得大地龟裂，草木枯槁。地上的飞禽走兽渴得四处乱飞乱跑，人也渴死了。就是那些山神，也喝不上一口水。鲁帕斯腊见了，十分得意。他对众神说："我几年不下雨，看你们吃什么？你们有金、银，看看能不能吃？"

天神松基努突西见到这种情景，觉得不妙，就命众神来商议，决定派神去命令鲁帕斯腊下雨。天神松基努突西决定先派羌男独次神去劝说鲁帕斯腊快下雨。羌男独次骑着一只狮子来到了海边，手中摇着"安夸"①，叫鲁帕斯腊快出来听天神松基努突西的命令。龙王鲁帕斯腊从海中露出了头骄横地对羌男独次骂道："你这瘟神，骑一条癞皮狗来找我干什么？"羌男独次说："你几年没下过一滴雨，人也渴死了，山神也没有水喝，天神松基努突西命令你赶快下雨。"鲁帕斯腊听了，根本不理睬，在海中摆摆身子，便在浪涛中隐没了。

---

① 安夸：摩松语，喇嘛念经时手中拿的银铃，羌男独次手拿银铃的情节，可能与喇嘛教的传入有关。

天神松基努突西得知羌男独次无法劝说鲁帕斯腊下雨，又派神鸟儿月其嘎儿[①]去命令鲁帕斯腊下雨。

神鸟月其嘎儿有一对铁一般坚强的翅膀。她那无比坚硬的嘴一旦啄住了谁，谁就休想脱身。月其嘎儿从神山上腾空而起。落到地上最高的鲁月甲白儿龙山上，对着大海厉声说道："老龙鲁帕斯腊，天神松基努突西命你赶快下雨，你到底听不听?"鲁帕斯腊从海中露出头来，仍然十分傲慢地对着月其嘎儿大声嚷道："天底下数我最大，到处的水神都归我管，我想下雨就下雨，我不想下雨就不下，你管得着我?"月其嘎儿眨了眨眼睛，说道："命你快下雨，你听不听?"鲁帕斯腊说："不听!"月其嘎儿又拍了拍翅膀，说道："命你赶快下雨，你听不听?"鲁帕期腊说："不听!"这可激怒了月其嘎儿。她呼地飞了起来，到了海子上面时，用翅膀将海水朝东边拍打了一下，只见东边的海水顿时从海底翻腾起来。她又用翅膀将海水朝西边拍打了一下，只见西边的海水顿时从海底翻腾了起来。可是，骄横的鲁帕斯腊仍想反抗。他把身子一摆，刹那间大海白浪滔天，一股股水柱直冲云霄。鲁帕斯腊正想用水柱将月其嘎儿卷入海中淹死呢，但他哪里知道月其嘎儿的厉害！只见月其嘎儿在海浪中穿来穿去，趁龙王鲁帕斯腊正得意的时候，一嘴啄住了鲁帕斯腊的头。

为所欲为惯了的龙王鲁帕斯腊怎么也想不到会出现这样的情况，他感到自己的头被钳子夹住，周身更是动弹不了，整个身子仿佛在被往空中提起来。果真是这样。月其嘎儿啄住龙王的头，把龙王的身子从海面上提出了一截后，问龙王说："你下不下雨?"龙王鲁帕斯腊仍不服输，照样回答："不下!"月其嘎儿又把龙王的身子往上提了一截，又问："你到底下不下雨?"龙王还是嘴硬："不下!"月其嘎儿索性将龙王往空中一提，龙王的全身早已被提出海面。这一下，龙王还没等月其嘎儿问他，就急忙求饶道："我立即下雨，我立即下雨。以后我一定冬天下雪，夏天下雨，不敢违抗。"可是，

---

① 月其嘎儿：神鸟名，一直被摩梭人奉为保护神而加以供奉，在另外的神话中，说神鸟月其嘎儿系女性，会生蛋。

月其嘎儿已怒不可遏，“唰”地一声，早已将龙王提到了三层天上，它一边啄住龙王鲁帕斯腊在空中绕了三圈，一边警告龙王说：“以后你若再敢违抗命令，就叫你粉身碎骨。”说罢，月其嘎儿一松嘴，龙王鲁帕斯腊就从三层天上摔下大海去了。

龙王鲁帕斯腊摔到大海里时，摔得浪花四溅。浪花溅到了大地的山山岭岭，各个角落。凡是浪花溅到的地方，就立刻出现了泉水、河流和湖泊。后来，龙王鲁帕斯腊果然规规矩矩了，他在冬天下雪，夏天下雨，再也不敢为所欲为了。

【讲 述 者】 达巴苏诺（纳西族），阮衣底子（纳西族）

【采录整理】 李子贤采录

【采集时间】 1978 年采录于宁蒗县永宁乡

【流传地区】 云南省·（丽江市）·宁蒗县（宁蒗彝族自治县）·永宁乡

【文本来源】 中国民间文学集成全国编辑委员会编：《中国民间故事集成》（云南卷），北京：中国 ISBN 中心 2003 年版，第 369 页。

【阅读提示】 能将统管天下水系的龙王制服，这位月其嘎儿女神的正义与胆识令人称奇，巾帼真英雄。

【基本母题】 龙王；水神；水鬼；山神；洪水；旱灾；女神制服龙王；河流湖泊的产生；泉的产生

【本文编码】 《神鸟月其嘎儿》：ZCSW1296-244-019

阿朝射兄

（水族）

传说洪水泛滥以后，水族祖先从低洼的平原，搬迁到月亮山四周的矮坡上居住。过了很多年，又逢大旱不雨，向北和向南的几条河流都干涸见底了。

月亮大寨里，有一家两兄弟，哥哥名叫阿棱，弟弟名叫阿朝，都长得十分英俊魁伟。不同的是哥哥有一双神力腿，登山越岭行走如飞，不管地皮多硬，一脚板就能踩出一个深洞；弟弟有一双神力手，劲大无比，手一拉能够拔出千年大树根，一劈掌能够打断一座石岩头。这弟兄俩领着人们，掀岩洞、踩窝幽，到处寻找水源。一时间搞得岩垮山摇，就连月亮山地下深处的龙宫也被晃动，那一排排巨大的龙柱，不断发出嘎嘎的响声来。

地龙王嘎响，是个白胡子老者。他心地善良，从不无故侵犯人间，只求相安无事。龙宫晃动不止，嘎响叫小将石蚌去地上人间打探根源。石蚌回来禀报以后，嘎响捋着胡须想了一阵，喊叫一对秀丽的免嘎①走上大殿，说道："我哥哥天龙王又在作孽啦，人间无水自然困苦不堪。你俩到月亮山一带走走，选好地势，造出九个海子，蓄满我们地龙宫的水，给人们和各种动物饮用。"然后，他从绿幽幽的龙案上拿起一个宝瓶，指着瓶内地下水炼成的九颗珠子，吩咐道："月亮寨里有阿棱和阿朝两兄弟，手劲和脚劲极大，叫他俩帮助你们堵好山岔口，然后打开这个宝瓶，拿出一颗珠子放在低处，就可以化出一个海子的水来。"

这对免嘎心头很乐意，赶忙躬腰接过宝瓶，飞快走出龙宫，穿过九曲阴河、十八层地洞，就跃身到人间来了。

她们化装成都柳江边上来的姑娘，身穿绣有栏杆花边的青色大褂，发髻上斜插着一把银梳子。她们特意走进月亮大寨投宿，很快就和大伙厮混熟了。当人们听说她俩能够造海蓄水，都十分高兴，特以优礼相待。阿棱和阿朝也非常乐意去当助手。一天清晨，全寨子的男女老少聚在一起，吹着芦笙、唢呐，递上很多粑粑、腌鱼，热热闹闹地为他们送行。

阿棱啊，佩着一把利刀；阿朝啊，挂起硬弓药箭。他俩驱逐野兽，披荆斩棘，在前开路，一对免嘎紧紧跟随在后，共同寻找着适合造海子的地方。不料这件事惊动了消息十分灵通的天龙王，他出了个坏点子，唆使太阳公放

① 免嘎：水语，龙女的泛称。

出更强的光芒来烤烧大地。但是，他们没有被吓退，三天以后，就在月亮山的主峰上造出来一个海子。接着又在主峰四面造出七个海子。清悠悠的水向着各个寨子和田头淌去。半个月以后，他们来到一个叫做遇阳坡的地方。这时候，太阳公发狂了，它射出更加强大的热光，烤得人们浑身焦辣，喘不过气，纷纷躲进了木楼。阿棱和阿朝却不屈服，强忍着身体上的巨大痛苦，搬岩石、踩泥巴，很快就堵紧了岔口；两位免嘎轻巧地走下谷底，把宝瓶里的最后一颗珠子倒放在地上。突然间，这珠子化为一小股清水，并且迅速膨胀起来，淹没了整个山谷，形成一个碧波荡漾的海子。炙热的空气，开始变得凉爽起来。

两位免嘎在海子里沐浴一番，爬上岸来满意地笑了。她们梳拢长发，收起宝瓶，向阿棱和阿朝亲切地挥手告别。就在这个时候，阿棱突然生起了坏心眼。他妄想占有一位年轻貌美的免嘎，并且把宝瓶也夺过来据为己有。眼看免嘎就要离开人间，阿棱心生一计，他一步跨上岔口，双脚乱刨，刹那间就把新筑的大坝捅开一个缺口，那海子里的水呼噜噜地直往外淌去。两位免嘎着急了，赶忙抢上前去，掀动大石头来堵缺口。阿棱趁着这个机会，双手紧紧抓住怀揣宝瓶的那位免嘎，硬要把她拖回家成亲，口里还乱说道："不怕它眼下的水，只要你俩带着宝瓶，跟我哥弟一起过日子就行啦!"这位免嘎死活不愿，一手护住宝瓶，一手尽力抗拒。阿棱气力大，立马把她掀翻在地。另一位免嘎跨步冲上来，双手扭住阿棱。阿棱顺手抓起一块巨石，恶狠狠地向这位免嘎头上砸去。正在这样的紧急关头，只听"嗖"的一声响，一支利箭不偏不倚地直插阿棱心窝深处。阿棱"哎呀"一声大叫，摊开双手，身子随着巨石倒了下来。

原来，弟弟阿朝开始是被惊呆了，接着怒火从胸中燃起，他痛恨哥哥在大功告成时偏偏做出这种坏事，决意不让免嘎为人间办事反而遭殃。正当他要上前保护两位免嘎时，见到哥哥下毒手杀害免嘎，就咬紧牙关，狠劲射出去这致命的药箭，然后，他丢下硬弓，禁不住大哭起来。

两位免嘎终于明白过来，走上前安慰阿朝一番，又道谢几句，匆匆离开人间，钻回地下龙宫去了。据说，从此以后，地龙王嘎响疏远人间，不让免嘎再到人间，只叫她们在地下造海子蓄水。月亮山一带成百上千的地下海子就是这样形成的。

弟弟阿朝回到月亮大寨以后，把造海和射兄的来龙去脉告诉了乡亲们。大伙都惋惜阿棱没有把好事做到头，称赞阿朝大义灭亲救免嘎做得好。打这以后，阿朝被推举为部落头领，带着人们勤勤恳恳种田地。他在临死的时候，叫人们把那张硬弓安放到大寨旁的扛何洞里。天长日久，这弓竟变成了一条龙。每当天龙王降大雨淹翻遇阳坡一带的农田时，这条龙就会把大水逼进扛何洞里，消到地下海子去了。世世代代，人们也就在月亮山安居下来啦。

【原文附记】

本故事流传于贵州省荔波县茂兰区，由陈平选自《水族民间故事选》，上海文艺出版社 1988 年版。

【讲 述 者】 蒙健康

【采录整理】 祖岱年搜集整理

【采集时间】 （无考）

【流传地区】 贵州省·（黔南布依族苗族自治州）·荔波县·茂兰区

【文本来源】 姚宝瑄主编：《中国各民族神话》（水族、布朗族、独龙族、基诺族、傈僳族），太原：书海出版社 2014 年版，第 77—80 页。

【阅读提示】 这则叙事打破了人与龙女互生情愫的常见模式，加上哥哥性格的转变，使叙事内容更加丰盈，情节更加跌宕起伏。

【基本母题】 洪水；旱灾；两兄弟；龙宫；宝瓶；龙女变成姑娘；造海子；弟弟杀哥哥；部落头领

【本文编码】 《阿朝射兄》：ZCSW1297-244-020

水的神话

（塔吉克族）

守卫“冰山之父”峰顶仙园的是一位善良而仁慈的仙女。她让鲁斯塔木摘走了一红一白两朵花之后，天神命令鬼神将她带到慕士塔格峰顶，用铁链缚住，作为惩罚。仙女因造福人类而激动欣喜，因而她右眼流淌着幸福之泪，日复一日，年复一年，这泪水汇成河水，灌溉着大地上的花草。仙女又因自己的青春无辜被毁而悲痛万分，于是她的左眼便流淌着痛苦之泪，日复一日，年复一年，这泪水凝为晶莹的坚冰，将整个慕士塔格峰顶覆盖，形成了无穷无尽的水的源泉。据说，现在世界上所有的水都是由这位善良而仁慈的仙女眼中流出的，都是出自“幸福之泪”和“痛苦之泪”。

【附注】

异名文本《仙女的眼泪》，见姚宝瑄主编《中国各民族神话》（乌孜别克族、哈萨克族、柯尔克孜族、俄罗斯族、维吾尔族、塔吉克族、塔塔尔族、锡伯族），太原：书海出版社 2014 年版，第 277 页。两篇文章内容相同。

【讲 述 者】（无考）

【采录整理】西仁·库尔班、段石羽采录翻译

【采集时间】1992 年 11 月采录于塔什库尔干塔吉克自治县

【流传地区】新疆维吾尔自治区·（喀什地区）·塔什库尔干塔吉克自治县

【文本来源】中国民间文学集成全国编辑委员会编：《中国民间故事集成》（新疆卷），北京：中国 ISBN 中心 2008 年版，第 24 页。

【阅读提示】这则叙事充满了辩证的神话思维，可看出神话的理性。

【基本母题】仙女；天神；眼泪变成河水；眼泪凝结变成水源

【本文编码】《水的神话》：ZCSW1298-244-021

造江河湖泊

（瑶族·布努）

咿吔——
洛陀仰望群山，
群山起伏连绵。
洛西高瞻峻岭，
崇岭高耸入云，
洛陀往东遥望，
平川一望无边。
洛西向南举目，
大地一片平坦。
山峰虽然壮观，
大地虽然平坦，
只是欠缺秀丽，
没有奇景装点。
就象身上的绣衣，
怎能缺少花纹镶边？
奇峰应有瀑布飞挂，
峻岭应有溪流潺潺。
平川应有江水奔泻，
大地应有湖浪滔天。
洛陀年长身无力了，
洛西年老走不动了。
叫谁去造江河合意，
叫谁去造湖泊合心？
洛陀想到第二个仔，
洛西叫来波防密龙。
洛陀指着大地平川，
洛西指着千山万岭。
对着波防吩咐，
对着密龙叮呼：
“波防呵，我第二个仔，
密龙呵，我第二个孩。
你大哥造好了群山，
你长兄造好了峻岭。
群山挡住狂风，
峻岭拦起恶龙。
以后能让人类种庄稼，
将来能使后代养子孙。
我还有远虑，
我还不放心。
高山虽已竖起，
崇山虽已造成。
阿亨还得保山，
阿独还得护岭。
我还要开辟江河，
我还要凿通沟井。
以后造雨洒大地，
雨下积成水，
水汇流成河，
一河水注入海。
人有人的路，

水有水的道。
人有住的房子，
水有停的湖泊。
万物要靠水才生，
呀人类没有水难活。
小沟大河是水的走道，
池塘湖泊是水的家园。
我要给水开好路，
我要给水安好家。
阿亨没有空，
阿独不得闲。
波防你很利数，
密龙你很利驾①。
你帮妈去挖沟，
你替娘去造河。”
址啊嗬，央腊——
布九呀！

咿吔——
天是密创的，
地是密造的。
娘恩比天大，
妈情比地重。
长兄听密话，
大哥遵密令。
替密去造山，
帮密去造岭。
他费尽了力，
他流尽了汗。
同是娘生，
共是妈养。
兄能行云弟能走风，
兄能破雾弟能登天。
兄走哪里弟跟着，
哥能做的弟能办。
波防象他哥哥一样聪明，
密龙象他哥哥一样能干。
波防去造江河密高兴，
密龙去造湖泊密喜欢。
三姐四姐晚上出门去了，
五姐六姐夜晚离家去了。
当夜就把神柴砍来了，
当晚就把神水备足了。
生发沙，夜未明，
沙发生，天未亮。
大姐起来把锅架起，
二姐起来把火烧燃。
煮好十二担糯米，
蒸好十二锅糯饭。
波防被喊醒来，
密龙起床洗脸。
花也伢着掀锅，

① 利数，利驾：宗教语，聪明伶俐，这里是分称。

花宜伢忙着舀饭。
十二锅饭留六锅，
十二锅饭舀一半。
波防走到灶旁，
密龙吃起早饭。
饭吃得饱了，
午餐带足了。
他要挖沟去了，
他要开河去了。
啊嗬，央腊——
布九呀！

咿吔——
波防带着“晌午”，
密龙拿起翻肖，
告别密洛陀，
离开密洛西。
走出了洛立，
离开了堞防。
走过了千山万岭，
跨过了万崋千川。
翻土用的脚踩木犁。
遇见山峪挖沟，
看见平地造河。
在深鼻挖水池，
在平川造湖泊。

大地那么广，
垌场[①]那么多。
哪时挖完沟，
几时开完河？
大地宽无边，
平川没有沿。
兄长能造岭，
大哥能造山。
要跟哥一样，
使娘把心放。
波防鼓起力来，
密龙使起劲来。
左脚拇指把硬泥翻起，
右脚拇指把平川划开。
拇指犁过的地方，
地面现出条条深沟，
拇指翻过的大地，
平坝现出条条河床。
波防左脚踩过的地方，
地面陷下上千尺。
那陷下的地方，
就是他的脚印。
脚印成了数不清的凹地，
凹地又变成了水塘。
密龙右脚踩过的地方，
地面陷下数万丈。

① 垌场：方言，平地。

陷下的地方，
就是他的足迹。
他留下的足迹，
成了无数的洼地。
波防越过一千二百座岭，
密龙跨过一万二千座山。
遇岭挖不动，
逢山疏不通。
他也有主意，
他自有本领。
他双脚一蹬地打抖，
他双手一掰岭打惊。
地开裂了，
岭开通了。
山顶成了坳，
山涧成了沟。
雨来不忧了，
水到不愁了。
雨有雨的路了，
水有水的道了。
小的是瀑布，
大的是溪流。
波防掬起溪水来喝，
密龙捧起溪流来饮。
他高兴地扬起头，
他高兴地往后倾。
头把山来碰，
石山往下崩。
他伸右耳朵去把乱石挫，
他伸左耳朵去把乱石顶。
右耳朵拦石的地方，
变成山湖了。
左耳朵挡石的地方，
变成峡谷了。
群山又来阻，
众岭又来拦。
用手掰不开，
用头砸不烂。
波防不着急，
密龙不为难。
用木肖去把群山凿通，
用木橇去把众岭默穿。
木肖料的山，
峰峰有石洞，
山山有深岩。
木橇戳过的岭，
岭下暗河藏，
溪水流涓涓。
啊嗬，央腊——
布九呀！

咿吔——
山沟挖开了，
河床疏通了。
山溪一条条，
河床数不清。

大江开辟了，
湖海造起了。
江流一条条，
湖泊数不尽。
波防很高兴，
密龙很欢心。
千里做百二步走，
万里当千二步行。
一年做一天走，
百年当十天行。
赶回洛立告诉亲妈，
紧返堞防告诉娘亲：
“洛陀呵，亲娘，
洛西呵，母亲。
您让儿造河儿接受，
您叫儿掘海儿担承。
造河很不容易，
掘海更是艰辛。
只盼密造雨水，
只盼娘造甘霖。”

高山积了水，
水往低处走。
千滴集成瀑布，
万滴合成溪流。
千溪流成沟哩，
万沟集成河哩，
万河流成湖哩，
万湖变成海哩。
啊嗬，央腊——
布九呀！

咿吔——
洛陀听后盎夺在洛立，
洛西听了盎芒[①]在堞防：
“有了河床好造雨，
有了湖泊汇汪洋。
挖那么多沟波防辛苦了，
开那么多河密龙费力了。
群山将挂满瀑布，
平川将出现海湖。
你的功劳千秋存，
你的大名传万世。
妈就封你去管河，
娘就封你去护湖。
千秋叫你做水神，
万代称你为水王。
人类要水先祭你，
人类吃水不忘你。”
啊嗬，央腊——
布九呀！

① 盎夺、盎芒：十分高兴和惊喜。为对仗而分称。

【讲 述 者】 桑布郎等传，蒙凤标（83 岁）、罗仁祥（73 岁）等唱

【采录整理】 蓝怀昌、蓝书京、蒙通顺搜集翻译整理

【采集时间】 1962—1988 年

【流传地区】 广西壮族自治区·（河池市）·都安（都安瑶族自治县）、巴马（巴马瑶族自治县）、南丹县，（百色市）·田东县、平果县等地

【文本来源】 《密洛陀》，北京：中国民间文艺出版社 1988 年版，第 67—77 页。本文选自原诗第五章“造江河湖泊”。

【阅读提示】 这则文本节选自流传于广西都安、巴马等地瑶族聚居区的神话古歌《密洛陀》。本篇融江河湖海的产生、水神产生、英雄创世等母题为一体，歌颂了布努瑶始祖母密洛陀创世的伟大业绩。

【基本母题】 密洛陀；造天地；兄弟造江河湖泊；水神；祭水神

【本文编码】 《造江河湖泊》：ZCSW1299-244-022

河流、湖泊、温泉的传说

（藏族）

在阿里的玛法木错湖被称为“神湖”，据说是因为大神“湿婆”和他的妻子乌玛神女在此洗澡，所以它的水是绿色的，味清甘。可兰嘎错就不一样，不仅水是黑绿色的，而且味道也苦涩，被人称为“鬼湖”。这中间有个原因，也与神湖玛法木错有联系。

一天，乌玛神女在神湖中洗澡，有一个九头妖魔也来到湖中凑热闹。这九头妖魔十分丑陋污浊，神女不愿与他共浴，劝他不走，哄他不去，又不愿与他争执，反弄得自己不快。便想出一条两全其美之计。在神湖中分出一点水来让他在一旁去洗。于是，她用指头一指，一条水沟自然而生，那股水一

个劲地往西流去，在不远的一个低洼处汇成一个湖泊，让九头妖魔到那里去洗。九头妖魔本是逢场作戏，很想拒绝，但又怕真正惹恼了乌玛神女，大神湿婆怪罪起来自己吃不了兜着走，也就乖乖地到一旁去洗澡去了。那个比玛法木错湖小得多的兰嘎错，因为妖魔一身太脏，把湖水也弄得发黑了。

从前墨竹工卡县德忠山沟里住着一个山鬼，他经常用魔法呼风唤雨，兴妖作怪，用冰雹摧毁庄稼、用雪灾糟蹋牲畜，还常常掠走青年妇女，弄得德忠沟民不聊生，后来阿姆吉女神来到这里，她决心为民除害，降伏山鬼。

山鬼藏在云雾之中，用闪电和冰雹向女神打来，女神借用阳光的金箭还击。山鬼眼看在天上不是女神对手，便在德忠山沟摆下战场，他青面獠牙，大吼一声整个山沟都惊雷滚动，阿姆吉沉着冷静，用德忠河变成的一条绳子将山鬼牢牢捆住，用宝剑砍下他的头，顺手一甩，扔到了对面的山上，然后又把他的上身砍下来扔到了河里。

至今，当人们走进德忠沟，还能看到两股小小的泉水倒挂在对面山上，据说那是女神砍下山鬼的头颅还在不停地流着鼻涕；走进德忠山沟不远，还能看到一块巨石，其形状像人的胸膛，有心、肺的花纹图案，那就是山鬼被女神砍下的上半身。石上长满了红石的苔藓，水流上去，再冲下来就变成红色，这里的人们说，那是山鬼身上流下的鲜血……

【原文附记】

阎振中搜集整理：《河流、湖泊、温泉的传说》，刊《西藏民间故事》第3集，西藏人民出版社1987年版。

【讲 述 者】（无考）

【采录整理】（无考）

【采集时间】（无考）

【流传地区】西藏自治区

【文本来源】吕大吉、何耀华总主编：《中国各民族原始宗教资料集成》（鄂伦春族卷、鄂温克族卷、赫哲族卷、达斡尔族卷、锡伯族卷、满族卷、蒙古族卷、藏族卷），北京：中国社会科学出版社 1999 年版，第 950—951 页。

【阅读提示】 这则叙事或由不同湖水的水文特征生发而来，“神夫妻”“女神斗山鬼”编织出奇幻诱人的画面。

【基本母题】 特定湖的特征来历；神夫妻；妖魔；女神斗山鬼；温泉的来历

【本文编码】 《河流、湖泊、温泉的传说》：ZCSW1300-244-023

2.4.5 特定江河等的产生

阿依村温泉的由来

（汉族）

传说，小街后山的野柯箐尾大坝塘处的一石缝中，出着一股酒杯粗的温泉水。石缝下面有一池塘，能容四五十人沐浴，水的温度很适宜，且终年不断。因此，各地来洗澡的人络绎不绝，甚是拥挤。县城里的县官绅士，每年也要来两三次。而每次来都要百姓派扶马迎送，供奉丰盛的酒席，稍不遂意，还要挨打受骂。因不堪忍受这种重负凌辱，有人用狗血去洒在出水处，真也奇怪，水竟点滴不出了，小街人无不欢喜。温泉断了的第二天，有人看见一白发老奶奶，左手提着一个煨开水的瓦罐，右手拄着一根拐棍，步履蹒跚地朝年景村的天寿山方向走去。隔不多日，天寿山下大鱼洞上的河边，便现出热水。虽有人去洗澡，但因热水与大河水混合，水温不够，去的人也渐少了。过了月余，又有人发现白发老奶奶提着瓦罐，拄着拐棍朝宝泉乡方向走去，于是在七寨河边的阿依村又出现了热水，且水量充足，温度适宜，阿依村就修建成洗澡塘。白天男子，夜间女子，供各地人前来洗浴。来洗过澡的人，也个个赞不绝口。既洁净了身子，又消除了疲劳，还治愈了皮肤病。后来，竟有一家一户的，备办着酒肉去，且一家比一家办得更丰盛讲究。

【讲 述 者】 （无考）

【采录整理】 野樵采录

【采集时间】 1984 年 6 月采录于峨山县小街大海洽

【流传地区】 云南省·（玉溪市）峨山县（峨山彝族自治县）·小街街道·大海洽村

【文本来源】 中国民间文艺家协会组织编写，罗杨总主编，张洪宾等本卷主编：《中国民间故事丛书》（云南·玉溪·峨山卷），北京：知识产权出版社2015年版，第52—53页。

【阅读提示】 这则神话采用了白描的方式讲述了阿依村温泉的变迁过程，也许反映了当地地质的特殊变化。

【基本母题】 神奇的泉水；能治病的泉水；泉水的消失；特定泉的来历

【本文编码】 《阿依村温泉的由来》：ZCSW1301-245-001

拔剑刺泉

（汉族）

唐朝时候，有一个刚直不阿、很能体贴下情的丞相，叫魏徵。魏徵出生入死，南征北战，为保卫唐朝的边疆，立下了汗马功劳。

这天，时逢炎夏，烈日当头，魏徵又一次率领兵马向北进发。途中，走到崞县境内之后，士兵们早已渴得两眼发黑、鼻中冒烟，实在难以继续前进了。魏徵看到这种情形，便命令所率人马就地休息，并派人到附近地方前去找水。谁知，连派数人，往返数次，跑了很多地方，却没有找到水源。无奈，他只好将军队暂时驻在邵家寨这个地方，一面继续派人寻水，一面召集当地父老询问。原来此地有史以来就非常缺水，老百姓只能靠老天下雨的时候掘地积水，以此求得生存。这年入夏以来，天旱无雨，自然积水不成，众百姓正在焦愁之际。魏徵听后，深为当地百姓忧虑，一夜未曾安眠。第二天，他一个人走到村外，细细进行观察，只见田里的庄稼枯旱得又黄又瘦，过往行人一个个都少气无力，愁容满面。天空的太阳射出灼热的光，像炉子一般烘烤着大地。这一切使魏徵非常焦急，不由得拔出随身携带的利剑，猛然朝地下用力刺去。说也奇怪，就在他刺下的地方，一股清泉顿时喷涌而出，滚流不止。

消息传出，全军欢呼，一个个抱头扎进水里喝个尽饱，远近百姓扶老携幼，也赶来庆贺。魏徵随即指挥军队和百姓筑渠引水，将清澈的泉水引到了干枯的禾田之中。

当魏徵率兵走后，百姓们在他拔剑刺泉的地方，修盖了一座魏国公祠堂，以表示对他的怀念与感激，并将此泉称作大海。

现在，到了原平县邵家寨村，还可以看到这股叫大海的泉水。水还是那样长流不息，那样清澈见底，既供人们饮用，又灌溉着几十万亩庄稼。在大海附近，魏国公祠堂至今尚存有遗迹。

【讲 述 者】 光平

【采录整理】 李艳蓉、张福贵采录

【采集时间】 （无考）

【流传地区】 山西省·（忻州市）·原平市

【文本来源】 郭万金主编：《山西民间故事大系》（晋西卷），北京：商务印书馆2017年版，第686页。

【阅读提示】 这则叙事应属现代民众根据特定风物创作而来的神话作品，是神话创新发展的一种常见形式。

【基本母题】 找水；用剑刺出泉水；特定庙堂的来历；特定泉水名称的来历

【本文编码】 《拔剑刺泉》：ZCSW1302-245-002

白龙河

（汉族）

平阳昆阳东门到万全垟，有一条蛮长蛮长的河流，形若龙行，大家都叫它白龙河。

相传平阳山下方有一个媛主儿①，一天到井头打水时节，看见地上有一

① 媛主儿：姑娘。

个圆轮轮的石卵，光滑显光滑，觉着有趣，就捡了起来，放在嘴边玩时，不小心吞了下去，后来就怀孕了，三个月不到，就生出了一条小白龙，小白龙一现身，就吓死了生娘，小白龙悲痛万分，泪水汪汪，向着生母叩了三个响头后，便朝着东北瑞安飞云江方向游去。

当时万全垟正发生旱灾，小白龙为报答娘恩，要为万全垟百姓化一条长年有水的河流。它就使出浑身劲，在平地上滚呀滚，硬是滚出了一条河流。

小白龙滚到孙桥地方时，已滚成了一条“两百个曲、一百道弯、九十九个墩”的龙脉之河，如今万全垟还流传着一句打油诗：平阳龙脉通飞云，墩墩缠缠影孙桥。河滚成了，水呢？这时节，小白龙忽然想起了生母，眼泪就忍不住“哗哗”地流下来，这眼泪呢，就成了河水了。

自从有了这条河以后，万全垟就风调雨顺，百姓安居乐业。为纪念小白龙造福了万全垟百姓，人们将这条河称为白龙河，一直叫到至今呢。

【讲 述 者】 薛云弟，章春兰

【采录整理】 薛茂盛记录

【采集时间】 （无考）

【流传地区】 浙江省·温州市·平阳县

【文本来源】 中国民间文艺家协会组织编写，罗杨总主编，李炜、张君本卷主编：《中国民间故事丛书》（浙江·温州·平阳卷），北京：知识产权出版社2016年版，第43页。

【阅读提示】 这则神话中河道和河水是分别产生的，叙事方法在其他同类型题材中较为少见。

【基本母题】 女子因吞石头怀孕；人生白龙；旱灾；河道是龙滚出来的；龙的眼泪变成河；特定河名称的来历

【本文编码】 《白龙河》：ZCSW1303-245-003

白龙潭传说

（汉族）

楼岩狮子山南边有座龙山庙，北侧峭壁下有一个深潭——小白龙潭，岩壁上还有个半月形小山洞，传说这个龙洞直通大白龙潭，也通东海大洋。

这个龙潭深不可测，龙潭上方被狮山的树木横枝斜藤遮住，终日不见阳光，从岩壁上散落的水诛滴在潭中叮咚作响。当你走近潭边，不觉有一股寒气沁人肺腑。

传说这里住过一条白龙，龙山庙是白龙享受人们供奉的地方，那里常年香火旺盛。小白龙潭是白龙戏水的场所，那个小山洞则是它隐身之处。

起初，人们去龙山庙求助白龙，往往能如愿得到帮助，大家也非常敬重白龙。可是，后来白龙渐渐变坏了，它喜欢同人们开玩笑，甚至搞恶作剧。它能变成老人到村子里来寻开心，有时把人家筷子全部拿走，使人们吃饭时找不着筷子；有时吃掉冷饭把小孩拉走挂到树上，吓得小孩大哭。更坏的是看到年轻女子在晒场晒谷，会忽然吹起一股风掀起女子的罗裙，把女子们羞得狼狈不堪，并且好端端大晴天正晒着谷，一瞬间降下一阵雨来，当人们手忙脚乱收起谷后，雨却不下了。因此村里的人都恨死这条孽龙了，决心要把它赶走。大家商量怎样才能赶走白龙，有个老人出主意说：“龙最爱清爽，我们只要把龙潭水弄脏，它就住不下去了。”于是村妇们就把产妇的污血布、月经布及小孩的尿布都拿到这个潭里去洗。这样一来，使得这个原本碧波清澈的龙潭，变得污秽不堪了。

白龙外出回来，一看水被弄成这个样子，不由得大怒，一下跳到大河里顺流而下，到楼岩村对面大山脚下一滚，滚出一个新的大白龙潭，又在附近岸上（岩壁）暂时找了个栖身的地方——龙王堂。但由于离村子远了，又无人去供奉它，白龙想想再也住不下去了。

终于有一日，白龙在这个大白龙潭底部打了个大洞，从洞里一直钻到东海大洋去了，从此再也没有回来。

在我们楼岩村狮子山脚下“白龙潭”三个大字还赫然在目，小白龙潭的水已经很浅了，而大白龙潭的水倒的确是长年不干。就连那年（1967 年）最干旱的日子里，村里用九部大型抽水机连续打了九天九夜，水还是源源不断涌上来。人们都说，这龙潭真的通海洋哩！

【讲 述 者】（无考）

【采录整理】（无考）

【采集时间】（无考）

【流传地区】浙江省·宁波市·奉化区

【文本来源】中国民间文艺家协会组织编写，罗杨总主编，陈引轮本卷主编：《中国民间故事丛书》（浙江·宁波·奉化卷），北京：知识产权出版社 2015 年版，第 86—87 页。

【阅读提示】这则神话叙述了龙王信仰在当地的变化和发展，特别是关于"水潭联通海洋"的猜测，不仅体现了先人朴素的自然观、唯物观，而且科学思想也值得肯定。

【基本母题】祭龙；龙的性格转变；特定水潭的来历；龙翻滚身体形成水潭；特定的水潭通向海洋

【本文编码】《白龙潭传说》：ZCSW1304-245-004

东水泉

（汉族）

东水泉村中有一口古老的山泉，泉水碧绿清澈见底，泉水溢出形成小河，缓缓地流过村头，汇入波涛滚滚的瀑河。

相传在遥远的古代，这里是一片汪洋大海，在海的深处有座水晶宫，宫中有一个"甘露泉"，泉中的水不是咸的而是甜的，只有龙王生日时才肯给手下的兵将喝几口，常喝此水就能长生不老，鹤发童颜，因此又被龙王叫做

“不老泉”。

几千年过去了，这里的海水向东迁移，大片陆地和那口“甘露泉”便呈现出来，泉水哗哗地流，流到哪里，哪里便呈现绿油油的田野。这里居住着许多农民，农民特别喜爱这口泉子，干旱的年月，井干枯了，泉水照样流，几里地以外的人都到这里挑水喝，人们把这个泉子看得像命根子一样。

海水东迁后，东海龙王敖广的儿子看到原来是他家的甘露泉被人们饮用，嫉妒极了，它经常到这里发洪水，骚扰农民正常耕作，这里风不调，雨不顺，百姓们怨声载道。

一次洪水过后，淤泥填满了山泉，农民们来掏泉子的时候，龙子从泉底向上喷起了洪水，只听一声巨响，人们还来不及弄明白怎么回事，便都被巨大的水柱抛到空中，随即便淹没在滚滚的巨浪里。

这时，从东南方飘来一朵五彩祥云，观音菩萨稳坐莲台上，手托玉净瓶来到甘露泉上空。她慧眼一看，便知道龙子在作恶，于是念动真言，搬来两座大山迅速地压在泉子东面，使泉子只剩下很小一部分，大部分被压在山下面。作恶多端的龙子被牢牢地夹在两山中间，只有两只龙角露在外面，现在山顶上那两棵龙角似的老榆树依然挺立着。

玉皇大帝知道这件事以后，便派杏花公主来看管这口古泉，有的人晚上还真能看到一朵朵杏花似的水泡从泉底冒出来呢，泉水源源不断地流着，再干旱的年月从未干枯过，千百年来它一直为人们造福。

因为它是东海底的泉子，又在瀑河以东，所以人们叫它东水泉。

【讲 述 者】 高信（47岁，农民，小学）

【采录整理】 春鹏（27岁，农民，初中）

【采集时间】 （无考）

【流传地区】 河北省·承德市

【文本来源】 中国民间文艺家协会组织编写，罗杨总主编，王翠琴本卷主编：《中国民间故事丛书》（河北·承德·平泉卷），北京：知识产权出版社2014年版，第144—145页。

【阅读提示】 这则文本叙述了特定泉水的转化和最终形成，可能某种程度上受到了佛教的影响。

【基本母题】 以前的世界是汪洋；水晶宫；神奇的泉水；洪水；观音菩萨；玉皇大帝；特定泉的来历

【本文编码】 《东水泉》：ZCSW1305-245-005

黑龙泉（1）

（汉族）

黑龙泉是一泓常年流淌不息的泉水，它清澈、晶莹，位于天镇县张西河乡肖墙山脚下。为啥叫黑龙泉呢？这里还有一段有趣的传说。

很久以前，肖墙山麓，绿树成荫，鸟语花香；七股山泉，终日涓涓，叮咚作响。山脚下，一湾湖水，平静碧绿，微风拂来，波光粼粼。半山坡上，居住着几十户人家，桃李果杏，吃穿倒也有余。地灵人杰，村里的姑娘们出落得像山上的花儿一样水灵、漂亮；小伙子们像肖墙山一样墩厚、壮实。每到傍晚，姑娘们结伴到海水塘洗澡，“咯咯咯……”嬉闹的笑声在山巅回荡、环绕……

有一天，日落时分，东海龙王敖广巡海到了海水塘。猛然听见姑娘们的嬉戏声。他把酒杯一推，问守此的鳌鱼将军道：“这笑语声，从何处飘来，为何这般清晰？”鳌鱼将军忙躬身回答：“每日这时，村姑们到此海塘游戏，若搅扰大王，待我去哄赶她们。”

“不!”

龙王敖广一听是村里的姑娘们洗澡，忙起身离宴，悄悄探出水面一瞧：啊，果然是十几个赤着身白凌凌的姑娘们，在塘边泼水嬉戏。顿时，他双眼瞪得溜圆，喉结上下蠕动，涎水直往下流……

“大王！大王！请……”在龙王身后的鳌鱼将军呼唤敖广回海入宴。

东海龙王敖广长年累月玩够了海里的虾、鱼美女，早感腻烦，有多少宫女、嫔妃都死于他的宝剑之下。眼前，他盯着乡村姑娘发呆，鳖鱼将军的话声，他全然不知。猛一回头，一指姑娘们，对鳖鱼将军命令道："还不快与本王选些送到宫内!"说完，一拂长袖，便回东海等候去了。

次日早上，鳖鱼将军跳出水面，到村里喊话："山民们听着，大王有令，三天之内，选美女百名……"

"我们全村孩大男小也没有一百名呀!"胆大的村民们大声喊着。

鳖鱼将军为了讨龙王的欢心，根本不管这些，他恶狠狠地吼叫："不如数送来，惹恼大王，让你们不得安生!"

三天过去了，龙王敖广迟迟不见姑娘们入宫，一怒之下，又来到海水塘。鳖鱼将军恐慌地回禀："大王，山上哭声一片，谁家也不愿……"

"哼！顽民！看来不给你们点厉害，不知马王爷长几只眼。我要把这里的水都收回来!"

说完将手一挥，霎时，乌云沉沉，狂风滚滚，七条龙翻腾着上了半空。顷刻间，天气晴朗，海涸泉干，原来山涧的七股泉水，就是七条小龙。

半个月过去了，天不见雨，泉不见水，肖墙山上，草枯树萎。火辣辣的太阳烤着山梁，山民们饥渴难忍，连哀号、啼哭的力气也没有了，姑娘、小伙子们也无精打采，失去了原来的欢乐。

那七条龙中，有一条小黑龙，实在看不下去了，便偷偷到东海吸上水，驾云来到肖墙山上空，嘴一张下起了大雨。山民们才解了干渴。

可小黑龙取水惊动了龙王敖广，他气急败坏地下令将小黑龙监禁起来。

小黑龙日夜思念着肖墙山，思念着那里的山民们，他趁着看守的鱼鳖虾蟹熟睡时，又悄悄吸了水，逃了出来。

龙王敖广得知后，当即带着龙太子率领着鱼兵虾将，截住了小黑龙的去路。小黑龙挺身搏战，奋力迎击，终因寡不敌众，被太子们擒到龙王面前，敖广龙脸一沉，将他贬到凡间。

小黑龙回到肖墙山后，为解救山民们和干枯的树木，吐出了肚子里的水。一瞬间，一股潺潺的泉水从山上涌出，滋润着树木，滋润着山地，最后又流归了干涸的海水塘。海水塘又呈现出一片汪洋。

人们为了感激小黑龙的恩德，常常来到塘边跪拜。

【讲 述 者】 李四莲

【采录整理】 高利春采录

【采集时间】 （无考）

【流传地区】 山西省·（大同市）·天镇县

【文本来源】 郭万金主编：《山西民间故事大系》（晋北卷），北京：商务印书馆2017年版，第648—649页。

【阅读提示】 这则故事中黑龙吐泉的叙事，很好诠释了龙与水的关系与老百姓的常识能心照不宣。

【基本母题】 特定泉名称的来历；龙王；旱灾；特定泉的来历；祭龙王

【本文编码】 《黑龙泉（1）》：ZCSW1306-245-006

黑龙泉（2）

（汉族）

很古的时候，有一天，东海龙王的一个幼小的孙子小黑龙，在天空中驾着一团黑云彩自由自在地玩耍、遨游。

它飞过了长江，又飞过了黄河，突然看到秦晋高原的吕梁山下有一片土地，已经是阴历五月里了，还是枯黄一片，寸草不生。龙王庙前，黎民百姓光着黑脊背在地上跪成一大片祈雨，祷告之声震动苍穹。

小黑龙在空中看到下界的苦难，心里非常难过。它想："百姓们跪在这里求爷爷和父王降雨，可长辈们大概还不知道吧？"它赶忙飞回东海龙宫去报讯，可前前后后也找不到他的父王。龟师爷告诉它说："你父王、龙太子已随同几位叔叔都变成富家公子，到人间寻欢作乐去了。"

小黑龙急忙又去找它的爷爷老龙王，它的爷爷正醉醺醺地躺在龙床上打着鼾。推也不醒，喊也不醒，小黑龙急得流出了眼泪。

小黑龙又飞回了旱区，在空中学着父王和爷爷的样子降雨，可它还没有这样的道行，翻腾了半天也没降下一滴雨点儿，反倒把地上掀起一股黄尘。它急得尖叫一声，朝着黄尘卷起的地方一头扑去，这地方便是汾阳县（今汾阳市）的城北十里地一带。

小黑龙不见了，从它扑进地下的一个黑窟窿里，突突地冒出一股清凌凌的泉水。从此，人们把这股泉水叫作“黑龙泉”。据说，水的源头通着东海的万顷碧波呢。

【讲 述 者】（无考）

【采录整理】刘瑞祥采录

【采集时间】（无考）

【流传地区】山西省·汾阳市

【文本来源】郭万金主编：《山西民间故事大系》（晋西卷），北京：商务印书馆2017年版，第690—691页。

【阅读提示】这则文本通过记叙小黑龙化身为泉水的过程，赞美了其舍生取义、甘于奉献的精神。

【基本母题】龙王；龙王庙；祈雨；旱灾；龙变成泉；特定泉名称的来历

【本文编码】《黑龙泉（2）》：ZCSW1307-245-007

后羿射金乌

（汉族）

盘古开天辟地之后，大地上风调雨顺。人呀，兽呀，都住一块儿，你不碍我，我不碍你，歹[①]和睦。

---

① 歹：即非常、十分的意思。

哪晓得好日子不长。没有多久，天上陡然冒出来十个太阳，把地面上烤得火烧火燎，草木不生，禾苗死光。人跟兽都躲在洞里，没法出来行走。老缩在洞里也不是事呀，出来又找不到吃的喝的，日子一久，死的死，散的散，到处一片凄惨相。

有个部落住在汤山这块，首领叫后羿，射箭的本事吓人，是条好汉。他听老人说，太阳是三只脚的金乌鸟变的，心想：我射箭能百发百中，就不能把这几只该死的金乌射下来么？这天，后羿就带了神箭、神弓，跑到一座高山顶上，瞄准一个太阳，“嗖”一箭，不歪不斜正好射中太阳心。这太阳连晃四晃，就像只大黑鸟一式，歪头夹颈地掉下来啦。后羿来劲了，又瞄准一个，又射中一个，连射九支箭，连中九个太阳。眨眼工夫，地面就凉阴啦。跟着雨水也调和了，草木返青，庄稼生长，人跟兽从此又过上了好日子啦。

后来，后羿射中太阳的这座山，人就叫它“射乌山”，至今在离汤山镇不远的北面。

后羿射中的九个太阳当中，有一个射偏点儿，没有冷透就落到汤山肚里去了，把地底下的泉水烧得滚热滚热的。直到现在，流出来的水都是热乎乎的，就成了有名的汤山温泉啦。

【讲 述 者】 吴玉门

【采录整理】 赵慕明记录

【采集时间】 （无考）

【流传地区】 江苏省・南京市

【文本来源】 姚宝瑄主编：《中国各民族神话》（汉族），太原：书海出版社 2014 年版，第 138—139 页。

【阅读提示】 这则神话借后羿射日的传说，引发出特定山和泉的来历，内容贯通古今，结局水到渠成。

【基本母题】 盘古开天辟地；十个太阳；后羿；射日；特定山的产生；太阳是三足乌；特定温泉的产生

【本文编码】 《后羿射金乌》：ZCSW1308-245-008

滹沱河

（汉族）

五台山北麓有座小山，山中有股清泉，泉水越流越大，成了一条大河，叫滹沱河。滹沱河水顺着百里长川奔流而下，流至繁峙县大营镇一带，忽然销声匿迹，踪影全无。那故河道里，滴水不见，乱石成堆，草木枯槁，干如旱垣。再过四十余里，却又是一番景致：河滩里水草繁茂，泉水四溢，汇流成河；看两岸，杨柳葱郁，稻谷飘香，雀飞雁落，恰似江南水乡。这是怎么回事？说起来，其中还有一段很有趣味的故事呢！

相传，在很早很早以前，这一带有两个河神，一个叫滹沱河神，一个叫羊眼河神。两神是一对孪生弟兄。滹沱河神为兄，他自幼勤奋好学，苦修道行，因而本领高强，神通广大。羊眼河神却喜欢游山逛水，观花玩鸟，很少谈什么学问，他还看不起滹沱河神，常常讥笑兄长自讨苦吃，不会享乐。

一天，兄弟俩正在一块儿闲聊，忽然接到东海龙宫的请帖，要他俩赶赴东海为龙王庆寿。他俩一算日期，离庆寿之日仅有三天了。滹沱河神着急起来，对弟弟说道："咱这里离东海遥遥千里，三天要赶到难处不少，可得好好合计合计。"

羊眼河神却不以为然，哈哈一笑道："你我都是神灵，非凡人能比。区区千里，算得了什么？兄长尽管放心好了。"

滹沱河神见弟弟大咧咧的样子，心中很是不安，又苦苦相劝道："贤弟，凡事不可大意。且不说这千里之远，山峦起伏，关隘险峻，路途坎坷，仅前边那四十里，蜿蜒曲折，沙丘起伏，若是从地面上走，恐怕就够咱们走了。依我之见，倒不如取道地下，待过了这一段难走处，再到地面上来。"

羊眼河神说："兄长未免太多虑了。我俩久居深山，不出远门，今日得此良机，何不玩耍个痛快？若是钻入地下，又黑又冷，苦闷难熬，咱才不受那份罪呢！"

兄弟俩各执己见，互不相让，争论了一阵也没个眉目，只好分道扬镳。临别，滹沱河神再三叮嘱弟弟道："这次去东海庆寿，事情非同小可，千万不要误了时间!”羊眼河神不耐烦地回答说:“你就不要替我担忧了,也许我还比你到得早呢!”

滹沱河神走了之后,羊眼河神感到一阵轻松。他稍作安顿,便也上路了。当时正值阳春三月,杨柳泛绿,桃杏吐艳,百鸟啼鸣。他边走边看,不禁被这一路美景迷住了。当他路过一个村庄时,忽听得鼓乐喧天,从村里涌出一伙人来,中间一乘花轿披红挂绿,缓缓而行。原来是娶媳妇的。羊眼河神心中高兴,不由自主地走到花轿面前。他略施小技,轻轻撩开红绸轿帘一看,见那新娘头戴凤冠,身着锦衣,娇滴滴,羞答答,美似水中莲花一般。羊眼河神看得几乎呆了,不禁暗自嗟叹起来:“人世间竟有这般良辰美景、天姿国色!可我这许多年来却久居僻地,苦修道行,将青春时光白白磨掉,岂不冤哉枉也。”此时,他早已把东海庆寿之事抛到九霄云外去了。羊眼河神正在心驰神往、想入非非之时,忽听远方传来了一阵吆喝声。他循声望去,只见几十里外,水光闪闪,再仔细一瞧,原来是滹沱河神正向他打招呼呢!羊眼河神一惊,如梦初醒,急忙撒腿快跑,但不管怎么跑也追不上,直累得精疲力竭、腰酸腿软,实在挪不动脚了,只得坐下来喘息。

原来,滹沱河神自和羊眼河神分手后,心中急如火燎。他走了一段,见前面沙丘成堆,松软难行,便巧施法术,钻到了地下。地下阴暗潮湿,一会儿顽石挡道,一会儿泥沙横流。他正一心赶路,忽有笑声传来。他侧头一看,见是一位老态龙钟的长者,拄着拐杖,向他走了过来,未到跟前就打招呼道:“滹沱河君此去何方,竟忙成这般模样?”

滹沱河神曾见过这位长者,却又一时想不起是什么神仙,便慌忙答道:“我是去东海为龙王祝寿的,时间紧迫,不敢延误。”

那长者听了,不禁哈哈大笑起来:“这未免太玄乎了吧!你我多年未见,今日幸会,说什么也得进寒舍坐坐。”说完,死拉活扯,硬要请滹沱河神进家一歇,还说:“我这里虽不及那龙宫珠光宝气、富丽堂皇,却也清静幽雅,别有一番情趣。另有几种稀世珍宝,望你稍事休息,观赏观赏,再赶路也不迟。”

听了这话,滹沱河神不禁踌躇起来:“不进去吧,有些盛情难却;进去吧，又恐一时脱身不得，误了大事。罢罢罢，还是赶路要紧。”主意既定，他便谢绝了长者的邀请，继续向前走去。又跑了一段，他估计四十里沙滩已经过去，便钻出了地面。刚一上来，那灿烂的阳光竟刺得他睁不开眼。他稍歇了一会儿，就向四下里张望，可哪有弟弟的踪影！他回头细看，才见后面几十里远处，羊眼河神正呆呆地站在那里看着什么，他便一边呼喊，一边继续疾步向前。就这样，他不迷恋沿途山水花草，不贪图眼前荣华富贵，不畏艰辛，昼夜兼程，穿过巍巍群山，跨过浩浩平原，终于提前到达东海龙宫。

东海龙王庆寿这天，龙宫里热闹非凡，各路河神济济一堂，偕同龙子龙孙及众多海神先后向龙王叩拜。那龙王面带笑容，喜不自胜。拜毕，大家又各就各位，开始观看歌舞。

大家看得兴味正浓，忽然闯进一个年轻河神来。只见他蓬头乱发，面色苍白，气喘吁吁，汗水淋淋，进来后便“扑通”一声跪倒在龙王面前。龙王一看是羊眼河神，心中很不高兴，厉声问道：“你年纪轻轻，竟然这般放肆！我好心请你，你却目无寡人，姗姗来迟，该当何罪?”

羊眼河神听了，吓得战战兢兢，连连叩头求饶。滹沱河神和其他诸神见龙王发了怒，也都替他求情。龙王这才怒气稍消，悻悻地对羊眼河神说：“看在大家面上，今天饶你一回。但你已不宜独立为神，以后就充当你兄的随从吧!”接着又向众神宣布：“滹沱河神勤于学习，忠于职守，德才兼备，年轻有为，寡人早有所闻。从今以后，五台山北方圆百里的各路河神，全部归他管辖。”

从那以后，滹沱河就成了晋北的一条大河。而羊眼河从五台山出来后，流不多远便归入滹沱河中。时至今日，羊眼河水依然不很兴旺。它沿着陡峭的河床跌宕起伏，哗然作响，那声音虽也能传到五六里远，但时断时续、忽高忽低，竟如呼吸急促而又很不均匀的病人一样。人们都说，那是羊眼河神为追赶滹沱河神累下的喘气症，一直没有好利索。而滹沱河的四十里潜流段，虽然还和以前一样滴水不见，但从地下钻出后，却越流越大，波涌浪翻，浩浩荡荡，直向东海奔流而去。

【讲 述 者】 李荣

【采录整理】 高信生采录

【采集时间】 （无考）

【流传地区】 （无考）

【文本来源】 郭万金主编：《山西民间故事大系》（晋西卷），北京：商务印书馆2017年版，第683—685页。

【阅读提示】 这则文本通过兄弟河神之间的行为对比，能给读者的奋斗前行之路带来一些启发。

【基本母题】 河神；兄弟神；兄弟俩性格不同；龙王；兄弟比赛；特定河特征的来历

【本文编码】 《滹沱河》：ZCSW1309-245-009

葫芦河与伏羲

（汉族）

相传古时候，天上的神常到下界来游玩。有一次，雷神从天上下来，住在横湖上。这位雷神脾气暴躁，常常酗酒，乱击神鼓。这神鼓一击，雷电交加，大雨倾盆，山洪暴发，江河泛滥，冲倒房屋，淹灭庄稼。许多人因此丧生，河下游的华胥部落受害最大。

这华胥部落有位姑娘，年方十八，生得眉清目秀。她看到百姓受灾，十分痛恨雷神，心想：天神应归天上，不应该给下界人民带来灾害。于是，她辞别父母逆河而上，去找雷神讲理，她爬了九十九座山，过了九十九条河，终于找到了住在横湖上的雷神。她求雷神饶了百姓，回到天上去。雷神说："你答应做我的妻子，我就不再乱击神鼓，回到天上去。"姑娘心想：只要救得了百姓，就是死我也心甘了。于是她答应了雷神，做了雷神的妻子，一同到天上去了。从此江河不再泛滥，天不再下暴雨了。后来，姑娘生了一个男孩。她怕雷神凶暴，对孩子不好，就躲着雷神把孩子装在一个大葫芦里，悄悄放到下界的河里，顺江河流下。正巧姑娘的父母从田里劳作回家，看见河里有个大葫芦，捞上了岸。见葫芦里面有个男孩，十分高兴，便抱回家。这孩子就是后来的伏羲氏，他长大后为人们做了很多好事。人们为了纪念伏羲氏，就把这条江河改名为“葫芦河”。

【讲 述 者】 刘永生（男，52 岁，农民，初小）
【采录整理】 洪良珙（男，67 岁，教师，初中）
【采集时间】 1987 年 8 月采录于天水市北道区马跑泉镇
【流传地区】 甘肃省·天水市·北道区·马跑泉镇
【文本来源】 中国民间文学集成全国编辑委员会编：《中国民间故事集成》（甘肃卷），北京：中国 ISBN 中心 2001 年版，第 15 页。
【阅读提示】 这则神话中强调了葫芦河与伏羲之间的关系，也与广泛流传在天水地区有关伏羲诞生的神话传说相契合。
【基本母题】 天神下凡；雷神；神鼓；雷神的性格；洪水；雷神的妻子；伏羲是雷神的儿子；特定河名称的来历

【本文编码】 《葫芦河与伏羲》：ZCSW1310-245-010

淮河的来历（1）

（汉族）

南阳桐柏县桐柏山下有母子二人相依为命，母亲纺纱，儿子每天上山打柴。有一天，儿子吴忌因吃了捡来的两个蛟蛋，喝干了涧水，变成了龙身。他怀念母亲，在随河水离开家乡时，一连回头十八次看望母亲，出现了十八个沙滩，人称“望娘滩”，并形成了现在的淮河。今天桐柏县的固庙镇禹井旁立有“淮源”碑。

【讲 述 者】（无考）

【采录整理】陈连山整理

【采集时间】（无考）

【流传地区】河南省·（南阳市）·桐柏县

【文本来源】姚宝瑄主编：《中国各民族神话》（汉族），太原：书海出版社 2014 年版，第 346 页。

【阅读提示】这篇文本用精炼的文字刻画了母子间的深情，会使人对淮河产生更深的记忆。

【基本母题】人变成龙；特定沙滩的产生；特定的河的来历；特定风物的来历

【本文编码】《淮河的来历（1）》：ZCSW1311-245-011

淮河的来历（2）

（汉族）

桐柏山下，有一个地方叫固庙，固庙的附近，住着一户人家，这家人只有母亲和儿子两个人。儿子叫吴忌，是个孝子。

他们没有土地，家里很穷。吴忌是个老实人，不会干别的事，只会砍柴。他天天上山砍柴，用卖柴的钱买点米，母子两个吃。固庙西南的山腰里，有一个沁水荡，水清溜溜的，甜丝丝的。砍柴的路过这儿，总要歇一会儿，喝点水。这一天，吴忌到这儿来喝水，拾到两个大蛋，他不知是啥蛋，就拿回去给他妈了。有的人认得，说是龙蛋。

吴忌让他妈煮了它吃，他妈说让他吃，两个人让来让去，都不吃，龙蛋都放那了。过了几天，吴忌也忘了龙蛋的事。

吴忌上山，每次都要带顿晌饭。这一天，天晌午了，吴忌的肚子也饿了，他就拿出饭来吃。谁知不是饭粑而是两个龙蛋。他饿急了，就吃了一个。吃倒觉得好吃，不觉得把剩下的一个也吃了，只是觉得有些渴得慌。

路过沁水荡，他喝了一大气水，还觉着不解渴。回到家里，“咕咚咕咚”把一缸水都喝光了，觉着还不解渴，他又跑到山涧里去喝。他妈看到不对劲，跟了出来。见他拼命地喝，他妈怕他喝坏了，就喊他让他少喝点。说着说着，他变成了一条龙，大水涨了起来。

他想着他不能是人了，不能再养活他妈了，再也看不见他妈了，他就回过头来叫一声“娘”，他叫得十分惨。他不走，堵着水下不去。看着看着，水淹到庄稼了，他妈流着泪，挥着手让他走了。他听话地顺着水走了。他舍不得他妈，他妈也舍不得他，他在水里落泪，他妈在岸上撵着哭。他不由得立起来，回头叫一声“娘”，水一下子又涨了起来，要淹住庄稼。他妈又挥着手说：“儿呀，你走吧，别淹了人家的庄稼。”他又顺着水走了，他妈累得上气接不上下气，跟不上了，才站在岸上望着他走去。他走一截，回头叫一声，就这样，回了十八个头，叫了十八声“娘”。他每次回头，都把沙堵了一些，出现一个沙滩，这十八个沙滩，人们就叫它作“望娘滩”。吴忌走后出现了一条河，人们就给起了一个名字叫淮河。淮河就是这样，由孝子成龙得来的。

每年，吴忌过生的时候，就跑回来看他妈一眼，桐柏不绝粮，就是因为吴忌带来了风调雨顺。桐柏山区流传着这样的谚语：

跑到天边，
不胜太白顶圆圈儿。
吃的是大米白面，
烧的是松枝槲叶。

【讲 述 者】 郑昌录（60岁，干部）
【采录整理】 郑大芝
【采集时间】 1984年3月31日
【流传地区】 河南省·（南阳市）·桐柏县

【文本来源】 张振犁编著：《中原神话通鉴》（第四卷），郑州：河南大学出版社 2017 年版，第 1152—1154 页。

【阅读提示】 这则神话叙事中无论是龙，还是人变形、沙滩的形成，都与水有关，暗藏着水与人的关系及孝道的重要性。

【基本母题】 龙蛋；变形；人变成龙；洪水；特定沙滩的产生；淮河的来历

【本文编码】 《淮河的来历（2）》：ZCSW1312-245-012

淮河的来历（3）

（汉族）

相传，很久很久以前，有个淮夷族的人家，逃难落户于浮光山（浮光山即今濮公山）下。全家只有母子二人，母亲年过半百，儿子二十六岁。母亲说儿子从小就心灵手巧，就给儿子起名叫灵子。

灵子家里很穷，每天靠上山打柴度日子。一天，母亲得了重病，家内无钱买药，灵子就照着民间验方上山采药。他采了一种又一种，摘了一棵又一棵，还差一样没找到，就爬到一个陡坡上，不料，脚一滑摔死在山下。

正巧，王母娘娘路过此地，就将拂尘一挥，小伙子蹬了蹬腿，慢慢苏醒过来。灵子睁眼一看，只见王母娘娘驾云而去，才知道原来是王母娘娘救了他。这时，突然空中暴风骤起，随风飘下一条白色裙带。那白色裙带一落地，却变成了一条又宽又长的大河。

这裙带怎么会变成大河呢？原来，这条白色裙带是从王母娘娘身上掉下来的。白色裙带看灵子忠厚老实，孝敬母亲，就趁暴风骤起之机飘落下来，要和灵子成亲。不料，被王母娘娘发现，拔下金簪对下一划，那白色裙带就变成了一条大河。

灵子站起来往家走，可他刚走几步，觉得两腿发软，难以立身，只好又躺在地上。忽然，有一个身穿白衣的女子来到他的面前，向他问道：“这位大哥，你怎么在这里躺着?”灵子回答说：“我母亲得了重病，没钱买药，就来到山上自己采，不料，从山上摔了下来，摔的两腿不能走了，就在这里歇一歇。”女子说：“没有钱，咋不去取宝珠呢?”灵子叹了一声说：“这里哪有什么宝珠呀!”女子用手指了指浮光山：“宝珠就在那山上。别看那山上是块块石头，那石头取回去就是宝珠。你若不信，可到河里去看，河水会映出那山上五颜六色的一串串葡萄似的宝珠。不过取宝时，每人每天只能取一个，取多了，就犯了山规。”灵子还想向女子问些什么，谁知眼一眨，那女子不见了，莫非又遇上仙女?他一时高兴得蹦了起来，一翻身，醒了，原来是场梦。他急忙站起来往河水里看，果然见到浮光山的倒影现出一串串葡萄似的宝珠。灵子又往山上看去，仍是一片石头，再往水中倒影看去，又是一串串宝珠在闪光。他急忙往家里跑去，要把这个喜事儿告知众位乡亲。没想到，路上遇一女子躺在地上乱叫唤。上前一问，原来那女子得了肚子疼病，求灵子给她背回去弄点开水喝。灵子将她扶起，不好意思去背，就用手架着女子的胳膊走。那女子疼得更厉害了，身子一歪趴在灵子的身上，灵子只好背着女子走回家去。灵子把女子背到家后，马上烧了一碗开水，端给女子喝。那女子喝了一碗开水后，当下止了疼，便来到灵子母亲身边，问了问母亲的病情。她说她有个祖传单方，可以治好母亲的病。这女子出门不知取了些什么，用开水一冲，让母亲服下，不到一个时辰，母亲的病好了。母亲很感激，便向女子问道：“你叫什么名字?为何来到这里?”女子说自己的名字叫秋月，父母双亡，剩下孤独一人，无依无靠，乞讨到这里。母亲看她聪明伶俐，又贤惠，就收留了秋月。

再说灵子来到乡亲家里，就把他做梦的事儿和亲眼见到山上宝珠的事儿说了一遍，大家都觉得很奇怪，有的立刻跑到山下去观看，果然现出一条大河，东西望不到头。又到水中一看，那山上一块块石头也不见了，全是一串串金光闪闪的宝珠。乡亲们都说这是灵子的福气，是他发现这条大河是王母娘娘的白色裙带变的，就以灵子的淮夷族名给这条大河起名叫淮河。

从这以后，灵子每天领着众乡亲前往山上取宝，照着梦中女子说的，每人每天只取一颗宝珠。从此，这一带的人们富了起来。

这里有个浪荡公子，名叫胡才。他贪财不足，嫌一天取一颗太慢，就派几个家奴给他上山挑宝珠。谁知，那些上山挑宝珠的家奴都被压死在山上。胡才一连派了几次，都没取成宝珠，一时怒火万丈，自己亲自上山取宝珠。胡才来到山上，拣了一个又去拣第二个，当他拣第二个时，两手发麻，浑身发抖，抖得一个也没拣到。说也奇怪，手里没有宝珠了，手也不麻了，身上也不发抖了。可他财心不死，又去拣了两个，浑身又是发抖，这才知道自己犯了山规，只好两手空空回去。当他走到灵子家门口时，正巧遇上了秋月。他看秋月长得如花似玉，顿时起了歹心，回去后就派几个家奴来抢秋月。灵子一见歹徒抢秋月，拿起棍棒与歹徒打起来，只见灵子打伤歹徒，歹徒却打不住灵子，刀枪一到灵子身边就被挡了过来。秋月在一旁哈哈大笑起来："有本事的跟我来！"说罢，就往外跑去。歹徒一见秋月跑了，急忙去追秋月，灵子也在后面紧紧追去。秋月来到淮河岸边突然变成了一个白衣女子，跳入淮河水中。灵子这才明白，他的妻子原来就是他梦见的那个白衣仙女。几个歹徒见此情景，吓得浑身发抖，转身跑回禀告胡才。谁知，那胡才早已瘫在地上死了。

说也奇怪，自从秋月投河之后，山上再也没有宝珠了，人们到淮河水中观看，淮河水再也映不出那一串串葡萄般的宝珠了。人们想念秋月，更痛恨那个恶贯满盈的胡才。可是，再恨，也追不回来宝珠了，留下的只是它的传说。

【讲 述 者】 姚慧敏（女，63 岁，离休干部）

【采录整理】 戴金瑛

【采集时间】 1985 年 5 月

【流传地区】 河南省·(信阳市)·息县

【文本来源】 张振犁编著：《中原神话通鉴》（第四卷），郑州：河南大学出版社 2017 年版，第 1358—1360 页。

【阅读提示】 这则文本同样叙述了淮河的来历，主要情节与《淮河的来历(2)》（ZCSW1312-245-012）大相径庭。

【基本母题】 儿子采药救母；王母娘娘；起死回生；王母娘娘的裙带变成大河；宝珠；梦示；人与仙女婚；淮河的来历

【本文编码】 《淮河的来历（3）》：ZCSW1313-245-013

黄安变大河

（汉族）

从前，宁波的江东是一片田野，农民世代在这里生活。种田吃饭，全靠老天帮忙。

在农民屯的一片低矮的草棚中，有一座高楼大院，里厢屯着有一大片土地的主人，名字叫黄安。

这个黄安长得五短身材，圆胖脸，一日到夜拿着算盘，专门克扣农民。

农民恨之入骨，又无可奈何。因为被其雇用，有气呒处出。

有一年耕种季节，天气交关古怪，四月开始就阮没落雨，火辣辣的太阳照了整整七七四十九日。第五十日，天忽然阴沉了，乌云一团团来了，农民的希望来了。他们一个个抬头望天，等着老天落雨。可是到了第五十一日，要命的太阳又出来了，田水早已干了，庄稼都燥煞得差勿多了。

就在这火烧眉毛的时光，黄安又扳着算盘要大家交粮。这时有人出烧香求雨的主意。大家动手把古庙里的大香炉抬了出来，烧呀烧，青烟袅袅升起，烧了三四十二日。一时里，大家都觉得这几日黄安好像勿来收粮了。

到第十三日下半日，香炉中央突然伸出一只蛇头，接着出现了蛇身、蛇尾，又慢慢飘到天空。众人只见大蛇在空中活撞活癫[①]，最后掉到地上，变成了一条河。

原来，黄安受到老天爷的惩罚，变成了一道河来造福百姓。这道河就叫

① 活撞活癫：使出全身解数四处乱窜，或是原地蹦跳。

大河，就是现在江东大河路旁边的河。

【讲 述 者】（无考）
【采录整理】邬明江（46 岁）、江小骏采录
【采集时间】（无考）
【流传地区】浙江省·宁波市·江东县
【文本来源】中国民间文艺家协会组织编写，罗杨总主编，王昱本卷主编：《中国民间故事丛书》（浙江·宁波·江东卷），北京：知识产权出版社 2015 年版，第 33—34 页。
【阅读提示】以蛇化作河流的神话叙事不少，此篇文本又重强调了善恶有报的道理。
【基本母题】旱灾；祈雨；变形；人变成蛇；特定河的来历

【本文编码】《黄安变大河》：ZCSW1314-245-014

黄河的由来

（汉族）

相传，在盘古开天地的时候，中原大地上并没有黄河，只有一望无际的草原和森林。西边有很远很远的地方，有一座大山，山里住着一个修炼万年的黄龙，每逢春暖花开，便驾着祥云到东方来游玩。

这一年，他又来到东方，低头一看，大吃一惊，茂密的草原、森林，一片焦黄，土地干得裂成一道道宽缝，人死得十有八九。黄龙很想搭救这一方人，去找东海龙王为这地方行雨，东海龙王说："这是玉皇大帝的旨意，我怎敢私自降雨。"

黄龙驾云上天去找玉帝，谁知玉帝连眼也不睁一睁，训斥了一番："小小童子，擅敢上天庭为人间求情，速速回山修行去吧，不必多管闲事！"

黄龙闷闷不乐，回到山间，一心想为一方生灵消灾解难，他还没有练成行云降雨的本领，可也使动风婆雨神了。他用尽浑身解数，刮起了巨风，把云烟雾气推到中原上空，降下了瓢泼大雨，直下得沟满河平，横水遍地。

东海龙王知道了，连滚带爬，跑进天空，告了黄龙一状。玉帝听了勃然大怒，立即命天兵天将捉拿黄龙，说："捉不到黄龙，你们统统不要回天庭来，叫你们化为土石，永留人间。"众神仙吓得只有奋力拼杀。黄龙抵挡不住，掉头往东方逃，他所经过的路上，出现了一条滚滚奔腾的黄河。

玉帝一见，气得七窍冒烟，派兵前后堵截，黄龙见势就东转西转，直来到太行山下。太行老君受玉帝之命，摆开八百里山石，黄龙一用力，轰隆一声，连龙门也冲垮了。

跃出龙门的黄龙更凶，玉帝又派出两条巨蟒下凡来，对黄龙南北夹击。北蟒追黄龙到孟县城西五里的地方，忽然见一老一少两个人在那里看小孩斗鸡，很是自在，心想在天上也没有这样逍遥，干脆黄龙我也不追了，也不上天了，于是停了下来。南蟒见北蟒不追了，也停下来，就变成了南北蟒岭。

后来，刘秀进洛阳，因为被王莽撵怕了，害怕两个蟒岭对他有威胁，把蟒岭改作邙岭。

【附注】

本文相似文本，参见《驯服黄河》（ZCSW1334-245-034）。但两篇文本中黄龙的性格却大相径庭，可作对比阅读。

【讲 述 者】 刘清顺（80岁，孟县农民）

【采录整理】 马久智

【采集时间】 （无考）

【流传地区】 河南省·（焦作市）·孟州市

【文本来源】 张振犁编著：《中原神话通鉴》（第一卷），郑州：河南大学出版社2017年版，第18—20页。

【阅读提示】 这则叙事说黄河是由黄龙化生而成，结尾处把历史人物刘秀也拉进来，是讲述人试图把内容说真讲活的常见做法。

【基本母题】 盘古开天；龙王；玉皇大帝；洪水；太行山；巨蟒化身为岭；黄河的由来

【本文编码】 《黄河的由来》：ZCSW1315-245-015

黄河改道

（汉族）

相传，很早很早以前，黄河淤泥堵塞，河水泛滥，两岸成灾。为了救百姓于水火之中，玉皇大帝派天上的神龙协助大禹治水。怎么个治法？就是让神龙用尾巴由西向东划一条河道，引黄河水流入大海。

大禹在前面勘察地形，神龙在后边用尾巴划河道。从青海省的巴颜喀拉山起，七拐八弯，过兰州、银川、乌海、包头，向东浩浩荡荡而来。当来到内蒙古与山西交界的右玉县时，大禹觉得右玉山势险峻，对引黄入海不利。于是，他深入民间，向人民了解实情。大禹来到右玉县西北山区，在一块山坡地里遇见一个耕地的老农。

大禹走上前去，边施礼边问道："老大爷，这是啥地方？"

老农以为大禹问他耕地的这座山叫什么山，便答道："叫铁山。"

"铁山。"大禹一听，不寒而栗。他想，这山是铁的，而神龙的尾巴是肉的，它能划开河道吗？为了治水，他走遍天下无数名山，还从没听说过有铁筑的山。世上莫非真有"铁山"？

大禹半信半疑，又一次问老农："老大爷，这是啥地方？"

"铁山。"老农不耐烦地答道。

大禹依旧半信半疑。老农看着他的样子，不由得笑了："大兄弟，我老汉年过花甲，没有哄过人，还能哄你这过路人不成？"

大禹听得清清楚楚，以为此山确是铁打的山！

大禹谢过老农后，把情况告诉了划沟的神龙。神龙说："我的尾巴只能划土，划不动铁。你另想办法吧！"

经过大禹勘察，决定绕过右玉县，从山西和陕西的交界处，向南折东，过河南，经山东，最后使黄河流入渤海。

引黄入海的任务完成后，神龙没事干，忽然想起铁山。它想："世上的山我都能划开，唯独不敢划这铁山，让我丢人现眼。"它不服气，要重新划一划。于是，神龙又来到铁山。它用足了力气，从右玉县由南向北使劲一划，并没有费多大力气，就划开了一道河，这条河就是现在的苍头河。

【讲 述 者】 王炳瀛

【采录整理】 刘军采录

【采集时间】 （无考）

【流传地区】 山西省·（朔州市）·右玉县

【文本来源】 郭万金主编：《山西民间故事大系》（晋北卷），北京：商务印书馆2017年版，第642—643页。

【阅读提示】 这则神话用借助丰富的想象叙述了黄河走向的变更和苍头河的产生，一定程度上体现了神话的阐释功能。

【基本母题】 以前黄河洪水泛滥；玉皇大帝；大禹治水；神龙；地形地貌的形成；黄河改道；特定河流的产生

【本文编码】 《黄河改道》：ZCSW1316-245-016

黄水河的传说

（汉族）

新郑县城北十里铺村村后有一条河，河水从西北沟壑丘陵之间流出来，正东折转南下，正好环绕郑韩故城半周，在故城的东南角双龙寨村与双洎河水汇流。这条河就叫黄水河。当地流传着一个黄帝凿石寻泉的故事，又说这条河在古时叫作黄帝河。

很早很早以前，这条河水势很大。正常年景，河水川流不息，河滩土地肥沃，可种植农桑，引水灌溉；岭上林深草茂，飞禽走兽很多，可供猎取肉食，又没有水患之忧，是个非常好的地方。所以，轩辕黄帝就安排自己的一些部落住在这里。不料，有一年，一连几个月不下一滴雨，种的庄稼都旱死了，河水也干涸了，养鱼的池塘水干鱼飞，池底干裂的缝子像乌龟盖那样，人们连吃的水都没有了。轩辕黄帝看到这种情况，心里非常焦急。他组织一些人，到远处运水，自己亲自沿河谷向上游考察寻找水源。一日，来到一个山涧，突然发现一块岩石周围有一片湿地，还有渍水反光，岩石地质松脆多孔，上面布满青苔。黄帝一见大喜，一路小跑转回住地，马上召集一些部落首领商议，决定组织人力，开掘这个水源。

众首领正在为水发愁，一听说有了水源，个个高兴万分，立即挑选精壮劳力，在黄帝带领下来到山涧。大家一起掘土凿石，挖了一个方圆近亩大的坑。到了农历三月初一这大，凿到了岩底，几个石缝向外冒出泉水。黄帝用粗木头做成两根尖桩，相距约二三尺远距离，分别用石头把木桩打入水穴，再指挥大家用一根粗长的树杆别在两根木桩当中，一声令下："推!"只听"嘣!"的一声巨响，石底开裂，泉水从两个斗粗的泉眼里奔涌出来，水柱两丈余，活像两条白龙从石缝窜出来。霎时，大坑成了大潭，清泉翻卷，泥沙俱下，顺着河床，哗哗啦啦向东南流去。

旱天得水了，水流成河了，大家齐声欢呼起来。从此，这条河奔流不息，再没有干过。每年三月初一，群众都到这双泉潭集会庆祝，后世人又建了一座玉皇庙，成立了三月初一大会，一直延续到今。为了纪念黄帝的功德，这条河起名叫黄帝河，后来，又演变成"黄水河"了。

【讲 述 者】 贺根（72 岁，农民）

【采录整理】 白长岭采录，李新明采录整理

【采集时间】 （无考）

【流传地区】 河南省·新郑市

【文本来源】 张振犁编著:《中原神话通鉴》(第二卷),郑州:河南大学出版社 2017 年版,第 623—625 页。

【阅读提示】 这则神话通过叙述黄河的产生,赞美了轩辕黄帝开凿河道造福民众的伟大功绩。

【基本母题】 黄帝;特定河的来历;旱灾;黄帝寻水;特定泉水的来历;黄河的特征起源;祭祀

【本文编码】 《黄水河的传说》:ZCSW1317-245-017

镜泊湖

(汉族)

某年三月三,王母设蟠桃盛会,诸女仙俱往赴会。胭脂水倾入天河,天河暴溢,下泻入牡丹江上游万山丛中,汇成大湖。又有宝镜,亦不慎遗落湖中,仰铺湖面,使湖面常如明镜平亮。王母寻镜至此,爱其幽丽,遂置而不问,以为群仙浴池,每年六月十五,常率众女仙至此沐浴,湖遂以镜泊而名焉。又令黑山神守湖护镜,即镜泊湖岸耸立之大黑山是也。

【附注】

本文本关联文本,参见《镜泊湖的由来》(ZCSW1350-245-050)。

【讲 述 者】 (无考)

【采录整理】 袁珂据《民间文学》1980 年第 9 期中的《镜泊湖》改写。

【采集时间】 (无考)

【流传地区】 (无考)

【文本来源】 袁珂:《中国神话大词典》,北京:华夏出版社 2015 年版,第

395 页。

【阅读提示】 这则解释镜泊湖来历的神话，请来了王母娘娘、仙女等名人，也是一种创作技巧。

【基本母题】 王母娘娘；天河；特定湖的产生；宝镜；仙女下凡；湖泊的守护者

【本文编码】 《镜泊湖》：ZCSW1318-245-018

漓江九十九湾

（汉族）

从桂林至阳朔，百里漓江，蜿蜒如带，风景似画，然而湾多滩险。相传此地原为一平坦大坝，中有大河，阔三十六丈。秦始皇修万里长城，东海龙王三公主驱石助之，石至此不行，化为大小石山，填满江河。自兹耕田种地，便难如石上栽花。

某年天旱，塘干土裂，民众生活无着。居民群聚大榕树下闲谈，有老翁自告奋勇，愿往寻香柏树作香，祈玉帝降雨救灾。老翁果持巨斧，翻山越岭，砍得树回而焚之。玉帝闻香，命太白真君查明，立遣金龟将军，往扒开堵塞江河之石山，特命“要扒得宽些”。金龟耳聋眼花，办事糊涂，误听为“要扒得弯些”，遂往。至则舞动其四巨足，左蹬右扒，将堵塞之漓江，扒得七弯八拐。自桂林至阳朔百六十里间，成九十九湾、六十四滩。

河道扒开，水流通畅，旱情解除。金龟欣返太清宫缴旨。玉帝怒其未遵圣谕，错开河道，下令将其斩首。赖有太白真君讲情，谓其办事虽疏，扒山救民亦有微功，可免其死罪，仍令下凡化为石龟扒山。玉帝准奏。今乘船游漓江者，至鸡笼淀一带，便隐约可见有石龟扒山于左岸，云即误听玉帝圣旨而错开河道之金龟将军。

【讲 述 者】 （无考）

【采录整理】 袁珂据《民间文学》1980 年第 2 期中的《漓江九十九道弯》改写。

【采集时间】 （无考）

【流传地区】 （无考）

【文本来源】 袁珂：《中国神话大词典》，北京：华夏出版社 2015 年版，第 394—395 页。

【阅读提示】 神话作品中用“误听”“误传”等类似情节来阐释一些自然或社会现象的做法较为常见，往往使叙事生动幽默，自然有趣。

【基本母题】 龙王；旱灾；祈雨；玉皇大帝；漓江特征的来历；太白金星；特定岩石的来历

【本文编码】 《漓江九十九湾》：ZCSW1319-245-019

龙掘黄河、长江

（汉族）

传说，龙是人创造出来的。自从龙被人创造出来以后，它吸取了风、雷、电和狂涛的力量，成了力大无穷的神。

龙想，人创造了我，我该为人们做点什么事呢？有一天，龙在天空遨游，看到北方有那么大一片荒芜干旱的土地，心想要是能种上庄稼，那该多好呢！于是，龙就用它的神力，在这片干旱的土地上掘出一条河来。这就是“黄河”。

又过了好多年，龙在天空遨游的时候，看见南方有一大片水地，人们常常遭受水灾，无法生活。龙就用它的神力，在水地上挖出一条深沟，四面八方的水都汇集到沟里，流进了大海。这道沟就是“长江”。

龙为人们办了两件好事，从南到北处处是沃土良田。人们为了感激龙的功绩，就在各地建了许多“龙王庙”，逢年过节，祭祀龙王。

【讲 述 者】 刘苗贤
【采录整理】 张英明采录
【采集时间】 （无考）
【流传地区】 山西省·（晋城市）·阳城县
【文本来源】 郭万金主编：《山西民间故事大系》（晋东南卷），北京：商务印书馆 2017 年版，第 37 页。
【阅读提示】 这则神话通过龙挖掘长江黄河的叙事，阐释了人、龙、河、祭龙习俗之间的关联性。
【基本母题】 龙是人创造的；龙的特征起源；干旱；龙挖出黄河；龙挖出长江；祭龙王

【本文编码】 《龙掘黄河、长江》：ZCSW1320-245-020

龙 潭

（汉族）

永平县胜泉多是个风景宜人，空气清新的好地方。很早以前人们就在这里耕田种地，生活虽然清苦，但也过得下去。

有一年，这里发生了令人意想不到的天旱，田地开裂，树木枯萎，种下的庄稼枯黄干死，人们难以生存下去。

就在这时，村里来了一个会看风水、自称“神灵护身”的巫婆。在人们的要求下，她开始又跳又唱，昏睡过去。一会儿醒来，忽笑忽哭，嘴里念着一些神的名字和一些人们难以明白的“呢喃哼哈”，猛然间，她睁开眼睛对人们说：“你们得罪了龙王爷，不得了啦！它发誓让大家旱死。”话音刚落，众乡亲哭了起来，几个年长的老者走向巫婆，对她叩头，苦苦哀求，请她救救大家。巫婆微闭双眼，低头不语。人们全跪在她面前求她开恩，巫婆这才睁开眼睛对大家说没有别的办法，只好去求龙王爷，向龙王爷谢罪。

于是，人们跟着巫婆，抬着祭品敲锣打鼓，随巫婆三步一叩头，到了全村的风水宝地“龙王庙”前。巫婆跪在神位前念经，对着龙王讲好话，求它降雨造福于人们。说完后，她让人们把带来的东西放在神位前，领着大家再次叩了头，行了礼，方才离去。

人们到家以后，犹如热锅上的蚂蚁，不时跑出来看老天的脸色，天空一丝儿乌云也没有，只有火烤一般的太阳烘着大地，迎面不时吹来一阵阵热风，等啊等，等了两天，龙王爷还是没有发慈悲。几个小伙子就在一块商量，决定挖井，哪怕挖几十丈、几百丈深，只要有水他们都愿意，并且地点就选在龙王庙附近，因为那里有稀泥塘。可是，心头还是怕着呢，因为这里是神地。

第二天一早，他们就开始悄悄地挖，锄头落在土地上就像挖在石头上，每一锄仅能挖出小碗大的一块黄土。中午，旱急了的乡亲们知道他们挖井的事，都支持他们，哪怕五六十岁的老人也参加了，因为大家都认为龙王也不可怜本乡村的老少们了。这一天，他们挖出了好大一堆土，天黑下来才回家。

当人们第二天又来接着挖的时候，一个个惊呆了，昨天挖出的土不见了，挖好的井又恢复了原样。他们没有动摇，还是接着挖，一天两天，好多天都是同样，今天挖下去，明天又是原封原样的一块地。

有一天，当人们已经有气无力地回家时，走到半路上，一个中年人突然想起忘了他的草鞋，就返身回到龙王庙旁拿。他刚要离开龙王庙时，听到一连串的狂笑声，觉得奇怪，他又听到了山肚子里传出说话声：“这些毛小子，真不知天高地厚，叫他们尝尝我的厉害。纵有千百万人来挖，我也要叫它照样复原。怕只怕他们在这里用铜钉铁钉扎。”这人听到这话时，连大气都不敢喘，连忙跑回去，告诉大家他听到的这些话。

恰好头天村里死了一位十八岁的姑娘，由于日子不合，还没安埋，当天邻村又死了一个小伙子。全村的人眼看着就要旱死，都认为：龙王不可怜我们，我们何必敬它，即使今后被惩罚，死了也愿意。几个长者立即派人和邻村商量，连夜把两个死者安葬到了龙王庙旁，周围都钉上了铜钉、铁钉。

次日一早，人们迫不及待来到龙王庙旁，只见两个青年的坟旁有一股红色的东西流着，人们说那是龙王的血，都互相传告龙精死了。下午，一阵响雷过后，就接着下了一场暴雨，等到天晴，龙王庙旁有股清泉汩汩流出，人们用木槽接住泉水，在木槽下面放了一把很大也很精致的铜壶，水流到铜壶里，发出“叮当叮当”的响声，就像敲铜铁钉子一样。从此，人们再也不缺水了，这地方就取名叫胜泉“龙潭”。

【讲 述 者】 （无考）

【采录整理】 王瑛采录

【采集时间】 1985 年采录于永平曲硐

【流传地区】 云南省·（大理白族自治州）·永平县·曲硐村

【文本来源】 中国民间文艺家协会组织编写，罗杨总主编，字绍军本卷主编：《中国民间故事丛书》（云南·大理·永平卷），北京：知识产权出版社 2016 年版，第 11—12 页。

【阅读提示】 这则神话叙述的特定泉的产生，实际上反映出人们有关消灾避祸的一种心理机制。

【基本母题】 旱灾；巫婆；龙王；祭龙王；特定泉的产生；特定泉名称的来历

【本文编码】 《龙潭》：ZCSW1321-245-021

龙尾扫出汇龙潭

（汉族）

古时候嘉定是个农村小镇，镇上有间铁匠铺，只有父女两人。父亲祖传打铁，能打制各种铁器，远近闻名，生意兴隆。女儿心灵手巧，会绣山水人物，龙凤鸟兽，花草树木，绣品色彩调和，形象逼真，很受周围邻居的喜爱。

一天晚上，父亲打铁，女儿拉风箱，正干得起劲，忽然听到一阵“咚咚咚”像擂鼓般的敲门声。老铁匠闷声放下手里的铁件生活，出去开门。门一开，进来一位白胡子老人，他一见老铁匠便拱手作揖说：“老哥，听人夸赞你是位能工巧匠，今天特地前来请你给我打一对钩子。”老铁匠问：“你打钩子何用?”白胡子老人笑呵呵地指着鼻子说：“掏脏物呗!”接着交代了一下尺寸和形状，付了一锭银子就走了。

隔天老铁匠打好这对钩子，就把它挂在墙上待老汉来取。谁知一天、两天，一个月、两个月过去了，一直未见白胡子老人来取这对钩子。

一个风雨交加的晚上，老铁匠父女俩正忙着做生活，猛然间，“噼啦啦、轰隆隆”一阵炸雷声从天空落地，叫人心惊胆战。老铁匠一怔，便停下手中活计，开门去观看。在炉火光焰的照射下，只见门口趴着一条犄角银须的老龙，那老龙望着老铁匠耸动着鼻孔，颤抖抖地喘着粗气，现出一副可怜相。此刻老铁匠触动灵机，想起了白胡子老人定做的那对铁钩，赶忙转身从墙上取下来。老龙连连点头伸过鼻孔，老铁匠心里领会，手握双钩探进老龙鼻孔用劲往外一拉，眼看一条三尺来长、张牙舞爪的蜈蚣从老龙鼻子里被钩了出来。老铁匠顺手把蜈蚣朝熊熊炉火里一扔，双钩压住头尾容不得它挣扎。只听得“嘶嘶嘶、嗤嗤嗤”，炉子中冒出一股焦味烟气，蜈蚣被活活地烧死了。

原来，刚才正是老龙和蜈蚣的格斗带来了霹雳和风雨，凶残的蜈蚣趁机钻进了老龙鼻子要它性命。老龙危急中降落大地，求老铁匠搭救，待老铁匠钩出蜈蚣将它处死，那老龙高兴地对老铁匠点了四下头，又甩动长尾巴“咚咚咚”就地连扫带敲敲出了五条水道，五条水道汇合处便成了一个水潭，老龙转身游进水潭立即腾空而去。从此，人们就把这个水潭叫作“汇龙潭”。老铁匠的女儿看到这奇异情景，就绣成一幅“老龙腾空图”，博得了人们的赞赏。至于绕潭建成的汇龙潭公园，那是现代的事了。

【讲 述 者】 白大妈（原名忽秉亚）（回族，女，72 岁，退休工人，初中）

【采录整理】 李鸿庆（53 岁，干部，大专）记录

【采集时间】 1987 年 5 月采录于杨浦区宁国街道

【流传地区】 上海市·杨浦区·宁国街道

【文本来源】 中国民间文艺家协会组织编写，罗杨总主编，沈云娟本卷主编：《中国民间故事丛书》（上海·嘉定卷），北京：知识产权出版社 2016 年版，第 109—110 页。

【阅读提示】 这则神话在叙述特定水潭来历的同时，大概反映了当地发达的工匠制作与刺绣技艺。

【基本母题】 特定水潭的来历；特定水潭名称的来历；神性动物之争；变形

【本文编码】 《龙尾扫出汇龙潭》：ZCSW1322-245-022

美女池的传说

（汉族）

在余姚牟山湖南首边，有一个自然景色十分秀丽的村庄叫姜山村。姜山村四周耸立着五座雄伟的山峰，分别叫：金鸡峰、凌云峰、积翠峰、白马峰、峨眉峰。山峰间有一个碧绿的水池，清澈见底，当地人叫它“美女池”。

“美女池”原来叫“姜女池”，这个方圆不足百米的水池，流传着好多美丽动人的故事。

传说老早辰光，这里还是一片海涂地（在姜山村的最南端，遗留着“船沿码头”的痕迹）。天上王母娘娘要到普陀山参加南海观世音菩萨举办的蟠桃仙会。这一天，王母娘娘随身带着十六名仙女，腾云驾雾从天庭直奔东海而来。当时是盛夏六月，天上没有一丝风，闷热难熬。当行到海边时，王母娘娘和一群仙女都想歇息，可是介大的海滩没有一处阴凉的地方，咋办呢？王母娘娘不紧不慢地从头上摘下一支金钗，在荒凉的大地上画了一个圆圈，口中念念有词。突然间，在仙女们的面前竟变出一大片绿荫世界：有高大的

松柏和杨柳，还有万紫千红的花朵。仙女们高兴极了，齐夸王母娘娘神通广大。于是，大家都在绿荫丛中乘凉休息。王母娘娘身边有一个贴身丫鬟，名叫姜玄女，美丽动人，聪明伶俐。她笑着对王母娘娘说："尊贵的王母娘娘，请您再变出一个小池，阿拉姐妹们在此洗个澡，到普陀山后就没有洗淡水的地方了。"众仙女经她一提，也都跟着请求。

正闭着双眼在歇息的王母娘娘不理睬众仙女，她先似在酣梦中微笑，突然又大笑起来，在笑声中竟流出一颗亮晶晶的泪珠，随后就惊醒了。听到仙女们的请求，王母娘娘含着笑容，伸出右手无名指把这颗亮晶晶的泪珠轻轻地一弹，只见在地上出现了一汪清泉，不多时逐渐形成一大片池塘，仙女们都兴高采烈地跟着王母娘娘下水洗浴。说也奇怪，池中水温适中，带有清香，仙女们洗浴后香气袭人，精神倍增。

从普陀山回归途中，王母娘娘又率领仙女们来到这池中洗浴，又是姜玄女向王母娘娘请求说："这人间仙境，就赏给奴婢看管吧，望王母娘娘开恩!"这时，王母娘娘也有考虑，自己平时很少变弄神通，这仙境宝地以后还要常来常往，就留着用吧。她想好后，就吩咐："这里就叫姜姑娘管吧，天上有瑶池，这里就叫姜女池吧!"

王母娘娘又朝四周环视一眼说："这池虽好，四周空阔，甚为不雅。我就再派五名金童前来看护。"当即，她派来金鸡、凌云、积翠、白马、峨眉五位金童前来为姜女池做护卫。天长地久，这五名金童运用分身神通，变幻为五座山峰，另一化身仍在天庭之中。

天上一日，地上一年。一晃数千年过去了，姜女池畔迁来不少百姓，他们世世代代饮用姜女池的水，并用冬暖夏凉的池水洗浴。当地人因此不仅变得俊秀漂亮，而且个个健康长寿。后来人们把"姜女池"改称为"美女池"，一直沿用到今。

的确，这美女池水源稳定，即使遇大旱或洪涝之年，水池里的水也始终保持原有的水平线，池的四周古樟成群，自然景色诱人，现已列为余姚市旅游开发景点之一。

【附注】

本文关联文本，参见汉族神话《天池》（ZCSW1329-245-029）、蒙古族神话《博格达山的传说》（ZCSW1263-243-078）。

【讲 述 者】 田美英（女，54岁，农民，小学）

【采录整理】 赵剑彪记录

【采集时间】 2007年6月采录于牟山镇魏家村

【流传地区】 浙江省·（宁波市·余姚市）·牟山镇·魏家村

【文本来源】 中国民间文艺家协会组织编写，罗杨总主编，李炜、张君本卷主编：《中国民间故事丛书》（浙江·宁波·余姚卷），北京：知识产权出版社2015年版，第106—107页。

【阅读提示】 这则神话解释美女池的来历时运用了“王母娘娘”“眼泪变成泉”等母题，使叙事蒙上一层神秘面纱。

【基本母题】 王母娘娘；特定水池的名称来历；金钗；眼泪变成泉；特定山峰的来历；神奇的泉水

【本文编码】 《美女池的传说》：ZCSW1323-245-023

捏掌见泉

（汉族）

尧王爱民，经常到各地考察民情。有一年夏天，太行山地区大旱，尧王带着些人忙到这里察看。

一天，他们一行人走到太行山脚下，一个个跑得口干舌燥，想找点水解渴，哪里也找不到，都很焦急。尧王识天文，通地理，他手搭凉棚，四下望望，然后来到一个地方，蹲下身去，抓起了一把土。跟随的人好奇地围上来，只见尧王把土捏了捏，又丢开，掌上沾了些土。这时，尧王笑了。别人莫名其妙，问尧王是咋回事。尧王说："土沾掌上是因其湿润，湿润的土下一定有水。"跟随的人一听，恍然大悟，忙从林子里借来工具，动手挖土。他们挖有几尺深，果见一股清泉向上翻滚。大家高兴万分。

林中的百姓听说尧王到了，又找到了泉水，都来拜见谢恩。尧王指着向上翻滚的泉水说："这地方地下水源充足，可修个河道，引水灌地，乃是万年之利。"百姓感激尧王的指导，再次向他拜谢。

尧王走后，人们在他捏土的地方挖了个大池，池中有许多泉眼往上翻水。池下边挖了条河，河两边的旱地变成了水田。

后人为纪念尧王的功德，把那个大池起名"尧王池"，池下边的河起名"尧河"，池边的村子改名为"捏掌"村。至今，尧王池的泉水仍灌溉着尧河两岸的大片土地。

【原文本标注】

傅光宇选自张楚北编《中原神话》，郑州：海燕出版社 1988 年版。

【讲 述 者】（无考）

【采录整理】尚立非记录整理

【采集时间】（无考）

【流传地区】（无考）

【文本来源】姚宝瑄主编：《中国各民族神话》（汉族），太原：书海出版社 2014 年版，第 377—378 页。

【阅读提示】这则神话通过尧找水、指导灌溉的叙事，赞扬了文化始祖尧推进农耕文明的伟大功绩。

【基本母题】尧；旱灾；太行山；找水；特定河道的来历；特定水池的来历；尧河的来历

【本文编码】《捏掌见泉》：ZCSW1324-245-024

桑干温泉

（汉族）

很久很久以前，神头村住着弟兄二人，哥哥叫抓山虎，弟弟叫撑山草。他俩刚懂事的时候，父亲就去世了。母亲含辛茹苦，拉扯兄弟俩成人。他俩虽然长大了，但自家没有田地，只好给财主扛长工、打短工，或者上山砍柴，糊口度日，家境依然贫穷，娶不起媳妇。母子三人相依为命。

这里连遭三年大旱，很多人四处逃荒。他俩在附近找不到打长工、打短工的农活了，只得上洪涛山砍柴，砍下柴进城去卖。

这天上午，兄弟二人在洪涛山各自砍了一担柴，到中午，相跟着挑柴下山，只觉肚里饥饿，四肢瘫软，实在走不动了，就背靠背地坐在山坡上歇息。说话之间，就睡着了。

兄弟二人同时睡着同时醒来。弟弟揉了揉睡眼，十分高兴地对哥哥说："奇怪，奇怪，刚才我梦见一位白胡白鬓的老人，飘飘然来到咱们身边说，你们兄弟俩对母亲很孝顺，实在令人感动！这年头，光靠砍柴是活不下去的。你们每日砍柴的那个山坳里，并排长着两棵老松树，树后边，有一块光溜溜的大石碣，这块大石碣是一个宝库的大门，洞里有无数金银珠宝，我把这把钥匙交给你们。明天太阳升起时，你们兄弟二人相跟着上山，哥哥站在大石碣上的山顶上，弟弟把钥匙插入大碣正中间的小窟窿里，左转三遭，右转三遭，大石碣就打开了……"没等弟弟说完，哥哥"腾"地跳起来，高兴地叫道："啊呀！这分明是神仙给咱托了一个梦，我刚才做的梦，跟你讲的一模一样呀。"忽然在刚才打盹儿的地方发现了一把钥匙，哥哥急忙捡起来装在身上。

兄弟俩忘了疲乏，忘记了饥饿，挑起柴担，一口气下了山，回到家里。一进门，就把上山打柴的事全说了，母亲高兴地直说谢天谢地。

当天晚上，兄弟二人约定好，第二天早晨雄鸡一叫，起身上山。抓山虎躺在被窝儿里，翻来覆去，怎么也睡不着。他暗想：明天取回金银珠宝，家里就富了，兄弟二人必定要娶媳妇，娶过媳妇，不就变成两家人了吗？明日凌晨，我何不瞒过弟弟，独自拿着钥匙，抢先一步上山，多拿些金银珠宝回来，暗自藏好，再叫了弟弟去。日后，我的光景岂不比弟弟强过一头。

抓山虎等不得鸡叫，就悄悄爬起来，拿着钥匙出了门，唯恐惊醒弟弟和母亲，他牢记梦中白胡白鬓老人的指点，直奔洪涛山上长着两棵老松树的大石碣跟前。天黑乎乎的，他摸到大石碣正中的小窟窿，把钥匙插进去，左转三遭，右转三遭，只听"哗啦"一声巨响，大石碣果然像两扇门似的打开了，露出一个大山洞。抓山虎急忙走进去，里边金光灿烂，刺得他睁不开眼睛。他揉了揉眼窝，定睛细看，只见一条金牛拉着金碾子，碾盘上全是金豆子。抓山虎急忙脱下身上的破衫子，扎住两个袖口，满满地装了两袖筒，搭在肩上。他试着赶金牛，金牛不离地；试着搬金碾子，纹丝不动。他正要走出来，忽听头顶上鸟鸣燕叫，抬头一看，原来是金燕、银燕，在他头顶上飞着，他想逮几只，怎么也逮不着。

撑山草临明起来，急忙去叫哥哥，却无人应声。伸手一摸哥哥睡过的地方，才知道哥哥不在了，再找钥匙，怎么也找不着。断定哥哥上山去了。他想："哥哥大概怕俺累了。为俺多睡一会儿，才不忍心叫醒俺，一个人上山去了。就凭一梦，事情是真是假还不一定，要是遇到危险怎么办?"他没惊动母亲，出得门来，向洪涛山上跑去。撑山草跑呀跑呀，跑到老松树下，果然看见大石碣像两扇门开了，哥哥正在山洞里跑着转圈儿。他喊了一声："哥哥。"正要进山洞，突然"呼啦"一声巨响，大石碣又合到一起，把他挡在外面。撑山草使足吃奶力气，用双手猛推，推不开；用背扛，扛不开；大石碣岿然不动。他高喊："哥哥!"可是，任他吼破嗓子，也听不到哥哥的应声了。他一心要把哥哥救出来一块儿回家去。他背扛着大石碣，口里喊着哥哥，两眼涌着滚滚热泪，渐渐失去了知觉。后来，他的两只眼睛化作洪涛山脚下的两泓清泉。那滚滚的"热泪"一直流淌到今天。所以，桑干温泉的水四季常温，天气愈冷，泉水愈热。

抓山虎和撑山草的母亲，接连几天见不到儿子的面，心慌肉跳，生怕他俩出了什么事，跌跌绊绊地绕着洪涛山寻找，一路上号啕大哭。母亲的眼泪掉到哪里，哪里就涌出一股清泉。这清泉数也数不清，遍布神头地区，因此，神头有“泉镇”之称，这无数清泉水与桑干温泉汇集到一处，总共有八个半流量。多少年来，始终向着朝阳升起的地方流着，造福人类。

【讲 述 者】 李尊
【采录整理】 齐凤翔、齐凤舞采录
【采集时间】 （无考）
【流传地区】 山西省·（朔州市）·朔城区
【文本来源】 郭万金主编：《山西民间故事大系》（晋北卷），北京：商务印书馆2017年版，第651—653页。
【阅读提示】 这篇文本采用了对比的手法，以哥哥的贪心不足烘托出弟弟的善良懂事，但叙事的最后并未交代清楚哥哥的最终去向，难免有言之未尽的遗憾。
【基本母题】 两兄弟；旱灾；梦示；宝库；宝钥匙；眼睛变成泉

【本文编码】 《桑干温泉》：ZCSW1325-245-025

神 泉

（汉族）

“人往高处走，水向低处流。”这本来是句至理名言，可你要到山阴县的上神泉村，看一看那股从村外西山沟底，顺着山坡步步爬高地流进村当中的泉水，这“名言”的后半截儿竟然全错了。这儿的水恰恰是从低处往高处流的，故而村子得名叫上神泉。

相传，在很久很久的时候，这村子是个“借米不还借水还，吃水更比吃油难”的地方。人们夏天等着接雨水，冬天盼着下大雪。他们祖宗的爷爷的爷爷的爷爷，都曾在村子里打过井。东西南北中挖了个遍，却连一滴水也没找到，只留下些干窟窿。遇上旱年头，人们只得到离村十几里远的宝丰山顶上去背水。

村西头的一间破土窑里，住着小娃子母子俩。小娃子的爹就是前年冬天上山背水，不慎滑下山崖摔死的。他妈因思念亲人哭得双眼也瞎了。十一岁的小娃子就拿起鞭子给村里的人家放羊了。

这一年的阴历四月初八，小娃子把羊群撵到村西山坡上的草多处，自己躺在一块大石头上，望着那蓝蓝的天空和一朵朵白云，心里想着："我要好好地放羊，给妈妈挣下像云彩这么多，这么大的白面馍馍；担回像蓝天那么多，那么清的水来，让妈妈吃个饱，喝个够……"忽然一个惊雷，从云彩中滚下两颗火球，直落到他身后的沟底。小娃子吃惊地翻转身子。只见那沟里云雾翻滚，电闪雷鸣，两颗火球左窜右跳，一个多时辰，沟里的云雾才消散。这时，他见沟底里一条足有胳膊粗的黑蛇紧紧地咬住一条只有鞭杆粗的白蛇，还不住地用那黑尾巴抽打着白蛇。小娃子越看越生气，叫骂着冲下沟底："好你个黑不浪（编者注：方言，指黑色的、很粗的蛇）竟要以大欺小，以硬欺软，看我不把你打死才怪哩!"说着挥起羊鞭，照着黑蛇的身上抽去。那黑蛇挨了一鞭子，急忙放开白蛇向南坡的草丛里逃去。小娃子低头看见白蛇已经昏过去，脊背上的伤口流着血，也顾不上去追那黑蛇，急忙从口袋里掏出马皮泡（中药马勃的俗称）给白蛇撒上，又从衣服上扯下一缕布条，轻轻地裹住伤口，放在自己的腿上。他把背上的羊皮水壶摘下来，一滴一滴地把水滴在白蛇嘴里。白蛇渐渐地醒了过来，小娃子心里十分高兴，他又拿出干粮袋里的糜子面窝窝，一小块、一小块地喂着白蛇。并说："小白不要怕，黑不浪叫我打跑了，我送你到那个山洞里养伤，每天给你送吃的来。"白蛇感激地点着头，好像说："小娃哥，我谢谢你的救命之恩啊!"小娃子捧起白蛇，把它送到那个人们夏天用作避雨的山洞里。

冬去春来，日复一日，小娃子每天都从自己的干粮里省下几块糜子面窝窝来喂白蛇，在他的精心照料下，白蛇的伤口很快平复，身子也长得又粗又长了。第二年的二月初二，小娃子一大早就赶着羊群出村了。他怀里揣着妈妈专为他煮的两颗鸡蛋和羊户们送给他的麻花，刚走到山洞前，就听到有人叫他："小娃哥，你来得真早。"他十分惊奇地四下里看了看，没有一个人影儿，是谁在吆喝哩？“小娃哥，快进来吧，是我。”“啊！莫非是小白，小白蛇会说人话啦？”他惊喜地跑进洞里，从怀里掏出鸡蛋和麻花，放在白蛇面前，“小白，你吃，你快点吃吧！”“小娃哥，你真好，你知道我是谁？”“你！你就是小白嘛，还是谁？”“哈，哈……实话说给你吧，我是守护宝丰山水脉的小白龙。”接着就向小娃子讲述了去年四月初八和那条黑蛇交战的原因：那黑蛇原来是神头海里的恶龙——三大王（传说神头海里有三条龙，人称大大王、二大王、三大王）。它为了独霸洪涛山系的水脉，想从小白龙的口中抢走聚水珠。多亏小娃子鞭打恶龙，救了小白龙的命，才保住了宝丰山的水脉。

小娃子越听心里越喜欢。他想：“原来这小白就是管俺们这片地方水脉的龙王，要是他能给我们村里一股水，那有多好呀！往后人们就不用跑远路去背水，再也不会有人像我爹那样惨死，再也不会有人像我妈那样哭瞎眼睛。”他几次欲开口和小白龙说，可又想：“俺虽救过小白的命，可这样一来，不是跟人家要报答吗？这，这怎么好意思呢？”小白龙见他一会儿喜一会儿忧的样子，就急忙问道：“小娃哥，你有啥为难的事哩？”“没，没有。我思谋我妈……不，我们村的人……”小白龙听着他那吞吞吐吐的口气，哈哈地笑了起来。它说：“小娃哥，你还瞒哄我哩！你心里想的事情，我都知道啦！”“真的？”“你是想叫你们村有股子水，盼着村里的人再不要出你们家那种不幸的事，对吗？”“可，可这就给你找麻烦，我怎么能……”小白龙忙说：“小娃哥，你的心肠太好了，我一定要报答你的恩情。小娃哥，你为村里能有股水的事着急，我也很想帮助你。只是，今年的四月初八，神头海的恶龙定要前来和我争斗。到时候如果我把它打败，它就不敢再来抢夺咱宝丰山的水脉了。往后，我就在这沟底，给你们村开一眼清泉。”“哎呀，那可太好啦！小白，你就狠狠地打那个黑不浪吧！到时候我还帮你忙。”

后来，小娃子告诉给妈妈，小白龙要为村子开一眼泉水的喜讯，人们一传十、十传百地都知道了。从此以后，小白龙住的山洞口前，常常摆满了新蒸的糜子面窝窝、煮熟的鸡蛋和各样农家小吃。每天半夜时分，人们准见这山沟里有一条水桶粗、八九丈长的大白蛇在吞云吐雾、翻滚飞腾。小娃子和人们说，那是小白龙在练功习武，准备迎战恶龙三大王哩。

四月初七的傍晚，阖村的男女老少都聚在小娃子的院里，大伙儿商议着明天如何为小白龙助战。女人们说要多多给小白龙预备些吃喝的东西，青年们议论着拿刀弄杖，老人们却念叨着焚烧香烛纸表，孩子们吵嚷着敲锣打鼓。一直吵到半夜，人们才去分头做准备。第二天天刚亮，村里的人们来到山洞前。小娃子带着他妈妈给小白龙做好的吃食，进了山洞里就叫着："小白，小白，全村的人都在山洞外，等着给你助阵哩！你快吃饭吧，吃饱了好打那恶龙。"小白龙忙说："小娃哥，你告诉大伙儿，他们的盛情和心意我领受、我谢谢。可今天这是一场恶战，少不了夹风带雨，雷动电闪。万一误伤了乡亲们就不好了，你让大伙儿都回村吧！""那我哩？""你就隐蔽在这山洞里，等我交战中饿了的时候，你给我准备好吃的就行了。"小娃子从山洞里出来，向大伙儿把小白龙的话述说了一遍，人们才依依不舍地回了村。小娃子把大伙儿给小白龙预备下的许多吃食搬进了山洞。

天近巳时，西南天空升起一朵乌云，像箭一样地直向宝丰山顶飞来，小白龙对小娃子说："那恶龙来了，你千万不要到洞外头，我先去迎战它了！"说着就飞身出洞，就地一滚驾起一朵白云迎上前去。顷刻之间，两朵云彩滚战在一起，那雷声响得怕人，那闪电亮得刺眼，那大风刮得锅台大的石头都在乱飞，那大雨下得就像拿盆往下浇哩！从巳时到午时，小白龙只回山洞吃了一回东西，就又飞出去交战了。午时将尽，只见那朵乌云被那朵白云从高处压了下来，后来又朝西南方向飘走了。霎时，天晴雨住，四山清亮，小白龙又飞回山洞里，小娃子急忙把剥好皮的鸡蛋捧到小白龙的嘴边说："小白，你快点吃，吃饱了好打那个黑不浪去。"小白龙舒了一口气说："那恶龙叫我打跑啦！"小娃子一下子抱住小白龙的脖子，高兴地问道："那它再也不敢来了吧？""它叫我打败后，苦苦地求我饶命，并对天盟誓说，从今往后各守地界，永不犯咱宝丰山水脉，若再有反悔，定遭天打五雷轰。""小白呀！你真行！""多亏了你和乡亲们的帮助。哎，小娃哥，你赶快回村里，叫乡亲们在你们村中央挖个方圆够半亩大的蓄水池。"小娃子喜悦地问道："是不是你要给我村送水呀！""你快点回吧，自然是池成水到。"小娃子一下子蹦出山洞外，就往村里跑，他一进村就边跑边喊："小白龙给咱送水呀，大伙儿快到村当中挖水池吧！……"不大一会儿，全村人都来到村子当中。小娃子和大伙儿说了情况。男女老少一齐动手，不到一个时辰，蓄水池子就挖好了。大伙刚停下手，就听一个小娃娃叫嚷："水、水，水流过来啦!"众人抬头一看，一股清凌凌的水，从村西的坡下流入蓄水池内。人们迎着水头跑过去，孩子们趴在地上吮吸着，老年人用手捧起来喝着。有的哭，有的笑，有的喊，有的叫。……人们那个高兴劲就别提啦！小娃子对大伙儿说："走哇，咱们谢谢小白龙去!"众人都应声道"走!"全村人顺着水流直奔村西，到了山洞里一看，哪儿还有小白龙的影子。大伙儿齐声呼唤着："小白龙，小白龙!"答应的只是山壁的回音。人们只见一眼清泉从山洞下的沟畔畔上涌出来，流呀流，一直地流。

后来，村里的人们在山洞旁盖起一座龙庙王，常年香火不断。村里人们祖祖辈辈也忘不了放羊的小娃子和开泉的小白龙。

【讲 述 者】 郑积功

【采录整理】 丰宝山采录

【采集时间】 （无考）

【流传地区】 山西省·（朔州市）·山阴县

【文本来源】 郭万金主编：《山西民间故事大系》（晋北卷），北京：商务印书馆2017年版，第653—656页。

【阅读提示】 这则充满神话幻想的叙事以白龙王战恶龙后化作山泉的情节为主线，寄托了人们对美好生活的愿望。

【基本母题】 特定村名的来历；蛇之间的争斗；会说话的动物；龙王；祭龙王；特定泉的来历

【本文编码】 《神泉》：ZCSW1326-245-026

双洎河的传说

（汉族）

新郑县城南关外，有条清澈见底，滚滚东去的河流，人们称它“双洎河”。

相传，我们中华民族的始祖——轩辕黄帝被推选为部落酋长后，带领百姓，开垦农田，定居中原，奠定了华夏民族的根基。

黄帝活到一百岁那年，想到自己年纪已迈，必须选定有贤能的人接替自己的位置。

这一天，他把风后、岐伯、力牧等老臣叫到一块说：“咱们都是土埋住脖子的人了。体力、精力都跟不上了，得选拔接替的人哪!”众大臣也都有这种想法。

岐伯说：“你身边有二十五个儿子，挑选一个好的就行了。”

力牧也说：“你终日为众人费心操劳，功高如山，恩深似海，创下大业，选个孩子接任王位，是合乎情理的事，你就挑选一个吧。”

黄帝说：“老子有了功业，不能代替儿子。为了保住这千秋功业，咱们就得把这天下交给有真本事的人，要找到真有本事的人，就得测试，就要挑选。”

于是，黄帝下令，公开张榜，天下有贤能的人都可以应试。测试分文、武、德三科。文的要求做到：限定时间，能著文百篇；武的要求做到：能握千钧弓弩，百步之外，射断吊钱的丝线，最后再用一种特别的办法，测试他们的德行。谁能做到这些，谁就接替王位。

测试的日期一到，从四面八方来的人成千上万。黄帝、风后、岐伯等亲自监试。演武场上，英雄会聚，奇才辈出。有的是刀枪剑戟，弓弩梭镖样样精通；有的是出口成章，对答如流。可惜的是，文的只会文，武的只能武。为了不埋没人才，黄帝一个个都详细记录下来，根据他们的能力，准备加以分封。

整整测试了十天，从千百人中选得只剩下百十个，百十个又剩下十几个，最后，只剩下两个，都是黄帝的儿子。一个叫玄嚣，一个叫昌意。论文，两个人三日之内都能著文百篇，内容不重；论武，百步之外，能连着射断三根悬空的丝线。为了比个高低，又给他们增加了几个科目，可是经过一番刀枪对打，棍棒拼搏，仍然不分上下。

在场观看的人都不住地叫好，也都议论着，两人本事一样大，到底应该让谁接替王位呢？大家商量后，把他俩交给黄帝，以最后测试他俩的德行，哪个占了上风，就让那个占主位，另一个当副手。

黄帝把玄嚣和昌意叫来，每人交给他一个珍藏多年的宝葫芦，说："这是两个宝葫芦，只要一打开，就能流出一股三丈宽、一人深的水来，一直流二百里才能流干。从嵩山北坡到东边的颍水是三百里远，你们每人拿一个葫芦，从嵩山脚下放出水来，水量不准减小，看谁能让这二百里的水量流三百里那么远，谁就接替皇位。"

玄嚣和昌意都是很有心计的人，谁也不肯示弱，都暗下决心，非让这葫芦里的水流到颍水不可。他们二人都带着葫芦来到嵩山脚下，一个站在山崖南边，一个站在北边，各自都把葫芦打开，放出水来，只见那清凌凌的水从山坡上飞流直下，就像两条大河，滚滚往东流去。这两股水穿峡谷，越平地，只流了二百里就干涸了。他们俩都焦急地抱着葫芦摇了几摇，还是不见一滴水。没办法，只得按照黄帝交待的秘诀，又把水收到葫芦里，再次试验。一次、两次、三次……一日之内试了几十次，仍和头几回一样，流不到地方就干了。晚上，他们躺在床上想：长这么大，无论跟谁较量，还不曾失败过，再大的困难，没有难倒过，今天，竟然让这葫芦难住了。可是父亲大人明明交代，只要掌握要领，这两个只能容二百里水量的葫芦定能流三百里路程。这要领到底在哪里呢？这一夜，他们两个谁也没睡好觉。

两天过去了，他们仍没有成功。

第三天清早，玄嚣高高兴兴找昌意。他说："弟弟，我想出来一个妙法，一试准成。"昌意想，既然你一试就成，怎么还会给我说呢？就问："哥哥，你有什么办法？"

玄嚣说："你可记得，父亲大人曾说过，只要掌握要领，这两个能容下二百里水量的葫芦能流三百里远。这要领还在两个葫芦上。你想，这一个葫芦单独能流二百里，要是合到一块儿，就是四百里，既然能流四百里，从嵩山脚下到颍水才三百里，何愁流不到呢?”

昌意一听，恍然大悟，伸手抱住哥哥连声说：“妙！真妙!”

当即，兄弟二人便一齐上山，同时打开葫芦，水流有百十里路，两股便汇流在一起。涛涛河水，像野马一样不可阻挡，一直流入颍河，颍河水量骤然增大，又向东浩荡流去，从此后永不枯竭。

玄嚣、昌意兄弟二人，这才把黄帝和众前辈请来。黄帝和臣僚们一看，都高兴地连声称赞：“好，好，真是后生有为。”

黄帝又把他俩叫到一块儿说：“从这里可以悟出一个道理。两股水汇流一处，水量就越来越大，永不枯竭；两股水一分开，就没多大劲儿了。百条江河能汇成大海。这和治国一样，人心不齐，百事无成；万众一心，上下一致，国家才能越来越强大。你们兄弟二人，无论谁接替王位都要带领百姓，齐心协力，把国家治理好。”

玄嚣和昌意听了父亲教诲，互相谦让。最后昌意说：“这是哥哥先出的主意，应该由他接替父亲的王位。”玄嚣说弟弟年轻能干，还是让弟弟干吧！两个人让了半晌，黄帝看他们都有诚意，就说让玄嚣接王位，昌意作副职。以后玄嚣就把昌意留在身边，共商国家大事。在他们的影响下，上上下下都选拔了有能耐的人任职。

传说，黄帝把玄嚣葫芦里流出的那段河叫溱水，把昌意葫芦里流出的那段河叫洧水，两河汇流后流经新郑南关的那一段叫“双洎河”。至今，河水依旧清清，奔流不息。

【讲 述 者】 （无考）

【采录整理】 蔡柏顺

【采集时间】 （无考）

【流传地区】 河南省

【文本来源】 中华民族故事大系编委会编：《中华民族故事大系》第 1 卷

（汉族、蒙古族、回族），上海：上海文艺出版社 1995 年版，第 32—35 页。

【阅读提示】 这则文本通过黄帝对两个儿子的考验而造出“双洎河”的叙事，向世人传达了“兄弟同心，其利断金”的道理。

【基本母题】 黄帝；部落首领的产生；黄帝的二十五个儿子；通过比试获得王位；宝葫芦；特定河流的来历

【本文编码】 《双洎河的传说》：ZCSW1327-245-027

舜 井

（汉族）

在上虞百官，有口井叫舜井。现在已成为上虞市文物重点保护单位。其实这口舜井的来历，还得从余姚讲起，这里头有个故事。

很久很久以前，东海边余姚有座历山，绵延百里，山西边有个渚山岙，山下有个小村庄，新搬来一户人家，有两兄弟，阿哥长得很好看，名字叫舜，舜的母亲早已生病死了，父亲又讨了个老婆，生下弟弟取名象，阿弟脸孔黑乎乎，相貌蛮难看。

这户人家是后娘当家。因为搬来搬去，家里的财产越搬越少。后娘把自己生的儿子象当作宝贝，恐怕一点点财产会被舜分去，巴不得舜早点死掉，于是千方百计出坏主意要害舜。

象脑子很简单，给他画个圈圈会站三天三夜，但是脾气却浪坏，发起脾气谁也劝不了他。

有一天夜里，后娘对舜新造的草房看勿入眼（看不顺眼），叫象放火烧掉。象眼睛也不眨一眨，马上点火烧掉阿哥的新草房。

火势老猛，舜勿晓得，等到火光冲天，烟气吸入鼻孔已来勿及逃出去。舜急中生智，变成了一只火鸟，从火堆里飞了出去。

过了几天，后娘见烧勿死舜，又动坏脑筋，假意讲家里东西无处放，叫舜在历山脚下挖山洞，藏东西用。舜挖呀挖，山洞挖得老深老深。后娘却叫象在山洞顶上用双脚使劲蹦跳，黄泥塌下来，堵住了洞口，想把舜闷死。

舜就变成了一条龙，从地里一钻，钻到了现在的百官，呼的一声又钻了出来，地里钻出一个洞，洞深积水，后来被当地百姓当作汲水的一个天生水井。因为旱天勿会干涸，后人在四周砌上石块，当作“吃水井”。

这就是现在百官镇的“舜井”，不信你去看一看。

【讲 述 者】 陈天根（80 岁，农民，小学）

【采录整理】 杨鹏飞记录

【采集时间】 1998 年采录于上虞市谢桥镇

【流传地区】 浙江省·（绍兴市）·上虞市（上虞区）·谢桥镇

【文本来源】 中国民间文艺家协会组织编写，罗杨总主编，李炜、张君本卷主编：《中国民间故事丛书》（浙江·宁波·余姚卷），北京：知识产权出版社 2015 年版，第 3—4 页。

【阅读提示】 这则神话主要叙述“舜井”的产生，通过一系列变形母题凸显了舜的不同凡响。

【基本母题】 特定井的来历；兄弟之争；弟弟杀哥哥；变形；特定井的产生

【本文编码】 《舜井》：ZCSW1328-245-028

天 池

（汉族）

凡到管涔山的人，总要去看看美丽的天池。天池又名马营海，位于分水岭南端。登上分水岭远眺，只见天池横卧山腰，像匹碧蓝的软缎，好看极了。关于天池的来历，还有段有趣的传说呢。

那还是很古以前，这里并没有天池。山上绿树葱茏，野花点点。一个个村庄散乱地分布在山顶、山腰。人们靠种庄稼、采野果维持生活，倒也清静自在。

有年大旱，从春到夏没落一滴雨，庄稼都快旱死了。人们天天跪在烈日下祈祷老天下雨，救救百姓。一天，从远方来了一个乞丐，衣衫褴褛，满身烂疮，停在了一户人家门前。这里住着一对夫妇，男的叫王老，女的叫山女。他俩见乞丐步履艰难，便赶紧领进屋里，端来剩饭给乞丐吃。乞丐看了看，什么也没讲，端起来吃了个一干二净，然后倒在床上就睡。趁这工夫，山女又取来草药，敷在乞丐的烂疮之上；取来干净衣服，给他换上。这样热情款待了几日，乞丐很是感激，临走时说："今年天时不利，大旱后有水灾。你们每天都要去看看村口那对石狮子。它要是眼睛发红，就要发大水。"说罢，化作一道金光，腾空而去。

过了一段时间，还是没下一滴雨。王老暗自想道："那天那话是神仙告诉我的。有水庄稼就有救，石狮子眼红就发大水。我稍微染上一点，可能不发大水，却能变出小河来。"于是他带了一点红土来到村外，在石狮子眼睛上点了一下。这一点不要紧，只听得"哗"的一声巨响，从石座下升起一股冲天水浪，眨眼间就变作滚滚浪涛，随着王老的脚后跟扑上山来。王老见势不妙，急忙喊道："乡亲们，快跑啊，发大水了！"乡亲们便跟着他向山顶跑去。很快，洪水就把座座村落、块块田地都淹没了，人们全被困在了山顶上。

见这情景，王老心里很难过，心想："祸是我闯的，我一定要把大水引出去。"于是他叮咛山女说："我要下山去引水。你留在山上，要照顾好乡亲们。另外还得给我送饭，送饭时，要站在我挖的壕外边，咳嗽一声就行了，千万不能看见我。要不，就见不到我了。"然后，就带着行装、工具下山去了。

到了山下，王老当即变作一口大猪，使劲儿用嘴拱起土来。遇到坚硬的山石，他就一下一下地磨，磨成缝儿，把石头分割成一小块一小块的，再拱到外边去。就这样，他一天一天地拱了下去。来送饭的山女，每天只能听见土石声，却见不到人影儿。她咳嗽一声，王老就现出人形出来吃饭。她见丈夫一天天消瘦下去，心里非常难受。王老就安慰她："这灾难是我造成的。引不出去，我没脸再见乡亲们。你放心吧，保险没事。"

转眼就过了许多时日。这天深夜，王老正在继续拱土，忽然听见背后有"呼呼"的喘息声。他回头一看，原来是一条恶龙。那恶龙眼射凶光，狠声说："王老儿，发水是天意，天旱也是我父的旨意。你们对我父不恭，理当受到惩罚。这水你是引不出去的！"说着一挥龙爪，王老掏成的壕沟又变成原来的样子。王老气极了，马上现出原形同恶龙搏斗起来，从日出东方斗到日落西山，直斗得天昏地暗、狂风大作。王老愈战愈勇，恶龙精疲力竭，最后化作一股狂风，卷地而去。

王老看看重新填起来的壕沟，并不灰心，又拱了起来。一天又一天，一日又一日，整整一年过去了，眼看就要成功了。一天，山女又来送饭，忽然生出一个念头："壕沟很快就可挖成。今天我不妨不要作声，看看他究竟是怎样引水的。"于是她就顺壕沟向前走去，走着走着，眼前蓦地出现一头拱土的猪。啊！丈夫原来是这么干的！她又羞又气，顺手脱下一只绣花鞋，照着猪腿就砸。这一砸不要紧，王老再也变不成人形了，那水自然也就没有引出去。

后来，那水变得清澈明亮起来，形成了一个碧蓝碧蓝的高山湖泊——天池。现在，王老拱下的壕沟还能看得见呢！

【讲 述 者】 （无考）

【采录整理】 韩蝉采录

【采集时间】 （无考）

【流传地区】 山西省·（忻州市）·宁武县

【文本来源】 郭万金主编：《山西民间故事大系》（晋西卷），北京：商务印书馆2017年版，第697—698页。

【阅读提示】 这则文本融合了洪水、变形等母题，王老化身为猪开山引水的情节与大禹变熊治水有相似之处，令人读来有似曾相识之感。

【基本母题】 天池的来历；干旱；祈雨；洪水；神仙；治水；变形；斗恶龙

【本文编码】 《天池》：ZCSW1329-245-029

王母泉

（汉族）

一天，日出东方，彩霞满天。天庭上，王母娘娘梳妆完毕，忽听年仅七八岁的七女在哭，便走上玉霄宫问她为啥哭。七女撒娇地说："昨晚我做了个梦，梦见我的金鸽子在人间，你们快领我去找回来吧！"六女听说要去人间，便也闹着要跟着去。王母娘娘最疼两个小女儿，便命哪吒赶着龙辇，到凡间一游。

龙辇飘落到一个小村西头，停辇时，白龙马没留神，蹄子滑了一下，七女的玉枕被晃到地上，立刻变成了一块石头，长到石棚地上了。王母娘娘一慌，一只绣鞋掉到地上。赶辇的哪吒忙蹦下给她拾了起来。绣鞋虽然没有化成石头，但留下了一个鞋印。

顺着石棚路向东，王母娘娘她们来到一片平展展的石棚前，六女、七女齐声喊口渴，王母娘娘便拔下头上的金簪，在石棚上划了一道，只听"哗啦啦"一声响，石棚上裂了几丈宽的石缝，从当中"咕嘟嘟"冒出泉水来。紧接着，一对金鸽从水里腾空飞起，在天空绕了一个圈，落在七女面前。六女、七女惊喜若狂，抚摸着一对金鸽子，竟忘了喝水。

一会儿，清亮亮的泉水越涌越多，渐渐地冲走周围的杂草、石子，浩浩荡荡向南流去，成了一条宽阔的万泉河。

王母娘娘她们喝了水，洗过脸，便启辇回天庭去了。

村上一位九十九岁的老妈妈，看到了这一惊人的情景，才知是神仙下凡，为民造福的。老奶奶逢人便讲，众位乡亲奔走相告。全村人齐声感谢王母娘娘的恩惠，便请一位老石匠，给王母娘娘立了一块高大的石碑。石碑正中是王母娘娘的石像，两边是她的两个女儿。碑底座上写了两句话："春夏秋冬常流水，祖孙万代常烧香"，并把这个无名的小村取名为"王母泉"。

【讲 述 者】（无考）

【采录整理】赵桂梅（女，40 岁，教师）

【采集时间】（无考）

【流传地区】河南省·济源市

【文本来源】张振犁编著：《中原神话通鉴》（第三卷），郑州：河南大学出版社 2017 年版，第 746—748 页。

【阅读提示】这则文本中王母娘娘用金簪划出泉水的情节，与牛郎织女神话中用金簪划出银河的情节如出一辙，是否互有借鉴也未可知。

【基本母题】王母娘娘；梦示；金鸽；仙女下凡；王母娘娘的金簪划出泉水；特定河的来历；特定村庄名称的来历

【本文编码】《王母泉》：ZCSW1330-245-030

虾蟆泉

（汉族）

三峡明月峰有虾蟆泉，唐陆羽评为"天下第四泉"。传云，昔月宫有虾蟆，常思往游于下方山清水秀之地，而嫦娥不许。一日，乘嫦娥赴王母蟠桃会，偷离月宫，直奔三峡。嫦娥归，不见虾蟆，命吴刚追之。吴刚途追及，击之以斧，虾蟆乃从空昏坠于扇子峰顶。有老樵夫砍柴回，见虾蟆翻肚病卧，怜而盛之以罐，饲之以水及飞蛾，虾蟆遂活。虾蟆求与老人同住，老人允之。

虾蟆不欲卧床，求睡水桶中。次日桶中水满。虾蟆曰："挑此水往售之，可得钱。"老人曰："峡中多水，谁人买之?"虾蟆曰："此水不是峡江水，是我所吐明月水；以之泡茶，碗有凤凰；以之煮酒，杯有白鹤。"老人半信半疑，试挑往镇上售之，比至日落，竟无人买。返至扇子峰，倦不能行，乃以水泼石上。入夜，见扇子峰忽变白，如明月之闪亮。乡人闻之，遂争来买此水，且易扇子峰名为明月峰。好事者更作"明月水"歌以传扬之。

歌闻于某豪家耳，豪家谓是己所畜虾蟆，为樵人所窃。遂劫夺之而盛以金镶玉镂盒，亲献之于皇帝。皇帝欲亲观虾蟆吐水，乃更以虾蟆盛玉桶中，虾蟆溺尿满桶，豪家以为是明月水，亟烹以饷皇帝，皇帝饮之，臭涩难忍，怒而立斩豪家。

复觅虾蟆，虾蟆已跃入莲花池，从水底潜返明月峰矣。自后遂长蹲江边吐水，以为乡亲饮用之需。日久天长，虾蟆体渐大，乃化而为石，人称虾蟆碚；所吐明月水，遂为虾蟆泉矣。

【讲 述 者】 (无考)

【采录整理】 袁珂据《中国地方风物传说选》中的《虾蟆泉》改写。

【采集时间】 (无考)

【流传地区】 (无考)

【文本来源】 袁珂：《中国神话大词典》，北京：华夏出版社 2015 年版，第 385—386 页。

【阅读提示】 这则神话通过叙述虾蟆泉的来历，宣扬了"善有善报，恶有恶报"的处世观。

【基本母题】 嫦娥；王母娘娘；月宫；神奇的水；特定山峰名称的来历；特定的泉的来历

【本文编码】 《虾蟆泉》：ZCSW1331-245-031

仙女凿泉

（汉族）

传说，天上的王母娘娘每隔三年要举行一次蟠桃盛会，邀诸路神仙到瑶池赴会。有一年在宴会上，管仙酒的侍女中有一个年龄最小的姑娘叫琼玉，她一不小心，打碎了一只非常珍贵的玉盘。王母娘娘气怒之下，将她罚下天庭，叫她到一座荒山野岭上去牧羊。

琼玉姑娘来到这座人迹罕至、满目苍凉的荒山，看着漫山遍野的乱石和纵横交错的沟壑，她伤心地哭了起来。不知哭了多久，竟然靠在石头上睡着了。她梦见一位白发老翁给了她一把斧子和一袋种子，并告诉她怎样开山引泉，种植草木，养畜绵羊。梦醒后，琼玉看见眼前真真切切放着一把斧子和一袋种子，和梦中见到的完全一样。她不再悲伤了，拿起斧子在身后凿了一下，石头的缝隙中果然流出了清清的泉水。琼玉姑娘的斧子凿到哪里，哪里就冒出一股甘泉。山上沟沟岔岔的清泉汇集成一条小河，向山下流去。琼玉又把种子撒在荒山上，顷刻之间荒山上长满了花草树木，到处飘散着醉人的花香果香。琼玉又用柳枝做鞭，站在山顶上轻轻一挥，天上的白云变成了满山的白羊，洁白的羊群在山坡上自由自在地吃着鲜美的草。然后，琼玉姑娘又在溪边的石崖下凿了一个石洞住在里面，饥了摘些野果吃，渴了喝些山泉水。每天早晨在溪边梳妆完，就去放牧她的羊群。牧羊时琼玉姑娘爱唱歌，每当她美妙的歌声在山上响起来的时候，羊群就不再吃草，也不再嬉戏，都悄悄地围拢在她的身旁，静静地听她唱那动人的歌。

琼玉姑娘开山引出的泉水日夜不停地向山下流去，顺着溪水，远处的人们找到了这座花果山，人们就纷纷搬来居住。琼玉姑娘见搬来了许多人，非常高兴，她就把能种植的山坡分给人们去开垦耕种，还教给他们怎样养羊、种地。很快，各家的粮食吃不完，羊圈里的羊也都满满的了。人们都被琼玉姑娘的好心所感动，都当亲人对待她，无论谁家有什么好吃的东西，都要先给她送去。

过了许多年，有一天早晨，有人看见天上下来两个仙女领着琼玉姑娘驾着白云回天上去了。人们都很怀念她，于是把她牧羊的山叫作白羊山，山南边的一道峪叫作白羊峪，附近的两个村分别叫作上白羊村和下白羊村，把她住过的石洞叫作仙女洞。后来，因老君路过这里，在洞里歇过脚，又叫老君洞。

现在，每当雷雨过后，天气放晴，就能看见西山上漫山遍野被雨水淋湿的石头，在阳光的照耀下闪着白光，仿佛是一只只活动着的白羊，也仿佛琼玉仙女还在那里牧羊。

【讲 述 者】 薛建军

【采录整理】 （无考）

【采集时间】 （无考）

【流传地区】 山西省·（大同市）·广灵县

【文本来源】 郭万金主编：《山西民间故事大系》（晋北卷），北京：商务印书馆2017年版，第658—659页。

【阅读提示】 这则故事中仙女下凡为人们带来诸多物产和优美的景色，是先民朴素的因果观和对美好生活的朴实愿景。

【基本母题】 王母娘娘；仙女下凡；梦示；宝物的获得；用斧子凿出泉水；特定山名称的来历

【本文编码】 《仙女凿泉》：ZCSW1332-245-032

星　海

（汉族）

星海公园南面的大海里，有个突出海面的礁石，像个圆柱头似的耸立在那里，人们都管它叫星石。提起这星石，有一段有趣的传说。

很早很早以前，星海公园这一带名叫靠海山庄。在这里居住的人们，世世代代以打鱼为生。

靠海山庄的西面是黑石礁。黑石礁原来叫白石礁，据说由一条神通广大的长腿乌把守着。有一次，凶恶的刺鲨领兵侵犯白石礁，长腿乌率领子孙迎战，从肚囊放出大量墨汁，染黑了海水，杀死了刺鲨，也把这里的白礁石染成了黑色，所以，白石礁从此就变成了黑石礁。

那场海战结束以后，长腿乌和守卫在靠海山庄东面——东大汀的金加吉鱼立下誓言，誓同生死，共同防守这一带海域。

在海战中失败的刺鲨的子孙们逃到了南海。一想到自己的失败，就恨得咬牙切齿，甚至睡梦里也想着重返黑石礁，可是，一听说长腿乌聪明过人，又和金加吉鱼结成了联盟，不由得胆战心惊，不敢贸然行事。

一天，刺鲨的子孙们召开了一次秘密会议，发誓报仇雪恨，以洗白石礁海战的耻辱。会议推刺鲨的嫡传子孙青鲨为王，并由青鲨出面，带上丰厚的礼物去联络虾王。

青鲨带了礼物来见虾王，虾王顿时眉开眼笑，连称“不敢当，不敢当”，接着又迫不及待地追问这些礼物是从哪里来的。

青鲨不直接回答虾王的问题，却指着五光十色、耀人眼目的美丽贝壳问虾王：“你看这是哪里的特产？”

“是黑石礁的吧？”

“你到过黑石礁吗？”

“没有。听说那是个好地方。”

“哎呀，可不是嘛！那里依山傍水，风景优美，海底奇珍异宝，应有尽有。”接着，青鲨又添枝加叶，把黑石礁吹了个天花乱坠。

“那你为什么不去呢？”

青鲨叹了口气说：“如今那里有长腿乌和金加吉联合镇守，我势单力薄，怎能插进去呢？”

其实，虾王对美丽富饶的黑石礁早就垂涎三尺，听罢青鲨一番挑逗的话，再也按捺不住了，高声叫道：“咱好欺负吗？咱们就不能联合起来把他们赶跑？！”青鲨登门拜访虾王，要的就是这句话。他见目的已达到，高兴地说："事不宜迟，你带头，我跑腿，再去联合几家，打他个措手不及！"

"好！就这么干！"

于是，它们又联合了海贼，每天操兵练将，准备攻打黑石礁。

再说长腿乌，每天带领本族兵卒，毫不懈怠地巡逻在黑石礁一带海域。一天，它爬到一个礁石上向远处瞭望，忽然发现大海动荡起来，瓦蓝色的海面变得浑浊了。它急忙向金加吉发出战斗警报，告诉它，青鲨联合了虾王和海贼共三支队伍，气势汹汹地杀来了。金加吉一面拉出兵卒和长腿乌汇合，一面飞也似的来到龙宫，请龙王派兵援助。龙王听罢来意，手捋长须寻思："鲨鱼是水族中一霸，白石礁那场大战，长腿乌不过是侥幸得胜。如今青鲨联合虾王和海贼夺取黑石礁胜负未定，倘若我支持长腿乌和金加吉，青鲨得胜后，必然怨恨于我。不如坐观成败，以获渔翁之利。"想到这里，便对金加吉说："如果纯属水族之争，我当然要管。可是青鲨和虾王队伍里还有海贼，这我就不好管了。"金加吉见龙王推脱不管，便决定到天宫去找玉皇大帝。可上天，必须驾云，怎么才能到云彩上去呢？正在为难之际，只见一头大鲸向这边游来。它来到大鲸面前，恳切地说："大鲸老将，青鲨联合虹王、海贼，带着大批人马来夺取黑石礁，我去找龙王，龙王不管。我想到天宫去找玉皇大帝，又飞不到云朵上。你能不能帮我一下啊！"

大鲸同情地点点头，接着，它深深地吸了一口气，海浪立刻翻滚起来。大鲸让金加吉游到自己头上，它猛地一喷气，高大的水柱一下子把金加吉抛向高空。金加吉纵身一跃，跳到一朵白云上，驾着白云急急忙忙向天宫奔去。来到天宫，参拜了玉皇大帝，说明了来意。玉皇大帝皱了皱眉头，推卸地说："这是你们水族之间的事，我不好管！"

金加吉还要说什么，可是玉皇大帝已拂袖转入后殿去了。金加吉退出来，正在走投无路的时候，忽然想起天宫有个金石星，一贯仗义好侠，救危济贫，何不去求他帮忙呢？它急忙来到金石星的住处，向金石星说明来意。金石星沉吟半晌，说："我本想助你一臂之力，只是水族之争，我怎好插手？"

金加吉用激将法激他说："我听说你一向疾恶如仇，对弱者肯拔刀相助，才来求你。谁知，你原来也是空有虚名啊！”

说着，转身要走。金石星见此情景，火气来了，止住金加吉说：“等一等，我马上发兵！”

就在这时，下界传来喊杀声。金石星拨开云头朝下一看，只见辽阔的海面浊浪滔天，一条条贼船飞也似的向东大汀驶来。

原来，青鲨在白石礁战斗中吃过长腿乌的苦头，所以这次直取防守力量薄弱的东大汀。长腿乌在金加吉走后，马上集合自己的队伍，准备和援兵一起对敌。可是，左盼右等，不见援兵的踪影，长腿乌下了决心，准备和青鲨决一死战。长腿乌和青鲨各站在自己队伍前指挥作战。刹那间，旌旗招展，杀声震天，一场血战开始了。金石星见情势危急，集合人马已来不及，便急中生智，在空中把手一挥，只见天上大大小小的星石纷纷向青鲨队伍坠落下去。这突如其来的袭击，使青鲨措手不及。只见，一艘艘海贼船被砸碎，沉入海底；大小喽啰们死的死，伤的伤，逃的逃，乱了阵容。青鲨见势不妙，掉头就跑。金加吉站在云头看得清楚，用手一指说：“青鲨最坏，不能让它跑了！”

金石星看得真切，把最大的一块星石推下去，只听“轰隆”一声巨响，星石不偏不歪，正落在青鲨的脊背上，把万恶的青鲨砸死了。至今，这块星石还死死地压住青鲨，并露出一半在水面，这就是人们所说的星石。从此，这一带海域就叫做星海，海边的公园就叫做星海公园了。

据说，夏天人们在这里洗澡，不必担心鲨鱼的侵袭，因为有巨大的星石镇守在这里，那些吃过败仗的鲨鱼祖祖辈辈就再也不敢到这儿来了。

【讲 述 者】 邓世礼，邓永槐

【采录整理】 王德露、高和保记录整理

【采集时间】 （无考）

【流传地区】 辽宁省·大连市

【文本来源】 姚宝瑄主编：《中国各民族神话》（汉族），太原：书海出版社2014年版，第318—322页。

【阅读提示】 这则文本借发生在海洋生物之间的争战叙述了特定海域的来历，属于神话与童话的结合。

【基本母题】 特定岩石的来历；宝物；龙宫；动物之间的争战；龙王；玉皇大帝；特定海域的来历

【本文编码】 《星海》：ZCSW1333-245-033

驯服黄河

（汉族）

混沌初开，大地上还是一潭洪水，只有那高山和陡岭上，能住些人。一天，天神看到这情况，心里非常难过，就没日没夜地用金瓢舀水。他舀呀舀呀，眼看快要把水舀完，天神想，要把水舀完，天下百姓咋活呢？他灵机一动，打定主意，把水舀完后放下两条龙来，叫龙在人间耕云播雨。当天神把水舀完时，两条龙就下来啦。南方的一条叫青龙，就是长江；北方的一条叫黄龙，就是黄河。南方的青龙性情温和，非常驯服，在南方养育着两岸百姓。而黄龙就不然，自从天上降下后，气势凶猛，一声吼叫，便张牙舞爪地跑呀抓呀，碰到高原给抓个深沟，遇到平地就抓个深潭。山上迁下来的人被它冲走了，人住的穴洞、草棚被它淹没了，逼得人们没法生活。天神知道后，大怒，说道："怎么能让它横行霸道，把它锁起来！"当黄龙跑到龙门时，不知不觉，它的脖子上就套了一把锁。千里咆哮行凶的黄龙，便低头摆尾，乖乖听令。过了龙门，它又不守规矩啦，照旧横冲直撞起来。这时，人们又向天神禀报，天神说："一锁二堵，黄龙必降。"黄龙正向下游跑着，南邙北邙就堵在它的两侧，使黄龙北走不动，南跑不成，只得低头驯服。过了一段，它又恶习复发，又闹腾开了，天神又规定它走九弯十八曲，故意消耗它的精力，让它老老实实地养育两岸的人们。

【讲 述 者】 张清朝

【采录整理】 张治国

【采集时间】 （无考）

【流传地区】 河南省·洛阳市

【文本来源】 张振犁编著：《中原神话通鉴》（第四卷），郑州：河南大学出版社 2017 年版，第 1068—1069 页。

【阅读提示】 这则神话用黄龙凶猛的性格对应黄河流经地区地势的复杂多变，反映出神话讲述者丰富的想象力和良好的语言表达能力。

【基本母题】 以前大地是洪水；金瓢；天神；黄河；天龙下凡；龙的性格；黄河的特征来历

【本文编码】 《驯服黄河》：ZCSW1334-245-034

药 泉

（汉族）

黑龙江五大连池西南有药泉山，山下有药泉。传昔有青年牧民，因反抗牧主而被鞭，至于遍体鳞伤而不屈。牧主有女奴与青年相爱，伺牧主鞭累暂离，遂牵马抱青年同骑而逃。牧主骑马追，以毒箭中女左腿。女犹咬牙鞭马逃入森林，终得脱。

二人卧林中经宿，晨露渍青年觉，见女中毒箭，昏迷不醒，乃拔其箭，吮其创口。然毒已扩散，久吮亦未能使之醒觉。青年亦感胸热口渴，方思何处能得水，忽见有小鹿自山而下，后腿为兽咬伤，行路维艰。鹿至一水坑，跃入而浴之，浴毕跃出，伤腿竟痊愈；复往另一小泉饮数口，乃欢欣踊跃而去。

青年见而异之，遂竭力抱女近此坑，以坑中水为女涤创口，女遂复甦。青年亦跃入坑涤鞭痕，鞭痕顿除。复往小鹿饮水泉饮水，泉水甘而有药味。

因于泉旁垒碎石为堆，以毒箭箭头刻“药泉”二字于其上。然后骑马走告众牧民，于是药泉之名遂传扬四方，以青年与女获救于五月，后人遂定五月为“药泉会”。届时，各地牧民皆举家乘大篷车，载歌载舞，前往庆之。凡到此者均各投一石于原碎石堆上以为念，今泉旁石堆已积如小山矣。

【讲 述 者】 （无考）

【采录整理】 袁珂据《中国地方风物传说选》中的《药泉》改写。

【采集时间】 （无考）

【流传地区】 （无考）

【文本来源】 袁珂：《中国神话大词典》，北京：华夏出版社 2015 年版，第 384 页。

【阅读提示】 这则神话中由特定泉生发出特定的节日，在自然景观和非物质文化之间搭建起一座桥梁。

【基本母题】 神奇的泉水；特定泉的产生；毒箭；特定的泉水治病；特定泉名称的来历；特定节日的来历

【本文编码】 《药泉》：ZCSW1335-245-035

月湖的由来

（汉族）

传说古时候，天河边上有一只玉兔和一只彩蝶，他们经常在一起玩耍。

一天，他俩在一座仙岛上发现了一块碧绿的石头。他们都交关喜欢这块石头，于是就一天天、一年年地，把石块磨成了一颗圆溜溜的珠子。玉兔和彩蝶用天河水喷洒在珠子上，使珠子放射出碧绿的光芒。每当这颗明珠照到哪里，哪里就一片光明，非常美丽。

一天，王母娘娘走出宫门，被明珠的宝光吸引住了。半夜里，王母娘娘派了个天兵，趁玉兔和彩蝶熟睡时把明珠盗走了。王母娘娘得到明珠后高兴得不得了，赶忙把明珠藏到仙宫里，严严实实地关起了九重门，上了九道锁，并日夜派天兵把守。玉兔和彩蝶醒来后发现宝珠不见了，急得团团转。他们找遍天河边上每一个角落也没找到。

某一天，王母娘娘过生日，四面八方的神仙都赶到瑶池来祝寿。王母娘娘一高兴就把明珠拿了出来，让众神仙欣赏，神仙们见了都齐声叫好。这时，玉兔和彩蝶发现了明珠独有的绿光，立刻朝亮光方向找去，一直找到王母娘娘的厅堂里。见那些神仙们正伸头探脑围着明珠称赞，玉兔和彩蝶就上前说，这明珠是他们花好多年时间磨出来的。王母娘娘恼羞成怒，冲着玉兔和彩蝶就骂，说天上的宝物都是她的。玉兔和彩蝶一听也火了，说这明珠明明是他们辛辛苦苦磨成的。王母娘娘用手护着明珠，喝令天兵把玉兔和彩蝶赶出去，玉兔和彩蝶躲开天兵，朝王母娘娘扑过去。三人争夺之间，明珠突然掉了下来，向人间飞坠。玉兔和彩蝶怕明珠打碎，急忙返身保护，使它慢慢地从天空降落到地面上。想不到这颗明珠一落地，瞬间化为一片碧绿的湖水，这便是今天的月湖。

明珠化作一湖碧水之后，玉兔和彩蝶心里十分难过。于是，他们便化为岩石，一直在湖旁边陪伴看护着它。

【讲 述 者】（无考）

【采录整理】戴自立（1923 年 6 月出生）采录

【采集时间】（无考）

【流传地区】浙江省·宁波市·海曙县（海曙区）

【文本来源】中国民间文艺家协会组织编写，罗杨总主编，陈建东本卷主编：《中国民间故事丛书》（浙江·宁波·海曙卷），北京：知识产权出版社 2015 年版，第 3 页。

【阅读提示】这则神话中讲“月湖”是天上的明珠掉落人间形成的，侧面反映出湖水的清澈美丽。

【基本母题】 王母娘娘；明珠；瑶池；明珠变成湖水；特定湖的来历；特定岩石的来历

【本文编码】 《月湖的由来》：ZCSW1336-245-036

珍珠泉（1）

（汉族）

在密祉坝子西边山脚文盛街村南，有一口五尺见方的水井，泉水清凉甘甜。奇怪的是从井底涌出的水，像一串串珍珠，晶莹透亮，终年不断。因此，被人们取名为珍珠泉。

相传很久以前，这里没有井，村民们吃水要到一里外的山沟里去挑，来回很辛苦，特别是无儿无女的老人，就更难了。村里有个无牵无挂，长得憨厚、纯朴英俊的小伙子，看到大家吃水很困难，就把自己积攒多年用来讨媳妇的钱拿出来，请人在村南面挖了一眼井。可是，挖了很深，钱也用完了，井底连一滴水也没有。小伙子伤心极啦。过了几年，他又攒了一些钱，动员村里的年轻小伙们，开沟把一里多路远的小河水引进村里。村里的男女老少高兴极了，大家都认为这下就永远不用为吃水而发愁了。谁知天公不作美，没过几天就乌云密布、洪水泛滥，把新修的水沟冲得东倒西塌，人们只好用洪水澄着吃。洪水退后，小伙子并没有泄气，他决心把那眼枯井的水掏出来。第二天天刚亮，就扛上工具掏井去了。一天两天过去了，还是没有出水，可他还是坚持往下掏，渴了喝口水，饿了啃两口荞粑粑。他为民造福的精神，深深地感动了太极顶雪山上龙王的三公主。三公主决心帮助小伙子。正月十五，她悄悄地偷了父王的两颗龙珠来到了枯井旁，见小伙子还在不停地往下挖。公主带着对小伙子的敬慕之情跳了下去，和小伙子一起，各吞下一颗龙珠，霎时小伙手变成了一条黑龙，三公主化为一条白龙，白龙黑龙一起吐水，顿时井中涌出串串水珠，直到清水从井口漫出，那串串水珠还一直不断地从井底冒出水面。

为了感谢小伙子和三公主给全村人带来的幸福，村民们把这眼井取名为珍珠泉。每逢正月十五的龙灯会，人们总不会忘记要扎一条小黑龙和一条小白龙来纪念他们。

【讲 述 者】 杨作先

【采录整理】 白述聪、杨学成记录

【采集时间】 1985 年采录于弥渡密祉

【流传地区】 云南省·（大理白族自治州）·弥渡县

【文本来源】 中国民间文艺家协会组织编写，罗杨总主编，张彪、杨红琼本卷主编：《中国民间故事丛书》（云南·大理·弥渡卷），北京：知识产权出版社 2016 年版，第 51 页。

【阅读提示】 将特定井的产生与龙联系在一起的叙事不在少数，此篇不仅赞美了小伙子为民造福的高尚品质，还歌颂了他与龙女真挚的感情。

【基本母题】 特定泉名称的来历；洪水；龙王的女儿；龙珠；人变成龙；特定井的来历

【本文编码】 《珍珠泉（1）》：ZCSW1337-245-037

珍珠泉（2）

（汉族）

珍珠泉为济南四大名泉之一。相传昔舜耕于历山，尧知其贤而有才，遂以娥皇、女英二女妻之，未久且禅以王位。后舜南巡，治理历山之重任遂落于二女之肩。适逢是年久旱不雨，不仅禾稼枯焦，人畜饮水亦将竭尽。二女日夜祈祷上天普降甘霖，历数月而碧蓝天空仍无一丝云彩。二女相顾曰：

“天既不应，何不祈之龙王？”乃以舜所留镢刨地，百姓齐来助之，终掘得深井一口。其井水源甚旺，除供饮用，尚足灌溉，男耕女织之幸福生活，遂又见于当世。未久，舜重病于苍梧，嘱二女前往探之，二女洒泪与父老姐妹分别，泪珠滴落地上，砸地成穴，化作一汪清泉，如串串珍珠之涌出，人因名之曰珍珠泉。据传，昔舜耕之历山，即今济南千佛山。

【讲 述 者】 （无考）

【采录整理】 袁珂据《中国地方风物传说选》（二）中的《珍珠泉》改写。

【采集时间】 （无考）

【流传地区】 （无考）

【文本来源】 袁珂：《中国神话大词典》，北京：华夏出版社2015年版，第384页。

【阅读提示】 这则神话中娥皇、女英的眼泪化作珍珠泉，用李清照的词来形容就是凄凄惨惨戚戚。

【基本母题】 尧王禅让；舜有娥皇和女英两个妃子；旱灾；祈雨；特定井的产生；泪水变成泉水；特定山的来历

【本文编码】 《珍珠泉（2）》：ZCSW1338-245-038

弥渡九股泉水的来历

（白族）

弥渡九股龙王庙建造在石排村东南面的箐口，庙内塑黄家九龙王，会期阴历四月十五日，参加祭奉的村庄有石排村、小古城村、罗旦等十三村。

相传明代云南县（弥渡县在明代属云南县地）梨园村居住着一家姓黄的农民，黄老汉有八个儿子，老伴早死。一家九口人生活，全靠开荒种地、帮工度日。费了九牛二虎之力才将大儿子的婚事办掉。大儿子媳妇勤脚快手，聪明贤惠，把家庭操持得有条有理，黄老汉看到家里有这样一个好儿媳妇操持家务，再苦再累也感到乐滋滋的。有一天，黄老汉领着八个儿子到山上开荒，大儿子媳妇见父子们在烈日下开荒种地，十分辛苦。就将家中的一只鸡宰了，黄焖给父子九人吃。到晌午时分，大儿媳妇将煮好的鸡肉和饭菜送到山上，她的公公、丈夫和小叔贪活路，不肯停下手中的锄头。她只好把鸡肉和饭菜摆在一棵大树下面的石板上，自己舍不得参加多吃一口鸡肉，摆着交待清楚就返回家中。黄老汉和儿子做完地里的活后，共同蹲在大树下吃晌午饭，很久没有吃到黄焖鸡了，吃起来格外香甜，不多一会，就全部吃完。突然之间，黄老汉大叫一声，肚子扭痛，眼睛白瞪上翻，口吐白沫，脸色发紫，不多时就一个接一个地死去。村里的人见黄家父子尸体横七竖八的死在树下，赶紧跑到云南县衙门报案，县官听了之后，坐着八人大轿，见到大树下黄家父子九人脸色黑青带紫，口吐白沫，断定黄家父子是被投毒害死的。县官硬说是大儿子媳妇投的毒，不然她为何不参加一起吃饭？大儿媳真是"哑巴吃黄连，有苦说不清"。被县官指使打手，五花大捆地打进死牢。村里的乡亲好友素知她为人正直贤良，十分勤快，绝不会作出那种伤天害理的事，她可能是受冤枉了。大家商量了一个办法，决心到大理府请知府重新帮忙审理。一家凑了几串钱，选出了三个知书达理，能说会道的中年人到了大理，向大理知府送了状纸，请求重审黄家父子九人被毒死一案。大理知府看了状纸之后，觉得这是一件人命关天的大事，那样一个贤良的媳妇为何要去毒死公公、丈夫和小叔？知府经过考虑之后，决定重新审理此案。

三天之后，大理府知府来到云南县，请知县重新升堂查案，把黄家大儿媳从牢里放出，细细查问送饭经过，又叫她带着到现场观看。大理府知府经过调查后，觉得是一个谜。想来想去，无法定案。只好叫黄家儿媳照原来的晌午时分，送一只黄焖鸡和饭菜在大树的石板上，知府、知县躲在一旁观察。人刚走开饭菜不多时间，只见大石板下面爬出一群蜈蚣，在饭菜上游来游去，食饭之后，还在饭菜上拉尿。知府、知县走近饭菜时，一群蜈蚣听见人的脚步走近饭菜，早就跑到石板下面躲藏起来了。知府、知县将饭菜倒给狗吃，狗刚吃下肚中，立即打滚死去。这时围看的村民及官府的人才恍然大悟。真相大白之后，黄家儿媳被当场释放。村民们各家各户凑钱为父子九人买了棺木，埋在山箐的缓坡上。九父子为了报答乡亲和为他家昭雪平冤出了大力，吐出九股清泉，有一股比较大，传说是黄老汉变成老龙吐的，其余八股清泉是八个儿子变成八条龙吐的。这九股水不分昼夜，春夏秋冬，源源不断的灌溉着弥渡千顷良田。

弥渡受益的十三村群众，感谢九股龙王惠赐的泉水，年年丰收。为了报答九龙王的恩德，就在水出口的箐边上建造了一座龙王庙，塑了九龙王的金身，给龙王敬献猪头、鸡、肉，还给龙王老爷叩头烧香，并祈求龙王老爷保佑风调雨顺，五谷丰收。

【讲 述 者】 （无考）

【采录整理】 （无考）

【采集时间】 （无考）

【流传地区】 云南省·（大理白族自治州）·弥渡县·石排村

【文本来源】 吕大吉、何耀华总主编：《中国各民族原始宗教资料集成》（彝族卷、白族卷、基诺族卷），北京：中国社会科学出版社1996年版，第744页。原文本标注由田怀清调查整理自《弥渡九股泉水与九股龙王庙》，1987年版。

【阅读提示】 这则故事或有真实发生的事件作为依据，结尾幻化出九股泉的叙事体现了一定的神话思维和魔幻意识。

【基本母题】 龙王庙；勤快的媳妇；人死后变出泉水；特定泉的特征；祭龙王

【本文编码】 《弥渡九股泉水的来历》：ZCSW1339-245-039

小龙变水潭的传说

（白族）

茈碧湖的龙王三老爷，有弟兄姊妹几个，住在龙宫里，吃的是山珍海味，穿的是绫罗绸缎，过着幸福美好的生活。他有个小妹出嫁在祥云县，人们都叫她小姑奶奶。祥云地方干燥，没有水，种庄稼全靠老天下雨。风调雨顺这年有点收成，人们勉强有碗饭吃，天时不好这年，田地干得开裂，庄稼不生，颗粒无收，人们只好携儿带女外出逃荒。这样的年头，小姑奶奶的生活自然也很苦了。不要说山珍海味，有时连粗茶淡饭也吃不上。

每年农历七月二十三日是三老爷的生日，在二十前后，他的兄弟姊妹、侄儿侄女就穿戴得整整齐齐，打扮得漂漂亮亮，带着重重的礼物，回来给三老爷祝寿。只有小姑奶奶最难堪，穿得破破烂烂，面黄肌瘦，一路哭哭啼啼。这种吓人的声音就是小姑奶奶的哭声，这么大的雨就是小姑奶奶的眼泪啊！

三老爷很同情他妹妹的困苦生活，想办法帮她解决困难。有一年，三老爷给她一个小木盒，嘱咐她说："这个盒子你小心带好，到了家门口才能打开，路上千万不要打开。"

一路上，小姑奶奶一直在想："往年我回来，哥哥总是给我很多穿的吃的，足够我用一年半载，今年一样不给我，我回去怎么过？这个小木盒里到底装的是什么？能够我吃几天？"多次想打开瞧瞧，但又想起哥哥的嘱咐，不敢打开。这样三番五次。到了漏一村的时候，她实在控制不住自己的心情，就把小木盒打开来看，啊！是两条小龙，她连忙关盒子，但已经来不及了，有一条已经跑出去不见了。可也奇怪，就在她坐的那个地方，喷出了一潭清清的泉水。小姑奶奶很后悔，但已经没有办法，只好喝了几口清泉，上路了。

另外那条小龙，她带回到祥云，放在家门口。他们家门口也涌出了一潭清清的泉水，里面长着茈碧湖独特的茈碧花。从此，他们那个村的人喝上了甘美的清泉，栽了秧，年年丰收。

小姑奶奶死后，人们为了纪念她，给她建了庙，塑了像，烧香贡献，祈求丰收，据说还很灵哩。洱源人到了那里，总要到姑奶奶庙去烧香，瞻仰小姑奶奶的神像。

【讲 述 者】（无考）
【采录整理】（无考）
【采集时间】（无考）
【流传地区】云南省·（大理白族自治州）·洱源县
【文本来源】吕大吉、何耀华总主编：《中国各民族原始宗教资料集成》（彝族卷、白族卷、基诺族卷），北京：中国社会科学出版社1996年版，第500—501页。原文本标注选自洱源县民间文学集成办公室编《姑娘龙》，1985年铅印本，第151—152页。
【阅读提示】本文在阐释特定的泉来历的同时，也大致反映出当地龙王信仰产生的缘由。
【基本母题】龙王；旱灾；眼泪变成雨；宝盒；龙变成泉

【本文编码】《小龙变水潭的传说》：ZCSW1340-245-040

茈碧湖金母猪开辟弥苴河

（白族）

古时候，在美丽的茈碧湖里住着一只金母猪。这只金母猪，拖着一条金链子，是从黑谷山里窜出来，钻进湖底打瞌睡的，如今，黑谷山腰还留着金链子拖过的痕迹。

金母猪时常在茈碧湖里乱蹬瞎拱，兴风作浪，每逢它一作怪，就会带来洪水，淹没坝子，冲毁村庄；只有当它在湖底睡着的时候，浪穹坝子才能得几年的安宁。

茈碧湖畔住着老两口。有一天，老两口划着小船到湖心去捞海草，捞着捞着，老倌一耙挖下去，捞上来一截金链子，金链子在小船里黄灿灿的，闪着奇光。

老倌说："砍断它，够我们吃穿一辈子了。"

老奶不依："莫忙！再捞几扣，越长越好。"

老奶拉着金边子，越拉越长，老倌几次劝她莫贪心，她不听。拉呀拉呀，把湖底睡着的金猪拉醒了。金母猪一惊，三蹬两扒，掀起冲天巨浪，把小船弄翻了，把老两口也淹死了。

金母猪怒冲冲地蹿出茈碧湖，朝南边跑边拱，顺路拱出了一条大河，就是弥苴河。金母猪拱一程又想起它的一窝小金猪，小金猪还住在茈碧湖畔的赤壁洞里，它惦记着儿女，猛一回头，弥苴河上就留下一个回头湾，又叫望儿湾。

金母猪拖着金链子，一直拱进洱海，就永远住在洱海里了。

【讲 述 者】 王四珍

【采录整理】 王立智记录

【采集时间】 （无考）

【流传地区】 云南省·（大理白族自治州）·洱源县、大理县（大理市）

【文本来源】 姚宝瑄主编：《中国各民族神话》（白族、拉祜族、景颇族），太原：书海出版社2014年版，第59—60页。

【阅读提示】 一只拖着金链子的金猪造就了几处河湖，叙事的同时也告诫世人贪心没有好下场。

【基本母题】 金母猪；洪水；金猪拱出大河；特定水湾的产生；神性动物的特征

【本文编码】 《茈碧湖金母猪开辟弥苴河》：ZCSW1341-245-041

洱　海

（白族）

鹤庆坝子有许多龙潭，如西龙潭、羊龙潭、白龙潭、黑龙潭、温水龙潭。在这些龙潭里，都有龙王住着，它们时常为了争龙潭打架。黑龙潭的黑龙王为争龙潭打断了一只角，成了独角龙；温水龙潭的龙打瞎了一只眼，成了独眼龙，所以，后来温水龙潭的鱼都只有一只眼睛。蚪蚪龙原来也在鹤庆的一个龙潭里，因鹤庆的龙天天打架，他看不惯，就跑到洱源的牛街去了。观音老母打算让蚪蚪龙去做甸南的龙王，蚪蚪龙不想去。观音老母就派大楞神、二楞神去把蚪蚪龙从牛街拉回来。

原来，大楞神和二楞神两兄弟是两个大力士。他们分别住在鹤庆的和邑村与迎邑村。有一回，大楞神的牛去吃二楞神地里的麦子，二楞神顺手拔起一棵棕树去打牛，大楞神看见了，把牛背起就开跑。

两兄弟受观音老母指派，来到洱源牛街拉蚪蚪龙，他们擒住蚪蚪龙的两只角，从拉渣坡[①]拉过黑泥哨[②]，路上蚪蚪龙横滚顺滚不愿走，所以现在去牛街经过滥泥坝[③]，还可以看见滥泥坝中有一条弯弯曲曲的沟，那就是蚪蚪龙滚过的地方。从黑泥哨流向甸南的银河没有源头，它的源头就是蚪蚪龙滚出来的弯弯曲曲的沟。

蚪蚪龙不愿回甸南，就与大楞神兄弟说好，以后每年七八月间，要是晚上大风大雨，就是蚪蚪龙回来了。蚪蚪龙常住的牛街那面，雨水很多，用不完就往南淌，汇成了洱海。

【原文附记】

这一神话在鹤庆广为流传，异文异说较多，这是其中较为完整的一种，

---

① 拉渣坡：在洱源县牛街区北面的山坡上。

② 黑泥哨：地名，在鹤庆县境内。

③ 滥泥坝：地名，在鹤庆县境内。

其他异文的主要情节都大同小异。

【讲 述 者】 （无考）

【采录整理】 姜祥整理

【采集时间】 （无考）

【流传地区】 （无考）

【文本来源】 姚宝瑄主编：《中国各民族神话》（白族、拉祜族、景颇族），太原：书海出版社2014年版，第58—59页。

【阅读提示】 人们都说神话是社会生活或世态百相的反映，看了这则神话，信了。

【基本母题】 龙潭；神性动物的特征；观音老母；大力士；特定湖的来历

【本文编码】 《洱海》：ZCSW1342-245-042

蝴蝶泉

（白族）

滇西洱海东岸的永胜县，有个人名叫杜朝选。他到处打猎，海东海西的荒山野菁里都让他走遍了。有一天，他背着弓箭，从永胜县来到宾川的海东，想乘船到海西打猎，可巧在离海岸不远白茫茫的海面上，有一对捉鱼的老夫妇，正划着渔船，一心一意地撒网捕鱼。杜朝选站在海岸上亲热地向老两口打招呼："大爹、大妈，请把我划到海西去吧！我要到那边打猎去呢！"

老两口摆摆手说："不能，不能，要是划你过去，我们老两口今天的生活向谁要啊？"

杜朝选说："尽管划我过去，我能解决你们吃食的困难。"

捉鱼的老夫妇就把杜朝选从东岸渡到西岸。杜朝选登上了洱海西岸，用拐棍在离海岸不远的地方，轻轻戳了三戳，戳出一个窟窿，里面冒出一股清汪汪的水来。霎时间银闪闪的弓鱼，在那水里成串地游来荡去。杜朝选用手一指对老两口说：

“大爹、大妈，你们老俩就在这儿捞鱼吧！这里的鱼保你老俩一辈子也捞不完。”

捉鱼的老夫妇很高兴，想让杜朝选在他们家里住几天。

杜朝选说：“我现在要到山里去打猎，等以后再来看望你们吧！”说着他就走远了。

从此，打鱼的老夫妇再也用不着下海撑船搜鱼了，他们天天守着那个小窟窿捞鱼，果真鱼越捞越多。他们的日子比以前好过了，老两口在靠近捞鱼的小窟窿旁边搭起了个棚子，就搬进去住下了。

以后，这个荒凉的海海西岸，慢慢成了一个小村庄，这就是现在周城左近的桃源村。

杜朝选来到海西，在周城左近的一个小村庄里住下了。每天东方一发白，他便背起弓箭，到深山老林去打猎，一直到太阳落山，才转回村庄来过夜。

有一天夜里，杜朝选听见从隔壁邻居家里传来一阵悲切凄惨的哭声，他顺着哭声走去一看，只见一个妇女抱着个娃娃正在痛哭。他觉得很奇怪，上前问了缘由：“大嫂，你的娃娃又没有生病，为什么哭得这般伤心?”妇女没有答话，还是埋着头哭个不停。杜朝选耐心地再三打问。那个妇女才说了话：

“你是客人，哪晓得我们的苦情！在我们这一带的深山里，有一个没人敢去的神魔涧。那儿有个蟒蛇洞，洞里藏着一个会变人形的大蟒蛇。每年一到三月初三，那条蟒蛇就向我们这一方的老百姓要一对童男童女，要是不按时送到，我们这里的人就得遭殃。明天就是三月三了，该轮到我家的娃娃了!”妇女说完又呜呜咽咽地哭了起来。

杜朝选又问：“那只妖蟒有多大?”

妇女说：“它的原形没人晓得，它能变大，也能变小。”

杜朝选说：“大嫂，你不要着急，明天我去神魔涧串串，我有办法制服这个害人的家伙，你心放宽一点，不要哭了!”

妇女听罢，擦干眼泪，不再哭了。

第二天，杜朝选独个儿向从来没人敢到的神魔涧走去。他果真老远就瞧见一条白光闪闪的大蟒在沟里喝水。杜朝选瞄准蟒身射出一箭，眨眼间大蟒就不见了。

第二天一早，杜朝选又到神魔涧寻找大蟒的下落，找来找去却找不到蟒蛇的踪迹，只是在山沟沟的泉水旁边，有两个年轻的女子，抱着沾满血迹的白衣服，在大石头上搓洗（当地人们传说，那块搓血衣的大石头，直到如今，还染着鲜红的血迹）。杜朝选想：两个年轻漂亮的妇女，在这荒凉没有人影的地方洗血衣，她们莫不是蟒蛇变的？杜朝选便走上前去盘问：“你两个给哪个洗血衣？快讲给我听!”

两个女子见有人问，很害怕，吞吞吐吐地说：“我们洗自己的衣服!”

杜朝选不信，很生气地说：“你俩一定是妖蟒变的，要不照实说，你们跟天上的飞鸟一样的结果，看我的箭法!”说着他就朝天空的飞鸟射出一箭，一只小鸟从天空跌落了下来。

两个女子看见杜朝选有这般惊人的武艺，长得又很入眼，心里暗暗佩服。她两人向杜朝选苦苦哀告：“我们都是好人，去年不幸被一条妖蟒劫到蟒蛇洞，大蟒硬逼着我们做了它的媳妇。昨天大蟒出洞游玩，没想到去了一会儿，就受伤逃了回来，衣服染满鲜血，到现在箭还带在身上没有拔出来呢！这血衣就是给它洗的。”

杜朝选问：“它现在在洞里干什么?”

“睡觉呢!”

“它一觉能睡多久?”

“大睡七天七夜，小睡三天三夜!”

杜朝选又问：“它今天是大睡还是小睡?”

两个女子回答：“今天正好是大睡!”

“它有什么宝贝吗?”

“别的宝贝我们不知道，只晓得它有一把宝剑，这把宝剑日夜不离它的身边。”

杜朝选一听很高兴，连忙又说：“你们能不能把那宝剑给我盗了来？”

两人都说：“能！能！那把宝剑现在正搁在大蟒的枕头旁边！”两个女子回到蟒蛇洞，一会儿就把宝剑盗出来了。杜朝选随即手提宝剑，跟着两个女子走进了蟒蛇洞。看见妖蟒正闭眼熟睡。杜朝选举起宝剑“咔嚓”一声向蟒蛇身上剁了下去，两剑把妖蟒剁成了三节。可是，宝剑断了，杜朝选手里只握着一个剑把。

两个女子亲眼看到年轻的猎人除了这个眼中的祸害，非常佩服，她两人商量了一下，对杜朝选说：“你替我们这里杀死了吃人的妖蟒，又搭救了我俩的性命，你待我们的恩德深如大海，无法报答，我们做你的妻子你可愿意？”

杜朝选一听，一边摆手一边说：“使不得，使不得，我杀了大蟒，替大家除害，是分内的事，咋能让你两人做我的媳妇呢？”

两个女子无论怎样求告，杜朝选硬是不依。他竟然头也不回，上山打猎去了。两个女子紧紧跟在后面，哪里追赶得上！跟了一阵，她们终于被落下了。

天黑下来的时候，两个女子没处投宿，只得转回洱海西岸，宿在捉鱼的老夫妇家里（现在的桃源村）。次日，她们又踅回原路，一心要去寻找那个为民除害的杀蟒英雄。不知不觉来到苍山脚下，她们已经走得脚酸腿痛，再也不能向前移动了，就在一个龙潭的旁边歇了脚。她们一想起那个寻找不到的猎人，就很伤心，只好朝着龙潭哭了起来，越哭越伤心，越伤心就越哭，直哭得山摇地动。千愁万恨，没法解开，两人一齐“扑通”一声就跳进龙潭去了。

杜朝选打完猎回到自己家里，心里总是记挂着蟒蛇洞里搭救的那两个女子。天一亮，他就到处去探问两个女子的下落，一打听才知道她两人跳龙潭寻短见了。杜朝选一听，立刻赶到龙潭，到泉边一看，两个女子已经死在泉里。他伤心不已，自己也跟着跳下龙潭去了。

杜朝选跳进龙潭以后，立即从龙潭里飞出来三只美丽的彩蝶，两前一后，在龙潭的水面上飞上飞下，形影不离。

传说，杜朝选是在四月二十五日投潭的[①]。年长日久，这三只蝴蝶一代一代传下来，每年一到这个时候，龙潭的前前后后就聚来许许多多五颜六色的彩蝶，绕着龙潭飞来飞去，小的像铜圆，大的像银圆，龙潭周围立刻成了蝴蝶的世界。人们就叫龙潭为蝴蝶泉。

龙潭的水清汪汪的，可以看到潭底。潭底水珠成年累月地往上翻腾。在蝴蝶泉的旁边，有一棵大树，叫蝴蝶树，每年一到这个时候，树上开满了金黄色的小花朵，散着清香的气味。蝴蝶树上有一根粗大的树枝，像把大雨伞，横遮在整个龙潭上。各色各样的彩蝶，一个叼着一个的尾巴，从蝴蝶树的各个枝头上，一串一串吊到龙潭的水面上。

【讲 述 者】 张斋生

【采录整理】 李星华记录

【采集时间】 （无考）

【流传地区】 云南省・（大理白族自治州）・大理市

【文本来源】 姚宝瑄主编：《中国各民族神话》（白族、拉祜族、景颇族），太原：书海出版社2014年版，第48—54页。

【阅读提示】 这则故事围绕蝴蝶泉的产生记叙了英雄的一系列事迹，反映出流传在当地的猎神本主崇拜观念。

【基本母题】 拐棍戳出泉水；特定村庄的来历；会变形的蟒蛇；猎神斗蟒蛇；蛇变成女人；宝剑；盗宝剑；特定泉名称的来历

【本文编码】 《蝴蝶泉》：ZCSW1343-245-043

---

① 杜朝选死后，后人在离龙潭不远的山坡上修了一座小庙，里面塑了杜朝选的泥像。他和平常人一样，慈眉善目，腮下飘着三缕长须，是个白面书生模样，肩上却背着一副弓箭，身旁塑着一匹白马。周城一带的老百姓，每到四月二十五日这天，都到蝴蝶泉来赶会，祭奠这位杀蟒英雄。因为杜朝选为众除害有功，人们就把他奉为周城的本主。

金猪的铁链变成江

（白族）

传说，很久很久以前，从天界逃出了一头猪，它法力无边，能呼风唤雨。它来到凡间后作恶多端，喜怒无常。老百姓刚种下庄稼，它就使法术，让天旱不下雨，使得庄稼地里的苗苗都晒死了；到了收庄稼的时候，它又用法术，让雨下个不停，把人们的庄稼全部泡在田里，不能收割。

此事被观音菩萨知道了。有一天，她腾云驾雾来到洱海地区收服此猪。观音菩萨用计使它失去法力，并用铁链把它捆起来丢到洱海里。可猪会游泳，且力大无穷，它没有沉下去，还使劲挣扎，把洱海翻腾得像个大滚锅。观音菩萨看到这种情况，用手一指，把它变成了金猪。于是金猪被铁链拴着沉到了洱海底，再也没有浮上来。

也不知过了多少年，有一个靠打鱼为生的人发现，每到有月亮的晚上，就会看到海底的一个地方金光闪动。这个渔夫便在金光闪动的地方撒下了网。过了一会，他开始收网并拉到了一个沉甸甸的东西，他使劲地拉啊拉，原来拉上来了一根很粗的铁链，之后他再也拉不动了。他把铁链拖到岸边就跑回村里喊人。村里的壮小伙都站在岸边拿起铁链使劲地拉，越拉越沉，海面慢慢地射出一道金光。由于好奇，大家伙儿拉得更有劲了。拉到天亮时，金光越来越刺眼，大伙儿的眼睛都睁不开了。海面渐渐地浮出了一只金光闪闪的金猪，沉睡多年的金猪醒了。

金猪虽然没有法力，可力气仍然很大。它甩开了人们，拖着铁链往北边跑去。它经过的地方被拱成了一条很深很长的沟，这条沟就是后来的弥苴河。铁链则变成了今天的罗时江。

【附注】

本文关联文本，参见白族神话《茈碧湖金母猪开辟弥苴河》（ZCSW1423-245-041）。

【讲 述 者】 王淑和（白族）

【采录整理】 刘纯洁（白族）记录

【采集时间】 2004 年 6 月采录于洱源双廊

【流传地区】 云南省·（大理白族自治州·大理市）·洱源县·双廊（双廊古镇）

【文本来源】 中国民间文艺家协会组织编写，罗杨总主编，杨义龙本卷主编：《中国民间故事丛书》（云南·大理·洱源卷），北京：知识产权出版社 2016 年版，第 155—156 页。

【阅读提示】 这则神话把会法术的猪描述得神通广大，生动有趣。

【基本母题】 天猪下凡；会法术的猪；旱灾；洪水；观音菩萨；金猪拱出江

【本文编码】 《金猪的铁链变成江》：ZCSW1344-245-044

曼佤水塘的传说

（布朗族）

在今天高高的巴达山头上，有一个四季清水不干的水塘，名叫曼佤水塘。关于这个水塘的由来，流传着这样一个故事：

相传很久很久以前，巴达山上有个布朗族寨子，叫曼佤。有一天，曼佤的男人们到山上狩猎，打得一只花马鹿回来。大家把马鹿剥了皮，把鹿肉分给了各家各户。但其中有一家寡妇，身边只有一个女儿，只因没有男人和大家一起上山打猎，所以她家没有分得马鹿肉。可是这一天，寡妇的女儿到邻居家串门子，那家邻居就请她尝了几口花鹿肉。

寡妇女儿的未婚夫是另一个寨子的小伙子。这天晚上他来找寡妇的女儿玩。他一走进寨子，只见寨子里遍地都摆满了一根根的木头。他感到有点奇怪，心里想："他们寨子怎么突然出现这样多的木头呀？真怪！"他这样想着就朝寡妇家走去。

见了寡妇家的女儿，小伙子就问："今晚你们寨子里怎么堆放那么多木头呢?"

姑娘说："寨子里没有堆什么木头啊。"

"你不相信就走出去看看吧。"小伙子说。

姑娘就真的走下楼去看了，可她在寨院内转了一圈，一根木头也没见着，回来对小伙子说："你真会开玩笑，我连一根木头也没见到。"

小伙子说："我没跟你开玩笑呀！你们寨里真的摆满了好多好多木头，你还不信我们就一起出去看看。"

他俩一起来到寨子中央，看见那些横躺在地上的木料，竟然一根根全动了起来。他们走近细细地看，都被吓了一大跳，天啊！这哪里是什么木头呀，原来它们全都是一条条活龙。他俩还来不及弄清到底是怎么一回事，突然间整个寨子的地基就晃动起来，顿时电光闪闪，雷声隆隆，暴风骤雨铺天盖地而来。这情景吓得他俩晕头转向。小伙子慌忙拉着寡妇女儿的手就没命朝寨外逃跑。他俩刚跑到寨门，便听到轰隆一声巨响，回头看，曼佤寨子全都沉落下去了。

原来，今晚发生的这一切，全都是由于那只花鹿引起的。那条花鹿并非一般的野鹿，而是一只宝鹿，全寨人分它的肉吃却又偏偏不分给那可怜的寡妇一份。这事激怒了天神，是天神有意要严惩这个寨子的人，指使水龙来作怪的。只因寡妇家没有分到宝鹿肉，所以她家没有陷落下去。然而她的女儿由于白天去串门子时，在邻居家吃着了宝鹿肉，神就不放过她。无论小伙子拉着她跑到哪里，地就尾随着她的脚印陷落到哪里。他们跑出寨子没多远，姑娘实在跑不动了，就停了下来。这时，地就从她的脚下陷落了。吓得那小伙子惊慌失措地逃回自己的寨子。

第二天一早，那小伙子战战兢兢跑来看曼佤寨，只见寨子地方已变成了一个大水塘，只有寡妇一家还幸存立在水塘当中，并还留出一条从她家到水塘外面的小路。从那以后，这个水塘的中央就有了一个小山包，据说它就是寡妇家那幸存下来的竹楼。又因为这个水塘是曼佤寨沉落而成，所以后人就叫它为曼佤水塘了。

【讲 述 者】 （无考）

【采录整理】 岩伲党搜集翻译，玉康叫整理

【采集时间】 （无考）

【流传地区】 云南省·（西双版纳傣族自治州）·勐海（勐海县）

【文本来源】 中华民族故事大系编委会编：《中华民族故事大系》第12卷（布朗族、撒拉族、毛南族），上海：上海文艺出版社1995年版，第45—47页。

【阅读提示】 这则神话通过曼佤寨人因捕食神鹿遭到天惩变成水塘的叙事，在一定程度上反映了人在发展过程中对自然应保持“开采有度”的契约精神，并用口传神话的形式将道德层面的约束力表达出来。

【基本母题】 特定水塘的由来；宝鹿；天神发怒造成灾难；地陷；特定水塘名称的来历

【本文编码】 《曼佤水塘的传说》：ZCSW1345-245-045

翁斯峦河的传说

（布朗族）

在布朗族聚居的布朗山上，有一条自东北向西南奔流的小河，名叫翁斯峦。河流附近的布朗族村寨里，还流传着一个与翁斯峦密切相关的传说。

相传，南传上座部佛教传到布朗族居住的地区以后，布朗村寨里盖起了佛寺，供上了佛教创始人释迦牟尼的塑像。布朗村寨的男女老少都向释迦牟尼跪拜、祈祷。布朗山上一只能听人言的猛虎，听到人们处处在谈论释迦牟尼，个个到释迦牟尼的像前跪诉，心里好生奇怪。这个释迦牟尼究竟是什么人，身有多高，体有多大，武艺有多高强？怎么人人怕他、畏

他？猛虎暗暗打探释迦牟尼的行踪，意欲与这个人人崇拜的人比试比试本领。

一天，猛虎听说释迦牟尼已周游到了布朗山，要路过如今的翁斯峦河。猛虎急忙翻山越岭，赶到翁斯峦河边，准备在河岸的草地上与释迦牟尼比比本领。

猛虎卧在河边的草丛中，睁大双眼盯着那条林间小道，连盹也不敢打，生怕错过机会。猛虎等了两天两夜，也没有看到释迦牟尼。它感到又困又乏，闭上双眼，不知不觉地进入了梦乡。

太阳快下山的时候，猛虎在朦胧中看到一位双耳坠肩、眼亮如灯的佛爷向它走来。那佛爷披着一件金光闪闪的袈裟，浑身罩在一片耀眼的光芒中。猛虎吓了一跳，"咚"地跃进小河，急忙潜入水底悄然逃去。从此，那条小河便有了这个奇异的名字翁斯峦—虎潜河。

【讲 述 者】 （无考）

【采录整理】 艾扬搜集整理

【采集时间】 （无考）

【流传地区】 云南省·（西双版纳傣族自治州）·勐海（勐海县）

【文本来源】 中华民族故事大系编委会编：《中华民族故事大系》第12卷（布朗族、撒拉族、毛南族），上海：上海文艺出版社1995年版，第43—44页。

【阅读提示】 这则神话以老虎不战而败的结果做尾，凸显了释迦牟尼佛的威严庄重。

【基本母题】 释迦牟尼；动物与神性人物比本领；释迦牟尼的特征；特定河流名称的来历

【本文编码】 《翁斯峦河的传说》：ZCSW1346-245-046

花溪与百花公主

（布依族）

贵阳市南郊十七公里处，有一颗翠绿色的明珠，镶嵌在贵州喀斯特高原上，这就是遐迩闻名的旅游胜地——花溪。这里流传着一个委婉动人的故事。

一、百花公主

相传，在很古的时候，花溪这地方原是一片荒野，杂草丛生，野兽出没。从白云山下流来一条清幽幽的小溪，两岸山花烂漫，十分迷人。这条小溪弯弯曲曲流到板麻窝（今碧云窝）下，形成了三级瀑布，相距不到一华里，浪花飞溅，涛声隆隆，日日夜夜仿佛向人们诉说一个悲壮的传说，即百花公主三战阿哈王的故事。

那时，这带地方居住着一支布依人的部落，首领名叫瓦翁①。他为人和善，治邦有道，百姓都很爱戴他。瓦翁王讨了九个妻子，每个妻子只生一个姑娘就不再生育了。为了继承部落的王位，八十高龄的瓦翁王又娶了一个年轻的小妾。两年过去了，这个小妾还没有身孕，瓦翁王心里很着急。第三年夏天，小妾突然有喜了。临产前的一天夜里，瓦翁王做了一场美梦，他梦见自己最宠爱的小妾在花溪河里洗澡，两岸一百种鲜花一齐怒放，突然，这一百种鲜花又变成一百个仙女，穿戴五颜六色的衣裙，围绕着小妾欢歌曼舞，预祝部落王后早生贵子。瓦翁王高兴得猛然惊醒起来，他把梦中的情景一一告诉了爱妾。

爱妾揉揉双眼说："尊敬的夫王啊，现在我也坦率地告诉你，我们婚后很长一段时间，你也曾为我的不育而操心，为此，我曾背着你求神拜佛，也曾悄悄地单独一人到溪水里作过一次虔诚的洗礼，不久我就怀孕了……昨晚，我也同样梦见百花仙女们为我俩的孩子祝福。不过有一点同你想象的却

① 瓦翁：布依语，意译为种花的始祖。

不一样。”

瓦翁王急忙问：“有哪点不一样呢?”

她觉得不好意思：“说来么，恐怕不合你的意，不知你对我……”话还没有说完，就昏倒在床上了。

过了几个时辰，爱妾生下了一个白白胖胖的娃娃，同样也和前面那九个妻子生的一样，仍然是一个“千金”。瓦翁王听到这婴儿第一声的啼哭，就听得出这又是一个女娃娃的哭声了。这时，他本想大发雷霆，痛骂爱妾一番，但他仔细思量，想到梦中有一百个天仙女下凡来祝贺的盛况，便立即转怒为喜，并对爱妾说：“夫人，请不必难过，这是我们部落的第十个千金，降生前夜又有百花仙女们来祝贺，这幺女必有大任，前途无量，我们应为她感到高兴呢!”

第三天，部落举办“三朝酒”，瓦翁王宴请全部落的臣民百姓。

当瓦翁王与爱妾抱着初生的婴儿向众人施礼时，臣民百姓们也捧着一百只雄鸡、一百个红鸡蛋、一百套花衣裙，向这位部落千金表示第一次“昂喜—问学”①。说来也巧，这时周围的一百种鲜花也变成仙女，翩翩起舞，一同表示祝福!

瓦翁王高兴地说：“既然臣民百姓和仙女都十分喜爱这个千金，我就当众宣布，给她取名叫‘百花公主’吧!”

大家听了这个名字以后，狂呼着唱起来，跳起来。

昂喜哟！问学哟！
三朝有好酒，
人生有好歌，
天神降下一百朵鲜花，
部落有了百花公主，
昂喜哟！问学哟！……

① 昂喜—问学：布依语，昂喜即狂欢，问学即唱取名的歌，这是布依族举办第一次人生礼仪的一种古老习俗。

二、对歌定情

溪水长流，日月如梭，转眼百花公主已长到十六七岁了。她虽生长在王室之家，但她心灵手巧，样样能做，挑花绣朵，纺线织布，比别的姑娘又快又好。她站在山坡上，像朵刺梨花；她跳到溪水里，像朵出水芙蓉；她站在岸边，又像一树鲜艳的桃花。尤其是公主那甜美的歌声，人人听了都会迷醉。有一年，插秧完后，瓦翁王召集百姓们举行庆典，祭祀天神、谷神，祈求风调雨顺，五谷丰登。祭祀完毕后，青年男女们借此良机，在河岸边亮亮歌喉，若能与百花公主对上几曲，即使是“癞蛤蟆想吃天鹅肉——不自量力”也好，也会感到很荣幸。

首先，从青岩部落来的一位王子抢先唱道：

花溪百花两岸开，
我从青岩访路来，
心想掐朵带回去，
不知哪朵合我栽？

公主答道：

花在沿河两岸开，
开口掐花是蠢才，
劝你回家学种地，
慢慢陶乖慢慢来。

其次，从白云山部落来的另一位王子又开了腔：

白云山上是家园，
家财万贯用不完，

百花今日跟我去，
金衣银鞋随你穿。

公主唱答：

白云山高不算高，
金银搭桥不算牢，
讲到金银我家有，
金银不值半分毫。

许多王子和平民后生刚上歌台，就被百花公主的歌声压得哑口无言，搜肠刮肚也找不到一首好歌来对付，只好灰溜溜地败下阵去。太阳快要落山的时候，从森林中走来一位青年猎人，身背弓箭，骑着一头雪白的雄狮，远远地抛来一串歌声：

今日骑狮下山来，
花溪百花朵朵开，
感谢天仙来引路，
引我一路上花街。

公主听见此人歌声来得不一般，有礼有节，随即又放开嗓子答唱：

骑牛骑马我见多，
骑狮骑麟少见着，
初识不知名和姓，
望郎先把真名说。

青年猎人答唱：

家住太子①十三弯，
白龙洞里把身安，
不想龙宫山海味，
只想百花共一园。

经过反复对歌，双方互相了解，原来这位青年猎人，名叫小白龙，是东海龙王的三太子，他被派到人间分管森林，森林王国赠给他一头雄狮，他住在白龙洞里（今贵阳南郊地下公园）。两人通过对歌，情投意合，决定互换信物，小白龙送一颗蓝宝石戒指给百花公主，百花公主就赠一根长长的花飘带给小白龙，双方表示定情，永结良缘。分别时，小白龙说："我回龙宫去禀告父王，并请天上、地府、人间三界的高朋贵友，三天后到人间百花园，参加我俩的婚礼。"

小白龙回龙宫三天，人间却过了三年。世上风云多变，小白龙与百花公主定情的消息传开后，人世间又惹起一阵风波，麻烦的事一个接一个，别的暂且不说，就讲讲阿哈王逼婚抢亲吧。

三、阿哈王抢亲

小白龙与百花公主在溪边对歌、互换定情信物的事被树上的乌鸦看到后，它心怀鬼主意，便飞到千里之外去讨好国王，说："尊敬的阿哈王啊，在你还没有统治的贵州布蛮之地，有一个山清水秀，百花盛开的部落，这个部落头人叫瓦翁，他有一位姑娘，年方十七八，美妙如花，名叫百花公主。她能歌善舞，尤其是她会做蜡染花，硬是盖过天下的花朵呢。我想，我愿意给你当红娘，牵线搭桥，当你秋后举办六十花甲大寿时，又娶百花公主为第一百个妻子。联姻后，将来更好统治那布蛮之地，这才叫双全齐美呢！"

阿哈王听了乌鸦的花言巧语，万分高兴地说："太好啦！哈！现在，我就正式请你当媒婆去说亲，办成此事，我一定给你高官厚禄，永远封为

① 太子：即今贵阳太慈桥。

嘉宾！”

乌鸦想了想说：“我出身低贱，不敢奢望什么高官厚禄，只盼你给我一件凤凰羽毛做的衣裙，我好穿在人间作媒，最多你封我为鸟中之王，我就心满意足了。”

阿哈王说：“这点要求不难，现在，我就先赠给你一套凤凰羽毛做的衣裙，一旦联姻成功了，马上就封你为鸟中之王。你快去快回，我等着举办寿礼和婚礼，要好好宴请天下的高朋贵友呢。”

乌鸦穿上凤凰羽毛的衣裙，飞了七天七夜，才来到布依人的部落，它站在一棵古树上，开始卖弄花言巧语，摇头摆尾地唱道：

瓦翁部落王呀，部落王！
国王叫我当红娘，
他已看中了百花公主，
我来搭桥引她去成双！

瓦翁王突然听到这首歌，十分气愤，举起弓箭，准备射死那只乌鸦。百花公主虽然年轻，办事却稳重，她想还是智斗为妙。于是，便随口唱道：

乌鸦想当凤凰婆，
装模作样别乱说，
哪位国王相中我？
叫他当面来对歌。
对赢我愿作王后，
对输王位让给我！

乌鸦听了百花公主提出的条件，高兴得跳起来，马上飞去禀告国王，并原原本本地把公主提出的条件重述一遍。国王听了更万分高兴，他说：“哈哈，好办，我以为是要十万金银财宝呢，哪晓得要我亲自去对歌，这有何难呀?”

乌鸦说:“尊敬的国王呀,你德高望重,多智多谋,但也别小看那位十七八岁的公主,万一对歌真的输了,你那国王的宝座就要让给那位小姑娘呢。”

阿哈王说:“哈哈,感谢你媒婆的提醒,我自有巧计,那么多的文官武将,不是白吃闲饭的,只要你给我带路,一定成功,你放心好了。”

乌鸦说:“对!对!国王高见!文的对歌对不赢,就动武的,像老鹰抓小鸡仔那样,谁敢不服?天下一草一木都是你国王管的嘛!”

经过一番周密的策划,阿哈王亲自带领三名最棒的文官歌手和百十名武将,骑着高头大马,沿着乌鸦媒婆指引的路线,翻山越岭,终于来到了布依人的部落。

赛歌台搭在花溪河畔,三个文官歌手先登台,他们一齐唱道:

三个秀才是歌王,
国王请我先开腔,
今日若还你输了,
快去跟国王当个小婆娘。

百花公主一看是三个蠢才,便顺口答唱道:

三个奴才快滚开,
国王有胆请上台,
今日若还他输了,
拿他王冠当我鞋。

阿哈王听了更不服气,就急匆匆上台唱道:

小小公主你莫狂,

王冠戴在我头上，
输赢不由你作主，
岂敢拿我王冠穿脚上？

百花公主又唱道：

国王昨晚来得忙，
听说王家有虎王，
听说王家有凶豹，
今日虎豹全落塘。

阿哈王听到“虎落塘”三个字，肺都气炸开了，怒吼道：“咳，虎落塘又怎么样，你这个小小的鱼鳅，今日也要落到我的虎口里了。来人呀，给我把这小鱼鳅抓起来呀！”

几十个勇猛的武将，把百花公主团团包围住。公主蹲在一块沙洲上，正在十分危急的紧要关头，她想起了定情的信物——蓝宝石戒指，这是龙王三太子送给她的护身法宝，她想起三太子教她使用的秘诀，就在头顶上用发根擦几下，又双手合十，用舌尖吻戒指三次，心中默念秘诀，顷刻之间，一百只信鸽飞到公主身边，她简明扼要交代几句后，一扬手，掐了一张苇叶放在领头鸽的嘴里含着，一百只信鸽马上飞到龙宫去报信。三太子接到苇叶，知道人间发生战争，阿哈王派兵包围公主，要逼她去做国王的第一百小老婆。三太子禀告龙王后，带领一批勇猛的武士，前来营救百花公主。

再说，信鸽飞走后，公主又使用蓝宝石戒指指挥身旁的芦苇，一棵棵苇秆又变成一只只利箭，官兵来一个射一个，接连射倒九十九个官兵，其余的不敢进攻了，就跑去跟阿哈王说：“公主很厉害，能使芦苇秆变成箭，我们不敢挨近了。”

阿哈王说：“你们这些蠢才无能，我另外派兵去抓！”

公主见情况不妙，又涉水登上另一块沙洲。这沙洲有许多水蛇，公主用戒指的宝光一晃，水蛇就去咬那些前来围攻的官兵，同样又咬死了九十九个官兵。剩下的又去跟阿哈王说："百花公主有一颗宝，只要一晃，眼睛就睁不开，同时又有许多水老蛇来咬人，真不敢挨边呢。"

阿哈王说："你们这些奴才真不行，世间哪有这种妖女，能使唤水蛇咬人，我才不相信呢。"说罢，他想了想，还是自己亲自去指挥，又换了一批更勇敢的武将跟着去拼。阿哈王挥剑表示："活的抓不到来做妻子，死的也要砍三节公主肉来熬汤喝。不然，我这个国王就不当了！"

经过上两次的拼斗，虽说公主胜利了，但她身上也有几处受伤，这次阿哈王亲自指挥官兵来包围，情况十万火急。在隔十多丈远的一次飞箭中，都被阿哈王搬石头挡住了。公主双手拱着举到额前，急呼三声："救命！救命！救命！"一眨眼，花溪河两岸的小山上，到处是骑白狮子的官兵，其中有一位指挥首领骑着麒麟，他挥剑一指，百头雄狮一齐怒吼，山摇地动，乱石像雨点般朝阿哈王的官兵砸下去，个个喊妈叫娘。阿哈王见势不妙，立即跪在溪边求饶。原来，这是三太子率领的龙宫兵马，援救百花公主来了。

一阵阵天摇地动，电闪雷鸣，暴雨倾盆而下，花溪河洪水滔滔。过了一袋烟的工夫，大地平静了，洪水把战争的污血洗净了。天神为了惩罚恶人，把阿哈王和他的兵马统统变成石头。阿哈王跪在岸边，其余的跪在河里，成一排跳磴，让千人百众从他们肩上踩过，有的跪在树林，变成石猫、石狗，永世不得翻身。

三太子与百花公主团聚了，并用龙宫圣水医好了公主的创伤。三天后，正逢农历六月初六，他俩决定在溪边举行盛大婚礼。天神派来百名散花仙女，龙王送来九九八十一颗龙凤宝珠和彩衣彩裙，山山水水披红挂彩，礼乐喧天。人们请百花公主讲述她坚贞不屈的爱情经历，她指着曾与恶魔——阿哈王三战三胜而形成的三道瀑布讲了起来。后来，百姓为了怀念百花公主和三太子，因此，每年六月六常来放鸽洲附近赛歌，听听那溪流形成的三级瀑布声。

从此，这条从长顺白云山流下来的小溪，就称花溪。小白龙骑狮指挥战斗的山叫狮山，又叫麒麟山。

【讲 述 者】 班玉喜，班彪

【采录整理】 杨路塔搜集整理

【采集时间】 （无考）

【流传地区】 贵州省·贵阳市

【文本来源】 中华民族故事大系编委会编：《中华民族故事大系》第 3 卷（彝族、壮族、布依族），上海：上海文艺出版社 1995 年版，第 735—745 页。

【阅读提示】 这则神话围绕百花公主与花溪展开一系列叙事，处处有生活，时时有故事。

【基本母题】 公主；九个妻子；首领；梦示；洗礼；感生；仙女；祭天；对歌；联姻；变形；宝物；圣水；特定溪流名称的来历；特定山峰名称的来历

【本文编码】 《花溪与百花公主》：ZCSW1347-245-047

黄果树瀑布

（布依族）

在布依族所居之贵州镇宁白水河上，有全国最大之黄果树瀑布。传说，古时有公主名百花，一日绣花于宫楼上，闻楼下有人吹姊妹箫，探头视之，不慎将手中锦线落姊妹箫上。吹箫人名卜格，国王之雇工也。两人一见，油然生爱。某次，逢赶“六月桥”节，卜格吹箫，百花公主和之，为国王之弟所见，禀知国王。国王恼怒，遣人追之。卜格与百花公主逃至扁担山，遇悬岩绝壁，无路可走。卜格在山顶吹哀乐一曲，惊动天神，忽降大风。百花公主取白锦一匹，抛掷空中，化为白水河一条，从扁担山峡谷间流出。又抛织锦所用宝梭于水，立变小船。二人遂登船逃走。国王追兵乘木筏赶至，突来铁鹰以金剪剪断白水河，成一瀑布。追兵将及百花公主时，铁鹰飞来，复剪之遂又成瀑布一道。至黄果树附近时，铁鹰连剪九次，遂将白水河悉剪断，造成一道飞瀑，下临深不可测之犀牛潭。追兵筏至，悉落潭中，被吞入犀牛之腹。此飞瀑即黄果树瀑布也。赖此屏障，国王不敢再派兵追赶。至今白水河下游、南北盘江流域一带，犹时闻卜格与百花公主之箫歌声焉。

【附注】

本文关联文本，参见汉族神话《淮河的来历（3）》（ZCSW1313-245-013）。

【讲 述 者】（无考）

【采录整理】袁珂据毛星主编《中国少数民族文学》（中册）中的《黄果树瀑布》改写。

【采集时间】（无考）

【流传地区】（无考）

【文本来源】袁珂：《中国神话大词典》，北京：华夏出版社 2015 年版，第 452 页。

【阅读提示】这则故事中百花公主用白锦变成河的情节，是类比思维的产物。

【基本母题】特定瀑布的来历；变形；白锦变成河；天神；特定河的产生

【本文编码】《黄果树瀑布》：ZCSW1348-245-048

海兰江

（朝鲜族）

从龙得勒村[①]沿着碧清透澈的江水北上，走不多远，就可以看见坐落在

① 即现在的延边朝鲜族自治州延吉县（延吉市）龙井镇。

江岸的两座大山，隔江相对。右岸的叫飞岩山；左岸的叫珠岩山。

传说在很久以前，在这两座山脚下，有两个村落，村里住的都是农人和渔夫，他们把江水看得跟自己的命根子一般贵重。

在飞岩山脚下的村里，有个姑娘叫“兰”，不但能织一手好网，长得也非常漂亮，在珠岩山的村里，有个青年叫“海”，他力大过人，是个种庄稼的能手。

海和兰常常一起出去打鱼，一块在田里劳动。在共同劳动中，他们建立了深厚的感情。

有一年，晚秋季节，江两岸的人把粮食堆得像山样高；把江里打来的鱼成串地晾起来风干，准备过冬。

突然，有一天乌云翻滚，雷电交加，暴风雨里闯来了一个恶魔。恶魔头生两角，全身乱毛蓬蓬，骑着马，手里挥着一把千斤大刀，大声喝叫：“天下的土地都是我的!”于是，恶魔抢走了所有的粮食，拉走了所有的干鱼，又掠走了两村的美女。恶魔力大无穷。村里人一时想不出对付他的办法，只好眼睁睁地望着它像一阵旋风似的跑掉了。

冬天，村里人没有粮食吃，只好在江里砸个窟窿，捞鱼活命，但是一条鱼也捞不上来。渔夫们朝水里仔细一看，原来清澈如镜的江水，竟变成了混浊的泥浆，鲜鱼怎么能在这样的混水里游呢？早跑得不知去向了。

第二年，秋天刚到，凶狠的恶魔又来了，照例掠走粮食，劫走美女。从此，人们心里更蒙上了一层乌云，生活里流进一股混浊的江水。他们盼了一年又一年，可是年年都被劫掠一空。不能再忍耐了，村里人决心和恶魔大战一场，拼个你死我活。于是，农民拿起锄头，渔夫擎起摇橹。大力士的海也拿着锐利的长刀，走在人们的最前头。

一天，恶魔又挥舞着千斤大刀来了。勇猛的海敏捷地跳出来，大声吆喝，要跟恶魔决斗。

恶魔狞笑着直奔过来，海也闪电般地跃身迎上去。海和恶魔在江边厮杀起来。海飞快地挥舞着长刀，人影刀光搅成一团。但是，每当海的长刀逼近恶魔的脖子时，都被恶魔的千斤大刀挡了回来。从太阳冒红一直厮杀到太阳落山，不分胜负，难解难分。村里人举着锄头、摇橹给海呐喊助威，叫喊着要在太阳落山前砍死恶魔。说时迟，那时快，海的长刀一闪，恶魔的脑袋便滚落在江边了。

海擦了擦汗，喘了喘气，人们把海围住，欢呼声惊天动地。这时，不曾想到恶魔的脑袋又在江边蹦来蹦去，竟一蹿贴上了脖腔。恶魔复活了，翻着跟斗向海冲了过来。

海已经厮杀了一整天，力气越来越弱。人群中又响起了惊天动地的呐喊，海立刻精神抖擞，像一只勇猛的狮子，蹿上去就是一刀，又砍掉了恶魔的脑袋。可是恶魔的脑袋很快地又贴在脖子上了。搏斗又开始了，而且越来越激烈。群众一边大声呐喊着给海助威，一边把绳套向恶魔的脖子上扔过去。恶魔正要躲闪绳套，海的长刀一闪，又把恶魔的脑袋砍掉了。恶魔的脑袋眼看又要贴上脖腔，就在这千钧一发的时候，兰飞奔上去，把一裙子碱灰全倒在恶魔的脖腔上了。这一来，脑袋再也贴不上了，跳呀跳的，最后被人踢到了江里。

这时候，两个村里的男人把勇敢的海抬起来，女人们把聪明的兰围起来，欢呼着胜利，直到很久很久。

从此，江水又像从前一样，清澈见底，鱼儿又成群地游来游去。肥沃的田野上，人们又过起平静的生活。

两个村里的人，就在战胜恶魔的江边，向英勇的海和智慧的兰庆祝婚礼。人们把鲜花和松枝插在龙船上，在花和松枝中间，坐着新郎、新娘，村里人畅饮着美酒，表示庆贺。

从这以后，这条江便叫海兰江了。

【讲 述 者】（无考）

【采录整理】吉云整理，何鸣雁翻译

【采集时间】（无考）

【流传地区】吉林省·（延边朝鲜族自治州）·延吉（延吉市）

【文本来源】中华民族故事大系编委会编：《中华民族故事大系》第4卷

（朝鲜族、满族、侗族），上海：上海文艺出版社 1995 年版，第 50—52 页。

【阅读提示】 这则神话中将海兰江水由浑浊到清澈的转变归因于恶魔的战败，意在倡导人要勇于同黑恶势力作斗争。

【基本母题】 特定河的名称来历；恶魔；恶魔的特征；人与恶魔之战；特定河流特征的变化

【本文编码】 《海兰江》：ZCSW1349-245-049

镜泊湖的由来

（朝鲜族）

从古老的渤海国都东京城的世环镇，往西边走一百多里，便可以看见一座茫茫的湖水，它像一面镜子闪闪发光，这就是镜泊湖。

传说，我国东北境内有一个古老国家，叫渤海王国。渤海的最末一个国王叫艾王。艾王即位以后，把先王的基业当作草芥，整天地和宫女、太监们鬼混，过着花天酒地、荒淫无耻的生活。那些忧国忧民的大臣们纷纷进谏，但都遭到辱骂和罢免。从此，这个国家逐渐衰微，庶民百姓怨声载道。可是，那个艾王却一意孤行，横征暴敛，而且越来越变得残暴。

这时，在北方的契丹贵族，大兵压境，乘虚而入。当契丹兵马长驱直入，逼近都城时，艾王还在御花园的花果山里饮酒作乐呢。忽听得一位大臣前来报告，宁古塔已陷落，这才魂飞魄散，准备出逃。据说，渤海王府里有一面金制的宝镜，是从先王那里传下来的，十分精美。艾王出逃之际，宁肯让出整个国家，也不愿丢弃这面宝镜，因此扔下万贯资财，只带着这面镜子，向西京仓皇逃奔。当艾王一行到了那碧水茫茫的湖岸时，后面有几千名契丹官兵像疾风一样迅猛地追赶上来，把他们围得水泄不通。那些随同艾王前呼后拥的皇亲国戚，眼看无路可走，乱成了一团，跺着脚，发出绝望的哀叫。艾王只恨上天无路，入地无门，便向苍天发出长长的叹息，而后手捧宝镜，“噗通”一声，跳进湖水里，慢慢沉入几千丈深的湖底。接着，皇亲国戚也一个一个跳了下去，后来就变成了三头六眼的鱼蟒……

也不知过了多少年，在这湖畔住着一对善良的夫妻，一年四季以打鱼为生。他们两口子年逾四十，还没有儿女，感到很孤独。后来妻子渐渐有了胎气，一天早上生下一个宝贝女儿。时值阳春三月，一排排的湖岸翠柳正吐出新芽，因此，就给这女孩子取名叫柳芽。自从添了新的生命，渔夫的家里笑声不断，歌声不绝，充满了天伦之乐。柳芽长得很漂亮，而且聪明、伶俐，十分逗人喜爱。老两口非常爱她，视为掌上明珠。他们和从前一样，渔夫每天出船打鱼，妻子每天在头上顶着装满鲜鱼的木盆，串街走巷，扯嗓子叫卖，卖完了鱼，便换些米，换些盐和布。当回家的时候，还买回麦芽糖、小玩具、彩袖童衣，想尽办法让小女儿高兴。老两口看着柳芽像一朵展叶挺蕾的芙蓉一样一天天长大，心里美滋滋的，日子过得像椴树蜜一样甜。左邻右舍和乡亲们，都在羡慕着这个小康人家。

冬去春来，年复一年。到柳芽六岁那年，妻子突然病倒，身子不能动弹，于是就请了许许多多的名医切脉，服了许许多多的灵丹妙药，但都无济于事，病情一天比一天加重。

有一天，妻子预感到她的命数已尽，便把丈夫叫到跟前，用微弱而颤抖的声音说道：“现在，我就要死了。想当初，我们在鸳鸯树下相会，结下了百年姻缘。可如今有一群恶魔嫉妒我，一心想害我。有啥办法呢？这都是命里注定的，喊冤、叹息也没有用啦……”渔夫眼看妻子就要断气了，心里像刀割一样地难受，便用手抚摸着妻子半白的头发，安慰她说。“你呀，别胡猜乱想了，快吃药吧。”渔夫边说边把药碗送到妻子嘴边。柳芽站在一旁，一闪一闪地眨巴着那山葡萄般黑亮的眼睛，一串串晶莹的泪珠像泉水般涌了出来。

“妈妈，快喝完汤药吧。如果你不在世上，以后还有谁能给我买麦芽糖，买玩具呢。”说着，又“呜呜”地哭起来。

听见柳芽悲切的哭声，她再也忍不住了，一下子把女儿拉过来紧紧地贴在胸前，眼泪汪汪地回头对丈夫说：“我有一桩心事，今日想托付给你，大概你不会拒绝吧。”

渔夫说：“你尽管说吧，我一定会尽力办到。”

妻子说：“相传村前的那湖里，有一面奇异的宝镜，深藏在湖底里。如果谁能得到它，不管啥时，只要对镜子一照，里面就出现他所想见的人。所以我想，只要你把这面镜子从湖底打捞出来，即便我死了，做了阴间的鬼，你和柳芽也总能见到我。”

听完妻子的叮嘱，渔夫想：这面镜子，经常被一群三头六眼的鱼蟒用来造孽作怪，常把渔船翻倒，夺取渔民的生命。因此，他早就想过跳入湖底，打死那些兴妖作怪的鱼蟒，夺取宝镜，为民除害。可是湖水太深，摸不着底，要从湖底打捞镜子，好比上天摘星星。如今，听到妻子这般恳求，他发誓要把深藏湖底的那面镜子夺过来。于是，他说：“柳芽她妈，你放心吧！我一定要想办法，捞出那面镜子，让柳芽天天能见到你。”

妻子死了，渔夫他又和从前一样每天出船打鱼，卖鱼糊口。

花开花落，年复一年，柳芽转眼十六岁了。她又和当年的母亲一样，每天头上顶着装满鲜鱼的木盆，到附近的村庄卖鱼，再换些米和布回来，竭尽忠诚，精心侍奉年老的父亲。每当聪明而美丽的柳芽，顶着木盆，出现在街头，她那红润的脸蛋就像珍珠一样，焕发出耀眼的光彩，把每家每户照得通亮通亮，连皎皎的月光也黯然失色了。因此，村里的父老们，暗地里都想娶她做儿媳妇，小伙子们也都暗暗地在爱恋着这位姑娘。

渔夫决定将挑选一个有勇有谋、心地善良的小伙子做女婿，想要借助于他的力量，实现自己十多年来未能夺取镜子的宿愿。消息传开，远近村庄的小伙子们争先恐后地前来应试。渔夫从无数青年中，挑选一些有力气的留下来。渔夫把他们领到湖边，准备去夺取镜子。小伙子们一个个摩拳擦掌，不甘示弱。可是一看到可怕的三头六眼的鱼蟒呼号着冲过来，没有一个敢迎上去，接着，听到一声轰隆巨响，有的下跪，有的昏倒，最后连一个人也没有剩下。从此以后，前来应试的人就越来越少了。

三个年头又过去了。一天，渔夫到湖心打鱼，忽听得一位青年前来应试，便赶紧收拾渔网，掉转船尾，匆匆回家。那位青年已经等了很久，焦急地在篱笆外边踱来踱去，一见快步走来的老渔夫，高兴地迎上前去，深深地鞠了一躬，然后说明来意，还说他也是打鱼出身。渔夫把这位青年渔郎从头到脚仔细端详了一遍，二话不说，就请他进了屋。

这位青年相貌非凡，仪表英俊，身材魁梧，眼睛炯炯有神，喊声像打雷，走步似猛虎，看上去的确力大过人。

于是，渔夫暗自高兴起来，和他拉几句话，就领他到湖心摆阵。一场夺取镜子的搏斗又开始了。一群青面獠牙、三头六眼的巨大鱼蟒跳出水面，狞笑着喊杀过来。但是，青年渔郎毫无畏惧，从容迎战，勇敢拼杀。渔夫暗自想道：这个青年有胆识，有智慧，是他寻找多年的最理想的女婿。于是，他马上收兵回家，对青年说："渔郎，你是个好样的！从今日起，我答应你做我的女婿啦。"就这样，渔郎和聪明而美丽的柳芽结下了百年姻缘。

白天，年老的渔夫和年轻的渔郎，把船划到湖心里，不断地同鱼蟒进行交锋。可是，九个年头过去了，那面奇异的镜子依旧没有打捞出来。这时渔夫的年纪大了，气力也逐渐衰弱下去。于是，他把女儿、女婿叫到一块儿，感慨地说："孩子，你听我说。趁着我这个老头子血还热，手脚还能动弹，跟鱼蟒拼个你死我活，你们看怎么样？"

于是，经三口人商议，发誓要同鱼蟒决一死战。渔夫和女婿，破开万顷波浪，飞向湖心，柳芽则爬上湖岸的峭壁，呐喊助威。船到湖心，天色突变，接着是闪电、雷雨、狂风，一条条青面獠牙、三头六眼的鱼蟒一口吞一个浪峰，凶猛地冲杀过来。渔夫和女婿，立即迎上去，挥舞着长刀，拼命厮杀。顿时，人影刀光搅成一团。经过半天的拼杀，半数以上的鱼蟒被砍死了，剩余的便带着那面镜子开始逃窜。这时，渔夫把船绳解下来，拴在腰里，手持利刀，跃身下水，乘势追杀。

霍地，从几千丈深的湖底，传来轰隆巨响，接着山崩地裂，顿时一片昏暗。渔郎使出全身的力气撑篙掌舵，保证船平稳地前进。随着风浪冲击，拴在渔夫腰间的绳索，不时激烈地晃动，可是渔郎那双有力的手稳稳当当地抓住绳索的一头。柳芽站在峭壁，极目眺望，激动地喊着，跳着，不断向亲人挥手致意。

渔夫和渔郎继续拼杀。刀光闪处，蟒头频频滚落下来，像秋天的落叶似的，在水面上漂了几圈，被漩涡卷了进去。一股股蟒血染黑了碧绿的湖水。

紧张的争斗，持续了一天一夜，胜利地结束了。多少年来兴妖作怪的这群鱼蟒，一条条被杀绝，那面金黄鲜亮的宝镜，被善良的渔夫找到了。

可是，事不凑巧，偏在渔夫举着那面金光闪闪的宝镜，即将跃身上船时，全身没了力气，抓不住船帮。年轻的渔郎用尽全力拉紧绳索，怎么也拉不上来，骨架子像散了一样，连自己都招架不住了。这时，突然间来了一个大浪，把船翻倒了。

就这样，渔夫和渔郎就淹死在他们斩魔取镜的湖心里。柳芽站在高高的峭壁上，悲痛欲绝，向着苍天呼喊起来："呵，苍天哪！你为什么这样无情？我的妈妈呀，妈妈，您的冤魂在哪里，在哪里？"说完，便蒙上红色的罗裙，纵身一跃，投入茫茫的湖水里。

据说，在碧绿透明的那座湖里，至今还漂泊着那面金光闪闪的宝镜。镜泊湖这个名字，从此就叫开了。

【讲 述 者】 金元基

【采录整理】 金溶植整理，金东勋翻译

【采集时间】 （无考）

【流传地区】 黑龙江省·（牡丹江市）·海林市

【文本来源】 中华民族故事大系编委会编：《中华民族故事大系》第4卷（朝鲜族、满族、侗族），上海：上海文艺出版社1995年版，第83—58页。

【阅读提示】 这则神话将渤海国（698—926年）灭亡的史实和现实中特定湖泊的产生用一面宝镜建立起跨时空的关联，显示出神话讲述者天马行空的想象力，也反映出神话创作的取材特征。

【基本母题】 残暴的国王；宝镜；人变成鱼；婚前考验；人与妖魔之间的争斗；特定湖泊的名称来历

【本文编码】 《镜泊湖的由来》：ZCSW1350-245-050

难夕河[①]

（傣族）

在很久以前，西双版纳还是一片可怕的森林。这时，傣族居住在遥远的东北方的大平原上。在一次和异族残酷的战争中，整个民族几乎被消灭了，只有七位公主逃了出来，钻进茂密深邃的森林。

她们长得很美丽，像绿香排[②]一样，丰润的皮肤像金子似的闪闪发光，纤细的身材像初展的柳条，柔软的手臂像两条美丽的黄蜡，晶莹的眼珠像黑夜里水中的星星。

她们孤零零地住在一起，没有父母，没有弟兄，也没有其他的人。她们忘记了自己的美丽，忘记了快乐，每天寂寞地生活着。

一天，她们正在河里洗澡，忽然从上游流下来一只茶花鸡，鸡的肚子上插着一支箭。鸡还没有死，鲜红的血染红了雪白的箭羽。

她们觉得很奇怪，连忙起身穿好了短衫和筒裙，向上游奔跑，去找寻射茶花鸡的人。树枝扯乱了她们的头发，荆棘刺破了她们的皮肤，她们还是匆匆地往前奔跑。她们心里非常高兴——因为除了她们七个人外，很久没有听到别人的声音了。她们是多么渴望听到这种声音啊！

跑了不少时候，忽然听到唱歌的声音。多么好听的声音呀！像流水出洞，像长空鹤唳。她们的心醉了，连忙闪在一棵大榕树后面，从枝缝里向外偷看。只见七个小伙子，头上戴着用笋皮做成的乳黄色的平头软帽，帽顶上嵌着一块三角形的白玉，白玉的顶上系着一朵黄金花，帽上还插着一支有几片绿叶裹着的鲜花；身上披着一件白色的长披风，里面穿着“紧身”，系着长裙，腰里还有一把象牙和金银镶嵌的长刀。多么漂亮的小伙子啊！他们坐在地上，围着一堆火在烤茶花鸡吃。一个小伙子弹着不垒[③]，别的几个唱着

① 难夕河：意为母亲河。

② 绿香排：一种香花的名称。

③ 不垒：傣族乐器，形似琵琶。

迷人的歌。他们真像是世界上最快乐的人。

七位姑娘爱上了他们，就从树后走出来，转到树前，站在那里，痴痴地望着他们。突然出现七位姑娘，使他们吃了一惊，也呆呆地望着她们。

过了一会，七个小伙子站起身，向她们走过来，嘴里说道："感谢我们的眼睛，它使我们看到了这样美的姑娘！世界上没有一朵花比得上你们娇艳！我们看到你们，多么快乐，多么荣幸！亲爱的姑娘，请求你们启动美丽的嘴唇，吐出动人的声音，把你们的名字告诉我们吧！"

她们回答说："我们是傣族的七个公主。可恶的敌人杀死了我们的父母，杀死了我们的亲人，只剩下我们七个人，逃进了森林。我们原以为明天就会死去，哪知今天从你们这里竟获得了新的生命！"

七个小伙子说："我们是珠天山上花狗族的七个王子，我们族人曾经庄严地向太阳宣过誓：'土块贱于金银，山头高于森林，而我们花狗族永远要征服他族的人。'他们都自认为是世界上最高贵的人。我们族规还规定：不准和他族通婚；对他族的人，勇敢的要在战场上杀死，羸弱的要摆在祭台上祭神，美丽的把他当作奴隶，来侍候我们。我们七个兄弟不忍这样做，父亲就说我们没有花狗族的族性，要驱逐我们出境。因此，我们闷闷在心。我们怎能和族中的姑娘结婚？连我们母亲在内，她们都是那样的凶横、残忍。我们不愿住高山，宁愿住在瘴恶的森林，我们宁愿打猎为生，也不要那些沾满鲜血的金银，我们不愿和那些没有人性的母夜叉结婚，宁愿和虎豹亲近。因此我们常到森林中来打猎，唱歌解闷，哪知今天碰见了你们这些美丽的女神。啊，姑娘！你们这样姣好，就像火鸡蛋里七个蛋黄那样难找！我们的心像惊慌的小鹿那样在胸膛里乱跳！我们不能再回到家里去，回到家里就要死掉。我们情愿永远留在森林里，为姑娘们抵御野兽，替姑娘们寻食、看门。我们现在已经按捺不住自己的心，为了姑娘，我们愿意抛弃自己的生命。"

他们说罢，对太阳起了誓，把镶着花狗族族徽的帽子，抛到河里，请姑娘赐一块筒裙布给他们包头。姑娘们看他们这样诚挚、热情，真是世界上最好的小伙子，心里很受感动，便亲手给他们包了头。包头多余的布，垂在左边。照理，右手用力大，余布应垂在右边。因为姑娘们是站在王子们的对面给他们包头，所以余布就垂在左边了。后来傣族人民为了纪念祖先，包头的余布也总是垂在左边。雪夜，他们在河边结了婚，第二天，就恩恩爱爱地回到森林里姑娘住处去了。

他们结婚以后，生活过得很美满。王子们用一百二十根美析黎[①]盖了一座大楼房，用构树丝织成了七条墨绿色的筒裙，筒裙上凸出七十粒闪闪发光的星星。姑娘们每天在森林里采集芒果、荔枝等做成蜜脯，采集美析黎的嫩蕾和芭蕉的嫩叶制成酸菜，又常到河里去捉巴鲫[②]，潜入河底采集青苔制成苔饼。他们吃的、住的、穿的都很好，姑娘们学会了笑，也学会了唱歌。至今，傣族姑娘仍是有名的“笑的姑娘”和“爱唱歌的姑娘”。

他们生了许多孩子（据说，这些孩子就是现在傣族的祖先），这样，他们生活得更加幸福了。

一天，七位王子出去打猎，在森林边，遇到了大队花狗族人。他们逼迫王子回山，王子们不愿意，于是就打了起来。勇敢的王子们，杀死了许多人，鲜血染遍了他们的脚踝，他们还是继续勇敢地战斗。但是终于寡不敌众，王子们退却了。为了使妻子和孩子们不受伤害，王子们坚决不退到森林深处自己的家里，却向河边退去。可怜的王子们身上受了重伤，白披风、白紧身、白裙子都染上了斑斑血痕，鲜血还顺着伤口向下流着。他们且战且走，一步一步地退到河边。最后，刀子折断了，血也流尽了，王子们被自己的族人杀死在河边。

七位公主和孩子们，久久不见王子们回来，就出外去寻找。找了十天，走到森林边缘，发现了血路，就顺着血路，找到了王子们的尸体。母子们不禁痛哭起来。他们把尸体抬回家，当晚就埋葬了。七位公主呆呆地坐了一夜，第二天就不见了。

据说，那条血路在当天晚上就变成了一条花路——浸着血的泥土，长出无数丛花树，高高低低开满了美丽的花朵。大的如饭篮，小的如纽扣，红的像红毯，翠的像孔雀尾巴，白的像银器，香的像香料。在许多花朵中，有一

---

① 美析黎：一种大树，属榕类。

② 巴鲫：西双版纳九龙江特产的鱼，大于鲫鱼，味鲜美。

种最好看的白里夹着红斑的花，叫斑枝花①，据说，这就是花狗族王子们的血变的。在花丛中飞舞着几千只各种颜色的蝴蝶，内中还有奇异的金色蝴蝶，一共有七种，大的有彩球大，小的有铜钱大，围着人的头顶飞绕，绕得人目眩眼花。据说，这些金蝴蝶，就是那七个公主洒出来的眼泪变成的，它们是在花丛里寻找自己的斑枝花。在花路旁边，有一条河，名字叫“难夕河”。河里有七块像人的形状的大石头，据说是七个公主死后变的。现在傣族人常戴的白头巾，据说就是戴王子们夫妇的孝。

【讲 述 者】 （无考）
【采录整理】 曹格整理
【采集时间】 （无考）
【流传地区】 （无考）
【文本来源】 中华民族故事大系编委会编：《中华民族故事大系》第6卷（哈尼族、哈萨克族、傣族），上海：上海文艺出版社1995年版，第646—650页。
【阅读提示】 这则神话的部分情节应该反映了傣族部族间的交流与融合。
【基本母题】 异族之间的争战；公主；族间通婚；祭神；特定服饰习俗的产生；祖先的来历；特定河流名称的来历；变形

【本文编码】 《难夕河》：ZCSW1351-245-051

召底米

（傣族）

据传，在古老的年代，布满了湖泊河流的弟密牙（今西双版纳勐遮的古称）地方，有两个凶残的魔鬼，是专门残害生灵的夫妻。他们到处吃人，白

① 斑枝花：一名攀枝花，形似木棉。

骨堆满了大地，鲜血染红了树叶。村寨里的人越来越少，眼看人都要被魔鬼吃光了，大伙都很着急。召底米知道这一消息后，立即赶到弟密牙地方，决心杀死魔鬼。然而，魔鬼夫妻并不害怕他，张开血口，要一口把他吞进肚里。召底米拔出宝刀，勇敢地跟魔鬼夫妻战斗。双方从地下打到天上，最后召底米终于用神箭射死了两个魔鬼。两个魔鬼的尸体从天上掉下来，落在坝子中间的大湖里。灾难消除了，百姓都很欢喜，拥立召底米为擒魔之神。

魔鬼的尸体在湖水里泡了几天后，腐烂了，使得湖水发臭生蛆，臭味到处飘，蛆虫遍地爬，魔鬼的幽魂仍在威胁着人类的生命。这时，恰巧佛祖帕召古达玛巡视世界，来到弟密牙地方，闻到一股恶心的臭味，低下头一看，原来是泡在湖里的魔鬼尸体腐烂了，便用扇子把湖岸撬开了一个缺口，魔鬼的臭气污血流出去，成为“南牙”，即今之流沙河。

【原文本标注】

由陈平选自魏庆征主编《中国各民族宗教与神话大词典》，学苑出版社1990年版。

【讲 述 者】（无考）

【采录整理】岩峰、王松搜集整理

【采集时间】（无考）

【流传地区】（无考）

【文本来源】姚宝瑄主编：《中国各民族神话》（哈尼族、傣族），太原：书海出版社2014年版，第366页。

【阅读提示】这则叙事中佛祖用扇子打开湖的缺口让魔鬼的污血流走的做法，使人不禁联想到“排污治水”，让人感叹神话与现实的关系原来如此紧密。

【基本母题】魔鬼；魔鬼夫妻；吃人的魔鬼；宝刀；神箭；特定河的产生

【本文编码】《召底米》：ZCSW1352-245-052

大江的来历

（独龙族）

传说，独龙江和怒江是由蛇仙变化来的，所以两条江都像蛇一样弯弯曲曲。

很古的时候，嘎娃嘎普山①上有个水潭，有二十个簸箕那么大，潭底不断地冒出串串珍珠般的水泡。潭边一个神奇的山洞里，住着会变化的蛇王、蛇母。它们互敬互爱，白天出洞寻食，或到山林里追逐，或到水潭里戏耍，日子过得悠闲自在。

嘎娃嘎普山高耸入云，山腰古木参天，山顶白雪皑皑。过不了多久，蛇王蛇母就把整座山都玩过来了，于是感到有些厌倦。它们觉得山太小，实在容不下自己的身子了；水潭太浅，更没法让它们飞腾。于是，在一个月白风清的晚上，蛇王与蛇母商量，说："我们长久呆在这儿，实在冷清，不如走出去看看，找个更宽阔的地方，施展本事，那才逍遥自在呢！"

蛇母回答说："说得有理！天宽地无边，我们正好去做一番事出来，留在天地之间，说不定还能找到一个新的幸福的地方。"

"那我们分头出去，最后来到远方会合时，再来比看谁的本事大，你看怎么样？"蛇王巴不得马上飞出去。

"我俩从来形影相随，如今要各走一条路，真有点难过呵！就不知哪年哪月才能会合……"蛇母说着，悲伤地流下了泪。

蛇王安慰说："幸福的大地方总会找到的，不管路上有多大的困难，只要勇敢地前进，我们总有一天要会合的！"

第二天早晨，蛇王蛇母要出门了。太阳露出欢喜的笑脸，白雪闪出耀眼的光芒，像为它们送行，林中的雀鸟为它们唱起了美妙的歌，麂子马鹿为它们跳起了欢快的舞。大大小小的蛇子蛇孙，也在整装，准备随行。

出了洞门，蛇王向蛇母道了别，独自向西南方向走去；蛇母则摇头晃尾

① 嘎娃嘎普山：在独龙江源头处。

一直朝南奔去。它们俩一出山，一见到大世面，就禁不住“哗啦啦、哗啦啦”地唱起歌来。路途漫长而又艰险，有时要从夹壁中钻过，有时要从悬崖上跳下，有时要穿过刺林，有时要拐弯绕山，有时一头撞在大石上，有时又猛地摔进沙窝里，可是它们不愿停步，更不肯后退，拼出全身的力气东冲西闯，日夜兼程地赶路。

有一天，它们终于来到了宽阔无边的大海。蛇王找蛇母，蛇母也找蛇王，最后在大海的中间相会了，从此它们永远住在一起，过着相亲相爱的幸福生活。

蛇王走过的路，变成了一条汹涌澎湃的大江，独龙人叫它“阿古旺”（公王），后来又叫怒江；蛇母走过的路，也变成了一条波浪滚滚、涛声震天的大江，独龙人叫它“阿麦旺”（母王），后来又叫独龙江。原来跟随蛇王蛇母的蛇子蛇孙，后来就变成了流进这两条大江的一条条小河。

【讲 述 者】 阿柏

【采录整理】 战荣、陈凤楼整理

【采集时间】 （无考）

【流传地区】 （无考）

【文本来源】 中华民族故事大系编委会编：《中华民族故事大系》第15卷（德昂族、保安族、裕固族、京族、塔塔尔族、独龙族、鄂伦春族），上海：上海文艺出版社1995年版，第614—616页。

【阅读提示】 这则叙事以蛇仙不满现状，寻找新生活为前提，将蛇行的痕迹与江河的形态巧妙联系在一起，是神话创作中常用的手法。

【基本母题】 蛇仙；蛇的印迹形成江；江河的性别；寻找；蛇夫妻

【本文编码】 《大江的来历》：ZCSW1353-245-053

公鹿河的传说

（鄂温克族）

从前有个猎手，外出打猎打伤了只鹿。那鹿带着伤跑了，猎人随后跟着撵。鹿的伤势很重，流血很多，眼看跑不动了，可还是不肯倒下来，艰难地一直跑进山沟里。那儿有道清泉，曲曲弯弯流向山下。当那只受伤的公鹿横着游过泉子后，不知怎的，忽然欢蹦乱跳起来，只见它抖几下身子，又在山坡上飞跑起来，跟没被打伤时一模一样。猎人赶到泉边一看，那公鹿站过的地方淌下一摊鲜血。猎手这才明白，原来这泉水能治伤，是道神泉水。后来，为记下这件事，猎民们就把这道泉子叫作公鹿河了。按照鄂温克语，公鹿叫“敖那”或“敖恩”，那条河也便叫敖那河或敖恩河了。

【讲 述 者】 贺兴格

【采录整理】 文展搜集整理

【采集时间】 （无考）

【流传地区】 内蒙古自治区·呼伦贝尔市

【文本来源】 中华民族故事大系编委会编：《中华民族故事大系》第 14 卷（普米族、塔吉克族、怒族、俄罗斯族、鄂温克族），上海：上海文艺出版社 1995 年版，第 821 页。

【阅读提示】 关于鹿的产生之类的神话传说在鄂温克族聚居地区流传广泛，与该民族自古以来的狩猎和驯鹿生产习俗息息相关。

【基本母题】 猎手；神奇的泉；能治病的泉水；特定河名称的来历

【本文编码】 《公鹿河的传说》：ZCSW1354-245-054

清甜的奥尔科河

（高山族）

奥芭戈部落的头目奥尔科，为人正直，办事公道，大家都很尊敬他。

一年，部落遇上特大的旱灾，乡亲们求雨求了几十天，老天还是不下雨。

奥尔科老人为了找水，腰挎长刀，肩背弓箭和装糌粑的袋子，手提标枪，头顶火辣辣的太阳，翻了一山又一山，跨过一沟又一沟，饿了吃几块糍粑，渴了喝几口山水，累了躺在地上打个盹儿。

一天中午，奥尔科老人刚下到一条怪石林立的沟底，突然一只金钱豹向他猛扑过来。奥尔科老人"哎呀"惊叫一声，急忙闪开，随手投出一支标枪，正好击中金钱豹的肚子。金钱豹疼得又蹦又跳，忽地又掉头扑来，被奥尔科老人"咔嚓"一刀砍死了。

他又在森林里走呀，走呀，忽然看见在一棵古老的大树底下搭有一个草寮，不禁一怔："咦，是什么人住在这荒山密林中呢？"此时，从草寮中走出来一个银须银发的老人，乐呵呵地对奥尔科说："客人，请进屋里坐坐吧。"

奥尔科看看对方十分和气，深施一礼，说道："老阿哥，我们部落的人都快干死了，我是来找水的呀：这里可有清泉水吗？"

白发老人说："我知道你是一个热心为大家办事的好人。不过，路这样远，即使找到了清泉水，你又如何引回部落呢？远水解不了近渴呀！"

"这……"

奥尔科老人正感到为难，老人又说："不要紧，不要紧。"说着，把手中的拐杖递给奥尔科，"热心人，拿去吧，它会帮你寻找到山泉的。"

奥尔科接过老人给他的拐杖，忽觉身子轻轻地飘升起来，他低头一看，银须银发老人和草寮全不见啦。奥尔科越飘越高，越飘越快，不一会飘落到一座大山上，他无意中把拐杖往地上一捣，只听见"咕嘟"一声，从地上喷出一股清清凉凉的甘泉来！奥尔科正连声叫"奇"，霎时间，拐杖变成了一条光闪闪的大鳗鱼，跳进泉水摇头摆尾地游呵，游呵，地上立即出现了一条沟，流呵，流呵，流到了奥芭戈。

部落里的人们得救了。他们奔走相告，载歌载舞，拥向头目，大声地欢呼着，将他抬起，上下甩抛……

从此以后，奥芭戈的土地再也没有干旱过了，年年丰收。人们为了永久纪念奥尔科老人，就将他引来的这条水叫“清甜的奥尔科河”。

【附注】

本文关联文本，参见白族神话《蝴蝶泉》(ZCSW1343-245-043)。

【讲 述 者】 (无考)
【采录整理】 清河搜集整理
【采集时间】 (无考)
【流传地区】 (无考)
【文本来源】 中华民族故事大系编委会编：《中华民族故事大系》第 8 卷(畲族、高山族、拉祜族)，上海：上海文艺出版社 1995 年版，第 486—487 页。
【阅读提示】 用神奇的拐杖捣出泉水的神话母题流传广泛，反映出魔杖崇拜，有些还表达出以拐杖代表年老智者的寓意。
【基本母题】 部落首领；旱灾；祈雨；找水；老人作为帮助者；拐杖捣出泉水；特定河名称的来历

【本文编码】 《清甜的奥尔科河》：ZCSW1355-245-055

金鸡与龙马

(哈尼族)

江城县有一条江，江水汹涌，像游龙走马，东闯西撞，拍岸击礁，就是在几里外都可以听到江水滔滔的声音。这就是江城有名的“龙马江”。

顺着龙马江沿江而下，在江城旁边的崇山峻岭中，有一块房子那么大的石头。这石头齐齐整整地一破两半，在裂开的两壁上还留有一个深深的马蹄印。离这块石头二三十步的地方，还有完完整整的同样大小的一块石头，在石头的上半段有一些羽毛印，斑斑点点的，就像鸡翅膀上掉下来留在石上的一样。

讲到这条江，提起这两块石头，不得不从“龙马”和“金鸡”讲起。

也不知是在哪朝哪代，皇宫里养着一匹枣红色的高头大马。它生得一头又粗又长的马鬃，活像长在龙头上的龙须一样。马身又高又大，四肢可结实啦！跑起来，四蹄翻飞，就像腾云驾雾；睡下去打个滚，如同蛟龙搅海。所以皇宫里的人都说它是天降神物，皇帝也赐给它一个御称叫“龙马”，并将它视为宝贝，专门为它制作了一副金鞍，又生怕丢失，就打了副银链，平时锁银链，骑时配金鞍。龙马吃的是精饲料，洗的是温泉水。这生活也够好了，但它嫌不自由，为此，它曾几次三番想挣脱锁链，去看看外面的大世界。可是又粗又牢的银链锁在脖子上，每日只能在圈里转来转去，孤独极了。它渴望自由，每天都仰天长嘶，哀鸣阵阵。声音传到皇帝耳朵里，皇帝问大臣：“龙马为什么一天到晚地吼？”大臣们总是阿谀奉承说：“这是龙马发出的笑声，它在感谢皇上对它的厚爱呢！”所以，它喊破了嗓子，也没有人理它。

这天底下难道就没有知心的朋友吗？龙马呼喊、哀叹都没有用，于是它整天低头不语，只有那高挂在屋檐铁笼里的雄鸡，也用同一种音调拼命地叫着。龙马抬头看了雄鸡一眼，气呼呼地说：“你是高高在上，快活得不得了啦！”雄鸡凭空挨了一顿骂，气不过地分辩说：“哪个高兴这样喊破嗓子地叫？……”话没说完，眼泪竟像断了线的珠子一样，噼里啪啦往下滚。“难道说它也有伤心事？”龙马想着，于是温和地问道：“你有什么伤心事，能讲给我听听吗？”雄鸡忍住了眼泪，向龙马诉说了自己的遭遇。

“我本是长在民间的一只小公鸡，只因为长得比别的鸡美丽，歌喉比其他鸡更洪亮一些，有一天，竟被那些多事的大臣见了，硬把我从我的主人——一个农民孩子的手里夺走，说我是金鸡，抢来送给皇帝。皇帝把我关在这笼子里，脚上套上银链，每天要我按时报晨。我从天不亮就叫唤，叫晚了，就不给我饭吃，不给水喝。一副好嗓子，就这样喊哑了。我虽有翅膀，却飞不出笼子。我听到你的叫声，知道你也苦闷极了，一定希望能挣脱出去，谁知你却一点儿也不能理解我。”

龙马一听，心里也感到懊悔，忙向金鸡道歉说：“金鸡弟弟，是我错怪了你，只有你才是我的知心朋友。”龙马用脚绞着银链气愤地说：“我不能蹲在这里过一辈子，总有一天，我定会挣脱这大牢银链的。”金鸡也悲愤地说：“我也要和你一起飞出去。”

它们想来想去，觉得唯一的办法只有磨断银链。于是，它们每天都用银链互相摩擦。过了一天又一天，过了一年又一年，脚和爪不知磨出了多少血，长出了厚厚的老茧，但它们仍然互相鼓励，不停地摩擦。

终于，一天夜里，它们的银链同时断了，一起逃出了牢笼。为了逃脱皇帝的追捕，它们一股劲儿地向南飞跑，荆棘挡不住龙马的道路，风雨阻不了金鸡的翅膀。它们不停地飞跑，天亮的时候，它们来到了远离京城的西南边疆，一个四周被江水环绕的美丽的地方——江城。站在大江边，它们呼吸着自由的空气，看看浩浩荡荡东去的江水、连绵不断的崇山峻岭，看得眼花缭乱，看得入了迷。

却说，皇帝知道一夜之间丢失了龙马和金鸡，非常恼怒，大动肝火，把看守喂养的人打得死去活来。皇帝颁布圣旨，到处招募有本事的人，四方察访。圣旨说：“×月×日，皇宫内丢失了龙马一匹，金鸡一只，此乃上界赐帝之神物，民间不得受用。有见而捉归者，重赏；见而不能捉归，及时来报者中赏；见而不报者罚，见而藏匿者，杀。”俗话说，重赏之下，必有勇夫。各方术师方士，见了圣旨、告示，都争着要去捉捕。

其中有一方士，自称眼观六路，耳听八方；又一方士又称能看天文、识地理。于是皇帝便令他俩在十天内，一定要将龙马、金鸡捉捕回宫，不得迟误！于是二人高高兴兴接了旨，急急忙忙上路了。

再说这龙马、金鸡也真是有些奇怪。龙马的双蹄竟把坑坑洼洼的小路踏成了平坦大道；金鸡的羽毛把路照成了五彩路。虽说它们距离京城几万里，但两个方士还是顺着这条五彩路追上来了。他们追到江边，只见龙马和金鸡正在那里被美丽的景色迷住了，完全没有注意到他俩的到来。二人高兴无比，以为捉捕龙马、金鸡归宫，是小马拴在大树上——稳妥妥的了，金银奖赏也稳拿了。二人商量了一下，一个去牵龙马，一个去捉金鸡。就在这时，龙马、金鸡发觉了，它俩一起跳到一块大石头上。说也奇怪，大石头忽然“哗啦”一声，响如霹雳，石头裂开了。龙马和金鸡急忙往裂缝里钻。它俩刚躲进去，石头又“哗啦”一声合了起来，硬是严丝合缝，找不到一点痕迹。二人赶到石头跟前一看，真是怪事，明明他们听到了“哗啦”两声巨响，看见龙马金鸡往裂缝里钻，为什么一下子就逃得无影无踪了呢？难道就要到手的金银叫它飞了不成！不会错，龙马与金鸡保准是藏在石头里了。

他们就在石头上商量起来，决定先把龙马、金鸡骗出来。于是两人对着石头说尽了甜言蜜语，龙马和金鸡还是不开腔，不出来。两人又用吓唬的办法，对着石头大声说：“皇帝有旨，让我俩到这里捉捕二位神物，请二位神物接旨，随我俩回宫，否则你俩和我俩的性命都难保。”龙马、金鸡一听，也非常着急：逃了这么远，还是逃不出皇帝的魔掌。要是被捉回去，不死也要脱层皮。可是再没有别的办法逃脱了，怎么办呢？

“二位神物听着，到了午时三刻，皇帝不见到我俩接二位回宫，就会派人来。到时候对你们可不客气了，破开这石头，如同砸烂鸡蛋一样容易，那时你们后悔也来不及了。请二位神物三思。”

石头外面又传来二人恐吓的话。龙马、金鸡也感到事情恼火，只有赶快想办法逃。金鸡想了一会儿，对龙马说：“我们先想个办法，把他们支开，然后再想办法逃走。”龙马觉得有道理。于是金鸡开腔了：“皇帝要叫我们回去，没有金鞍银链，你们也牵不回去呀！”二人在外面一听，觉得金鸡说得也对，没有银链套着，半路上跑了，那不成了“见而不捉，中赏”吗？这太不划算了。但来时走得匆忙，忘了带来，现在回京城，又要走几千里，又要吃多少苦头啊！他俩你推我，我推你，谁也不愿意回去。但总得去一个、留一个才行啊！最后，还是让眼观六路、耳听八方的那个留下，懂天文地理的那个回京城去取金鞍银链。他们的话龙马、金鸡全都听到了。龙马、金鸡更加急得不得了。原想把两个都支开回去，没想到，走了一个还留着一个，怎么办呢？龙马想来想去，对金鸡说：“金鸡弟弟，事到如今，守在这里，两个都完蛋，不如拼着出去，不是鱼死，就是网破，没有别的办法了。”金鸡也知道，等另一个人回来，要冲出去就更加困难了，就点头同意了。当它们硬着头皮往外钻的时候，石头却好像故意为难它们一样，一丝缝也不张开。这可把它俩弄得没法了，一齐跪下，哀求道：“石阿波快开门！请您快开门让我们逃啊！”嗓子都喊哑了，腿都跪麻了，石头仍然不开。

几天过去了。石头外面的那个人已经守得不耐烦了。俗话说：人闲念头多。他忽然想到：要是我现在就把它们捉到，这笔重赏不是就全归我了？是啊，必须立即动手，破石取宝。于是他到一个农民家借了大键和凿子，开始凿起石头来。

“叮当，叮当”的响声在群山中回荡，“叮当，叮当”的响声震动着整个石头。每敲一锤，石头的裂缝就更大；每凿一凿子，龙马、金鸡就感到危险靠近了它们一步。它俩流着泪，哀叹着：“要得到自由，咋个这样难啊！”

外边在忙着，里边在急着。没等天黑，石头就被凿开了一条大缝。这时，龙马看了看金鸡，金鸡也看了看龙马，双方都感到情况紧迫，此时不逃，更待何时？于是，它们鼓起勇气，往外猛冲，巨石“咔嚓”一声天崩地裂的巨响，平均破成了两半，金鸡展翅飞了出来。那人丢下大锤就去捉，却被后头的龙马一头撞得扑在石块上。那人又忙去抱马脚，又被龙马使尽全身力气，对准他的肚子踢了一脚，这一蹄，踢得猛，不仅踢穿了那家伙的肚子，连石头都被踢凹了，留下一个深深的马蹄印。那人脚蹬了两下就咽气了。

“我们赢了！我们赢了！”龙马抖着鬃毛，金鸡扇着翅膀，它们高兴得流下了幸福和喜悦的泪水。

“哎，龙马哥，我们现在虽然赢了，但捉我们的人，只死了一个，另一个还会来的。他们不把我们捉回去，是不会死心的。现在，我们只有到深山老林里，他们才不会抓到我们。我们走吧！”龙马一听，也收敛了笑容，难过地说：“金鸡兄弟，我进山林无法生存，我只有到江河里，变成蛟龙了。看来，我们只有分手了。”它们抱在一起，亲亲热热，又哭一阵，哭哭想想，又亲热一阵。泪水把龙马的鬃毛全淋湿了，泪水把金鸡的翅膀全湿透了。流着告别的泪水，迈着沉重的步子，龙马跳下了滚滚的勐野江，从此它便融入勐野江里，这段就成了龙马江。金鸡扇着沉重的翅膀，飞到了亮山上。

它们刚分手，那个风水先生也跌跌撞撞地带着金鞍银链跑来了，以为这下定可马到成功了。谁知到了大石头旁，却吓得他心惊肉跳：只见同伴倒在石头上，肠肚在外，脑袋裂开，红血变成了黑血，肥肠变成了干肠。江风吹来，一股令人恶心的腥气直冲他的鼻子。完了！完了！死的已经死了，活着的他又怎么回去交差呢？金鸡、龙马，一样都没捉住，怎么去见皇帝，这不是犯了欺君之罪吗？这叫他怎么担当得。思来想去，听亮山上的风声林涛，凄凄惨惨，看脚下的江水，如同蛟龙腾跃，风水先生连连打着寒战，头一晕，腿一软，"扑通"一声掉下石崖，落入江中，如同一片枯叶，一会儿就被滚滚东去的江水吞没了。

后来，当地老百姓对金鸡和龙马的遭遇深表同情，他们常常唱着这样的山歌：

以色——
世道不平呢；
金鸡飞亮山，
龙马跳下江。
……

【原文附记】

《金鸡与龙马》的故事，在红河地区也有《金鸡爬石龙马变山》的传说。

相传，在红河北岸的沙石坡上，有一只金鸡看到百姓贫穷，每天早晨亮开金嗓子啼鸣，啼叫之后还屙下白花花的银子。附近的百姓听到鸡叫声，就去金鸡啼鸣的地方拾银子。就在离沙石坡不远的一座山上，有一匹龙马栖息。龙马金光闪闪，屙出的马屎也是白花花的银子，附近的百姓一看见龙马出山，就去山上拾白花花的银子。贫穷的百姓拾到了银子，就过上了幸福美满的日子。

可是，没有不透风的墙。金鸡龙马让贫穷百姓拾银子的事，被乌木知道了，他就派大队人马下来捕捉金鸡龙马。乌木传下了话，附近百姓见者不报，杀！附近百姓为感谢金鸡和龙马的恩典，有意支开了捕捉金鸡龙马的皇兵，并烧香祈祷金鸡龙马小心躲藏。但终因金鸡每天要啼鸣、龙马每天要出山，被躲藏探听的乌木的人马看见了，就鸣锣追赶捉拿。当追赶金鸡的兵丁追到山顶时，金鸡就在山顶扒下了大块大块的石头，打翻了追赶的兵马。从此，金鸡倒下了，变成了金鸡石高高站在红河岸边；金鸡扒下的石头，成了今天的沙石坡。龙马为了不让乌木的人捉住，化作了今天的马头山，高高屹立在红河岸边。

【讲 述 者】（无考）
【采录整理】赵官禄
【采集时间】（无考）
【流传地区】（无考）
【文本来源】姚宝瑄主编：《中国各民族神话》（哈尼族、傣族），太原：书海出版社2014年版，第97—104页。
【阅读提示】这是一则流传在云南省红河哈尼族地区有关神性动物化作特定山河的神话，文笔刻画细腻，充满传奇色彩。
【基本母题】特定江河的来历；龙马；金鸡；五彩路；特定江河的名称来历

【本文编码】《金鸡与龙马》：ZCSW1356-245-056

南宛河[①]和罗卜坝河

（景颇族）

从前，陇川坝子和罗卜坝子是没有河的，只有一大片沙滩。

① 南宛河：以前是叫陇川河，南宛是傣语。

这还是在乌云遮天蔽日，洪水泛滥的那年，说起来已是很久远的事了。一股洪流突然从高黎贡山上铺天盖地奔腾而来，遇桥桥倒，遇屋屋坍，遇山山崩，陇川坝和罗卜坝到处激起山大的波浪，真是吓死人。

洪水所到之处，使得地上的动物无处藏身，天空的飞鸟无地可落，百姓无家可归。洪水整整流淌了四十个昼夜，直到狗长出了长长的尾巴，小白鱼被浪渣夹扁之时，洪水才慢慢地退了下来。

但是，被洪水淹没过的地方，出现了很多悬崖峭壁，千亩稻田成了大小的水塘。

这时，恩官瓦①心如刀绞，气得几天几夜水米不沾，睡不好觉，他本想用双手赶走洪水的，但又不抵事，只得望着被洪水毁坏了的万物哀泣……过了几天之后，恩官瓦心里总算有了点主意。他决定重修山河，叫大地恢复原状。

他用手抓起牛大的土垡子，朝着积水的地方撒去，打得洪水唰唰的响。垡子填满水塘，变成高山，没有撒着土垡子的地方就是坝子，山坝又开始分明并形成起来。

高黎贡山上住着一对刚成家的龙“夫妻”，龙郎天天出去寻找食物，龙娘负责做家务，小两口生活得很幸福。一天，他们听到垡子的响声，知道又是恩官瓦在造地了。

这回恩官瓦造地不比一般，他把山峰加宽加高，再大的洪水来也冲不垮了。就是被洪水冲刷过的石洞都一个个堵住，一个不留。这样就使得龙“夫妻”俩没有居住的地方了。他们要赶紧想办法，找安身之处。

此刻，恩官瓦又在他俩的周围不远的地方撒了些垡子，眼看情况不妙，马上就要撒到他们跟前了。龙郎急忙领着龙娘往山端走去，准备到很远的地方，找一块安乐之地。他们一直走了很远很远，左看右望，到处是洪水退后剩下的水塘，恩官瓦都要来填的，到哪里去找安身的石洞呢？他俩只好继续往前走，又过了七十二道关，八十四个塘，还是找不到。

① 恩官瓦：传说是创造大地的人。

一天，龙郎看到龙娘体力渐渐不佳，想想他们已是几天没吃没喝了。别说是赶路，就是睡在家里也抵挡不住的。自己也是实在饿不得了。他把龙娘安顿好，自己强打起精神，独自鼓起劲头直冲陇川山端而来，他慢慢地爬上山顶，只见前面是一大片无边无际的大沙坝，碰巧山腰还有个天生的大石洞。真是绝路逢生，这里美极了，真是独一无二的好地方。龙郎连声赞叹："难得，难得，实在是难得的好地方呀!"

龙郎高兴极了，正打算返回去把这个好消息告诉给龙娘之时，突然轰隆隆一声巨响，只见一股巨大的洪水已冲到跟前，算他还是手脚快，闪到一边，让开了洪水的凶猛浪头。过了一浪，紧接着又卷来一浪。他来不及躲让，这真是祸从天降，把他一直卷进了洪水里，冲到了大陇川坝子。当他慢慢苏醒过来，展开鳞甲，摆动大尾巴想奋力冲过关口回去跟龙娘团聚，几天来的劳累使它身体无力，无法冲过去，只好独自生活在大陇川。为此，悲哀地流了很多很多泪水，这些泪水汇聚起来形成了一条河流，这就是陇川的第一条河——陇川河，现今叫做南宛河。

龙娘等龙郎等了五天六夜，等得心急如火，左盼右盼不见龙郎回来。她就沿着水塘到处去找，东西南北都找遍了，还是找不见龙郎，到处是白晃晃、亮晶晶的浪沙，去哪里找呢?

正在焦急之时，从远方走来一位水上老人，他来到龙娘跟前对龙娘说："你的丈夫龙郎被特大洪水卷到大陇川去了。"话音刚落，龙娘悲切万分，一投就跃入水中，直冲大陇川而来，遇到山峰，一头撞倒半座山，撞得山鸣谷应。正急着要过关口时，恰遇恩官瓦又投下一锄垡子，垡子入水溅起高高的水花，堵住了最后一个洪水口——罗卜坝口子。龙娘被堵在罗卜坝再也无法到大陇川来了，只好独住罗卜坝。她为不能跟龙郎住在一处，伤心得流了几天几夜的眼泪，淌出了罗卜坝河水，从那时起就有了罗卜坝河。

【讲 述 者】 岳品荣（景颇族）

【采录整理】 陈景东、叶溪采录

【采集时间】 1982 年采录于陇川县

【流传地区】 云南省·（德宏傣族景颇族自治州）·陇川县

【文本来源】 中国民间文学集成全国编辑委员会编：《中国民间故事集成》（云南卷），北京：中国ISBN中心2003年版，第393页。

【阅读提示】 这则神话通过叙述龙娘、龙郎之间的爱情悲剧，将洪水的消退、大地的修整和特定河流的产生等情节串联起来，很巧妙。

【基本母题】 洪水；人造大地；悬崖峭壁的产生；水塘的产生；山坝的产生；泪水变成河流；特定河的产生

【本文编码】 《南宛河和罗卜坝河》：ZCSW1357-245-057

姐妹温泉的传说

（傈僳族）

相传很早很早以前，高黎贡山东麓的怒江两岸，有个依山傍水的小平坝，居住着一户农家。丈夫是远近出名的猎手，妻子是人人夸奖的勤快人。农忙时节，丈夫在前面砍山犁地，妻子在后面挖地播种；农闲时，丈夫背弩挎刀上山狩猎，妻子在家绩麻、舂碓，操持家务。他们夫妻相亲相爱，男耕女织，生活像蜜一样甜。只可惜结婚多年，没有儿女。夫妻二人年年修桥补路磕头祭天，祈求天神赐给他们一个儿子。

一年，夫妻二人都年过半百，妻子忽然怀孕了。十个月后生下了一对孪生姐妹。姐妹二人从小聪明过人，勤快温顺，一岁能讲话，三岁能唱歌，七岁已会做各种活路了。姐妹俩长到十多岁时，夫妻二人相继去世，留下孤苦伶仃的两个小姑娘。但她们勤快刻苦，起早睡晚，挖地薅锄，顽强地生活着。她们长成人以后，出落得如花似玉，但两人性格很不一样：姐姐性格刚烈，像雪山顶上迎风傲雪的杜鹃花；妹妹性情温和，像怒江边上馨香四溢的雪兰花。

姐姐是个鸭蛋脸型的，人们亲切地称她为“尖姑娘”，妹妹的脸长得圆溜溜，人们就叫她“团姑娘”。花香招来蜜蜂，姐妹的美丽像怒江的水声，十里八寨都听到了。每到傍晚，求婚的小伙子就成群结队而来，他们弹起琵琶，跳起舞蹈，唱起动听的“斑时”① 和“片我”②。

一天，歌声飘上了云霄，天上的仙女拨开云层，看到上千对青年男女围着尖、团两个姐妹，纵情欢歌。她们细看尖、团两个姑娘，柳条般的身姿，茶花般的脸蛋，银铃般的歌声，比仙女还长得俊美。她们又爱慕又忌恨，返回天宫报告天神说：地上的尖、团姐妹二人，邀约成群的青年男女，终日唱歌跳舞，搅得人间不得安宁。她们还咒骂天神无道，仙女丑陋……天神听了她们的话，一怒之下，把尖、团两个姑娘变成了尖、团两座高山。欢乐的人们见两个天仙一般的姑娘，忽然变成高山，无不悲伤。他们每人手捧一根棍子，轻轻地戳动地面，跳起“甲我期盖我”守灵的舞蹈，乞望唤醒沉睡的姐妹。他们又唱起悲哀的“施我”祭歌，乞求天神让姐妹回到人间……

然而，天神可以用法威使姐妹二人变成两座山，却无法制服她们倔强的生灵。她们不屈服天神的压力，把这两座山打扮得青青葱葱。只见青松挺拔，翠柏葱郁，杜鹃花开遍山野，成了珍禽异兽戏耍繁衍的吉祥山，江边古树参天，翠竹成荫，攀枝花开似火红，成了青年男女谈情说爱的幸福地。而且那尖山和团山，还在不断地向上长着，好像要刺破青天一样。这件事被巡山神发觉了，山神又禀报了天神。天神大怒，即命天兵在尖山顶钉了七颗大铁钉，并罩上了七口大铁锅；在团山顶钉了九颗大铜钉，也罩上了九口大铜锅，这才止住了不断向上长的两座山。从此，尖山昂首挺胸，面向怒江，怒目而立，团山头靠尖山，脚伸到妈布河边，仰天而卧，它们再也不能向上长了。

可是那姐妹两座山仍不屈服，钉钉罩锅虽然无法让它们向上长，就让山上长满了花果，山下长满了包谷，又“轰隆隆”响起一阵雷鸣，在尖山之巅侧面的豹子圈和团山南侧的妈布河边，同时喷出了两股滚烫的泉水。人们

---

① 斑时：是傈僳族民歌中演唱最普遍的一种曲调。

② 片我：是傈僳族青年男女幽会时唱的一种曲调。

说："这是尖山和团山两姐妹胸腔里流出来的热血。"

有一天，一个被毒蛇咬伤的猎人痛倒在豹子圈温泉边，他口干无奈，喝了一口温泉水，那泉水顿时驱散了毒汁，猎人死而复生。又有个中瘴气奄奄一息的渔民，昏倒在妈布温泉边，温泉水浸湿了他全身，当他清醒过来，疾病已经痊愈。那圣洁的泉水能治百病的消息像长上了翅膀，一下子传遍了怒江两岸的村村寨寨。每当人们饮用和沐浴后，百病皆除，耳清目明。有许许多多双目失明的老人，在这里重见了光明，有许许多多全身癞疮的穷人，在这里恢复了健康。

有一年，天神到宫外赏月，看到尖山上人山人海，歌声雷动，勃然大怒，他施法一下子把尖山上的豹子圈温泉，压到了地底下。于是，尖山上的温泉再也不冒水了。尖山姐姐一看又咬咬牙，不畏艰险辛劳，使力从地底下往上喷水。经过七七四十九个昼夜，最后终于在夸兰山北面怒江边的悬岩陡崖中喷流出来。因为附近有一个古老的村寨叫登埂村，后人就把它称为登埂温泉。

有一次，一群双目失明的老大妈，互相搀扶着来到温泉洗澡，一不小心，将煮饭的铁锅滚下悬岩砸碎了，几位老人没法，便到了温泉边，把旱谷米和高粱酒洒在温泉里，望着热气腾腾的温泉水念道：

尊敬的尖山姑娘啊！
善良的团山姑娘啊！
我们来自遥远的地方，
来向您乞求光明和幸福！
请饶恕我们吧！
请宽容我们吧！
一时的疏忽砸碎了煮饭的铁锅，
一瞬间大意摔碎了斟酒的木碗。
愿热水将泡熟的旱谷米饭敬给您，
请热气把蒸烫的高粱香酒献给您；
……

谁知，随着人们祭祀的歌声，热气腾腾的泉水口忽然飘来了煮饭的铁锅，盛饭的勺子、碗筷。这一神奇的恩赐，激动了每一个老人，老人们又把神奇的消息传了开来。从此，人们到登埂温泉和妈布温泉洗澡，都能借到煮饭的炊具和碗筷。他们都用干透的青钢栗和黑亮的紫油木做烧柴，生怕弄脏了圣洁的赐物。炊具用完之后总是洗得一干二净，用香嵩擦干放到温泉水里，让尖、团姐妹收回去。

神奇的温泉也引来了一些毒蛇般的恶人。有一群强盗来到这里，晚上露宿在两个温泉边的岩洞里，白天到两个澡塘间的夸兰山拦路抢劫，杀牲害命。这些恶人把抢来的牛羊猪鸡，泡在滚烫的澡塘水里拔毛、剥皮、埋肠子，并用澡塘的食具盛放不义之物，玷污了两姐妹圣洁的心灵。

一个风雨交加的黑夜，恶人们正在饮酒作乐，大喝大嚼的时候，突然，一阵震耳欲聋的轰隆声，两个温泉边的岩洞顿时崩塌封闭，这些人便被活活地埋葬在里面，同时，把泉水涌出，把所有炊具都收了回去。从此，姐妹两个神泉再也不能烫猪，也不再借给人们炊具了。

【讲 述 者】（无考）

【采录整理】祝华生、欧志明搜集整理

【采集时间】（无考）

【流传地区】（无考）

【文本来源】中华民族故事大系编委会编：《中华民族故事大系》第7卷（黎族、傈僳族、佤族），上海：上海文艺出版社1995年版，第428—432页。

【阅读提示】这则神话围绕姐妹变成神奇温泉的核心母题，无论是“血变成泉水”，还是“能治病的泉水”，都以“奇”取胜。

【基本母题】怒江；祭天；天神；孪生姐妹；姐妹性格不同；仙女；人变成山；山神；血变成泉水；能治病的泉水；特定温泉的来历

【本文编码】《姐妹温泉的传说》：ZCSW1358-245-058

怒江为什么哗啦哗啦响

（傈僳族）

传说，很古很古的时候，在一座很高的大雪山顶上，居住着一家三姐妹，长得差不多一般大，一样漂亮，只是性格不大相同。大姐性情温和，二姐性格爽朗，唯有三妹性情暴躁，常常大吼大叫，爱发脾气。由于姐妹三个性格不同，住在一起翻不来，大姐二姐就和三妹商量分开去居住。但三妹怎么说也不同意。

一天清早，大姐和二姐趁三妹还在呼呼地睡觉，悄悄地背着她下山去了。她们急冲冲地朝东走去，深怕脾气不好的妹妹追赶上来，又是一场大吵大闹。那三妹，一直等到金灿灿的太阳照在雪山顶上，满山的山雀啾啾地叫了，才懒洋洋地睡醒过来。她起来一看，不见了两个姐姐，便大声吼叫着："姐姐，姐姐！"可是，大姐、二姐已经走得很远了，听不见她的喊声。三妹心里着急了，知道她俩背着她出门而去。她恼怒地去追赶两个姐姐，但又不知道她们朝哪边走去。她慌不择路，一边大声大气地呼唤着，一边急急忙忙地朝西边山下追去了。她这一追就冲进了高黎贡山和碧罗雪山的山谷里，离开两个姐姐也就更远了。因为大姐是直向东奔跑，二姐则朝南一转，飞奔而去，都已经走了很远一程路。三妹在高山深谷里奔跑呼唤，沿着山谷往西追赶，她追不着大姐和二姐，心里就更火，暴躁的脾气发作了，便一路上大吼大叫，发出哗啦哗啦的咆哮声。后来，三姐妹都变成了江河，大姐叫金沙江，二姐叫澜沧江，那哗啦哗啦的三妹，人们就叫她为怒江。

传说，怒江的水这样奔腾、湍急，是因为她在急急忙忙地追赶着大姐和二姐哩！怒江这样哗啦哗啦地咆哮，是因为她在大声呼喊着两个姐姐呢！

【讲 述 者】（无考）
【采录整理】云南大学民族民间文学怒江调查队搜集，阿南整理
【采集时间】（无考）
【流传地区】云南省·怒江州（怒江傈僳族自治州）·碧江县

【文本来源】 中华民族故事大系编委会编：《中华民族故事大系》第7卷（黎族、傈僳族、佤族），上海：上海文艺出版社1995年版，第424—425页。

【阅读提示】 傈僳族先人根据三条江水不同的水文特征，为它们赋予了不同的性格，反映出神话讲述者敏锐的观察力和巧妙的构思能力。

【基本母题】 三姐妹；姐妹性格不同；人变成特定的江河；金沙江的来历；澜沧江的来历；怒江的来历

【本文编码】《怒江为什么哗啦哗啦响》：ZCSW1359-245-059

泼雪泉

（满族）

宁古塔城西住着一户人家，母子俩，儿子名叫吴龙阿，二十几岁了还没成亲，他娘又着急又发愁。

一天，吴龙阿上山砍柴，正准备砍倒一棵树，听见树上小喜鹊叽叽喳喳地叫了起来。他抬头一看，原来树杈上有个喜鹊窝，窝里有四只没出飞儿的小喜鹊。他想：要砍倒树，小喜鹊不都得摔死吗？他心软了，放下了斧头。

第二天，他又来看小喜鹊，正瞧着，忽然从远方飞来一只老鹞鹰，打了几个旋儿，直扑喜鹊窝而来，小喜鹊吓得叽喳乱叫，好像在说："吴龙阿，快救我！吴龙阿，快救我！"眼看小喜鹤就要被老鹞鹰叼走，吴龙阿眼疾手快，一箭把老鹞鹰射死了。

第三天，天气晴朗，吴龙阿又来到大树下瞧看喜鹊。小喜鹊看见吴龙阿来了，欢快地叫着，好像在说："吴龙阿，谢谢你！""吴龙阿，谢谢你！"吴龙阿乐呵呵地看着，忽然刮起了大风，顿时天昏地暗，沙石横飞，树枝被风刮得咔咔直响，喜鹊窝眼看要叫风掀下来。吴龙阿奋不顾身，爬上树去，用绳子把喜鹊窝牢牢地绑好。大风过去了，小喜鹊又得救了。

就这样，吴龙阿天天如此，风雨不误地一直看护到小喜鹊能飞出去为止。

冬天到了，雪下得可大了，吴龙阿不但不能进山打柴，连家门也出不去，母子俩生活过得很艰难。一天，忽然屋门哗啦开了，走来四个长相差不多、年龄差不多的小孩儿。他们带来许多吃食，进屋不由分说，跪下给老太太和吴龙阿连磕了几个头，接着就生火的生火，做饭的做饭。转眼之间，饭菜做好了，屋子烧暖了，他们也就走了。从这天起，天天如此，到时候他们就来，做完饭干完活他们就走。吴龙阿娘俩又惊奇又感激，问他们也不回话，留他们也留不住。就这样，四个小孩帮娘俩度过了严冬。

春天到了，吴龙阿还是天天上山砍柴。一天，又走到那棵喜鹊窝树下，迎面过来一个老太太，老太太说："小阿哥，你在哪儿住啊？姓什么，叫什么？"吴龙阿一一做了回答。

老太太扶着吴龙阿的双肩，十分感激地说："小阿哥，你是好心人哪，你救了我们全家的命，我们感恩不尽哪。"吴龙阿摸不着头脑，就说："老额娘，您认错人了，我没救过人，我只是天天上山打柴。"

老太太笑了笑说："是你救了我们全家，我没认错，实在感恩不尽。没有别的，我送你件东西——温凉盏，用它盛面吃不完，装油用不尽，夏天装肉不坏，冬天装果不冻。"吴龙阿半信半疑地道了谢，双手捧过温凉盏，刚想说什么，一抬头，老太太不见了。只见在一片飞石中，有只大喜鹊带着四只小喜鹊飞走了。吴龙阿望着飞去的喜鹊，又望了望树杈上的喜鹊窝，才想起原来他们就是自己救过的那窝喜鹊呀。

吴龙阿捧着温凉盏高兴地回了家。果真像老太太说的那样，这温凉盏装啥都吃不完，用不尽，不冻，不坏。

从那以后，娘俩日子越过越好。日子长了，事情传开了，宁古塔昂帮章京，知道温凉盏是个宝贝，黑夜白日地惦念着，总想把它弄到手。吴龙阿知道后，就把温凉盏埋在西山脚下。一天他刚回到家，昂邦章京就带人来了，进屋就翻了个遍，可连个温凉盏的影子也没见着。昂邦章京先是甜言蜜语，连哄带诓，后来恼羞成怒，酷刑拷打，直到吴龙阿被活活打死，也没打听到温凉盏的下落。

吴龙阿死后，西山脚下喷出了一个泉子，这个泉子的水清净甘甜，冬暖夏凉，泉水顺流直泻，翻起朵朵雪花，这就是温凉盏里淌出来的泉水——泼雪泉。

今天，每当宁古塔的人饮用泼雪泉水的时候，都会说起吴龙阿好心救喜鹊的故事。

【讲 述 者】 （无考）

【采录整理】 傅英仁、王凤江记录整理

【采集时间】 （无考）

【流传地区】 黑龙江省·（牡丹江市）·宁安市

【文本来源】 姚宝瑄主编：《中国各民族神话》（满族、赫哲族、朝鲜族），太原：书海出版社2014年版，第82—84页。

【阅读提示】 这则文本通过喜鹊获救馈赠宝物的叙事，告诫人们要多行善事。

【基本母题】 喜鹊报恩；鸟变成人；宝物；特定泉的来历；特定泉名称的来历

【本文编码】 《泼雪泉》：ZCSW1360-245-060

天女浴躬池

（满族）

在银堆玉砌的白头山中，有一座红色的布库里山，把雄伟的白头山辉映得十分绚丽。布库里山下有个圆水池，叫天女浴躬池。为什么叫这个名字呢？

传说很久以前，天宫里有三个天女，大姐叫恩库伦，二姐叫正库伦，三妹叫佛库伦。两个姐姐生来就胆小怕事，总说多一事不如少一事。佛库伦却是个热心帮助别人、有胆有识的姑娘。这姐儿仨顶数佛库伦长得漂亮。她还能射一手好箭，所以弓箭总不离身。

天狼星看中了佛库伦，托媒人向她求婚。佛库伦讨厌仗势欺人的天狼星，拒绝了这门亲事。天狼星恼羞成怒，想带兵去抢亲，可是又惧怕佛库伦的神箭，只好忍气吞声，等待机会。在一个春光明媚的日子里，三位天女抖开衣袖，向长白山飘落下来。她们来到布库里山下，见这圆池幽静，池水清澈透底，便脱下衣服，在池中洗起澡来。天狼星看见了，就悄悄地溜到这里，偷走了佛库伦的衣服。他想这样一来，佛库伦只好光着身子走进他的屋里来了。姐儿仨洗完澡上岸，发现佛库伦的衣服丢了。这可把大姐、二姐吓坏了，她们赶忙飞回天宫。佛库伦以为姐姐一定会为她送来衣服，便一门心思蹲在水里等着。想不到，大姐、二姐怕父母责怪，回到天宫后压根儿就没提起她们洗澡的事儿。佛库伦蹲在水里等呀等，半晌功夫也不见姐姐给她送衣服来。

一天，果勒敏珊廷阿林奄厄真[①]变成一位白发老人，左手举着一个桦木扎成的小排筏，右手拎着个梯子，来到池边对佛库伦说："你想回天宫吗？这很容易，不论什么时候，你只要把这张梯子往空中竖起来，马上就能回去，天狼星守在南天门等着和你成亲呢。他正在制造一场人间战祸，还想叫你当他的助手呢。"说完，把梯子放到池边。

佛库伦听了，气愤地说："我宁可永不回天宫，也不跟他成亲！他要给人间制造战乱，我可要让天下百姓安居乐业。"

白发老人又举起小排筏说："你有为民造福的心愿很好，也一定会有人来帮你实现。这桦木小排筏，将来会有用处的，你留着吧！"佛库伦刚接过小排筏，白发老人就已经无影无踪了。

这时，从森林里飞来了一只喜鹊，它嘴里叼着一颗红果，送给佛库伦。

---

① 果勒敏珊廷阿林奄厄真：满语，对长白山神的称呼，即白山老祖。

佛库伦拿到这颗红果，便闻到一股奇异的清香。这清香直往鼻子里钻。她好奇地把它含到嘴里，不料，这红果一滑竟滚进了她的肚子里，不久她便怀孕了。这一来，她更感到没脸见父母，便打消了回天宫的念头。

冬季一到，天气一天比一天冷起来。当天宫降雪时，为了逼佛库伦返回天宫，天狼星就暗中吹起黑风，使寒风和大雪一起扑向长白山。佛库伦被冻得直打寒战，可她宁可冻僵，也不回天宫。白山老祖烧了一盆热水，吩咐一个罗汉道："你去把这盆热水倒到圆池里，圆池就会变成温水池，让佛库伦好在那里过冬。"

可是这位罗汉走到山顶，看到佛库伦赤身裸体，就不好意思再往前走去，他扭转身子，用一只手将水盆递过去，大声喊着："嘎玛遮！"①叫佛库伦前来取水。因为他倒背着手端盆，把盆端歪了，当佛库伦悄悄走来，一看水全洒进了山石堆里了。佛库伦没吱声，又悄悄地走了。她走到山后，看见温水从石头缝里流出来，汇成了暖流。后来她就靠这暖流，度过了严寒的冬天。可那个罗汉一直不知道，他还背着脸，站在那里等佛库伦来取水盆呢。时间长了，他就变成了一座山峰。可是他始终没忘记白山老土托付他的事，所以每当刮起寒风，它仍是"遮——遮——"地喊佛库伦来取水盆。

当长白山到了花红草绿的时节，佛库伦又回到了圆池。不久，她就生下了一个小男孩儿。她让孩子坐在那个小排筏上，把弓箭放在孩子身边，然后对孩子说："让额娘金子一般明亮纯洁的心，做你的姓吧，记住，你就姓爱新②觉罗。你生在布库里山下，布库里雍顺就是你的名字。带着额娘的弓箭，你去寻找一个吉祥地方落脚吧。额娘在这里盼望着你早日长大，为人间除害造福。"说完，把小排筏向上一托，这小桦木排筏在空中由五色祥云围绕着，忽忽悠悠地向北飘去。飘呀飘，飘到一个大山岭里，落到了虎尔哈河③上，顺水又流到鄂多哩城④。

---

① 嘎玛遮：满语，来取。"嘎玛"是"取"，"遮"是"来"。

② 爱新：满语，金子。

③ 虎尔哈河：清代牡丹江的叫法，满语是"围网"的意思。

④ 鄂多哩城：古城名，遗址在敦化境内。

布库里雍顺在那里被城主收留下来，城主让他和自己的独生女儿都雅伯利一起习文练武。布库里雍顺到十八岁时，长得十分威武英俊，老城主便让他跟都雅伯利成了亲。就在他成亲这年，努雅拉克、枯什哈里、伊克勒三个家族，着了天狼星的邪魔，为了争当部族长，互相残杀起来。战争已骚扰到额漠惠①与赫什赫②一带，眼看要逼近鄂多哩城。布库里雍顺便向阿木哈③要了一匹骏马，带上弓箭去平息这场战争。

他来到三个家族厮杀的战场，向高空射出三支果勒敏箭④。听到这响箭，三方战士都惊呆了，收起武器，停止了格斗。这时一条恶狼从阵列中跳出来，这恶狼就是制造这场战祸的天狼星。布库里雍顺有额娘留给他的神箭，一箭便射中了恶狼的脖子，只见一溜火光，恶狼就不见了。

布库里雍顺调解了三个家族的纠葛，人们就推举他为鄂多哩城贝勒。他记得额娘曾嘱咐他寻找一块吉祥地方落脚，于是他统一各部族后，就定名满洲⑤了。就这样，他成了满洲的始祖。这时，他想起了额娘佛库伦，就向长白山奔去。想不到，佛库伦把儿子送走之后，因自己没穿衣服，就躲进了深山密林里，终日伸着头望着儿子。时间久了，她已变成一株雄美的长白松了。布库里雍顺对着这高耸笔立的长白松磕了三个响头，当场就封长白山为满洲的发祥地，封圆池为生龙圣地，在那里树立了一块“天女浴躬处”的石碑。因此这圆池就被人们称做天女浴躬池了。长白松因为是美丽的天女变的，后来人们就称它为美人松。

【原文附记】

流传于吉林省敦化市额穆镇，杨知勇选自《满族民间故事选》，上海：上海文艺出版社 1983 年版。

---

① 额漠惠：古地名，即今敦化市额穆名。

② 赫什赫：古地名，即今敦化市黑石乡。

③ 阿木哈：满语，岳父。

④ 果勒敏箭：长哨响箭。

⑤ 满洲：满语，原意是“吉祥”或“英明”。

【附注】

（1）同名文本《天女浴躬池》，见谷德明编《中国少数民族神话》，北京：中国民间文艺出版社 1987 年版，第 14—19 页。文字表述略有不同。

（2）同名文本《天女浴躬池》，见满都呼主编：《中国阿尔泰语系诸民族神话故事》，北京：民族出版社 1997 年版，第 264—267 页。

关于天女浴躬池，书中有所记载。如《长白山江岗志略》记载："因长白山东为第一名池，故名元池。"而在《长白山设治兼勘分奉吉界线书》则载曰："池深而圆，形如荷盖"，因名圆池。据考，这个位于吉林省延边安图县的最南端水体，就是所谓的"天女浴躬池"，叫"圆池"，也称"元池"，还有"工莲池"之称。

【讲 述 者】 伊化山，纪祥春

【采录整理】 李果钧、刘忠义记录整理

【采集时间】 （无考）

【流传地区】 吉林省·（延边朝鲜族自治州）·敦化市·额穆镇

【文本来源】 姚宝瑄主编：《中国各民族神话》（满族、赫哲族、朝鲜族），太原：书海出版社 2014 年版，第 95—99 页。

【阅读提示】 这则神话广泛流传于满族地区，以民间传说的形式阐述了长白山文化的民族闪光点，而天女浴躬池则借由围绕其产生的神话叙事将长白山文化内在的统一性揭示出来，成为了该地区非物质口头文化遗产的重要组成部分。

【基本母题】 天女；天狼星；神箭；天梯；老人作为帮助者；红果使人怀孕；特定温泉的产生；人变成山峰；特定姓氏的来历；部族间的争战；满族始祖的来历；天女变成松树

【本文编码】 《天女浴躬池》：ZCSW1361-245-061

勇敢的阿浑德

——松阿哩乌拉和诺温江的传说[①]

（满族）

挂在梁上的铜钩摆呀摆，
铜钩下的烫金摇车飞呀飞，
小小阿哥，巴布哩，巴布哩，
哈哈济，赞汉追[②]，
老实儿坐着，别吵哩，别闹哩，
阿哥睡嘞，
古曲讲嘞……

先辈的祖爷刚刚下生的时候，山呵，河呵，沟呵，岭呵，还都没有个名字呐！遍地净是白雾、湖沼、塔头甸子。那咎，没有松阿哩乌拉，只有一条羊肠细水，都叫阿济格比拉[③]，在盘根古木里东钻西淌。兔子能跳过去，黄毛野猪能跨过来。水不足，成天飞沙走石。我们的祖爷们，只能靠山坡河口，挖地搭棚，生儿育女。几代人过去了，像鹌鹑孵崽一样，子孙很快繁衍起来。新出现的朝胡鲁[④]，像天上的星星，地上的荠荠菜，数都数不清。俗话说："一罐清水，十人喝个饱，百人抢破头"。那咎，朝胡鲁之间，常常为了抢占水源，年年争杀不息。山洞里，树杈上葬满了尸骨。朝胡鲁的人，像风吹枯草，今天逃到东，明天躲到西……

在难解难分的征杀中，有位女头领叫西伦妈妈，聪明、灵巧，管家有方。她的那个朝胡鲁很快强大起来，附近不少部落都纷纷来归附，有了三百

① 阿浑德：满语，兄弟。松阿哩乌拉：即松花江。诺温江：即嫩江。
② 哈哈济、赞汉追：满语，小小子、小姑娘。
③ 阿济格比拉：满语，小河。
④ 朝胡鲁：满语，屯子。

口哈哈、喝喝[①]，九十群牛马，上百个鱼泡子。西伦妈妈力大无穷，一顿饭能吃九只鸭子，抡起石头能抛过九个山头。她勤劳、勇敢，部落里人人敬服。大伙儿再不像瞎蠓一样乱飞，而像花鹿一样聚群了。他们着天磨箭放牧，打雁熟皮，生活安稳，有歌有舞。

有一天，阿济格比拉突然刮起了暴风，搅得昏天黑地。天像裂开一样呼隆隆响。在一片亮光中，从北方窜来了一条怪龙，张牙舞爪，龙嘴里、龙鳞里、龙爪上喷着烈火，把湖水青草全给烧焦啦，遍地像个大蒸笼。牛、马、猪、羊，热得边跑边叫唤。山林、树海，烤得直冒烟。人被烫得像掉进大火坑。

西伦妈妈带着男女老少，赶着牛群、马群往远处逃呵，躲呵。怪龙不单喷火，还吞吃人畜，到处是火光、哭声。逃难的人们跟着西伦妈妈逃呵逃，逃到虎豹成群的山延阿林。正愁在哪棵神树下落脚呐，忽然听到天上一对白鹭鸶朝着西伦妈妈嘎嘎叫着说："东走喀，东走喀！"

西伦妈妈高兴了，说："鹭鸶叫，水草鲜。走喀，走喀，顺着鹭鸶飞去的方向走喀！"大伙爬山过岭，都跟着鹭鸶走。

到了鹭鸶飞落的地方，大家一看，这里环山一条小河，立陡的石崖中腰，露着黑森森的一个山洞。洞口蹲着一只金色猛虎。这只猛虎见了西伦妈妈，点头下拜，然后仰起头，张开嘴"诺——温、诺——温"地一个劲儿地直叫唤，两只大梅花爪子刨得地石乱飞。西伦妈妈觉得老虎是在召唤她，就马上攀上石崖，来到洞前，忽然被一块突起的大石块挡住了。西伦妈妈用手搬开大石块，走进洞里，老虎不见了，却看见虎窝里，坐着一个身裹黄色虎皮兜肚、红脸膛的胖小子。他一见西伦妈妈来了，张张手，爬过来。西伦妈妈乐得抱起孩子，跑出洞口给大伙看，说："阿布卡恩都里赐给我们一位巴图鲁[②]！"

逃难的人群，正想下山往松林里走，忽然，东天边飘来一朵莲花云，云里飞来一只白雕，越飞越快，越飞越近。白亮亮的大翅膀，遮住了天。白雕慢悠悠、慢悠悠地落下来。身上驮着一个身裹白羽毛兜肚、红脸膛的胖小

---

① 哈哈、喝喝：满语，男人、女人。

② 巴图鲁：满语，勇敢、勇士。

子。大雕看见西伦妈妈，就“阿——哩，阿——哩”叫了两声，翅膀一栽楞，把孩子轻轻放到山根草地上，一扇动大翅，腾空飞走了。

大伙在逃难中，连得了两个眉清目秀的哈哈济，一个个心眼分外高兴，都忘了忧愁。这时，西伦妈妈下马来到草地上，把这个孩子也抱过来，骑上马，一手抱一个，带领大家继续朝前走。

这两个小孩，看上去只有六七个月模样，系白羽毛兜肚的孩子大一点，按老雕的叫声，起名叫阿哩；系黄虎皮兜肚的小孩，小一点，按老虎的叫声，起名叫诺温。

西伦妈妈砍来黄菠罗树做板，水冬爪树做梁，三十根鹿筋搓成绳，猪血喷的漆花，野藤围的云边，放在火上煨，拿到石上磨，做了两个花摇篮，挂在树上像宝船儿，西伦妈妈亲手悠呵悠，一边悠来一边哼：

悠呵悠，巴布噢，狼呵蛇呵，逃呵逃啦！
悠呵悠，巴布噢，雨来月照，长呵长噢！

阿哩和诺温兄弟俩，日光晒，热风吹，部落的人把打来的野兽，挑最嫩的五花三层肉，给小兄弟俩吃。小兄弟俩很快长成大人了。

一天，兄弟俩忽然跳下摇篮，来到西伦妈妈跟前。西伦妈妈大吃一惊，面前站的两个勇士，像矗立两棵大树，膀大腰圆，声音像炸雷一般响亮。哥俩一下地，吃一顿饭就吃进两只马鹿，五头野猪，还得喝一槽子马血。

吃完了饭，小哥俩劲更足了，跪在西伦妈妈跟前说：“额姆，我们不瞒您，我哥俩都是天神的儿子，我额姆是北海的雕神，他额姆是东海的虎神，派我们来治理江山，降伏孽龙。我俩这就要走啦!”

西伦妈妈说：“怪龙十分凶猛，你们哥两个可有啥能耐制服呢?”

“我来时，额姆给我一根白雕翎，有了它，我能力担大山，飞腾万里。”阿哩说着，拿出一根白雕翎给西伦妈妈看。

诺温也从兜肚里拿出一根虎须说：“这是我额姆给我的降龙枪，有了它，我就能扎死怪龙。”

西伦妈妈听了非常感激两兄弟，便忙叫众人准备送行，朝胡鲁的人都忙活开啦。

西伦妈妈亲自钻进浓林里，用三楞石头打死一只千斤棕熊，倒了满满一木槽子熊血。部落的人，在长九个粗枝的钻天神树下，给他们送行。阿哩和诺温舀了一勺熊血，洒向神树，敬给阿布卡恩都里；又舀一勺，泼在脚下，敬给山河大地；第三勺双手捧给额姆，西伦妈妈一饮而尽；第四勺敬给灾难的部落；第五勺，兄弟俩咕咚咕咚一口气喝下去，这才告别了众人，朝怪龙住的地方大步走去。

怪龙住在东面大山顶上的一个山洞里，每天出来祸害人畜。勇敢的阿哩和诺温到了大山洞跟前，怪龙见有人来了，就喷火想烧死兄弟俩。阿哩拿出白雕翎往身上一插，立刻生出两个大翅，飞上了天空；诺温把虎须一晃，立刻化朵彩云，骑在彩云上。怪龙发怒了，朝天空呼呼呼喷着焰火，顿时聚成了百丈高的大火柱，滚来滚去，可就是烧不着阿哩和诺温。怪龙越加暴跳地喷着火焰，整个大地洒着火雨，山石横飞。

阿哩和诺温瞧这情景，两人一合计，要打败恶龙，非得用水填平怪龙藏身的大洞不可！于是，阿哩飞出很远很远的地方，拼命地扇动翅膀，背来九江八河的水，一来一去地灌着洞口，灌呵，灌个不停。诺温用虎须枪狠劲地撬下山石，不停地往洞里填石土。大洞口很深、黑烟直冲天上，火焰翻飞。九江八河的水不够用，阿哩就飞回额姆居住的北海，到那里背来北海的冰水，十趟，百趟，千趟……，日夜不闲。怪龙在洞里可吓坏啦，洞口眼看让小哥俩塞满了，慌张逃上了天，一下子把正在拼命奔忙运冰水的阿哩缠住了。诺温见阿哩被怪龙抓住了，忙把虎须一抖，马上变成一杆光芒照眼的激哒[①]枪。刚想扬手抛过去，一看哥哥让龙紧紧缠住，怕误伤了他，犹豫起来。这时阿哩大喊："诺温，诺温，快！快——扎呀！"诺温还是迟疑不决，不肯抛出虎须枪。阿哩又呼喊着诺温，叫他快抛出虎须枪。诺温这才把虎须枪投向怪龙。神枪非常厉害，一下穿透了怪龙的躯体，又从阿哩胸膛钻了出来，

① 激哒：满语，矛、扎枪。

忽隆隆响声天崩地裂。阿哩背上的冰块被射得粉碎，散落四野。阿哩的鲜血染红了大地。诺温扑上前去，从射掉下来的龙尾上抱下阿哩时，阿哩早已不省人事。

诺温见哥哥死去了，像万箭穿心，愤怒地跳在伤龙身上。怪龙断了下半截身子，疼得拖着两只大龙爪，一溜火光朝北猛逃。龙爪死抠进地里，从山顶到山下，硬是豁开一条曲曲弯弯、又深又宽的大沟。诺温不顾龙鳞喷火，紧卡住龙发，怪龙疼得懵头转向，龙爪子东挠一条沟，西开一条壕，累死在肯特哈达。龙骨堆在平原上，变成了小兴安岭。诺温为替哥哥报仇，同伤龙拼死厮斗，虽征服了怪龙，自己也受了重伤，不一会闭上了双眼，停止了呼吸。

都说，郭勒敏山延阿林①顶上的天池，就是阿哩千里迢迢搬来的九江八河和北海冰水，它汇成了飞瀑，永世流不尽。天河水直泻到怪龙豁开的宽沟里，日久天长，成了碧波荡漾的大江。诺温骑着伤龙，在平原上挣扎，豁出条条细沟，后来也变成小一点的江。怪龙受伤剧疼，龙爪在山顶划出不少沟岔，便变成了溪流，所以松花江源头多，有几道白河。因为阿哩的热血溅在长白山上，至今山顶上有不少红土和红石头。阿哩憎恨怪龙凶狂暴虐，痛惜自己没有完成除害救民的愿望，没能亲手杀死妖龙，死后化成了一股团团白雾，永远围着洞口飘游着。至今还可望到长白山顶白雾濛濛，那就是阿哩的英魂哪！

再说西伦妈妈，她还天天站在山头上，盼望勇敢的阿哩和诺温早日回来。月牙圆了又缺，缺了又圆，可是还不见阿浑德的踪影。西伦妈妈便告别部落的人，去找兄弟俩。她走呀走，一见原来的小河不见啦，盼来了又宽又清的大江，遍野黄沙也让新长起来的绿树盖上了，惊喜万分。她知道孽龙除掉啦！可是小兄弟俩在哪里呐？她顺着江往上游找呀找，伤心地呼叫着，爬上了山顶，向那山洞找去。不料洞口还喷着一股股热气，一下便把西伦妈妈熏倒，死在石崖下。不过她日夜仍在想念着部落和兄弟俩，心永远是火热火热的。所以，她死的地方涌出了泉水，成了温泉。这就是著名的长白

① 郭勒敏山延阿林：满语，长白山。

山温泉。

人们为纪念阿哩和诺温兄弟俩，从长白山顶流下的那条江就叫阿哩，人们表示敬意，还加一个“宗”字，叫成“松阿哩乌拉”，即天河，也就是今天的松花江；诺温追杀怪龙豁开的那条江后人就叫诺温江，即今天的嫩江。打那以后，人们再不为水源争杀啦。两条大江滋润着肥田沃土和茂密的林海。人们沿着千里水滨盖房造田，渐渐人畜兴旺、五谷丰登。阿哩和诺温的名字，也就世世代代流传下来。

【讲 述 者】 富希陆

【采录整理】 富育光搜集整理

【采集时间】 （无考）

【流传地区】 黑龙江省·（黑河市）·爱辉区

【文本来源】 中华民族故事大系编委会编：《中华民族故事大系》第4卷（朝鲜族、满族、侗族），上海：上海文艺出版社1995年版，第321—327页。

【阅读提示】 这则充满奇幻的叙事，最大的特点就是灵活运用了类比的手法，反映了讲述者试图依托神奇人物战胜困难的美好心愿。

【基本母题】 女首领；怪龙；神树；会说话的动物；两兄弟；斗恶龙；特定山岭的产生；特定河流的产生；特定温泉的产生

【本文编码】 《勇敢的阿浑德——松阿哩乌拉和诺温江的传说》：ZCSW1362-245-062

那嘎湖（1）

（门巴族）

错那县勒布区麻麻这个地方，很早以前，群山环抱，山势上抵天庭，下植地府，周遭缝连，形状筒状。四面八方的水都流向这里，于是有了那嘎湖。湖水越积越多，湖面越来越高，威胁着天庭、地府。这样下去可怎么得了啊？有一天，空行母吉巴萨布让来到这里，用拐杖挑开了东面的乌坚学山，然后向南挑出了一条深沟，把湖水放了出去，引向了南方。从此，那嘎湖不见了，变成了由东向南奔腾呼啸的江水，这就是今天的娘江曲。

【附注】

本文相似文本，参见《那嘎湖（2）》（ZCSW1364-245-064）。

【讲 述 者】 其美多杰

【采录整理】 （无考）

【采集时间】 （无考）

【流传地区】 西藏自治区·（山南地区）·错那县·勒布区（麻麻门巴族乡）·麻麻村（麻玛村）

【文本来源】 姚宝瑄主编：《中国各民族神话》（门巴族、珞巴族、怒族、藏族），太原：书海出版社2014年版，第6页。

【阅读提示】 这则神话显示出人们对周围自然环境的关注与思考。

【基本母题】 天庭；地府；特定湖的来历；神性人物开山；沟壑的产生；湖的消失；特定江的来历

【本文编码】 《那嘎湖（1）》：ZCSW1363-245-063

那嘎湖（2）

（门巴族）

勒布区麻妈之地，昔年群山环抱，山势上抵天庭，下植地府，四周缝连，形如筒状。因方之水皆聚之，于是有那嘎湖。湖水积之愈多，湖面亦升之愈高，使天庭地府俱受威胁。长此以往，将如之何！一日，空行母吉巴萨布让来此，以其拐杖劈开东面之东坚学山，复向南挑出一道深沟，引湖水南流。从此，那嘎湖遂消失，变为由东向南、奔腾呼啸之江水，即今之娘江曲①是也。

【讲 述 者】 （无考）

【采录整理】 袁珂据谷德明编《中国少数民族神话选》中的《那嘎湖》改写。

【采集时间】 （无考）

【流传地区】 （无考）

【文本来源】 袁珂：《中国神话大词典》，北京：华夏出版社 2015 年版，第 594 页。

【阅读提示】 这则神话关于天神劈山造沟的叙事，也许在一定程度上反映了当地地形地势的变迁。

【基本母题】 天庭；地府；特定湖的来历；神性人物开山；沟壑的产生；湖的消失；特定江的来历

【本文编码】 《那嘎湖（2）》：ZCSW1364-245-064

三兄弟河

（门巴族）

在上门隅有三条河：娘江曲、达旺曲和昔龙曲，他们是三兄弟。三兄弟从藏区出发分头往南行走。行前，约好在堵松（今不丹境内）相会，并且商定，谁先到堵松，谁就是大哥。娘江曲离开了出发地，一点儿也不知道着急，慢慢吞吞地、弯来折去地、到处游逛着往南行。娘江曲走到错那县斯木

① 娘江曲：河名，发源于西藏错那县北部之额尔共拉山，流经错那县勒布区入门隅。

时遇见一罗刹女，对他谎称："达旺曲和普龙曲早在三天前就到了堵松。"娘江曲一听，再也顾不上游逛，直奔堵松呼啸而去。可是，娘江曲到了堵松，还没见达旺曲和普龙曲的影呢。第三天，他们才相会。于是，娘江曲作了三兄弟河的大哥。

【讲 述 者】 （无考）

【采录整理】 于乃昌编写

【采集时间】 （无考）

【流传地区】 （无考）

【文本来源】 《中国各民族宗教与神话大词典》编审委员会编：《中国各民族宗教与神话大词典》，北京：学苑出版社 1990 年版，第 420—421 页。

【阅读提示】 这则神话在叙事中将三条河比作三兄弟，兄弟不同的性格造就了河流不同的形态，让人不禁感慨神话源于生活，又高于生活，是生活的艺术化和艺术化了的生活。

【基本母题】 三条河是三兄弟；比赛；特定河特征的来历；比赛赢了当大哥

【本文编码】 《三兄弟河》：ZCSW1365-245-065

白银蛇河

（蒙古族）

在大青山北麓，有座哈拉脑包山。

很久以前，就在这座哈拉脑包山上，有一条银白色的蛇。她不但长得洁净，还有一颗慈祥而又善良的心。她灵敏的耳朵能听到人们的呻吟，她锐利的眼睛能看到人们的灾难。多少年来，她永远在关心着人们，搭救着人们。

一天，白银蛇正在洞中闲坐，忽然觉得心神不安，倾耳细听，远处传来了极悲惨的人吼、羊叫声。于是急忙走出洞外，到山顶上往下一看，啊呀！原来在山脚下，一只恶狼冲入了羊群，正在咬伤惊散的绵羊，人们也惊恐地四散奔逃着……这凄惨的情景打动了白银蛇的心，她打算搭救这些可怜的羊。于是她奔向恶狼，用足了力气一吸，便把恶狼从正在逃散的羊群中吸了出来，直悬到半空，然后又一呼气，把悬在空中的恶狼，又摔到山崖的岩石上，摔得头破血流，死在山下。白银蛇看着牧羊人将羊群赶进了圈以后，才放心回洞。

一天，白银蛇想出来游玩，刚走到洞口，便觉得冷气逼人，探头往洞外一看，原来刮起了白毛风，满山遍野都盖满了白雪，狂风怒吼着。低低的蒙古包都快给埋住了，牛马到处奔跑，羊儿被冻死很多，可是风势还是越来越大。善良的白银蛇看到人们的苦难，很不忍心，便将她的心吐出来，化成了粉末，随风飘散。马上风停雪住，太阳出来照化了地上的冰雪，青草长出了嫩芽，人们又恢复了安适的生活。

可是灾难总像一根尾巴似的，永远追随着受苦的人们。一年，这儿又遭受了从来没有过的大旱灾，大地上好像被火烧的一样干燥，草木都枯黄了，牛羊失去了水草，人们也叫苦连天。白银蛇看到了这些情景。她愿意让人们永远过好日子，不再让人们遭受这样的痛苦，于是便勇敢地爬下山岗，伏在沟中，将她那银白色洁净的身躯，化成了清澈的流水，潺潺地流出山涧，流向草原。这河水滋润了土地，使水草茂盛起来，牛羊也长得肥壮了，人们便在这儿过着安适的游牧生活……

这个白银蛇河的故事一代传一代地传了下来。还流传着下面几句歌谣：

善良的白银蛇，
身躯化成了河。
你要吃这河中水，
就要记住这传说。

【讲 述 者】 （无考）

【采录整理】 少艾搜集整理

【采集时间】 (无考)

【流传地区】 内蒙古自治区·乌兰察布盟(疑为包头市)·达尔罕茂明安联合旗·白云鄂博

【文本来源】 中华民族故事大系编委会编:《中华民族故事大系》第1卷(汉族、蒙古族、回族),上海:上海文艺出版社1995年版,第516—517页。

【阅读提示】 这则叙事以蛇变形作为核心母题,将银白色的蛇类比河流,联想得当。

【基本母题】 神奇的蛇;蛇斗恶狼;旱灾;变形;蛇变成河

【本文编码】 《白银蛇河》:ZCSW1366-245-066

青海湖的传说

(蒙古族)

在远古时代,世界上有三个奇功异能的智者,其中一个叫作奥吐莫尔根。他有个独生子叫诺木钦,心地善良,性情耿直憨厚,力大无比,但有时又过于愚笨,因而才引出许多故事来。

奥吐莫尔根通晓天文地理,能识地下水源,山川脉络,熟知阴阳风水,人情世态,还能未卜先知,预见未来,一向以学识渊博、聪颖超群著称。因此,经常有皇宫的大臣来向他请教治国方略,乞讨的穷人来找他算命问卦。

奥吐莫尔根说话办事,总是顺乎天时,合乎民情。所以,人们敬重地送给他一个绰号叫“奥吐莫尔根”,意思是智慧无穷的聪明老人。

大水滔滔,不仅把残暴的冬虎尔皇帝和他的奸臣全部淹没在无底的深渊,而且水位继续上涨,吞没山川峻岭,向四野扩展,大有使普天下全部变成汪洋之患。

这时，统辖山水的“阿敏达”神仙，巡游到南山峰顶，看见白水茫茫，天地相连，急忙掐断一截石峰，挥手抛到湖心，堵塞了大地白色动脉的裂口，才使水位固定下来，白色石峰至今耸立在湖的肚脐上。

恰好这时，云游佛山归来的冬虎尔皇帝的宫廷喇嘛根登，看到“阿敏达”神仙，掐断石峰堵塞大地白色动脉的裂口，当即施展魔法，也用手掐断一节土质山头，他妄想淹没世界，准备重新打开喷射洪水的肚脐眼。但因力气不足，抛去的石头落在湖边的西北岸上，把漂浮在水面的尖嘴巴御前大臣压在底下，变成长长的尖嘴巴形的白色沙丘，横在湖边的沙滩上。

从那以后，就在青藏高原之巅，群山峻岭丛中，出现了永不干枯、碧水汪洋的青海湖。

白色的仙鹤，成群结队翱翔在苍茫辽阔的湖面上，祝福这座高原青海湖的诞生。

【附注】

本文节选自原文“青海湖的诞生”部分。

【讲 述 者】 乌吉热

【采录整理】 道荣嘎搜集，安柯钦夫翻译

【采集时间】 （无考）

【流传地区】 青海省·（海西）海西蒙古族藏族自治州

【文本来源】 中华民族故事大系编委会编：《中华民族故事大系》第 1 卷（汉族、蒙古族、回族），上海：上海文艺出版社 1995 年版，第 496—515 页。

【阅读提示】 这则文本中关键人物和情节的设置，可能一定程度上受到了佛教故事的影响。

【基本母题】 神性人物的特征；智慧神；洪水；神仙；魔法；青海湖的产生

【本文编码】 《青海湖的传说》：ZCSW1367-245-067

天上仙女的女儿

（苗族）

很古很古的时候，天上和地上，有一条路相通。天上住仙人，仙人里面有一位美丽、好心肠的仙女，但是她的哥哥却是个恶神。地上住人，人里面有一位勤劳、英俊的后生，种田、栽树、伐木、打猎、吹芦笙、唱歌样样都精妙，但还是一个单身郎。仙女不愿和凶恶的哥哥住在一起，金砖房不想再住，锦缎衣不想再穿，每天站在白云上低头望，望那后生种出黄金稻，栽出绿茶树，望哪望哪，一颗心被后生的芦笙声、山歌声引到地上了。她变成一只雁鹅飞到梯田在田里戏水，盼那后生到来，心里又不安又欢欣。后生在远处坡上，看见梯田里秧苗被雁鹅弄倒了，非常心痛，开弓搭箭，瞄准雁鹅要射，瞄呀喵呀，但见那雁鹅羽毛雪白闪亮，非常可爱，心想：不如将她活捉回家喂养。便收弓拿网轻步轻脚来到田边，一网将她罩住了。回到家里，后生把雁鹅责骂，雁鹅两颗泪珠滴在后生手上。后生抱着雁鹅说："只要你不再糟蹋禾苗，我好好养你，永远和你做伴。"说着不觉瞌睡起来。他蒙蒙眬眬醒过来，怀里却抱着一位美丽的姑娘，惊得眼都睁圆了。姑娘笑着开了腔：

南方的雁鹅留恋北方的夏天，
天上的仙女爱恋地上的单身汉。
雪白雁鹅从天上飞来，
愿双双永世结成伴。
把酸鱼装进碟子吧，
你我的婚期就是今晚上。

第二年花开季节，仙女生下一个美丽、机灵的小姑娘，爸爸妈妈眯眯笑，给她取名叫哈迈。

小杨梅树一年高一尺，小哈迈一年高一拳。母兔一个月养一窝小兔，一年养十二窝；母亲一年生一个弟弟，五年生五个。小兔吃不完坡上的青草，爷娘却找不够六个孩子的粮食。果子结多了树枝被压弯，孩子生多了爷娘被累倒。屋漏偏逢连夜雨，穷人偏逢灾荒年。娘插的糯禾给大风吹落了禾花，爹种的谷子挨冰雹打断了青苗，两个弟弟冻死了，三个弟弟饿死了，爸爸累死了，只剩下小哈迈和妈妈做伴了。哈迈跟妈妈到坡上种杂粮，到深山挖野菜，野菜难顶餐，杂粮长得慢，妈妈不忍女儿饿，只得忍痛带她找舅爷。

妈妈带哈迈上了登天路，从砍柴的永祖夺山，经过放羊的永当拜岭，登上高高的马鞍峰，来到白云天上。哈迈的舅爷名叫古谍，他是天上的大头人。他有一颗生毛的心，他见哈迈娘儿俩穿得又破又烂，便皮笑肉不笑地说："金砖反光射眼睛，玉石铺路滑溜溜，被火烟熏坏眼睛的妹妹呀，赤脚的小外甥呀，小心看花了眼，不要跌坏了腿。"哈迈答道："好心的舅爷请放心，夜晚的蚊虫都看得清，长青苔的岩石都站得稳。这屋里没有山柴火，从头冷到脚底心。"这时，来了一个后生，他名字叫阁。古谍说："阁是哈迈的表哥。"阁捧着一篮果子，昂头掀鼻说："哈迈呀，得吃仙桃莫把桃核吞下肚唷!"哈迈答道："这不圆不扁的野果，恐怕唱歌人吃了变哑巴。"妈妈悄悄扯女儿的衣角，说："说话要留点情面呀!"有个白胡子老仆人走来带笑劝说："今天是个吉祥的日子，按照古老的规矩，表兄妹就订亲吧!"阁暴跳起来骂道："要我和吃野菜的野姑娘同住，我就劈雷打死天下的人。"古谍慢吞吞地说："一个天上，一个地下，莫讲什么老规矩。"妈妈拉着哈迈的手，泪水吞下肚，悄悄转回地上了。

小杨梅树枝头高过屋顶了，哈迈高过妈妈了，辫子盘过头了，会靠在崖上听笛子了。哈迈在地里种棉，后生把羊群赶到地边；哈迈在林间采茶，后生背起鸟枪来往走动在林下；哈迈在火塘边绣花，唱歌的后生围满三圈。无数后生无数歌，一个后生的歌唱动了哈迈的心。这是什么歌？狩猎调，拉木歌。这是谁编唱的？是一位英勇的猎手，能干的伐木人。他叫什么名字？他名叫米加达。

春天播下小小的棉籽，秋天吐出大朵雪白的棉絮。后生在地里采棉，姑娘手提新竹篓，成群结队讨棉花。哈迈和一大群姐妹从这个坡翻过那个坡，块块地的后生都热情留住哈迈，把又白又大朵的棉花献给她，真诚地请求："伸出你的手指吧，姑娘!"哈迈收下每个后生的一朵棉花，表示一份友情；哈迈伸出两个指头，表示拒绝他们的爱情。哈迈登上米加达的高坡了，米加达采下又白又大朵的棉花，哈迈任由他把新竹篓装得满满的。米加达唱道：

哈迈呀，心中的姑娘，心中的爱，
想你想得心发呆，
只恨嘴笨口难开。
姑娘呀，请你伸出手指来!
哈迈把五个手指一齐伸出，对米加达唱道：
米加达呀，请你莫把姑娘笑，
爱你爱到恨你了，
恨你为什么胆太小?
怎么你还不知晓?

哈迈和米加达亲密地互送礼品了，米加达把银镯戴到哈迈手上，哈迈把亲手织的布塞进米加达的手里。

织布机响了，苗家姑娘赶工织苗锦。别人用一只飘梭，哈迈却用七只；别人织得低头闷声，哈迈却边织边唱。哈迈的歌声传到情人耳里，米加达好像泡进了蜂蜜和糯米酒里，又甜又醉；哈迈的歌声传到天上，古谍却起了坏心肠。他扮成一个卖丝线的小贩，跟着织布声来到地上。他东察西访，访出这姑娘是他冷待过的外甥女。他半信半疑地来到妹妹家偷偷张望，呀！她的飘梭快像闪电，她的容貌盖过天上！古谍厚起脸皮跨进家，左一声亲妹妹，右一声乖外甥，说他十分挂念妹妹，说他万分想念外甥，希望骨肉至亲今后常来常往。哈迈的妈妈，心是糯米粑粑一样的，被他的甜言蜜语烤得软软的了。

天上拉鼓的日子到了，古谍再三请哈迈赶坡会。妈妈帮舅舅讲情，哈迈让米加达陪同来到天上。舅妈把外甥女引进内房。古谍陪米加达坐在厅堂，干笑着说："送亲的后生哟，喝一碗糯米酒吧，祝贺哈迈和我儿子阁成亲。"

米加达惊异地说："我和哈迈明明是请来看拉鼓的嘛！"古谍说："姑娘的心事是难定的。按照古老的规矩，表妹和表哥今天成亲。"米加达不信，跑去内房找哈迈，只见房里摆着结婚用的酸鱼，舅妈正把新衣披到新娘身上。米加达咬紧牙也不问哈迈一声，扭头就跑回地上。哈迈掀掉新衣跑出房门，已经不见了情人的踪影。古谍拉住哈迈说："米加达被别的姑娘迷了心牵走了，他哪里还把你放在心上！"舅妈捧来酸鱼："咬一口酸鱼吧，我的媳妇，添丁又添财。"阁捧来糯米酒："喝一碗糯米酒吧，我的妻子，今后日子像酒一样甜。"哈迈打碎了酒碗鱼碟，冷冷地说："这是个不吉利的日子，我要回家去了。"古谍说："结婚的日子可以另选，你不能离开天上。"

哈迈日夜闹着要回地上。古谍出了个难题："你数清这桶米，一千斤有几多粒？三年数清三年走，十年数不清十年留。"桶比禾仓还大，米粒怎么数得清呢？她想起妈妈称米的事，就称了一两米来数，很快把一千斤米有几多粒米算清了。哈迈要回家了，舅妈把她拦住："要想回去，先解大网绳结。"哈迈只得忍气解网结，这张大网盖得一个寨子，解了三天才解开一个小洞。哈迈正对着大网叹气，天边飞来一群白鸟站满网上，嘴叮网结很快解完了。哈迈要回地上了，阁又来阻拦："五天把这大铁砧磨成一根绣花针就准你离开，磨不成就嫁给我。"哈迈说："我不再受骗了！你们把我害死在天上，我的心也要回到地上，跟米加达在一起。"古谍说："这回算数，砍竹做证。"按苗家规矩，砍同一凹竹子，砍成两片，各拿一片，谁也不得反悔。哈迈磨呀磨呀磨了五天四夜才磨去一层铁皮，磨不成针就再也不能见到情人和妈妈了，她伤心地哭了。泪水滴到铁砧上，铁砧变软了。哈迈拼命磨，鸡啼五遍，铁砧磨得像小手指一样小了，可是她万分困倦昏过去了。天刚发亮，古谍和阁喊着来抓哈迈成婚，哈迈惊哭起来，抽起手，手里却是一根亮晶晶的小小绣花针！古谍长叹一口气，阁痛哭了，哈迈畅笑了，拿着绣花针和竹片要回地上了。古谍眼珠子骨碌碌一转，悔口说："你想飞，少一双翅膀咧！"哈迈往外冲，古谍和阁横蛮拦阻。哈迈情急拼命，用针刺伤他们的眼睛，他们痛得捂住脸躲避。哈迈把他们反锁在屋里，飞快逃跑了。

哈迈回到地上，抱着妈妈哭诉挨舅爷欺侮。晚上，她悄悄去找米加达，刚踏上楼梯，听到米加达独自诉唱：

手拿勾刀修竹箭，
修支利箭去打猎，
要把那乌鸦的眼睛射穿，
要把那饿狼的牙齿打跌，
我却中了暗箭，哈迈哟！
射得我心头流血，
负心人射伤了米加达的心，
哈迈啊，你为什么毒比蛇蝎？

哈迈急急冲到火塘边，要向米加达表白。米加达冷冷地说：“天上的媳妇为什么来到这里？”哈迈忍痛答：“米加达呀，你讲的什么话呀？”米加达说：“我讲的苗话。莫非你做了天上的媳妇，连祖宗传下的话也不懂了吗？没良心的哈迈，收回你的布匹吧！”眼看心上人抛还的布匹，哈迈差点要昏倒了，她对米加达哭诉：

米加达啊，我心上的人！
平息一下怒火吧！
我的冤屈河水也洗不清，
我是一只落了圈套的小鸟，
我用自己的双手打破牢门，
我把古谍父子的眼睛刺伤，
逃出虎口来找我的亲人。
亲人啊！救救我吧！
狠心的古谍他会追来，
大祸就要降我头顶。
亲人啊！剖开我的胸膛吧！

把我这颗心交给你，
就这样死去我也会闭上眼睛。

一对情人抱头痛哭，突然一帮打手冲来把两人抓起。古谍嘿嘿冷笑："看谁能逃得脱我的手！今晚接哈迈去结婚，米加达还做一回送亲人。"哈迈和米加达被拖上砍柴的永祖夺山，又被拖上放羊的永当拜岭，最后被拖上了高高的马鞍峰。这里是天地交界的峭壁险崖，古谍把手一挥，指挥打手要将米加达推下山崖。米加达闪身冲撞古谍，古谍摔下了无底深潭。阁指挥打手来推米加达，哈迈扯住米加达的衣角，阁拿棍打哈迈的手，米加达被推下山崖去了。哈迈要跟着情人跳崖，却被阁拖住了裙带。哈迈挣扎痛哭，哭声化成了惊雷，泪水变成了暴雨山洪，惊天动地一声劈雷，哈迈滚下山崖去了，哈迈和米加达头并头地在一起了，山洪将阁和打手们卷走了。

暴风雨过去了，太阳出来了，后生来了，姑娘来了，老人来了，哈迈的妈妈也来了，都来寻找哈迈和米加达。找遍千山万谷，都找不见踪影。想找上天去，天上和地上的通路断了。只见马鞍峰的山崖下，新流出一股清清的泉水。苗家喝着山泉水，就怀念起哈迈和米加达。

【原文附记】

本故事流传于广西融水苗族自治县，又名《哈迈》、《哈迈与米加达》。

【讲 述 者】 莫总清，梁老岩，贾老绍
【采录整理】 覃桂清、过伟于1980年整理
【采集时间】 1957年采录于融水白云香粉
【流传地区】 广西壮族自治区·（柳州市）·融水苗族自治县
【文本来源】 姚宝瑄主编：《中国各民族神话》（布依族、仡佬族、苗族），太原：书海出版社2014年版，第259—266页。
【阅读提示】 该神话在散文体讲述中，诗歌体内容多次出现，属于神话讲述韵、散结合的常见模式。在艺术表现手法上语言简练自然，

具有较强的艺术感染力。

【基本母题】 以前天地相通；通天路；仙女；变形；人与仙女婚；婚姻难题；特定泉的产生

【本文编码】 《天上仙女的女儿》：ZCSW1368-245-068

泸沽湖的传说

——《摩梭民间故事》

（纳西族）

美丽的湖要数泸沽湖：瓦蓝的天空，碧绿的湖水，青山环抱，她像一颗绿宝石镶嵌在大地之中。

在很早以前，这里没有湖泊，狮子山下是一个宽阔的坝子。坝子里分布着许多村落，农民们辛勤地耕耘着这块肥沃的土地，每年所产的青稞、麦子吃不完。但是，这里出了一个凶恶的土司，每到秋收时节就把收获的粮食抢走。农民们从此吃不饱、穿不暖。

有一年出了一件稀奇古怪的事：有个帮土司家放牛的牧童，他不愿回土司家吃受气的饭，照样每天在狮子山脚放牧，非但没有被饿死，反而身强力壮。人们都感到很奇怪，土司更是惊异。这个秘密后来那个牧童悄悄地告诉了乡亲们。他说，狮子山下有个洞，洞内有挖不完吃不尽的肉。他非常讨厌去土司家吃那顿吃不饱又受气的饭。于是他每逢饿了的时候，就到洞内取肉用火烤来吃，免受土司的咒骂和毒打。这样吃得饱、心情愉快的生活，使牧童的身体也强壮起来。乡亲们都为牧童从此摆脱了土司对他的虐待而高兴。可是没有多长时间，这件事也传到了土司耳里，他便亲自牵着骡马，带着帮手，直奔山洞而来。他们迫不及待地要把这块大肉挖出来，可是挖了几天也未挖到尽头，肉无止境地延伸到狮子山的腹部。土司十分着急，命帮手们用皮条、绳索拴着肉，用十匹骡马拉，这块肉总算拉出来了。原来是一条大鱼堵塞了山洞。可是就在这时，山洞里喷出了大水，这水一下淹没了整个坝子，在田地里劳作的人们都被洪水吞没了。只有村子里一个正在喂猪的妇女，见洪水冲来，急忙跨进了猪食槽内，随着洪水漂浮到了一处，幸免于难。人类由此才传下了后代。

后来，这一大片坝子就成了泸沽湖。据说泸沽湖的水是从湖西北面的狮子山脚吐出来的，落向东南，因此，湖东南面的这个大村子叫落水村。湖上的船都是猪食槽形的船（是用一棵大树杆凿空制成的独木船）。每当天气晴和、风波平静的时候，还能看到淹没在湖底里的村落和房屋。

【讲 述 者】（无考）

【采录整理】杨解整理

【采集时间】（无考）

【流传地区】（无考）

【文本来源】中华民族故事大系编委会编：《中华民族故事大系》第9卷（水族、东乡族、纳西族），上海：上海文艺出版社1995年版，第913—914页。

【阅读提示】洪水后人类再生神话在南方地区流传广泛。该神话叙事中的“土司引发洪水”、“猪食槽形的船”等意象体现了当地独特的文化传统。

【基本母题】土司；神奇的山洞；洪水；洪水后产生湖；特定船形状的来历

【本文编码】《泸沽湖的传说》：ZCSW1369-245-069

木姐珠与高山海子

（羌族）

木姐珠和热比娃结婚后，三年生了三个儿子。大儿子叫长耳朵，耳朵长得来能听到天上和地下的各种动静，就是别人说悄悄话，他也能听得真真切切。二儿子叫长手杆，手杆长得来能抓住天上的云朵。三儿子叫长脚杆，脚杆长得来一抬腿就能登上最高的山顶雪龙包。眼看着孩子们一天天长大成人了，究竟他们的心地咋样，对父母孝敬吗？木姐珠为这事发愁，愁得来病倒在床。孩子们都到母亲床前问病问安："阿妈，您哪里不舒服？想吃点啥东西吗？"

"人不舒服，啥都不想吃，要是有雷公鸡，能吃点就好了。"

三兄弟安慰了母亲一番，齐声答道："只要阿妈想吃，我们一定办到。"

出了阿妈的寝室，长耳朵偏头一听："兄弟，你们看，天边那朵黑云上有雷公鸡。嘿！正在'咕咕咕'地叫，还在啄雪米子吃哩！"听长耳朵这么一说，长脚杆背上长手杆，几步便到了天边。长手杆伸手在黑云中一抓，一把就捉到了一只雷公鸡。长脚杆又背上他，三五步就回到了家门。三弟兄欢欢喜喜来到木姐珠的床前："阿妈，雷公鸡捉回来了。"

"好，好，快放到鸡笼里去。"

孩子们高兴地走了，木姐珠也满意了。她只不过想试探一下孩子们的孝心，谁知惹出一场大祸。雷公鸡是雷神爷养来兴风造云、闪电施雨的神鸡，木姐珠当然知道是吃不得的，所以等儿子们走后，她悄悄地起来，把雷公鸡放了。这雷公鸡被捉来关在鸡笼里，又气又恨，被放回去后，哭倒在雷神爷的脚前："祖老爷呀祖老爷，我虽然是天上的鸡，总算是地上的神。木姐珠和她的儿子，哪还把祖老爷放在眼里。明知我是祖老爷养的，偏偏要拿我开刀。今天死里逃生，请祖老爷作主！"

常言说："暴跳如雷。"雷神性子本来就暴，平时黑着一张脸，生就不会笑。听雷公鸡这么一说，更是怒火千丈，气得浑身发抖，急得双脚直跳。一跳一声霹雳，震得山摇地动。他立刻召来千千万万只雷公鸡，顿时，雷鸣火闪，大雨倾盆，平地水涨三尺。雨一下就是三天。你道是三天，可天上三天，人间三年啊。我的妈呀，地上洪水暴发了！从河坝淹到半山，从森林淹到高山，慢慢洪水涨到了南天门。

雷神发怒的时候，长耳朵听得清清楚楚，木姐珠也知大祸临头。儿娘母造了一只大木船，随着水涨船高。将要到天门时，儿娘母敲起了羊皮鼓，大声唱了起来：

冬冬冬，捉雷公，
雷公心肠狠又凶。
大雨下了三年整，
生灵死在洪水中。
人神本来命相同，
为何要用大水冲？
高山垮了天要塌，
退去洪水救苍穹。

鼓愈敲愈猛烈，歌愈唱愈激昂。天王大惊失色，急急忙忙与众神打开天门一看，果然洪水滔天，浪子都打到天门的门槛脚下了。天王慌忙用金盆打来一盆金水，手持神杖指指点点，用金水向洪水泼去，就像一瓢冷水掺进了一锅翻滚的开水里，立即止住了沸腾，洪水慢慢地退了下去。洪水消尽了，又出现了高山平坝。

现在高山上还有河坝的鹅卵石，就是那个时候留下来的。百里羌寨高山顶上的单海子、双海子，数也数不清，正是洪水潮天的时候遗留下来的。

【讲 述 者】　王久清（羌族，男，70 岁，巫师，不识字）
【采录整理】　韩香芝（羌族，女，43 岁，干部，高中）翻译，周巴（羌族，男，40 岁，州文化局干部，大学）采录
【采集时间】　1986 年采录于理县蒲溪乡
【流传地区】　四川省·（阿坝藏族羌族自治州）·理县·蒲溪乡
【文本来源】　中国民间文学集成全国编辑委员会编：《中国民间故事集成》（四川卷·下），北京：中国 ISBN 中心 1998 年版，第 1117 页。
【阅读提示】　这是一则借洪水引发出解释某物产生的神话，人物性格生动

形象，情节一波三折，一惊一乍，很过瘾。

【基本母题】 三兄弟；三兄弟的特征；雷神；捉神鸡；雷神生气引发洪水；金盆；海子的产生

【本文编码】 《木姐珠与高山海子》：ZCSW1370-245-070

都柳江的传说

（水族）

最古老的时候，天上有一个管理火海子的仙人，名叫阳念波。他看到人间不冷也不热，心头很不安逸，就从火海子里扒出十二团火，搓成十二个滚圆的太阳。他又把它们甩丢在最低一层天上，让强烈无比的热光直接照射到人间。于是，草木枯焦了，动物睁不开眼了，连石头都被熔化成各种奇形怪状，那日子真难过啊。

人间住着一个地仙，名叫旺虽。他身高百丈，腰粗十围，一双手杆好比千年巨杉，手指头也赛过楠竹粗。被烤得焦头烂额的人们，都来求他出个主意。旺虽不忍心让人间变为一片火海，决心要制伏十二个太阳。他头戴山一般大的铜斗笠，身披湿树根织的蓑衣，顶住十二个太阳的热光，向天上飞去。当他穿过十二个太阳的身边时，铜斗笠开始熔化，湿树根冒烟燃烧。他强忍高温的煎熬，加快飞行速度，终于冲了过去。在最高一层天上，旺虽找到仙王旺羡，把人间的疾苦一五一十地说出来。旺羡很钦佩旺虽救苦救难的精神，就给了十二支巨大的神箭，叫他回到人间来射太阳。

说来也怪，旺虽扛起神箭飞过十二个太阳身旁时，那强烈无比的热光就拢不到边了。旺虽一只脚踏在月亮山上，一只脚蹬住怒尤山顶，浑身充满了无比的力量。他拿起一座弯形铜岩山作为大弓，对准一个个的太阳，一连射出了十一支神箭。顷刻间，这十一个太阳都被击碎，化为无数大小不等的星星。接着，人间又慢慢变凉快了。动物们都睁开眼睛，大森林也从地里冒出来。苏醒过来四出活动的人群，一齐大喊道："旺虽公啊，请你留下一个当问[①]，给人间照亮指路吧！"

旺虽点点头，赶忙放下铜岩山，抽回第十二支神箭，随手向石岩缝里丢去。由于旺虽力大无穷，这神箭横着跃进岩里好几丈深，尖利的箭头指着东南方向，穿山凿岭而去。

几场大雨以后，这一条箭道就变成了奔腾不息的都柳江。

【讲 述 者】　韦金荣等

【采录整理】　张巢、闻朗搜集整理

【采集时间】　（无考）

【流传地区】　广西壮族自治区·（柳州市）·柳江（柳江区）·三都乡

【文本来源】　中华民族故事大系编委会编：《中华民族故事大系》第9卷（水族、东乡族、纳西族），上海：上海文艺出版社1995年版，第84—85页。

【阅读提示】　这则神话融合了射日、日月星辰的产生等母题，最后落脚到特定江水的产生，结局貌似水到渠成。

【基本母题】　仙人；火变成太阳；十二个太阳；地仙；地仙的特征；旱灾；射日；星星的产生；特定江的产生

【本文编码】　《都柳江的传说》：ZCSW1371-245-071

都柳江

（水族）

荒古之时，天上有一司火海子之仙人，名阳念波。见人间无冷无热，心

① 当问：即太阳。

不乐之，乃从火海子中扒出烈火十二团，搓成滚圆太阳十二个，掷之最低一层天，令强热之光照射人间。于是草木焦枯，动物眼不能开，岩石熔为奇形怪状，岁月实难捱。

人间有地仙，名旺虽，身高百丈，腰粗十围，臂如巨杉，指赛楠竹，不忍人间成火海，应民之请，决心制伏十二恶太阳。乃戴山大铜斗笠，身披湿树根蓑衣，抗御十二太阳之热光，向天飞去，经十二太阳身旁时，铜斗笠开始熔化，湿树根冒烟燃烧。旺虽强忍煎熬，冲过热带，终达最高一层天，觅得仙王旺羡，告以人间苦事。旺羡感其精神，馈以神箭十二，令其返人间射太阳。

旺虽扛箭飞过太阳时，太阳强光使之不能近其身。旺虽一脚踏月亮山上，一脚蹬怒龙山顶，举弯形之铜岩山作大弓，对准个个太阳，连发十一支神箭。顷刻十一太阳俱被射碎，化为无数大小星星。人间乃由炎热变为凉爽。动物俱张开其眼，大森林亦由地底冒出。苏醒而四出活动之人群，皆大声呼曰："旺虽公乎，请留一当问以照明指路也。"（"当问"者，水族语即太阳之意。）

旺虽闻声，点头停射，放下铜岩山，抽回第十二支神箭，顺手将此箭掷向石岩缝中，旺虽力猛，神箭横嵌进石岩深数丈，箭尖指向东南，穿山凿岭而去。数场大雨之后，此箭道即成为奔腾不息之江——即今贵州东南之都柳江。

【讲 述 者】 （无考）

【采录整理】 袁珂据黔南文学艺术研究室编《水族民间故事》中的《都柳江的传说》改写。

【采集时间】 （无考）

【流传地区】 （无考）

【文本来源】 袁珂：《中国神话大词典》，北京：华夏出版社 2015 年版，第 542—543 页。

【阅读提示】 这则神话是《都柳江的传说》的改写版，深得原文要害。

【基本母题】 仙人；太阳的产生；十二个太阳；地仙；射日的工具；旱灾；射日；星星的产生；特定江的产生

【本文编码】 《都柳江》：ZCSW1372-245-072

神医阿杠

（水族）

早先，有一位神医，名叫阿杠，给人治病包好，就是不要钱不收礼，喝杯酒吃顿饭完事。他走遍定台群山的九十九座高峰，找得九十九种特效草药，治好九十九样疑难病症。他的名声传遍各地，男女老少，人人敬仰。但他仍然住在简陋的茅草棚里，吃的素菜淡饭，穿的花椒粗布，成天不是上山采药，就是下寨治病。

那时候，定台山清悠悠的磨盘溪里，住着一个心地善良的青龙王；黝黑的高岩滩底，住着一个心肠歹毒的黄龙王。龙王节这天，青龙约黄龙到宫中饮酒作乐，趁机劝黄龙不要发山洪冲毁农田村寨。黄龙不听忠言，大发脾性。黄龙估谙青龙没有防备，扬起一只尖角，狠狠刺进青龙的肚腹肉里。然后说是自己醉酒误事，假意低着脑壳看望伤势，却又偷偷伸出前爪，把从人间带去的三条蜈蚣虫放在青龙王的伤口里。黄龙像是得胜将军，趾高气扬地卷起尾巴，腾空飞回高岩滩去了。

青龙宫里当医官的鲵鱼精，用尽各种医道，就是治不好青龙王的伤处。原来那三条蜈蚣虫已经钻进青龙的肉里，不断咬啮扭动。青龙疼痛难忍，翻来翻去地叫唤不止。三天三夜以后，青龙只得吩咐自己的姑娘，去人间寻求良医。

青龙姑娘变成一位少女，黑发髻上斜插一把木梳，身穿绣有花边的青色大褂，背着一只精致的少瓦巴[①]，内装一大包银锭，腰里还佩挂着一把青锋

① 少瓦巴：水语，水族妇女背的一种袋子。

剑。她辞别父亲走上岸来，访问四十八个村寨，最后找到了神医阿杠。青龙姑娘很乖巧，她打听到阿杠欢喜为穷人治病，又不乐意收礼，就没有拿出那包银锭，只是说家里贫寒，老父病重，没有钱财求医。阿杠仔细盘问病情以后，配好几味药，放在随身带的小葫芦里，就跟着她匆匆上路了。

黄龙早已探知内情。他想了想，摇身变成人间少有的哎赖[①]，穿着梭梭响的缎衣绸裤，摇着华贵的香扇，在大丫颈上拦截。他斜瞟青龙姑娘一眼，冷笑几声，然后把阿杠拉到一旁，递上一颗黄灿灿的大夜明珠，假惺惺地说："神医啊，我的管家夫人得了大病，只要你立马调头跟我去医，不管好不好，我就先送给你这无价之宝。"阿杠一手推开夜明珠，盯着黄龙看了一阵。黄龙赶忙又说："要是治好了，另外还有重赏。"阿杠这才冷冷地说："我不是为了发财来行医的。待我给这位姑娘的父亲看了病，你再来到我家相邀。"说罢，指一指那边山腰上的寨子，就跟着青龙姑娘继续向前走了。

黄龙眨眨眼睛，心头又生一计。他立即驾云绕飞到前头，变成一位饱经风霜的老鬼师，手摇羽毛扇，迎面堵住路口。他放过青龙姑娘以后，朝着阿杠喊道："阿杠呀，你老的脸面上，有一股很重的晦气啊!"不等阿杠回答，他又故意歪脸看看走在前头的青龙姑娘，这才压低嗓门说："阿杠呀，这姑娘是个妖怪变的！你要是跟她去，定有杀身之祸啊!"阿杠皱皱双眉，笑着回答说："当郎中的不怕妖魔鬼怪。我就谢谢你老的'好意'啦。"说罢，还是跟着青龙姑娘朝前走了。

黄龙气得脸歪胡须抖。他想了一阵，又赶忙驾云绕飞到前头，变成一个正在薅油菜的穷后生，穿着破烂衣服，倒在田头，嘴里乱哼，手脚乱扭。这下，阿杠停住脚步，叫青龙姑娘等一等，接着就费力地扶起"后生"，认真把起脉来。

"嗳呀，你这后生的脉既强壮又正常呀!"阿杠边讲边思索，双眼射出利剑般的光芒，"为哪样要装病来欺骗我呢?"

黄龙眼看骗局被戳穿，急忙在地上一滚，现了原形，张牙舞爪来吞阿

① 哎赖：水语，即财主。

杠。阿杠不提防，吓得后退几步。黄龙张开血盆大口，又逼了上来。正在这危急时刻，青龙姑娘“刷”地抽出青锋剑，抢上前来护住阿杠，那剑锋光芒直指黄龙的颈项。黄龙晓得这剑厉害无比，加上自己的黄锋剑又没有带在身边，只得把身子一缩，尾巴一卷，匆匆逃回高岩滩去了。

阿杠跟着青龙姑娘继续朝前走去。他感激地说：“姑娘呀，你真是勇敢，要不然，我的老命就丧啦。”这下，青龙姑娘甜甜一笑，老实相告说：“我是青龙王的崽女，我爹劝阻黄龙王不要乱发洪水，被他有意刺伤。不知是何原因，这伤口老是不好，所以才来请你医治。”阿杠点点头，诚恳地说：“人和龙也要互帮互助才好，我就尽心尽力医治吧。”

到了清悠悠的磨盘溪旁边，青龙姑娘叫阿杠不要怕，闭上双眼，拉着她的裙裾向水里走。阿杠按照吩咐移动脚步以后，觉得身子轻飘飘的，衣服却一点没湿。不一会，青龙姑娘停下来，笑着喊他睁开眼睛。阿杠睁眼一看，哦，原来是一座巍峨的宫殿，到处青光闪闪，滑溜溜的。宫殿正中有个五、六掰长的玉石床，上面躺着一条巨大青龙，正在翻来覆去地扭动身子，并且不断发出震耳的呻吟。青龙见有来人，立刻变成一个身穿青衣青裤的老者，忍住呻吟说：“人间的神医啊，不要怕，我不会伤害你的！”阿杠定了定神，镇静地点点头。老者这才愁眉苦脸地说：“我的伤口疼得钻心钻肠，一时一刻都没有松活过！”阿杠走上前来，轻轻扒开伤口细看一阵。由于龙变人后体形缩小，那伤口也变得很小，看不清究竟。阿杠就说：“青龙王啊，请你现出龙形，我要判断准确，下药才有把握。”青龙又喊声不要怕，立刻变成巨大的原形，平躺在玉石床上。阿杠仔细拨开脓血污染的片片龙鳞，对着伤口察看很久。然后，他从小葫芦里取出一根带钩的大针，对着伤口狠扎下去，再一挑，就剔出来一条血糊糊的蜈蚣虫，把它往地上一甩，还在爬拱扭动呢。阿杠一连扎下三针，就把三条蜈蚣虫都剔出来了。接着，他选用九种草药配制成一味药，叫青龙姑娘拿来白酒，把药和酒搅匀，再敷到青龙的伤口上。青龙伤口的剧痛顿时止住，只觉得一阵阵凉爽，连伤口四周泡肿的地方也慢慢消下去了。青龙“呼”地一声又变成人形，精神陡长，脸貌也红润起来。他连连叫道：“阿奴呀，快拿宝贝来献给我们的恩人啊！”

青龙姑娘没有拿出少瓦巴里的银锭，走进宝库选了又选，最后拿出来七个葫芦，并一一作了介绍。第一个是红色葫芦，是天上仙王赐给的，把它挂在屋内大梁上，可保家泰人安、屋基永固。第二个是黄色葫芦，装有九颗明晃晃的宝珠，可保一家三代财源茂盛。第三个是蓝色葫芦，内装一幅蓝色绸缎，取出这一幅，里面又有一幅，永远取不完。第四个是黑色葫芦，装有九块乌金，把它放在地炉里，冬天发热，夏天变凉，永远烧不尽，用不完。第五个是紫色葫芦，装有香甜可口的龙宫酒，也是永远倒不完，喝不尽。第六个是白色葫芦，装有一把冷嗖嗖的龙肠剑，这方宝剑锋利无比，威震四方。第七个是青色葫芦，装有九大滴龙涎精，拿到人间大地，倒一滴入土就可出龙井一口，一年四季不会干涸。青龙姑娘把这七个葫芦串在一起，要阿杠全部带走。青龙王也连声说："你是救了我命的大恩人，以这些小小礼物相赠，聊表我的一点心意吧。"

阿杠惊奇地注视着这七个葫芦，又珍爱地依次抚摸一番，然后起身向青龙王施礼说："听说你是卫护人间的龙王，这次出诊本来不该收礼。但是，刚才姑娘对葫芦的一一介绍，引动我爱上了其中一个葫芦，我就破例讨要它啦。其他六个葫芦，我决心不收，也请你们不要勉强。"青龙和姑娘都被阿杠不贪财礼的精神和诚恳的态度所感动，就笑着点头答应啦。

阿杠这才高兴地拿起那青色的葫芦，小心把它和药葫芦拴在一起。告别以后，青龙姑娘亲自送他回到人间。阿杠走遍定台九十九座山寨，选择出九个最干涸的村寨，在它们的近旁，分别撒下了九大滴龙涎精。果然，就地出现了九口龙井。从此，这九口龙井水源不断，供给人们灌溉庄稼、饲养牛马。多少代人都享受到阿杠留下来的这份宝贵遗产。

【讲 述 者】 刘炳超，韦对
【采录整理】 祖岱年搜集整理
【采集时间】 （无考）
【流传地区】 贵州省·（黔南布依族苗族自治州）·独三县
【文本来源】 中华民族故事大系编委会编：《中华民族故事大系》第9卷

（水族、东乡族、纳西族），上海：上海文艺出版社 1995 年版，第 70—74 页。

【阅读提示】 把水井与龙相结合的神话十分常见。本神话侧重于表现人与龙之间互帮互助的和谐与大爱。

【基本母题】 神医；草药；龙王；龙王节；龙变成少女；夜明珠；妖怪；龙王献宝；宝葫芦；特定井的产生

【本文编码】 《神医阿杠》：ZCSW1373-245-073

清　江

（土家族）

很早以前，清江叫“夷水”。那时候，江里有一条孽龙作怪。沿河两岸的许多房屋被冲毁，许多田地被淹没，粮食很少得收。江水常年浑浊不清。

夷水岸边，有一块野草丛生的沼泽地，叫“盐阳”，就是现在恩施这个地方。这里住着一户姓向的夫妻，妻子小名喜娘，四十多岁没有儿女，两口子多么想有儿女啊！

一天，喜娘在江边洗衣，忽然听见有婴儿哭声，抬头一看，但见江里冲来一个瓦罐，一起一伏，漂漂荡荡，对直朝喜娘漂来。喜娘捞起瓦罐，只见罐里躺着一个婴儿，真是欢喜不尽，连忙把瓦罐背回家，把婴儿喂养起来，取名叫“捡儿”。

捡儿一个月就会笑，三个月就会爬，五个月就会走，七个月就会讲话。到了七岁，就能上山打猎，下河抓鱼。乡亲们都说他是个神童。

喜娘见捡儿慢慢长大了，就把孽龙作怪的事讲给他听。捡儿也亲眼看见江水泛滥成灾，乡亲们日子难熬，就立志要制服孽龙，为民除害。他告别了父母和乡亲们，到峨眉山拜师修炼，学得一身好武艺。

捡儿回到家乡，就沿江而上，寻找孽龙。找啊，找啊，终于找到了孽龙住的地方——龙王塘。可是，有什么办法把孽龙引出来呢？沿河两岸的乡亲们听说要制服孽龙，都来出谋献策，他们把很多很多的猪仔赶到龙王塘对面的山寨里。孽龙听到猪叫，就从塘里伸出头来，张开大口，把舌头伸过江去卷猪仔。捡儿眼明手快，飞起一剑，斩断了龙舌头。可是，他用力过猛，剑头削掉了对门的半壁山崖，剑也断了，掉进江中。现在龙王塘的"龙舌头"、"母猪寨"、"刀割山"、"剑滩"就是这样得名的。孽龙断了半截舌头，大吼一声，跳出水面，跃入空中，顺江逃走。捡儿哪里肯放，飞身骑上龙背，两只手掐住龙脖子。所以龙的子孙——蛇，到现在颈子都还很细，传说就是捡儿掐细了的。孽龙垂死挣扎，将头猛地一摆，把捡儿摔了下来，又连拱三下，把捡儿拱下三个滩。这里就是现在的"三簸溪"。捡儿和孽龙斗了一天，本来就精疲力竭，又被孽龙拱得头昏眼花，眼看独力难支，就要被孽龙吃掉。这时，两岸乡亲们鸣锣击鼓，呐喊助战。孽龙顿时快了半截，丢下捡儿，一头钻进峡口逃命。捡儿见乡亲们助战，浑身有了力气，跟着孽龙潜入水中，按住龙头，用力往江底猛撞，在峡门口撞了很大很大一个坑，把孽龙撞死了，捡儿怕它再活过来作怪，就死死地把它压在坑里。以后人们就把这个大坑叫做"大龙潭"。

传说捡儿杀死了孽龙，夷水河流了三个月血水，后来就慢慢地变清了，从此就改名叫"清江"。喜娘捡儿的地方取名叫"捡儿湾"。直到如今，不管发多大的洪水，捡儿湾的那块岩石是淹不到的。

【讲 述 者】 （无考）

【采录整理】 李正银，唐清顺

【采集时间】 （无考）

【流传地区】 湖北省

【文本来源】 中华民族故事大系编委会编：《中华民族故事大系》第5卷（瑶族、白族、土家族），上海：上海文艺出版社1995年版，第733—734页。

【阅读提示】 这则神话反映了土家族先人奋发向上，努力适应自然、改造自然的积极人生态度。

【基本母题】 洪水；特定江的来历；孩子的获得；神童；制服孽龙；特定地名的来历

【本文编码】 《清江》：ZCSW1374-245-074

铁塔娶龙女

（土家族）

一、奇莲生异子

天塘湖满满盛着如意水，季节风不能把湖水吹冷或吹热。一年三百六十五天，天天出太阳，不能把湖水晒干一滴；夜夜下大雨，也莫想把湖水泼出半点。可惜湖里一草不生、一虾无有，平静得透明彻亮，像一面永照苍天的镜子，嵌在天堂山上。

一天，土神阿公和阿婆来到这里，正走得口干舌燥，蹲下来同喝一口如意水。阿公抹抹银须叹道："嗨！好个天塘无生养啊。"阿婆摇头笑道："不！它是一块奇莲福地，在妊异子哩！"阿公喜道："好哇！那你就让我们土家的异子快生出来吧！"阿婆从随身带的花篮中，取出一节玉藕，朝天塘湖里丢去，二老又云游去了。

天堂山下，有一户靠砍柴、挖葛为生的人家，老两口没儿没女，辛辛苦苦在这里生活了六十又六年。人们都叫他俩"葛公公"、"葛婆婆"。

这年八月十五，葛公公在山里挖到一担葛根。转过山梁，来到天塘湖边，捧起湖水喝了几口，习惯地叹了声："好个天塘无生养啊！"话音未落，只听到"噗"的一声，葛公公抬头一看，可把他乐坏了：湖中不知什么时候长了玉莲，一只最大的莲蓬炸开了，里面有个胖娃娃，正在伸手蹬脚地向外爬。葛公公不顾一切向湖里扑去，将娃娃抱了出来，用衣襟包好，一气跑回家。

葛公公进屋连打着哈哈，正在后屋打葛揸的葛婆婆听到老伴儿这么高兴，问道：“老头子，今天在山里捡到什么宝贝，这么高兴?”葛公道：“你快来看啊！我得个活宝贝!”葛婆婆忙走出来，见葛公公抱着个胖娃娃，喜道：“从哪里捡来的?”“天塘湖里捡来的。”葛婆婆双手接过娃娃，喜道：“他叫什么名字?”葛公公道：“这名字，就待你这做娘的起了。”葛婆婆听了，搂住娃娃，疼爱地端详着道：“这孩子生得五大三粗，长大和你一样，定是个采山能手，就叫他‘铁塔’吧!”

铁塔果然出息：五岁时就长得有十岁孩子那么大，八岁时能帮助阿爹挖葛、砍柴，十六岁就成了远近闻名的猎手，十八岁果然出落得像一尊铜打的罗汉、铁铸的金刚。他是天塘湖里生、天堂山上长。因为有了他，天堂山在人们眼里更加美丽和神秘了。

二、天堂风云

莫说人们对天堂山向往，就是神仙来到这里，也流连忘返哩。

那一年二月初二，洞庭龙君寿诞之日，云南洱海龙王命自己的五个女儿，前来给伯父拜寿。五姐妹高高兴兴地跳着彩云，乘着和风，朝湘西一路飞来。在云端俯瞰天堂山，像一朵刚出水的睡莲，花心托着一颗晶莹闪光的明珠。五姐妹被吸引住了，不约而同地按下云头，跃入湖中，喝了几口如意水，顿时觉得浑身清爽、满嘴香甜，一个个不想再飞走了。可是，天塘虽大，怎能住得下五条真龙！五姐妹便把她们准备在拜寿时才穿的五彩衣裙穿上，一刹时，化为五尾一尺多长的龙眼金鱼。大姐着黑衣白裙，叫墨鳞；二姐着绿衣紫裙，叫翠鳞；三姐着红衣黄裙，叫丹鳞；四姐着黄衣绛裙，叫金鳞；五妹着白衣白裙，叫雪鳞。在天塘湖里沉浮畅游，五彩衣裙闪闪发光，一忽儿饮玉吐珠，一忽儿掀波逐浪，相互嬉戏，给优美的天塘增添了生气。

另外，天堂山还长着一个千年道鹤首翁（何首乌），头发全白，为人治病，他有七个胖孙，一片好心。

天堂山虽是名胜仙境，也藏着两个妖精：一个是花尾臭狐精，一个是黄鼠狼精。臭狐精想吃掉龙女五姐妹，黄鼠狼想吃掉鹤首翁的七个胖孙孙。

三、天堂的主人

一天早晨，铁塔挎上猎刀、弓箭，葛公扛上锄头和扁担，从雾幕中登上了天堂山，葛公就在山腰挖葛，铁塔绕上山路，去后山寻找猎物。转过几座山峰，来到天塘湖边，见五彩金鱼在水中追逐游戏，吐出成串的银珠，与初升的太阳相辉映，显得晶莹灼目。他轻步走上前去，忽然听到那黑衣白裙的墨鳞说道："我的五妹雪鳞，我好像看见一个人影。"白衣白裙的雪鳞答道："不！那是树影。大姐，是你看花了眼睛。"又听到绿衣紫裙的翠鳞叫道："我的五妹雪鳞，我好像听到一点响声。"雪鳞答道："哦！别害怕！二姐，那是松鼠在扒枯藤。"又听得红衣黄裙的丹鳞道："我的五妹雪鳞！我的心，为什么跳得急？"雪鳞道："你在穿梭似的急游，三姐，你当然不能平静。"黄衣绛裙的金鳞道："我的五妹雪鳞，我在慢游，为什么也不能平静？""哈！四姐！在这春天里，你可能动了春心。""呸！鬼丫头！看我不撕你的嘴……"湖里传出一阵笑声和拨浪声。雪鳞真的没有察觉有人吗？五姐妹中，数她眼尖，心最灵。其实呀，她早瞅见了立在树后的铁塔，也看透了他忠厚、本分、猛跳的心。铁塔不想惊动她们，正要转身，忽听"叭啦"一声响，一个尖嘴猴肋、长腰短腿的妇人，从湖死角处蹿下去，一手捞住浮到浅水的金鳞，朝上猛拖。金鳞急呼："姐姐！救我！"湖水掀起了急剧的浪花。雪鳞振翅飞跃上岸，朝那妇人劈面喷了口水，呛得那妇人一个趔趄，松开金鳞，就地一滚，变成一只五尺多长的花尾臭狐，张牙舞爪来抓雪鳞。雪鳞腾跃抗击，甩动扇尾，给臭狐一记响亮的耳光。臭狐挥着前爪抓伤了雪鳞前鳍。正在这危急时刻，铁塔拔出腰刀，大喝一声："臭狐看刀！"奋力挥去，正中臭狐尾根，臭狐一声惨叫拔腿逃命去了。铁塔急步赶到水边，双手托起浑身战抖的金鳞，轻轻地放入水中。又抱起负伤的雪鳞，用舌尖轻轻舐去伤痕上的血迹，敷上些狩猎常备的药粉，放入水中道："去吧！勇敢的雪鳞！"转身正要沿着血迹追去，却听到湖中有人叫道："神勇的铁塔，请您稍停一下。”铁塔转身见天塘的水面上站着五位美丽的姑娘，向他施礼致谢道：“我们是洱海龙女五姐妹，来到天塘湖里安家，无端引起花尾臭狐嫉恨，无时不在寻衅找碴，适才多亏您搭救，这恩情不知怎么报答。送你金银太俗，金银只能使庸人眼花；送您珠宝太轻，珠宝难报答救命恩情。”铁塔道：“打狼射狐，是猎人的本分，说什么报答恩情？自从你们来到这里，群峰增添了幽美，湖水更加澄清，在这里常来常往，对你们，我倒要感激万分。”

正说着，忽听到小孩的哭叫声——“爷爷！爷爷！”大家循声望去，只见一个浑身黄毛的野物，咬住一个系红抱肚的娃娃，从山梁上直窜下来。五姐妹齐声惊叫道：“哎呀！黄烟怪咬住了何七！”铁塔不声不响，张弓拾箭，“嗖”地射去，百步以外，只听黄鼠狼精“嘎”的一声怪叫，栽了一个筋斗，抛开了娃娃。铁塔飞步上前，正待举刀劈去，那怪物连放三个救命屁，臭气熏天，趁机窜下山沟不见了。地上留下一只被射掉的耳朵。铁塔连忙抱起那摔昏了的娃娃，五姐妹也赶来看护。这时，一位白发银须的老阿公，领着六个同样大小白胖的娃娃，急步赶来，双手捧住何七的头，口对口地输了一口长气，何七睁开双眼，叫了声“爷爷！”众人喜道：“老神仙真能起死回生！”老阿公接过何七，向铁塔称谢道：“多亏你啊！勇敢的猎人！你算得山林的主人。”

这老阿公就是玉屏峰顶的鹤首翁，七个胖娃娃就是他的孙儿。今早，他带着他们出来采药，被躲在刺蓬下的黄烟怪叼走了何七。祖孙闻声赶来，幸遇铁塔相救。龙女五姐妹也将花尾臭狐相害的事诉说一遍，请老人想出个办法，将这两个妖怪除掉。鹤首翁道：“有道是：众人拾柴火焰高，只要大家齐动手，把这天堂山七沟八梁十三湾，上上下下，全部开成良田活地，让那些山妖野怪，无处藏身，自行灭迹。”铁塔喜道：“我和阿爹早有开山之意，只是人手太少……”不等他说完，龙女五姐妹抢着道：“我们可以引水灌田。”何家七兄弟接着道：“我们可以拱土栽茶。”铁塔道：“多谢各位乐意相助，待我回去和阿爹商量，再邀约附近山民，一同开垦天堂山。”大家拍手称好，各自回家。

四、玉龙撒珠湖

铁塔要开天堂山，多情龙女笑开颜。
引得天塘如意水，从此山坡有良田。

铁塔自从砍掉花尾臭狐的尾巴、射落黄烟怪的耳朵以后，邀约了几位山民，在龙女五姐妹与何家七兄弟的帮助下，一心挖山开田。一连四十八个昼夜没睡觉，累得他们一坐下就睡着了。没料想两个妖怪趁这机会下毒手，从山上、山下，放起两把火，想把开山的人们全部烧死。幸亏龙女五姐妹喷出天塘湖的水，把火浇熄。所以，天塘湖变浅，因为缺水，田也难开了，五位龙女也不能继续在天塘里安身，只有飞回洱海。可是，五姐妹爱上了天堂山，雪鳞更爱上了铁塔，舍不得离开这里，他们只有另找水源。鹤首翁把他们带到玉屏峰顶，指着下面道："这里有口玉龙洞，洞里有股玉龙泉，这洞口被山下长上来的石柱堵住了，要有一位艺高胆大的人，从谷底爬上石柱，用开山斧将这根锁龙柱拦腰砍断，玉龙泉水就可冲出洞口，直泻出来。"铁塔挺身上前道："我愿前去，斩断锁龙柱。"大家从后山下到谷底，只见群山围绕相连，形成一块盆地，方圆十多里，石柱正好立在盆中央。这石柱十人伸手难围，长满了青苔，拔地百十丈高，直冲玉屏峰顶，上半截云绕雾遮，苍鹰在它的半腰盘旋。铁塔伸手抓去，青苔又厚又松，被撕脱一大块，柱身光滑笔陡，不能攀登。正在为难时，雪鳞道："只能缠绕上去。"她和姐姐们嘀咕了一阵，转身对铁塔道："我们背你上去，当心！不要摔下来了。"鹤首翁点头会意对铁塔道："这叫五龙绕柱法。去吧，要小心！"只见五姐妹将五彩衣裙一抖，霞光万道，使人眼花缭乱，铁塔定睛一看，五姐妹早化成五条真龙，一条接着一条，绕柱盘旋而上，直到中段。十只龙爪紧扣柱身，龙鳞片片张开，形成一道盘龙梯。铁塔手持开山大斧，步上龙梯，站稳雪鳞肩上，向石柱猛砍。砍到一半的时候，铁塔暗想：这上半截石柱倒下来，岂不是会砸坏五姐妹和何家祖孙？他迟疑一下，雪鳞好像知道他的心思，鼓励道："你只管加劲砍，何家祖孙早已离开，到时候，我们自有办法。"铁塔振奋神力，斧口落处，碎石横飞。当当震响，山鸣谷应，不到两个时辰，石柱只剩下一围粗细了。雪鳞叫铁塔住手，闭上双眼，紧紧伏在她的肩上。只听得“轰隆”一声！五条真龙腾空而起，龙尾齐向石柱扫去，“哗喇喇!”惊天动地一声巨响，锁龙柱齐腰断为两截，上半截从玉龙洞口倒落下来，摔得粉碎。玉龙泉水倾泻直下，活像一根玉柱，落在下半截石柱头上，恰似溅珠撒玉。霎时间，盆地变成一座大湖。五条龙绕湖飞腾一圈，停落湖岸，又变成了五位姑娘。铁塔拉住雪鳞的手，称谢不已。雪鳞羞怯地说道：“我们真该谢你哩!”

有了撒珠湖，铁塔与山民们在湖边开田，在坡地上种茶，安新家。由鹤首翁做媒，雪鳞与铁塔订了亲。就在他俩结婚的那天，忽然一群官家人马，一路鸣锣开道，来到撒珠湖边。从一乘绿呢大轿里，出来一位大官，头戴乌纱帽、身穿大红袍，却是一副獐头鼠目的怪模样，手里拿着一卷黄布，高声嚷叫：“圣旨下!”山民们不知道这是来卖什么的，都围拢来看稀奇。只见那官儿展开黄布宣读道：“天堂山民谋反，辟山引水造田，不缴皇粮国课，论刑合当抄斩……”山民们见他那摇头晃脑的丑相，更不知他嘴里吐的什么粪，都不禁哈哈大笑。人群中的小何七，见了那大宫好生面熟，又缺了一只耳朵，便悄悄地对鹤首翁道：“爷爷！那人好像黄烟怪!”一语揭穿了老底，众人马上警觉起来。雪鳞在铁塔耳边嘀咕了几句，分头准备去了。

原来黄烟怪与花尾臭狐，自从火烧天堂山以后，自身也无处躲藏，便狼狈为奸，乔装为兄妹，逃进京城，迷惑皇帝。糊涂的皇帝老儿，竟收了臭狐为贵妃，封黄烟怪为国舅。两妖怪掌了大权，为了报仇，诬告铁塔与山民们造反。众人正在纷纷议论时，一太监尖声叫道：“娘娘驾到!”话音刚落，只见凤辇上下来一个油头粉面的妇人，恶狠狠地叫道：“老娘到此，尔等蠢民为何不来朝拜，真是罪该万死！雪鳞来了吗？老娘要剥下那狐媚子的皮，还有那坏透了的铁塔……”正当她大施淫威，猛听到一声“臭狐看刀”，只见那女人一声惨叫，现了原形。一只没尾巴的臭狐，被砍掉前腿，战抖抖地在地上，护卫们吓得面如土色，自称国舅的黄烟怪见事不妙，扯下自身红袍，扔掉头上纱帽，拔腿想溜，被铁塔一箭射中后脑，扑倒在地，现了原形，临死还放了九个臭屁。

铁塔与雪鳞结了婚，其余四个龙女也在撒珠湖边与山民们成了家。从此，男耕女织，生儿育女，过着勤劳的日子，一代一代子孙昌盛起来了。

【原文本标注】

本故事原名为《撒珠湖》，由王四代选定。

【讲 述 者】 （无考）

【采录整理】 罗轶整理

【采集时间】 （无考）

【流传地区】 （无考）

【文本来源】 姚宝瑄主编：《中国各民族神话》（土家族、毛南族、侗族、瑶族），太原：书海出版社2014年版，第30—38页。

【阅读提示】 这则文本叙事完整，故事性强，其中狐狸精、龙王、龙女等几个形象都有深入分析的价值。

【基本母题】 土地公婆；湖生人；特定山的产生；特定湖的产生；狐狸精；龙王；变形；人与龙女婚

【本文编码】 《铁塔娶龙女》：ZCSW1375-245-075

姑娘河

（佤族）

在阿佤山中，有一条从西向东流的小河，河水清澈明亮。小河两岸，思诺①们经常约伴到这里玩耍，丛林间、竹棚下，常常充满着他们的欢歌笑语。

① 思诺：佤语，即青年男女。

这条小河，人们称它为“姑娘河”。每当人们来到这里，就会想起叶娜姑娘。

相传很早以前，坝卡寨子有一个聪明美丽、勤劳善良的姑娘，名叫叶娜。

坝卡山的大黑森林，已经换了十八回新叶，叶娜也从一棵小芽长成一朵惹人喜爱的杜鹃花。她的美丽，团转十几个村寨都有名，做媒的、求婚的，纷纷慕名而来。可是穷人的姑娘有自己的打算，她要和勇敢的青年埃嘎相好。

有一天，母亲长叹一声，对叶娜说：“孩子，不是妈要撵你，召米达昆伞派人来说亲，你舅爹迫不得已收下了定亲礼，秋后，他就要把你娶过去了。”叶娜一听，恨恨地说：“麂子怎能和蟒蛇在一处，我怎能嫁给召米达昆伞！”阿妈悲哀地说：“儿啊，你千万不要怪阿妈。我们阿佤人的老理老路，从阿公阿婆那里就传下了，阿妈对你的事不能作主。自从你阿爹死后，家里的事只能听从你舅爹的了！”听了阿妈的话，叶娜心里痛苦极了。

提起达昆伞，不要说叶娜姑娘不会嫁给他，就是已经有五、六个小娃的寡妇也不会嫁给他。这个人外号叫“过山火”，五十多岁，又矮又瘦，为人手狠心毒，尽管黄牛、水牛成群，粮仓虫蛀，他也不会白送给人一颗粮食。他的歹毒，用阿佤人的话来说，“他到小黑江去洗个澡，鱼虾不知要被毒死多少。”

说起来也巧，有一天，叶娜从山上背柴回来，正在路边歇气，“过山火”骑着一匹蹩脚骡子过来了。他一见日思夜想的叶娜姑娘，马上浑身酥软，拉长脸说：“嘿嘿，我的姑娘，原来你在这里等我呐！”说着便跳下骡子，想和她亲热一番。谁知叶娜从柴背里抽出一截碗口粗的柴棍，威严地对他说：“怎么样，召米，你想尝尝这棍棒的滋味吗？”

“过山火”心里凉了半截，悻悻地说：“叶娜，我是想跟你商量我们的婚事啊！”

叶娜说：“你要讨我做老婆也不难，只要你答应我三件事。”

“过山火”把胸口一拍说：“不要说三件，三十件也依你！”

叶娜说：“第一件，你先砍上三十捆柴禾，要你自己砍、自己背到家里码起来。”

“过山火”听了瞪着眼说：“我……我……我干不了……”

叶娜说：“哼，那么听第二件：你要按阿佤人的习惯，亲手做一百罐水酒。”“过山火”听了直抓脑壳。

叶娜又哼了两声：“听着，第三件是你要亲手栽九十九蓬芭蕉树，什么时候结果，我什么时候过门。”“过山火”听了，又瞪着眼睛发呆。

叶娜拍着手说：“三件事你一件都做不了，召米，对不起，你吃你的白米饭，我咽我的包谷饭，我俩过不在一起！”“过山火”被阿娜姑娘当面嘲笑，气得骑上骡子灰溜溜地走了。

回到家里，叶娜把遇着“过山火”的事向阿妈说了一遍，说完不住地咯咯笑开了。

阿妈一面听，一面惊叹：“天啊！‘过山火’一定不会就此罢休，你还不如赶快约上埃嘎逃婚去吧。”叶娜听了，悄悄地告诉阿妈，她已经和埃嘎阿哥商量好了，等帮阿妈把旱谷收了以后，就逃进高高的鹿埃姆山①，等过些时候，再来接阿妈。

日子一天天过去，旱谷即将开割了。一天，一个晴天劈雷的消息传到了叶娜的耳边：她和埃嘎要私奔的事被“过山火”察觉，埃嘎阿哥已经被“过山火”活活打死了！叶娜痛不欲生，叫道：“过山火啊过山火，叶娜就是死，也要咬你一口的！”这天夜深人静，她悄悄地带上弩弓，摸到了“过山火”家，连发三支火箭。一下子，“过山火”家的竹楼烧成一片火海。在一片呼救声中，叶娜从“过山火”的马厩中牵出一匹白马骑上跑了。

叶娜刚出寨门，“过山火”就带着他家里的打手追来。不一会，几路火把把叶娜团团围住，“过山火”好不得意。

叶娜眼看快要被捉住，冷不防她一抖缰绳，猛然跌下高高的悬崖！……说来也怪，就在这时候，只听坝卡大黑山一阵山崩地裂，一股洪流顺山席卷而下，没等“过山火”和兵丁们明白过来，已经淹没在滔滔的怒涛中。

① 鹿埃姆山：即阿佤山脉中最高的公明山。

从此，坝卡寨后面就出现了一条河。人们说，那是叶娜姑娘变的，便取名为“姑娘河”，叶娜姑娘的故事，也就一直流传到今天。

【讲 述 者】 李岩冷

【采录整理】 张云搜集整理

【采集时间】 （无考）

【流传地区】 云南省·（临沧市）·沧源县（沧源佤族自治县）

【文本来源】 中华民族故事大系编委会编：《中华民族故事大系》第7卷（黎族、傈僳族、佤族），上海：上海文艺出版社1995年版，第805—808页。

【阅读提示】 这则神话描述了做媒求婚、阿爹死后婚事由舅爹做主、订婚抢亲等一系列情节，对研究佤族家庭婚姻的历史状况具有一定的参考价值。

【基本母题】 特定河流的产生；做媒；婚姻考验；女子逃婚；人变河；特定河的名称来历

【本文编码】 《姑娘河》：ZCSW1376-245-076

鸟泪泉

（佤族）

在阿佤山的班洪大寨后山，有一座猴子崖。崖上绿树常青，野藤倒挂，一股清泉从崖顶倾泻而下，当地人叫它茸短醒，意思是鸟泪泉。

据说，早先的时候，猴子崖上并没有这股泉水，后来是由两只大鸟的眼泪汇积而成的。

远在班洪部落刚刚兴起的时候，先民们团结和睦，互相帮助，开垦土地，种庄稼，植果树，大家用勤劳的双手，共同建设着自己的家园。部落里有两个贫苦的姐妹，姐姐叫叶茸，妹妹叫安并。她俩聪明伶俐，勤劳善良。叶茸是纺织的巧手，一天能织九村九寨姑娘穿的衣裳裙子，穿在身上，赛过天上的彩霞。妹妹安并是耕种的能手，一天能种九山九坡的旱谷，能种九垢九岭的茶树，让部落里的人都能吃饱喝足。全部落都很喜欢这两个能干的姑娘。

叶茸和安并聪明能干的美名，传到了一个势力强大的外族部落王子的耳朵里，他给班洪王送来了金银宝玉，猪羊牛马，要买叶茸、安并当家奴。班洪王见到这么多礼物，看花了眼，就把姐妹俩卖给了外族部落王子。

叶茸、安并要走了，她俩舍不得离开自己曾经耕织过的土地，舍不得离开抚育自己成人的父老乡亲和衰老的阿爹阿妈。乡亲们对班洪王出卖叶茸和安并气愤万分。见到两位姑娘要走了，他们就像挖心割肉一样痛苦，许多人吃不下饭，睡不好觉，部落里失去了生气。

外族部落的人带走了叶茸和安并。一路上，日头火辣辣，瘴气熏死人，走在异乡的路上，叶茸、安并心情沉重。她俩走路想家乡，睡觉思亲人。过了一天又一天，走了一山又一山，故乡越来越远了，姐妹俩的心都要碎了。她俩成天愁眉苦脸，不吃不喝，慢慢消瘦下来，不久就死在途中。

两朵洁白的花儿被摧残了，但是姐妹俩思念家乡的心并没有死。那年春耕，阿佤山正在播种时，遇上了大旱，布谷鸟叫过了，黄泡[①]熟过了，天还是不下一滴雨。山溪无水，河水断流，禾苗干死，绿竹枯萎。人们没有水喝，孩童哭干了嗓子，老人渴裂了嘴唇。就在这时，部落里知道了叶茸、安并已经死去，她俩的双亲气瞎了眼睛，父老乡亲都伤心得哭了起来。天灾人祸一齐降落到了部落头上。

说来很奇怪，突然有一天，猴子崖上飞来了两只乳白色的大鸟，它们站在崖上，面朝班洪部落“哀！哀”地叫个不停，边叫眼睛边流血，那声音叫得很凄惨，就像人们在哭啼。越近黄昏，大鸟叫得越紧，越伤心，听了使人心肠绞痛。

---

① 黄泡：野生果，味甜，色黄，可食。

阿佤人说，只有心地善良、热恋家园的人，死后才会变成美丽的鸟，飞回故乡。叶茸、安并死后就变成了这两只大鸟飞回家园。那时候，部落的先民们到山坡上种旱谷，到野林里打猎，到山箐里采野果，路过猴子崖都要停下来，深情地望着这两只不知名的大鸟，看到了它们，就像看到了叶茸、安并两姐妹。

有一天，部落里的人路过猴子崖，看不见大鸟了，却见崖上流下来一股清澈的泉水，水味清凉蜜甜。人们用竹筒把泉水背上山去浇旱谷，旱谷发芽长叶。人们把泉水引下山坡浇茶树，茶树叶绿芽新。黄牛、水牛喝了泉水，膘肥体壮。叶茸、安并的阿爹阿妈喝了泉水，重见光明。小伙子喝了泉水，气壮腰硬。小姑娘喝了泉水，心明眼亮……

原来，叶茸、安并变成了大鸟后，眼见故乡大旱，为了使部落回春，它们飞遍了无数草场，吸了万株草上的露珠，飞回故乡，把露水化作思乡怀亲的泪水，让泪水化作了这股泉水，从崖头直泻下来，滋润故乡的土地。阿佤人为了纪念叶茸与安并，就把这股泉水取名为“鸟泪泉”。

【附注】

同名文本《鸟泪泉》，见姚宝瑄主编《中国各民族神话》（佤族、阿昌族、纳西族、普米族、德昂族），太原：书海出版社 2014 年版，第 62—64 页。

【讲 述 者】 （无考）

【采录整理】 白花搜集整理

【采集时间】 （无考）

【流传地区】 云南省・（临沧市）・沧源县（沧源佤族自治县）

【文本来源】 中华民族故事大系编委会编：《中华民族故事大系》第 7 卷（黎族、傈僳族、佤族），上海：上海文艺出版社 1995 年版，第 809—811 页。

【阅读提示】 这则神话大概反映了当时民族地区流行族外婚。

【基本母题】 特定泉水的来历；部落的兴起；女子与外族男子婚；人死后

变成大鸟；特定泉水名称的来历

【本文编码】 《鸟泪泉》：ZCSW1377-245-077

海味湖泊的传说

（彝族）

在峨山县塔甸镇海味村，有一个干涸的湖泊。据说那儿原先是碧绿的、水源充足的大湖泊，可为什么会变干了呢？有这样一个美丽的传说。

很久以前，在塔甸一个水深且大的水潭里住着三条龙，分别是龙王、龙母和一条小龙女。它们一家生活在一起非常幸福快乐。可时间不留人，渐渐地龙女长大了，而龙王和龙母却变老了。所以它们决定让龙女到外面的世界去闯一闯，锻炼锻炼自己，以便以后能照顾好自己。龙女依依不舍地离开了自己的父母，离开大水潭，来到了他甲村。

他甲村如一幅优美的山水画，有气势磅礴的瀑布，有雄伟壮观的山岭，有密密麻麻的松树，还分布着很多条小溪，岸上野花遍地。

龙女到了他甲村后，看到他甲村的小溪清澈、甘甜，便把山沟中的溪水引到一个大水潭中。起初的几天，龙女只知道到处玩耍。可是有一天她看到他甲村的一个小孩到山上打柴，身上的衣裳很破烂，助人之心油然而生。于是，龙女变成了一位极其美丽、秀雅的女子。到山下探察民情，她发现人们的生活果然很痛苦。

一天夜里，龙女托梦给他甲村村民，无论有任何困难，都可以到山沟下求她，她一定会帮得上忙。

第二天，果然有人半信半疑地从山上下来了。那个人挑着谷篓，到了山沟下，先给龙女烧了一炷香，然后给龙女磕了三个响头，最后跟龙女说："活神仙呀！我们家因为穷，今天请了几个帮工到家里建房子，可没有碗。希望活神仙给我家一些碗。"话音刚落，听到龙女说了一句："你到离这几十里的大山后面躲起来，两个时辰之后再来取你的碗。”那位村民见有人回话，高兴得直嚷神仙显灵了。那个人急匆匆地跑下山，两个时辰后，那个人又回到了山沟，看见那谷篓真的装满了碗，心里有说不出的高兴，急忙给龙女磕头，一边磕一边说：“谢谢活神仙！谢谢活神仙！”高兴地挑着碗回家了。

这件事在他甲村传开之后，村子里凡是有困难的人都去找龙女帮忙，这样过去了几个月。可是有一天，被一个强抢百姓良田、房产的恶霸听到了，便觉得事情很不妙，因为这样就没有人会给他做苦力了。那恶霸想尽了办法，决定要把龙女赶出他甲村，可都没有成功。有一天，那个恶霸在街上遇到一位道士，他把那个道士带回家，好好地款待那位道士，还给了道士许多钱财。道士见钱眼开，帮恶霸想了一个办法。

道士让恶霸扮成穷人，挑着谷篓去向龙女求碗，求得碗后，照道士的吩咐，杀了一只狗，把狗血全都涂在了碗上，再挑着碗到山沟下还给龙女。龙女一见狗血，吓了一跳，很生气地把碗“砰”的一声给砸碎了，从此再没回到他甲村。

龙女离开了他甲村，回到家中，听父母说海味有一个大湖泊，里边住着一位和自己一般大的龙王子，前几天还来家里提亲，龙王子长得年轻英俊，而且胸怀大志，是个难得的夫婿，值得考虑一下。听了父母的这番话，龙女心中已经喜欢上了龙王子，于是决定到海味的湖泊去见自己的龙王子。

到了湖泊之后，两人情投意合，就此结为夫妻，在湖泊中生活得非常幸福美满。湖泊的水非常碧绿，波光粼粼的，景色非常迷人，它们常常一起来湖面上嬉戏，过着无忧无虑的生活。

有一天，它们俩变成一对鸳鸯在湖面上嬉戏。凑巧，从岸上来了一个扛着枪的猎人，那猎人看见鸳鸯便开枪打中了一只，那只鸳鸯是龙王子。顿时龙王子恢复原形变成了龙，将死的龙王子在湖泊中四处翻腾，湖面上波浪滔天，血把湖水染红了，那个猎人被当场吓死，原先碧绿的湖水变成了血水。龙女因为失去丈夫，太伤心了，所以变成人形，天天坐在湖边的石头上哭，都哭成了泪人，从此没有人敢从那里经过。

一天，有个赶马到塔甸去卖货的老者从那儿经过，看到那种情景，心里感到凄凉，连马都不敢喝湖里的水。赶马的老者走过去问正在哭的姑娘发生了什么事情，龙女没有告诉他，反倒问起他要去什么地方。知道他要到塔甸，龙女求老者为她办一件事，老者看见她很可怜，便答应了她的请求。

到了塔甸，赶马的老者到了龙王住的湖边，用手扒开水面，大声地向湖中喊："你家在海味的那个姑娘成寡妇了。"话音刚落，顿时天上闪电、雷声混成一片，乌云滚滚。不一会儿，便下起了倾盆大雨。赶马的老者还没走到塔甸集市上，货物以及那一匹马就一起被淋湿了，口中嚷着："谁造的孽呀，怎么偏偏在这个时候下起了大雨?"

风雨交加中，龙王、龙母把龙女接回了塔甸。

从此之后，二、三月干旱的季节海味的湖泊里就没有一滴水。只有到雨季的时候，湖泊中才有半塘的雨水。

【讲 述 者】 （无考）

【采录整理】 陈润采录

【采集时间】 2012年6月采录于峨山县海味村

【流传地区】 四川省（原文标注为"四川省"疑为云南省·玉溪市）·峨山县（峨山彝族自治县）

【文本来源】 中国民间文艺家协会组织编写，罗杨总主编，张洪宾等本卷主编：《中国民间故事丛书》（云南·玉溪·峨山卷），北京：知识产权出版社2015年版，第30—32页。

【阅读提示】 这则神话的讲述者敏锐地观察到湖泊水量的季节性变化，并为之赋予了相应的神话叙事，体现了神话的阐释功能。

【基本母题】 龙王；龙母；龙女；龙女变成人；托梦；应验；神性人物婚；变形；特定湖泊的特征来历

【本文编码】 《海味湖泊的传说》：ZCSW1378-245-078

塔甸瀑布

（彝族）

峨山县境内的塔甸坡上，一条公路从箐底顺山腰盘旋而上，直至山巅。公路右面挺立着一座陡峭的山崖，上挂一条长长的银帘。这就是峨山有名的天然胜景——塔甸瀑布。

塔甸瀑布的水源来自瓦哨宗，经九龙村往南而下，形成飞流直下、一泻千里的瀑布在山箐口与河外河汇合，流入属红河水系的元江。瀑布从山顶坠入箐底，周围灌木葱郁，杂树丛生，山崖重叠嶙峋，并有天生的仙人洞点缀其间。从瀑布的上面向下俯瞰，百丈深渊使人心惧；从箐底朝上翘首仰望，大股泉水穿石而出，溅起银色的、高高的浪花，飞腾直下。每到清晨，瀑布飞起的水珠在太阳照射下，会出现一条绚丽的彩虹，使塔甸瀑布变得更加美丽壮观。

关于塔甸的瀑布水，还有一个神奇的故事。

很久以前，和塔甸瀑布相对的高平梁子上有一个清澈的水塘，在微风吹拂下，清水泛起银色的涟漪。它像一面镜子，把周围绿茵茵的水草和四季常青的松树倒映水中，极其美丽。因为有了水塘，人们的生活过得幸福美满。

每天清早，当温暖的太阳升起的时候，水面上就会出现两朵美丽的水莲花。在阳光照射下，两朵水莲花在水中欢快地游来游去，它们时而聚合，时而分开……水莲花的出现，让山上的人们高兴万分，相互转告，每当太阳升起，老人拄着拐杖，娃娃跟着阿妈，人们一群群围在水塘边看水莲花戏水。

一天，一阵狂风暴雨之后，有一个头戴篾帽、身披蓑衣的丑妇，赶着十五头黄牛从水塘边走过。她发现大雨过后，水塘的水还是清悠悠的，两朵水莲自由地漂荡。丑妇站在水边，清水映出她丑陋的样子，和两朵水莲一比，自己更难看，她十分恼火。当两朵水莲游到她身边时，她突然举起牛鞭，狠命地朝两朵花抽去，水莲花瓣四散，旋转着朝水底落下去了。

从此以后，水莲花再也没有出现。水塘的水却一天比一天少，最后干涸了，山上的人们的日子也一天比一天苦了。

原来，两朵水莲是龙王派出造福于山里人的管水神仙。遭到丑妇击打后，她们向西而去，经鹏鲊村后的干沙河，最后来到塔甸对面林海茫茫的小山坳里。巨树参天，水草丰美，她们就在那儿安家，在草木花丛生长的岩石中喷着汩汩清泉，清泉从山岩上坠下，形成雄伟壮观的塔甸瀑布。

【讲 述 者】 （无考）

【采录整理】 冰封、李长明采录

【采集时间】 1984 年 6 月采录

【流传地区】 云南省·（玉溪市）·峨山县（峨山彝族自治县）·塔甸镇·（塔甸村）·大寨村、瓦哨宗

【文本来源】 中国民间文艺家协会组织编写，罗杨总主编，张洪宾等本卷主编：《中国民间故事丛书》（云南·玉溪·峨山卷），北京：知识产权出版社 2015 年版，第 47—48 页。

【阅读提示】 这则故事中的妇人外表丑，心灵更加丑陋，而莲花水仙高雅隐忍并不与之争斗，更加反衬出仙子的雍容大度。

【基本母题】 仙人洞；湖水的消失；神仙；特定瀑布的产生；龙王

【本文编码】 《塔甸瀑布》：ZCSW1379-245-079

奶子河

（藏族）

昔拉萨某小部落首领有三女，幼女最美丽聪明。闻藏族东方有大草原，日出最早，常欲往东方草原观日出。父欲强嫁女与属下一小酋，幼女不从，父乃闭之于王宫暗室中。

一日，幼女借口往拜布达拉宫佛，祈父暂释之出。父令二姊伴之前去。途经宫墙下池，幼女见池水洁如牛奶，清如明镜，满怀欢愉，捧而饮之。谓二姊曰："我一年三百六十五住宫中，未有缘遇如斯好水也；今幸遇之，愿

梳洗再朝神佛。”幼女临池梳洗，池水映其芳容，向往赴东方草原之心愈切，乃趁二姊未备，一头跃入池中。二姊挥泪呼喊，唯见池中浮起水藻如轻纱，池水徐沉，池底响起哗哗流水声……

部落首领至其地，池水已枯，不见人影。首领怒曰：“畜牲放肆如此，惟有听之可也。”乃令人填池而归。

幼女化身成水，流向东方草原，冲破雪峰与岩壁，昼夜不停。二郎山与白茫雪山俱敬之，欲挽留而未能。幼女曰：“斑虎乐园在森林，岩鹰故居在悬岩，我所向往者，唯日出之东方草原也。”

鸡鸣三遍，幼女遂至建塘（中甸）草原。居于尼玛宗（太阳城）之仙姑，晨起乃见草原又多一道小河，河底如白玉珍珠铺就，河水如雪白乳汁缓缓流淌。仙姑爱而常驾朝云浴于河中，小河由是更洁净而水流不竭矣。严冬高原雪封，河流冰冻如僵蛇，唯太阳城下此小河不冻，仍活泼欢歌欣舞而流。草原民皆受其赐，人饮其水，精神倍增；牛羊饮其水，体愈健壮，奶产愈多；两岸荞麦与青稞，得小河水滋润，颗粒愈饱满。草原人皆怀敬意，亲切称之为“妩满曲”——奶子河。

【讲 述 者】 （无考）

【采录整理】 袁珂据迪庆藏族自治州文联编《藏族民间故事》中的《奶子河》改写。

【采集时间】 （无考）

【流传地区】 （无考）

【文本来源】 袁珂：《中国神话大词典》，北京：华夏出版社2015年版，第409—410页。

【阅读提示】 这则文本以女子化生为河为主题，据口传作品改写而成。用词文雅，言简意赅，适合阅读，但难以口传。

【基本母题】 部落首领；拜佛；神奇的水；人变成水；仙姑；特定河的来历

【本文编码】 《奶子河》：ZCSW1380-245-080

青海湖的来历

（藏族）

青海湖原只一泉，有龙主之，供其旁藏民万家汲饮。居民汲水后，以石掩之，则不更溢。有活女鬼夜汲，不掩其石。以挑怒龙王，泉涌泛滥，淹没万家。已成大海，而水溢不止，势且淹没南瞻部洲。

【讲 述 者】（无考）

【采录整理】（无考）

【采集时间】（无考）

【流传地区】（无考）

【文本来源】吕大吉、何耀华总主编：《中国各民族原始宗教资料集成》（鄂伦春族、鄂温克族、赫哲族、达斡尔族、锡伯族、满族、蒙古族、藏族），北京：中国社会科学出版社1999年版，第799页。原文本标注选自谢国安《西藏四大圣湖》，原载《康导月刊》1943年第2期。

【阅读提示】这则神话中的龙主泉水以及青海湖因龙王发怒而变为汪洋，说明龙王信仰的浓重。

【基本母题】青海湖；龙王；女鬼；龙王发怒造成洪水；特定湖的产生

【本文编码】《青海湖的来历》：ZCSW1381-245-081

姆洛甲造红水河

（壮族）

自从天地分开，哥哥雷公到天上管天，妹妹姆洛甲在地上管人，兄妹俩就一直不相往来，更说不上早晚相帮了。雷王在天上造雨，高兴起来就给地上洒几滴，不高兴的时候大旱几个月，人不但种不上五谷，连水都没得喝，靠天实在难呀！姆洛甲就去造河。

她搬动石山，用脚拱土，用手扒泥，搞得脚板开裂变成五趾，手板开裂变成五指，手指脚趾磨破了，姆洛甲又用贝壳来做指甲和趾甲，继续扒。她扒呀，扒呀，不知流了多少汗，也不知流了多少血，最后把河道挖成了。光有河道没有水，不成河呀！姆洛甲想法子要水。

她请青蛙叫雷王开天塘。青蛙对着天上叫喊，雷王以为是崽女们渴了，想要点水喝，就洒点毛毛雨下来。“叫你开天塘，不是叫你下小雨呀！”青蛙喊声越来越大：“爸爸开天塘！爸爸开天塘！”雷王被吵烦了，一脚踢开天板，对着底下吼道：“你们告诉姆洛甲，兄妹已经分家，我和她分开煮吃，稀饭管不着锅巴。”说着，连毛毛雨也不给了。姆洛甲见雷王这般无情，又气又急，心里说道：“你不开，我自己开。”

姆洛甲用九十九根竹子接成好长好长的长笔篙。她拿着这根长笔篙从山脚爬到山顶，又从山顶爬到树尖，对着塘底用力一戳，天塘底破了个大窟窿，塘水哗哗地流下来。这下轮到雷王着急了，他想补塘，天上没得黄泥，只好来求姆洛甲：“老妹呀，求求你给点黄泥吧！”姆洛甲可不像雷王那么小气，她慷慨地回答说：“你要多少？”雷王说！“要一万箩。”姆洛甲答说：“给。”

一箩，二箩，三箩……黄泥一箩一箩地往天上递，一直递了九千九百九十九箩，眼看着还要一箩就可以把天塘补好。对雷王这种无情无义的人，姆洛甲可没有那么老实，要一万就真给一万。她在第一万箩里装的是沙子，雷王分不出黄泥和沙子，照拿去用。塘是补好了，结果是漏水，变成了现在的红水河。只可惜漏少了一些，流不满河道，所以现在的红水河两岸高高的。

【原文附记】

本篇大化县壮族农民讲红水河是姆洛甲开的，平果县壮族农民讲红水河是布洛陀开的，田阳县壮族农民讲红水河是岑逊王挖的，女神之创世业绩为男神取代。本卷诸说并存，存民间神话诸不同文本之真。

【讲 述 者】 覃卜兵（壮族，男，66岁，大化县羌圩乡农民，小学）

【采录整理】 覃承勤（壮族，男，42岁，广西民族出版社干部，大专）采录翻译

【采集时间】 1987年采录于大化县羌圩乡田野

【流传地区】 广西壮族自治区·（河池市）·大化县（大化瑶族自治县）·羌圩乡

【文本来源】 中国民间文学集成全国编辑委员会编：《中国民间故事集成》（广西卷），北京：中国ISBN中心2001年版，第7页。

【阅读提示】 姆洛甲是壮族里的创世女神，一说为布洛陀之妻，另一说为布洛陀的母亲，此则神话中则说她是雷公的妹妹，主要突出了其治水、开挖红水河的伟大功绩，彰显了她在壮族民众中崇高的创世神地位。

【基本母题】 天地分开；雷公；姆洛甲是雷公的妹妹；旱灾；姆洛甲开河道；兄妹分家；红水河的来历；红水河的特征起源

【本文编码】 《姆洛甲造红水河》：ZCSW1382-245-082

岩刚河的来历

（壮族）

有一处山谷盆地名叫黑底坝。相传黑底坝在古代是一个人烟稠密的壮寨，后来因遭一次天火，才烧成一片焦土。当坝子还在燃烧的时候，人们从平坝迁居到四十里外的一处乱石山中，建立了新居，但这里水源奇缺。有一年，天大旱，村子里有一个壮族青年名叫岩刚，他从一位巫师的口中听到：要扑灭坝子里的天火，就必须到有几天路程的一座山中的水源塘里，去找到那颗“万水之源”的龙珠。龙珠由一个凶恶的大蜘蛛守护，要杀死这只蜘蛛，又必须到比这水源山更远的一座万花山上，抽出藏在蜂王肚子里的那柄

蜂刺。万花山，有无数群毒蜂保卫着蜂王。杀死蜂王，是比杀死大蜘蛛更困难的一项工作。

岩刚这时正热恋着全寨最漂亮的一位姑娘——洛英。为了解救全寨人的痛苦，他毅然辞别了自己的情人，向万花山走去。他走了七天七夜，刚走近山脚，就被一群毒蜂叮得脸青鼻肿，睁不开眼睛。岩刚想起他和洛英上山采割蜂蜜的情景，决定用烟熏走蜂群，但毒蜂多，一时又找不到许多干柴。正为难时，一只老鹰叼着一只鸦雏，从岩侧飞出。母鸦“苦哇，苦哇”地叫着紧追在老鹰后面。岩刚张弓搭箭，射死老鹰，救出了鸦雏。母鸦非常感激岩刚，飞到他面前，口吐人言问他需要什么。岩刚把需要干柴的事告诉了她，母鸦向天叫了几声，顿时招来一大片鸦群。母鸦吩咐每只乌鸦去为岩刚捡条枯枝，不多久，整个万花山上，便堆满了干柴。岩刚点火，鸦群鼓风，浓烟烈火驱走了漫山的蜂群。岩刚直奔山顶的一棵参天古树下，捣毁蜂巢，并在母鸦的协助下，杀死蜂王，取出了它的蜂刺。

岩刚得到蜂刺后，辞别母鸦，向水源塘走去。塘周围寒风飕飕，冷气逼人，一只大蜘蛛盘踞在蛛网中间。岩刚刚靠近蛛网，蜘蛛便张开血盆大口，迅速向岩刚扑来。岩刚乘机取出蜂刺，向蜘蛛刺去，蜘蛛受伤堕入塘底。岩刚也沿着蛛丝追入塘内，在一处白沙滩上，他找到了那颗寒光闪烁的龙珠。岩刚将龙珠衔在嘴里，不慎吞入腹内。霎那间，一股寒流浸遍全身，岩刚顿时变成了一个巨人，周身石环雾绕、水气弥漫。岩刚惦念家乡，急忙向坝子跑去。刚好走到坝东，便觉得肚子胀得难受，猛一张口，便有一股巨大的泉水从他嘴里喷出。随后，乌云蔽日，暴雨如注，坝子里的天火被扑灭了，岩刚也跟着变成了一座高山。他的情人洛英看到这种情景，正想去拥抱他，也同样变成了一座山岩，依偎在岩刚身侧。自此以后，岩刚嘴里喷出的那股泉水，便变成今日的岩刚河，世世代代地灌溉着这片被烧焦过的土地。乱石山上的人们又搬回来了，黑底坝恢复了过去的繁荣。

【讲 述 者】 （无考）

【采录整理】 胡仲实搜集整理

【采集时间】（无考）

【流传地区】（无考）

【文本来源】姚宝瑄主编：《中国各民族神话》（仫佬族、壮族、京族），太原：书海出版社2014年版，第164—165页。

【阅读提示】这则神话或由真实发生在“黑底坝”壮族历史上理水、治水的事迹生发而来，反映了先人改造自然的壮举。

【基本母题】火灾；特定河的来历；民族迁徙；旱灾；龙珠；动物会说人话；巨人；变形；人变成高山

【本文编码】《岩刚河的来历》：ZCSW1383-245-083

岩刚河

（壮族）

有山谷盆地曰黑底坝者，古昔人烟稠密，因遭天火，遂成焦土。坝方燃烧时，人皆迁居于四十里外乱石山中。此地水源奇缺，某年又遇天旱，人皆苦之。

有青年名岩刚者，闻巫言，欲灭黑底坝天火，当往水源山中水源塘取龙珠，此珠为一巨蜘蛛守之，欲杀巨蜘蛛，须往万花山抽取毒蜂王腹中金刺。岩刚已有情人洛英，然为救寨民之苦，毅然辞别情人往万花山。行七日夜，方至山脚，毒蜂群出而螫之，岩刚脸鼻皆肿。因思以柴烟驱蜂，然苦无多柴。突见鹰叼鸦雏，从岩侧飞出，母鸦随后，“苦哇苦哇”而鸣。岩刚举箭射鹰死，救雏鸦。母鸦感激，问岩刚所需。岩刚告以需柴烟驱蜂。顷间即有大片鸦群，衔来树枝无数。岩刚举火，万花山遂浓烟弥漫，鸦群鼓风，毒蜂全被驱走。岩刚径去山顶古树下，捣坠蜂窠，杀死蜂王，于其腹取其金刺。复经水源塘，以金刺刺巨蜘蛛。蜘蛛受伤堕塘底，岩刚亦缘蜘蛛丝入塘底，遂于沙砾得其龙珠。

方将珠衔口中欲出水时，不慎忽滑入腹，觉寒流被体，顿化身而为巨人，周身云环雾绕，势欲冲天。岩刚惦念家乡，急奔赴坝。方至坝东，腹胀难受，乃张口吐之，即有巨大泉流从口中出，顷刻乌云蔽日，暴雨如注，坝上所余天火悉灭，而岩刚之身已化为高山。情人洛英见之，方将拥抱岩刚，已身亦化为山岭，依偎岩刚之侧。岩刚所喷之泉，遂成今日之岩刚河，世代灌溉为天火所焦之黑底坝区。从此乱石山上居民俱迁回，遂恢复以往之繁荣。

【讲 述 者】（无考）

【采录整理】袁珂据胡仲实《壮族文学概论·岩刚河的来历》改写。

【采集时间】（无考）

【流传地区】（无考）

【文本来源】袁珂：《中国神话大词典》，北京：华夏出版社 2015 年版，第 442—443 页。

【阅读提示】这则神话是《岩刚河的来历》（ZCSW1383-245-083）的改写版，情节一致，表述变得很复古。

【基本母题】火灾；特定河的来历；民族迁徙；旱灾；龙珠；动物会说人话；巨人；变形；人变成高山

【本文编码】《岩刚河》：ZCSW1384-245-084

2.4.6 沟壑的产生

大禹疏通车道沟

（汉族）

很早以前，广灵岭西地区的南村盆地，是一个方圆几十里的湖泊。湖泊周围，群山环抱。山脚下，也就是湖泊边上居住的人们，以渔猎为生。但这湖泊每遇涝年，水位上涨，就将村子淹没，人们只好向山上迁居。待湖水下落，再迁回湖畔，重建家园。如此年复一年，居处无定。

后来大禹治水时，他用巨斧从湖泊东南方向的山上，硬是劈出一条水道。湖水滔滔，一泻千里，奔涌而去。湖水迅速流走，露出了湖底，水患再也没有了。人们便在原来曾是一片汪洋的地方以种地为生，没鱼可打，上山狩猎也很少了。而那被大禹劈开的水道，年年被水冲刷，久而久之，就形成一条大沟。再后来人们又治沟辟出大道，可以通行车辆，这沟就叫车道沟了。现在壶流河上游所有的水，都要经车道沟东流。

【附注】

关于大禹的神话很多，可以做些关联性阅读，如《禹封巨灵神》（ZC-SW0302-104-005）、《大禹转世》（ZCSW0529-144-001）、《禹的诞生》（ZC-SW0548-144-020）等，都可以起到开卷有益的效果。

【讲 述 者】 （无考）

【采录整理】 张信忠采录

【采集时间】 （无考）

【流传地区】 山西省·（大同市）·广灵县

【文本来源】 郭万金主编：《山西民间故事大系》（晋北卷），北京：商务印书馆2017年版，第12页。

【阅读提示】 这则文本中将特定沟壑的产生解释为来源于大禹治水，反映出当地民众对大禹治水功绩的念念不忘。

【基本母题】 洪水；大禹治水；大禹劈山；特定沟壑的产生；沟的名称的来历

【本文编码】 《大禹疏通车道沟》：ZCSW1385-246-001

妥勒尕尕上天取雨

（保安族）

有一年，老天大旱。大地干得裂开了一道一道口子，庄稼一片一片地晒卷了叶子。所有的飞禽走兽被晒得四处乱跑。一天，兽王狮子召集所有的飞禽走兽一起商讨求雨的大事。

狮子还没有把召集大家来的目的讲清楚，自以为聪明的妥勒尕尕①三蹦两跳到狮子跟前，说道："大王，请你不要小看我一尺长的身子，我会办成大事的。"

狮王见妥勒尕尕口气坚决，就同意了。

一眨眼工夫，妥勒尕尕腾空驾雾，像一根离弦的箭很快上了天，找见了雨公大神。"雨公大神呀！请施施大恩给人间降些甘霖吧！眼看庄稼枯死了，人畜鸟兽快完了，快救救命吧！"妥勒尕尕求告说。

雨公说："我们背后有一口神缸，还有一个水勺子，你去舀三勺泼下去，千万不能多泼！"

妥勒尕尕高高兴兴地舀了三勺泼下去，倾盆大雨下了三天三夜，山川万物得救了。妥勒尕尕知道自己立了汗马功劳，洋洋得意，飞奔下来。由于过

① 妥勒尕尕：保安语，即兔子哥哥。

于高兴，不小心跌了个筋头，它的头被一块大石头碰得起了疙瘩。这时妥勒尕尕又痛又气，自言自语道："地怎么硬硬的，一点雨都没下，肯定是雨公骗了我。不行！我还得上一趟天。"说罢，又飞奔上天。

雨公见了妥勒尕尕，便问："你怎么又来了？"

妥勒尕尕又气又急，没好气地回答；"要雨来了！"

雨公说："不是下了三天三夜吗？"

"根本就没下雨，地还是硬得很呢，你看我的头被碰了个大疙瘩。"妥勒尕尕摸着凸起的疙瘩说。

雨公说："既然是这样，你再去舀三勺泼下去，记住，千万不能多泼！"

妥勒尕尕不信三勺水能给人间下三天三夜雨，蹦跑到缸边连连舀了三八二十四勺水向人间泼下。

妥勒尕尕哪里知道这二十四勺水变成了人间二十四个白天、二十四个夜晚的大雨。河水像脱了缰的野马，奔腾咆哮，淹没了良田、农庄，造成了重大灾难。

现在在青海同仁尕沙尔[①]一带，沟壑纵横，据说就是那次大雨冲的。

【附注】

同名文本《妥勒尕尕上天取雨》，见姚宝瑄主编《中国各民族神话》（土族、东乡族、回族、保安族、裕固族、撒拉族），太原：书海出版社 2014 年版，第 68—69 页。原文本标注选自郝苏民编《东乡族保安族裕固族民间故事选》，上海文艺出版社 1987 年版。

【讲 述 者】 （无考）

【采录整理】 马少青搜集整理

【采集时间】 （无考）

【流传地区】 （无考）

---

① 尕沙尔：地名，又写作尕撒尔，在青海省同仁县，是今甘肃积石山大垓保安人的故居。

【文本来源】 中华民族故事大系编委会编：《中华民族故事大系》第 15 卷（德昂族、保安族、裕固族、京族、塔塔尔族、独龙族、鄂伦春族），上海：上海文艺出版社 1995 年版，第 123—124 页。

【阅读提示】 这则神话中讲述的因大雨冲刷产生沟壑的情形，大概与当地独特的土质和地质构造有关。

【基本母题】 旱灾；求雨；雨神；洪水；大雨冲出沟壑

【本文编码】 《妥勒尕尕上天取雨》：ZCSW1386-246-002

月亮沟的来历

（满族）

很早以前，新宾榆树的月亮沟不叫月亮沟，叫山崴子。

那时候，山崴子上住着一个小伙子，叫姜二，孤身一人。姜二这小伙子春种秋收，闲时挖参筛金，口攒肚挪，想攒些钱娶个媳妇成家立业。

有一天，姜二上山挖了三棵四品叶的大棒槌，正要去卖，就听前屋邻居家有人在哭。姜二进屋一看，老太太和儿媳妇都在擦眼抹泪的。一问怎么回事？原来老太太的儿子病得挺重，没钱治。姜二说："大娘，我这儿有三棵棒槌，你拿去换两个钱，给大哥治病吧。"

老太太说："你这棒槌得来不易呀，等我儿子好了一定还。"

三棵人参钱也花光了，老太太儿子病也治好了，老太太说还姜二钱，可哪有钱哪！别人都说："姜二，你怎么那么膘①呢，他家能有钱还你吗？"

姜二说："他难啊，又有老人又有媳妇的，不像我孤身一人，还不上就还不上吧。"

有一回，姜二去筛金，筛出个大金豆，高兴得没法，寻思这回可能攒几

① 膘：傻的意思。

个钱了，可是又赶上后屋的老王大婶病了，她当家的早就死了，领着几个孩子过日子，真是可怜。

姜二说："把我这个金豆拿去吧。"

这样，人们都说姜二膘，谁也不肯把姑娘嫁给他，跟他那不受穷吗？

一年小二年大，姜二到二十来岁了，还是两个肩膀扛着一个头。他唯一的伙伴就是一把胡琴。每到晚上，月亮升起来的时候，姜二对月亮拉着琴，边拉边唱：

月亮，月亮，
我的妻子在何方？
月亮，月亮，
请你对我把话讲。

有一天，一个要饭的老太太走到他家门口了，他一瞅，这老太太病得厉害，浑身烧得像火炭似的，他急忙把老太太背进屋里去了。四邻快嘴大嫂说："人家见着死尸都绕道走，你还把死尸扛进家去！你找个老太太干什么？大姑娘有病你扛家去治治，治好了还兴许能给你做媳妇，这个老太太都成棺材瓤子了！"

"人老了也得治啊！"到了家，姜二又请先生抓药熬药。

第二天，老太太明白过来了，说："小伙子，我怎么感谢你呢？"

"不必感谢。"

"我今晚请你吃饭吧。"

"老大娘，我这儿就一个饭碗、一个菜碗。"

"不用。咱俩到月亮里去，你看中哪个姑娘，就把哪个姑娘给你做媳妇。"

这话让快嘴大嫂听见了，说："哎呀，姜二家来个老太太，病好了在那儿吹牛呢。说到月亮里去，给姜二找媳妇。"

村子不大，这一喊，人们都跑出来看热闹来了。太阳西沉，搁东山甩出个大圆盘似的月亮。眼瞅着月亮越来越大，越来越亮，就直奔山崴子来了。哎呀，月亮中楼台殿阁，吴刚伐树，玉兔捣药……大伙都伸着脖子往里瞅。

老太太对姜二说："走！咱们进去。"

姜二和老太太登上了月亮。

老太太一拂袖，出来一拨姑娘。姑娘们摆上了筵席，龙胆凤肝、仙桃美酒，无所不有。老太太对姑娘们说："姜二是个好小伙子，你们谁愿意给他做媳妇?"大伙都抿嘴乐。

姜二吃完饭了，老太太说："小伙子，你选一个姑娘做媳妇吧。"

"不，这都是仙姑，我是黎民百姓。"

"你选吧。"

姜二看见一个绿莹莹的姑娘对他笑呵呵的，说："我就要这位大姐了。大姐，你能跟我去吗?"

姑娘点了点头。

一眨眼老太太就变成了画上的嫦娥，原来她是嫦娥变的。姜二说："这不是嫦娥仙女吗？谢谢嫦娥仙女。"

嫦娥令月下老人给他俩成亲，拜了花堂，众姐妹载歌载舞祝贺他们。姜二夫妻回到人间，月亮渐渐地又回到半空中。

老百姓一看，这不是在做梦吗？这个咬咬手指头，那个捏捏大腿，不是做梦。姜二娶了个月亮里的姑娘做媳妇，这件事一传十、十传百，一下子传到贝勒王爷的耳朵里。

一天，贝勒领着人马来到姜二家，见他们一家三间大瓦房、四合小套院，一进院子鸡鸭鹅狗"嘎嘎"乱叫，就问："姜二在家吗?"

他媳妇迎出门说："没在，他在山坡割地呢。"

贝勒一看，这个媳妇长得真好，眉是眉，眼是眼。他眼睛眨巴眨巴一个劲儿地瞅："可惜呀，一朵鲜花插在狗屎上了。那姜二是个膘子，有钱给人家花都不知道要的主，可惜呀可惜。你要给我做媳妇……"

姜二媳妇越听越不像话："王爷，家有家规，国有国法。你想干什么?"

在山上干活的姜二，一看家中闹哄哄的，急忙扛着锄头回来了。贝勒说："姜二，我给你二百两银子，你把媳妇卖给我，怎样？"

姜二说："混蛋才说这种话。"

贝勒说："小的们，给我抢。"

姜二说："天哪，还有王法没？"

"哈哈，我就是王法，我说你媳妇是我的，那就是王法，你不给就犯法。"

打手们七手八脚，扯的扯，拽的拽，姜二一个人势单力薄，眼睁睁地瞅着他们把媳妇给抢跑了。

晚上，月亮出来了。姜二一个人愁得没法，对着月亮又拉起了胡琴：

月亮，月亮，
王爷是个狠心狼。
月亮，月亮，
妻子抢走愁断肠……

唱着唱着，月亮飘飘悠悠从空中飘了下来，又落到了沟边。嫦娥问道："姜二，你愁什么？"

"我的妻子叫王爷给抢去了。"

"那不怕。"嫦娥掏出一个白手绢，向空中一抛，嗖，不一会儿，姜二媳妇踏着白手绢从空中飘回来了。

再说贝勒把姜二的媳妇抢了来，怎么逗她也不乐，瞅着从空中飘来一个白手绢，把她给托走了。贝勒骑上追风赶月的马撵，一撵又撵到山崴子这个地方。看见月亮落了下来，姜二和他的媳妇都走进了月亮里。贝勒一看，月亮里仙女可太多了，跳下马，急急忙忙也往月亮里钻。正在他钻的功夫，月亮嗖的一声又飞上天空。贝勒一把没抓住，从半空中摔了下来，摔了个粉身碎骨。姜二和他的媳妇也就没有再回到村里来。

可是，山崴子两次落过月亮，人们就把这个沟叫月亮沟了。

【原文附记】

流传于辽宁新宾满族自治县。新宾满汉杂居，一些民间文学是两个民族共同创造的，这篇风物传说就是其中的一篇。

【讲 述 者】 洪福来

【采录整理】 徐奎生记录整理

【采集时间】 1984年12月6日采录于新宾满族自治县

【流传地区】 辽宁省·（抚顺市）·新宾满族自治县

【文本来源】 姚宝瑄主编：《中国各民族神话》（满族、赫哲族、朝鲜族），太原：书海出版社2014年版，第65—70页。

【阅读提示】 这则故事在表现先民对月亮原始朴素探索欲的同时，也反映了民众对月中美好生活的吃不上葡萄般的想象。

【基本母题】 金豆；吴刚伐树；人进月亮；仙姑；变形；嫦娥；人与仙女婚；特定沟名称的来历

【本文编码】 《月亮沟的来历》：ZCSW1387-246-003

2.4.7 其他相关神话

彩云洞

（汉族）

在平泉县东部十几里地的瀑河支流，有个地方叫双洞子。这里有一座庙叫“飞云寺”，坐落在南山脚下。山下的河套中心有一个洞，名叫“彩云洞”。前些年，在洞口还立着一块大石碑，上面刻着“彩云洞”三个大字，只是现在不见了。

提起彩云洞，当地老年人传诵着一个动听的故事。

在几万年以前，一声巨响，山崩地裂，原来是火山爆发了。地层表面断裂，地心断层就像往外拱出一棵翻心大白菜似的，呈现在地面上，至今仍然矗立在南山之顶，能够清清楚楚地看到火山爆发所形成的复杂的地层结构。就在火山喷发岩浆的时候，真是山上和地面都成了一片火海，人们的生命财产将要变成灰烬。忽然从山洞里喷出了一道五彩云朵，彩云疾如闪电般地散开，一声惊雷震天，紧接着从洞里喷射出大量的水来，从天上到地面顿时变成了水的世界，很快便把熊熊烈火扑灭了。当地的人民财产得救了。据传说，就在彩云洞往外喷水的一瞬间，有一个姓赵的老人看见了南海大士从洞里出来，升到云端，挥动柳枝，大雨便哗哗地下起来了，等到火焰熄灭，她又回到洞里不见了。人们为了纪念南海菩萨的降临就修了这座飞云寺。把喷水的这个洞就叫“彩云洞”。

又过了许多年，曾有人到彩云洞里去探视，据说彩云洞里有两个洞口相连，所以人们就把这地方叫“双洞子”。这个彩云洞挺深的，人们从来没有探到底，有个胆大的人就一直探下去，结果一去不复返。洞里还常常往外流水，而水又腥又咸，人们说这个洞和海洋相通，可是谁也没有探到尽头。

这个地方地层结构清晰，矿藏丰富，全国许多地质院校的老师学生来这里实习和勘探，还有外国的地质学者也来这里进行研究哩。

【讲 述 者】 张泽民（50 岁，农民，小学）记录

【采录整理】 孙武超（40 岁，干部，高中）

【采集时间】 1982 年 4 月采录于双洞子

【流传地区】 河北省·承德市·平泉县

【文本来源】 中国民间文艺家协会组织编写，罗杨总主编，王翠琴本卷主编：《中国民间故事丛书》（河北·承德·平泉卷），北京：知识产权出版社 2014 年版，第 110—111 页。

【阅读提示】 这则叙事或基于真实的地质地貌变迁创作而成，部分情节则一定程度上应用了神话思维。

【基本母题】 特定洞的来历；火山爆发形成火灾；大士；特定地质地貌的产生

【本文编码】 《彩云洞》：ZCSW1388-247-001

神农划涧

（汉族）

古时候有个神农氏，勤劳善良。他教人种地、织布，给天下百姓办了很多好事。有年春上，神农氏带一帮人来到温县这地方，见庄户院里鸡不叫狗不咬，地里长满了草，心里觉得奇怪。他一打听，原来这儿正流行大家病①。人一得上病，汤水不进，只要一着床，没几天就不中了。人们没法治，只是烧香磕头，求天保佑。神农氏见这情景，就急忙带人上山挖药，送到病人家里，让煎汤喝。没多久，这儿的大家病就治好了。

① 大家病：瘟疫。

神农氏在采药时，发现这一带地面潮湿，土味又苦又涩，断定当地人得的病跟水土有关。他想：只有在这里开道深沟，撤走地下瘴气，才能完全除掉病根。想着，他用拐棍儿在地上使劲一划，只听“轰隆”一声，地上裂开一道深涧，有五丈多宽、两丈多深、五里多长。随即涧底流出清水，雾气腾腾。

人们不忘神农氏救民的功德，就叫这道涧为“神农涧”[1]。

【讲 述 者】 张振怀（男，75岁，温县温泉镇前上作村农民，不识字）

【采录整理】 石平均（男，36岁，温县温泉镇文化站专干，高中）采录

【采集时间】 1982年5月采录于温县温泉镇前上作村

【流传地区】 河南省·（焦作市）·温县·温泉镇·前上作村

【文本来源】 中国民间文学集成全国编辑委员会编：《中国民间故事集成》（河南卷），北京：中国ISBN中心2001年版，第30页。

【阅读提示】 这则故事中的神农氏，除了寻药的工作，还肩负了开沟造涧的任务，可谓是身兼多职不辞劳苦的优秀文化祖先现象。

【基本母题】 神农氏；瘟疫；寻药；用拐杖划出山涧；特定山涧名称的由来

【本文编码】 《神农划涧》：ZCSW1389-247-002

蜃洞的由来

（汉族）

横峙岭半山腰上有一个大土坑，坑壁上长着茂密的树木，坑底北面有一个洞，交关深，当地百姓称它为“蜃[2]洞”。这洞一直通到几里外的礁门海

① 神农涧：位于温县城西。

② 蜃：龙。

边，说来也真奇怪，它既不是岩石塌崩而成，也不是大溪流冲刷而成，相传它是蜃造就的。

听先人说，古时候，蜃洞附近有个小山村，名叫横峙村，村子很小，只有几户人家。住在西边的那户人家姓何，一家四口，父亲、母亲、儿子、女儿，儿子叫大根，女儿叫小花，日子过得清贫而平静。但不久，父亲上山砍柴坠岩而死，母亲也因伤悲过度死了，家中只剩下兄妹俩。在乡亲们的帮助下，兄妹俩慢慢长大了，哥哥娶了媳妇，妹妹就跟着哥嫂过日子。

大根是个老实人，什么都听媳妇的。媳妇为人凶狠，待小花很坏，经常打骂。小花吃不饱，穿不暖，全靠村里好心人的接济。小花很伤心，常常一个人跑到屋后的小溪边流眼泪。那溪水也被感动，竟也呜咽起来，陪她一起伤心。小花有时候也会坐在溪边的大树下唱歌。她唱的时候，树叶沙沙地响，溪水淙淙地流，好像在感慨小花的悲伤的歌声。小溪中有一条蟒蛇在修行，期盼修成正果，升天成龙。它天天听着小花的哭泣，有了同情之心。小花砍柴，它暗中帮她攀枯枝；小花割草，它就帮她拉葛藤拔野草，当然它帮小花是隐身的，小花看不见。有时，它会化作一条金色的鲤鱼，在小花面前游来游去，甚至跃出水面，引她欢笑。小花也喜欢上了这条金色鲤鱼，常常拿些饭粒喂它，那鱼儿就摇着尾巴感谢小花。小花一天天长大了，那条蟒蛇也快修成正果，能化人形，可称小龙了。小龙爱上了小花，它变作一位英俊的小伙子陪小花说话，帮小花干活，逗小花开心。一来二去，小花也爱上了小龙。小龙跟小花约定，待修成正果时，一定娶小花为妻。

就在小龙即将修炼成功的前三天，正亲热地坐在一起的小龙和小花被嫂嫂撞见了。小花被嫂嫂痛骂一顿拉回了家，锁在厨房里，还逼着小花嫁给邻村的一个糟老头，过三天就来迎娶。小花不愿，哭了个天昏地暗，泪水打湿了地面。第二天傍晚，雷声轰鸣，大雨倾盆，小花被惊醒。她忽然看见灶前的泥地塌出了一个洞，洞里慢慢地伸出一对龙角来。她知道小龙已修成了正果，今晚可以带她走了，可她又不让小龙钻出地面来，因为小龙一出来就是“出蜃”即龙升天，这里就要发大洪水，整个村子的人都要被洪水冲走淹死。但小龙救小花心切，硬是要出来，小花急中生智把头上的红头绳系在龙角上，龙最怕红与火，小龙只得缩回地下。小花着急地向窗外大喊："洪水来了，洪水来了……"可乡亲们都不相信，以为小花抗婚气昏了头，说胡话，没一家往外逃离。她把心一横，骑在小龙身上，回头大哭不止（泪水飞溅到村边，冒出了一个泉眼，这是小花眼泪所化，那泉眼之水清澈甘甜，后百姓管这井叫"龙眼井"）。

小花哭了一会儿，解开龙角上的红头绳对小龙说："为了乡亲们的平安，你切不可发洪水，还是委屈一下从地下走了吧!"小龙点了点头，深深地吸了口气，把身子使劲一缩……这时，只听一声巨响，小花家的房子和猪羊圈都坍了下来，黑心的嫂嫂也被压死了，平地上呈现出一个大坑。小龙从坑壁底部打了一个洞，用力钻下去，钻下去，一直钻到海边才探出头来，这个长长的洞就是蜃洞。

不幸的是，小龙由于用力过度，累死在了海涂上。小花守着小龙的尸首哭啊哭，一连哭了七天七夜，看着小龙的遗体慢慢化作了一座长长的山脉，这就是龙山。后小花也力竭而死，化作了一块大礁石，与龙山日夜相伴。龙山和大礁紧紧相连，形成一座航门，使大榭有了一个天然的港湾礁门。小龙的两只眼睛化作了两口井，一口井叫"龙眼"，现在还在礁门山前，水质甘甜；另一口在礁门山后，叫"龙井"，后来因炸山取石不见了。春天到了，龙山上开满了鲜艳的花朵，这是小花在表达对小龙哥哥的爱，他俩生不能成伴侣，死后只能在这里长相伴了。

【讲 述 者】（无考）

【采录整理】许建达采录

【采集时间】2013 年 5 月采录于大榭开发区

【流传地区】浙江省·（宁波市）·大榭开发区

【文本来源】中国民间文艺家协会组织编写，罗杨总主编，唐佩娟本卷主编：《中国民间故事丛书》（浙江·宁波·北仑卷），北京：知识产权出版社 2015 年版，第 68—69 页。

【阅读提示】这则神话中关于龙成为蜃的说法，有想象的成分，也有龙崇拜的因素。

【基本母题】 龙洞；修行成为龙；人与龙相爱；龙升天引发洪水；眼泪变成泉；特定洞的产生；龙死后变成山脉

【本文编码】 《蜃洞的由来》：ZCSW1390-247-003

滩的来历

（汉族）

邓州城正东二十公里的滩镇，位列邓州境内滩、林、构、张四大名镇之首，它坐落于湍河、赵河、严陵河三河交汇口的东岸。很早以前，人们不叫它滩，而称它三河口。三河口怎么变成为急滩呢？这里有段神奇的传说。

三河口水量很大、很深，常年船只不断，白天往来如梭，夜晚靠岸停泊。船户与三河口的农户，经常在此交换或买卖东西，逐渐形成一个集市，人们称为三河镇，镇上和周围的百姓过着幸福美满的生活。

有一年，三河口的水面来了条黄龙，脾气坏得厉害，动不动就发大水，使过往船只受阻，房屋庄稼遭淹，繁华的市场也受到冲击，真是无恶不作。它还逼迫人们敬奉它为河神，要用三谷、猪、牛、羊等供品献祭，人们恨透了它。这年八月，它嫌人们送来的祭品少，怪脾气发作起来，使三条河水同时暴涨，呼呼响的河水横冲直撞，眼看就要将船只弄翻，决堤成灾。在这十分危急时刻，只见从三河口西岸，顺湍河下来一条白蛇，一到三河口交汇处，顷刻间变成了一条大白龙，英勇地扑上前去，与那条正在闸河拦水的黄龙展开了殊死搏斗，直打得天昏地暗，日月无光。经过三天三夜的恶战之后，大白龙终于杀死了黄龙，河水也很快消退下去，人们的生命财产保住了，但是白龙也因劳累过度当场战死了。不久，三河交汇处出现了一座沙丘，人们称它为“白龙坟”。

“白龙坟”的出现，使三河口上游的水越聚越多，越来越深，形成了一个大水库。原来三河镇的地方，由于水量少，不能再停泊船只。来来往往的船只只有停泊在白龙坟上游库区，船上的人们把这个库区称为“安众港”，而把下游水急有滩的地方叫急滩，久而久之，三河镇的名字便被“急滩”二字所代替。

安众港形成以后，商品的交换地也自然而然地从三河口东岸的急滩挪到了安众港南岸，原先三河镇的商户也纷纷迁居到此，在安众港南岸形成了一条长十里的太平村，人们又过上了幸福美满的生活。但他们没有忘记白龙的大恩大德，就在太平村北白蛇出现的地方建起一座二十余间房屋的白龙庙。

白龙庙建成以后，整日香火不断，人流如潮，焚香叩头的人们络绎不绝。以后又过了多少年，白龙坟逐渐消失，人们传说，是白龙庙的香火将白龙的魂唤回庙内了。河水又畅通了，安众港逐渐缩小，急滩岸边的船只日益增多，货物充足，商贾云集，商品交换越发频繁。白天船只川流不息，夜晚靠岸停泊，灯火万盏，船桅如林。一片兴旺发达的景象重新出现，吸引着大批外地商人来此经商。急滩人民是用下面这首民谣来描绘当时情景的：

行船如流梭，
万家举灯火。
水上映帆影，
湍舟荡渔歌。

【讲 述 者】 （无考）

【采录整理】 佚名

【采集时间】 （无考）

【流传地区】 河南省·南阳市·邓州市

【文本来源】 中国民间文艺家协会组织编写，罗杨总主编，闫俊玲、王正豪、陈秀贤本卷主编：《中国民间故事丛书》（河南·南阳·邓州卷），北京：知识产权出版社2016年版，第91—92页。

【阅读提示】 通过白龙与恶龙的系列争斗，反映了流传在当地的龙王信仰的多样性与复杂性。

【基本母题】 特定的滩的产生；龙蛇之争；沙丘的来历；特定村镇名称的来历；特定庙宇的产生

【本文编码】 《滩的来历》：ZCSW1391-247-004

望娘滩

（汉族）

灌县昔有一孝子，家贫，刈草以奉其母。天悯其孝，赐以茂草一丛，日刈复生。异之，掘其地，得大珠一，藏米椟中。翌日启视，米已盈椟。置诸钱柜，钱亦满箱。家因以富。邻里异之，探得其故，求观此珠，而群起夺之。其人大窘，乃纳诸口中。珠滚入腹，渴极求饮，尽其缸水，犹觉未足，遂就饮于江。母追之，见已化为龙，仅一足犹未变化。母就执之，恸且恨曰：“汝孽龙也！”于是兴波作浪，随江而去。然犹频频回首望母，回望处辄成大滩，故有二十四望娘滩之名也。

【附注】

本文关联文本，参见汉族神话《淮河的来历（1）》（ZCSW1311-245-011）。

【讲 述 者】 （无考）

【采录整理】 袁珂据《说文月刊》3卷9期中的《四川治水者与水神》改写。

【采集时间】 （无考）

【流传地区】 四川省·成都市·灌县

【文本来源】 袁珂：《中国神话大词典》，北京：华夏出版社2015年版，第392页。

【阅读提示】 这则神话既反映出一些人希望一夜暴富的发财梦，也揭露了一些人仇富劫财的劣根性。

【基本母题】 宝珠的获得；特定滩涂的产生；争夺宝物；人变成龙；滩涂名称的来历

【本文编码】 《望娘滩》：ZCSW1392-247-005

车齐热讷洞神话

（达斡尔族）

相传，甘河下游有一洞，名车齐热讷。洞外三座大山，山岭重迭，巍峨峻峭。洞壁为石，石上并刻有文字，状如八卦，亦如咒符。据说，此山即观看镇压孙悟空之所在，故山岭重迭，至今仍有裂痕，据说，石壁文字，乃镇魔咒语，凡人不能辨认。

【讲 述 者】 （无考）

【采录整理】 白亨安、崔焱编写

【采集时间】 （无考）

【流传地区】 （无考）

【文本来源】 《中国各民族宗教与神话大词典》编审委员会编：《中国各民族宗教与神话大词典》，北京：学苑出版社 1990 年版，第 73 页。

【阅读提示】 这则故事借孙悟空的传说解释了车齐热讷洞中的风物，为该处风景增加了一些奇幻色彩，可以吸引更多的游客。

【基本母题】 孙悟空；特定洞的特征；八卦；咒语

【本文编码】 《车齐热讷洞神话》：ZCSW1393-247-006

石人冲

（苗族）

施秉县南面的河边上，有一条冲，冲里有一尊石人像，从老远老远看去，好像一位身穿彩裙的苗家妇女。因此，人们把这条冲叫石人冲。

据说，原来这条冲不叫石人冲，后来为什么又叫石人冲了呢？

很久很久以前，这块地方干旱得不得了，田里干巴巴，土里干撬撬，人们白天望着太阳犯愁，晚上望着星星叹气，不知怎样活得下去呵！后来，有一对叫告良、务夷的神仙夫妻，路过这里，看到人们为水发愁。他们很同情人们的苦楚，决定为人们想办法找水源。他俩走遍了每个山角，最后在一个叫老罐塘的地方发现了水源。他俩打开了石岩门，泉水流出来了，人们得到了水灌田。殊不知触怒了天王，引来了灭身大祸。

天王赶忙叫天神来看，见是告良和务夷两个神仙搬开了石门，把水引出来了，天神大吼大叫："快把石门关了，快把石门关了，再不关，天王要惩罚你们了。"

"天王怎么要惩罚?"告良、务夷齐声问。

天神说："以前，天王变成一个讨饭的老公公来到这里，看到人们吃饭时，撒很多在地下。问他们：抛撒掉很多白米饭不觉得可惜？他们却说，这里是个好地方，水多粮多吃不了，掉一点在地下没有什么稀奇。天王听了很讨厌，从天上搬来了这堵石崖放在这里，拦住了水，整他们。你们把它搬掉了，天王是不答应的，快关上吧！"

告良和务夷想了又想。开吧，触犯了天王；不开吧，又可怜这里的人。最后，他俩为了这里的人们得好日子过，不但不关上这堵石崖门，并且还把这堵岩打烂了。

天神回天庭向天王作了禀报。天王听说告良、务夷把岩门打烂了，顿时鬼火冲到脑壳顶。

他们俩为了人们得到水，已经几天几夜颗米不下肚了，饿得精疲力尽，好不容易来到了一条山冲。这时告良实在饿得走不动了，就向妻子讨奶吃。

谁知这下被天王抓住了把柄，它向雷公一眨眼，顿时，电闪雷鸣，告良被雷公活活地打死了（传说从那时起，苗家的男子才忌吃自己的妻子的奶）。务夷看到自己的丈夫被雷打死了，哭得死去活来。天王说："你把奶让给告良吃，你也有罪。"就把魔水洒向务夷，务夷变成一尊石人。

告良和务夷被害后，第二天，人们看到那堵打开的石门上流出一沟水，又看到冲的尽头有着务夷的石像哩！

人们为了纪念这对好心的夫妻，就把有石像的这条冲改叫石人冲了。后来，人们只要路过石人冲，看见石像，都喜欢摆告良和务夷为苗家打开岩门引水灌田的故事。

【原文附记】

本故事流传于黔东南施秉县一带。本文选自《贵州民间文学资料》第51集。由杨知勇选定。

【讲 述 者】 王志海

【采录整理】 月山整理

【采集时间】 （无考）

【流传地区】 贵州省·（黔东南苗族侗族自治州）·施秉县

【文本来源】 姚宝瑄主编：《中国各民族神话》（布依族、仡佬族、苗族），太原：书海出版社2014年版，第316—317页。

【阅读提示】 这则关于特定岩石产生的叙事中夹杂着一些关于生产方式、家庭习俗等方面的描述，对研究该民族当时生产生活状况会有一定的参考价值。

【基本母题】 旱灾；神仙夫妻；找水；天神；特定风俗的来历；特定石像的来历

【本文编码】 《石人冲》：ZCSW1394-247-007

2.5　其他特定物的产生

◆ 2.5.1　金属等的产生

2.5.1 金属等的产生

老君爷耩煤

（汉族）

不知道多少年前，太上老君奉了玉皇大帝的旨意来到人间，为人间耩煤。他手扶耩煤耧，走到哪就把煤种到哪。也不知过了多少河，翻过多少山，很是辛苦。

有一年夏天，他手扶耧把来到静乐。站在芦芽山顶向南一瞭，只见四周山上翠绿翠绿的，全是树，中间一条河就像是一条小龙，弯弯曲曲，由北向南……老君爷不由得开口夸了起来："哦！好一块风水宝地。"

一会儿，一阵细风慢慢吹来，传来了人声。听到人声，老君爷循声看去，见四个放羊人，年纪都也老了，他们一边放羊，一边捡柴，嘴里还不停地哼着小曲子。老君爷欢喜极了，走上前去向放羊人打躬说："四位辛苦了，老天爷一定会降福给你们。"四位放羊人一看：原来是个疯疯癫癫、满面流汗的老头儿，手里还扶着一架奇形怪状的耧。他们很是奇怪，开口向老头儿问道："你疯疯癫癫的，是说了些什么呀？"

"贫道不说什么，一吃一喝就行！"

"噢！原来他是饿了，想要些吃的。"四个放羊人小声嘟哝着。

"你这老兄这么大年纪啦，上山来干甚呢？看饿成这个样，嘴干舌燥，怪可怜的。"老君爷回答说："我给你们这里耩种上些煤。"放羊人一听，全都哈哈大笑起来，笑过后又问："煤是什么呀？""煤是宝宝宝。"老君爷一边回答一边从腰里掏出个宝葫芦，从里头倒出些黑面面来给四个放羊的看。四个放羊人仔细地看了一会儿，想了一会儿，越看越怀疑，不知道到底是些什么东西。于是，随口说："这算什么宝呀？尽是些灰黑面子，哪里没有还要耩煤？"老君爷一听哈哈大笑起来，又说："世人不识宝，何须笑我痴。八挂炉中的神火焰，还少不了这黑面面呢！”老君爷边说边笑，直笑得地动山摇。

四个放羊人见这老头儿说话奇怪，神力又大，一齐跪倒便拜，赶紧说：“仙家不要见怪，我们这些放羊的实在是不识宝，你就给我们把那黑面面煤多多地耩种上些哇！”老君爷看他们心地很是忠实，就点头答应了。四个放羊人也赶紧把柴火堆起来，给老头儿烧起了山药蛋。

谁想，这老头儿的饭量大得惊人，四个人捡柴的捡柴，烧山药的烧山药，忙来忙去，还是供不上老头儿吃。老头儿吃了又吃，吃了又吃，总是吃不饱。最后，四个放羊人索性把积攒在山洞里准备雨天用的柴，也全都给老头儿背出来烧了山药。老头儿这才勉勉强强地说了声：“行了，凑合了哇。”说完后，老头儿拍拍手，揩了揩嘴，站起来，向四人说：“你们记住，雨天没干柴，就烧苎柴柴；黑宝地里埋，全靠辛苦采。”说着说着，老头儿忽地不见了。

四个人回到山洞，只见洞里放着一大堆生山药。原来，那老君爷一颗也没有吃。他们回到村里就把这稀罕的事告诉了人们。

打那以后，静乐的地下到处是煤，山上到处是苎柴柴。人们也就开始烧起苎柴柴和煤了。

【讲 述 者】 曹大孩

【采录整理】 陈易新采录

【采集时间】 （无考）

【流传地区】 山西省·（忻州市）·静乐县

【文本来源】 郭万金主编：《山西民间故事大系》（晋西卷），北京：商务印书馆2017年版，第1034—1035页。

【阅读提示】 这篇关于煤炭产生叙事的独特之处在于，不仅阐明了煤的来历，还解释了采煤的技术和方法，老道的经验很实用。

【基本母题】 煤是种出来的；太上老君；玉皇大帝；宝葫芦；采煤矿技术的获得

【本文编码】 《老君爷耩煤》：ZCSW1395-251-001

煤的出世（1）

（汉族）

古时，有位仙人，从大同带来些煤种，准备种在水圩村东面的山梁上。

这位仙人种了七七四十九天后，眼看将要大功告成，就是缺用火来烧了。遗憾的是，这位仙人从大同来时匆忙，忘记带火种。他有心去别处寻火种吧，可是他们种煤都有个规矩，那就是在种煤之时，不能离开种煤现场，这位仙人着实着急。

正巧这时打水圩方向来了个牧羊人，这位仙人忙喊："喂，老大哥，身上有火种没有，借给我用用?"牧羊人听见喊声，朝下一望，见有人在那里耕地，便说："有啊，你上来取吧!"因为这位仙人手里还扶着犁把，更不能违反规矩，所以又喊："老大哥，因我另有原因，就烦老哥下来送与我吧。"

人们常说：懒羊倌、勤车倌。那牧羊人一听让他下去送，便没好气地说："想借就上来取，我懒得下去。"看看耕地人未动，牧羊人羊鞭一甩，又赶着羊上别处去了。

这位仙人见羊倌到别处去了，心想：种煤本是为你们好，可你们竟懒得下来一趟，像这样懒的人们，不种也罢。于是把犁把往旁边一翻，把剩余的煤种带到银厂地段去种了。而在水圩那道山梁上呢，只是些似煤非煤的石块。后来，银厂出煤了，有些煤贩子常常驮些煤，到水圩这道山梁上跟这些石块掺和起来欺骗买煤人。久而久之，这儿便成了煤贩子贩煤途中下鞍之地，"煤窑鞍"也从而得名。

【讲 述 者】（无考）
【采录整理】邓振华采录
【采集时间】（无考）
【流传地区】山西省·大同市
【文本来源】郭万金主编《山西民间故事大系》（晋北卷），北京：商务印书馆2017年版，第996—997页。

【阅读提示】 这篇文本中说煤是“种”出来的，倒也符合煤矿发掘于地下的现实，体现了神话源于生活又高于生活的艺术特征。

【基本母题】 仙人；寻找火种；煤是种出来的；特定地名的来历

【本文编码】 《煤的出世（1）》：ZCSW1396-251-002

煤的出世（2）

（汉族）

相传，在很早以前，有一座大山，山下有个小村子，村里有个放羊的小伙子，小伙子天天赶着羊群上山放羊。一天，太阳快落山的时候，他赶着羊群到山沟里饮水，突然发现一块闪闪发光的东西。他过去一看，那东西四四方方，又黑又亮，拿在手里一掂，很轻很轻，他认定是块宝石，便爱惜地珍藏在兜里，日夜带在身边。打那以后，他白天上山放羊，不觉得山风冷；夜里睡觉，不觉得地下潮。有一次，他点火烤干粮吃，无意间一个火星蹦到黑宝石上，宝石顿时燃起红红的火苗，越烧越旺。小伙子看着看着发呆了，一直等宝石着完，化为灰烬，他才离去。意外的发现，使他十分高兴。他想，那宝石是块能燃烧的宝物，要是能得到很多很多的黑宝石该多好。人们可以用它煮饭、取暖、照明，用处太多了。他暗暗下定决心，一定要找到更多的黑宝石。于是他天天起早贪黑，爬遍所有的高山大巅，登遍所有的悬崖陡壁。鞋磨破一双又一双，脚上的皮掉了一层又一层。冬去秋归，寒来暑往，他不知吃了多少苦，受了多少罪。整整三年过去了，可是，就是寻不到黑石，他感到十分苦恼，饭吃不香，觉睡不甜。

一天夜里，他做了个奇怪的梦，梦见有个白胡子老汉对他说：“要想寻到宝，不能到处跑，只要用心找，地下全是宝。”说完白胡子老汉不见了。小伙子醒了后，好生纳闷儿，天不亮就又赶着羊群上了山。他坐在山上苦苦思索，反复琢磨老汉的话，想来想去，他终于悟出个道理：还是去原处找。

他又来到那次饮羊的地方。刨啊，找啊，挖啊，刨啊，还是不见他日日夜夜盼望的黑宝石，他并不甘心，一直顺着水沟尽头，黑宝石奇迹般地蹦出来了。只见黑宝石越来越多，越来越大，他高兴坏了，竟舍不得离去。后来他把所有的情况全部告诉了乡亲们。村里的人们在他的指引下都去挖黑宝石。从那以后，这里的人们都用上黑宝石。可是，那个探宝小伙子因积劳成疾，不久就去世了。人们为了纪念他，把黑宝石称作“探”。“探”和“炭”谐音，后来便叫“炭”了。

【附注】

像煤这样有用的东西，古人到底在什么时候就开始关注，很难有确切的结论。但一些古代文献似乎可以作为煤神话的注脚。如《广韵》中有“炱煤，灰集屋也”的记载。《吕氏春秋》中云：“向者煤室入甑中，弃食不详，回攫而饭之。”

【讲 述 者】 张家伍

【采录整理】 齐开有采录

【采集时间】 （无考）

【流传地区】 （无考）

【文本来源】 郭万金主编：《山西民间故事大系》（晋北卷），北京：商务印书馆2017年版，第995—996页。

【阅读提示】 这则神话或真实反映了煤炭在某一特定区域的发掘过程，而“梦示”“神仙”等情节的设置则为这一伟大发现赋予了神话的思维和神秘的色彩。

【基本母题】 偶然获得宝物；煤的发现；寻宝；梦示；煤的名称来历

【本文编码】 《煤的出世（2）》：ZCSW1397-251-003

煤山的钥匙

（仡佬族）

相传在古老的时候，光天野坝的箱子岩一带，尽是些黑黝黝的寡岩头。除了满坡满岭的金丝茅草之外，什么也没有。虽然有条水沟"哗哗哗"地淌过，可是白来白去，连簸箕大的一块地都润不湿。加上缺煤少柴，人们都不愿在这里成家立业，几家开荒斩草的老户，也穷得披襟挂绺，吃糠咽菜。遇上灾荒年成，更是苦得走投无路，舀水不上锅。所以，好些气饱力壮的小伙子，都远走他乡，另寻生路去了。

不知是哪年哪代吃毛香粑[①]的时候，从云南石林来了个好模好样的小伙子。那小伙子头戴锅圈帽，身穿长衣裳，脚套细耳草鞋，手里始终拿着一把燃烘烘的火把照着走路。一路上寻人问路，一个哈哈两个笑，很是活泼，实在逗人想[②]得很。只可惜他的眼睛是个萝卜花[③]，大白天走路也要点火把。后来听人家讲，他从石林走了九九八十一天，才走拢箱子岩这个地方。

那天擦黑的时候，他走得脚乏手软，饿得肚皮贴到背脊骨，嘴上干起白泡泡。刚走拢寨子当头的柿子树脚，已经四肢无力了。于是就走进一间壁穿房漏的土墙房里去要水喝。

那一家，只有一个毛头小伙子。寨上人都叫他小石雄。他见有人进屋来要水喝，便迎上去说："客人呀，我们这里的生水喝不得。你别看它清澄亮汪的，喝下去可要打摆子的哩，你等我把它烧开了再喝吧！"

小石雄边说边叫客人在草墩上坐下，顺手绾了几个草疙瘩放进灶孔里烧起来。

可是，水还没烧响，客人就口吐白沫晕过去了。

原来，客人白天夜晚赶路，劳累过度了。

---

① 毛香粑：是毛香菜跟糯米面或高粱、小米、包谷面掺和做成的食品。毛香菜，又叫清明菜，是一种清明前后开黄花，浅绿色的叶片上长有灰白绒毛的野菜。

② 想：即喜爱的意思。

③ 萝卜花：眼球上长的白内障。

小石雄看见，便咋声卖气地叫喊起来，喊了一阵，客人稍微苏醒过来，小石雄发觉客人是既渴又饿，就把仅有的小半碗包谷米也倒进破砂锅里去一起煮了。

过了一杆叶子烟时间，稀饭熬得稠稠的了。小石雄用个黑不溜秋的楠木碗装上，亲手递给客人说：“大哥，随便喝点清米汤吧！”

嘿，硬是怪稀奇。那客人喝了小石雄的清米汤，立马觉得轻脚快手起来。他走到小石雄上墙房后的竹林边转了一圈，见这地方荒坡接荒坡，岩头垒岩头，人烟稀少，若要多栽种五谷杂粮，倒也大有奔头。只是没有煤烧，小石雄虽然搬来了像几座小山那样的草堆，但他单人独手，广种薄收，一年收不得半年粮，日子难过。不过，这小石雄家里虽然很穷，房破屋烂，但整理得井井有条，是个少见的忠厚、勤劳的后生。想到这些，客人的脸上泛起了两朵桃花云：想跟他做个家边人，补补连连，共同生活。

客人是个标标致致的小伙子，怎么会想嫁给小石雄呢？

原来，那客人不是一般逃荒躲难的小伙子。她是天上火龙星的幺姑娘，是掌管人间煤炭的煤山仙女。因为她偷偷下凡，到云南石林的剑锋池洗火龙裙，被火龙星罚到人间来走一万里路，撒一万里煤。磨去她的思凡之心，才准她重回天宫。为了避免惹起麻烦，煤山仙女便女扮男装，张开眼睛，点亮走路。哪晓得来到箱子岩，忽然感到身上不爽快，寸步难移了。看来，也该她要有一段美满姻缘，给人间留下话把，凑巧碰上了这个勤快老实的小石雄。当她亲眼看见小石雄特别忠厚老实，便觉得凡人比神仙还可爱。于是，就不想回天宫去了。

后来，她把要想留在箱子岩的想法告诉了小石雄。小石雄的脑壳却摇得像树丫上的葫芦瓜一样，摆来又摆去，并且劝他说：“远方来的大哥呀，我们箱子岩这地方，古辈流传下来有一句话：‘箱子岩，把人害，开天辟地无人爱。一年到头烧草草，肚子瘪成棕口袋！’我们这个地方，穷得不得了。你还是去大田大坝地方，投奔一个大富人家吧！在我们这山旮旯里，不着豺狼虎豹吃，也会穷死饿死的。”

煤山仙女见小石雄诚实得一是一，二是二的，更是巴心巴意地想嫁给他了，于是红着脸说："再苦再累我也不怕，人只有痛死病死，哪有穷死的？你能过得一辈子，难道我就过不得？"

"不行啊，我是从小在这里长大的，习惯了。你是远方人，恐怕吃饭也要用眼泪来泡哩！"

"不怕。吃哪里的水，变哪里的人。只要我们两个扭成一根绳，还怕这些山水养不活人？"

"那你住下吧，你哪天觉得不好在，随时都可以各奔前程。"小石雄答应了。

煤山仙女见小石雄答应下来，便笑着说："给你讲实话吧，我并不是哪样过路的小伙，我是煤山仙女。因见你老实巴交，才想留下与你做一家，你可愿意吗？"煤山仙女边说边脱掉罩在外面的男装，现出花枝招展的女子身段。

小石雄顿时感到眼花缭乱，惊讶万分，简直说不出话来："这……，这……"

就这样，小石雄与煤山仙女成了亲。

从那天起，箱子岩的山越来越清秀，水也越淌越香甜了。说来也怪，凡是煤山仙女走过的地方，人们只要顺着她的脚印挖下去，就会挖出煤来；凡是她点火漂过的地方，都成了煤山煤岭；火炭落下的地方，便有一层一层的大岩煤，尤其是她搁火把的箱子岩，更是凝成块块，堆成堆堆都是煤。

不久，四面八方的穷人像蜂子朝王一样搬到箱子岩来了。

自从煤山仙女来到箱子岩，箱子岩就变得青枝绿叶，五谷喷香，六畜兴旺，马叫人欢了。人们只要勤快挖煤，就不愁没吃没穿了。大家都非常喜欢和尊敬煤山仙女。

可是有一天，青天朗朗，阳光灿灿，煤山仙女已吃过早饭，寨上的姑娘们也来在柿子树下纺纱绩麻。忽然，平地刮起一股旋头风，一下子吹走了仙女手头的针筒麻线。甚至连园子里的瓜瓜菜菜都连根拔了起来。

煤山仙女见风刮得很凶，便抬起头来四处看，只见来抓她的牛头马面，已从半天云里凶神恶煞地跳了下来。她不觉变了脸色，说声："不好了！"便想进家去拿宝剑。但她还没有走进门坎，马面就一把揪住了她的火龙裙。煤山仙女见走不脱，便“唰”地抽下发髻上的金簪，朝马面的脸上用劲刺去。马面眼睛一闪，煤山仙女就不见了。只听见“当啷”一声，从天上落下一把大大的钥匙来。同时传来了煤山仙女的声音：“箱子岩的人们哟，给你们打开煤山的钥匙，把岩上的箱子打开吧。只要打开箱子，满坡满岭的煤世世代代用不完，你们会过上更好的日子的！”

她的话才讲完，又刮起一股更大的落地风，把在坝上掰包谷的小石雄也刮不见了。

煤山仙女给人们留下打开煤山的钥匙，箱子岩一带，人们靠那把钥匙，开出了世代取暖烧锅的煤。到如今，人们还在摆谈煤山的钥匙这个故事，称赞煤山仙女呢！

【讲 述 者】 施少云

【采录整理】 刘成学搜集整理

【采集时间】 （无考）

【流传地区】 贵州省·（六盘水市）·六枝特区

【文本来源】 中华民族故事大系编委会编：《中华民族故事大系》第13卷（仡佬族、锡伯族、阿昌族），上海：上海文艺出版社1995年版，第96—100页。

【阅读提示】 这篇文本的语言中保留了大量当地特有的口头传统，读来原汁原味，思之身临其境。

【基本母题】 神奇的米汤；仙女；仙女下凡；人与仙女婚；煤的来历；神奇的钥匙

【本文编码】 《煤山的钥匙》：ZCSW1398-251-004

化铁出山

（蒙古族）

听老辈说，大老早以前，有一次两个部落打仗，蒙古部落被打败了。

从成千上万的死人堆里，只爬出来两男两女。为了躲避仇族逃命，这四个人逃进大森林，翻山越岭，最后到了一个大山谷。一看这儿挺偏僻的，谁也找不到，就在这儿停下了，还起个名儿叫“额尔古纳昆[①]”。在大山谷里，他们四人配成两对夫妻，开始生儿育女，延续人类。就这样一代又一代繁衍相传，一点点地还学会了驯马养羊。又不知生了多少辈小孩儿，死了多少茬老人，反正是后来人口牲畜越来越多，多到原来空旷的山谷都快住不下了。眼看着人畜越来越多，山谷里能采摘的野果越来越少，已经有不少人和牲口饿死了。

这时，他们中有几个受人尊重的老人想出个主意，让大伙儿跪在山坡上祈求天神给指条出路。到了晚上，他们中许多人都做了一样的梦，梦见天神用一道红光把他们引到一个新家园。睡醒之后，大家凑到一起一说，都觉着天神是在暗示他们搬迁，让他们离开这儿。可这山谷里没有一条路，谁都没离开过，更不知道怎么才能出去，而且还有那么多的老人、孩子和牲畜，大伙儿又被难住了。

先前的那些老人们又凑到一起，他们想来想去，突然明白了。于是，他们领着大伙儿找一个稍低点儿的山口，砍了许许多多的大树，一起堆到那里，点着了大火。火不太旺，他们又杀了几百头牛和马，用皮做成风箱，把火扇得旺旺的。山石被烧爆炸了，还从裂开的石头里流淌出通红的铁水。烧啊，烧啊，也不知烧了多少日日夜夜，最后烧开了一条通往山谷外边的大路。从此，蒙古人走出了峡谷和大森林，走进了广阔肥美的大草原。

【讲 述 者】 王迅（男，55 岁，前郭县干部，高中毕业）

---

① 额尔古纳昆：蒙古语，意为险峻的山坡。

【采录整理】 张徐（男，22 岁，东北师范大学，中文系学生）采录

【采集时间】 1987 年 6 月采录于前郭县

【流传地区】 吉林省·（松原市）·前郭县（前郭尔罗斯蒙古族自治县）

【文本来源】 中国民间文学集成全国编辑委员会编：《中国民间故事集成》（新疆卷），北京：中国 ISBN 中心 2008 年版，第 12 页。

【阅读提示】 这则神话在叙述部落迁徙的同时，还向人们传达了铁遇高温熔化的物理知识，可见神话有时也可以作为科学的教科书。

【基本母题】 部落之战；饥荒；天神；梦示；民族迁徙；铁的获得

【本文编码】 《化铁出山》：ZCSW1399-251-005

图书在版编目(CIP)数据

中华创世神话选注.世界万物起源卷/《中华创世神话选注》编辑组选编;王宪昭,王京评注.—上海:上海人民出版社,2020
(中华创世神话研究工程系列丛书)
ISBN 978-7-208-16806-0

Ⅰ.①中… Ⅱ.①中… ②王… ③王… Ⅲ.①神话-作品集-中国 Ⅳ.①I277.5

中国版本图书馆 CIP 数据核字(2020)第 216358 号

责任编辑 熊 捷 董洪波
封面设计 李 祎

中华创世神话研究工程系列丛书
中华创世神话选注·世界万物起源卷
本书编辑组 选编
王宪昭 王 京 评注

出 版 上海人民出版社
(200001 上海福建中路 193 号)
发 行 上海人民出版社发行中心
印 刷 上海中华印刷有限公司
开 本 720×1000 1/16
印 张 103.75
插 页 15
字 数 1,490,000
版 次 2020 年 12 月第 1 版
印 次 2020 年 12 月第 1 次印刷
ISBN 978-7-208-16806-0/B·1512
定 价 430.00 元(全三册)